浙江文獻集成

浙江文叢

黃爕清集

〔第二册〕

〔清〕黃爕清 著

杜運威 叢海霞 整理

浙江古籍出版社

倚晴樓詩續集

倚晴樓詩續集序

錢塘宗子城太守將刊其外舅黄韻甫大令《倚晴樓續集詩》，而屬序於余。余不能文，然於韻甫詩獨不忍以謭陋辭也。余與韻甫交最深，自少壯至老，四十年如一日。幼時同學爲詩，就正於同里李五峰先生。余性拙而疏懶，中年多故，飢驅奔走，無所成就。韻甫之詩日益進，旁及詞、曲、駢散體文，浸入古人堂奥，名亦日益盛，名公卿皆以文學侍從期之，然僅一舉於鄉，七上春官輒報罷，故鬱鬱不得志。咸豐壬子以議叙縣令謁選，得官楚北。時粵逆搆亂，大江梗塞，遂乞病歸田里。所居拙宜園，饒有林泉之勝，復於倚晴樓西偏得硯園舊址，蒔花種竹，爲觴咏地，自號兩園主人。日與孫意林謀、陳湘漁作敬、何衡山岳齡、家彦宣廷燮諸同人相唱和，而所著益富，流連俯仰，若將終身焉。

歲辛酉，賊陷海鹽，倚晴樓燬於火，所鎸詩詞樂府悉歸一炬，窮無復之，間關至楚，藉一官謀升斗。余時避亂滬上，襆被相從，回憶故園諸同人，或及於難，或瀕於危，或病且死，惟我二人，不啻形影之相隨也。大府知韻甫賢，檄權宜都、松滋兩縣事，所至有政聲。

甲子夏，謝事居鄂垣，年已六十矣，自傷遲暮而又無子，憫其集之久而失傳也，爰拾餘燼，重付梓人。然祇刊《詩集》十二卷、《桃谿雪》傳奇一册，未卒業而遽歸道山。嗚呼！天何豐其才而嗇其遇也！

雖然，韻甫亦幸矣哉！意林詩，亂後不知其存否；湘漁詩稿沉於江，不可復得；彦宣詩錄版存倚晴樓，同爲灰燼；衡山窮老家居，欲梓其《漱紅山房集》，而尚艱于資。獨韻甫所著，雖經兵燹，曩年子城爲之收羅散佚，彙刊詩餘及《帝女花》樂府，今又集其自戊午迄甲子古今體詩續編四卷，爲之校讎，付諸剞劂，復搜其《脊令原》傳奇一種，屬余校梓，而韻甫之集幾於全矣！以視諸同人之詩，或傳或不傳，非其幸歟？余自嗟衰朽，頻年流離顛沛，一無所成，深喜韻甫之付託有人，而多子城之克成其志也，不禁唏嘘感慨，而述其顛末如此。若其詩之體裁源委、氣韻格律，讀者自知之，無待余之贅言也。

同治庚午仲春，同里吴鑌鐵士甫序於鄂城寓舍，時年六十有六。

讀倚晴樓詩續集序

憶道光己酉，從海鹽陳琴齋師游，嘗論文人學士以著述壽世，其不朽與勛名等。一日，出《桃谿雪》傳奇示余，曰：『此吾友黄韻珊孝廉所著也，所述爲永康故事，汝知之乎？』余曰：『吴絳雪者，向熟聞之，然其沉埋於荒煙蔓草間者，已百餘載，至今以女烈士特傳，則韻珊先生之力也。』師曰：『韻珊詞曲之學尚不止此，如《帝女花》《茂陵絃》《淩波影》《鴛鴦鏡》《脊鴒原》諸編，皆其少作，至中年則肆力於詩古文辭，爲吾邑著述之冠。』

迨同治丙寅來鄂，晤宗子城太守。子城，韻珊先生佳壻也，恒言先生著作如林，無力付梓。戊辰歲，子城奉檄權蒲圻，己巳解組，告余曰：『《倚晴樓詩集》十二卷，自道光癸未至咸豐丙辰，翁文端公嘗爲之序，已鋟板行世矣；丁巳迄甲子，續編古今體詩四卷，欲爲之讎校，以付手民，敢以一言爲請。』余曰：『伯牙鼓琴，子期知之。如不佞者，淺學寡聞，未諳音律，何以文爲？』謹受而讀之。集中如題圖、訪友、觀雲五七古，瀾翻潮湧，詩中之昌黎也；贈答、壽輓、哭女諸篇，情真語摯，詩中之香山也；杭城紀事及避亂克復雜咏，憂愁抑鬱，詩中之少陵也；秋闈分校、松滋勘灾諸律，仁者之心，其言藹如，詩中之漫叟也。

竊念先生負才績學，名盛一時，固宜影纓承明，羽儀王國，乃七躓春官，而科名僅博一第，尋由謄録得縣令，官楚北，歷署宜都、松滋兩縣事，政聲卓著，至今父老猶稱之，識者以爲百里不足屈士元，必且飛騰驥足，而宦途蹭蹬，卒困下僚。嗚呼，豈人爲之歟，抑天爲之也？今先生久歸道山，生平纂述，幾就淪没，猶幸子城珍藏付梓，俾其信今而傳後。假令先生早躋通顯，爲勛名中人，必不能研精覃思，以著述必傳於後。乃知天之所以處先生者，固在此而不在彼也，先生可無憾矣！

同治九年庚午清和月，永康胡鳳丹月樵甫識於鄂垣之紫藤仙館。

倚晴樓詩續集叙

夫素蟾浴海，隨珠斂其精英；絳虹亘霄，歐劍韜其寒鍔。睹雲中之螭鳳，施旦藏妍；奏天上之鈞璈，倫夔息響。是以陟巘者求躋嵩華，觀水者務溯滄溟。文章之事，良猶是爾。國朝詩教丕振，偉材駢立。施宋表前旌之導，王朱啓後駕之軌。莫不規模兩漢，凌轢三唐。心嚮往之，稱極盛已。武原黄君韻甫，渤澥毓靈，湖山攬秀。幼叨鯉庭之對，壯驅虔臺之車。跌蕩九千里，浸淫五萬卷。鳳城月白，扣燕筑兮狂歌；鄂渚波蒼，操越吟而獨笑。蓬萊春靚，非復江上峰嵐；弱水瀾回，爲謝波斯檣楫。故能文入昌黎之座，賦踐蘭成之室。瘦吟則睥睨《金荃》，樂府則擠排玉茗。偶然涉筆，皆成錦章；率爾命篇，便貴洛紙。矧蘇李五字，翦髾輒工；柏梁七言，寫懷尤夥。推敲細律，飄零同谷之花；賭門新詞，爛漫旗亭之壁。有光皆寶，靡體不工。譬猶仙人萼緑，翳翠羽而姗來；法曲《霓裳》，應風簫以繁會。所謂盡態極妍，無對寡雙者也。

倚晴樓者，韻甫苦吟之地也。茶煙晝暖，瘦鶴依人；蕉雪春闌，寒梅笑客。琳琅插架，夷甫之塵絶塵；文酒張筵，荀令之香積日。伯鸞紙閣唱酬，則眷屬皆仙；仲蔚香蒿過從，則笻屐並古。固將抱膝長嘯，龍卧南陽之廬；窮愁著書，禪定維摩之榻。豈意欃槍指粤，烽火連江。故山之猿鶴驟驚，小艇之琴書屢徙。零丁弱息，共竄煙波；蕭颯宦情，重温雲夢。寒花徑晚，陶潛爲升斗折腰；孤桐室虚，言偃以弦歌化俗。於時大府重指臂之倚，細民萃雲霓之瞻。蓄鷄字僥，式龔遂之勤劬；問羊知馬，薄廣漢之鈎距。方謂龍蘇久蟄，不崇朝而成霖；鳳翽和鳴，止高岡而紀瑞。繇以闢詩人多窮之陋説，祛才士九命之詭辭。俄而判牘猶新，修文遽促。蒼穹胡酷，下奪神君；赤子匪辜，僉失慈哺。天乎曷問，命也何言？綬東吴散材，西塞泛梗。夙游珂里，訪横山而未登；比接棠陰，識荆州而已晚。官齋翦燭，袖染蘭薰；郵筒寄詩，笥緘珙璧。誦涪翁之雅什，胝沫奚窮；緬江夏之循聲，準繩斯在。兹從葭玉，復獲瑶珠。夕綉既張，心目交眩；哀絲頓絶，泗涕横流。

嗚呼！候蟲絮月，類多不平之音；奇葩墜春，致有可憐之色。况復戈鋌滿地，榛莽浮天。仲宣樓上，眄沮水而累欷；庾信園中，憶江南而增喟。芳草寄王孫之怨，浣花屬忠愛之辭。落月屋梁，睠故人兮千里；摶沙宦海，悼息女於重泉。字積淚而成珠，語雜鵑而啼血。滄波易竭，恨窟難填。千古有心，同聲一慟。綬皋魚餘痛，詎勝風樹之吟；曼倩因飢，復厠侏儒之列。夙憺謍於簪笏，惟慨慕乎荃蓀。淮南鴻烈，閟丹枕而逾珍；湖上范蠡，鑄黄金而永寶。屬鹿三尺之氣，尚欲干雲；靈蛇徑寸之光，詎能替月？每慚形穢，君苗之硯思焚；細按心聲，伯牙之琴願碎。

同治八年歲次己巳，弇山朱錫綬嘯筠甫謹序。

目録

倚晴樓詩續集卷二　……（二三）

倚晴樓詩續集卷四

倚晴樓詩續集卷一

海鹽黃燮清韻甫著
錢塘宗景藩子城校

題胡素園明經元釗滄浪濯足圖戊午

身從太虛來，忽焉墮塵俗。衆穢攖六根，水深苦泥濁。誰能揚清波，振衣快新浴。先生抱冲襟，超然遺世牿。眷彼山下泉，泠泠漱寒玉。鑑影識空明，離物謝污辱。常恐形體褻，玷乃及心腹。履潔無所淄，蹈險不我跼。守此清白風，跬步敢失足？想見舞雩游，何必扶桑濯。

題素園吟餘默坐圖

道何道，言無言。吟所吟，天其天。何感而動聲樹間，何寂而靜月在川。動於無動動自然，靜不求靜靜也專。萬物過眼皆雲煙，一珠獨朗空中邊。爐香嫋嫋松風寒，六塵自散非由捐。雪谿流水清潺潺，是雪是水俱融圓。形神妙合天回旋，置身如在混沌前，坐亦非我非蒲團。

訪故人富香吏生崑山隱居

橫塘水初落，衰柳被我船。板橋界村渡，寒林疑在煙。到門相問訊，繫纜茅亭前。故人喜我至，握手多歡顔。昔别各少壯，荏苒三十年。憔悴送日月，星鬢俱斑斑。嗟我不得志，落拓依林泉。君以景純術，放浪江湖間。幽居若世外，庸知非仙源。謀婦出家釀，竭蹶羅酒筵。大兒兼耕讀，家學頗能傳。小兒尚髫稚，見客解語言。隔墻呼鄰叟，情話共流連。夜闌秉燭起，開户霜滿天。篷窗遲清夢，月在蘆花邊。

題顧受笙學博海天風雪圖遺卷學博佐汪少海師督修鹽邑海塘，嚴寒從事，因作是圖

我邑濱大海，海水齧我城。危塘恃一綫，勢與海力撑。糜金歲鉅萬，利在諸弊乘。支發有成例，額折減分層。縣官苦貧瘠，假款抵輸征。胥吏更蠹蝕，匠役交蠅營。到工僅什一，始聞鼛鼓興。虚中以飾表，中塌表亦傾。毁舊以謀新，新建舊已崩。相沿如固然，積習誰當更？錦城汪夫子，精氣通神明。狂瀾誓手障，志在安編氓。先生適秉鐸，契合交忘形。賢勞佐策畫，流弊務痛懲。南望秦嶺秀，北眺陳山青。當衝扼險要，堅壁抗强兵。波濤貫忠信，海若不敢争。時逢朔雪飛，島嶼排晶瑩。敝裘齒凍屐，自觸天風行。冷官冷刻骨，心熱因蒼生。至今汪公塘，屹立猶峥嶸。披圖想遺績，歷歷皆堪徵。前哲逝不返，後來誰賢能？

題王叔彝觀察慶勛婁江籌運圖

東南盛財賦，飛挽達河朔。自從瓠子潰，黄流久未瀹。天塹復中斷，頻年楚氛惡。疆吏策

海運，滬洋變更作。上海不守，海漕不能出洋。急思補太倉，何由縱大壑。司直洵奇才，登臨妙籌度。決渠導婁江，故道快新鑿。萬艘峨層雲，連檣去轟轟。帆影植巨纛，風信驗神鵲。仙靈各效順，鱗介敢肆虐？剋日貢天庾，萬里實掌握。始嘆幹濟臣，不事章句學。守經弗知權，遇變心已愕。履險懷謝安，破浪想宗慤。嗟彼井底蛙，豈識滄溟廓？

叔彝觀察蘆灣殄寇圖

鱗介衣冠絳抹額，黄浦灘頭晝鳴鏑。監司走避縣官死，劫火晴燒海靈赤。狐鳴鼠竊起倉皇，大府徵兵迅飛檄。憑依城社敢縱横，負固經年不能克。義旗殺賊誰英雄，王郎拔劍生秋風。散金結客士效死，借箸策險軍當衝。霆車火郭賊不守，蘆灣要道計必走。歲逢乙卯月在丑，除夜沉沉静刁斗。正兵前驅奇斷後，健兒酣呼作虎吼。彼窮思遁一軍陡，斬刈豺狼若屠狗。卸甲歸來血洗手，却飲新年元日酒。捷報飛奏明光宫，任擢不次嘉殊功。丈夫舉事固應爾，老守鉛槧真凡庸。即今戈艦横江東，屢戰未戢蚩尤鋒。願君莫灑新亭淚，更試婆留射海弓。

沈蓮叔都轉拱辰載酒訪隨園圖遺卷令子少蓮觀察索題己未

隨園文章天下名，百年喬木猶峥嶸。構雲鑿翠奪造化，氣局欲與南朝争。南朝盛衰電過目，泉石尚護詩人靈。西湖瘦沈具夙契，夢游曾度鍾山青。後來薄宦滯江左，畫船載酒來金陵。蝴蝶逍遥符往轍，鷗鳧歡喜申前盟。太史文孫各瀟灑，登臨觴咏聯吟朋。更作圖畫慰夢想，煙霞席卷歸行縢。樓閣清虚列仙下，闌榭紆曲幽人憑。嵐光樹色合蒼翠，筆外似有春雲生。佳話流傳二十載，大事陡變猿鶴驚。雨花臺前戰鼓聲，莫愁湖上妖星明。觵觥飛渡建業城，草木不走苻堅兵。江山龍虎未足憑，小倉一柱烏能擎？時粵寇尚據金陵。秦淮餘焰及滬瀆，袁粲大節完忠貞。太史孫又村大令祖悳死節上海。祖能風雅孫義烈，坐使林壑增芳馨。吁嗟休文亦下世，畫中主客皆凋零。當年鴻雪尚可證，鬱葱佳氣横吳綾。名流勝地互千古，家珍永寶傳雲礽。我昔泛宅長江行，問字未到揚雲亭。卧游尺幅聊快意，目及不啻身已經。松篁瑟瑟花冥冥，峰翠欲滴湖煙升。安得明河洗兵仗，重看仙島開蓬瀛。垂楊芳草無限情，江南如夢春難醒。新亭置酒堪腸斷，忍向林泉問廢興。

題許秋蘆西谿泛月圖

凉雲罥微波，回風散餘雪。孤篷衰柳間，秋意極騷屑。往歲泛西谿，清景嘆殊絶。詩卷各唱酬，酒尊互提挈。惜無好畫手，水墨狀幽潔。逸哉蘆中人，與我共游轍。家具似襄陽，琴書妙羅列。皓魄墮明漪，清光兩不滅。沙禽時一飛，塵夢澹以撤。披圖憶墜歡，使我相思結。貞兹白水心，忍與青山别。

題秋蘆友鶴圖

男兒墮地志弧矢，燕頷封侯當萬里。滿地豺狼行路難，幾時鷹隼摩空起。風雲漠漠生邊愁，倦翮且與元翁游。腰纏十萬未得志，看山似爲西湖留。乘軒者誰不能戰，羡爾雄心尚霄漢。好吹玉笛降群仙，赤壁磯頭恰相見。

輓秦次游

兩地心交證夙緣，相逢湖上極纏綿。郡樓燈火三更酒，長憶清談月滿天。予兩人心交有年，咸豐乙卯秋，相見於杭州郡齋，談讌甚洽。

橐筆天涯賦浪游，一時才譽動諸侯。平生不解因人熱，枯樹蕭蕭但寫秋。君自顏所居曰半枯樹齋。

疏懶嵇康學養生，藥爐經卷苦修行。文人慧業終天上，知在芙蓉第幾城。君性疏懶，近歲好讀道書。

黄浦江頭唱竹枝，客窗爲我寫新詩。豈知夜半籠燈别，便是人天永訣時。去年四月同客申江，予賦《洋涇竹枝詞》二十四首，君極爲擊賞，手自録稿。予先期歸，與君話别寓齋，絮絮至夜分。後竟不得再見。

禾中鷗鷺冷如秋，每爲尋君一繫舟。此後河梁誰共語，只應慟哭過西州。

草聖詞仙本夙根，不曾射策到金門。才人例合官司馬，贏得青衫葬淚痕。君工書能文，中歲膺鄉薦，春官再上，不得志，以勞績得同知，未謁選而殁。

淩少茗明經介禧爲浙西老宿頃晤於雲間試院以坦然圖小影索題

世途本蕩平，人心苦欹側。咫尺起太行，康莊忽荆棘。鬥捷争巧便，行險或傾踣。利害非人爲，機械每自賊。先生具曠抱，優游順天則。中虚無所著，萬境不我戚。觀念息波浪，箸書憫飢溺。箸有《東南水利略》。但願同太平，物我兩俱適。示余坦然圖，光霽近可即。想見樂道心，不在養生術。此爲上壽徵，宜叶幽人吉。

少茗丈以其先世忠介公手書詩稿卷屬題敬誌五古即次卷中盧敏肅公元韻

正氣在天地，流光照簡册。大節起懦頑，餘事及撰述。卓哉淩忠介，蔚兹龍虎筆。不以文字名，實於風教益。茫茫劫火餘，故紙灰燼拾。平生忠愛心，晶瑩焕珠璧。手澤寶後賢，披吟增慘切。桑海有變遷，不朽永金石。吁嗟明祚衰，故宫痛荆棘。感憤託悲歌，流露見胸臆。聞風百世下，能令熱淚溢。如對日月光，足使晦盲闢。清輝挹桑榆，奇香發卷帙。十讀三摩挲，望古百端集。

王雪軒方伯有齡五十雙壽五排一百韻

江海屏藩重，蓬萊歲月長。耆英開洛社，壽考屬汾陽。閩瀣驪珠躍方伯侯官人，滇雲豹采藏隨宦雲南。居官貽寶鑑封翁著有《居官鑑》一書，出岫發硎鋩。治譜承家法，循聲樹衆望。藎懷輸懇摯，筴課效劻勷以鹽大使發浙江。蜃市方傳檄時值夷警，蛟門獨戒裝。乘虛穿敵壘，觸險走飛艎解餉定海。小試屠龍技，遥看畫鷁颺。論功原卓異，遇順始騰驤。製錦觀新政，栽花集異芳署慈谿縣事。仙鳧臨澤國，來鶴下山莊。秋月賓朋座，春疇父老觴。官清無所擾，民愛詎能忘？考最移繁劇，繩頑飭紀綱。島夷初受撫，邊釁更籌防。蜮魅沙能射，漁師網不張。盜氛猶出没，妖語每驚惶。燭怪明懸日，擒渠令肅霜。恩波流甬水，隱患戢蕭墻捕妖人、靖海盜，皆宰鄞縣事。首邑才堪任，心田德允臧。盤根須利器，痌瘝恃良方。纔借和薰拂，誰知苦雨霶道光二十九年宰仁和，適值水灾。夏畦無畛域，春潦失池塘。未有三年蓄，偏逢五穀歉。竈蛙寒自語，澤雁病難翔。菜色憐飢饉，蕉思起瘠尫。讜言争去就時以賑事力争於大府，詞甚痛激，熱淚盡祈禳哭禱於郡廟，聲淚俱迸。赤子終安堵，黄門竟發倉。宰官真佛種，業海得慈航。中歲傷莪蓼，斯人倚棟梁。再來迎竹騎，未許製荷裳。柳浦停詩舫，苕谿綰郡章。弦歌宏樂育，忠節勵綱常守湖州，倡建書院及節孝祠，重刊《淩忠介奏疏》，並爲立祠。火烈萑苻藪捕治一猾快馬張三，樽開翰墨場。宧情澄水鏡，山翠落詩囊。風雅咸推白，循良合溯黄。兩堤重繫櫂，五馬更飛繮。鄰堠時聞警，祅星

看舞彩，朝笏羨盈床。有穀謀詒燕，生蘭喜弄麞。珊枝争擢秀，玉筍漸成行。笄弁欣雙茂，笙
糟糠。桃葉春江楫，芙蓉曉院妝。麟祥占氏族，螽羽望姬姜。積厚承先志，敷榮卜後昌。宫袍
子，心調般若湯。親闈娱菽水，女誡飭閨房。儉飾隨游宦，炊煙及故鄉。牛衣酬翟茀，鶴俸慰
良辰逢降嶽，上壽祝如岡。佳偶吟鳧雁，前緣卜鳳凰。偕綬徵紱佩，比德叶珩璜。手種菩提
接令公香。五秩年方盛，三春樂未央。晴檐烘早杏，新漲浸垂楊。地溥陽和澤，天開晝錦堂。
干戈運，名垂竹帛光。旌旗嚴細柳，弓矢挂扶桑。葵向心常赤，薪勞鬢易蒼。行看陶督建，定
夜郎。石頭期搗穴，瓜步快鳴榔。餘孽應吞蝨，殘氛敢沸螗。將材思鉅鹿，賊眚射貪狼。力挽
疾，劉晏度支忙。勞怨終當任，綢繆莫或遑。饟儲紅腐粟，鋒淬緑沉槍。壯士乘朝氣，幺麽小
北闕嘉勛績，南天寄保障。理財裘挈領，轉漕箭飛檣。吏治公衡鑑，軍威震斧斨。鄭侯輸挽
搜兔窟，聲勢壯鷹揚師久糧竭，籌饟甚迫，乃親至上洋釐核關課暨捐務，歲增銀數百萬，江南軍儲藉以支給。
痍瘡。全局籌吴會，來源導滬洋。胥征先絶蠹，鍰罰必懲贓。散積堪酬士，釐奸忍病商。蓋藏
惰，灾黎亂可傷。班超難肉食，道濟但沙量。仰屋眉空鎖，同仇膽孰嘗。無人權利弊，何術振
擢雲南糧儲道，陳臬到金閶。未掃長蛇焰，還愁瘈狗猖。犒師窮鼠雀，當轍奮螳螂。枵卒疲逾
聲薄建康。謀參帷幄秘，功藉羽儀彰以籌防功得花翎。一歲頻遷擢，重霄自頡頏。監司膺玉紵
紛四出，牢廪竭千箱。靖内稽巡密，居中策畫詳。驕兵懲桀悍，義旅練精强。勝算恢寧國，先
正吐芒守杭州時，鄰省賊氛近逼浙界。腹心殊擾擾，肘腋總皇皇。近燧連黟歙，遥烽接楚湘。軍符

歌奏八琅。始知功不朽，豈直善餘慶。賤子嗟庸櫟，喬柯託豫樟。特隆徐穉禮，能恕阮生狂。曲賞琴三疊，詞誇錦七襄。目爲文陣虎，資以束脩羊。仰賴分輝照，慚無寸美償。願隨青鳥使，同晋紫霞漿。忠孝綿家世，勛猷炳廟廊。爲霖瞻岱岳，指日拜封疆。翊治兼文武，迎鳌大吉祥。郵筒申兒介，福禄頌鴛鴦。

雲間留别袁漱六觀察芳瑛

十五國詩無楚風，離騷廿五爲詞宗。至今文采被湘漢，佩紉蘭蕙裳芙蓉。袁宏淵雅本楚産，摘屈宋艷追芳蹤。生逢有道翽鳳羽，奏賦早達明光宫。才人補外異俗吏，循良治績龔黄同。昔年妖焰照滬瀆，射海親挽婆留弓觀察佐吉中丞克復上海。蝥弧先登鷁帆走，鼉鼓擊浪聲蓬蓬。元日張筵草露布，祓除戰血回春融。論功晋秩膺懋賞，佩刀入匣弢長虹。揭來雲間綰郡綬，善氣蒸洽民和雍。却借詩書化囂悍，四境俱在弦歌中。詞源上溯浣花叟，酒座喜接廬陵翁。賤子文章荷心賞，愧以瓦缶儕鐘鏞。千里一室孰感召，契合似有神明通。江南三月桃花紅，踏歌岸上催離悰。微風細雨來從東，一篙春水飛歸篷。垂楊送客何匆匆，攀條贈别詩難工。昌黎爲雲郊爲龍，安得朝暮長相從？來宵有夢逝焉適，華亭明月懸清空。

雙珠行有序

薛氏二女，曰二珠、四珠，安徽全椒人。二珠年二十，字余。四珠年十八，字吳。俱未嫁。咸豐八年戊午三月二十七日，賊陷全椒，二女及兩弟隨母孟避亂於黑李村。居數月，賊踵至。二女乃泣告母：『請速携兩弟走，兒輩當先引决。』未幾，賊益迫，二女遂携手沉淵以死，母及二子乃獲免，時九月六日也。夫使二女不死，則母若弟爲所賫，勢不得生，二女亦終死，或不死，則其禍有甚於死者矣。惟先死，既全母、弟，且以自全，其識力有大過人者。嗚呼！智勇、孝友、義烈，於倉皇呼吸時决之，此豪傑之所難，而顧得之弱女子乎？尉農司馬時雨爲女從父，宦於浙，述略徵詩，爲賦《雙珠行》。

烈烈山上火，泠泠山下水。水底雙明珠，光采照鄉里。小珠月初三，大珠月上弦。清輝兩激射，三五未團圓。蜿蜒長黃虬，飛來攫人食。吐焰燒太陰，焉分玉與石。大珠携小珠，長跪告阿母。兒當從此辭，母當挈弟走。有弟可養母，有女翻累親。弟在女可死，其勢不兩存。哭聲慘嗚咽，生死相决絶。舉身赴清池，尸香永不滅。其時正九月，木落空江寒。冰雪敝凡卉，鍊此並蒂蘭。天風響環佩，歸夢陣雲隔。誰斬賊頭顱，來祭弱魂魄。忠孝世所重，臨變或躊躕。識定義不辱，請視雙明珠。

輓丁筱泉郡守

丁儀能文章，豹采早騰躍。一官走塵海，真氣自磅礴。吏治根性情，所至頌聲作。宦游廿餘載，清風在囊橐。近歲官之江，時事值盤錯。烽火逼鄰壤，糧餽急戎幕。捧檄周郡縣，利弊互籌度。集饟壯軍實，懲蠹黜豪惡。胸無渣滓存，持論輒諤諤。權貴憚風采，勢焰爲之却。蟾帷海上來，翩然過林壑。新知如舊歡，肝膽露干莫。招我西湖舟，飲我錢江杓。江水照蛾眉，秋聲動弦索。清狂假騷艷，感憤併哀樂。俯仰百年身，熱淚笑時落。誰喻平生懷，但恨魯酒薄。墜歡逝難再，去境宛如昨。奈何彈指間，已復人天各。循良自有傳，交誼可言略。憶往每心痛，招魂或夢託。明月下孤山，却望歸來鶴。

觀雲詩五章限坐看雲起時五字爲韻每章各三十韻

層樓倚空曠，當檻好山墮。白雲爾何來，因風自滄沱。始則觸石興，兜羅劈細瑣。繼乃極寥廓，大千忽包裹。爲霖亦俄頃，出岫愈裊娜。所往無成心，機引若轉柁。中有自在天，於相却無我。因念物之初，元氣渾胎卵。胡然贅此形，其來孰爲柁。偶焉四大合，本來百體裸。託迹天地間，太倉粟一顆。穀種原自佳，糠秕忽掀簸。觸物生衆垢，遂令業網墮。不知泰素鑿，漸乃嗜慾夥。六賊動相蔽，千慮測益叵。清虛日銷鑠，陰霾苦堆垛。夢枕不聞鐘，暑繖每張火。忮求殫機械，名利役繮鎖。勞勞百年身，可憐重擔荷。富貴固有命，强取或階禍。嗟彼大海濤，泛此一葉舸。何由達彼岸，所恃願力倮。中流苟不戒，弱冰易坎坷。智者湛以虛，形神兩俱妥。游心廣漠野，萬境俯塵堁。舒卷任自然，行藏無不可。水流終有歸，花落乃見果。大化悟循環，行順莫予左。心與雲俱閒，疏水樂亦頗。欲得静觀趣，何不忘機坐。

春雲靄花柳，夏雲幻峰巒。陰雲晦郊野，晴雲媚山川。浮雲變蒼狗，彩雲翔青鸞。凉雲令我爽，凍雲使人寒。雲歸忽擁樹，雲起或斷山。其往澹無著，其來莫知端。胡然而興滅，胡然而變遷。胡然而凝結，胡然而盤旋。謂雲本來無，靉靆彌九天。謂雲本來有，日月光兩間。孰爲雲主宰，叩之雲不言。氣機所感觸，動静皆自然。人心多幻境，瞬息叢萬緣。憑虛現樓閣，不水生波瀾。太空豈有相，自溺塵與煙。無根託高峻，一蹶誰扶顛？昔時豪貴地，今日犁爲田。昔時醉飽骨，今日藤蔓延。彈指已桑海，誰能金石堅？片雲偶起伏，皆作如是觀。達人別真幻，幻中求真詮。即空以悟色，因流乃尋源。默乘造化理，不泥迹象看。生氣驗闔闢，天運與回環。膚寸起方寸，旁薄及八埏。一念所推暨，渾淪無中邊。仰高見鳶飛，俯深察魚潛。萬物皆我備，一物不留焉。顯晦順時命，雲水長澄鮮。蒼生自霖雨，我心仍太元。

白雲滃山頂，能令山氣昏。雖然暫掩蔽，山不改其真。雲本不礙山，山氣還自薰。石竅偶蓬勃，天際遂彌綸。因思有生初，本體無纖氛。鏡臺朗虛抱，湛若磨冰輪。有如月出海，清光横秋旻。物感稍侵蝕，絲縷漸以棼。翳障互起滅，瞬息布氤氳。澄谿自壅塞，泥濁水亦渾。素縞豈不潔，就染忽已緇。外物能我變，君子慎造因。醴泉固有源，芝草非無根。素性幸勿壞，天君定所尊。堅白善自保，曷由受緇磷。世人逐後起，思慮何紛紛。譬之塵障目，目中本無塵。譬之酒在面，面固因酒醺。風燈散光焰，膏火苦煎焚。美玉墮泥壤，幽蘭賊荆榛。至寶失所在，豢此傀儡身。賓從日喧擾，不知誰主人。百年會有盡，何者能常存。罔象求元珠，急須還我珍。自有孰敢攘，强得終易貧。守此光明藏，擴予衆妙門。桃源在初地，中涵太古春。雲中自有山，山外自生雲。雲盡山始出，道遠終可臻。毋歧雲外路，行見雲中君。

青天何蕩蕩，仰視若萬里。閒雲游戲之，迹相不可擬。有時趁朝霞，組織煊羅綺。有時烘暮嵐，閃鑠化金紫。有時墮水邊，清波共渺瀰。有時戀樹杪，閒情澹迤邐。有時颺晴煙，卷舒薄於紙。有時值颶風，奔騰疾若駛。即景生萬象，不知誰所使。雲固無容心，於物豈有滯？乃悟聖人心，至道無方體。大或包崑崙，細或入稊米。遠或極蠻貊，近或在床笫。恩或澤雨露，威或濟弧矢。達或享鼎鍾，窮或樂疏水。動或寓鳶魚，静或蟄螻蟻。蠢或僵木石，靈或通神鬼。常或安耕鑿，變或輕生死。潔或履冰雪，穢或溷糞滓。與世互推移，未嘗恃所恃。隨遇便屈伸，順時得行止。苟存執著心，所向已多泥。七情未發初，有若混沌始。不見無可欲，亦無愛怒喜。保兹渾然天，中虚絶偏倚。空洞納衆有，我懷本如底。彼來此則應，妍醜適相似。影過鏡亦空，無人安有己。試看天上雲，流行正如是。本來泯端倪，何必問所起。

出門欲安適，曳杖信所之。舉頭見白雲，不覺坐移時。我意不在雲，雲亦不我期。偶然兩相值，彼此各依依。何人不見雲，雲趣無人知。徘徊得静契，去留尠停機。往過來者續，輪旋妙轉移。中無一息間，乃悟道化微。碧山澹欲暝，澄川逝如斯。我心赴冲寞，似與雲俱馳。忽顧人世間，陣雲横江飛。楚雲鬱未散，粤雲慘可悲。烽煙黯祆障，日月蔽清輝。誰實釀灾祲，民物苦流離。感召良有因，燮理豈無司。人心激天變，陰陽始乖違。生殺互倚伏，造物終仁慈。空山雖云樂，念之心不怡。安得灑甘雨，澤此瘡與痍。清凉脱焚焰，康阜拯顛危。灾厲化符瑞，飢溺游恬熙。擴我胞與量，培兹長養機。功成歸去來，林壑慰夢思。結想託霄漢，縱情游希夷。忙時因看花，閒時且咏詩。醒時見雲起，睡時如雲歸。雲氣在我心，流動不自持。我心即雲氣，左右無不宜。呼吸悟消長，閒散泯是非。素懷只如此，此樂誰能希。問君何所樂，雲影方遲遲。

贈富香吏即題其赤脚山人圖有序

香吏，邑之奇士也。少時與余同補弟子員，以文字相契合。中歲匿迹峰泖間，好蓄異書，精星運形家之學。今年已六十矣，與余别三十年。香吏嘗念予，予亦未嘗忘香吏。香吏以予未有子，去年十月忽自來，爲予相宅，示以方位改作之法。今年三月復至予家，以西法推算星命，又測量日影，按吉宿所臨，揆時日纏度定床户，澄思殫慮者且二十日。嘻！香吏之術，遠近以爲神，然或重聘而不能致者，比比矣。乃其愛友之苦心，至於一過再過，必思盡其術以補救之，是可感也。香吏性真樸，嘗敝衣跣足，登涉山水。士大夫奇其才，雖豪貴不敢褻，人咸呼爲赤脚仙，作《赤脚山人圖》。予乃序述交誼而贅以詩。

君如春空雲，蹤迹安可求？因風偶飛墮，宿我樓上頭。浮家隱峰泖，放浪三十秋。異書讀未見，奥旨窮冥搜。綜貫經史子，上溯墳索邱。穴古彙精藴，殫思通神謀。三才洩秘鑰，心與造化侔。奇氣不自掩，高論驚公侯。黄金重聲價，明珠争蹇脩。邂逅非所願，駒縶不肯留。忽焉念故舊，春水泛扁舟。謂我近衰暮，無子紹箕裘。欲以數造命，五行劑剛柔。陽和轉枯木，能使萌芽抽。感謝故人意，解我終身憂。玉投倘有兆，金鑄豈足酬？近世交態薄，有若浮萍浮。境啻膠漆淡，勢在針芥投。誰能富貴場，念及寒素儔。君有古人誼，肝膽視蒯緱。但惜良會少，聚散難自由。示我赤脚圖，意興淩滄洲。矯矯天半鶴，泛泛水中鷗。神仙偶著相，翩若汗漫游。願言致心素，題詩寄綢繆。彩雲不久合，庶幾慰離愁。今日山下泉，來日東西流。何由想顔色，明月滿高樓。

婁東王蒨石守曾以其先世麓臺司農畫幅屬題言將藏之家廟用垂久遠爲賦長古

國初以來畫山水，司農之筆高絶倫。胚胎造化積元氣，方之子久兼形神。此畫偶師迂老格，寒泉瘦石摇風筠。有如盛筵飫珍錯，菜根一箸翻清真。又若朝士厭冠蓋，忽於林下逢幽人。乃知鉅手無不可，易繁而簡妙則均。水軒半拓俯空碧，此中著我堪垂綸。蒨翁作畫得祖法，石田枯瘠時生雲。近來海上與我好，索我詩句題家珍。十年學畫愧未就，塵眼豈識桃源津。蒨翁孝思不可却，欲於家廟留清芬。吁嗟世人役錢幣，積銖累寸貽後昆。黄金在櫝久必祟，昔日華屋今爲塵。區區翰墨争氣運，越二百載精采存。人生有涯恃不朽，彈指富貴安足論。請看妙筆垂子孫，好山一笑年年春。

蒨石畫寄生竹索題老薇一本，空其中，竹自薇根穴空而出，故名寄生

城南有紫藤，虬枝老蟠攫。因依附喬柯，天半綴瓔珞。喬柯一朝薪，藤亦遭斬削。此吾邑近事。憑藉非自爲，運去終零落。亦有高遠志，無乃失所託。此君何森森，鞭節勁交錯。偶傍紅薇花，鑿空解新籜。虚心在中央，真氣達膚膜。本具淩雲姿，皮相未免愕。直内勢必伸，附外力終弱。此是君子交，何慮盛衰各。題詩報故人，清風滿簾幕。

蒙古科爾沁親王大破夷艘於天津恭賦誌喜

輪艦激浪檣卓天，鮫鱷噴火青冥煙。惟王英武氣蓋世，旗鼓所向神京安。海内承平百餘歲，蠢兹異類敢擾邊。鍛鍊鴆毒病蒼赤謂鴉片煙，洪水猛獸均憂患。先帝愛民嚴法禁，欲起沉痼重調元。紅毛嗜利輒生釁，翻因仁政開兵端。聖德懷柔示寬大，冀以干羽馴苗頑。中外一

家與休息，雨露所及無私偏。彼昏不知肆要約，入關劫使横戈船。犬羊反側不可化，惟殺止殺恩威全。王奮厥武扼奔突，神雷怒發灰其堅。水深火烈群鬼沸，巨艘十二同殲旃。餘艇敗逸乞外援，諸夷懾伏誰敢前。嘆夷既大挫，其與國佛蘭西、咪唎㗖俱解散，乞内附。四海憤鬱二十載，一朝吐氣須臾間。嘆夷入寇以來垂二十年，或戰或撫，未受大創，卒以驕致敗。列聖英靈實呵護，廟謨籌畫兼經權。天生奇傑戡禍亂，夷夏威震神人歡。戰功當與銅柱埒，廷議忍説珠崖捐時羊城未復。昔年高唐殄巨寇粵賊林鳳翔等受擒於高唐，今兹溟渤回狂瀾。重洋萬里膽已落，中原群盗心俱寒。願王振旅更南下，掃除腥穢光山川。

舟次無錫夜泊小金山納凉

卓空火爔熾中流，却喜招凉一繫舟。蟬噪初沉蛩語續，此聲才動便成秋。
樓臺窈窕水中央，檐外疏星影緑楊。小拓篷窗欹枕簟，今宵歸夢極清凉。
梁谿新漲浸鼂磯，奩影空明照畫旂時因軍務列栅巡防。閒却笙歌嚴筦籥，夜深燈火酒船稀。
九龍山翠畫脩蛾，屧上燕臺識面多。今日相逢青鬢改，勞人猶未厭關河。

六月二十九日許荀仲司馬美身邀泛西氿看荷小憩陳氏草堂山水清曠如在六橋三竺間也同游者爲周海門大令濬川朱紫岑明經

嘉穀魏保鴻茂才錫名史勵齊上舍潾

西氿山水如西湖，奩波瑟瑟摇菰蒲。使君瀟灑雅好客，衝凉來看紅芙蕖。緑柳拖煙舞長帶，翠盤承露翻明珠。嵐光遠隨碧雲合，花香近與清風俱。高城一角峙蝦虎宜興城又名蝦虎，澄漪千頃飛鷗鳧。數家臨水好村落，誰其居此陳與徐謂陳若木、徐祖香兩君。迎門肅客餉瓜果，草堂恰對青山臞。陽羡新茗摶沙壺，廉泉斟酌甘醍醐。塵腸洗滌煩襟除，秋氣拂拂生衣裾。使君德化周四隅，兵荒雖迫侯來蘇。風俗淳茂三害無，官民久習禮節疏。垂髫黄髮相叫呼，鷄犬盡入桃源圖。年來上考惟征輸，鞭撻膏血戕肌膚，性情扞格民不孚。夏日可畏亦可吁，安得有此清凉乎！

洑谿訪徐慕泉上舍垟

洑谿清到底，幽境絶無塵。白水思廉吏，青山吊故人謂尊翁芷坪大令。十年相見少，兩世論交真。積德終昌後，無須嘆負薪。

贈周海門

周君古循吏，爲治但率真。超然名利外，求其治亂根。潔己謝賄賂君丞陽、汶，革除陋規至二千金，弭變嚴稽巡前任荆谿尉，值鄰邑告警，君晝夜巡察，居民得安。我正物不擾，良化悍亦馴。一命非貴顯，報稱義則均。不以階級卑，枉此七尺身。毀譽見直道，循績屢上聞。行當展驥足，民望正殷殷。竭來陽羡游，握手荆谿濱。傾蓋若故舊，心醉同飲醇。纏綿與我好，庸知非夙因。自言十載前，共踏京華塵。悔不早識面，今日始相親。相親復相别，别思鬱不伸。臨歧訂後約，詞意兩諄諄。我才豈足數，君誼抑何敦。性情之所屬，真氣總彌綸。愛友有如此，知君能愛民。

長橋吊周孝侯

南山虎，長橋蛟，誰其制之侯寶刀。虎不風，蛟不龍，英雄失路無乃同。忽然讀書報天子，力戰沙場爲君死，丈夫血性有如此。蛟虎可殺賊可屠，奸臣掣肘侯捐軀。吁嗟此害誰能除，茫茫千載無時無。

平湖鍾琴齋司馬鼎勛述其同里倪健人生具神力兩臂可任千斤然恂謹安貧不以技自炫今年且六旬仍抑抑無所試詩以慨之

天生豪傑畫麒麟，忍作江湖廢棄身。窮不乞憐貧見骨，老猶無敵技通神。世因資格輕奇士，我爲邊疆惜此人。搔首中原兵未靖，幾時鷹隼出風塵。

七月十八日泊鴛湖值沈文節公炳垣歸骨謁奠舟次詩以代哭

悲風蕩靈旗，白晝忽蕭瑟。神鬼森護持，萬里送殘骨。偉哉沈閣部，讀書秉大節。孤城捍驍寇，戰守至百日。勢迫志愈定，力盡誓不屈。遑計先軫元，但奮常山舌。書生報國忱，止此一腔血。賓師非疆臣，不死亦有説。公以學使出巡，道梧州，本無守土責。顧念天下事，半爲庸巧裂。捐兹七尺軀，要使將吏激。人臣盡如此，群盜豈足滅。昔同燕市游，交誼與我密。長途託妻子，送我南還轍。三年正月，公以眷口附予南歸。臨歧各沾巾，相對意騷屑。謂當續墜歡，詎料成永訣。今日南湖濱，湖水正嗚咽。邂逅在道途，生死兩隔絶。故人一掬淚，慘過生前别。回頭詢僮僕，艱難爲我述。往來白刃中，幸負餘骸出。時粤楚之交賊氛猶熾，舊僕袁咸犯險負骨。百體存一支，烽火鍛成鐵。公駡賊不屈，賊磔而火之，燼餘殘骨僅存數寸，好義者貯以紅囊，藏之崑將軍署中。襲以紅錦囊，光焰夜燭月。主忠僕亦義，魂厲賊猶慄。神靈已太虛，遺蜕永芳烈。朱鳥歸來乎，如意痛欲折。

九月十六日送次女琇歸馮郎纘齋緒曾

前年嫁汝姊，今歲復嫁妹。老人心力殫，奩飾殊不備。幸汝得大體，瑣瑣未屑計。自安荆布風，塵視珠與翠。近世趨浮華，萬事競奢麗。財匱用愈泰，民俗日凋敝。遂令閨閣中，習染變風氣。汝母嫁衣裳，時眼不值睇。汝無世俗見，頗悉甘苦味。但憂父母勞，時墮暗中淚。髫年解讀書，固應別有會。可惜非丈夫，猶幸適佳婿。我雖未有兒，女好亦快意。又況嫁比鄰，旦夕可問慰。衡宇近相望，舟車兩不費。思汝我便來，思親汝即至。惟願室家宜，稍釋門閭思。婦道秉母訓，無俟我言贅。我今送汝行，兩言汝當記。持躬務儉約，積德恃寬惠。

倚晴樓詩續集卷一終

倚晴樓詩續集卷二

海鹽黄燮清韻甫著
錢塘宗景藩子城校

杭城紀事庚申

傳聞捷報過錢唐，誰信潛師出禹航。賊於二月初陷廣德，據長興，進攻湖郡，不克，遂由餘杭徑犯杭州，勢甚疾。可有指心王武俊嘉協魁、紹協祝俱戰死，杭協王走免，苦思擊賊段涇陽臬司段出城募兵。軍門上策惟清野賊抵武林門，我軍縱火清野，民舍一空，部曲連屯每亂行。立馬吴山形勝去自葛嶺至萬松嶺盡爲賊據，群公應變太倉皇。

金牛湖上艷陽辰，鶯燕樓臺入戰塵。三月桃花紅犯雪三月初十日大雪，南方僅見，兩堤煙草碧成燐湖上焚掠，被害極多。可憐佛國同羅刹城外叢林半爲賊藪，何處仙源結比鄰。畫舫珠簾零落盡，杜鵑嗚咽吊殘春。

達官眷屬半神仙，鼓枻浮家去渺然。萬户脂膏留待賊，十門鎖鑰苦防邊。賊於二月十九日抵城，十門盡閉，紳富無得脱者。佩環零亂珠沉浦，羅綺叢殘玉化煙。婦女挾資登舟，冀城開即遁，猝逢賊至，皆赴水死，河水爲之不流。恨水茫茫流不竭，有誰噀血籲蒼天。

三衢重鎮擅威名，保障全吴在此行。光弼鞾刀思將種，景隆紈袴墜家聲。頓師不進翻徵鑣，臨敵無功尚縱兵。鎮軍李兵潰梅谿，尋由湖州進援杭州，留嘉興數日，兵勇滋害，百姓苦之。回首鳳凰山色好，當時父老望蜺旌。前屯鳳凰山，演習軍陣，官民頗倚重焉。

森嚴節鉞鎮江湖，咫尺烽煙偵探誣。賊離城十里，探稱勇潰。變起腹心奸早伏，卜者王道平爲賊間諜，匿省城數年矣，以私書敗露，民共磔之。軍無犄角勢先孤。諸軍俱納城中。赤心報國和衷少，白面談兵衆論殊。十萬生靈同浩劫，被難者九萬七千有奇，疆臣定識誓捐軀。

亡命屠沽氣焰張，一時應募備戎行。窮搜玉帛驚鷄犬，虛擲金錢豢虎狼。都轉繆所募復勝勇，皆兇悍不馴，白晝剽掠。釋甲盡更紅抹額，倒戈翻試緑沉槍。賊由清波門緣城而上，勇即大呼城陷，須臾盡變賊裝。臨危反噬嗟何及，一死模糊事可傷。都轉爲勇所戕，被創甚慘。

棘門兒戲謾論兵，賴有將軍細柳營。背水奇功爭死地，撼山威令抵長城。大呼振臂孤軍奮，力戰同心散局撐。二月廿七日黎明，清波門陷，賊長驅入，諸軍潰散，獨滿營不下，將軍瑞督兵堅守，屢戰屢捷，民兵又列栅自固，爭殺叛勇，賊雖得城，不能定也。夜半神燈看破敵，挽回殘劫奠蒼生。滿營燈火相望，終夜不絕，僉謂有神助云。

桓侯甲仗走驚雷，矛馬先登毒障開。赤幟精神寒賊膽，皂旗威望重邊才。總統張於三月三日抵艮山門，前鋒二十餘人拔幟先登，賊遂遁。狂瀾突捍錢江弩，焦土猶温楚炬灰。可惜餘氛殲未盡，更須飛將鼓行來。賊遁泗安時，大股猶據長興。

輓尚齋舅氏

朱邑古循吏，治行達九閶。皖南及江右，流澤春汪洋。一麾移繁劇，霖雨被東昌。遂令齊魯間，咏歌不能忘。家山忽入夢，扁舟憶滄浪。聖人遂高致，詔許還故鄉。結廬東海上，杜門謝塵韁。官府恥干謁，魚鳥樂徜徉。花開月初滿，興到持一觴。呼童召嘉客，劈箋鬥琳琅。流覽泉石趣，灑落翰墨場。良辰多好懷，結想羲與皇。小子愧不學，謂我能文章。虚衷勵後進，篤愛逾尋常。假書使我讀，饋藥使我嘗。書以拓懷抱，藥以滋腎腸。體會入微細，誼厚何由償。今年春二月，兵火照錢塘。東南財賦竭，家室半流亡。感時氣結轖，斫地歌慨慷。壯心老未已，自惜兩鬢霜。杜陵以詩瘦，吴質以憂傷。騎鯨去不返，誓將叩彼蒼。公年越八旬，蘭桂踵芬芳。游仙脱亂離，白雲共翱翔。生既福德備，殁亦姓氏香。但嗟風雅替，桑梓頽靈光。薄才荷獎掖，疲策思騰驤。今兹千古别，人天兩茫茫。曷以罄哀悰，下筆累十行。我詩公所賞，安能繼渭陽。長言代痛哭，悲與言俱長。

夢得水香花影裏十字越日同眷屬倚晴樓登眺情景適符因足成之

樓閣清明雨，池塘燕子風。水香花影裏，人語鳥聲中。搔鬢愁新素，吟詩惜落紅。東南正遷徙，幽賞幾家同。

春暮園林

春暮園林清晝長，荼蘼欲雪鼠姑香。平蕪時起白蝴蝶，新竹漸成青鳳凰。上巳重逢觴咏少三月閏，良辰半爲亂離忙。冶游忽憶西湖地，無數飛花落戰場。

可亭招集渌波小榭即席醉歌

紫藤花落新竹粗，好春雖閏忽已徂。緑陰芳草足可惜，鳴禽格格催提壺。吴興瘦沈具斗酒，邀我齒屐城西隅。軒窗半拓俯寒碧，萍波豁裂時跳魚。陂塘陰陰柳絲重，斜風吹雨霏明珠。波光簾影各杳靄，有若煙舫浮西湖。西湖芳事苦零落，碧血滿地青山孤。吾鄉窮僻幸安堵，尊前清景聊爲娱。石城警函日踵至，兵火所灼成邱墟。閏三月十五日，大營潰於金陵，賊由溧水進犯丹陽。新亭河山入淚眼，江左誰足當夷吾？故人相見且快意，撫膺時事空欷歔。讀書不用局里巷，談兵紙上終疑迂。亂離如夢勿復道，只宜沉醉游黄虞。一杯酩酊千愁無，問君不飲當何如。

閏三月十五日大兵潰於金陵廿九日丹陽失守督師由常州退至上海四月十三日蘇郡陷詩以誌憤

王師圍金陵，精鋭近十萬。氣壓鍾山雲，焰掣石城電。嵎虎困猶鬥，檻熊出逾悍。鄰烽近相望，左臂况未斷。時句容、溧水、宜興等處皆有賊壘。横流忽中決，全軍竟星散。飛檄請濟師，擁兵久不援。已成相州潰，誰角合淝戰。艱難八年功，惜哉隳一旦。金陵自咸豐三年圍攻至今。遂令財賦區，膏血盡糜爛。專閫果何人，功罪曷自斷。

巍巍八州督，東南資柱石。身繫天下重，位處人臣極。匹夫膺殊寵，名高可無實。况際喪亂秋，詎宜尸厥職。裘帶何從容，談笑視盜賊。經濟薄時賢，奏議卑往哲。士行習摴蒱，汾陽嗜聲色。舞袂拂旌旗，歌釵照劍戟。一勝輒高會，酣飲錯履舄。南都久陸沉，至尊方旰食。軍儲竭四海，迫思救焚溺。重臣倚腹心，固應共休戚。苟能致承平，行樂亮有日。曷爲賊未來，輕舟已先逸。根本既動摇，全局勢遂失。逍遥滬上游，冀仗外夷力。時有假兵夷艘之議。明知不可爲，須臾聊忍息。回首歌舞場，茫茫戰骨白。

偉哉張將軍謂副帥國梁，矛馬生英風。皂旗表將種，錦帆歸江東。骨肉視健兒，甘苦三軍同。大小千餘戰，靡强不摧鋒。一柱擎半壁，十年矢孤忠。誓收殘破地，補綴還九重。減饟惰士氣，誰實隳其功。去年以兵多費鉅，三月止給兩月之餉，軍心不固，實由於此。垂成忽以敗，萬帳裂飛蓬。重圍陷單騎，生死兩無蹤。從此江南春，銷鑠兵火中。軍民齊一哭，大星墜長空。惟餘卧虎筆，光采騰熊熊。公常作『虎』字，大可盈丈，筆力千鈞。登高思猛士，曷由慰宸衷。英雄起草澤，冠蓋羞群公。

毘陵既不守，錫山遂連兵。飛書急清野，焰灼姑蘇城。蘇城號佳麗，羅綺鬥娉婷。歌樓膩香澤，燈舫移明星。銷金日鉅萬，長夜酒肉腥。昏然色界中，沉醉不復醒。奢淫敝風俗，憂患已中萌。平時習宴樂，變起誰支撑。一朝禍亂作，有若惡夢驚。叛卒介而噪，官民各以奔。蘇郡以潰卒内變，不戰而失。慷慨臨大節，誰似徐中丞？郡城大僚徐公有壬死節。

四月廿四日吴江陷廿五日平望兵潰廿六日遂陷嘉興

渺渺松陵水，莽莽笠澤雲。剋期走飛艇，徑達鴛湖濱。豈無扼險隘，一敗不能軍。皇皇二千石，先事出城闉。挾資竟東渡，欲問桃源津。平時擁軒蓋，衣食資於民。今兹共患難，視若越與秦。父老遮道泣，掉頭苦不聞。浙西此門户，委之如輕塵。蒼生遘浩劫，固應有數存。賊來未一禦，何以荅君恩？但知越境免，却忘守土臣。郡將乃如此，其他何足論？

避亂董氏田莊

大旗捲落照，雜遝趨海邊。借問何官府，太守與兵船。太守守郡城，曷爲來此間？苦言賊鋒利，失地遠播遷。邑人駭奔告，倉卒謀瓦全。携家各分竄，終夜聲喧闐。予亦挈細弱，月黑走間關。假榻董氏莊，老屋對桑田。其時病寒泄，一卧竟頹然。眷屬幸健好，慰藉强歡顔。入山苦不深，未卜危與安。窮鳥得所息，且復游其天。

連村忽呼噪，遠近鳴銅鉦。按户出丁口，糾族練民兵。農器化劍戟，隴上多輟耕。誰信桃源地，乃令鷄犬驚。貧賤志殺賊，豈不愧簪纓？所惜無統御，還復滋紛争。婉言語父老，乘時當插青。俗呼插秧爲插青。衣食根稼穡，遲則歲不登。義勇良足嘉，亂機未可萌。不憚口舌苦，務使囂悍平。兵農判已久，應變當權衡。

郊原過梅雨，新秧緑已抽。微波鏡阡陌，生意遠浮浮。民氣幸稍静，漸乃事田疇。東村轉桔槔，西村負鋤鍬。男婦競耕作，日昃勞未休。平生嗜翰墨，落拓游諸侯。稻粱資破研，豈識耝與耰。農事非不艱，何似心血嘔。世亂石田涸，力穡終有秋。歸耕悔已晚，四海將焉投。寄言諸父老，務本誠良謀。

軒窗面平野，榆柳陰吾屋。疏簾隔微茫，遠見水田緑。茶餘偶支枕，得閒詎非福？幽夢懶如雲，清風爲斷續。村居半月來，鄰叟漸已熟。有時走相過，頗言生計蹙。干戈滿道途，禍機動相觸。時因盤詰奸細，行人稍有可疑者，輒遭禽殺。關市阻貿易，新絲不换粟。高聲罵盗賊，何爲縱流毒。感憤及時事，往往起頓足。談兵或不經，野風味逾樸。送客過板橋，斜陽在高木。微聞早蟬聲，猶和插秧曲。

勾膝吾祖宅，主人吾舊鄰。謂董上舍少莘昆弟。相逢患難中，益見交道淳。床榻爲我設，几案爲我陳。魚鮮及蔬菜，時時饋厨珍。翻言茅屋窄，不足留嘉賓。又言野味薄，不足供盤飧。情摯語亦質，流露皆天真。何由報厚誼，踼蹐轉難伸。吁嗟世途惡，乘危生荆榛。擾攘起肘腋，遑問戚族姻。豈意亂離日，猶存太古春。十室有忠信，薄夫庶幾敦。

悼亡友詩有序

自嘉郡不守，流離遷徙，朋舊星散，秋來繼以大疫，同里沈可亭、李子健、孫意泠、朱崧巢，婁東王蒨石，梅里張吉盦諸子，相踵徂謝。吉盦駡賊，被重創死，死尤慘。之數子者，皆有性情文字之契，不數月間，零落殆盡，能無悲乎？因各繫以詩。

可亭耽風雅，癖嗜詩畫書。賞鑒及金石，真贋辨錙銖。平生慎交友，未嘗畛域逾。良辰或游燕，獨與我輩俱。雋語出諧謔，微妙不可摹。閒時每過從，愁懷爲君舒。近歲構祠宇，幽蒨如畫圖。索我爲文章，置酒相歡娛。新構祠宇，置酒落成，索予爲文記之。時聞潤州警，大兵潰南都。舉杯三太息，强醉心不愉。豈知盛筵散，遷徙各一隅。疫鬼復肆焰，損子千金軀。大郎絶英秀，接踵歸太虛。令嗣健伯茂才亦相繼物化。幼子尚穉弱，戚族誰匡扶？茫茫後來事，仰天徒悲吁。

子健精繪理，水石生雲煙。橐筆走燕市，譽噪公卿間。歸來二十載，辛苦食研田。名高不自滿，持論每欿然。常恐去古遠，時好難久傳。所造未有極，惜哉不永年。遺墨在天壤，精氣猶盤旋。思君不可見，還看畫中山。

意泠有詩癖，夜吟每達旦。中年以醫名，挾術去鄉縣。晚歲歸海濱，忽復理詩卷。得句互賞晰，舊交與我善。東方固玩世，寓言或近誕。怒駡假嬉笑，莊論雜奇幻。游戲賓座間，語妙輒噴飯。神仙宜逍遥，豈意值時變！長爲汗漫游，不忍亂離見。嗟我失良朋，推敲孰予斷。嗟我失良醫，衰病孰予健。平生好著書，遺稿幸未散。意林有《全唐詩補》《亞莊詩話》並詩集若干卷。區區身後名，文苑可無傳？

崧巢少業賈，好與文人游。偷閒輒學詩，氣格清於秋。爲人質直厚，骨肉視朋儔。貧能急人急，忙亦憂人憂。肝膽本天性，與物非有求。今秋久病店，厥疾良易瘳。庸醫昧虚實，藥物苦亂投。熱腸熾火劑，殺人勝戈矛。誤服附子，遂至不治。斯人竟長往，古道行復休。所望令子賢，庶幾紹箕裘。

蒨石寫山水，家法擅婁東。學古恥媚俗，取神不在容。自言無他好，假此滌塵胸。一日不作畫，便覺心手慵。前歲客海上，往往聯游蹤。乘興輒過我，謂我嗜好同。談笑溢天趣，咳唾生清風。詩畫每互易，情愛各有鍾。遘亂苦遷避，蹤迹如飛蓬。臨歧一揮手，音書不復通。猶憶二月初，醉我梅花中。梅花今又發，斯人安可逢？

吉盦性樸雅，交誼如飲醇。古道照顔色，能使薄俗敦。賦命極蹇塞，文戰屢不伸。伯道既無子，仲路復傷貧。往歲冒風雪，訪我龍江濱。枝棲幸有託，暫作諸侯賓。明年聞楚警，倉卒歸里門。予客皖江，吉盦千里過訪，幸獲安研地。不一年而楚北告警，安慶垂陷，吉盦遂倉卒賦歸。時乖動輒咎，潦倒不自存。今復抗兇焰，駡賊竟殺身。賊由嘉興陷梅里，吉盦遇賊，不屈，身被三刃。窮骨老益勁，至死不失真。艱險歷諸苦，慘痛豈忍聞。斯人遘奇禍，曷由測其因。

傳聞

傳聞西海向東流，莽莽風濤接素秋。鱗介縱横蛟鼉怒，神仙漂泊鳳凰愁。瓊臺貝闕蕭疏別，翠蓋霓旌汗漫游。立馬扶桑搔首望，白雲何處是瀛洲。

悼張春樵明經鳳墀顧幼梅孝廉德齡

春樵具夙慧，弱冠能文章。明經應漢詔，健翮遲翺翔。中歲頗好道成句，翻然脱塵繮。家鄰放雲庵，心與雲悠揚。高懷挹水竹，幽夢尋羲皇。余亦厭世事，時來共徜徉。元語碎冰雪，使我心地凉。蒲團返寂照，明鏡生寶光。春樵於放雲庵中趺坐習静，三年於兹。一朝撒手去，御氣還九閶。靈蹤不可挽，天路逝茫茫。嗟余尚苦海，俯仰增悲傷。

幼梅古遺直，心口無參差。貧骨屼衰晚，不與風尚移。往歲共計車，聯鑣走京師。文酒樂晨夕，豪興何淋漓。言貌絶世態，嬉笑皆天機。上書苦見黜，垂翅難奮飛。歸來東海上，破屋依茅籬。豈不憂凍餒，守正恥妄爲。植躬勵圭璧，素質安可淄。書生例窮困，餓死理亦宜。斯人竟長往，頽俗誰當支。

除夕

移家隱鄉僻，忽忽半載多。嚴寒逼歲除，殘臘瞬已過。咫尺警風鶴，肘腋猶干戈。讀書老無用，悔不遁岩阿。出處兩俱拙，百事皆蹉跎。衰齡值世亂，對酒顏難酡。眷屬幸團聚，聊以慰坎坷。今歲行復盡，明年當如何。天心倘仁惻，冰雪回陽和。還我草堂春，却倚梅花歌。

避亂辛酉

避亂居南鄉，寇自西南來。連村熾毒焰，剽掠無遺財。男婦駭犇竄，携抱童與孩。情迫屢傾跌，匍匐喘蒿萊。鄰犬吠相逐，一夕數驚猜。披衣出門望，野哭聲何哀。

南方不可居，更無安土遷。倉皇携細弱，且復返家園。家園近何似，三徑蕪可憐。樓下百樹梅，二月花已殘。登樓長太息，負此香雪天。桃李如有情，含苞爲予妍。柳絲尤裊裊，依人頗纏綿。會當稍偃息，一醉春風前。警函日以逼，更促浮家船。是夕苦陰雨，路黑天黯然。常恐賊驟至，倚裝不得眠。亦知無所適，勢急難遷延。但期遠城郭，或當免戈鋋。

彎彎鳳橋水，端明所隱居。明季巢端明孝廉隱居鳳喈橋。桃柳夾谿岸，村落成畫圖。客如燕定巢，但假他人廬。茅屋四五間，土垣低可逾。草草列几榻，屏障簾以蘆。斗室晦如暝，偪仄氣不舒。鄰叟見筆研，知我曾讀書。憐我苦顛沛，相對頗唏嘘。民風尚淳樸，或近黄與虞。突聞鹽城陷，乘勢下當湖。予於二月二十五日携家出城。二十七日海鹽失守，平、乍繼陷。餘氛蔽四野，遠近慘號呼。携家更走避，扁舟逐鷗鳧。賊分股掠鄉，火光咫尺，復買舟奔避，行裝皆被掠。舟人倚賊勢，瞋目視窮途。意在飽囊橐，遑與校錙銖。天下以利亂，若輩無地無。龍蛇有伸屈，自重七尺軀。

我行將安之，四顧殊惘惘。俄傳敵踵至，鄰船駭鳴槳。賊南則北走，賊東更西往。轉轉出艱險，差幸魚脱網。船居十餘日，乘間達沈蕩。小寓王氏樓，水檻臨波敞。驚魂甫稍定，惡夢敢回想？百憂叢夜闌，睡起心震盪。舉目天地非，搔首烽煙莽。此身何所歸，慰藉賴吾黨。梅愛山、陳湘漁諸君。

我生惟兩女，長者宗氏婦。廬舍已兵燹，舉家依我久。去年二月杭城陷，婿家毁於兵火。我婿聞變來，促我渡江走。宗婿子城在越中聞海鹽失守，犯險來，尋促我東渡。女嫁當從夫，我行且稍後。骨肉逢亂離，安得常相守？揮袂泣路歧，悲腸結難剖。令子城挈其眷口先行，予欲稍留以覘賊勢。即於沈蕩言別，臨歧黯然，涕不可仰。次女歸馮郎，生小至性厚。携船觸險行，還來看父母。各述艱苦況，未語淚先有。强作撫慰詞，聲咽但頷首。既來不終朝，惻惻又分手。聚散兩無定，相見亦復偶。

鹽邑已焦土，嶼城屹高壘。鹽城民房十燬其八，賊於嶼城築土壘爲久守計。餘賊紛四出，焚劫到鄉里。奸民更前驅，戈船附若蟻。奸民以小艇置軍械，名曰槍船，附賊殃民。有如倀導虎，蠶食遍桑梓。沈鎮雖幸存時沈蕩無恙，烽焰固尺咫。寄書别阿兄，行將遠遷徙。留此既不可，去亦靡所止。去留兩茫茫，不知誰者是。衰年各自愛，無策决生死。月黑走孤櫂，間關達江涘。我婦戀故園，臨流泣未已。歸來當何時，飄泊從此始。

渡　江

僥倖餘生脱虎狼，扁舟間道過錢塘。飄零有地還尋路，歸去無家忍憶鄉。兄弟音書都隔絶，親朋蹤迹半流亡。青山滿眼羈人淚，擊楫悲歌總斷腸。

四月十一日至蕭山與子城眷屬同寓寓爲胡觀察墉所假

伶俜細弱走風波，到此真如鳥出羅。患難始知游俠貴，流離翻苦室家多。刦餘行李憐蕭瑟，老去年華忍折磨。幕燕營巢非久計，三衢咫尺又干戈。時常山有警。

鄧彌之觀察輔綸别十年矣兹來武林留予下榻寓齋復共晨夕感今溯往賦此爲贈

昔同燕市游，與君訂交始。示我瓊瑶篇，發策光怪起。汲古涵衆妙，攬今尠餘子。觀察所箸《白香亭詩》極高古。謂予可言詩，庸陋愧知己。春風促歸馬，我車正南指。置酒送我行，别緒紊難理。時逢江漢亂，欃槍夜芒紫。君負幹濟才，仗劍走千里。散金集丁壯，揮扇渡江水。誓師肝膽激，發令身臂使。深入士氣奮，屢戰敵鋒靡。君在江右親督楚勇，攻剿撫州，迭獲勝仗，尋爲謗書所沮。功高反招謗，衆媸嫉孤美。怡然解兵柄，豪傑憤隕涕。朱蓋莅吳山去歲以監司來浙，群盜尚如蟻。禾城既荆棘，蘭江復狼豕。金華於四月十九日失守，蘭谿繼陷。軍儲匱不給，客兵遠難恃。時待楚師不至。運籌策帷幄，度勢建營壘。督造附城礮臺及鄉團碉堡。飢渴求將才君以選將爲急，數有薦舉，步伐訓戰士。憂勞濟艱難，長城實憑倚。嗟予近衰頽，局促守桑梓。感時託浩歌，素心負弧矢。虜騎海上來，倉皇事遷徙。全家寄越中，途窮靡所止。携舟訪故人，相見雜悲喜。悠悠十年別，潦倒不予恥。亟下徐穉榻，更設穆生醴。談兵坐夜闌，真氣長虹似。慷慨看吳鈎，誓將賊血洗。中興有鄧禹，寇亂行當已。他日草露布，枯翰爲君泚。

將之武林應王雪軒中丞之辟留别内子

我家留越地，我行至吳山。吳越本咫尺，此别殊黯然。往時賦行役，乃在承平年。出門已惘惘，但苦離愁牽。今兹值世亂，四望皆烽煙。細弱况萍寄，重擔誰仔肩。母女相依倚，所賴我婿賢。此行豈得已，飢驅良可憐。躬耕既難遂，家室思倖全。又慮虜焰逼，時勢多變遷。去留不自主，聚散終由天。臨歧雜萬感，悲鬱無可言。渺渺江上潮，往還朝暮間。我心何所似，江水同往還。

陳龍巖州牧䜣屬題龍山草堂圖

我昔泛皖江，曾識龍山面。山中有人驂白雲，游行四方不得見。龍山一别今十年，劫火星星桑海變。衣冠鱗介苦縱横，誰試高臺射蛟箭。眠龍起蟄轟雷霆，欲以霖雨蘇蒼生。豺狼當道攫人食，慨然攬轡思澄清。北走齊趙南豫楚，長揖軍門建旗鼓。龍泉出匣噴秋虹，飛吸欃槍夜吞吐。前在臨清黑家莊以二百健兒破賊數萬。龍驤將軍龍額侯，元龍豪氣堪與侔。天下群盗尚奔突，鯨鯢不翦終吾讎。出山未定歸山日，一角龍山戰塵隔。袖中示我草堂圖，却憶南陽桑八百。舊時煙樹横清秋，登高難續參軍游。何當還我江山好，更上君家百尺樓。

贈胡梅垞學博

平山堂下共携船，回首前游已十年。一别春風成夢寐，二分明月入烽煙。飛花莫問隋堤柳，渌水重看庾杲蓮。亂後相逢各顑頷，江湖愁絶杜樊川。

題龍巖出塞圖

龍巖受知於張石卿中丞亮基，中丞遣戍，龍巖送之察哈爾，因游俄羅斯而還，往返萬餘里，歸作是圖以紀壯行

黄塵如海壓征裘，南望青天見斗牛。知己感恩輕萬里，奇人送客亦千秋。玉關積雪陰駝

背，戈壁晴雲上馬頭。却笑河梁携手者，但將五字寫離愁。

外孫宗保和生四月而殤詩以悼之

當爾誕生日，正值寇亂時。襁褓屢遷避，辛苦出艱危。兒於二月二十一日生，二十七日海鹽不守，携抱遷徙，備歷艱險。歷險幸無恙，雛鳥得安枝。漸能解嬉戲，有若通言詞。跳躍投我抱，依戀頗有知。兩姓共憂患，風鶴多驚疑。浮家託異縣，舉目無可怡。賴爾日撫弄，時復爲解頤。别爾未一月，遂無相見期。啼笑宛在目，念之能弗悲！我衰未有子，繞膝誰瞻依。爾乃我自出，亦足供含飴。天奪何太速，一現幽曇姿。豈因墮地苦，迫欲與世辭。匆匆百餘日，生滅竟奚爲。海内正格鬥，赤子皆瘡痍。兒女棄道路，不復相携持。爾死或亦幸，何由慰我思。傷時淚已涸，爲爾更霑衣。

倚晴樓爲劫火所燬

兹樓我構造，甫經十六年。樓外種梅五十樹，横枝高出樓窗前。四時雜花補隙地，兩園喬木森蒼天。樓下何所有，朱闌白石青琅玕。樓上何所有，琴尊卷軸書畫全。閒雲入簾月窺案，方塘鏡座風鳴泉。客來文酒互嘯咏，客去魚鳥相流連。有時眷屬共登眺，一家瀟灑如神仙。自從避亂苦遷徙，荒落三徑蕪田園。豈知孤城竟不守，兹樓一炬淪烽煙。生無廣厦千萬間，未能開豁寒士顔。區區小築供俯仰，蝸居自樂吁可憐。誰遣六丁下收取，造物於我何其慳。造物於我無所慳，成毁興廢皆偶然。君不見滄海横流鼇足動，壺嶠宫闕猶傾顛。玉樹琪花散煙霧，寶氣夜落波斯船。又不見金陵虎踞春事盡，蘇臺鹿走秋風寒。江山綺麗半灰燼，書生斗室何足言。世間萬物誰是我，幻境起滅生因緣。亂離如夢勿復道，方寸自有桃花源。

寄甘小瀾太守應槐暨陽軍次

締交半月餘，親若平生歡。性情之所感，孰能知其然？前日别我去，投筆赴戎旃。討賊豈幸功，志在拯時艱。丈夫樹偉烈，祇此真氣蟠。國是誤貪僞，積弊非一端。言之每嘆息，往往髮指冠。挺身思幹濟，危局冀可安。敵焰近方熾，嘯聚金與蘭。時金華、蘭谿俱爲賊踞。浦江越門户，蟻屯已扣關。浦江被圍。赴救固應迫，尤宜廣聲援。迅檄諸道軍，上下相鉤連。兵合氣乃盛，防分力斯單。我軍果四出，彼衆實孤懸。左右互牽掣，慮後難顧前。浦圍一朝解，併力摧中堅。乘勝斬枯朽，所争須臾間。慎勿養其鋭，進取稍遷延。長才佐帷幄，操縱宜有權。蒼生賴存活，大府舒憂煎。保兹乾凈土，更享承平年。歸來整棋局，裙屐游東山。太守好弈。得此樂莫樂，何必圖淩煙。

哭兄

世亂苦離析，骨肉紛播遷。兄走秦嶺麓，弟泛越江船。相去數百里，彼此兩懸懸。猶冀毒焰净，握手重團圓。哀音駭突至，慘咽不能言。連枝陡分拆，孤鷹空盤旋。憶兄少壯時，遭家多艱難。飢驅博升斗，門户賴仔肩。讀書期用世，旗鼓角文壇。摛詞振頹俗，抉理闢奥詮。副車惜誤中兄甲午科副貢，未獲遂鵬摶。窮達知有命，息影高邱園。旋遘先人變，恬退志益堅。經營畢窀穸，俯仰適林泉。新購數畝宅，自謀一枝安。兩孫已繞膝，但望後起賢。弟亦淡仕進，捧檄未至官。手足幸團聚，聊以慰衰顔。虜騎忽東下，廬舍燼烽煙。鹽城不守，兄所購新居及予倚晴樓皆燬於火。倉皇各出走，事迫難流連。自從二月别，及今已半年。前月得兄書，痛哭兼長嘆。城市蔓荆棘，良善同草菅。匿迹豺虎地，生死旦暮間。憐我近衰憊，猶爲勸加餐。此書竟絶筆，不忍一再看。皇皇急難中，更復悲令原。病未侍湯藥，殮不視蓋棺。痛哉永訣絶，恨海何由填。子病兩孫幼兄子輅少聰慧，弱冠游泮，詩文皆可造，近年得心疾，言動恍惚，曷以慰九泉。弟歸未有日，東望涕汍瀾。兄往侍父母，地下好承歡。弟雖强存活，孱弱叢憂患。相見或不遠，所争祗後先。茫茫身後事，念之摧心肝。

丁作舟壬松生丙兩茂才兄弟屬繪風木盦圖并索題句感賦長古

丁儀兄弟真二難，尤於孝弟篤本根。空山廬墓念罔極，孺慕天性久益敦。昔年索我寫風木，劫火所到成飛塵。前圖燬於雲間兵火。今來武林補繪此，翰墨結契良有因。吁嗟今昔人事變，戰骨滿野燒青燐。吴山烽火過眼滅，我家海上淪荆榛。先人敝廬不得守，萍蓬飄泊滄江濱。賴有家督戀祠宇，猶得椒酒奠墓門。秋來雁行陡驚拆，亂離骨肉中途分。先兄於七月十六日下世。平生孝弟兩抱憾，縱有文采何足論。君家壎篪共一室，俯仰哀樂皆天倫。從來至情感異類，賊悍不及孝子門。近聞建祠崇節義，欲使真氣留乾坤。吴山建崇義祠，祀浙省殉難官民，並欲會編成書，以垂久遠，皆松生爲之創也。又聞散金起凍餒，欲使枯瘠回陽春。謂拯濟灾民事。萬善皆從孝弟出，令名勿替真顯親。我今遠游祭掃缺，令原急難悲無人。側身東望鄉樹黑，窮途慟哭天豈聞。圖成作詩萬感集，淋漓熱淚空霑巾。

偕秦澹如觀察緗業沈秋牧司馬鍾琪陳龍巖登吴山

中秋風雨苦蕭蕭，未看錢塘八月潮。今日游山趁新霽，桂花香氣未全消。
吴山小别已三年，亂後登臨一慨然。鼓角蒼凉秋色裏，樓臺零落夕陽邊。
泛宅江東寄一枝，越山隔岸翠參差。盈盈衣帶遥相望，已苦流離更别離。時眷口寓蕭山。

兄弟登高舊夢非，海天東望淚沾衣。江聲帆影今猶昔，獨雁哀鳴何處飛。少時與兄蓮舫常游此山。

淮海風流湖海豪，沈郎情話醉醇醪。故人湖上都衰謝，賴有新知續舊交。武林舊游零落殆盡。

皖水梁谿變海桑龍巖家皖江，澹如家無錫，現俱爲賊據，咏樓高峙羡東陽。眼前大半無家客，權認他鄉作故鄉。

澹如尺五莊餞春圖册屬補題句道光庚子三月廿九日，澹如與孔綉山孝廉憲彝招游花之寺，燕集尺五莊，同坐者爲梅伯言郎中曾亮，朱伯韓編修琦，張亨甫際亮、姚梅伯燮、張海門敦衢三孝廉，潘星齋學正曾瑩、紱庭明經曾綬，許季眉茂才乃常，陳秋穀明經丙綬，黄子幹公子秩林，賓主十三人，極一時觴咏之盛。當時繪圖紀事，積詩成册，今二十一年矣。兹來武林，與澹如同客節署，重展是册，不勝今昔盛衰之感也

往歲燕市游，冠蓋盛文讌。折柬集英偉，飛藻角詞翰。看花紫陌行，畫轂碾芳甸。香塵蹴馬蹄，微陽暖人面。海棠嬌欲酣，煙絮軟如戀。良辰不須臾，惜此春將殿。尊酒合風雲，狂歌薄霄漢。詩擬蘭亭會，罰依金谷宴。更繪主客圖，佳句徵題遍。勝游曾幾時，彈指星霜换。忽忽廿載餘，流光迅於箭。世局異盛衰，朋輩悵聚散。淮海舊盟主，故鄉已荆蔓。携家此宦游，

亂後重相見。昔日俱少年，今已素髮變。墜歡不可尋，南北兵千斷。茲册猶護持，曾經劫火鍊。展玩增唏嘘，蹤迹若夢幻。感舊重傷時，墨與淚同泫。攬轡望澄清，何日息征戰。還我天地春，恰遂林泉願。

饒軍門廷選兵援浦江兩潰不振浦城隨陷予自蕭山携家赴甬

虜騎江右來，常山撤屏翰。三衢列重鎮，嬰城怯不戰。懸軍敢深入，遂爲腹心患。婺州既不守，蘭江復中斷。浦城越門户，合兵急赴援。軍門何桓桓，擁兵逾二萬。持重戒輕進，老謀具深算。營則步步爲，兵亦多多善。詎知一再潰，紛若鳥獸散。我家寄蕭山，要害仗誰捍。鼓枻事東渡，倉皇更携眷。朝發會稽郡，暮達曹江岸。好山如送行，風景忍留戀。城郭遠相望，旌旗時一見。人民猶熙熙，未識肘腋變。顧之心惻傷，安能挽禍亂。間關抵甬東，更作營巢燕。亦知寇能往，庶幾浮海便。幸假汪倫居，情話悦親串。寧郡賃屋極難，表甥婿汪少黼司馬假予寓樓，遂下榻焉。回首望吴山，腥穢漸滋蔓。時寇氛漸逼省垣。歸去未有期，故鄉日糜爛。此身將何之，四顧發長嘆。

王女安貞予僚婿芝田上舍世恩女也芝田早世疾亟時以安貞相付託依我十餘年爲擇配徐梅齋藩丞之子少梅今在甬江梅齋携子來因寇警倉猝遣嫁詩以送之

爾父我姻亞，英年苦不禄。臨危握我臂，視我等骨肉。以爾付託我，望我代教育。心痛語轉咽，欹枕指爾哭。此情宛如昨，念之淚盈掬。爾今已及笄，資性極賢淑。相依十餘年，姊妹各親睦。締姻得快婿，門楣近在目。徐與予鄰居。爾翁我舊姻，情好異流俗。閨閫多賢聲，家風亦真樸。爾往事舅姑，歡愛定可卜。所嗟兵火餘，奩資殊不足。荆布尚艱難，遑論珠翠玉。幸爾素儉約，不問嫁衣服。予心終歉然，實負爾父屬。鄰寇日以深九月廿四日蕭山不守，廿九日紹郡繼陷，挂帆頗迫促時内河道梗，由海回甌。相見當何時，臨歧兩躑躅。爾母伴我婦，同懷誼良篤。差可慰爾心，甘苦定不獨。我行正迢迢，意在楚江曲。欲知别後况，千里憑魚腹。近嫁翻遠離，人事多反覆。他年賦歸去，荆榛掃林谷。三徑倘未荒，待爾看松菊。

十月十五夜自甬江航海至滬寓同里金棣園振華之樓樓本馮婿纘齋夫婦所賃遂同居焉

移家甫匝月，警函復星馳。越境亂已作，軍實皆寇資。嗟彼處堂雀，誰能固藩籬。虚聲託召募，各各營其私。賊退思邀功，賊來事可知。途窮竟安適，不若浮海宜。其時十月望，圓魄揚清輝。明鏡涵四極，天水皓無涯。世路險已甚，轉覺風濤夷。經宿達申浦，還復假一枝。所幸患難中，骨肉猶相依。江南餘尺土，財貨實萃兹。散金勵戰守，恢復固有基。當事苟得人，大厦尚可支。寄言諸將吏，慎勿安恬嬉。

贈陶錐盦茂才紹源

錐盦先生古騷雅，平生三絶詩畫書。鴛鴦湖上一相見，流光奄忽三年餘。我輩交道異時俗，神契不在形迹疏。去歲虜騎突南駛，秋風麋鹿游姑蘇。松陵不守檇李陷，帶甲滿地音信無。故人别夢隔烽火，相思但問紅芙蕖。今春妖祲及吾邑，豺虎吮血腥枌榆。予亦扁舟屢遷徙，浮根飄泊同鷗鳧。頃來滬上偶棲息，訪舊恰到淵明廬。相逢握手出意外，各道蹤迹悲喜俱。自言槖筆走艱險，一廛暫託容妻孥。四方靡騁生計少，石田仍借煙雲鉏。承平失意况離亂，側身天地長欷歔。是鄉殷富足寶氣，金銀樓閣侔蓬壺。征商榷税日鉅萬，動言辦賊充軍儲。仕宦壟斷蝕利藪，直欲罔兩求元珠。黄金養士誰破敵，寸步未見鴻溝逾。江南春盡留尺土，糜饟不戰狼生貙。邊氛咫尺若萬里，三山但仗靈鼇扶。時假夷兵防守。仙人如花且行樂，踏筵歌舞翻氍毹。宏羊理財卜式貴，賈生嘆息嗤爲迂。銅坑茅屋殊冷暖，天市星旺文星孤。先生居此大不易，鵾鵬振翮思南圖。錐庵亦將游楚。蜃煙縹緲未足恃，海天萍合良須臾。我今移家擬入楚，漢臯有約應非虚。武昌城頭好明月，高樓有鶴江有魚。青山滿目期一醉，行吟獨醒胡爲乎。天心厭亂盜賊誅，會看腥穢清江湖。故鄉猿鳥相招呼，歸來莫遣田園蕪。西下潯陽東入吴，他年此樂當何如。

纘齋以其先人綉君先生采菊圖遺照索題

淵明居柴桑，嗜酒兼愛菊。假物怡性情，所好不同俗。先生具曠懷，緬古契芳躅。世界游希夷，人事厭齷齪。結廬白苧村，流水繞紆曲。好山合遠翠，芳樹交衆緑。凉風從西來，種秫秋已熟。甘此太和湯，新釀葛巾漉。醉鄉極浩蕩，小飲堪一斛。落英香可餐，采采動盈掬。守兹幽潔心，洗我六根濁。即勝寓孤賞，離塵息群欲。自養真率天，能完太素璞。高風惜已渺，古道在眉目。遺像示後賢，清徽重尺幅。

題金棣園小影

金君我鄉里，秉性坦以直。垂髫客滬洋，市隱聊寄迹。習賈三十年，忠信達殊域。游戲作夷語，能令化外懌。談笑通萬里，道遠不須譯。波斯走寶船，海馬控金勒。瞻星識天市，百貨紛絡繹。膏沃光自茂，源深流乃溢。利倍非妄營，計當異苟得。不藉致富書，已與王石埒。結廬海上頭，樓臺灼金碧。俯仰豁高遠，往來辨潮汐。障以琉璨屏，空明萬象入。落日絢座隅，餘霞絳簾額。夜深海月高，乃令虛室白。興到列聲伎，氍毹爛五色。酒酣聞清歌，更漏掩笙笛。嬋娟燦如雲，天風引香澤。縹緲神仙居，似與紅塵隔。申江素殷富，商販五方雜。彈指廿年中，兩遭兵火劫。聚散或須臾，興廢良不一。君處險而夷，安然如磐石。實資應變才，亦具過人識。吾邑近淪陷，田園苦荆棘。華屋半爲薪，念之增愴惻。賴君壯枌榆，豈非一時傑。李愿隱豪華，史公傳貨殖。人生貴快意，凡輩徒戚戚。我從甬上來，高齋暫棲息。幸遇故鄉親，談燕共晨夕。繪圖徵我題，春紅艷如滴。圖中有折花仕女。撫時意多感，溯往事堪述。所望兵氣銷，家山青可挹。更築宣慰樓，恰泛陶朱宅。予亦賦歸來，把臂聯游屐。絲竹娱承平，兹樂豈有極。

石生蓮舫孝廉中玉張生玉珊茂才鳴珂皆禾中雋才也頃來滬上各以詩稿就質不因離亂而喪其學是可嘉已賦詩勉之

世亂尚武功，文字賤如草。牧羊致通侯，書生不得飽。二子苦好學，外物不我擾。流離鋒刃餘，歌哭見懷抱。夢幻視得失，各各寶其寶。伏陽雖未動，一綫續吾道。虛衷就商確，深愧所益少。禾中詩教衰，崛起奮才藻。但期立志高，不在成名早。今我將楚行，離悰惄如擣。祇恨相見稀，未獲共參考。依依無盡懷，江雲共綿渺。

余將之楚蔣劍人茂才敦復作序贈行余亦賦詩言別

蔣捷負奇質，文采照雲間。上書論兵事，痛切等罪言。劍人有《憤言》三篇論軍務利弊，切中時事。與我未識面，心契二十年。相逢一把臂，有若親故歡。滬洋素殷富，寶氣騰山川。百産雜夷夏，萬井沸市廛。商宦競貨殖，各各擅利權。嗟子獨枯槁，蓬户手一編。盛名動冠蓋，風骨仍高寒。寄託别有在，寧非濁世賢。知我將楚游，贈我以佳篇。示我牧民術，洞達利弊源。感謝良友誼，佩之謹勿諼。我行涉江漢，子留滄海邊。江海遠迢隔，惜别心茫然。珍重各自愛，晚節不可愆。

鐵士知予將之楚北自鹽來滬相訂同行賦此誌感

故園諸故人，亂後半零落。死者已宿草謂意泠、子健、松巢、幼梅、可亭、春巢諸君，存者苦寂寞。匿迹避虎狼，鬱抱不得豁。垂老舊游稀，況乃遷徙各。感予遠相尋，還來慰離索。難得憂患中，尚有友朋樂。明朝涉大江，搴裳采杜若。素心證芳潔，塵眼展寥廓。風月武昌樓，煙樹晴川閣。與君抑塞懷，仰天語黄鶴。

十二月十五日乘輪艦航海自滬往楚

昔由江入海，圓月正當頭。今由海入江，弦望已兩周。泛宅託浩渺，倏若憑虚游。渾忘險境險，愈覺浮生浮。輪艦以火運，機巧通神謀。不帆迅飛渡，風力窮石尤。濱海坐困此，邊釁開有由。十年苦兵革，戰争久未休。人民不自保，相率避戈矛。四顧靡所騁，胡越翻同舟。華夷兩不域，反側終吾憂。夙負破浪志，蹉跎未得酬。薄宦走楚澤，慚無經世猷。江左竟淪没，回首鄉雲愁。擊楫望恢復，慷慨歌中流。

過金焦山

焦山蒼秀若高士，金山窈窕如美人。兩山形勝妙天下，屼峙京口據要津。昔年携眷此登眺，彈指歲月迹已陳。烽煙擾擾亘千里，天塹不守南都淪。兩山歷劫壯觀失，石骨瘦露青嶙嶙。高士偃蹇尚無恙，美人顑頷如含顰。焦山樓觀猶存，金山盡燬於火。驚濤動地來白門，巨艦逆流排風雲。破浪苦憶宗少文，策險誰似廣武君。别墅棋枰未奏捷，新亭杯酒空傷神。十年戰血滿郊野，故鬼新鬼難招魂。士女流亡半溝壑，樓臺綺麗皆荆榛。舊游如夢風景異，何時復見江南春。長歌聊代蒼生哭，多恐山靈不忍聞。

舟泊皖江

作客曾三載，重來忽十年。江山猶往日，樓閣已荒煙。焦土憐新復安慶於八月朔克復，灾黎或倖全。東南方水火，及早下戈船。

漢口度歲

浮家千里轉飄蓬，歷盡艱難一歲中。遠道實資良友力，巨川聊試大王風。干戈擾攘妻孥在，燈酒流連戚舊逢。時鐵士同寓纘齋夫婦因上洋告警，亦來漢口。祇恨家山春不到，梅花冷落草堂空。謂倚晴樓被毀。

倚晴樓詩續集卷二終

倚晴樓詩續集卷三

海鹽黃燮清韻甫著
錢塘宗景藩子城校

同治元年正月三日子城自滬上挈眷來楚會於漢口喜賦壬戌

去春避亂隱鄉里，兩葉扁舟共行止。後來間道出海昌，先後携家渡江水。蕭然山下小句留，患難同居互依倚。炎暑纔歇秋氣高，又報狼煙近尺咫。東走甬上達滬洋，海舶連檣各飛駛。我從臘月先至楚，暫假一廛漢陽市。小樓風雪度殘年，望盡來帆俱不是。今朝輿屐忽入門，別後容顏笑相視。妻兒瑣悉話程途，童僕喧騰擔行李。一歲勞勞數遷徙，誰信兩家復聚此。鄉園迢隔不勝愁，肺附團圞差足喜。亂離聚散無定蹤，會合寧非鬼神使。更期他日賦同歸，聯袂看山到桑梓。

初八日由漢口渡江移寓武昌

漢水浮天遠，江城隔岸雄。山明前歲雪，帆曳早春風。黃鶴招須下，紅羊劫已終。數經兵火後，何以慰哀鴻。

題張仲遠觀察曜孫海客琴尊圖時觀察將由楚入吴即以誌别朝鮮

使者李藕船尚迪風雅工詩，與觀察有文字契。道光乙巳，使者入都，觀察宴於某相國别業，朝士會者十八人，各有吟咏。觀察繪圖徵題，以紀一時之盛。使者回國，又嘗寄詩懷觀察，十餘年不能忘此游，亦深於情者也。其詩清雋絶塵，並附卷内

草聖詩狂古良友，閲千餘年再聚首。張星光焰接長庚，萬里天風合杯酒。當時四海頌承平，曲奏南薰歌解阜。文明一統混車書，人物中朝重山斗。候瞻星月集梯航，際會風雲假尊卣。平泉第宅花竹深，有琴可撫酒可斟。風流京兆主騷雅，盛會直欲追山陰。博望枯槎曾泛海，海外交游夙緣在。恰從今世續前歡，歡情肯逐滄桑改。人生聚散苦不常，高堂良讌當盡觴。偶然鴻爪印春雪，安得鼇足窮扶桑。宦轍南游涉江漢，使星東歸酒人散。海上潮頭日往來，朝朝暮暮情難斷。主人作畫客寄詩，好憑緘札通相思。形迹雖疏託夢寐，忠信所格無華夷。一時韻事足千古，曩日琴尊惜未與。歲久還聯翰墨緣，詩成忽復牽離緒。茫茫漢水東南流，明朝送客鸚鵡洲。暫時相見復相别，海月江煙一例愁。

杭城後紀事詩辛酉十一月廿八日，杭城再陷，聞見所及，爲補述之

嘉禾郡邑半淪亡，東浙傳烽入暨陽。鑲道難通江上下，危城孤峙賊中央。飢疲苦扼豺狼焰，羅掘應窮鼠雀糧。聞道吴興頻破敵，可能乘勝援錢塘。嘉、紹兩郡俱陷，鑲道遂絶，浙西惟湖州

紳士趙竹生景賢屢敗賊，而兵力止能自顧，不暇救杭。

提臣勢位例專征，親統諸軍援浦城。萬衆一心爭避舍，五旬兩潰未交兵。浦江乃越之門户，饒軍門兵潰，賊遂由浦入越。會稽甲楯終難保，吴地山川豈獨撐。越中梗絶，賊乃專意於杭。卷旆西來全局去，恰思退守戀餘生。軍門越中屢潰，乃回杭城。

浙軍屢挫久難支，曾乞臨淮一旅師。隔歲募兵先濟饟，臨危入援苦愆期。中丞於前歲奏調李觀察元度募兵來浙，旋因楚境辦賑，秋杪始抵浙界，杭圍正急，竟不及援。夢魂猶切雲霓望，書札曾傳義烈詞。觀察來書，詞極慷慨。揮扇渡江何日到，夕陽零落戍樓旗。

長龍戰艦狎黿鼉，八槳飛騰迅若梭。城上飢羸炊白骨，江中絃索鬥青蛾。錢江長龍礮船數百號，不能擊賊，杭城危急，其將弁猶擁妓徵歌。灾黎痛哭無家别，江中民船時復被掠，壯士歡吟得寶歌。預計海門歸路穩，可憐咫尺有風波。城陷時水軍皆滿載，出海至尖山，遇風，覆溺百餘船。

桓侯矛馬試春風，上巳吴山樹戰功。張總統玉良於前歲上巳克復杭州。一自金閶單騎遁，重開玉帳萬夫雄。禾城不復難辭譴自蘇州兵潰至杭，仍督師攻禾賊，尋又敗回，柳浦臨危獨效忠。杭城圍急，總統於城外血戰，旋中礮亡。馬革沙場誰比烈，將才已冠浙西東。

經營守禦固郊圻，舊日循良衆望歸。王中丞有齡自莅浙垣，守禦極周密。馬謖不誅軍律慢，孟明屢用感恩稀。中丞御將寬而用命者少。時艱但盡孤臣力，糧罄猶支兩月圍。城自九月廿六被圍，中丞督將士登陴困守，餉援俱絶，至十一月廿八日而陷。一死光明完大節，西臺憑吊淚沾衣。中丞遺摺先期遣力士縋城出，詞意悲憤，誓與城共存亡。

聞湘漁訃音

元龍湖海氣，博雅工文章。弱冠與我好，跌盪少年場。鬮戰苦顛躓，不得貢玉堂。中歲事遠游，泝流上沅湘。江山壯懷抱，詞翰彌鬱蒼。歸來何所得，輕舟載紅妝。牢愁寓飲博，俗眼嗤其狂。千金屢散盡，途窮益飛揚。旋辟幕府掾，三載客樅陽。忽聞虜騎逼，翻然還故鄉。息影守園宅，文酒共徜徉。時時相過從，歌哭送流光。去春桑梓陷，遷徙各一方。豈知經歲別，彈指異存亡。家貧值世亂，又無儋石糧。去留兩跼蹐，憤抑摧肝腸。吴質不永年，豈非憂能傷。平生富著述，誰爲名山藏。故人千里外，未獲奠一觴。回憶卅載交，感嘆不能忘。灑淚寄漢水，悲懷浩茫茫。

戊午仲春同人集倚晴樓賞杏花坐客善繪者合作小幅錢曉廷寫杏花吴鐵士補月季李子健畫石圖成以貽子城爲長安走馬之券今五閲歲矣人事變遷家園淪陷兹來漢上子城出是幅索補題句感嘆今昔殊覺長言之不足也

倚晴樓外花參差，春色先到紅杏枝。窺墻照水遠逾靚，掩映新柳增風姿。主人愛花不獨賞，折柬召客傾瓊巵。酒酣商略紀良會，擬作圖畫題新詩。萬蒼山樵擅醉筆，爲花寫影調鉛脂。曉廷自號萬蒼山樵。吴李二子妙點染，零卉拳石補綴之。毫端枝上兩鬥艷，妙句不數尚書詞。倚雲佳兆孰稱此，持贈惟有宗郎宜。一時豪興宛如昨，電光過眼風景非。去年二月花正發，賊騎南犯紛驅馳。倚晴樓閣燼劫火，賓客星散家流離。枌榆零落不自保，此花顛頽安能支。今來鄂渚共萍寄，冉冉又值花開時。池塘草緑雙燕飛，花開花落無人知。天涯寂寞春事稀，翦燈聽雨鄉夢遲。故園千里長相思，幸假尺幅留芳菲。曉露欲滴嫣紅滋，酒氣不散猶淋漓。當年主客三人在謂鐵士、子城及予均在漢上，歸去江南可有期。

嚴渭春中丞巡視江上諸營徐璧臣大令人瀌賦詩紀事次韻奉和

鄭公節鉞著威聲，開府長江鎮鄂城。下瀨樓船頻破敵皖省連獲大捷，其兵餉皆自楚往，中權鎖鑰更連營。天狼射去難忘戰，澤雁歸來少輟耕。搔首烽煙猶未靖，誓清餘孽答昇平。

蒼狗浮雲變古今，摩挲長劍作龍吟。同仇衆志方城固，憂國孤衷漢水深。號令嚴明君子律，艱難宏濟大臣心。摴蒱蹴踘非軍制，運甓還思惜寸陰。

砥柱金湯扼上游，争迎再到郭并州。風雲猶護周郎壁，煙月重開庾亮樓。玉帳控弦驚鸛鶴，銀刀列隊壯貔貅。他年麟閣論功日，名在中興第一流。

四月十五夜荆州將軍多隆阿攻克廬州首逆陳玉成軍中皆呼爲四眼狗北竄我兵追擊殆盡並生致陳逆中丞命賦詩誌喜

同治紀元月在巳，蟾魄團圞夜交子。霆車裂石震巢湖，雪鏃飛郊濺淝水。憑城狐鼠紛叫號，搗穴貔貅皆敢死。拔幟立幟爭先登，火灼蚊蝱水潑螘。寶刀明月鬥寒芒，露草濡腥賊血紫。倉皇瘈狗戀游魂，漏網須臾思北徙。零殘狗黨不成軍，牙爪離披走相尾。分道馳追更合圍，狼藉枕屍逾百里。軍威所震反側定，生致渠魁類縛豕。毒哉狗噬近十年，數省連兵不得止。寢皮食肉豈雪憤，聊醢杯羹勞將士。荆州將軍真將軍，一身有膽兵有神。南北大局繫此戰，安危關鍵如轉輪。令公先事任李愬，指揮立奏平淮勛。先帝得相相得將，督帥開府皆賢臣。楚材借用顧全局，殺賊不以封疆分。軍興以來惟楚師常越境剿賊。練兵濟餉急鄰援，天狗震礮江淮春。從此南都成破竹，指日定獻金川門。吳越偏隅豈足恃，疾卷殘氛旦夕耳。補綴金甌奉嗣皇，東下先聲自今始。薄宦飄零苦亂離，鄭公帳下得揚眉。慚無司馬行軍筆，漫擬元和聖德詩。

倪豹岑比部文蔚富春山館圖

富春好山水，空翠接嚴陵。人家住杳靄，壑泉瀉瑽琤。輕帆穴深奥，路與煙雲争。晚涼日初落，羅袂揚歌舲。畫眉聽未了，韻以琵琶聲。迂老偶神往，寫之寄幽情。惜哉名勝地，經歲淪妖腥。卧游觸鄉夢，夢繞秋山青。

自題山水

雲氣迷茫雨乍過，飛泉噴薄瀉銀河。偶然流出青山去，只潤良苗莫起波。

白　雲

白雲無所事，生性愛山居。出岫仍瀟灑，因風自卷舒。但求天趣適，終與世情疏。偶借爲霖用，紅霞總不如。

爲閻丹初廉訪敬銘題王煙客奉常畫像

奉常好古根於天，涵濡祖澤培其源。前人墨妙恣寢饋，師參造化心通禪。塵視軒冕淡仕進，終身供養惟雲煙。華亭相國峙山斗，動色嗟異憚後賢。司農巨手踵家學，石谷盛譽資薪傳。熙朝畫運自公闢，至今六法推雲間。男兒作事必千古，神明殫注精於專。勛名翰墨理一致，要以真氣留塵寰。時俗浮尚冀外襲，質腐草木安能堅。先生學養素優裕，零縑剩紙光山川。清高遺像世猶寶，鬚眉瀟灑風姿閒。虞山高弟早入室，位置樹石兼流泉。石谷補景。兵火歷劫尚完美，頰豪欲活形神全。閻公雅望殊衆好，冰壺在抱清涓涓。感時傷亂意抑塞，暫假古人怡心顔。今古遥遥默相契，生不同世交忘言。河嶽峰泖限南北，得此尚友寧非緣。虚堂雪壁夏無暑，焚香静對心悠然。杖履衣冠望若仙，欲憑清夢問桃源。風塵擾擾人間世，不到先生畫裏山。

題李念南司馬瑜嘉峨游稿

夙昔好文字，以之交友生。非敢競浮藻，假此驗性情。年來故舊少，遭亂更凋零。浪迹走千里，獨絃愁哀鳴。念翁我鄉里，磊落馳才名。棧雲壓征騎，楚水揚詩舲。由四川改官楚北。相逢鄂城下，情好殊凡恒。示我嘉峨稿，字句瓊瑶鏗。文章與治術，俱以真氣成。絃歌化囂悍，聽之神和平。嗟予苦離索，西南幸得朋。纏綿慰枯寂，肝膽見至誠。春風漢上來，楊柳何青青。登高俯寥廓，芳草滿江城。故鄉隔烽火，薄宦同浮萍。何時貔虎靖，却訂鷗鳧盟。

五月十九日喜雨呈嚴中丞

楚地屢遭亂，田野半荆榛。幸逢大府賢，蘇此瘡痍民。江漢靖寇盜，廬井安耕耘。元陽雖未復，生氣漸氤氲。我公此建節，夢寐矢忠勤。吏治病僞飾，質以返其真。民俗敝奢侈，儉以培其根。人心不召亂，天意當回瞋。入夏苦炎旱，待澤農方殷。忽然噴珠玉，禾稼俱懷新。魚水欣際遇，雷雨思經綸。精誠感帝座，龍起如有神。豈惟活枯槁，直將洗煙氛。灑潤遍蒼赤，請看華山雲。中丞原籍陝西，家於渭南。

八月朔日節署局試簾官詩以紀事

春明舊夢醒多年，老婦蛾眉强鬥妍。刦後文章回氣運，畫中樓閣近神仙。軍門小宴金尊列，塵海清班玉筍聯。二十四人同染翰，龍華會上證前緣。

秋闈分校

一統軍書治大同，嗣皇踐祚特恩隆。蕊宫榜大天香溢本年舉行恩科，並補行辛酉正科，荆楚材多地脉雄。忍使騷人吟澤畔，直呼窮士出蘆中。廣寒雙織登科記，應有祥雲繞太空。

頻歲東南苦戰征，重開雲日楚江清。好憑文教培風俗，亟進賢才佐治平。漢水珍珠光照夜，荆山寶玉價連城。但期兩眼無私障，何用金鎞刮始明。

瑣院艱辛久備嘗予鄉、會試各六次，春婆夢醒髮蒼蒼。鍊丹未得昇仙術，證果重登選佛場。心血銷磨成老大，眉痕深淺費評量。此中況味皆親歷，了了前塵豈便忘。

海天瘦鶴下江樓，離難餘生此宦游。文字猶深知己感考簾詩文，中丞許爲第一，風塵還與列仙儔。凌雲有賦欣同里主試顔雪廬學士，予同里也，以《擬謝莊月賦》大考第一，弄月無心到十洲予籤掣

第十房。回首家山兵未靖，西泠何日桂花秋。

中秋夜主試顔雪廬學士宗儀譚文卿編修鍾麟招同内監試張洊山太守建基内收掌學紹香司馬潤同考袁柳谿大令秉亮文少叔司馬宗歐盧惇五司馬慎徽何荔泉司馬元愷宋海樓司馬文觀胡惺齋司馬復初任雲屏大令連陞龍伯卿大令雲王曉珊司馬茂基宴集衡鑑堂

去歲吴山雨，今年楚澤秋。謝莊能賦月謂主試顔，庾亮未登樓謂監臨嚴。薄宦紅塵隱，群真碧落游。論文尊酒共，聊以慰羈愁。

閏中秋

南樓星斗影闌干，漠漠長空露氣寒。故國青山千里别，中秋明月兩回看。蟾蜍有淚傷兵革，鴻鵠思歸少羽翰。斗酒堪謀聊一醉，天涯兒女幸團圞。

九月朔日將赴官宜都子城纘齋送予江上賦此誌别時子城留鄂纘齋則又將東歸矣

大别山前斟别酒，折盡青青漢南柳。情極無言但黯然，上下東西各分手。馮郎歸滬宗郎留，我行却泛彝陵舟。甥舅肺附忽千里，此身愈覺浮雲浮。頻年遭亂共去住，今日離蹤判三處。縱然兩女暫同行，轉眼春風即歸去。時兩女同至宜都，約明春各歸婿家。庾樓明月申浦潮，楚天無極吴山高。我心但逐川江水，盡日東流爲汝勞。

鸚鵡洲吊禰正平

鸚鵡洲前芳草青，狂奴文采久飄零。生才亂世天多事，埋骨名山地有靈。賦筆光芒争日月，鼓聲慷慨激雷霆。英雄割據今何在，孤冢猶明處士星。

渡白鷺湖

茫茫百里鏡涵空，身在煙雲縹緲中。蓮葉半因秋雨赭，荻花都爲夕陽紅。宦游重歷新詩境，歸計難忘舊釣篷。夢裏江南兵尚阻，五湖鷗鷺各飄蓬。

宜都合江門外望江

川江水黄彝水緑，二水瀠洄繞城曲。中央一綫闢靈犀，清者自清濁者濁。君子小人縱並世，素性天然不相屬。在山出山苟變易，畢竟本來無面目。請看兩江併合東，此涇彼渭何由同。

除夕

物候天涯换，匆匆又歲除。思歸鄉夢隔，垂老宦情疏。漏鼓催殘臘，檐燈接比閭。故園春不到，梅柳近何如。

正月初九日長女珏次女琇自宜都同舟往鄂琇則自鄂歸滬予送至石首而别癸亥

送女下荆州，江水茫茫愁。愁心與江水，併合東南流。送女下赤壁，芳草沿江碧。徘徊歧路不須臾，轉恨風帆下水疾。大女歸武昌，小女歸滬洋。同行各自歸，歸亦非故鄉。故鄉在何處，豺虎縱横浙西路。他鄉權作故鄉看，有地能容且復住。我今作宰清江城，清江官况如江清。官清貧徹骨，何以贈女行。何以贈女行，寸心與雙淚。淚眼已枯心亦碎，悲極無言痛成醉。我衰無兒但兩女，女更遠行我良苦。去秋鄂城别爾婿，此日渡江復送汝。送汝不忍留汝難，相對凄凄作何語。噫吁嚱，亂離骨肉多棄捐，宛轉溝壑兵火間。女歸有婿父有官，遠别雖苦心猶安。我爲宰官望清宴，汝行但祝雙親健。兵銷宦成歸去來，同對家山開笑面。

元夕風雨飲胡惺齋司馬署齋

青山當户不須招，賓從壺觴慰寂寥。鎖院秋風成往事，綉林春雨話元宵。去歲秋闈與惺齋同司分校。宦情略似清江水，詩思難雄赤壁潮。聞道澤鴻猶未起，荒汀蘆荻太蕭蕭。時奉檄查勘石首洲地。

雨雪初霽由石首陸行回荆州途次即景

僕馬侵晨出綉林，好山送客翠沉沉。蘼蕪草長連天碧，薺菜花開布地金。雨後田園春已動，雪邊谿路曉猶陰。匆匆行役憐塵轍，驢背新詩何處尋。

荆　州

吴楚連兵久，平安獨此州。江聲下巴蜀，戰蹟憶孫劉。鎖鑰雄南服，屏藩控上游。登臨多感觸，搔首仲宣樓。

由荆州回宜都山行口占

雲氣空濛雨乍經，飛泉漱石瀉泠泠。山田水界棋盤緑，村樹煙烘畫稿青。沽酒客來垂柳岸，賣茶人語隔谿亭。幽居儘有神仙境，塵役勞勞愧未停。

瑪瑙湖五色石歌

銀屏山下瑪瑙湖，文石燦爛五色俱。丹黄瑩白雜紺碧，瓊瑶翡翠兼珊瑚。羅紋錦纈更組織，化工施爐窮錙銖。星斗散亂精氣灼，雨露潤澤光華腴。磊塊鬱積偶傾瀉，出山似有秦鞭驅。祇惜文章早炫露，器小不獲侔璠璵。清流自愛所處隘，得水則潤否或枯。媧皇鑪錘欠鍛鍊，棄擲下界倫碔砆。補天不用地不愛，珍玩但供文人娱。我從去年官彝都，彝江水緑塵埃無。掬水養石置几席，洗滌心眼澄冰壺。明知爾質非瑾瑜，一經物色神采殊。特達未必廊廟須，小用良勝山澤癯。祥雲瑞日比光耀，寶與世寶當沽諸。見賞知己徒區區，岩壑韜晦何爲乎？夢中彩筆今已蕪，嗟爾文藻難形摹，安得咳唾霏珍珠。

清　明

邱墓春難到，家山亂未平。頻年虚祭掃，今日又清明。芳草天涯感，垂楊故國情。彝陵江上路，愁絶子規聲。

自題畫扇

曉雲猶帶樹成煙，雨後來聽出峽泉。未許清流老岩壑，好分餘潤到桑田。

咸寧王子雅茂才樹結詩社於漢陽之桃花隖徵士大夫吟咏頃携如冠九觀察山手書千里過訪於其行也作詩爲贈

王郎有心人，騷雅頗擔負。結廬桃花宫，湖山獨消受。劫灰掃戰場，雲搆蠶詩藪。千里遠徵詩，扁舟來訪友。囊携故人書，艤櫂清江口。文字良有因，相逢若親舊。嗟我遭喪亂，漂泊江湖走。田園委榛莽，三徑亦烏有。一官役簿書，塵顔得無忸。清風惠然來，俗襟洗尊酒。情話三日留，良晤惜難久。識量務高邁，著述乃深厚。匆匆臨别言，名山期不朽。行矣善自愛，離懷視江柳。

讀羅夢生茂才應箕甕天詩題贈

到官八九月，役役勞塵羈。清江好山水，誰與證心期。佳士在空谷，曾未夢見之。耳目苦障蔽，慚愧良有司。文字具夙因，受牒翻得詩。展卷一再讀，芳馨溢華池。調高不諧俗，艷古不入時。中有千載淚，時俗焉得知。嬋娟羞自媒，姍姍來何遲。芙蓉隔秋水，庶幾慰相思。

柬李月亭茂才侃

夙愛文字交，談笑風雲起。自現宰官身，戴星勞未已。結習尚未除，下車輒訪士。微聞玉谿才，良會阻尺咫。白雲戀空山，不屑入城市。昨讀羅隱詩，謂夢生，每每道姓氏。想見君子朋，投合良有以。臨江望落暉，片帆或過此。願携冰雪文，洗我塵與滓。

七月十六日薄暮鐵士邀同人泛舟清江乘月而返遭亂以來久無此清興矣賦長古紀之

癸亥七月月既望，天宇澄空絶翳瘴。老鐵游興老尚豪，相約尋秋弄孤舫。篷窗四拓雙槳飛，一葉凌虚趁新漲。篙師笑問客何之，客無所之乘興放。但看落日醉烟巒，更迓冰輪出銀浪。舉杯有酒當盡歡，吹簫無人亦高唱。前有赤壁後清江，此樂應與坡老抗。嗟我薄宦來此間，案牘勞勞坐塵障。青山滿目未成詩，埋没書生本來相。故人爲我滌煩襟，秋水涼雲使跌宕。頓令機趣活鬚眉，似有清虚到腑臟。江流茫茫趨海東，月色娟娟來海上。海上高樓今有無，江上扁舟且歡暢。故園喪亂舊游稀，差幸青天月無恙。明知世界幻空虚，忽憶家山苦惆悵。乘風歸去是何年，主客天涯各心愴。

顔雪廬學使將赴滇南道出宜都信宿署齋時值中秋置酒言别

論文鎖院敞瓊筵，今夕西風又一年。去年中秋同在武昌試院。宦轍分馳難擇地，人生聚散總由天。海雲東望家千里，江浦中秋月再圓。莫爲南征傷遠别，救時長策是籌邊。時滇南不靖。

松滋勘灾途中偶成

畫中城郭倚江開，野色蒼茫策馬來。山不雄奇無礙秀，水難疏洩易成灾。松邑之水向由獨口出公安江，今故道淤塞而江陵毛家尖潰口漫溢，遂以松之下鄉爲壑。荒村楓葉鴉棲少，斷岸蘆花雁語哀。一綫長堤籌保障，可憐歲歲竭民財。

朱嘯筠大令錫綬以所箸疏蘭仙館詩見示繼訪予松滋官署旋匆匆下洞庭矣寒夜讀詩賦此代柬

平生愛交游，詞翰鬥彪灼。自從遭亂離，朋舊半零落。年來役宦轍，簿書苦束縛。但覺戴星勞，未解鳴琴樂。風雅亦病政，豈惟聲色溺。每虞結習累，文字力屏却。所愧吏事拙，徒令素性汩。嘯翁吾神契，瑶緘贈杜若。迴腸織情絲，金綉兩交錯。想見治行優，餘暇及著作。九月江天清，扁舟爲予泊。恨無三日留，纏綿訂後約。鼓枻下瀟湘，煙波莽寥廓。歸來當何時，煮酒待斟酌。入夢君山青，離懷寄綿邈。

聞李中丞鴻章克復蘇州

賊騎江上來，南驅沼吴苑。財賦委榛莽，繁華過風電。兩浙繼淪没，千里遂滋蔓。桓桓光弼軍，辛苦經百戰。兵勢駭破竹，捷書迅傳箭。虎山兀中峙，狼顧始内變。解甲争投誠，堅城奪門獻。雷雨示威德，酋誅黨則散。南都既合圍，西浙更絶援。嗟彼常山蛇，首尾已中斷。腥穢行殄鋤，陽和暗回旋。翹首望故鄉，承平庶幾見。

捻逆苗沛霖伏誅江淮肅清詩以誌喜

東南苦兵革，生靈久塗炭。苗頑敢逆命，乘隙復倡亂。主帥事優容謂勝宫保，懼爲肘腋患。好爵示羈縻，賞盗及黨援。首鼠終兩端，受撫氣驕悍。糾族蒙亳間，嵎負焰愈煽。王師赫震怒謂蒙古僧親王，諸將決一戰。禽渠搗巢穴，江淮立清宴。金陵與皖豫，聞聲駭雷電。指日掃殘氛，春風滿禹甸。昇平良有時，我年惜衰邁。欲擬平淮碑，濡墨笑頽翰。

楚南姚桂軒紹崇學博投詩索畫先報以詩

桂軒先生奇男子，挽粟資軍射狼豕。安定諸營賴飽騰，電掃欃槍清漢水。前胡文忠軍營乏糧，賴籌餉以濟。功成不願膺上賞，但願承平作名士。直須題句遍江山，便欲拂衣返鄉里。大府憐才屢挽留，策餉猶思仗餘技。十年用兵才賦匱，補助軍儲藉關市。持籌聊學晋人風，榷税還襄度支使。時奉檄籌辦松邑釐務。中興豪傑楚才多，虎步龍驤應運起。將相英賢半故人，文章翰墨皆知己。曾滌生節相、彭雪琴侍郎皆與君有舊。先生置身仕隱間，竹帛勛名姑舍是。興來得句輒長歌，謂我能參此中旨。瑶緘投贈夜光珠，更索煙雲一幅紙。我從前歲賦宦游，騷雅襟懷掩塵滓。忽披新咏觸吟機，結習難忘見獵喜。作畫未就且報詩，乘韋先牛聊復爾。青山指日開笑顔，枯翰逢春爲君泚。

除夕

前年除夕初入楚，去年除夕清江渚。今年除夕在鳩兹，歲歲萍蹤無定所。故鄉遭亂已三載，舊日田園付焦土。青山有約夢難忘，白髮無家歸尚阻。近聞東南大奏捷，屢拔堅城走强虜。蘇臺毘陵相繼下，壯士歡聲動笳鼓。浙西援絶南都圍，如獸在檻魚入釜。家山腥穢計可掃，溝壑夷傷痛誰撫？親朋海上半凋殘，眷屬天涯幸團聚。一尊悲喜送年華，百歲匆忙嘆逆旅。垂暮翻因宦轍羈，思鄉總覺浮家苦。草堂零落舊梅花，他日歸田可能補。

倚晴樓詩續集卷三終

倚晴樓詩續集卷四

海鹽黄燮清韻甫著
錢塘宗景藩子城校

荆江風雪歸自郡城舟次口占甲子

蒼茫積雪皓巖阿，黯黯長江滚滚波。但覺寒雲連楚蜀，預愁春水下岷峨。敗蘆斷岸飢鴻起，枯樹荒村凍雀多。瀕江田廬連年被水，灾民甚衆。喜入上元新甲子，轉移灾劫望陽和。

雪後至江上祀神

薄陽晃高城，積雪皓平楚。蕭然村落間，瘦塔聳冰柱。畫旗影山煙，凍屐齒江渚。一唱迎神曲，春風入簫鼓。憫兹松邑民，水患久困苦。田廬没波濤，十室僅存五。耰耡易漁釣，平疇或鳴櫓。捧檄來是邦，入境使心憮。嬰赤苟無依，曷以爲父母。時方急軍儲，遑計助與補。欲令溝壑蘇，終賴堤塍堵。稽首籲神靈，明德奠斯土。豐年幸有兆，六出花已舞。灾黎庶存活，天心倘鑒許。

山　行

潺潺幽澗泉，瀠洄漱石齒。板橋架琉璨，俯視清鑑底。泠然琴筑聲，藉以洗吾耳。出山本無心，流行若或使。假此潤良苗，枯槁應可起。來源久澄澈，濁流幸勿滓。

前山接後山，山山相迴環。上山復下山，平原在中間。豆莢翠欲綻，麥浪碧已翻。間以薺菜花，界劃陌與阡。豈惟娱景物，藉以占豐年。灾區苦凋敝，斗米錢半千。哀鴻滿道路，顧兹心悲煎。陽和澤萬卉，生機幸回旋。但祝暘雨時，春收倍從前。元氣或可復，終賴造化權。

村市數十家，人煙聚山麓。傳聞長官來，沿門響爆竹。長官非神君，無乃滋愧恧。即此敬上心，亦見土風樸。民無不愛官，官或負司牧。何以副衆望，還當叩衷曲。

滶川好山水，别來三載餘。兹鄉極清曠，風景頗不殊。連峰叠遠翠，夾道流寒渠。陂塘資灌溉，卉木交根株。野屋雜高下，半在松陰居。即遇多所戀，塵念澹欲無。時艱足可隱，桃源在兹乎？但惜邱墓遠，未能此結廬。東望海雲碧，田園今已蕪。日暮羨歸鳥，吁嗟人不如。

東謝默卿觀察元淮即以志别

大江岷峨來，浮天下吴楚。灝氣鬱不消，却借文字吐。波濤瀉胸懷，噴薄溢毫楮。胎息風雅騷，變化李韓杜。鹽漕河渠兵，鍛鍊出韻語。豈惟潮海觀，時政實砥柱。長才屈卑官，盛譽震大府。監司亦小就，未足盡强弩。論事每激昂，世俗多齟齬。拂衣歸去來，歌哭送時序。詩名滿江南，騷壇樹旗鼓。賤子久心儀，恨未一尊叙。懶雲卧海濱，歸雲指江浦。美人遠相望，煙波悵脩阻。賊騎動地來，家山忽焦土。棲烏駭蹭蹬，垂暮翻振羽。避亂入宦途，餘生寄逆旅。浮雲逐飄風，千里倏一聚。去冬月在子，載酒登壽宇。握手傾笑言，積思慰腸肚。文章通鬼神，感應捷風虎。平生繾綣懷，夙願終償補。贈以養默詩，佐以碎金譜。坐使俗吏心，光明照肺腑。所惜相見稀，煙霞隔塵組。薄宦如轉蓬，去留不自主。江柳何青青，送客愁千縷。多此刹那緣，翻增别離苦。回首望東山，何由起霖雨。

送嚴中丞即題山水畫幅

峨眉毓片雲，霖雨及天壤。應運起偉人，川岳洩英爽。鄭公匡濟才，志在靖擾攘。立身恥唯阿，建議竭忠讜。運籌每決勝，理財更策餉。桓桓東征師，力戰恃楚帑。王事無畛畦，全局歸指掌。恒念兵火後，元氣急培養。選吏務稱職，論功必信賞。吐哺接英賢，薦舉絶朋黨。不才屬下僚，龍門荷宏獎。美錦使學製，駑馬策鞭鞅。自嗟患難餘，枯槁藉滋長。吏治慚未嫻，高山幸可仰。今兹忽遠離，感極增悒快。江水去滔滔，峽源來漭漭。放舟欲東下，此心更西上。眷念知己恩，臨歧歌慨慷。時艱賴重臣，封圻方倚仗。平泉非終老，午日正高朗。還爲蒼生出，青山豈長往。題詩寄畫屏，别夢隨蘭槳。

俞叟石庵老而健畫以二丈餘紙寫梅一本爲黄鶴樓補壁乞予題之

江上老龍怒起蟄，化作蟠柯勢騰擲。墨鱗散落萬梅花，一夜東風滿雪壁。高城俞叟老益健，生無他好惟畫癖。解衣磅礴好意興，縱筆淋漓動心魄。紙二丈餘墨一斗，目無全牛矜腕力。元章冬心高格韻，若論雄奇或未敵。橫斜疏影妙入神，來與江樓鬥月色。此花不落春四時，一任仙人吹玉笛。

舟次荆州别嚴中丞

壯猷方叔濟時賢，誓竭精誠答九天。純孝傳家明德後中丞高祖父子皆以孝聞，御賜『篤行傳家』匾額，偉人應運中興年。雲從華嶽來三楚，江自岷峨潤百川。中丞自秦遷蜀。南國甘棠栽已遍，往時父老總流連。

牙旗開府鎮金梁，竹馬重迎到武昌。十載循聲留郡國，兩朝恩遇倚封疆。彈章激烈懲驕帥，奏議從容舉大綱。謂應詔陳言。諸將東征頻破敵，年年越境濟芻糧。

豫南皖北羽書馳，策餉籌邊不易支。自信留侯堪借箸，敢同謝傅但圍棋。舉杯軍令風雲肅，運甓賢勞部曲知。李郭治兵寬猛異，非關廉藺有猜疑。

感時傷亂鬢霜侵，擊楫頻聞慷慨吟。統一事權天子意，無分畛域大臣心。過如日月人皆見，澤與江湖水共深。宏濟艱難才有數，未應閒散到山林。

錦江西眺念松楸時乞假省墓，徑欲歸田侶白鷗。名士林泉思養望，至尊宵旰待分憂。九重天語褒清節，一片冰心照素秋。多少蒼生仰霖雨，故鄉雖好莫淹留。

鄭公帳下效驅馳，草檄軍門更賦詩。憐我餘生經患難，許身知己惜衰遲。涓埃未報徒慚感，夢寐難忘况遠離。千里素心如可託，願隨明月到峨嵋。

克復杭州

武林名勝區，兩陷豺狼穴。初來如飈風，堅城迅瓦裂。泥丸封十門，寶山自扃鐍。民財資盜糧，金帛罄搜抉。倉皇七日留，郊市慘流血。其時金陵危，賊意不在浙。假此掣我軍，適墮敵計譎。江南竟潰圍，洪流遂横决。蘇禾盡淪喪，杭城益孤孑。郊壘合群盜，餉援兩俱絶。戰守賴張總統玉良王中丞有齡，先後各盡節。朔風號嚴冬，陰寒正飛雪。男婦奪門走，脛踝凍欲折。敗絮匿金玉，中途飽貪饕。娉婷與襁褓，誰能相携挈？餘生刀刃下，旋復死傾跌。血濺層冰温，哭沸大江咽。吁嗟西子湖，三年委攘竊。左軍自東來謂閩浙制軍，飛雹駭飄瞥。轉戰奪要隘，次第補殘缺。渡江悉精鋭，扼吭斷横軼。烈焰熾蚊雷，驟雨潑蟻垤。蠢兹狐鼠群，下遣六丁掣。湖山還舊觀，花柳表前潔。所嗟民氣傷，殘黎膏已竭。滋培仗雨露，枯朽庶萌蘖。疾痛聞九重，休養待施設。督師古馮鄧，愛民今稷契。定深飢溺憂，豈但鼎鐘烈。

克復嘉郡

禾郡我鄉里，煙水明如繪。賊來沼吴苑，列戍棄要隘。鴛湖未一戰，鴛渚望風潰。七邑付灰燼，三年墮腥穢。廬舍化焦土，膏血洩毒蠆。田禾飫寇糧，墓木供盜械。良民失巢禽，矰繳動遭害。頑民如倀鬼，導虎縱饞喙。死既委溝壑，生亦同草芥。可憐財賦區，竟成羅刹界。我師克杭州，席卷走風旆。江南本唇齒，雄師復來會。李撫軍遣兵合攻。陣勢應首尾，敵援絶內外。堅城遂以拔，氛祲立時汰。屬邑駭破竹，惶愕自摧敗。解甲争投誠，不殺示招徠。屬邑有獻城反正者貸罪。縱或漏吞舟，亦見胞與大。嗟予值喪亂，餘生幸獲匄。千里聞捷音，積憤聊一快。所嘆田園蕪，敝廬久崩壞。親故半死亡，存者幾人在。又聞海塘圮，潮汐雜灌溉。鹹潤傷稼穡，民食艱粗糲。自海鹽至海昌，塘工久廢，海水溢入内河，戽以溉田，禾稼輒爛。灾荒踵兵火，孑黎甚矣憊。誰能撫瘡痍，急爲起凋瘵。每得故鄉書，沉痛使心痗。一曲念家山，歸帆幾時挂。

克復金陵

金陵大都會，形勝控南北。龍虎衛爪牙，鳳皇拱羽翼。自從洩秦淮，六代夢屢易。勝朝此始終，王氣亦頃刻。蠢爾跳梁狐，乃敢踞窟宅。當其下武昌，順流肆狂逆。我師方大舉，阨要俟迎擊。旌旆兩孤暗，舳艫九江塞。倘合諸道攻，猶能一戰克。督帥爾何人，聞風氣先墨。卷甲疾東駛，倏若鳥避弋。扁舟迅一往，亂檣駭崩析。倉皇走石城，諸防盡棄擲。賊來不自料，千里無捍格。懸軍竟扣關，戰守兩難策。樓櫓毁須臾，重門閉何益。半壁遂陸沉，財賦飼鬼蜮。釀劫固天心，召禍當誰責？鱗介燦衣冠，巢穴侈金碧。公然竊僞號，刓印授官職。分兵出四擾，群兇受部勒。頻年苦征討，宿將半鋒鏑。何督再棄軍江督棄常州，遠走滬上，張帥殉馬革總統國梁戰歿。潰決更南犯，江浙俱淪溺。根株既蟠固，枝幹皆荆棘。吁嗟江南哀，何止繁華熄。偉哉南豐裔曾滌生節相，艱危思報國。奉命賦東征，殫心誓滅賊。天生濟時賢，風雲會群力。棣萼皆將才節相弟沅甫中丞統諸將東下，轉戰數載，卒拔南郡，桑梓悉英特節相所部名將，楚材爲多。虛衷集諸彦，老謀恃遠識。賊衆趨下流，上游先經畫。苟得建瓴勢，乃可列陣逼。聚米瞭指掌，成竹在胸臆。嗣皇紹大統，冲齡御辰極。東南倚重臣，振旅怒斯赫。楚疆扼上竄，飛輓濟兵食。楚北協濟軍餉。造攻自皖江，乘勝逾采石。浴血戰九洑，京觀鯨鯢積。九洑洲爲金陵要害，賊以重兵死守，水師血戰六晝夜，大破之，賊壘悉平。截險斷股臂，傳烽警肘腋。霆車塌遠壘，雪鍔鏖近栅。兩載始合圍，曾未解甲息。氣運回上元，時逢六月吉。梯峻落天河，洞堅裂地脉。奪門分道進，壓陣衆山擘。諸將有死心，健兒一當百。賊藪火自焚僞王府積薪自焚，渠魁死猶磔逆首洪秀全已先一月自盡，乃毁冢而磔其屍。群酋或生致，檻獸競俘馘。禽賊已禽王，其餘等枯瘠。漏鱗抉深潛，追騎截横逸。伏屍過十萬，水沸江湖赤。靖掃狼貙豼，腥穢洗潮汐。厥功繪麒麟，當代信第一。慨昔全盛勢，失陷何倉猝。經營一星周，甫奏戡定績。寶氣洩山川，櫝還已無璧。庸帥弁髦棄，藎臣艱苦得。乃知治亂由，惟在賢奸擇。皇帝聖天亶，兩宫堯舜德。匡輔資親賢，功罪嚴黜陟。方召任專征，共鯀就誅殛。將帥感恩威，祆祲行盪滌。上慰先帝靈，下念灾黎惻。酬庸錫茅土，優賚暨士卒。繦貸活流亡，水火易衽席。豈惟江南春，且被天下澤。庚信賦哀怨，杜陵詩悲激。猶幸喪亂餘，復見承平日。文字託咏歌，武功偉竹帛。欲擬中興頌，愧乏昌黎筆。

聞克復湖州即吊趙竹生景賢

浙西諸郡邑，湖城陷最後。賴有趙吴興，忠勇誓堅守。危疆兀孤峙，累戰挫群醜。自從杭嘉淪，獨立竟無偶。賊乃併全力，數月苦攻掊。城破爲賊禽，舁之蘇臺走。諸酋相羅拜，僉曰畏慕久。待以上賓禮，勸其僞爵受。朝餐珍錯備，夕飲肺肝剖。瞋目睨諸酋，爾母穢言垢。猛虎落陷阱，豈屑伍猪狗。有刀且加頸，有杯且到手。醒醉拚一死，君父兩不負。賊衆密防閑，不殺禮加厚。速死既未可，縱横益使酒。有時嬉笑駡，有時咆哮吼。賊漸不能堪，知難口舌誘。又虞洩兵機，内變或掣肘。艱貞卒被害，臨難洵不苟。神旗走風雲，寶劍燭星斗。狐鼠暫憑城，一敗裂枯朽。兩省合重圍，誅夷十八九。秋澄巨浸波，春回霅谿柳。招魂下英靈，瀝血薦賊首。大尉平生心，還應笑開口。

題盛杏蓀公子宣懷蘇堤攬勝圖

泉塘門外柳條條，緑到西泠第幾橋。十里平蕪閒試馬，落花風裏酒旗飄。
畫舫香車賦冶游，承平年少最風流。等閒小閲滄桑劫，前度詩人已白頭。

公子情懷迴絶塵，湖山留戀舊時春。他年重載餘杭酒，鷗鷺還應識故人。
頻年烽火黯西湖，畫裏樓臺尚有無。留得孤山梅幾樹，好憑歸夢問林逋。

九月朔日節署景桓樓扃試簾官

高樓突起壓崇岡，芳草晴川見漢陽。絶域人煙歸幬載漢口夷商近漸稠密，中天雲物煥文章。黄花雅稱群仙會，丹桂遲留一月香時因軍務，展期一月。多病登臨猶縱筆是日足疾甚憊，暮年豪興尚飛揚。

病足未瘳昨以登高加劇乃請假休養

昨日登高樓，千里一顧盼。風勢摩寒雕，鄉心動歸雁。蒼茫豁塵抱，磊落鬥詞翰。雲氣上衣履，山翠墮几案。興來成文章，濯筆到江漢。縹紗群真會，狼藉軍門宴。豈知登頓勞，腰脚苦不健。跛倚嗤拐仙，何由升月殿。養疴聊閉門，遣寂或開卷。暫學鷗鷺閒，坐看魚龍變。

同年龔九曾農部紹仁過訪寓齋賦贈

卅載同鄉科，曾未接蘭佩。渺渺吴楚雲，飄風乃與會。神仙忽束縛，限以藍橋界。翻恨良覯阻，尚須時日耐。主政於二十年前見予所製樂府，心契已久，兹來鄂垣，迫思一面，適予以簾差迴避。情相思通摯念愈迫，稍緩若無奈。先以尺素書，拳拳當晤對。來書云：『相見尚須時日，何以爲情！』神交鬼神，而我忽病憊。乞假得小休，所職幸旁貸。因病未與闈務。足音跫然來，握手出意外。屏略形迹，新知逾親愛。論文決治亂，談詩析宗派。鬱鬱平生懷，輪囷吐傾蓋。積想慰夢寐，驅使輕快。龔黃有淵源，膠合珀與芥。慚予吏治拙，勞勞苦星戴。渤海具成規，尚宜匡弗逮。詞章不濟時，恐非世所賴。持此真性情，聊復寄感慨。屈宋近可師，芳澤或許匄。

廣東從化縣令李心畬福培殉節詩即題其遺像

從化宰官華亭李，視賊如仇民赤子。山城巍巍兀孤峙，其時群盜正蜂起。集鑲練團訓弓矢，苦勸良民衛桑梓。親督鴉軍射封豕，戰守三年賊披靡。賊衆銜恨怒切齒，糾族合圍誓滅此。兵寡難分角與犄，斗大孤城焉足恃。相公節鉞南天倚，獻策不報但坐視。賀蘭乞師空斷指，兩月嬰城志必死。尊經高閣天尺咫，投石猶思擊蝼螘。城破後，公與趙典史應端，僕周鏞，壯勇蘇兆英、曾念聖、關萬福、李聲著、李惟諾、龍用、邱仰壽、張巨鵬及弟性培，登學宮之尊經閣，投石擊賊，賊乃積薪火閣，十二人同時死難。烈焰熾髯怒未已，殺賊還當爲厲鬼。急難相從兄及弟，同烈更有趙典史。僕從鄉兵皆壯士，決脰捐軀附驥尾。血影長留石華紫，至今行路慘流涕。公殉難處血影不滅，當事者護以石闌，榜曰『忠蹟昭然』。帝憫忠貞沛恩旨，晉秩郡守昭忠祀。遺像清高氣英偉，宰官如公世有幾。相公威嚴鎮海市，一葉翩然去烟水。魂歸不歸天萬里，江漢東流未濯恥。嗚呼人生等死耳，泰山鴻毛豈足比！

哭次女琇字佩瑜，七月初二日殁於滬上寓樓

生離纔歲餘，死別竟千古。噩耗自東來，聞之淚如雨。念爾具至性，依依戀父母。温和伺顔色，繞膝慧笑語。吐屬皆天機，聽之掌爲撫。無愆愛敬儀，自然中規矩。垂髫解讀書，文翰雜綉譜。視姊若師友，終年未齟齬。婉孌如目前，哀哉不復睹！

我昔客皖水，泛宅江湖游。爾年十三四，千里共孤舟。東訪焦先蹟，西登太白樓。夜泊鳩港月，曉望龍山秋。天風入環佩，衣袂涼雲浮。篷窗發高咏，扣舷驚沙鷗。爾亦解詩趣，清興與我侔。歲月曾幾何，逝景難再求。江山既浩劫，弱質同浮漚。

我家好園亭，水石陰花竹。窈窕倚晴樓，諸景紛在目。雲月鬥絢素，梅柳靄香緑。垂簾若神仙，幽蒨遠塵俗。爾每侍登眺，暇輒抱書讀。與姊共筆研，良夜或秉燭。百卉競芳艷，四時看不足。此樂殊未央，世事駭翻覆。三徑忽兵火，爾亦浮生促。陳迹付夢寐，當年聚骨肉。人地兩變遷，回首能無哭！

爾姊歸錢塘，爾嫁猶比鄰。衡宇近可望，朝夕還相親。賊騎陡奔突，郡縣皆沉淪。倉卒各遷徙，難顧戚與姻。初猶匿鄉僻，繼復歷關津。我泛越谿櫂，爾家黄浦濱。離腸寄尺素，悲愴難具陳。後來浙東警，肘腋皆荆榛。我家復入海，巨艦鼓風輪。相見滬上樓，喜極翻霑巾。自

甬東浮海至滬，與女家同居浦上寓樓。天性能感召，會合良有因。

我家既淪陷，眷屬將焉適？薄宦賦楚游，更須江海涉。其時賊方熾，滬城烽屢逼。爾既傷遠離，又虞虜騎即。伉儷俱從行，慰我羈旅寂。共登武昌樓，遠攬雲夢澤。爾姊復東來，結鄰近咫尺。予既至鄂，子城亦挈眷來，寓屋相去僅數武。骨肉相因依，樂事侔往昔。是秋宰彝都，百里試梟舄。爾婿歸滬洋，爾仍侍我側。爾姊亦相從，團圞共游歷。官齋换華年，春風近元夕。爾復念祖姑，欲歸盡婦職。爾姊回鄂城，遂與同歸舶。送爾至綉林予送至石首而别，别我下赤壁。當其分手時，自傷鬢毛白。常恐我齒衰，豈料爾年迫。每憶臨歧别，相視淚沾臆。彼此祝平安，腸斷語反塞。生死兩茫茫，誰知判頃刻。江水去不已，此痛未有極。

自爾歸滬上，爲爾心懸懸。聞爾多疾病，體弱叢憂患。寄書相慰藉，離懷强自寬。我年雖六旬，黽勉猶加餐。宦成得歸隱，月缺當再圓。爾竟不我待，奄忽謝塵緣。我生惟兩女，視若雙珠然。何乃弱一个，白髮慟青年。念爾祖父母，撫爾最愛憐。爾去得依倚，地下還承歡。爲我語近事，遭亂屢播遷。浮家走江漢，垂暮始入官。邱墓缺祭掃，不孝罪難言。兩孫倖脱險，近置耳目前。先兄兩孫豐玉、群玉久陷鄉間，去年春使侄偉齋携之來楚。教養得成立，書種冀可延。倘遇爾伯父，此衷代我宣。死者嗟已矣，生復際艱難。東望長太息，淚涸摧心肝。

衡山屢有書來賦此寄懷

何郎少年美風儀，性情磊落才不羈。一衿坐困四十載，朱顏非故雙鬢絲。與我論交始總角，少壯忽忽今衰遲。頻年倦游局里巷，暇輒文酒相娛嬉。我家樓閣一邑勝，竹石幽蒨花參差。同志二三日高會，清談每凅琉璨卮。人生百年迅駒隙，及時不樂庸非癡。一朝虜騎陷城邑，巢傾室毁無枝依。倉皇蹤迹隔烽火，近遷遠徙紛流離。故友朱松巢陳湘漁孫意泠李子健沈可亭，先後物化吁可悲。近聞馮鍰亦貧死謂少山，知愛凋謝晨星稀。舊人何戡幸健好，獨絃哀唱凄凉詞。一椽茅屋寄東郭，活人自活聊救飢衡山兼精醫理。布衾踏裂袒褐綻，殘書尚欲傳佳兒。身經喪亂等惡夢，且喜復見澄清時。鯉魚風來寄尺素，但言困苦猶爲詩。貧骨磨鍊真性見，冰雪不改蒼松姿。我從避亂强入官，浮家遠在黄鵠磯。東望故鄉念故舊，生死離别嗟涕洟。尺書三復當良晤，聊以慰我長相思。相思無極相見阻，身乏六翮難奮飛。萍梗千里豈樂此，草堂零落歸何之。當時追歡不自覺，今日此樂安可期。西園舊游吴質在鐵士同予在楚，每語往事同歔欷。惟願承平各壽考，探囊略具歸山資。老鶴終當覓儔侶，海天風月還追隨。

雜題自畫山水

村樹陰茅屋，山泉漱石梁。欲尋高隱士，惟見白雲凉。

小築谿邊住，飛泉樹杪流。故人携酒訪，閒話碧山秋。

碧樹圍琴案，青山繞畫廊。道書閒更讀，静對一爐香。
雨過雲猶濕，秋陰樹亦凉。鳴榔誰載酒，身帶白蘋香。
石骨瘦逾峭，泉流寒自鳴。出山能潤物，只此本源清。
疏鐘徐渡水，孤舫遠浮煙。記得尋僧語，西湖夕照邊。

九曾同年以莊衛生方伯受祺游絲四律見示有感於中次韻奉和

迷離幻影寫春陽，似帶煙痕拂畫堂。墮地幸無塵土染，昇天終覺道途長。但隨芳草爭愁境，肯逐浮萍老野塘。組織不成雲漢錦，可憐蔓縷太悠揚。

空中迹相自何來，裊娜東風上翠臺。金縷只宜名士曲，玉煙難種美人胎。飛騰有勢存龍性，隱顯無憑費燕猜。欲補衮衣慚力弱，經綸可稱繭絲材。

曾引香車過六橋，絮痕花影總魂銷。舊游艷迹都零落，老去情根漫動摇。楚水黏連春細細，吴山牽惹夢迢迢。柳枝未解章臺舞，猶自迎風苦折腰。

因緣起滅悟浮生，且與斜陽弄晚晴。金粉湖山春尚繫，笙歌樓閣畫難成。沾泥漸欲禪心定，望遠終憐别緒縈。婉轉好尋來處路，江南煙雨是歸程。

倚晴樓詩續集卷四終

倚晴樓詩餘

序

宮商之聲有五，文字之別累萬，以累萬之繁，配五聲之約，高下低昂，思力靡舉。矧迺參差變唱，曲折赴節，意内言外，滋潤婉切，心巧手妍，錙銖精討，樂章有府，比音成文，固《風》《雅》之餘響，亦《騷》《辨》之苗裔也。然而美人香草，託旨幽蔚；瓊樓玉宇，寄情遥深。勞人綴曲，憐河上之同聲；奇思凌雲，换尊邊之低唱。憧而有作，屑以爲名哉？

鹽官黄君韻甫，少負異姿，長耽群籍，恣元覽於中區，以文章爲小技。龍門遐歷，詎甘孤憤之書；杜陵抗懷，雅有經綸之願。至於吐角含徵，析分尋刌。四候之感，秋氣偏多；五絃之悄，高調寡和。語必驚座，憂能傷人。嗟嗟使君，早籥天衢，榮邕襟抱。出文府之珪璋，灑書林之膏馥。必當補助風俗，譜奏和平。即不然，而侍從密邇，記注言動，彪炳丹青，黼黻絺綉，蒲梢天馬之歌，芝房寶鼎之曲，亦足鼓吹休明，潤色鴻業。而迺十上終擯，一官晚就，纔吟牽絲之篇，遽應乘虬之召。春陵嘯咏，未紓元結之懷；栗里荒蕪，莫返泉明之徑。徒令墨士追慽，騷壇慕思，采擷辭條，低徊遺韻。誦長吉之句，詫其鬼才；酹孔璋之墓，稱爲詞客。豈君之志歟？ 即論其詞，無愧於古，聯綿曠邈，哀感頑艷，截竹依永，絫黍罔忒，固已挹周、柳之袖，入姜、張之室。

余託同鄉郡，試席屢接。中更別離，遽悼奄忽。羈紲塵鞅，零落藻綺。即事抒指，間爲新聲。獨繭自繅，晚蟬孤唱。中仙去後，誰訂元音？夢窗云徂，空題遺筆。津梁所逮，馨逸斯播。愛婿宗君子城刊斯編既竣，以余與君雅故，屬爲喤言，泚筆述此，蓋不禁俙然而感矣。

同治六年歲次丁卯秋八月，同郡張炳堃鹿仙氏拜撰。

目録

倚晴樓詩餘卷二……（二三）

倚晴樓詩餘卷三……（四一）

倚晴樓詩餘卷一

海鹽黄燮清韻甫

南鄉子 宿瑪瑙寺禪房

玉版話三生，禪榻茶煙證浄盟。時有妙香來鼻觀，零星。佛座閒花供一瓶。　燈火透檐青，襆被輕寒逼五更。殘夢不曾留得住，忪惺。雨裏疏鍾又幾聲。

卜算子 湖樓

樹杪曲闌迴，檐底斜陽冷。裊娜春風欲上樓，吹得煙鬟醒。　生小太癡憨，閒憾何曾省。手釧錚鏦響一聲，笑捉楊花影。

前　調

辛苦爲尋春，争奈春歸速。流水盈盈不見人，煙雨封簾角。　別緒總無聊，前夢真難續。芳草垂楊共一堤，各自傷心緑。

掃花游 湖樓聽曲

小樓霽雨，看緑漸成陰，矮簾如水。送春去矣。正花香酒後，絮香檐底。料理閒愁，訴與雕梁燕子。管弦沸。算人在綉屏，紅豆能記。　凉破雲一紙。奏細韻泠泠，晚寒羅綺。夢游自喜。認留仙院宇，絳霞宫裏。但識飛瓊，此外不知姓氏。曲終未。響天風、鬟絲吹起。

卜算子 書悶

黛色暝含煙，水氣昏連霧。三月曾無十日晴，雨裏春來去。　簾外亂飛花，幾個流鶯語。才得登樓一惘然，緑盡天涯樹。

疏　影 題張松谿泰初《花影吹笙圖》

煙痕似雪。有瘦螢幾點，飛上衣褶。料理銀簧，坐對瑶天，黄昏韻事幽絶。凄清不耐離人聽，怕剩夢、斷時難接。莫等閒、作去弄凉聲，挑醒一窗梧葉。　仰見明河浪静，夜深正露重，絲鬢微濕。袖底香歸，指上秋生，逗起惺忪蝴蝶。闌干閒了誰同倚，但靠碎、半身斜月。到恁時、尋取雙成，偷譜羽衣三疊。

四犯翠連環 薄暮泊孤山，登巢居閣，和吴子述承勛韻

夢熟鷗鄉，酒醒魚國，汀洲畫橈斜倚。一路晚蟬凉自語，響碎柳陰三里。竹枝聲乍起，夕陽紅到銷魂地。半天暝色，半湖雲氣，忽忽愁難寄。　草際。瘦蝶雙飛，認東風裙幅，那回游戲。幾日不來煙雨冷，荒却舊時羅綺。小樓仍靠水，水邊窗户玲瓏閉。秋老矣，白了菱花影，青了蓮房子。

鵲橋仙 送張松谿之袁浦

無多舊雨，無多新雨，各自燈寒酒醒。月明何處弄瑶笙，怕冷了、西湖花影。　秋聲碎夢，秋風催别，漸漸鬢絲凉警。篷窗吟遍六朝山，只載得、閒愁一艇。

前　調 七夕

月斜香几，露寒瓜席，墻外何人私語。隔花風遞笑聲來，却不似、故園兒女。　有情時節，無情院落，坐對凉陰幾樹。卷簾獨自數秋星，點點是、離愁來處。

惜秋華 秋海棠

倦態惺忪，向雕闌艷糝，紅妝微褪。薄醉乍醒，娟娟另饒丰韻。無端碎却秋心，鎮一片、雨陪煙襯。空階夢魂凉，又是疏蛩幾陣。　芳影弄嬌嫩。背墻陰睡起，西風扶穩。幽媚自憐，思婦淚痕還暈。簪來細貼雲鬟，怕添了、玉釵離恨。殘粉。付徐娘、斷腸詩本。

蘇幕遮

客衣單，人影悄。越是天涯，越是秋來早。雨雨風風增懊惱。越是黄昏，越是蟲聲鬧。　別情濃，歸夢渺。越是思家，越是鄉書少。一幅疏簾寒料峭。越是銷魂，越是燈殘了。

齊天樂 秋蝶

翩翻縞袂新寒薄，秋來玉去腰纖小。艷冢尋香，離宮覓恨，舞碎零星殘照。銷魂畫稿。更貼綴閒愁，冷叢疏草。影墮墻根，海棠花瘦帶煙裊。　闌珊春夢乍醒，記游仙幻境，鶯燕都老。南國留裙，西風泣扇，莫問舊家亭沼。芳情未掃。嘆金粉年華，等閒過了。月裏羅浮，恁時歸去好。

前　調 秋燕

烏衣瘦損來時影，天涯艷游應遍。玉樹荒煙，金陵剩粉，惆悵舞裙歌扇。閒抛翠翦。吊六代斜陽，故侯宫苑。冷入江南，一襟疏雨暮愁遠。　匆匆芳事易了，早梧桐墜葉，風露催晚。草信霜前，楊花夢裏，凉煞綺羅深院。紅絲待餞。算客久思歸，幕巢棲倦。落盡香泥，月殘簾未卷。

虞美人 翦秋羅

磁盆略帶蕭疏意，染得秋如綺。猩痕點點雨中看，認是西風殘淚濕齊紈。　蘇娘機杼迴文倦，移近簾櫳玩。一絲絲織可憐紅，輸與茜紗裙上綉芙蓉。

前　調 玉簪

幽莖貼砌煙痕重，點綴蒼苔空。半墻殘月太朦朧，留得幾枝疏影蓋啼蛩。　水晶簾底纔梳掠，鬆插蟬雲薄。釵頭閣住露華香，只覺一分秋在鬢絲凉。

喝火令

畫帶愁時影，詩藏別後箋。朱樓人去緑陰圓。剩有一雙飛燕，占住舊鞦韆。　玉夢誰招得，銀河但渺然。模糊心事十年前。記得黄昏，記得藕花天。記得酒醒時候，羅幌月如煙。

徵招 檐馬

檐牙碎挂琉璃影，宫商爲誰煩絮。逼近綉窗櫺，説西風來處。愁人眠正苦。誤聽了、一鈴微雨。細語錚鏦，彩絲摇曳，嫩凉庭宇。　宵鼓静方長，黄昏後、支頤背燈凝佇。好夢已難成，况秋聲留住。開簾頻看取。祇樓外、疏星三五。門清響、幾串玲瓏，和去竹梢殘露。

滿江紅 水仙王祠神絃曲

老去東坡，零落了、風流賽筵。恕吾輩，疏狂禮節，重酌寒泉。廿五條冰彈碎月，十三陵樹長荒煙。採黄花、人語冷香中，殘翠邊。　神至矣，風滿船。神去矣，水連天。擊空明一片，漁鼓吟舷。睡起芙蓉窺鏡裏，日斜鷗鷺拜門前。有小鬟、低唱棹歌來，秋渺然。

念奴嬌題諸子良嘉杲《棗花簾學拍圖》

仙乎蕭史，在湘紋影裏，呼之欲出。一樹花陰清蓋户，篩碎半窗凉月。紫粉徐飄，紅牙細按，風過檐鈴叶。隔墻聲度，畫樓殘夢難覓。　我欲遠跨蟾蜍，瓊簫飛弄，吹破秋雲碧。去問廣寒新樂府，洗盡人間箏笛。玉宇天高，銀河水迴，未許星槎入。冰絃獨語，古音空自憐惜。

蘭陵王

晚天闊。秋意江城漏洩。河橋路、憔悴緑楊，幾點歸鴉弄殘葉。征衫大瘦絶。彈鋏。清游未歇。凉陰裏，三四暮蟬，似向西風訴離别。　平原控金埒。看野草凄迷，疲馬爭齧。煙中樓閣雲堆叠。望遠水無際，亂峰爭暝，蒼茫殘照赴雉堞。正搔首時節。　凝結。亂愁積。算抑鬱襟懷，箏柱能説。黄昏淚灑青袍熱。但玉麈捶碎，唾壺敲缺。遥情千里，試寄與，雁外月。

齊天樂七月既望，偕陳湘漁作敬、吴研仙廷燮、兄蓮舫西湖泛月

飄然頗有凌雲氣，長空乍收昏靄。露濕衫邊，星黏樹隙，清得游人無奈。銀河玉去海。怕今夜嬋娟，等閒凉壞。棹入西泠，水窗一半柳陰蓋。　中流來去自在，洞簫吹斷續，如聽仙

籟時湘漁吹洞簫數曲。零碎飛螢，惺忪倦鷺，秋在紅芙塘外。花枝細擺。儘無數幽香，畫船輕載。醉我煙波，五更歸思懶。

疏　影　殘菊

霜華似酒。向枝枝點染，芳艷酣透。冷到籬根，倦倚窗前，苔痕一徑鋪厚。寒蛩懶作傷心語，便蝶影、飛來都瘦。卷畫簾、盡日西風，分付秋魂消受。　記得餐英小摘，那人共徙倚，香滿羅袖。好夢如煙，別夢如雲，又到苦寒時候。謝娘已嫁吴娘病，只院落夕陽依舊。算可憐、不獨黄花，説與雁鴻知否。

江梅引　用白石翁格

簾鈎風響玉瓏玲。亂愁生。不堪聽。剩有梅花，疏影伴窗櫺。無語卸妝無語坐，太忪惺。獨燈昏也，睡未曾。　檀奴歸信欠分明。畫樓深、霜氣凝。雁兒解事，定飛去、代訴離情。自綉衾，寒擁度殘更。懊惱月斜鐘易動，一聲聲。才成夢、又打醒。

減　蘭

畫樓西畔，一徑苔痕都立斷。悄隔紅窗，却教鸚哥罵玉郎。　桃根姊妹，幾點眉山煙外翠。瑟瑟宮花，掩映秋蟬兩翅紗。晚妝才了，粉氣如煙空處繞。携手斜陽，鬢後風來漸漸香。偷移寶屧，便不逢人心已怯。小語多時，只有花陰宿鳥知。木樨花發，記向花邊尋宿約。挨近羅衣，替掠煙鬟未整絲。黄昏歸路，辨不分明煙外樹。澹月疏簾，一丈桐陰緑到檐。扁舟西去，兩地情懷無説處。各自生愁，各自昏昏過一秋。寒燈誰共，枕上定須尋好夢。夢若尋來，夜半樓扉爲我開。

一枝春 蠟梅

畫閣疏檐，粲檀痕、襯貼雕欄前後。微開罄口，半是麝臍薰透。黄香瘦了，算惟有、素心依舊。常伴我、風雪紗窗，耐得歲寒時候。推簾笑揎紅袖。戲拈來小朵，雲翹裝就。金釵弄影，數點碎星寒鬥。香幽自遠，恁不許、玉去郎親嗅。明鏡裏、斜掠煙絲，嫩芳窨手。

過秦樓 西疆用事，邊地苦寒，爲填此解

晚雨扶愁，曉陰勒夢，野樹朔風淒嘯。黄沙夢裏，白雁霜前，枯盡玉關秋草。堪嘆落月陰山，燐火蒼茫，寒蛩獨吊。聽幾聲胡管，幾枝羌笛，鬢絲催老。誰記得、出塞歌長，新婚別

苦，忽忽路綿書杳。金微萬里，銀燭三更，何處受降城堡。如此天荒地凉，寄盡征衣，何時吹到。便封侯覓取，樓外垂楊瘦了。

齊天樂 西湖雪霽，泛舟湖心亭，繞孤山麓而返

脱裘聊買西湖醉，村醪乍添新價。遠寺藏紅，荒汀凍碧，一二閒鷗瀟灑。蘆粘絮惹。問鶴氅尋梅，蹇驢誰跨。點綴蒼寒，隔煙剩有釣漁者。　清游更誰領略，浩然凝望眼，幽景難寫。秃樹瓊裝，層樓玉聳，除是雲林能畫。青山睡也。笑傅粉殘妝，夕陽催卸。可惜南屏，晚鐘容易打。

清平樂 早梅

暗香疏影，影在香中冷。小語花前人不省，翠羽夜深來聽。　露華洗染春痕，等閒濕了釵裙。除却羅浮夢裏，誰家有此黃昏。

滿江紅 胥山劍石

撫劍蒼茫，試憑吊、英雄陳迹。想當日，青萍砍地，亂雲奔裂。落日瘦眠貙虎影，腥風寒迸蛟螭血。聽龍泉、夜半吼空山，山魈泣。　鋒過處，星芒急。水磨後，江流赤。看長虹出手，

豫章飛魄。甲盾五千摧勁敵，屬鏤三尺鋤忠節。剩欹斜一角卧荒煙，苔痕蝕。

念奴嬌 將客西泠，填此誌感

雙親老矣，更弟兄潦倒，一般作客。兩字功名何日就，望得門閭頭白。烏鵲依枝，雁鴻印雪，落落飢驅迫。欲留難住，未行先計歸日。　堪嘆寂寞芳閨，露花煙草，總是傷心色。樓上春風增懊惱，莫問緑楊消息。情淚穿珠，離懷中酒，紅袖青衫濕。絲兒魂瘦，不禁零碎銷得。

前　調 題查青華人漢《龍靈石圖》

孤峰瘦立，問飛來何處，離奇倔强。料得巨靈開華嶽，削落芙蓉一丈。太守遺珍，元章新契，庭院供幽賞。博爐香裊，冷煙吹活仙掌。　堪訝剔透玲瓏，嶔崎夭矯，無一平庸相。此是廬山真面目，妙手傳神依樣。碧髓常腥，蒼鱗自動，勢欲飛騰上。海天風雨，恐隨雲氣來往。

瑶　花 孤山看梅

篷窗容與，載酒尋芳，趁雨晴煙曉。山南山北千萬樹，疏密横斜都好。香隨風遠，漸透入、綺裙羅抱。繞曲亭、面面清流，替寫緑衣仙照。　偶然客路勾留，但草草游春，野鶴應笑。衫痕鬢影飄颻處，一路輕寒難掃。故園谿上，想今日、也應開了。問水房、九折紅欄，可有玉釵人靠。

前　調 玉蘭花下作

珊然風格，驀憶當初，怪似曾相識。珠娘亭院携手處，正是花香時節。扶肩小語，直看遍、瓊樓南北。背粉墻、偷整羅裙，鬥影一般清絶。　而今六度春風，嘆冉冉芳華，前夢難覓。湘妃寶屧歸去也，愁弄冰絃瑶瑟。舊時臺榭，料深閉、半庭殘月。剩幾枝、冷倚闌干，開也無人憐惜。

減　蘭 送春

雨愁風惱，把個東皇催去了。春有歸期，待得人歸是幾時。　欲留難住，一種離愁無著處。自啓窗紗，閒向空庭數落花。

浣谿紗

瀟灑疏簾不上鈎，嫩雲池館數聲鳩，緑陰和雨畫江樓。　曉起難尋無緒夢，晚涼預作去未來秋，儘人消遣是離愁。

風蝶令

綉枕扶還怯，羅衣著尚單。一年春已病中完，底事東風猶作去不情寒。　緑意詩難寫，黄昏酒易殘。冷螢拖月上闌干，可惜無人同倚畫樓看。

蝶戀花

小院愔愔芳事暮，落了黄梅，减了青梅數。水漾簾痕風約住，有人立向無人處。　金綫抛殘閒綉譜，葉葉芭蕉，漸漸濛窗户。一片晚陰消不去，鵓鴣先定黄昏雨。

滿江紅 觀水嬉

細浪摇羅，楊柳岸、微風乍薰。指鏡裏彩龍飛下，舞碎煙痕。十里鼓聲涼振雨，一湖扇影盪成雲。認珊珊神女踏波來，金縷裙。　殘照隱，花外村。疏樹藹，水邊門。看琉璃掉破，幾點青鱗。畫舫尋香憐小杜，野橋沽酒吊靈均。採芳蘭、何處寄相思，空翠昏。

臨江仙 雨霽，湖堤晚步

一鏡層陰吹散了，詩情飛墮滄浪。櫓聲塔影破微茫。峰峰匀濕翠，樹樹派斜陽。　不盡餘煙誰管領，被風留在垂楊。迷離碎緑暗陂塘。未消鴉背膩，略逗燕心凉。

晝夜樂 同郁彝齋鼎鐘、施可齋英、兄蓮舫集金沙港賞荷

游人合是風吹聚。共領略、林泉趣。四圍山色飛來，都被酒杯承去。水外煙痕煙外樹。襯數點、畫中樓宇。隨意放中流，好尋他鷗鷺。　木蘭船繫垂楊渡。正紅衣、隔秋浦。兩般酒氣花香，别有醉人心處。古岸日斜蟬自語。被一片、緑去陰遮住。載得晚凉歸，響幾聲柔櫓。

菩薩蠻

枇杷陰裏茶煙擱，琵琶聲裏香塵落。扶影出疏簾，晚花凉鬢檐。　依人憐楚楚，無計鬆眉宇。水墨畫羅衣，秋來瘦更宜。

蘇幕遮 題趙笛樓《笛樓圖》

碧雲高，良夜静。樓在花陰，月在花陰等。燕子夢長吹欲醒。四面青山，對面青山應。　艷情飄，幽緒警。各處黄昏，各樣愁人聽。未是秋來先已冷。一樹垂楊，一樹相思影。

秋蕊香 西湖表忠觀訪桂

惻惻輕寒乍起，吹縐越羅衫子。淡黄樓閣斜陽地，人語南朝古寺。　酒醒須仗花滋味，幽香膩。今宵何處生秋思，忽憶疏簾月底。

明月棹孤舟 中秋夜舟中坐月

銀漢微茫遲畫舸。扶殘醉、倚篷涼坐。蛩絮蘆根，雁稀星外，零落水房燈火。　今夜紅樓秋夢鎖。羅帷底、玉簫誰和。兩處西風，半窗離恨，不獨銷魂是我。

滿江紅 語谿道中

小别杭州，煙樹外、亂山眉蹙。怕回首，酒香燈灺，粉紅鬟緑。斜月半篷詩境冷，西風兩岸秋聲足。剩前宵、殘夢不曾完，今宵續。　弦舊譜，囊中玉。飄瘦影，窗中燭。望吾廬何處，碧雲修竹。越水蒓鱸歸計得，吴娃絲管鄉音熟。唱南朝，三十六鴛鴦，相思曲。

湘江静 題《手揮目送圖》

半畝松陰凉透户。問秋商、送來何處。篷窗乍啓，冰絃細響，認疏花庭宇。碎按十三星，西風上、七條絃柱。凄音自迴，黃昏正長，梧桐外、數聲雨。　寶鼎香，仙袂舉。紫雲迴、舊詞重譜。湘江夢老，胡笳恨遠，算飛鴻能訴。幾點逼寒空，應愁斷、洞庭煙樹。曲平終韻杳，南樓望冷，銀河挂曙。

西湖月 本意

素雲捧出冰盤，照十頃琉璃，鏡奩初拭。露横天杳，星隨樹迴，數峰煙積。芙蕖香自遠，襯裏外紅橋秋四壁。待鼓棹、停入西村，摇碎半湖殘白。　回思載酒鳴榔，趁七月新凉，霽痕沉碧。舊游如昨，流光易改，去年今夕。懷人清夢杳，和一曲瓊簫誰聽得。正花底、三兩鴛鴦，睡醒無力。

摸魚兒 九日偕閨人登煙雨樓

叩紅舷、畫圖飛入，樓臺如此幽境。重陽風日今年好，動我醉懷吟興。欄共憑。看隔水人家，約略煙中醒。凉雲自迴。聽長短菱歌，兩三漁笛，聲逼晚天冷。　扶肩步，細印苔痕半徑。清游滋味誰領。桂花香透羅衫子，秋上鬢邊蟬影。庭院静。鎮寂寞無人，惟有斜陽等。垂楊漸暝。見陣陣昏鴉，星星野鷺，疏落送歸艇。

前　調題許金橋謹身《河梁醉月圖》，即送其入都

最銷魂、夕陽初暝，殘紅棲軟芳草。東風只顧催離緒，又放柳絲青裊。春易老。問鏡裏歌前，幾個朱顔好。描來恨稿。悵一霎晨星，五更斜月，别恨繫檣杪。　思君苦，病後重添懊惱。湖山誰共吟嘯。平蕪盡處天涯路，撩亂雨情煙抱。相見少。便不唱陽關，已是人愁倒。孤篷去了。剩燕外鞦韆，鶯邊樓閣，花影動清曉。

齊天樂題金橋《湖上勾留圖》

東風吹去征帆影，零星舊時鷗鷺。鏡裏山青，裙邊草緑，都是離愁來處。煙堤翠隝。自送了王孫，落花無主。獨叩紅舷，冷吟閒醉甚情緒。　春來游興易減，望故人天末，凄斷芳樹。酒污衫痕，泥空爪印，惜少啼鵑留住。僧樓聽雨。怕此後尋君，夢見難數。囑付垂楊，曉鶯休亂語。

前　調題張硯谿《曉風殘月圖》

垂楊替寫嬋娟影，依依送人孤棹。碎葉籠煙，零花膩雪，點綴斷腸詞稿。棲鴉睡了。問鶯燕樓臺，露凉誰靠。懶不成眠，數聲漁笛夜天杳。　荒村殘柝過盡，悵風肥月瘦，棖觸情抱。

獨枕支愁，離船守夢，水上一燈寒照。明星漸少。正酒醒無聊，五更鐘到。別有銷魂，畫中春自好。

點絳唇 查竹洲仲誥集同人於涉園玉玲瓏館餞梅

粉淡煙濃，半開半謝元宵節。暗香誰惜，留在羅裙褶。淺醉微吟，花外寒猶力。春陰寂。畫簾如月，添個人吹笛。

減蘭 舟次臯亭，桃花謝三日矣，悵焉填此

寒深病淺，著意尋春春不見。鶯燕人家，偏我來時已落花。斷紅無語，水上星星流自去。愁雨愁煙，略有芳陰蓋畫船。

前調 茉莉

芳心點點，細朵惺忪嬌素艷。碎月篩廊，涼約煙鬟稱晚妝。玲瓏小玉，窄袖輕衫初試浴。香已銷魂，况在秋羅扇底聞。

蝶戀花題程雪研女史素貞折枝畫册

一寸纖毫螺粉膩，不畫長眉，不寫鴛鴦字女史終身不嫁。冷韻疏煙吹欲起，誤他瘦蝶香魂滯。流水芳華容易逝，未許東風，偷入生綃裏。却笑尋常花並蒂，等閒青了垂垂子。

前調題汪沅蘭女史殘荷畫扇

第六橋頭曾喚渡，萬葉摇雲，緑斷紅塵暑。隔水盈盈嬌欲語，引人秋思香中去。別後西湖誰可付，讓與蜻蜓，占得花房住。一鏡相思無寄處，陂塘八月多煙雨。

湘月題宗叔霽青太守安濤《緑箋詞鈔》

晚窗展卷，認裁金乳玉，周柳情思。携向旂亭，待付與、扇底小鬟偷記。引笛尋腔，挑燈讀艷，幾串珍珠字。兩三蝴蝶，隔花殘夢驚起。　自嘆十載填詞，香愁翠語，耐孤吟滋味。白眼紅塵定笑我，年少清狂如此。石訂新緣，簫聯舊譜，幸結閒鷗契叔自號閒鷗盟主。相思飛度，魏塘一片煙水。

高陽臺同張松谿、許季眉乃常湖舫餞秋，時松谿將客袁浦，余亦有歸意

水淺蘋根，霜欹蓼影，畫船斜倚孤篷。幽况凄迷，殘尊坐對青峰。倦游客比秋消瘦，算歸期、燕子能同。採芙蓉。別後相思，寄與西風。　荷香桂子懷前度，弄短橈長笛，鏡裏煙濃。欄靠斜陽，羅衣人語樓東。而今盡入銷魂傳，悔當初、領略匆匆。柳陰中。只有寒鴉，替守簾櫳。

采桑子

玲瓏亭子分三面，一面迴廊，一面紅墻，一面闌干靠夕陽。　木樨香和茶煙膩，才出紗窗，才整羅裳，人倚西風語亦凉。

去年此刻曾相見，略訴殷勤，略解温存，略有思量未當真。　今年此刻重相見，瘦了眉痕，肥了愁根，難道秋來例病人。

鬲谿梅令題陳秋穀丙綬《畫谿漁父圖》

賣魚换酒對嫦娥，且高歌。約略藕花稀處、冷螢多。采蓮人去麼。　兩三村落水如羅，柳婆娑。若是一秋風雨、著煙蓑。認他張志和。

醉花陰題秋縠《蘋香水閣填詞圖》

全家住入琉璃鏡，花氣中央冷。微雨濕斜陽，水上闌干，水底闌干影。　　鸞箋小字翻香令，對博爐煙静。凉譜玉人絃，秋滿疏簾，燕子難消領。

瑶　花許雲林女史延礽以夜來香作鸚鵡，以抹麗爲架，徵詞於予，爲填此解

因風吹活，帶月飛歸，向曲廊停住。黄昏深院，簾卷了、萼緑華來何暮。玉環身世，祇一片秋魂難訴。正有人、睡起呼茶，認是惺忪花語。　　飛瓊巧奪靈芸，看竟體生香，凡鳥應妒。芳心未懺，羅扇底、誰念心經教與。夜凉成夢，儘消受、畫闌清露。囑付伊、豆子紅時，把相思銜去。

鷓鴣天鴛湖舟次與子良、子述話别

零亂相思水樣流，黄昏獨上木蘭舟。夢如可約何妨睡，别自無聊錯怨秋。　　波瑟瑟，恨悠悠，篷窗斜倚一回頭。南湖煙雨西湖月，分掌離人兩處愁。

前調 題徐心齋内翰之銘《秋夜讀書圖》

澹宕疏簾卷一層，小窗閒對晚燈青。涼分絡緯籬邊月，秋在梧桐葉外星。　銀漢迴，露華明，黄昏院落嫩寒輕。添香補寫紅衣照，便是當年宋子京。

倚晴樓詩餘卷一終

錢塘宗景藩子城校梓

倚晴樓詩餘卷二

海鹽黄燮清韻甫

清平樂 舟次金閶

浪傳佳麗，荒盡繁華味。鎮日篷窗無一事，飽聽雁聲而已。　梅花冷月初三，孤尊誰共清談。只有西湖入夢，從今不憶江南。

杏花天 題石芸士《煙波畫船圖》

小樓夢斷鶯聲入，最無奈、傷春傷別。闌干寸寸閒愁積，愁比闌干曲折。　紅窗外、游絲颺碧，正風暖、水香三月。一篷花影誰移楫，或是桃根桃葉。

水龍吟 題霽青宗叔《歸舫填詞圖》

好風吹出羅浮道，蝴蝶留人難住。青山兩面，碧雲千里，帆移春去。月裏篷窗，燈前翠袖，歌絃凉訴。笑十年宦迹，惺忪殘夢，剛贏得、銷魂句。　差喜閒情可賦，五湖船、鏡晨奩暮。雁箏和恨，鳳簫催拍，艷煩香絮。試問珠娘，那回送別，可曾教與。叔去官潮州時，有『贏得幾行紅淚，珠娘也是蒼生』之句。倩玲瓏玉指，拈來紅豆，把相思數。

疏　影 順河集夜發

春星暈碧。數漏聲點點，催動行色。剔盡燈花，扶上車帷，碾碎荒原殘月。夢痕已是無憑據，况翠被、五更寒力。到此時、縱不思鄉，也有幾分愁絶。　驀憶添香艷刻，玉人護半臂，何限情切。漸近紅塵，漸遠紅樓，好事天涯難覓。祇餘馬首金鈴響，似亭院、惜花時節。恨燕鶯、不渡江來，斷了綺羅消息。

浪淘沙 界河驛題壁

鞭影指斜曛，冷驛荒村。天涯悶煞杜司勛。芳草落花無一點，何處傷春。　料得倚樓人，瘦損眉痕。緑楊時節易銷魂。愁見玲瓏簾外月，不許黄昏。

齊天樂 車中竟夕不寐

尋常此際偎香影，消磨畫簾燈趣。昵枕支鬟，携奩照夢，各種温柔難訴。歡襟易阻。自依戀浮名，便成羈旅。半夜鞭聲，馬馱殘月出平楚。　花朝彈指過了，悵芳華有限，拋擲塵土。綺帳聞鶯，羅裙鬥蝶，往事一天風絮。窗前翠羽。應誦我年年，惜春詩句。別恨零星，曉來都化雨。

長亭怨慢旅夜無聊，朱月槎孝廉有源出西泠歌女愛兒羅帕索題，爲填一解

怕重檢、啼痕妝暈。自別西湖，燕箋無信。剩有秋羅，那回玉臂淡相襯。酒脣斜掩，殘醉後餘香印。一縷一纏綿，問後約何時才準。　零粉，記星星點點，隔歲未全消褪。當初贈與，把紅豆、細封離恨。到此日汗滅塵緇，但珠淚燈前偷揾。試折叠看來，總是相思真本。

蝶戀花

自送行人無意味，獨上高樓，何處愁堪寄。聞道長安西北是，闌干不向東南倚。　別恨似煙春似水，一陣輕寒，一陣游絲起。小院落花飛燕子，夕陽閒在蘼蕪地。

前　調和月槎旅店題壁韻

庭院無人鶯自語，似怯輕寒，避入花深處。芳事闌珊留不住，落紅認得春歸路。　昨夜樓頭曾聽雨，夢裏尋郎，別緒紛難數。願化柳絲千萬縷，隨風緑到津門去。

前　調 題潘紱庭曾綬《秋水芙蓉畫册》

三十六陂秋幾許，縹緲凉波，忽忽幽期阻。塘外輕雷塘上雨，紅顔不準西風妒。　一兩枝花摇隔浦，管領清愁，剩有閒鷗鷺。遠道相思憐日暮，美人如夢無尋處。

喝火令 題潘補之同年希甫《花隱庵填詞圖》

韻細流鶯和，香疏粉蝶慵。冷扶殘醉倚東風。唱起花深深曲，心事海棠紅。　窄徑依微遠，迴闌宛轉通。吹笙良夜有誰同。一樹春陰，一樹月空濛。月在無人庭院，人在月明中。

惜餘春慢 許金橋主政集同人於尺五莊餞春

小雨清塵，微陽催暖，暗緑天涯煙草。花隨燕墮，客爲鶯來，幽徑亂紅難掃。惆悵朱檐畫廊，如此芳時，倚闌人少。剩隔谿蝴蝶，參差裝點，夕陽詞稿。　曾記得、陌上尋鈿，湖邊沽酒，艷説蘇堤春好。羅裙夢裏，玉板尊前，忽忽舊愁顛倒。重聽清歌曼聲，棖觸無聊，那回情抱。况東風亭館，飛殘香絮，柳陰深了。

惜紅衣 露筋祠

水緑春煙，墻紅古岸，嫩陰催夕。繫棹門前，閒鷗導行客。垂楊萬縷，還認是、蛾眉顔色。愁絶。塘外野風，作去落花消息。　明璫寶瑟。依約芳蹤，淮流共清澈。招魂薦飲，素月上瑶席。誰和叩舷哀唱，隔浦數聲漁笛。問翠鬟何處，應在碧雲天末。

揚州慢 螢苑懷古

疏柳摇愁，夕陽催暝，可憐夢裏蕪城。自瓊花謝後，早粉黛飄零。歎當日、河邊士女，斷燐衰焰，都化流螢。問凄凉、誰吊黄昏，猶有簫聲。　翠橈暫倚，玉鈎斜、荒草青青。算艷冢秋深，離宫夜老，留得殘星。不照畫眉簾子，無聊處、雨滅還明。訴興亡遺恨，招凉人語疏燈。

水調歌頭 偕李儉伯光溥、吴薇客敬義、李芷香鼎銘、鄭頡蘇如海諸同年及家菊人孝廉曾月夜泛舟至惠山

今夕是何夕，明月在他鄉。故人頗足清興，鼓棹溯流光。水外一重煙樹，煙外一痕山翠，山外數星凉。酒醒未成寐，清露滿衣裳。　渡前浦，穿曲港，但微茫。誰家秋夢，吹墮長笛起滄浪。幾幅畫簾人影，幾點畫船燈影，羅袂遠生香。疏柳曉風冷，幽思泥篷窗。

一斛珠 珍珠蘭

慰人寥寂，玲瓏一串煙絲密，柔枝細蕊幽香別。金谷樓頭，凉夜正相憶。　晚妝簾底疏星碧，淚痕穿作去連環結，枕函鬆落圓難覓。粘上雲翹，秋是露華滴。

西子妝 白蓮

瘦怯淩波，嬌憐試粉，破曉湖煙初醒。嬋娟隔水淡無言，照相思、一奩清鏡。綃裳乍整。算丰致、洛妃還稱。弄明珠，問珮環月平下，可堪持贈。　銀塘静。白石闌干，雨洗殘妝靚。玉人睡起卷簾看，蕩微風、扇羅香冷。秋魂自警。嘆心素、閒鷗難省。倩誰來，描寫愁痕夢影。

珍珠簾 簾影

移來六幅湘煙軟。悄愔愔、襯貼迴廊幽蒨。只許夕陽通，慢放他歸燕。略有微風飄颺起，誤帶出、晚妝花片。人面。儘空濛瀟灑，碧雲同遠。　曾憶十二闌干，映高梧、垂柳波紋斜展。細露一燈紅，正夜凉初卷。別後相思惟夢到，錯認他明河清淺。亭院。悵月淡星疏，那回羅幔。

聲聲慢 秋聲

無人庭院，有夢簾櫳，昨平宵蟬鬢先凉。瑟瑟蕭蕭，清清冷冷昏黄。不平知是風是雨，是疏桐、還是幽篁。挑燈坐，更月邊短笛，吹起鄰墻。閒向闌干悄倚，正玉簪開遍，露静聞香。管領芳階，花陰添補啼螿。誰家搗衣歸去，錦迴文、織恨空房。眠易警，最高樓、從此夜長。

憶舊游

自羅裙餞飲，粉袖親香，忽忽幽歡。漸與明湖遠，恨浮名誤我，裘馬長安。水邊那日游冶，眉樣鬥青山。怕别後芳華，西風换了，不似前番。闌珊。畫簾外，想柳影添顰，梧葉驚寒。第六橋頭路，放紅船移月，誰唱彎彎。翠樓翦燭人杳，離思問齊紈。悵夜迴秋高，凉螢數點愁倚欄。

三姝媚 胭脂井

苔花愁暮雨。悵瓊枝凋零，恨埋終古。暗水生香，問艷歌清吹，亂蛙能訴。萬丈情瀾，拚殉却、江山兒女。落盡殘紅，一代風流，可憐塵土。誰把寒泉汲平取。吊戰火蒼凉，劫灰悽楚。斷綆難收，嘆過江王氣，此中銷去。舊染啼痕，都化作石欄清露。剩有秋來絡緯，思量故主。

前　調題朱仲青中翰芬《秋燈伴讀圖》

香添心字篆。愛湘簾蕭疏，夜窗微捲。對影成三，正露花煙月，膩人庭院。弟子紅妝，還襯貼、紗厨羅扇。綺福誰同，何遜風流，宋郎仙眷。　金井梧桐催晚。聽漏鼓沉沉，酒醒寒淺。救取飛蛾，看玉釵斜拔，艷生詩卷。賦雨吟秋，剛墜葉疏蛩相間。寄語隔墻冷柝，更籌慢轉。

清平樂當湖秋泛

舊游在否，零落雙紅袖。水閣疏廊仍種柳，柳是十年前有。　一枝枝櫓橫塘，一聲聲笛鄰墻。一點點蘋秋意，一絲絲蓼斜陽。

浪淘沙

秋意入芭蕉，不雨瀟瀟。閒庭如此好凉宵。月自纏綿花自媚，人自無聊。　別恨幾時銷，認取紅綃。鳳箏音苦雁書遥。醒著欲眠眠著醒，燈也心焦。

浣谿紗 湖上感舊，四闋

十頃萍波膩遠天，綺羅香散半堤煙，裙邊蝴蝶也疑仙。　秋浦飄燈曾八月，夜窗題曲已三年，銷魂無分但纏綿。

粉膩脂慵病未蘇，烹茶清語鎮模糊，過時猶想況當初。　茉莉香寒鸚䳇別，芙蓉思渺雁鴻疏，墜歡各自夢西湖。

水樣罘罳禁嫩寒，畫中樓閣夕陽殘，夕陽曾照倚闌干。　綠綺已捐名士調，紅塵偏上美人鬟，不曾同去有青山。

翠幕無聊語晚鴉，碧雲難問阿香車，小屏山外即天涯。　南國可憐生豆子，北人偏解種楊花，感人無謂是芳華。

雨霖鈴 題陸次山璣《蜀游圖》

奇峰青削，問誰人、遣力士開鑿。偏安自古形勝，英雄代謝，風雲蕭索。指數興亡，似馬背、殘夢依約。買濁酒、一平醉斜陽，笑倚吟鞭慢斟酌。　玉環花蕊都飄泊，嘆香魂、更比秋煙薄。當初墜粉零艷，只平合付、浪游詩橐。自別峨嵋，城上芙蓉，幾度開落。悔聽了、杜宇歸來，過後思量著。

凄凉犯 聞笛

凉雲乍合，黄昏近、秋聲忽動梧葉。晚天思迴，高樓夢破，最憐幽咽。闌干露濕，正羅袂寒時聽得。問誰傳、銷魂信到，似與訴離别。　曾記江湖夜，小倚篷窗，翦燈孤寂。水長調遠，趁漁歌、倍添凄切。酒醒滄浪，剩離思飛來空闊。悄無眠、隔岸細柳，弄曉月。

卜算子 題吴晋齋廷康《梅里草堂圖》

淺淺玉池波，點點蒼苔雪。澹澹輕煙惻惻風，香在濛濛月。　寂寂舊時春，渺渺誰家笛。曲曲闌干楚楚人，無奈依依别。時晋齋以《感逝圖》屬製樂府。

前　調 題魏滋伯謙升《空山讀書圖》

煙外數椽幽，雨後諸峰醒。時有樵夫問字來，踏碎松花影。　簾卷午陰凉，樹帶斜陽静。枕上南華一卷經，説與啼猿聽。

疏　影 題方雲泉鷺《疏影庵填詞圖》

天寒瘦竹。露晝欞幾眼，三兩閒屋。薄暝微茫，碎雪迷離，所平思遠在空谷。卷簾略識春風面，是誰寫、折枝橫幅。似伴伊、冷月吹笙，忍放嫦娥幽獨。　小隱西村最好，嫩煙四五里，香滿山麓。淺立墻陰，淡照波痕，天然縞袂裝束。隔花喚起林和靖，問清夢、恁時酣足。只夜深、翠羽飛來，偷記笛邊殘曲。

花非花

花非花，夢非夢。夢裏來，花前送。四更斜月五更風，破格春寒今夜重。

胡搗練

玉笙縹緲隔春雲，愁問鈿蟬消息。門外一枝梧葉，曾見携燈別。　簟紋如水漸生凉，良夜爲誰憐惜。莫倚闌干殘月，月是當初月。

浣谿紗 贈素秋，八闋

油壁輕車帶夕陽，隔層簾子忒微茫，斷橋前事費思量。　歸路漸隨芳草遠，畫堤猶送暗塵香，情無頭緒爲誰長。

小字真娘隱約猜，木樨門巷訪金釵，一重花影綉蒼苔。　淺病倦調鸞尾瑟，清游新試鳳頭鞋，鸚哥傳語未歸來。

艷絶西湖湖上樓，倚闌同看遠山秋，水鄉膩得似温柔。　彈恨有聲憑雪指，通詞無間託星眸，琵琶一折一回頭。

瀟灑丰姿瘦欲仙，雲鬟宜整亦宜偏，便慵裝束自天然。　才得聞名先著意，未曾相見已生憐，見時難道不纏綿。

安置疏簾淡月中，花香略透鬢雲鬆，羅衣可耐四更風。　媚語忽低知酒重，情顔微暈借燈紅，來時草草去匆匆。

淺淺銀河畫遠秋，西風吹動小簾鈎，冷螢照我獨登樓。　新月三分誰管領，一分凉思一分愁，一分閒在柳梢頭。

水樣羅裙蛺蝶飛，萍痕絮迹認迷離，夢中猶是醒來非。　擬倩鏡兒摹艷影，暗拋骰子卜佳期，不因無益廢相思。

誰替黃姑借聘錢，探囊只有斷腸箋，如今未是買花天。　杜牧重來應踐約，劉郎再到豈無緣，感卿許我待三年。

鬢雲鬆令 題滋伯《花灘漁唱圖》

嫩凉浮，幽思聚。一笛西風，吹醒陂塘雨。約略晚峰青可數。誰放斜陽，紅了疏疏樹。

問漁兄，携釣侶。小咏鳴舷，唱入菱花去。時有閒鷗留客住。醉擁蓑衣，清夢煙中補。

齊天樂 曹葛民伯甸招同松谿、秋穀、彦宣、曹村諸君子雨湖秋禊，分韻得『共』字

西風吹起清游興，羅衣嫩寒初動。柳葉辭秋，菱花病雨，堤外濕陰涼凍。吟肩瘦聳。算如此煙波，野鷗堪共。樹杪樓臺，兩三蕭寺暮雲重。

蘭亭高會已矣，問當年韻事，誰繼觴詠叶。我輩能狂，山靈欲笑，不放酒杯閒空。峰鬟翠擁。認鏡裏妝痕，未醒殘夢。倚醉行歌，畫船隨意攏。

前調 題葛民《花陰詞夢圖》

一聲聲漏黃昏過，江樓夜涼人靜。醉思煙輕，吟魂水淡，吹入誰家門徑。春衫露冷。笑蝴蝶飛來，花間留定。立斷蒼苔，粉墻殘月悄相等。

悠揚清韻乍起，誦周郎麗句，依約堪省。『半簾花影草窗詞』，葛民夢中句也。玉柱鳴絃，金釵擊節，艷煞半簾燈影。風斜霧暝。悵潦草游仙，亂鶯啼醒。翠被生寒，五更鐘易警。

浪淘沙 題葛民《花樓風月圖》

無限古今愁，獨上危樓。長江匹練寫清秋。不見神仙吹笛過，只有漁舟。

我輩復來游，重整吟儔。舊時歌舞幾時休。一樣朱闌人換了，往事悠悠。

桂枝香

疏林漸禿。正翠竹晚寒，深院人獨。記得羞蛾乍見，鬢煙低緑。纏綿金縷秋娘恨，散相思、酒邊哀曲。可憐無奈，一更更鼓，替伊匆促。　自送了、花陰綉轂。悵芳草凄迷，空憶裙幅。忍數清輝三五，艷齡十平六。袖中留取煙羅帕，斷腸詩題遍誰讀。別來愁味，只須問我，畫屏殘燭。

解聯環題彦宣美人畫卷

素心難託。畫南樓瘦質，暮雲依約。自伴伊、煙水清游，算香迹綺蹤，漸成疏落。夜月冰絃，只添我、相思綿邈。悵輕寒餞柳，細雨零蓉，翠損紅削。　汀洲漫尋杜若。望明璫綉襪，春去無著。念宋郎、近日多愁，正秋思渺茫，况更離索。鈿雀銷沉，怕重問卷簾池閣。待親裁恨箋寄與，亂鴻易錯。

高陽臺平山堂下廢園

酒國寒深，簫樓夢遠，平蕪緑過危廊。翠减紅疏，知他幾閱星霜。黄金銷盡繁華歇，有流鶯、代訴荒凉。漫思量。羅袂珠簾，一例斜陽。　煙花休憶南朝事，便尋常池館，也歷滄桑。

蝴蝶飛來，猶憐往日衣香。東風自覺無聊甚，到春來、懶上垂楊。最心傷。月裏歌聲，都在鄰墻。

卜算子 順河集題壁

孤負綺羅春，消領風塵况。夢裏梅花滿故山，開了無人賞。　一樣玉驄嘶，一樣金鈴響。一樣鞭絲出柳陰，不似西湖上。

念奴嬌 新店見亡友許金橋題壁詩

曉星疏朗，送荒寒行色，五更羈旅。野店啼鴉如喚我，留看故人詩句。蘚剩零絲，蠹餘殘墨，浪説紗籠護。旗亭冷落，翠鬟尊酒誰賭。　堪嘆逝水流年，浮雲小劫，容易芳華暮。贏得天涯知己淚，痛哭招魂何處。已矣功名，悲哉身世，彈指成今古。星星文采，一般都化塵土。

齊天樂 車燈

平原碎碾凄迷影，輕隨畫輪移去。瘦借煙肥，昏憐霧隔，紅暈馬蹄塵土。殘更四五。鎮一點心焦，悶天難曙。閃過垂楊，短長亭外數星聚。　高樓今夜睡未，料香篝倦倚，清夢誰煮。翠袖占花，金釵剔焰，應念荒寒愁旅。紗籠細補。渾不是羅帷，少年聽雨。照醒離魂，不眠人最苦。

摸魚兒 腰站題壁，和文少鶴同年清彦韻

甚花朝、等閒過了，天涯凄斷芳訊。琵琶不作無情響，彈醒綺羅幽恨。眠未穩。算春在江南，但有思量分。愁脂怨粉。便殘月聞歌，寒燈説艷，長夜怎消盡。　西泠路，冷落秋娘翠鬟。同心空鑄私印。蝶裙如夢經年别，賺得銷魂詩本。人瘦損。想鏡裏朱顔，只許鸚哥認。離懷暗引。問桃葉因緣，楊花知遇，癡約幾時準。

沁園春 汗

點點星星，帶水芙蕖，娉婷似伊。漸引針手膩，暫抛金綫，按徽指滑，易潤琴絲。帕揾桃花，衫黏杏子，想像温泉出浴時。花陰裏，笑迷藏捉得，熱了冰肌。　依稀似露還非，帶粉氣盈盈怯不支。正闌干憑遍，就風携扇，鞦韆扶下，避月鬆衣。酒後微生，茶餘略透，濕暈猩唇一點脂。黄昏近，倩檀郎分帳，衹許相思。

前調 魂

鬼也仙乎，綽約因依，風前細腰。記珠簾偷度，如雲漸遠，粉墻遮住，似月難招。獨帳燈

殘，離筵酒醒，長夜能經幾次銷。無人處，認相思庭院，芳徑斜抄。苗條倩影難描，但趁著游絲過灞橋。被竹聲帶起，微聞金佩，花陰吹轉，慣怯瓊簫。瑟瑟驚秋，悠悠成夢，一翦湘蘭泣楚騷。紅窗静，怕紫煙飛去，好護冰綃。

前　調淚

兩點微波，閣住星眸，思量可憐。看香痕和墨，秋風題扇，零絲界粉，春雨憑闌。別母盈盈，催妝脉脉，是喜還悲欲嫁天。傷心處，嘆誰人解得，月底花前。　凄然斷了還連，直透出梅心一縷酸。記投懷掩袂，問歡薄倖，支頤泣枕，借夢纏綿。鸞鏡慵開，蛾眉見嫉，也似才人失意年。無聊夜，替青衫嗚咽，濕暈鵾絃。

祝英臺近題錢曉廷《紫藤花畫册》

葉成圍，枝挂粉，春老尚妍麗。遮蓋迴廊，風漏暖香膩。怪他燕夢醒來，蝶魂尋到，都傍著、畫檐飛起。　暮煙細。人在瓔珞中間，吟闌共誰倚。架誤鞦韆，紅透綠陰裏。便教過了芳時，午簾消暑，還借得、一篷涼翠。

念奴嬌題《芭蕉畫册》

蕭蕭意遠，帶煙痕寫出，翠無重數。曾向輞川圖裏見，殘雪恁時消去。几净宜書，窗陰礙綉，染緑閒庭宇。夕陽遮了，淺紅留在高樹。　最好瘦石安排，疏花襯貼，三徑移雲補。記得讀書深夜坐，記得煎茶簾户。倚枕聽秋，挑燈味夢，一陣黄昏雨。玉階如水，暗蛩能説凉趣。

月華清題《梅花水仙畫册》

影醉朱闌，塵生素襪，微寒乍透書幔。一度東風，林下自成仙眷。醒殘夢、蝶帳疑煙，撫幽操、鳳琴如怨。簾卷。認瓊妃暈酒，笑持金盞。　掩映冰魂數翦。記小雪籠陰，碧雲催晚。曲製紅羅，雅稱玉釵清讌。故人信、枝上傳來，神女步、鏡中窺見。春淺。正香齊艷並，冷心偎暖。

倚晴樓詩餘卷二終

錢塘宗景藩子城校梓

倚晴樓詩餘卷三

海鹽黄燮清韻甫

風蝶令題《丁香畫册》

粉點因風碎，脂痕帶雨鮮。泥人情態儘堪憐。瘦到海棠時候、子規天。　香意濃成暈，春陰淡著煙。玲瓏結子繫連環。記得越羅衫底、畫裙邊。

踏莎行題潘補之希甫《春驛寄詩圖》

旅篋封塵，行囊檢韻。新詩聊當平安信。江南鶯燕解相思，梅花莫説人消損。　風味煎茶，光陰煮筍。連宵歸夢無憑準。天涯芳事忒匆匆，淺吟微醉開除盡。

阮郎歸題金匏生琛《雪鴻樓圖》

舊游無奈曉星稀，殘箋别後詩。夜窗孤負翦燈時，月斜清夢非。　來草草，去依依，斷鴻知不知。倚闌剛道莫相思，柳花吹上衣。

臺城路 立冬日霽青叔招集同人於小竹林園賞菊，即席賦贈

板橋曲對柴門影，依依畫橈停住。蟋蟀啼完，芙蓉病老，秋事如煙過去。蕭森院宇。有野鶴迎人，閒鷗作平主。點醒微陰，隔籬紅葉綉霜譜。　竹林餘韻再見，算疏狂小阮，高會仍與。麈柄生寒，鵝杯泛暖，還我晉時風趣。清游俊侣。正水閣花香，殘燈催句。醉過黄昏，夜深還聽雨。

南　浦 從玉田本題岳餘山鴻慶《鬧紅一舸圖》

疏雨濕蟬衣，繞池塘、數里藕花開遍。雙槳破煙痕，垂楊底、略有嫩風勾綰。篷窗試啓，冷香如夢浮清淺。借得滄浪容一枕，卧聽棹歌聲遠。　最憐那日西湖，記招蝶盟鷗，段家橋畔。涼約美人尋，花陰動、秋在湘裙羅扇。輕盈易别，採芳空寄瑶琴怨。輪與鴛鴦三十六，長是水雲閒散。

高陽臺 同人邀集長豐山館，有序

煩暑既滌，久晴更佳。青山泥人，白蘋招我。淺醉排日，薄游兼旬。同懷可親，良會靡間。經宿之約不爽而集，在客之景欲歸彌戀。矧值賢主，復占勝地。家本市遠，樓疑仙

居。殘荷繞門，艷尚竟畝；叢桂礙屋，香能及鄰。庭多雜花，星綴秋色。時見瘦蝶，亦宜涼蛩。若夫憑高矚遐，延曠挹秀。落日銜嶺，則群峰流妍；炊煙出城，則遠樹斷碧。雲氣綉於檐角，塔影活於水底。或動漁唱，雜聞清歌。鐘聲宕空，斷續如夢；絃語在遠，抑揚其心。斯則耳目所耽，神志與適，不自知其悠然而思，曠然而動也。夫一年之景，惟秋最清；一日之致，至晚愈媚。是以白露既下，益慕高隱；碧雲乍合，如來美人。我輩多情，秋士善感，觸物斯引，倚聲乃歌。

蓼補籬根，蘋香鏡裏，無風無雨汀洲。商略尋詩，最難俊侶清游。年來塵鬢浮名誤，醉鄉中、遲了封侯。小勾留。只許看山，不許悲秋。　鑑湖乞假尋常事，問何人招隱，先訂閒鷗。坐對蒼茫，生憐高處多愁。暮雲漸有催鐘意，近黃昏、纔理歸舟。尚回頭。且等斜陽，紅過城樓。

滿庭芳 題曲阜孔綉山憲彝室人夢素女史《百蝶圖》遺卷

翅弱欹雲，腰輕墮粉，畫來生趣天然。醉紅酣紫，簾角弄翩躚。當日掃眉剩墨，閒摹寫、香國愁天。屏山外，春寒袖薄，人坐落花前。　華年，容易過，瓊釵斷燕，翠鬢凋蟬。嘆鏡裏雙飛，彈指因緣。莫問羅浮舊侶，湘裙冷、不解留仙。西園晚，銷魂細草，緑化夢中煙。

減蘭 題潘惺齋同年《鷗波館寫蘭圖》

葉長釧動，數朵參差窺石縫。微雨吹檐，墨氣花香共一簾。　同心並蒂，小印鴛央紅壓尾。秋水池臺，不放纖塵上紙來。

玉漏遲 福蓮室女史屬題秦淮校書《斜倚薰籠圖》

鬟鬟雲半墮，雀沉鈿翠，鳳橫釵朵。怯不勝寒，又聽雁聲飛過。冷暖無人熨貼，但倦倚、紗籠殘火。眠未可。愁簾病閣，斷腸功課。　掃眉才子多情，也宛轉憐香，自題珠唾。女史自題《喝火令》詞，有『剩有星星餘火，温不到心頭』之句。若作書生，還恐更癡於我。欲訪桃根艷迹，奈夢裏、秦淮煙鎖。深夜坐。思量問伊知麽。

齊天樂 題周蓮舫際唐斷雲硯

叩門客返端谿棹，携來袖中雲氣。種玉生煙，跳珠灑潤，組織文情幽細。風回鏡裏。認荷葉輕圓，暑晴香膩。點筆成霖，出山心事定如此。　竹田新翠欲滴，正茶温釀熟，波動簾子。墨暈浮凉，羅痕縐遠，誰畫瀟湘秋意。清泉乍洗。現一髮遥峰，斷霞魚尾。薄醉吟詩，睡龍應唤起。

西湖月題陳琴齋《月舲雙泛圖》，有序

山惟秋澄，水以月浩。縱我幽趣，及兹良宵。遠星離離，活以波影；清霧寂寂，濕其花香。携扇追凉，引酌就朗。静况逾晝，中流不風。矧乃玉簫應和，瓊珮同照。蘇婦斗酒，藏以待游；徐淑寶釵，望而增秀。野鶴起舞，忽矯影於晶奩；冷螢怯飛，時暈碧於羅袂。舟迴愈小，波曠益明。媚芙蓉於遠汀，絮蟋蟀於近岸。橋陰界渌，乃轉裏湖；鐘聲度山，亦達後嶺。萍滯艫重，荷殘鏡空。堤長蓄煙，萬樹同翠；境皓喻雪，一樓獨紅。雖曰人間，終疑天上矣。夫林壑之致，高人斯侔；觴咏之歡，名士所獨。若乃琴瑟儷雅，鴛央引爲同心；環佩尋幽，鷗鷺訝其罕見。此則静以成逸，艷而仍清。夫婿畫眉，視京兆而加韻；細君食肉，笑曼倩之不文。非仙其仙，今夕何夕。竊恐銀河縹渺，玉宇高寒，轉益黄姑之愁，適增素女之妒耳。斯時也，雉堞沉影，蜃磯輟囂。漁燈一星，如照詩境；塵夢萬枕，不到畫圖。是非解人，焉識真樂？叩舷能和，倚聲請歌。

珠簾影挂銀河，看萬頃秋波，照成冰雪。嫩凉乍引，釵紋露洗，鬢絲煙織。青山空翠遠，認鏡裏、眉痕新畫出。試聽取、三尺瓊簫，定有鳳皇飛集。　勾留十載西湖，鎮獨自疏狂，霧鬟輕別。玉尊同泛，香絃偶語，讓君高逸。芙蓉都睡了，笑薄夢、游仙人未識。但瞞過、幾葉漁舟，更誰知得。

卜算子 魏塘面城園小憩

煙裊柳絲長，風定簾波直。一架荼蘼尚未花，倒影池塘碧。　昨夜雨廉纖，芳事愁狼藉。水面輕萍載落紅，春老游魚惜。

憶舊游 上巳日霽青叔招同屠修伯、郁馥塘集小竹林園修禊

認霏桃巷曲，拂柳池塘，翠舫輕移。仄徑荼蘼緑，正鶯聲遲客，燕語催詩。水雲自結閒契，清夢不時宜。願借枕游仙，掃花供職，刻竹留題。　回思。舊游處，記九陌塵香，一騎煙飛。芳事金臺盛，恁年年賦别，紅雨沾衣。美人太息遲暮，愁過牡丹期。且倚醉徵歌，東風院落聽畫眉。

綺羅香 題家俯之《紅雨吟窗畫册》

小院籠寒，雕闌暈午，人在花間縹緲。十樣蠻箋，打疊閒情賦稿。點露痕、沉碧簾櫳，寫風影、吹香池沼。冷和清吟，一鈴微雨數聲鳥。　長安芳事最盛，爲問飄茵墮溷，容顔誰好。緑葉成陰，强半浮名誤了。漸孤負、錦瑟華年，且尋取、素琴同調。但詩成、字字憐春，落紅休去掃。

齊天樂偕研仙、馥塘嘉善城南看菜花，至南瞻庵

出城便與紅塵隔，郊原乍開新霽。遠碧浮天，叢黄綉陌，春在板橋煙寺。花香數里。正拂面輕寒，紙鳶風細。竹院逢僧，石泉剛試煮茶水。　清明容易過了，愛光陰炊筍，誰證禪味。野趣尋鷗，清游侣蝶，翻悔年年燕市。田歌唱起。笑布地金多，太平歡喜。路入微茫，女墻斜照裏。

水龍吟題沈曉滄年丈炳垣《月夜渡海卷》

陣雲冷壓艨艟，片帆如葉煙濤裏。憂時感遇，臨流慷慨，素娥知未時方籌辦夷務。潮打征袍，雷轟戰鼓，睡龍驚起。但浩歌擊楫，問天不語，無人會、蒼茫意。　將帥星辰有幾。閃熒芒，欃槍猶指。酒酣燭灺，望空搔首，壯心不已。柱倚南天，劍横北斗，男兒誰是。待扶桑日出，餘腥斷瘴，借銀河洗。

齊天樂三月初十日舟過臨平

東風略改梅花影，千枝萬枝疏朗。碎欲飄煙，輕如散雪，醒出遠村三兩。谿雲暗長。看點破微茫，曉陰難釀。認取前生，謫仙名氏在天上。　沿堤高下一色，算銀樽玉板，宜譜清唱。

近樹籠青，遥山滕緑，越顯澹妝新樣。無言自放。嘆碧落根苗，道旁誰賞。不是尋詩，幾人停畫槳。

前調 舟次皋亭

胭脂染出相思稿，輕帆畫中留住。錦濕山屏，綃明水檻，紅得谿橋無路。天生艷土。倒萬斛流霞，醉伊鷗鷺。便是仙源，不須重問舊漁父。 湔裙時節過了，鎮疏疏密密，摇颺煙縷。唾暈堪憐，啼痕似别，全仗輕陰調護。春心自苦。莫認作尋常，妒花風雨。有約重來，美人休怨楚。

減蘭 題張緑卿女史折枝蘭畫扇

煙羅倩影，風約幽香詩味冷。一葉無須，碧玉天然韻有餘。 素心誰見，瑟瑟瀟湘秋思遠。酒醒燈闌，讀慣離騷不忍看。

憶舊游 題《鳳橋倚棹圖》，許大彦直振身爲陳珊葆校書作

記船移六柱，水點三篙，問訊鷗波。偷放尋春假，泥珊裙醉艷，寶扇微歌。楚絃慣咽凄語，離緒織愁梭。 悵畫裏青山，虚名白鵲，未解填河。 蹉跎。少年事，怕晨奩夕鏡，瘦減雙蛾。

我亦傷遲暮，算黃金鑄恨，兩處誰多。彩雲散作零夢，如翦斷秋羅。便有約重來，桃花易落人奈何。

石湖仙竹里王芑亭索題《槐花吟館圖》，用白石體賦之

丁谿煙樹。指新翠沉沉，摇漾書户。曾記五年前，棹扁舟、桃源問渡。壬寅初夏，因海警避居竹里，與芑亭時相過從。一枝閒借，每小憩、緑天庭宇。銷暑。警亂蟬、幾點疏雨。當時陣雲照海，睡醒來、猶聞戰鼓。富貴南柯，待覓封侯能否叶。讓與詩人，醉吟茶語。自成仙府。簾卷處。斜陽淡襯花譜。

夢橫塘同人集家園陔南水榭消夏，各以《詩品》爲題，余得「眠琴緑蔭」

帶風成韻，過雨吹凉，小園浮動春緑。懶枕游仙，且覓取、詩人閒福。塵外冰心，夢中瑶佩，一囊寒玉。漸聲聞悟徹，醒倚斜陽，尋秋水南華讀。　吾廬秀色天然，傍清流掩映，多種梧竹。石翠蘿煙，明畫出、楚山屏幅。問誰解、瀟湘恨素，欲譜離騷未成曲。最好無絃，抱來三徑，與蒼雲同宿。

倦尋芳春日偕鐵士、湘漁、子健泛高士湖

畫橋路轉，奩水波明，新漲如許。破曉東風，吹起盪春情緒。弱柳搓絲黄似月，叢花叠影紅成霧。倚孤篷，載雙柑斗酒，醉尋煙雨。　恰正好、清明纔過，一笑青山，齊展眉嫵。拾翠評香，難得俊游閒侣。燕子人家炊筍飯，鷓鴣村店留茶語。儘風流，又何須，畫船簫鼓。

浪淘沙江口晚泊

暝色暈中流，帆影初收。斷霞魚尾一繩留。冷處尋詩誰是伴，幾個閒鷗。　芳草滿江頭，暫繫扁舟。垂楊垂柳寫離愁。今夜江南何處夢，月上瓜洲。

摸魚子題琴齋《西湖掌書圖》

盪吟聲、畫橋前後，扁舟如在銀漢。時艱不遂封侯志，也算擁城南面。聊自遣。君莫悵、廣文官冷投閒散。愁眉暫展。認幾點蒼山，幾枝疏柳，青到看書眼。　篷窗静，小坐横陳萬卷。黄童慚未窺見。嫏嬛福地留清夢，却趁藕花風便。簾半捲。更補寫、添香小影神仙眷。嗚舷去緩。正弟子携尊，漁郎問字，相望暮雲遠。

鳳凰臺上憶吹簫題沈西雝觀察濤《吴興郡齋坐月圖》

翠竹籠煙，蒼苔瑩露，吹簫院落空明。看碎螢避扇，瘦蝶尋燈。細語嫦娥知得，曾照見、香誓釵盟。團欒影、鷗波眷屬，認取前生。　盈盈。玉河漸轉，偏組織西風，吹散雙星。怕五銖衣薄，指冷瑶笙。懊惱梧桐多事，千萬葉、總是秋聲。黄昏也，思量舊歡，耐盡殘更。

憶舊游題陳蓮汀銑《載書訪友圖》，時余將有贛州之行

看凉萍散鏡，卧柳陰橋，閒倚孤篷。萬卷成書逸，算古懷綿緲，知己難逢。所思路隔秋水，門巷憶芙蓉。借艫雁鳴寒，谿鷗問訊，舊約應通。　匆匆。悵遲暮，認嫏嬛福地，翠莽煙重。食盡神仙字，嘆前生脉望，猶滯塵紅。楚雲爲我招隱，心素美人同。待説與相思，扁舟聽雨還聽風。

燭影摇紅南昌元夕

燈火江城，翠屏紅照魚龍舞。麝薰低裊綉輪風，粉市香成霧。草草鶯啼燕語。散珠塵、幾聲漏鼓。畫籠殘燭，送了黄昏，只應歸去。　鈿閣釵簾，故人明鏡傷幽素。玉梅花是去年栽，開到相思處。閒把闌干細數。一根根、無聊意緒。夜寒停夢，月静重門，星繁高樹。

齊天樂偕藹如廉訪游螺墩，和壁上全椒金氏題

木蘭艇子衝潮渡，樓臺鏡中窺見。佛座呈詩，僧廬醉茗，閒煞紅闌幽院。珠簾試卷。放一點西山，翠穿籬眼。落盡芙蓉，畫橋流水付誰管。　風吹林下絮語，認蘭皋佩影，羅袂飄展。倚竹成憨，拈花悟笑，未識人間離怨。愁苔夢蘚。但觸撥情懷，舊時釵燕。懶去憑高，碧雲天共遠。

南　浦詠水仙，和錢筱南茂才符祚韻

綺窗晴雪，看天涯、又漏一絲春。略有冬心未褪，還借獸爐温。已是經年離别，倩冰奩、重照舊啼痕。悵銖衣寒峭，銀燈夢淺，無賴是黄昏。　曾記元宵樓閣，采明珠、點染倚闌人。卷起瀟湘簾子，流水認前身。忽忽芙蓉遠道，望煙波、江上總銷魂。想蠶妝彈影，携琴寫怨，殘月下重門。

祝英臺近人日

酒杯疏，吟侣減，閒裏歲華度。薄暮江城，離思亂簫鼓。問伊暗卜歸期，畫樓燈火，已迎得、紫姑來否。　浪游處。多少香霧珠塵，徘徊其情緒。尋夢梅花，黄昏又微雨。也知漸近

傷春，春猶無幾，幸七日、悶懷過去。

浪淘沙慢 早春偕錢筱南登滕王閣

看江上，驚濤練卷，萬里寒色。興廢都成往劫，登臨況是倦客。恨水遠山遥鄉樹隔。帶落照、點點帆檣，共亂鴉飛去漸如墨。天在浪中白。　望極。悶懷未許消釋。算今古兒女英雄恨，併作潮和汐。但霧沉香夢，煙埋陳迹。問誰不朽，歌舞場，幾輩才人游歷。高處有、浮雲千疊。蛟龍氣、撫劍嘆息。倚殘醉、蒼茫自岸幘。倩熱淚、飄灑誰邊，付玉笛、西風吹向寥空滴。

東風第一枝 立春

雪霽燈前，寒銷笛裏，匆匆忽换時序。蕙心易長愁根，柳枝更添恨緒。憑高極目，問不出、春來何處。看大江、暖翠浮空，漸活萬山煙樹。　前歲約、探芳俊侣。今歲作、浪游倦旅。艷辰偏在天涯，舊盟又辜綉户。芳華如水，怕悶損、玉臺情素。便畫船、歸趁東風，已是緑陰飛絮。

法曲獻仙音 題管夫人畫大士像

鷗去亭荒，雁來江冷，畫筆猶留千古。寫竹光陰，散花身世，愁根懺除能否叶。待稽首慈雲裏，東風謾飛絮。　忍回數。換滄桑、夢塵殘劫，何况是、春水影中兒女。一曲念家山，悔當時、生向東土。玉鏡非臺，問蓮花莊在何處。願心經持誦，修到雪衣鸚鵡。圖有手書《心經》。

減蘭 隔院聞絃管聲

錦毹春豔，簾外梅花偏冷澹。花是愁根，生怕重銷笛裏魂。　舞紅歌翠，酒座尋常拚一醉。醉也瞢騰，不解傷心不會聽。

淡黃柳 夢堤柳數株，絲絲欲緑，如在冥濛煙水邊也，用白石韻爲之

嫩陰空濛寫影，鵝粉飄芳陌。金縷初裁風惻惻。掩映誰家綉檻，前度流鶯定能識。　江南未寒食。鎖煙雨、謝孃宅，甚離魂化作銷魂色。料得蛾眉，怕因春瘦，先畫樓臺怨碧。寂。

浪淘沙 鳴鑾路訪南唐御道

輦道更誰柳外舊鳴珂，艷迹消磨。家山游戲換笙歌。斷送南朝煙月裏，天子愁多。

過，山影顰蛾。夢中亭子問紅羅。落盡梅花人不管，無奈春何。

暗　香憶西園植梅，用石帚韻調

凍煙暝色。補小樓畫本，一枝長笛。夜静月寒，天付幽香美人摘。如此谿山最好，偏耽誤、詞箋吟筆。便算有、驛使携來，離恨落琴席。　鄉國。路寂寂。怕細數夢痕，翠蘚堆積。鳳箏暗泣。倚竹娟娟忍追憶。江上歸期未準，應望斷、瀟湘愁碧。問點點、清淚影，可能寄得。

探春慢憶梅，有序

吾邑北郭外，居民樹梅爲業者數百家，春初作花，一白無際。去歲偕湘漁、子健、二梅、衡山、少山諸子聯袂縱步，與花俱遠。歸路憩竹籬茅舍，閒看落日一點，爛若琥珀，從萬玉叢中冉冉而下，尤畫所不到也。揭來江右，又届花期，未識故園諸子，曾續前游否？感序懷人，倚絃成調。

村與雲深，路隨香遠，閒鷗三兩尋到。暗水通橋，疏篁陰屋，世外人家春早。籬落横琴坐，乍驚起、空山幽鳥。醉看萬玉成煙，一輪紅襯殘照。　何事天涯倦旅，偏歲暮未歸，信音綿緲。月裏元宵，雪前人日，孤負舊游懷抱。愁聽江城笛，總簸弄、相思清曉。一度花期，匆匆還又過了。

水調歌頭 春雨浹旬，錢筱南茂才符祚寄詞見憶，次韻奉酬

江上雨成例，二月少晴時。柳枝東面風緊，千縷總飄西。不見夢中芳草，但見鏡中新漲，寒重燕歸遲。淡墨寫離怨，還帶淚痕題。　寂寥况，惟有我，素心知。緑珠穿作，紅豆相慰在天涯。早是梅花開過，又是杏花消損，莫誤海棠期。待約看山去，依舊翠眉低。

玉漏遲 文粹庵明府英招同如冠九宫贊山、錢筱南茂才符祚集東湖客舍，湖堤夜歸

碧雲籠院宇，提壺喚起，天涯鷗鷺。水閣煙亭，雅稱俊游尊俎。一月春陰未醒，早耽誤、芳華如許。閒意緒。催成薄醉，坐銷香炷。　殘燈送客湖邊，繞曲折長堤，夜深歸路。垂柳絲絲，錯認曉寒離浦。似恐相思忘去了，寫澹月、疏星微雨。愁聽取。三更四更更鼓。

鳳凰臺上憶吹簫 寫韻軒

滴露融珠，吹香暈研，寫來錦字争傳。笑碧山偕隱，猶待金錢。貧是書生常例，無别恨、除是神仙。誰修到、紅塵艷果，紫極情天。　翩翻。佩聲去杳，千里外秦雲，想像嬋娟。剩蠹餘殘墨，尚照人間。應嘆尋常兒女，輕耽誤、一晌因緣。春歸也，王孫未歸，芳草經年。

八聲甘州 偕粹庵、筱南、雨田由南浦泛舟江上看桃花

泛沙棠艇子載閒鷗，來尋異鄉春。看長江似醋，東風如酒，漸醉離人。誰染胭脂萬樹，襯醒遠山痕。不在天涯看，已是銷魂。　休説畫樓人面，便露根煙葉，盡種愁因。記流鶯門巷，花影織成雲。好天台、嬋娟輕別，嘆阮郎、猶未厭紅塵。清明近、又歸期誤了，事事因循。

看花回 登西竺庵僧樓望江上春色，用清真韻

畫樓三面空曠，練净沙潔。萬樹媚紅怨碧。帶縷縷情絲，閒處縈結。鶯程燕路，薄暝生煙芳草滑。看落照、碎作黄金，亂山蒸翠雨初絶。　纔過了、元宵一月。漸逼近、春分時節。一半韶光送却，早一半離愁，做弄華髮。憑高望遠，心與江流應九折。怕垂楊、又飛絮，重賦天涯別。

一叢花 同人游皇覺寺，時山茶盛開，老僧瀹茗餉客，詞以賞之

臨江蕭寺夕陽中，垂柳艤孤篷。幽廊細徑無人到，透春信、偏有東風。天女散成，維摩拈出，色相總難空。　華嚴七寶門瓓瓏。噴作杜鵑紅。茶煙未許禪心定，又堆起、錦帳珠叢。巾上唾痕，衫邊啼暈，應與此花同。

蘇幕遮 曲皇覺寺至西竺庵

夕陽橋，芳草浦。十里江村，九里成煙雨。認是西湖堤上去。處處留人，處處留鶯住。

送征帆，吹恨緒。衣綉相思，萬疊黄金縷夾道新柳數百株。今日輕陰明日絮。添了殘紅，便算春歸路。

長亭怨慢 將之皖江，和筱南見贈韻

恁相見、匆匆如許。柳未成絲，已飄離緒。夢與春分，被風吹散甚時聚。酒闌人别，依舊向、天涯路。杜宇盡情啼，又不是、輕帆歸去。　誰賦。賦銷魂第一，只有送君南浦。支篷望遠，更添上、暝煙疏雨。看暮色、漸入空江，作去兩地、黄昏淒楚。算此後相思，應與幽蘭同語時以贛蘭贈别。

卜算子 由南昌至安慶江行雜咏

濕翠滿西山，春水生南浦。樓閣何曾管别離，人自匆匆去。　暮色暝高城，回首成煙雨。惟有帆檣不解愁，只等風吹渡。

寒重鷓鴣天，春老蘼蕪國。一日思家是幾回，早晚潮和汐。　且作少文游，高卧篷窗寂。萬樹垂楊夢裏過，懶看傷心碧。　略放嫩陰開，微見斜陽樹隔豫章深，天合鄱陽净。水鳥咿啞作櫓聲，飛入蒼煙暝。

醒。遠浦輕帆似淚痕，細點冰奩影。　人在畫屏風，路展新詩塔影指南康，繞郭煙巒潤。一段紅墻是郡樓，萬緑濛濛襯。

本。但抱廬山曲折行，何必煙帆順。　遠樹翦牛毛，古岸排烏日落大姑山，春滿女兒港。酒醒微聞疊鼓聲，斷續吴姬唱。

榜。萬點明珠水底紅，煙市燈初上。　霽影盪澄鮮，山翠開眉家遠夢難成，漏静燈無語。一夜瀟瀟淅淅聲，五老峰前雨。

宇。春色三分已二分，緑滿潯陽樹。

齊天樂 帆影

輕帆最是無情物，年年送人天末。暈入寒煙，低摇細雨，點逗青山殘雪。浮空萬葉。看垂似天紳，摺成湘簟。水響菰蒲，柳梢飛過片雲活。　扁舟浪游倦矣，算乘風素志，猶未休歇。檣遠針纖，繩横綫亂，穿得離腸千結。河梁賦别。但挂起斜陽，暮愁重疊。暝宿荒郵，帶來江上月。

前　調　桅燈

亂檣叢立迴塘静，輕懸碎珠千顆。笛步潮生，瓜洲月上，浪闊天高星大。船頭露坐。訝列炬然犀，焰騰江左。睡醒驪龍，水中還認夜光墮。　笙歌舊時院落，閃金支寶蓋，花影雲破。淚漬銀盤，心焦畫燭，换了篷窗燈火。蓮垂萬朵。散點點寒芒，照人愁卧。翦蠟西窗，夜深應夢我。

前　調　蘆花

枝枝葉葉蕭蕭響，荒汀暮寒時候。映水成雲，迎風化雪，色相似空還有。萍蹤浪走。問飛渡煙潮，折來能否。未了塵根，掃花留做美人帚。　蒹葭霜信漸老，看搓晴弄雨，摇漾千畝。蛺蝶秋魂，琵琶夜淚，月滿潯陽江口。相逢病柳。算舞絮光陰，一般消瘦。送盡離船，雁歸人去後。

前　調　紅葉

胭脂點染天涯樹，迷離變成朱紫。雁背霜痕，雅邊霽色，寫出平林蕭寺。篷窗醉倚。指流水空山，落霞飛起。駐得丹顔，此中應有赤松子。　憑高還更極目，望江城似畫，秋艷如此。

錦叠華年，緋榮晚節，爛熳乾坤生氣。春江未抵。笑不耐西風，世間桃李。照醒荒寒，夕陽天萬里。

前　調 鷺

一行低傍漁舟下，汀洲倦依芳杜。遠渚棲煙，平蕪綴雪，點破昏昏寒雨。清流照取。問白水初心，向誰同語。不著纖塵，鏡中憐惜舊毛羽。疏林明月瑣碎，想園開寄涉，秋滿庭樹。皖江臯署寄涉園，夏秋時，江上白鷺巢集其樹，望若積雪。海上鷗盟，江頭鯉信，無限相思情素。西風喚侶。正翹足亭亭，暮雲延佇。添了芙蓉，便成新畫譜。

前　調 鴉

颼颼萬翅連雲起，寒聲半空圍繞。禿樹荒村，斜陽古寺，啼得江南秋老。蕭疏畫稿。趁黃葉零星，有時飛了。遠影依微，數行吹入暮天小。客窗易驚歲晚，正鄉心繚亂，閒數歸鳥。接翼繩行，棲枝墨點，冷話西風林表。霜華信早。問前度昭陽，帶愁多少。喚醒殘更，月斜鐘又曉。

倚晴樓詩餘卷三終

錢塘宗景藩子城校梓

倚晴樓詩餘卷四

海鹽黄燮清韻甫

高陽臺題俞少軒承德《色絲感夢圖》，少軒客京都，一夕夢其室人授以黄絲，尋有騎省之戚，因作是圖

獨枕繅愁，離絃絮恨，天涯酒醒燈昏。惜别經秋，玉臺明鏡生塵。紅蠶吐盡黄金縷，化羅浮、蛺蝶仙裙。一絲絲，半是回文，半是啼痕。　纏綿無限相思意，認中郎隱語，倩女癡魂。九曲明珠，也應穿透情根。錦機織冷鴛鴦字，甚銀河、隔斷天孫。最傷心，水樣流年，月樣前身。

凄凉犯壬子中秋，陳實庵太史招集寓齋，倚此調見示，繼聲和之

虚庭露沐，黄昏也、銀雲一片空闊。有情伴侣，無聊境界，奈何時節。紅塵浸雪，看天上高寒鳳闕。算神仙、清愁未免，我輩況凡骨。　酒醒聞蛩語，燭院星稀，漏壺冰澈。團圓最好，甚浮名、賺人離别。綉户今宵，怕愁與燈華漸結。過三更、欲睡未忍，共此月。

前　調秋暮登陶然亭

霜痕乍警，西風起、高城盡帶寒色。采蓉路渺，思蒓夢阻，最傷游歷。浮沉浪迹。問燕市

屠沽信息。嘆荒臺、黄金寂寞，熱淚向誰滴。　無計舒懷抱，借酒看山，爲花移屐。登臨念遠，望佳人、暮雲天碧。欲諱離愁，奈青鬢絲絲露白。羡南飛、落照萬里，雁影直。

醉太平 實庵以史梅谿降乩詞見示，和韻

風寒畫廊，月斜畫梁。不多幾處啼螿，使離人夜長。　詩兒數章，書兒數行。相思消遣昏黄，寫羅紈寄將。

夢橫塘 聽歌者蝶雲演《四絃秋·送客》一劇

黛眉顰翠，玉指絃冰，少年心事愁憶。感遇悲秋，借四柱、流泉幽抑。酒暈難留，夢痕無據，可憐今昔。看登場掩袂，忽忽心傷，傷心處、誰知得。　風塵我亦天涯，嘆韶華易換，素鬢催織。信美嬋娟，空點染、楚詞顔色。但秋水、江湖照影，芳草年年寄蘭澤。九派潯陽，淚珠多少，到今朝猶滴。

八　歸 題周鐵崖孝廉士綱《藕湖泛月圖》

池塘過雨，林陰催晚，流水數里綯玉。扁舟一葉秋俱遠，摇曳柳枝疏影，竹枝新曲。冰鏡無塵留客住，待野鷺閒鷗同宿。看極浦、幾點漁燈，伴夜静人獨。　曾記垂虹泛棹，紅兒低

唱，細和參差横竹。紫雲前度，碧雲今夕，舊夢游仙重續。望天高露迥，樹杪煙鬟洞庭緑。藕湖可望洞庭山。清涼界、醉醒都好，戲采荷珠，歸來衣袖馥。

燭影摇紅偕實庵憩梅卿畫蘭室，燈下賦菊

曲巷黄昏，暗塵低襯雕輪轉。疏簾小院正西風，霜氣催新雁。倚壁銀釭乍翦。畫秋痕，露濃香淺。小窗月上，若聘幽蘭，天然仙眷。昔人謂梅花宜聘海棠，予謂菊花芳潔，當以幽蘭儷之。九陌煙花，艶桃穠李争尋遍。憐伊高格不宜時，淡處知誰見。尚有詞人醉眼。但相對、無言自遠。願留殘墨，添注寒泉，寫成長卷。梅卿工寫生，尤善蘭菊。

花自落張海門太史金鏞屬題其室人錢杜香女史畫梅遺墨

春消息，付與畫眉殘墨。一兩三枝煙寂寂，暗香留素壁。　帳裏蘅蕪難覓，夢裏羅浮空憶。萼緑華來無竟夕，月斜何處笛。

憶舊游題葉潤臣侍讀名澧《客舟聽雨圖》

問秋來何處，向晚陰陰，入夜瀟瀟。已苦難消領，况離筵酒醒，獨枕心焦。故人送我千里，情夢碎寒潮。嘆綺閣挑燈，篷窗擁被，各自無聊。　蘭橈。繫荒渡，念歲歲江湖，蓬泛萍飄。

一掬相思淚，化明珠零亂，灑向蘅臯。畫圖未忍重看，嘗慣可憐宵。待共語羈愁，蘆華萬叠飛雁高。

琵琶仙 題謝夢漁太史增《香南憶夢圖》，太史初以貧故遣其愛姬，已而及第，因作是圖以誌感悔

楊柳章臺，早香絮落盡，游絲空結。庭院誰伴吹簫，黄昏奈何月。春去也、珠簾似霧，便釵影、釧聲都滅。灼淚難封，蠻腰易減，鸚鵡休説。　恨當日、匆促分携，到事後思量更凄絶。難諱那時薄平倖，對殘燈嗚咽。何處采、蘼蕪怨緑。問斷紅、願化蝴蝶。畢竟世短情長，未能成佛。

摸魚子 暮春之初，張仲甫中翰應昌邀集湖上，次張韻梅茂才佐鉞見贈韻

過清明，一番輕暖新黄，都在垂柳。東風細逐平蕪遠，吹送鈿車羅袖。春似綉。都付與、才人滴粉搓酥手。緋桃謝否。乍急雨跳珠，飛花濕錦，幽澗玉琴奏。午後小雨。　江南望，空自登臨念舊。沉酣聊學犀首。新亭無限河山淚，遣恨暫銷杯酒。鶯燕瘦。悵六代瓊枝，又到飄零後。閒鷗夢久。待笛譜同修，漁篷穩坐，塵事且緘口。

陌上花水仙王祠茗憩

尋芳倦也，携船還到，畫中祠宇。霧閣煙屏，合付華山神女。入門兩樹銀龍活，鱗甲尚含殘雨。祠内白皮松二株，偃卧石潭，皆百年物也。向迴廊細繞，疏篁叢蝶，盡成幽趣。　指山光漾水，簾漪半捲，葉葉新荷堪數。一榻茶煙，静對落花無語。十年未破閒煩惱，難定東風飛絮。願蒲團、借我焚香聽法，鏡塵休污。甲辰之秋，與内子泛湖，小憩水仙祠，秦尼煮蒓餉客。時壁間懸有『破煩惱戒，生歡喜心』聯語，内子問煩惱若何破法，尼言：『我心如鏡，物來便有，物去便空，何由著得煩惱？煩惱本無，因境有，總由留戀黏滯而起。如今日客來，我便歡喜；明日客去，再不思量。這便是破煩惱法。』

倦尋芳偕儉才、湘漁游湖上竹素園

絳扉半掩，紅板斜欹，深院人静。碎玉鳴琴，暗水自流花徑。紫藤開，緋桃謝，闌珊芳事無多剩。奈何春，問歸來燕子，可能重省。　記那日平臺飲渌，綉幕圍香，何限風景。樹底闌干，時有步塵鬟影。羅袂已隨蝴蝶化，畫廊忍得蘼蕪冷。罷登臨，漸消磨、少年游興。

探芳訊曩與儉才、薇客置酒朱彦甫孝廉長豐山館，今一星周矣，彦甫、薇客先後下世，重游感舊

放船好。正水泛新萍，煙薰細草。認那時樓閣，垂楊又青了。愔愔小院春如醉，花氣籠清

曉。甚東風、簸艷吹香，作去成愁抱。　重省舊池沼。記前度吟秋，俊游都老。滿地殘紅，苔徑更誰掃。湖山尚有閒鷗鷺，無事還尋到。最銷魂、一曲流鶯樹杪。

換巢鸞鳳

杭城之東有皋園，爲世家别業，亭榭半蕪，故人曹葛民賃居其中，暇日與儉才、湘漁過訪，感賦，次梅谿韻

燕病鶯嬌。看煙横廢徑，水漫危橋。不聞金谷宴，已斷玉人簫。垂楊何苦弄纖腰。舊時舞衣，餘香暗銷。繁華影，試問取、斷垣殘照。　風悄。雲縹緲。來訪故人，聊訴閒懷抱。冷處追歡，夢中尋悟，生意一庭幽草。絃管東山幾何時，蔓藤花發詩天老。紅闌干，讓書生、醉倚昏曉。

掃花游

羅鏡泉以智《瓊臺夢月圖》，次原韻

紫鸞夜起，載一縷詩魂，碧雲題款。五銖露染。趁天風縹緲，軟紅塵斷。上界清虚，路與秋煙共遠。赤城畔。自劉阮下山，鷄犬都换。　瓊翠誰更勸。向霧閣霞窗，美人尋遍。紺桃笑淺。笑惺忪蛺蝶，翅雲飛倦。古徑春幽，賴有寒篁作伴。踏歌緩。小游仙、彀伊留戀。

惜餘春慢 周子因遠客江右，感時惜別，愴觸於懷

絮撲征衫，燈煎離緒，客與殘春同遠。思君夢枕，送子煙波，難化渡江雲片。還念干戈未休，狎水淩波，健兒驕悍。便琵琶行酒，憂時傷遇，淚襟難浣。　曾記我、蘭澤尋盟，桐廬携棹，一路青山看遍。銀釭聽雨，玉軫哀秋，苦味那回經慣。誰信前游後游，滕閣斜陽，亂離曾見。嘆茫茫塵劫，不堪重省，戰場詞卷。予前客江右，值重建滕王閣落成，與宛平錢小南各賦《浪淘沙慢》一闋，韻坡徐君書稿勒石。頃被兵火，度烏有矣。

摸魚子 滋伯、仲甫、綱士、韻梅用稼軒韻作送春詞，先後郵寄，次韻繼聲

又匆匆、杜鵑啼老，芳華如水過去。卷簾更覓嫣紅影，减了幾叢花數。留不住。留一片、濛濛煙草銷魂路。愁箋恨語。但打叠相思，隨風宕漾，碎作兩堤絮。　蹉跎感，生小多情自誤。嬋娟容易招妒。朱顔漸逐流年换，除是鏡臺堪訴。垂柳舞。嘆失寵、蛾眉雖好同塵土。離懷最苦。倩落日消停，亂山圍裏，或有夢尋處。

玲瓏四犯 題慈暉館女史《横琴坐月》遺照，用夢窗體

庭院空明，正露浥銖衣，凉浸紋薦。水調煙情，難寄楚雲天遠。幽夢不到人間，但付與、絳

河清淺。恁畫樓、一霎西風，愁入數行新雁。玉簫虛憶瓊花館。二分秋、鏡中消散。女史廣陵人。鈿徽瑩作珍珠淚，合借冰絲成串。無計遣得黃昏，星户長垂羅幔。念沈郎腰瘦，腸斷處，知誰見。圖爲沈竹齋茂才感逝之作。

齊天樂題闞秋芙女史鍈《岋光紀游詞卷》，次山陰女史秦佩芬雲韻

蒼崖落盡松華雨，秋痕乍添幽草。暗水鳴琴，叢篁戛玉，石磴隨煙盤繞。横空雁早。正墜葉驚寒，大江浮曉。游戲飛瓊，佩環聲在碧雲杪。仙人煉丹去矣，澗薪誰束取，閒煮茶竈。世事鴻毛，天風鶴背，未許青絲催老。斜陽下了。看海月磨銅，畫闌飛到。一磬空山，夜涼塵夢掃。

清平樂園林早春

雪晴煙霽，啼鳥聲催起。畫閣文窗幽夢細，一月梅花香裏。嫩寒庭院沉沉，只宜中酒微吟。再兩三番風信，柳絲便做春陰。

齊天樂丁篠泉司馬嘉藻招集江上花爲四壁之舟，即事倚聲

好山宛轉團明鏡，天生畫船煙浦。小鳳嬌憨嬌鳳，修蛾嫵媚嫵眉，已解微波通語。江流萬

蹉跎年少過却，座中司馬淚，古。儘打叠情漪，送人朝暮。醉倚歌紈，艷懷幽思兩無主。癡魂一去縷。願化作秋蘭，伴伊釵股。破格應共酸楚。鬟黛籠蟬，鬟花艂蝶，偏向尊前飛舞。閒愁，夕陽來畫取。

長亭怨慢題王伴石景曾《感舊圖》

莫再問蘇臺眉嫵。自過江來，便成飛絮。病雨啼煙，斷魂空仗綉幡護。東風做美，反送了、春歸去。多事杜鵑聲，尚戀戀、永豐坊樹。前度。記嬋娟恩重，贏得目成心許。明珠轉贈，恁翻被紅絲耽誤。便算是、接葉移花，料不定、送君黄土。玉佩泣湘皋，應悔微波通語。

燭影摇紅題徐秋宇孝廉錦華《黄葉秋燈歸思圖》

日落燕臺，亂鴉啼近黄昏候。不多庭樹弄秋聲，聽得人消瘦。寒到霜前雁後。忍思量、江南病柳。時以婦病爲憂。畫屏孤倚，一穗心焦，化成紅豆。曾記聯床，夜闌愁語同搔首。壬子秋，予與秋宇同寓都門宣南坊邸。九逵煙月總相思，閒醉銷魂酒。酒醒無聊依舊。爲離人、疏更偏久。未堪重憶，帳曉爐温，蠟殘珠溜。

減　蘭題秦次游中翰光第室人楊藥生女史貞淑畫蘭遺扇

畫眉殘墨，寫出瀟湘秋影碧。一種愁根，纔到人間便斷魂。　秦嘉帷帳，明鏡寶釵成夢想。香草纏綿，合借哀蟬語楚絃。

秋　霽題丁藍叔茂才文蔚《蘭亭秋禊圖》

山净雲空，正爽籟吹凉，送了蟬翼。石磴張琴，筍輿携酒，高秋最宜游歷。醉紅絢壁。茂林已帶胭脂色。待曳履，尋取、晉時觴咏舊吟席。　留戀暢叙，水竹依然，會稽山陰，都是陳迹。暮春天、西風换却，六朝煙樹剩寒碧。良會定須名士筆。事往如夢，還問我輩登臨，後人懷想，可如今日。

百字令題何子安廣文汝枚《日邊紅杏圖》

東風九陌，記輕塵一騎，看花前度。帽影鞭絲斜照裏，舊夢幾回飛絮。碧社銷魂，叢蘭寫怨，四月江南路。先生歸也，種成桃李如許。　笑我六上燕臺，殘紅馬足，冉冉催遲暮。緑葉成陰芳事老，忍憶宋郎詞句。補屋牽蘿，閉門鋤菜，且作園林主。小樓銀燭，待君同聽春雨。

前　調 秀州十三齡女子許子琴以拆字謀生，機鋒敏捷，偶與同人過訪，即以姓名三字效拆字體賦之

十十三年午紀，仗今今生智口慧，學子成書數。敏絶詞言鋒偏了了，信言口機關參悟口。堪嘆塵世點玉王無瑕王，輸金人待聘，仔子細珠王娘妒。碧王山春遠口，翠眉才解通語言。浮子雲，因風變言幻，好了事口成耽誤言。寂寞闌干干空倚遍，自惜美人人遲暮。楚瑟玨絃愁，胡口琵玨彈恨，空向口飛瓊王訴言。無言言撇去，海〻榴花放端午午。

清平樂 題姚楳伯梅花、任渭長美人合作

月高煙涷，乍醒羅浮夢。紙帳空明塵不動，留得被池香重。　隔墻疏影横斜，淡妝合伴梅花。欲識飛瓊姓氏，還尋種玉人家。

百字令 陳子餘大令寶善得銅爐於吴市，乃其亡婦張孺人奩物也。先是，賊陷金陵，孺人仰藥死，子餘挈幼子走免。至是故劍重逢，益深悲愴，因繪《香火因緣圖》，徵題

珠還無恙，記當年曾伴，綉櫳琴柱。銅馬烽煙銷不得，翻借雷霆陶鑄。火烈生前，灰寒劫後，故劍終歸主。縈回心篆，此香不滅千古。　堪嘆玉樹飄零，金蓮狼藉，一例成塵土。鐵

甕猶焦完璧在，中有精靈呵護。夢去難尋，魂招可返，往事真雲霧。蘅蕪重爇，珊珊應見微步。

惜餘春慢 江船嫣鳳者，以色藝名。嘗見脅於沙叱利，某廉使實保護之。既而鳳歸太邱公子，廉使爲賦《歸鳳曲》，索題其卷

怯膽驚秋，魔塵悸夜，全借幡鈴遮護。魂留蛺蝶，社待鴛鴦，好事病中過去。誰信芙蓉路遥，短楫煙波，未能同住。幸春生桃葉，不曾飄泊，恨花愁絮。　休再憶、酒後啼痕，曲中哀怨，總是牽人心處。有情一往，無翼雙飛，忍聽畫眉聲苦。猶喜東山謝公，粉黛蒼生，一般霖雨。願吹簫庭院，碧梧棲穩，恨天長補。

南　浦 再題《江上峰青畫卷》

晚天如鏡，看煙巒千疊蹙離愁。依舊烏篷碧檻，可是那時秋。不見淩波鬢影，但微雲漏月照嚴州。悵蘆花寒峭，蘋花思遠，惟有夢勾留。　還憶桐君山下，弄鵾絃、低顫玉搔頭。自嘆紅塵墮落，悔不侶閒鷗。僥倖吹簫去也，畫眉聲、何處曉妝樓。剩荒灘七里，情漪萬丈，曲折繞船流。

百字令陳龍巖州牧豉以周匕首搨本，附漢刻曹沫、專諸、聶政、荆卿、豫讓五俠像，彙裝長卷，索予倚聲，爲填此解

神芒吐匣，借殘燈一焰，雷蛇飛掣。照耀龍門游俠傳，引得精靈俱活。熱飲髑顱，寒銷鬼膽，五步須流血。休論成敗，壯心終古難滅。　敢笑劍術麤疏，許身知己，生死從容决。大纛高牙偏縱寇，慚愧戈矛如雪。國士酬恩，匹夫慕義，止此肝腸鐵。摩挲三嘆，四方誰是英傑。

浪淘沙龍巖得馬守真玉印，屬題小令

白玉篆銀絲，兩字珠璣。芳名留與後人知。斗大黄金磨滅盡，不鑄相思。　押尾帶胭脂，蘭草差差。風流豪俠想襟期。名士傾城偏印合，惜未同時。

南　浦題龍巖《湖上齋舲圖》

兩堤晴翠，載琴書、閒訪白鷗鄰。睡起青山一笑，如待冶游人。難得承平年少，便文章詩酒也精神。借微波寫夢，斜陽繪影，高卧枕谿雲。　彈指匆匆桑海，恁西來鼙鼓動邊塵。剩有蘼蕪怨緑，冷畫戰場春。我欲登臨憑吊，怕樓臺花月總銷魂。問湖橋細柳，啼煙泣雨，何日解眉顰。

滿江紅題施庭午茂才□□《杞憂草》

半壁江山，問誰救、生靈焚溺。嘆當局，議防議戰，總無全策。徵調可憐財賦盡，流離但覺乾坤仄。十餘年格鬥未曾休，翻多賊。　軍糈匱，還侵蝕。兵士悍，争剽劫。任東南千里，縱横狼猰。杜牧罪言何處上，賈生熱淚從旁滴。借書生歌哭叩蒼天，天應惻。

高陽臺孫權伯大令憙以其先人子和先生義鈞所繪《吴門清蔭禪院延秋雅集圖》遺卷索題

借酒尋歡，携笻選勝，煙波自結鷗盟。梵宇塵空，苔痕略掃閒庭。疏華點染清凉界，悟詩禪，鼻觀香生。好光陰，文讌流連，想像承平。　而今莫説南朝寺，嘆江山半壁，地棘天荆。耆舊風流，惟餘劫後丹青。是卷於兵火之後，得之杭州市肆。蘇臺鹿走無人問，怕傷時、佛淚先零。任蕭蕭，萬葉梧桐，做盡秋聲。

齊天樂題龍喦《臨清殺賊圖》，咸豐甲寅三月初七夜事

蔡州風雪崑崙月，奇功半由昏夜。間道銜枚，乘虚破竹，旂鼓真從天下。縱横陣馬。勝百騎穿營，錦帆興霸。時以二百健兒夜劫賊營，敗其衆數萬。力洗妖腥，大河奔浪勢傾瀉。　東南數年格鬥，劫灰猶未净，搔首嗟訝。白骨雲屯，黄金土擲，安得江山清暇。公真健者。使十萬

幺麽，望塵驚怕。特將紛紛，戰勛誰繼也。

高陽臺 高次愚上舍□□索題《梅窗讀書圖》，時越中不守，杭城被圍

玉碎疏簾，茶温小閣，東風才逗横枝。雪海無塵，生綃雅稱題詩。香吹紙墨人俱韻，賦游仙、高卧偏宜。但依依，夢裏江南，費盡相思。　吴山越水登臨地，嘆畫中泉石，虜騎紛馳。粉本倪黄，可憐風景都非。傷心世界君休問，看煙雲、起滅移時。怕遲遲，春到孤山，鶴瘦難支。

惜餘春慢 倚晴樓下，手栽日月桃數本，花時集同人燕賞，鐵士爲花寫照，坐客朱尚齋太守、朵山給諫、吴彦宣茂才、陳湘漁上舍各有題咏，一時和者甚夥。今樓與畫俱歸劫火，尚翁、彦宣、湘漁先後下世，朵山游秦中，予與鐵士避亂楚北。客裏良辰，追憶故園春色，索鐵士補寫桃花，並題此解

傅粉臨妝，凝脂扶醉，上巳初晴時序。嫣然欲笑，澹不勝情，如對玉人三五。曾記愔愔畫廊，把酒看伊，燕憎鶯妒。怕匆匆開落，傳神摹艷，要春留住。　誰信道、愁入芙蓉，芒生荆棘，一霎催花風雨。樓臺泡影，翰墨滄桑，忍憶那回尊俎。不是天台夢游，自出山來，恁時歸去。問仙源鷄犬，總難忘却，畫圖重補。

高陽臺蘇小小像，爲如冠久觀察題

笑頰紅欹，娟眉黛遠，天然畫裏真真。艷迹依稀，難忘油碧車塵。東風蝴蝶憐芳草，尚思量、往日羅裙。段橋邊，楚楚垂楊，可是前身。　舊游每憶西泠路，訪埋香小冢，一奠清尊。我輩情多，悠悠隔世傷神。落花滿地滄桑淚，料蘼蕪、也化愁根。待何時，劫盡春回，重與招魂。

聲聲慢題姜曉泉塤《聽秋仕女圖》

露滴松釵，煙蘇石髮，深深庭院良宵。有約吟秋，嬋娟大小雙喬。妝樓乍過新雁，語西風、羅帶涼飄。虛籟警，正蛩簾夢墜，麝炷心焦。　還問聲來何處，恁無情偏感，似醉難銷。人自工愁，非關梧葉芭蕉。冰絲夜長慢理，借商音、閒譜離騷。幽思遠，望青天、銀漢影高。

倚晴樓詩餘卷四終

錢塘宗景藩子城校梓

跋

右海鹽黄韻珊先生《拙宜園詞》一卷。先生少負才名，博綜群籍，工詩詞及駢體文，兼精繪事。屢上春官，不第，遂以縣令需次荆襄，非其志也。方膺墨綬，遽赴玉樓，今忽忽已二十年矣。所著《帝女花》《凌波影》《鴛鴦鏡》《桃谿雪》各樂府，哀感頑艷，風雅絶倫，可與茗生九種曲並傳，世艷稱之。而先生顧深自韜晦，少年綺語，一意懺除，蓋由絢爛漸歸平淡，有得於讀書養氣者深矣。猶憶壬子、癸丑間與先生同客都門，小住郡館，風晨月夕，時接清談，見先生和易近人，兼之宏獎風流，不惜齒牙餘論，至今猶中心藏之。每當香温茶熟，吮墨含毫，纚纚千言，文不加點，其辭沉博絶麗，迴越時流，實足領袖詞壇，故非後生輩所可跂及也。暮年澹於仕進，惟以著述自娱，所刻《拙宜園全集》久已風行海内。兹特録詩餘一種，以當嘗鼎一臠。讀先生之詞，亦可想見先生之爲人矣。庚辰春正月中浣，拙修居士孫福清謹識。

見《檇李遺書》本《拙宜園詞》卷尾

韻珊先生，原名憲清，屢上春官不第，因更名燮清，號韻甫。以知縣分發楚北。其詞初刻於道光乙未，僅得二卷。同治丁卯，其女夫宗子城大令重梓先生遺集于武昌，同郡張鹿仙觀察訂定其文，爲《倚晴樓詩餘》四卷，先生生平所作咸在焉。兹仍并作二卷，題曰《拙宜園詞》，從其朔也。光緒庚辰夏四月，福清并識。

見《檇李遺書》本《拙宜園詞》卷尾

倚晴樓七種曲（外二種）

目録

茂陵絃

帝女花

脊令原

鴛鴦鏡

凌波影

桃谿雪

居官鑑

玉臺秋

茂陵絃

序

蓋聞鼓以郊天，而後知賁音之大；鐵必躍水，而後識蕤賓之良。以故負薪之鄉，稀解牙奏；乞食之市，不賞員簫。難平梁鴻之噫，致動唐衢之哭，雖觭數之不偶，實知音之鮮逢。則讀家弟韻珊《茂陵絃》一譜，允足以慰巾褐之素心，洗風塵之白眼焉。

夫以相如居蜀，漢武同時，已駕才乎楊雄，竟坐困於阮籍。落莫一賦，何處博金？荒涼半椽，居然空壁。乃屈王孫之草，呼爲貴賓；牽寡女之絲，引作知己。娥月奔夜，郎星搖天。逸雲上淩，要之題柱之手；病雨秋集，療以橫山之眉。凰絃未終，鳳詔已拜，流才譽於宮掖，樹偉勛於蠻夷。洗鸘鷞之舊寒，思媚有婦；幻蟛蜞之小夢，橫行讓卿。斯固極文人墨士之奇逢，洵未罄記史歌詩之艷慕。

然而畫舉世之炎涼，舍爨弄而不盡其態；窮一生之起畢，託瓠梁而益流其聲。於是組以詞章，調之水尺。酣筆醉墨，魂招酒壚；角旦商生，緣締琴柱。掩私行於多露，心如絃清；繪熱塲於下風，手可簧炙。調協碮散，遏歌雲於漢梁；字鏘玉聲，翦芳雪於嵋巘。鼉羽閉而錦水齊涌，蠟板鳴而橦花亂飛。則是譜也，借人志感，因地絃詞，信足卑潞西歈之音，而上掩東屋之製者矣。

嗟乎！閨中師曠，競説蛾眉；門外艫俞，竟屬狗監。昔年犢鼻甘心，而同處於褌；今朝馬頭回首，則有推其轂。讀曲起舞，聆音展愁。知君别寓琴心，豈抱緑綺以老；感我漸催絲鬢，怕聽《白頭》之吟。

丙申九月既望，兄曾菊人氏序於西泠之一角山房。

序

落葉如潮，斜陽似夢。聽茂陵之秋雨，依舊蕭疏；問漢代之白雲，幾曾翻覆。七絃彈出，依稀流水之聲；五字吟成，縹渺凌雲之氣。黄子韻珊，清襟浣月，艷骨裁花。燈前叢笑，惜青史之傳誣；酒後按歌，顧紅牙而多誤。乃吮生花之筆，援記事之珠，巧借琴心，重翻笛譜。爾乃雪深梁苑，正停驂恨别之年；花發都亭，是寡鵠愁單之日。故人畫策，侍者通名。一彈綠綺，便結知心；四壁芙蓉，都饒遠致。眉黛則山光欲妒，酒壚之春色平分。無何犢鼻長辭，狗監促召，磊落題橋之字，熒煌買賦之金。使節南馳，雲棧之縈紆未改；夷琛遠獻，星軺之建樹非凡。牛酒争來，蛾眉無恙。況乃蜺旌翠葆，朝裁諫獵之書；玉簡金泥，暮草登封之表。文章華國，給斑管而何慚；眷屬疑仙，賦《白頭》而非偶。可謂清才絶世，艷福雙修。爾其嚼徵含商，鏤金錯采。神傳阿堵，燭光與虹采交飛；體仿瘦金，詩格共梅花俱淡。替他遮掩，姮娥奔月之羞；故爾迷離，紈扇捐秋之恨。尤覺秀分山緑，幻雜仙心。

僕本恨人，頗同渴病。愧蒹葭之質，無分攀嵇；覽冰雪之文，有懷慕藺。矜兹鴻藻，亟付蟲雕。吟當静夜，恍寄三生紅豆之思；歌遍旗亭，待濕幾輩青衫之淚。

丙申中秋日，錢唐瞿世瑛。

自序

客謂余曰：『《茂陵絃》何爲而作也？』余曰：『爲相如作也。』曰：『相如生平惟諫獵一事差足傳，餘碌碌無奇節，特詞章士耳，惡乎取？』余曰：『否否。相如非詞章士也，使其才得大用於時，必更有所施爲，詞章烏足盡相如！』『於何見之？』『即于相如之詞章見之。凡人心乎天下，而所值之時與勢，或不足罄其志量，則其嶔崎磊落之氣，與夫平昔所孕之抱負，鬱積至久，必磅礴傾瀉於詩古文字之間，而不能自掩。相如雖事業不概見，其所著《子虛》《上林》等賦，皆有關世道者也。當武帝時，窮兵荒遠，中外騷擾，四海之民，疲於征輸，文景富庶之業，蕩然一洗，皆帝侈勤遠略，不務生息之所致。《子虛賦》極形齊楚君臣之驕態，即爲帝寫照也。《上林賦》歸本節儉，蓋將藥帝之病，俾知所悔悟，爲天下復已傷之元氣也。相如之賦，名臣奏疏變格也。故讀相如之詞章，正可見相如之才之不盡于詞章也。而卒以詞章顯其才者，則以武帝僅能識其詞章之才，而終不能盡其詞章以外之才也。抑亦相如之不幸也，遇使之然也。』曰：『子既薄相如之遇，何曲中又若深艷其遇者？』余曰：『相如之遇曷足艷？以天下正有才如相如，而其遇并不能如相如者，則相如之遇未始不可爲才人吐氣也。』曰：『子之傳相如是矣，若文君者，固失節女子也，發乎情不能止乎禮義，而子必曲折寫之，無乃犯綺語之戒，非《國風》之正乎？』余曰：『欲寫相如，不能不兼寫文君，非因寫文君而始寫相如也。閲者不以辭害志可也。故曰：《茂陵絃》爲相如作也。』

庚寅長至日，吟香詩舫主人書。

序

昔人謂：『井丹高潔，不如長卿慢世。』雖曰有激之談，然長卿實東方曼倩一流人物，當其未遇時，賣酒滌器，與待詔金馬門不報者，奚優劣哉？韻珊年少才美，借《琴心記》譜《茂陵絃》樂府，即可作韻珊《感士不遇賦》觀。韻珊《自序》以曲爲長卿作，非爲文君作。余則更有説焉。文君富家女，以一念憐才，不避夜奔之辱，柔情俠骨，非鄭衛詩人所刺者可比。予固亦好爲梁陳綺語者，若禮法之士以波蕩後生責之，不敢辭其罪矣。

道光甲午七夕後二日，宜興吴德旋序。

目録

錢唐瞿世瑛頴山評文
海鹽黄燮清韻珊填詞原名憲清
仁和李光溥倹才訂譜

卷上

寫意

【滿江紅】一例清狂，廿四載，紅塵游戲。算何者，差堪排遣，長歌而已。少小詞名真浪得，文章結習難除起。問區區，可是壯夫爲，雕蟲技。　參不破，情中旨。言不出，情中味。借前人啼笑，今人悲喜。豈爲蛾眉修艷史，權將狗監充知己。染霜毫，莫認爲相思，憐才耳。

旅慨

（生巾服上）

〔正宫引子〕【新荷葉】壯志柔情客裏消，莽湖山旅游倦了。一囊冷玉響春潮，落花聲裏思歸操。

【清平樂】半肩行李，蹤迹浮萍滯。長短郵亭三十里，又到垂楊青矣。頻年書劍天涯，客懷撩亂如麻。幾日東風吹去，長安一騎看花。小生司馬相如，表字長卿，蜀郡成都人也。少嫻擊劍，曾呼犬子之名；長好讀書，頗負鴻飛之志。若論詞賦，今天下舍我其誰；别有胸期，流俗中無人能識。只是風流放誕，際遇遷延。向事孝景皇帝，爲武騎常侍，雖沐殊恩，實非素願。後與鄒陽、枚乘諸子同事梁王，把酒賦詩，朝夕相得。不意孝王即世，賓客蕭條。如此紅塵，更誰青眼？世無知者，我其歸與！目下寓居都亭，不勝岑寂。雖有臨邛令王吉，日相往來，謬託故交，難言知己。回憶梁園風景，真覺舊游如夢，好不凄感人也呵！

〔南吕過曲〕【宜春令】記當日冰花翦，柳絮飄，走霜毫飛瓊碎瑶。一篇跳出好詞章，壓得鄒枚倒。錦屏外紅燭催詩，畫簾底緑鬟視草。一弄兒樂府金釵，博得那才子頭銜號。

（丑携茶上）一杯消渴病，兩腋足清風。相公請用茶。（生）放下。琴童，日長無事，愁悶不堪，你把我所作賦稿取來，待俺校閲一番，消遣則個。（丑）咳！相公今朝做詩，明朝做賦，做得肚子越通，做得身子越窮。看來這些東西，真是害人不淺。（生）胡説，快去取來。（丑應，抱書置案介）（生據案作批點介）這小厮方纔言語，倒也有些感慨。咳，怎知俺的詞章，甚有作用哩！

【前腔】按時事微言解嘲，不比那競浮華脂塗粉描。你看那子虚烏有，文章可當經綸稿。莫笑那賦雲雨宋玉風騷，無非是寓美刺靈均香草。得失心知，原難與俗人道。

（副浄上）爲奉主人命，來求名士文。門上有人麼？（丑）是那個？（出見介）原來是一位老哥。到此何幹？（副浄）要求見司馬相公的。（丑）如此，隨我來。（同入介）（丑）這就是家爺。（副浄見介）小人叩見司馬相公。（生）起來。你是何人，來此何事？（副浄）啓相公，家主就是相公的同邑人楊得意，因久慕相公高才，着小人前來求借賦稿一觀。（生）原來爲此。你來的正好，適纔校訂完畢，就付你帶去便了。（付書，副浄收介）如此，小人去了。正是名山自有千秋業，空谷携來一瓣香。（下）（丑）相公，那人拿了賦去，可有金銀換來？（生）蠢才，那有文字中生得出出金銀來的？只管胡説。快去取那緑綺琴來，俺要理曲一回，破除煩悶。（丑）曉得。（取琴置案介）（生撫琴介）咳，琴吓琴，你看世上多少箏笛琵琶，獻音取媚，偏你聲希味淡，知者寥寥，也似俺司馬相如一般落寞，煞是可憐也！

【前腔】嘆今人此調不操，只合配秦樓三更鳳簫。曲高誰和，爲甚麽作此不合時宜調？俺想離合不常，舊時朋輩半多星散，只這琴兒形影相隨，伴人幽寂，真生平良友也！難爲你湖海迢遥，赤緊的風塵依靠。則一副抑塞襟懷，除了伊更若個知道。

（末上）半簾花影琴聲静，一徑松風茗葉香。俺臨邛令王吉，爲卓王孫家要請司馬長卿赴宴，託俺轉達。來此已是，不免徑入。（入見生介）呀，長卿在此操琴，小弟來做催租人了。（生）逆旅無聊，藉以排遣。王兄到此，有何見教？（各坐介）（末）無事不敢相造，只爲卓王孫慕兄之才，欲備尊酒奉請，恐兄高介，不肯枉顧，囑弟先來道達，幸勿見却。那卓王孫呵！

【前腔】他雖是家計饒，倒也是愛賢才似平原氣豪。散金結客，不落那墩狗村牛套。（生）但弟與他貧富既已不同，薰蕕尚恐異器，未便遵教。（末）你不知他家裏，亦甚瀟灑哩！莫説伊畫堂中筆硯精良，便是那綉閣内也琴書清妙。則一顆掌上明珠，頗有些才子風調。

（生）既是這樣，只得從命。（末）如此，小弟告别了。（生）有勞枉駕。（末）好説。且傳才子語，去報老翁知。（下）（生）是呀！曾聽見説卓王孫有女文君，才色雙絶，兼通琴理，今晚不免把《鳳求凰》琴曲演習一回，倘有良緣，也未可知。

【尾聲】春思縈迴絃上裊，管教你一縷香魂爲我銷，不知他今夜月明何處簫。

琴童把琴携向裏邊去者。（丑）曉得。（抱琴隨生下）

閨𩏂

（旦淡妝上）

〔南呂引子〕【女臨仙】東風吹得人兒瘦，捱不過一春愁。柳絲緑上小紅樓。惱他雙燕子，盡日語簾鈎。

【應天長】春陰如夢游絲懶，簾外鸚哥幾回喚。鬟絲寒，眉黛斂，一鏡閒愁吹不散。恨難言，春無賴，只有梨花相伴。十二闌干人倦，獨自閒憑遍。奴家卓氏，小字文君。才貌雙妍，風流自賞。不幸紅裙未嫁，鸞鏡中分；翠袖常寒，燕釵無主。對此芳辰，怎不教人惆悵也呵！

〔商調過曲〕【梧桐樹犯】愁來不自由，無計消長晝。掃罷蛾眉，兩點遥山縐。可正是淚珠裛損揉藍袖，辜負了春日凝妝上翠樓。香羅衣帶寬應透，昏昏的夢逐飛花，忽忽的心如中酒。（貼上）紗窗雨過春寒重，隔院風來花氣香。呀，小姐原來獨坐在此。（旦不語介）（貼）美景良辰，賞心樂事，爲何恁般納悶？（旦）你知道些什麽來呵！

〔南呂過曲〕【東甌令】閒廝守，獨登樓，便是那樓上花枝見也羞。俺想共此春光呵，有多少盈盈伉儷因緣湊，依依眷屬神仙偶，緑天香海足温柔。誰似我卓文君，鎮日的斂雙眸。

（貼）小姐，後園百花盛放，去賞玩片時可好？（旦）咳，俺有甚心緒來呀！（貼）小姐，可不道花開當折直須折，莫待無花空折枝。（旦）如此，且和你去來。（行介）

〔仙呂過曲〕【皂羅袍】莫便恁般孤負，怕年華似水，去也難留。幾日不到園中，春光恁般爛漫了。珠藤軟挂玉搔頭，棠梨低礙香羅袖。（内作鳥聲介）（貼）小姐，你看這幾對鶯兒，在那邊啄落花哩！（旦）落花如夢，啼鶯不休。東風卷地，何曾掃愁。生憎那一雙粉蝶依人走。

（貼）這幾樹玉蘭，開得十分茂盛，映着小姐的縞袂，好不清凈也！

〔南吕過曲〕【大聖樂】不風流處也風流，俊丰姿一般清秀。這裏有座花臺，和小姐上去歇息片時。烟絲細織湘簾縐，待卷上小銀鈎。（旦）去望望也好。自憐人瘦如花瘦，當不起重上仙人白玉樓。（同登高處望介）夕陽斜後，見幾枝高柳摇曳蕩春愁。

侍兒，這一帶柳色，是何地方？（貼）這是都亭客舍，曾聽老爺説，有個才子司馬相如住在那裏。（旦）嗄，原來這就是司馬相如的住處麽！

〔仙吕過曲〕【解三醒】俺只道送行人旗亭楊柳，猜不到藏一座司馬琴樓。不由人銷得魂兒透，却身在宋墻東首。（貼）小姐，晚風吹下紅雨來了，下去罷！（同下介）（旦）桃花不引仙郎走，絮影空將寶扇兜。情拖逗。有多少無端棖觸，眼底心頭。

（貼）小姐久不彈琴，何不去理理舊曲？（旦）咳，理他則甚！

【前腔】（换頭）你道是綉閣挑燈卷素袖，料理冰絃遣悶憂。這琴中消息誰猜透？向何處，賦凰求。不過是金徽冷叶離鸞奏，絲繭空繅寡女愁。松風吼。總没個解人知道，枉費綢繆。

侍兒，你説的司馬相如，他最善鼓琴哩！（貼）小姐可要聽麽？（旦）怎生好去聽吓？（貼）這也不難，聞得老爺正要請他飲酒，待他赴席之時，對老爺説。

【前腔】教他爲我瑶琴一揮手，比着蘭閨誰更優。水仙吟彈醒荼蘼酒，那時小姐隔屏竊聽，施步障，設青幬。不妨曲記張紅豆，何苦嬌藏弄玉樓。商量就。待娘行細忖，此事然不。

（旦）此説甚妙，你可稟知老爺。（貼）是，曉得。天色將晚，小姐請回房罷。（行介）（旦）

【尾聲】草痕細拂湘裙縐，（貼）小姐看仔細！寶屧穿花窄一鈎，（旦）待歸去呵，好夢春宵可曾有？（同下）

琴媒

（净華服帶外上）紅芙蓉席彩氍毹，翠繞珠圍着老夫。有了黄金須灑落，莫教人唤守財奴。自家卓王孫便是。落在豪貴家中，生長金銀堆裏。若欲洗除銅臭，不無親近書香。俺有一個至交，唤作程鄭，是臨邛數一數二的富户。前日他説起有個名士司馬相如，是縣令王公的貴客，要俺同他結交結交。聞得那司馬相如頗有才學，那一張琴，尤彈得精妙絶倫。俺女兒文君亦頗講究琴學，今日請他赴宴，不免賣些風雅，要他彈一曲聽聽，看比女兒的手法何如。來！（外）有！（净）今日請的各位老爺，都去邀過了麽？（外）多邀過了。（净）日已正午，怎不見來？（副净上）

【字字雙】生來骨相太頑皮，放肆。結交豪貴見官司，聲氣。平時兩眼大如箕，勢利。若還教我讀書詩，瞎子。

俺程鄭便是。今日老卓請俺陪宴，來此已是，不免徑入。（入介）（净）程兄來了。（副净）諸客未到，小弟倒衝頭陣哩。（净）早來好談談。（各坐介）（净）那王縣令和司馬長卿怎生還不見到？（副净）剛才路遇王公，他説要到都亭一走，想來邀了司馬長卿同來哩。（儀從引末、生同上）（末）新開金谷宴，（生）去醉玉樓春。

(末)長卿兄，這裏是了。(同入見介)(儀從暗下)(浄)王明府、司馬先生，爲何來得能遲？(末)長卿不肯枉臨，俺强之再四，始得允諾，所以來遲了。可見這些名士是難親近的。(各笑介)(生)素未識荆，怎敢叨擾！(浄)好說。客已齊集，蒼頭們看酒。(送席，衆以次坐介)(外送酒介)(生)

【孝南枝】提壺喚，深院啓，瓊筵坐對藥藥枝。暢好是鶯蝶艷陽時。花柳雨烟裏，春風一巵。紅泛琉璃，比桃花還麗。若添個紅衣，便不飲也心兒醉。(合)宜賞心，飲莫辭，做當年飛觴會。

(副浄)清飲没趣，行個令才好。(浄)猜枚罷？(副浄)怪氣悶，又要用心。(浄)唱曲兒罷？(副浄)嗓子不好。(末)長卿善琴，何不請彈一曲，也好洗洗俗耳。(浄)妙極，我倒一時忘了。蒼頭，快去替司馬爺取張琴來。(外應下)(生)

【前腔】愁荆棘，生手指，不堪重理七柱絲。海上待情移，蘭澤愁芳芷。况眼下呵，東風老兮，西子歸時，怕彈出相思引子。倒不如檀板金尊，尚可排心事。(衆合)宜賞心，飲莫辭，做當年飛觴會。

(外抱琴上)堂前誰擊節，閨閣有知音。(臺角設小桌，放琴介)啓爺，琴已取來。(末)竊聞長卿好之，願以自娱，某等恭聆妙音。(生)既如此，勿嫌污耳。(旦、貼暗上)(小生出席，望見旦介)(低唱)

【鎖南枝】猛見了珠箔底，俊丰致，摇漾春愁難自持。(回顧介)你看他淡淡掃蛾眉，真個是遥山滴烟翠。香風顫，鬢影低。問何年藐姑神謫向綺羅裏。

(就坐，調琴，旦聽介)

【琴歌】鳳兮鳳兮歸故鄉，遨游四海求其凰。時未遇兮無所將，何悟今夕兮升斯堂。有艷淑女在閨房，室邇人遐毒我腸。何緣交頸爲鴛鴦，胡頡頏兮共翱翔。

（旦點頭介）（净）彈得妙絶！（副净）可惜區區不懂。不要管他，咱們喝酒罷。請吓！（照杯介）（生又彈介）

鳳兮鳳兮從何棲，得託孳尾永爲妃。交情通體心和諧，中夜相從知者誰。雙翼俱起翻高飛，無感我思使余悲。（曲終，起介）（旦顧盼下）（生）

【前腔】（换頭）琴心渺無際，幽懷誰共知？恨曲罷人兒不見，但聞花氣氤氲，環珮聲摇曳。則一片餘音韻，還仗伊風緊吹。吹到那粉墻東，玉人耳。（就坐介）（净）幸聆雅奏，一洗塵襟。（生）豈敢。（末）卓老先生，下官有一言奉商，未敢唐突，不知可見納否？（净）但説何妨。（末）令嬡小姐，尚未適人，下官欲爲作伐，配一蓋世才人，未識尊意何如？（净）是那一家？（末指生介）哪、哪、哪，就是長卿，難道算不得才人麽？（净）既蒙雅愛，焉感自外！（生急起介）如此，請岳父台坐，容小婿一拜。（净）阿唷唷，不敢不敢。（生）逆旅蕭條，無以成禮，就把這張琴兒爲聘何如？（末）倒也雅致。請收藏好了。我們都已醉飽，只索回去罷！（净）簡慢了。（末）好説。春觴權當請媒筵，（生）一曲瑶琴締好緣。（副净）不信才人偏有福，（净）等閒賺去玉嬋娟。（分下）（外抱琴隨下）

簫　語

（貼抱琴上）

【仙吕】【紫蘇花】晚妝初了雲鬆髻，指頭兒尚餘粉氣。背斜陽偷整越羅衣，春寒兩袖餘香膩。晚風吹冷鬢邊絲，佇立空庭有所思。一院碧桃花寂寞，誰傳春信出瑶池。小奴紅簫，自幼進入卓府，爲文君小姐侍兒。每日慣添香注硯，倒也十分清雅。更兼小姐知疼着熱，視同姊妹。他看待小奴，煞是寵愛也！

【醉羅歌】一笑一顰相憐惜，一日一刻不分離。比着人家主和婢，這温存性格誰如你。風前搓絮，鬟隨鬟依。花前問月，肩扶手携。説不盡喁喁小語紅窗裏。那小姐這一種丰采，小奴日日與他親近，好不僥倖哩！緊偎倚，香玉體，只覺得淡妝濃抹總相宜。

閒話少説。昨日承王縣令替小姐作伐，不想新郎就是那個司馬相公，且喜家爺已經面允。那司馬相公，當將綺琴爲聘。今日家爺命我把這張琴兒，送與小姐收藏。話猶未了，小姐早出房也。（旦上）

【醉歸花月渡】紗窗兩個人而已，兩人一樣女孩兒。惜别傷春向誰提，跟前只有親身婢。孤凄倚東風，恨來無盡時。望南柯，日高猶戀睡。星眼迷離，盈盈的，懶抬起。何處有逍遥散，散釋我，愁滋味。（貼）小姐，昨日琴聲還中聽麽？（旦）這琴聲煞是動情也！咳，枉了我紅豆春來發幾枝，只恐怕心悦君兮君不知。

紅簫，你這張琴是那裏來的？（貼）這就是昨日司馬相公彈的吓！（旦）他的琴兒怎生到你手中？（貼）其中原故，説出來只怕小姐要歡喜壞了。（旦）快些説來！（貼）這琴兒呵！

【羅袍歌】兩字名鐫緑綺，是才人聘物，司馬親貽。（旦）聘了那個？（貼笑介）小姐好假糊塗！不是小姐，還有那個配得上他吓！（旦羞介）啐！（貼）是風流縣令繫紅絲，是椿庭親許因緣事。（遞琴，旦看介）這琴委實古雅。（貼）小姐，你見了琴兒，只當見了彈琴的人兒一般，可不喜歡壞了你！今宵帳裏眠伊抱伊，明朝簾底挑伊弄伊，一絃一柱牽人意。（旦）癡婢子休得絮煩，快些收拾起了！權藏好，休浪癡，去添香掃地整羅衣。（貼）小奴知道了。（合）心上事，琴上會，抵多少温郎玉鏡定情詩。

（貼）待我把這琴兒，和小姐那張放在一處，先教他和合起來可好？（旦）不要多嘴，隨我進來。（貼）是，來了。（同下）

奔艷

（丑上）富翁輕貧交，老虎相皮毛。萬般皆下品，惟有金銀高。區區司馬相公的琴童便是。你道爲何道這幾句？只因我家相公，前日在卓府飲酒，承王老爺好意，將卓府小姐與相公作伐。那卓王孫當面應允，我相公就把綺琴爲聘。不想這卓老頭兒，是個嫌貧愛富之人，探聽得我家相公家計平常，竟要賴起婚來！把我家相公氣的半死。因此弄了些金銀，寫了個柬帖，命我去囑託卓小姐的丫頭，教他遞個消息，通個殷勤，看那小姐情願嫁他，還是不情願嫁他。没奈何，只得覓個空兒，到他後園門首一走，相機行事便了。咳，相公阿相公，如今的世情，不過都是些假親熱，争肯把掌上珍珠輕輕送你？正是可憐美女顏如玉，無奈將軍面不銅！（下）

（旦上）

【虞美人】絲兒情緒拴難定，又被琴挑醒。月明愁倚舊簾旌，七柱冰條，誰與訴芳情。

我卓文君自受才人之聘，且喜不負終身。只是這幾天不見爹爹動静，未知佳期定于何日。瑶琴在室，綺夢未圓，際此更長漏永，好難消遣也！（内一更介）（貼急上）忙將意外事，訴與夢中人。小姐你的好事壞了！（旦）怎、怎麽説？（貼）老爺打聽得司馬相公是個貧士，因此將婚事賴了。（旦）有、有這等事？你怎生知道？（貼）就是司馬相公着人報信來的。（旦哭介）阿喲，我那爹爹好忍心也！（貼）小姐且不要啼哭，還有司馬相公的柬帖在此，請看了再作道理。（遞貼，旦念介）自識春風面，情懷結不開。素娥如耐冷，環珮月中來。呀，此事怎處？（貼）小姐休嫌唐突，據小奴的意思呵！

【薄眉令】燈殘夢醒，如此銷魂行徑。怕守不住紅樓孤影。西施去兮，且追隨范蠡烟艇。不强似黄昏清冷。

（旦）私奔之事如何使得？（貼）小姐，你若没有父母之命、媒妁之言，這才叫做私奔，原是終身之玷。如今這頭親事，是老爺親口應允，且有縣令爲媒，綺琴做聘，本是老爺變卦，小姐就權宜行事，也不算傷風敗俗。（旦）咳，事到其間，使我不能自主。（貼）小姐不用遲疑，待小奴把隨身用物草草收拾，趁此夜静無人，只索走罷。（旦）别的都不要緊，那張緑綺琴休要忘了。（貼）曉得。（暫下）（旦）這是那裏説起！

【綉帶引】前生裏把根苗種定，難禁一往深情。怎教我廣寒宫鏡掩嫦娥，不能彀湘水上琴奏仙靈。盈盈銀河，今夜風力勁，待吹出楚山雲影。（貼抱琴上）聽紗窗漏聲甚緊，莫遷延，便須穩渡雙星。

小姐，摒擋已完，事不宜遲，就此去罷。（扶旦行介）（旦）

【醉宜春】閒庭月華凉映，繞湖山一帶，花睡忪惺。（内犬吠介）（貼）犬兒休警，不許你吠透風聲。已出園門了。小姐，今夜好天氣吓！你看半陰晴，碧霄圓點兩三星。今番呵紅鸞影，不是孤鸞凄冷。（旦）前去還有多少路？（貼）那不是前日望見的幾株楊柳麽？不遠這一搭，烟絲摇颺，是他門徑。（下）（内敲二更介）（生上）

【梁谿劉大香】柳昏鴉静，簾寒燕醒，立斷蒼苔一徑。我司馬相如，自訂文君，十分快意。滿望佳期早定，誰知好事多磨。今日遣琴童重賜文君侍者，藉通殷勤。琴童回來説，今夜定有好音。刻已二更時候，絶無信息，好生惶惑也！難道是侯門如海，朱樓深鎖娉婷。難道是二八小鬟欠聰穎，不隄防漏洩春情？看墻陰月過雙扉冷，誰替我遣黃鶯，添一道花符請。(悶坐介)(貼、旦上)弓鞋怯露行，怕那人等久，坐冷愁城。(貼)這裏是了，待俺扣門。(敲門介)(生)是那個？(貼)開了自然知道。(生喜介)好了，是女孩子聲口，定是他們來了。(開門見貼介)小姐可曾同來？(貼)那邊立的不是麽？(生見旦介)噯喲喲，真個是小姐佩臨了。甚風兒吹落明妃影，霎時間攝去瘦魂靈。(揖介)相如才疏貌陋，蒙小姐這樣錯愛，薄福書生，何以當此！愧非才長卿，愧非才長卿。修成幾生，當不起恁般僥倖。

快扶小姐裏邊坐罷。(貼扶旦入，掩門介)(生、旦對坐)(內敲三更介)(生)念小生呵！

【浣紗劉月蓮】自見了俊丰裁，便逗起癡心性。虛飄飄魂似懸旌，一場春夢不分明。倚銀釭愁聽長短更，因此上同心悄寄鴛鴦印。還怕那魚雁沉，不充飢徒畫餅。誰知今夜呵，羅浮仙下梅花嶺，消得我文園渴病。猜不到依依兩情，一樣的緊牽纏，真個是卿須憐我我憐卿。

(旦)便是妾身啊！

【瑣窗綉】聽素絃一曲泠泠，便瓊想瑶思打疊并，教癡魂顛倒，如不勝情。閒來自省，自覺芳心難定，特爲你趁微風夜游巫嶺。不煩他紅絲管領，權借他綺琴作證。(生)妙呵！

【潑帽落東甌】蜂媒蝶使飛無影，七條絃繫住柔情。今夕何夕，見此粲者。定須曲演羅敷令。

(內作風聲介)呀，天風吹下步虛聲，逼得羽衣冷。

(內敲四更介)夜深寒重，文君從風露中來，兀的不凍壞也！(旦)咳，長卿！賤妾此來，雖係情感，然私奔之恥，終身莫贖，正是一失足成千古恨了！

【大節高】持星膽背着椿庭，一靈兒難按定。粉墻偷度紅綃影，一路的穿芳徑，踏落英，辭愁嶺。畢竟是行雲錯犯神仙禁，買漿誤落烟花阱。沾泥柳絮太飄零，幾時洗得身兒浄？

（淚介）（生）休得如此，這多是小生累及卿卿的。

【東甌蓮】虧了你擔驚恐，相看承，玉步伶俜下碧城。（旦）長卿，妾雖已到此間，倘父親知之，追尋蹤迹，怎生是好？還怕的楊花身世桃花命，不能彀雙花並。（生）文君休憂，明日即着琴童整備車騎，和你馳歸家去，便無事了。紅塵一騎走娉婷。折不散兩身兒，管教我座中常有許飛瓊。

（內打五更介）呀，聞講許久，良夜已盡，和你安息去罷。（貼持燈，生執旦手行介）（旦羞介）（生）

【尾聲】一奩殘月沉明鏡，（旦）鳳和凰今宵厮並，（合）不許荒鷄啼夢醒。（同下）

怒　婚

（浄上）但生歡喜莫生愁，只恐黄金笑白頭。獨坐不知天下事，閉門大可傲王侯。老夫卓王孫。前日臨邛令同了司馬相如到俺家赴宴，看他儀從甚都，胡亂把小女許配與他。後來細細打聽，方知他是個貧士。我女兒若到他家中，怎生過得日子？因此將婚事賴了。只是一件，我女兒年已長大，須要揀個好人家嫁他才好，倒要替他籌畫籌畫。（外急上）紫玉成烟去，紅衣帶月逃。老爺，不好了，小姐不、不見了。（浄驚介）有、有這等事！可曾差人尋過？（外）影響全無，連這丫頭都不知去向。（浄）蒼頭，你把衆家奴傳來。（外向內招手介）奴才們，快來快來。（雜四豪奴上）（浄）你們衆人，可速速分路尋覓，務要把小姐、丫頭一并趕回。（雜應，分下）（浄）

〔南吕過曲〕【香柳娘】訝珍珠暗投，訝珍珠暗投，閨門失守，捕風捉影可能彀。問仙人玉樓，問仙人玉樓，釵鈿是誰收，難道嫦娥向月走。（雜分上）啓爺，四處尋覓，毫無蹤迹。（净）這也奇了。你們暫且散去，待俺想來。（雜應下）（净）是何人暗勾，是何人暗勾，思量没由，呼天搔首。

嗄，是了。前日這女畜生聽琴之後，便覺忘餐廢寢，病體懨懨，今日定然逃往相如那邊去了。蒼頭，你可率領家奴到都亭中細細搜檢，如果在那裏，與我一并拿來，待俺處置，不得有誤。（外）老爺且住，俺想小姐若果亡奔司馬相公，此時必已另遷他處，斷不仍在都亭。必要苦苦追獲，到了情急之時，豈不送了他的性命？況且這司馬相公，老爺本來許過親事，若得此人爲婿，也不辱没了小姐。

【前腔】是秦臺鳳儔，是秦臺鳳儔，琴詩佳偶。倘然聲張起來，不是老奴唐突，持家不正你爺爲首。不若暫且按下，緩緩探聽消息，再作計較爲是。（净）這老狗頭説的也是，但教我怎生恕得過他？恨紅閨女流，恨紅閨女流，不自掩羅幬，偷下巫山岫。從今以後，只好杜門不出的了。見旁人害羞，見旁人害羞，逼得我心頭眼頭，怒沖牛斗。

（氣喘介）（外）老爺保重，到裏邊將息去罷。（净）我想這女畜生，就是要嫁人，也該尋個富貴公子，偏偏看上這個酸丁。嗳喲喲，氣死我也，氣死我也！（揹背下）（外隨下）

當壚

（生上）

〔黄鍾引子〕【絳都春】鶯啼宵淺，早驚破紅樓一帳春眠。羅幌餘香，綉床殘夢模糊辨。倚妝臺，兀似的神魂倦。算只有情絲一綫，從空繚繞，無端挂礙，將人繫軟。

小生司馬相如，自從文君來歸之後，有句雙吟，調琴共撫。是鄉極樂，今生合老温柔，相得甚歡，幾世修成艷福。只是家徒四壁，地無一錐，妙手空空，生涯草草。因此盡賣車騎，于臨邛道上開設酒肆，使文君當壚，小生親爲滌器。我想大丈夫不得志于時，浮沉于酒旗歌扇間，悲歌嘯咏，亦足自豪。比那紅管著書，青氈守寂，倒覺爽快十倍。説話之間，文君早出來也。（旦上）

〔引子〕【西地錦】鬢上海棠紅顫，東風吹動釵鈿。曉寒未醒游絲倦，落花聲逗琴絃。

官人，你看花枝吐艷，柳葉舒顰，際此良辰，何不把酒肆開張，也好點綴春色。（生）正是。琴童那裏？（丑）主人開口叫，奴僕上前跑。相公有何分付？（生）你把青旗高挂，將酒器一應搬運出來。（丑）曉得。（挂旗搬酒器介）（生）是好天氣呵！

【絳都春序】酒樓簾卷，剩桃花幾枝，掩映着風前人面。春色將歸，可惜東皇留不轉。（旦）日長倦綉抛金綫，問昨夜落紅深淺。闌珊芳事，合分付黄鶯粉蝶，教他祖餞。

（丑）相公，酒具已鋪陳好了。（生）請娘子當壚，待小生滌器。（旦對桌斜坐，生滌杯盞介）

【前腔】（换頭）新演這保傭駔儈，是落拓才人，無聊排遣。醉擁嬋娟，除了鴛鴦都不羡。（旦）官人你粱鴻廡下非貧賤，妾身呵配案上遠山眉淺。全家住入春風，儘消受朝飛暮卷。

（丑）好了，遠遠望去，便有吃酒的來了。（貼麗服扮游春人策馬上）

【啄木叫畫眉】湖橋外，柳陰邊，一副青旗花底現。一路游春，人疲馬倦，那邊有一酒肆，不免權且將息則個。（臺角預設桌椅，貼繫馬入坐介）看酒來。（丑）來哉來哉。客人，酒餚在此。（貼且飲且唱介）你看斑鳩婦啼過清明，玉驄兒嘶破晴烟。少年人不樂真獃見，把一座青山笑軟。（起介）酒錢拿去。

（丑接銀介）（貼）醉尋芳徑同誰語，有一路黄鶯紫燕。（策馬下）

（旦）官人，你看這些人好不快樂也。

【畫眉海棠】錦韂勒銀鞴，行盡桃花人不見。他道是好韶華，不應耽誤青年。（生）娘子，便是俺與你呵，酒徒中游戲生涯，紅塵外神仙美眷。胡消遣，做一部才子佳人，風流合傳。

（净挂劍扮俠客上）

【畫眉姐姐】豪氣透雲煙，常替他人管恩怨。且酣歌擊筑，向酒市高眠。（入坐，擲銀桌上介）取好酒過來。（丑）來了來了。這是頂號的歸源燒。（净）放下。（飲介）俺的心上事大半難言，這些眼中人無多可見。村醪賤，胸中磊塊澆須遍。我便要醉把吴鈎笑劃天。

（下）（丑收銀介）

（旦）官人，你聽這人言語，倒也磊落。（生）咳，世上不平之事，何可勝數，這些豪俠之徒，不過寥寥幾人，濟得甚來？

【啄木鸝】人間事，不可言，物態炎凉將看遍。有多少好皮囊鬼魅心腸，做出些喬恩義雨雲遷變。問紅塵幾輩真良善，一半是戲場裝花面。（旦）人情世故，大抵如此，官人何言之激也？且俄延，當歌對酒，風月不論錢。

（副净扮漁翁持竿醉上）

【耍鮑老】新醅常脱蓑衣騙，但日日醉谿邊。老漢一個漁夫便是。生性疏懶，不管閒事，只會吃酒。今朝賣魚回來，把錢吃的精光，倒也快活。（嗅鼻介）咦，好股香氣，是那裏送得來的？誰家酒氣風吹透，把筋骨都薰軟。嗳唷唷，那旁邊不是一個酒鋪？無意之中走出個好所在來，不免再去吃他一肚。（入介）酒來酒來。（丑）來哉。哪、哪，酒。（副净）杯兒太淺，三寸喉嚨供一咽。（辨味介）是竹葉新缸面。（飲介）浮雲舒卷，塵世事莫胡纏，願酒價如泥賤。（望天色介）呀，不好了，你看暮色蒼然，夕陽已暝，怕歸去呵，辨不出垂楊岸。（欲行，丑拖住介）酒錢未算，慢些走，慢些走。（副净）吃酒也要錢的？今日却不曾帶得。（丑）没錢不許走。（副净）我把釣竿暫且一抵，明日來贖何如？（丑）誰要這東西！你不來贖，我那裏來找你？（副净）我明日把羊裘典，便有錢。你若追新欠，尋到我武陵源。

（生）琴童，他既没錢，且放他去罷。（丑）（放手介）造化了這老兒！（副净）好、好。這才不錯！老漢不是賴錢的。（吐，下）（生）娘子，真個眼看人盡醉矣。（旦）官人你的胸襟未免抑塞磊落，亦宜借杯中之物，一洗愁腸。琴童看酒。（丑）有酒。（旦遞生酒介）

【下小樓】休辭葡萄紅濺，便沉酣，可早眠。（生飲介）生受你了。縱然不飲也如綿，早聞醉脂香粉片，待偎他鬢霧鬟煙。

天晚了，琴童收拾酒具者。（丑）曉得。（作收拾關店介）

【尾聲】（旦）酒痕點滴争花艷，（生）衣上濃香透夢鮮，（合）問何時醉倒長安瓊樹筵？（下）

（丑吊場介）利市利市。新開店面，生意倒還熱鬧，可惜挂了些欠頭。以後須要立個規條，不做賒賬，還要白銅錢上櫃。（對臺下拱手介）明日新到頭號紹燒，列位早光，學生拱候，豈敢豈敢。（下）

賞　賦

（老旦上）龍樓鳳閣靄朝陽，禁院沉沉漏點長。麈尾一揮風影亂，衣襟猶帶御爐香。咱家楊得意，西蜀成都人氏。職居狗監,身近龍顏。自小粗知文墨,蒙聖恩優渥,命咱典守文房。凡古今名臣奏疏,以及普天下才子文章,悉歸掌管,倒也十分雅致。這也不在話下。(望天色介)你看日色旁午,萬歲爺將次退朝,恐要觀看書籍,不免往便殿伺候。(虛下)(雜四内侍,引小生挂鬚帝服)(貼、旦宫女,小旦后服同上)

【北中吕】【粉蝶兒】日射龍袍,五雲中爐烟香裊。望芙蓉紫闕迢遥。午風和,花影亂,早轉過重重複道。訴宫愁何處紅簫,盼仙人不來青鳥。

朕乃大漢天子是也。上承富庶之業,下無水旱之灾。國泰時清,民康物阜。且喜昇平日久,政有餘閒。皇后陳氏,艷冠璇宫,嬙宜金屋,更兼妙解文字,聰慧無倫。今日退朝無事,不免往便殿中將古今書籍觀玩一番,借以參考得失。賢后,和你一同去來。(小旦)萬歲請。(同行介)(小生、小旦合)

【南泣顔回】仙袂與雲飄,妒煞上林花鳥。新妝初試,春痕印上眉梢。香回步轉,畫羅裙處處憐芳草。願齊紈不識秋風,願雲和不彈商調。

(老旦上跪介)狗監楊得意,叩見萬歲爺、娘娘。(小生)楊得意,你所管文籍,可隨便取幾册來,待朕與娘娘一同觀看。(老旦)領旨。(取書上呈介)萬歲爺,文籍在此。(小生)放下。内侍暫退。(雜、貼、旦應下)(小生、小旦並坐翻書介)(生)這是賈誼《治安策》,是好萬言書也。

【北石榴花】你看他激昂意氣蓋諸僚,則待把國務獨肩挑。爲蒼生熱血濺心苗。坐論天下事,流涕聖明朝。雖是個少年人,雖是個少年人,却才華諳練文章老。指陳利害,言之了了。只可惜葬長沙,只可惜葬長沙,湘水上誰來吊? 算只有夕陽如夢送春潮。

(小旦又翻介)這是屈子的《離騷經》了。(嘆介)咳,你看才人不遇,倒像紅顔失寵一般,寫得恁般哀艷也!

【南泣顔回】嘆孤臣憔悴盛顔凋，腸斷美人香草。天乎難問，盼穿星轡雲軺。低回故國，望君王悔悟心如擣。託微詞仙澥神皋，結知音木客山魈。

（小生又看介）這是一篇《子虛賦》，不知做的甚麽事情。

【北上小樓】那邊是寫楚使言詞妙，這邊是寫齊王射獵驕。一路兒健筆如飆，艷句如花，浩氣如潮。看到末幅，一發入妙了。要知他結穴真詮，要知他結穴真詮，無非是才人風諫，寓之談笑。須不在浮華聲調。

呀，真個是好文才、好作手！朕獨不得與此人同時哉！（老旦）啓萬歲，這并不是異代之人。臣邑人司馬相如，自言爲此賦。（小生驚介）嗄，就是你的邑人所作？此人現居何官？（老旦）他賦閒臨邛，未邀恩遇。（小生）咳，天下有如此才人，不加薦拔，非惟有司不明，抑亦宰相之過。楊得意！（老旦）有！（小生）明日即着你前往臨邛，速召此人入見，不得遲誤。（老旦）領旨。（雜、貼、旦暗上）（小旦）萬歲如此憐才，足使天下寒儒吐氣也。

【南撲燈蛾】莽紅塵原知着眼難，好才華終非牖間老。急攘攘速將鸞書召，不許他冷清清蓬廬枯槁。那裏有虛飄飄功名不到，艷生生换去舊青袍。喜孜孜金門待詔，肯教伊悶沉沉空山寥落壯懷消。

（小生）内侍們，回宫去者。（衆應，行介）（小生）

【尾聲】曲高休慮知音少，只待遭逢運到，莫把美人遲暮了。

（衆擁下）

應詔

（生巾服上）

〔越調引子〕【霜天曉角】年光一霎，如此消磨法。功業何時建也，風塵知己誰耶？

【西江月】身外别無長物，囊中剩有焦桐。泠泠古調奏松風，争奈世人不懂。俺司馬相如，賦閒家食，獨居鮮歡。結念茫茫，未免青春負我；爲此寂寂，坐令白日笑人。命也如何，時乎不再，教人好生伊鬱也！（内吹打，丑急上）相公，外面有一位欽差來了，快須迎接。（生）隨我出去。（老旦乘馬上）（生迎見，老旦下馬，各相見，坐介）（丑牽馬下）（生）楊公公闊别多年，今日遠來，有何見諭？（老旦）長卿先生大喜，咱家奉萬歲之命，召足下赴闕。（生）相如樗櫟庸才，自顧廢棄，何意仰邀聖眷？（老旦）前日聖上讀《子虚》一賦，深加贊嘆，是咱從旁推薦，故爾特旨相召。（生）原來如此。相如無管子之才，恐負鮑叔之薦，殊增顔汗。（老旦）好説。聖上思賢若渴，須要即日起行，咱家先行覆旨去了。（丑帶馬上，老旦策馬别下）（旦上）花外青鸞銜詔至，雲中征雁帶霜飛。官人，欽差到來，有何緊急？（生）只因聖上見俺詞賦，頓起憐才之念，爲此着楊得意宣召入都，即日便要束裝。琴童，你去把行李馬匹，快快收拾停當者。（丑應下）（生）娘子呵！

【小桃紅】猛可的秋風吹長舊愁芽，償不了相思債。也恨壯心難消，平日慣每依北斗望京華。到如今丹鳳詔捧落雲霞，又弄的方寸亂，别情加。待丢開兀是難抛捨也，没商量搓手咨嗟。累了你獨倚樓，倚樓望斷天涯。

（旦）官人，你驥伏有年，鴻飛今日，喜得一伸壯志，理應稍減離情。只是妾身一念之私，蒙君繾綣，身慚

璧玷，心比金堅，白日易過，青春不再，睹君長安匹馬，能無腸斷魂銷？（作凄然掩淚介）

【下山虎】恨苗難掐，珠淚成麻。說到分離，怕尋郎夢賒。便鐵石心腸，怎生丢下？想妾與你初見之時，一往情深，彼此縈結。好比那海上仙山隔暮霞，一念兒難撇捨，百計兒親近他。到今日呵，依舊東西也，風寒鬢鴉，獨自個閒向空庭數落花。

（丑上）相公，行李馬匹，俱已齊備了。（旦）長卿，你既要去，爲何這等匆促？（生）聖旨緊急，教小生也沒奈何。（旦）琴童，你再備車兒一輛，待俺親自送行。（丑應下）（生）不用過勞了。（旦）官人此去，不知何日言歸？（生）俺此行只要稍酬素志，必不貪戀榮華，久淹京洛。況小生呵！

【五韻美】病纏綿，愁牽惹，宦情冷淡無多也。我生平不是寡情者，就是今日之別，雲隨風下，不過是名心未化。則待把君恩報，便到家。早難道竟久溷冠裳，分居鰥寡。

（丑牽馬，雜旦推車，貼隨上）（丑）車馬行李具齊，請相公起程。（生上馬，旦登車，丑挑行裝，貼隨行介）（旦）

【五般宜】拋撇下酒旗中春風柳花，啼煞了夕陽邊秋風暮鴉，拆不散徐淑與秦嘉。官人，路途眠食，善自珍攝，勿以妾身爲念。你千萬保重，關山鞍馬。再休牽挂，丢開奴罷。但只望你早早的歸來，我心兒安穩也。

（生）娘子諄囑，小生自當謹佩勿諼。琴童，前面是那裏了？（丑）是昇仙橋。（生）請娘子稍息片時，不用再送了。（下馬，旦出車介）（生）咳，昇仙橋呀昇仙橋，想俺司馬相如，蓋世文章，半生奔走，今日又要從此長征，不免待我題寫數字，以誌蹤迹。取筆硯過來。（丑）筆硯在此。（生題介）

【山麻稭】將采筆聊揮灑，管教我此去重來，駟馬高車。（旦看介）官人壯懷，是好磊落也！（生）嗟嗟，想吾身不合居人下。娘子，非俺縈情軒冕，天地大矣，人生其間，必要有一番作用，才不負聖明遭遇，英雄身世，錦綉才華。

（丑）天晚了，相公早些走路，好趕宿店。（生）娘子，日暮途遠，小生不能久留了。（旦）你就要去了麼！（淚介）

【黑麻令】不能彀寬些緩些，霎時間雲遮樹遮，分散了萍花浪花。守定個鏡裏檀郎，畢竟是真耶假耶。（生拭淚介）小生不久便回，且免愁煩，就此拜別，請娘子回車罷。推轉你香車錦車，暫摘去愁芽恨芽。伴妝臺七尺瑶琴，消遣你年華歲華。

娘子，小生去矣。（別下）（旦）你一路小心扶持者。（丑）曉得。（挑行李下）（旦）侍兒，那馬兒去的恁快也！

【江神子】他鞭影依微夕照斜，送行人幾點寒鴉。（貼）官人望不見了，請小姐回去罷。（旦）歸來冷守窗紗，想今宵秋思在奴家，兀的不把人兒悶煞。

（上車行介）

【尾聲】功名兩字難拋却，待留他如何留法？那別後的琴心，除非夢裏寫。

（同下）

謫嬌

（四内侍引小生帝服上）

〔中吕引子〕【菊花新】落花消息問金鈴，殘月淒風逼斷更。簾外嫩寒輕，賜宫錦是誰僥倖。

禁苑鶯聲老，龍池柳色濃。眼看春欲去，愁聽未央鐘。朕乃大漢天子是也。只因皇后陳氏嫉妒性成，椒房恃寵，没奈何，只得將他暫時廢棄，安置長門。今日特降嚴旨一道，宣來發落。話猶未了，你看他緊蹙雙蛾，珊珊來也。

（小旦引二宫女上）

【漁家傲】金屋春荒殘夢醒，决絶書來，絲魂暗驚。牡丹錯犯催花令，攪亂得芳心難定。（見小生，哭跪介）哎喲，萬歲吓萬歲！臣妾上沐天恩，久侍帷帳，不想猝遭重譴。萬歲縱忍心出此，教臣妾怎生分捨呵！（小生）非朕寡恩，咎由自取。到此尚有何説？（小旦泣介）我那萬歲呵！便饒他天子多情，挽不轉嬋娟薄命。咳，難道是折罰紅顔例註成。

（小生）此後倘能悔悟自新，或可從寬宥赦。若是怙過不悛，休想再見天日！

【剔銀燈】去收拾妝痕淚影，去消受月孤烟另。五更風略減桃花性，好繁華有時荒冷。娉婷，若再嬌癡縱情，卜甚麽他生此生。

（小旦）臣妾今蒙譴謫，罪無可辭，還求萬歲追念舊情，早賜拯拔則個。

【攤破錦地花】殘生，問君王何日幸，凄然淚零。（小生）休得絮煩。宫女們，扶往長門去者。（宫女）領旨。（扶小旦起介）娘娘起來。（小旦哭介）剩今宵落月殘星，照見我斷魂愁影。（回首介）望宫庭，誰替我續前情。

（同宫女下）（老旦上）一封天子詔，千里故人來。啓萬歲，奴婢奉旨宣司馬相如來京，現在午門候旨。（小生）帶他進見。（老旦）領旨。（下，引生上）才人姓氏邀天聽，名士文章蔚國華。臣司馬相如見駕，願吾皇萬歲。（小生）平身。（内侍）平身。（生）萬萬歲。（小生）卿所著《子虚賦》，朕覽之不勝擊節，殊恨相見之晚。（生）此諸侯之事，尚無足觀，臣有《上林賦》一篇，再當進呈御覽。（小生）卿來自成都，見聞必遠，那西南一帶可還安静？（生）近聞中郎將唐蒙，略通夜郎，開道西僰，創用新法，誅戮渠帥，巴蜀郡縣，頗有騷動。（小生）朕任人不當，以致頑民激變，卿當以何策定之？（生）據臣管見，此非民有叛心，皆因畏罪偷生所致。若將朝廷德意傳檄曉諭，則反側之心，指日可定。（小生）所言極當。如此即着卿一往，傳檄蜀中，務須下奠民情，上慰朕望。（生）臣寵邀知遇，敢憚馳驅？就此謝恩，擇日起行便了。正是：才聽九華春殿語，請看一路使星明。（下）（小生）世謂處士純盜虚聲，不想司馬相如初出草廬，便有一番作用。若非朕親自賞識，剛仗着那些有司薦舉，兀的不屈煞奇才也。

【麻婆子】做官做官敦優行，遴才幾個精。用人用人分流品，衡才幾個清。若非作合自天成，文章絶世須憎命。朕想天下之大，如相如者，當還有幾人，可惜名山著作，未能遍觀，一時無從採訪也。怎能彀白玉常頒聘，紅羅遍寫名。

（引衆下）

諭檄

（儀從引生冠帶上）

〔仙吕〕【八聲甘州】寒酸擺去，换宫袍一領，香靄襟裾。紅塵小騎，風前錦轡斜舒。下官司馬相如，因《子虚》一賦，寵邀天眷。前日又奏《上林賦》一篇，明天子之義，卒章歸之節儉，即以諷諫天子。天子大悦，命爲郎官，令尚書給筆札。近因中郎將唐蒙，通道西南，發卒巴蜀，騷擾郡縣，人心惶惶，爲此奉旨來蜀，安民定衆。昨已草檄一道，令成都太守四處張挂，招集流亡，齊集府城，聽俺宣諭。我想人心本静，激之始動，果能情論理遣，焉敢玩法至此？念群生無不可馳驅，因禁令煩苛始畏誅。幾乎，逼他爲亡命之徒。

（坐介）（雜扮二役帶外、貼、小旦、副凈衆百姓上）（雜）衆百姓俱已齊集，候爺發落。（生）你們環坐兩旁，聽俺曉諭。（外衆席地坐介）（生）蠻夷自擅，不討已久。聖上即位，存撫天下，殊方異域，咸請内臣。不順當誅，爲善必賞。天子將遣使往賓，因此教你們呵！

【前腔】民夫相將護使車，只五百人兒，聊充牧圉。誰教郡縣，轉漕發粟征輸。今乃發軍興制，憂懼子弟，實非聖心。天恩高厚無此意，他軍令森嚴强縶拘。追呼，累蒼生擔着驚虞。（外衆點頭介）聖恩如此，百姓們感激無地矣。（生）朝廷固宜憂恤百姓，百姓亦該仰體朝廷。今奉幣衛使，你們即自賊殺，或四散逋逃，何頑劣乃爾？（外衆）百姓們不過捨不得這顆腦袋。（生）禁聲！你們只想畏死偷生，一經追獲，難道就没有王法了麽？

【甘州解醒】只顧保身軀，覷王朝法律，直恁寬疏。猛然拿住，且問你血淋漓何處頭顱？（衆怕介）百姓們知罪了。（生）你們須曉得，人各有死，與其得罪而死，何若盡節而死？不見古來這些忠臣烈士麼？他荷弓刀直前無反顧，赤緊的肝腦安心白刃塗。這種人難道都不怕死的麼？生非惡，做人臣各完其分，敢惜皮膚？

（外衆唏噓介）百姓們一時蒙蔽，以後斷乎不敢，任憑驅策。（生）本應正法示衆，因你們本係村愚，不知法度，姑從寬貸。這都是平日父兄長老不知教訓之故。今後呵！

【前腔】安心守故閭，把忠信貞廉，互相警諭。良民好做，莫教依舊糊塗。如今你們願隨唐將軍去不願？（外衆踴躍介）願去，願去。（生）這才是好百姓！你們也不用多去，一家只派一人，殘疾老幼，不在其列，湊成五百名之數。餉銀格外給，必不使你們流離凍餒。果然努力，唐將軍亦不輕易難爲你們也。左右，帶他們出去罷。（雜引衆叩頭下）（生）你看他們一個個踴躍從公，可見百姓雖愚，不難情感。便驅遣何須刀鋸？只可笑那些酷吏呵，良莠無分一例誅。今日這一番警勸，管教他南夷去，把恩威宣布，信義達寰區。（繞場下）

輸奩

（外上）

〔南吕過曲〕【宜春令】貧窮日，富貴時，戲場頭千般樣兒。自家卓府的蒼頭便是。近來探聽得司馬爺宣召進京，萬歲爺十分優待，因此家爺轉怒爲喜，今日命老奴率領家僮，搬運奩具到小姐那邊供應，只索走遭。（向内叫介）小斷們，快把奩物裝載出來。（内應介）（二雜推車上，二雜肩擔上）喂，老伯伯，怎麽今朝老爺待小姐這等親熱？（外）父女原是親熱的，縱有些氣惱，過時也就忘了。非關勢利，人情大抵都如此。這也算不得甚麽希罕。儘有那些没見識的，見了人潦倒時節，便是至好朋友，漸同陌路；等得他興旺起來，縱然絶無瓜葛，硬認鄉親。究竟窮通苦樂，還是自去領受，於我何涉？那些人不知不覺的要換出幾張嘴臉來待他，這才可笑哩！眼精中相得毛皮，面孔上妝成時世。好色雖多，幾人能識微時西子？

快走，趲路罷。（同下）（旦引貼上）

【前腔】空房守，又幾時，病身軀愁來自知。官兒甚好，便能留住兒夫婿！我卓文君，自別長卿，依然獨處。可嘆世人爲了功名二字，雖有萬種恩情，一齊扯淡。其實到頭來，功是何物，名是何物也，值得爲他恁般忙亂？不想長卿如此情懷，也未能免俗。咳，這歲月無多，教人消磨得好可憐也！便修成偕老夫妻，不過數十年而已。世短情長，其間何苦加些離别！

（外引雜上）（合）

【劉潑帽】蓬廬改换新門第，黄金屋，玉貌花姿，果然多在詩書裏。山重奩資，壓得我肩疼矣！

（外）到了，待俺扣門。（扣門介）（貼）是那個？（開門介）呀，原來是老伯伯！（外）小紅，多時不見，又長了許多哩！快通報小姐，我們送奩資來了。（貼）隨我進來。（外）小斷們，大家來叩見小姐。（同入，見旦，叩頭介）（旦）起來。蒼頭，到此何事？老爺可安好麽？（外）安好的。哪、哪，這些奩物，老爺着老奴運送來的。小紅你同他們搬到裏邊去，安放停當。（出單遞貼介）這是一箇單兒，去對着檢點。（貼）曉得。你們這裏來。（雜推車肩擔隨貼下）（旦）蒼頭，俺不在家中，老爺光景怎樣？（外）小姐到了這邊，先時老爺有些不快，如今是氣也平下去了。（旦掩淚介）哎呀，父親哪，這多是做女兒的罪孽也呵！

【綉帶兒】高堂上更番怒喜，多因我一念癡迷。算嚴君到底心慈，能寬恕不孝孩兒。咳，卓文君呀卓文君，你一朝之失，節孝兩虧，即使才貌超群，安能補其闕陷也？回思六州鑄錯，尚何言矣。（外）小姐，已往之事，不必追咎了。如今姑老爺做了大官，老爺得此貴婿，也是快活的。（旦）縱然是一星半子，何曾著來斑舞衣？還要那軟心腸的爹爹憐惜！

（貼引雜衆上）小姐，奩物俱已安放停當。（旦）蒼頭，你們多辛苦了，且到外邊安息去。（外）是。（引雜衆下）（貼）請小姐到裏面把東西過目一回。（旦）不消看得。咳！

【三學士】銅斗家私身外事，但守着七柱琴絲。侍兒，這些貲財呵，願裝翠閣留籥史，待把黃金鑄子期。獨享繁華無意味，問那人歸不歸？

（引貼下）

茂陵絃卷上終

卷下

錢唐瞿世瑛穎山評文
海鹽黄燮清韻珊填詞原名憲清
仁和李光溥儉才訂譜

買賦

（老旦上）【如夢令】要借才人斑管，替畫美人幽怨。淡墨寫啼痕，一本嫦娥小傳。腸斷，腸斷，賺得君王心轉。咱家楊得意，奉皇后陳娘娘懿旨，帶有黄金百斤，要去請司馬長卿，作《長門賦》一篇，代寫幽愁之思，以悟主上。却好長卿剛從西蜀回來，不免就去走走。（下）（生紗帽便服，丑隨上）

【三疊引】三千里路雲和月，塵土功名忙煞。一頂冷烏紗，戴老潘郎鬢髮。秋風滿天涯，凉聲激庭樹。臨風動遠思，芳草惜遲暮。飛鳥戀故林，征馬識歸路。美人隔雲端，悠悠此情素。我司馬相如，千里蓬飄，一官匏繫。若論事業，愧不如人；惟有文章，差堪脱俗。閉門嘯傲，丈夫不得志所爲；壽世才華，小子又何敢多讓？刻因主上誤信方士，好談神仙，相如新進少年，未敢直言進諫，爲此作得《大人賦》一篇，不免改定進呈，藉以規諷，也算盡小臣一片愚忱也。（憑案展卷介）（老旦上）欲求文字千金易，要買恩情一點難。這裏是了。（入見生介）長卿，久闊了。（生）原來楊公公到此。故園一别，直至如今，幸蒙枉臨，喜出望外。（老旦）長卿在此，作何消遣？（生）新作一賦，删改未完。（老旦）咱家此來，奉陳皇后之命，正要請長卿作賦哩。（生）不知欲賦何事，乞道其詳。（老旦）那陳娘娘呵！

【九迴腸】侍椒房君王親熱，屋藏嬌萬種豪奢。只爲着牡丹獨占沉香榭，不容他桃李分華。

因此萬歲爺將他別居長門宮，好不悽楚哩！ 惟有那風聲淒送題詩葉，月影寒侵點臂砂，打散了鴛鴦牒。（出金置案介）這是黃金百斤，陳娘娘所賜，爲賢伉儷取酒的。 只消把黃金鑄出愁千疊，要君情再發萌芽。 好教伊同心寶盒重收着，只當你一手花幡代讓他。（生）蒙娘娘厚賜，相如只得拜受。 但恐文詞淺陋，不足感動君王耳。（老旦）過謙了。 早知道文章是儘有回天法，仗着這凌雲筆，去推轉阿香車。

請長卿即便起稿，咱家去也。（別下）（丑）咦，老爺這詞賦裏頭，當真做出金銀來了。 讓我替你收好了，挨起墨來。（携金下）（即上，磨墨介）（生）陳皇后呀陳皇后，你這一段愁悶悲思，都要替你憑空設想出來，非我解人，孰能爲此？（丑）老爺，墨已磨好，慢慢的做，我去取茶來。（生據案執筆介）怎生入手？ 且先把望幸的光景寫起罷。（且寫且唱介）

【巫山十二峰】猛然天風吹下，苦韶華，磨難煞。 謹修薄具，望重臨聖駕。 忽聽得雷聲遏暮霞，却不是君王一輛車。 無聊夜，半階玉露，半床明月。 此處須補入悔過一層方好。 枕藉何曾熨貼？ 細思量舊事，原是奴差。 縱然譴謫也，還算厚意有加。 嗟呀，天恩自重難酬答，妾罪原深無消法。 守孤雌影不圓耶，數愆尤悔何及也。（丑送茶上，即下）（生）這里須轉到思君上去，要寫得低回悽婉才是。 近昭陽安能比上寒鴉，只落得錦袍一領推衣架。 是春寒賜着，每時常見物傷心，只付與空箱打疊。 自黃昏睡到日高花影斜，任一朵凍巫雲，飛不到襄王榻。 以下要寫他自怨自憐，總覺得可悲可憫，庶足感人心脾也。 從今後倘沉埋青草琵琶，到底是魂魄終須屬漢家。 便算道身輕似葉，運短如花，這離宮活守湘妃寡。 還望他把前愆消除罷。 可憐我晨妝懶梳，淒涼鈿盒，開奩自照，冷惺忪髻丫。爲問鏡中頭髮，甚當初各樣的領受他。御床蘭麝，到今朝，剩煩惱千絲結。誰替你着疼熱，這愁芽和恨芽與情芽，向春風只共花爭發。淚如麻，牢收帕，是點點鵑啼化。我夢難成不敢怨蝦蟆，惟自嘆妾命薄于紗。

（放筆作寫完介）妙阿，曲折寫來，聲情俱出，即使當局自言，不能過之也。明日和《大人賦》一并奏上。咳，陳皇后呀，你的幽怨要俺相如描繪，怎知我的文君夫人，冷守閨中，也似你別院深深一般沉悶也。

【尾聲】洞房一樣徂清夜，總没個劉郎問落花。便是我那文君，連賦也無人替作。這萬種幽情，還待你自去寫。（袖賦下）

回　宫

（小旦宫裝上）

【逍遥樂】孤影無依傍，一任西風自摇漾。舞衣冷護舊時香，不堪時候，恁地情懷，斷了人腸。

妾身陳氏，正位中宫。只緣艷色自矜，妒根未斷，重遭譴謫，待罪長門。向聞蜀人司馬相如工于文辭，前日因着楊得意，央他作賦一篇，代抒幽怨，冀感君心。刻下尚無好音，十分疑悶。咳，聖上呀聖上，難道竟忘了妾身麽！（拭淚介）

【金絡索】湘簾落葉黄，輦道蒼苔長。蝶瘦螿寒，點綴無聊況。温柔念故鄉，早荒凉，不及個袍袴宫人掃御床。我想人生得意之時，原不應做到十分地位。從前自墮風流障，過後方知昔日殃。

回眸望，朦朧樹色隱昭陽，斷銀河一道紅墻，料無處把相思葬。（貼携燭上）玉扉扃夜色，銀燭冷秋光。呀，娘娘原來獨坐在此。（小旦）宫娥，今夜月色甚明，你卷上簾子，待俺一望。（貼）是。（捲簾介）（小旦望介）月呀月，你也團圓起來了麽？

【梧桐半折芙蓉花】清輝淡畫廊，幽夢沉琴幌。獨處無郎，看了姮娥樣。簫冷秦樓，空作乘鸞想。（内作雁聲介）你看許多鴻雁，一字兒飛往前殿去了。那雁兒飛去，或是到君旁，還把我愁書寄上。宫娥，階前開的甚麽花？（貼）是秋海棠，娘娘可要折來供養？（小旦）折他則甚！可憐他冷艷凄迷倚粉墻，虧你能㲉禁早霜。粉脆脂柔，惜没個藏花帳。

（坐介）（内鼓樂介）呀，一片音樂之聲，不知萬歲爺在何處夜宴哩！

【梧桐五更】簫聲隔院墻，扇影兜羅幌。歌舞場中，未曉愁人况。凄凉紅粉明妃樣，憔悴青娥阿監房。便今宵夢到芙蓉帳，還恐怕漏短鐘長，不許我魂兒來往。（丑、老旦内侍，雜旦二宫娥執燈，小旦推車鼓吹上）（丑、老旦）奉萬歲旨意，請娘娘回宫。（旦）嗄，你們是萬歲差來接我的麽？我且問你，可曉得萬歲爺怎生又來宣召起來？（丑、老旦）今日有個郎官司馬爺，進呈一篇什麽《長門賦》，萬歲爺看了就想着娘娘，傷感起來，因此着某等前來迎接。（旦）原來如此，妙哉文人之筆也！

【梧桐樹】朝天奏緑章，特地開羅綱。貸去前非，難得君王諒。（衆）請娘娘更衣，就此登車去者。（内十番，旦更衣，衆簇擁行介）（旦）故人又現新人相，明日重臨舊日妝。吹盡秋風，團扇仍無恙。怕的有些消瘦，不似從前樣。

（同下）

請　臣

（隊子引外雉尾扮國王上）

〔北仙吕〕【點絳唇】大國威儀，蠻王聲勢，中原地。極目迷離，遥識金銀氣。

（坐介）孤家乃冉駹國王是也。雄長列國，僻處遐荒。近聞漢朝皇帝，通道西南，夜郎、西僰諸邦，頗得重賞，因此俺亦有内附之意。且等邛筰國王到來，一同商議便了。（雜扮小軍上跪介）稟大王，邛筰國王到。（外）衆將隨俺迎接去來！（净雉尾扮國王引隊子上）（外衆出迎，各拜，坐介）（净）前日大王折柬相招，不知有何見諭？（外）孤家聞得西南諸國内付漢家，多得金銀玉帛。我等不能蠶食上國，徒然株守邊疆，空享虚名，究無實惠，兼且漢朝黷武窮兵，勢難抗禦，不若請置郡縣，陽爲臣服中邦，到可安享富貴。不知尊意何如？（净）此論極是，何不速草奏表，遣差官一走。（外）如此，取筆硯過來。（雜）筆硯在此。（外寫介）

【油葫蘆】順逆從來貴識機，一封書，星夜遞。可憐他沙場征戰鬼燐飛，倒不如烽煙休息君民利。顧便宜，且去爲臣妾，擺甚的鼓與旗，且弄些金和幣。把尉佗尊號權除起，不煩他陸賈費言詞。

（寫畢介）賢王請看。（净接看介）寫得極好，就此封發罷。（外）行人那裏？（正旦行人上）大王有何分付？（外）有奏表一道，命你即日賫往中國，不得遲誤。（正旦）得令。（下）（外）

【煞尾】萬里一星馳，片紙千金抵，做甚麼草頭皇帝。但得年年通飭旨，也不妨效命邊陲。鬼混着漢室朝儀，何必招降一面旗。賢王大遠到此，可在敝邦盤桓數月，静候内地回音何如？（净）只

是太騷擾了些。（外）好説。俺和你等行人回事，受天家頒賜，不强如頭白作蠻夷。（同下）

媚勢

（净卓王孫上）女兒慧眼識英雄，何苦當年怒髮沖。今日相逢應一笑，馬頭新拜丈人翁。我卓王孫，自從女兒文君亡奔司馬相如，天天愧怒，連大門也不出。幾次幾番要和他厮鬧，多被家人勸住。不想他竟做起大大的官來。（笑介）如今是我的女婿了！幸喜當時没有十分沖犯，連忙分付蒼頭帶了家僮，搬運奩資到女兒那邊供給，這個岳丈才擺得安穩。現聞今上通道西夷，命我婿爲中郎將，持節臨戎，好不光采。今日他道出臨邛，不免備些禮物接待接待，這是要的。（向内叫介）奴才，叫你們辦的牛酒可曾齊備？（内）齊備了，不知送往那裏去？（净）送到姑老爺那裏去。（内）那個是姑老爺？（净）中郎將司馬爺是我嫡嫡親親的女婿，你還不曉得？（内）從前老爺屢屢要同他吵鬧，怎的今朝倒認起親來？（净）先前他貧賤，所以如此；今日他富貴了，現成親怎麽不認？（内）這樣説，老爺不是認親，是認富貴？（净）多講。快挑出來！（貼挑擔上）嗄，來哉！（净）酒是要揀好的。（貼）爺又來了。他家是開過酒店的，怕没有好酒吃，還要你老人家費心？（净）不要多管，快隨我來。（擺踱徐行介）（貼）爺從那條路去？（净）自然走大路，冠冕些。（貼）爺的大肚子益發凸得起了。（净）哇，討打！（副净上）賤日豈殊衆，貴時方悟希。你看前面擺的好像老卓，待我叫他轉來。喂，老卓，那裏去？（净）原來是老程。不瞞你説，我的小婿司馬長卿奉旨出使，路過此間，要去送些禮物。（副净）咦！却好不約而同，小弟也要走走。（净）兄是同他不來往的，爲何也要去？（副净）曾在尊府同席，怎麽不來往？只怕老兄從前爲了那個話兒十分恨他，今朝他未必肯認親哩。（净）他是個讀書人，氣量是大的，未必追咎既往。（副净）從今才曉得這種酸措大魚龍變化真不可測，不是容易得罪的。（内喝道鳴鑼介）（净）快些走罷，好趕到馬頭上去。（副净）小弟的手本、禮單，煩你管家先去投送，快些快些。（同急下）（小末、小生負弩，雜扮儀從，引生冠帶策馬上）

〔中吕過曲〕【剔銀燈】中郎將頭銜新拜，承帝命鴻開疆界。好將那威德申中外，休烽火華夷同戴。（净、副净暗上作窺介）（貼上，將禮單交小末，跪禀介）啓大人：臨邛卓王孫着人饋送牛酒，外附程鄭各種禮物，有名帖、禮單在此。（生）你可出去致意，説我王事在身，未便逗留，容異日登堂拜謝，禮單概不敢收。左右，就此起行者。（小末退出，回貼介）（貼）仍舊只好挑回去。（虚下）（生）塵埃，把名駒展開，方遂我書生壯懷。

（小末、小生、雜擁下）（副净伸舌介）阿唷唷，老卓，好體面女婿！（净）惶愧惶愧。（貼挑擔上）這些東西還是拿回去自家吃罷。（副净）好、好，今朝該吃你的喜酒哩！

【泣顔子】迎接大官臺，且向街頭摇擺。老卓這個貴婿，還虧得我們教你請酒請出來的。酒酣琴罷，泰山一座飛來。老卓，你女婿回來的時節，還要增些風光哩！叫你個老西兒岳父三聲，寫一個俏東床相如百拜。

（净）休得取笑，且到舍下小酌去。（諢下）（貼隨下）

使　夷

（隊子引净、外上）

〔仙吕入雙調〕【普賢歌】（净）朔風吹動大旗竿，射獵歸來馬氣寒。（外）青霓鬱蒼山，白雲陰紫關。鬢壓秋霜，才一半斑。

（净）俺邛筰國王。（外）俺冉駹國王。（合）請了！（各坐介）（净）前日遣行人賫表入漢，爲何還不見回來？（外）想不久便到，且静候則個。（正旦上）忙將天子意，報與主公知。（向净、外跪介）啓大王，小臣奉表入奏，漢皇大悦，即着司馬郎官建節來都，辦理事宜，現已入境了。（外、净）衆軍士，隨俺迎接去者！（衆應介）（小生、末負弩捧金帛，雜儀從擁生上）（外、净迎見，各拜坐介）（外、净）僻陋小夷，未睹天日，有辱天使降臨。（生）天子嘉二王歸順之意，特命下官賫奉金帛，以廣明恩。（小生、小末置金帛桌上介）（生）所奏請吏一事，業已報可。貴國近蜀，道本易通，秦時嘗置郡縣，漢興而罷，今仍復通，下官當親爲指畫也。

【風入松】從今益斥去邊關，重整頓秦時圖版。南方通至牂柯岸，并沬若西來一段。還要橋孫水邛都往還，開雲霧，近天顔。

（外）行人那裏？（正旦）有。（外）今日天使到來，傳令後苑，排宴伺候各從官。你可同往館馹，好生款待。（正旦）得令。（引小生、小末儀從下）（外、净）司馬先生，天朝恩威遠被，某等敢不謹修臣職？今後呵！

【前腔】一天雨露潤諸蠻，今後南人不反。則五谿烟瘴都消散，瀘水上魚龍春暖。喜恩綸吹來漢關，回頭望早見長安。

（正旦上）啓大王，酒筵齊備了。（外、净起立介）請司馬先生洗塵。（生）豈敢。（合）

【前腔】何須飛夢去斬樓蘭，這是和戎勝算。嘆征人遥夜愁蘆管，從今是干戈齊按。看雲谷烟江地寬，無非是漢江山。

（繞場下）（正旦捧金帛隨下）

妒　夢

（旦上）

【青玉案】茫茫情緒無交代，填不滿憂愁海。一院秋聲風樹外，斷蛩吟瘦，棲鳥啼壞，聽得人無奈。

夕陽下高樹，游子渺征鞍。離顔廢妝飾，明鏡掩團圞。凉飆激趙瑟，玉露警齊紈。同居覺宵暖，獨處識秋寒。攬衣不成寐，棖觸起長歎。我卓文君燈案孤依，羅幃索處。信乖黄犬，奩鎖青鸞。際此院静無人，宵清似水。星河耿耿，冷織女之衣裳；風露沉沉，泣秦娥之機杼。這一天秋氣，怎不惱人情思也！

【梁州新郎】凉生羅襪，香鬆裙帶，總是秋風無賴。所思不見，黄昏立斷蒼苔。爲問天公，何意擔着離愁，各處尋人派。眉梢才放下，上心來。繚繞蠶絲，解不開。（欠伸介）我神疲倦，心傷壞，問秋魂可有車兒載，只索向夢中待。

（伏几睡介。内一更，净卓王孫上）緣從因裏出，幻自想中生。女兒起來。（旦起介）呀，原來是父親在此。

（净）你走了，俺好想你哩！（旦泣跪介）阿呀，爹爹，念女兒呵！

【魚燈兒】不能彀桑榆慰，笑語追陪。不能彀椿萱侍，杖履安排。不能彀蘼蕪采，青山去來。我的爹爹呀，尚兀是當親生看待，把孩兒放在心懷。

（净曳旦起介）女兒不要傷悲，你官人在書房中，等你彈琴哩。我去也！（下）（旦）嗯，原來長卿已回來了，我好喜也！（行介）

【前腔】只道是小桃花凄守天台，只道是冷秋雲不出陽臺，只道是紫燕分開兩股釵。怎曉得那人已在，還恐怕乍相逢悲喜交來。

（內二更介）（旦）這裏已是書房了，怎的門兒緊閉？待我張他一張。（作窺介）（內生、小旦作笑聲介）（旦）呀，明明看見長卿擁着個少年女子在那邊飲酒，好生奇怪也！

【錦漁燈】那一個軟勾搭臉温存，緊靠着袍襟衣帶。這一個醉惺忪眼迷離，緊凑着粉頸香腮。難道他别有春風豆蔻胎，連一點假羞兒不害？這可也費疑猜。

（生携小旦手同上）小娘子，我們看月去來。（開門，見旦介）你是何人，在這裏叨叨絮絮？（旦）哎喲，長卿，你難道不認得我了麽！（生）俺何嘗認得你來？（旦）這是甚麽説話，念我與你呵！

【錦上花】相思樹一處栽，雙飛雁一字排，爲甚的今朝另醉合歡杯。一會兒言語淡，情意乖，抛故劍，買新釵。須知道糟糠妻，不下堂，來問你，可應該。

（生）我已聘了這茂陵女子爲妾，與你有甚瓜葛，這些話説與誰聽？（旦尋思介）你看他一些兒不理，莫非不是長卿麽？是呀，長卿宦游在外，尚未回家，敢是在此做夢！（生）這也好笑，你高興做夢，我有甚空兒也，跑到你夢裏來，還要帶了一個人來幫着你做夢不成？（旦）既不是夢，你到底爲甚不認得我了？（生）我何嘗不認得你來，世上這些兒女之情，不過如風水相值，過時也就完了，那裏有天長地久？儘管認得的，就算今朝認得你，到了來世去，我還認得你，你還認得我麽？（執小旦手纏綿介）小娘子，和你睡覺去。他做他的夢，我們去做我們的夢罷。（旦牽衣哭介）這些話教我全然不懂，到底是怎麽來呀？

【錦中拍】可恨你鐵石腸，没些兒挽回，假裝個癡呆。只看看新婦面，當做了春風圖畫，全不顧舊人眉，瘦損了秋山烟黛。問郎心恁壞，奴身甚歪。便容你妻停娶再，也未可把前情掃開。難道是燕去鴻來，桃僵李代。爲什麽强支吾，全不睬。

（内金鼓喧介）（生）不好了，快走開，中郎將唐蒙領兵殺來了。（雜扮亂兵上，冲生、小旦下）（旦）嚇殺我也！呀，你看長卿和那女子，竟自去了！

【錦後拍】他擁着俊羅敷强和諧，那曉得使君自有舊荆釵。這纏綿媚態，這纏綿媚態，果然是後婦兒更比從前恩愛，我年年空上望夫臺。可恨那女子，看見這般光景，絶無一言解勸。須曉得兔死狐悲，物傷其類。你將來到了色衰愛弛的地位呵，只怕他情意改，也要當文君看待，到那時把葫蘆依様畫將來。

（内三更，旦仍伏几，作哭醒介）嗳喲，相如，你好狠！（呆介）原來是一場大夢，作弄得人好苦惱也！

【北罵玉郎帶上小樓】我一縷驚魂那處回，這就裏無人曉，自去猜。只見那花陰和月上苺苔，促寒娘啼冷空階。咳，夢神阿夢神，你既要我做夢，也該送一好夢來，何苦教人受這些驚惶！呀，淚珠兒暗揩，淚珠兒暗揩，被這小瞢騰攪亂情懷。我想長卿去後，久無消息，莫非真有兩意，故得此兆麽！問温郎鏡臺，問温郎鏡臺，可真個明珠另買，可真個蛾眉新載。若非是把桃根江上移栽，把桃根江上移栽，却怎的鴛鴦魂魄，做蝴蝶飛來。長卿呵，你若做狠秋胡，重兜搭别處金釵。何苦教病秋娘，强留下這無聊粉黛。

（貼上）簾痕三徑月，燈影獨眠人。小姐，夜深了，怎不安寢，在這裏凄凄惻惻做甚麽？（旦）我在這裏做夢。（貼）既然是夢，有甚傷心來？（旦）你怎曉得其中情事呵！

【尾聲】只覺得可真可假難明白，細尋思總多挂礙。（貼）小姐到底夢見些什麽？（旦）我和你歸向空房去從頭將夢解。（同下）

射圍

（雜扮四侍衛、御林軍引小生策馬上）

〔北黄鍾〕【醉花陰】萬里江山鬱蒼莽，翦長空雪花如掌。朕乃大漢天子是也。端拱明堂，存撫中國。且喜四夷臣服，兵革稍休。際此嚴冬，不免率領軍校，出獵一回。衆將！（衆）有！（生）速往長楊去者！（衆）領旨！（小生）向山林列兵仗，朔風前擺動絲繮，遥望見碧蓮花峰十丈。（衆）啓萬歲，已到長楊了。（小生坐高處介）軍士們，分路驅逐走獸，朕就在山頂觀看。（衆應，分下）（雜扮野豕舞上）（衆上，戰殺下）

【喜遷鶯】（小生）一霎裏盡收除狐群狗黨，各樣的逞雄威虎步龍驤。休也波强。不能彀奔而走壙，早腥風冷透鐵衣裳。把天羅三面張，聽霹靂雕弓一響。矢集飛星，角冷斜陽。

（雜扮猿猴跳上）（衆上，戰禽下）（小生）是好勇悍也！

【刮地風】只見那慘淡風毛落大荒，亂紛紛血染欃槍。陰霾垂地昏山障，不許他蹄迹潛藏。霎時間刀閃飛霜，鼓急漁陽。早則是走山神，啼野魅，影寒魍魎。任着你尾摇風，聲斷腸。收不住凍雲中，殺氣蒼茫。

（雜扮人熊、猛虎跳舞上）（衆上，戰敗下）（獸追下）（小生）這業畜煞是凶狠也！

【四門子】呀！猛可的一聲長嘯摧林莽，怒轟轟爪舞牙張。又見那猩猩醉撲舒青掌，向輦道逞威强。驚的他人落鎗，追的他馬墜繮。閃出眼珠内銅鉦兩道光。一會兒沙石揚，風霧狂，大翻身沖開羅網。

（熊、虎追衆上）（衆敗下）（小生持鎗跳下，戰獸，以次殺獸介）（衆上跪介）萬歲天威震鑠，熊虎伏誅，足令百獸震恐。（小生）傳令收軍！（衆）領旨！（各扛獸皮行介）（合）

【水仙子】早、早、早、早已百獸降，把、把、把、把這些林嵐掃盡蛇和蟒。任、任、任、任憑他封豕貪狼，怎、怎、怎、怎能殺脱逃禁網。聽、聽、聽、聽得那空巖泣鬼倀，笑、笑、笑、笑真個伏戎于莽。看、看、看、看着俺鈇鉞森嚴弧矢强，唱、唱、唱、唱鐃歌歸去群山響。擁、擁、擁、擁鑾輿，呼華岳，共慶無疆。

（生）就此回宫者。（衆應介）（小生）

【尾煞】乾風冷雪郊原曠，毛血零星濺御裳，方顯得那羽林中的軍氣壯。

（繞場下）

諫　獵

（末扮黄門官上）舉頭見長安，蒼然鬱佳氣。日影皎中天，不使浮雲蔽。下官王吉，向爲臨邛邑令，蒙天恩新授黄門官之職。今日聖上臨朝，恐有百官奏事，只得在此伺候。（虚下）（生冠帶執笏賫本上）

〔越調引子〕【霜天曉角】天顔尺咫，鳳闕開雲裏。盛世直言無忌，一封朝奏彤墀。

下官司馬相如，歸自南夷，欣瞻北闕。近因聖上出獵長楊，親格猛獸，爲此具表切諫。來此已是午門了。

（末上）來者何官？呀，原來是長卿兄。可有奏章？（生）有《諫獵書》一道。（末）就此宣讀便了。（虛下）

（生跪唱讀本介）

〔近調〕【入破】中郎將，相如啓。主聖容臣直，奏爲長楊獵事不宜。好入危地，致損天威。臣謹上書冒昧。稽首頓首，伏念人君深居簡出，布仁風，恩澤周于庶類。萬一登邱垤，經險阻，射熊彘，不復有存變之意。馬逸車馳，失了冕旒儀體。蹈凶機以逞雄心，竊爲不取。

【破第二】曾聞奇略殊能，別有非常力。故勇期賁育，逢蒙烏獲之技，捷言慶忌。臣之愚昧，以爲此類，人固有之，物皆如是。

【衮第三】今聞我君好騎射，萬乘輕如屣。倘遇爪牙當輦路，忽變起，驚駭不存之地。冲犯清塵，雖有殊才絶技，不及施。恐朽木枯株，盡將爲害矣。

到此時呵，分明是：

【歇拍】胡越迭起，猝然不備，接軫羌夷。車與騎，不遑避，怎生支？縱使安全，天子不宜近此。貴知機。禍患之來，多藏隱微。

雖則獵狩之典聖朝不廢，然亦須預爲之備也。

【中衮第五】要清道路，逐魑魅，方可馳龍騎。輦轂招搖建鸞旗，還恐怕檻熊出，殿鷹飛。何況搜山澤，親身擊狼貔。出入危途，難言審機。

常聽見鄙諺有的説：

【煞尾】坐不垂堂，富室猶如此。言雖小，可留意。勿遲疑，須要察先機，避艱危。惟祈陛下，采納芻蕘葑菲。細思維，以肅皇躬，以生物類。

【出破】幸明主鑒察愚忱，改去從前失，佇見那騶虞瑞應昭文治。臣無任低回望闕，待命倉皇之至。

（末上）奉聖旨：中郎將所奏，書詞剴切，足見忠愛之忱，準其所奏，謝恩退朝！（下）（生）萬歲萬萬歲！（起立介）你看聖上從諫如流，昇平之治，可翹足待也。正是：聖明恕戇直，江海大包容。（下）

情猜

（外上）空庭聚早寒，紗窗掩風竹。美人撫瑤琴，哀怨不成曲。自家卓爺府上一個蒼頭便是。前因率領小厮到司馬爺那裏護送奩資，就留在文君小姐跟前伺候。你看茶烟繞户，爐香裊屏，小姐敢待出來，不免在此靜聽差喚。（虛下）（旦領貼上）

【挂真兒】花氣醺人曉露重，妝樓外又早春風。衣上啼痕，枕邊消息，怕憶五更殘夢。

獨眠人起强梳頭，八幅珠簾盡下鈎。自別檀郎開鏡懶，不因楊柳動春愁。我卓文君，藕絲未盡，燭淚常拋。恨別茫茫，自覺影無歸束；懷人渺渺，誰知夢亦驚疑。難詳就裏因由，殊費暗中猜度。久矣鴉寒鬢髮，竟同小姑無郎；因而鹿撞心頭，竊恐使君有婦。侍兒，倘官人在外果有茂陵之聘，教我怎生結果呀！（淚介）（貼）這多是平時思念老爺，故有此意外之夢，小姐不必過慮。（旦）咳，官人，你難道竟這等負心麽？

【梁州新郎】妾愁萬種，君心未懂，不着些兒疼痛。任人幽獨，辭根散作秋蓬。不信兒郎薄倖，一帳藏春，別戀羅浮夢。望夫何處也曉雲空，贏得闌干妝淚紅。形和影，兩相共。怕春江桃葉新承寵，連理樹忘却去時種。

奴與官人定情之時，那一種温存意態，想起來真個銷魂也！

【前腔】冰絃撫弄，芳心勾動，忘了夜行露重。憐才一念，楊花誤逐東風。伴你酒帘琴幌，恁地綢繆，想起真如夢。便是送別之後，那一日不思量你來！呀，爲他憔悴也舊時容，惆悵蓬山一萬重。不料今日呵，新人笑，舊人痛。抱春寒自把孤衾擁，虛怯怯一半枕兒空。

（貼）小姐既然牽挂，何不寫一紙書信，遣人去探聽探聽，便知端的了。（旦）也説得是，待我就寫起來罷。

（貼研磨，旦據案執筆介）

【宜春樂】箋徐展，墨未濃。訴衷情，要憑他雁鴻。情根愁種，筆尖撩亂都挑動。咳，百端茫茫，無從説起，不如擬他一首《白頭吟》寄去，或能感動郎君，也未可知。（寫詩，吟介）皚如山上雪，皎若雲間月。聞君有兩意，故來相决絶。今日斗酒會，明日溝水頭。躞蹀御溝上，溝水東西流。淒淒復淒淒，嫁娶不須啼。願得一心人，白頭不相離。竹竿何嫋嫋，魚尾何簁簁。男兒重意氣，何用錢刀爲。（放筆，作封固介）詩已寫就，蒼頭那裏？（外上）小姐呼喚，不知有何分付？（旦）有詩一函，着你即日起身，送與老爺收閲。聽俺囑付，你莫遲誤星夜奔投，謹收藏道途珍重。向長安飛送，交儂夫婿，親自開封。

（外）老奴理會得，就此叩辭。（袖詩介）正是：還將舊時意，憐取眼前人。（下）（旦）這詩兒不知可能就到麽！

【大迓鼓】但願相送有順風，帆飛馬縱。吹到了京中，一封紅豆相思種。（貼）小姐這詩一到，老爺敢待回來也。（旦）還恐怕伯勞西去燕飛東，兩地情懷，悲歡不同。

侍兒，你把房中香案陳設，我要撫琴一回，消悶則個。（貼應介）是，曉得。（旦）苦將桐葉題新恨，閒向梅花結素心。（同下）

詩感

（生紗帽便服上）

〔商調〕【山坡裏羊】官兒，亂紛紛何味。情兒，渺茫茫無際。身兒消瘦魂兒醉。風雨淒，離懷當語誰。夢兒常逐鐘兒墜，合眼谿山醒後非。孤栖年來宦趣希，眠遲惟將病骨支。

下官司馬相如，淹留京洛，屢閱星霜。久客思歸，因愁成病。雖是情依魏闕，不無念切鄉關。想我那夫人，異地同心，不知怎生淒楚哩！

〔仙吕〕【皂羅袍】料得芳心牽記，向羅帷孤倚，減了腰支。月明還擣舊時衣，日斜不見歸人騎。累了你春樓望斷東風柳枝，秋階立冷西園蝶飛，背妝臺怕寫個鴛鴦字。

（丑引外上）（丑）馬迹經千里，（外）家書抵萬金。（丑）這裏來，見了老爺。（外）老爺在上，老奴叩頭。（生）你是卓府的蒼頭，來此何幹？（外）是小姐差來的。（生）嗄，是小姐差來的麽？小姐可好，可有甚麽緊要事？（外）爺府中也没事，小姐也還平安。有信件在此，請爺親自拆看。（遞詩介）（生）原來是家信，好喜也！（開看介）嗄，不是信，倒是一首詩。（伊哦念介）呀，這是那裏説起？我那夫人呵，你錯疑了下官也。念相如呵！

【解酲甘州】守初盟幾時忘你，因薄宦偶爾歸遲。也不曾另去尋枝葉，傷心語，怎生提？早難道由他翠袖依寒竹，重把黃金換黛眉。迷離，一首詩萬種狐疑。

是了，這多因下官客久不回，故此積憂成疑。不免修一回書，聊申悃愫。（據案執筆，頻寫頻念介）五味雖甘，寧先稻黍；五色有燦，而不掩韋布。惟此緑衣，將執子之釜。錦水有鴛，漢宮有木。誦子嘉吟，而回予故步。當不令負丹青、感白頭也。（放筆寫完介）蒼頭，書已寫畢，你可先帶回家去。我居官多病，指日便要回來，教小姐放心，不要過於憂傷才好。

【玉胞肚】我本宦情疏矣，待辭官團圓有期。戀故山歸來非虛，便分離也不多時。望加餐努力强支持，少不得心病還將心藥醫。

（外）老奴知道了。（生）琴童，他路途心苦，你同他到外厢安歇，明日回去罷。（丑）曉得。（生）這回書你好生收拾。（外）老奴理會得。（袖書介）（丑）老伯伯同我出來。（引外下）（生）這書兒一到，想夫人定當轉憂爲喜也。

【掉角望鄉】對青鸞展放蛾眉，把紅綃拭除殘淚。遠迢迢吹來信音，喜孜孜免教憔悴。一會兒倚薰籠，占燈穗，理琴絲，金錢早卜行人至。三千里，十二時，應屈遍葱纖指。

下官明日即當草奏辭朝，乞假旋里，免致兩地挂礙也。

【尾聲】鷓鴣啼，鄉心起，花枝應笑獨眠非，還只怕今夜空閨悶煞伊。

（下）

觴別

（末冠帶，貼、副净扮從人隨上）（末）風塵歷亂莽天涯，難怪居官苦憶家。今日故人千里別，一鞭殘照出京華。下官王吉。今日司馬長卿衣錦榮歸，下官誼屬故交，禮應祖餞。左右，酒筵可曾齊備？（副净、貼）俱已齊備了。（末）如此，我們先往十里長亭等候。（虚下）（雜儀從，丑執鞭引生騎馬上）

【出隊子】帝城回首，一片離情壓馬頭。（回鞭介）依依戀闕去還留，（轉介）争奈閒雲思返岫。（内叫介）長卿兄請住馬，小弟在此餞行。（生）呀，誰唱陽關，絲繮暫收。（下馬介）從人暫退。（衆應下）（末上）（副净、貼隨上）（末）長卿兄，奉候多時了。（生）原來是王兄，有勞遠送。（末）小弟特備尊酒，一寫離别之懷。（生）躬叨盛餞，何以克當！（末）謬託故人，聊申鄙悃。左右看酒。（副净、貼）有酒。（送酒介）（生、末對坐，且飲且唱介）

【畫眉序】别緒杳難收，惆悵離筵一尊酒。卸五陵裘馬，從此歸休。鄉心繞故國，青山短夢，在長亭疏柳。（生）此行不爲蓴魚走，年來自倦登樓。

（末）長卿兄，俺與你呵！

【滴滴金】記當時捧檄西川口，曾在貴鄉同握手。如今你歸去呵，想峨嵋劍閣青依舊，不覺那年華去的久。那日在卓王孫家飲酒光景，猶在目前也。相逢杯酒，聽瑶琴郵亭飛絮候。去日風流，還能記不？

（生）正是追念疇昔，忽忽如昨，使人感慨係之。就是此日之會呵！

【下小樓】與君自今朝别後，待重逢能也不。惟願吾兄善自努力，上酬朝廷。莫似我相如歸卧茂陵秋，負了君恩高厚，故人冷落皇州。

（丑儀從暗上）（生）下官就此拜辭了。（末）小弟也有一拜。（同拜介）（生）

【尾聲】江湖清夢今宵逗，（末）各自離魂消透，（丑帶馬）（生上馬介）從今是西望長安點點愁。

（分下）

琴圓

（雜扮四内侍，扛『文章華國』匾額，捧金帛、冠帔引老旦上）青鳥出瑶臺，蓬萊霽色開。春從天上至，恩向日邊來。咱家楊得意。萬歲爺命往司馬相如家中頒送御題匾額、紫誥花封，皇后陳娘娘亦有金帛酬賜，可謂才人佳話。左右們，速往蜀中去者！（衆應，繞場下）（儀從丑引生上）（生）

〔雙調〕【北新水令】想樓頭昨夜卜燈花，算兒夫今朝到也。早傳歸信息，莫負好年華。下官自別長安，言歸蜀道，且喜家門不遠，鄉樹可瞻。童兒，你且趲行幾步，先去報知夫人者。（丑應下）（生）問檐角啼鴉，可認得舊書生錦衣鞍馬？

（到介）（旦引貼上迎介）呀，果然相公回來了，是好喜也！（相見，各拜介）（生）夫人，昔年判袂，黯然銷魂；今日歸田，胥矣偕老。（旦）關山千里，日費縈思；書劍孤行，別來無恙。（各坐介）（儀從暗下）（生）夫人，前日下官有一回書，可曾收覽？（旦）已收到了。相公，你去的好久也！

【南步步嬌】幾閱春風花開謝，歸向空房，怕幽窗掩絳紗。捱盡了袖薄天寒，香消燭炧。說起枉嗟呀，幸癡魂未向山頭化。

（生）累你懸望了。便是下官呵！

【北折桂令】自那年待詔京華，爲蝸角微名，遠歷天涯。念芳卿兀是似癡呆，月夕花晨，何曾一日忘他。冷惺忪愁添華髮，也似你影伶俜鬢瘦寒鴉。每時常夢裏來家，問你可也見咱？我不能做夫婿封侯，枉教人悶掩了菱花。

（外上）老奴叩見老爺。（生）蒼頭，你家老爺一向可好？（外）好的。家爺知道老爺回來，剛才著人來請明午赴席，不知老爺去否？（生）你著來人先去致意，説我明日本擬親自拜望。（外）還有程爺，也備帖請酒。（生）此人一向疏落，怎生親熱起來？你將我名帖拜謝了罷。（外）是，曉得。（下）（生）夫人，前日蒼頭帶來之詩，似有猜疑下官之意，却是爲何？（旦）偶得癡夢，致生幻想，那個當真來吓！

【南江兒水】五夜沉蓮漏，三更現筆花。見兒郎另娶箜篌妾，早則是百寶催妝千金嫁。茂陵遞了春江楫，因此將伊牽挂。奉寄一紙愁箋，要試郎情真假。

（生）原來如此，教下官好生惶惑也！

【北雁兒落帶得勝令】美芙蓉生就了並頭花，那裏有野鴛鴦更凑上同心結，喬魂魄誤認了阿香車，莽氤氳錯送了相思牒。呀，這多是枕上夢兒差，笑影響全無著。況下官呵，奉使命常控著青驄馬，出漢關惟聽那紫塞笳。那裏有甚閒暇，捉一個没情人收藏下。癡邪，把一個舊知心冷落他。

（内吹打，丑急上）啓老爺，前年來的那個欽差又來了！（生）夫人且自迴避，待下官迎接去來。（旦、貼避下）（二雜扛匾，二雜捧金帛，冠帔引老旦上）

【南僥僥令】蕭鼓喧門巷，雲霞護使車。鶴誥鸞書從天下，尋著個舊同鄉是這家。

（生迎揖介）楊老公光降，有失遠迎。（老旦）長卿先生，自從你告假歸田，聖上時常記念，因此御筆寫了一個題額，并頒紫誥花封，命咱家賚賜，以光盛典。另有金銀彩緞，是陳娘娘奉酬作賦之功的。從人們，把題額懸挂起來。（二雜置金帛、冠帔桌上，臺上設幔，雜挂匾介）（生）楊老公，君恩高厚，真令人感激涕零也！

【北收江南】呀，冷田園吹放上林花，洛陽城真有文章價。不由人離思逐宮鴉，劣書生自問難酬答。念君恩寵嘉，念君恩寵嘉，差派著今宵魂夢入東華。

（衆合）

【南園林好】御樓中春風墨花，錦江畔秋星使槎，是絶美文人遇合。假才調不須誇，假科第不須誇。

（老旦）咱家就此告辭，覆旨去了。（生）有勞遠降！（老旦）好説。正是千古文章齊吐氣，九重雨露自無私。（引雜同下）（生）請夫人更衣，叩謝天恩者。（貼扶旦更衣上，同生拜介）（生）

【北沽美酒帶太平令】望君門萬里遐，望君門萬里遐。瑞烟兒一朵斜，輝映著翦彩宮袍艷曉霞。夫人，這衣裳雲疊，却襯得你貌如花。（外）啓老爺、夫人，洗塵酒筵齊備了。（生）舊壚酒，綺窗重把。合歡筵，銀燭雙華。錦屏中離懷細話，明月底鬢影相捱。俺呵，把愁眉寬些展些，幸相思丢下。呀，這才算良緣收煞。

（生）家人們，把御賜物件，好生收藏者。（外、丑）是。（各捧金帛介）（生携旦手徐步介）夫人，下官自從與你别後，連這張緑綺琴也冷落了。（旦）我和你今後呵！

【南尾聲】撫冰絃細把悲歡寫，撮合因由半是他，（合）惟願普天下同調的詞人傳爲佳話也。

（同下）

壯懷艷思未全消，磊塊何妨借酒澆。
一片聲情自描寫，月明留譜玉人簫。

茂陵絃卷下終

評語

嘗讀《琴心記》，恨其曲詞白口不與題稱，而又抹却諫獵一節，添出唐蒙設陷、文君信誑、相如受紲諸事，可謂癡人説夢，了無理緒。讀韻珊此本，不覺夙心爲之一快。惟才人乃能爲才人寫照，信然。辛卯四月朔日，少海汪仲洋手誌。

積雨新霽，緑陰如幄。焚香小坐，出此本讀之。香艷在骨，消人魂魄。後與吾友黄韜庵以笛度《閨犟》一折，音拍悉中宫譜，視笠翁、惺齋，直如腐耳。清和下浣，金橋弟許謹身拜誌。

初讀此本，深愛其填詞之妙，因以一笛度《閨犟》齣中商調、仙吕兩曲，宫譜悉應，極怊悵纏綿之致。亟付樂部，《牡丹》《紫釵》之亞也。時將有江南之行，不及題詞以贈，爲書數語以誌心折。辛卯清和月廿又三日，宗弟弢庵輝拜讀。

得元人神髓，臧晋叔輩未足窺其樊籬也。安得薛訪車子曼聲歌之，可以沉醉十日，不知肉味。庚寅上巳，那和提生立銜拜識。

題詞

兒女私情且漫論，題橋心事劇酸辛。梨花釀熟蛾眉翠，但擁文君亦可人。
空齋寂静理瑶琴君善琴，鸞鳳卑棲感客心。等是凌雲才子筆，可能狗監託知音。

仁和康葉封子蘭

氣鬱凌雲四壁寒，窮途狗監遇來難。分明一掬人才淚，莫作閒情綺語看。
長安風雨一鞭遥，紅豆新詞别恨撩。駟馬期君同努力，試將題曲當題橋。

海昌俞興瑞霞軒

半簾花影逗琴聲，閒借文園寄素情。莫嘆風塵青眼少，年來才譽滿公卿。
磊落才華迥出群，一枝健筆擬凌雲。詞人游戲參褒貶，不載當年封禪文。

海鹽石之英研農

續修浙江通志海塘初稿

〔第一册〕

闞豫 輯

浙江文叢

浙江文化研究工程成果文庫

浙江文獻集成

浙江古籍出版社

圖書在版編目（CIP）數據

續修浙江通志海塘初稿 / 關豫輯. -- 杭州 : 浙江古籍出版社, 2024. 11. --（浙江文叢）. -- ISBN 978-7-5540-3138-4

Ⅰ. TV-092

中國國家版本館CIP數據核字第2024MB4804號

浙江文叢

續修浙江通志海塘初稿

（全五册）

關　豫　輯

出版發行　浙江古籍出版社

（杭州市環城北路177號　郵編：310006）

網　　址　http://zjgj.zjcbcm.com

責任編輯　祖胤蛟

文字編輯　曾　拓

封面設計　吴思璐

責任校對　吴穎胤

責任印務　樓浩凱

照　　排　浙江大千時代文化傳媒有限公司

印　　刷　浙江新華數碼印務有限公司

開　　本　710 mm × 1000 mm　1/16

印　　張　113.25

字　　數　288千

版　　次　2024年11月第1版

印　　次　2024年11月第1次印刷

書　　號　ISBN 978-7-5540-3138-4

定　　價　800.00圓（精裝）

ISBN 978-7-5540-3138-4

9 787554 031384 >

浙江省文化研究工程指導委員會

浙江文化研究工程成果文庫總序

習近平

有人將文化比作一條來自老祖宗而又流向未來的河，這是説文化的傳統，通過縱向傳承和横向傳遞，生生不息地影響和引領着人們的生存與發展；有人説文化是人類的思想、智慧、信仰、情感和生活的載體、方式和方法，這是將文化作爲人們代代相傳的生活方式的整體。我們説，文化爲群體生活提供規範、方式與環境，文化通過傳承爲社會進步發揮基礎作用，文化會促進或制約經濟乃至整個社會的發展。文化的力量，已經深深熔鑄在民族的生命力、創造力和凝聚力之中。

在人類文化演化的進程中，各種文化都在其内部生成衆多的元素、層次與類型，由此決定了文化的多樣性與複雜性。

中國文化的博大精深，來源於其内部生成的多姿多彩；中國文化的歷久彌新，取決於其變遷過程中各種元素、層次、類型在内容和結構上通過碰撞、解構、融合而産生的革故鼎新的强大動力。

中國土地廣袤、疆域遼闊，不同區域間因自然環境、經濟環境、社會環境等諸多方面的差異，建構了不同的區域文化。區域文化如同百川歸海，共同匯聚成中國文化的大傳統，這種大傳統如同春風化雨，滲透於各種區域文化之中。在這個過程中，區域文化如同清溪山泉潺潺不息，在中國文化的共同價值取向下，以自己的獨特個性支撑着、引領着本地經濟社會的發展。

從區域文化入手，對一地文化的歷史與現狀展開全面、系統、扎實、有序的研究，一方面可以藉此梳理和弘揚當地的歷史傳統和文化資源，繁榮和豐富當代的先進文化建設活動，規劃和指導未來的文化發展藍圖，增强文化軟實力，爲全面建設小康社會、加快推進社會主義現代化提供思想保證、精神動力、智力支持和輿論力量；另一方面，這也是深入瞭解中國文化、研究中國文化、發展中國文化、創新中國文化的重要途徑之一。如今，區域文化研究日益受到各地重視，成爲我國文化研究走向深入的一個重要標誌。我們今天實施浙江文化研究工程，其目的和意義也在於此。

千百年來，浙江人民積澱和傳承了一個底蘊深厚的文化傳統。這種文化傳統的獨特性，正在於它令人驚歎的富於創造力的智慧和力量。

浙江文化中富於創造力的基因，早早地出現在其歷史的源頭。在浙江新石器時代最爲著名的跨湖橋、河姆渡、馬家浜和良渚的考古文化中，浙江先民們都以不同凡響的作爲，在中華民族的文明之源留下了創造和進步的印記。

浙江人民在與時俱進的歷史軌跡上一路走來，秉承富於創造力的文化傳統，這深深地融匯在一代代浙江人民的血液中，體現在浙江人民的行爲上，也在浙江歷史上衆多傑出人物身上得到充分展示。從大禹的因勢利導、敬業治水，到勾踐的卧薪嘗膽、勵精圖治；從錢氏的保境安民、納土歸宋，到胡則的爲官一任、造福一方；從岳飛、于謙的精忠報國、清白一生，到方孝孺、張蒼水的剛正不阿、以身殉國；從沈括的博學多識、精研深究，到竺可楨的科學救國、求是一生；無論是陳亮、葉適的經世致用，還是黄宗羲的工商皆本；無論是王充、王陽明的批判、自覺，還是龔自珍、蔡元培的開明、開放，等等，都展示了浙江深厚的文化底蘊，凝聚了浙江人民求真務實的創造精神。

代代相傳的文化創造的作爲和精神，從觀念、態度、行爲方式和價值取向上，孕育、形成和發展了淵源有自的浙江地域文化傳統和與時俱進的浙江文化精神，她滋育着浙江的生命力、催生着浙江的凝聚力、激發着浙江的創造力、培植着浙江的競争力，激勵着浙江人民永不自滿、永不停息，在各個不同的歷史時期不斷地超越自我、創業奮進。

悠久深厚、意韻豐富的浙江文化傳統，是歷史賜予我們的寶貴財富，也是我們開拓未來的豐富資源和不竭動力。黨的十六大以來推進浙江新發展的實踐，使我們越來越深刻地認識到，與國家實施改革開放大政方針相伴隨的浙江經濟社會持續快速健康發展的深層原因，就在於浙江深厚的文化底蘊和文化傳統與當今時代精神的有機結合，就在於發展先進生産力與發展先進文化的有機結合。今後一個時期浙江能否在全面建設小康社會、加快社會主義現代化建設進程中繼續走在前列，很大程度上取決於我們對文化力量的深刻認識、對發展先進文化的高度自覺和對加快建設文化大省的工作力度。我們應該看到，文化的力量最終可以轉化爲物質的力量，文化的軟實力最終可以轉化爲經濟的硬實力。文化要素是綜合競争力的核心要素，文化資源是經濟社會發展的重要資源，文化素質是領導者和勞動者的首要素質。因此，研究浙江文化的歷史與現狀，增强文化軟實力，爲浙江的現代化建設服務，是浙江人民的共同事業，也是浙江各級黨委、政府的重要使命和責任。

二〇〇五年七月召開的中共浙江省委十一届八次全會，作出《關於加快建設文化大省的決定》，提出要從增强先進文化凝聚力、解放和發展生産力、增强社會公共服務能力入手，大力實施文明素質工程、文化精品工程、文化研究工程、文化保護工程、文化産業促進工程、文化陣地工程、文化傳播工程、文化人才工程等『八項工程』，實施科教興國和人才强國戰略，加快建設教育、科技、衛生、體育等『四個强省』。作爲文化建設『八項工程』之一的文化研究工程，其任務就是系統研究浙江文化的歷史成就和當代發展，深入挖掘浙江文化底蘊、研究浙江現象、總結浙江經驗、指導浙江未來的發展。

浙江文化研究工程將重點研究『今、古、人、文』四個方面，即圍繞浙江當代發展問題研究、浙江歷史文化專題研究、浙江名人研究、浙江歷史文獻整理四大板塊，開展系統研究，出版系列叢書。在研究内容上，深入挖掘浙江文化底蘊，系統梳理和分析浙江歷史文化的内部結構、變化規律和地域特色，堅持和發展浙江精神；研究浙江文化與其他地域文化的異同，釐清浙江文化在中國文化中的地位和相互影響的關係；圍繞浙江生動的當代實踐，深入解讀浙江現象，總結浙江經驗，指導浙江發展。在研究力量上，通過課題組織、出版資助、重點研究基地建設、加强省内外大院名校合作、整合各地各部門力量等途徑，形成上下聯動、學界互動的整體合力。在成果運用上，注重研究成果的學術價值和應用價值，充分發揮其認識世界、傳承文明、創新理論、諮政育人、服務社會的重要作用。

我們希望通過實施浙江文化研究工程，努力用浙江歷史教育浙江人民、用浙江文化薫陶浙江人民、用浙江精神鼓舞浙江人民、用浙江經驗引領浙江人民，進一步激發浙江人民的無窮智慧和偉大創造能力，推動浙江實現又快又好發展。

今天，我們踏着來自歷史的河流，受着一方百姓的期許，理應負起使命，至誠奉獻，讓我們的文化綿延不絕，讓我們的創造生生不息。

二〇〇六年五月三十日於杭州

浙江文化研究工程成果文庫序言

易煉紅

國風浩蕩、文脈不絶，錢江潮涌、奔騰不息。浙江是中國古代文明的發祥地之一，是中國革命紅船啓航的地方。從萬年上山、五千年良渚到千年宋韻、百年紅船，歷史文化的風骨神韻、革命精神的剛健激越與現代文明的繁榮興盛，在這裏交相輝映、融爲一體，浙江成爲了揭示中華文明起源的『一把鑰匙』，展現偉大民族精神的『一方重鎮』。

習近平總書記在浙江工作期間作出『八八戰略』這一省域發展全面規劃和頂層設計，把加快建設文化大省作爲『八八戰略』的重要内容，親自推動實施文化建設『八項工程』，構築起了浙江文化建設的『四梁八柱』，推動浙江從文化大省向文化强省跨越發展，率先找到了一條放大人文優勢、推進省域現代化先行的科學路徑。習近平總書記還親自倡導設立『文化研究工程』並擔任指導委員會主任，親自定方向、出題目、提要求、作總序，彰顯了深沉的文化情懷和强烈的歷史擔當。這些年來，浙江始終牢記習近平總書記殷殷囑托，以守護『文獻大邦』、賡續文化根脈的高度自覺，持續推進浙江文化研究工程，接續描繪更加雄渾壯闊、精美絶倫的浙江文化畫卷。堅持激發精神動力，圍繞『今、古、人、文』四大板塊，系統梳理浙江歷史的傳承脈絡，挖掘浙江文化的深厚底藴，研究浙江現象、總結浙江經驗、豐富浙江精神，實施『一八八戰略」理論與實踐研究』等專題，爲浙江幹在實處、走在前列、勇立潮頭提供源源不斷的價值引導力、文化凝聚力、精神推動力。堅持打造精品力作，目前一期、二期工程已經完結，三期工程正在進行中，出版學術著作超過一千七百部，推出了『中國歷代繪畫大系』等一大批有重大影響的成果，持續擦亮陽明文化、和合文化、宋韻文化等金名片，豐富了中華文化寶庫。堅持礪煉精兵强將，鍛造了一支老中青梯次配備、傳承有序、學養深厚的哲學社會科學人才隊伍，培養了一批高水平學科帶頭人，爲擦亮新時代浙江學術品牌提供了堅實智力人才支撑。

文化是民族的靈魂，是維繫國家統一和民族團結的精神紐帶，是民族生命力、創造力和凝聚力的集中體現。在以中國式現代化全面推進强國建設、民族復興偉業的新征程上，習近平文化思想在堅持『兩個結合』中，以『體用貫通、明體達用』的鮮明特質，茹古涵今明大道、博大精深言大義、萃菁取華集大成，鮮明提出我們黨在新時代新的文化使命，推動中華文脈綿延繁盛、中華文明歷久彌新，推動全黨全國各族人民文化自信明顯增强、精神面貌更加奮發昂揚。特別是今年九月，習近平總書記親臨浙江考察，賦予我們『中國式現代化的先行者』的新定位和『奮力譜寫中國式現代化浙江新篇章』的新使命，提出『在建設中華民族現代文明上積極探索』的重要要求，進一步明確了浙江文化建設的時代方位和發展定位。

文明薪火在我們手中傳承，自信力量在我們心中升騰。縱深推進文化研究工程，持續打造一批反映時代特徵、體現浙江特色的精品佳作和扛鼎力作，是浙江學習貫徹習近平文化思想和習近平總書記考察浙江重要講話精神的題中之義，也是浙江一張藍圖繪到底、積極探索闖新路、守正創新强擔當的具體行動。我們將在加快建設高水平文化强省、奮力打造新時代文化高地中，以文化研究工程爲牽引抓手，深耕浙江文化沃土、厚植浙江創新活力，爲創造屬於我們這個時代的新文化貢獻浙江力量。要在循迹溯源中打造鑄魂工程，充分發揮習近平新時代中國特色社會主義思想重要萌發地的資源優勢，深入研究闡釋『八八戰略』的理論意義、實踐意義和時代價值，助力夯實堅定擁護『兩個確立』、堅決做到『兩個維護』的思想根基。要在賡續厚積中打造傳世工程，深入系統梳理浙江文脈的歷史淵源、發展脈絡和基本走向，扎實做好保護傳承利用工作，持續推動優秀傳統文化創造性轉化、創新性發展，讓悠久深厚的文化傳統、源頭活水暢流於當代浙江文化建設實踐。要在開放融通中打造品牌工程，進一步凝煉提升『浙學』品牌，放大杭州亞運會亞殘運會、世界互聯網大會烏鎮峰會、良渚論壇等溢出效應，以更有影響力感染力傳播力的文化標識，展示『詩畫江南、活力浙江』的獨特韻味和萬千氣象。要在引領風尚中打造育德工程，秉持浙江文化精神中蘊含的澄懷觀道、現實關切的審美情操，加快培育現代文明素養，讓陽光的、美好的、高尚的思想和行爲在浙江大地化風成俗、蔚然成風。

我們堅信，文化研究工程的縱深推進，必將更好傳承悠久深厚、意藴豐富的浙江文化傳統，進一步弘揚特色鮮明、與時俱進的浙江文化精神，不斷滋育浙江的生命力、催生浙江的凝聚力、激發浙江的創造力、培植浙江的競争力，真正讓文化成爲中國式現代化浙江新篇章中最富魅力、最吸引人、最具辨識度的閃亮標識，在鑄就社會主義文化新輝煌中展現浙江擔當，爲建設中華民族現代文明作出浙江貢獻！

二〇二三年十二月

前言

本書是民國《浙江續通志》海塘部分的初稿，根據上海圖書館（以下簡稱『上圖』）藏稿本影印出版。

一九一四年春，浙江省督軍朱瑞等決定續修《浙江通志》。這一項目建立在雍正《浙江通志》的基礎上。次年製定的《浙江續修通志局組織大綱》明確了浙江通志局的成立，這是中國近代史上第一個較爲規範的省級方志機構。

通志局成立後，浙江當局延聘沈曾植擔任通志局總纂官，委任徐定超爲通志局提調官。《大綱》第四條規定了人員職掌：『總纂總理本志一切纂修事務……提調掌理内外一切事務，督促徵訪，對於辦事員及其他繕校負監督之責。』沈曾植（一八五〇—一九二二），字子培，浙江嘉興人。徐定超（一八四五—一九一八），字班侯，浙江永嘉人。沈曾植是晚清及民國初期重要人物，且學識深厚，尤長於史地。徐定超思想開明，爲官清正廉潔，在浙江聲望頗高。沈、徐二人皆爲一時之選，是續修通志的實際負責人。

沈曾植、徐定超主持工作之後，廣泛招募了王國維、劉承幹等三十多位知名學者，擔任分纂等各項職務。這些學者都是當時學術界的佼佼者，他們的參與大大提升了纂修工作的學術水平。這些學者以不同的方式參與到纂修工作中，如王國維曾積極參與撰寫《兩浙古刊本考》《五代兩宋監本考》等，劉承幹則提供了如《廣西通志》八十册等豐富的文獻資料供編纂者參考體例。

儘管編纂團隊實力强大，進程却並非一帆風順。由於時局動蕩和内外困難，編纂工作屢遭挫折。一九一六年夏季開始，政局不穩導致編纂經費不足，兼之工作人員内部矛盾重重，通志編纂工作陷入困境。例如，王國維對沈曾植的不滿，反映了編纂過程中的複雜關係和内部摩擦。此外，編纂人員分散於滬、杭、嘉各地，給管理上帶來諸多不便，以致工作效率低下。再者，部分編纂人員挂名不實，實際參與度低。種種因素都嚴重影響了項目的進展。

一九一八年一月，提調官徐定超在海難中喪生，這一事件對編纂工作造成重大打擊。一九二二年十一月，總纂官沈曾植病逝，整個項目陷入停頓。一九二四年，浙江省當局決定追加經費以結束浙江通志局的工作，標志着該項目正式終止。由於人員分散各地，通志局裁撤之後，《浙江續通志》的稿本分别入藏浙江圖書館、嘉興圖書館、上海圖書館等機構。

儘管編纂工作未能圓滿完成，《浙江續通志》的稿本仍然具有重要的學術價值。志稿記録了從清乾隆元年（一七三六）至宣統三年（一九一一）近二百年間浙江省的歷史和地方情況，涵蓋了疆域、建置、山川、城池等多個方面，並且增加了許多反映清末社會變革的内容，如學校、海防、外交、貿易等新興領域。《浙江續通志》的編纂成果具有較高的史料價值，不僅是研究近代浙江風土和社會變遷的重要文獻，也成爲傳承浙江地方文化的重要範本。

本書是志稿中海塘部分的初稿，隨着續修《浙江通志》工作的結束，本書成爲研究浙江海塘治理重要的參考書目。本書原藏上海圖書館，著録爲『續修浙江通志海塘長編』，十三册。經核查，上圖所藏底本其實包括兩種資料，一種爲『續修浙江通志海塘長編』，一册，作者署『唐詠裳輯録』；一種爲『續修浙江通志海塘初稿』，十二册，作者署『闕豫編輯』。『長編』爲唐詠裳從《同治户部則例》《光緒會典事例》《皇朝掌故彙編》等書中輯録的海塘資料，根據現有内容推測，或許不止一册；『初稿』内容即《浙江續通志》海塘部分的初稿。上圖將兩種資料著録爲一種，並以『續修浙江通志海塘長編』命名。今經釐清之後，因『長編』内容較少，故以『續修浙江通志海塘初稿』作爲書名，而以『長編』作爲附録。

『初稿』凡十二册。第一册封面左側大題『海塘』，下書『第壹册，共七十八頁』；書名右題『總纂沈，纂脩張、陶、章、金』，下題『閲』；右下題『收掌沈祥煦、余霖，六月八日收』；右上題『闕，第壹卷』。後册皆仿此。各册收掌日期有先後。第二册至第五册收於九月十八日，第六册至第九册收於十一月四日。最後一册提交於壬戌正月十四日（一九二二年二月十日），廿六日（二月二十二日）收到。

案：總纂係沈曾植。纂修四人分别爲張爾田（一八七四—一九四五），字孟劬，浙江仁和（今浙江杭州）人，時受沈氏之邀參與編修工作；陶葆廉（一八六二—一九三八），字拙存，浙江秀水（今浙江嘉興）人，時被聘爲分纂；章梫（一八六一—一九四九），字立光，浙江寧海

（今屬三門）人；金蓉鏡（一八五五—一九二九），字學範，浙江秀水（今浙江嘉興）人。收掌官中，沈祥煦，字和齋，貴州松桃人，道光中曾任合肥知縣；余霖，字楫江，浙江嘉興人。關爲編輯關豫。關豫（生卒年不詳），字承孫，浙江仁和（今浙江杭州）人。清庠生。民國年間曾參與纂修《浙江通志》和《杭州府志》。民國《杭州府志》『前後修輯職名』欄署：『分纂：江蘇候補同知仁和關豫。』

第一册卷首頁左有關豫題記：

此編共十二册，係《續修通志》搜輯之稿。嗣後一再删改，録成清本，繳存志局。又修《杭州府志》，亦以此稿作底本。屢次增删塗改，不可辨别，惟搜羅尚詳，可備掌故。豫識。

『初稿』不分卷，凡十四章。除每章首頁題章名羨出一行，餘皆十行，行十六字至三十五字不等。字蹟爲較工整的行楷，各册差異頗大。第一章章名題『海塘一』，次行低一格題『康熙、雍正』，下小字書『此卷佚』，有編者按語：『凡雍正通志所未備者，擇要增補。』『初稿』正文自第二章始。每章内容如下：海塘二，乾隆一（元年至四十六年）；海塘三，乾隆二（四十七年至六十年）；海塘四，嘉慶；海塘五，道光一（十二年至十三年）；海塘六，道光二（十四年）；海塘七，道光三（十五年至十九年）；海塘八，同治（第一案至第七案）；海塘九，同治（第八案至第十二案）；海塘十，同治、光緒（第十三案至第十七案）；海塘十一，同治、光緒（第十八案至第二十六案）；海塘十二，同治（奏疏）；海塘十三，同治、光緒（奏疏、章程）；海塘十四，光緒至宣統三年。

『長編』一册。封面大題『續修浙江通志海塘長編』，下書『唐詠裳輯録』；左上題『總纂沈，纂脩張、陶、章、金』，右下題『收掌沈祥煦、余霖，五月初三日收』。案：唐詠裳（一八六七—一九三九），字健伯，號蘧公，浙江錢塘（今浙江杭州）人。曾爲貢生，光緒年間任浙江大學堂監學官。以治印見稱，亦工詩文，擅詞曲，有《鹹酸橋屋詞》傳世。又曾著《名場債》《淄川夢》傳奇、《七襄機》雜劇等，今未見傳本。唐詠裳長於史地之學，民國年間曾參與重修《浙江通志》和《杭州府志》。其生平事迹見《鹹酸橋屋詞》題詞、跋尾，以及葉銘、葉舟所輯《廣印人傳》。『長編』頁十一行，行二十五字左右，字蹟較爲潦草。

《續修浙江通志海塘初稿》最大的特色是未遭删編，經與《浙江續通志稿》（國家圖書館出版社，二〇二〇）海塘部分對比，『初稿』資料明顯更爲豐富。今據上圖稿本影印出版，想必能爲我們了解清代以來浙江海塘治理的情況提供至爲詳實的資料。

浙江古籍出版社

二〇二四年八月

目録

收掌 沈祥熙 余霽

六月八日收

閲

總纂 沈

纂脩 張 陶 章 金

海塘第壹冊 共七十八頁

一

續修浙江通志海塘初稿

海塘一　　　　　　關豫編輯

康熙　雍正　此卷佚

凡雍正通志所未備者擇要增補

海塘二

乾隆元年起至四十六年止

此編共十二册係續修通志披輯之稿嗣後一再刪改錄成清本繳存志局又修杭州府志亦以此稿作底本屢次增刪塗改不可辨别惟搜羅尚詳可備掌故豫識

海塘

乾隆元年春三月初五日內閣欽奉　上諭朕聞浙江紹興府屬山陰會稽蕭山餘姚上虞五縣有沿江海堤岸工程向係附近里民按照田畝派費修築而地棍衙役於中包攬分肥用少報多甚為民累嗣經督臣李衛檄行府縣定議每畝捐錢二文至五文不等合計五縣共捐二千九百六十餘千計值銀三千餘兩民累較前減輕而胥吏等仍不免有借端苛索之事朕以愛養百姓為心欲使閭閻毫無科擾著將按畝派錢之例即行停止其堤岸工程遇有應修段落著地方大員委員確估於存公項內動支銀兩興修報部核銷永著為例

特諭

夏六月二十一日欽奉　上諭朕聞濱海之鄉土地坍漲不常田無定址於是豪强得恣侵占而爭端日興其責在地方有司熟悉土宜按制定法弭釁於未然而平其爭於初發則可謂良吏矣夫州縣有司非盡不知愛民者特以田土情形未能稔悉不得不寄耳目於胥吏而猾吏奸胥又往往與土豪交通變亂成法予奪任意弱肉强食爲厲無窮獄訟繁興端由於此至若沿海新漲之沙鄰邑互爭有司又各視所屬益滋紛擾此皆狥私而未識大體朕以天下爲一家而州縣官各膺子民之責亦當體朕之心以爲心又烏忍伸此屈彼長其奸而導之攘奪哉前此海濱要地增設大員彈壓果其秉公查看經

理得宜應即令界址劃然各歸其產不當遷延歲月仍假奸胥
之便而使窮黎久致失業也夫奸豪不懲則無以安良善經界不
正則無以杜爭端該督撫應飭所屬親民之員毋以姑息怠緩從
事庶令民業各正而爭訟亦自是少息矣特諭
敕八月大學士兼總督巡撫事嵇曾筠奏海甯舊塘成　修
築舊塘土石工雍正十三年十月始乾隆元年六月竣計自海
甯念里亭迤西至浦兒兜又自浦兒兜迤西至仁和李家村
又自念里亭迤東至尖山石塘馬頭下坡南沿塘土戧長一萬
三千九百九丈自九里橋分工界牌至浦兒兜草盤頭修砌
坦水長八千四百四十四丈二尺內除三十四丈四尺改修盤頭無

庯修砌外餘長八千四百九丈八尺擇險修砌石塘長一千一十二
丈三尺五寸
又沿塘土戧用銀八萬七千二百六十兩三錢七分三厘零修
補坦水用銀七萬五百二十三兩零擇險搶築石塘用銀五
萬八千二百四十六兩零共費用銀二十一萬六千一百三十三兩零
「是月又奏魚鱗大石塘請仰舊基甃砌疏言自去年九月議
於舊塘後擇基別建魚鱗石塘但察舊塘之後越築
大塘需勞浩繁曠日持久治工之道貴在審度形勢因
地制宜今江海水勢已順塘根又漲護沙則所議魚鱗
大石塘應仰在舊塘基址清槽釘樁如式甃砌不必於

塘後別建更為費省功倍

「九月初九日欽奉　上諭今年伏秋交會之際南方雨多水勢甚大朕深為黃運海塘等處工程繫念昨據江南河道總督高斌摺奏時過白露黃運湖河各處工程在在保護平穩且毛城舖北岸於六月間有天開引河一道不費人力自然化險為平人民莫不歡忭等語又據大學士嵇曾筠摺奏今年伏秋海塘水勢雖大因先期修整坦水建築土戧得以保護平安且江海形勢潮向南趨海甯東西兩塘日夕漲沙將來易於施工比較上年情形已不啻逕庭之別等語又据河東總河白鍾山奏秋汛已過河東兩省南北兩岸一切堤壩工程

均屬穩固等語南北河工與浙江海塘關係國計民
生最為緊要且朕當即位元年仰荷 神明默佑數
處重大工程俱各循流順軌共慶安瀾朕心不勝感慶
理宜修祀典以答 神貺所有應行禮宜該部察例具
奏此三處總理之大臣督率有方在事各員殫心防護
俱屬可嘉著分別議叙具奏欽此
冬十有二月大學士兼總督巡撫事嵇曾筠奏造運船五十
艘 疏言修築塘坦所用條塊石料甚多必由海洋轉
運舊皆雇調商民船隻然沿海漁船板片單薄難禦
風潮每有漂溺之虞各場滷船長年運石不能回場載

滷多致貽誤稽遲既累民間又悮鹽務究於大工石料仍不能應手接濟將來修建魚鱗大石塘約運條石五六十萬丈不如官自造船便益且採辦石料原定有水脚銀如用官船載運則此銀即可按數扣存除支給舵水工食吏換篷索修驗諸費外餘銀貯官今擬造海船五十隻塘工既竣仍可發各場變價運滷庶不虛糜

「附元年分歲修仁和海甯石草塘并加鑲盤頭雁翅用銀四萬七千六百五十三兩零修築錢塘徐村橋江塘海鹽石塘平湖衣字號石塘并修補舊塘加幫獨山土塘用銀九千九百二十二兩零」又海塘運石船五十隻銀二百

是年又奏准築錢塘縣徐村等處坍裂江塘又三郎廟收狹前石塊共長五百四十丈日夫

六十八兩九錢二分零用銀一萬三千四百四十六兩三錢零共
奏銷銀七萬一千二十一兩零
二年春三月大學士兼總督巡撫事嵇曾筠奏編仁和海寧
海鹽平湖四縣海塘字號
按仁和海寧海鹽平湖石草各塘向遇坍蛀每以某家
東西起止開報而沿海居民疎密不齊遷徙無定開報
時輒多弊混雍正十三年海塘監督汪漋張坦麟議以各
塘編立字號尚未舉行至是大學士嵇曾筠請照千字文
編列號次統以二十丈為一號建豎碑碣以免移卸換段之
弊計仁和縣塘工長一千四百二十三丈五尺編七十二號海寧

縣塘工長一萬二千七百九十四丈編六百四十號海鹽縣塘工長
四千六百七十三丈五尺編二百三十四號平湖縣塘工長二千九
丈八尺編一百號
夏五月大學士兼總督巡撫事嵇曾筠奏報海甯遶城魚鱗大
石塘竣海甯南門外遶城魚鱗大石塘自西土備塘頭至東土
備頭長五百五丈二尺元年十一月經始二年四月竣
附估用銀八萬二千七百二十四兩七錢三分零
六月大學士兼總督巡撫事嵇曾筠奏估海甯魚鱗大石塘
丈尺工料
疏言海塘自浦兒兜大石塘工尾至尖山段石塘頭共應建

築魚鱗大石塘五千九百三十丈二尺內自遶城石塘迤西地勢稍
為卑下應估用條石一十七層計砌高一丈七尺內首險工一千四
百二十丈一尺次險工九百八十三丈九尺繞城石塘迤東地勢更為
卑下應估用條石一十八層計砌高一丈八尺內首險工二百九十
一丈五尺次險工三千二百三十四丈七尺以上魚鱗大石塘共五千
九百三十丈二尺一時未能併工克行分修二千九百七十四丈一尺其餘
二千九百五十六丈一尺次第修築以垂永久
附估遶城石塘迤西首險工用銀二十五萬三千二百五十三兩
九錢七分五厘零次險工用銀一十七萬五千七百六十兩六厘零
遶城石塘迤東首險工用銀五萬二千九百六十二兩一錢九分

四厘零次險工用銀五十八萬七千七百七兩七錢一分七厘總估用銀
一百六十萬九千六百八十三兩八錢九分三厘零
秋九月大學士兼總督巡撫事嵇曾筠奏修仁和沿塘土戧　仁和
李家村沈家盤頭九里橋諸所續幫沿塘土戧四千六百一十
丈五尺
附估銀三萬四千二百十七兩零
閏九月大學士兼總督巡撫事嵇曾筠奏建海甯遶城石塘
坦水　疏言海甯南門外塘堤保護城垣前請建築魚鱗
大石塘五百五丈二尺本年五六月間次第告竣但石塘捍
禦潮汐全賴坦水相為保護按雍正十二年冬歲修塊石

坦水潮汐往來易於潑卸必須改築條石坦水五百五丈二尺以固塘基

附奏銷銀一萬五千五百九十二兩八錢三分零

是年附二年歲修仁和錢塘江塘共奏銷銀三千八百四兩零搶修仁和海寧海鹽平湖土石草塘及土戧共奏銷銀三萬九千七百五十三兩零又幫築海寧海鎮廟塔根圍牆併馬頭踏步一座奏銷銀五百二十九兩一錢共奏銷銀四萬四千八十二兩一錢零

三年冬十有一月巡撫盧焯奏修柴石塘盤頭坦水 疏言仁和海寧聯界藏字諸號柴塘一千五百六十二丈一尺海寧

團字號石塘一千四百二十五丈二尺汝字號石塘并戴家石橋壩
頭共三百七丈七尺五寸海甯聽因二字號石塘九丈四尺三澗寨
堂字諸號條石塌水五十四丈五尺皆係底樁霉朽面土蹲矬
均應一例修築完固仁和錢塘江塘現已潑損亦請鑲築
附奏銷銀共三萬四千七百二兩零
四年春正月巡撫盧焯奏罷草塘歲修　疏言仁和海甯聯
接草塘共四千二百一十八丈經大學士嵇曾筠移駐通判一員
專司每歲〻搶修約費一二萬兩往來潮水遶塘而來
自應築堤攔阻今水勢日南趨塘外漲沙綿亘數十里刮
滷煎鹽已成原野猶自歲修殊屬糜費請暫罷草塘

巳

夏四月巡撫盧焯請改海甯草盤頭爲石塘　疏言海甯土塘於潮汐首沖之處建築柴草盤頭以挑大溜迨乾隆二年改建石塘其時潮水尚激塘身猶藉挑溜是以水緩之地皆改建石塘盤頭處所仍是土塘未在題估之内今水勢南遷塘外漲沙皆成平陸無溜可挑草盤頭已屬虛設按草盤頭原置十座除陳文港一座已於察勘江海塘堤時改築石塘外尚有浦兒兜馬牧港戴家石橋秧田廟賣魚橋小文前鄭九皋門前白牆門念里亭九座通計塘身一百六十八丈六尺應請不必加鑲其後

月土塘一律改築石塘不惟柴草工節省浮費而東西二
塘可以接聯愈固
冬十月巡撫盧焯請續塞夾山水口　疏言海甯夾山灣口爲江海
出入之處有未竣工程數十丈因其險不能塞故大學士嵇曾筠
奏請暫罷俟坦水工竣之後別圖堵截今水勢南遷紆由父子
山外灣口僅通回溜湍激之患已平坦水之工已竣按夾塔二山
相去二百餘丈已築灣工一百二十丈未築者僅八十丈最深九丈
至一十二三丈今中流深一丈九尺近灣頭深一丈六尺近塔山深一丈
三尺寬處僅有三分之一深處僅有十分之一請遵前議以塊
石裝入竹簍由淺至深築高五丈以資捍禦

十有二月巡撫盧焯請濬備塘河疏言塘工石料向由海
運直達工所今漲沙一望無垠石船不能泊塘舁運艱
難人皆束手不得不熟籌挽運之法以濟鉅工按尖山迤
東海鹽境內三澗寨高矮石塘之外海船可以抵塘塘內舊
有河形長一千五百三十六丈可達海甯而海甯之東西土備
塘內外往來取土築塘已挖成河形自尖山以至天開河計長
一萬四千三百七十餘丈即達仁和之范家木橋又自范家木
橋至殊勝廟皆有舊河計長六千五百六十丈即達省城若
循故道一律深通舟楫往來風濤無阻一應石料木草皆可
由內河轉運誠屬至便且在工官弁夫匠需用米食物甚多

水路易行可以聚集商賈四野田連阡陌宣洩有地灌溉
有資可以利益田疇附近許村西路諸場柴滷鹽艘遄行
不滯可以有裨鹽務除東塘段內各工員已捐濬一千七百一
十三丈及現深通二千七百四十五丈西塘段內有故大學士嵇
曾筠已濬二千八百六十七丈外通計仁和海甯海鹽三縣共
應濬備塘河一萬五千一百四十丈剩灞車戽挑濬夫工需銀
議撥乾隆二年咨報節存鹽務引貫原係留充海塘工用
附奏銷銀九千二百一十二兩零
題明巡撫盧焯請建仁和錢塘江海塘堤　疏言仁和江塘自總
管廟至化支廟共七段長七十六丈錢塘江塘自流芳嶺至獅

子口張介凡門前共二十一段長九百二十丈俱屬險工

附奏銷銀共五萬九千七百六十六兩零

是月巡撫盧焯奏修海甯柴塘平湖石塘及尖山盤頭海甯

韓家池諸所柴塘三百三十二丈一尺平湖獨山冬藏二字號石

塘一十七丈五尺尖山大盤頭四十八丈

五年春二月巡撫盧焯奏請改海甯小文前盤頭爲石塘 疏這

奏海甯東塘小文前盤頭建築魚鱗大石塘內讓出錢氏祖塋

一方應增修魚鱗石塘計二丈三尺

附估增銀四百二十九兩零

夏閏六月巡撫盧焯奏報尖山石壩成 疏這尖山水口石壩續

堵八十丈二月经始閏六月工竣請將承辦各員交部議叙

奏可

附奏銷銀一萬六千一十三两零

秋七月巡撫盧焯奏修仁和海寧柴塘及海鹽附石土塘疏

言仁和海寧縣界露結二字號草塘四百八十丈檑木霉朽請拆底鑲築并修海鹽落水寨至三澗寨附石土塘共一千三百六十三丈五尺

附奏銷銀共四千七百三十一两零

九月巡撫盧焯奏請改海寧緩修舊塘為魚鱗大石塘疏

言海寧東塘緩修工內有潘介山屋前舊塘三十九丈五

尺洪文舍西舊塘三十丈現皆椿朽石卸塘身殘蟄擇險搶修之石塘一千三十五丈五尺塘基高止一丈四尺至一丈一二尺難資捍禦請悉改建魚鱗大石塘一千一百五丈三尺并於舊石塘加築子堰一千二百五十六丈至李富祥門前應建魚鱗大石塘一百一十六丈即當日坍塘之所接修柴塘原坐灣曲必須取直開槽先用土戧以便釘椿建砌

附估用銀共一萬二千八百八十六兩八錢三分

「是月巡撫盧焯請以修築節省銀存海甯縣庫爲久遠歲修計從之

「六年春三月閩浙總督鎮國將軍宗室德沛奏海甯柴塘役

議建石塘疏言海寧之老鹽倉迤西至仁和章家菴塘堤曩因潮水沖刷外沙坍頹欲建石工後不及待前巡撫朱軾用柴搶築一千餘丈本暫為保護非一勞永逸之計今沿塘漲沙綿亘數十里是以巡撫盧焯請暫停草塘歲修蓋就目前形勢而論也但海潮南北不常浮沙漲坍無定必得一律堅築石塘始可垂久又慮土性虛浮難於釘樁砌石先於海龍洋諸所最為險要之地試築樣塘二十丈以覘地勢完工數月堅固特立是柴塘之可改石塘已有明驗臣等公同集議應自老鹽倉至章家菴改建石塘四千二百餘丈約估工料銀九十餘萬兩移用鹽課公費銀分限五年

從容辦理曾於五年十一月內會摺具奏廷議以應俟現估
石塘各工修築完竣再行勘建伏思東西二塘俱經改建石
工不因漲沙停止獨草塘仍循其舊萬一風潮不測沖去護
沙水勢直趨浸灌內地搶堵不及為患匪淺前撫臣盧焯但
請暫停歲修乃一時之節省臣請改建石工實萬世之利賴
現東西二塘魚鱗大工次第興築根缺石料日見充裕況原
議分年辦理已別緩急可以並行無礙乘此沙漲則人力易
施早為經營則事半功倍部議報可奉　旨著傅森伊
拉齊公同監修餘依議欽此尋因左都御史劉統勳奏
稱改建石工不必過急廷議請　欽差大臣一員親往確勘十二

月二十日奉　旨查勘浙江海塘著劉統勳去會同總督
德沛新任巡撫常安詳議具奏欽此乾隆七年四月左都
御史劉統勳覆奏臣親履勘海塘南北兩岸如柴塘改建
石工誠經久之圖但須寬以時日周詳辦理請將物料預期
備辦俟水緩沙停可以施工時候乘機興築每年先以三百
丈為率部議以新任總督那蘇圖將到任令并察勘
明確六月總督那蘇圖奏請先於老鹽倉汛至東石塘
界最險處間段排築石簍外捍潮汐內護塘基俟石簍
根脚堅實再如原議建築石塘部覆准行至九年吏
部尚書公諾親奉　命來浙勘視海塘奏稱仁和海

甯柴塘外護沙寬廣實屬堅固石塘不必改建若慮護沙坍漲無常第將中小亹故道開濬流通俾潮水從此循規出入上下塘俱可安堵無虞事遂寢
附六年搶修仁和海甯柴石塘共一千一百九十五丈一尺海鹽石塘攔水西石九百一塊平湖石土塘五百八十丈四尺共報銷銀五百七十三兩零
「七年夏四月左都御史劉統勳請定塘工薪價疏言柴價時值九分部定則例每柴百觔止准六分前大學士嵇曾筠行令據實造報每百觔給價九分緣較部價不符屢奉駁減今購辦柴薪商民觀望不前應准時值

每百觔給價九分從之

七「附」是年搶修海甯老鹽倉觀音塘二汛草塘一千八百三十丈并塞毛洞又搶修馬牧港諸所大石塘外條塊石坦水三十丈及建城石塘外坦水四十丈并築土牛一道

「附」奏銷銀共二萬五千五百九十五兩零

八年春正月閩浙總督那蘇圖奏建海甯柴塘外竹簍石壩（海塘通志先是督臣總河先後奏請將仁和交界切方柴塘改建石工至是那蘇圖奏）疏言仁和章家庵至海甯華家衖舊柴塘約二千四百餘丈漲有老沙綿亘數里並非首沖無庸改建石塘其華家衖迤東至浦兒兜石塘交界柴塘一千八百餘丈本年伏秋二汛潮水臨塘加鑲完固惟老

鹽倉至東石塘界柴塘四五百丈地居首沖惟有建置竹簍以護塘根加鑲石壩以挑水溜今擇其最險之觀音堂汛坐字號一十丈老鹽倉汛伏字號一百二十丈及字諸號四十七丈蓋字諸號一十八丈七尺通計建築石簍石壩四段長一百七十七丈七尺又伏字號一段長一百二丈中段用鳳尾順簍毗連接筍然後抖釘關欄順簍樁木更爲完固

時報銷銀三千六十八兩零

是年歲修海甯金家木橋後修工內舊石塘二十一丈又搶修觀音堂老鹽倉柴塘共七百二丈一尺并塞滲漏毛洞五十個

西舊石塘九十五丈鑲築浦兜撫舊石塘一丈五尺增築

層每丈釘砌生鐵錠二個熟鐵鋦二個又收頂蓋面
石一層每條釘砌生鐵錠一十六個每條石一丈用砌灰
五斗每砌灰一石用汁米五升

此紙補入九年二月大石塘成一條後　低一格寫

杭州府志修建大石塘乾隆元年于海寧繞城先築五百五丈二尺其迤東迤西二處于乾隆二年四月初七日開工八年二月初九日一律告竣計長六千九十丈六尺八寸合前巡撫朱軾所建老鹽倉五百丈大石塘共七千一百二丈八尺八寸其築法塘身高十八層每丈用厚一尺寛一尺二寸條石一百十八丈三尺三寸三分石有厚薄不等以下順間砌參差壓縫計高一丈八尺為準頂寛四尺四寸底寛一丈二尺內除收頂蓋面石以及鋪底蓋樁石各一層不留收分外自底上第二層至十二

西舊石塘九十五丈鑲築浦兜攬舊石塘一丈五尺增築

層每層外留收分四寸內留收分一寸又自十三層至十七層每層外留收分三寸內留收分一寸共留收分七尺五寸底寬一丈二尺外亡釘馬牙樁亡路以禦潮刷樁縫中心重石亡下擔負全力釘馬牙樁一路每隔一路共四路每路用樁二十根共樁八十根尚餘底空釘梅花樁七路每路用樁十根共樁七十根二共樁一百五十根俱一木一樁馬牙樁用圓圍一尺五寸長一丈九尺亡木梅花樁用圓圍一尺四寸長一丈八寸亡木塘身九層以下外砌坦水保護不扣錠鋦外自第十層十二層十四層十六層每

附報銷銀共五千四百八兩零

九年春二月巡撫常安奏報海甯縣東塘魚鱗大石塘成 疏言海甯東塘改建魚鱗大石塘於乾隆二年四月初七日興工至八年六月初九日竣通工如式高厚完固原估五千九百三十丈二尺內實建六千九十七丈六尺八寸加幫土戧長一百一十二丈

附原估銀一百六萬九千六百八十三兩零

實銷銀一百一十二萬七千一百一十兩零

是年增高海甯念里亭汛舊石塘一百五丈五尺尖山壩西舊石塘九十五丈鑲築浦兜垙舊石塘一丈五尺增築

大小山圩土堤七百七十四丈六尺增修西塘眉土三百三十九
丈一尺搶修海甯（塩）行素庵舊陳圩諸所土塘三百五十六
丈九尺鹽澉二汛内附石土塘三百六十三丈五尺修補攔水
西石七千九百二十丈五尺又修大坍中坍石塘一百丈五尺又戚
修平湖金山土堤一道長三千一百六十五丈五尺挑填龍王
臺石塘後尾土長三百五十丈又搶修茅竹案諸所附石土
塘五百二十丈天后宮作關鎖鑰諸所土塘一千三十九
丈

附奏銷銀共三千七百六十九兩零

十年

十一年搶築海甯曹將軍殿柴塘九丈觀音堂老鹽倉柴塘八百五丈浦兒兜東塊石塘二丈五尺池家文前塊石塘五丈五尺萬家衖前石塘鋪釘排樁一十丈浦兒兜秋田廟柴盤頭二座曹將軍殿東盤頭一座復建將軍殿前石塘九丈三尺又搶修海鹽舊陳圩土備塘二百二十七丈五尺敕海廟問道等字號附石土塘一百一十五丈羽翔等字號攔水面石二千七百六十九塊又修平湖天后宮諸所附石土塘獨山脚至茅家寨共計長一千二百丈

附報銷銀共一萬四千五百二十三兩零

十四二年春二月護理巡撫事布政使唐綏祖咨報濬中小

亹引河故道後　先是乾隆九年吏部尚書公訥親來浙請濬中小亹故道議中小亹原有故道不可因淤塞已久難以施工即止應令撫臣隨時斟酌辦理是年巡撫常安於蜀山一帶用切沙之法南岸挑溝引溜以順水勢北岸置竹簍石壩挑溜挂淤十一年春夏間蜀山水落潮汐漸向南趨北岸漲沙日廣但僅鳳山尚未落水河莊巖峯二山積沙尚厚而蜀山之南舊有引水河道本年挑挖工竣計長一千二百四十七丈五尺面寬三四五六丈底寬二三四尺水深六七尺

附報銷銀一千一百七十七兩零

是年搶修海鹽朱公寨南尖宿諦等字號石塘四丈塘面攔水石九千五百七十九塊平湖乍關鑽鑰馬頭踏步諸所土塘二百九十九丈修補笋竹塞石塘陷洞二百三十五丈笋竹塞石塘頭加土一百九十八丈添字號石塘二十四丈五尺又土塘內廿柯塞縫二百三十五丈挑挖中小亹引河淤九百四十丈并開濬東口沙嘴一道

附報銷銀共八千一百七十一兩零

是年奏准紹興府屬塘工令紹興府水利通判兼轄

十有二年春正月大學士高斌奏築仁和海寧柴石塘後土堰疏言仁和海寧新舊石柴草土塘長一萬九千數百餘丈並皆鞏固整齊塘外向來洪濤巨浪之區今則徧成場

竄新漲沙灘縣亘四五十里兩中小亹引河亦暢流直下邑
等觀江海之安瀾溯成功之匪易善後之策誠宜審慎恐
偶遇颶風大潮濺水上塘不可不慮但得塘後土堰抵護周
匝則坡下土不傷即無妨碍除八仙石之章家庵老土塘四
千七百餘丈已有外護土堰無須加築今請自仁和章家庵
至海寧尖山脚凡石柴草塘頂背一律加築土堰底寬一丈二
尺頂寬八尺高四尺共長一萬四千數百餘丈再自仁和江塘
迤東至章家庵民築土堰量長六千二百餘丈原為八仙石
迤東老土塘之外護惟是堰身高下厚薄不齊不足禦異
常潮患必須通幹加培高厚與東西兩首塘身平接包裹

老塘於內庶為有恃無恐加高土堰抵護潮溝均係善
後緩工限以二年於農隙之時次第築成以資保衛
附估用銀共一萬九千四百餘兩

九月巡撫方觀承奏置北塘竹簍滚壩及建尖山塊石塘　疏
稱北塘自仁和八仙石汎至海甯尖山共有堰溝六道惟三里
橋外堰溝二千二百丈口門廣一百八十丈迎引潮汐應於口門
向內既要所置竹簍碎石滚壩一道長四十丈以禦汎水沖
刷撥轉廟塘外潮溝長二千一百丈口門寬衍遠出大尖
山外溝尾廣十五六丈深二三尺今于口門向內七百丈之小
尖山潮神廟前就其地勢堅起置竹簍碎石滚壩一

道以截內灌之水並可為尖山石壩之外護壩外寬闊平衍潮勢迴轉甚順壩長二百三十丈內一百三十丈應築土壩兩面用柴鑲墊上加頂土迎水簽樁其橫截溝身之一百丈應先用柴墊高再排築竹簍碎石滾壩以為關攔其小尖山大尖山至石宕山逼近海濱各有民築土堤保護田廬一千一百五十六丈每於秋潮大汛輒多漫溢現築竹簍滾壩其不過壩之水回溜迤東則大小山圩正當其沖應各改建塊石塘一道

附估銀共四千五百一十一兩零

謹按十三年以後海沙漸漲塘身穩固間資修補不興

大工至二十四年以後漲沙頽卸工作復興

廿有四年十月二十日內閣奉　上諭浙江總督喀爾吉善

署理浙江巡撫永貴奏請臨幸浙省閲海塘一摺前因

江南督撫等奏請南巡特命大學士九卿會議詢謀僉

同業降旨俞允浙江隣封接壤均係　聖祖屢經巡幸之

地且海塘亦重務也今既據該省士民感恩望幸羣情踴

躍督撫合詞代奏宜允所請於辛未年春南巡便道至浙

省臨視塘工慰黎庶瞻依之意所至不煩供億向事興修向

南華靡已詳具前旨其共喻遵欽此

卅九年奏准裁浙江海防道北岸仁和海寧海鹽平湖四縣塘工歸於嘉

二十有二年春三月十八日奉上諭浙海之神自雍正八年

湖道管轄南岸蕭山山陰會稽三縣塘工歸寧紹台道管轄北岸

自仙石起至戴家石橋計塘二八十餘里改歸西防同知專管自戴家
海塘告成時特加褒封敕於海寧縣地方建廟崇祀
石橋起至談仙嶺計塘二八十餘里仍歸東防同知專管自談仙嶺起至
近年以來海波不揚塘工鞏固朕省方浙中親臨踏閱見
江南交界仍歸乍浦海防同知專管以重責成其南岸塘工向歸紹興府
大溜直趨中小亹兩岸沙灘自為抵禦海濱諸邑得慶安
水利通判管理係非專管應將此岸海防通判改為南塘通判移駐紹
瀾利及生民實資神明顯佑應於杭州府之觀潮樓敬建
興之三江城專管南塘岸工凡有塘工係兩邑所設之巡檢典史亦聽同知通判
海神之廟以昭朕崇德答佑至意應行事宜該部查例
稽察調遣
具奏欽此
二十三年奏准小亹外東岸塔山大壩頭一帶添建石塘二十九丈二尺並於塘外填砌塊石
二十四年七月巡撫莊有恭奏請預備柴塘料物及帶築附
塘土堰酌籌新舊坦水　疏稱仰蒙　恩旨以浙省海塘
漸有次趨北大亹之勢一切應辦之事　命臣豫籌妥辦臣
抵浙後即馳查勘業將江溜海潮全趨北大亹情形恭

摺奏明在按（案）臣復往親勘竊見論塘工者以石塘爲最固爲海塘計者至建石塘而已極自康熙五十四年以後陸續改建石塘七千六百餘丈屹若崇墉似已無可復加之工其西防同知所管自老鹽倉迤西至章家庵有柴塘四千六百六十八丈五尺當年亦曾屢議接建石塘始以土活沙浮難施樁石而止繼以塘外護沙接漲廣遠而止本非惜費而留未竟之工惟是江海灘漲倏忽靡常安流十餘年之中小亹可以數月而全淤平陸千百丈之北大亹可以數月而遽開則難必者天時宜盡者人事臣與司道詳加籌議審潮汐之往來驗護沙之盈縮今昔異形有宜思患預防者查老鹽

倉廒西之華家衖翁家埠等處正在河莊巖峯之緊對北岸現在江溜海潮俱經北大亹雖塘外之沙尚未坍動設遇秋潮盛滿風力互相撞擊不能保無衝決成堰進臨塘脚之虞潮柴塘停修越今已十四年現在蹬墊底柴自必徽朽應先酌發銀四千兩循照往例給發產柴之富建桐分四縣採辦齊全限一月內運至工程較要之老鹽倉華家衖一帶堆貯備用計每百觔給價銀九分發價四千兩可購柴四百四十餘萬觔之用又查南門外迤城石塘五百餘丈向因逼近城垣無地可建備塘西東至七里廟西至小尖塲雖有備塘但石塘之內田廬鱗次倘遇異常風汛潑塘之水

亦須可虞今議該處起止共長二千三百一十九丈九尺應於
現存舊土之上加高三尺以六尺為準又舊堰底原寬一丈二尺
面寬八尺今於堰底帮寬二尺上至堰頂仍寬八尺此次需
土甚多查遶城子堰五百三十四丈二尺取土甚遠循照舊例
每方給銀一錢八分東西各堰取土稍近每方給銀一錢五分
均連夯硪在內共約需夫工銀一千四百八十三兩零及時上緊
趕築完工自可足資捍禦至新舊石塘之外修砌層石坦
水原為保護塘根而設現今水勢北趨護沙日被沖卸有
需添建坦水處所亦應先事籌維俟大汛過後如有逼臨
頂沖處所查勘未建坦水分行籌議添建如係舊有坦水

或因年久椿朽石欹亦即勘實補修庶石塘根脚经久
可資鞏固
三十四年閏六月十六日奉　上諭莊有恭奏東西海塘柴石
塘工豫備事宜一摺已批該部速議具奏矣江溜海潮全
勢既趨北大亹則一切應行修築事宜正關緊要現在時屆
立秋防汛不宜遲緩而部臣議覆不無尚需時日且定議諒
亦無可駁詰着傳諭該撫速就勘明籌辦之處一面即行
發帑興工上緊趕築無庸聽候部覆遲悞要工欽此
六月加築南門外迤東薛家灞迤西至西土備塘頭塘面土堰
工長三千二十三丈一尺七月修築書符華殿前盤頭十月建

海寧州志下空一格寫。不必双行。

城東九里橋起西至曹將軍殿盤頭迤西條石坦水六百二十三丈三尺十二月秋田廟盤頭柴橋霉朽復用加鑲

二十五年五月巡撫莊有恭奏爲孏工關係緊要酌籌預護疏稱查（該）孏爲全塘關鍵急需設法防護該處橋木難施惟有造用寬長竹簍填貯石塊用篾纜聯絡順貼孏身擋浪護根無善於此海寧州志疊砌東南岸竹簍二長五十丈又加砌竹簍二長六十丈用銀三千二百十兩零七月修陳墳港東盤頭念里亭西盤頭用銀一千二十三兩零

是年築東塘十三段工長三百十五丈三尺西塘九段半工長二百二十九丈五尺又西九段半工長二百三十三丈拆修韓家池柴塘自斷（塘）頭東起至大盤頭西止工長二百八十丈

二十六年三月修小文前後修條塊石塘改建魚鱗大石塘二十

大白墻門東拆築條塊石塘四丈念里亭盤頭西側條塊石
塘二十五丈加高面土一尺及小文前念里亭隨塘坦水并白墻
門坦水十丈四月拆鑲老鹽倉一帶柴塘二百丈接西續鑲一
百丈又接鑲七十丈又修馬牧港盤頭霉汛尖山壩工雉堞工長
一百十丈東南岸壩身邊石及雁翅等工先後共一百七十一丈
又西（修砌）北岸邊石郎二十七丈（五月拆鑲曹將軍殿盤頭雁翅）既前仍用竹簍裝石疊砌緊
貼壩身高出水面簍後修砌邊石九月拆鑲韓家池柴
塘二百八十丈又修胡家兜坦水六段長一百二十三丈八尺十月
拆築薛家壩前條塊石塘三丈并修塘外坦水四丈五尺又
修戴家石橋汛內坦水二段四十六丈七尺

二十七年三月奉　上諭朕稽典時巡念海塘為越中第一保障比歲潮勢漸趨北大亹實關海寧錢塘諸邑利害計於老鹽倉一帶柴塘改建石工即多費帑金為民間永遠禦災擇惠良所弗惜而議者率以施工難易彼此所見紛歧昨於行在先命大學士劉統勳河道總督高晉巡撫莊有恭前往工所簽試樁木朕抵浙次日簡從臨勘則柴塘沙性澀汕一樁甫下始多扞格卒復動搖石工斷難措手若舊塘迤內數十丈許土即宜樁而地皆田廬聚落將移換石工毀拆必多欲衛民而先使民其病甚於醫瘡剜肉矣朕心不忍且并外塘而棄之乎抑兩存而贅疣可乎

以茲萬目熟籌所可為吾民善後者惟有力繕柴塘得補偏救弊之一策耳地方大吏其明體朕意悉心經理定歲修以固塘根增坦水石簍以資擁護庶幾盡人事而荷

神庥是朕所宵旰厪懷不能刻置者至繕工欲固購料不得不周現在採辦柴薪非河工秫秸之比向為額定官價所限未免拮据應酌量議加俾民樂運售而官易集事其令行在戶部會同該督撫詳加定議以聞朕為浙省往復諮度之苦心其詳具見誌事一詩督撫等可並將此旨於工次勒石一通永誌遵守毋忽欽此

三十七年三月奉 上諭尖山塔山之間舊有石壩朕今

親臨閲視見其横截海中直逼大溜猶河工之挑水大壩實
海塘扼要關鍵波濤衝激保護匪易但就目下形勢而論或
多用竹簍加鑲或改用木櫃排砌因宜隨時經理加意防修
如將來漲沙漸遠宜即改築條石壩工崥屹然成砥柱之勢
庶於北岸海塘永資保障該督撫等其善體朕意於可興
工時一面奏請一面動帑儹辦并勒石塔山以誌永久
欽此
彐十七年三月大學士公傅恒等爲遵 旨議奏事 疏
稱伏查海甯柴塘工程從前柴價每百觔部定則例六
分乾隆七年 欽差劉統勳會同前督撫德沛等因柴

價不敷賠辦恐誤要工奏請加增銀三分每百觔統以九分報銷經部覆准在按是該處料價業以較前加增今蒙　聖恩念及迩日柴價稍昂恐小民賠辦裝運或為額定官價所限不無拮据持沛　恩綸令臣等會同酌議加增臣等面為商確應請於原定九分之數再加一分每百觔統以一錢報銷惟是發價運料全在地方承辦之官經理得宜果能使賠運交納民間無守候擾累之煩給價接收吏胥絕朘削抑勒之弊則　恩加價值得以實惠在民倘調劑未能妥協即使倍增其價亦恐不能悉歸實用臣楊廷璋莊有恭嚴飭工員實心承辦使吏無侵漁而工資儲

備以仰副　聖主加惠海疆優恤小民之至意如有浮收
短價之弊即行從重懲治自此辦理加增之後或將來
柴價漸平該督撫隨時酌減核實報銷毋使稍有浮冒
等因奉　旨依議
四月巡撫莊有恭奏爲遵　旨查勘籌辦事　竊照海
甯縣老鹽倉一帶柴塘水臨塘脚工程緊要仰蒙我　聖主
廑念民生綢繆未雨　親勤萬乘面示機宜洞若觀火實
保衛久長至計臣於本月十六日辰刻先往塔山查勘灡外
漲沙勘得原標記第一竹簍自十三日福隆安等三續勘除
增漲外露高一丈一寸五分者今復增六寸五分僅露出竹簍五

寸其第二竹簍續勘除增漲外露高一尺三寸五分者今復
增漲一寸五分尚露出竹簍一尺二寸其臨水之第六十九簍則
仍然前尺寸未有增漲十七日臣即查勘老鹽倉一帶柴
塘外護沙日漸汕刷勢益過西西塘面亦見蹲矬誠如
聖諭須修至觀音塘爲度臣現在遵奉　聖明指示詳
細傳述俾令共知遵守興工則自東而西一面多方集料一
面分手程功除已修之外接修至觀音堂尚有應拆修柴
塘六百七十五丈務於秋汛前完工以資保固至柴塘之下本屬
活土浮沙若修條石坦水閘樁難施石料易陷自當遵照
諭旨仰以竹簍作坦水或二層或三四層務使柴塘根腳不

致浮壁至前撫臣朱軾可修之大石塘四百六十丈蒙　聖諭亦
應增條塊石坦水臣復行塘下逐段查勘緣從前俱未建有坦
水時底樁露出者自二三尺至四五尺不等且有底樁欹斜空
虛須拆開重修者臣現在督同各員通盤估計分別緩急以
便次第興修又查老鹽倉柴塘自舊建大石塘頭起逐
西至觀音塘止長九百四十五丈內除修二百七十丈實應拆
築六百七十五丈今請築高二丈除頂土二尺外鑲柴高一丈
八尺頂寬六尺底寬一丈四尺牮一丈七尺雖較之原高二丈三尺闊
二尺之數量從節減然核之上年修築柴塘其寬厚均屬
有加足資捍禦所需樁木數仿照原案每丈簽釘密釘又

又奏摺行

又柴塘外應安設護塘竹簍九百四十五丈一律估建竹簍二層底簍用長一丈二尺面簍用長一丈高寬各五尺內有塘工二十丈塘外底沙沖刷最深應加簍一層又舊建大石塘四百六十丈塘外尚未建有坦水現在塘身底樁呈露今新建坦水須砌過塘身底石二尺方足以資保護以上三項工程統估工料銀六萬五千二百九十九兩零

三十七年九月奉 上諭浙江海甯一帶塘工最關緊要今春巡幸抵杭之次日即赴老鹽倉尖山等處相度指示飭令修築柴塘并建設竹簍坦水各工用資保護今據莊有恭奏查勘工程俱已陸續完竣餘工並皆穩固等語該撫督

率各員僨辦歲工甚屬盡心深可嘉予莊有恭著交部議
叙所有在工勤事各員並著查明分別咨部議叙以示奬
勵欽此
二十七年十月奉　上諭莊有恭已有旨調補江蘇巡撫其海
塘工程莊有恭籌辦甚屬盡心且浙省現有查辦災賑事
務亦為緊要莊有恭奉到調任之旨可將巡撫印務暫交
索琳護理其日行事件照常接辦惟塘工賑務仍聽莊有
恭專司其事蘇杭一水之地按牘往還本可無虞稽悮至熊
學鵬到浙其賑務自可妥辦若海塘工程自不如莊有恭
之輕車熟路鄣封伊迩應令兩撫彼此始終會辦在莊有

恭亦斷不因既經調任稍分畛域也將此一併詳諭知

之欽此

是年十月暨四橋改建魚鱗大石塘長一百四十三丈又華嶽廟東

拆築條塊石塘五丈又陳文港東西盤頭并秋田廟盤頭三座

改建坦水工長六十丈又陳文港築裏頭一道四丈八尺續觀音

塘迤西柴塘三百丈

二十八年二月江蘇巡撫莊有恭浙江巡撫熊學鵬奏為甯

塘接築簍工酌加土堰　合疏查前此所築簍工九百四十五

丈隙靠塘身故塘腳安穩柴無外移抽掣之患今此續修

之四百丈自應一律照辦又海甯城東至念里亭等處塘

面內有土堰常時似無甚益然上秋風潮潑塘之水實捍遏不致漫入附塘河中臣等會勘雖通堰高低厚薄不一但細察情形海潮入尖山斜趨西北而來海甯城東塘面上堰尤爲緊要則先事預防自當籌辦總以自塘面量起高五尺面寬六尺爲度其有實係塘面太狹始准在塘後身加幇蓋此等土堰只取阻遏潑塘之水俾得速退若於塘後加幇不惟靡費且留塘面太寬久不得力

九月又奏請緩修石塘一律改建魚鱗大石塘　　合疏稱伏查從前緩修搶修二項石工內皆用塊石堆填外用條石包裹工本不堅年久又經久故迩來凡有潑卸之工悉在此

等工內今臣等確勘除戴家石橋前奏二十丈五尺外又查有接西九丈及東塘之陳文港迤西第六十八段緩修石塘三十五丈五尺第七十段緩修石塘一十三丈二尺根脚俱有鬆凸後蟄之勢亦應仰體我 皇上廑念民生至意乘此九十月內一律改建魚鱗大石塘以資鞏固

三十八年十二月奉 上諭兩江總督尹繼善等合詞具奏請於乾隆乙酉年再舉南巡之典以慰臣民顒望一摺朕惟江浙地廣民殷一切吏治農功均關要計且襟江帶河濱湖近海之區籌護澤國田廬無一不重縈宵旰前以壬午歲恭奉 安輿時巡周覽凡淮河水志節宣

陲壩啟閉以及杭屬塘工勘建柴石料段諸事宜曾與封疆
大吏目擊手畫以期利濟羣生年來疊經督撫等疏報
下河郡邑汎水恬流並無漫溢惟是浙中海潮漲沙雖有
起機大溜尚未趨赴中亹是深所廑念而新修柴石諸塘
亦當親閱其工以便隨時指示又近日特遣大臣督修水
利如淮河荆山橋等處亦為數省灌輸喫緊關鍵所以
驗前功而程後效也惟其時維東南歲事頻告豐登洪惟
聖母皇太后福履康甯弥增純嘏於是承　歡行慶荅
士民望幸之忱稽典實為允協著照所請於乙酉之春諏
吉南巡其河工海塘應親臨省視之處仰　行先期預備至

前次燈綵纂文暨扈從人員僱覓巨舟發佔公館諸禁已屢頒諭旨即朕所過行宮道路距上屆為日匪遥祇須灑掃潔蠲足供頓憇不得稍事增華勞費副朕仰承 慈豫俯順輿情之至意將此通諭各該衙門知之摺並發欽此

是年工部題定柴塘歲修章程 疏稱據該撫疏稱該處沙土鬆浮恐經年累月潮汐來往汕刷塘根雖有簍坦捍衛不致外浮而底沙虛鬆易於低陷且行人踐踏雨雪淋漓未免間有蹲挫自應遵例歲修以衛資捍衛等語應如所題准其歲修至保固限期查定例加鑲柴塘保固三月拆

築柴塘保固半年其竹簍並未定有保固例限今該撫稱
柴塘之外俱有簍坦衛護毋庸分別保固請將加鑲拆築
俱定保固半年其竹簍雖係臨水施工然竹簍應與塘身
一例保固等語亦應如所題辦理仍行令該撫等遇有應
修工段委員據實查勘如限內損壞之工責令原辦工
員照例賠修如在限外應修工段即行核實估計每年於
霜降後彙造清冊具題估銷并將所需銀兩在於引費項
下動支之處聲明仍報明戶部查核可也

是年老鹽倉至觀音塘止柴塘工長九百四十五丈正月修築
東塘間段西上工長一千九百四十七丈一尺又書將軍殿馬牧

港普兜兜盤頭三座并西塘間段潑損埽工一百四十八丈四
尺二月接築觀音塘迤西篓坦四百丈及念里亭至薛家
壩加倍土戧一千四百四十五丈五尺四月建築東塘小文前坦
水十六丈又鑲砌尖山壩二小篓五十六丈五尺七月接築觀
音堂等處柴塘一百丈八月修築鎮念二汛塘面眉土九月
改建念里亭汛内小文前第六十八段條塊石塘三十五丈
五尺又東首第七十段十三丈二尺又戴家石橋汛内第七
十七段二十九丈五尺悉改建魚鱗石塘并修補第四十
七段隨塘坦水十二月接築鑲覇汛内柴塘一百丈
二十九年二月東西兩塘戴念二汛建築坦水七段長一百七十七

丈七尺六月修南門外遶城坦水二十七丈七月修遶城坦水東西二段六十八丈九尺九月修戴鎮念三汛坦水九十八丈六尺又添建遶城坦水一層計六十二丈十月念里亭汛緩修石塘二十九丈改建魚鱗石工并修隨塘坦水十一月接築韓家池柴塘二百八十丈又拆鑲書殿前柴盤頭一座又修老鹽倉等處柴塘一千四百四十五丈又普兒兜馬牧港盤頭二座十二月老鹽倉至三官堂西開（柴塘）段接續長一百四十五丈塘外修換竹簍三百十四箇又修遶城坦水五十丈一尺及添建三層坦水六丈五尺

三十年閏二月奉　上諭海寧石塘工程民生攸繫深廑朕

懷連年潮汐安瀾各工俱屬穩固茲入覲伊始即日就近
親臨相度先行閱視遶城石塘五百三十餘丈實為全城
保障而塘下坦水尤可以捍衛石塘但向來只建兩層今潮
勢似覺頂衝外沙漸有汕刷二層之外應須預籌保護該
撫等上年所奏加建三層坦水六十餘丈止就尤險要處而言
於全城形勢尚未通盤籌畫若一例普築三層石坦則於
護城保塘尤資裨益著將應建之四百六十餘丈均即一律
添建其二層舊坦內有橋殘石缺者亦着查明補換該督
撫等其董率所屬悉心籌辦動帑興務期工堅料足無濫
無浮以收實濟副朕為民先事預籌之至意欽此

三十年閏二月糧道大吕紫三奏爲遵　旨奏聞塔山建立標
記事奉　旨交熊學鵬照建標記辦理欽此新定第一標記
仍立方竹簍計四層共高八尺漲沙高九尺沙護一尺第二標
記長竹簍第四十箇計三層共高一丈二尺漲沙高一丈一尺七
寸簍露三寸第三標記長竹簍第八十個計三層高一丈二尺
漲沙高一丈一尺二寸簍露八寸第四標記長竹簍第一百二
十箇計三層共高一丈二尺漲沙高一丈一尺二寸簍露八寸
是年閏二月遶城添建二層坦水四百六十五丈七尺并二層坦水
補橋五月添築鎮汛第十段魚鱗塘外二層坦水五十丈九月
補修戴鎮念三汛坦水十月西塘戴家石橋緩修石塘二

十九丈八尺改建魚鱗石工并修隨塘坦水又迤東第四十九段魚鱗塘外添建坦水一層

三十有一年春三月修築老鹽倉柴塘石簍工 海甯老鹽倉迤西柴塘外修換竹簍長三百二十四丈底面竹簍計一千二百九十六個

夏四月修築海甯韓家池柴塘工 海甯東塘韓家池迤西柴塘拆修二百八十丈

秋八月改建海甯念里亭汛魚鱗大石塘及坦水工 海甯東塘念里亭汛内第八十五段緩修石塘二十丈第八十九段緩修石塘二十丈改建魚鱗大石塘共四十丈并建築隨塘坦水一

會又鎮海塔汛大石塘〔三十二丈〕增建坦水二層計
長三十二丈念里亭汛内各段坦水補釘樁木
三十有二年春正月修海甯老鹽倉柴塘〔老鹽倉自柴石塘
頭至林茂舍拆鑲柴塘三百八十丈〕
七月修海甯東西盤頭〔鑲築海甯東西二塘内曹將軍殿
馬牧港浦兒兜盤頭三座〕
附二月請發預備柴薪銀三千兩
秋八月浙江巡撫熊學鵬奏改建海甯念里亭汛大石塘及坦
水〔疏言海甯東塘念里亭汛内緩修石塘三段共長五十
八丈六尺五寸〕建自雍正八九年間日久底樁霉朽塘身坐凸

請改建魚鱗大石塘并隨塘坦水二層并鎮海塔汛內大石塘十丈七尺搶修塘六丈外止有一層坦水念里亭汛內大石塘二十六丈亦止一層坦水均須加建一層又有大石塘二十七丈向未建坦水亦應建築一層共建築魚鱗大石塘五十八丈六尺五寸坦水一百八十七丈

是年題准蕭山縣境內西江塘張神殿駒字號鄉業土塘工照海寧州塘工例於最險工長四十八丈改建條塊石塘

附十一月請發柴薪銀四千兩

冬十有二月修老鹽倉西柴塘接鑲海寧西塘老鹽倉柴塘一百丈

三十有三年夏四月建會殿東坦水及修老鹽倉西柴塘

是年奏准紹興府屬山陰會稽蕭山餘姚上虞各縣典史兼管塘工改歸各該縣縣丞管理

海寧城西尊將軍殿盤頭一座形勢凸出海寧南門外遶城

石塘前已加築三層坦水獨沛字號至情字號坦水不齊今於
舊有二層坦水之外增建三層坦水四十四丈與東西二工齊平
至老鹽倉迤西柴塘係乾隆二十六年鑲築二十九年加鑲
樁木柴埽俱稍霉朽今於絲字號至彼字號拆鑲
三百丈
附書將軍殿坦水估用銀一千一百六十四兩零老鹽倉柴
塘估用銀一千九兩零共估用銀二千一百七十三兩零
秋八月巡撫永德奏修海甯塘坦水及書殿以西柴塘 疏
言海甯城西書將軍殿盤頭西首康字號魚鱗大石塘
二十丈地勢凸出形似盤頭係乾隆四年建築因外有坍

請改建魚鱗大石塘并隨塘坦水二層，鎮海塔汛內大石塘十丈七尺，搶修塘六丈外止有一層坦水；念里亭汛內大石塘二十六丈亦止一層坦水，均須加建一層；又有大石塘二十七丈向未建坦水，亦應建築一層。共建築魚鱗大石塘五十八丈六尺五寸，坦水一百八十七丈。

附十一月請發柴薪銀四千兩

是年題准蕭山縣境內西江塘張神殿駒字等號柴土塘工，照海甯州塘工例，於最險工長四十八丈改建條塊石塘。（附通志）

冬十有二月，修老鹽倉西柴塘，接鑲海甯西塘老鹽倉塘 海

是年奏准山陰會稽蕭山餘姚上虞等縣[illegible]

柴塘一百丈

三十二年，上虞縣前賀二埠趙村譚村等處柴土塘二百 外遶城七十丈內，土塘改建柴塘五十九丈八尺

三十三年四月起至四十一年止，照海塘新志抄入

三十三年四字刪〇四月二字〇擡出來十九丈八尺下〇不擡行〇
四十五年以後用此本原揭

石塘前已加築三層坦水獨沛字號至情字號坦水不齊今於舊有一層坦水之外增建三層坦水四十四丈與東西二工齊平至老鹽倉迤西柴塘係乾隆二十六年鑲築二十九年加鑲樁木柴埽俱稍霉朽今於絲字號至彼字號拆鑲三百丈

附書將軍殿坦水估用銀一千一百六十四兩零老鹽倉柴塘估用銀一千九兩零共估用銀二千一百七十三兩零

秋八月巡撫永德奏修海寧塘坦水及書殿以西柴塘疏言海寧城西書將軍殿盤頭西首康字號魚鱗大石塘二十丈地勢凸出形似盤頭係乾隆四年建築因外有坍

請改建魚鱗大石塘并隨塘坦水二層查鎮海塔汛內大石
塘十丈七尺搶修塘六丈外止有一層坦水念里亭汛內大石
塘二十六丈亦止一層坦水均須加建一層又有大石塘二十七丈
向未建坦水亦應建築一層共建築魚鱗大石塘五十八丈六
尺五寸坦水一百八十七丈

閏十一月請發柴薪銀四千兩

是年題准蕭山縣境內西江塘張神殿駒字號翔業土塘工照海甯州塘工例於最險工長四十八丈改建竹簍塊石築以備甯塘是

冬十有二月修老鹽倉西柴塘　接鑲海甯西塘老鹽倉

是年奏准酌撥海甯工[illegible]蕭山縣北上虞[illegible]

柴塘一百丈

塘　海

外　遠　城

石塘前已加築三層坦水獨沛字號至情字號坦水不齊今於舊有一層坦水之外增建三層坦水四十四丈興東西二工齊平至老鹽倉迤西柴塘係乾隆二十六年鑲築二十九年加鑲樁木柴埽俱稍霉朽今於絲字號至彼字號拆鑲三百丈

附書將軍殿坦水估用銀一千一百六十四兩零老鹽倉柴塘估用銀一千九兩零共估用銀二千一百七十三兩零

秋八月巡撫永德奏修海寧塘坦水及書殿以西柴塘疏言海寧城西書將軍殿盤頭西首康字號魚鱗大石塘二十丈地勢凸出形似盤頭係乾隆四年建築外有坍

砌舊塘石塊擁護是以未建坦水本屬首沖險要之地九
年間曾坍卸九丈三尺經前巡撫常安于歲修按內題請
復築并於東首建築盤頭一座以挑潮溜現間段塘脚虛
鬆底樁霉朽擬共拆建魚鱗大石塘一十一丈又自浦兒兜
東至小文前迤西沿塘石工原有坦水之處近因潮溜沖
刷有慈惻情逸稿鍾隸曲阜微一十字號石塘共長一百一
十八丈零或樁殘石缺或石塊外移并有坦水樁木間段
零星殘缺應添補樁木之處又念里亭汛內英杜富車
策功茂七字號石塘因塘外向有舊廢塘基遮護是以
未建坦水今塘基逐漸沖刷必須增建坦水二層長五十

九丈五尺其自書將軍殿東首恭字號至觀音堂彼字號
未鑲柴塘四百七十五丈係乾隆二十八年拆鑲二十九年加鑲之
工柴埽霉朽樁木殘缺亦應一律拆築完固
附八月請發預備柴薪銀四千兩
三十有四年冬十有一月增建海寧東塘坦水　海寧南門外鎮
海塔念里亭二汛內猶相二字號魚鱗搶修石塘間段長
一百十丈五尺一寸增建隨塘坦水二層通計二百三十丈二寸并
補釘間段坦樁零星殘缺計二千八十九根
三十有五年春二月修海寧西柴塘　海寧西塘老鹽倉內
賢字號至因字號柴塘鑲修二百三十七丈五尺

附估用銀七百七十九兩零

秋八月修海甯西塘盤頭及尖山壩土東塘坦檣　海甯西塘書
將軍殿馬牧港浦兜兜盤頭三座俱拆修又填築尖山石
壩補釘海甯城西隱字號至城東今公堂樓字號坦水檣
木

附是年正月請發預備柴薪銀三千兩

三十有七年春正月修海甯繞城坦檣木櫃　修釘海甯南
門外繞城坦水檣木并造木櫃一十四個

二月奉　上諭据富勒渾奏海塘沙水大勢自正月望汛以
後分溜漸逼北面漲沙兩行現在飭屬於西口門外內加

除開溝挖寬俾經中亹引河暢行無滯等語浙省海潮溜水趨向靡常朕兩次親臨閱視令將海甯一帶柴塘坦水加意培修用資防護至尖山等處漲沙形勢惟令按原勘簽誌按月報聞驗其消長深知潮汛遷移乃其自然噓吸之勢非可以人力相爭施工于無用之地也近年漸欲循赴中亹因爲可喜今復改趨向北亦其溜適使然惟當于北岸塘工勤加相度修繕俾無沖齧之虞瀕海田廬藉其保障方爲切實要務若開挖引河雖亦尋常補苴之策而當溜遄沙激豈能力挽迴瀾已恐挑濬鑿沙徒勞無益况浙潮靈奇非他處可比必有　神默司其契豈能強施人事妄興爭

衡富勒渾止當實力保護堤塘以待潮汐之自循舊軌不必執意急為開溝引溜之計必欲以人力勝海潮也將此傳諭知之仍將此後潮勢情形逐月詳晰具奏欽此

三月奉上諭富勒渾奏報海塘沙水情形一摺以新舊圖比較上月海甯南門外有漲沙一片此次全行刷去相距不過一月而形勢不同若此可見海潮往來靡定非人力所能爭前次富勒渾欲開引河冀圖分導恐其徒勞無益曾為明白切諭今潮勢既趨北亹則北岸堤防自關緊要隨時察勘葺護勿使稍有疏虞

此則可當盡力者至南岸蕭山一帶前歲熊學鵬奏
請改建石塘朕以自古南岸無塘且該處偶被風潮事
非常有不應仿北岸魚鱗塘坦之規恐於事無濟徒為
奸胥墨吏中飽開銷因不允所請昨召見侍郎周煌偶
詢及海塘之事據奏南塘自井亭徐至蘆蓮河又自蘆
蓮河至富家池兩工沙地去海甚近為最險自富家池至長
山頭土塘為次險其意亦以為宜建石塘朕以浙海向本
無塘自吳越王錢鏐因建都臨安始築錢塘捍衛其後
遞相沿修繕甃石日增稍為北岸保障亦因海潮大勢趨
北時多不得不倍加防護耳至南岸向係土塘自古及今

未聞其時有沖齧且水勢所趨責乎因勢順導若亦求
以石塘使其勢不得游衍自非所宜即如直隸之永定河
兩岸築堤議者尚有束牆逼水之論況海濤鼓盪噓吸
不可端倪者乎朕於閭閻民生之事雖數百萬帑金亦
所弗惜正恐徒事更張行之無益而有損不得不加慎重
耳若以為塘身距海漸近不可不預為籌備亦正未必
蕭山一帶必當其衝然數百年豈無一趨南岸之時未聞
盡然蓋潮趨南亹則蕭山一帶受其害也或潮由中亹
慮與南岸近則乾隆十六年朕南巡時潮正由中亹彼
時南岸之塘去海遠近若何現在潮趨北亹中亹南
未至何即慮及蕭山乎著富勒渾即行查明據實

具奏又周煌稱石塘之說非倡自地方官乃該處民人自願捐修赴省具呈果爾又不當過于拘泥小民如果灼見利弊所在欲爲自衛原可聽從其便亦如民間堤堰陂塘隨宜築治果屬輿情便利有司自不當禁遏不從朕亦斷不因有前旨稍存成見也著富勒渾一併確查據實覆奏欽此

夏五月建海寧東塘坦水　海寧城西秧田廟受字號城東七里廟英字號石塘間段湊長一百六十五丈一尺五寸前因塘外舊有塘基攤護未建坦水今舊基刷低塘脚底樁呈露建築坦水二層共長二百三十丈三尺戴家石橋汛

内自和字號至東土備塘頭訂字號間段殘缺坦水樁
木共補釘二千四百二十六根
秋八月修海甯東塘坦水及西塘盤頭　海甯東塘三里
橋迤東至念里亭石塘外坦水修築一百八十四丈七尺加鑲
西塘浦兒兜馬牧港盤頭二座
附九月請發預備柴薪銀三千兩
三十有九年秋九月巡撫三寶奏修仁和江塘　仁和觀音
堂内號巨闕珠四字號石塘修建六十九丈五尺
附估用銀九百九十兩零
四十年夏六月巡撫三寶奏修海甯西柴塘　海甯西塘老

鹽倉因字號至林茂舍克字號柴塘鑲修長三百八十丈

附六月請發預備柴薪銀五千兩

冬十月修海甯西柴塘　鑲築海甯西塘林茂舍迤西賢字號至仁和觀音堂能字號柴塘共六百丈又觀音堂得字號至養字號柴塘共三百二十丈其迤西鞠字號至身字號柴塘修一百八十丈

附估用銀三千三百三十四兩零

附十月請發預備柴薪銀八千兩

附十二月請發預備柴薪銀五千兩

四十有一年夏六月巡撫三寶奏修海寗西柴塘　海寗西塘華家衖迤東白字號至伏字號柴塘加鑲三百丈

附六月請發預備柴薪銀五千兩

秋九月修海寗西柴塘　海寗西塘華家衖伏字號至道字號柴塘接鑲二百丈

附九月請發預備柴薪銀五千兩

冬十月增置海寗西塘竹簍　柴塘之外舊有石塘坦水之例建設竹簍內貯碎石以衛塘根今拆修海寗西塘自老鹽倉至書將軍殿柴塘一千二百七十五丈塘外舊有竹簍其書將軍殿迤西至華家衖恭字號柴塘外增竹簍七百

佃
附估用銀一萬六千兩零
附是年四月請發預備柴薪銀五千兩

四十有二年春正月增置海甯西塘竹簍　海甯西塘華家衖恭字號迤西接建之伏字號至道字號柴塘二百丈東首建築竹簍二百丈

夏五月修海甯西柴塘及建竹簍　海甯西塘華家衖内道字號至陶字號柴塘二百丈係雍正九年間搶修乾隆十年停修今始修築并於塘身之外接築竹簍二百丈

附五月請發預備柴薪銀五千兩

六月修海甯西柴塘　海甯西塘華家衖內陶字號至鳥字號柴塘三百六十八丈均係乾隆十年停修今拆底鑲築

冬十有一月修仁和西柴塘　仁和西塘鳥字號至鹹字號柴塘二百丈均係乾隆十年停修今接鑲完固

附估用銀五千四百八十一兩零除協辦柴薪外應銷銀一千六百四十一兩零

附十一月請發預備柴薪八千兩

十有二月巡撫王亶望奏改建海甯東塘為魚鱗大石塘及

修西柴塘　疏言海甯東塘云亭二字號後修舊石塘長一十九丈五尺係雍正九年建築外用條石作墻内填塊石近今橋底霉朽塘身裂縫宜改建魚鱗大石塘一十九丈五尺并建隨塘坦水一層長一十九丈五尺旦執二字號魚鱗大石塘一十三丈係乾隆四年建築因層裏頭形勢凸出地當首沖以致塘身裂縫蹲矬應拆修并於塘外添建坦水一層長一十三丈西塘鹹字號至號字號柴塘三百丈自乾隆十年停修迄今柴橋霉朽應拆修陶字號至諱字號前建柴塘三百六十八丈未建石簍現水臨塘脚請續建石簍三百六十八丈

附東塘石工估用銀五千六百八十七兩零西塘柴工估用銀一萬六千三百一十五兩零除協辦柴薪外應銷銀一萬九百五十八兩零共請銷銀一萬六千六百四十五兩零

是年冬十月十五日浙江布政使孫含中奏仁和海甯塘工柴薪向來預期奏明發買原係通工撥用迨報銷之按總隨各工分冊核銷並不彙總銷算設有上年存餘之柴爲下年添用之料散在各冊一時驟難稽攷應請自乾隆四十二年爲始將某次發銀若干辦柴幾萬觔內某工用若干觔存柴若干觔另造彙總一冊按年咨部俾買柴用柴各數與塘工銷冊兩相脗合似於海塘錢糧並昭慎重奉 硃

批交撫臣酌議欽此嗣經巡撫王亶望議應如所奏又按每年
各工報銷按內塘工經費銀舊於正冊之外另造銀款細冊附
送而柴薪報銷止籠統聲明用柴數目一條並不分晰指明
恐易牽混請仿經費銀另造柴款細冊附送庶某年某按
開除實數與年底四柱款冊相符奉　硃批依議欽此
四十有三年四月奉　上諭王亶望奏三月分海塘沙水情形
一摺并繪圖同進朕細加披閱現在潮勢逼近北岸塘外
已不復有漲沙其自浦兒兜以東俱係石塘足資防禦至
老鹽倉一帶沙性鬆浮斷不能下樁砌石朕南巡時屢經
親臨閱試實非石塘所宜不得已築建柴塘保護然柴塘

究不及石塘堅鞏倘有疎虞所係匪細不可不早為籌畫但潮信久不經由中亹其陰沙積久堅硬恐非急切所能沖刷聞亹中相近蜀山一帶陰沙潮退始見似其處漲沙尚嫩因用硃筆點誌兩處若照硃筆起訖自東南至西北寬開引河一道似可令潮勢改趨久之或可冀漸刷老沙雖不能復中亹之舊而令潮漸南趨冀可北漲亦未可知自屬補偏救弊之法但係就亹指示難於懸定著傳諭高晉速赴浙江會同該撫王亶望親往相度若果可行即一面奏聞一面施工趕辦以待秋汛大潮通行即或工程稍大需費較多朕亦斷不靳惜况柴塘終不足恃倘有衝損

必致侵碍田廬所費帑更不止此且民生利病所關其輕重尤較然可見又豈得不為相度乎此旨著由五百里發往諭令高晉王亶望知之仍即將查勘可否辦理情形迅速由驛覆奏欽此

亶

是月大學士兩江總督高晉浙江巡撫王亶望奏增築西柴塘及置竹簍盤柴裹頭　疏言海寧西塘潮神廟前號字號至騰字號築柴塘三百丈章家庵內章字號至號字號已新築柴塘五百丈未建竹簍請於章家庵章字號至潮神廟騰字號增築竹簍八百丈并於柴塘西首接築盤柴裹頭一座挑溜南趨至安設竹簍內以石塊擺砌並無樁木

閘闌請於竹簍之外加估圍圓五六寸長一丈五六尺樁木排列兩層簽釘到底則簍不搖動不致坍卸

五月建鎮海塔汎塘外坦水　海甯東塘鎮海塔汎內箴規二字魚鱗大石塘三十一丈建築坦水二層共長六十二丈

六月欽奉　上諭王亶望奏海塘工程沙水情形一摺據稱鎮海塔汎箴規二字號內魚鱗石工塘外請建築坦水二層等語坦水保護塘工最為有益從前塔山等處坦水俱用竹簍頗覺得力此處添建坦水似應亦用竹簍自更足資捍衛著該撫妥酌辦理仍一面據實奏聞至又據稱

岱口外面陰沙漸見刷揭而七里廟一帶新漲陰沙此係極好機會從此日漸南趨亦未可定向來海塘情形每兩月奏報一次現當緊要轉關之時朕心甚為廑念著該撫於下月繪圖再奏一次以慰懸注又披閱該撫進到之圖塘內用深綠中泓用深藍陰沙用水墨各色繪畫分明今此次所進之圖僅用淡水白描不分深淺未能一目了然著并諭該撫嗣後進圖仍照舊式分別顏色繪畫將此由四百里傳諭王亶望知之欽此

附六月請發預備柴薪銀八千兩

閏六月修海甯西柴塘　海甯西塘老鹽倉因字號至克

字號拆鑲柴塘三百八十丈

附九月請發預備柴薪五千兩

冬十有一月修海甯西柴塘　海甯西塘潮神廟迤西騰

字號至藏字號二百丈柴塘自乾隆十年停修今拆

建

四十有四年春三月修海甯西塘盤頭　海甯西塘浦

兜馬牧港盤頭二座乾隆三十七年鑲修今拆築

附估用銀二千九百十五兩零除協辦柴薪外應銷銀

四百九十九兩零

附六月請發預備柴薪銀八千兩

秋七月修海甯西柴塘及東西石塘坦水　海甯西塘老鹽倉
賢字號至賴字號柴塘間段鑲築長七百二十丈東西二塘
檍驟二積字號魚鱗大石塘外坦水間段修砌四百六十
丈三尺
附估用銀共八千一十八兩零
八月增置尖山竹簍　海甯尖山石壩竹簍自乾隆二十七年
閒修築年久竹篾大半朽壞今鑲修并加砌西簍
一層吏爲有益又壩工向未備儲石一千餘方今存五百
餘方亦屬足存貯壩面
附估用銀一千一百五十五兩零

上接四十五年

以上刪

九月修海寧東柴塘　海寧東塘韓家池道字號至
芥字號柴塘修二百八十丈
附估用銀九百四十五兩零
四十五年三月奉　上諭海寧州石塘工程所以保衛沿海城
郭田廬民生攸繫從前四次親臨指授機宜築塘保護連年
潮汛安瀾各工俱為穩固今朕巡幸浙江入疆伊始即親
往閱視石塘工程尚有完好惟繞海寧城之魚鱗石塘內
有工二十餘丈外係條石作墻內填塊石歷年久遠為潮
汛衝刷底樁霉朽兼有裂縫蹲矬之處又城東八里文將字
號至陳文滬密字號止有石塘工七段約共長一百五六十丈

地當險要塘身單薄亦微有裂縫此塘為全城保障塘下坦水所以捍護塘工皆不可不預為籌辦 着將兩處塘工均改建魚鱗石塘俾一例堅穩並添建坦水以垂永久該督撫即派委負確勘估計具奏又石塘迤上前經築有柴塘四千二百餘丈現尚完整究不如石塘之鞏固雖老鹽倉有不可下樁為石塘之處經朕親見然不可下樁處未必四千餘丈皆然朕於民瘼所繫從不惜帑省工俾資保護著該督撫即將該工内柴塘可以改建石塘之處一并派委誠妥大員據實逐段勘估奏聞辦理如計今歲秋間可以辦竣即撥帑赶緊興修若秋間不能完竣則竟是秋後辦理該

督撫其董率所屬悉心經畫以期工堅料實無濫無浮

務期濱海群黎永享安恬之福以副朕先事預籌至

意欽此

四十五年四月奉　上諭朕巡幸浙江由海甯閱視塘

工至杭州老鹽倉一帶有柴塘四千二百餘丈雖因其處

不可下樁爲石塘然柴塘究不如石塘之堅固業經降旨

將可以建築石塘之處一律改建石塘以資永久保障茲忽

憶及該地方官及沿塘居民見該處欲建石塘或視柴塘

爲可廢之工不但不加防護其或任聽居民拆毀竊用致

有損壞則石塘未竣工之前於該處城郭田廬甚有關

係且改建石塘原為保衛地方之計若留此柴塘以為重
關保障俾石塘愈資鞏固豈不更為有益況當石工
未竣以前設使潮水大至而柴塘損壞無可抵禦不幾為
關門揖盜耶著該督撫嚴飭地方文武官將現有柴
塘仍照前加意保固勿任居民拆損竊用將來石工告竣
遲之數年朕親臨閱視尒時柴工倘有損壞唯該督撫
是問欽此

四十五年五月奉　上諭前因浙江海塘改建石工恐該
處居民或視柴塘為可廢任意拆毀竊用致有損壞於
城郭田廬甚有關係曾經明降諭旨令該督撫嚴飭

地方文武各官將現有柴塘照前加意防護以為重關保障將來石工告竣之時此塘亦可留為外衛此旨尚未據三寶奏到茲據三寶奏到摺內乃稱與司道等面加籌酌緊靠柴塘之內下樁築砌石工既可以柴塘為外護則捍衛更為得力等語三寶此摺與朕前降諭旨適相符合其是否業經接奉前旨遵辦何以摺內又無遵旨籌辦字樣著傳諭三寶即將前旨曾否接到之處據實覆奏欽此

四十五年總督三寶疏奏浙江海塘老鹽倉一帶柴塘四千二百餘丈荷蒙　聖主親臨閱視　諭令改築石工實為萬

年经久之至計臣親往逐一覆勘緣此時正值大汛現在柴塘實資抵禦俱屬穩固唯潮神廟前大盤頭西藏字號起舊時柴塘外沙將已刷盡潮水臨塘係關緊要現在石工採辦料物興建尚需時日應將此處趕緊鑲修柴塘一百丈以資保護需工料銀二千三百八十五兩零已飭司委員趕辦至四千二百餘丈柴塘改建石工自應籌度萬全現在柴塘既臨大汛固未便稍有更動而退後多係民田廬舍似應緊靠柴塘之內下樁築砌石工既可以柴塘為外護則捍衛更為得力

是年十月巡撫李質穎奏天字號西添築柴塘十月初六日

以至初五六日連日陰雨山水長發潮汐往來躥過塘身以致
章家庵一帶柴塘間段蟄損坐陷竹簍俱被衝失並將章
家庵天字號迤西范公塘一帶老沙日逐坍卸距老土塘僅
有三十餘丈仰將建築石塘人夫撥往搶護一時人工齊集
刻即下埽搶築趕鑲日夜督辦於初十十一日將該處柴塘
並皆下埽簽樁上躥加鑲完竣現在潮水漸落時交冬令
命可保無虞惟中沙既漲潮汎迴溜逼近塘根不能再
下竹簍現俱趕下木櫃以資抵禦至章家庵迤西范公塘
係民間自築土塘沙性浮鬆塘身低薄且係活水流沙不
能建築柴工儻迤日衝卸竟至老土塘根則塘內下游民

田廬舍在在可虞妥酌定議將從前停修之宿字號至
天字號柴塘二百二十丈趕緊補築查天字號迤西之老土塘
向無柴石塘脚今應添築柴塘五百丈并須將槽開深
柴薪多積高闊樁木亦須用長務期工程堅實尅期報
竣

四十五年十一月奉　上諭據王亶望李質穎奏將三寶錄奏
灑汸之法擇日酌配藥釘樁試辦總未見有灑汸或係河流
順溜之處可以試行有驗若浙省沿海潮汛往來衝激試
行並無效驗等語不知此法前因三寶面奏得自王顯緒
隨令軍機大臣傳諭據稱曾聽伊父王柔說前任浙江海

防道時隨總督嵇曾筠辦理海塘試過也曾有效等
語果尔只此法必用於海塘並非用之於内河順溜處可
也何以現在並無效驗大抵此等如治病偏方必信為有
用虔誠敬配試或可奏效若疑信參半先有一未必然之
見則配試時自必不能盡誠如法更何以望其靈驗看來
此事伊等未免預存成見矣至現在辦理塘工原以督
率負役購採石料多集人夫上緊修築為必辦其配葯
繫椿之法亦可並行不悖總在伊等盡誠試配冀其於
公事有濟安見偏方不可以治病乎將此傳諭王亶望李
質穎並諭富勒渾知之欽此

四十五年十一月奉　上諭據王亶望奏海塘下搶之後
即須砌石浙省産石之山陰等四縣先後据報採就石料
二萬餘丈運抵工所者止三千餘丈僅敷二十丈塘工之用若
先行儘力開槽石料未能應手浙省陰雨較多倘槽
底積水泥濘轉多未便等語石料為塘工所急需自應
加緊購辦尅期攢運以濟要工何以運抵工所者止三千
餘丈以致未能應手王亶望並非現任巡撫不過令其
在工督辦是以呼應不靈李質穎現任巡撫所有一切購
料攢運皆專責豈可稍存諉卸之見著傳諭李質穎
即嚴催各屬將採就石料迅速運工以備急需李質穎

如已起程來京陛見即著富勒渾遵照速辦其在江蘇
洞庭等山分辦太湖石料十一萬三千七百餘丈並着傳諭
閔鶚元速飭各屬毋分畛域赶辦運浙者備用俾
石料充裕以濟鉅工將此由四百里諭令李質穎等並諭
王亶望知之欽此

四十五年十一月奉 上諭據王亶望奏十月下旬潮勢漸減
各工穩固惟章家庵一帶對面新漲陰沙日漸寬潤
距塘僅二里餘速西頭圍地方又新漲陰沙一塊以致潮水
轉成灣勢直射塘身洄溜搜刷根脚所有黃字等字號
竟屬頂衝水深二丈有餘木櫃恐難穩固現擬先從天字

號柴塘以內先行赶辦石工并於天字號內以酌量添建石塘數十丈以備險工等語所辦甚是已於摺內批示矣海塘工程從前該撫等原奏請從辰字號辦起今章家庵一帶既成頂衝則自應先從天字號一帶起所謂急則治標之法該撫等惟務須迅集石料晝夜赶築以防春汛將臨至閱圖內章家庵對面新漲陰沙離塘僅二里有餘則或竟可望其直向北漲與塘相連逼溜南行誠爲不幸中之幸此則全賴　海神嘉佑非人力所能勉強若果陰沙北漲則溜勢可望改趨朕意或從南岸淤邊一帶漲沙施工概行切去沙頭使溜勢得從

南直瀉未始非引溜之一法但其事是否能行朕亦不能懸定已於面中點出著傳諭富勒渾王亶望即公同悉心籌畫據實迅速覆奏亦不必因奉旨此有心遷就也仍具面說奏來將此由六百里傳諭知之並令速行回奏欽此

十一月總督富勒渾奏因范家埠對面漲陰沙日漸寬闊北岸頭圍地方又有新漲陰沙夾峙以致潮溜轉成灣勢直射塘身迴溜搜刷根腳其頂衝黃字字號新築柴工復有衝刷殘缺之處現在水深三丈有餘較前又深丈餘上下迴溜湍激加添之竹簍木櫃亦被衝去

赶緊下埽搶築已屬平穩此時冬令防護自可無虞但轉
眼即交春汛恐難抵禦惟有在於柴塘以後備砌石工以
為重關保障自乾隆元年大學士嵇曾筠辦理海塘曾
有搶險石工外用條石疊砌內用塊石填堵計每丈所用
條石樁木可減魚鱗石塘之半公同定議仿照辦理以期
施工少易而成事較速復察勘頂衝上下關鍵應於柴塘
以內自天字號起直至辰字號以東起砌條塊石塘二百四
十丈再於天字號迤西添砌數十丈共合三百丈以為後
護

四十五年十二月奉　上諭前據閔鶚元奏宜興荊溪二縣山石

南直澫未始非引溜之一法但其事是否能行朕亦不能懸定已於甯中点出着傳諭富勒渾王亶望仰公同悉心籌畫据實迅速覆奏亦不必因奉旨此有心遷就也仍具甯說奏未將此由六百里傳諭知之並令速行回奏欽此

十一月是總督富勒渾奏因范家埠對面汛漲陰沙日漸寬闊北岸頭圍地方又有新漲陰沙夾峙以致潮溜轉成灣勢直射塘身迴溜搜刷根脚其頂衝黄字字號新築柴工復有衝刷坐陷之處現在水深三丈有餘較前又深丈餘上下迴溜澫激加添之竹簍木櫃亦被衝去

趕緊下埽搶築已屬平穩此時冬令防護自可無虞但轉
眼即交春汛恐難抵禦惟有在於柴塘以後價砌石工以
爲重閘保障自乾隆元年大學士嵇曾筠辦理海塘曾
有搶險石工外用條石疊砌內用塊石填堵計每丈所用
條石樁木可減魚鱗石塘之半公同定議仿照辦理以期
施工少易而成事較速復察勘頂衝上下關鍵應於柴塘
以內自天字號起直至辰字號以東趕砌條塊石塘二百四

提行補。

十丈月又奏范家埠石塘天字號迤西再添築　爲後
一百丈迤東添築一百丈共五百丈

縣山石

石質鬆脆難以見方成丈未能適用等語所奏未見實心已傳旨申飭并面諭薩載回任實力督辦矣海塘工程所用石料原有裏外之方所謂背後石料也若不能多購堅細石料原可酌量於頂衝處所用堅細石料以禦潮汐衝激其潮平水緩之處將裏層酌量間用宜興荆溪石料未始不可且即閔鶚元在吳縣太湖所採及王亶望在浙所購石料亦豈無一二石性鬆脆者乃閔鶚元竟以宜興荆溪石質綫紋碎裂未能適用一奏塞責此總因鄰省事務漠不關心如越人視秦人之肥瘠實屬非是著再傳諭閔鶚元務須痛改積習實力督率屬員認真採辦迅速運赴浙

以備海塘要工之用至王亶望等接收石料時亦當酌量
情形攙搭配用使要工速竣而辦理不致掣肘將此由五百
里發往並令富勒渾王亶望知之欽此

四十五年十二月奉　上諭據富勒渾等奏現在赶辦海
塘將黃宇字號頂衝處所於柴工塘後攢砌石工外用條
石內填塊石加高培厚每丈用樁木八十根可減魚鱗石塘
之半一面嚴飭杭嘉湖甯紹五府委派員役多僱人夫添安
橋架上緊赶辦以防春汛並嚴催承辦石料各縣分頭赶辦
勒限運工備用等語自應如此辦理至需用石料屢經降
旨傳諭閔鶚元督率屬員認真採辦迅速赶運赴浙並因

石料有裏層外層之分其頂衝處所自應用堅細石料以禦潮汐至潮平水緩之處不妨以宜興荆溪等處山石間用已諭知閔鶚元實力採辦並諭王亶望等於接收石料時酌量情形攙搭配用矣但浙省亦須就近設法採辦不可專恃江蘇一省購運著傳諭富勒渾王亶望等務須通盤籌畫實心經理以期要工速竣不可稍存觀望之見將此由五百里傳諭知之欽此

是年十二月鑲築藏字等號柴塘一百丈又木字等號柴塘二百八十丈日字等號柴工一百二十三丈七尺又稱建范公塘埽工四百九十六丈

十二月督辦海塘王亶望奏稱范家埠對面水底陰沙漸

闊大溜日逐移西所有添築柴塘業已每十丈臨水自天

字號至良字號沿塘溜勢俱屬湍激現將柴塘加意保護其

趕築之搶險石塘三百丈臣等細察形勢尚屬不敷應於天

字號迤西再添築一百丈迤東添築一百丈共五百丈方與塘

外水勢情形足備捍禦現飭接續一律開槽下樁與前工次

第趕辦以仰副　皇上爲濱海民生永籌捍衛之至

意已

四十六年二月大學士公阿桂奏范家埠

四十六年五月奉　上諭據阿桂等奏海塘沙水形勢旬日

是月奉

以來北岸范公塘一帶老沙已不復坍卸水勢稍爲南趨

此奏見後移此

是月[illegible]諭提行

對面迤北陰沙日見刷低逼塘大溜亦少平緩此皆轉
機佳兆因往來察看除從前所築上下盤頭二座外現
於黃字號趕築盤頭一座章家庵盤頭迤西七十丈再
添築盤頭一座俾上下幫助以挑來回大溜使潮勢日向
南趨陰沙大加刷汕等語所辦甚好應速為之已於摺
內批示矣漲沙原無一定今水勢既漸已南趨北岸老
沙不復坍卸此誠　潮神顯佑大有旋轉之機朕心深
為欣慰此時所築盤頭既甚得力自應督率在工各員
上緊儹辦使大溜日漸開遠其趕築護沙柴埽二百
丈亦應照辦以為保護之計至所創騘椿木緣沙繫椿

牢用盡人力終不能拔動若創驗又恐傷動過多是以不
復創驗等語所奏是亦於摺內詳悉批示從前所釘樁
木規既不能創起則其結實可知轉不必復行創掘致多
損折也將此由六百里發往並將現在籌辦塘工情形迅
速由驛馳奏欽此

四十六年二月奉　上諭據阿桂等奏勘辦浙省改建石
塘一摺內稱前奏請仿照條塊石塘酌增工料加添丈
尺以期施工易而成事速今遵旨悉心覆勘通盤籌酌
條塊石塘究不如魚鱗石塘之堅固按工計料辦理魚
鱗石塘二千二百四十丈工料腳價估銀三十餘萬兩皆

率工員上緊趕辦計四十七年冬間可以完工應如
所奏辦理惟在實力妥爲以期久安黎庶已於摺內
批示矣至所稱老鹽倉立字號至積字號二百餘丈不
能釘樁處所應請仍留柴塘其餘一千五百丈用樁夯
打至四箇半時辰打下一丈四五尺即不能再打沙摺過樁
牢力能擎石或可一律築砌或應仍存其舊等語俟
阿桂到京時面奏亦於摺內批示又據另摺奏稱樁架
一副用夫十三名每日打樁二根按例每樁一根銷銀五
分承辦各員需帮貼銀七八錢不等查有上年浙省商
捐銀二十萬一項除造船用銀約一萬兩尚餘銀十九萬兩

懇請賞給海塘以為釘樁夫役額外貼費毋庸造入報銷
等語自應如此辦理不然此項何用至所請毋庸報銷之
處不報部可也總不奏明則不可并於摺內詳悉批示此項
商捐銀兩着即賞給該處塘工交與陳輝祖嚴飭工員
實力妥辦不許絲毫累民俾稱其直而民樂於從事較
其用兩工易於告成方為妥善且不特商捐一項即王亶望
等前請認罰銀兩及王燧陳虞盛等查抄之項均應歸
入塘工項下實用實銷如有餘存届期陳輝祖另行請旨
再陳輝祖以總督兼巡撫事務繁多自不能常駐工所
王亶望又係革職之人呼應不靈著工部侍郎楊魁之任

江南於浙江情形熟悉著派往浙江專駐海塘工所幫同陳輝祖辦理海塘事務於公務較為有益除明降諭旨外將此由六百里傳諭阿桂陳輝祖知之欽此

此奏移前

四十六年二月大學士阿桂奏范家埠對岸漲沙中衝水溝一道以致大溜逼近塘根今章家菴西并東首萬嘉廟添建盤頭二座近來范公塘一帶老沙不復坍卸水勢南趨對面陰沙一塊已日見刷低潮退時已不甚顯露未回逼塘大溜亦少平緩此實轉機佳兆其從前所築上下盤頭二座頂衝形勢誠如 聖諭尚未十分得力現在

欽遵　皇上指示於章家庵潮神廟東首黄字號内趕

築盤頭一座臣等督飭工員務於十日内完工並公同詳閲

情形酌擬於新築章家庵盤頭迤西七十丈再添柴盤

頭一座以挑未回大溜使潮勢日向南趨陰沙得以汕刷貫

爲緊要關鍵

（是月）又大學士公阿桂奏稱查老鹽倉迤西至章家庵柴塘四千

二百餘丈從前原曾屢議接建石塘始以活土活沙難施樁

石而止繼以塘外護沙接漲廣遠而止所見紛歧迄無成

議上年　皇上南巡軫切海疆　親臨閲視念潮勢直

趨北岸護沙無存塘根水深數丈朝衝暮激一線草塘

豈能捍禦況柴塘易於坍塌年年修補終非長策究不如石塘之堅固　諭令將可以改建石塘之處勘估辦理經王亶望奏明先從辰字號起至伏字號止改建魚鱗石工長一千丈每丈用條石一百十三丈釘樁一百五十根條石在於德清武康山陰會稽餘杭等縣及江南省分辦樁木在於金華衢州嚴州三府屬購辦正在開工間忽以范家埠對岸漸漲陰沙日漸北趨水勢貼塘搜刷以致柴塘屢次間段被衝雖險恐屆春汛更難抵禦而魚鱗石塘採石較難釘樁不易難以及時趕辦因復議於寒字號頂衝之處建築槍修石工五百丈以禦春汛其魚鱗石塘暫行停

辦至李質穎到京面奏改建石塘徒費無益不若於現在柴塘
一律改築坦水實於柴塘有裨等語臣等自到浙後相度情
形檢查舊按柴塘之外止用竹簍木櫃以禦潮汐從無修築
坦水之事毋論塘根臨水深有至二三丈一日兩潮油灰漿汁無
所施用難以釘樁砌石且塘根因藉坦水為保護而坦水亦藉
石塘為倚靠方能堅固若以石鑲柴表裏浮鬆憑何存立此
事之斷不能行者伏思海潮遷徙不常浮沙往來無定此
時章家庵既屬頂衝即迤東一帶亦在在俱關險要是
從前改建石塘尚屬先事預籌而現在之改建石工尤險
為刻不容緩臣等前奏或仿照條塊石塘酌增工料丈尺以

期施工易而成事速之處欽奉　諭旨俟覆勘得實衆議僉同即速上緊興工辦理但條塊石塘不如魚鱗石塘之堅固臣等前奏止就大概情形而論今數日以來悉心覆勘通盤籌畫按日計工按工計料辦理魚鱗石塘二千二百四十丈均可於四十七年冬間完竣伏思　皇上加惠黎元不惜多用帑金爲沿海生民遠籌樂利終以改建魚鱗石塘方可資捍衛而垂久遠臣等不敢因有前奏稍存畏難遷就之見公同酌議富勒渾等所辦搶修條塊石塘五百丈內自天字號而東至寒字號止長二百丈天字號而西長二百丈今自來字號起迤東至食字號二千二百四十丈俱擬建魚鱗石

塘仿照東塘之例量地勢高下或用十八層至十六層不等
應需條石二十五萬餘丈浙省原辦條石十二萬八千七百五
十丈江省原辦條石十一萬三千七百五十丈現運到工條
石二萬一千餘丈僅供搶險石塘之用至續辦魚鱗石塘
應用條石臣等現飭本省並飛咨江省分派購辦嚴催
赶運又所需樁木約估三十五萬根並飭本省金衢嚴三府
屬產木各縣領銀購辦并一應需用料物亦陸續採買
俟現辦搶險石塘完竣尅期諏吉開工以上二千二百四十丈
工料脚價約共估銀三千餘兩臣陳輝祖督率工員上緊
赶辦務於四十七年冬初完工至下橋處所臣等逐段簽

試自來字號至師字號一千餘丈八尺之樁打至六時全行入土而自師字號至率字號即有打至四個時辰方能入土者其自化字號至老鹽倉積字號一千七百丈試樁三處誠如　聖諭沙性澁汕難於下樁附近老鹽倉立字號至積字號二百餘丈不能打樁處所應仍留柴塘外其餘一千五百丈安樁一丈八尺用硪夯打至四個半時辰打下一丈四尺週圍沙土即合攏平樁不能再打查樁木不能深入其底沙堅硬可知沙齧樁牢力能擎石或可一律築砌或因仍存其舊恭候　聖駕臨幸指示機宜再行多分年限接續辦理至現擬築石塘離柴塘土戧二三四丈酌留

坦水地步緣石塘工程全恃塘根堅固保護塘根實賴坦水方能經久實爲第一善策是以議建石塘毋論將來用坦水或用竹簍木櫃皆須預留地步但現在尚有柴塘爲重門保障且工費浩繁勢難同時並舉俟全功告竣後酌地形之高卑水勢之平險或用坦水或用木櫃竹簍因地制宜總期塘根得資擁護其新工未竣以前柴塘仍令照前加意保衛俟石塘坦水一併築成即將柴塘歲修停止以節糜費再遶海甯城之魚鱗石塘內有工二十餘丈外係條石作墻內填塊石歷年久遠爲潮汐衝刷底樁霉朽兼有裂縫蹲矬之處又城東八里文將字號至

陳文港究字號止有石塘七處約共一百五六十丈地當險要塘身單薄石面亦微有裂縫上年欽奉 諭旨今於兩處俱改建魚鱗石工俾一律堅穩今此項工程雖稍可緩仍應先為修築完整俟前項工程竣後再行改建魚鱗石塘務期妥速集事以仰副 聖主宵旰疇咨保護萬民至意

三月大學士公阿桂巡撫陳輝祖奏稱海塘章家庵遵旨添建盤頭挑溜南趨各緣由業經恭摺奏 聞在案茲臣等復親往查勘時屆季春潮勢漸大章家庵東西新建盤頭以來溜勢漸向南開所有范家埠

對面舊漲陰沙二塊其北面小者業已刷盡南首大者亦已
刷低潮退時亦不甚見盤頭之外漸有嫩沙蔣家埠一帶
沿塘水深三四尺不等至現辦搶險石塘五百丈自上年十
月以後陸續添安樁架廣募人夫釘樁砌石分段辦理上緊
督催至本年二月中旬已砌築三百丈完竣今於二月二十日
復將續辦之二百十丈一律砌石全行告竣臣等查驗此項工程
雖較魚鱗石塘稍為減省然堅築地盤硪打樁木嵌夯塊
石逐層疊砌條石一切鬬縫鉤貫尚屬緊密填築土戧亦
皆堅實足資捍衛再搶險石工辦至寒字號現於來字號
起接續趕辦魚鱗石工四百丈業經開槽安設樁架並已釘

樁五百餘根俱能如式深固臣陳輝祖督率在工各員上緊採辦木石儹運物料務期妥速集事以仰副 皇上廑念要工至意

又大學士公阿桂奏稱來字號起迤東至食字號止建魚鱗石塘二千二百四十丈酌定章程奏蒙 聖鑒在按查工段以四百丈為一段分作五限年趕辦按五日計工每限四個月約來歲冬間可以全工告竣今初限四百丈工程已於三月初五日諏吉開工第一緊要以底樁為最緣塘身穩固全在根盤結實所用前面排樁木係比密築打旁無空隙裏層梅花散樁寸節深打入土之後樁面彼此相間處例須

填築碎石并澆灰土俾樁石槽底連成一片庶承重錐工分
外得力石料一項共需丁順條石二十五萬四千八百丈照原奏與
江蘇分半採辦均能如若交工無虞短絀樁木一項共需二十
餘萬根分派本省金衢嚴三府屬承辦各就附近購運如
限解送足數工用又仰蒙我
皇上恩施優渥格外賞給商
捐銀二十萬兩俾後工用價腳充裕寬展乘此春和日永踴
躍將事儹工亦速臣往來工所親加督察務令實料實工在在
堅密整齊以保永遠鞏固仰副
聖主捍衛濱海民
生之至意

又大學士公阿桂據實密陳仰祈
睿鑒事竊照尧與倉

一帶柴塘臨水塘根工程險要仰蒙我 皇上廑念民生
諭令改建石塘實爲保衛久長至計乃臣抵浙後廣訪
衆論俱有因循苟且之見緣此次改建石塘費用浩繁工程
遲速不同今昔情形亦異有報銷不銷斷斷不敷者即如樁
架一副需用樁夫十三名現因沙性泥滯牽算每架每日止
能釘樁二根若按例每樁一根止准銷銀五分是十三名之夫
役每日只得銀一錢實實不敷食用承辦各員均需賠貼銀
六七錢不等他如木石料物或爲額定官價所限辦運均無
不拮据即使酌量加增斷不便多至加倍有餘而藉端派累
尤所不可伏思 皇上於民瘼所係不惜千百萬帑金爲閭閻

樂奖捐悉從不肯以利民之事而稍病民臣仰蘇　聖意
就該省情形通盤籌畫查有上年辦理塘工浙省商人呈
請捐銀二十萬兩一項內除造船需用銀約二萬兩尚餘十八
萬兩臣不揣冒昧仰懇　皇上將此項銀兩賞給海塘以為
額外貼費毋庸造入報銷此外不許絲毫累民俾補其值
而民樂於從事較其用而工易於告成則官員既無所藉口
而小民踴躍爭先不難妥速集事以仰副　聖主加惠海
疆優恤小民之至意

又巡撫陳輝祖工部侍郎楊魁奏稱切臣欽奉　恩命
赴浙同辦海塘於三月十六日馳抵工所察看沿海形勢

所定改建魚鱗石塘二千二百四十丈一帶地方實為捍護
仁和海寧嘉湖之屏障一切興建章程經大學士公臣阿桂
會同臣陳輝祖節次奏　聞於臣楊魁未到之先已分限
開工辦理茲臣等會查自三月初五日起初限四個月開槽四
百丈計用排樁梅花樁共六萬根每塘一丈安樁架一副共
四百副視沙土之堅鬆分簽釘之難易每日下樁均有千根
內外探驗樁底沙土悉皆結實樁木磯分深平為沙土齧
嵌牢不可動並無鬆浮之處人夫中有奮力多打者酌加賞
給以示鼓勵其金衢嚴三府屬解到樁木按每日尚敷所
用現又設法廣為採購以備次限工段蟬聯接打每限工程需用

丁順條石四萬五千五百丈浙省山陰會稽德清武康餘杭等縣先後解到工者已有二萬五千六百餘丈而在宕採成石料亦據報有起運者江蘇省解送到工料石有一萬二千七百餘丈其餘源源運浙者亦接續而來一俟椿木打護即可運片砌石臣等伏思各項章程業已均有條理從此上緊加工務期辦理妥速仰副我　皇上乂安海甸保萬年鞏固之至意

（三月）又工部侍郎楊魁覆奏臣等查老鹽倉一帶塘工自場字號至因字號共長一千七百丈西接現辦鱗塘之食字號東達老石塘之積字號相傳該處沙性澁

汕難以下樁春間臣阿桂等在工時曾經打樁試探共中一千五百丈下樁一丈四五尺沙勢樁牢俱可改建石塘業經奏蒙　睿鑒在按其相近老鹽倉之立字號至因字號二百丈沙性更覺澁汕是以臣阿桂等亦以為不能釘樁臣楊魁駐工三月餘悉心體察並令工員再加簽試一丈八尺之樁儘力硪打下一丈二三尺不復搖動力能擎石惟每副樁架尚須添用樁木以期併力速下是老鹽倉迤東一千七百丈之柴工皆可改建石塘已有明驗因思塲字號至名字號一千五百丈改建鱗塘而獨留立字號至因字號二百丈之柴工恐潮汐往來衝激究不抵石塘之足資捍禦臣等再四熟商不如將一千

七百丈一律改建石工為一勞永逸之計茲欽遵　諭旨親往
該處履勘率領在工各員逐段試驗簽樁一面即飭總局司
道詳議規條核實估計現辦鱗塘二千二百四十丈應用銀九
十一萬兩零今續辦之一千七百丈估需工料銀七十九萬八千
八百餘兩較前僅少銀十一萬四千餘兩緣老鹽倉以下各段
釘樁較難且通工一切夫工口食實有難於節省之處兼之木石
料工等項需用繁多在在均須增益臣等查老鹽倉改建工
程需銀七十九萬八千餘兩除已項開銷銀二十八萬五千餘兩
外臣等伏讀　聖諭此段要工既有益於民生即可及時接
辦如果有工費浩繁不能拘定開銷成例之處亦不妨據實

奏明欽此仰見我 皇上廑念民依不惜多費帑金為濱海生民遠籌樂利之至意合應仰懇 聖恩於正項之外再賞給銀二十萬兩在浙省本年查抄原任嘉湖道王燧等資產奉旨賞給地方公用項下動支報銷其餘不敷銀三十餘萬兩臣陳輝祖另籌款項以濟工需應請照臣陳輝祖會同大學士公阿桂具奏現辦塘工貼費一體毋庸造冊報銷仍隨時奏 聞並嚴飭承辦各員加意稽查務使料足工堅實用實銷以杜浮冒情弊但此次工程費用浩大勢難同時並舉應俟現辦之二千二百餘丈之工全行完竣再行奏 聞擇吉興工赶緊接辦庶免顧此失彼之虞所有臣等會議老鹽倉續辦塘工事合詞據實覆奏

四十八年閏五月奉
上諭　本年二月間據阿桂奏勘辦石塘工程二千二百餘丈督率工員上緊趕辦務於四十七年冬初完工至老鹽倉立字號至積字號二百餘丈不能釘樁處所應仍留柴塘外其餘一千五百丈安樁一丈八尺用硪夯打至四個半時辰打下一丈四五尺週圍沙土即合籠平樁不能再打查樁木不能再打查樁木不能深入其底沙堅硬可知沙襯樁牢力能擎石或可一律築砌或應仍其舊恭候臨幸指示機宜再行多分年限接續辦理等語已批令俟到京時面奏彼時原以老鹽倉一帶沙性漲汕難以下樁且改建要工尚多是以可緩昨詢據富勒渾面奏老鹽倉一帶仍有可以施工之說即阿桂所奏沙襯樁牢

力能肇石或可一律築砌之語是其所見亦似謂此段工程可以
辦理朕思現辦二千餘丈之石塘既於明歲可以完工且距四十九
年南巡之期尚遠此段要工既有益於民生即可及時接辦何
必復待南巡親為相度前此令阿桂到京面奏原因此段工程
應否辦理未能明晰是以欲面詢明確再降諭旨現在阿桂
督勦逆回到京尚需時日着傳諭阿桂即將老鹽倉一帶實
在情形詳悉具奏如果有工費浩繁不能拘定開銷成例之
處亦不妨據實奏明交陳輝祖接辦朕不惜多費帑金為民
生謀一勞永逸之計也將此隨六百里加緊軍報之便傳諭知之
仍著即行覆奏欽此

四十八年閏五月奉　上諭前以浙省老鹽倉一帶塘工是否可以及時接辦降旨詢問阿桂茲據覆奏此段工程一千五百丈可以接續辦理前在工時陳輝祖所見亦同至添用幫貲現辦二千二百餘丈塘工除恩賞銀外尚有另籌添補之項若接辦一千五百丈釘樁較難所需幫貲亦約略相等請敕下楊魁會同陳輝祖將此段工程共應開銷之項若干幫貲若干之處熟商妥酌等語浙省辦理石塘二千二百餘丈計明歲冬間始可蕆工其老鹽倉一帶塘工若一律築砌自應俟現辦工程完竣後再行次第籌辦昨經降旨令楊魁赴閩省暫署撫篆換令富綱來京陛見所有老鹽倉

工程如何接辦並應如何閘銷兩頭及聯貫之處俟楊魁回
至工所後再與陳輝祖妥議熟商具奏亦不爲遲所有阿桂
奏到之摺著令先抄寄陳輝祖楊魁同看並諭令阿桂知
之欽此
◎辛丑年七月奉上諭據陳輝祖奏六月十八九日風勢狂
猛沿海一帶被浪衝損堤工一摺已於摺內詳悉批示矣摺
內所稱現辦西塘魚鱗新石工均一律整齊並無損動石
工之外一帶柴塘有間段低矬一二尺至八九尺不等老鹽倉
迤東各柴塘亦間有矬損七八尺至丈餘等語是日風勢猛
屬該處新建魚鱗石工最關緊要乃據奏並無損動實

堪慶幸其所稱東塘石工自薛家灞迤東有塘身裂縫面上蹲矬者有面石塌卸三層至十餘層不等又韓家池柴工及尖山石壩亦有潑卸塌損之處此段工程亟宜趕集料物加鑲築搶護以期迅速完固爲要至平湖海鹽沿海各工有被潮浪衝激塌卸者亦著該督飭屬趕修妥爲辦理若有成災者不可諱飾亟宜撫恤毋致失所至另摺内所奏是日風狂浪湧沿海陰沙多有消長變動之處如章家庵對面新漲陰沙一塊逐漸移近約長四里闊數十丈等語新漲陰沙因風潮變動漸衍移近塘工因此或轉可南坍北漲逐漸增長於保護

新建石塘工程較爲有益著將此由五百里傳諭陳輝祖仰
將如何搶築補修完固情形迅速覆奏欽此
是年正月接築章家庵迤西埽工三十丈又接築范公塘埽
工五十三丈又接築一百四十丈又建范公塘挑水大石壩一座七月
加鑲藏字等號間段柴塘工長三千一百九十六丈三尺八月鑲
築韓家地趙字等號柴塘二百八十丈拆鑲曹將軍殿前柴
盤頭一座九月鑲築得字等號柴塘三百四十丈十月建築
鎮念二汛畫字等號坦水五十六丈五尺又鑲築潮神廟晉兜
兜馬牧港柴盤頭三座
謹按石壩共十一座其係在外辦理者不復詳載其有報部

核銷者仍按年分叙云

閏二

計六拾六張

九月十八日收

閱

總纂沈

纂脩張

陶

章

金

海塘第二冊

海塘三

乾隆二

關豫編輯

海塘三　乾隆二

四十七年二月巡撫陳輝祖奏稱恭報續辦鱗塘開工日期竊照浙省現辦鱗塘二千二百四十丈經臣　奏明以四百丈為一限分作五限半辦理每限派委同知等官四員各承辦一百丈挨開槽釘樁砌石程式原係層次相承請於初限辦至砌石時即將下限接續開槽遞進挨次蟬聯而下俾夫工不致間斷又以石料係陸續採運到工酌令就各段落一律牽勻先為攤砌四五層俟有續運石料再按層加砌結頂以期工無停待已奉　硃批欽遵督飭趕辦並將初限至五限半按工計日原應至本年冬間完竣若加緊趕辦擬於春夏之交蕆事經此工作更易接辦亦經

奏聞在按茲查各限條石自去冬迄春均經砌至七八層一律齊平其應辦新工一千七百丈本可照依原奏辦法於二月間即行接續開工惟是通工段落綿長新工一經開工二限之開槽下樁即接砌初限砌石之後又有原工各限十一層應行加砌之鱗石若一併通匀攤砌不特在工夫匠不能多為添集即往返稽查照料亦慮鞭長莫及查各處所辦鱗石自上年來宕工因係入山生手不能多催江海運期無定再四設法添工添運今春來石料已陸續運積工次適值天氣晴和之際催辦之石源源而至核計五月內石料俱可全數到齊似應於原辦各工乘此逐段加高庶自

前多得一層砌築即此後少一層工作然後一面即開新工則人
夫物力俱可逐漸節有餘力於續辦之工督催較易臣與司道
親往督辦今於三月二十日初限四百丈已砌築十八層二限亦
已砌至七八層鉅工屹立如山洵足永資捍衛自此按段接續增
高約七八月間俱可砌足十八層其漫頂一層須揀選寬厚長大
條石在工所鑿鑿光淨隨時鋪蓋約秋冬之間亦可一律全竣
新工自當即行開工以便逐漸佈置隨時加添工作臣即擇
吉於三月二十四日開工酌請分作三限辦理初限二限各五百丈
三限七百丈按限挨次開槽釘樁砌石各事宜悉已逐一酌定
章程妥速辦理其應需石料臣另覓山宕加工採添並咨明

江蘇撫臣閔鶚元照分半採辦之石每月於運工一萬丈外再加運二千五百丈以速要工應需樁木前因浙省各屬採購惟艱經臣奏明專委同知方鼒泰勒限承辦務期在在工堅料實永遠鞏固以仰副
聖主保衛邊海民生之
至意

四月總督陳輝祖　奏海塘頭圍開濬引河均切照仁和縣西塘頭圍為江海交接之處乃前於老塘之外添漲沙塗寬亘至十餘里阻阨水道以至沙迴溜轉形勢兜灣范公塘以東則受江水之迴瀾日漸搜刷章家庵以西則被來潮之巨浸衝擊灘塌臣於上年春夏迄今時加察看因情形

日見變遷屢經　奏明設法建築埽工盤頭㧞收挑溜保護
之益無如頭圍南向長山一帶兩岸沙塗對合以浩瀚之狂
波夾束行折而行一年以來雖工程隨時修築塘根不能堅固
臣細加籌計如南岸之沙綿延每千丈不惟難以疏濬導引
但沙性旋開旋淤從前屢辦引河迄無成效即北岸開河亦
慮潮過沙停徒致費工糜帑今查得該處潮頭自東趨高
而下日夕兩次凡沮洳灘暖之處指顧跡漫而過去來捷於
一瞬尚無衝突之險惟至迴潮挾江水而來或汐期盛大山水
陡發則該地之被汕嚙爲尤在因思頭圍挺出海灘在長若
順江海往來之勢於溜行直注之處開切通流則沙淤自

無停積逐相度其地必須於頭圍中段創挖成河待山
水暴注之時即為開放借其趨江奔騰之勢導之由西
而入直出東江并南注岸沙既得及浪順流而且攻沙惟
山水最為得力自可斯日漸衝刷寬深暢行直達因與該
司道商議赶辦開挖引河長七百五十丈寬二十丈深七尺
於二月初八日興工至三月十九日完竣適於二十一日山水漲發
臣與司道親往督率開放頓見江潮大溜直趨引河今
已一月有餘兩岸日加衝塌原寬二十丈者今已寬至九十
餘丈原深七尺者今已深至二三丈以外其東口相對南岸
上下沙塗已坍去三百餘丈長一千餘丈撤高二三尺至五六、

尺不等又轉下一段坍去二百餘丈長四百餘丈坍高五六尺不等
范公塘一帶溜勢漸緩貼近埽牛柴工間有沙淤范家埠
對面陰沙亦有坍動起坍之處潮神廟至翁家埠離塘九
十餘丈新露水沙長六百餘丈寬十餘丈至四十餘丈潮來
漫過潮退顯露其范公塘前議添建盤頭此時似可緩停
是皆仰賴　聖主福佑漸有南坍北漲之機將來魚鱗石工
一律完竣自為鞏固綿延海波恬息蒼黎盡沾樂利
之庥

四十七年五月奉　上諭據陳輝祖奏海塘頭圍開濬引河
江潮暢順一摺所辦甚合機宜已有旨復還該督原品頂戴

並將在工司道以下各官交部議敘矣至摺內所稱將頭圍
挺出沙灘溜行直注處所開挖疏通辦理固為得力但閱
畫內對面陰沙坍寬二百餘丈長四百餘丈之處江潮到此
紆迴仍不能直注向東未免稍有碍阻就目下形勢而論如
能將紅點處陰沙再為設法一併開切俾引河溜勢直趨
更為徑捷但不知能如此辦否著傳諭陳輝祖悉心詳勘
即行據實覆奏欽此
四十七年十一月奉　上諭浙省海塘一律改建石工朕於前
歲南巡時親臨周閱指示以為一勞永逸之計當據王亶望
奏稱海塘老鹽倉一帶若改建石塘猝遇潮汐較之柴塘

鞏固足資抵禦況浙省民間需用葦柴炊爨若改建石塘
完竣每歲即無需採辦此項柴觔於閭閻生計大有裨益但
地方官因緣為利或欲因歲修柴塘以為開銷工料之地
等語王亶望現在雖已伏法而其陳奏此事自屬切當原不
可以人廢言近召見大學士嵇璜屢有柴塘不可去之說柴
塘為保護石塘原無拆去之理若石工一律告竣則舊有之
外層柴塘祇可聽其自然不必照例仍留歲修為地方不
肖官吏浮冒開銷地步且於民間日用柴薪亦有為益但
歲修固可不必而竊毀則不可不防全在該督撫嚴飭所
屬派委員弁時加稽察毋使奸民私拆偷燒則柴塘仍

可長留爲外層捍護即有風潮汕刷亦尚可支數十年彼
時石塘工程愈益堅固更可無事重門保障著傳諭富勒
渾留心查察伊赴閩時即告知福崧妥協經理俾得永資
捍衛再自去年改建石塘以來柴塘曾否添修有無開
銷工料銀兩著該督等悉心查明一併據實覆奏將此由四
百里諭令知之欽此

四十七年十二月　上諭浙江海塘工程前據陳輝祖奏所有
蓋面石塊俱用一律尺寸鋪墁其現已辦竣工段均係如此
辦理但此項工程浩大購料甚多所有蓋面石塊祇須平
整堅固期於久遠其每塊尺寸即稍有長短闊狹不齊不

妨搭甎鋪漫庶採購既爲便易而工程亦可迅速完竣若必
拘定一律尺寸轉致靡費周章且於塘工亦恐因此遲延着
傳諭富勒渾福崧將現在各段塘工蓋面石塊即遵照此
旨辦理欽此

廿六日巡撫福崧奏稱查續辦魚鱗石塘一千七百丈內工尾老
鹽倉丹字號二十丈係與舊石塘交接之處必須臨水施工尚
未釘樁原議先築月壩以禦潮水續將舊壩拆開拾每丈
再用新石接湊外築盤頭以資保護臣詳細察看該處係
當頂衝每日兩潮勢在洶湧既恐海內築壩難以抵禦且
新舊湊接之處或一時粘連尚未結實殊有關繫臣愚昧

之見似應毋庸拆動舊塘即將新工接連添砌每丈插入舊
塘後身則交接處所得以層層保衛仍築盤頭一座以挑大
溜於形勢更爲鞏固

十二月總督富勒渾巡撫福崧奏爲遵
旨辦理事伏查魚鱗
石塘全在釘樁結實鑲壓堅固力可垂諸永久其餘蓋面石
塊稍有長短闊狹本無關於輕重若必拘定尺寸務求一律購
採既已掣肘而挑選驗收更易滋駁換勒索之弊欽遵
諭
旨妥協辦理務期工程堅固迅速完竣

是年五月拆築念里亭祿富頗翦等號石塘六十八丈九尺又
建築祿字號坦水六十四丈九尺六月又拆築廣嶽宗字號石塘

三十五丈五尺又築廣字號坦水六十丈六尺九月鑲築木字等
號柴塘二百八十丈十一月又鑲築藏字等號柴塘一百丈十二
月又建築隨外受字號坦水四十一丈八尺
四十八年三月奉　上諭據永德奏海塘章家庵以西之老
土塘形勢兜灣潮水頂衝最為險要從前於迤西斜注
一帶建築埽牛柴工四百九十餘丈因在沙上興工土性浮
鬆不能堅實且坎下水深丈餘日修日損終不能保其穩固
莫若於貼近之老土塘外酌量添築柴工以為護衛即將
來日久小有塌卸損亦易為貼補不致如此時所做埽工費
用較大等語此項所做埽牛柴工正值潮水頂衝且在沙上

建築其性自然浮鬆不能得力著傳諭富勒渾福崧是
否如此情形即速查明應如何辦理之處據實覆奏至
永德所稱於貼近老土塘外酌量添築柴工較為省費
並著該督等通盤熟籌悉心酌議具奏再此項工程必須
迅速辦理即勘估奏聞辦理若非緊要之工即於明歲南巡
時候朕親臨指示再行定奪亦無不可將此由四百里諭令
知之永德原摺並角俱著抄寄閱看欽此
四十八年巡撫福崧奏請范公塘建築坦水石壩其偏北石壩
一座底長十六丈六尺面長十二丈底寬十二丈面寬十二丈八
尺迤南石壩一座底長十丈七尺面長十丈五尺底寬十二丈

七尺面寬十二丈五尺」
「又巡撫福崧遵　旨奏覆於天字號及天字號迤西添建盤頭
一座並於范公塘工頭添築挑水石壩一座埽工二百五十餘丈
旋因四十七年八月風潮較大西首未建柴塘之處潮水漫
進直抵老土塘根復經督臣富勒渾於十一月內　奏請添
築柴工二百餘丈臣查勘該處離水甚近尚不足以資抵禦
又接築一百丈共三百丈現已催辦完工尚有未築之一千五
百餘丈亦經　奏明民竈自行捐築土堤藉資保護此近
年辦理范公塘之情形也本年入春以來因上游得雨較
大山水漲發潮汐旺盛該處前築埽牛工程致有間段矬

勢雖經挂纜柴因根腳空虛柴隨水去復用竹簍木櫃沉石下水亦因力量輕微難資抵禦且不能簽釘樁仍易衝失臣節次親往工所詳加籌議旋經購覓長五六丈之大船滿載石塊沉至水底仍用塊石疊壓其上堆出水面藉護塘根船大石多力重難搖屢經回溜搜刷而船隨水沉石隨船下根腳結實頗有成效自二月試辦以來已沉船三十四隻計長一百七十八丈用石四千五百餘丈方已過朔望兩汛尚屬穩固現仍接續照辦以護塘根此又現在辦理范公塘之情形也至從前章家庵黃字號工段欽遵 諭旨建築盤頭以後挑溜甚為得力附近黃字號各

工俱賴平穩今范公塘工段呂興司道等再四籌議該處現在水深不能釘樁下柴建築盤頭擬於沉船處所就其頂衝建做挑水石壩使來回潮溜不致逼近塘根並擬多購柴觔堆積工次以備伏秋大汛仰賴聖主洪福如天水勢得以日就南趨北岸沙塗增漲則他險爲平可期一律鞏固

四十八年四月　上諭據福崧奏辦理范公塘情形一摺内稱該處原築埽工因回溜汕刷致有間段矬蟄現在用船沉石以護塘根自二月試辦以來沉船三十四隻已遏朔望兩汛並無低矬尚屬穩固等語此事甚關緊要當

勒渾福崧從前何以並未奏及直至今日福崧奏到朕今方知心中並無此事殊爲奇怪范公塘一帶既屬潮水頂衝其原做掃工本在沙上建築土性自然浮鬆不能得力且因回溜汕刷塘根易致坐蟄伊等現在用石沉船亦係暫時防護補救目前非一勞永逸之計看來章家庵以周東普建石工重重保障自可永遠安瀾而章家庵以西僅藉范公塘一道形勢單薄將來是否一律改建石塘以資捍衛之處俟明歲南巡時朕親臨閱視指示機宜再行定奪但目下情形如何將來伏秋大汛是否可以保護平穩着傳諭富勒渾福崧通盤熟籌詳細繪圖貼

諭迅速覆奏以慰懸注再福崧奏現擬於沉船處就其頂衝建做挑水石壩使來回潮溜不致逼近塘根亦係抵禦頂衝之一法自應如此辦理但閱圖内所繪築壩之處稍覺偏北朕意尚應移築向南以挑水勢俾大溜日就南趨於刷沙方為得力已於圖内用硃筆標記著將原圖發交福崧一并遵照妥協籌辦將此由六百里傳諭知之仍著將該處近日情形速行覆奏欽此

「四十八年六月奉　上諭據富勒渾等奏會勘海塘沙水工程情形一摺已於摺内詳悉批示矣據稱范公塘一帶若一律添築柴塘不惟購買物料需費浩繁而為時甚

迫亦趕辦不及況老土塘根脚同係淤沙土性浮鬆即添築柴工一遇潮汛頂衝亦不足以資抵禦等語看來范公塘一帶竟須一律改建石塘方可保衛廬舍桑麻俾濱海黎元永資樂利朕於捍衛民生之事從不靳多費帑金況該處較現築魚鱗石工所費不過三分之一尚易辦理俟明歲南巡時朕親臨閱視指示機宜再行籌辦著富勒渾等原摺抄錄一分並原奏發往阿桂閱看阿桂於該處情形素所熟悉著將應否如此辦理之處就閱看見所及據實覆奏再富勒渾摺內有抵杭後即會同福崧馳赴工所之語自杭城抵海塘不過十里安用馳赴此乃庸劣幕賓不

通文義所致富勒渾等於具奏事件何不細心檢点若此耶
將此一併諭令知之欽此」
「四十八年六月奉　上諭浙江范公塘一帶看來竟須一律改建石塘以資捍衛昨已諭知富勒渾等矣本日據閔鶚元奏江蘇省續辦浙塘石料於四月二十九日全數起運其由浙省挑退者亦補運完竣等語前經該督撫奏稱建築魚鱗石塘分限辦理需用石料甚急江蘇隔省採運稍艱是以浙省購辦應用前又經降旨富勒渾等將各段塘工蓋面石塊不拘尺寸不妨搭配鋪墁以期迅速完工是此次已先鋪墁江省續辦石料運至浙省必有存剩即可留為改建范公塘

之用著富勒渾等細心履勘若該處塘工必須改築方可永
資保護浙省亦應預行採辦免致臨時靡費周章況凡事
預則立若今歲物料齊全明春南巡時朕親臨閱視指示機
宜降旨後即可興工辦理一年之内無難告竣俾鉅工屹立海
濱黎庶咸慶安瀾至富勒渾摺内有老土塘根腳同係浮
沙土性浮鬆之語從前老鹽倉一帶亦係沙性浮鬆難
以開槽打樁乃自改建石工一律穩固堅實可見事在人爲封
疆大吏於民瘼所關斷不可存畏難之見該處改建石工所
費不過較前三分之一方今府藏充盈即多費數十萬帑
金捍衛民生使閭閻永臻樂利亦所不靳也著傳諭富勒

渾等善體朕意熟籌妥酌將此次江省運到石料塘工
完竣後尚存若干將來興工仍須添用石料若干之處
詳悉核算據實具奏將此由四百里諭令知之欽此
八月巡撫福崧奏為原辦續辦石工全行完竣竊照浙江
為濱海要區全藉塘工保障仰蒙我
皇上念切民
生凡有益於修防無不上勞
睿慮復
念章家庵
至老鹽倉一帶僅賴一綫柴塘捍禦全海潮汐形勢
單薄
特頒恩旨
指示機宜不惜多費帑金一律改
建魚鱗石塘為萬年經久之計
天恩浩蕩億兆蒙
庥查原辦續辦之魚鱗石工共三千九百四十丈臣等到

任後原辦之鱗工二千二百四十丈面石尚未砌複續辦之
鱗工一千七百丈已在興築節經往來工次親加查看並督
率各工員等詳慎稽查實力辦理茲於七月二十四日面石
俱已砌複通用一律全完臣等復同司道各員前往該處
詳加復勘均屬如法砌築整齊堅實恭候明春　聖駕
巡幸　親臨閱視一面飭司將用過工料價銀按照原奏
分別造冊臣等詳加察核題銷具奏外所有原辦續辦
魚鱗石工全行完竣緣由理合恭摺奏　聞
謹按原辦准銷銀七十八萬九千八百二十二兩九錢一分四厘
内例估銀三十九萬一千三百兩三錢一分加貼銀三十九萬八

原辦摺閱視下○

千八百十九兩六錢四厘續辦准銷銀五十三萬九千二百二十四兩七錢六分一厘內例估銀二十二萬五千一百五十兩九錢四分一厘加貼銀三十一萬四千七十三兩八錢二分工尾接築十丈准銷銀二千九百二十九兩五錢五分六厘內例估銀一千六百八十一兩九錢四分一厘加貼銀一千一百四十七兩六錢一分五厘又塘面溝漕准銷銀三萬二千二百六十七兩七錢六厘關係實用實銷報部覆准

四十八年九月奉　上諭從前臧住來京陛見時面詢海塘石工情形據稱老鹽倉一帶因沙性澁汕不能釘樁彼時在工籌辦曾有一老兵言及該工下樁必須衆樁合力

同時齊下方能堅實不致已釘復起後如其法試釘樁木果有成效及訪查其人無可踪跡似有神助等語現在老鹽倉石塘已一律改築完竣其所稱老兵指點之處是否實有其事富勒渾等抑未經眼見不能深悉而盛住係在工目覩之人及從前道府丞倅兵弁夫役人等見此神靈助佑必羣相驚異傳述不忘如詢其事屬實則係神祇效靈如各水龍王廟之白老人故事或於該處建祠以答靈貺亦為捍衛民生祀典所應得也著傳諭富勒渾等詢問盛住並詳加採訪此事究屬有無據實覆奏欽此

奏事臣
諭旨查明據實覆
卞月總督富勒渾欽遵
會同撫臣福崧面詢藩司盛柱據稱前在工所督辦鱗
塘見椿木先用大竹探試俟扦定沙窩再下椿木加以夯築
入土甚易更復堅固隨詢問工員僉稱開工之始沙性澁汕
多有已釘復起難以下椿時有老人指點以竹探試之法用
之果有成效適工一辦照辦及跟查其人已無蹤跡衆皆
傳為神助本司詢訪屬實因於　陛見時奏　聞等語
隨行據杭嘉湖道周克開等稟覆無異臣等復又悉心採
訪衆口僉同至衆椿齊下之說實因梅花椿木係五木攢
作一處雖下椿原有先後而將與槽平之際沙土澁滯五

樁不無參差必須一齊夯硪使樁木悉平俱各堅緊方
能鋪砌石塊是以有衆樁合力同時齊下之語伏思老鹽倉
一帶建築鱗工仰蒙 皇上仰俯卹民依不惜重帑為瀕海
羣黎興萬年之利是以 上蒼默佑百神效靈鉅工得以早
竣自應欽遵 諭旨照昭報明禮查老鹽倉本有潮神廟
臣等現在勘修合無仰懇 天恩賜製 宸章紀其靈
異 須給臣等敬勒貞珉建亭豎立廟右仰冀潔涓致
祭以答靈貺而垂永久
四十八年十一月奉 上諭朕於明年正月十一日啟鑾巡幸
江浙閱視河工海塘所有應行事宜各該衙門照例預

備欽此

四十八年十二月　上諭浙江海塘工程業经一律告竣所有應用銀兩若干及現存銀兩若干何以未據該督撫將開除現在實數題明報銷即著查明覆奏至范公塘一帶明年朕親臨閲視後若果必須興工一律改築石塘時其採石鳩工均須預籌畫費用現在該處存銀是否敷用之處著富勒渾福崧詳晰查明一併據實覆奏將此諭令知之欽此

是年正月及范公塘外沉護船石工三百八十四丈四尺五月又改建鎮念二风將相等號石塘一百八十八丈二尺又築將

字等號坦水一百四十一丈九尺六月又改建念里亭汛逐號
踐等號魚鱗塘三十五丈二尺又築鎮念二汛婦字等號
坦水一百二十丈四尺八寸勒字等號坦水四十二丈十月接築
范公塘埽工三百丈培築埽工一百七十丈八月又加接沉護
船石工一百六丈八尺九月又范公塘外增築石壩四座又改建
念里亭汛收用字號魚鱗石塘十八丈七尺九寸十月又
築鎮念二汛訓九等號坦水三百十九丈五尺
四十九年三月奉　上諭据福崧奏兩浙商人何永和等欣
逢翠華幸浙惠洽東南又於范公塘改建魚鱗石塘承
資保衛該商等情願依照老鹽倉改建鱗塘捐數共捐

輸銀六十萬兩以効下忱等語兩浙商人資藉官鹽營
運獲息今因范公塘一律改建石工閭閻得資保護永慶
安瀾伊等桑梓情殷輸忱報効甚屬可嘉自應俯從所
請所有此項銀兩連前次發交公項一併歸入海塘工程應
用工竣照例核銷該商人等並著加恩交部議叙該部
知道摺并發欽此

四十九年五月奉　上諭浙江建築石塘所以保衛民生關
繫甚重前庚子南巡時朕親臨閱視指示機宜於老鹽
倉舊有柴塘後一律添建石塘四千二百餘丈次第興修
於上年七月間告竣因其砌築堅整如期蒇事工原欲

将該督撫及承辦文武官員交部分別議叙今抵浙後親臨閱看乃所辦工程不惟不應邀叙並多未協之處蓋朕於老鹽倉添建石塘固以護衛民生亦因浙省柴薪日益昂貴歲修柴塘採辦薪芻致小民日用維艱是以建築石工為一勞永逸之計庶於閭閻生計有益然石塘既建自應砌築坦水保護塘根乃陳輝祖王亶望並未籌畫及此而後之督撫亦皆置之不論惟云柴塘亦不可廢此乃受工員慫恿為日後歲修冒銷地步況朕添建石塘原留柴塘為重關保障並未令拆去柴塘前降諭旨甚明也若如該督撫所言復加歲修又安用費此數百萬帑金添築石

塘爲耶又石塘之前柴塘之後見有溝槽一道現在積水並無去路將來日積日甚石塘根脚勢必淹浸滲漏該督撫亦並未慮及又石塘上堆積土牛甚屬無謂不過爲式觀起見無當實際設果遇異漲又豈幾尺浮土所能抵禦耶所有塘上土牛即着填入積水溝槽之內仍將柴塘後之土順坡斜做衹需露出石塘三四層爲度並於其上栽種柳樹俾根株蟠結塘工益資鞏固如此則石柴連爲一勢即以柴塘爲石塘坦水且令柴塘亦時見其有坦水也總之現在柴塘不加歲修二三十年可保安然無事即如范公塘尚歷多年況此歷年添建工程更爲堅實耶

至范公塘一帶亦必須一律接建石工方於省城足資永遠鞏護著自新築石塘工止處之現做柴塘及挑水段落起接築至硃筆圈記處止再接築至烏龍廟止亦照老鹽倉一帶做法於舊有柴塘土塘後一律建築石塘將塘槽填實種柳並著撥給部庫銀五百萬兩連從前發交各項帑金交該督撫據實核算分限分年董率承辦工員實力堅築仍予限五年分段從東西陸續修築俟工程全竣後朕另行簡派親信大臣閱勘收工以期海疆永慶安恬民生益資樂利該部即遵

諭行欽此

四十九年是六月范公塘接築埽工一千五丈

「九月巡撫福崧奏称范公塘添建鱗塘澈擇於十月十三日開工臣惟有凛遵　聖訓親率司道工員實心實力詳慎妥辦以期工歸實濟永資鞏固」

「五十年五月奉　上諭据富勒渾等奏浙省原辦續辦海塘動用加貼銀兩俟興新工逐款確核比較亦可酌量刪減等因一摺内称每釘樁一根加銀五錢有餘與阿桂原奏每每日釘樁二根應加銀六七錢之處不符又原辦續辦鱗工當時何項必須需例外加增何項必須需例外添備前據臣陳輝祖未經逐款酌定章程等語海塘釘樁工價前因先

鹽倉一帶沙性汕濫經阿桂奏明每日釘樁二根加銀至六
七錢已屬寬爲支給今每釘樁一根加銀五錢有餘是釘樁
二根竟需加銀一兩有餘似此加增不已伊於何底況所云例
外加增者原指例價不敷有必需支用之處方准其酌量增
給既係實用實銷則何項應行加增何項無庸添備不難逐
款稽查且富勒渾福崧二人接辦塘工亦非一日何得以陳輝祖
未定章程至今始行查辦該督等此奏雖稱比照新工酌量
删減意似從嚴而將來報銷時或即借此爲浮冒地步亦未
可知著傳諭富勒渾福崧即查明釘樁工價因何每根加
至五錢之多並其餘所用加價何項應准應減之處逐一

詳細據實覆奏毋任工員等藉端虛冒致滋弊混將此諭

令知之欽此」

「五十年九月巡撫福崧　奏报八月分海塘南北兩岸沙水

情形悉與前月奏报無所增減一切柴土石塘暨石壩各

工俱甚平穩再范公塘初限鱗工五百丈現砌第十層條

石二限五百丈亦砌第五層條石鑲抵均屬縝密又新建柴

工迤西土堤之外護沙日漸坍刷現僅寬五十餘丈至一百四十

餘丈不等離塘較近應請再行接築二百四十丈以資保衛」

五十四年九月范公塘外沉護塊石一百丈十二月修築念里亭

汛諸字等號坦水四十九丈四尺拆築漢馳譽字號石塘

三十六丈七尺

五十一年三月户部尚書曹文埴刑部侍郎姜晟工部侍郎伊齡阿奏爲遵旨據實覆奏事切臣等於三月十一十二等日兩次奉廷寄諭旨命臣等前往海塘履勘將柴石兩塘得失及現在如何辦理方資鞏固詳細籌畫據實具奏等因當將奉到諭旨緣由恭摺奏覆在按茲臣等會同撫臣福崧率領布政司盛柱海防道清泰及在事工員從范公塘東現在開槽釘樁砌石處所行歷章家庵老鹽倉一帶石塘直至海甯州城外舊石塘止往復周視嗣回至杭州又復由老江塘至范公塘詳

细覆勘并傳詢衆論靳察形勢伏查老鹽倉以西近年淤沙南漲大溜北趨沙塗盡入潮汐直逼塘根實非一線柴工所能捍禦乾隆四十五年我　皇上親臨相度自老鹽倉至章家菴一帶　命建石塘共計四千五百丈爲沿海居民永籌樂利閱四歲而工成嗣於四十九年復蒙聖明指示將柴塘石塘之間所空溝槽填土種樹俾柴石兩塘合爲一勢即以柴塘爲石塘之坦水表裏完固臣等身履其地實欽服我　皇上之先機洞燭計出萬全也其章家菴以西至范公塘一帶續奉　諭旨一律添建石塘查章家菴工尾至范公塘適東　硃筆圈記處止所有

急工二千一百一十丈勢稍斜西其間十段至十三段當頂衝受
水最為喫重餘亦迴溜直逼塘根尤非石塘不能永固並
蒙 聖諭石工告竣之後亦即以柴工為坦水俾作重關
保障無須另建坦水若范公塘以西 硃筆圈記處起至
烏龍廟一帶原估勘石工二千九百三十丈約計經費一百
二十二萬餘兩當時列為後工臣等經行該處土塘一道
即名范公塘高自五尺至八尺不等底寬二丈五尺至三丈五
尺不等頗為堅固塘外沙漲由烏龍廟起漲沙已寬至
四百餘丈其迤東如三官堂等處舊漲熟地七百餘丈沙外
又三百餘丈是已至一千丈有餘桑麻廬舍彌望相連詢之

土人尋常潮汐竟不能到即值潮大之時偶有漫水於
田廬並無妨碍迥非　硃筆圈記以東水勢直逼塘根者
可比石工誠為可緩臣等與撫臣等公同商度議得章
家庵西至范公塘東現在興建石工二千一百一十丈實為衛
要急工均須開建竣事其外衛之柴工應遶過石塘工尾
往西接築二三百丈並遵　旨於　硃筆圈記處塘外添
築挑水大石壩一座以資捍衛其石塘後土二千九百餘丈
應請暫行停止至於柴塘日受潮汐往來汕刷勢不能
無蹲矬今既以為坦水若不隨時修補不能抵禦大溜
臣等查老鹽倉以西舊建石塘皆有坦水二三層不等每

遇潮水衝激即行修補由撫臣題咨辦理是坦水既有歲
修則作為坦水之柴塘現在亦應一律籌辦方足以當潮
勢之內衝而為石塘之外障倘數年以後南坍北漲蹲埋
無虞歲修自可減少臣等仰蒙　皇上以塘工關係民
生保障委令覆勘籌畫謹就愚昧所見據實直陳並
將章家庵以西塘工繪圖貼說恭呈　皇上訓示再福
崧所奏石料厚薄配搭成砌之處查上年十月布政司
盛柱兩奏前件經軍機大臣遵　旨會同大學士嵇璜議
得面石一層仍一律鋪用厚一尺石料外其餘配搭成砌厚
薄適均至薄者以八九寸為率不足八九寸者不得濫行

搭用等因奏准行知在案今石料寬窄勻用與厚薄事
同一律應令遵照辦理
又奏查新建石塘若照老鹽倉以東舊有石塘一律修建
坦水所需工料價銀不下一百數十萬兩且坦水亦須歲修今
既以柴塘為坦水可無需興築坦水之費至後辦石工二千九
百餘丈如蒙 俞允停止既省用銀一百二十餘萬兩加以藩
司盛住上年面奏餘銀六十萬兩共計餘銀一百八十餘萬
兩庫存帑項頗為充盈查該撫原奏籌修柴塘經費所
標商捐二十萬兩及生息官項分作五年本息兼收轆轤
繳發事近累商誠如 聖諭未便准行若借帑給商一

分行息商人尚得稍霑餘潤似應如該撫所奏即於餘
存項下撥銀五十萬兩交與撫臣酌量發商按引勻借計
每月一分行息歲可得銀六萬兩專作老鹽倉以西新舊
柴塘歲修經費據實報銷仍令於年底專摺奏 聞以
昭慎重則柴工可以永資外衛兩帑項亦不致格外多糜
臣等目擊情形悉心商度此項歲修之費如不預為籌
及久之恐致累民是以據實附摺奏 聞
六月大學士公阿桂奏為遵 旨覆勘據實具奏事切臣接
奉 上諭阿桂到浙後可往海塘詳悉覆勘所有范公
塘原定緩工二千九百餘丈已據書文埴等奏請停止是否

毋庸辦理足資保護之處將实在情形親往履勘据实覆
奏欽此臣阿桂於審辦事件之暇同尚書臣曹文埴撫臣
伊齡阿親往沿塘詳細履勘查浙省海塘自章家庵至
老鹽倉一帶乾隆四十五年我　皇上親臨閱視　命建石
塘四千九百丈四十九年又蒙　聖明指示將柴塘石塘所
空隙槽填土種樹俾柴石兩塘合為一勢即以舊有柴塘為
坦水表裏完固其章家庵迤西至范公塘一帶續奉　諭
旨一律添建石塘內章家庵以西石塘工尾起至范公塘迤
東　硃筆圈記處止二千一百一十丈形本灣兜又有上游桐
廬各處山水自南而來該處適當其衝是以原定添建時

即列爲急工至范公塘以西　硃筆圈記處止至烏龍
廟一帶二千九百三十丈原定添建時即列爲後工茲臣
覆加察勘該處老土塘從前建築即向東北以漸收進而
老土塘迤西之江塘又自北斜向東南建築挑溜南趨該
處民人復於老土塘之外添築土塘一道即名范公塘當之
攔禦目下頭圍以下溜勢漸開不特范公塘廬舍桑麻鬱
然在望范公塘外沙塗亦有寬至千餘丈者詢之在塘年久
之弁兵等僉云數十年來從未見有刷動等語臣親加履勘
既非　硃筆圈記以東水勢直抵塘根者可比此一帶大溜亦
無漸次逼近之勢就臣目今所見情形所有原定石塘後工

二千九百餘丈應照曹文埴等前議暫行停止將原定急工
二千一百二十丈內已經開工之一千五百丈及未經開工之六百
餘丈均已接續興建再將外衛之柴工逶迤石塘工尾往西接
續之三百丈並遵　旨於　硃筆圈記處塘外添築挑水
大石塘一座實已足資保護至於塘外沙塗坍漲無常即
如此次山水漲發賖對此一帶南灘坍去甚寬若向後常
得南坍北漲塘工離水益遠是此極好機會北岸現有沙塗
雖從未見刷動倘大溜漸有趨近之勢應交與撫臣伊齡
阿隨時留心察看將來有須改建石工之處再據實奏
明一律改建

五丑廿四年十二月奉　上諭据琅玕奏查勘海塘工程一摺内称章家庵以西接築柴工一千五丈塘外漲沙日漸坍卸現俱臨水其中段迴溜更為衝激應即遵旨於條筆圈記處添築挑水大石壩一座等語該處形勢兜灣塘外漲沙既日漸坍卸迴溜逼近塘根恐致着重自應遵照前旨於條筆圈記處所添築挑水大石壩一座俾潮水至此分溜南行於塘工倍資保護并將原定急工依限上緊趕辦完竣毋致遲逾再閱圖內所繪頭圍迤西一帶前此原因該處溜勢漸開沙塗寬廣且据阿桂奏曾詢之該處老民俱称潮水從未至此是以將原定石塘緩工二千九

百餘丈暫行停止該撫摺內雖亦奏稱范公塘外沙塗
仍屬寬廣石工可緩但思沙性坍漲無常現在接建頭圍
章家庵迤西一帶漲沙坍刷大溜漸有趨近之勢恐頭圍
處所沙塗亦不免刷動所有停築石工二千九百餘丈著傳
諭該撫隨時履勘詳加體察如水勢漸近土塘難資捍
衛即當奏明仍行接築永期保障若該處沙塗如前
寬闊溜勢亦不逼近則當仍照前議停止惟在該撫酌
量情形相機妥辦不必稍存拘泥之見也將此由四百里
傳諭知之仍即將現在情形迅行回奏欽此
「五十一年十二月奉　上諭據琅玕覆奏查勘海塘情形

一摺内称頭圍沙水形勢仍係如前現在遵旨添建挑
水大壩並將急工二千一百餘丈赶辦完竣足資保護所有
緩工二千九百餘丈實可停辦但沙性坍漲靡常惟有隨
時復勘相機籌酌如水勢漸近土塘即將緩工奏請仍
行接築等語所見是已於摺内批示矣總以塘外沙塗
仍屬寬廣所有原定緩工二千九百餘丈自可停止不辦該
撫應督飭工員將現定急工二千一百餘丈上緊赶辦完竣
以資捍衛但漲沙既有坍則水性靡常倘日久頭圍
一帶沙塗一有刷動該撫即應一面集料鳩工一面將
實在情形迅速具奏候朕降旨將停辦緩工再行接

築以資保障惟在該撫隨時覆勘相機妥辦毋稍存拘
泥之見將此諭令知之欽此
是年二月拆建青九等號石塘二十五丈五尺三月拆鑲
道字等號柴工二百八十丈四月改建念里亭汛約法等
字號魚鱗石塘十五丈九尺一寸建隨塘坦水十五丈九尺一寸
十一月築尖山汛野字等號坦水六十五丈又拆建尖山汛
庭字等號魚鱗石塘二十八丈五尺
五十二年五月奉　上諭據琅玕奏海塘石工加貼銀兩
遵照部駁刪減十三款共銀五萬餘兩着令賠繳外其
石匠夫工開槽還土架木挑板橋木三款應減銀九萬八百

餘兩查係实用实銷勢難删減等語浙省原續辦魚鱗塘工用過加貼工料銀兩經軍機大臣會同工部駁令删減共十六款自屬照例駁減今據該撫奏稱已遵照删減十三款其石匠夫工等三款反覆查駁係实用在工並無浮冒開銷勢難删減自係实在情形若交部議未免格於成例仍致議駁而該省工員業經賠繳銀五萬餘兩無力再賠又須懇請具奏徒滋往返按牘於事無益且此項工程在琅玕未到任以前辦理如果工員等有浮冒情弊該撫亦不值爲之袒護奏請所有石匠夫工等三款應減銀九萬八百餘兩着加恩准其報銷其另片奏稱新建塘工石

價較價辦石工每丈加增銀一錢三分既據查明實係巖
深路遠不得不較舊工稍增亦皆按款實給並無浮冒只
著一併准其據實造報此後皆不得援以為例該部知
道摺并發欽此

五十二年十月奉　上諭據瑯玕奏勘明應辦石塘坦水
等工一摺內稱老鹽倉以西至章家庵一帶舊築柴工橋柴
霉朽並范公塘陸續建築埽工地當頂衝間被潑損坍
卸均難以資捍衛等語老鹽倉以西一帶多有新修工
段甫經修竣為時未久而范公塘新建塘工朕於四十
九年南巡時親臨指示今冬正將屆完工乃該撫奏稱

老鹽倉范公塘二段俱有處所坍卸之處若果係舊
築柴埽工程被水衝刷間有坍損尚屬事之所有如
係新築工程則為時未及五年何以即有坍損之事恐
係當日工員辦理草率或竟有偷減物料任意冒銷
情弊均未可定德成現在出差伊於工程事務較為諳悉
著不必回京請訓即由該處馳驛前往浙省詳悉履勘
老鹽倉以西應修各處是否係屬新工並將范公塘一
帶新築石塘是否一律如式堅固之處一併確切查明
據實具奏如不可待一面興工一面奏聞將此各傳諭知
之欽此

五十二年十二月巡撫臣琅玕謹　奏爲恭報塘工全竣日
期竊照海塘四限鱗工欽奉　諭旨派侍郎德成來浙
將范公塘一帶新築石塘是否一律如式堅固之處確切
查明據實具奏業經德成會同臣率領工部司員並司
道等官逐一查驗將通共高寬及條石寬厚分寸與原定
丈尺做法俱屬相符一律堅固由德成分晰具摺覆奏
並聲明頭二兩限面石俱已砌竣現在加砌三四限面石緣
由各在案茲三限四限面石經臣督飭加砌已於十二月十
五日全行告竣臣復親往查勘均與前驗各工無異伏思
浙省之濱海地方全藉塘工爲保障仰蒙我　皇上

念切民生以柴塘形勢單薄難資捍禦不惜數百萬帑
金　特頒恩旨先於章家庵至乞鹽倉一帶改建魚鱗石
塘三千九百四十丈告竣之後恭逢　聖駕南巡　親臨
閱視因范公塘一帶形勢險要復降　恩旨一律添建石
塘俾省城藉資鞏護當將章家庵石塘工尾斜向西南
至　硃筆圈記處止計工長二千一百二十丈經前撫臣福崧
奏明分作四限興辦於四十九年十月十三日開工於五十一
年十月臣到任時初限砌至十六層二限砌至十四層三限
砌至十二層四限尚在釘樁經臣督飭承辦塘工之杭
嘉湖海防道清泰率同東防同知張力行西防同

知唐若瀛作防同知方受疇紹興府同知陶章潼並海
防營守備陸洪及佐雜各員分頭按段辦理臣與藩司
顧學潮往來督飭並飭本年到浙之海塘効力原任
藩司永慶臬司王廷燮同海防道清泰輪流駐工查察
各工員等俱知奮勉出力趕緊建築今於五十二年十
二月十五日通工全行告竣臣往來勘視沿塘石工新舊
接連綿亘數十餘里一律整齊堅實永資保障億萬年
鞏固之鴻規無非千百萬帑金之實效從此海疆永慶
安恬閭閻益資樂利紳士軍民莫不同聲感頌仰戴
皇仁於無既矣

共銷接告議下○

謹按新共准銷銀八十四萬八千十四兩一錢二分三釐內例估銀三十五萬六千八百十兩六錢四分貼加銀四十九萬一千二百三兩四錢八分三釐滸槽填土准銷銀二萬三千二百五十兩六錢一分八釐皆係實用實銷報部覆准

是年五月鑲築地字等號開段柴塘工七百五十丈七月修建州字等號坦水三百八十四丈八尺十二月修宿字等號開段柴塘工七百四十五丈又宿字等號埽工開段工八十六丈五尺又拆鑲馬牧港柴盤頭一座又改建念尖六汛約字等號石塘九十七丈八尺州字等號坦水三百八十四丈八尺

抄止

五十三年三月拆築范公塘西渴字等號埽工四十三丈七月又拆築念里亭刑字等號石塘三十三丈魏字等號坦水五十三丈十月又拆築念尖二汎跡字等號魚鱗石塘四十四丈修建沙字等號坦水二百十三丈四尺九寸十一月拆築地字號等柴塘三百七十二丈修壹字等號柴塘四百八十七丈十二月修范公塘西辰字等號埽工二百十一丈

五十四年四月吕琅玕謹　奏爲石壩請改建柴盤頭竊照浙省海塘范公塘一帶工段於水勢頂衝之處安設石壩十座以資捍禦如有衝損應隨時修築完整

惟是石壩一項係用碎石沉入海邊疊出水面上以柵欄木櫃裝載碎石排列再用碎石圍繞堆護跟脚既不能排釘木樁又不能用灰漿澆灌與石工迥不相同一遇潮大猛湧之時易於激損碎石衝入海中勢難撈獲若另行運石重修不惟費力仍屬不能經久臣於兩年內隨時查勘悉心籌畫似不若柴盤頭一項可以釘木作樁跟脚既可堅固且柴性柔軟耐於衝激與水性相宜遇風潮大汛可不致有衝散之虞即間有殘蟄隨時修築亦復易於爲力今蒙 皇上廑念海塘要工垂詢該處情形詳加 訓誨凡所以爲濱海生民久

遠計者無不至周至備而石壩不如柴盤頭之有益經臣
詳悉陳　奏仰荷　聖明洞照准令改建查現在石壩
十一座有已被衝損者應請即改建柴盤頭其尚屬完
固者俟應行修築之時按照各該處形勢一體改建柴
盤頭以備抵禦不必再做石壩仍隨時分別核實报銷如
此則修理既易而於捍衛塘身之法轉為得宜

又占
琅玕謹　奏為歲修塘工例估不敷仰懇　聖恩俯准
賞給加貼以資辦理事竊照老鹽倉迤西一帶仰蒙　皇
上念切濱海民生不惜數百萬帑金建築石塘以資捍
禦並以物價昂貴今昔情形不同於採買料物給發工

食等項均於例估之外給以加貼計原辦鱗工除江省石
價外每丈例估一百二十九兩零加貼銀一百七十七兩零續
辦鱗工除江省石價外每丈例估一百三十兩零加貼銀一百
二十九兩零新工全用浙省石料每丈例估一百六十八兩
零加貼銀二百三十一兩零報部核銷俾工員得敷辦理
毫無掣肘之虞　聖慈體邺　恩至渥也凡在浙省臣
工無不踴躍急公苟有人心者斷不容稍存浮冒之計
惟是東塘舊築石塘九千六百餘丈均係歷年久遠凡有
坍損應修之工俱應改建魚鱗石塘又護塘坦水並西塘
柴埽各工每當大汛之後如有衝損均須隨時修築畢

固所有例估正項西塘柴埽各工係動支柴塘生息銀兩
東塘石塘坦水各工係動支正款經費辦理是歲修工程
止有例估一項而加貼並未議給歷來按照工程之大小於同
知州縣中分別酌派承辦現在雖尚無貽誤但輪班日久之
叩恐不肖之員藉詞累賠復啟侵挪之漸或短價勒買
私開派擾之端臣受　恩深重斷不敢顢頇因循致滋流
弊凡所以為杜漸防微計者無不直陳於　聖主之前伏
思海塘則例所定各價均係數十年前之時值此時實有
斷難照辦之勢且歲修之必需加貼與建築之石塘毫無
二致今同一辦工彼有加貼此無加貼實屬兩歧而昔年所

定例價今日不敷情形臣一經陳奏仰邀 聖明鑒照
天恩高厚俯鄉周至准予酌籌備辦除石塘一項已有
部覆准銷塘工加貼之款應請仰查照辦理逐一按數加
貼外所有柴工埽工及柴盤頭坦水向未明定加貼銀數臣
於兩年內與藩司顏學潮杭嘉湖海防道清泰隨時留
心確訪將實在必需值價並將准銷石塘加貼確數逐一
參酌大加節省統計各項加貼均在一倍以內實係在所
必需不能再為減少謹另繕清單進 呈如蒙 俞允
所需加貼銀兩查有奉 旨賞給海塘經費各項除用
去外計應剩銀一百八十餘萬其中雖有折按未經變價

養廉尚未扣繳等項而現在実存銀兩尚有一百餘萬惟有
仰懇　皇上天恩即於此内賞借銀五十萬兩按引核算
均匀借給各商按月一分生息令隨引轉每年可得息銀
六萬兩收貯司庫凡東西兩塘每年有実在應修工程俟勘
明　奏准後於例估之外按給加貼一切總撙節辦理仍
分別逐一據実造冊附同正銷冊咨部存按不許遶冒濫
支年底將動支銀數彙同動支柴塘息銀一併具　奏
總期銀不虛糜工歸実在而海防得捍衛之益歲修無
派辦之繁即商人得領帑本每月一分行息不特無所苦
累於轉運倍覺充裕浙省官吏商民均沐　皇仁於

無

既矣

謹將海塘各工例估之外實在必需加貼各項銀兩數分晰開

列清冊恭呈　御覽

柴薪每百斤例價銀一錢實需加貼銀九分

土方每方例價銀六分實需加貼銀三分

夫工每名例價銀四分實需加貼銀四分

混水面石每丈定例價脚銀五錢四分實需加貼銀三

錢五分

塊石每萬觔定例價脚銀一兩二錢八分實需加貼銀

四錢

底樁每根例價銀二錢三分實需加貼銀一錢三分
腰樁每根例價銀二錢六分實需加貼銀一錢五分
面樁每根例價銀二錢分九實需加貼銀一錢六分
釘樁剷樁雜料等項例估可以辦理毋庸加貼
柴工每丈共例估銀二十三兩八錢零今共實需加貼銀十九兩
五錢三分零
埽工每丈共例估銀三十六兩五錢零今共實需加貼銀三十
兩三錢六分零
坦水二層每丈共例估銀四十五兩二錢零今共實需加貼
銀二十二兩九錢八分零

柴盤頭係各按形勢建築圍圓大小丈尺不一應用柴
薪夫工土方樁木等項均照柴埽工加貼之數逐一核
加再石塘一項已有部覆准銷塘工加貼之按應即查照
辦理逐一按數加貼合并陳明

是年三月拆築金字號柴塘一百六十一丈五尺又修建鎮
念二汛謂字等號坦水二百十八丈四尺七月又拆築晉兜
兜柴盤頭一座又鑲築范公塘西木字等號埽工三十八
丈十月又拆鑲鎮海汛書將軍殿前柴盤頭一座

五十有五年春正月修海寧東塘坦水及東西柴塘
東塘鎮海塔汛石塘自內字號五丈五尺至念里亭汛
使字號八丈計七號間段共修築坦水橋石六十丈五尺
又府字號一十三丈至泰字號一十一丈計三號間段共三
十四丈五尺建坦水二層計六十九丈尖山汛韓家池柴塘
內自欣字號九丈五尺至立字號二十丈計八號間段共修
七十七丈西塘翁家埠汛柴塘內自金字號一十六丈至
戴家石橋汛贊字號一十二丈間段共修一百五十六丈六
尺
附請銷例　估加貼銀共一萬四千七百九兩九錢二分五

厘部核銷例估加貼銀共一萬四千六百四兩八錢八分
九厘
夏四月十三日奉　上諭據琅玕奏西塘一帶自潮神廟
迤西至烏龍廟止隨塘漲出陰沙長五千七百餘丈寬
自二百丈至一千五百九十丈不等該處石柴各塘層層保障
实為益加鞏固等語覽奏欣慰之至范公塘一帶爲杭
州省城之保障石柴各工全賴陰沙以為外衛今該處
迤西隨塘漲出新沙寬長至數千丈沙灘堅实業成高
阜其迤西一帶自不致漸漲長而對面南岸陰沙日漸
坍卸塘身鞏固更足以保衛民生此皆仰賴　海神

默佑靈貺聿昭始得成此北漲南坍之勢實為濱海民
生額手慶著將內府藏香四十炷發交瑯玕卯著該
撫親賚至　海神廟虔誠告祭用答　神庥將此諭
令知之欽此
秋八月巡撫覺羅瑯玕奏建念里亭汛魚鱗大石塘及尖山
坦水修韓家池柴塘海寧東塘繼修石塘　念里亭
汛土字號一十九丈七尺九寸會字號九丈一尺六寸共二十八丈
九尺五寸改建魚鱗大石塘并隨塘坦水二層計五十七丈
九尺又尖山汛石塘務字號五丈茲字號二十丈稼字號
二十丈穡字號三丈共四十八丈建築坦水計九十六丈具

韓家池柴塘內自遒字號六丈二尺二寸至莽字號一十
三丈七尺八寸計一十三號間段共修二百三丈
附請銷例估加貼銀共四萬五千六百七十二兩七錢四分
四厘部銷例估加貼銀四萬二千五百二十七兩一錢一分四
厘

九月巡撫覺羅琅玕奏修仁和西柴塘及海寧尖山汛石塘
建坦水　仁和西塘翁家埠汛內闕字號一十二丈至戴家石橋
汛內聽字號二十丈柴塘計二十六號間段共修築三百六十三丈
海寧東塘尖山汛石塘內閒字號一尺二寸寥字號二十丈默字號
九丈五尺共拆築二十九丈六尺二寸并建隨塘坦水二層

五十有六年春二月巡撫福崧奏修東西柴石塘　疏言西塘新建魚鱗大石塘外柴塘坦水共四千二百四十丈往鱗塘告竣之後仰蒙　聖明指示令將沿塘溝槽用土填實種植柳樹即以柴工爲坦水無庸另建石坦層層保護實屬事半功倍除西塘自添字號至潮神廟致字號六百四十三丈漲沙擁護可緩修築意字等號四十五丈修整完固不計外其餘臨水各工計三千五百五十一丈五尺現俱全行蹲矬自四五尺至一丈餘尺並有直沉水底附土坍卸者除將保固未滿之地字等號一千一百三十丈一尺著落承辦工員賠修外其餘已奏未修之闕字等號三百六十三丈及未奏之二千五十八丈四尺分別緩急次第興修其東塘

石工夫唱精宣赤泰田七字號石塘間段共八十六丈五尺塘身
底樁朽爛附土蹲矬今於塘後搶築柴壩并建隨塘坦
水二層計一百七十三丈葉肥駕輕策填趙頗牧精州九岱
禪一十四字號石塘間段共一百四十六丈塘外悉無坦水樁石
地勢掃低塘身高露塘後附土蹲矬丈餘幸塘身穩固
無須拆建今於塘後填壓層柴層土并建隨塘坦水二
層計二百九十六丈懷兄弟何威桂紫塞鷄城池碣縣邈
巖一十五號間段共二百一十四丈一尺六寸塘外舊基悉無
坦水樁石塘身底樁高露補建坦水二層計四百三
十三丈三尺二寸戴家橋汛內命字號至念里亭汛

内池字號計六十四號間段共九百一丈四尺塘外坦水樁石已空並有舊基未建坦水之處地勢刷深俱應補坦水一層計九百一丈四尺又戴家橋汛内業字號至尖山汛黍字號計九十九號間段共一千三十八丈六尺一寸塘外坦水樁石缺損舊基沖刷亦應修補坦水一千三十八丈六尺一寸又念里亭汛内羣字號至尖山汛澈字號計四十七號間段共五百三丈四尺二寸塘外坦水潑損應修補坦水五百三丈四尺二寸此係保固年限未滿應令工員賠修其西柴塘坦水長四千二百四十丈内除六百四十三丈五尺可緩修築外其餘三千五百九十七丈亟應興修又積因二字號盤頭一座馬

牧港盤頭一座亦應修築以上石塘八十六丈五尺柴塘三千五百九十七丈坦水三千三百四十一丈七尺五寸盤頭二座均須一例修建以期鞏固

夏六月修仁和西柴塘及西塘盤頭范公塘埽工仁和西塘潮神廟前騰字號柴塘鑲修二百五十丈又補築附近潮神廟之致字號等二百九十餘丈潮神廟前盤頭一座及秋字號盤頭一座范公塘埽工三百七十五丈

附奏銷例估加貼銀共三萬二千七百一十二兩三錢二厘

秋七月巡撫福崧奏改建念里亭魚鱗石塘及築坦水東塘念里亭汛内河字號緩修石塘共一十二丈零四寸丸字號魚鱗

大石塘八丈戴家石橋汛内籍甚二字號條塊石塘二十丈悉
改建魚鱗大石塘俾資捍衛并築隨塘坦水二層念里亭
汛内茂丁二字號石塘外坦水二十丈補築坦水二層
附請銷例估加貼銀共一萬六千五百三十兩二錢一厘部
核銷例估加貼銀共一萬四千四百六十四兩八錢六分六
厘
八月建仁和范公塘埽工　范公塘水臨塘脚此字等號工尾
老沙单薄接築埽工一百丈
附部銷例估加貼銀共六千五百七十六兩一錢八分七厘
冬十有二月十三日奉　上諭福崧奏海塘應修各工業經一律

完竣核計銀數分別著賠一摺據稱琅玕任内延悞未辦各段其最要各工應賠銀八萬九千六百六十兩零又次要各工用過例估加貼工料銀十三萬七千六百五十一兩零亦應令琅玕賠補五成其餘五成著落該司道廳員名下按数分賠等語此項海塘應修各工琅玕前在巡撫任内延緩不辦現在用過例估加貼工料銀兩自應著落分賠但所奏最要各工從前辦理時未能堅固亦非琅玕一人之咎其承辦之司道廳員等豈能置身事外所有此項應賠銀八萬九千六百六十兩零亦著照要工令琅玕賠補五成其餘五成著落承辦之司道廳員等分賠

完項以昭平允至琅玕名下尚有節次自行議罰應
交海塘及内務府銀兩除陸續完繳外尚有未完銀八萬兩
著加恩概行寬免令其專力措繳現在塘工最要次要兩
工應賠銀十一萬三千餘兩琅玕務須倍加感激作速解交浙
省歸款毋再延緩于咎將此各傳諭知之欽此

五十有七年春二月巡撫福崧奏建范公塘石埧及條埽工坦水
盤頭　疏言范公塘柴塘外坦水去年漲沙刷減水臨塘根
業將此字號等險要各工搶築并於首沖所建築挑水石
埧一座以分溜勢俾頭圍老沙不致刷動其歸字等號埽
工四百五十一丈形勢險要現椿朽土卸請拆建以資抵禦其

餘臨水之始字等號埽工六百六十六丈及章家迤東之添字
等號柴塘外坦水三百二十四丈並西添字號盤頭一座西元字
號盤頭一座現俱矬蟄應春汛以前次第接修
附部銷例估加貼銀共六萬六千八百五十二兩二錢八分
七釐
是月巡撫福崧奏范公塘石壩　疏言范公塘建築石壩原
因水深溜急不能釘樁下埽是以壘石築壩俾資挑溜其
第二壩坐當首沖形最為扼要係蒙　皇上指示機宜凜遵
修辦尋復接續增築藉保無虞嗣經前巡撫琅玕以石
塊易於沖失奏請停修遇如應行修築之時按依各處形勢

一體改建柴盤頭臣按范公塘大小石塓共一十一座自停修以来大半坍損今若拘泥原奏一律改築盤頭不特須甚多且第二第十兩座俱係大壩形勢首沖挑溜極為得力現壩基尚屬堅固廢棄實屬可惜今已如式捐修以資捍衛無庸亟行改築盤頭徒滋糜費

是月二十四日奉　上諭據福崧奏范公塘一帶原係建築石壩嗣經琅玕以石塊易於沖失奏請停修如遇應行修築之時一體改築柴塓今自停以来石壩多已坍損若再改築柴塓盤頭不特需柴甚多且石壩挑溜極為得力現率同司道將石塓如式捐修以資捍衛等語范公塘一帶石

塓前經琅玕奏稱石塓一項係用碎石裝入木櫃排列海邊復以碎石圍繞堆護根脚既不排釘木椿又不能用灰漿灌澆一遇潮大之時易於潑損拼卸不若柴盤頭一項可以釘木作椿根脚堅固能耐潮水沖刷彼時朕以琅玕所奏情形尚屬近理是以照議允行今福崧又以石壩挑溜較為得力現在塓基尚屬堅固廢棄實屬可惜仍應將柴盤頭改築石塓為詞與琅玕所奏互異朕思柴盤頭一項鑲築既易即遇潮水沖汕坍損亦不難隨時修補而石塓以碎石堆積作基難以釘椿護脚豈能日久堅固且遇潮水沖卸石塊沉入水底無從查驗易啓工員浮冒之漸

然以情理揆之柴薪為民間日用必須之物若改築柴
盤頭需柴甚多如每年塘工多費一萬柴觔民間即缺
少一萬柴觔之用柴價不無少增又似非民情樂從而
建築石塘則須用工料較多承辦之員藉此為開銷浮
冒地步自以石塘為便今若以石塘柴塘二項孰為有益
之處仍令福崧酌量定議則福崧既以修築石壩為宜具
奏豈肯自改前說是兩說皆各有理朕不能遥定大約官
員喜於石工之多開銷而民間又喜於不作柴工則省於民
間日用柴薪為有益大概出於此乎此事著交長麟前
往查勘江蘇距浙江甚近該省現在並無應辦緊要事

併即著長麟親往杭州范公塘一帶逐細履勘體察該處情形究竟石壩柴壩兩項孰為得力孰為經久秉公據實覆奏並繪圖貼說呈覽總期塘工有裨不可稍有偏護也再該大小石壩十一座建築未久何以多有坍損是否從前經手塘工各員辦理不能堅實所致並著長麟一併查明具奏將此傳諭長麟並諭福崧知之所有琅玕福崧原摺並著抄寄長麟閱看欽此

三月江蘇巡撫覺羅長麟奏覆范公塘石壩形勢疏言范公塘原建大小石壩十一座高自一丈六尺至二丈七八尺深入水中自五丈至二十丈禦潮挑水保護塘工甚為有益現在水

浸塘根自三四尺至八九尺去年秋汛風潮較大撫臣福崧於
第十一座坦之西捐增石坦一座塘工藉以平穩其餘坦基均
屬鞏固惟自停修以來坦頂木櫃多有沖損其原建小
坦頂上本無木櫃或汕刷坦頂石塊自四五尺至八九尺粘
補修整尚易為力今若改築柴坦最大之坦亦不過深入水
中五六丈而原築石坦入水至二十丈坦基愈長挑水愈遠
是柴坦不如石坦之得力至海底流沙其性甚鬆柴工以
樁埽為基一經汕刷即須搶鑲錐壓石坦係沉船載石
為基堆積石塊增高出水體重根牢平時潮浪無能搖撼即
遇風潮洶湧不過頂上木櫃及浮置碎石易於沖損斷不

致盡歸漂没即如原築石塓已閱多年塓基峙立穩固
依然尤堪徵信若柴塓一遇風排浪湧拔樁走埽漂蕩全無
亦屬事所常有是柴塓不如石塓之經久况改建柴塓勢須
釘樁下埽現塓基未除石堆高壘其坍塌石塊仍在壩基左
右勢不能釘樁下埽即欲移建舊時塓側而范公塘一路多
有沉船載石之處其勢亦難辦理誠如　聖諭每年塘工多
費一萬柴觔民間即缺少一萬柴觔之用仰見　聖上愛惠
黎民曲體入微至周至當范公塘一路自應仍用石塓酌量
緩急增補粘修以收事半功倍之効其改築柴塓之處毋庸
置議抑臣更有請者水性宜順不宜拂挑水塓宜斜不宜

直現存坝基上窄下寬堆作坦坡式樣周圍係屬圓形圓
則已有斜向之勢斜向則水有去路是以原築坝基不
致盡行坍損惟坝頂安設木櫃舊係三面排作四方形勢
潮水由東奔西木櫃即面向正東挺然壁立與水硬相排敵
是以受傷較重多被沖損今若將坝頂一律改作圓形又
恐但能護塘不能挑溜請嗣後粘修石坝將頂上木櫃排
作三角形勢俾得側身讓水坝嘴又係尖形挑水自必更
遠是於抵禦之中仍寓順流之意似與保護壩塘較為有
裨

是月二十二日奉　上諭長麟奏查勘范公塘石坝係沉船載石

為基堆積石塊增高出水體重根牢即遇風潮洶涌不過
頂上木櫃及浮置碎石沖損斷不能摇動塤基若改作
柴工一遇風排浪涌拔樁走埽漂蕩無存似應仍用石
塤等語說此事於乾隆五十四年四月內據琅玕奏稱范公
塘一帶所築挑水石壩碎石堆積不能排釘木樁易於坍
卸不若柴盤頭一項可以釘木作樁根脚堅固彼時朕以
琅玕所奏情形尚屬可行本年二月內據福崧奏以此項
石塤基址尚屬堅固糜費可惜若改築柴塤不特需柴
甚多且挑水溜不能得力現將石塤如式捐修以資捍衛等
語與琅玕所奏情形互異朕以兩說皆各有理但不能遥

定因令長麟前赴杭州范公塘一帶逐細履勘究竟柴埧石埧兩項孰為有益秉公據實覆奏今長麟既偏主福崧之說以石埧為是則琅玕所議改築柴埧所見即屬錯悞前此朕令長麟往海塘履勘原欲於福崧琅玕兩人所議孰為得失之處確切指陳乃長麟摺內祇稱宜用石埧將柴埧無庸置議而於琅玕原辦錯悞之處並未逐細聲叙意存迴護調停殊屬非是至琅玕於五十四年四月內奏請改用柴埧後迄今已及三年是否將此柴埧開工修築福崧於五十五年秋間抵任至本年二月亦已年過餘如何始將應行修築石埧之處具奏其五十五六兩

年是否照琅玕所辦柴塤仍行修理若云此塤工全為挑溜護塘所用則無論用石用柴自應隨時修整何以兩年以來任其坍卸若係無關緊要之壩又何必多此一舉徒滋糜費殊不可解著傳諭福崧即將此項柴塤是否業經修築被水沖坍抑係竟未動工所請改作石塤現在曾否修建據實覆奏再細閱圖內挑水塤基上窄下寬堆作坦坡周圍係屬圓形儘可藉以挑溜又何須於塤頂安設木櫃舊制屬方形今長麟又欲改作三角形雖長麟所奏身讓水之言尚屬近理但設此木櫃究係何用亦著福崧一併覆奏至柴工多費一萬觔即民

自不如石壩之堅固經久況每年壩工

間缺少一萬柴觔之用柴價不無少增於小民日用多有未便自應照長麟所議行並著福崧悉照所議妥協辦理以副朕慎重海防保護民生至意除另降諭旨傳諭琅玕回奏外將此諭令知之欽此

夏四月十五日奉 上諭前據長麟覆奏范公塘一帶所築挑水壩柴工不如石工之堅固經久應用石壩既省柴觔挑水又復得力當令降旨令琅玕將從前何所見而率爲改用柴工之奏又因何並未補修以致壩工現有坍損之事據實明白回奏欽此

是月巡撫福崧奏建仁和范公塘石壩及修柴塘坦水疏言

范公塘埽工前於乾隆四十八年春間因形勢首沖隨鑲隨
烑仰蒙　聖主指示機宜多方抵禦復沿塘水深溜急不
能釘樁下埽建築盤頭壘石作壩俾挑溜勢塘工藉以平
穩至五十四年四月間巡撫琅玕雖經奏請改築柴壩旋因
潮神廟迤西陰沙增漲並未動工迨去年五月内霉雨較多
迴溜湍急漲沙刷減臣伏思前件工程俱係年久未修一
旦水臨塘根急須搶護今伏秋汛内致字等號埽工先後
間段臨水俱經隨時修築完整續因江海神廟迤東至
硃筆圈記處之石塘工尾舊築埽工亦俱臨水此地緊接
頭圍形勢險要當即搶築完固並於首沖處捐建挑水石

埧一座以分溜勢俾頭圍老沙不致刷動其原建石埧後柴
塘坦水間段共一千一百餘丈現椿朽面卸勒限鑲修俾禦
春汛此琅玕雖曾奏請以石埧改作柴壩並未動工及臣現
因漲沙刷減仍請修築石埧之原委也

是月二十二日奉　上諭前據福崧奏范公塘一帶原係建築石
埧嗣琅〔經〕玕以石塊易於沖失奏請停修如遇應行修築之
時一體改築柴壩自停修以來石埧多已沖損若改築柴
盤頭不特需柴甚多且石壩極為得力現將石壩如式捐
修〔捐〕因查從前琅玕所奏內稱石埧一項係用碎石裝入木
櫃排列海邊復以碎石圍繞堆護根脚既不能排釘木椿

又不能用灰漿澆灌一遇潮大之時易於潑損坍卸不若柴盤頭可以釘木作樁能耐潮水沖刷等語朕以兩說皆各有理但建築石壩易致工員浮冒之弊而改用柴工又虞民間日用柴薪或致缺少是石壩柴埧兩項究竟孰為得力孰為經久之處未能遙定因長麟前赴范公塘一帶逐細履勘體察情形秉公據實覆奏據長麟奏稱石壩係沉船載石為基體重根牢即遇風潮洶湧不過頂上木櫃及浮置碎石沖損斷不能搖動埧基若改築柴工一遇風排浪涌拔樁走埽漂蕩全無似應仍用石埧等語范公塘一帶大小石埧已閱多年現在埧基依然穩固止須畧為補修

即可收事半功倍之效若改用柴工偶遇風潮即屬易於
汕刷而基址尚存碎石釘樁下埽又復難以施工況每年
多費柴薪於小民日用之需亦多未便是柴工不如石
工之經久堅固有益於民顯而易見從前琅玕何所見
而率為改用柴工之奏輕議更張且改用柴壩後亦應即
為修理加意保護以資捍衛何以並未補修以致坍工
現有坍損之事著傳諭琅玕令將從前何以請改柴工
又何以並不修理之處據實明白回奏長麟福崧原摺
俱著抄寄閱看欽此
閏四月二十七日奉　上諭據琅玕覆奏范公塘石壩前請改

用柴壩辦理實為錯謬等語范公塘一帶石壩已閲多年
現在壩基依然穩固若改用柴工偶遇風潮轉易刷汕自
應仍用石壩為是此項石壩向來係用碎石沉入海邊壘
出水面上以柵欄木櫃裝載碎石排列但碎石大小不
等若僅以小碎石子拋入海水中恐根脚不能堅固自當
撿取較大石塊作為基址方能得力且用散碎石塊墊作
壩基水底無所関束究未免易於沖卸不若將竹簍較
前放大內裝石塊沉入海底壩基豈不更為牢固是否
是可以如此辦理著福崧於應行修築時酌量情形遵
照妥辦至福崧於本年正月奏請陛見摺內朕批令畧遲

待数月現將屆伏汛之時沿海塘工一切防護搶修均關緊要
如該撫尚未起程此時且不必赴京俟伏秋大汛平穩後於十
月間到京陛見亦無不可若該撫現在業已起身於途次接奉
此旨亦不必轉回俟陛見後即速回浙省往返不過月餘於塘工防
汛事宜儘可無悞也將此諭令知之欽此
是月修海寧東石塘坦水　海寧城外迤西之惻字等號石塘修
築坦水五十五丈五尺東塘戴家石橋汛及鎮海塔汛內松字等
號石塘坦水一百六十八丈五尺
附請銷例估加貼銀共三萬二千七百三十八兩三錢八分六
厘部核銷例估加貼銀共三萬二千六百二十二兩九錢五厘

六月修海寧石柴塘坦水　海寧東塘甲字等號內石塘坦水間

段修築六十丈九尺九寸西塘元字等號柴塘坦水修築三

百九十三丈五尺

附報銷數銀統叙閏四月分奏修坦水下

秋七月巡撫福崧奏建仁和范公塘埽工及海寧東塘坦水石

壩疏言范公塘此字等號埽工逼近頭圍老沙漸次刷薄

接築埽工二百丈海寧東塘七里廟迤西至儀字等號因南

岸漲有陰沙潮溜逼塘汕刷形勢首沖兼之六月中旬東南

風大潮汛漲損坦水間段共二千餘丈樁木衝卸今修整頭

層坦水即接築二層坦水并海寧城之東西首沖處所各建

石壩一座以挑潮勢

附請銷例估加貼銀共八萬四千兩三錢八分二厘部核銷銀共八萬三千三百五十八兩二錢二厘

八月巡撫福崧奏修海寧東塘盤頭柴塘及仁和西柴塘坦水埽工　海寧東塘曹將軍殿前拆築盤頭一座又修築韓家池欣字等號内柴塘一百一十六丈仁和西塘章家菴迤東來字等號内柴塘外坦水五百九丈一尺范公塘西裳字等號内埽工九十丈

附請銷例估加貼銀共二萬七千六百三十五兩九錢九分三厘部核銷例估加貼銀共二萬七千五百二十一兩六錢三分一厘

五十有八年春二月巡撫覺羅長麟奏修東西柴石塘罷修范公塘尖山石壩更定工員保固例　疏言去年秋冬溜勢直逼北岸多有潑損工員先後開報計仁和西塘自建字號至秋字號應修柴塘八百一十七丈九尺西字字號至西首字號應修埽工四百一十六丈海寧東塘母儀稾鍾隸五字號應修石塘六十三丈八尺三寸臣勘驗西塘内如閏字等號柴塘五百九十四丈四尺西宇字等號埽工一百七丈五尺塘身均已衝卸應請速修至秋字等號柴塘二百二十三丈五尺西辰字等號埽工三百八丈五尺塘身雖有矬蟄根基尚屬穩固請俟春汛後察看形勢再行辦理東塘内如母儀稾鍾四字號四十二丈塘身全坍亟

應恪遵前奉　諭旨改建魚鱗石塘其鍾字號東首八丈四尺四寸隸字號內一十三丈三尺九寸塘身雖有閃裂略加土戧尚可保護亦應請暫緩興修至范公塘舊有石壩十一座五十六年間增建一座共壩十二座所以保護柴塘去年五六月間坍損之第二第三第九第十等壩捐修齊整其第一第四第五第六第七第八第十一等壩尚未興修又六月內海寧鎮海塔汛建築石壩二座亦應隨時修葺按石壩原為挑溜而設去年溜走北岸形勢險要是以議請修築今年溜勢已向南趨相距北岸遠至數十里無溜可挑所有未修各壩請暫緩興修以節糜費至浙江省向來辦理塘工多有工員承辦工程派令十一府知府及所屬各州

縣公同保固之例似覺不成政體工員辦工即令工員保固庶幾責無旁貸而州縣等不致藉口賠累於吏治頗有關繫請自今保固各工一體更正俱令原辦工員照限保固將十一府公同保固之例永行停止

附部銷例估加貼銀共二萬兩

是月修仁和西塘埽工　鑲築仁和西塘宿字等號埽工二百七十六丈五尺蓋字等號埽工一百十九丈

附報銷銀数統叙七月分奏建埽工下

三月初三日奉　上諭長麟奏海塘沙水情形及勘明應修應緩各工一摺所辦尚妥惟披閱所進塘圖内未將中泓大溜繪出殊未明

晰海潮大溜自東而西直走江心若溜勢偏向北岸則北岸漲
沙必致汕刷如溜勢逼近南岸則北岸漲沙自應日漸加增是
海塘沙水南坍北漲情形全憑中溜所趨為準今該撫既稱南
岸漲沙現因大溜南趨逐日俱有坍損實為南坍北漲極好机
會而於圖内並未將中溜畫出是否曾南趨之處竟未明白繪
出反似江水連成一片彌望汪洋所謂南坍北漲形勢更從何
處别辨朕檢閲海塘上月舊圖係將海潮中溜畫出向南向北使
可一目了然著將長麟此次所進之海塘圖發還並將舊圖一
併發交閲看令該撫將中溜現在向南向北之處每月照舊
繪於圖内呈覽毋得似此牽混至北岸挑溜石壩現因溜勢

南趨相距北岸甚遠其未修各壩自應暫緩興修以節縻費再向來辦理塘工多有工員承辦工程十一府屬公同保固辦理實屬錯誤今長麟奏請責成工員將十一府公同保固之例停止甚是自當如此著照該撫所奏辦理以昭平允將此諭令知之欽此

秋七月巡撫覺羅長麟奏建仁和西塘埽工及月堤 疏言六月望汛後潮汛較大山水漲發溜急浪湧西塘十二壩對面南岸突漲新沙逼溜湍激石壩迤西沿塘陰沙驟被刷減常字等號埽工先後潑損一百三十餘丈現在搶修出水惟南岸既漲新沙則西塘形勢較為險要若僅恃一線新工資難捍禦應請

於常字等號新鑲埽工之背增築月堤一道俾作重圍保障
倘埽工或致再損尚有月堤圍護至常字號工尾三官堂堤
前陰沙亦被刷減水近堤根亦應於常字等號內貞字號
工尾三官堂接建埽工四百丈并月堤一堤道俾於常字等號
工後月堤形勢聯絡首尾依傍以保無虞
附請銷例估加貼銀共七萬三千三十五兩三分四厘部核銷
例估加貼銀共七萬二千七百二十七兩二分四厘
是月巡撫覺羅長麟奏建仁和范公塘頭圍魚鱗大石塘
疏言乾隆四十九年欽奉　諭旨以范公塘頭圍一律接建魚鱗
大石塘自　硃筆圈記處至烏龍廟計二千九百餘丈五十

一年尚書曹文埴履勘漲沙寬廣奏請暫行停止奉　旨允
行是年復節次欽奉　諭旨頭圍處所沙塗一有刷動即迅
速具奏將停辦緩工再行接築欽此按現刷減沙塗即係頭
圍此外三官堂至烏龍廟尚有老沙足資捍禦但海洋沙水
靡常沙塗坍漲難定且南岸既漲新沙將來北岸似為着
重所有鱗塘計自原建魚鱗大石塘工尾至烏龍廟二千九
百餘丈應否即行接築抑或察看老沙嗣後有無損動再
行斟酌出自　聖裁倘蒙飭辦查老鹽倉章家菴前建石
塘時均蒙　聖明指示即以柴工為坦水頭圍接建石塘事同
一例計自原建石工塘工尾起至烏龍廟止應築石工二千九百

餘丈
附估用銀一百二十餘萬兩
八月巡撫覺羅長麟奏修東西石柴塘及埽工坦水　時秋潮
大汛風雨馳驟仁和西塘黃字等號埽工六百一十六丈五尺
秋字等號柴塘八百二十九丈五尺海寧東塘子字等號石
塘外坦水五百一十七丈六寸韓家池逍字等號柴塘二百一
十五丈二尺二寸鍾隸二字號石塘二十一丈八尺三寸先後潑損
坍卸今並修築石塘
附請銷例估加貼銀共四萬四百九十九兩二錢六分六厘部
核銷例估加貼銀共三萬八千八百九十一兩二錢五分二釐

九月巡撫覺羅長麟奏仁和范公塘及海寧東塘石壩　疏言

仁和范公塘江海神廟迤東章家菴迤西柴塘之外修築

大小石壩一十二座舊制壩身連坦水直出寬十餘丈至五丈身

高二丈八尺至一丈五尺上置木櫃二層似覺過於高寬與水牴

禦未免有迎激潑損之虞蓋水以順其性為要順流之水其

力小激溢之水其力大與其高大無當與水為敵多費金錢似

不若收窄收低讓出去路俾水得以順軌直趨不致迎激為

患則金錢既可節省而柴塘亦免損傷㑹蒙　諭允應請

先將未修石壩七座一律改作入水寬五丈圍圓斜坡收分到

頂俾不致横直禦水其身高均較柴塘約低四尺頂子必設

木櫃但為滾水壩形勢俾潮來得以漫頂而過不致激怒損工
每壩一座不過需銀三四千兩較之前需銀一萬五六千兩不及四
分之一而柴工轉得化險為平其已修石壩五座現已有頹損
之處將來修葺時亦俱如式改作不必仍前高大修築工料
仍屬捐資辦理嗣後再有頹損應修依例報銷其海寧東
塘鎮海塔汛内石壩二座議建之時因南岸漲有陰沙潮溜逼
塘形勢險要地附州城恐有疎虞是以建築藉資保護但
壩身亦覺過於高寬橫禦水中而背又係石塘柴塘性軟遇
水沖激不過損工石塘質堅前有石壩橫禦後有石塘斜逼
一遇秋潮汛大即致激水上塘轉須於石塘之上加柴保護是

坦身高大已屬虛糜而塘上加柴又於虛糜之中更滋虛糜
費今祗應增築滾水小坦俾石塘得有外戧亦可無慮再坦應
請將石坦十二座收作入水寬五丈圍圓斜坡收分到頂身高
較低石塘肆尺不必設木櫃讓水護塘實屬兩有裨益
是月修海寧柴塘盤頭　海寧西塘普兒兜修築盤頭一座
附部銷例估加貼銀共一千三百二十一兩一錢二分四釐
是月巡撫覺羅長麟奏覆請罷建仁和范公塘頭圍魚鱗大石
塘　疏言仁和范公塘頭圍內魚鱗大石塘現形勢並非急切
惟海塘志內載有頭圍地方老沙一有損動即行題奏之
旨且二月內頭圍迤東漲有中沙一段停淤不動而六月內南

岸又突漲新沙倘中沙與南岸新沙日漸增漲毘連勢必逼溜
北趨則北岸形勢實爲着重臣是以不敢不預爲陳奏今七
月山水漲發之際竟將中沙全行刷去讓出洋面溜勢仍得
南趨北岸自不致仍前緊要誠如　聖諭頭圍地方三官堂
地方既有新接月堤又有老土塘爲重圍保障此段石塘實可
從緩辦理即現奉　硃筆圈出接築一半之處亦似可一併從
緩毋庸急爲接建嗣後察看北岸漲沙有無損動再行斟酌
辦理

是月巡撫覺羅吉慶奏覆罷建范公塘頭圍魚鱗大石塘　疏
言范公塘頭圍前擬建魚鱗大石塘欽奉　諭旨長麟奏范公

塘頭圍沙塗刷動似應接築石塘但該處漲沙足資捍衛且前有月堤後有老沙土塘保障即使刷減卑薄或減半酌辦或現已漸漲新沙即減半塘工亦可從緩著傳諭長麟並諭吉慶知之欽此臣察勘范公塘頭圍漲沙自六月內刷減三百餘丈七八月間秋潮大汛並未損動老沙外尚存漲沙五百餘丈對面海中前漲陰沙一道已於七月內全行刷去洋面寬濶北岸尚有不致著重而三官堂接築埽工四百丈并工後月堤一道圍護似為得力至限後老土塘閱年雖久而堅厚結實洵足資重圍保障實與　聖明指示毫髮不爽以現在形勢而論魚鱗石塘自可無須亟辦即使將來漲沙刷

動可於現築埽工四百餘丈之尾再行接築埽工可以抵禦

冬十月初五日奉　上諭大学士九卿議覆長麟奏酌議海塘石垻工程一摺從來治水之道以順其性為要水勢順軌直趨自不致迎激為患若攔截抵禦則水勢激怒不免潑損之虞浙省建築海塘原為保障地方起見然柴石塘工已屬與水爭地今又添建石垻高二丈八尺至一丈五尺直出十餘丈至五丈不等以十二垻總計縱横不下百餘丈逼靠塘身[堤]占水之地更多又何怪水勢愈怒沖激損工福崧前在浙江巡撫任内於地方事件尚不能整飭惟知婪索牟利其海塘工程不過就屬員慫恿之詞即議添建石垻豈能籌辦得當而長麟於

海塘事務亦非素所諳悉不過為補救調停之計擬減丈尺亦恐非真知灼見今據大學士九卿會同核議請交與新任巡撫吉慶留心察看斟酌辦理但吉慶平日辦事雖尚明白而於海塘工程亦全未諳悉因思蘭第錫李奉翰辦理河務有年雖河海情形不同而水性則一其如何因勢利導之處可以推類而知現在早過霜降河工無事李奉翰即日到京陛見俟該總河於陛見後即行赴江南會同蘭第錫偕赴浙江與吉慶三人詳悉履勘公同商榷將此項石塤應否照舊建築抑應照長麟所奏酌減丈尺或竟可無需辦理之處斟酌定議速奏所有大學士九卿核議一摺俟蘭第錫李奉翰等詳勘覆奏

到日再降諭旨庶此塤工應修應停得有定見不致無益工
程激怒水勢屢有潑損等事又須歲修糜費也欽此
十有一月修范公塘埽工及土戧　范公塘江海神廟迤西三
官堂新築埽工四百丈并土戧一道加幫寬厚
是月江南河道總督蘭第錫河東河道總督李奉翰浙江
撫巡吉慶覆奏請罷范公塘石塤改建柴盤頭　疏言范
公塘既有土塘又築石塘石塘之外又建柴塘復蒙　聖明指
示將石塘之前柴塘之後所有隙地用土填滿栽種柳株現
在一律完固柳樹成行較之同上鉄心盤頭更為寬廣層層
保障已屬至周極備迨乾隆四十六年間復於柴塘之外建築

石塥一座四十八九等年又增建石塥十座五十六年又增一座共十二座按石塥既未簽釘木樁又無灰漿灌注祇用碎石舖底高出水面後再用長寬一丈高五丈之木櫃或二層或三層排列碎石之上將塊石裝入舖平頂面每逢大汛風潮木櫃損折碎石即致倒卸前撫臣長麟請修之七座俱已殘損不堪即五十七年新修之五座亦有殘損臣等議此十二塥內有九座其位置地方現非迎溜之區又無挑護之益應聽其廢去無庸修理惟五十七年新修之第二塥第十塥第十二塥適當迎溜處所大段尚屬完整就現在形勢而論頗資抵禦應請暫存將來大汛如有潑損亦不必再修石工按東西兩塘

舊有柴盤頭九座每座建築不過需費二三千金即有刷損亦易修理較之石塤每座需費一萬五六千金大相懸殊且柴性柔軟與水相宜石塤則橫亘水中怒激勢水一經損傷不能隨時搶護徒費無益即如四十六年蒙　皇上於海塘圖內　硃筆圈記　指示於章家菴東首黄字號內增築柴盤頭一座已閱十餘年之久隨時修整尚屬完固應請將現在之石塤三座如有頹損即行改築盤頭其東塘海寧城石塘外五十七年新築石壩二座俱在迎溜之地護塘尚為有益本年秋汛風潮甚大微有蟄損而緊附石塘寬厚堅固亦應暫存嗣後汕刷殘缺應行修理之時亦一律改建盤頭以資捍衛

是月二十三日奉　上諭蘭第錫李奉翰等奏會勘海塘石壩一摺已交原議大臣議奏矣此事前據大学士九卿核議具奏時朕以水勢宜於順執直趨方不致遏激水怒浙省海塘已屬與水爭地今又添建石壩總計縱橫不下百餘丈是佔水之地更為加多潮汐往來不無阻碍長麟所奏酌減丈尺之處恐無真知灼見而吉慶甫經到浙於海塘工程亦未諳悉因李奉翰適來京陛見當即面為詳晰指示令其會同蘭第錫偕赴浙江與吉慶三人詳細履勘公同商酌定議具奏今據該河督等奏到止稱石壩十二座內有九座並非迎溜之區應聽其靡去毋庸修理惟第二壩第十壩第十二壩適當迎溜處所頗資攩護應請暫

為留存等語而朕前此面諭此項石塡是否佔水地面以致
沖激損工之處並未明晰聲敘是李奉翰並未領會朕意且
此項石塡十二座均係福崧在浙時先後添建嗣經長麟查勘
以石塡過於高寬與水抵禦易致潑損奏請收窄辦理是此項
工程在長麟即(欲)收減改辦而該河督等此奏乃稱長麟請修之
七座均已殘損等語竟似此項石塡係長麟奏請修築措詞尤
為牽混前此福崧在浙江巡撫任内惟知婪索牟利於海塘事
務更何暇親往履勘留心整頓其添建石塡不過就屬員慫恿
之詞率議興工朕閲知此項工程必交官辦而採取石料等項既
可從中浮冒又可以建築石工蓋石工奏(銷)重柴工奏銷輕不用柴

薪既可從重冒銷更亦便小民生計外以博市惠之名而實以為侵肥之計情弊顯然該河督等查勘時亦應將福崧從前率行建議緣由明白聲叙乃亦並無一字提及此事李奉翰到京曾經朕面加詳諭蘭第錫止係李奉翰轉向告知而吉慶不過隨同查勘乃李奉翰於朕面諭各情節全未領會摺中無一字提及不過聯銜一奏草率完事是李奉翰竟係一無用之人又何用伊前往會同查勘耶李奉翰著傳旨嚴行申飭並著將此旨交長麟閱看想長麟亦必當心服也除原議大臣核議具奏另交吉慶遵照辦理外將此各諭令知之欽此

十有二月大學士公阿桂等奏覆請罷范公塘石塤　疏言乾隆
五十八年十一月二十六日内閣抄奉　硃批原議大臣議奏欽此案
浙江省仁和章家菴迤西海塘塤十二座去年秋汛内福崧
奏修五座尚有未修七座海寧城外鎮海塔汛内去年六月
間福崧奏建石塤二座經長麟以塤式大而無當奏將章家
菴未修七座及鎮海塔汛内增建二座一律改小奉　硃批大學
士九卿詳議具奏欽此經臣等奏請交與撫臣吉慶詳加察勘
妥協經理今據蘭第錫李奉翰吉慶所奏新建石塤横出水
中與水為敵自不如柴薪柔軟與水相宜即偶有潑損亦可
隨塾隨鑲非若石工難於修補而所需錢粮柴工更為節省

應如所奏准將范公塘新修石埧內第二第十第十二等埧暫存如有潑損一律改築柴盤頭海寧石埧二座既稱現當迎溜護塘有益亦應行修理時一併改築盤頭以資鞏固

五十有九年春正月巡撫吉慶奏覆罷范公塘石埧 疏言范公塘石埧橫出水中十餘丈適在迎溜之區致激怒水勢易於潑損誠如 聖諭實屬與水爭地仰見 聖明洞鑒毫髮不爽臣前會勘范公塘十二座石埧內第二第十第十二等埧均係附貼要工挑護尚屬得力是以擬請暫存如遇潑損改築盤頭以柔尅剛於工有益其餘九埧並非應設之處聽其廢去海寧東塘石埧二座察看形勢亦應暫留俟應修時一律改建盤頭

以資捍禦

是月建仁和范公塘埽工及修西柴塘　范公塘新築巴字號埽工之尾接築埽工一百丈西塘爲字等號柴塘拆鑲五百四十四丈

附部銷銀数統叙五十八年七月分奏修埽工下

二月巡撫覺羅吉慶奏覆罷范公塘石塤及建築埽工　疏言范公塘江海神廟迤東至章家菴計程一十五里相距甚近中間安設一十二塤多佔水面層層抵隔自易沖激損工今間段廢去九塤止留三塤則相離各有五六里之寬溜勢不致層疊激怒是以擬留第二第十第十二等塤以資挑禦其海寧東塘石塤二座附近州城尚屬得力亦擬留存將來石塤殘損一律改築

盤頭至范公塘老沙稍覺单薄前請接築埽工一百丈今擬
復於新築霞字號埽工之尾接築一百丈隨工抛石以資保護
附奏銷銀数繚叙五十八年七月分奏建埽工下
是月巡撫覺羅吉慶奏覆范公塘及海寧東塘石塘形勢
疏言海塘形勢多係灣曲大溜由尖山入口自東南斜向西北
直趨是以范公塘江海神廟迤東灣曲處所均關緊要凡
遇塘身突出之處修築塤工挑溜俾水不能入灣方不沖激損
工而范公塘十二塤内惟第二塤第十塤第十二塤均係塘身突
出處所實為迎溜之區藉以挑溜保護灣曲塘工洵屬得力
其餘九塤均在塘身灣進處且相隔甚近有估水勢應聽

其廢去至海寧東塘石堪二座附貼州城左右塘身亦係突出藉
以挑護應請留存以資捍衛
三月修西塘埽工東塘盤頭及改建魚鱗大石塘拆築西塘宿字等
號埽工二百七十六丈五尺蓋字等號埽工一百一十九丈東塘曹
將軍殿前紫盤頭一座東塘樓字等號石塘改建魚鱗大石塘
三十九丈一尺九寸
附西塘埽工報銷銀數統敘五十八年七月分奏建埽工條下東
塘盤頭魚鱗大石塘請銷例估加貼銀共一萬五千九十二兩
二分九厘部銷例估加貼銀共一萬三千七十七兩二錢九分
夏四月修范公塘埽工建東塘坦水　范公塘西五字等號鑲修

埽工二百丈海寧東塘婦唱廉沛四字號長二十六丈建坦水二層

附請銷例估加貼銀共一萬四千九百一十九兩三錢八厘部銷例

估加貼銀共一萬四千八百八十五兩四錢四分六厘

秋七月修海寧西塘柴埽工　西塘珠字等號柴工間段共三百九

十八丈方字等號埽工共五十七丈

附部銷例估加貼銀共一萬九千七百四十四兩四錢六釐

八月建范公塘埽工修東塘坦水　范公塘舊沙尖被潮刷薄三丈

於墨字號新築埽工之尾接築埽工一百丈海寧東塘伯字等號坦

水間段共修築三百四十四丈二寸

附請銷例估加貼銀共二萬三千八百六十七兩八錢一分六厘

部核銷例估加貼銀共二萬三千六百一十九兩九錢一分一釐

九月巡撫覺羅吉慶奏修東西柴石塘坦水盤頭埽工及建魚鱗大石塘　疏言東塘尖山汛內居索閘三字號條塊石塘形勢灣環坐當首沖每月望汛潮水搏激更兼風雨馳驟以致塘身坍矬現搶築柴埧堵禦復於工後添築月堤一道藉以護衛案索閘居三字號石塘本屬搶修工程外面條石排砌內係碎石鑲築難以經久乾隆五十二年及五十五年曾經坍卸搶修而東西相接多係魚鱗石塘視搶修工程較為堅固今因一律改建魚鱗大石塘二十九丈并建坦水二層計五十八丈俾資鞏固仁和范公塘外舊沙刷薄請於羔字號前築埽工之尾接築埽工一百丈至

西塘唐字等號埽工七十四丈五尺出字號至因字號柴塘間段共四百八十五丈五尺馬牧港柴盤頭一座東塘傅字號至逮字號坦水間段共三百九丈三尺六寸亦於八月望汛後被潮潑損均請分别修築

附部銷例估加貼銀共五萬五千八百八十三兩六錢一分六釐

冬十月修海寧東石塘坦水及尖山石塤竹簍　東塘戴家橋汛内而益二字號塘外舊石坦基二十九丈修建坦水二層計五十八丈尖山石塤增築上層竹簍二百個以護塤身

附請銷例估加貼銀共一千八百六十兩一錢八分五釐部核

銷例估加貼銀共一千八百二十五兩二分
六十年春二月修仁和西柴塘坦水盤頭及埽工西塘地字等號柴
塘坦水間段共四百九十五丈五尺黄字號柴盤頭一座范公塘
西及字等號埽工間段共一百一十丈五尺
附部核銷例估加貼銀共二萬七千六百三十三兩四錢六分五
厘
三月修仁和西柴塘坦水盤頭及埽工　西塘黄字等號柴塘坦水
間段共三百五十八丈秋字號柴盤頭一座范公塘西萬字等號埽工
間段共三百七十八丈五尺
附部核銷例估加貼銀共二萬七千三百九十六兩四錢九厘

夏四月建范公塘埽工　范公塘外舊沙於前築賢字號埽工之尾接築

埽工二百丈

附部銷例估加貼銀共二萬一千七百六十一兩九錢九分五釐

五月修海寧東石塘坦水　海寧東塘卑字號至務字號塘外舊

基坦水間段共二百四十一丈九尺二寸修築坦水二層

附部銷例估加貼銀共一萬二千八十二兩五分

六月建仁和范公塘埽工及修西塘埽工、范公塘迤西塘外護沙刷

減於端字號新築埽工之尾接築埽工一百丈西塘覆字號至靡

字號修築舊埽工一百四十五丈

附部銷例估加貼銀共二萬四百四十五兩一錢六分八釐

秋七月修海寧東石塘坦水　東塘號字等號舊建坦水間段共一百千丈八尺修築坦水二層

附部銷例估加貼銀共六千一十二兩八錢六分九厘

八月建范公塘埽工及修西柴塘埽工　范公塘聲字號埽工之尾接築埽工一百丈又修築西商字等號埽工間段共二百九十九丈黄字等號柴工間段共九十五丈

附部銷例估加貼銀共二萬六千八百六十一兩七錢三分四釐

是月建范公塘埽工　范公塘老岸係屬土堤堤外舊沙刷窄止存十餘丈今於前築積字號埽工之尾接築埽工一百丈

附部銷例估加貼銀共一萬八百八十兩九錢八分七釐

是月奉上諭吉慶奏六月分海塘沙水情形圖説朕詳細披閱並將五月分沙水圖説逐一比較據吉慶奏到五月分圖説内稱范公塘迤西至烏龍廟塘外舊沙一道較上月刷短六十餘丈刷窄二十餘丈等語是迤北一帶舊沙有刷卸之處范公塘等處塘工喫重自應設法鑲築俾水勢南趨而此次吉慶奏到六月分圖説則稱西興迤東童家灣現存舊沙較上月刷窄一百餘丈等語是迤南一帶舊沙現有坍卸此正極好機會又應趁勢挑切俾益加刷卸以收南坍之效乃吉慶摺内俱未詳晰聲叙如何辦理所進圖説字畫太小難以披閱朕再三諦視始獲明晰業將兩次圖説用硃筆點出著傳諭吉慶此後奏報沙

水情形圖將字畫略為放大以便省覽並將五月分范公塘迤
西至烏龍廟塘外舊沙刷卸後如何設法鑲築及六月分西興
迤東至童家灣舊沙既經刷空後曾否施工挑切之處逐細聲
敘據實具奏將此諭令知之仍即速奏欽此
九月　奉
諭旨海塘沙水沖刷不常現在南岸童家灣一帶沙
塗既有刷動經該撫派委熟諳工員挑挖設能藉此向南多坍
實為極好機會至范公塘迤西舊沙刷卸該處塘工不免吃重
益著該撫留心察看應行接築者即行鑲築完備務期穩固
仍將現在情形隨時具奏欽此
是月修仁和西柴塘　西塘來字等號柴塘間段共修築三百八

十八丈

附部銷例估加貼銀共一萬六千三百一十四兩三分

冬十有二月建范公塘埽工　范公塘西尺字號土塘形勢單薄於

新築第一千三百丈埽工之尾尺字號内接築埽工一百丈

附部銷例估加貼銀共一萬八百八十兩九錢八分七釐

浙江文化研究工程成果文庫

浙江文獻集成

浙江文叢

續修浙江通志海塘初稿

〔第二册〕

闞豫 輯

浙江古籍出版社

閱三

計六拾張

收掌沈祥照
余寀

九月十八日收

閱

總纂沈
纂脩張
陶
章
金

海塘第三冊

海塘四

嘉慶

海塘五

道光一

關豫編輯

海塘四　嘉慶

嘉慶九年春二月巡撫覺羅吉慶奏修范公塘埽工西柴塘坦水及海寧西柴塘盤頭　范公塘西化字號至西宙字號埽工間段西塘日字號至立字號柴塘坦水間段并因積字號內盤頭柴樁朽爛今拆築埽工三百二十三丈五尺坦水三百五十丈盤頭一座

附部銷例估加貼銀共三萬一千六百十二兩二錢二分一厘

三月修海寧東石塘坦水及建魚鱗大石塘　海寧東塘駁字號至石字號塘外坦水間段共一百九十一丈八尺九寸橋殘石缺今修建一百九十一丈八尺九寸丁字號至精字號緩修石塘間段及坦水建築年久底樁霉朽塘身殘

裂今並改築魚鱗石塘五十四丈三尺一寸并隨塘坦水三
十八丈八尺一寸
附部銷例估加貼銀共二萬三千四百二十五兩二錢一分
七厘
是四月修范公塘埽工及海寧東塘柴工盤頭　范公塘
西靡字號至西貞字號埽工間段海寧東塘書將軍
殿前沛字號盤頭韓家池欣字號至杷字號柴塘間
段三月内均被潮潑損柴埽朽爛今修築埽工三百
一十七丈盤頭一座柴塘一百八十丈
附部銷例估加貼銀共二萬八千六十九兩一錢二分五厘

五月巡撫玉德奏修范公塘西塘埽工及柴塘坦水　范公塘迤西埽工二千七十餘丈塘後土戧寛自一丈六尺至三丈稍覺單薄加築連舊戧共寛五丈又西塘西五字號至西麗字號埽工間段添字號至形字號柴塘坦水間段被潮潑損柴椿朽爛均屬已逾固限今拆築埽工一百三丈五尺坦水四百六十四丈

附部銷例估加貼銀共三萬八千二百七兩五錢八厘

六月巡撫玉德奏修仁和西塘柴埽工及海寧東石塘坦水　疏言五月霉汛兼之連朝大雨山水漲發正值海潮大汛波濤洶湧仁和西塘西賢字等號埽工七百二十七丈

五尺地字號柴塘九百一十三丈先後潑損坍矬自三四尺至一丈餘尺亦有柴埽全行沖刷僅存土戧之處請鑲築完固以資抵禦其海寧東塘同字等號塘外坦水間段共三百一十五丈六尺九寸亦被海潮山水互相沖激橋石殘缺未築坦水之舊基亦有刷壞以上悉係已逾固限之工請一律拆築以禦伏汛

附部銷例估加貼銀共八萬九千五百三十八兩五錢三分四厘

秋八月建范公塘埽工及修西塘埽工　范公塘外第一千四百丈是字號埽工之尾舊沙先後刷卸接築埽工一百

文西塘西及字號至西被字號埽工七月內被潮蹬損今
修築七十二丈
附部銷例估加貼銀共一萬三千八百兩二分七厘
九月初二日奉　上諭玉德奏七月分海塘沙水情形一摺
据称秋間潮勢較旺西塘范公塘一帶較上月刷短一十餘
丈等語海塘形勢總須南坍北漲塘工方能穩固今范公
塘一帶舊沙刷短至十有餘丈是北岸轉有坍卸朕心深
為廑念特發去大藏香二十枝交與玉德於　海神廟虔
誠禱祀以期北岸沙灘日益增漲而南岸漲沙日漸刷
卸俾塘工益資鞏固並著玉德隨時察看情形留心

保護方為妥善將此諭令知之欽此

是月修范公塘埽工及海寧東西塘盤頭坦水 八月風汛猛裂潮勢較大柴埽各工間段被潮潑損范公塘自西大字號至西宇字號埽工間段共七百八十六丈西塘允字號至西丹字號柴塘坦水間段共四百九十八丈西漆字號盤頭一座普兒兜盤頭一座海寧東塘鎮海塔汛內舍字號至念里亭汛內成字號塘外舊建坦水間段共一百八十六丈撝石殘缺凡修築埽工七百八十六丈坦水六百八十四丈盤頭二座

附部銷例估加貼銀共六萬二千九百五十四兩五錢四分四

釐

冬十月修海寧東石塘坦水　海寧東塘鎮海塔汛内灰分贊爵都五字號塘外坦水夏秋以來潮汛潑損橋石殘缺其地坐臨海寧城外工程最要且已逾保固例限今均修築坦水七十三丈

附部銷例估加貼銀共二千六百一十五兩五錢四分一釐

二年春二月修范公塘埽工及東西石柴塘盤頭坦水　范公塘内西白字號至西讓字號埽工間段共八十一丈西塘草庵前化字號至海寧西塘老鹽倉汛内聲字號柴塘外坦水間段共二百五十七丈五尺馬牧港盤頭一座柴埽潑損

東塘旦字號鱗塘一十一丈底樁霉朽塘身膨突樓字號至門字號塘外坦水間段共九十二丈樁石殘缺以上均逾保固例限之工今凡修築埽工八十一丈魚鱗大石塘一十一丈坦水四百四十九丈五尺盤頭一座

附部銷例估加貼銀共一萬七千三百三十三兩五錢五分

夏四月二十九日奉　上諭玉德奏海塘沙水情形一摺内稱北岸范公塘一帶新漲陰沙二千餘丈南岸童家灣刷去舊沙一百餘丈并誌樁一根等語海塘情形總期南坍北漲今閲單内范公塘一帶新漲陰沙雖僅二千餘丈而童家灣刷去舊沙亦止一百餘丈并誌樁一根但北岸漸

漲南岸漸坍實是極好機會此後如章家庵迤東一帶
倘能接續再漲陰沙其南面之長山西口門等處舊沙
誌橋或可以次刷卸於塘工尤有裨益此實仰賴神明
默佑保護堤防欣感之餘益深乾惕特發去藏香二十
枝著玉德虔誠祀謝以答神貺該撫惟當隨時察看
情形倍加敬慎辦理毋得稍有滿假以副委任將此傳
諭知之欽此

是月修范公塘埽工及西柴塘坦水　范公塘西髮字號至西
此字號埽工間段西塘出字號至黄字號柴塘外坦水間
段春汛以來潮溜激損殘卸且已逾保固例限今修築

埽工一百五丈五尺坦水一百一十九丈
附部銷例估加貼銀共六千九百九十六兩五錢二分八厘
閏六月修范公塘埽工　范公塘内西絲字號至西墨字號
埽工已逾保固例限柴椿潑損今修築二百十八丈
附部銷例估加貼銀共七千九十八兩二錢四分八厘
秋七月修范公塘埽工坦水及海寧東石塘坦水　閏六月二
十八九等日大雨滂沱山水漲發兼東南風猛烈潮勢較大
范公塘西聲字號至西暑字號埽工三百二十八丈五尺間段潑
損秋字號至立字號柴塘外坦水四百九十二丈五尺間段矬蟄
海寧東塘自字號石塘外三層坦水二十丈高字號至信字

號石塘外坦水四十丈均有潑損矬卸並石料木樁間
有沖失今凡修築埽工三百二十八丈五尺坦水五百二十
五丈五尺
附部銷例估加貼銀共三萬六千六百四十六兩九錢九
分七厘
八月初五日奉　上諭玉德奏閏六月間大雨滂沱風
潮較大范公塘工段間有潑損矬卸經工員分頭搶築
均皆保護無虞等語亦著發去大藏香二十枝交撫臣
於　海神廟敬謹叩謝以答　靈貺仍著該撫督率
工員上緊修築俾各工一律堅固以資捍衛方為妥善

將此諭令知之欽此

是月撫巡王德奏修東西柴石塘坦水埽工盤頭 疏言
七月十八日巳刻忽起東南颶風勢甚猛烈至十九日雨驟
風狂戌刻稍息已值大汛之期潮汐洶湧直潑北岸致
東西二塘柴埽石工間段潑損范公塘西是字號至元
字號埽工二千二十二丈五尺并元字號盤頭一座地字號至
積字號柴塘一千六百八十九丈并盤頭三座均潑損坍卸
海寧東塘戴家橋汛內深字號至下字號坦水九十丈鎮
海塔汛內同字號至明字號坦水四百一十六丈尖山汛內道字
號至條字號柴塘一百五十七丈八尺間段潑損坍卸請修

築埽工二千二十二丈五尺柴塘一千八百四十六丈八尺坦水五百六丈盤頭四座

是月巡撫玉德奏修東西石柴塘　疏言七月十八九日等海塘猝被颶風潮汐洶湧致東西二塘柴埽石工間段潑損所有西塘最要之西形字等號埽工三百六十五丈商字等號柴塘四百七十丈并東塘深字等號坦水九十丈均已搶修完固其西塘之西是字等號埽工九百三十一丈五尺雲字等號柴塘七百二十一丈并因積二字號盤頭一座及東塘同字等號坦水四百一十六丈均係次要之工應請分段鑲築其餘西塘之西作字等號埶陷潑損埽工七

百二十六丈地字等號柴塘四百九十八丈并元黄秋字三號盤頭三座及東塘道字等號柴塘一百五十七丈八尺尚非沖險之區請俟要工完竣之後接續修築附部銷例估加貼銀共一十一萬九千六百七十兩七錢

是月十四日奉上諭玉德奏海塘猝被颶風現督工員將潑損工段趕緊搶修並沿海州縣被風情形一摺此次沿海猝被風潮將東西二塘柴埽石工一千八百餘丈間段潑損幸祇潑損礎卸並未走失居民得以無虞此皆仰賴海神默佑著發去大藏香二十枝交與玉德親詣海神廟敬謹祀謝以答靈貺逮日天氣晴

和、雅卸各工現已鑲築堅固，其有加高培厚之處，該撫務即飭工員如式妥辦，以資捍衛。其沿海之黄巖、太平、定海、象山等縣，亦因颶風，居民房屋及低窪地畝并竈場鹽滷不免沖刷。該撫現已委令藩司前往查辦，並當飭令詳悉履勘，如有應行撫卹借緩之處，一面妥辦，一面奏聞，不可稍存諱飾，致貧黎或有失所。至在石浦一帶緝盜之兵船，亦遇風沖損船隻，守備鄭應昌幸而飄至山根，得以無事，其淹斃兵丁三名，著該撫咨部照例優卹。將此諭令知之，仍即速行回奏。欽此。

是月改建海寧東塘爲魚鱗塘　疏言海寧東塘畚
寫二字號內有乾隆六年搶修石塘二十四丈五尺建築
年久底樁朽爛大汛之時塘身皴折請一律改建魚鱗
大石塘以資鞏固并先於塘後幫築柴塘填一道暫
爲抵禦修築坦水一層以護塘根
附部銷銀數統叙奏分修東西石柴塘下
三年春三月修范公塘埽工及海寧東塘盤頭坦水　范
公塘內西均竹士三字號埽工間段潑損海寧東塘沛字
號盤頭柴埽雖隨性情二字號坦水樁石亦多殘缺其
地均當首沖且已逾保固例限今修築埽工四百二丈五

尺盤頭一座坦水二十三丈五尺
附部銷例估加貼銀共一萬八千二百七十二兩七錢九分六
厘
夏四月修仁和西柴塘坦水　仁和西塘黄字號至羊字號
柴坦水潑損間段已逾保固例限令凡修築四百三十
四丈
附部銷例估加貼銀共一萬七千六十九兩四錢五分六
厘
五月修仁和西塘柴埽工及海寧東石塘坦水　仁和西塘
西賢字號至西絲字號埽工間段遐迩二字號柴塘間段

潮汐潑損柴埽坍卸海寧東塘壁字號至吹字號坦
水間段橋石殘缺均逾保固例限今修築埽工一百三
十九丈柴塘二十二丈坦水一百二十五丈
附部銷例估加貼銀共一萬二千七百四十九兩五錢五
分四釐

是月二十七日奉　上諭玉德奏海塘汛水情形一摺從前
因海塘關係緊要曾頒發藏香令該撫等祈禱　海
神佑護總期北漲南坍永資鞏固今閱所奏及圖說
情形北面漲沙仍與往時相仿未見續有增漲或係
該撫未能虔誠祈禱之故茲復發去大藏香二十枝着玉

德親詣 海神廟敬謹供獻齋心虔禱北漲南坍以迓
神貺而奠民生將此諭令知之欽此

六月修仁和西塘埽工及海寧東西塘坦水　仁和西塘西成字號至西月字號埽工間段共八十三丈夜字號至堂字號柴塘外坦水間段共八十七丈五尺潑損坍卸海寧東塘仕字號至壓星字號坦水間段共一百一十六丈五尺橋石殘缺均逾保固例限今修築埽工八十三丈坦水二百四丈

附部銷例估加貼銀共一萬一千三百五十三兩九錢七分六釐

秋七月十四日奉　上諭玉德奏海塘沙水情形一摺覽
奏欣慰前因海塘北面漲沙仍與往時相仿是以特頒
藏香令玉德虔誠祈禱今據奏北岸東西二塘新漲陰
沙各長二千餘丈寬二三百丈近已漸次加高沙性已見
堅實實為極好機會此皆仰賴　神佑欣慶之餘益增
敬感茲再發去大藏香二十枝著玉德親往　海神廟
敬謹祀謝以答　神庥嗣後仍應隨時察看情形齋心
默禱以期北漲南坍之迅速並將此諭令知之欽此
八月二十五日奉　上諭玉德奏海塘沙水情形一摺覽
奏忻慰前因海塘北岸東西兩塘新漲陰沙漸次

加高沙性堅实特頒發藏香令玉德虔誠祀謝今據
奏南坍北漲情形实属極好机會此皆仰賴　海神
默佑欣慶之餘益加敬感茲再發去大藏香二十枝交與
玉德親往　海神廟誠虔祀謝以答　靈貺嗣後如北
岸陰沙續有增漲之處並著隨時具奏但海塘柴
石各工均關緊要仍當留心保護不可因北岸沙漲
日增稍存疎懈也將此諭令知之欽此
是月建范公塘埽工并修海寧東石塘坦水　范公塘埽
工尾舊沙刷去三十餘丈今於埽工尾西字號五丈至西
孝字號十五丈接築埽工一百丈隨工沉石以資抵禦其海

寧東塘隨字號至通字號坦水間段殘橋石殘缺凡修

築一百七十一丈九尺

附部銷例估加貼銀共一萬五千七百五十八兩五錢六分

四厘

九月修仁和西塘埽工及西柴塘坦水　西塘西此字號至

西黎字號埽工間段周字號至羔字號柴塘外坦水間段

均已滿限柴橋霉朽今鑲修埽工三十九丈五尺坦水一

百丈

附部銷例估加貼銀共八千四百一兩二錢

冬十月修仁和西塘埽工及西柴塘坦水　仁和西塘西賓

字號至西首字號埽工間段共三十四丈五尺西塘黎字號
至駒字號柴塘外坦水間段共五十八丈底樁霉朽柴草
雜卸今並鑲修
附部銷銀數統歸八月分奏修埽工下
十有一月建修東西柴石塘坦水　仁和西塘食字號至西必
字號柴塘外坦水間段共一百九十七丈柴樁霉朽海寧東
塘緣字號至別字號石塘外坦水共六十七丈一尺樁石殘缺
並有舊基未建坦水者今修築坦水凡二百六十四丈一
尺
附部銷例估加貼銀共八萬一千六百五十二兩三錢三分一

厘

四年春正月修東西石柴塘坦水　仁和西塘烈字號至吞字號柴塘外坦水間段共一百七十五丈柴橋霉朽海寧東塘弟字號至華字號石塘外坦水間段共三百二丈橋石殘缺今修築坦水凡四百七十七丈

附部銷例估加貼銀共一萬七千二百三十八兩五錢九分七厘

三月修東西石柴塘坦水　仁和西塘盈字號至聽字號柴塘外坦水間段共二百八十四丈五尺海寧東塘鍾字號至隸字號石塘外坦水間段共二百四丈均被潮沖刷柴埽朽卸橋石

殘缺且已逾保固例限今修築坦水凡四百八十八丈五

尺

附部銷例估加貼銀共一萬九千三百七十二兩三錢二

分九厘

夏四月修范公塘埽工西柴塘坦水　范公塘西大字號至

白字號埽工間段西塘號字號至女字號柴塘坦水間段

柴𣑽霉朽已逾保固例限今修築埽工六十九丈五尺

坦水一十八丈

附部銷例估加貼銀共四千四百六十六兩五錢四分一

厘

五月修東西柴石塘坦水　仁和西塘西兩字號至岡字號柴塘外坦水間段共一百八丈柴樁零打被潮潑卸海寧東塘自字號至畜字號石塘外坦水間段共一百二十三丈五尺樁石殘缺均逾保固例限今修築坦水凡二百三十一丈五尺

附部銷例估加貼銀共七千五百四十八兩一錢六分三厘

六月修范公塘埽工及海寧東石塘坦水　范公塘西難字號至西往字號埽工間段柴樁零打海寧東塘比字號至西字號石塘外坦水間段樁石殘缺均逾保固例限

今鑲築埽工八十五丈五尺坦水二百三十八丈

附部銷例估加貼銀共一萬二百七十六兩六錢八厘

秋七月修范公塘埽工及西柴塘坦水　范公塘西墨字號

至西絲字號埽工間段西塘出字號至大字號柴塘外坦

水間段潮汐沖激柴埽潑卸已逾保固例限今鑲修

埽工一百六十一丈坦水一百八十六丈

附部銷例估加貼銀共一萬四千七百五十兩三錢三分

六厘

八月修范公塘及海寧東石塘坦水　范公塘西均字號

至西竹字號埽工間段柴樁霉朽海寧東塘守字號

至畫字號石塘外坦水間段橋石殘缺均逾保固例限令搶築埽工二百二丈五尺坦水二百七十四丈一尺九寸

附部銷例估加貼銀共一萬五千一兩三錢一分五厘

九月署巡撫事布政使謝啓昆奏修范公塘埽工及海寧東石塘坦水　疏言范公塘西堂字號至西宇字號埽工間段被潮潑損樁木朽爛海寧東塘造字號至轉字號石塘外坦水間段潮汐沖激樁殘石缺均逾保固例限令修築埽工二百五十丈建坦水四百一十一丈三尺一寸

附部銷例估加貼銀共二萬一千七百六十一兩五錢九分六

厘

冬十月閩浙總督署巡撫事書麟奏修海寧東石塘外坦水間段

坦水　海寧東塘驅字號至熟字號石塘外坦水間段

樁殘石缺已逾固限今修築三百三十四丈

附部銷例估加貼銀共一萬四千三百三十七兩三錢七分

二厘

十有一月修仁和西柴塘坦水　西塘出字號至岡字號柴塘

外坦水間段潑損坐蟄柴樁霉朽已逾保固例限今修

築二百九十四丈

附部銷例估加貼銀共一萬二千六十四兩四錢二分

八釐

是月戶部侍郎署巡撫事阮元奏修范公塘埽工及東

西石柴塘坦水　疏言范公塘西資字號至西拱字號

埽工間段共四百四十五丈潮水潑損蟄塌柴樁霉朽西

塘呂字號至賓字號柴塘外坦水間段共九十八丈五尺

柴埽殘卸附土坍寬又往年潮汐八九月間最盛因明

歲置閏節氣較遲本年潮水獨盛於九十月間向來潮

自東南斜撲北岸今年潮自南岸頂撞回北正撲塘

身詢之汛兵土民皆云頗爲著重海寧東塘仁字號至

池字號石塘外坦水三百五十九丈五尺橋石皆多損壞
実爲最要工程按各工段均逾保固例限現飭司道督
同廳備各員分段急修以禦春汛
附部 銷例估加貼銀共三萬三千八百五十七兩八錢
三分三厘
五年春三月巡撫阮元奏修范公塘埽工及東西石柴塘
坦水 范公塘西壁字號至西女字號埽工間段共一百
八丈西塘扇字號至傅字號柴塘外坦水間段共一百五
十五丈柴埽潑損海寧東塘同字號至雁字號石塘
外坦水間段共二百四十九丈橋石殘缺均逾保固例

限今修築一百八丈坦水共四百四丈

附部銷例估加貼銀共一萬八千三百六十九兩九錢四

分六厘

夏四月修范公塘埽工及西柴塘　范公塘西困字號至

西恭字號埽工間段西塘律字號至羊字號柴塘間

段因本年秋汛雨水稍多復被潮汐駁激𩇕勢今修

築埽工一百三十三丈五尺柴塘二百二十一丈

附部銷例估加貼銀共一萬六千三百九十六兩一錢四

分三厘

閏四月建范公塘埽工及修海寧東石塘坦水　范公

塘埽工之尾西孝字號迤西至西命字號土堤外老沙刷
薄接建埽工一百丈隨工沉石以資抵禦海寧東塘子字號
至黍字號石塘外坦水樁石樁殘缺且有舊基未建坦水
者其工均逾固限今修築坦水二百九十六丈三尺六寸

五月修范公塘埽工及西柴塘　范公塘西均字號迤東至
西駒字號埽工間段西塘餘字號迤東至正字號柴塘間
段均逾固限柴樁霉朽兼本年春霉雨汛潮汐較旺
柴埽潑卸矬墊今修築埽工一百五十二丈柴塘二百六
十三丈五尺

附部銷例估加貼銀共一萬八千六百九十八兩九錢五分

八釐

六月修范公塘埽工　范公塘西曰字號至西孝字號埽工間段已逾固限霉汛以來天雨連綿山水長發坐當首沖潮溜搜刷塘根柴埽沉矬今搶修埽工六十三丈

附部銷例估加貼銀共三千五百九十六兩三錢五分一釐

秋七月建范公塘埽工修西柴塘坦水　范公塘埽工之尾老沙刷薄迴溜沖激自西命字號五丈迤西至西鳳字號一十五丈共接築埽工一百丈隨工沉石以資捍衛又西曰字

號至西王字號埽工間段西塘歲字號至改字號柴塘外
坦水間段冉六月十七八等日風雨較大兼值大汛潮汐潑
損且久逾固限今搶修埽工三百一十一丈坦水二百六十三
丈
附部銷例估加貼銀共三萬八千九十三兩二分八厘
八月修范公塘埽工及東西柴塘　六七月間浙東金華
處州山水大發順流東注溜勢湍激貼塘刷汕多有蟄
墊凡修築范公塘西競字號至西鳴字號埽工間段共一
百三十九丈西塘閏字號至形字號柴塘間段共五百三十
八丈海寧東塘韓家池欣字號至歡字號柴塘九十

八丈
附部銷例估加貼銀共三萬二千九百一十一兩一錢三分
七厘
九月巡撫阮元奏建念里亭汛魚鱗石塘及修坦水疏
言今歲夏秋上游山水驟發滙流東注直逼塘根臣嚴
督道廳等員晝夜防護兹已節屆霜降瀛海安瀾仰
賴
聖主洪福全塘鞏固並無搶險要工至海寧東塘念
里亭汛内遵約二字號後修石塘一十一丈八尺四寸係雍正
八年所建近歲底樁霉朽塘身蹲矬請改築魚鱗石
塘又伏秋潮汐潑損枝字號至石字號坦水間段應修築

二百二十九丈

附部銷例估加貼銀共一萬二千一百七十兩三錢七分四

釐

冬十月修海寧西石塘盤頭　西塘浦兜兜馬牧港盤

頭二座久逾固限椿木霉朽柴埽糟卸今並修築

附部銷例估加貼銀共三千八百九十二兩八錢九分三

釐

六年春正月修范公塘埽工及西柴塘坦水　范公塘西

均字號至西墨字號埽工西塘出字號至夜字號柴

塘外坦水均逾固限柴埽坍卸今修築埽工一百三

十八丈坦水二百九十五丈

附部銷例估加貼銀共一萬八千九百九十七兩七錢九

釐

三月修范公塘埽工及西柴塘坦水　范公塘一路漲沙

日形短縮水勢漸逼塘根擇其迎溜當沖最為要

重及工程年遠久逾固限者凡修築西競字號至西場

字號埽工間段共六十五丈五尺西塘暑字號至珥字號柴

塘外坦水間段共二百五十一丈

夏六月修范公塘埽工及西柴塘坦水　范公塘西事字號

至西辰字號埽工間段西塘漆字號至習字號柴塘外坦

水間段久已逾固限入夏以來潮汐較旺兼霉雨連緜山
水沖激坍頽今修築埽工二百二十六丈五尺坦水四百二
十二丈
秋七月修海寧東石塘坦水　海寧東塘同字號至秦字
號石塘外坦水久逾固限本年春霉大汛潮汐逼塘間
段潑損橋戗石跌地勢掃深今修築三百八十六丈
八月修仁和錢塘江塘及西石塘盤頭　仁和號巨闕三字
號江塘二十八丈五尺西塘觀音堂盤頭一座錢塘官弔食
場四字號江塘三十三丈二尺均被風潮潑損今重修築
附估用銀共三千六百兩一錢九分四厘

此頁下二行

是月十四日奉　上諭阮元奏浙省諸暨蕭山錢塘餘杭富陽等縣村莊因風雨之後山水下注田地間被淹浸桐廬地方有土屋被雨沖卸壓倒民房傷斃男婦等語該處地方伏秋之際山水猝發淹浸民田間斃人口殊堪軫念雖據該撫奏稱祗係一隅中之一隅但事關民瘼不可稍存輕視該撫惟當嚴飭所屬實力查勘如並未成災則已若業已成災有應行加恩賙緩之處即速據實奏聞候朕降旨不得稍有諱飾至另摺奏海塘風損工段分別修築該處雨後江水下注潮水上溯幸水未過塘田廬無損覽奏稍慰惟浙省海塘向賴南坍北漲方

可保護無虞今該撫所奏情形似北岸之沙間有坍卸頗為懸厪現在潮汛正盛該撫務宜督工員小心防護並將應行修築處所上緊施工以資捍衛轉瞬秋深潮落更可永期穩固也將此諭令知之欽此

是月修建范公塘埽工西柴塘坦水及海寧東石塘　范公塘土堤外老沙潮溜汕刷短窄今於西凤字號新築埽工之尾接築埽工一百丈隨工沉石以資保護又西塘西均字號至西宿字號埽工間段亢字號至聽字號柴塘外坦水間段均被風潮潑損海寧東塘高冠陪輦横五字號石塘塘身雖裂建築年久底樁霉朽今重修埽工一千一百

七十八丈坦水九百九十六丈石塘六十一丈

冬十月初一日奉　上諭阮元奏八月分海塘沙水情形及

築復潑損工段一摺該處七月間風潮潑損東西兩塘柴石

各工現已次第築完該一律穩固此皆仰賴　海神默佑當秋

汛險要之後幸獲安瀾田廬無恙覽奏實深欣慰著發

去藏香二十枝交阮元前往敬謹祀謝並默求　靈佑俾

潮汐順軌南坍北漲永資捍衛所有新舊埽工仍須加

意防護並臻鞏固爲要將此諭令知之欽此

十有一月修范公塘埽工　范公塘西逕字號至西商字

號埽工間段久逾固限坍損太多今修築一百五十三

丈

七年春二月修范公塘埽工及東西柴石塘坦水盤頭　范公塘西薄字號至西重字號埽工三百四十一丈五尺西塘字字號至堂字號柴塘外坦水一百五十一丈五尺海寧東塘据字號至桂字號石塘外坦水間段共四百一十丈九尺三寸曹將軍殿前盤頭一座悉係去年秋汛潑卸殘缺奏報在按今修築埽工三百四十一丈五尺坦水五百六十二丈四尺三寸盤頭一座

夏四月修范公塘埽工　范公塘西夙字號至西染字號埽工間段春潮潑損久逾固限今修築共三百七十五

丈五尺

六月修西塘埽工及柴塘　西塘西鳳字號至西日字號埽工間段律字號至谷字號柴塘間段均逾固限入夏雨多潮旺山水漲發回溜搜刷塘根多有損卸今修築埽工二百八十二丈五尺柴塘三百五十五丈

秋八月建修范公塘埽工及西柴塘坦水　范公塘埽工之尾本年伏秋二汛潮水回溜沖激逼塘刷短舊存六十餘丈今於西蘭字號五尺迤西至西松字號一十五丈接築埽工八十丈又西興字號至西塘宙字號埽工間段西塘宇字號至宙字號柴塘外坦水間段亦次第潑損殘

蟄均已滿限今修築埽工一百一十四丈五尺坦水五百九十八丈

九月修仁和西塘坦水及海寧東石塘坦水　仁和西塘西福字號至西宇字號埽工間段共一百九十四丈西夜字號至西因字號柴塘外坦水間段共五十七丈潮汐沖激柴埽霉朽東塘畜字號至富字號石塘外坦水間段共四百九十三丈三尺一寸樁石殘缺東塘兵高二字號內魚鱗石塘三十三丈年久底樁霉朽面石鬆卸今修築埽工一百九十四丈坦水五百五十丈三尺一寸石塘三十三丈

冬十有二月修范公塘埽工西塘坦水盤頭及海寧東石

塘坦水　范公塘西興字號埽工間段西塘閏字號柴塘外坦水間段秋字號盤頭海寧東塘友字號石塘外坦水間段均被潮汐沖激底樁霉朽樁石殘卸且已逾固限今修築埽工三百七十八丈坦水共五百八十七丈五尺盤頭一座

八年春二月修築東塘坦水及范公塘埽工　東塘氣字號至內字號坦水二百四十二丈五尺樁石殘缺范公塘西日字號至西雲字號間段埽工共一百二十五丈又西塘裔字號至堂字號柴坦間段共四百九十九丈五尺雖蟄坍卸二處均久逾固限應乘時修築

三月修築鎮海塔汛石塘坦水及范公塘埽工　東塘鎮海塔汛爵字等號魚鱗石塘建築年久迎冲十里亭以東漲沙寬廣該處轉成頂冲蹲矬十二丈五尺應行拆築又塘外好爵字號坦水二十九丈五尺被潮冲激橋石全無應一併修築范公塘西松字等號埽工之尾迤西一帶老沙搜刷單薄應行接築埽工五十丈并照例隨工沉石以禦處伏大汛

夏五月巡撫阮元奏修東塘坦水及西塘柴埽工　疏言東塘盈字等號坦水八十五丈六尺九寸橋石殘缺久逾固限西塘西競字等號柴埽各工間有潑損矬卸亦

逾固限應請修築
秋七月護巡撫事清安泰奏修建范公塘埽工　范公塘
西川字號坦水埽工之尾迤西一帶老沙漸次刷薄原
築土堤不足以資抵禦應請接築埽工五十丈并照例隨
工沉石西寶字號等埽工間段共長二百三丈五尺西添
字等號柴坦三百六十五丈五尺柴樁零朽附土坍卸急
應趕築以禦大汛
八月總督玉德奏修建鎮海塔汛坦水及范公塘埽工
海寧鎮海塔汛肆字等號坦水一百八十七丈被潮沖激
樁石脫落係屬緊要之工飭令上緊修築定限年内

完工以禦春汛映字等號坦水三百四十一丈七尺橋石殘缺應
於來年春汛之前趕緊修理限二月內完竣范公塘西
蓋字等號埽工一百六十七丈柴樁朽爛飭令趕修務於
年內辦竣以資捍禦其餘西事字等號埽工四百九十
一丈五尺良字號等柴工六百二十七丈間段潑卸情形
稍次應於來春次第辦理一律完竣

九年春三月修築東塘坦水西塘柴坦埽工　東塘滿字
等號坦水三百六十五丈五尺范公塘西蘭字等號埽工二
百七十四丈五尺西塘雲字等號柴坦二百八十丈

夏五月修築范公塘埽工及柴塘　范公塘西鳳字等號

埽工二百二十三丈西塘秋字等號柴塘一百二十四丈五尺

六月修築東塘坦水及范公塘埽工　東塘仕字等號坦水二百九十二丈范公塘西當字等號埽工一百三十二丈五尺來字等號柴坦一百三十八丈五尺

冬十月修築范公塘埽工及東西塘坦水柴塘盤頭　范公塘西孝字等號埽工四百六十三丈西塘元字等號柴坦二百三十四丈五尺黄字號浦兕兜馬牧港柴盤頭三座又東塘靜字等號坦水四百五十一丈八尺韓家池逍字等號柴塘二百一十九丈二尺

十年春三月修築范公塘埽工東塘坦水　范公塘西石字號埽工尾迤西至烏龍廟止一帶老沙日漸刷窄現存沙寬二三丈至二十餘丈不等原築土堤難資抵禦應請接築埽工九十一丈并隨工沉石西溫字等號埽工五百三十七丈西塘來字號至傅字號柴工五百二十三丈柴埽潑卸附土坍寬應請一律拆築東塘內字號至楚字號坦水二百三十六丈五尺橋石殘缺間有橋石全無之處亟應修築保護塘根

夏六月修築范公塘柴埽工　范公塘西名字等號埽工九十九丈五尺西塘兩字等號柴工九十三丈五尺

閏六月修築范公塘埽工西塘柴坦東塘坦水　范公塘
西孝字號至西日字號埽工二百八丈五尺西塘日字號至
因字號柴坦七百二丈五尺東塘神字號至韓字號坦水
三百九十二丈

秋九月二十九日奉　上諭清安泰奏報八月分海塘沙
水穩護情形一摺據稱本年海塘伏秋大汛潮汐最為
平穩現已節屆霜降全塘鞏固瀛海安瀾等語皆仰
荷　海神默佑俾沿海居民咸資保障著發去大小藏
香各五炷交清安泰敬詣各處虔誠祀謝以答　神庥
並著該撫督飭各屬於一切應修工程次第認真趕辦

以期來年春汛足資保護至近年來全塘各工據報均
極穩固惟朕于該撫繪到圖說詳加披閱現在南岸日
露新沙似有北坍南漲之象與數年前情形不同究
竟有無妨礙之處仍着清安泰詳悉查勘遇便奏聞
以慰廑注將此諭令知之欽此

冬十月修築范公塘埽工西塘柴工東塘坦水柴盤頭　范
公塘西蓋字號至月字號埽工三百二丈西塘月字號至丕
字號柴工三百四十丈東塘同字等號坦水三百九十三丈二
尺六寸曹殿前沛字號柴盤頭一座

十有一年春四月奏請修築東塘坦水柴塘西塘埽工柴

工　東塘守字號至念里亭昆字號坦水三百八十三丈三尺五寸韓家池荷字號至枇字號柴塘一百二丈五尺

三月修築西塘埽工柴坦　西塘身字號至列字號間段埽工一百五十八丈五尺元字號至形字號柴坦二百七十二丈五尺

夏五月修築西塘埽工東塘坦水　西塘服字號至黄字號埽工一百七十三丈飛字號至吞字號柴工一百八十七丈五尺東塘華字號至土字號坦水三百七十七丈

秋八月修築西塘埽工東塘坦水及拆修鱗石各工　西塘方字號至寒字號埽工四百七十丈兩字號至乙字號柴

工二百二十三丈五尺東塘深字號至池字號坦水六百八
十二丈羣英二字號搶修鱗工九丈索字號拆建十二
丈二尺并築隨塘坦水二層
冬十月修築西塘埽工柴工及柴盤頭　西塘場字號至列
字號埽工一百七十五丈露字號至岡字號柴工五百七丈
岡積字號柴盤頭一座
十有二年春三月修築西塘柴工東塘坦水　西塘讓字
號至堂字號間段柴工三百九十五丈五尺東塘母字號至
西字號間段坦水三百七十二丈
秋七月修築西塘柴工　西塘陽字號至岡字號間段柴

工共五百九十丈

九月巡撫清安泰奏修築東塘魚鱗石塘及坦水　疏言東塘惻造次性靜五字號魚鱗石塘共長五十七丈四尺建築年久底樁朽爛被潮沖潑塘身坍卸又存字號起至逸字號止坦水間段共長五百九十四丈亦被潮沖樁石坍卸并有樁石全無之處久逾固限亟應修整以禦來年春汛

十三年六月護巡撫崇祿奏修築東西塘盤頭及柴工　疏言東塘曹將軍殿前沛字號盤頭一座西塘馬牧港盤頭一座及寒字號起至能字號止間段柴工長五百四十

一丈俱被潮沖掃卸情形險要且逾保固限期請來
時修築以資捍禦
三月修築東塘坦水　東塘興字號起至奉字號止間段
坦水共長五百六十二丈被潮沖激樁石殘缺已逾保固限
期亟應乘時修築以資捍禦
四月修築西塘柴工　西塘騰字號起至正字號止間段柴
工共長七百九十六丈五尺被潮沖潑損壞亟應修築勒
限赶辦以資捍禦
六月修築西塘坦水東塘柴工　西塘律字號起至呂字
號止柴坦間段工共長三百六十五丈東塘韓家池道字

號起至的字號止柴塘共長二百二十六丈二尺二寸樁木
被潮潑損附土坍卸甚爲險要均逾保限亟應拆底
修築以禦秋汛

七月修築東塘搶修魚鱗石塘　東塘建枝交三字號
搶修鱗塘共長二十六丈五尺塘身被潮潑激沉陷該
工建築已逾六十年之久底樁朽爛以致臌裂亟應一律
修建鞏固

九月修築西塘柴塘及柴盤頭東塘坦水　西塘黄字號
起至聲字號止柴塘間段工長二百五十九丈及晋兕兜柴
盤頭一座因秋潮旺盛潑損柴樁附土坍卸東塘條字

號起至宜字號止坦水間段工長四百七十九丈五尺亦因潮
汐損潑樁石殘缺并有樁石全無之處均屬要工已逾
保固期限亟應乘時修築以資捍禦

十有二月修東塘戴汛坦工　戴汛夙字號起至造字號
止間段坦水工長五百五十六丈樁石潑卸并有樁石全無
之處情形險要久逾固限應乘時修築以禦春汛

海塘五　道光一

道光十二年給事中金應麟奏浙省海塘坍損請籌款興修竊臣籍隸浙江杭州府屬之錢塘縣距海甚近素知海塘工程所以保障民生關繫甚重而海寧州之東西兩塘正當潮汐頂衝尤爲險要從前歲築柴塘屢有潰決雍正乾隆年間歲費數千萬兩擇其尤要處所改建魚鱗石塘名曰老塘外築坦水以護塘身名曰子塘老塘之内舊有土塘一例幫闊培高以爲擁護其礙難改建石塘之處仍用柴塘加意修築工程穩固音慶安瀾在本時固屬經費寬餘亦由承辦工員實心任事所致自此海患久息嘉慶初

年以後在工員弁下至塘汛兵役往往視為利藪於是
拆塘砌塘包工包料及一切偷減草率諸弊蜂起而塘
工日壞近年潮勢日趨北岸每遇大汛臨塘沿海居
民紛紛跪求修築保護田廬在大吏非不心切隱憂
而格於前撫臣程含章有奏定經費成案不敢輕議
更張以至熟籌無策查道光五年程含章原奏據稱
浙省海塘每年歲修有鹽商生息及節省引費契
牙雜稅等項共銀十五萬六千餘兩道光四年以前本
款之外因有危險工程每年長用銀自一二萬至十餘
萬不等嗣後應請定以限制自道光五年始每年總

不得用逾本款十五萬六千兩之數等因在案自此該
管員弁非有極險工程不敢報修以符奏定銀數全
塘弊壞職此之由是當時不顧大局利害祇知以吝嗇為
撙節非特毫無裨益而所費愈大發端愈速本年
八月二十日風潮大作衝坍驅轂駕車世祿肥輕實勒
銘孰桓公匡合濟俊橫假等字號老塘及仁和界之埽
工塘翁家埠柴塘沿塘被淹木棉地四萬餘畝此後潮
水每日兩次灌入運河致杭嘉湖三府屬下流一帶河水
盡鹹幸尔時運河底水無多足以容納不至溢入田
畝設遇底水充足必有淹浸之虞且或時際亢旱正

資河水挽救田禾而水已成鹹難資灌溉勢必聽其
自槁是道光四年以前病在偷減道光四年以後病在因
循前後數十年養成之癰至今日始大肆其毒並其患
尤有甚者舊時坦水高及老塘之半後因工員將坦水
墊底塊石逐漸減低以致老塘下半逐漸孤露潮水
朝夕掀刷石縫空鬆泥土滲漏因之附石土塘亦漸薄
雖是老塘內無實土倚靠外無坦水遮護孤懸陡立安
得不日就傾危現在塘面土裂土陷之處間段皆有塘
身下半孤露者十有八九不數年間勢必紛紛倒塌不
特數千萬金之塘功盡棄而杭嘉湖三府屬低窪之處

并江蘇省蘇松等府田廬將時有淹浸之患上虧國賦
下累民生為害甚鉅就此情形非但已潰之塘堵
築宜先而未潰之塘保護尤亟欲保未潰之塘必須
將全塘坦水照舊培高俾老塘不至孤露再將坍卸
裂縫之處俱行修整方足以資捍衛但需費實屬
浩繁非數十萬帑金所能竣事本年閏九月間該
督等奏請興修拘泥從前奏定銀數惟知堵築
決口於全塘大局並未議及不知修築愈遲則需費
愈鉅坍損愈甚則成功愈難艱通盤計算實有
無可因循之勢儻俟老塘紛紛倒塌而後圖之不特

需費更鉅且被災之區變為斥鹵生計蕩然錢漕
無着權其利害輕重較然實不能不大加修築相
應奏請欽派大員前往浙江會同該撫相度情形熟
籌辦理并嚴飭工員剗除積弊實力興修以捍海患
而衛民生至從前塘工做法及後來偷減草率諸弊
另繕清單恭呈御覽
一老塘自十六層至十八層不等舊時砌築每層用厚
一尺寬一尺二寸條石丁順間砌塘底一層寬一丈二
尺遞層收進至塘頂寬四尺五寸自頂至底石縫俱
用糯米煮粥和石灰搗漿灌實外口及塘縫中心重石

之下共釘馬牙樁四路每路用樁二十根每根圍圓一尺五寸長一丈九尺塘底釘梅花樁七路每路用樁十根每根圍圓一尺四寸長一丈八尺自第十層以上每層每丈扣砌生鐵錠二箇熟鐵鋦二箇嘉慶初年以後承修工程塘面及塘身外露處看似一律裏面多係薄石墊砌尺寸不敷而用碎石墊高其弊多不如式此老塘之偷工減料也

一老塘之外另築坦水二層高及老塘之半所以保護塘身使無沖刷為一勞永逸之計其法裏高外低斜披而下每層下用塊石墊底高三尺上用條面石蓋

面厚七寸每層石口名釘排樁二路每路每丈用樁二十根每根圍圓一尺五六寸長一丈八尺至二丈不等嘉慶初年以後墊底塊石逐漸減低或竟全然不用僅將條石蓋面其樁木多用柳杉亦復減少短小及至大吏驗工不過登堂一覽虛應故事即有實心任事之人或令將樁木一根盤起呈驗該工負夯有另立好式樁木數根以為盤驗地步臨驗時往往賄通大吏隨從人役指明盤起尺寸俱符致被掩飾至有新坍之處舊樁尚存或將樁頭截去一二寸以作新樁之驗該處名曰截頭樁又在塘兵役知該處業已新

坍竟將舊椿盤起變賣亦所常有此坦水之偷工減料也

一坦水為保護老塘之第一關鍵舊時坦水單圍遇有潑損修復非難而工員利於坍塌每遇報坍之處即將保固限外之工挖取舊石鑿新運至坍處修築該處名曰剝皮石再將挖石之處復報衝坍移東補西輪流挖鑿是為拆壞例塘臣風聞此弊始於嘉慶初年嗣後相率效尤沿以為例全塘致壞之由實基於此

一從前估修工段該工員領銀採辦石料並一切應用

物件按工給值且自早至暮親駐塘次督率後乃派居衙署令工匠承攬包築議定老塘每丈給錢若干坦水每丈給錢若干再加家丁胥役塘兵從中剋扣是爲包工包料其草率苟簡更不可問矣

一向來領銀自藩司巡道以下各衙門非特庫丁書吏多方剋扣即各官均有陋規稍不滿欲則上下通同一氣每遇估工計料發斥百端必饜其谿壑而後已故所領之銀及正包與工頭十去其半此等積習相沿最爲塘工之蠹　以上各弊責成該撫嚴密稽查一切釐革庶工歸實用而永資捍衛矣

道光十二年九月初十日巡撫富呢揚阿　奏為濱臨江海各州縣猝被風潮沖卸柴土鱗石各塘間有淹及內地禾棉坍損官民房屋分別查勘辦理大概情形竊照本年八月十六日至二十一日連日風雨山水下注江流長漲又值仲秋潮汐旺盛東西兩塘恐有漫溢之虞飛札飭查報間即據各廳備及杭防道稟報十六十七等日風雨連宵該員弁等晝夜在工防護尚俱平穩十九日戌刻復起東北颶風大雨如注勢甚猛烈至二十一日寅刻忽轉東南風狂浪大適當潮至之時互相衝擊湧過塘面數尺人力難施致將李汎西方字號沖倒缺口十二三丈西及字號缺口六七丈化暢兩字號毘連坍卸二十餘丈其餘各工殘損

一千餘丈塘内棉花間及淹損又稍汛埽工柴工戴汛柴工亦各有潑損數百餘丈並柴盤頭五座並有坍至行路溝槽深至腰橋及底橋之處又東塘念汛地當頂沖潮水漫塘處所土堰附土均已被潮推陷間段潑去面石并土備塘涵洞石閘各一座亦被沖坍淹及塘内禾棉並坍壞民房竈舍又鎮汛自字都字東字等號戴汛積臨映容篤初六號石塘亦間段坍卸一百五十餘丈幸於午刻風雨止息各工始俱平定潮水亦退沿塘竈地涸出惟被鹹水潑浸棉花多有傷損民田因有備塘遮護被淹尚輕又海鹽縣同被風潮亦據報坍損四十餘丈各等情前來維時杭防道桂菖辦理文闈提調臣即親赴該塘察看大概情形實因連朝

風雨山潮二水旺盛風勢過猛海波漫溢過塘被掣缺口實屬
人力難施該塘西黨山邊舊有漲沙一道逐漸漕長至數千丈激
起潮頭分為東南兩潮沖激北岸情形險要迥非昔比經前任
督臣孫爾準前任撫臣劉彬士於十年七月二十一日風潮按内先
後聲明具　奏是時因工段過多只將險中又險各工籌款請修
於上年陸續辦竣其列入次險及陸續潑損之工未及一律修整
加以此次風潮猛烈情形益覺增重現在險工林立勢難同時
並舉自應先其所急將各缺口勒限該丞備立購料物漏夜設
法搶堵以免海水漫入其坍卸塘身在限内者照例飭令承
辦各員趕緊賠修在限外者西塘共計柴埽工二千餘丈東

塘石工尤爲險要者亦有一百五十餘丈應俟該道出闈逐一周歷確勘查明實在刻不可緩之工開具丈尺清摺到日臣再逐加核實請　旨施行一面將海水過塘地方行司委員查明淹損禾棉田地若干坍壞民房竈舍應行量予撫卹之處照例辦理並據紹興府屬之山陰會稽蕭山上虞四縣各稟報八月十九至二十一等日颶風猛雨潮勢洶湧沖坍土石塘堤更有山潮之水陡發沖通土塘又據台州府屬之臨海縣稟報同日風勢猛烈大雨連宵天台仙居二縣山水下注沖淹入城積水六七尺餘不等城內民房壇廟監倉衙署城樓營汛校士館養濟院棲流等所均有坍損間有壓斃人口四鄉田廬查明另稟又據温

州府屬之樂清縣稟報八月二十等日狂風驟雨並被大潮沖坍
堤埭陡門淹損沿海進田等情臣均經批飭司道委員往勘
並查明沖壓田地禾棉坍損民房及壓斃人口照例分別撫恤
一切工程内如監倉等項由地方官先行設法修葺其餘一切工
程俟委員等覆到酌分緩急次第請　旨辦理

道光十二年閏九月初九日總督程祖洛巡撫富呢揚阿　奏
爲勘明風潮按内衛坍東西兩塘鱗石柴埽各工擇險籌款
趕修以資保衛竊照浙江省八月十六七等日風雨連宵山水下
注十九至二十一日颶風大雨勢甚猛烈又當仲秋潮汐旺盛之時互
相沖激漫過塘面數尺人力難施致將東西兩塘各汛鱗石柴埽
盤頭等工間段沖卸　並掣通缺口臣富呢揚阿接據廳備稟報
即親詣查勘當將大概情形並先搶堵缺口緣由恭摺　奏報在
按臣程祖洛時駐省城睹此情形亦甚焦急隨會查此次風潮異
常洶湧所有東西兩防限内限外柴石各塘多被潑損除限内
柴埽各工三千七百餘丈照例飭令承修各員趕緊賠修外其

限外各工西方及一號並塌化字號沖通各缺口現經該道督飭
廳備赶辦柴樁料物晝夜搶辦業已先後堵合亟須赶辦埽工
以資捍衛此外要工林立若同時並舉不惟經費浩繁即料件
人夫亦驟難齊集不能不擇其險中之尤險者儘先修築當經
臣等批飭各司道等周歷查勘通盤籌畫分別最險次險據實
估計詳修去後茲據藩司程喬采臬司熏署運司張岳崧杭
防道桂菖勘明李家舖等六汛一帶工段內西塘自李汛西汶
字號起至戴汛聲字號止間段柴埽工長一千五百七十七丈五尺
又因積字號晉兜兜馬牧港柴盤頭三座均已拼去行路溝槽
間有顯露石塘暨裂縫露底並後無石塘土堤僅存丈餘情形

均極危險例限已逾約需工料銀七萬七千一百五十兩零又東塘
鎮海汛自字號起至夾山汛治字號止舊石塘工又有續坍共計
一百六十九丈八尺六寸坍卸到底並兩頭裂縫臌突均屬年久未
修最為險要約需工料銀三萬八千四十七兩零又念汛陪字號起至輕
字號止一百四十三丈間段潑去面石二三層至六七層不等前於七
月朔汛被潮潑損曾經捐廉加石補砌惟地當頂沖值此風潮
抽掣益加寬深原石大半沉沒應請照例加高嵌用鐵錠方能
堅固計需銀五千七十三兩零以上東西塘極險各工三共約需
銀十八萬二百七十兩零亟應乘時動修趕於歲內搶築完竣
以禦春汛並據聲明次險又次險之西首字霜字號柴埽共長

九百八十二丈五尺並盤頭二座請俟冬底春初再行動支來年額款作爲續行修辦之工惟今年經費僅存銀五萬三千兩計不敷銀六萬七千二百七十兩零查兩塘遇有要工歴係地丁項下動支又道光十年風潮潑損東塘各工因歲額本款不敷曾於新工經費項下詳請　奏借銀十萬兩聲明俟歲修經費積有餘銀陸續還款有按現當停工之際未便請動地丁而新工經費除節次奏明發商生息及運庫商息節省引費並糧道借支運費尚未歸還外僅存銀二千六百餘兩不敷撥用查藩庫存有節年奏部採辦鐵觔節省銀四萬餘兩雖係應行解部之項究屬節省盈餘似可於此內暫借銀四萬兩尚不敷銀二萬七千餘

兩運庫查有報存京協餉餘平款銀四萬餘兩亦係報部雜款
堪於此內湊借銀二萬七千二百七十兩零以濟要工之需仍照上
屆　奏借成按俟將來歲修減少經費積有餘存次第歸款再
此次應修柴石各工段落較長現在廳備各員均各有應修工段且
有限內坍卸應行賠修之工勢難兼顧請援照嘉慶六年成按調
委幹員分段赶辦經該司道公同酌擬查有湖州府同知于尚齡
海甯州知州王顧署嘉興縣候補通判宋鏕秀水縣知縣陳徵芝
嘉善縣知縣李東肖烏程縣知縣楊紹建山陰縣知縣周鏞堪
以委令分辦等情會詳請　奏前來臣等查兩塘工程自海
中漲沙逐年增長後潮勢被逼直撲塘身不惟東塘當沖之念

里亭汛等處情形倍加危險卽西塘柴埽各工亦因溜激力猛
易致損傷近來險工疊出本非昔比加以本年八月風潮猛烈坍損
工段甚多現據該司道確勘請修之坍卸石工本係年遠未修
久逾固限其柴埽盤頭等工亦均在限外實係刻不可緩應請先
行趕修以禦春汛且所需石料必須先期開採鑿鑿面光平艱
轉載運均需時日自應乘此秋汛安瀾之後開槽清底釘樁鋪石
砌築及時興舉惟約需工料銀兩除額款支用外尚不敷銀六
萬七千二百七十兩零擬於藩運兩庫雜款內暫行照數借湊以
濟要工仍遞年於歲修經費款內撙節支用陸續歸還合無仰
懇皇上天恩俯念海塘為浙西三郡民生保障之關至緊准令照

詳動借興辦至此次請修工段綿長兩塘廳備各有應修應賠之工勢難兼顧亦係實在情形据詳接按酌調幹員分修係為慎重要工期歸妥速起見應請如詳辦理

道光十二年閏九月二十九日内閣奉　上諭程祖洛
等奏籌款赶修險要塘工一摺本年浙江省雨水過大
風潮異常東西兩塘各汛鱗石柴埽盤頭等工間有
衝坍亟應擇要赶修以資保衛茲據該督撫查明西塘
自李汛西改字號起至戴汛聲字號止間段柴埽工長一
千五百七十七丈五尺又因積字號晋見兜馬牧港柴盤
頭三座均已坍去情形極爲危險例限已逾估需工料
銀七萬七千一百五十兩零東塘鎮海汛自字號起至夾
山汛治字號止舊石塘工又有續坍共計一百六十九丈八
尺六寸年久未修最爲險要估需工料銀三萬八千四

十七兩零又念汎陰字號起至輕字號止一百四十三丈地
當頂衝應照例加高嵌用鐵錠方能堅固計需銀五
千七十三兩零以上東西塘俱極險要各工共估需銀十二萬
二百七十兩零除額款支用外尚不敷銀六萬七千二百七
十兩着照所請准其于藩庫採辦絨觔節省銀內借
撥銀四萬兩運庫報存京協餉餘平款內借撥銀二萬
七千二百七十兩零以濟要工之需仍着遞年于歲修經
費款內撙節支用陸續歸款至所請委員分辦自係
爲慎重要工起見湖州府同知于尚齡海寧州知州
王頤署嘉興縣候補通判宋鏞秀水縣知縣陳徵芝

嘉興縣知縣李東育烏程縣知縣楊绍霆山陰縣知
縣周鏞俱着准其調往工次分段趕辦仍責成各該
員認真經理務使工堅料实赶于歲内搶築完竣以禦
春汛工竣着富呢揚阿親往驗收倘有草率偷减仍着
嚴參懲辦毋稍姑容該部知道

道光十三年三月初九日內閣學士陳嵩慶　奏爲謹陳
海塘險要情形請　飭籌備事昨見閣鈔經浙江撫臣
富呢揚阿請項修築西塘柴埽各工東塘魚鱗舊石工加
高石工共估需銀六萬三千餘兩已蒙　恩准在於運庫生
息項下動支給辦在案臣籍浙江屢詢家鄉來人知東塘
堤身受病更重此次風濤碎擊根脚日虛其勢危如累卵
地方大吏未即奏請修築者祇因例價五倍柴塘工鉅費繁
不敢列入請修項下近聞念里亭汛一帶上年秋汛南潮橫
擊高過塘顛塘後附土概行潑沒間有將面石揭至海中者
一線危堤實不足以資捍禦此時及早赶辦橋石皆可採用

尚是料省工輕若再遲延聽其潰敗必致無從措手杭嘉
湖蘇松常鎮七郡皆在下流將東南財賦之區恐盡為
斥鹵不毛之地民命亦懸於呼吸患且不可勝言臣確切訪
聞眼前萬難刻緩之工計不過一千餘丈并外加護塘碎
石據土人約略估計云需銀二十餘萬兩若能核實經理
務使工堅料固或可化險為平請 旨敕下浙江撫臣令
熟籌通盤大計雖值帑項支絀之際然數百萬生靈財
賦所繫惜小費而貽重患臣竊慮之不揣冒昧據實上
聞
再此時籌款甚難國家經費有常豈能給例外之用臣思

近畿施賑京員捐資備放者頗不乏人此七郡中紳士殷商
及附近江浙處亦有急公好義者若准其輸資捐辦既於
要工大有裨益亦不至動用正項錢糧臣所指念里亭汛
石工尚是擇要興修捐項倘有贏餘更可一律修整為
鞏固持久之計臣言是否可采其如何指認工段及量予獎勵
之處併請 敕下部臣酌施議行

道光十三年四月二十八日巡撫富呢揚阿　奏爲遵　旨
查明海塘石塘坦水年久失修應請捐攤並籌先行借
款分年修復以資捍衛竊照浙省海塘爲杭嘉湖及
蘇松常鎮七郡保障最關緊要近年以來
江潮洶湧凡年久石塘以及塘外坦水漸次潑損已非一日
臣迭次履勘以東塘要工林立經費浩繁勢難同時並
舉曾於上年風潮摺內　奏明擇其險中尤險者儘先修
築其餘次要各工飭令司道查明分別詳辦嗣據勘得塘
坦各工失修已久多屬傾陷臌裂非數十萬金不能修復
現在無項可動請先借款應用再行攤徵歸補等情會詳
請　奏臣正在查辦間即承准軍機大臣字寄道光十三年

三月初九日欽奉　上諭本日據陳嵩慶奏海塘險要情形請飭籌備一摺國家經費有常此時籌款甚難不能給例外之用然如該學士所奏及早趕辦椿石皆可採用尚屬料省工輕若再遷延聽其潰敗杭嘉湖蘇松常鎮七郡皆在下游東南財賦之區恐盡為斥鹵不毛之地民命懸於呼吸患且不可勝言是海塘關係甚鉅又為該省刻不可緩之工此項工程據陳嵩慶奏不過一千餘丈估計需銀二十餘萬兩着富呢揚阿迅速体察情形據實具奏不許稍涉含混又另片奏七郡中紳士殷商及附近江浙寓所所有急公好義者准其輸資捐辦是否可行亦着富呢揚

阿一併議奏候旨遵行陳嵩慶摺片並着鈔給閱看
將此諭令知之欽此遵即恭錄咨行並飭該司道通盤籌
畫能否捐辦併確查工段核明銀數據實詳報去後茲據布
政司程矞采會同杭嘉湖道桂嵩查得東塘搶緩魚鱗
石塘共計九千五百餘丈係康熙雍正乾隆年間先後建築
其下築有條塊石坦水二三層不等計長八千二百丈擁護塘
根溯查嘉慶二十四年以前尖山迤西至潮神廟一帶塘下間
漲水沙坍徙無定潮勢向後即有險工每年不過數十丈自道
光元年至九年止亦祗修石塘四百二十五丈零迨後水沙逐漸
刷盡而對面党山腳下南沙一片漸漲至八千餘丈高至二丈

及丈餘不等海面逼窄潮來不能容納兼被沙阻激怒搏躍高撲塘巔以遠年久損之工當大潮頂沖之患實屬難支以故石塘坦水屢形坍陷自道光十年至今又擇其最險工程修過石塘九百十三丈零加高石工三百二十丈零坦水一千一百九十五丈統計東西兩塘歲修定額共銀十五萬六千餘兩東塘僅歲支銀五萬兩本為專修坦水而設自石塘損壞勢不能不先其所急移以修塘不又敷用併將西塘經費通融湊辦更不能兼顧坦水是以石塘內無坦水而受病日深坦水內無修費而淘卸日甚年復一年勢均危險雖各工員加意防護竊恐終有意外之虞若不及早籌辦誠如陳高慶所奏患有

不可勝言者以目下通塘情形而論不修坦水非特老塘
失其保衛即新建石工亦恐塘脚空虛未能經久計惟有
將坦水一律修整俾塘根結實其石塘先擇其刻不可緩之
工趕緊修理藉資保衛查東塘念里亭及戴鎮汛等汛塘
身坐陷裂縫外卸將就傾圮共有搶緩魚鱗石塘三百八
十丈零約需修費銀九萬九千四百四十兩零又限外坦水共
計六千二百餘丈約需修費銀四十一萬三千四百九十兩零工
段綿長若一時併辦無論料多人衆驟難齊集且恐急於
蕆功必致草率應將石塘及頂冲之念里亭汛坦水二千丈
先於本年暨十四年內照式興修其餘坦水四千二百餘丈歸

於十五六兩年內次第修復惟是需費甚鉅每年歲修定
有限制其藩庫新工經費一項又經各前撫臣　奏明借墊
無存此外實有無可動之款現經陳嵩慶奏請於江浙紳
富中勸諭輸資捐辦業奉咨行曉示而体察民情均知海
塘係屬要工惟捐無定數即辦無定時轉致延擱情願仍
照道光四年奏辦嘉湖水利之按先行借款興舉工竣攤
徵歸還以期迅速集事核計本年領支銀五萬兩除正月
分奏修東塘稿字等號石工用銀一萬二千餘兩尚存銀三
萬七千餘兩加以十四五六三年領銀可得十五萬兩尚不敷
銀三十二萬五千九百餘兩應請　奏明先於解部捐監銀內

借支興工一面在於東塘下游各州縣民田内分作八年每年
攤徵銀四萬七百餘兩歸還原款第按畝攤銀數極零星
易滋弊竇不如按其銀按額攤錢核定數目大張曉諭俾民
心目了然書差無從淆混較為妥協查杭州府屬之仁和錢塘
海寧嘉興府屬之嘉興秀水嘉善海鹽平湖石門桐鄉湖州
府屬之烏程歸安長興德清安吉武康等十六州縣均藉海
塘為屏障該縣等每年合共額徵地漕等銀九十三萬九
百餘兩每徵正銀一兩帶徵工費錢六十一文自道光十四年上
忙為始令其隨同正銀輸納由各該州縣按照時價易銀
解司足敷借款此外如紳富捐有成數再行查明應修石

工接續籌辦可期全塘鞏固等情詳請具　奏前來臣復親歷催勘緣塘工之夷險全視海潮爲轉移從前潮行中小亹在河莊山以南今則南沙高壅逼潮北趨已過河莊四十餘里海爲沙佔僅餘其半海窄則潮來而其勢愈高其力倍猛東塘所建石工迄今已百餘年近亦七八十年及四五十年不等樁木充朽石多剝落遇此異常潮汐朝暮擊撞何能抵禦而又限於歲修歷年來各段工程皆核計銀數興辦凡稍可支持者概行停緩是以塘坦積漸損壞現據該司道議修各工實難再緩惟　國家經費有常勢不能給例外之用兩浙察情形小民咸知修此海塘即以衛彼田舍共願

輸將合無仰懇　皇上天恩俯念海塘緊要准於應行解
部捐監銀內陸續借銀三十六萬六千兩將石塘坦水各工按年
次第修整仍援照前辦嘉湖水利成按在於仁和等十六州縣
民田內分作八年攤徵歸款以順輿情而濟實用出自　鴻施
至勸諭江浙紳富捐助一節臣業已飛咨江蘇撫臣安等並
行司轉飭各府出示曉諭如有急公好義情願捐輸者俟有成
數臣查照上年部定章程再行　奏請鼓勵一面勘明次要各
塘工價請修辦如此捐攤並籌庶使險要之工不致遲延次要
之工亦得興舉且歸款有著塘保無虞似於　國計民生均有
俾益

道光十三年五月十九日户部謹　奏為遵　旨速議具奏
事道光十三年五月十六日内閣鈔出奉　上諭富呢揚阿
奏請借款分年修復海塘一摺着户部速議具奏欽此
欽遵到部臣等伏查浙江海塘為杭嘉湖及江南蘇松常
鎮七郡保障而七郡又為東南財賦之區修築最關緊要
是以歷年該撫月報海塘沙水情形案内聲明險要各工奏
請動款興修均經奉　旨允准在案兹據該撫奏稱親歷
確勘東塘新建石工遠者已百餘年近亦七八十年及四五十年
不等樁木老朽石多剝落塘坦積漸損壞議修各工實難
再緩所有念里亭及戴鎮尖等汛塘身殘險除將就傾圮者

共有緩搶魚鱗石塘三百八十丈零約需修費銀九萬九千四百四十兩零又限外坦水共計六千二百餘丈約需修費銀四十一萬三千四百九十兩零工段綿長若一時併辦恐致草率應將石塘及頂沖之念里亭汛坦水二千丈先於本年及十四年內照式興修其餘坦水四千二百餘丈歸於十五六兩年內次第修復惟是需費甚鉅藩庫新工經費一項歷經奏明借墊無存此外實無可動之款現經勸諭紳富輸資捐辦而體察民情均知海塘係屬要工恐捐無定數即辦無定時轉致延擱情願仍照道光四年奏辦嘉湖水利之按先行借款興工再行攤徵歸還以期迅速集事核計本年額

支銀五萬兩除正月分奏修東塘稿字等號石工用一萬
二千餘兩尚存銀三萬七千餘兩加以十四五六三年額銀十
五萬兩尚不敷銀三十二萬五千九百餘兩請先於解部捐
監內借支興工一面在於東塘下游各州縣民田內分作八年
攤徵還款等語查道光四年署理浙江巡撫黃鳴傑奏杭
嘉湖三府河道水利各工估計銀數借款修濬分年攤徵於
道光五年正月初十日奉　上諭准其借給興辦查明得
沾水利各縣分年攤徵還款欽此欽遵在案現在東塘
坦水等工既據奏稱積漸損壞實難再緩自應修復其
所稱不敷銀三十二萬五千九百餘兩請於應行解部捐

監銀內借支銀三十二萬六千兩應於所奏准其借支興辦
以資捍衛乃俟分年修竣將用過銀兩報部核銷至所稱
攤徵還款於杭州等府屬之仁和錢塘等十六州縣按每徵正
銀一兩工費錢六十一文自道光十四年上忙爲始分作八年令
其隨同正銀輸納由各該州縣按照時價易銀解司足敷
借款應令該撫轉飭將每年攤徵銀四萬七百餘兩另款
存貯司庫仍照監餉之例解交部庫充餉至勸諭江浙
紳富捐輸俟有成數勘明次要各塘工續請修辦應請飭
令該撫悉心籌辦嚴飭各州縣妥爲經理毋得任聽胥吏
勒索滋弊以安閭閻而濟工用

道光十三年十月初二日巡撫富呢揚阿　奏為備陳沙寬潮盛老塘危險情形前擬捐項緩不濟急請先撥款修復坍損各工以資抵禦竊照浙江杭嘉湖及江南蘇松常鎮七郡為東南財賦之地全賴海寧等處捍海長塘為田廬保障所關甚大臣於道光十年十二月抵任後細察海塘情勢知南亘舊沙逐年增漲已寬至四千餘丈逼潮趨北塘身吃重迥非昔比節次親詣履勘見東塘念里亭風一帶與南沙對峙適當頂沖老塘受損之處不可勝數尤為危險溯查檔按該塘係康熙雍正乾隆年間先後建築多未修過而每年修費前撫臣程含章曾於道光五年間奏定東西各

塘不得用過本款十五萬六千餘兩之數東塘專修坦水額
支五萬兩歲以爲常即移以修塘不敷應用亦祇將西塘
經費通融湊辦總不逾乎前數凡遇工多之年各工員止擇
其險中尤險者計銀請修其稍可支持者一概緩辦其本年
春間南沙又陸續漲寬三千餘丈海面益窄來潮愈力念里
亭等汛石塘日形敗壞公興司道籌修塘坦各工擬先借
款應用再行攤徵歸補適内閣學士陳高慶具奏東塘堤
身受病更重請修一千餘丈並稱江浙紳富有急公好義者准
其輸資捐辦等因欽奉　諭旨令臣体察議奏臣又與司
道通盤籌畫以東塘險工林立雖修千餘丈而不修坦水新舊

工程仍難保衛且石塘需費較多未能並舉不得不酌量增減隨請修坦水六千二百餘丈石塘先擇其刻不可緩者請修三百八十丈零定限四年修復約估經費二共需銀五十一萬二千九百兩有奇其時訪察杭州等府輿情均願攤捐濟工祗因年來未能豐稔尚須養其元氣未便多攤定議請借鹽餉三十二萬五千九百餘兩應用分作八年攤徵歸款尚不敷用又將本年及十四五六三年歲修銀十八萬七千餘兩盡數湊入並聲明次要各工如江浙紳富有情願捐輸者俟有成數再請續辦等情奏奉　諭旨允准當於接到部咨後

奏請先修聚字等號坦水一千丈靜字等石塘一百十二丈零委

員分辦尔時正值伏秋盛漲不能施工飭先購備料件一俟霜清潮落即行赶緊興辦以資鞏固原擬此後捐項充裕未修要工即可次第就理詎料八九月間陰雨連綿沿江底水過高怒濤洶湧百倍尋常十月朔汛潮頭猶高過塘巔致將限內限外工段先後掣坍五百丈零並將塘後附土全行沖卸節經嚴飭汛弁設法挑填幸先期貯有柴薪得以隨時搶築柴壩不致掣通過水臣於報到後即親詣履勘雖從前極險各工未盡坍卸而次險工段轉多變為極險坍工以外尚有游拜臌裂將就傾圮者間段共長四百九十丈零尤岌岌不可終日復詳細詢訪南沙水底近又接漲陰沙形勢

南高北低水性就下江漲海潮一併側注北岸較前愈甚又親見潮頭遇沙阻激即分爲二東潮則靠塘擻刷南潮更對直沖不特漫過塘面抑且撼動塘身冬潮如此實爲從來所未有無怪各工段日危一日殊深惴恐因思念里亭等汛塘工地勢卑下石砌十有八層已較他塘爲高今潮水仍復漫蓋若再行加高恐底盤年久勢難負重若照海鹽大石塘身高二丈四尺面寬九尺五寸之式一律改建計工共有二千餘丈需銀不下二百萬兩無論經費有常即舊制亦難輕改許討惟有設另挑溜殺勢之法俾潮來稍得平緩或不致如此激沖當與司道面商熟籌並飭核明應賠應修各工分別議詳去

後茲據杭嘉湖道桂蕎會同藩司程喬釆查得限內坍工共
計一百四十餘丈內有已故東防同知楊棟秀應賠五十八丈業
已委員督同該家屬赶修又把總錢兆亨賠應五十丈因
延不修理亦經詳請咨革押令措辦又有三十餘丈係已故
守備顧振綱及各委員分賠之工均已勒限嚴催上緊修復其
限外已坍將坍各工共計尚有八百五十餘丈自建築後歷今
百餘年及六七十年從未修過萬難停緩俱應一律興修
此項工程即有捐攤並籌按內二百六十餘丈工程在內其修
費亦應統俟搭算方歸核實查現工共長八百五十餘丈約需
修費銀十九萬四千餘兩前次捐攤並籌按內奏准存銀五十

一萬二千九百兩零內除請修坦水六千二百餘丈應用銀
四十八萬三千四百九十兩零又請修東塘靜字等號石塘
及沛宮號盤頭共支用銀二十八萬四千九百兩零止餘銀六萬四
千五百兩零尚缺銀十三萬兩零前議咨行江蘇及各省屬
曉諭捐輸現尚無人呈請捐辦各工甚急未便懸待輾轉籌
畫別無可動之款惟有於藩運兩庫報撥存款內奏懇　聖
恩敕部如數動撥以便乘時赶辦至目下潮汛動輒漫塘若
非挑溜以殺其勢來年大汛斷難捍禦檢查海塘通志內
載雍正七年前督臣李衛以南首海中横亘巨沙潮逼北岸
坦水坍卸塘身震撼奏請於陳文港等處建草盤頭五

座周圍簽釘排樁中填塊石竹簍深入軟泥之中作爲底脚
上加埽料壓蓋堵禦頂沖使水勢稍緩可引漲沙漸聚又
於八年奏称東塘盤頭白墻門念里亭已先建大者二座其
餘三座今春築完並於小墳前之頂大一座盤頭兩旁增築
雁翅使潮水得以兩面順勢掃出不致壅遏沖激現在頗有成
效各等語是念里亭一帶本有盤頭五座以殺水勢嗣因
建築石塘即經廢置刻下南沙中滿正與志載中沙阻扼
情勢相同且馬牧港香兜兜書殿等處均築有盤頭雖
該處潮勢稍緩而塘工平穩未必非盤頭挑溜挂淤之力
若仿照成法於念里亭塘外建築盤頭事或有濟惟工係

試辦未敢遽行請 帑擬擇頂沖險要之處先行捐辦
大盤頭一座兼築雁翅約需銀四千兩令委員具領如式建築
俟經歷來年伏秋大汛果與塘工有益再行添建等情詳
請具 奏前來臣查潮隨沙轉沖突靡常南北兩岸
之利害往往隨潮爲遷移南岸尚有蕭會諸山聯絡捍
衛及受潮沖刷其利害猶小北岸則一帶平衍均屬田
廬全恃一線危塘與潮爭勝稍有疎失害即不可勝言溯
自道光五年以前南沙止有千餘丈溯來尚緩迨八九年
間陸續漲至四千餘丈北岸形勢已覺喫重至本年春
又漲寬三千餘丈對峙之念里亭汛等處即險工疊出今

復於八千餘丈之北接張陰沙南潮益形猛烈各工段更易傾頹倘陰沙漲高一經伏秋大汛老塘猶為可慮臣不敢預存成見多請　部銀以待未來之工惟現已坍塌及將就傾圮各工時雖冬令潮猶未平既恐坍寬又防掣遠設有疎失補救已遲又何敢以無款可籌稍事停緩致滋貽誤再四思維惟有仰懇　皇上天恩俯念工程緊要准飭部臣在於浙江藩運兩庫報撥款內撥銀十三萬兩以濟工用如蒙　俞允臣即飭令該司道派定字號遴員接續赶辦仍歸沙水月摺　奏報至柴盤頭即係挑水壩該處未建石工以前曾建五座以挑急溜行之有效應如該司道所議先行試築一座

兼築雁翅其經費即由臣與司道捐廉籌辦如果經歷大
汛實能挑動溜勢有裨塘工再請動項添建合并陳明

道光十三年十一月二十六日内閣奉　上諭富呢揚阿

奏海塘危險請先撥款修復坍卸各工以資抵禦一摺

浙江杭嘉湖及江南蘇松常鎮七郡全賴海寧等處

捍海長塘爲田廬保障南岸尚有蕭會諸山聯絡捍

衛北岸則一帶平衍均屬田廬全恃一綫危塘與潮爭

勝本年八月間陰雨連綿致將限内限外工段先後掣

坍五百丈並將塘後附土全行沖卸次險工段轉變爲

極險除限内坍工着落各該員賠修外限外已坍將坍

各工尚有八百五十餘丈萬難停緩約需修費銀十九萬

四千餘兩除前次捐攤並籌撥銀兩動用修坦水及修

東塘靜字號等石塘沛字號盤頭各工外尚餘銀六萬四千五百兩零不敷應用著照所請准其于藩庫運庫報撥款內動撥銀十三萬兩以濟工用該撫即飭司道派定字號遴員赴辦仍不時親往稽查該員等如有草率偷減情弊即著據實嚴參毋稍瞻徇工竣後該撫仍親往驗收嗣後倘有疏虞惟該撫是問至柴盤頭即係挑水埧該處未建石工以前曾建五座以挑急溜亦著照所請先築一座兼築雁翅如果經歷大汛實能挑動溜勢再行動項添建以資捍禦該部知道

道光十三年十二月十三日三品頂戴前任河東河道總督嚴烺　奏為海塘工程緊要亟宜擇要勘估籌款興修以衛民生而全財賦竊查浙省海塘為杭嘉湖蘇松常鎮七郡之保障年久未修如東塘之念里亭戴鎮尖等汛間有塘身蟄裂及塘外坦水沖卸屢見危險經浙江撫臣富呢揚阿於本年五月間奏請擇要興修計魚鱗石塘三百八十丈約需修費銀九萬九千餘兩又限外坦水六千二百丈約需修費銀四十一萬三千餘兩借項興修攤徵還款當蒙　恩准在案臣近閱邸抄又據該撫奏稱本年八月九月間陰雨連綿致將限內限外工段先

後擊坍石塘五百丈並將塘後附土全行沖卸次險工段
變爲極險已坍將坍各工八百五十餘丈萬難停緩動撥藩
運兩庫報撥款内銀十三萬兩以濟工用等因續蒙 俞
允恭閲之下仰見我 皇上廑念東南七郡不惜巨萬
帑金以期捍患安民之至意臣籍隸杭州事關桑梓
感 厚澤深仁之渥沛实淪肌浹髓以難名臣前歲蒙
恩賞假辦理鄉團稔知近來海潮洶湧实爲從前所
未有而海塘石工已近百年樁朽根鬆雖陷缺斜日甚一
日若不及早擇要興修不但勞費終無已時且恐一經風
潮異漲其患有不可勝言臣受 恩深重聞見既確不敢

不爲我　皇上縷析陳之伏查浙潮之由海入江向有三亹曰南大亹中小亹北大亹南中兩亹久已淤不通潮潮自康熙年間以來潮勢漸次北趨直抵上塘於是建築石塘繼又改建魚鱗大石塘及大小條石陂塘添設坦水柴塘石壩盤頭等項或爲塘脚之外護或爲挑溜之急需是海塘一事百餘年來時廑　列聖宸衷疊蒙　欽派大臣臨工籌畫機宜應費帑金奚止數千百萬惟是海沙遷徙不常潮流南北靡定在當年新工甫就歲修工段無多所籌經費爲數物料足資抵禦且從前潮溜尚有時南北分行不似今日全潮盡趨北岸歷歲既久塘外

漲沙坍刷殆盡經每日潮汐兩次之激損與夫三汎江漲之
沖刷塘身漸多坐陷樁木大半斷朽西塘雖有外護之
柴塘東塘雖有衛脚之坦水而兩塘歲修定額僅止十五
萬六千餘兩以之修補坦水柴塘尚有不敷歷任撫臣以經
費有常不敢於歲額之外多請支發近年以來遇有石塘
險要工程率多挪用柴塘坦水之項通融湊辦無暇顧及
坦水以致坦水殘缺而塘身愈形險要自尖山至省城共計
石塘一萬數千丈已歷百年之久風潮沖激難免日就傾
頹查錢塘江居七郡之上游則水平安謂吳江縣塔尖與
長安壩底相平設被潮水灌淹實有建瓴之勢所恃爲全

湯之圍其全在此一線長堤東防廳所屬石塘計九千五
百丈半多欹斜殘陷本年兩次請修石塘一千二百餘丈外
約尚有應修者三千餘丈西防所屬亦有險要之處若不擇
要勘估一律興修恐來年大汛一經異漲彼時即措手不
逮設有疏虞不特杭嘉湖三郡膏腴盡成斥鹵即蘇松
常鎮四郡民田勢必同受淅潮之患東南財賦半出於江
浙錢漕是海塘實爲目前第一要務應請　敕下浙江撫
臣沿塘詳加履勘俾察現在情形分別極要次要逐段核
估據實　奏請籌款興修臣管窺所及是否有當理合
恭摺具　奏

閲四

計六十張

總纂沈

纂脩長

陶

章

金

閲

海塘第四冊

戴　沈祥照霖　九月八日收

海塘六

道光二

關豫編輯

海塘六　道光二

道光十四年六月初四日巡撫富呢揚阿為遵　旨確查据

実覆奏竊臣承軍機大臣字寄欽奉　上諭据給事中

金應麟奏浙江海塘工程緊要亟宜釐剔弊端大要有二

一在隨報隨修該塘遇有坍損工員詳報上司多不即時

勘估及至愈刷愈寬萬不得已上司始行查勘亦只以原

報丈尺為斷自此詳請領銀又復遲遲給發其輾轉沖刷

叢與原報丈尺更屬懸殊遂致工員以原估之銀彌補續

坍之數不能不將就了事一在実領実用工員領銀之時藩

運兩庫司以及巡道衙門均有規費領銀到手復又假手門

丁胥吏包與工頭除各項尅扣已去十分之半而工員之希

畜自肥吏無底數宜其草率偷減尺寸不符工程日壞
等語浙江海塘現經該撫奏請動項興修所有該給事
中奏稱厘剔弊端二款是否切中時弊着即查明妥議具
奏將此諭令知之欽此遵查修理海塘全在工員妥速經
營核實銷算庶使　帑不虛糜工歸鞏固該給事中金
應麟所奏隨報隨修實領實用兩端洵為辦工之要領惟
是東西兩塘遇有坍塌損向由各汛弁立時搶護以防邊坍
內灘一面呈明廳備轉請杭嘉湖道馳往勘估稟報由道覆
勘彙按　奏修從無遲滯其間或值伏秋大汛人力難施須
俟霜降潮平始得領銀工作或值工程較多應於歲額之外

另籌別款須俟奏奉　諭旨允准方能動款興修此等
工段發銀領辦勢不能不稍稽時日並非由於勘估遲延若謂
上司不即查勘以致輾轉沖刷丈尺懸殊遂使工員以原估
之銀彌補續坍之數將就了事無論工多銀少力有未逮
且坍工有保固限內限外之分限內者應令承辦之員賠修
限外者始發例估之銀建築一經涉手身家繫之各工員何
肯減應行保固之工銀修估外續坍之工段致留後累況西塘
埽工面寬二丈者每丈例估銀四十餘兩東塘石工抵用五成
舊料者每丈例估銀二百餘兩近因潮勢洶湧埽工每有坍
至行路溝槽進深不下五六丈及七八丈不等石工每有坍

卸到底舊石率多掣入海中不能撈獲各工員辦理情
形已極苦累而一切物料人夫又無不昂貴更何能以無銀之
工責令通融牽辦此實情之顯見者也至支發工料銀兩
例應搭放局錢每銀一兩給錢一千西塘二成東塘二成俱
於領銀內照數坐扣又乾隆二年間前督臣奏明辦料銀
內每兩扣留五分以一分二厘解部充公嗣准部行各項
工程每銀百兩扣平二兩又於前項平餘內劃出二分報部
餘銀一分八厘留為柴壩等項外銷之用雖搭放錢文不無折
耗核扣平餘不無短缺然皆奏定章程未便以現今辦工
竭蹶遽請免扣又東塘拆修清底暨坍卸之工尤須搶築

柴壩禦潮每丈需銀三十兩外銷平餘支用不敷卽歸工員捐辦近年塘工甚多力難賠墊於道光十一年間該司道議請將壩銀作正開銷經臣奏奉 諭旨柴壩隨同正項估辦為從來所未有所請不准行等因欽此據司道覆詳以柴壩為必需之工別無可動之款請在東西兩塘額修銀內每兩酌扣銀三分以備隨時發給工員搶築以免耽延亦係以公濟公並非扣留作為別項支用此外各衙門實無絲毫尅扣之項臣所深悉如該給事中所奏工員領銀有費又假手丁胥工頭已去十分之半後希圖自肥更無底數等語此在數十年前例價有餘險工甚少經費無限之時容或有之今則歲有定

額工程難辦而又價不敷用各工員率皆駐札海濱課工購料事事躬親料理非必工員均能急公蓋緣潮盛工險一有損壞即須賠修不得不逐細講究冀多一分實用即少一分賠累人夫丁役實屬無從侵蝕且自西防同知方秉摘去頂戴改補地方守備頓振綱千總錢兆亨分別降革後各工員益加警惕自顧考成即如近日工段較多該廳備趕修不及遴委地方官分辦雖不敢臨差規避無不視為畏途其非利藪可知此又事之易明者也臣見所聞及尚無前項情弊第海塘為民生保障所關甚鉅現下大工迭舉臣不敢以辦工為艱稍事寬假致啟草率偷減之弊惟有督飭各司道不時

查察認真驗收以仰副　聖主慎重海防之至意

道光十四年四月初二日巡撫富呢揚阿爲遵　旨查勘海
塘情形日危日甚請將應修應建各工動款興辦以資捍衛
竊臣承准軍機大臣字寄道光十三年十二月十三日欽奉　上
諭本日據嚴烺奏海塘工程緊要請飭籌款興辦一摺浙省海塘
爲杭嘉湖三府及江南蘇松常鎮四府田廬保障關係匪輕
近年坍損過多愈形危險據嚴烺奏東防廳所屬本年兩
次請修塘工一千二百餘丈外尚有應修者三千餘丈西防所屬
亦有險要之處請飭勘估籌辦等語此項工程本年五月間
據該撫奏稱擇其尤險者先行修築估需銀五十一萬二千餘
兩十一月間又稱限内限外各工俱已掣坍估需銀十九萬四千餘

兩添建挑水壩尚須在外先後均經降旨允准現在估需

銀兩該撫通盤籌辦自已足敷應用惟此項工程關係緊要

務期一勞永逸堪資保障嚴烺所奏情形是否均應及時興

修着富呢揚阿悉心斟察究竟需費若干確切估計据実具

奏嚴烺摺着鈔給閱看將此諭令知之欽此臣查塘工之夷險

全視海潮爲轉移海潮之擊撞又視沙水爲遷徙沙北漲則

潮南趨南岸尚有蕭會諸山抵禦雖被沖刷其患猶小沙南

漲則潮北趨北岸僅恃一線危塘爲下游七郡田廬保障如

有疎失害卽不可勝言溯自雍正六七年間北沙坍刷南沙

突漲以後塘工卽絡繹不絶前督臣李衛以潮頭直射北岸

不能捍禦於是有題請東西塘改建石工及分築盤頭以挑溜勢之舉十三年間因工程險要奉 世宗憲皇帝特簡大學士臣嵇曾筠督辦又有議請於塘身裏面幫築土戧以防潰缺之舉嗣至乾隆四年南沙漸坍北沙遠漲潮勢向南西塘始安如磐石暫免歲修迨二十七年潮復趨北四十一年南岸河莊巖峯兩山之間沙又漲起此十餘年中北岸堤防或修築盤頭柴塘石工或添建坦水木櫃竹簍殆無虛日四十五四十九等年恭逢 高宗純皇帝兩次巡幸閱視塘工先後 諭令將西塘老鹽倉及烏龍廟等處柴塘共長九千五百四十丈一律改建石塘經前撫臣琅玕奏明烏龍廟

以東計長二千九百三十丈塘外沙塗尚寬石工可緩荷蒙
聖諭如水勢漸近仍行接築等因直至五十五六等年西塘
漲沙五千七百餘丈東塘漲沙三千四百餘丈對面南岸之沙日漸坍
卸塘身始得鞏固是沙水一經南漲大工即因之迭興上厪　引
聖宸費帑不下千百萬方能蕆事此皆載諸志乘歷歷可考
者也迨嘉慶年間西岸沙塗坍徙不定工亦無多自道光元年
以至十年河莊山等處淤成平陸其與東塘念里亭汛對峙
之龕山脚下逐年沙漲處至四千餘丈適潮北趨以致北岸自
江海神廟迤西三官堂起直至尖山百餘里內片沙無存塘
俱臨水東修西塌工無已時臣到任後歷次查勘見塘身受損

之處不一而足因思海潮之患雖在北岸而受病之源實在
南岸必須設法治沙使之南坍北漲庶可一勞永逸隨廣諮
博採僉云前曾兩次挑挖中亹引河均無成效又查乾隆二
十七年前撫臣富勒渾以潮水北行奏明飭屬於西口門內開
濬俾經中亹欽奉
諭旨潮汛遷移非可以人力相爭今欲趨
向北者於北岸塘工勤加相度修繕俾無衝嚙之虞恐挑
濬鑿沙徒勞無益不必急為開濬引溜之計等因欽此恭
繹　聖訓乃知沙不能治祇有講求修守之法以為弭患
之計詎至上年南沙增漲二千餘丈水底復接漲陰沙來潮
愈高撲塘更力致念里亭汎等處險工疊出迥與乾隆年間

南沙中亘北岸受險情形如出一轍惟念　國家經費有常
即要工林立亦當權其先後緩急力籌撙節故稍可支持
之工仍嚴飭各工員不時保護暫緩請修其已坍將坍各塘
以及護塘坦水勢難停緩於是議請攤徵銀三十八萬五千餘
兩湊入歲額銀十八萬七千餘兩又請籌款銀十三萬兩先後奏
請分年修復石塘九百六十餘丈坦水六千一百餘丈並捐辦大盤
頭一座奉　旨允准此不過補苴罅漏先其所急之辦法非
敢謂工止此段修止此數也茲前任河臣嚴烺以塘工緊要猶應
擇要興修請飭查勘籌辦復蒙　皇上軫念海防殷殷垂
詢令臣詳察確估據實具奏仰見　聖主相承欲登斯民

於祗席有加無已凡屬臣民曷勝欽感臣遵即督同杭嘉湖道桂菖節次赴塘詳細履勘見小汛潮勢並不落低仍極洶湧朝撞暮擊前次擬為次險之工率多變為極險其東塘念里亭汛一帶潮頭激起輒高塘過巔三四尺到處漫溢尤為危殆伏查浙江潮勢冬春歷來微弱今自南沙續漲而後上年十月朔汛已擊坍工段甚多不謂本年正二月望汛潮來愈旺又將念里亭汛現辦坦水三百餘丈樁木間被沖拔塊石多掣入海並將新舊各塘二十餘號附土刷深五六尺面石揭去數層至十餘層不等此為從來所未有之事冬春如此將來伏秋大汛猛烈更甚實難保其安然無事為今之

計前擬暫緩請修之工因當陸續興辦卽原工卑薄深慮
掣通漫過之處亦當補偏救弊思所以抵禦而遏阻之乃可
有備無患臣再四審度其間工程有險中尤險應行修復
接築並改建另建加幫者約計銀數敬爲我　皇上
陳之查東塘戴鎮念尖四汛坐當頂沖潮日衝擊塘身間
段損壞不可勝數此卽嚴烺所奏在應修之列者前因稍
可支持之工一概剔除是以祇請修辦九百六十餘丈今則日
形敗壞若復緩待必致傾圮掣通害及田廬今年伏秋大
汛工程有無增添尚難預定現查搶緩修工並魚鱗石塘業
已遊陷矬拜將就坍卸者又有七百八十餘丈勢甚危險不可

終日應請一律修復鱗塘以資鞏固約共需銀二十一萬兩又西塘烏龍廟以東計塘二千九百三十丈均係埽工前於乾隆年間因護塘有沙是以將石工請緩該處地近省城其塘後支河汊港處處皆通設有疎虞關係甚重現在塘外沙塗半已刷坍潮水直逼塘根即如道光十二年八月猝遇風潮內有方及場化等字號竟至沖缺掣通四十餘丈深為可慮此即嚴烺奏為險要處處應行籌辦者必須於臨水埽工內再築石塘以為後靠庶免潰缺應請自前建工尾唱字號起迤西至能字號止計長八百七十八丈接築條塊石塘以衛省垣約共需銀十五萬六千兩又東塘尖山汛韓家池一帶前因尖塔

兩山之中築有石壩潮頭不能抵塘僅建柴工數百丈今潮入海門兩面巨沙阻絶即回溜而東直沖到塘勢難攩禦其後兩又係居民甚為險要應請自道字號東六丈二尺起至杷字號西十六丈止計長三百三十七丈零改建條塊石塘以防沖刷約共需銀六萬兩又東塘石工根脚全築坦水擁護内惟尖山汛迤東有前明舊基一千二百七十餘丈護於塘下未經建有坦水工今歷年久遠殘缺甚多完整者少塘根漸形高露失今不修塘必日壞現在殘缺舊基計有九百二十丈應請改建坦水以資保衛約共需銀六萬餘兩又東塘界内惟念里亭汛與南沙縈相對峙地勢最為窪下潮勢最

為項沖故近來工程較通塘獨險修築賠築亦較他汛獨
多近因南潮高湧無汛不漫塘面人無站脚之地殊難保護
設或猝不及防沖缺過水其下游七郡何以措手即不掣通而
鹹水日夕漫灌沿塘田地不久俱成斥鹵害亦匪輕臣熟籌辦
法非塘高於潮斷難阻禦第該塘砌石俱十有八層已極厚重
如再加增年久底盤必致漸陷漸傾若照海鹽大石塘身
高二丈四尺及魚鱗舊塘身高二丈七尺之式分別改建所需
不下數百萬金當此工多費繁之時亦未敢率意輕議因查
塘後地形輕較之塘基稍高計惟有於舊塘背土後貼近處所
照依鱗塘身高一丈八尺之制再加兩層另建一道並於前後

兩塘中間用土填實似此重關疊障即前塘坍卸修築需時尚有後塘抵禦不致通潮貽害或潮漫前塘而後塘巔頂已加高數尺亦可仰遏攔回不致沖刷附土順流內灌應請於念里亭汛內自戶字號起至石字號止塘後另建鱗塘六千六百餘丈約共需銀九十萬二千兩惟工段綿遠物料人夫驟難湊集辦理必須數年辰下伏秋大汛轉瞬即屆仍屬緩不濟急先須查照前大學士臣嵇曾筠成法在於附土之後加幫土戧高過塘身六尺面寬五尺底寬二丈夯硪結實使與石塘依為脣齒暫作關攔以救目前之急應請先在塘後自駭字號起至石字號止一律加幫土戧三千丈約共需銀六萬

七千兩以上各工統共約計銀一百四十一萬五千兩均係最為
險要刻不可緩之工臣不敢祇顧節省轉貽異日之憂亦不
敢稍任浮多致啟虛糜之漸現據司道以浙省無款可籌
詳請　奏撥前來合無仰懇　皇上天恩俯念塘工緊要
准令及時興修如蒙　俞允並請敕部如數籌撥以濟工
用其工段應如何委員分辦按年派修石料應如何採購
運腳應否加增後塘地基內間有廟宇橋梁民居墳墓應
如何給價遷徙容臣悉心妥籌條晰另奏除飭各工員速
將春汛沖去土石趕緊搶築撈砌加意防護外合將查勘大
概情形先行恭摺覆　奏並繪圖貼說敬呈　御覽

冉臣正在拜摺間據杭嘉湖道桂邕暨辦工各員先後具
稟三月朔望兩汛潮來愈猛鎮海汛及念里亭汛一帶又
潑損石塘三十餘號間有沖卸到底或揭至十五六層不等
並擊斷新釘坦樁三千八百餘根塊石沖失無數等情據
聞之下實深焦急伏查春汛非伏秋可比乃竟異常洶湧
損工壞料無汛不然過此以往伏汛即臨何堪設想若不預為
籌備勢必臨時倉皇無從措手所有請築土戧三千丈應即
先行趕辦工關甚鉅臣未敢拘泥停待擬於捐攤並籌節
挪借存鹽餉款內暫撥銀二萬七千兩給發各委員勒令
將土戧分段趕築於四月內一律全完用資保護其款俟撥

銀刋日再行歸還除檄行遵照並將沖損各工嚴飭

補釘堵砌毋任延緩外相應附片奏　聞

道光十四年四月十九日内閣奉 上諭富呢揚阿
奏海塘衝損各工請動項分段赶築等語浙江鎮海
及念里亭汛一帶春潮洶湧潑損石塘三十餘丈並擊斷
新釘坦樁衝失塊石必應先行赶辦所有請築土戧三千
丈著准其于捐攤並籌備按借存鹽餉款内動撥銀二
萬七千兩給發委員分段赶築于四月内一律全完用資
保護該撫仍嚴飭各委員將衝損各工赶緊補釘塊
砌毋任延緩俟事工竣核實報銷該部知道

道光十四年四月二十二日户部謹奏為遵旨速議
具奏事道光十四年四月十九日内閣鈔出奉上諭富
呢揚阿奏遵旨查勘海塘情形請將應修應建各工動
款興辦一摺著户部速議具奏欽此欽遵到部臣等伏查
浙江海塘為杭嘉湖及江南蘇松常鎮七郡保障而七郡
又為東南財賦之藪修築最關緊要是以上年五月内該
撫奏請興修搶修魚鱗石塘及念里亭汛坦水等工約需
修費銀共五十一萬二千餘兩除湊入歲額銀十八萬七千餘
兩尚不敷銀三十二萬五千九百餘兩請先於解部捐監銀
内借支興工分作八年攤徵還款經臣部議覆奉旨允

准在按又十一月內奏請修復坍損限內限外各工約需修費銀十九萬四千餘兩內除動修坦水等工尚餘銀六萬四千五百兩零不敷銀十三萬兩請於藩運兩庫報撥款內動撥復經奉　旨允准亦在按茲據該撫奏稱戴鎮念尖四汛坐當頂沖潮日砰擊搶護修工並魚鱗石塘業已陷矬將就坍卸勢甚危險應請一律修復約需銀二十一萬兩又西塘烏龍廟以東地近省城現在塘外沙塗年已刷坍潮水直逼塘根自前建工尾鳴字號起迤西至能字號止接築條塊石塘約需銀十五萬六千兩又東塘尖山汛韓家池一帶因潮入海門西為巨沙阻截即回溜而東直沖

剡塘勢難擋禦甚爲險要請自道字號六丈六尺起至杷字
號西十六丈止改建條塊石塘約需銀六萬兩又東塘石工根脚
全藉坦水擁護內惟尖山汛迤東有前明舊基一千六百七十餘
丈護於塘下未經建有坦工今歷年久遠殘缺者多塘根漸形
高露失今不修塘必日壞現在殘缺舊基計有九百六十丈
請改建坦水以資保衛約需銀六萬餘兩又東塘界內惟念
里亭汛與南沙際相對峙地勢最爲窪下潮勢最爲頂沖
非塘高於潮斷難阻禦惟於塘背後貼近處所照依鱗塘
身高一丈八尺之制再加二層另建一道並於前後兩塘中間
用土填實自戶字號起至石字號止塘後另建鱗塘一千六

百餘丈約需銀九十萬二千兩又於塘後自聚字號起至石
字號止加幫土戧三十丈約需銀二萬七千兩以上各工統共約
計銀一百四十一萬五千兩均係最為險要刻不可緩之工請
敕部如數籌撥以濟工用等語查浙江海塘既据該撫查
勘情形危險所有應修應建各工自應次第興辦以為一勞
永逸之計惟查所請另建鱗塘一款需銀九十萬二千兩該撫
聲明工段綿遠物料人夫驟難湊集辦理必須數年其所請
銀兩臣等酌議應俟興工按年陸續請撥外其餘請撥銀五
十餘萬兩臣等擬撥本年春撥現報之山東地丁銀十萬
兩浙江地丁銀十二萬兩蘇州地丁銀八萬兩江西地丁銀五

萬兩〻浙鹽課等銀十五萬兩以上共撥銀五十萬兩應令
各該撫於文到日迅即派委妥員解赴浙省藩庫以供支
用其餘應令該撫相度緩急隨時奏請撥給仍將修過工
段銀兩核實造册報部核銷至所稱工段應如何委員分辦
按年派修石料應如何採辦運脚應如何加增後塘地基
内間有廟宇橋梁民居墳塋應如何給價遷徙俟妥籌條
款分晰另奏等語應請　敕令浙江巡撫悉心籌畫妥協
辦理務期無獘無擾以資捍衛而靖閭閻

道光十四年六月初十日刑部右侍郎趙盛奎前任河東
河道總督嚴烺謹　奏爲查勘浙省海防潮勢塘工大概
情形竊臣等欽奉　諭旨馳赴浙江查勘海塘應修應建
各工當於跪聆　聖訓　陛辭後帶同刑部員外郎怡昌
主事蔡鍰束裝出京於五月三十日行抵浙江嘉興府境因聞
該府屬之海鹽縣前辦大石塘工最爲認真隨即取道海鹽
查看該工坐當海潮直沖塘身向爲喫重幸近來潮係暗
長撲塘之勢尚不過猛石塘舊工完整既多新工亦甚鞏固
堪資抵禦旋即前赴海寧撫臣富呢揚阿亦已前來臣等即
帶同司員並該管杭嘉湖道覺羅桂菖會同赴工沿塘查勘

東自海甯州尖山汛起西至仁和縣烏龍廟止兩塘一百五十餘里自六月初二日至初五日履勘一周查念里亭汛近日當潮勢頂沖塘工時有潑損坍蟄處所因初三日係海潮大汛之期臣等會同撫臣印在念里亭汛之華岳廟地方佇立新築土戧堤頂察看潮勢沖擊情形候潮頭東入海門分為二股一由東晉漫而來一由南岸折趨北岸適會於華岳廟前兩潮互相撞擊高過塘頂四五丈浪花掀潑勢如傾盆驟雨臣等猝不及防衣履無不溼透瞥見塘工條石隨潮掣卸實為猛烈異常次日又於該處附近地方復行察看潮頭較昨稍低而摟刷塘根其力亦復甚勁且有間段隧

過塘頂之處推究其故總由南沙漲高寬至數十里堅逼

江海之水全由北大亹以北經行海面愈窄潮頭愈高且南

潮一股過南沙阻其怒勢折而北趨適與東潮會合其勢愈

猛以北岸一線之塘工欲抵禦全潮排山倒海之勢其危險情

形誠不堪設想查自乾隆年間建築鱗塘以來內幫土戧外

護坦水兩坦水尤為捍海要工總令隨時認真修補尚恐北沙

坍盡難資捍衛況近年以來東塘坦水六千餘丈片段無存

石塘外無擁護此坍彼塌險工因而迭出勢所必然上年四

月撫臣請修坦水六千餘丈亦是見及於此惟原分四年完

工內有千丈勒限年內報竣至今尚無一段報完詢據該工

負及該道面稟或因已經興辦旋被潮刷或因存水甚大難於簽樁雖係實在情形第伏秋大汛現已屆期潮汐往來危在旦夕豈容束手坐視迄無成功茲該撫續請自念里亭汛戶字號起至尖山汛石字號止另於塘後建築鱗塘二千六百餘丈亦因該處正當潮勢會合頂沖欲為重門保障起見第興築新工即極力趕辦非三年不能蕆功設塘外別無擁護之法舊工不日見坍即新工仍立形危險其新幫土戧三千餘丈雖可以防潑頂之潮水而不能護外坍之石工是保護塘工實為目前第一要務必得詳考成規博採輿論分別緩急設法趕辦期於辦一段可免一段之虞早一日可收

一日之效斷不容畏難苟安聽其坐誤現在該省於念鎮等
汛內籌辦柴盤頭以資挑溜業已辦有三座亦係急則治標
之法此後如有成效尚有可請動經費接手添辦藉資保衛
另容臣等定議會同撫臣具奏其餘請修各工內除修復
坍損鱗塘必應趕辦外臣等聞浙潮望汛大於朔汛擬於十
六日復詣海甯察看潮勢情形再與撫臣詳悉妥議另行
陳奏候旨遵辦

道光十四年六月二十七日刑部右侍郎趙盛奎前任河
東河道總督嚴烺浙江巡撫富呢揚阿謹　奏爲遵　旨
會同籌議保護海塘各工分別應否修建恭摺詳晰陳
奏竊臣趙盛奎臣嚴烺到浙後將查勘海塘大概情形於初
十日由驛恭摺具　奏旋卽查照道光十三四兩年臣富呢
揚阿三次請辦各工奏按逐加覆勘詳細核議並於六月望
汛內帶同司員會同臣富呢揚阿暨該管杭嘉湖道復往
海甯察看潮勢仍與朔汛相仿臣等卽因潮勢之輕重分
工程之緩急查東南兩潮頂沖之地現以念里亭汛爲最險
臣富呢揚阿本年奏請自該汛之宇號起至石字號止塘後

另建鱗塘二千六百餘丈正以博採輿論皆謂舊塘之險患在與水爭地故有此退後另建之請茲公同熟商另建新工斷非一兩年所能全竣不但緩不濟急且舊工外無衛護底樁顯露尺餘及三四尺者居多日漸坍蟄即新工辦成仍形危險是現在籌防海塘仍以講求外護為當務之急而外護塘根無如坦水現在水深潮猛不能修復檢查成案有護塘竹簍成法係多造竹簍填貯塊石聯以篾纜密布塘根再行疊高放寬做成坡陀形勢尚可於水內施工行據司道詳復塊石竹簍必須關以排樁方免挐卸而念里亭汛不能釘樁亦與坦水不能修復無異惟有仿照西塘石工之外改修高

寬柴埽不惟可護塘根兼免掀揭面石且潮頭遇剛則激遇
柔則後仰如新築柴盤頭現能穩立乃係柔克之理則石
外鑲埽自屬可行臣等詳察情形所言較有把握或疑海
塘工程從前仰荷　列聖垂念海防以柴工為不足恃始
改石工以期經久今轉議鑲柴埽似非改建石工本意不知
從前改建石工之處柴塘並未廢盡是以西塘石工賴有柴工
擁護而石工至今完整並查乾隆四十九年欽奉　聖諭
石柴聯為一勢即以柴塘為石塘坦水等因今東塘坦水既
不能修則鑲築柴埽以代坦水不但可以護塘根抑且可以
護塘頂是正與石工相為依輔並非舍石工而專意柴埽雖

埽工保固限滿不無應增歲修惟石塘得此外護可免潮水衝
擊坍卸不復逐年間段請修此後年復一年所省正復不少如
竟置之不辦無論臨水補修之石工既不能開槽清底又不能抵
底灌漿旋修旋坍勢所不免即或勉支歲月而完新坍舊循
環估修　國帑之虛耗無窮下游七郡之廬舍民田仍無時
不瀕危險是歲費於修塘而險工自在不若暫費於鑲埽而塘
保無虞臣等公同酌議擬東自念里亭汛石字號起西至鎮海
汛甲字號止除已捐建盤頭六座現擬擇要添建盤頭三座外
其餘請改建柴埽三千四百四十四丈連頂土估計以高過石塘四
尺為度計高深二丈七尺頂底牽寬二丈五尺埽前仍照成按

抛護塊石以資保護至念里亭汛迤西鎮海戴家橋两
汛実爲次險之工自富呢揚阿上年四月内奏修坦水工程仰
有两汛在内茲復會同復勘該汛塘工沖刷日久底樁無不顯
露若議修復坦水不過簽樁抛石難用灰漿灌砌仍必隨潮
掀揭豈能衛護塘根查塊石竹簍係用竹纜聯絡成片間
層又密釘排樁爲之關束不致過潮掣卸再念里亭汛最
險之處水深難以釘樁是以議鑲柴埽鎮海汛以西近塘底
水較淺尚可乘險簽樁較之修復坦水更爲得力擬東自鎮海
汛啟字號西至戴家橋汛積字號止除亦擇要添築盤頭四
座外其餘概用竹簍塊石保護塘根計長三千八百三十一丈五

尺寬四尺前高六尺後高一丈查竹簍保固成案止限半年未免過少應請改定保固兩年限滿後每年酌辦塊石數千丈方堆貯備防遇有倒缺丈尺非稟由撫臣親往驗明不准補抛動用若干隨時如數購貯不得視為歲修定例率以為常此外西塘烏龍廟以東臣富呢揚阿本年奏請自舊工尾鳴字號起至能字號止接築條塊石塘八百七十八丈查係捍衛省城要工塊石究難經久且遮連舊工本係條石鱗塘應請一律接築魚鱗石塘以昭慎重再查海甯繞城石塘五百三十四丈六尺原因地勢稍高僅砌築條石十七層現在海潮大汛出水石工僅止一二層一遇風隨潮湧即潑漫塘

西該塘近在臨城殊爲可虞臣富呢揚阿前未估及請修
之處應請將繞城塘五百三十四丈二尺一律加高縱橫條石
兩層於保障城垣更爲有益其尖山汛迤東塘下舊基臣
富呢揚阿本年奏請改建坦水九百六十丈仍係間段請修
茲查尖山汛鉅字號起至慮字號止均應一律修整惟該處
地勢較高潮不當沖無庸改建坦水祇須護以塊石計長
一千九百丈寬二丈四尺前高二尺後高八尺雖較原請銀數
增多而工長加倍不止兼可永資保衛又韓家池道字號東
六丈六尺起至杷字號西十六丈止請改建條塊石塘二百三十七
丈零又戴鎮念尖等汛三次奏修鱗塘一千七百五十餘丈

又自念里亭汛聚字號起至石字號止塘後加幫土戧三千丈皆係應辦之工均應請照原奏辦理所有節次奏請修復鱗塘並土戧各工由臣富呢揚阿隨時嚴催尅期完竣外其現議興辦柴埽盤頭竹簍塊石鱗塘等工原爲亟資保護起見應分別勒限以免延誤應請將柴埽盤頭勒限本年十二月十五日以前完工塊石竹簍勒限來年四月十五日以前完工其改建接築各石工需料較多需時稍久應限來年七月底完工均須照估如式辦理報候撫臣隨時驗收如有遲延草率立即指名嚴參務期帑不虛靡工歸實濟以

行 宵旰而衛民生如蒙 聖慈俯允照辦 查臣富呢揚

阿上年兩次原請銀六十四萬三千餘兩此次續請銀一百四十一萬五千兩除節次請修復鱗塘銀四十三萬九千餘兩又韓家池改建條塊石塘銀六萬兩塘後加幫土戧銀一萬七千兩係照原請銀數並無增減外臣等現請柬塘石工外改修埽工銀五十六萬六千六百餘兩添建盤頭銀四萬一千兩塊石竹簍銀二十九萬八千八百餘兩烏龍廟以東接築條石鱗塘銀二十七萬七千餘兩海甯繞城塘加高條石一層並附土銀九千一百餘兩與原請互有增減統計共需銀一百九十一萬八千餘兩核較臣富呢揚阿三次請銀二百五萬八千餘兩計節省銀十四萬兩惟臣富呢揚

阿原奏各工係分年辦理是以將十四五六等年東塘歲
修銀十五萬兩並未收鹽餉預入估計現准部咨亦以另
建鱗塘銀九十萬二千兩應俟興工按年陸續請撥今埽
石各工統限年內及來年七月以前一律完竣除前請預
借十五六年歲修額款並未收鹽餉銀共十八萬兩應請
先於根撥內款如數借支俟收有成數另由臣富呢揚阿核
明具 奏外其未撥鱗塘工需現請改修埽簍各工銀
共七十七萬五千兩恭懇 天恩敕部如數籌撥於本
年八九月內全數解浙以便採購各項料物接濟工需謹
將辦工事宜條議章程呈繕清單恭呈 御覽並繪

畫貼說附報咨送軍機處以便進呈再東塘石工孤
立潮汐時刻可虞臣等現飭擇要鑲埽並添建盤頭
以資捍禦不敢拘泥貽誤合並陳明
謹將保護海塘修築各工事宜公同酌議七條恭呈
御覽
一遴派公正道府丞倅人員總催分催驗料查工以期認真
也查浙江海塘向係本省該管東西兩防同知海防守
備承辦如工程較多添派地方現任候補人員分辦工有
保固事有責成自當仍循其舊惟辦理各工以料足
工堅為首務無如積弊相沿已久丁役夫匠惟圖偷工減

料石按成法每致因限未滿率多坍卸在工員自顧
考成察奸剔弊者或不乏人而任用非人苟簡敷衍者
實屬不免甚至上年東防同知楊棟秀因而自盡現在委
辦工程無不視為畏途非得公正誠實諳練之員專司查驗
則積弊不除要工終無實濟應請每二十里專派分催丞
倅一員常住在工隨時監修稽查責成驗料催工如不遵
照成法即隨時稟究倘或扶同草率一經驗出除將工
員參賠外分催之員亦同參究仍派道府二員協同該
道總催撫臣仍不時赴工查驗如此層層稽核有弊必除
不特料戶匠工無所呈其伎倆即承辦工料各員亦必知

所儆惕相率認真矣

一支發錢糧應設立總局核實除弊也查錢糧有一分虛糜即工料少一分堅足向聞工員領銀一經胥吏之手往往託詞影射層層剋扣以致工員不肖者偷減守法者賠累率多以此為口實此次辦理海塘亟應設立總局專司支發查藩司為錢糧總滙應請飭總其成仍遴派公正精細道府一二員幫同稽核遇有批准給領銀款照數兑足當面發給不經胥吏之手其有例外支銷銀款應於領項內核扣者開局之日司道稟由撫臣據實 奏明一面明白出示按數扣留不得絲毫浮扣庶弊端可除而工員無

可藉口矣
一應用條石分別協濟採辦以期迅速也查塘工條石向在紹興府屬採購歲需無多尚可敷用此次石工估需條石二十餘萬丈除已派工負承辦外約尚少條石十七八萬丈為數既多各工均限來年七月內完竣爲期又促現於紹興府外查得杭州湖州二府之屬縣亦有山可採即分派該二府領銀採辦趕速運工核計其數仍有不敷按查乾隆四十五及四十八年浙省塘工條石由江蘇先後協濟應用所用銀兩即由江蘇報銷茲浙省採石不敷相應援照成案仰懇
聖恩敕下江蘇撫臣按照浙省

規辦寬一尺二寸厚一尺長四五尺六面見方之條石於蘇州洞庭一帶採辦協濟四萬丈期以來春全數交工可資應手興砌此項條石尺寸係照定例辦理如辦有不足驗收之員應行駁回承辦者不得捏交驗收之員亦不得任意刁難如違均准稟究

一樁木柴束等料酌委員遠近分辦也向來塘工樁木均於附近購辦茲查本省所產龍游開化諸山者為最質性堅老入水久而不朽惟因價值較貴工員節省率皆購買由福建泛海販運之木質性鬆脆又多大頭小尾不適工用應委熟諳誠幹之員齎帶銀兩前赴龍游

開化產木處所如式購運以應目前工需惟恐所產
無多不敷工用仍分委幹員前詣江甯江西各省按
工用圍圓尺寸定例挑取直長者赶速運工以資接濟
其埽工柴束向於富陽分水建德桐廬四縣購辦現在
需用較多除委工員自辦外仍分派該四縣協同購運
以期迅速其石灰鐵錠竹簍塊石等料均令照例辦
運與樁柴各項並由委員驗收不准稍有短少偷
減

一埽石各工取用土方分別官地民地酌量辦理也查塘身
裏面舊多坑坎不能取土即有平衍可取之處而貼近

塘根斷不容仍前挑成深坑致留暗險無論官地民地
凡距塘十丈以內一概嚴禁取土其在十丈以外二十丈以內
官地聽其取土民地按雍正年間成按照河工例購買應
應用每田一畝例價六兩每地一畝例價四兩交地方官給
銀收買付工量明不得稍有侵越仍將所買民地額徵錢
糧由撫臣　題請豁免庶於工有益於民無損其買地價銀即
由工員所領土方銀內支給不准另請開銷
一鑲埽簽樁酌添料物選派熟手率同妥辦以期堅穩
也查鑲築柴埽工必應層柴層土釘樁揎纜方期堅穩
而海塘向辦埽工壓土厚薄皆不如法只有樁木而

無竹纜殊不足以抵風浪應請酌添竹纜緊拴各樁庶可牽扯得力至樁木從頂簽釘必須到底排列必須整齊而海塘向釘各樁或簽釘不深或參差不齊以致砌石鑲埽不能穩實推究其故海塘釘樁之人搭架既不如式硪打又無多時詢以雲梯天硪各器具俱茫然不知不但無補工程抑且虛費樁木應遴選熟手攜帶雲梯天硪率同本工兵目如法簽釘並幫做埽工可期要工益臻堅穩

一嚴禁包料包工以期工歸實用也查料販匠工惟利是視即工員按照時價購備躬親查驗尚不免患適串丁役

朋比為奸乃有一種牟利之徒聞有工員領辦工料即向包攬代辦大抵照原領銀數留給工員成頭工員止貪目前之盈餘不計將來之賠累往往樂於從事而包攬之徒或用向來未識工員或恐工員不肯相信輾轉託人鑽營攬辦其素為營謀者或又先行自攬然後分給料戶匠工凡此鑽營分給剝削層層經手草率勢所必然而工員既行扣有成頭為其所據亦不能再行認真稽查塘工之壞坐此病者為最大現在條石樁木大宗分派各府及委員承辦又另委多員不論何項料物均須報候驗收做工之時責成監視前項情弊當可剔除惟現交

工員自辦之料恐不免沿於積習亦應嚴行飭禁如有犯者包戶照積蠹棍徒例從嚴辦理工員參革庶辦理均臻核實

再臣等承准軍機大臣字寄道光十四年六月初七日奉

上諭本日據富呢揚阿奏海塘工程前請捐辦大盤頭一座業於四月上旬趕辦完竣經歷四五月望朔兩汛頗能挑溜中趨尚屬得力如果抵禦伏汛屹然不動當相度地勢再建數座以禦頂沖等語海潮逼近塘根必須抵禦有資方免沖刷既據該撫查明所建大盤頭一座實爲得力著趙盛奎嚴烺富呢揚阿體察情形悉心妥議此項大盤頭工程

如果实能挑溜中趋歷久無獘俾通塘大局日有轉機仰着
相度地勢據实奏明再行添建數座以資捍禦總期於工
程实有裨益而帑金不致虛糜方爲妥善將此諭令知之欽
此仰蒙　訓示精詳欽感不可言喻遵查東塘陳文港小坟
前薛家壩念里亭白墻門錢家坂等處雍正年間經前督
臣李衛分築挑水盤頭大柴壩六座以禦潮沖而緩水勢載
在通志著有成效臣富呢揚阿於四月上旬捐建大盤頭一
座仰係白墻門舊址左近嗣據各府知府暨海甯紳富並
四所鹽商等於錢家坂舊址左近捐建二座又於小坟前
舊址左近捐建二座現尚擬於念里亭西首適中之地捐建

一座以禦秋汛惟查李衛築壩之時祇稱東塘潮頭自尖山直趨而來勢極溜急故築壩六道專以捍禦東潮今潮過尖山分爲東南二股東潮順刷塘根自與雍正年間相仿南潮爲老沙所阻折而北趨復與東潮適相會合撞擊則較雍正年間潮勢更爲猛烈臣等伏察近日所築盤頭於東潮之來挑溜數十丈之外始復刷及塘根尚爲得力惟南潮之來直沖塘身不能適遇建築盤頭之處可以抵禦則於南潮恐不能得力是以臣等擬於最險之處築做柴埽次險之處護以竹簍仍於捐建大盤頭六座之外間段酌添盤頭七座以保埽簍而引漲沙已於正摺內詳晰具

奏恭候　訓示遵行

再臣等仰蒙　特簡勘視海塘事關　國計民生至為

艱鉅自跪聆　聖訓後惟恐籌畫未能精詳有辜　委任

日深祇懼遂歷覓海塘各種成書途次詳細閱看互相諮

求並隨處博訪周諮期於集思廣益其言之無當者固無足

論有言似近理而實格礙難行者一曰切沙一曰改刱一曰讓

地〻〻之說即前撫臣富呢揚阿前摺退後另建鱗塘之

請所請另建者僅二千六百餘丈尚以查勘塘後廟宇民居墊

地河道溝池應行遷移改建填築挑復之費為數不貲業

經改議若將念里亭等汛最險之處一律讓地改建更多滋

擾小民安土重遷豈可以利民之事爲病民之舉殊難置議
切沙之說蓋以潮循南岸遇沙梗阻折而北趨爲全塘致
病之由故欲將南岸積壅之沙挑切陡崖再挖深溝槽引
潮衝刷俾沙隨潮去不復再折爲探本窮源至計不知
引河屢挑屢塞切沙偶通旋淤自康熙以逮乾隆年間屢
經辦理無效現在塘工緊急斷難再行嘗試改割之說蓋
以海甯之潮向係循塘而西順刷塘根是以祗建魚鱗條
石塘工即資保衛不似海鹽正當海之西面潮來直撲塘
身必須五縱五橫大石塘方能抵禦今因海甯念里亭
一帶正當南潮北向直撲塘身且與東潮會合碎擊潮頭

愈高撲塘更猛亦欲照海鹽大石塘之制另行改建若祇
就現在潮勢頂沖之處改建數百丈經費雖不過多而臨
水施工已屬限於措手況潮頭頂沖之處上下不無遷移即
如臣等六月初三四日往看潮勢其撲過塘面處兩日相距即
有數百丈之遠是其明驗若並將現勘最險之處念里亭
汛三千餘丈悉行改建大石塘不但經費石料數倍鱗塘
難以籌備即此水深潮猛斷難拆卸塘石就地興工若
退後另建則較改建鱗塘地基丈尺更寬遷移擾累更
多何敢輕率置議臣等体察情形思維至再除現議鑲
築柴埽而外別無濟急良策亦知柴埽乃補偏救弊

之計而以土能尅水柔可勝剛之理測之尚屬確有把握況此外東塘次險各工均已一律估辦若能工堅料實如式修築則石工柴埽脣齒相依是標治而本亦兼資其益且趙盛奎未諳工程不過講求理解且嚴限可保數十年塘工無事雖埽工兩年保固限滿不無歲修之費然以西塘柴工七千餘丈歲修十萬兩之數計之每年需費不過七八萬兩查東塘例有歲修坦水銀五萬兩現已將該塘坦水改用竹簍每年祇須添拋塊石較之歲修坦水大可節省即可留爲歲修柴埽之用如有不敷約計添銀四五萬兩儘足敷用應請 敕下撫臣每年

酌增東塘歲修銀兩至多不過五萬兩之數以示限制
現已添建丑捐辦盤頭十餘座挑溜中趨如數年之後
北岸得有漲沙即此歲修經費可以量加節省臣等
冈正摺未能詳盡用敢附片再行縷晰陳明

道光十四年七月初十日奉　上諭趙盛奎等奏籌
議保護海塘工程一摺並將辦工事宜條議章程開具清
單繪圖貼說一併呈覽朕詳加批閱此次籌議保護海
塘各工東南兩潮頂沖之地現以念里亭爲最險除捐建
盤頭七座擇要添築盤頭三座外其餘改修柴埽之前
照按拋護塊石以資保護其念里亭汛迤西鎮海戴家
橋兩汛爲次險之工擇要添建盤頭四座外其餘概改用
竹簍石塊較之修復坦水更爲得力此外西塘烏龍廟以
東本係條石鱗塘一律改築以昭慎重其海寧繞城
石塘一律加高縱橫條石兩層于保障城垣更爲有

並其尖山汛迤東塘下舊基潮不當沖毋庸改建坦水祇須護以塊石又韓家池改建條塊石塘戴鎮尖等汛三次奏修鱗塘念里亭汛後塘加幫土戧均係應辦之工著照富呢揚阿原奏辦理所有節次奏請修復鱗塘並土戧各工由富呢揚阿嚴催趕期完竣外其現議興辦柴埽盤頭竹簍塊石鱗塘等工著照所請令刻勒限如式估辦如有遲延草率立即嚴參務期帑不虛糜工歸實濟此次奏請修建塘工銀兩統計共需銀一百九十一萬八千餘兩核之富呢揚阿三次請銀二百五萬八千餘兩計節省銀十四萬兩惟原奏各工係分

年辦理現已另建鱗塘銀九十萬六千兩俟興工按年陸續請撥今埽石各工統限年內及未年七月以前一律完竣除前請領借十五六年歲修額款並未收驗餉銀共十八萬兩先于報撥款內如數支借俟收有成數由富呢揚阿核明具奏外其未撥鱗塘工需現請改修埽坦各工共七十七萬五千兩請飭部如數籌撥于本年八九月內全數解浙已着戶部速議具奏矣至辦工事宜章程七條遴派公正道府丞倅人員總催分催驗料查工務派公正誠實諳練之員層層稽核有弊必除支發錢糧設立總局由該藩司總其成着富呢揚阿隨

時稽查仍派公正精細道府一員幫同稽核毋得假手
吏胥致滋弊竇其應用條石分別協濟採辦此次估
需條石二十餘萬丈除派員承辦外約少條石十七八萬
丈仍着分派紹興等三府領銀採辦赶速運工敷條石
四萬丈已另飭江蘇巡撫按照浙省現辦條石尺寸採辦
協濟矣至樁木柴束等料酌委妥員遠近分辦埽石
各工取用土方分別官地民地酌量辦理鑲埽扦樁酌
添料物選派熟手迅同妥辦以期堅穩嚴禁包料包工以
期工歸實用均着照所議章程核實辦理又另片奏埽
工兩年保固限滿後不無歲修之費以西塘柴工七千餘

丈歲修十萬兩計之數每年需費不過七八萬兩東塘例有歲修坦水銀五萬兩現已將該塘改用竹簍每年添拋塊石較之歲修坦水大可節省即留爲歲修柴埽之用如有不敷每年酌增銀兩至多不過五萬兩之數等語東西兩塘每年歲修究竟爲數若干現在西塘據稱每年歲修不過七八萬兩東塘例有歲修坦水銀五萬兩現已酌增銀兩是否即係節省坦水銀兩抑係在常例歲修之外此時妥議章程酌定限制將來是否仍有歲修之項不致再爲增添着詳細查明據實具奏海塘工程現派烏爾恭額嚴飭

會同富呢揚阿妥爲辦理此項工程關係甚鉅務須
斟酌妥辦以爲一勞永逸之計但辦理稍有不善以致
帑項虛糜工無實濟惟烏爾恭額等三人是問朕言出
法隨不能稍從寬貸也趙盛奎著俟接奉此旨會同籌
議覆奏後再行來京復命將此各諭令知之

道光十四年七月十四日戶部謹　奏為遵　旨速議具奏
事道光十四年七月十一日內閣鈔出奉　上諭趙盛奎等
奏籌議修建塘工銀兩計共需銀一百九十一萬八千餘兩
所有鱗塘工需並改修埽簍各工請撥銀七十七萬五千兩着
戶部速議具奏欽此欽遵到部臣等伏查上年五月內浙
江巡撫奏請興修搶緩魚鱗石塘及念里亭汛坦水等工
約需修費銀共五十一萬二千餘兩除湊入歲額銀十八萬七
千餘兩尚不敷銀三十二萬五千九百餘兩請先於解部捐
監銀內借支興工分作八年攤徵還款經臣部議覆奉　旨
允准十一月內奏請修復坍損限內限外各工約需修費

銀十九萬四千餘兩內除動修坦水等工尚餘銀六萬四千
五百兩零不敷銀十三萬兩請於藩運兩庫報撥款內動
撥復經奏 旨允准各在案又於本年四月內據該撫奏稱
海塘險要工程有應行修復接築并改建另建加幫者約
共需銀一百四十一萬五千兩經 臣部以所請另建鱗塘一
款工段綿長辦理必須數年所請銀九十萬二千兩應俟
興工後按年陸續請撥其餘請撥銀兩於本年春撥册
內議撥銀五十萬兩湊交該撫妥協辦理奏 旨允准
亦在案茲據 欽差侍郎趙盛奎等奏籌議保護
海塘分別勒限修築各工內修復魚鱗石塘韓家池改

建條塊石塘塘後加幫土戧等工條照原請銀數並無
增減又現請東塘石工外改建埽工添建盤頭塊石竹簍
烏龍廟以東接築鑲石鱗塘海寧繞城塘加高條石
尖山汛以東塘下舊基酌護塊石等工與原請銀數
互有增減統共計需銀一百九十一萬八千餘兩核較浙
江巡撫富呢揚阿三次請銀二百五萬八千餘兩計
節省銀十四萬兩除節經撫臣原奏各工需用銀兩外
其未撥鱗塘工需現請改修埽簍各工銀共七十七萬
五千兩恭懇　天恩敕臣部如數籌撥於本年八九月
內全數解浙以便採購各項料物接濟工需臣等

本年春撥留協之山東地丁等銀十五萬兩山西地丁等銀二十萬兩長蘆鹽課銀七萬兩餘平銀一萬兩廣東留備地丁等銀十七萬兩再撥北新關徵存税銀十萬兩滸墅關約徵税銀五萬五千兩浙海關約徵税銀二萬兩以上共撥銀七十七萬五千兩應令各該撫鹽政等於文到日迅即派委妥員務於本年八九月解赴浙江藩庫以供支用仍令該撫按照該侍郎擬定限期統於年内及來年七月以前一律修築完竣仍將用過銀兩核實造册報部核銷

道光十四年八月初五日刑部右侍郎趙盛奎前任河東河道
總督嚴烺浙江巡撫富呢揚阿謹奏為遵旨查明會同
籌議恭摺據實覆奏事竊臣等承准軍机大臣字寄
道光十四年七月初十日奉上諭東西兩塘每年歲修究
竟為數若干現在兩塘據稱每年歲修需費不過七八萬兩
東塘例有歲修坦水五萬兩現議酌增銀兩是否即係節
省銀兩抑係在常例歲修之外此時妥議章程酌定限制
將來是否仍有歲修之項不致再為增添着詳細查明據實
具奏趙盛奎俟接奉此旨會同籌議覆奏後再行來京復
命等因欽此臣等跪讀之下仰見聖謨深遠指示周詳欽

服不可名狀當即欽遵恭録分行藩運兩司及杭嘉湖道詳查妥議旋據會詳前來臣等公同察核逐細籌議查海塘經費向係動支地丁正款自乾隆二年至嘉慶八年節次奏撥引費及發商生息等款銀每年共十五萬六千餘兩爲東西兩塘歲修之費嘉慶二十三年以前每年本款用有餘存二十四年至道光四年本款之外每年長用銀一二萬至十餘萬不等前撫臣程含章於道光五年奏定限制每年歲修不得過十五萬六千餘兩之數由是西塘以十萬餘兩爲定額東塘以五萬餘兩爲定額此東西兩塘歲修銀兩之額數也查東塘歲修銀兩專爲坦水之用今坦水坍卸首險之處改鑲護

埽坎險之處改用竹簍則歲修坦水銀五萬兩已可全數節
省但柴埽竹簍兩項連盤頭十三座共工長七千餘丈核計
西塘柴工丈尺相仿以西塘歲修額銀十萬餘兩計之東塘
此項歲修亦應以十萬兩為率錮竹簍保固限滿購貯塊石
備防必須聽其刷缺丈尺然後補砌拋不得歲以為例而購備
石塊之項亦須於節省坦水銀內動支且現辦埽工坐當頂
沖潮猛溜急較之西塘情形尤重自未便惜費貽誤所有
節省坦水銀五萬兩以抵歲修埽工等項之用尚少一半此
臣等於歲修常例之外酌議請添五萬兩之原委也臣等深
知　國家經費有常何容於常例之外稍有增添但修埽

簍以衛石工石工不坍經費實有節省即如年來鱗塘坍塌積至一千七百餘丈現經奏修銀至四十三萬九千餘兩之多計石工一次補修之年可為埽工八年歲修之費而埽簍不修則石工之日就坍塌者更不知凡幾是以不敢拘於常例求省轉費惟此項動添銀五萬兩地丁正項斷難動撥自應籌款生息以便支銷茲據藩運兩司詳稱庫貯雜款節經動支無存現在實無可籌之款臣等熟商再四可否仰懇天恩於浙省捐監項下每年提銀五萬兩存貯藩庫備添案塘歲修之用俟將來籌有生息銀款仍照監銀全數報撥伏祈敕部議覆遵行臣等復查歲修原額銀十

五萬六千餘兩祇爲修理西塘柴工盤頭及東塘坦水之用其補
修鱗塘本不在內嘉慶二十三年以前石塘無險每年用有餘
存二十四年至道光四年石工屢坍每年額外多用自五年迄
今每年歲修雖不逾定額而歲修坦水之項移爲補修石工
之資並因坦水不修石塘危險致有現辦埽簍及補修石
工之鉅費是歲修之有無不敷全視石塘之有無坍塌現在
東塘石工之外既有埽簍以爲外護則補修之費可省而歲
修銀兩更無別工挪用以此覈計所請酌添銀五萬兩
將來不致再爲增添緣奉　諭旨飭查謹詳悉覈明會議
據實覆奏

具臣趙盛奎拜摺後即帶同司員趙程遵　旨回京復

命合并陳明

道光十四年九月十三日盛京工部侍郎烏爾恭額　奏為
海塘應修各工現在查詢實在情形據實直陳竊奴才仰
蒙　恩命會辦海塘要工跪聆　聖訓後惟恐負　委任遍購
覓海塘各種成書沿途悉心研究以資學習並廣諮博採期
於要工有濟茲於八月二十九日馳抵海寧工次撫臣富呢揚阿
亦於是日到工咨送軍機大臣字寄道光十四年七月初十日
奉　上諭海塘工程現派烏爾恭額嚴烺會同富呢揚阿妥
為辦理此項工程關係甚鉅務須斟酌妥辦以為一勞永逸
之計倘辦理稍有不善以致帑項虛糜工無實濟惟烏爾
恭額等三人是問朕言出法隨不能稍從寬貸也等因欽此

奴才跪讀之下仰見聖慮周詳洞悉無遺亟宜恪遵
諭旨斟酌妥辦以爲一勞永逸之計正在會同履勘
各工前河臣嚴烺於九月初一日到工遂又督率杭嘉湖道
海防廳備各員會同詳加履勘後於九月初四日抵省復勘
西塘應建工程奴才溯查東塘於雍正乾隆年間改築魚
鱗大石等塘内幫土堰外護坦水法至善也西塘柴埽原係
柴塘嗣於柴塘之後建築石塘遂以柴塘爲石塘之坦水並
非專建柴埽爲石塘坦水至竹簍塊石乾隆八年前督臣
那蘇圖以海寧觀音堂諸處草塘沖刷成險編造竹
絡丁順鋪放以作坦水嗣後並未續辦其條石坦水則自前

大學士嵇曾筠修辦之後至今垂為成法彼時即因鋪砌塊石雖多至四五層易於潑卸終非經久之策是以改用條石坦水二層載在志乘班班可考況此次改築柴埽竹簍塊石等工較之修復坦水多用銀至四十八萬餘兩之多又係更改舊制尤宜籌畫盡善務期經久始於塘工有裨遂向前河臣嚴烺撫臣富呢揚阿逐項講求詳細詢問以今議坦水改築柴埽是否相宜據前河臣嚴烺以水深潮猛不能釘樁修復坦水是以會議仿照西塘石工之外改修柴埽不惟可護塘根兼免掀揭面石較之坦水實有把握臣富呢揚阿亦以為改鑲柴埽可與石工有益又議改用竹簍

塊石等工究竟能否經久據前河臣嚴烺以竹簍塊石保護
得力亦屬實有把握據撫臣富呢揚阿以石塘外護無如坦
水是以前經疊次　奏請修復嗣因潮勢洶湧念里亭一
帶已修坦水節被潑損椿石一時難以竣工於　欽差到
浙時會同履勘商酌改用竹簍塊石尚可於水內施工俾
石工早資保護以免情形增重亦屬得力並據該道廳
備各員俱稱是否可以經久難以預料奴才查此項工
程事關東塘坦水全行更改舊制誠為國計民生之
所係現又欽奉　諭旨着斟酌妥辦以為一勞永逸
之計亟須再四熟籌庶足以資捍禦而垂久遠且奴才

抵工時看視潮汛見潮退後坦水畢露逐段蟄損參差不
齊當經詢問該道廳等可否修復坦水據稱自建盤頭以
後已能挑溜中趨以現在潮勢而論念里亭一帶仍難施工
其餘似尚可以修復因又連日會同商酌撫臣富呢揚阿
以工關緊要現奉　諭旨斟酌妥辦自應再行逐細講求
以期要工有裨而前河臣嚴烺荷蒙特簡辦理海塘要
工以本籍之人辦本籍之事自無不殫心竭慮仰紓　宵旰
及奴才有經到工旁詢官僚下採輿論除柴埽可以藉資
保護外皆以竹簍塊石等工爲不足恃奴才伏查東塘自
建盤頭以後挑溜中趨潮退後坦水畢露自應趕緊修復

條石坦水爲是如將坦水全行更改舊制稍不合宜誠如
聖諭關係甚鉅除念里亭汛最險之處議鑲柴埽
現已開工不計外其餘坦水尚可修複頭層坦水係保護
塘根二層坦水係保護頭層坦水其自鎮海汛啓字號
起至戴家汛積字號止計長三千八百三十一丈五尺請將
頭層坦水趕緊修復先護塘根再將二層坦水修整兩
層相爲依輔塘根自必穩固又夾山汛鉅字號起至處字
號止計長一千九百丈內有坦水亦有前明舊基原議全行
拋護塊石現在體察情形難保不無孳印應請分別改
建修復坦水較爲妥且該處尚可擇要估計請修現在查

詢实在情形　如此不敢不据实陳　奏奴才受恩深重未
效涓埃兹又蒙仰　簡畀塘工钜任惟有竭盡血誠
破除情面不敢略避嫌怨以冀稍酬　高厚於萬一奴才
愚昧之見是否有當伏祈　訓示遵行所有未盡事宜
容俟履勘明確咨商再行　奏聞

道光十四年九月二十二日盛京工部侍郎烏爾恭額浙江
巡撫富呢揚阿　奏爲遵　旨查明據實覆　奏事竊
臣等承准軍機大臣字寄道光十四年八月十六日奉　上
諭本日據嚴烺奏海塘首險要工先行攢辦一摺據稱現
在石工孤立潮汐可危前經奏明擇要鑲埽添建盤頭自
應赶緊妥辦乃時將兩月未據該管杭嘉湖道桂菖派員
興修着烏爾恭額富呢揚阿查明桂菖因何興修遲
延如係有心疲玩即着據實嚴參並即嚴飭總局司道
剋速派員分投攢辦其餘應辦各工亦着轉飭次第興舉
不准稍有觀望等因欽此遵即恭錄札行總局司道並

嚴飭該道據實稟覆去後茲據嘉湖道桂菖稟稱遵
查前奉飭知議奏動帑改築柴埽三千餘丈並添建盤
頭七座均事屬創始非舊章可比意謂必須奉到諭
旨准行始可委辦是以拘泥稍稽非敢心存觀望至官民捐
建盤頭共有六座俱在塘工險要之處除已建三座外尚有頗
牧臣令等號二座業於七月間催令赶緊完工其家給字
號一座現亦開工攢辦未敢停緩並因念汛儲漢等號石塘
間有坍卸斷裂情形危險又飭廳備先後搶築柴壩
俱已一律告竣尚無遲誤等情具稟前來臣等伏查前議
改築柴埽並添建盤頭各工曾經奏明飭令擇要赶辦

抄摺行知今據該道稟覆冉事屬創始候旨遵行
未經即時委辦衹將官民捐建盤頭擇要添建二座及
最險之盤溪等號搶築柴壩均於是時辦竣該道雖屬
拘泥尚非有心疲玩所有請修之柴埽盤頭自奉諭旨
允准後俱已委員備料陸續具报開工刻下水平潮緩正
可乘時興築臣等惟有會同前河臣嚴烺督飭總局司
道勒催各委員認真趕辦務遵原奏十二月十五日限期
完工其餘修復鱗塘現在陸續派員興修新建石工料
件已嚴飭杭湖紹三府趕緊採辦斷不敢稍任草率耽
延以冀仰副我聖主慎重海防至意

道光十四年九月二十六日江蘇巡撫林則徐　奏為遵
旨協辦浙江海塘條石並動用銀款緣由竊臣承准軍
機大臣字寄欽奉　上諭浙江塘工應用條石為數甚
多著林則徐採辦條石四萬丈務於來春全數解交浙江
工次應用等因欽此當經恭錄行司欽遵查照乾隆年間
蘇省協辦浙江海塘條石成案派令出產石料之蘇州
府屬太湖吳縣常州府屬無錫宜興荆溪等五廳縣分領
承辦一面將應行採運各事宜臚列條款咨詢浙省去
後旋准覆稱協濟條石四萬丈內應辦面石三千三百丈墻
石一萬三千丈裏石二萬四千七百丈均由江蘇就近鑿

委員運赴之施賀二壩交浙江委員接收所有石價鑿工
運脚俱照成按由蘇自行給領浙省先解銀五萬兩
交蘇州藩庫兑收應用其不敷之項亦照前按由蘇找發
自行報銷等因臣當飭藩司陳鑾查覆茲據詳稱浙省
所撥銀五萬兩現在尚未解到而蘇省業經開採亟須發
銀給辦且核計工料運費除浙省撥銀五萬兩外不敷尚
多應請在於蘇州藩庫正項道光十四年秋撥款內先撥
銀五萬兩以資支用俟事竣同浙省解到銀兩核實報
銷如有盈餘另行　奏請撥還歸款又查乾隆年間海
塘石料曾由浙江委員來蘇會辦此次准到浙省咨覆

因值興舉大工勢難多派委員駐蘇督採等因但江
蘇各廳縣辦石既多即難保無丈尺參差石質高下
若不就開採之地逐一驗明任聽承辦各員經行運至工
次事關隔省一經駁回更換往返需時不特運費靡費轉
恐要工停待現在商明俟蘇省採有成數咨會浙省飭
委妥員來蘇量驗不如式者就地立即駁換如果合式
即於石上蓋用浙省委員驗明戳記並標明尺寸再令
起運赴壩其在壩收石之員除查無委員驗明戳記及量
有驗戳而途中別經磕碰折斷殘損不準扭交外其餘驗
明合符者收石之員亦不得故意刁難勒令守候致啟

需索而誤工需再查蘇省產石處縣惟太湖吳縣石質尚堅堪以充選而石墻之用其荆溪宜興無錫多係黄石質地鬆脆溯查乾隆四十六年附欽奉 諭旨無錫宜興荆溪三邑之山質雖鬆脆堪作裏石之用等因欽此々次該三縣之石自應照按採作裏石仍飭加意選擇務合工用合併聲明等情請 奏前來臣復核無異飭各屬妥速採辦務令依限足額以濟要工不任稍有遲誤

道光十四年十月初五日盛京工部侍郎烏爾恭額前任河東
河道總督嚴烺浙江巡撫富呢揚阿恭摺會　奏事竊照浙省海
塘工程前經臣嚴烺臣富呢揚阿會同刑部侍郎臣趙
盛全籌議興修並於條奏支發錢糧設立總局核實給
發工費款內聲明如有例外支銷銀款須於領項內核扣歸
由總局司道具稟據實奏明不得絲毫浮扣等情奏蒙
允准在案茲臣等查得乾隆年間辦工章程凡在局在工
各員以及總局書吏皆給薪水及飯食紙張銀兩均在平餘
項下開支現在興辦大工設立總局所有在局稽核文案銷算
錢糧及在工分段監催驗收料物之員為數不少且有奏調南

河官弁兵丁來工率同力作其一切薪水盤費口糧並局
書飯食紙張需費浩繁例無開銷俱應酌量支給以資辦
工查乾隆二年間前督臣奏明辦料銀內每兩扣留平餘銀
五分以一分二釐解交工部充公餘銀留外預備公用迨嘉慶十
一年間户部行知以各項工程每銀百兩扣平二兩尔時外用
無多即於前項通扣平餘銀內劃出二分報部其餘一分八
釐留為柴壩等項外銷用度此次興舉大工應給各項公費
核與乾隆年間同一繁多若將續奉户部行知應扣二平
餘二分仍於原定五分內劃出報解支用實有不敷自應各
扣各款以濟公用應請於工員所領工料銀內每兩另扣平餘

銀二分造報户部此外循照向例通扣五分仍以料銀内所
扣一分二厘解歸工部充公其餘銀兩統作前項在局在
工例外支銷之用如此分別扣解庶辦公不致竭蹷而於工
負並無妨礙據總局司道會詳請　奏前來謹將外銷銀款
仍照向例核扣濟公緣由合恭詞恭摺奏　聞再此項外銷
銀兩向不報部此次仍照舊章請免造册報銷合併陳
明

道光十四年十月二十四日内閣奉　上諭烏爾恭額等
奏塘工外銷銀款請照例核扣一摺浙江海塘現在興辦
大工設立總局所有在局在工各員并官弁兵丁一切薪
水盤費口糧及局書紙張飯食需費浩繁俱應酌量
支給據烏爾恭額等奏查明乾隆二年間經前督臣
奏准辦料銀兩每兩扣留平餘銀五分以一分二厘解交
工部充公餘銀留外預備公用追嘉慶十一年間户部
行知以每各項工程每銀百兩扣平二兩爾時外用無
多即于前項通扣平餘銀内劃出二分報部其餘一分
八厘留爲柴埧等項外銷用度此次興舉鉅工應給

各項公費核與乾隆年間同一繁多若將續奉户部
行知應扣之平餘六分仍于原定五分內劃出報解支用
實有不敷自應各扣各款以濟公用着照所請准于工員
所領工料銀內每兩另扣平餘銀六分造報户部此外循
照向例通扣五分仍于料銀內所扣一分二厘解歸工部充
公其餘銀兩作項前在局在工例外支銷之用此項外銷
銀兩向不報部此次仍照舊章着免其造冊報銷該
部知道

道光十四年十一月初八日浙江巡撫富呢揚阿謹　奏爲
恭報十月份海塘沙水情形並請修築東塘石工竊照
仁和海寧二州縣海塘沙水情形向係按月繪圖具
奏茲據布政使程裔采杭嘉湖道桂菖會同禀稱時屆孟
冬潮勢漸緩查勘得東塘尖山護灘併西塘范公塘二處沙
塗及南岸各沙水丈尺均與上月奏報時相同惟查本年
會　奏請修各工內除節次奏修石工之外尚有未修石
塘計自戴家汛攝字號起至尖山汛慮字號止間共搶緩
修及魚鱗石塘共長四百七十三丈三寸節被潮汐沖激拗
拜殘裂皺突坍卸情形均極險要亟應乘時一律全換新

橋照例復建魚鱗石塘以資鞏固共約需例加工料銀十一
萬二千二百十三兩零內除多本二號工長二十六丈係已故前
任東防同知楊棟奏革併錢兆亨承辦加高二四層仍
等尚在保固限內應行着落賠繳外實需例加工料銀十一
萬一千五百五十二兩零請在於協撥塘工暨道光十五六兩年
歲額款內分別動給惟年額尚未屆期工關緊要未便緩待
應請遵照前奉 諭旨先借振撥之款興修在於藩庫
振撥項下動支銀十萬四百兩以濟要工仍俟運庫陸續解
還歸款等情請 奏前來臣覆核無異除飭該道督率
辦工各員勒限上緊趕辦務期工堅料實妥速完竣以資抵

禦不使稍有草率偷減外合將十月分海塘沙水情形
並請修築東塘石工緣由恭摺具　奏並繕清單繪圖
貼說敬呈　御覽
再臣烏爾恭額臣嚴烺臣富呢揚阿查東防一帶石塘綿
亘數十里歷年久遠日受潮沖情形危險將就傾圮各工現
已間段請修以資聯絡其餘各塘雖非極險查看塘身亦每
有裂縫毛洞及揭去面石抽出底石之處而又底樁顯露以致
附土土堰率多低陷若不一併修補完整加填平實誠恐
潮汐浸灌雨水停積必致情形增重需費益多當飭杭
嘉湖道桂菖督同廳備逐細履勘計有裂縫毛洞共五

六十丈揭去面石抽出底石數層不等及有游拜礙低情形共九十二丈亟須分別添石抿灰加高理砌附土土堰低陷共一千八百八十餘丈一律培高填平核實估計約共需銀一萬三千四百兩零臣等正在籌議奏辦間適臣敬徵臣吳椿奉命來浙於會勘工段時查亦以為均係實應辦理之工與臣等意見相同相應請旨俯准在於協撥塘工節省銀兩內如數動用以便妥員赶緊修填實於要工有裨所有臣等核議添修緣由理合附片會奏再此項工程零星其高寬丈尺及應用夫工料件細數請俟報銷時再行逐款開報合併陳明

道光十四年十一月初八日兵部尚書宗室敬徵都察院
左都御史吳椿盛京工部侍郎烏爾恭額前任河
東河道總督嚴烺浙江巡撫富呢揚阿謹奏爲遵
旨會勘海塘情形酌擬工程事宜恭摺覆奏道光
十四年九月二十三日奉　旨着派敬徵吳椿前往浙江
查辦事件所有隨帶司員着一併馳驛欽此同日臣
敬徵承准軍機大臣字寄奉　上諭前據趙盛奎等
奏籌議保護海塘工程并將辦工事宜條議章程開單
繪圖貼說一併呈覽朕因此項工程關係甚鉅當降旨允
准特派烏爾恭額嚴烺會同富呢揚阿斟酌妥辦

茲據烏尔恭額單銜具奏現在查詢海塘應修各工
实在情形内以此次改築柴埽竹簍塊石等工較之修
復垻水多用銀至四十八萬餘兩又係更改舊制向嚴烺等
詳詢是否相宜保護能否經久再四熟籌連日會同商酌
嚴烺富呢揚阿初皆以為实有把握可資得力嗣因工關
緊要富呢揚阿以為遵旨妥辦仍應逐細講求嚴烺仍
照前議是烏尔恭額在工與嚴烺意見既有不合均係特派
辦工之員確有所見自不能不據实直陳本日朕特派敬徵吴
椿前往會同烏尔恭額嚴烺富呢揚阿將此項工程詳加履
勘應如何辦理妥善為一勞永逸之計務各廣諮博採悉心

講求於要工有濟如意見相同即聯銜具奏倘有意見不
同之處不妨將情形緊要有無裨益各自據實直陳總期
於工程實有裨益折衷一是敬徵等俱朕信任有素務須從
長計議不避嫌怨以期妥定章程及時趕辦斷不可依違
遷就致誤要工所有趙盛奎等原摺與烏爾恭額奏摺着
鈔給敬徵帶往與吳椿一同閱看將此各諭令知之欽此
欽遵臣敬徵於跪聆聖訓後帶同戶部郎中張晉熙
工部郎中硃衡於十月二十八日馳抵海寧工次臣吳椿在
蘇州途次接奉諭旨即回杭城亦於二十八日前赴海寧
臣敬徵即將欽奉訓諭及原奏二件給臣吳椿恭

閱適臣烏爾恭額臣嚴烺臣富呢揚阿亦在工次隨連日同往念里亭及尖山等汛會看潮勢查看新築柴埽等工及東塘形勢於十一月初一日由鎮海塔迤西復查至原議添設竹簍塊石工所臣敬徵將欽奉　諭旨與臣烏爾恭額臣嚴烺臣富呢揚阿恭閱臣等當即欽遵詳加履勘公同丈量水勢適值潮落頭層條石坦水全露二層坦水樁木內間有積水自四五寸至一尺餘寸不等其坦水未動段落塘工尚屬整齊坦水沖缺之處塘樁即有顯露情形輕重不等於會勘之際即公同詳求悉心默記挨挨章家庵一帶西塘形勢直抵杭城臣敬徵臣吳椿

伏思此次修理塘工　皇上不惜數百萬帑金為七郡民生
保障　特簡臣趙盛奎臣嚴烺會同撫臣富呢揚阿逐
細查勘擬定做法原期工歸實濟　帑不虛糜嗣復
命臣烏爾恭額會同修理詳慎斟酌將竹簍坦水二項
意見不同　命臣等會勘折衷一是臣敬徵等受　恩深重
曷敢不敬慎將事悉心講求廣諮博採以期有裨要工查江
海潮原無定向近年自翁家埠迤東由老鹽倉及海
寧城東風潮勢北趨搜刷塘根至念里亭一帶更為吃重
前議由鎮海塔汛甲字號起至念里亭汛石字號止於石
塘外改築柴工三千四百四十餘丈係因夏季潮勢較大坦水修

復難成是以議鑲柴埽現在柴工已做至五六成尚須抵涸
惟該處南關頂沖塘身尤為緊要自應乘此柴工外護
時此内坍卸石塘即時修整完固現查奏修工段有業經
辦竣者有尚未開工者臣等已面告撫臣務須速飭工員趕
緊興修以資保障自鎮海汛啟字號起至戴家橋積字號
止原議改建竹簍塊石工程計長三千八百三十餘丈此段塘工實
為次險現查坍卸石塘俱已照式修補惟塘根間有顯露
是以建設竹簍查竹簍塊石原係前人成法照式修補溯查
雍正年間諸暨尖山海口全用竹簍初未合龍至乾隆四年
因日漸淤沙始得竣事又西塘柴埽工前處有增設竹簍

成案追至乾隆四十五年巡撫李質穎以章家庵柴塘間段潑損難以竹簍俱被沖失是年以後並無辦過成案查竹簍與石塘不相聯屬即使縱橫纍砌何能擁護塘根從前柴掃工前雖經安設藉以挑溜挂淤之屬未能經久石塘之外從無用過竹簍成而保護鱗塘之法自大學士嵇曾筠修辦條石坦水做成坡陀形勢兩層相爲依輔保護塘基較爲得力現在查據海防道廳營備稟覆坦水設自康熙年間迄今百有餘年屢經修復確有成效並據結稱積水一尺餘者尚可釘樁砌石臣敬徵臣吳椿復博採輿論体察情形若修復條石坦水較之改用竹簍塊石可有把握臣烏爾恭額

前於抵工時見潮退後坦水單露逐段摯損不齊詢據道
廳等俱稱念里亭一帶仍難施工其餘尚可修復是以奏
請修復條石坦水 今遵 旨會同履勘仍與前次情形相
同臣嚴烺復查坦水與竹簍均係海塘成法惟是工員認真
照估辦理不致草率偷減於石工足資保護成見斷不敢
存臣富呢揚阿原奏本係請修坦水嗣於六月間臣趙盛
奎臣嚴烺到工會勘因水深潮猛坦水驟難修復是以議
改竹簍辦理較為迅速現在察勘情形可以施工應請仍
修坦水臣敬徵等從長計議公同商酌意見相同謹將銜
具 奏請將原議改建竹簍塊石處所仍照舊制大人做

法修復條石坦水二層以護塘基惟當此水落潮平即須
乘時趕緊興工臣等未敢拘泥貽誤一面恭摺陳　奏一面
即由臣烏爾恭額臣嚴烺臣富呢揚阿委員購料分別緩
急先後趕日分段承修總限於明年四月內將頭層坦水
一律修整堅固其二層坦水原為保護頭層亦即接續趕
辦統限於明年九月內竣工臣烏爾恭額等仍不時稽查
如有偷減草率情弊立即嚴參懲辦惟是工段綿長
購運物料有需時日若各項工程同時並舉恐工員藉口
草率擬將烏龍廟以東原奏添建鱗塘八百七十餘丈限明
年七月竣工者暫為推緩俾得專辦坦水樁木條石以濟

最要工其海寧繞城二層坦水及原議繞城塘工加高一層五百三十餘丈請俟明年大汛時察看情形再行奏明辦理至請修坦水段落內舊存椿石逐段掣損不齊飭据杭嘉湖道桂茵詳細查核分別添換抵用臣等核實計算除限內坦工例應賠修不計外實應修條石坦水三千五百三十九丈零共需銀二十一萬三千九百餘兩較本年七月內臣趙盛奎等原議請辦竹簍塊石銀數計多用銀十八萬四千九百餘兩至臣烏爾恭額所奏稱改築柴埽竹簍塊石等工多用銀四十八萬餘兩係統計兩項比較全修坦水銀數是以需用較多今柴埽工段以該處潮

勢當沖急資保護　奏明後業經興辦限於今年内十二
月内完工合併陳明所有臣等會勘塘工酌議辦理緣
由謹會銜恭摺具　奏並繪畫貼説恭呈御覽
再查臣烏爾恭額原奏内稱尖山汛自鉅字號起至慮字
號止計長一千九百丈内有坦水亦有前明舊基原議全行
拋護塊石現在詳察情形難保不無掣卸應請分别改
建修復坦水較妥且該處尚可擇要估修等語臣敬徵
臣吳椿復勘該處情形自撥轉廟迤東原擬拋護塊石工
段係斜對塔山石堪潮不當沖現有條石塊石坦水不一若
加以修補整齊足資抵禦其撥轉廟迤西潮勢沖擊漸

猛且回溜搜刷塘根非塊石所能抵禦呂等公同酌議應請自尖山汛錕字號起至壽字號止又索字號起至黙字號西十二丈止計長一千二百七十二丈一律修建條石坦水二層又獻字號起至誰字號止並黙字號東八丈起至道字號西十三丈七尺止計長六百四十一丈八尺零仍將舊有塊石坦水照式修補以資保護并請於該汛適中之地擇要添建盤頭一座以挑溜勢庶坦水易於施工而於現築柴埽工程亦有裨益其盤頭工料銀兩仍飭按例核實估辦至前項坦水工程除舊料抵用外計需銀九萬八千二百二十餘兩較原議全拋塊石用銀九萬八千八百餘兩之數並無增多

臣等會勘商酌意見相同理合附片具 奏請 旨遵行

道光十四年十一月十九日奉　上諭本日已明降諭旨吳椿著留浙江會同烏爾恭額辦理海塘工程矣惟以欽派大員駐浙會辦大工所需夫船薪水費用較繁不可令伊自備尤不可累及地方著烏爾恭額即飭總局司道在于該省扣收平餘項下每月支給銀三百兩以資辦公嚴烺已有旨毋庸在工督辦或來京或留本籍聽其自便將此諭令知之

道光十四年十一月十九日奉　上諭敬徵等奏会勘海塘工
程酌議辦理一摺据稱此次修理塘工前議由念里亭甲字
號起至尖山汛石字號止于石塘外築柴工現在已鑲柴工尚
能抵溜惟塘身緊要未此柴工外護將此內埘郎石塘即
時修整完固著迅飭工員赶緊興修以資保障至鎮汛
啟字號起至戴家橋汛積字號止原議改建竹簍塊石
工程本係前人成法自乾隆四十五年以後迄無辦過成
按而保護鱗塘之法以修復條石坦水較為得力烏爾
恭額遵旨会同覆勘仍與前次情形相同嚴烺稱坦水
與竹簍均係海塘成法富呢揚阿請仍修坦水現据

敬徵等公同商酌意見相同所有原議改建竹簍塊
石處所着仍照舊制修復條石坦水二層以護塘基
限于明年四月內將頭層坦水修整堅固其二層坦水
接續趕辦統限于明年九月內竣工着烏爾恭額吳椿
不時稽查如有草率偷減情弊立即嚴參懲辦惟
各項工程未能同時並舉着將烏龍廟以東原奏添建
鱗塘限明年七月竣工者暫為推緩俾得專辦坦水樁
木條石以濟要工其海寧繞城三層坦水及原議繞城
塘工加高二層着俟明年大汛時察看情形再行奏明
辦理至請修坦水段落除賠修不計應條修石坦水三千

五百三十九丈零共需銀二十一萬三千九百餘兩着即照所議

辦理柴埽工段業經興辦着限於本年十二月内完工又另片奏

月尖山汛巨字號起至嘉字號止又索字號起至默字號西十二丈

止一律修建條石坦水二層又猷字號起至誰字號止並默字號東

八丈起至逍字號西十三丈七尺止舊有塊石坦水着照式修補以

資保護并着於該汛適中之地添建盤頭一座以挑溜勢其盤頭

工料銀兩着按例核實估辦至前項坦水工程除舊料抵用

外計需銀九萬八千二百餘兩較原議全拋塊石銀數並無增多

亦着照所議辦理又另片奏東防一帶石塘經烏尔恭額等

逐細履勘亟須分别情形核实修整共估需銀一萬三

千四百兩零准其于協撥塘工節省銀兩内如數動用
俾工員趕緊修填以裨要工該部知道

道光十四年十二月初九日都察院左都御史吳椿浙江巡
撫烏尔恭額　奏再東塘尖汛一帶坦水舊基前經臣等
會同　欽使敬徵附請分別修補並請於適中之地擇要
添建盤頭以挑溜勢其盤頭工料銀兩飭令按例核實估辦
奏奉　諭旨允准遵即飭道相度地基由局辦詳去後
茲據杭嘉湖道桂菖親詣該處查勘擇於庶錢字號內
添建大盤頭一座會同總局藩運兩司援按估需銀五千
九百四十三兩零請於協撥塘工經費節省銀內動支其應
建盤頭後身計長二十四丈即在請修坦水之內前估坦水
例如銀一千六百兩零應全扣除等情具詳前來臣等覆

查無異除批飭委員領辦外相應附片奏聞

閲三

计六拾弍張

收掌 [illegible]祥陶 余霖 九月十八日收

總纂沈 纂脩張 陶 章 金 閲

海塘第五冊

海塘七

道光三

關務編輯

海塘七　道光三

道光十五年正月十一日巡撫烏爾恭額謹　奏為遵　旨

查勘據實覆　奏竊臣承准軍機大臣字寄道光十四年

十二月初六日奉　上諭本日據富呢揚阿奏浙江仁和海

寧二州縣海塘汐水情形除節次奏修石工外尚有未修

石塘自戴家汛攝字號起至尖山汛慮字號止搶緩修及

魚鱗石塘共長四百七十三丈三寸節被潮汐沖激欹斜矬

裂臌突坍卸情形危險亟應乘時一律全換新椿照例

建復魚鱗石塘除肴落應行賠繳外實需例加工料銀

十一萬一千五百五十二兩零請遵照前奉諭旨先借報撥

之款興修在於藩庫報撥項下動支銀十萬四百兩等語

海塘沙水情形向係按月繪圖具奏如必須修築亦應分
別緩急覈實辦理方可工歸實用帑不虛糜著烏爾恭額
再行查勘体察情形據實具奏再降諭旨將此諭令知之
欽此臣查前項工程間段坐落戴鎮念尖四汛即前撫臣
富呢揚阿暨　欽使刑部侍郎趙盛奎等會同勘定
奏准應修之内茲奉　諭旨飭臣覆查如非至險至要之
工自當從緩辦理斷不敢稍事遷就臣遵即恭錄飭知
總局一面親赴該處逐細履勘查得戴汛攝字號起至存
字號止計搶修工共長十六丈五尺内有六尺業已坍卸餘
俱拗拜又鎮汛姑字號起至典字號止計搶修以及鱗工

共長一百三十八丈四尺九寸内有八丈九寸亦已坍卸餘或雉裂

臌突勢不能支又念汛鍾字號起至昆字號止計緩修以及

鱗工共長二百五十三丈五尺四寸尖汛柰字號起至慮字號止

計鱗工共長六十四丈五尺其間或拗突雉遊或散裂外拜陷

岌岌不可終日以上各工統共四百七十三丈零三寸体察情形

俱極危險實難緩待亟應乘時一律全換新橋照例建復

魚鱗石塘以衛田廬而禦潮汐現在 欽使都察院左都

御史吳椿不時赴工查勘與臣面加商確意見相同並据

總局司道會詳請修前來相應仰懇 皇上天恩俯念

工關緊要 允准如數修復藉資捍固其所需例加工

料銀十一萬一千五百五十二兩零請在於協撥塘工暨道光
十五六兩年歲額款內分別動給惟年額尚未届期工難
停緩並請遵照臣趙盛奎等原奏請修按年奉到 諭
旨准先借支在於藩庫報撥項下借動銀十萬四百兩以
濟要工仍俟運庫陸續解到年額即行歸款今將查
勘緣由據實覆 奏

再查前撫臣富呢揚阿於道光十三四年間三次奏請擇
要興修搶緩修工及魚鱗石塘共長一千七百五十餘丈
約共需銀四十三萬九千四百餘兩 欽奉 諭旨允准
嗣經 欽使刑部侍郎趙盛奎等赴浙會勘皆係

應辦之工奏請照辦。再前准工部以各省工程先由該督撫將
應修情形專摺奏報，復將各工長寬高厚丈尺及工料銀數
開單一一奏明，行令浙省嗣後遇有修築塘工，應于具奏摺
內將丈尺銀數分晰聲明等因。又經前撫臣富呢揚阿先
後開具各工丈尺銀數清單，彙入沙水情形單內，八次奏修
共計石塘一千七百二十六丈九尺零，並加高塘石五十六丈，盤
頭一箇，共用銀四十三萬六千一百三十六兩零，內有第八次奏辦
攤字等號塘工，現奉諭旨飭臣覆查，業經臣勘明工甚
危險，于臣摺內仍請修復，核計前撫臣富呢揚阿三次請
修石塘及所請銀兩總數，僅止石塘二十四丈零未修，銀七

千二百六十四兩零未用臣節次赴工查勘其戴汛篤初兩號內計石塘二丈八尺已經拼砌又映字號搶修工十四丈五尺塘身游裂將就傾圮此十七丈三尺現據總局司道會詳請修必須飭令委員赶緊修建約需銀五千三百二十兩零統計尚剩銀一千九百六十二兩零此外未修塘七丈零工雖年久尚可支持此等次險之工所在多有自當權其先後緩急次第辦理應仍嚴飭該管廳備不時保護暫行緩修如遇大汛後變為極險必須修築臣當親往勘明再行定辦臣與　欽使都察院左都御史吳椿面商意見亦相同理合附片奏　聞伏乞　聖鑒謹　奏

道光十五年正月二十八日奉　上諭烏爾恭額奏查勘塘工據實覆
奏一摺前據富呢揚阿奏浙江仁和海寧二州縣海塘情形險要亟
應借款興修當交烏爾恭額查勘覆奏茲據奏稱自戴勘汛
攝字號起至存字號止計搶緩修工共長十六丈五尺內有六丈業
已坍卸餘俱拘拜又鎮汛姑字號起至典字號止計搶修以及
鱗工共長一百二十八丈四尺九寸坍卸餘或矬裂膨突又念汛鍾字號
起至昆字號止及緩修以及鱗工共長二百五十三丈五尺四寸尖汛奉
字號起至處字號止計鱗工共長六十四丈五尺其間或拘突矬游或
鼓裂外拜統計各工共長四百七十三丈零情形俱極危險自
應一律全換新椿建復魚鱗石塘估需例加工料銀十一萬一千

五百五十二兩零着准其在於協撥塘工暨道光十五六兩年歲
額款内動給惟年額尚未到期着先在藩庫報撥項下借動銀
十萬四百兩仍俟運庫解到年額即行歸款工竣親往驗收
仍造冊報部覈銷該部知道

道光十五年正月二十八日都察院左都御史吴椿浙江巡
撫烏尔恭額恭摺會　奏為海塘柴埽及添建盤頭辦
理完竣親往驗收恭摺具　奏竊照海寧塘工惟念里亭汛
為最險段自甲字號起至石字號止改築柴埽三千四百四十四
丈添建盤頭七座先經　欽差趙盛奎嚴烺會同前撫臣
富呢揚阿　奏准辦理即派委杭州府西防同知于尚齡
等十四員分段承辦嗣臣烏尔恭額續奉　諭旨來浙因竹
簍恐難經久　奏請仍修坦水入蒙　欽派敬徵臣吴椿詳
加覆勘亦照修復坦水之議其念里亭等汛修築柴埽
盤頭仍照前奏辦理臣等常往督查各工員釘樁壓埽填

土均尚認真惟各段内面寬尺寸間有短缺鎮汛尚少念汛較多且柴埽盤頭并塊石擁護根脚查看水底尚未盡數拋擲恐該員等有偷減情弊當經嚴行飭查旋據該司道查明洋瀆東塘水深數尺至丈餘不等搶築時於海内憑空落底用竹纜𦁄絡埽籠飄浮水面人立其上用竿向後支撐一面赶用柴薪積壓俟落實至底高出水頭即扦釘底樁以禦晚潮倘木釘樁以前重土未填一經浪擊埽身即致内移潮汐往来時甚倉猝落實之後勢難再行移動非比陸地工程得以舒徐丈量尚可隨時添改前項埽工原估鑲柴底寬三丈面寬二丈後填尾土底寬四尺一寸面寬二丈統計面寬四

丈底寬二丈四尺一寸丹魚鱗石塘十八層向例底脚收分五尺九
寸故原估底寬照數扣除今查該處工段皆係寬底面窄並
有埽底柴夾擁進以致面寬不敷該工自底至面計高二丈五
尺柴工間鑲不下五六十層逐層墊版敲撲自不能上下一律齊平
況小汛落底後趕緊鑲築尚未及半大汛已臨新築之工柴
土未堅猝被潮頭排擁損動甚至旋築旋衝工員屢受賠
鑲之累鎮汛潮勢稍平短缺較少念汛地當頂衝來險搶築
艱難措手短缺較甚查尺寸稍缺處所僅係向後推移侵佔後
土地步而迎溜過窄之處並將柴頭撳播實係限於地勢並
非該員等有心偷減第究與原估不符自應各按所短尺

寸分别扣除柴土例加銀兩以昭核实至埽工盤頭用塊石
擁護根脚緣塊石必須用船裝運該員等先將各工需
用毛草柴薪椿木僱用海船運工赶緊修築以副嚴限
是以塊石運工較少現在埽工雖竣而新舊石塘俱已
開工均須赶運料物其裝運船隻本屬無多而要工同时
並舉更難迅速轉運溯查乾隆年間節次修辦海塘遠
者六七年近亦三四年方能蕆事彼時專辦石塘並無他
工限期寬裕物料夫工價平易辦今則大工林立期限緊
迫較之乾隆年間情形迥不相同應請自驗收之日起勒限三
箇月飭各員將塊石轆轤赶運拋護齊全不得稍有遲滯

短绌核計限滿係四月中旬尚在伏汛以前於工無礙等情
會詳請　奏前来臣等會同親往驗收各工尚屬穩固其
尺寸短缺之處洵如該司道等所禀实由地勢使然第與
原估未符不能因該工員尚非意存偷减稍任含混應如
所請將来各按所短尺寸分別扣除柴土例加銀兩以杜浮
冒現飭該司道嚴催各工員赶運塊石隨到隨拋勒限二
箇月照數拋全并責成催工道府驗明方數將所拋塊石
方數字號按旬摺報以憑稽核再查原估埽工一丈應拋塊
石二十七方二分臣等眼同拋護查看情形塊石專為擁
護埽根全在底層結实俾無向外游拜之虞若拋至二

十二方二分高可一丈七尺上層潑水之石總屬虛懸易于沖
失於工無益徒事虛糜臣等公同商酌每工一丈拋護塊石
二十五方二分足資捍禦計節省銀一萬五千四百二十九兩
有零惟前准部咨嗣後修築塘工應於具奏情形摺
內將段落字號及長寬高厚丈尺估計銀數分晰聲明
等因今次此埽工盤頭塊石尚須展限拋護每丈又須核
減六方所辦柴埽面寬尺寸短缺盤頭兩边俱有埽工
坦水塊石亦須酌減應將原估銀數核實扣除請俟塊石
展限屆滿時于　題估按內開具丈尺銀數清單咨部
核銷合併陳明所有埽工盤頭現已辦竣緣由謹合詞

恭摺具　奏

[illegible]

道光十五年五月二十二日都察院左都御史吳椿浙江巡
撫烏尔恭額恭摺會　奏為查明塘工條石實不敷用請
將范公塘工程仍改條塊石塘以節經費而速工作竊照
東西兩塘因上年潮汐洶湧勢甚危險先後奏請修建
塘坦各工荷蒙　恩准內有西塘烏龍廟以東范公塘一
帶坦工前撫臣富呢揚阿以地近省垣潮水直逼塘根深為
可虞請自鳴字號起迤西至能字號止計長八百七十八
丈於埽工內另建條塊石塘以為後靠計約需銀十五萬
六千兩經　欽差臣趙盛奎臣嚴烺會同履勘以該工係
捍衛省城塊石究難經久迤東本係條石鱗塘請一律改

築魚鱗石塘以昭慎重約計需銀二十七萬七千餘兩勒限於本年七月完內工並因浙省所採條石不能敷用援照乾隆年間成案請由江蘇省採辦四萬丈協濟工需嗣經臣等會同　欽差敬徵於簍石奏改坦水按內聲明坦水工程綿長購料需時請將前項鱗塘暫為推緩俾得專辦坦水木石濟以要工在按伏查辦工之遲速視石料之盈絀為迅緩石料之盈絀又以工程之多寡為權衡統計除築鱗塘及韓家池條塊石塘並范公塘鱗塘各工共應用條石十八萬餘丈茲復將前議積字等號竹簍塊石等工仍改坦水又增多條石八萬餘丈除江蘇省協濟四萬

丈外浙省实應採辦條石二十二萬餘丈而條石之料須長、
四五尺六面見方者乃為合式非隨處皆有之塊石可比杭
州湖州府屬各山可採條石者無幾祇能開鑿四萬丈其餘、
十八萬餘丈均須取給於紹興府屬之羊大遠門等山呂等
以工難停待料須應手叠飭地方官上緊趕辦並令委各
員駐宕駐塡催令多集工匠開採源源接濟現將積字等
號頭坦趕緊修復之坦亦陸續興辦其應修鱗塘及條塊
石塘除范公塘一段暫緩外餘俱飭令次第修築惟查石
匠係屬專門苟非素習無能為役長下開石宕户止有六
十餘家此外無可僱覓以紹屬一隅之山待取十餘萬丈之

石物產本有不敷以數十家之匠責以尅期應用十餘萬
丈之石人力更有不及現在塘坦應用條石刻不能緩大匠
晝夜趲辦已形竭蹶若將范公塘一帶鱗塘接續建築
則此十萬丈條石斷難聯集各工負必致停工待料轉作無
時實有不能應手之處勢檢查海塘志載乾隆四十五年
外章家庵添字等號工段頂沖經前督臣富勒渾等
先後奏建條塊石塘五百丈以備捍禦該工與范公塘相近
兩處潮勢不相上下臣等於節次查工之便復勘添字等號
石工已歷五十餘年尚屬完整可見條塊石塘不在極險之
險之處亦能經久其范公塘一路潮來雖猛較最險之處汎必

須鱗塘抵禦共其勢已殺揆度情形若仿照成按於埽工內添建條塊石塘足資捍衛飭據總局司道詳請改建前來相應請 旨將前議范公塘埽工內自鳴字號起迤西至能字號止計長八百七十八丈請築鱗塘之處仍改為條塊石塘計可節省銀十二萬餘兩並可少用條石六萬六千餘丈如蒙 俞允現查該工自鳴字號東第三丈起迤西至常字號東第三丈止計長四百六十一丈埽外片沙無存工俱臨水難以再緩應請先行建築其自常字號東第四丈起迤西至能字號止計長四百十七丈埽內舊有月堤環拱尚環妨無礙仍請暫為推後以便趕辦石料運濟各工之用

如此分別籌辦庶經費可節工作可速而范公塘一帶工
亦畢固不致稍有疎失似於　帶項工程均有裨益謹將擬
請改建緣由繪圖貼說恭呈　御覽
再江蘇省協濟條石四萬丈臣等札詢撫臣林則徐得其
覆函據稱將次辦竣於五月內可以掃數運工請將范公
塘應用條石即於蘇石內如數劃留餘飭運東塘以濟
要工其節省銀十二萬兩並請仍存原款一俟通塘續有
必不可緩之工即於此內　奏請動用合併聲明謹　奏

道光十五年六月初八日奉　上諭吳椿等奏查明塘工條石實不敷用請將范公塘工仍改條塊石塘一摺浙江范公塘一帶埽工前經奏明一律改築鱗塘並援按由江蘇省採辦條石協濟工用茲據吳椿等查明現在塘坦應用條石不敷採辦斷難驟集若將鱗塘接續建築必致停工待料轉作無時因查勘淡字等號石塘已歷五十餘年尚屬完整擬仿照成按請將范公塘埽工建築鱗塘之處仍改爲條塊石塘以資捍衛計節省銀十二萬餘兩少用條石六萬六千餘丈著照所請所有該工自鳴字號東第三丈起迤西至常字號東

第三丈止計四百六十一丈工難再緩准其先行建築其自常字號東第四丈起至能字號止計長計長四百十七丈仍暫為推緩以便赶辦石料運濟各工之用俾经費可期節省工作亦免遲誤其江蘇省協濟條石四萬丈五月內既可掃數運工並着准其范公塘應用條石即于蘇石內如數劃留餘俱飭運東塘以濟要工其節省銀十二萬兩並着仍存原款一俟東塘續有必不可緩之工即于此內奏請動用該部知道

道光十五年六月十五日都察院左都御史吴椿浙江巡
烏尔恭額恭摺會　奏爲恭報東塘頭層坦水依限砌竣
竊照東塘自鎮海汛欲字號起至戴家橋汛積字號止原
議改建簍石工程前經臣等會同　欽差敬徵等履勘請於
以竹簍與石塘不相聯屬未能經久請仍照舊料修復坦水
除限内坦工例應貼修不計外實應修條石坦水三千五百三
十九丈零限本年四月内將頭層坦水修整二層坦水統限
九月内竣工奏奉　諭旨允准並令臣等不時稽查如有
草率偷減情弊立即嚴參懲辦遵經札飭總局司道派
委候補知府于鼎培等二十員分段趕辦並飭委道府各

員駐工周歷督催在拋伏查坦水二層各寬一丈二尺做成陀陂
形勢內外俱用木樁排釘下用塊石填高上用條石密砌頭
坦所以保護塘根二坦即以捍禦頭坦襟相依輔最為得力
然必須樁石結實始能鞏固臣等隨不時到工稽查一面嚴札
飭令所辦坦工樁須平直不許歪斜面石須五面光平不許
粗糙塊石須拋層實砌不許虛放去後旋據具據頭坦於四
月二十二五七八九等日先後修竣時臣等在工查驗坦面間有
高低不平合縫未緊之處復飭令工員立即拆起改做不准
稍有參差茲據總局司道詳報拆做各工已如式修竣其賠
修坦水亦隨同正工先將頭坦鋪砌完整開摺呈請驗收前

前來臣等又逐段查勘實已修築整齊一律堅固尚無草率
偷減情弊此番辦理坦水催工各員均屬認真辦工各員亦
俱踴躍從事現在接辦二坦樁木已釘一半並有釘齊舖石處所
除催令趕緊趲辦如限完工外合將頭坦砌竣緣由恭摺奏報
再東塘鎮念二汛甲字等號改築埽工三千四百四十四丈添建盤頭
七座前據各工員辦理完竣經臣等會同親往驗收均屬穩固
惟查埽外應拋塊石專為擁護坦根原估每丈拋石二十七方二
分高可一丈七尺上層浮水之石易於衝失公同商酌每工一丈
拋護塊石二十五方二分足資捍禦即飭令總局司道嚴催各
工員趕運塊石隨到隨拋勒限於本年四月中旬照數拋全併

責成催工道府驗明將所拋塊石方數字號按旬摺報以憑指核等情奏奉　硃批依議欽此欽遵在案臣等不時親臨查驗嚴札飭催旋據監工揀發知府伊克精額吳俊民等具報承辦各員均於限內一律拋竣並出具眼同拋擲塊石俱係足數並無短少虛捏各印結並據杭嘉湖道寶欽峻總催揀發道金洙各加印結由總局司道呈請驗收前來臣等復逐段查勘俱已照數拋足一律齊全合將東塘埽工盤頭外護塊石全行拋竣緣由謹附片奏　聞

道光十五年十月十二日都察院左都御史吴椿浙江巡撫烏爾恭額恭摺會奏爲恭報東塘尖山韓家池改建條塊石塘如限完竣竊照東塘尖山韓家池一帶舊設柴工前因潮入海門西旁南沙阻截回溜而東直沖幇塘勢難捍禦前撫臣富呢揚阿奏請自道字號東六丈二尺起至杷字號西十六丈止計長三百三十七丈零改建條塊石塘約估銀六萬兩復會同刑部侍郎臣趙盛奎前河臣嚴烺覆勘係屬應辦之工奏明勒限於本年七月底完竣欽奉諭旨允准飭據總局司道詳委上虞縣知縣師長治石門縣知縣齊雙進遂安縣知縣洪錫光分

段趕辦臣節次查工諭令督催各道府於工匠砌石時務須逐層查勘不得稍任偷減亦不准逾時延擱旋據該府詳報前項工程已據承辦各員於七月二十九日一律完竣並聲明該工起止實有三百四十二丈二尺二寸前次約略查丈少算四丈五尺應請更正等情臣等親赴該處勘得得新築條塊石塘自道字號東六丈二尺二寸起至杷字號止西十六丈止共計十八號一律如式整齊均屬工堅料實核其丈尺每號定例二十丈其中間十六號共計三百二十丈加以首尾道杷兩號合共二十二丈二尺二寸實有三百四十二丈二尺二寸並無短少委係前丈遺漏而核計工料共止銷銀五萬六

千九十九兩零尚屬撙節惟查塘後背土稍直復飭各員
將土脚格外幫寬層累而上鑲填結實作爲斜坡形勢
以資鞏固兹據一體加築申請查驗前來臣等復勘無
異謹將韓家池新建條塊石塘如限完竣緣由合詞恭摺
奏報

道光十五年十月十二日　都察院左都御史吳椿浙江巡
撫烏爾恭額恭摺會　奏為東塘尖汛石塘附土土堰上
錢閘段卑薄難以禦潮請分別加高培厚以資捍衛竊
照東塘尖汛一帶為錢塘大江入海下游地勢最窪石塘限
于地形較他汛為低其附土土堰亦因之下陷先經臣烏爾恭
額會同前河臣嚴烺前撫臣富呢揚阿彙入戴鎮念三汛
應修各工一律奏請培高填平欽奉　諭旨允准在案本
年自夏徂秋潮汐甚旺六月十四暨七月初二等日又值颶風
陡起挾潮猛湧凡尖汛低窪處所動輒漫塘而秋汛風潮尤
為猛烈即念汛較高之埽工閘亦漫起致有潑損臣等節次

赴工查勘目擊情形甚爲危險立飭原辦各工員將被潑處
所赶緊賠修完固惟夾汛逼近南沙年來伏秋潮大無不
漫溢其本低之石塘附土土堰以及土戧實不足以阻遏潮勢
塘後一帶俱屬田廬廬舍設有沖缺所關甚鉅察看情形
必須將土石各工再行加高培厚庶可有備無患當經飭局
確查估辦去後茲據總局司道轉據該廳備查得夾汛自
鉅字號起至庶字號止閒共工長八百十六丈塘後土戧業已
年久坍卸較多應一律加幫寬厚以後爲靠又塘面附土
內除鉅字等號一百六十九丈前已加幫毋須再築其餘
六百四十七丈前次未辦土俱低陷應一併加填高厚以免溜

灣又塘面土埝內有曠字號起至魚字號止間共工長五百二十丈先僅加築牮寬二尺九寸五分高六寸尚屬卑薄應再加幫牮寬四尺五寸五分加高五尺四寸其餘工長二百九十六丈前亦未辦　並應加幫牮寬七尺五寸築高六尺以遏潮流又鉅字等號石塘內有形勢較高毋庸再加其塘身較低時遭潮漫止間共計工二百十六丈一尺應加高一二層不等以資攔截統計以上各工附除前辦附土等項土方扣除不計外約共估需土方工料銀九千七百八十五兩零均請在于協撥塘工節省款內動支給辦等情詳請具　奏前來臣等復加查勘各工均關緊要失

今不修勢必情形增重需費更多亟應乘時趕辦免
致海潮漫溢沖潑堪虞合無仰懇 皇上天恩俯准動
款興築以便飭令各委員刻期辦竣俾工臻鞏固藉
資捍衛謹合詞恭摺具 奏
再此項工程零星其高寬丈尺及應用土方工料請俟估銷
時再行逐細開報合併陳明謹 奏
同日恭摺會 奏爲轉運江蘇省協辦條石所需運脚
銀兩應請動款支給竊臣等前因塘工條石不敷應用
請將前議范公塘埽工内應築鱗塘八百七十八丈仍改
條塊石塘先築四百六十一丈餘工排緩並聲明江蘇省協

濟條石四萬丈將范公塘應用之石如數劃留餘俱飭
運東塘以濟要工奏奉　諭旨允准併咨會江蘇撫臣
林則徐查照在案茲據總局司道查得范公塘需石一萬
七千六百四十二丈四尺七寸据仁和縣冊報應從施賀二堰起
斜由內河運至十六堡蔣家埠計水程二十五里抬運過
塘陸路一里復由十六堡裝載海船運至八堡工次起貯計
水程二十四里總共水陸程途五十里估計內河外海船運
水脚及扛抬人夫並楞木跳版損壞器具等項每丈計銀
三錢二分三釐六毫共需銀五千八百八十五兩五錢二分八釐
又撥歸東塘工用石二萬二千三百五十七丈五尺三寸据東

西兩防同知暨海寧州會同冊報應由海寧大東門起
剝抬運至鎮海塔裝載每船計陸路一里自鎮海塔運
至仝汛華岳廟一帶各工適中之地堆貯計水程十五里
總共水陸程途十六里估計抬運夫船脚價及楞木跳板
楨索器具等項每丈計銀一錢八分七厘六毫四絲共需
銀四千一百九十五兩一錢六分六厘九毫零均請在於協撥
塘工款內動支給辦等情詳請核 奏前來臣等伏查
乾隆年間西塘辦理鱗塘江蘇省協辦條石運至浙
江其浙省運費曾經開銷有案從前係由施翁二堰運
至十八堡西鹽倉工次計水程二十八里並無陸路每丈牽

部准銷運脚銀一錢八分八厘五毫此次仁和海寧二州
縣接運蘇石民間一切工價物料已較乾隆年間增昂而
所估運脚銀數核之前按較爲撙節並無浮溢相應
請　旨俯准在於協撥塘工款内如數動支給辦以期速
運而濟工用除將送到估册分咨户工二部查核外理合
恭摺會　奏

[illegible]

道光十五年十月三十日内閣奉　上諭吴椿等奏石塘附土土堰土戧分别加高培厚一摺浙江東塘尖汛一帶爲錢塘大江入海下游地勢窪下據吴椿等查明尖汛逼近南沙其本低之石塘附土土堰土戧均不足以阻遏潮勢請分别加高培厚以資捍衛着照所請所有此項工段共估需土方工料銀九千七百八十五兩准其在于協撥塘工節省款内動支給辦吴椿等即督飭委員等尅期赶辦工竣核實驗收如有草率偷減即據實嚴參該部知道

道光十五年十月三十日内閣奉　上諭　吴椿等奏請動
款支給條石運脚銀兩一摺浙江仁和海寧二州縣接運
江蘇省協濟海塘條石應需脚價等項范公塘需用
銀五千八百八十五兩零東塘需用銀四千一百九十五兩零据
椿等查核銀數並無浮溢准其在于協撥塘工款内如數
動支給辦該部知道

[illegible]

道光十五年十月二十八日都察院左都御史吳椿浙江巡撫烏尔恭額恭摺會　奏爲勘明新建塘根須護坦水應請一律添築以資經久竊照東塘尖汎韓家池道字迤東等號柴埽前請改建條塊石塘業經臣等督飭各委員趕辦完竣恭摺　奏報在案該處逼近尖山潮太入海門西爲巨沙阻遏即回溜東趨勢如排山倒峽直撲塘身極爲危險仰蒙　皇上不惜巨萬帑金准將舊有柴工一律改築石工與迤西石塘聯接脉絡較前實爲穩固塘後居民無不歡欣感頌惟以一綫堤防抗捍巨濤全賴外衛結實始能屹立不動故西塘則護以柴埽東塘

則護以坦水脣齒相依不能偏廢此其明證況條塊石塘
更非鱗塘可比若塘根聽其孤露頓受潮汐搜刷勢必內
土日灣底樁日顯塘身雖堅冉冉日壞而道字號迤西一
帶塘下舊有條塊石坦水又經臣等會同前任兵部尚書
宗室臣敦徵等奏准照式修補其地兩相毘連若留此迤
東一段任其空缺則潮來匯聚沖刷愈力塘身尤易敗壞
察看情形必須添築坦水藉以保護乃可一勞永逸當經
飭司確查妥議去後茲據總司道查得韓家池新建條
塊石塘自道字號東六丈二尺二寸起至把字號西十六丈止共
長三百四十二丈二尺二寸工俱臨水日受回潮沖激苟非坦水護

根勢難經久即擇節辦理亦應仿照逾西程式接築塊
石坦水一層與之聯成一片工庶有濟內除條字號塘外有
舊建石盤頭一座底脚尚堅可以整理扣除四丈八尺不計外
應請于新築條塊石塘下共築塊石坦水三百三十七丈四尺
二寸計寬一丈六尺用塊石砌高六尺外釘排樁兩路繫之
攔住用以禦潮約估需銀一萬四千六百九十一兩零等情詳
請核　奏前來臣等節次覆查察看潮勢實為必不可
少必不可緩之工相應請　旨准於協撥塘工節省銀內動
給委員作速如式添築俾新塘益資鞏固得保無虞謹
合詞恭摺具　奏

同日恭摺會　奏為察看海寧繞城石塘經歷大汛尚
未潑溢前請加高及二層坦水各應分別停止推緩以重
經費而歸節省竊照海寧州繞城石塘五百三十餘丈原
砌條石十八層前因海潮潑漫塘面該塘近在臨城殊為
可虞經刑部侍郎臣趙盛奎前河臣嚴烺查明前撫
臣富呢揚阿未經估及修辦當經會商　奏請一律加
高縱橫條石兩層以為保障估需銀九千一百餘兩嗣經前
任兵部尚書宗室臣敬徵會同臣等復勘因修戴鎮二
汛頭坦二坦各工緊要請將前工及繞城三層坦水俟本年
大汛時察看情形再行　奏明辦理欽奉　諭旨允准

在按臣等於今年伏秋旺汛時節次前赴各汛查工均由
海寧繞城經過觀看該處潮勢雖屬洶湧尚未潑溢工
亦穩固緣海寧地居尖汛上游塘基較高其塘東又新建
盤頭挑溜頗能得力是以本年潮勢較之上年稍殺察看情
形該塘足資抵禦毋須再行加高至該處三層坦水原爲捍
禦兩坦而設現在頭二兩坦一律修築工堅料實甚爲鞏固
堪以護塘此時三坦亦可緩辦據總局司道具詳前來相
應請　旨將前議加高海寧州繞城塘工停止並請將三
層坦水暫行推緩以重經費而歸節省謹合詞恭摺具　奏

道光十五年十一月十一日内閣奉　上諭吴椿等奏請
將新建塘工添護坦水一摺浙江東塘尖汛韓家池道
字迤東等號柴埽前經改建條塊石塘據吴椿等查
明該地逼近尖山海潮滙沖塘身易壞自應照迤西一
帶程式接築塊石坦水以資保護着照所請所有韓家
池新建石塘自道字號東六丈二尺二寸起至杷字號西十
六丈止實計共長三百三十七丈零准其一律添築塊石
坦水共估需工料銀一萬四千六百九十一兩零着准其在
于協撥塘工節省銀内動給吴椿等即飭委員作速
如式添築毋許草率偷減俾新塘益資鞏固工竣報

部核銷該部知道

道光十五年十一月一日内閣奉　上諭吳椿等奏請將海寧石塘各工分別停緩一摺海寧州繞城及三層坦水各工據吳椿等查明本年伏秋旺汛該處潮勢雖屬洶湧塘工足資抵禦毋須再行加高繞城三層坦水原爲捍衛兩坦而設現在頭坦二坦均已修築鞏固堪以護塘三坦亦可緩辦着照所請所有前議加高海寧繞城塘工着即行停止並着將三層坦水暫行推緩以重經費而歸節省該部知道

道光十五年十二月二十九日都察院左都御史吴椿浙江巡撫烏
爾恭額恭摺會　奏為勘明念鎮两汛新築埽内石塘間段沉陷敧
裂亟應動項修築以資後靠而免貽患仰竊照東塘念鎮两汛為東
南两潮頂沖極險之地曾於上年十二月間改建埽工三千四百四十四丈与石工
緊相比輔塘園藉埽為捍衛捍尤藉塘為依倚勢如唇齒不能
偏廢臣等節次赴塘查工自春徂秋見念汎溪植公趙盟軍紫塞
暨鎮汛右達集典弃等號埽内石塘間段矬低入冬以後天晴土燥其
土石交接之處或致敧裂未能合縫塘已沉陷三四尺不等情形更
為增重細加查察石工全憑底樁擎托樁如屹立塘自堅固倘樁已
朽腐或扦釘不直日久月長其塘身未有不陷且裂者檢查植盟

軍塞等號內間有固限未滿之工其餘均係乾隆四五六七及四十八五
十三等年建築從未修過歷年久遠樁已朽腐無存其塘
石焉得不入土沉陷脫灰散裂伏思埽無結實後靠即成孤立之
勢將來伏秋大汛竟任孤立之埽以禦頂沖之潮其危險已岌岌不可
終日設埽被潑卸而此等沉陷散裂之塘一擊即通頃時措手不
及潮由內灌其貽患更有不可勝言者臣等再三商確事
當防於未然乘此水落潮平易於施工之時亟應將埽內陷裂舊
工一律拆起修復鱗塘庶可有備無患即經飭令總局司道確估
詳議去後茲據該局轉據聽備查得溪字等十三號間段共
塘一百二十三丈六尺內有限外工二十丈前於道光十三年間加高一

二層石等現因椿朽塘陷並非揭去面石應免賠徵又有限
内工二十一丈三尺係已故東防同知楊棟秀已故海防守備
顧振綱承辦楊棟秀名下應賠徵銀四千八百六兩三錢九
分七厘顧振綱名下應賠徵銀二千二百五十六兩五錢二
分五厘現在工難懸待若俟追徵再行興辦實屬緩不
濟急應請先行籌款建築一面在于該故員等家屬名下如
數追徵歸款此外工長七十二丈三尺久逾固限以上各工五
十一丈三尺約估共需銀二萬七千八百九十兩零應請在于
協撥塘工節省銀内動給趕辦等情詳請具　奏前來
臣等復赴工次逐段履勘实為至險至要必不可緩之工合

無仰懇 天恩俯准如數動款興修以便妥員乘時趕辦限于來年春汛前完竣以資埽工後靠而免通潮貽患其故員楊棣秀等應賠之項仍各分別咨行各原籍在於該家屬等名下照數着追完繳還款謹合詞恭摺具
奏
同日恭摺會 奏為范公塘前請排緩石工察看情形俱可停辦以歸節省竊臣等前以塘石不敷工難趕辦請將議築范公塘埽內辦塘八百七十八丈改為條塊石塘以節經費而速工作並請先辦四百六十一丈其餘四百十七丈埽內舊有月堤環拱尚無妨礙奏明暫為排緩欽奉 諭

旨允准在按現在應築條塊石塘臣等節次赴工督催各員趕緊興辦不日即可竣事此外排纜工段入冬而後察看埽外已有新沙漲起埽根得此擁護埽身自能結实且月堤既資後靠潮勢又較急汛頂沖之地迥不相同相度情形即埽後不築石工亦能抵禦相應請

旨將前項條塊石塘四百十七丈一併停辦以歸節省如將来潮勢变遷必須添築容臣烏爾恭額隨時查看再行奏請辦理謹合詞恭摺具

奏再前項停辦工需計可省銀七萬三千八百餘兩應請仍行存貯如遇塘續有必不可緩之工即於此內奏請動用合併陳明謹

奏

同日恭摺會　奏爲恭報東塘二層坦水依限砌竣覈照
東塘戴鎮二汛積字等號修復條石坦水三千五百三十九丈零
經臣等會同　欽差敬徵等覆勘奏明定限本年四月內將
頭層坦水修整二層坦水統限九月內竣工欽奉　諭旨允
准遵經飭局派委候補知府于鼎培等二十員分段興修先
將頭層坦水及賠修頭坦依限辦竣會摺奏　聞並飭將二
層坦水趕緊接築在案伏查二坦所以保護頭坦全在底石
填實面石砌平與頭坦緊相依輔作爲陂陀形勢而於接
縫處又彼此湊合不使稍有罅隙庶不致爲潮汐掀動得以
歷久鞏固臣等節次赴查勘覆經諭令承辦各員務須

須如式條修築並飭督催道府認真稽查旋據具報二層坦水于閏六月暨七月八月九月閒陸續完工其賠修之坦亦隨同正工一律完竣臣等先後赴工挨號查驗其間椿木或有不平面石或有離縫之處又指令工員重加釘砌不准稍有參差茲據總局司道詳報前項椿石均已釘平砌好呈請驗收前來臣等複逐段查勘實已一律整齊統工完固尚無草率偷減情弊仍飭各員留屬在工不時查勘如兩坦內偶或被潮沖動立即修補以免殘缺而期經久合將二坦工竣緣由恭摺　奏報

道光十五年十二月十三日内閣奉　上諭吴椿等奏勘明塘工險要請動項修築一摺浙江東塘念鎮兩汛于上年奏准改建埽工兹據吴椿等勘明新築埽内石塘間段沈陷散裂所有溪字等十三號間段共長一百二十三丈六尺分别限内限外及久逾固限各工亟應赶緊修築共估需銀二萬七千八百九十两零著准其在于協撥塘工節省銀内如數動給飭令各工員乘時赶辦勒限于來年春汛前完竣以資後靠而免貽患無任稍有草率偷減工竣核實驗收照例保固其限内工段已故東防同知楊棟承應賠繳銀四千八百六

兩零已故海防守備碩振綱應賠繳銀二千一百五十
六兩零着即行知各原籍在于各該故員等家屬名
下照數着追完繳還款此項銀兩斷不准其無着將
来該故員等家屬有無完繳着該撫奏明核實辦
理總期着落歸款以重帑項該部知道

道光十五年十二月十三日奉　上諭吳椿等奏請停
辦石工一摺浙江范公塘應築條塊石工現應竣事此
外推緩工段據吳椿等察看埽外已有新沙漲起埽
根得有擁護埽身自能結實堪資抵禦所有前請
築辦條塊石塘四百十七丈著即停辦以歸節省如將
來潮勢遷移應須添築著該撫隨時查看再行奏
請辦理所有節省銀七萬三千八百餘兩著妥為
存貯如遇塘績有必不可緩之工即于此內奏請動用
該部知道

道光十六年六月二十四日都察院左都御史吳椿浙江巡撫
烏爾恭額恭摺會奏爲恭報海塘大工全行完竣竊照浙
江濱臨大海全恃一線危塘捍禦潮汐爲下游七郡田廬
保障近因南沙中亘逼潮北趨險工疊出經前撫臣富呢揚
阿奏蒙　皇上軫念民艱節次　簡派大臣來浙會勘
凡有益于修防之工無不仰邀　恩旨允准興修計自道光
十四年八月開工以後派委幹員分首趕辦已將鎮念二汛
改築柴埽添建盤頭及韓家池接建條塊石塘並鎮戴二
汛修復條石坦水各工次第完竣經臣等先後驗收恭摺
奏報在按此外應修各工程復經臣等率同駐催各道府

督飭工員趕緊修築並不時赴塘查看如石工稍不如式即令拆趕重做土工未能加厚又飭格外培填層層椿夯無稍閒隙並查東塘庶幾字號盤頭一座已于十五年三月完工鉅字等號條石坦水一千二百四十餘丈猷字等號塊石坦水六百四十餘丈范公塘條塊石塘四百六十餘丈均于十二月完工韓家池添修塊石坦水三百三十餘丈亦於十六年正月完工鉅字等號加幫土堰土戧八百餘丈及培高附土土堰一千八百八十餘丈暨修補舊塘銀縫毛洞並加高理砌各工段截至十六年二月初四日止亦陸續報竣臣等迭次查驗俱係整齊堅固並無草率偷減情弊又應修土戧三千丈及靜

字等號鱗塘一千七百四十四丈零並續修溪字等號鱗塘一百二十三丈零自十三年十一月起至十四年八月止內有土戧及鱗塘四百六十九丈陸續完竣共業經前撫臣富呢揚阿赴工驗收臣等接辦要工當以捍潮全賴鱗塘最關緊要務在釘樁結實砌石平整乃能經久查防該道府于各工負底樁釘齊時先行驗樁方准砌石每砌一層驗看一次及至工竣報由臣等按丈履勘其中條石或未合縫立即指令重加改砌不准稍有參差所有前項鱗塘一千六百九十八丈零計自十四年九月起至十六年六月二十一日止又接續報竣均經臣等先後會同查驗實已屹如金城一律

筆圍統計以上驗收各工共長一萬七千餘丈核計動用銀數共有一百萬五十七萬一千八百餘兩此皆仰蒙 聖天子如天之仁欽登斯民于衽席不惜多費帑金為濱海羣黎遠籌樂利以故數十年來失修之工得以同時並舉迅速竣事 聖恩浩蕩遐迩蒙庥凡屬邑民同深感頌伏查此次興舉大工承辦各員皆知上廑 宵旰圖不激發天良踴躍從事自派委以後無分寒暑風雨親自督率工匠人等于水深浪猛之中竭力趕辦遇有危險之處大工畏難退縮即捐資懸賞示獎總期工程结实赴日蒇事其承催各員梭織巡查不遺餘力有功必按

有過必糾事事從實無稍容隱溯查乾隆年間辦工時
每次二三千丈至七八千丈不等計其完工日期自二三年至
五六年不等此次修工較多收工較早實由各該員辦
理妥速督催認真之故據總局司道會詳請　奏前
來臣等未敢沒其微勞可否仰懇　天恩擇其尤為
出力者酌量奏請鼓勵之處恭候　諭旨遵行除將修
竣各工由臣烏爾恭額分別另疏報並造冊咨部外合
將海塘大工全竣緣由恭摺具　奏
再此次奏撥工需共計銀一百九十一萬八千六百餘兩除動
用外約計尚餘剩銀七萬二千餘兩應請報部撥用又

節省銀二十七萬四千餘兩已歸善後另摺奏請留爲改
修坦水及發商生息預備修塘之用款繕清單恭呈
御覽至吕吴椿現在並無應行督辦之工請俟奉到諭
旨卽行趨叩闕廷復命供職合併陳明謹奏
謹將修築海塘奉撥動用及餘剩節省各銀數開具清
單恭呈御覽
協撥各銀款
一初奏請撥各省銀五十萬兩
一續奏請撥各省銀七十七萬五千兩
一奏撥藩運兩庫報撥銀十三萬兩

一奏撥道光十三四五六年歲修經費銀十八萬七千六百
四十餘兩
一奏撥借動藩庫鹽餉銀三十二萬六千兩
以上統共協撥銀一百九十一萬八千六百四十餘兩
協撥項下動用
一節次奏辦東塘静字等號石塘一千七百五十一丈六尺
三寸加高石塘五十六丈並修沛字號盤頭一座原請銀
四十三萬九千四百餘兩嗣核实估計內除七丈未修实
修一千七百四十四丈六尺三寸連加高石塘五十六丈共估需
銀四十三萬七千四百三十九兩零計餘剩銀一千九百餘

兩內有撥用蘇石六萬二千三百五十七丈五尺六寸按照
節省例價扣回石價銀二萬三千四百八十四兩零實動
用銀四十萬三千九百五十餘兩

一奏辦韓家池道字等號條塊石塘三百四十二丈二尺二寸原
奏請銀六萬兩嗣因核實估辦計餘剩銀三千九百餘
兩實動用銀五萬六千九十餘兩

一奏辦西塘范公塘條塊石塘四百六十一丈該工原奏請
辦鱗塘八百七十八丈請銀二十七萬七千餘兩嗣奏改條
塊石塘計節省銀十二萬五百餘兩又奏請停辦四百
十七丈計節省銀七萬三千八百餘兩共節省銀十九

萬四千三百餘兩計先辦四百六十八丈應需銀八萬二千
六百五十二兩零内又撥用蘇石一萬七千六百四十二丈四尺
七寸按照省浙例價扣回各價銀二萬六千五百九十五兩
零实用銀五萬六千五十餘兩

一奏辦疑字等號土戧三千丈計動用銀二萬七千兩

一奏辦甲字等號埽工三千四百四十四丈並塘外沈護塊石
及添建盤頭七座原奏請銀六十萬八千六百餘兩嗣奏
減塊石計節省銀一萬五千四百餘兩又刪減面寬丈尺
等項計餘剩銀六千二百餘兩实動用銀五十八萬六千
九百三十餘兩

一奏辦積字等號坦水三千五百三十九丈八尺該工原奏請辦竹簍請銀三十九萬八千八百餘兩嗣奏改坦水計節省銀十八萬四千九百餘兩実動用銀二十一萬三千九百餘兩

一奏辦東塘尖汛鉅字等號條石坦水一千二百四十八丈又猷字等號塊石坦水六百四十一丈七尺八寸該工原奏拋護塊石請銀九萬八千八百餘兩嗣奏辦條塊坦水計節省銀二千二百餘兩実動用銀九萬六千六百餘兩

一江蘇省協濟石料解交石價計動用銀五萬兩

一海寧仁和二州縣接運蘇石水脚計動用銀一萬八十

兩零
一海寧繞城加高石工原奏估銀九千一百餘兩嗣奏請
停緩計節省銀九千一百餘兩
以上統共實用協撥項下銀一百五十萬六百四十餘
兩
餘剩項下
一各工核實計餘剩銀一萬二千餘兩
一扣回蘇石例價銀六萬八十兩零
以上餘剩並扣回蘇石例價共銀七萬二千餘兩應
請報部撥用

節省項下動用

一續奏請辦東塘庶幾字號盤頭一座計動用銀五千九百四十三兩零

一續奏請辦東塘溪字等號石塘一百二十三丈六尺計動用銀二萬七千八百九十兩零

一續奏請辦韓家池塊石坦水三百三十七丈四尺二寸計動用銀一萬四千六百九十餘兩

一續奏請辦戴鎮念尖四汛加高裂縫石塘附土土堰等工計動用銀一萬三千四百兩零

一續奏請辦銘字等號加高石塘加幫土堰等工計動用

銀九千七百八十五兩零

以上統共動用節省項下銀七萬一千六百八十餘兩

实存節省項下銀二十七萬四千餘兩請以七萬四

千餘兩仍貯藩庫留備柴埽修復坦水之用其餘

二十萬兩請發交杭嘉湖三府屬殷实商人按月一分

生息以備修復鱗塘之用

道光十六年三月初十日内閣奉　上諭吳椿等奏海
塘大工全行完竣一摺浙江海塘捍禦潮汐為下游七
郡田廬保障前因南沙中亹逼潮北趨險工疊出經
富呢揚阿奏請興修朕先後簡派趙盛奎嚴烺烏
爾恭額敬徵吳椿等前往会勘並令吳椿留于該省
会同烏爾恭額督辦各工茲據吳椿等奏稱自道光
十四年八月開工至道光十六年二月工程完竣統計
修築各工一萬七千餘丈動用工料銀一百五十七萬二千
餘兩吳椿等親往驗收俱係整齊鞏固並無草率
偷減情弊數十年來未修之工得以同時竣事辦理

尚為迅速所有承辦督催各員着吴椿等擇其尤
為出力者酌量保奏候朕施恩毋許冒濫此項工需
共計撥銀一百九十一萬八千八百餘兩除動用外尚餘銀
七萬二千餘兩着報部撥用又節省存銀二十七萬四
千餘兩着准其留為改修坦水及發商生息預備
修塘之用該部知道

道光十六年三月十三日内閣奉　上諭吴椿等奏海塘
完工慶邀　神貺一摺此次興辦海塘大工地處頂沖
形俱險要開工以來南潮洶湧工段節節堪虞經吴
椿等率在工各員前赴近塘各廟誠求默禱東南風色
迭轉西北全塘藉得平穩此皆仰賴　神庥靈異屢昭
覽奏欣慰茲特親書匾額五方發交該撫等祇領卽
虔詣各處　廟中敬謹懸挂用酬　靈貺而肅觀
瞻

道光十六年三月二十七日都察院左都御史吴椿浙
江巡撫烏尔恭額恭摺會　奏爲酌議塘工善後事宜
竊照浙江海塘歷代俱有創建迨入我　朝荷蒙　列
聖深仁厚澤不惜億萬帑金一律改建石塘功成奠定
西塘以柴埽爲外衛東塘以石坦爲外護塘根並于附
石土塘幫寬土戧加高土堰又于塘後挑挖備塘河以資
宣洩修築土備塘以作重關法制極爲周備近因歷年
久遠各工不無偏廢仰蒙　皇上善繼善述發帑興
修　特命臣等會督勘辦臣等凜遵　聖訓悉心講
求並不時親往查看嚴飭各員認真催辦年餘以來各

工竣事兩塘大局百廢俱興又復一律完固惟 國家
經費有常當此告成之初必須通盤籌畫酌劑盈虛乃
可用之不竭悉臻妥善且有損于塘工者查禁尤在從嚴
有益于塘者保護不可稍忽凡在工修防各員當時之稽
察分惰勤以定功過嚴賞罰以示勸懲俾工程均歸實
濟 帑項不致虛糜庶于通塘有所裨益臣等與總局
司道再三酌擬議謹擬善後事宜五條敬為我 皇上
陳之
一修塘經費應核實籌計以免支絀也查海塘修歲經
費從前止有鹽務節省引費銀二萬餘兩遇有應

修工程隨時請撥地丁銀兩存貯備用經後額定銀十
五萬六千餘兩遇有不敷于新工項下借撥至道光五年
前撫臣程含章奏定每年歲修不得過十五萬六千
餘兩之數于是西塘額定十萬六千兩專修柴埽東塘
額定五萬兩專修坦水並無歲修石塘專款迨五年以
後南沙漲寬東塘全汛一帶起有南沙與東潮會合沖
激石塘漸多傾圮不能不先其所急即以歲修坦水之銀
挪以修塘遂至坦水因無修費而溜刷日甚石塘因無
坦水而受病愈深現因東塘改築柴埽每年添撥鹽
餉銀五萬兩濟用第各工限滿以後以之修辦柴埽

三千四百數十丈並坦水六千餘丈盤頭十四座斷不敷用即設法撙節輪流估辦亦形支绌且埽工固限止有兩年較之坦水四年之限為期已促修復埽工每丈需銀九十餘兩較修復坦水每丈需銀六十餘兩之數為銀又多期促則修理更勤銀多則費用益大況塘後之土愈挖愈因當惜之如金埽工則需土甚多塘後坑窪甫經填平不能任其挖取是經費既绌土方又難揆度情形似須將前項埽工擇其潮緩處所仍改坦水方可籌辦查東塘自家給字號以東至碣石字號共二千五百八十丈為東南兩潮會合之處前因水深浪猛不能修

復坦水故議改建柴埽現在兩潮仍然沖擊祇可暫留
以為石塘外護應俟潮勢變遷再行　奏請酌辦其
家給字號以西至聚羣字號工長四百餘丈上年並無
南潮到塘聚羣字號以西至甲帳字號工長六百餘丈
潮勢較前和緩以上一千餘丈埽工請俟限滿應修時察
看形勢另行　奏明改築坦水庶經費稍得寬餘洵
為一舉而兩得至東塘石工共長九千數百丈現在已修一
千八百餘丈尚有七千數百丈均係年久老塘遇有坍
卸仍屬無款可動前于奏改范公塘摺內欽奉　諭
旨准將塘工節省銀兩留備必不可緩之工現計節省

項下共存銀二十七萬四千餘兩應請撥銀七萬四千餘兩存貯司庫以備改建坦水之用其餘二十萬兩仿交杭嘉湖三府轉發殷實商人按月一分生息每年可得息銀二萬四千兩以備歲修石塘之需如有餘剩照數留抵次年鹽餉仍將鹽餉劃出解部倘有不敷再行

奏提本銀濟用免致羅掘

一新建塊石塘坦請定保固限期並預備歲修料物隨時修補以免延誤也查鱗塘保固十年條石坦水保固四年均有向例可循現在新工築有條塊石塘及塊石坦水例無定限核其原領工料價銀較之鱗塘條坦已減十

分之三四若一律保固未免無所區別應請酌量定限將
條塊石塘保固七年塊石坦水保固三年以昭平允其
固保限內應原辦工員照例修補保固限外應該管
廳備隨時加修所有塘坦應用之木石及柴埽應用之
柴土俱在所必需若必俟需用之時始行分頭購辦一遇
潮大汛即必致緩不濟急且各項工程果能有缺即補有
殘即修可以費半而功倍並請嗣後各工如在保固限內
者仍責令承辦各員預備料物貯塘隨壞隨修不得
刻延如在保固限外者應飭該管廳備查照例定各
項物料數目預購十分之一二堆積塘上遇有殘缺處所

就便取給隨時補葺不得遲誤其需用料價先于歲修項下動給預備實用若干分別拆修加鑲核實估計照例保固仍按銀數五百兩上下分別奏咨辦理並由杭嘉湖道隨時稽察物料復勘工段詳明巡撫覆查核定飭辦庶塘工不致坐失機宜經費亦可稍從節省實有于修防有裨

一南沙漲岸應按年查勘禁止也查海塘患在北岸而其受病之源實在南沙從前屢議挖切總無成效近年以來南岸沙漲愈漲愈寬侵佔海及半東潮益力且潮為沙阻起有東南兩股勢更洶湧不可抵禦尤為切

近之患前聞南岸居民希圖種植恒於沙邊圍堆圩岸以致淤緩沙停日有積滯曾嚴札飭查已據該府縣稟明將圍堆全行拆毀惟該處人民專以圍佔沙地為利若不嚴行查禁勢必仍蹈故轍應飭該管地方官出示禁止隨時察查並于每年二三月間派委道府大員前往周歷履勘一次以警耳目庶居民咸知圍堆於岸有干嚴禁不敢再圖小利貽患海塘

一塘後備塘河應按年挑挖培戧也查浙江潮汐海勢如排山倒峽若值大汛兼遇颶風潮即湧高數丈不特激上塘面抑且漫過塘身時所常有塘後原有備塘河

數十里以備宣洩鹹水所以思患預防此最爲切要近來迹段淤塞不能容納潮水間致淹及民田殊有關係而塘後又多坑窪雨水淋積浸及塘根更非所宜恭讀乾隆年間　御製詩有其無室廬處又復多池坑之句自係由來已久此次興舉大工前經　奏定塘後十丈以内不准取土其有舊池坑終未填平已在勘估籌辦間適有職員瞿世瑛情願捐銀三萬兩以助工需即飭將此項銀兩爲挑河填坑並加培土戧之用現在挑通河身計有四千八百五十餘丈填平舊坑計有六千五百七十餘丈並將土戧培厚其塘後地基一律議種桑樹

飭令各汛兵分段經理按年挑土壅築以培土塘基址
仍令該地方官于每年二三月間親歷沿河查勘遇有
淤塞處所立即設法挑挖並將淤土加培土戧務使河道
日益深通塘基日加寬厚俾鹹水有所歸宿不致漫溢
爲患

一各官責成應嚴加考察以警怠忽也查東西兩塘爲杭
嘉湖道專管所屬有同知二員守備一員千總二員把
總五員經制外委九員額外外委四員均有巡查修防
之責向例新工驗收後即交弁兵看管遇有損動稟
明廳備移知原辦工員赴工賠修現因文移往返曠日

持久已責令各工負于保固限内預備物料派留丁屬住工看守遇有應修之處隨時認真修理自不致或有疎虞惟保固限滿交給弁兵接管例無保疎固防失守事所不免應責成該管廳備將限滿各工專飭弁兵分段看管時時巡查如塘坦之椿石埽工之柴料俱不准稍有疎失並令該廳備十日一次枕防道每月一次周歷查察詳報内除实應歸入歲修之工准其照例勘估詳辦外其餘如坦水偶有沖動柴埽偶有潑損石塘偶有裂縫毛洞並面石移動及附石土塘滲漏殘缺等事應飭隨時修補免致因小失大若應修不修當以疎

虞查究不應修而請修即以冒濫懲治如官員查辦
不力承修不實應由杭嘉湖道查明稟揭參處著賠
其石塘大工及緊要工程杭嘉湖道接據稟報應即馳
往勘估詳由巡撫親臨覆勘明確始准領銀興辦以昭
核實其每年春霉伏秋各汛杭嘉湖道即親駐工次就
近稽察巡撫亦于每汛吃緊之際親往督飭巡防並將
該廳備及汛弁等所管工程周歷查勘以修防之勤
惰定其功過隨時甄別顯示勸懲如此層層考察庶文
武各員弁咸知責無旁貸不敢玩忽因循而于修防各
事宜益昭慎密矣

以上五條臣等謹就現在塘工緊要情形熟籌善後管
見所及是否有當謹合詞恭摺具奏

道光十六年三月二十七日都察院左都御史吴椿浙江巡
撫烏尔恭額恭摺會　奏爲紳士捐備工需請　旨敕
部議叙以示獎勵竊海塘興舉大工經前撫臣富呢揚阿
于捐攤並籌摺內聲明江浙紳富如有急公好義情願捐輸
者請照部定章程鼓勵奏奉　諭旨允准其時海潮形
勢惟東防念汛一帶最爲頂衝受險必須建築盤頭挑
溜中趙庶免疎失當經前撫臣富呢揚阿飭屬曉諭勸
捐一面先與司道公同捐廉倡率于極險處所興辦吏
霸字號大盤頭一座熏築雁翅以挑溜勢頗能得力並與
杭州府知府胡之熙等十一府公同捐辦家給字號盤

頭一座前任餘杭縣知縣楊溯伊獨力捐臣合字號盤頭一座四所鹽商合力捐辦俾刻雁門字號盤頭兩座海寧州生員蔣之煦等醵資捐辦頗牧字號盤頭一座並亦各陸續竣事俟經前撫臣富呢揚阿會同欽使臣趙盛奎嚴烺于籌議保護海塘摺內附片奏明在案此外尚有塘後備塘河數十里本以宣洩鹹水近因逐段淤塞不能容納復有舊存坑窪雨水淋積浸及塘根均非所宜必當勘估籌辦適有錢塘縣捐職知府瞿世瑛情願捐銀三萬兩以助工需又經臣等飭將此項銀兩爲挑河填坑及加培土戧之用並于條議善後事宜摺內列入附

陳現在挑通河身計有四千八百五十餘丈填平舊坑
計有二千五百七十餘丈培厚土戧計有一千七百餘丈
經臣等赴工查驗俱已深通完固由總局司道詳請
奏獎前來臣等查例載地方遇有築堤等項公事紳
士捐銀三四百兩據實奏請給以八品頂帶人員于奏時
聲明聽部另行議叙至一二千兩者從優議叙又奉部
奏定捐輸議叙章程內載紳士急公報効捐銀三萬
兩以上給予道員職銜各等語今官商紳士捐辦盤
頭等工外以敵潮擋溜內以疏河培基均于塘工大有
裨益除吏霸等號盤頭五座係現任官員及鹽商大

衆捐輸不敢仰邀議敘外惟有頻牧字號盤頭一座計
用銀六千二百兩係生員蔣光照等捐辦與捐備挑河
等項工需之職員瞿世瑛俱屬誼敦桑梓急公好義洵堪
嘉尚自應循例奬敘用昭激勸相應請　旨俯准將捐銀
三萬兩之捐職知府瞿世瑛捐銀二千兩之生員蔣光照
各捐銀一千五百兩之捐職布政使理問陳守繩捐職布經
歷陳有聲捐銀四百五十兩之報捐道銜馬洵即馬恩洵
監生閔學儀捐銀三百兩之監生史繼善　敕部照例
分別議敘以示奬勵此係捐辦工程並請免其造冊報
銷除取具瞿世瑛等履歷各冊咨部　查核外臣等謹合

詞恭摺具　奏
總局司道詳擬海塘外辦事宜五條
一東塘歲修經費宜示以限制也查東塘每年埽坦等
工歲修原額銀五萬兩近因添撥鹽餉銀五萬兩共成
十萬兩今復于節省項下撥銀二十萬兩發商生息為石
塘歲修之用是十萬兩之數專顧埽坦各工自宜設法撙
節俾敷工用總在修之得當工歸常固用之有節項不
虛糜就管窺所及如柴埽來歲兩年限滿除家給字
號以西至甲帳字號工長一千八十丈已蒙　奏明屆時
察看情形改復坦水外其餘二千三百六十四丈為東南兩

潮会会之處每年擬酌修三分之一柴盤頭十四座亦當
頂沖二年限滿之後每年擬酌修四座其新葺搞故亟
等限內坍損條石坦水三百七丈二尺及新修條石坦水四千
七百八十七丈八尺地處既不甚險且係條石工程四年固限
滿後每年擬酌修六分之一至塊石坦水地非衝要止須
間年修理庸無定以年限例其埽工柴盤頭分別拆
修加鑲加坦水分別拆修之補拆修有舊料可抵加鑲
修補更添料無多現經逐細撙節估計所有約需
銀數開列于後
一新建柴埽除應改坦水外下剩二千三百六十丈固

限滿後請自道光十七年爲始每年酌修三分之一

計工七百八十八丈查坦[歸]工原估每丈九十七兩零歲修

如有舊料抵用約計拆修每丈需銀六十餘兩加鑲

每丈需銀三十餘兩　查道光五年　奏按拆修保固

二年加鑲保固一年

一新建指建柴盤頭十四座照道光五年　奏按保固

二年應自道光十四年十二月二十九日起至十五年三

月二十五日陸續完工連閏扣至十六年十一月至十七年

二月先後限滿請自道光十七年爲始每年酌修

四座查盤頭原估每座六千兩歲修除抵用外約

計拆修每座需銀二千餘兩加鑲每座需銀一千
餘兩　查盤頭拆修加鑲固限自應與柴埽同
一新葺楊故丞一等原辦限內坍損條石坦水三百七
丈二尺照外辦工程向規保固一年應自道光十五年八
九月陸續完工起至十六年八九月限滿請自十七年
爲始每年酌修六分之一計工五十丈查坦水原估每
丈六十六兩零歲修如有舊料抵用應分別核實估
辦約計拆修每丈需銀四十餘兩修補每丈需銀二
十餘兩　查條石坦水固限四年其拆修自應同是四年修
補應請減爲二年

一新修條石坦水四千七百八十七丈八尺照道光五年
奏按保固四年應自道光十五年四月二十九日暨九月二十九及十二月初十等日陸續完工起連閏扣至十九年二月及七月十月先後限滿請自十九年爲始每年酌修六分之一計工七百九十八丈内分別拆修補修每丈拆修約需銀四十六兩補修約需銀二十三兩保固請照前條拆修四年補修二年

一將柴埽改修條石坦水一千八十丈亦照前條條石坦水之例辦理

以上歲修各工約略估計難遽定爲確數總須臨

時察看核實辦理尤須歲有盈餘有備無患

一限外不入歲修各工應酌加外辦經費以期通塘各有責成也查埽坦歲修既經撙節必有限外不能歸入歲修之工除塊石坦水已在歲修按内間年砌理毋庸再墉再加粘補外其餘各工雖前次詳請飭令廳備弁兵加意看管若不隨時粘補必致因小失大而粘補不給經費殊覺難以責成今議在鹽務歲捐銀一萬兩内酌給粘補之費有絀需銀數開列于後

一柴埽除當年酌修及前兩年所修尚在限内不計外其餘每百丈酌給粘補銀二百兩

一柴盤頭除當年酌修及前一兩年所修尚在限内不計外其餘每座酌給䊵補銀五十六兩

一條石坦水除當年酌修及前四年所修尚在限内不計外其餘每百丈酌給䊵補銀一百兩

以上捐辦各工均係約略核計仍須臨時察看辦理不得稍涉浮冒

一附土土塘及備塘河宜按年增修疏濬也查土工九千八百九十六丈實爲石塘内靠現雖一律完整但不從此勤加增修恐風雨淋漓潮水潑濺不數年後又復漸形單薄應飭令該管廳備督飭弁兵每年于照例填墊

塘面之外查照河工之例間段堆積土牛每丈堆土牛
一處高五尺寬五尺長二丈以合每丈積土一方之數一遇
土塘各工稍有沖刷立即隨時取用修補使前高一尺
後高二尺之附土以及高出附土之土堰土戧常不改觀
如查照土戧舊制于塘頂之上通例加高三尺更足以
資抵禦其新修之二千八十餘丈俟固限滿後再給修
費又新疏備塘河四千八百五十餘丈應請俟三年之後每
年酌給歲疏工費如數年後必須大修再行核實估計
以上修費亦請于鹽務歲捐項下支用所有約需銀
數開列于後

一塘後土工每丈酌給幇補土一方每方約需銀
二錢三分有零
一備塘河每年約給歲疏工費銀三百兩
　以上捐辦各工均約略估計臨時察看實用實
銷不能指為定額積滋冒濫
一工員遇有事故應籌備保固也查工員承辦工程例
有保固定限遇有事故不得親自在工照料亦應派留
丁屬隨時修理此次大工並舉承辦工員較多除現任
職官及無官有人可以派留家屬者俱照常辦理外惟
無官無人並無丁屬可留者不能不預為籌備以免限

内失修之弊茲查塘坦各工俱有扣存工程五厘銀現存
工程司道庫遇有埽工偶形蟄陷坦水遇有沖動足
敷動用即無官無人亦可責成廳備代爲請領修理惟
埽工間段坍塌坦水連片沖揭斷非存司銀兩所能敷
用若靜候咨追賠修勢必緩不濟急應請于鹽務歲
捐項下暫借墊辦俟咨追到日照數還款仍一併責成
該管廳備隨時察看據實估報由杭防道詳請動
用認真修理如有疎失惟該廳備是問
一舊存廢地應勘丈備用也查海塘舊有官買竈
擡辦工取地土用剩廢地曾于道光十三年間經前杭

防現調糧儲道桂飭令東防同知會同海寧州大得
廢地共有二百十五塊計一百八十畝有零逐塊註明坐落
字號造冊呈道有按無難按籍而稽且恐尚不止此數
廢應請飭令海寧州會同東防同知再行親詣近塘
一帶逐細確切勘查清釐務使將所隱之地悉數退出
同先經丈得之地一併丈量定界留為塘工取土之用出
示曉諭毋許附近居民侵佔違者照例治罪如此則
辦工不患無土官地免被隱私矣
以上五條道光十六年四月初五日奉巡撫部院烏爾
恭額批如詳分別遵行　遵照

道光十六年五月二十日准工部等部爲遵旨議奏事
都水司按呈内閣抄出　欽差都察院左都御史吴椿
等奏酌議善後事宜一摺道光十六年三月初十日奉硃
批該部議奏欽此臣等謹就　欽差都察院左都御史
吴椿等所奏逐條核議開列于左
一奏稱修塘費用應核實籌計以免支絀一條臣等查
東塘自家字號以東至碣石字號坦水工程前因水
深浪猛不能修復酌議改建柴埽現在兩潮既仍沖
齧自應暫留以爲石塘外護俟潮勢變遷再行奏請
酌辦其家字號以西至聚羣字號埽工上年既無

南潮到塘聚犀字號至甲帳字號埽工現在潮勢
既較前和緩自應俟限滿應修時察看情形另行
奏明改築坦水似于經費稍得寬裕免致支絀至東塘
石工除已修外尚有老塘七千數百丈均係年久老塘如
有坍卸無款可動據吳椿等請于節省項下撥銀七
萬四千餘兩存貯司庫以備改建坦水之用應如所奏
辦理户部查節省項下餘存銀二十萬兩據吳椿等
于恭报工竣摺内奏請發商生息以備歲修石塘之
需已奉　諭旨准行應令浙江巡撫即將前項銀兩
轉飭發給殷實商人按月一分起息每月所得息銀除

添給歲修石塘不敷銀兩外如有餘剩照數留抵次年
塩餉仍將塩餉劃出觧部毋得另行開銷仍將發給
銀兩數目並年月日期及商人姓名先行專按報部備
查
一奏稱新建塊石塘坦請定保固限期並預備歲修料物
隨時修補以免延誤一條臣等查定例鱗塘保固十年
條石坦水保固四年今新工條塊石塘及塊石坦水原領
工料價銀較之鱗塘條坦減少自應如所酌量定限條
塊石塘保固七年塊石坦水保固三年以示區別自此
次議定之後倘有在保固限内致有坐蟄等情該撫等

斷不得為承辦之員稍存迴護附除著落賠修外分別
輕重照例嚴辦至承辦各員預備料物隨壞隨修既
在保固限内自不得另請開銷其保固已經逾限者應
責成該管廳備隨時修葺並由杭嘉湖道履工詳勘
實力稽查如工程完好不得因保固限滿濫行請修致
滋糜費至需用料物應于歲修項下核實估銷以杜
浮冒而重要工

一奏稱南沙淤岸應按年查勘禁止一條臣等查南沙
淤岸大為海塘之患民居希圖種植恒於沙邊圍堤
圩岸勢必溜緩沙停日有積滯即將圍堤全行拆

毀自應出示禁止隨時查察併于每年二三月間派委
道府大員前往周歷履勘並按年取具道府大員及該
管地方官查勘沙边並無居民圈堆圩岸切实印结送
部備查不得日久視爲具文

一奏祿塘後備塘河應按年挑挖培戧一條臣等查塘後
備塘河所以宣洩鹹水關係匪輕既经挑挖深通填平
舊坑培厚土戧自應飭令各該汛兵分段经理按年挑
土以培塘基仍令該管地方官于每年二三月間親歷沿
河查勘遇有淤塞處所立即挑挖深通並將土戧加
培寬厚報明該管上司親自查驗以昭慎重

一奏採各官責成應年加考察以警怠忽一條臣等查塘工保固限滿自應專飭弁兵分段看管時時巡查該管廳備並杭防道周歷查察如該管官弁查辦不力及承修不實自應由杭嘉道湖查明稟揭參辦著賠其石塘大工及險要工程應由巡撫親臨履勘明確始准領銀興辦其每年春霉伏秋各汛杭嘉湖道自應親往工次就近稽查巡撫亦當親往督飭巡防並將該管員弁分別勤惰以示勸懲均應如所奏辦理總之有治法仍在治人經此次明定章程之後該省大吏應隨時查勘實力修防固不得惜小費大有誤要工

尤不得任聽貪弁虚報浮銷致滋糜費庶于錢糧工

程兩有裨益臣等核議緣由理合恭摺覆　奏

道光十六年七月二十五日准江蘇撫院林則徐揭開江
蘇省協辦浙省塘石四萬丈共用過脚銀價八萬五千
六百九十四兩三分六厘造册　題估等因到院行局查
照來揭事宜即便移行知照。

道光十七年六月初九日浙江巡撫烏爾恭額恭摺覆
奏爲遵　旨詳查核議據實覆　奏竊臣承准軍機大
臣封咨道光十七年四月初六日内閣奉　上諭給事中
沈鑅奏酌議浙江省海塘善後事宜一摺著烏爾恭額督
飭該管道廳詳加察核妥議具奏原摺著發給閲看
欽此遵即恭録行查核議兹據布政使錢寶琛會護
杭嘉湖道事嘉興府知府伊克精額督同東防同知
王德寬西防同知于尚齡海防守備朱大榮查議詳
覆前來臣查浙江海塘爲杭嘉湖蘇松常鎮七郡
民生保障前因東西兩塘興舉大工荷蒙　皇上

軫念民依　特命大臣來浙會督勘辦一律修復後經
欽差臣吳椿與臣督同總局司道酌擬善後事宜五
條會同具奏奉　旨敕部議准在案今給事中沈鐮
陳奏海塘善後事宜四條臣復督飭司道廳備詳加確核
皆係治河擋溜之法並非治海禦潮之法第其中有辦
法各異而用意則同並有辦法略同而名稱各異並有
可以遵照籌辦並有碍照依辦理並謹就原摺逐條詳
議敬爲我　皇上陳之
一原摺內稱每年歲修塘工宜漸次改築海漫坦坡以
期永無沖刷一條查魚鱗石塘十八層本層逐層收

分避讓潮勢並非壁立陡砌每層石縫灌漿抿灰又
用鐵錠鋦連俾通塘聯為一氣惟巳石疊壓全在底樁
堅穩故西塘之外護以柴埽東塘之下護以坦水皆係因
地制宜藉資保衛前因東塘坦水工日久殘缺無以護
塘曾于大辦塘工按内經　欽差臣敬徵等奏請自
老鹽倉戴汎積字號起至鎮汎敬字號止尖汎能字
號起至韓家池把字號止仍建復添辦條塊石坦共
計五千七百六十餘丈其條石坦水臨水者謂之頭坦計
寬一丈二尺扦釘双排樁附塘者謂之二坦又寬一丈二尺
扦釘單排樁第沙隨潮走不能于沙上砌石故坦工

辦法先須去淨浮沙然後堆貯塊石再用條石合縫蓋面以防倒失其勢外低內高斜護塘根自四五層至六七層不等不惟遮蔽底樁抑且護持塘脚此即揩內坦坡順潮之平其下之意是坦工雖與坦坡各異而用意則同所請改築之處應毋庸議

一原摺內稱順水埧挑水埧為保護險工要務必須雁翅遮築而後見效一條查河工向築順水挑水埧以防險海塘則專築柴盤頭以挑潮前于興辦大工按內計發款委辦及官民捐修共築大小柴盤頭十四座其剏形如偃月斜出海中大者中心直長五丈內面靠塘橫

長二十四丈外面臨海圍長二十八丈所以左右斜圍其
即是順而不逆中心微突其即是挑而不迎直長僅有
五丈斟度因弦而不長鎮念兩汛最險現有盤頭九座
布置亦密而非疎且盤頭兩邊狀若雁翅右擋江溜左
順海潮不獨保護險工且海口中沙已漸就刷動頗
為得力是柴盤頭與順水挑水埧辦法實同不過名
稱各異所請築埧及遞築雁翅之處亦毋庸議

一原摺內稱塘內沙地宜徧種柳株以保塘根而備工料
一條查東西兩塘之內多屬民田廬舍並無沙地西塘
先建柴埽後修石塘之埽之中原有溝槽填平以後

間種柳株歷來修埽工皆用堅料衆柴作骨從未用過柳條緣柳枝柔嫩一遇鹹潮隨即霉朽不能經久故也惟柳株雖不足以備工料而于塘後空隙處所亦可種植使之盤根入土以固塘基查大工善後事宜已將塘後坑窪一律填好其近塘高處現種桑樹近河低處尚屬空閒應即遵照籌辦飭令塘兵于來春得以栽柳時分段種柳每兵每年限種一百株三年核計果能如數種活即由該廳備等酌量獎賞倘有違誤責革亦儆以免曠廢

一原摺內稱盤填擋溜不若製木龍之節省而靈便一

條查木龍成規內載編紮木龍每架長十丈寬一丈
計縱橫之木九層又有天平架地羋眠串大戧諸料乾
隆五年間奉部准銷木龍一架計本植價銀六千三
百八十八兩零其夫匠及篁纜雜料等價尚屬在外訪之
曾任河工人員據稱木龍用法係將龍頭插入正溜藉
以迎溜挂淤等語伏查河溜自西而東終年不改水有
一定向背故木龍得以奏功至于海塘江水西來海潮
東至如用以迎潮則背江水用以迎江水又背海潮
安放尚難穩妥何能得力且塘下坦水皆用巨石填砌
一遇猛潮猶能揭起而木龍性本上浮恐編紮甫成

衝擊即散況大盤頭需用四千餘金小者不過二千餘兩比之木龍價值較為節省盤頭又例應保固兩年及至限滿或僅拆修一半或止加鑲三分費用更少以木龍較之其功效之有無經費之多寡俱相去遠甚碍難照依辦理應請毋庸議製

以上四條臣與司道等悉心講求河海情形迥別做法亦判然懸殊現在海塘所築坦水盤頭及所用柴埽料物皆係前人籌定成法歷今百餘年俱著有成效似未便輕議更張致鮮依據除將原摺咨送軍机處備查外理合恭摺具奏

道光十七年六月二十六日内閣奉　上諭前據給事中沈鑅奏酌擬海塘善後事宜一摺當降旨交烏爾恭額覈議具奏茲據該督撫飭司道各員逐條詳議所稱徧種柳株雖不足以備工料而于塘後空隙處所亦可種植使之盤根入土以固塘基現在塘後坑窪均已一律填好近塘高處現種桑樹近河低處尚屬空閒著該撫督飭廳備飭令塘兵分段栽柳每兵每年現種一百株三年一覈計果能如數種活即酌量獎賞倘有違誤責革示儆務須認真經理無致有名無實餘著俱毋庸議

道光十九年八月初五日巡撫烏爾恭額片摺附　奏

再浙江省前次大辦塘塘工經　欽差刑部侍郎趙盛奎等以東塘鎮汛等汛改建埽工三千四百四十餘丈竹簍塊石三千八百三十餘丈連盤頭十三座核與西塘柴工丈尺丈尺相仿以西塘歲修額銀十萬餘兩計之東塘歲修亦應以十萬兩為率內除節省坦水銀五萬兩抵用尚少一半　奏請于浙省捐監項下每年提銀五萬兩備添東塘修費等情于道光十四年八月十六日欽奉　上諭趙盛奎奎等奏籌議海塘歲修銀數一摺浙江海塘歲修銀兩本有定額經該部侍郎等查明東塘柴埽竹簍兩

項連盤頭十三座共二長七千餘丈現辦埽工坐當頂衝潮猛溜急較之西塘情形尤重自應籌款辦理以濟要工着照所請准其于該省捐監項下每年提銀五萬兩存貯藩庫備添東塘歲修之用俟將來籌有生息銀款仍將監銀全數报撥該部知道欽此嗣臣會同 欽差臣敍徵吴椿等先後奏請將原議埽石工程仍照舊剳修復坦水除限内坦工三百餘丈併在東塘尖山汛修築條石坦水一千二百餘丈塊石坦水六百四十餘丈添建庶幾字號盤頭一座並于新築韓家池石塘之外添建塊石坦水三百三十餘丈又因庶幾字號迤西一帶南潮直沖老

塘危險經臣奏建于蘐黍稷等號盤頭兩座均蒙
恩准在按是東塘應修各工計柴埽坦水九千七百四
七十丈零盤頭十六座較之西塘應修柴工九千六百四十
餘丈盤頭七座為工更多前定歲修銀十萬兩實屬有
絀無盈朩年以來因坦水尚未滿限無庸修辦即埽工
盤頭逾限應修其間有中心結實可免全拆者埽工或止
加鑲盤頭或僅修外圍無不撙節估辦以故每年仍
支歲額銀五萬兩不將鹽餉留用現在各項坦水限滿者
多已有沖掣必須擇要修築埽工盤頭日受鹹潮漫浸
者中心亦多朽爛過有坍卸必當拆底重建此後東塘

各工日多一日照前支銀五萬兩斷不敷用據藩司宋其沅杕防道宋國経請照　奏准原按自本年爲始在于浙省捐監項下提銀五萬兩存貯藩庫添備東塘修費等情具詳前來臣察看情形委係無可節省應如所請留備免致貽誤理合附片　奏明再臣前與臣吳椿酌議塘工善事後宜摺內聲明歲修石塘息銀二萬四千兩如有餘剩照抵次年監餉仍將監餉劃出解部等語嗣後石塘息銀若有盈餘可抵監餉當照前議如數劃解合併陳明

道光十[illegible]年九月十四日巡撫烏爾恭額片摺附　奏再

查仁和海寧東西兩防石塘統長一萬七千二十餘丈外護盤頭二十三座柴埽各工一萬二千八百十餘丈海鹽平湖土石各塘又長一萬七千六百八十餘丈一切修防事宜俱歸杭嘉湖道管轄該道宋國經于道光十七年八月到任迄今已歷三汛曾動歲額銀兩修理過柴埽工八千八百七十餘丈石塘六百四十餘丈柴盤頭十座皆係該道認真督辦無不工堅料實而又撙節估用每年歲額或剩一萬四千餘金或剩三千七百餘兩其修工洵屬節省肇固頗為盡心至于巡防大汛該道往來查察不辭勞瘁前經

查出海防千總孫光耀把總陳新外委賈岐山額外〻
議委潘文斌防守不力立即詳請咨部撤降毫無徇
隱其防汛復能任勞任怨実為得力又查石塘捍海全
在土工高厚相為依輔方能結実東西兩塘核计大工接
内及續後修建共有新塘二千九百三十丈零餘多年遠
老塘或石縫散裂或附土低陷或土堰土戧卑薄皆足
為塘身之害臣相度情形必須加高培厚庶舊塘得以
堅固惟经費有定不能于例外多增〻與司道再三籌
畫適据衆鹽商以塘内竈舍毘連藉塘保障情願每
年公捐銀一萬兩以備額外工用等情禀司詳准當委

該廳等先在險要等處塘後幫築子堰三千三百六十
餘丈高自一丈五六尺至七八尺不等俱面寬五尺底寬一丈
三四尺不等盡作陂陀形勢爲塘依靠自該道任事後
又飭率令該廳備等在于東西兩防塘面陸續加填附
土九千八百八十餘丈俱内高三尺外高一尺五寸又在塘尾加
築土堰九千七百六十餘丈俱面寬四尺底寬八尺高出附土
五尺又在塘後加幫戧脚四千九百三十餘丈俱高六七尺
不等面寬五尺寬底八九尺不等所有塘石散縫處所均
用油灰抅抿使無罅隙以杜進水浮土之患自此一百四十
餘里全塘一律整齊平坦屹如金墉足資捍衛此皆由

該道修防緊嚴以故悉臻完善因係分内應辦之事第該廳備等辦理妥協三年無過例准保題陞用此次該道督率等辦實屬有方且臣目覩其竭盡心力已有三汛之久何敢没其微勞壅于上
聞可否仰懇
天恩俯准將杭嘉湖道宋國經交部議叙以示激勸之處出自鴻
鴻施臣謹附片具
奏再土戧土堰附土等工均係捐辦請免造冊報銷合併陳明

浙江省減賦全案

〔第二册〕

〔清〕興奎 等編纂

浙江文叢

浙江古籍出版社

浙江文化研究工程成果文庫
浙江文獻集成

浙江省減賦全案 卷四

杭屬原徵細冊

仁和縣

據縣册報實該民田三千九百五十頃五十一畝九分九釐二毫六絲

按全書內載實該徵田四千三百三十七頃五十畝七分一釐七絲四忽內除據縣册報內有患區田三百八十六頃九十七畝九分七毫四絲外實該民田三千九百五十頃五十二畝八分三毫三絲四忽該徵米三萬九千三百七石七斗五升三合九勺三抄二撮三圭三粟內除自前屆纂編全書後起至咸豐六年止并道光三十年水冲

等案豁免田八分一釐七絲四忽該豁米
八升六勺六抄八撮六圭三粟外尚應存
田前數核與清賦冊報相符
察全書科則每畝原徵米九升九合五勺共徵米三萬九千三
百七石六斗七升三合二勺六抄三撮七
圭
據縣冊報應徵患區田三百八十六頃九十七畝九分七毫四絲
按前則頃畝核與清賦冊報相符
察患田原科與民田同每畝原徵米九升九合五勺共徵米三
千八百五十石四斗四升一合七勺八抄
六撮三圭

據縣册報實該民地一千二十一頃五畝六分二釐三毫二絲二忽一微

按全書內載實該徵地一千一百四頃七十一畝三釐一毫二忽一微內除據縣册報內有患區地八十三頃六十五畝四分七毫八絲外實該民地前數核與清賦册報相符

察全書科則每畝原徵米六升八合共徵米六千九百四十三石一斗八升二合三勺七抄九撮二粟八粒

據縣册報應徵患區地八十三頃六十五畝四分七毫八絲

按前則頃畝核與清賦册報相符

察患地原科與民地同每畝原徵米六升八合共徵米五百六
十八石八斗四升七合七勺三抄四圭
全書開載實該基田四十三頃四十六畝八釐五毫八忽
按前則頃畝核與清賦冊報相符
察全書科則每畝原徵米一斗四勺共徵米四百三十六石三
斗四升六合九勺四抄二撮三粟二粒
據縣冊報實該民山六百五十九頃七十二畝六分七釐八毫五
絲五忽
按全書內載實該山七百頃四十三畝五分五釐
七毫七絲五忽內除據縣冊報內有患區
山四十頃七十畝八分七釐九毫二絲外

實該民山前數核與清賦冊報相符
察全書科則每畝原徵米九合四勺共徵米六百二十石一斗
四升三合一勺七抄八撮三圭七粟
據縣冊報應徵患區山四十頃七十畝八分七釐九毫二絲
按前則頭畝核與清賦冊報相符
察患山原科與民山同每畝原徵米九合四勺共徵米三十八
石二斗六升六合二勺六抄四撮四圭八
粟
據縣冊報實該民蕩五百六十五頃三十畝一分六釐七毫八絲
三微二塵七渺七漠五埃九纖八沙
按全書內載實該蕩六百三頃六十四畝九分六

釐四毫六忽三微該徵米三千七百四十
二石六斗二升七合七勺七抄一撮九圭
六粒內除據縣冊報內有患區蕩三十七
頃八十四畝七分九釐該徵米二百三十
四石六斗五升六合九勺八抄外實該民
蕩五百六十五頃八十畝一分七釐四毫
六忽三微該徵米三千五百七石九斗七
升七勺九抄一撮九圭六粒加咸豐四年
升科蕩四十三畝二分二釐五毫一絲三
忽四微一渺七埃九纖八沙該升米二石
六斗七升九合九勺五抄八撮三圭八粒

六黍六粞九糠五粃連前共該民蕩五百
六十六頃二十三畝三分九釐九毫一絲
九忽七微一渺七埃九纖八沙共該米三
千五百一十石六斗五升七勺五抄二圭
一粟四粒六黍六粞九糠五粃內除前屆
編纂全書後起至咸豐六年止并道光三
十年水冲等案內豁免蕩一頃三畝二分
三釐一毫三絲九忽四微七塵三渺三漠
二埃該豁米六石四斗三勺四抄六撮四
圭七粟三粒四黍五粞八糠四粃外尚應
存蕩前數核與清賦原報雖多列蕩三頃

有奇而今據該縣復核冊報實應前數
察全書科則每畝原徵米六升二合共徵米三千五百四石二
斗五升四勺三撮七圭四粟一粒二黍一
粞一糠一粃
據縣冊報應徵患區蕩三十七頃八十四畝七分九釐
按前則頃畝核與清賦冊報相符
察患蕩原科與民蕩同每畝原徵米六升二合共徵米二百三
十四石六斗五升六合九勺八抄
全書開載實該岳坟田五十八畝四分四釐六毫
按前則頃畝核與清賦冊報相符
察全書科則每畝原徵米三合共徵米一斗七升五合三勺三

抄八撮

全書開載實該于坟田八十四畝五分三釐九毫五絲

按前則頃畝核與清賦冊報相符

察全書科則每畝原徵米三合共徵米二斗五升三合六勺一

抄八撮五圭

全書開載實該高坟田八十畝

按前則頃畝核與清賦冊報相符

察前書科則每畝原徵米九合共徵米七斗二升

全書開載實該民人帶種杭州前衛屯田四十畝八分五釐三毫

按清賦案內前則漏未開載今應按照全書補列

察全書科則每畝原徵米二斗四升共徵米九石八斗四合七

勺二抄
按則核算實該民里鄉丁六萬八千四百八十六口三分九釐一
毫六絲一忽六微二塵二渺三漠二埃六
纖九沙
按全書內載實該鄉丁七萬一千六百六十二口
六分二釐五毫六絲九忽一微三塵七渺
三漠該徵米一千三百四石二斗五升九
合七勺八抄七撮五圭八粟二粒九黍八
粞八糠六粃內除患區丁三千一百七十
一口一分一釐八絲二忽二微一塵一渺
六漠一埃五纖四沙該徵米五十七石七

斗一升四合二勺一抄六撮九圭六粟二
粒五黍一粞四糠外實該民里丁六萬八
千四百九十一口五分一釐四毫八絲六
忽九微二塵五渺六漠八埃四纖六沙該
徵米一千二百四十六石五斗四升五合
五勺七抄六圭三粟四黍七粞四糠六粃
加咸豐四年升科蕩應並升民里丁三口
六分一釐二毫一絲八忽八塵四渺二漠
三埃三纖五沙該升米六升五合七勺四
抄一撮六圭九粟一粒三黍三粞五粃共
該民里鄉丁六萬八千四百九十五口一

分二釐七毫五忽九渺九漠一埃八纖一
沙其該米一千二百四十六石六斗一升
一合三勺一抄二撮三圭一粟一粒八黍
五糠一粃內除前屆編纂全書後起至咸
豐六年止并道光三十年水冲田蕩應豁
人丁八口七分三釐五毫四絲三忽三微
八塵七渺五漠九埃一纖二沙該豁米一
斗五升八合九勺八抄四撮八圭九粟六
粒五黍四糲一糠六粃外應徵民丁前數
絫全書科則每丁徵米一升八合二勺其徵丁米一千二百四
十六石四斗五升二合三勺二抄七撮四

圭一粟五粒二黍六粞三糠五粃

按全書內載該縣丁米按糧泒徵

按則核算該徵患區鄉丁三千一百七十一口一分一釐八絲二

忽二微一塵一渺六漠一埃五纖四沙

察患丁科則與民丁同每丁徵米一升八合二勺共徵丁米五

十七石七斗一升四合二勺一抄六撮九

圭六粟二粒五黍一粞四糠

按據該縣申送碑摹內載前據該區民人呈蒙

前撫院傅准將患區之丁勻攤患區之戶

區外之丁概不加入續奉　宮保李　題

明定額每徵漕米一石止加丁米一升二

合三勺永爲成例等語今據該縣冊報患
區田地山蕩共該徵原科米四千六百九
十二石二斗一升二合七勺六抄一撮一
圭八粟按每石沠徵丁米一升二合三勺
核算該徵患區丁米前數再按全書科則
科出丁數備載於右

以上民患坟屯田地山蕩十三則并應攤加民患人丁共應
徵原科米五萬六千八百一十八石九斗
二升九合一勺四抄八撮九圭二粟八粒
九黍八粞八糠六粃

按全書內載原徵米五萬六千八百二十二石八

斗二升三合四勺四抄八撮九圭二粟八
粒九黍八粞八糠六粃參核　奏冊應加
咸豐四年升科
灰石米五升一合二勺
行糧米七升二勺
月糧米三斗七升一合九勺
正兌正米一石六斗八升三勺
正兌耗米六斗七升二合一勺
共升科米二石七斗四升五合七勺連前共應
徵米五萬六千八百二十五石五斗六升
九合一勺四抄八撮九圭二粟八粒九黍

八粞八糠六粃內除前届編纂全書後起
至咸豐六年止并道光三十年水冲等案
內該豁
灰石米一斗二升八合七勺
行糧米一斗六升六合二勺
月糧米六斗四升三合八勺
正兌正米三石九斗七升一合六勺
正兌耗米一石五斗八升八合七勺
南糧米一斗四升一合
共豁米六石六斗四升外尙應徵米前數
按各則徵數係照科則核算必至糠粃而止而各

欽解額因各屬全書未能一律檢齊皆照
奏冊編列無　奏冊者參攷全書志乘
登載但　奏冊以勺為斷不列零尾故凡
照前書之有零額數亦皆包尾截尾開列
以歸劃一今因解額既不掛零故徵數抄
撮以下亦復不計註明備攷

遇閏應加徵米四百一十石
按　奏冊內載原編月糧加閏米前數並無升豁內
徵本色米四百一石一斗二升六合四勺
咸豐二年起運元年冊內列五勺折徵米八石八斗七升
三合六勺共米前數惟參核全書零數稍

有未符今從 奏冊編徵

無閏之年

原應共徵本折米五萬六千八百一十八石九斗二升九合一

勺內除

免改折徵灰石米一千一十二石七斗二升三合三勺

按 奏冊內載原編米一千一十五石三斗五升加

乾隆三十九年升科銀合米七勺共米一

千一十五石三斗五升七勺參核全書第

又十五頁內列除改折米一千一十二石

八斗八勺計舊案免徵米二石五斗四升

九合九勺全書僅列二勺今自道光十五年起至咸

豐六年止應再除各案免徵銀合米七升
七合五勺又道光三十年免徵銀合米五
升一合二勺加咸豐四年升科銀合米五
升一合二勺尚該徵米前數
行糧減存米五百四十二石四斗五升八合三勺
按 奏冊內載原編行糧本折米一千四百四石
九升三合加乾隆三十九年升科米一合
三勺共米一千四百四石九升四合三勺
參核全書第又十五頁內列除折徵米五
百四十二石八斗八升七合八勺七抄七
撮七粟又列應徵本色米八百五十七石

六斗六升六合五勺是截至道光十四年止該徵本折米一千四百石五斗五升四合三勺七抄七撮七粟計舊案免徵米三石五斗三升九合九勺二抄二撮九圭三粟今自道光十五年起至咸豐六年止應再除免徵米九升六合七抄七撮七粟又道光三十年免徵米七升二勺加咸豐四年升科米七升二勺尚該徵米一千四百石四斗五升八合三勺內照奏冊儘徵本色米八百五十八石外應徵折色前數並察該縣全書內缺第三十八頁一張所

列行月糧本色米數無從稽考今將 奏
册額數參以全書第又十五頁內所載行
月折徵本色米數扣出舊案豁數登載合
併登明

月糧折徵米一百一十石九斗二升六合七勺

按 奏册內載原編月糧本折米五千四百三十
四石五斗三升五合七勺加乾隆三十九
年升科米五合一勺共米五千四百三十
四石五斗四升八勺參核全書第又十五
頁內列除折徵米一百一十石九斗二升
六合七勺又列應徵本色米五千三百九

石九斗一升一合三勺是截至道光十四年止該徵本折米五千四百二十石八斗三升八合計舊案免徵米一十三石七斗二合八勺今自道光十五年起至咸豐六年止應再除各案免徵米三斗七升一合九勺又道光三十年免徵米二斗七升一合九勺加咸豐四年升科米二斗七升一合九勺尚該徵米五千四百二十石四斗六升六合一勺 再照 奏冊儘徵本色米五千三百九石五斗三升九合四勺外應徵折色前數

零積餘米二十五石七斗三升三合四勺

按全書內載原編米二十五石七斗三升三合三勺九抄一撮一粟七粒包尾前數

吹鼓手米四十三石二斗

孤貧口糧米一千二百九十六石

鐸戶口糧米一百八石

按前三欵全書內載原編米各前數均不核扣升龠

共米三千一百三十九石四升一合七勺均改米徵

銀外

實應徵漕南本色米五萬三千六百七十九石八斗八升七合

四勺內

升科米九十七石四斗一升二合七勺

按全書內載原編民屯充餉米八石一斗六升八

合八勺二抄丈量升科米九十六石九斗

九升二合三勺六抄四撮一圭四粟七粒

乾隆三十九年升科米一勺二撮共米一

百五石一斗六升一合二勺八抄六撮一

圭四粟七粒除舊案免徵米七石六斗七

合五勺六抄四撮三圭九粟八粒一粞一

糠四粃該徵米九十七石五斗五升三合

七勺二抄一撮七圭四粟八粒九黍八粞

八糠六粃參核　奏册今共徵米前數計
自編纂全書後起至咸豐六年止各案免
徵米一斗四升一合二抄一撮七圭四粟
八粒九黍八糲八糠六粃

祭祀米六石
吹鼓手米二百一十六石
軍孤口糧米三十二石四斗
按察司重四口糧米五十石
府縣重四口糧米二百四十石
按前五款全書內載原編米各前數均不核扣升
豁

共南祭等米六百四十一石八斗一升二合七勺又
正兌正米三萬一千五百九十八石五斗八升三合八勺
按該縣全書缺第三十八頁一張所有正改兌行
月各細數無從稽考察核第又十五頁內
所列總數截至道光十四年止共該徵正
改兌漕糧正耗本色米四萬六千八百七
十三石七斗四升三合二勺按一歸四除
核算該徵正米三萬三千四百八十一石
二斗四升五合一勺內除改兌正米一千
八百八十石三斗七升外實該徵正兌正
米三萬一千六百石八斗七升五合一勺又

隨徵耗米一萬二千三百九十二石四斗九升八合一勺內除改兌耗米七百五十二石一斗四升八合外實該徵正兌耗米一萬二千六百四十石三斗五升一勺今察 奏冊內載原編正兌正米三萬二千三百七十石加乾隆三十九年升科米三升一合共米三萬二千三百七十石三升一合內除灰石米六百八十四石六斗二升外該徵米三萬一千六百八十五石四斗一升一合今全書內載截至道光十四年止尙應徵米三萬一千六百石八斗七

升五合一勺計舊案免徵米八十四石五
斗三升五合九勺今自道光十五年起至
咸豐六年止應再除各案免徵米二石二
斗九升一合三勺又道光三十年免徵米
一十一石六斗八升三勺加咸豐四年升科米
一石六斗八升三勺該徵米前數
正兑耗米一萬二千六百三十九石四斗三升三合五勺
按　奏冊内載原編米一萬二千九百四十八石
加乾隆三十九年升科米一升二合四勺共
米一萬二千九百四十八石一升二合四
勺内除灰石米二百七十三石八斗四升

八合外該徵米一萬二千六百七十四石一斗六升四合四勺今全書內載截至道光十四年止尚應徵米一萬二千六百四十石三斗五升一勺計舊案免徵米三十三石八斗一升四合三勺今自道光十五年起至咸豐六年止應再除各案免徵米九斗一升六合六勺又道光三十年免徵米六斗七升二合一勺加咸豐四年升科米六斗七升二合一勺該徵米前數

改兌正米一千八百八十石三斗七升

按　奏冊內載原編米一千九百二十一石內除

折徵灰石米四十石六斗三升外該徵前

數

收兌耗米七百五十二石一斗四升八合

按　奏冊內載原編米七百六十八石四斗內除

折徵灰石米一十六石二斗五升二合外

該徵前數

行糧本色米八百五十八石

月糧本色米五千三百九石五斗三升九合四勺

共漕糧行月米五萬三千三十八石七升四合七勺

有閏之年

原應共徵本折米五萬七千二百二十八石九斗二升九合一

勺內除

兌改折徵灰石米一千三十二石四斗五升九合一勺

按漕灰米石常年徵米一千一十二石七斗二升

三合三勺遇閏加徵米一十九石七斗三

升五合八勺共應徵米前數

行糧減存米五百四十二石四斗五升八合三勺

按行糧減存米石例不計閏數與常年相同

月糧折徵米一百一十九石八斗三勺

按月糧折徵米石常年徵米一百一十石九斗二

升六合七勺遇閏加徵米八石八斗七升

三合六勺共應徵米前數

零積餘米二十五石七斗三升三合四勺

吹鼓手米四十三石三斗

孤貧口糧米一千二百九十六石

鐸戶口糧米一百八石

按前四款均不計閏數與常年相同

共米三千一百六十七石六斗五升一合一勺均改米

徵米外

應徵漕南本色米五萬四千六十一石三斗七升八合

內

升科米九十七石四斗一升二合七勺

祭祀米六石

吹鼓手米二百一十六石

軍孤口糧米三十二石四斗

按察司重囚口糧米五十石

府縣重囚口糧米二百四十石

按前六欵均不計閏數與常年相同

共南祭等米六百四十一石八斗一升二合七勺又

正兌正米三萬一千五百八十五石二斗七升四合八勺

按正兌正米常年徵米三萬一千五百九十八石

五斗八升三合八勺遇閏續減灰石米一

十三石三斗九合外尚應徵米前數惟清

賦案內漏加咸豐四年升科米一石六斗

八升三勺故僅列徵米三萬一千五百八十三石五斗九升四合五勺今應更正

正兌耗米一萬二千六百三十四石一斗九合九勺

按正兌耗米常年徵米一萬一千六百三十九石四斗三升三合五勺遇閏續減灰石米五石三斗二升三合六勺外尚應徵米前數惟清賦案內漏加升科米石今應隨正更正

改兌正米一千八百七十九石五斗八升二合

按改兌正米常年徵米一千八百八十石三斗七升遇閏續減灰石米七斗八升六合外尚

應徵米前數

改兌耗米七百五十一石八斗三升二合八勺

按改兌耗米常年徵米七百五十二石一斗四升八合遇閏續減灰石米三斗一升五合二勺外尙應徵米前數

行糧本色米八百五十八石

按行糧米石例不計閏數與常年相同

月糧本色米五千七百一十石六斗六升五合八勺

按月糧本色常年徵米五千三百九石五斗三升九合四勺遇閏加徵米四百一石一斗二升六合四勺共應徵米前數淸賦案內多

刓米一勺計刓徵米五千七百一十石六斗六升五合九勺今應更正

兵漕糧行月米五萬三千四百一十九石四斗六升一五合三勺

錢塘縣

據縣詳復實該徵田二千三百八十六頃二十四畝四分二釐二毫七絲四忽一微七塵五渺九漠七埃六纖二沙

按全書內載原該徵田二千四百二十頃六十九畝三分八釐三毫六絲八微一渺該徵米一萬七千五百二十五石八斗二升三合三勺七抄三撮二圭一粟九粒九黍二稗四糠今按 奏冊所列豁免米數除地山蕩各則豁米外計自前屆編纂全書後起至咸豐六年止并道光二十九三十兩年

各案水冲該豁田則米二百四十九石四
斗一升五合一勺六抄六撮七圭一粟六
粒五黍一粞七糠二粃按則核算該豁田
三十四頃四十四畝九分六釐八絲六忽
六微二塵五渺二埃三纖八沙除豁尙應
存田前數今據該縣察復核數相符惟與
清賦冊報計少刋田五頃有奇核係原報
未準應行更正
察全書科則每畝原徵米七升二合四勺共徵米一萬七千二
百七十六石四斗八合二勺六撮五圭三
粒四黍六糠八粃

全書開載實該學田三頃九十五畝一分九釐三毫三絲二忽

按前則頃畝核與清賦冊報計多列田二忽今據

該縣察復應以全書載數爲準

察全書科則每畝原徵米七升一合九勺共徵米二十八石四

斗一升四合三勺九抄九撮七圭八粒

據縣冊報實該竈田六十七頃三十畝三分七釐七毫五絲

按全書內載原該竈田六十九頃九十畝八分八

釐六毫六絲七忽該徵米二百六十石七

斗六升七抄二撮七圭九粟一粒今據縣

報實該竈田前數計自前屆編纂全書後

起至咸豐六年止并道光二十九三十兩

年各案水冲豁免田二頃六十畝五分九
毫一絲七忽該豁米九石七斗一升六合
九勺九抄二撮四粟一粒外尚應存田前
數核與清賦冊報相符
察全書科則每畝原徵米三升七合三勺共徵米二百五十一
石四升三合八抄七圭五粟
據縣冊報實該徵地一千二十六頃六十七畝三分七絲
按全書內載原該徵地一千五十三頃三十二畝
九釐八毫五絲一忽五微八塵五渺該徵
米四千二百四十四石八斗八升三合五
勺七抄一圭八粟八粒七黍五粞五糠

據縣報實該徵地前數計自前屆編纂全
書後起至咸豐六年止并道光二十九三
十兩年各案水冲義塚豁免地二十六頃
六十四畝七分九釐七毫八絲一忽五微
八塵五渺該豁米一百七石三斗九升一
合三勺五抄一撮九圭七粟八粒七黍五
糲五糠外尚應存地前數核與清賦冊報
相符
察全書科則每畝原徵米四升三勺共徵米四千一百三十七
石四斗九升二合二勺一抄八撮二圭一
粟

全書開載實該基地三十二頃一畝四分四釐四絲三忽一微三

塵

按前則頃畝核與清賦冊報計少刘地三毫有奇

今據該縣察復應以全書載數爲準

察全書科則每畝原徵米七升二合四勺共徵米二百三十一

石七斗八升四合二勺八抄七撮二圭二

粟六粒一黍二糲

全書開載實該土山一千一百八十三頃四十五畝二分二釐六

毫六絲四忽

按前則頃畝核與清賦冊報計少刘山二頃有奇

今據該縣察復應以全書載數爲準

察全書科則每畝原徵米四合八勺其徵米五百六十八石五
升七合八抄七撮八圭七粟二粒
據縣册報實該石山六百九十八頃二十三畝九分二釐三絲
按全書内載原該石山六百九十八頃三十六畝
七分四釐四毫三絲一忽五微該徵米三
百三十五石二斗一升六合三勺七抄二
撮七圭一粟二粒今據縣報實該石山前
數計自前屆編纂全書後起至咸豐六年
止并道光二十九三十兩年各案義塚豁
免山二十二畝八分二釐四毫一忽五微
該豁米六升一合五勺五抄五撮二圭七

粟二粒外尚應存山前數核與清賦冊報
相符
察全書科則每畝原徵米四合八勺共徵米三百三十五石一
斗五升四合八勺一抄七撮四圭四粟
據縣冊報實該徵蕩三百一十七頃四十七畝八分六釐五毫
按全書內載原該徵蕩三百六十九頃四畝九分
四毫三絲一忽七微八塵四渺該徵米一
千六十二石四斗三升三合三勺一抄三
撮七圭八粟四粒七粞三糠今據縣報實
該徵蕩前數計自前屆編纂全書後起至
咸豐六年止并道光二十九三十兩年各

案水冲豁免蕩一頃五十七畝三釐九毫
三絲一忽七微八塵四渺該豁米五石二
斗二升九合四勺九撮二圭八粟四粒七
粞二糠外尚應存蕩前數核與清賦冊報
相符
察全書科則每畝原徵米三升三合三勺共徵米一千五十七
石二斗三合九勺四撮五圭
按則核算實該鄉丁三萬七千三百五十五丁五分二釐一毫五
絲五忽一微二塵六渺一漠五埃四沙
按全書內載原徵鄉丁三萬七千九百三十七丁
一釐六毫一絲七忽八微四塵一渺五漠

一埃九纖五沙該徵米六百八十六石六
斗五升九合九勺九抄二撮八圭二粟九
粒三黍一粞五糠内除自前届編纂全書
後起至咸豐六年止并道光二十九三十
兩年各豁免案内該豁鄉丁五百八十一
丁四分九釐四毫六絲二忽七微一塵五
渺三漠六埃九纖一沙該豁米一十石五
斗二升五合五抄二撮七圭五粟一粒四
黍八粞一糠八粃外應徵人丁前數
察全書科則每丁徵米一升八合一勺共徵米六百七十六石
一斗三升四合九勺四抄七粟七粒八黍

三粞三糠二粃

按該縣丁米如何派徵全書不載惟察省志內載

丁米按糧派徵

以上田地山蕩入則并應攤加人丁共應徵原科米二萬四

千五百六十一石六斗九升二合九勺四

抄二撮二圭八粟七粒三黍六粞

按　奏册內載乾隆二十三等年均有升科之案

全書漏未加入而灰石一款核有應辭米

石全書亦未扣除今察各款升科之米與

應辭漕灰米石數適相符似係原辦全書

之時失加各款升科漏除灰石辭米所致

且察全書內原列其徵米數圭粟以下零奇數亦舛錯今將失加漏除之款均已分別更正並就全書各則徵數以散合總計應共徵米二萬四千九百四十四石三升二合四勺七抄三圭三粟一粒一黍八糲六糠參核　奏冊應補加乾隆二十三等年升科灰石米八升二合七勺行糧米一斗六升三合月糧米六斗五合二勺南米五斗七勺正兌正米二石七斗一升八合五勺正兌耗米一石八升七合四勺共升米五石一斗五升七合五勺連前共應徵

米二萬四千九百四十九石一斗八升九合九勺七抄三圭三粟一粒一黍八糯六糠內應補除漏豁灰石米五石一斗五升七合五勺外仍應共徵米二萬四千九百四十四石三升二合四勺七抄三圭三粟一粒一黍八糯六糠以後刻解數核算計應徵米二萬四千九百四十四石三升二合五勺二抄三撮二圭七粟二粒一黍八糯六糠零奇稍有未符今自編纂全書後

起至咸豐六年止并道光二十九三十兩年水冲義塚各案內該豁原科米三百七

十一石八斗一升四合四勺七抄五撮二
圭九粟二粒三黍四糲四糠二粃又應隨
豁人丁米一十石五斗二升五合五抄二
撮七圭五粟一粒四黍八糲一糠八粃兩
共豁米三百八十二石三斗三升九合五
勺二抄八撮四粟三粒八黍二糲六糠祭
核　奏册該豁
灰石米七石七斗三升七合三勺
行糧米九石七斗一升九合六勺一抄六撮
一圭五粟七粒
月糧米三十八石八升一合二勺八撮四圭

三粟八粒

正兌正米二百二十八石三斗五合八勺三抄三撮七粟六粒三黍七糠七粃

正兌耗米九十一石三斗二升二合三勺三抄三撮二圭三粟五黍二粞三糠一粃

南糧米九石一斗七升三合二勺三抄七撮一圭四粟一粒九黍九粞五糠二粃外尚

該徵米前數

按各則徵數係照科則核算必至糠粃而止而各款解額因各屬全書未能一律檢齊皆照奏册編列無奏册者參攷全書志乘

登載但　奏册以勺爲斷不列零尾故凡
照全書之有零額數亦皆包尾截尾開列
以歸劃一今因解額既不掛零故徵數抄
撮以下亦復不計註明備攷

遇閏應加徵米二百九十七石一斗七升一合二勺
按全書內載原編月糧加閏米三百石內除舊案
水冲米四斗一升八合六勺外該徵米二
百九十九石五斗八升一合四勺參核
奏册自編纂全書以後至咸豐六年止應
再除豁免米二石四斗一升二勺外實該
徵米前數內徵本色米二百九十石八斗

二升八勺折色米六百三斗五升四勺

無閏之年

原應其徵本折米二萬四千五百六十一石六斗九升三合內

除

兌改折徵灰石米四百二十九石一斗五升三合九勺

按全書內載原編米四百四十一石九斗六升六合內除舊案免徵銀合米五石一斗五升七合五勺外該徵米四百三十六石八斗八合五勺參核　奏册應補加乾隆二十三等年升科米八升二合七勺共該徵米四百三十六石八斗九升一合二勺內除

自編纂全書後起至咸豐六年止各案豁免米三石六斗四升四合五勺又除道光二十九三十兩年豁免米四石九升二合八勺外尚應徵米前數

行糧減存米二百一十五石五斗六升三合二勺

按全書內載原編行糧本折米六百一十一石六斗六合內除水冲義塚米八石四斗八升六合一勺八抄三撮八圭四粟三粒外該徵米六百三石一斗一升九合八勺一抄六撮一圭五粟七粒參核　奏冊應補加

乾隆二十三等年升科米一斗六升三合

共該徵米六百三石二斗八升二合八勺

一抄六撮一圭五粟七粒內除自編纂全

書後起至咸豐六年止各案免徵米四石

五升七合三勺一抄六撮一圭五粟七粒

又道光二十九三十兩年免徵米五石六

斗六升二合三勺外該徵米五百九十三

石五斗六升三合二勺內照　奏冊儘徵

本色米三百七十八石外該徵折色前數

月糧折徵米四十六石一斗七升五合一勺

按全書內載原編月糧本折米二千二百七十一

石六斗四升二合三勺八抄九撮七圭一

粟五粒内除舊案水冲義塚等米三十一
石五斗二升四合九抄一撮五圭六粟二
粒外該徵米二千二百四十石一斗一升
八合二勺九抄八撮一圭五粟三粒參核
奏冊應補加乾隆二十三等年升科米
六斗五合二勺共該徵米二千二百四十
石七斗二升三合四勺九抄八撮一圭五
粟三粒内除自編纂全書後起至咸豐六
年止各案免徵米一十五石一斗一合五
勺八撮四圭三粟八粒又道光二十九三
十兩年免徵米二十石九斗七升九合七

勺外該徵米二千二百四石六斗四升二
合二勺八抄九撮七圭一粟五粒包尾爲
三勺 內照 奏册儘徵本色米二千一百
五十八石四斗六升七合二勺外應徵折
色前數
零積餘米三石九升七合二勺
按全書內載原編米四石五斗一升一合五撮五
圭一粟三粒三黍六粞 內除舊案水冲坍
豁米一石四斗一升三合八勺外該徵米
三石九升七合二勺五撮五圭一粟三粒
三黍六粞截尾前數

吹鼓手米二十八石八斗

孤貧口糧米七百七十四石

鐸戶口糧米一百二十九石六斗

按前三款全書內載原編米各前數不扣升豁

共米一千六百二十六石三斗八升九合四勺均攺

米徵銀外

實應徵漕南本色米二萬二千九百三十五石三斗三合六

勺內

升科米八十四石六斗五升五勺

按全書內載原編康熙六年升科米一百一十三

石八斗八升九合六勺九抄三撮八圭七

粒六黍一粞一糠內除各案免徵米二十
石五斗六升六合六勺五抄六撮六圭六
粟五粒六黍一粞五糠八粃外該徵米九
十三石三斗二升三合三抄七撮一圭四
粟一粒九黍九粞五糠二粃又應補加乾
隆二十三等年升科米五斗七勺共該徵
米九十三石八斗二升三合七勺三抄七
撮一圭四粟一粒九黍九粞五糠二粃今
參核　奏册僅列徵米前數計自編纂全
書後起至咸豐六年止并道光二十九三
十兩年各案免徵米九石一斗七升三合

二勺三抄七撮一圭四粟一粒九黍九糲
五糠三粃

祭祀米二石
吹鼓手米一百四十四石
軍孤口糧米一十四石四斗
按察司重四口糧米五十石
府縣重四口糧米二百四十石
按前五款全書內載原編米各前數不扣升谿
共南祭等米五百三十五石五升五勺又
正兌正米一萬三千三百七十八石九斗八合五勺
按全書內載原編米一萬四千一百石內除灰石

米二百九十八石二斗再除舊案免徵米
一百九十七石三斗四合一勺六抄六撮
九圭二粟三粒六黍九粞二糠三粃外該
徵米一萬三千六百四石四斗九升五合
八勺三抄三撮七粟六粒三黍七糠七粃
參核　奏冊應補加乾隆二十三等年升
科米二石七斗一升八合五勺共該徵米
一萬三千六百七石二斗一升四合三勺
三抄三撮七粟六粒三黍七糠七粃內除
自前屆編纂全書後起至咸豐六年止各
案免徵米九十三石七合三勺三抄三撮

七粟六粒三黍七穅七粃又道光二十九
三十兩年免徵米一百三十五石二斗九
升八合五勺外應徵米前數
正兌耗米五千三百五十一石五斗六升三合四勺
按全書內載原編米五千六百四十石內除灰石
米一百一十九石二斗八升再除舊案免
徵米七十八石九斗二升一合六勺六抄
六撮七圭六粟九粒四黍七糲六穅九粃
外該徵米五千四百四十一石七斗九升
八合三勺三抄三撮二圭三粟五黍二糲
三穅一粃參核　奏册應補加乾隆二十

三等年升科米一石八升七合四勺共該徵米五千四百四十二石八斗八升五合七勺三抄三撮二圭三粟五黍二粞三糠一粃內除自編纂全書後起至咸豐六年止各案免徵米三十七石二斗二合八勺三抄三撮二圭三粟五黍二粞三糠一粃又道光二十九三十兩年免徵米五十四石一斗一升九合五勺外應徵米前數

改兌正米八百九石五斗一升

按 奏册內載原編米八百二十七石內應除灰石米一十七石四斗九升外該徵米前數

改兌耗米三百二十三石八斗四合

按　奏册內載原編米三百三十石八斗內應除

灰石米六石九斗九升六合外該徵米前

數

行糧本色米三百七十八石

月糧本色米二千一百五十八石四斗六升七合二勺

共漕糧行月米二萬二千四百石二斗五升三合一

勺

有閏之年

原應共徵本折米二萬四千八百五十八石八斗六升四合二

勺內除

兌改折徵灰石米四百三十七石七斗六升三合九勺

按漕灰米石常年徵米四百二十九石一斗五升三合九勺遇閏加徵米八石六斗一升共米前數

行糧減存米二百一十五石五斗六升三合二勺

按行糧減存米石例不計閏數與常年相同

月糧折徵米五十二石五斗二升五合五勺

按月糧折徵米石常年徵米四十六石一斗七升五合一勺遇閏加徵米六石三斗五升四勺共應徵米前數

零積餘米三石九升七合二勺

吹鼓手米二十八石八斗

孤貧口糧米七百七十四石

鋪戶口糧米一百二十九石六斗

按前四款均不計閏數與常年相同

共米一千六百四十一石三斗四升九合八勺均攺

米徵銀外

實應徵漕南本色米二萬三千二百一十七石五斗一升四

合四勺內

升科米八十四石六斗五升五勺

祭祀米二石

吹鼓手米一百四十四石

軍孤口糧米一十四石四斗
按察司重囚口糧米五十石
府縣重囚口糧米二百四十石
按前六款均不計閏數與常年相同
共南祭等米五百三十五石五升五勺又
按正兌正米常年徵米一萬三千三百七十八石
九斗八合五勺遇閏續減灰石米五石八
斗一升外尙該徵米前數
正兌正米一萬三千三百七十三石九升八合五勺
正兌耗米五千三百四十九石二斗三升九合四勺
按正兌耗米常年徵米五千三百五十一石五斗

六升三合四勺遇閏續減灰石米二石三斗二升四合外尚應徵米前數

改兑正米八百九石一斗七升

按改兑正米常年徵米八百九石五斗一升遇閏續減灰石米三斗四升外尚該徵米前數

改兑耗米三百二十三石六斗六升八合

按改兑耗米常年徵米三百二十三石八斗四合遇閏減徵米一斗三升六合外尚該徵米前數

行糧本色米三百七十八石

按行糧例不計閏數與常年相同

月糧本色米二千四百四十九石二斗八升八合

按月糧本色常年徵米二千一百五十八石四斗
六升七合二勺遇閏加徵米二百九十石
八斗二升八勺外共應徵米前數惟淸賦
案內列徵米二千四百四十九石一升計
不符米二斗七升八合飭據該縣察復係
咸豐八九年間紳士朱琳等捐置義塚應
豁米石今此冊截至咸豐六年爲止此項
豁米應行截出扣算以淸界限

共漕糧行月米二萬二千六百八十二石四斗六升
三合九勺

海甯州

全書開載實該深村田六千七百八十二頃一十八畝三分一釐

四毫四絲一忽

按清賦案內該州冊報田地山蕩頭畝各數核與

全書所載頭畝除功臣地外其餘均不符

合今以全書頭畝按照全書科則科出應

徵總數核與奏頒　奏冊解額合勺相符

其爲前纂全書之後田地山蕩均無升坍

可知自應以全書所載頭畝爲準今據該

州察復亦稱核數相符是以此次纂造減

賦全案均照全書辦理以昭核實

察全書科則每畝原徵米七升一合共徵米四萬八千一百五
十三石五斗三勺二抄三撮一圭一粟
全書開載實該深村地一千八百五十四頃五十七畝二釐二毫
二絲一忽
察全書科則每畝原徵米七升九勺共徵米一萬三千一百四
十八石九斗二合八勺七抄四撮六圭八
粟九粒
全書開載實該南塘地一百二十七頃一十四畝七分八釐六毫
四絲五忽
察全書科則每畝原徵米四升八合九勺共徵米六百二十一
石七斗五升三合五抄七撮四圭五粒

全書開載實該張顏祠堂地二十三畝七釐八毫
察全書科則每畝原徵米四合一勺共徵米九升四合六勺一
抄九撮八圭
全書開載實該深村魚蕩一百一十頃九畝三分八釐九毫六絲
察全書科則每畝原徵米七升四勺共徵米七百七十五石六
升一合二抄七撮八圭四粟
全書開載實該草蕩一百二頃七十一畝四分二釐三毫一絲三
忽
察全書科則每畝原徵米二升八勺共徵米二百一十三石六
斗四升五合六勺一撮一圭四粒
全書開載該徵鄉民八萬八千三百七十五口四分二釐四毫九

絲　　　忽

按全書內三百七十五口誤刊四百七十五口今

應更正

察全書科則每口徵米三升三合共徵米二千九百二十六石

三斗八升九合二抄一撮七圭

按全書內載該縣丁米按糧派徵

以上田地蕩六則并應攤加人丁共應徵原科米六萬五千

八百三十九石三斗四升六合五勺二抄

五撮六圭四粟八粒

按各則徵數係照科則核算必至糠粃而止而各

款解額因各屬全書未能一律檢齊皆照

奏冊編列無　奏冊者參攷全書志乘
登載但　奏冊以勺爲斷不列零尾故凡
照全書之有零額數亦皆包尾截尾開列
以歸劃一今因解額既不掛零故徵數抄
撮以下亦復不計註明備攷
遇閏應加徵米一百九十三石五合三勺
按全書內載應徵月糧加閏米一百九十三石二
斗二升四合八勺二抄九撮九圭七粟內
除免徵米二斗一升九合五勺外該徵米
一百九十三石五合三勺二抄九撮九圭
七粟截尾前數參核　奏冊內徵本色米

一百八十八石七斗六升五合七勺折徵

米四石二斗三升九合六勺

無閏之年

原應共徵本折米六萬五千八百二十九石三斗四升六合五

勺內除

改免折徵灰石米一千六十六石一斗六升五合四勺

按奏冊內載原編米一千六十九石五斗二合

內除各案免徵銀合米三石三斗三升六

合六勺外尙應徵米前數惟察該州全書

所載灰石行月本折米數核與奏冊零

尾稍有未符今均遵奏冊編徵

行糧減存米五百一十七石一斗四升三合七勺

按　奏册內載原編行糧本折米一千四百八十四石七斗七升二合內除各案免徵米四石六斗二升八合三勺外該徵米一千四百八十石一斗四升三合七勺內徵本色米九百六十三石外應徵折色前數

月糧折徵米六十四石四斗二升四合四勺

按　奏册內載原編月糧本折米三千一百五十石二斗六升五合內除各案免徵米九石八斗二升外該徵米三千一百四十石四斗四升五合內徵本色米三千七十六石

二升六勺外應徵折色前數

零積餘米二十五石一斗一合三勺

按全書內載原編米二十五石四斗一升四合二勺七抄四圭二粟六粒五黍內除免徵米三斗一升三合外該徵米二十五石一斗一合二勺七抄四圭二粟六粒五黍包尾前數

孤貧口糧米二百五十九石二斗

按全書內載原編米前數

共米一千九百三十一石三升四合八勺均攺米徵銀外

實應徵漕南本色米六萬三千八百九十七石三斗一升一合七勺丙

南糙米九千八百七十九石五斗一升九合一勺

按全書內載原編糙正米七千九百二十八石五斗三升二合三勺六抄一撮九圭每石加耗米二斗五升共該米九千九百一十石六斗六升五合四勺五抄二撮三圭七粟五粒丙除各案免徵米三十一石一斗四升六合四勺九撮六圭九粒一黍四糯四糠七粃外該徵米九千八百七十九石五斗一升九合四抄二撮七圭六粟五粒八

黍五粞五糠三粃包尾前數惟參核　奏
冊列徵南耗米九千五百六十八石八斗
一升二合一抄四撮三圭五粟五粒八粞
七糠九粃墩夫口糧米三百四十五石六
斗核係　奏冊內少列米二勺有奇並少
徵南糙多徵墩夫口糧在正米此盈彼絀
雖無出入而南糙例應隨徵夫船耗米其
墩夫口糧例不徵耗正米數既參差科耗
亦有未符今囙遵照　奏冊正米科耗徵
不敷解自應仍照全書編列以符徵解之
數

南糙項下夫船耗米五百九十二石三斗二升二合

按全書內載每正米一石加徵夫船耗米七升五合共該米五百九十四石六斗三升九合九勺二抄七撮一圭四粟二粒五黍內除各案免徵米二石三斗一升七合九勺七抄二撮二圭七粟四粒八黍五糯五糠三粃外該徵米五百九十二石三斗二升一合九勺五抄四撮八圭六粟七粒六黍四糯四糠七粃包尾前數

墩夫口糧米三十四石八斗九升三合二勺

按全書內載原編米三百四十五石六斗內除各

案免徵米三百一十石七斗六合七勺七抄二圭九粟一粒外該徵米三十四石八斗九升三合二勺二抄九撮七圭九粒截尾前數

升科米一斗五升一勺

按全書內載原編康熙六年丈量升科米一斗五升一勺五抄二撮七圭二粟九粒截尾前數

祭祀米三石

按全書內列米前數

共南祭等米一萬五百九石八斗八升四合四勺又

正兌正米三萬三千三百九十五石八斗九升一合九勺
按　奏冊內載原編米三萬四千二百三十石內
除灰石米七百二十三石九斗再除各案
免徵米一百一十石二斗八合一勺外該
徵米前數
正兌耗米一萬三千三百五十八石三斗五升六合八勺
按　奏冊內載原編米一萬三千六百九十二石
內除灰石米二百八十九石五斗六升再
除各案免徵米四十四石八升三合二勺
外該徵米前數
改兌正米一千八百五十二石九斗七升

按　奏冊內載原編米一千八百九十三石內除
灰石米四十石三升外尚應徵米前數

改兌耗米七百四十一石一斗八升八合

按　奏冊內載原編米七百五十七石二斗內除
灰石米一十六石一升二合外尚應徵米
前數

行糧本色米九百六十三石

月糧本色米三千七十六石二升六勺

共漕糧行月米五萬三千三百八十七石四斗二升七
合三勺

有閏之年

原應共徵本折米六萬六千二十二石三斗五升一合八勺內

除

兌改折徵灰石米一千八十七石五升六勺

按漕灰米石常年徵米一千六十六石一斗六升

五合四勺遇閏加徵米二十石八斗八升

五合二勺共米前數

行糧減存米五百一十七石一斗四升三合七勺

按行糧例不計閏數與常年相同

月糧折徵米六十八石六斗六升四合

按月糧折徵米石常年徵米六十四石四斗二升

四合四勺遇閏加徵米四石二斗三升九

合六勺其米前數

零積餘米二十五石一斗一合三勺

孤貧口糧米二百五十九石二斗

按前二欵均不計閏數與常年相同

其米一千九百五十七石一斗五升九合六勺均改米

徵銀外

實應徵漕南本色米六萬四千六十五石一斗九升二合二

勺內

南糙米九千八百七十九石五斗一升九合一勺

南糙項下夫船耗米五百九十二石三斗二升二合

墩夫口糧米三十四石八斗九升三合二勺

升科米一斗五升一勺

祭祀米三石

按前五欵均不計閏數與常年相同

共南祭等米一萬五百九石八斗八升四合四勺又

正兌正米三萬三千三百八十一石七斗五升八合九勺

按正兌正米常年徵米三萬三千三百九十五石八斗九升一合九勺遇閏續減灰石米一十四石一斗三升三合外尚應徵米前數

正兌耗米一萬三千三百五十二石七斗三合六勺

按正兌耗米常年徵米一萬三千三百五十八石三斗五升六合八勺遇閏續減灰石米五

石六斗五升三合二勺外尙應徵米前數

改兌正米一千八百五十二石一斗八升五合

按改兌正米常年徵米一千八百五十二石九斗

七升遇閏續減灰石米七斗八升五合外

尙應徵米前數

改兌耗米七百四十石八斗七升四合

按改兌耗米常年徵米七百四十一石一斗八升

八合遇閏續減灰石米三斗一升四合外

尙應徵米前數

行糧本色米九百六十三石

按行糧例不計閏數與常年相同

月糧本色米三千二百六十四石七斗八升六合三勺

按月糧本色常年徵米三千七十六石二升六勺

遇閏加徵米一百八十八石七斗六升五

合七勺共應徵米前數

共漕糧行月米五萬三千五百五十五石三斗七合八

勺

富陽縣

據縣册報實該徵田一千八百三十一頃五十一畝五分一釐一毫三絲九忽

按全書內載實該徵田一千八百四十頃六十五畝二分五釐二毫九絲四忽該徵米六千七十四石一斗五升三合三勺四抄七撮二粟內除道光二十九三十兩年水冲案內坍豁田九頃一十三畝七分四釐一毫五絲五忽該豁米三十石一斗五升三合四勺七抄一撮一圭五粟外尚應存田前數核與清賦册報相符

察全書科則每畝原徵米三升三合共徵米六千四十三石九斗九升九合八勺七抄五撮八圭七粟

據縣冊報實該徵地一千六十九頃四十二畝八釐七毫二絲四忽

按全書內載實該徵地一千九十九頃六十六畝九分五釐四毫九絲八忽八微該徵米一千四百七十三石五斗五升七合一勺九抄六撮八圭三粟九粒二黍內除道光二十九三十兩年水冲案內坍沒地三十頃二十四畝八分六釐七毫七絲四忽八微該豁米四十石五斗三升三合二勺二抄

七撮八圭二粟三粒二黍外尙應存地前

數核與淸賦册報相符

察全書科則每畝原徵米一升三合四勺共徵米一千四百三

十三石二升三合九勺六抄九撮一粟六

粒

全書開載實該柴山二千七百二十二頃七畝四分一釐九毫二

絲八忽

按前則頃畝核與淸賦册報相符

察全書科則每畝原徵米八勺共徵米二百一十七石七斗六

升五合九勺三抄五撮四圭二粟四粒

全書開載實該茅山六百七十三頃二十五畝一分四釐三毫

按前則頃畝核與清賦册報相符
察全書科則每畝原徵米八勺共徵米五十三石八斗六升一
勺一抄四撮四圭
全書開載實該光山三十二頃六畝九分八釐九毫
按前則頃畝核與清賦册報相符
察全書科則每畝原徵米八勺共徵米二石五斗六升五合五
勺九抄一撮二圭
全書開載實該塘五十七頃九十三畝八釐九毫九絲三忽
按前則頃畝核與清賦册報相符
察全書科則每畝原徵米一升三勺共徵米五十九石六斗六
升八合八勺二抄六撮二圭七粟九粒

按則核算實該鄉丁七千七百八十二丁二分二釐四毫七絲二
忽三微六塵八渺三漠二埃四纖五沙
按全書內載該徵鄉丁七千八百五十二丁六分
五釐二毫六忽共徵丁米九十二石六斗
六升一合二勺九抄四撮三圭八粒內除
道光二十九三十兩年水冲坍沒田地應
豁鄉丁七十丁四分二釐七毫三絲三忽
六微三塵一渺六漠七埃五纖五沙該豁
米八斗三升一合四抄二撮五圭六粟八
粒五黍三糲七糠七粃外尙應徵丁前數
察全書科則每丁徵米一升一合八勺共徵米九十一石八斗

三升二勺五抄一撮七圭三粟九粒四黍

六粞二糠三粃

按全書內載該縣丁米按糧派徵

按則核算實該鈔口八百四十七丁二分一釐七毫四絲六忽七

微五塵九渺六漠八埃九纖

按全書內載該徵食鹽鈔丁八百五十四丁八分

八釐四毫五絲九忽該徵米一十石八升

七合六勺三抄八撮一圭六粟二粒內除

道光二十九三十兩年水冲坍沒田地應

豁鈔口七丁六分六釐七毫一絲二忽二

微四塵三漠一埃一纖該豁米九升四勺

七抄二撮四粟四粒三黍五糲六糠七粃

外應徵鈔口前數

察全書科則每丁徵米一升一合八勺共徵米九石九斗九升七合一勺六抄六撮一圭一粟七粒六黍四糲三糠三粃

按全書內載該縣鈔口按糧派徵

以上田地山塘六則并應攤加人丁鈔口共應徵原科米七千九百一十二石七斗一升一合七勺三抄四粟六粒一黍五糠六粃

按全書內載原徵米七千九百八十四石三斗一升九合九勺四抄三撮六圭三粟二粒二

黍內除道光二十九三十兩年水冲案內
該豁
灰石米一石二升八合
行糧米一石三斗五升一勺
月糧米一十六石一升八合一勺
正兌正米三十三石六斗二升九合九勺
正兌耗米一十三石四斗五升一合九勺
南糙米五石六斗一升八合七勺二抄六撮
四圭
夫船耗米三斗三升二合六勺二抄八撮六
圭二粒八黍八糲

零積餘米一斗七升八合八勺五抄八撮五
圭八粟三粒二黍一粞四糠四粃
共谿米七十一石六斗八合二勺一抄三撮五
圭八粟六粒九粞四糠四粃外尚應徵米
前數
又加徵不敷解米一斗九升一合一勺
按升科南米一款全書列徵米一十三石二斗九
升一合二勺而　奏册內列應解米一十
三石四斗八升二合三勺計徵不敷解米
前數據縣册報由縣籌補統歸升科南米
款內凑解足數以歸簡易而符　奏額

兩共米七千九百一十二石九斗二合八勺三抄四粟六粒

一黍五糠六粃

按各則徵數係照科則核算必至糠粃而止而各

款解額因各屬全書未能一律檢齊皆照

奏冊編列無　奏冊者參攷全書志乘

登載但　奏冊以勺爲斷不列零尾故凡

照全書之有零額數亦皆包尾截尾開列

以歸劃一今因解額既不掛零故徵數抄

撮以下亦復不計註明備攷

遇閏應加徵米二百三十七石八斗二升三合六勺

按全書内載原編月糧加閏米二百四十石叅核

奏冊應除各案免徵米二石一斗七升六合四勺外該徵米前數內徵本色米二百三十二石七斗四升六合八勺折徵米五石七升六合八勺

無閏之年

原應共徵本折米七千九百一十二石九斗二合八勺內除

兌改折徵灰石米一百一十一石一斗一升一合二勺

按全書內載原編米一百一十二石七斗七升內

應除舊案免徵銀合米六斗三升八勺外

尚應徵米一百一十二石一斗三升九合

二勺　𠫭核　奏冊應再除道光二十九三

十兩年水冲無徵銀合米一石二升八合
外尚應徵米前數並察全書內豁免米石
本折并計數目間有未符且全書之後尚
應續豁米石須與　奏冊互相叅核方能
明晰惟就　奏冊核算所豁免改厎石本
折米石核與全書又不符米二勺四抄蓋
因　奏冊以勺爲斷零尾致有未符合併
登明

行糧減存米五十七石四斗六升一合一勺
按全書內載原編行糧本折米一百四十九石六
斗四升八合內除坍没水冲無徵米八斗

三升六合七勺七抄二撮一圭四粟外該

徵米一百四十八石八斗一升一合二勺

二抄七撮八圭六粟叅核　奏册應再除

道光二十九三十兩年水冲米一石三斗

五升一勺外尚應徵米一百四十七石四

斗六升一合一勺二抄七撮八圭六粟截

尾列一勺內照　奏册儘徵本色米九十

石外應徵折色前數

月糧折徵米三十六石三斗一升九勺

按全書內載原編月糧本折米一千七百七十五

石四斗九合一勺二抄六撮三圭八粟八

粒三黍內除坍没水冲米九石九斗二升七合六勺四抄八撮一圭外該徵米一千七百六十五石四斗八升一合四勺七抄八撮二圭八粟八粒三黍

奏
奏

粒三黍奏冊應

再除道光二十九三十兩年水冲米一十六石一升八合一勺外尙應徵米一千七百四十九石四斗六升三合三勺七抄八撮二圭八粟八粒三黍包尾爲四勺內照

奏冊儘徵本色米一千七百一十三石一斗五升二合五勺外應徵折色前數

零積餘米二十三石五斗二升二合八勺

按全書內載原編米二十三石七斗三升八合六勺六抄九撮七圭四粟六粒四糠內除坍没免徵米三升七合外該徵米二十三石七斗一合六勺六抄九撮七圭四粟六粒四糠今再除道光二十九三十兩年水冲米一斗七升八合八勺五抄八撮五圭八粟三粒二黍一糲四糠四粃外尚應徵米二十三石五斗二升二合八勺一抄一撮一圭六粟二粒七黍八糲九糠六粃截尾

孤貧口糧米五十四石

前數

接前款係遵全書照額科徵

原糙南米五百四十七石八斗九升八合一勺

按全書內載原編糙正米四百四十五石八斗二升四合五勺二抄一撮四圭二粟四粒二黍四粞一穅七粃每石加耗米二斗五升共該米五百五十七石二斗八升六勺五抄一撮七圭八粟三黍二穅一粃內除坍没水冲米三石七斗六升三合八勺一抄三撮二圭二粟六粒九黍六粞三穅七粃外該徵米五百五十三石五斗一升六合八勺三抄八撮五圭五粟三粒三黍三粞

八糠四粃參核　奏册列數計應除道光
二十九三十兩年水冲米五石六斗一升
八合七勺二抄六撮四圭外故應徵米五
百四十七石八斗九升八合一勺一抄二
撮一圭五粟三粒三黍三糲八糠四粃截
尾前數
原糙項下夫船耗米三十二石四斗五升四合八勺
按全書內載每正米一石加徵夫船耗米七升四
合共該米三十二石九斗九升一合一抄
四撮五圭八粟五粒三黍九糲三糠九粃
內除坍沒水冲米二斗三合六勺三抄一

撮二粟三粒三粞六糠三粃外該徵耗米
三十二石七斗八升七合三勺八抄三撮
五圭六粟二粒三黍五粞七糠六粃今按
正米科算應除道光二十九三十兩年水
冲耗米三斗三升二合六勺二抄八撮六
圭二粒八黍八粞外尚該徵米三十二石
四斗五升四合七勺五抄四撮九圭五粟
九粒四黍七粞七糠六粃包尾前數
升科米一十三石四斗八升二合三勺
按全書內載原編康熙六年升科米一十三石四
斗八升二合二勺二抄七撮八圭三粟四

粒內除置買耤田壇基免徵米一斗九升一合一勺二抄六撮四圭外實該徵米一十三石二斗九升一合二勺一撮四圭三粟四粒參核　奏冊列徵米前數因未將耤田壇基免徵米石扣除仍照原編米數開列致未脗合第　奏額開載前數應照奏冊批解所有不敷米一斗九升一合一勺由縣籌補足數外各則內仍僅科徵米一十三石二斗九升一合二勺一撮四圭三粟四粒

升科米七十八石二升九合

按全書内載原編康熙十六年起至乾隆四十四年止升科米七十八石二升八合九勺五抄九撮四圭一粟八粒二黍包尾前數

縣重四口糧米一十一石九斗二升

按全書内載原編米前數不扣升豁並察該縣南四米石據報向與地丁併徵是以列入折徵米内合并登明

共米九百六十六石一斗九升三合〔一〕勺内

實應徵漕糧行月本色米六千九百四十六石七斗一升二合六勺内

正兑正米三千三百一十二石五斗六升一合五勺

按全書內載原編米三千四百五十石內除灰石
米七十二石九斗六升又除舊案坍没水
冲米二十石八斗四升八合六勺外該徵
米三千三百五十六石一斗九升一合四
勺叅核　奏冊應再除道光二十九三十
兩年水冲米三十三石六斗二升九合九
勺外應徵米前數

正兑耗米一千三百二十九石二升四合六勺

按全書內載原編米一千三百八十石內除灰石
米二十九石一斗八升四合又除舊案坍
没水冲米八石三斗三升九合五勺外該

徵米一千三百四十二石四斗七升六合
五勺奏核　奏冊應再除道光二十九三
十兩年水冲米一十三石四斗五升一合
九勺外應徵米前數
改兌正米三百五十一石四斗一升
按　奏冊內載原編米三百五十九石內除灰石
米七石五斗九升外該徵米前數
改兌耗米一百四十石五斗六升四合
按　奏冊內載原編米一百四十三石六斗內除
灰石米三石三升六合外該徵米前數
行糧本色米九十石

月糧本色米一千七百一十三石一斗五升二合五勺

共符前數

有閏之年

原應共徵本折米八千一百五十石七斗二升六合四勺內除

兌改折徵灰石米一百一十三石三斗一升六合二勺

按漕灰米石常年徵米一百一十一石一斗一升

一合二勺遇閏加徵灰石米二石二斗五

合共應徵米前數

行糧減存米五十七石四斗六升一合一勺

按行糧減存米石向不計閏數與常年相同

月糧折徵米四十一石三斗八升七合七勺

按月糧折徵米石常年徵米三十六石三斗一升
九勺遇閏加徵米五石七升六合八勺共
應徵米前數
零積餘米二十三石五斗二升二合八勺
孤貧口糧米五十四石
原糙南米五百四十七石八斗九升八合一勺
原糙項下夫船耗米三十二石四斗五升四合八勺
升科米一十三石四斗八升二合三勺
升科米七十八石二升九合
縣重四口糧米一十一石九斗二升
按前七款均不計閏數與常年相同

共米九百七十三石四斗七升二合均攺米徵銀外

實應徵漕糧行月本色米七千一百七十七石二斗五升四合四勺内

正兌正米三千三百二十一石一斗三升六合五勺

按正兌正米常年徵米三千三百二十二石五斗六升一合五勺遇閏續減灰石米一石四斗二升五合外尚該徵米前數

正兌耗米一千三百二十八石四斗五升四合六勺

按正兌耗米常年徵米一千三百二十九石二升四合六勺遇閏續減灰石米五斗七升外

尚該徵米前數

改兌正米三百五十一石二斗六升

按改兌正米常年徵米三百五十一石四斗一升

遇閏續減灰石米一斗五升外尚該徵米

前數

改兌耗米一百四十石五斗四合

按改兌耗米常年徵米一百四十石五斗六升四

合遇閏續減灰石米六升外尚該徵米前

數

行糧本色米九十石

按行糧本色米石例不計閏數與常年相同

月糧本色米一千九百四十五石八斗九升九合三勺

按月糧本色米石常年徵米一千七百一十三石
一斗五升二合五勺遇閏加徵米二百三
十二石七斗四升六合八勺共應徵米前
數
共符前數

餘杭縣

全書開載實該七鄉田二千六十一頃二十三畝七釐七毫八絲

二忽

按該縣各則頃畝核與清賦册報均屬相符

察全書科則每畝原徵米五升五合五勺共徵米一萬一千四

百三十九石八斗三升八勺一抄九撮一

粟

全書開載實該止戈鄉田二百二十一頃四十三畝九分四釐三

毫二絲五忽

察全書科則每畝原徵米四升一合一勺共徵米九百一十石

一斗一升六合六抄七撮五圭七粟五粒

全書開載實該徵地六百七十頃三十四畝六分七釐四毫七絲
九忽
按清賦案內與升地分爲兩則開報今照全書仍
作一則開列
察全書科則每畝原徵米五合八勺共徵米三百八十八石八
斗一合一勺一抄三撮七圭八粟二粒
全書開載實該發祥祠地三分六釐六毫
察全書科則每畝原徵米五合共徵米一合八勺三抄
全書開載實該徵山三千四百一十頃五十四畝八分八釐三毫
七絲九忽
察全書科則每畝原徵米八勺共徵米二百七十二石八斗四

升三合九勺七撮三粟二粒

全書開載實該蕩二百一十七頃七十五畝七分一釐六毫九絲

三忽

察全書科則每畝原徵米一合八勺共徵米三十九石一斗九

升六合二勺九抄四圭七粟四粒

全書開載該徵上丁八千一百八十四丁四分四釐三毫六絲九

忽

全書開載該徵中丁七千四百九十七丁三分五釐八絲一忽

全書開載該徵下丁五千九百四十五丁四分一釐二毫八絲一

忽

共該徵上中下三丁二萬一千六百二十七丁二分七毫三

絲一忽

察全書科則每丁徵米二升一合六勺共徵米四百六十七石

一斗四升七合六勺七抄七撮入圭九粟

六粒

全書内載該縣丁米按田派徵

以上田地山蕩六則并應攤加人丁共應徵原科米一萬三

千五百一十七石九斗三升七合七勺五

撮七圭六粟九粒

按各則徵數係照科則核算必至糠粃而止而各

款解額因各屬全書未能一律檢齊皆照

奏冊編列無　奏冊者參攷全書志乘

登載但奏册以勺爲斷不列零尾故凡
照全書之有零額數亦皆包尾截尾開列
以歸劃一今因解額旣不掛零故徵數抄
撮以下亦復不計註明備攷

遇閏應加徵米七十七石
按奏册內載原編月糧加閏米前數並無升龠
內徵本色米七十五石三斗六升七合八
勺折徵米一石六斗三升二合二勺惟全
書內列徵本色米七十二石三斗九升六
合八勺折徵米四石六斗三合二勺今從
奏册額數編徵

無閏之年

原應共徵本折米一萬三千五百一十七石九斗三升七合七

勺內除

正兌折徵灰石米二百三十六石八斗五升九合三勺

按　奏册內載原編米二百三十六石八斗八升

內除各案免徵米二升七勺外尚應徵米

前數

行糧減存米一百五十一石九斗八升九合一勺

按　奏册內載原編行糧本折米三百四十七石

一升一合內除各案免徵米二升一合九

勺外該徵米三百四十六石九斗八升九

合一勺內徵本色米一百九十五石外應
徵折色前數
月糧折徵米一十石三斗六升一合
按　奏册內載原編月糧本折米五百七石二斗
六合六勺內除各案免徵米三升二合外
該徵米五百七石一斗七升四合六勺內
徵本色米四百九十六石八斗一升三合
六勺外應徵折色前數
零積餘米六石四斗四升四合八勺
按全書內載原編米六石四斗四升四合七勺四
抄七撮一圭一粟七粒七黍五粞三糠三

粃包尾前數

孤貧口糧米五十四石

按全書內載原編米前數

共米四百五十九石六斗五升四合二勺均改米徵

銀外

實應徵漕南本色米一萬三千五十八石二斗八升三合五

勺內

原糙南米一千一百八十二石八斗七升六合四勺

按全書內載原編正米九百四十六石三斗八升

九勺六抄每正米一石加耗米二斗五升

共該米一千一百八十二石九斗七升六

合二勺內除各案免徵米九升九合七勺
五抄三撮七圭二粟三粒五黍三粞八糠
八粃外該徵米一千一百八十二石八斗
七升六合泗勺四抄六撮二圭七粟六粒
四黍六粞一糠二粃截尾前數惟奏册
內刻編南糙米一千六百八十二石五斗
九升七合六勺零新增人丁等米九十六
石九斗八升九抄零核係奏册內少徵
南糙多徵升科等米在正米此盈彼絀雖
無出入而南糙例應隨徵夫船耗米其升
科等米例不徵耗正米數既參差科耗亦

有未符今仍按全書編徵正米再按全書
正米科耗惟與　奏額計少徵米一勺有
奇自應由縣籌解足數註明備攷

原糙項下夫船耗米八十八石七斗四升七合六勺

按全書內載每正米一石加徵夫船耗米九升三
合七勺八抄二撮五圭五粟四粒四黍一
糲五糠五粃共該米八十八石七斗五升
四合二抄三撮八圭八粟內除各案免徵
米六合四勺六抄九撮・圭七粟四黍六
糲一糠二粃外該徵米八十八石七斗四
升七合五勺五抄四撮七圭九粒五黍三

糆八糠八粃包尾前數

升科米九十六石七斗一合一勺

按全書內載原編康熙六年丈量陞科米九十一石七斗二升一合一勺一抄八撮二圭九粟二粒內除置買耤田壇基免徵米二斗七升八合八勺八抄一撮外尚應徵米九十一石四斗四升二合二勺三抄七撮二圭九粟二粒又加康熙二十五年起至乾隆三十九年止清出人丁并陞科米五石二斗五升八合九勺五抄六圭共徵米九十六石七斗一合一勺八抄七撮八圭九

粟二粒截尾前數

縣重四口糧米三十六石

按全書內載原編米前數

共南四等米一千四百四石三斗二升五合一勺又

正兌正米七千八百三十石一斗三合四勺

按　奏冊內載原編正兌正米八千石內除灰石

米一百六十九石二斗再除各案免徵米

六斗九升六合六勺外該徵米前數

正兌耗米三千一百三十二石四升一合四勺

按　奏冊內載原編正兌耗米三千二百石內除

灰石米六十七石六斗八升再除各案免

徵米二斗七升八合六勺外該徵米前數
行糧本色米一百九十五石
月糧本色米四百九十六石八斗一升三合六勺
共漕糧行月米一萬一千六百五十三石九斗五升
八合四勺
有閏之年
原應共徵本折米一萬三千五百九十四石九斗三升七合七
勺内除
正兌折徵灰石米二百四十一石四斗六升二合五勺
按漕灰米石常年徵米二百三十六石八斗五升
九合二勺遇閏加徵米四石六斗三合二

勺共應徵米前數

行糧減存米一百五十一石九斗八升九合一勺

按行糧例不計閏數與常年相同

月糧折徵米一十一石九斗九升三合二勺

按月糧折徵米石常年徵米一十石三斗六升一

合遇閏加徵米一石六斗三升二合二勺

共應徵米前數

零積餘米六石四斗四升四合八勺

孤貧口糧米五十四石

按前二款均不計閏數與常年相同

共米四百六十五石八斗八升九合六勺均收米徵

銀外

實應徵漕南本色米一萬三千一百二十九石四升八合一

勺內

原糙南米一千一百八十二石八斗七升六合四勺

原糙項下夫船耗米八十八石七斗四升七合六勺

升科米九十六石七斗一合一勺

縣重四口糧米三十六石

按前四款均不計閏數與常年相同

共南四等米一千四百四石三斗二升五合一勺又

正兌正米七千八百二十六石八斗一升五合四勺

按正兌正米常年徵米七千八百三十石一斗三

合四勺遇閏續減灰石米二石二斗八升
八合外尚應徵米前數
正兌耗米三千一百三十石七斗二升六合二勺
按正兌耗米常年徵米三千一百三十二石四升
一合四勺遇閏續減灰石米一石三斗一
升五合二勺外尚應徵米前數
行糧本色米一百九十五石
按行糧例不計閏數與常年相同
月糧本色米五百七十二石一斗八升一合四勺
按月糧本色常年徵米四百九十六石八斗一升
三合六勺遇閏加徵米七十五石三斗六

升七合八勺共米前數

共漕糧行月米一萬一千七百二十四石七斗二升三合

三合

共額徵存熟米一萬一千七百四十四石六斗六升

斗七合六勺八抄六撮

臨安縣

全書開載實該田九百八十二頃三畝六分七釐七毫六絲四忽

按前則頃畝核與清賦冊報計多列田四忽今據

該縣察復應以全書載數爲準

察全書科則每畝原徵米二升二合七勺六抄共徵米二千二

百三十五石一斗一升五合七勺三撮八

粟六粒四黍

全書開載實該鄉民二萬二百九十四口二分二釐九毫六絲七

微五塵七渺八漠六埃七纖

察全書科則每口徵米二升二合二勺共徵米四百五十石五

斗三升一合八勺九抄七撮二圭八粟八

粒二黍四粞六糠五粃

按全書内載該縣丁米按糧泒徵

以上田一則并應攤加人丁共應徵原科米二千六百八十

五石六斗四升七合六勺三圭七粟四粒

六黍四粞六糠五粃

又應並徵買漕米四千四百六十四石九斗五升九合二勺四

抄五圭

按該縣僻居山谷不通舟楫除行月南四米石科

徵本色外所有正兌正耗并漕灰米石每

石徵銀五錢由縣買米交兌故有買漕名

目續於乾隆二十六年經前撫院莊　題

定徵收本色至今因之然全書內仍在銀
則科徵每年纂入由單米款一併徵解察
該縣買漕一款原編米四千四百八十石
內除水冲坍荒免徵銀合米一十五石四
升七勺五抄九撮五圭外尚該徵米前數
今減漕案內正兌正耗米石因已早經改
徵故仍照案核減而徵款內仍列買漕專
款以符原案而備稽考至漕厥米石仍扣

正漕折徵

兩共米七千一百五十石六斗六合八勺四抄八圭七粟四
粒六黍四糒六糠五粃

按各則徵數係照科則核算必至糠粃而止而各款解額因各屬全書未能一律檢齊皆照奏冊編列無奏冊者參攷全書志乘登載但奏冊以勺爲斷不列零尾故凡照全書之有零額數亦皆包尾截尾開列以歸劃一今因解額既不掛零故徵數抄撮以下亦復不計註明備攷

遇閏應加徵米一百八十石

按全書內載原編月糧加閏米前數並無升豁參核奏冊內徵本色米一百七十七石九升八合七勺折徵米二石九斗一合三勺

惟全書內列徵本色米一百七十七石九升九合一勺折徵米二石九斗九勺今從

奏册額數編徵

無閏之年

原應共徵本折米七千一百五十石六斗六合九勺內除

正兌折徵灰石米九十四石四斗三升二合九勺

按

奏册內載原編米九十四石七斗五升二合

內除各案免徵銀合米三斗一升九合一勺外該徵米前數

行糧減存米六十三石三斗三升五合二勺

按

奏册內載原編行糧本折米一百三十八石

八斗四合內除豁案免徵米四斗六升八合八勺外該徵米一百三十八石三斗三升五合二勺內徵本色米七十五石外該徵折色米前數

月糧折徵米四十九石二斗六升四合一勺

按奏冊內載原編月糧本折米二千四百八石七斗五升二合三勺內除各案免徵米八石一斗三升五合一勺外該徵米二千四百石六斗一升七合二勺內徵本色米二千三百五十一石三斗五升三合一勺外該徵折色前數

零積餘米七斗二升一合六勺

按全書內載原編米七斗二升一合五勺一抄六撮九粟八粒二黍七粞一糠四粃包尾前數

孤貧口糧米三十六石

按全書內載原編米前數

共米二百四十三石七斗五升三合八勺均攺米徵銀外

實應徵漕南本色米六千九百六石八斗五升三合一勺內

升科米七十四石七升六合七勺

按全書內載原編康熙六年丈量升科米六十石

五斗六升一合五勺除置買耤田免徵米
一斗一升一合五勺二抄四撮水冲米一
斗八升六合八勺九抄六撮七圭坍荒米
二升五勺七抄六撮三圭二粟九粒五黍
九粃外該徵米六十石二斗四升二合五
勺三撮七粟四黍九粞九糠一粃又康熙
二十五年清出人丁米三石八斗八升五
合又自康熙三十年起至五十六年止升
科米一石一斗八升七合八勺二抄一撮
七圭八粟一粒六黍又自乾隆九年起至
二十九年止報升米八石九斗六升一合

四勺一抄九撮六粟九粒六黍其該徵米
七十四石二斗七升六合七勺四抄三撮
九圭二粟一粒六黍九粞九糠一粃惟叅
核　奏冊自康熙三十年起至五十六年
止僅應徵升科米九斗八升七合八勺二
抄一撮零計　奏冊少徵米二斗第照全
書科算徵不敷解自應仍照　奏冊列徵
米九斗八升七合八勺二抄一撮七圭八
粟六粒六黍連各米共徵七十四石七升
六合七勺四抄三撮九圭二粟六粒六黍
九粞九糠一粃截尾前數

縣重四口糧米三十五石八斗九升七合
按全書內載原編米三十六石內除水冲米一斗
三合五圭外該徵米三十五石八斗九升
六合九勺九抄九撮五圭包尾前數
共南四米一百九石九斗七升三合七勺又
正兌正米三千一百二十一石八斗四合五勺
按奏冊內載原編米三千二百石內除灰石米
六十七石六斗八升再除水冲等案免徵
米一十石五斗一升五合五勺外該徵米
前數
正兌耗米一千二百四十八石七斗二升一合八勺

按　奏冊內載原編米一千二百八十
石米二十七石七升二合再除水
免徵米四石二斗六合二勺外該徵米
數
行糧本色米七十五石
月糧本色米二千三百五十一石三斗五升三合一勺
共漕糧行月米六千七百九十六石八斗七升九合四
勺
有閏之年
原應其徵本折米七千三百三十石六斗六合九勺內除
正兌折徵灰石米九十六石二斗七升三合九勺

按漕灰米石常年徵米九十四石四斗三升二合九勺遇閏加徵米一石八斗四升一合共米前數

行糧減存米六十三石三斗三升五合二勺

按行糧例不計閏數與常年相同

月糧折徵米五十二石一斗六升五合四勺

按月糧折徵米石常年徵米四十九石二斗六升四合一勺遇閏加徵米二石九斗一合三勺共米前數

零積餘米七斗二升一合六勺

孤貧口糧米三十六石

按前二款均不計閏數與常年相同

共米二百四十八石四斗九升六合一勺均改米徵銀

外

實應徵漕南本色米七千八十二石一斗一升八勺內

升科米七十四石七升六合七勺

縣重四口糧米三十五石八斗九升七合

按前二款均不計閏數與常年相同

共南囚米一百九石九斗七升三合七勺又

正兌正米三千一百二十石四斗八升九合五勺

按正兌正米常年徵米三千一百二十一石八斗

四合五勺遇閏續減灰石米一百三斗一

升五合外尚該徵米前數

正兌耗米一千二百四十八石一斗九升五合八勺

按正兌耗米常年徵米一千二百四十八石七斗二升一合八勺遇閏續減灰石米五斗二升六合外尚該徵米前數

行糧本色米七十五石

按行糧例不計閏數與常年相同

月糧本色米二千五百二十八石四斗五升一合八勺

按月糧本色常年徵米二千三百五十一石三斗五升三合一勺遇閏加徵米一百七十七石九升八合七勺其米前數

共漕糧行月米六千九百七十二石一斗三升七合

一勺

新城縣

全書開載實該田五百五十頃三畝二分八釐一毫八絲五忽八

微七塵

按前則頃畝核與清賦冊報相符

案全書科則每畝原徵米七升九合八勺共徵米四千三百八

十九石二斗六升一合八勺九抄二撮三

圭二粟四粒二黍六糎

全書內該縣人丁向不徵米

以上田一則共應徵原科米四千三百八十九石二斗六升

一合八勺九抄二撮三圭二粟四粒二黍

六糎按以徵抵解計不敷米一勺零

按該縣各款額數全書與奏冊均屬相符惟

奏冊內所列各案豁数多於全書而奏

冊開列乾隆年間升科米石全書漏未開

載但升科之數核與多列豁數適相脗合

是以實徵之數仍無增減今此冊係照

奏冊無零額數編載以致共徵總數計不

敷米一勺有奇註明備攷

遇閏應加徵米一百八石

按全書內載原編月糧加閏米前數並無升豁內

徵本色米一百五石六斗五升七合八勺

折徵米二石三斗四升二合二勺叅核

奏册數亦相符

無閏之年

原應共徵本折米四千三百八十九石二斗六升二合內除

正兌折徵灰石米五十七石七斗三升六合

按　奏册內載原編米前數並無升豁

行糧減存米三十石二斗九升六合八勺

按　奏册內載原編行糧本折米八十四石五斗八升四合加乾隆二三等年升科米五石六斗三升九合五勺共米九十石二斗二升三合五勺內除各案免徵米一十四石九斗二升六合七勺外該徵米七十五石

二斗九升六合八勺内徵本色米四十五
石外該徵折色前數
月糧折徵米三十石四斗二升三合五勺
按奏冊内載原編月糧本折米一千四百八十
七石五斗四升三合三勺加乾隆二三等
年升科米二石八斗八升八合九勺共米
一千四百九十石四斗三升二合二勺内
除各案免徵米七石四斗四升五合九勺
外該徵米一千四百八十二石九斗八升
六合三勺内徵本色米一千四百五十二
石五斗六升二合八勺外該徵折色前數

零積餘米一十一石二斗九升七合二勺

按全書內載原編米一十一石二斗九升七合二勺一抄八撮三圭二粟八粒二黍六糠𥟖

尾前數

孤貧口糧米五十四石

按全書內載原編米前數

共米一百八十三石七斗五升三合五勺均攺米徵

銀外

實應徵漕南本色米四千二百五石五斗八合五勺內

縣重四口糧米三十五石六斗八升一合七勺

按全書內載原編米三十六石內除水冲免徵米

三斗一升八合三勺三抄四撮九圭四粟
一黍六粞二糠三粃外該徵米三十五石
六斗八升一合六勺六抄五撮五粟九粒
八黍三粞七糠七粃包尾前數
計四糧米三十五石六斗八升一合七勺又
正兌正米一千九百八石七斗六升
按奏冊內載原編米一千九百五十石內除灰
石米四十一石二斗四升外該徵米前數
正兌耗米七百六十三石五斗四合
按奏冊內載原編米七百八十石內除灰石米
一十六石四斗九升六合外該徵米前數

行糧本色米四十五石

月糧本色米一千四百五十二石五斗六升二合八勺

共漕糧行月米四千一百六十九石八斗二升六合

八勺

有閏之年

原應共徵本折米四千四百九十七石二斗六升二合内除

正兌折徵灰石米五十八石八斗六升二勺

按漕灰米石常年徵米五十七石七斗三升六合

遇閏加徵米一石一斗二升四合二勺共

應徵米前數

行糧減存米三十石二斗九升六合八勺

按行糧例不計閏數與常年相同

月糧折徵米二十二石七斗六升五合七勺

按月糧折徵米石常年徵米三十石四斗二升三

合五勺遇閏加徵米二石三斗四升二合

二勺其米前數

零積餘米一十一石二斗九升七合二勺

孤貧口糧米五十四石

按前二款均不計閏數與常年相同

其米一百八十七石二斗一升九合九勺均改米徵

銀外

實應徵漕南本色米四千三百一十石四升二合一勺

縣重四口糧米三十五石六斗八升一合七勺

按前款例不計閏數與常年相同

計四糧米三十五石六斗八升一合七勺又

正兌正米一千九百七石九斗五升七合

按正兌正米常年徵米一千九百八石七斗六升

遇閏續減灰石米八斗三合外尚應徵米

前數

正兌耗米七百六十三石一斗八升二合八勺

按正兌耗米常年徵米七百六十三石五斗四合

遇閏續減灰石米三斗二升一合二勺外

尚應徵米前數

行糧本色米四十五石

按行糧例不計閏數與常年相同

月糧本色米一千五百五十八石二斗二升六勺

按月糧本色常年徵米一千四百五十二石五斗六升二合八勺遇閏加徵米一百五石六斗五升七合八勺共米前數

共漕糧行月米四千二百七十四石三斗六升四勺

於潛縣

據縣察復實該田五百二十二頃九十七畝八分五釐九毫八絲

九忽八微八纖一塵一渺二漠二埃一纖六沙

按全書內載實該田五百四十八頃四十七畝七

分五釐六毫八絲七忽四微二塵八渺該

徵米九百一十五石九斗五升七合五勺

三抄九撮八圭四黍七粞六糠今按奏

冊所列豁免米數除地則豁米外計道光

二十九年水冲案內該豁田則米四十二

石五斗八升三合二勺七抄九撮四圭九

粟三黍一粞二糠按則核算該豁田二十

五頃四十九畝八分九釐六毫九絲七忽五微四塵六渺七漠七埃八纖四沙除豁尚應存田前數今據該縣察復核數相符惟與清賦冊報計少列田二十五頃有奇核係未將道光二十九年水冲應豁田畝扣除致未準確今應更正

察全書科則每畝原徵米一升六合七勺共徵米八百七十三石三斗七升四合二勺六抄三圭一粟一黍六粞四糠

據縣察復實該地三百五十四頃九十一畝八分一釐六毫八絲五忽六塵

按全書内載實該地三百五十七頃七十畝四分五釐二絲七忽八微三塵二渺該徵米一百九十三石一斗六升四勺三抄一撮五圭二粒九黍二粞八糠今據該縣察復僅實存地前數歷年勘荒案内摺報有案前辦濤賦之時因道光二十九年水冲案内該豁地二頃七十八畝六分三釐三毫四絲二忽七微七塵二渺該豁米一石五斗四合六勺二抄五圭九粒六黍八粞八糠册内漏未聲扣以致數不相符今應更正以昭核實

察全書科則每畝原徵米五合四勺共徵米一百九十一石六
斗五升五合八勺一抄九圭九粟三粒二
黍四粞
全書開載實該山五百八十七頃三十五畝八分二釐七毫
按前則頃畝核與淸賦冊報相符
察全書科則每畝原徵米六抄共徵米三石五斗二升四合一
勺四抄九撮六圭二粟
全書開載實該塘一十三頃二十八畝二分七釐二毫七絲
按前則頃畝核與淸賦冊報相符
察全書科則每畝原徵米三合五勺共徵米四石六斗四升八
合九勺五抄四撮四圭五粟

全書内該縣人丁向不徵米

以上田地山塘四則共應徵原科米一千七十三石二斗三合一勺七抄五撮三圭七粟三粒四黍四

糠

按全書内載原應共徵行月南四等米一千一百一十七石二斗九升一合七抄五撮三圭七粟三粒四黍四糠今　奏册内載道光二十九年水冲案内應豁

行糧米二石八斗三升八合八勺

月糧米四十石七斗六升一合五勺

升科南米四斗八升七合六勺

共豁米四十四石八升七合九勺外尚應徵米

前數

又應並徵買漕米二千一百二十五石九斗九升三合七勺

五抄五圭一粟四粒

按買漕米之徵數卽正兌灰石正耗米之兌數今

奏冊內載道光二十九年水冲案內應

豁

灰石米一石九斗九升三勺

正兌正米六十四石四斗九升五勺

正兌耗米二十五石七斗九升六合二勺

共豁米九十二石二斗七升七合自應照數扣

豁買漕米石察核全書原徵買漕米二千二百一十八石二斗七升七勺五抄五圭一粟四粒內除前項水冲豁免米石外尚應徵米前數並察該縣僻居山谷不通舟楫除行月南囚米石科徵本色外所有正兌正耗并漕灰米石每石徵銀五錢由縣買米交兌故有買漕名目續於乾隆二十六年經前撫院莊　題定徵收本色至今因之然全書內仍在銀則科徵每年纂入由單米款一併徵解今滅漕案內正兌正耗米石因已早經改徵故仍照案核減而

徵數內仍列買漕專款以符原案而備稽
考至漕灰米石仍扣正漕折徵合並登明
兩其米三千一百九十九石一斗九升六合九勺二抄
五撮八圭八粟七粒四黍四糠
按各則徵數係照科則核算必至糠粃而止而各
款解額因各屬全書未能一律檢齊皆照
奏冊編列無　奏冊者參攷全書忘乘
登載但　奏冊以勺爲斷不列零尾故凡
照全書之有零額數亦皆包尾截尾開列
以歸劃一令因解額既不掛零故徵數抄
撮以下亦復不計註明備攷

遇閏應加徵米六十九石九斗六升三合四勺

按　奏冊內載原編月糧加閏米七十三石內除

各案免徵米三石三升六合六勺外該徵

米前數內　徵本色米六十八石三斗八升

一合七勺折徵米一石五斗八升一合七

勺惟全書內未除各案免徵米石今從

奏冊編徵

無閏之年

原應共徵本折米三千一百九十九石一斗九升六合九勺內

除

正兌折徵灰石米四十四石九斗二升六合九勺

按全書內載原編米四十七石三斗七升六合內
除舊案免徵銀合米四斗五升八合八勺
外該徵米四十六石九斗一升七合二勺
參核　奏冊應再除道光二十九年免徵
銀合米一石九斗九升三勺外尙應徵米
前數

行糧減存米三十五石四斗三合三勺

按全書內載原編行糧本折米六十九石四斗二
合內　除舊案免徵米一石一斗五升九合
九勺二抄三撮五圭七粟一粒三黍九糲
外該徵米六十八石二斗四升二合七抄

六撮四圭二粟八粒六黍一糲參核　奏

冊應再除道光二十九年免徵米二石八

斗三升八合八勺外該徵米六十五石四

斗三合二勺七抄六撮四圭二粟八粒六

黍一糲包尾爲三勺內照　奏冊儘徵本

色米三十石外應徵折色前數

月糧折徵米二十石二斗三升八合八勺

按全書內載原編月糧本折米九百八十九石五

斗七升二勺五抄內除舊案免徵米九石

六斗九升一合九勺四抄二撮八圭八粒

六黍一糲外該徵米九百七十九石八斗

七升八合三勺七撮一圭九粟一粒三黍
九粞參核　奏冊應再除道光二十九年
免徵米四十石七斗六升一合五勺外該
徵米九百三十九石一斗一升六合八勺
七撮一圭九粟一粒三黍九粞截尾爲八
勺內照　奏冊儘徵本色米九百一十八
石八斗七升八合外該徵折色前數
零積餘米一石九升七合八勺
按全書內載原編米一石九升七合七勺八抄九
撮六圭二粟包尾前數不扣升豁
孤貧口糧米五十四石

按全書內載原編米前數不扣升豁

其米一百五十五石六斗六升六合八勺均改米徵

銀外

實應徵漕南本色米三千四十三石五斗三升一勺內

升科米一石八斗六升四合五勺

按全書內載原編康熙十六年清出米一石三斗

一升七合五勺一抄八撮六圭四粟八粒

內除置買耤田壇基免徵米八升六合一

勺五抄外該徵米一石二斗三升一合三

勺六抄八撮六圭四粟八粒又康熙二十

一年起至雍正十二年止清出報升等米

一石一斗二升七勺五抄三撮八圭五粒
四黍四糠共米二石三斗五升二合一勺
二抄二撮四圭五粟三粒四黍四糠參核
奏冊應除道光二十九年免徵米四斗
八升七合六勺外尚應徵米二石八斗六
升四合五勺二抄二撮四圭五粟三粒四
黍四糠截尾前數

縣重四口糧米一十一石七斗二升八勺

按全書內載原編米一十一石九斗二升內除免
徵米一斗九升九合二勺二抄三圭二粟
外該徵米一十一石七斗二升七勺七抄

九撮六圭八粟包尾前數

共南四等米一十三石五斗八升五合三勺又

正兌正米一千四百八十六石四斗七升六合三勺

按全書内載原編米一千六百石内除灰石米三

十三石八斗四升舊案免徵米一十五石

一斗九升二合二勺該徵米一千五百五

十石九斗六升六合八勺參核　奏冊應

再除道光二十九年免徵米六十四石四

斗九升五勺外尚該徵米前數

正兌耗米五百九十四石五斗九升五勺

按全書内載原編米六百四十石内除灰石米一

十三石五斗三升六合舊案免徵米六石
七升七合三勺外該徵米六百二十石三
斗八升六合七勺參核　奏冊應再除道
光二十九年免徵米二十五石七斗九升
六合三勺外尚該徵米前數

行糧本色米三十石

月糧本色米九百一十八石八斗七升八合

共漕糧行月米三千二十九石九斗四升四合八勺

有閏之年

原應共徵本折米三千二百六十九石一斗六升三勺內除

正兌折徵灰石米四十五石八斗四升六合七勺

按漕灰米石常年徵米四十四石九斗二升六合
九勺遇閏加徵米九斗一升九合八勺共
應徵米前數
行糧減存米三十五石四斗三合三勺
按行糧減存米石例不計閏數與常年相同
月糧折徵米二十一石八斗二升五勺
按月糧折徵米石常年徵米二十石二斗三升八
合八勺遇閏加徵米一石五斗八升一合
七勺共應徵米前數
零積餘米一石九升七合八勺
孤貧口糧米五十四石

按前兩款均不計閏數與常年相同
共米一百五十八石一斗六升八合三勺均以米徵
銀外
實應徵漕南本色米三千一百一十石九斗九升二合內
升科米一石八斗六升四合五勺
縣重四口糧米一十一石七斗二升八勺
按前兩款均不計閏數與常年相同
共南闪等米一十三石五斗八升五合三勺又
正兌正米一千四百八十五石八斗一升九合三勺
按正兌正米常年徵米一千四百八十六石四斗
七升六合三勺遇閏續減灰石米六斗五

升七合外尚該徵米前數

正兌耗米五百九十四石三斗二升七合七勺

按正兌耗米常年徵米五百九十四石五斗九升五勺遇閏續減灰石米二斗六升二合八勺外尚該徵米前數

行糧本色米三十石

按行糧米石例不計閏數與常年相同

月糧本色米九百八十七石二斗五升九合七勺

按月糧本色米石常年徵米九百一十八石八斗七升八合遇閏加徵米六十八石三斗八升一合七勺共應徵米前數

共漕糧行月米三千九十七石四斗六合七勺

昌化縣

全書開載實該民田四百五十頃四十八畝四分四釐六毫五絲

四忽

按前則頃畝核與清賦册報相符惟續奉

部文尚有應扣原豁月糧一款察此項豁

案係在咸豐六年以後照章應行截出另

歸六年以後升豁案內彙案核辦理合登

明

察全書科則每畝原徵米一升五合一勺共徵米六百八十石

二斗三升一合五勺四抄二撮七圭五粟

四粒

全書開載實該僧田九十三畝三分一釐六毫

按前則頃畝核與清賦冊報相符

察全書科則每畝原徵米一升五合一勺共徵米一石四斗九

合七抄一撮六圭

全書開載實該民地二百四十三頃三十九畝六分九釐一毫一

絲九忽

按前則頃畝核與清賦冊報相符

察全書科則每畝原徵米二合九勺共徵米七十石五斗八升

五合一勺四撮四圭五粟一粒

全書開載實該僧地一頃八畝四分五釐三毫

按前則頃畝核與清賦冊報相符

察全書科則每畝原徵米四合一勺共徵米四斗四升四合六勺五抄七撮三圭

全書開載實該民僧山二百一十六頃四十七畝七分四釐一毫九絲

按前則頃畝核與清賦冊報相符

察全書科則每畝原徵米七勺共徵米一十五石一斗五升三合四勺一抄九撮三圭三粟

全書內該縣八丁向不徵米

以上田地山五則共應徵原科米七百六十七石八斗二升三合七勺九抄五撮四圭三粟五粒

又應並徵買漕米一千五百一十一石八斗八升四合四勺

七抄五撮七圭六粟三粒六黍

按該縣僻居山谷不通舟楫除行月南四米石科徵本色外所有正兑正耗并漕灰米石每石徵銀五錢由縣買米交兑故有買漕名目續於乾隆二十六年經前撫院莊　題定徵收本色至今因之然全書內仍在銀則科徵每年纂入由單米款一併徵解今減漕案內正兑正耗米石因已早經改徵故仍照案核減而徵款內仍列買漕專款以符原案而備稽考至漕灰米石仍扣正漕折徵合併登明

兩其米二千二百七十九石七斗八合二勺七抄一撮一圭

九粟八粒六黍

按各則徵數係照科則核算必至糠粃而止而各

款解額因各屬全書未能一律檢齊皆照

奏册編列無　奏册者參攷全書志乘

登載但　奏册以勺爲斷不列零尾故凡

照全書之有零額數亦皆包尾截尾開列

以歸劃一今因解額既不掛零故徵數抄

撮以下亦復不計註明備攷

遇閏應加徵米四十一石三斗一升四合八勺

按全書內載原編月糧加閏米四十二石參核

奏冊應除各案免徵米六斗八升五合二
勺外該徵米前數內徵本色米四十石三
斗九升七合四勺折徵米九斗一升七合
四勺

無閏之年
原應共徵本折米二千二百七十九石七斗八合二勺內除
正兌折徵灰石米三十一石九斗五升九合四勺
按　奏冊內載原編米三十二石五斗六升四合
內應除水冲免徵銀合米六升四合三勺
又除水冲石壓免徵銀合米五斗四升三
勺外尚應徵米前數

行糧減存米一十六石七斗八升四合九勺
按　奏冊內載原編行糧本折米四十七石七斗
一升四合內應除水冲免徵米一斗五升
三合二勺又除水冲石壓免徵米七斗七
升五合九勺外該徵米四十六石七斗八
升四合九勺內照　奏冊儘徵本色米三
十石外該徵折色前數惟道光二十九年
水冲石壓不能墾復應豁田畝案內該豁
行月南孤米一十二石三斗七升四合二
勺零參核　奏冊內應扣行糧米七斗七
升五合九勺月糧米一十石七斗二升五

勺南糧米二斗八升五合六勺孤糧米五斗九升二合二勺今核咸豐四年全書內行糧應豁米七斗七升五合九勺漏未扣除統於月糧款內一併豁米一十一石四斗九升六合四勺零南糧又誤豁四糧數目款項均多舛錯今遵　奏冊一律更正惟行月二糧米石扣豁既有舛錯實徵數即參差今應統以　奏冊列數爲準如折徵銀款數有舛錯另行核明仍按實徵米數算準更正

月糧折徵米一十三石四斗六升七合二勺

按　奏冊內載原編月糧本折米六百五十八石四斗七升三合三勺內應除水冲免徵米一石二斗九升八合二勺又除水冲石壓免徵米一十石七斗二升五勺咸豐四年全書內註明應除米一十一石四斗九升六合四勺零核係舛錯應照　奏冊更正外該徵米六百四十六石四斗五升四合六勺內照　奏冊儘徵本色米六百三十二石九斗八升七合四勺該徵折色前數並察續奉　部文應再除咸豐九年豁免米四十九石零今因免改行糧灰石各款

豁數未奉　部文無從稽攷且此案在咸
豐六年以後自應截出扣算合併登明

零積餘米三斗五合八勺
按全書內載原編米三斗五合七勺七抄五撮六
圭一粟三粒二黍七糯五糠三粃包尾前
數

孤貧口糧米三十五石四斗七合八勺
按全書內載原編米三十六石內除水冲石壓米
五斗九升二合二勺五抄八撮九圭六粟
外該米三十五石四斗七合七勺四抄一
撮四粟包尾前數

共米九十七石九斗二升五合一勺均改米徵銀外
實應徵漕南本色米二千一百八十一石七斗八升三合一
勺內

升科米二十一石三斗六升七合
按全書內載原編康熙六年丈量升科米三石一
斗八升四合一勺八抄二撮二圭三粟七
粒內除置買耤田免徵米七升三合九勺
九抄外該徵米三石一斗一升一勺九抄
二撮二圭三粟七粒參核　奏冊應再除
道光二十九年免徵米二斗八升五合六
勺咸豐四年全書內係豁因糧不豁南

米今遵　奏册更正外該徵米二石八斗二升四合五勺九抄二撮二圭三粟七粒又自康熙十六年起至乾隆五十七年止升科米一十八石五斗四升二合四勺五抄三撮一圭四粟八粒共米二十一石三斗六升七合四抄五撮三圭八粟五粒截尾前數

縣重四口糧米一十七石五斗三合六勺

按全書內載原編米一十七石五斗六升內除水冲免徵米五升六合三勺六抄二撮七圭六粟咸豐四年全書內尚有應扣豁米核

係筭錯應更正外該徵米一十七石五斗

三合六勺三抄七撮二圭四粟截尾前數

共南四米三十八石八斗七升六勺又

正兌正米一千五十七石八升九合三勺

按　奏册內載原編米一千一百石內應除灰石

米二十三石二斗六升再除水冲免徵米

二石一斗二升七合七勺又除水冲石壓

免徵米一十七石五斗二升三合外尚該

徵米前數

正兌耗米四百二十二石八斗三升五合八勺

按　奏册內載原編米四百四十石內應除灰石

米九石三斗四合再除水冲免徵米八斗
五升一合又除水冲石壓免徵米七石九
合二勺外尚該徵米前數
行糧本色米三十石
月糧本色米六百三十二石九斗八升七合四勺
共漕糧行月米二千一百四十二石九斗一升二合
五勺
有閏之年
原應共徵本折米二千三百二十一石二升三合內除
正兌折徵灰石米三十二石五斗九升九合二勺
按漕灰米石常年徵米三十一石九斗五升九合

四勺遇閏加徵米六斗三升九合八勺共

應徵米前數

行糧減存米一十六石七斗八升四合九勺

按行糧減存米石向不計閏數與常年相同

月糧折徵米一十四石三斗八升四合六勺

按月糧折徵米石常年徵米一十三石四斗六升

七合二勺遇閏加徵米九斗一升七合四

勺共徵前數

零積餘米三斗五合八勺

孤貧口糧米三十五石四斗七合八勺

按前二款向不計閏數與常年相同

共米九十九石四斗八升二合三勺均改米徵銀外

實應徵漕南本色米二千二百二十一石五斗四升七勺內

升科米二十一石三斗六升七合

縣重四口糧米一十七石五斗三合六勺

按前二款均不計閏數與常年相同

共南囚米三十八石八斗七升六勺又

正兌正米一千五十六石六斗三升二合三勺

按正兌正米常年徵米一千五十七石八升九合

三勺遇閏續減灰石米四斗五升七合外

尚應徵米前數

正兌耗米四百二十二石六斗五升三合

按正兌耗米常年徵米四百二十二石八斗三升
五合八勺遇閏續減灰石米一斗八升二
合八勺外尚應徵米前數
行糧本色米三十石
按行糧米石例不計閏數與常年相同
月糧本色米六百七十三石三斗八升四合八勺
按月糧本色常年徵米六百三十二石九斗八升
七合四勺遇閏加徵米四十石三斗九升
七合四勺共米前數惟淸賦案內因有應
扣咸豐九年豁免米四十九石七斗三勺
故僅列徵米六百二十三石六斗八升四

合五勺

共漕糧行月米二千一百八十二石六斗七升一勺

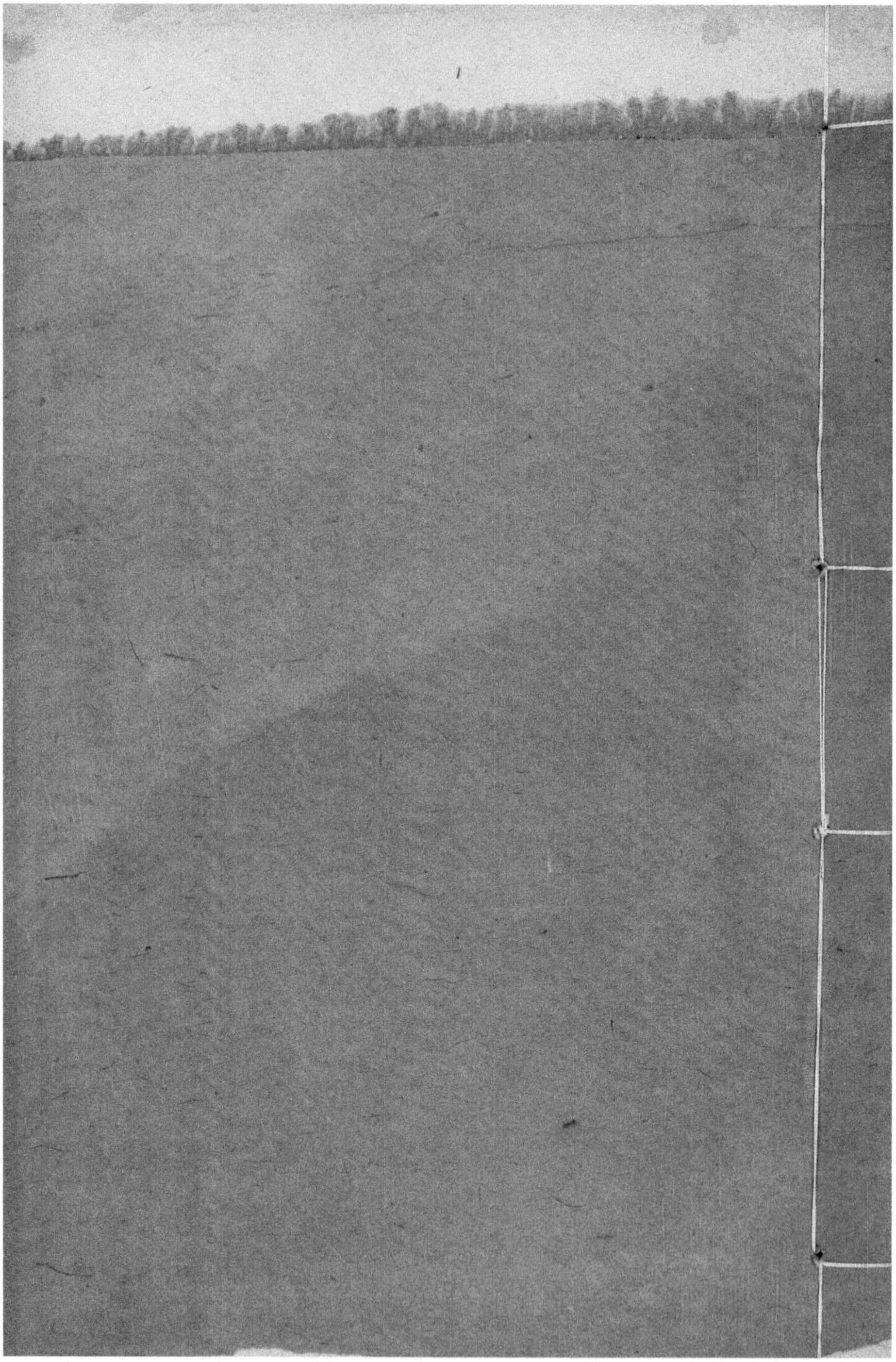

浙江省減賦全案 卷五

嘉屬原徵細冊

嘉興縣

全書開載實該田八千四十六頃一十八畝四分一釐四毫

按清賦案內該縣册報田地山蕩頃畝各數核與全書所載頃畝除山蕩二則外其餘均不符合今以全書頃畝按照全書科則科出應徵總數核與奏頒奏冊合勺相符其爲前纂全書之後田地山蕩均無升坍可知自應以全書所載頃畝爲準今據該縣察復亦稱核數相符是以纂編減賦全案均照全書辦理以昭核實

察全書科則每畝原徵米一斗四升六勺六抄四撮共徵米一

十一萬三千一百八十石八斗四升四合
五勺八抄六撮八圭九粟六粒
全書開載實該新升田九十七畝四分二毫
察全書科則每畝原徵米一斗四升一合一勺七抄七撮三圭
共徵米一十三石七斗五升九勺五抄一
撮三圭七粟四粒六黍
全書開載實該蕩地改辦徵田三十五畝五分
察全書科則每畝原徵米一斗四升三合二勺三抄四撮共徵
米五石八升四合八勺七撮
全書開載實該徵地六百五十三頃九十三畝四分九釐六毫
察全書科則每畝原徵米一斗三升九合八勺七抄六撮共徵

米九千一百四十六石九斗八升六勺四
抄六撮四圭九粟六粒
全書開載實該新升地一十四畝九分八毫
察全書科則每畝原徵米一斗四升三勺八抄六撮四圭共徵
米二石九升二合八勺八抄四圭五粟一
粒二黍
全書開載實該蕩地一十四頃八十一畝八分一釐五毫
察全書科則每畝原徵米一斗一升四合五勺四抄一撮三圭
六粟六粒二黍九糠八粃共徵米一百六
十九石七斗二升九合一勺一抄四撮五
圭七粟一黍四粞九糠三粃

按該縣蕩地并新陞蕩灘二則今就全書所載頃
畝並照全書科則合計共徵米數黍粞以
下零尾數稍未符因係全書原載如此數
又僅止零尾是以卽照全書載數開列理
合登明
全書開載實該新升蕩地五分
察全書科則每畝原徵米一斗一升四合九勺五抄九撮三圭
三粟九粒九黍九粞八糠六粃共徵米五
升七合四勺七抄九撮六圭六粟九粒九
黍九粞九糠三粃
全書開載實該山八十八畝四分三毫

察全書科則每畝原徵米四升九合二勺五抄二撮三圭共徵
米四石三斗五升四合五抄一撮七粟六
粒九黍

全書開載實該蕩灘七十頃七畝二分三釐七毫
按清賦案內與新升蕩灘合爲一則開報今照全
書仍分兩則開列

察全書科則每畝原徵米四升九合一勺八抄五撮二圭一粟
八粒二黍一稛四糠七粃共徵米三百四
十四石六斗五升一合九勺八抄九撮七
粟四粒五黍五稛七粃

全書開載實該新升蕩灘五十一畝二分九釐八毫

察全書科則每畝原徵米四升九合三勺六抄四撮六圭九粟

二粒八黍一糆九粃共徵米二石五斗三

升二合三勺一抄一粟一粒八黍一糆三

糠五粃

全書內該縣人丁課口均不徵米

以上田地山蕩十則共應徵原科米一十二萬二千八百七

十石七升八合八勺一抄六撮六圭二粟

一粒二黍一糆二糠八粃

又加乾隆四十一年奉文白糧改漕項下加三舂耗米三十

石五斗三升五合五勺

按嘉興府志漕運門內額徵改漕并白糧正耗米

一萬二千九十二石一斗二升三合三勺
參核現在　奏冊額徵改漕并白糧正耗
米一萬二千一百二十二石六斗五升八
合八勺核該改漕舂耗米前數

兩共米一十二萬二千九百石六斗一升四合三勺一抄六
撮六圭二粟一粒二黍一稻二糠八粃
按各則徵數係照科則核算必至糠粃而止而各
款解額因各屬全書未能一律檢齊皆照
奏冊編列無　奏冊者參攷全書志乘
登載但　奏冊以勺爲斷不列零尾故凡
照全書之有零額數亦皆包尾截尾開列

以歸劃一今因解額既不掛零故徵數抄
撮以下亦復不計註明備攷

遇閏應加徵米一百八十石四斗
按奏冊內載原編月糧加閏米前數內徵本色米
一百七十六石五斗一升四合六勺折徵
米三石八斗八升五合四勺參核全書並
不分晰本折開載

無閏之年
原應共徵本折米一十二萬二千九百石六斗一升四合三勺
內除
免改折徵灰石米一千八百二十三石五斗五升六合

按　奏冊內載原編米前數

行糧減存米八百五十一石一斗六升五合

按　奏冊內載原編行糧本折米二千五百四十石一斗六升五合內徵本色米一千六百八十九石外應徵折色前數

月糧折徵米四十四石二斗七升四合八勺

按　奏冊內載原編月糧本折米二千一百六十四石八斗內徵本色米二千一百二十石五斗二升五合二勺外該徵折色前數

經費折徵米三百二十九石二斗八升

按　奏冊內載原編白糧經費食本折米一千三

百三十七石二斗八升內徵本色米一千八石外該徵折色前數

零積餘米六十四石八升一合九勺

按全書內載原編米六十四石八升一合九勺九撮九圭三粟六粒三黍八粞截尾前數

孤貧口糧米二千一百八十八石八斗

按全書內載原編米前數

其米五千三百一石一斗五升七合七勺均改米徵銀

外

實應徵漕南本色米一十一萬七千五百九十九石四斗五升六合六勺內

原白改糙南米七百二十六石七升五合
按全書內載原編白正米四百三石三斗七升五
合每正米一石准糙平米一石八斗其該
前數不同
原白項下夫船耗米五十六石三斗一升一合二勺
按全書內載每正米一石加徵夫船耗米一斗三
升九合六勺其米五十六石三斗一升一
合一勺五抄包尾前數
原糙南米一萬四千五百七十四石一斗一升三合五勺
按全書內載原編糙正米一萬一千六百六十石
五斗九合九勺一抄六撮五圭二粟五粒

六黍每石加徵耗米二斗五升共米一萬四千五百七十五石六斗三升七合三勺九抄五撮六圭五粟七粒內除置買耤田壇基免徵米一石五斗二升三合九勺二抄三撮九圭四粟外實該米一萬四千五百七十四石一斗一升三合四勺七抄一撮七圭一粟七粒包尾前數

原糙項下夫船耗米八百七十四石五斗三升八合二勺

按全書內載每正米一石隨徵夫船耗米七升五合共該米八百七十四石五斗三升八合二勺四抄三撮七圭三粟九粒四黍二糊

截尾前數

升科米二十九石三斗九升七勺

按全書內載原編蕩地改升田糧米九斗五升七合一勺一抄九撮五粟又雍正七年起至十二年止新升米二十八石四斗三升三合六勺二抄一撮五圭七粒六黍一糲二糠八粃共米二十九石三斗九升七勺四抄五圭五粟七粒六黍一糲三糠八粃截尾前數

祭祀米五石

按全書內列米前數

共南祭等米一萬六千二百五十五石四斗二升八合
六勺又
正兌正米五萬七千三百二十二石五斗四升
按　奏冊内載原編米五萬八千五百六十一
石内應除灰石米一千二百三十八石
四斗六升外該徵米前數
正兌耗米二萬二千九百二十九石一升六合
按　奏冊内載原編米二萬三千四百二十四
石四斗内應除灰石米四百九十五石
三斗八升四合外該徵米前數
改兌正米二千九百六十五石九斗二升

按　奏冊內載原編米三千三十石內應除灰石

米六十四石八升外該徵米前數

改兌耗米一千一百八十六石三斗六升八合

按　奏冊內載原編米一千二百一十二石內應

除灰石米二十五石六斗三升二合外該

徵米前數

改漕正米四千六百七十石二升二合六勺

耗米一千八百六十八石九合

白糧正米三千八百五十一石四斗六升七合

耗米一千七百三十三石一斗六升二勺

按改漕白糧正耗四欵　奏冊開載各前數因乾

隆四十一年尚有白糧改漕之案已將原
編白糧正耗并隨徵加三舂耗一併改爲
漕糧凡係乾隆四十一年以前編纂全書
志乘所載改漕白糧各數均與現在額數
不符應以現在　奏冊載數爲準

行糧本色米一千六百八十九石
月糧本色米二千一百二十石五斗三升五合二勺
經費本色米一千八石
共漕白改漕行月食米一十萬一千三百四十四石二
升八合

有閏之年

原應共徵本折米一十二萬三千八十一石一升四合三勺内

除

改兑折徵灰石米一千八百五十九石一斗四升九合六

勺

按漕灰米石常年徵米一千八百二十三石五斗

五升六合遇閏加徵米三十五石五斗九

升三合六勺共應徵米前數

行糧減存米八百五十一石一斗六升五合

按行糧例不計閏數與常年相同

月糧折徵米四十八石一斗六升二勺

按月糧折徵米石常年徵米四十四石二斗七升

四合八勺遇閏加徵米三石八斗八升五
合四勺共應徵米前數

經費折徵米三百二十九石二斗八升

零積餘米六十四石八升一合九勺

孤貧口糧米二千一百八十八石八斗

按前三款均不計閏數與常年相同

共米五千三百四十石六斗三升六合七勺均改米徵

銀外

實應徵漕南本色米一十一萬七千七百四十石三斗七升

七合六勺內

原白改糙南米七百二十六石七升五合

原白項下夫船耗米五十六石三斗一升一合二勺

原糙南米一萬四千五百七十四石一斗一升三合五勺

原糙項下夫船耗米八百七十四石五斗三升八合一勺

升科米一十九石三斗九升七勺

祭祀米五石

按前六款均不計閏數與常年相同

共南祭等米一萬六千二百五十五石四斗二升八合

六勺又

正兌正米五萬七千二百九十八石三斗六升五合

五　按正兌正米常年徵米五萬七千三百二十二石

五斗四升遇閏續減灰石米二十四石一

斗七升五合外尚應徵米前數

正兌耗米二萬二千九百一十九石三斗四升六合

按正兌耗米常年徵米二萬二千九百二十九石一升六合遇閏續減灰石米九石六斗七升外尚應徵米前數

改兌正米二千九百六十四石六斗七升一合

按改兌正米常年徵米二千九百六十五石九斗二升遇閏續減灰石米一石二斗四升九合外尚應徵米前數

改兌耗米一千一百八十五石八斗六升八合四勺

按改兌耗米常年徵米一千一百八十六石三斗

六升八合遇閏續減灰石米四斗九升九

合六勺外尚應徵米前數

改漕正米四千六百七十石二升二合六勺

耗米一千八百六十八石九合

白糧正米三千八百五十一石四斗六升七合

耗米一千七百三十三石一斗六升二勺

行糧本色米一千六百八十九石

按前五欵均不計閏欵與常年相同

月糧本色米二千二百九十七石三升九合八勺

按月糧本色常年徵米二千一百二十石五斗二升

五合二勺遇閏加徵米一百七十六石五

斗一升四合六勺共應徵米前數

經費本色米一千八石

按前欵例不計閏數與常年相同

共漕白改漕行月食米一十萬一千四百八十四石九斗四升九合

秀水縣

據縣察復實該田五千二百五十一頃六十一畝四分二釐五毫六絲五忽九微七塵九渺四漠二埃八纖七沙

按府志內載實在田五千二百五十一頃六十八畝七分一釐八毫三絲該徵米八萬八千二百五十四石三斗九合一抄五撮零若以府志後頁所載共徵總數一十萬三千五百四十一石七斗二升六合四勺三抄五撮核算志載漕糧零孤存留三款共米前數是項田則計應刻米八萬八千二百五十四石三斗一

升一合七勺二撮以米計田該實在田五千一百五十一頃六十八畝七分一釐八毫二絲九忽九微八塵九渺一漠五埃二纖四沙今按　奏冊所列豁免米數除地則豁米外計自編纂府志後起至咸豐六年止應豁田則米一石二斗二升五合五勺二抄四撮一圭二粟一粒七黍六糲三糠三粃按則科算該豁田七畝二分九釐二毫六絲四忽九渺七漠二埃三纖七沙除豁尚應存田前數今據該縣察復核數相符惟與清賦冊報計多列田七分有奇

核係原報未準今應更正

祭府志科則每畝原徵米一斗六升八合四抄九撮四圭四粟

五粒一黍一糲四糠九粃其徵米八萬八

千二百五十三石八升六合一勺七抄七

撮八圭七粟八粒二黍三糲六糠七粃

按府志科則尾數僅一零字今各則均以其徵米

數按頭畝科出零奇細數登列

府志開載實該零東田三百三十四頃二十七畝三分

祭府志科則每畝原徵米一斗五升九合一勺八抄其徵米五

按前則頭畝核與清賦册報相符

千三百二十石九斗五升七合六勺一抄

四撮

府志開載實該零西田三百七十六頃二十三畝五釐

按前則頃畝核與清賦冊報相符

察府志科則每畝原徵米一斗三升七合七勺九抄六圭九粟九粒九黍八糲三糠一粃共徵米五千一百八十四石一斗六合三勺九抄四撮九圭九粟九粒一黍七糲四粃

府志開載實該雲五都草租田一頃三十五畝七分一釐

按前則頃畝核與清賦冊報相符

察府志科則每畝原徵米一斗九升一合二勺九撮九圭九粟九粒二黍六糲三糠一粃共徵米二十五

石九斗四升九合一勺八撮九圭九粟九
粒九黍九粞五糠三粃
府志開載實該蕩田一十九畝二分九釐
按前則頃畝核與清賦册報相符
察府志科則每畝原徵米五升九合一勺三抄八撮五粟八黍
三糠五粃共徵米一石一斗四升七勺七抄
二撮九圭九粟九粒九黍九粞九糠五粃
府志開載實該伏三十等都蕩田二頃四十六畝七分七釐
按前則頃畝核與清賦册報相符
察府志科則每畝原徵米一斗八合四勺一抄八撮九圭九粟
七粒四黍四粞七糠共徵米二十六石七

斗五升四合五勺五抄五撮九圭九粟九
粒九黍九粞六糠二粃
據縣冊報實該地二百一十九頃六十三畝九分四釐九毫二絲
按府志內載實在地二百一十九頃六十四畝七
分四釐九毫二絲該徵米三千四百八十
五石五斗三勺八抄七撮九圭九粟九粒
七黍六粞二糠三粃志載包尾為八撮今察淸賦
案內據縣冊報實在地前數計自編纂府
志後起至咸豐六年止應豁地八分該豁
米一斗二升六合九勺四抄八撮八圭七
粟九粒九黍九粞九糠

察府志科則每畝原徵米一斗五升八合六勺八抄六撮九粟
九粒九黍九糯八糠八粃其徵米三千四
百八十五石三斗七升三合四勺三抄九
撮一圭一粟九粒七黍六糯三糠三粃

府志開載實該蕩地九頃五十八畝五分九釐
按前則頃畝核與清賦冊報相符
察府志科則每畝原徵米三升九合四勺二抄五撮九粟九粒
三黍六糯四糠七粃其徵米三十七石七
斗九升二合五勺六撮七糠八粃

府志開載實該蕩灘二百五十一頃六十畝四分三釐一毫六絲
按前則頃畝核與清賦冊報相符

察府志科則每畝原徵米四升七合九勺一撮一圭四粟一粒四黍九糠七粃其徵米一千二百五石二斗一升三合三勺九抄二撮六黍八粞四糠四粃

府志內該縣人丁課口均不徵米

按府志內載人丁每丁徵銀四分有奇課口每口徵銀一分有奇並未載有應徵米數其爲丁不徵米可知

以上田地蕩灘九則共應徵原科米一十萬三千五百四十石三斗七升三合九勺六抄一撮九圭九粟七粒八黍五粞三糠六粃

按府志内載應徵漕糧米八萬八千七百二十九石二升九合五勺九抄八撮折徵零積孤糧米一千一百六十六石三斗三升四合七勺七抄存留米一萬三千七百六十六石三斗六升二合六抄七撮共該徵米一十萬三千五百四十一石七斗二升六合四勺三抄四撮九圭九粟九粒六黍一糆五糠九粃志載以撮爲斷總數包尾爲五撮今自編纂府志後起至咸豐六年止該豁

灰石米二升六合九勺

行糧米三升一合七勺

白糧經費食米一升六合六勺一抄七撮

南糧正米二斗一升二合二勺八抄六撮一

粒七黍六粞二糠三粃

夫船耗米一升四合九勺七抄

正兌正米七斗五升

正兌耗米三斗

共豁米一石三斗五升二合四勺七抄三撮一

粒七黍六粞二糠三粃外尙該徵米前數

又加乾隆四十一年白糧改漕項下加三舂耗米二十七石

一斗五升六合

按嘉興府志漕運門內額徵改漕幷白糧正耗米

一萬一百六石七斗五升一合零核現在
奏冊額徵改漕并白糧正耗米一萬一
百三十三石九斗七合核該改漕舂耗米
前數
兩共米一十萬三千五百六十七石五斗二升九合九勺六
抄一撮九圭九粟七粒八黍五糯三糠六
粃
按各則徵數係照科則核算必至糠粃而止而各
款解額因各屬全書未能一律檢齊皆照
奏冊編列無　奏冊者參攷全書志乘
登載但　奏冊以勺爲斷不列零尾故凡

照全書之有零額數亦皆包尾截尾開列
以歸劃一今因解額既不掛零故徵數抄
撮以下亦復不計註明備攷

遇閏並無加徵米石
按該縣不徵月糧故無加徵閏米

無閏之年
原應共徵本折米一十萬三千五百六十七石五斗三升內除
兌改折徵灰石米一千五百九十一石二斗一升三合一
勺

按 奏冊內載原編米一千五百九十一石二斗
四升內除豁免銀合米二升六合九勺外

該徵前數並察灰石一款府志併在正徵
之內並不分晰現在僅照　奏冊核出原
編豁免實徵各數登列惟豁免米石無從
分別原豁續豁今概統作府志以後續豁
米石計算核與其豁總數相符其爲內無
原豁米石可知合並註明備攷
行糧減存米九百五十三石三斗六升一合五勺
按　奏冊內載原編行糧本折米二千二百一十
六石四斗參核府志列徵米二千二百一
十六石三斗九升三合二勺計舊案豁免
米六合八勺又自編纂府志以後至咸豐

六年止再除續豁米三升一合七勺外尚
該徵米二千二百一十六石三斗六升一
合五勺內徵本色米一千二百六十三石
外該徵折色前數

經費折徵米二百八十八石九升九合八勺

按前款原編米數府志　奏冊均未載明惟府志
內列徵米一千一百七十石一斗一升六
合四勺一抄七撮參核　奏冊今應徵米
一千一百七十石九升九合八勺計自編
纂府志以後至咸豐六年止豁免米一升
六合六勺一抄七撮所徵米一千一百七

十石九升九合八勺內 徵本色米八百八
十二石外該徵折色前數
零積餘米二十六石三斗三升四合八勺
孤貧口糧米一千八十石
按府志共徵米數內註明應除零積孤糧米一千
一百六石三斗三升四合七勺七抄內係
零積孤糧各若干並未載明今察志載存
留銀款項下註明孤貧三百名歲支口糧
銀一千八十兩以銀合米該米前數尚餘
米二十六石三斗三升四合七勺七抄即
係零積餘米應行包尾開列

共米三千九百三十九石九合二勺均改米徵銀外

實應徵漕南本色米九萬九千六百二十八石五斗二升八勺內

原白改糙南米六百三十石

按府志內載原編米前數內係正米若干如何准糙志未明載祭嘉屬南白米石向係每正米一石准糙平米一石八斗今按數科算

該正米三百五十石准糙前數

原白項下夫船耗米四十八石八斗六升

按府志內載原編米前數惟每正米一石該加耗米若干志未明載祭嘉屬每白正米一石

加徵夫船耗米一斗三升九合六勺按前

正米科算該米前數

原糙南米一萬二千九十三石五斗九升四合一勺

按府志內載原編正耗米一萬二千九十三石八

斗六合三勺八抄六撮一粒七黍六粞二

糠三粃府志載六撮零今從豁參核奏

冊今應徵米前數計應除豁免米二斗一

升二合二勺八抄六撮一粒七黍六粞二

糠三粃惟原徵正耗米各若干志未明載

察南米例應每石加進倉耗米二斗五升

今照例科算該正米九千六百七十四石

八斗七升五合二勺八抄耗米二千四百
一十八石七斗一升八合八勺二抄正耗
共米前數
原糙項下夫船耗米七百二十五石六斗一升六合
按府志內載原編米七百二十五石六斗三升九
勺七抄零今隨正核算該谿米一升四合
九勺七抄外尙應徵米前數惟每正米一
石該隨徵夫船耗米若干志未明載無從
分晰且糙耗各縣不同更屬無可懸擬今
就府志所載原編正耗米數核扣谿免實
徵各數開列

升科米二百八石六升四合七勺

按府志内載原編乾隆四十二年新升加升等米二百八石六升四合七勺一抄一撮截尾

前數參核　奏册數亦相符並不核扣升

谿

共南糧米一萬三千七百六石一斗三升四合八勺

又

正兌正米五萬一十五石三斗八升五合

按府志内載原編米五萬一千九十七石内除舊案免徵米一斗六升五合外該徵米五萬一千九十六石八斗三升五合參核　奏

冊今自編纂府志以後至咸豐六年止應
續豁米七斗五升倘該徵米五萬一千九
十六石八升五合內除灰石米一千八十
石七斗外倘該徵米前數

正兌耗米二萬六石一斗五升四合

按府志所載原編米二萬四百三十八石八斗內
除舊案免徵米六升六合外該徵米二萬
四百三十八石七斗三升四合參核奏
冊今自編纂府志以後至咸豐六年止應
續豁米三斗倘該徵米二萬四百三十八
石四斗三升四合內除灰石米四百三十

二石二斗八升外尙該徵米前數
改兌正米二千五百八十七石一斗
按　奏冊內載原編米二千六百四十三石內除
灰石米五十五石九斗外該徵米前數
改兌耗米一千三十四石八斗四升
按　奏冊內載原編米一千五十七石二斗內除
灰石米二十二石三斗六升外該徵米前
數
改漕正米三千九百八石六斗五升七合六勺
耗米一千五百六十三石四斗六升三合一勺
白糧正米三千四百一十五石二升五合

耗米一千四百四十六石七斗六升一合三勺

按改漕白糧正耗四款　奏冊開載各前數因乾隆四十一年尚有白糧改漕之案已將原編白糧正耗并隨徵加三舂耗一併改爲漕糧凡係乾隆四十一年以前編纂全書志乘所載改漕白糧各數均與現在額數不符應以現在　奏冊載數爲準

行糧本色米一千二百六十三石

經費本色米八百八十二石

共漕白改漕行食米八萬五千九百二十二石三斗八升六合

有閏之年

原應共徵本折米一十萬三千五百六十七石五斗三升內除

兌改折徵灰石米一千六百二十二石一斗三升六合三勺

按漕灰米石常年徵米一千五百九十一石二斗

一升三合一勺遇閏加徵米三十石九斗

二升三合二勺共米前數

行糧減存米九百五十三石三斗六升一合五勺

按行糧例不計閏數與常年相同

經費折徵米二百八十八石九升九合八勺

零積餘米二十六石三斗三升四合八勺

孤貧口糧米一千八十石

按前三款均不計閏數與常年相同

共米三千九百六十九石九斗三升二合四勺均改米

徵銀外

實應徵漕南本色米九萬九千五百九十七石五斗九升七

合六勺內

原白改糙南米六百三十石

原白項下夫船耗米四十八石八斗六升

原糙南米一萬二千九十三石五斗九升四合一勺

原糙項下夫船耗米七百二十五石六斗一升六合

升科米二百八石六升四合七勺

按前五款均不計閏數與常年相同

共南糧米一萬三千七百六石一斗三升四合八勺叉

正兌正米四萬九千九百九十四石三斗八升三合

按正兌正米常年徵米五萬一十五石三斗八升

五合遇閏續減灰石米二十一石二合外

尙應徵米前數

正兌耗米一萬九千九百九十七石七斗五升三合二勺

按正兌耗米常年徵米二萬六石一斗五升四合

遇閏續減灰石米八石四斗八勺外尙應

徵米前數

改兌正米二千五百八十六石一升四合

按改兌正米常年徵米二千五百八十七石一斗

遇閏續減灰石米一石八升六合外尙該

徵米前數

改兌耗米一千三十四石四斗五合六勺

按改兌耗米常年徵米一千三十四石八斗四升

遇閏續減灰石米四斗三升四合四勺外

尙應徵米前數

改漕正米三千九百八石六斗五升七合六勺

耗米一千五百六十三石四斗六升三合一勺

白糧正米三千二百一十五石二升五合

耗米一千四百四十六石七斗六升一合三勺

行糧本色米一千二百六十三石

經費本色米八百八十二石

接前六款均不計閏數與常年相同

共漕白改漕行食米八萬五千八百九十一石四斗六升二合八勺

嘉善縣

全書開載實該田五千九百四頃三十二畝一釐二毫

按該縣各則頃畝核與清賦冊報均屬相符至丈

缺田地二百三十餘頃奉豁攤賠米石係

在咸豐六年以後定案照章應行截出以

清界限

察全書科則每畝原徵米一斗九升三合五勺七抄四撮六粟

五粒六黍八粞二糠八粃共徵米一十一

萬四千二百九十二石三斗二升五合七

抄二撮八粟五粒一黍九粞三粃

按該縣田畝并人丁課口三則今就全書所載頃

畝丁數並照全書科則合計共徵米數圭
粟以下零尾數稍未符因係全書原載如
此數及僅止零尾是以卽照全書載數開
列理合登明

全書開載實該地一百八頃八十四畝八分三釐五毫
察全書科則每畝原徵米一斗九升三合五勺二抄五撮一圭
一粟共徵米二千一百六石四斗八升八
合八勺九抄七圭六粒八黍五糲

全書開載實該蕩灘涇濱合爲一則共二百五十六頃五十六畝
七分二毫
察全書科則每畝原徵米五升一合一勺五抄二撮四粟二黍

九粃共徵米一千三百一十二石三斗九

升二合六勺五抄二撮一圭二粟六粒五

黍一粞一糠四粃

全書開載該徵人丁六萬八千一十丁六分九釐一毫三絲八忽

三微

察全書科則每丁徵米二合二勺六抄三撮一圭六粟共徵米

一百五十三石九斗一升九合七抄六撮

三圭一粟

按全書內載該縣丁米按田泒徵

全書開載該徵課口四萬二千八百五十九口四分四釐五毫五

絲二微

察全書科則每口徵米二合二勺六抄三撮一圭六粟共徵米九十六石九斗九升七合七勺八抄二撮六圭八粟二粒四黍

按全書內載該縣課口按田派徵

以上田地蕩三則并應攤加人丁課口共應徵原科米一十一萬七千九百六十二石一斗二升三合四勺七抄三撮九圭一粟九黍五粞一糠

七粃

又加乾隆四十二年奉文白糧改漕項下加三舂耗米二十四石六斗七合五勺

按嘉興府志漕運門內額徵改漕并白糧正耗米

一萬一千七百二十六石二升五合三勺
參核現在　奏冊額徵改漕并白糧正耗
米一萬一千七百五十石二斗一升一合
核該米二十四石一斗八升五合七勺惟
察全書內載應徵米前數既有全書可稽
應照全書載數編徵
兩共米一十一萬七千九百八十六石七斗三升九勺七抄
三撮九圭一粟九黍五糒一糠七粃
按各則徵數係照科則核算必至糠粃而止而各
款解額因各屬全書未能一律檢齊皆照
奏冊編列無　奏冊者參攷全書志乘

登載但　奏冊以勺爲斷不列零尾故凡
照全書之有零額數亦皆包尾截尾開列
以歸劃一今因解額既不掛零故徵數抄
撮以下亦復不計註明備攷

遇閏應加徵米七十四石八斗

按　奏冊內載原編月糧加閏米前數並無升豁
內徵本色米七十三石一斗八升八合九
勺折徵米一石六斗一升一合一勺參核
全書本色列尾六抄零折色列尾三抄零
今照　奏冊列數編徵

無閏之年

原應共徵本折米一十一萬七千九百八十六石七斗三升一合內除

免政折徵灰石米一千七百八十一石九斗二升七合

按　奏册內載原編米一千七百八十二石四升六合內除各案免徵銀合米一斗一升九合外尚應徵米前數

行糧減存米七百五十九石五斗四升六合九勺

按　奏册內載原編行糧本折米二千四百七十二石七斗一升二合內除各案免徵米一斗六升五合一勺外該徵米二千四百七十二石五斗四升六合九勺內徵本色米

一千七百一十三石外應徵折色前數
月糧折徵米一十八石三斗五升七合八勺
按　奏冊內載原編月糧本折米八百九十七石
六斗內除各案免徵米五升九合八勺外
該徵米八百九十七石五斗四升二勺內
徵本色米八百七十九石一斗八升二合
四勺外應徵折色前數
經費折徵米二百八十八石四升二合
按　奏冊內載原編經費食本折米一千一百七
十石四升二合內徵本色米八百八十二
石外應徵折色前數惟察　奏冊內尙應

除咸豐七年豁免米八升六勺今因各
奏册所列正改免行月各米數均與全書
相符該縣清賦案內册報田畝亦與全書
脗合白糧又向不扣豁未便遽將此欵減
額致與徵解不符第　奏額早經減除另
請更正

零積餘米三十石七升三合一勺
按全書內載原編米三十石七升三合六抄八撮
一圭九粟四黍一粞六糠九粃包尾前數

孤貧口糧米一百四十四石
按全書內載原編米前數

共米三千二十一石九斗四升六合八勺均攺米徵銀

外

實應徵漕南本色米一十一萬四千九百六十四石七斗八升四合二勺內

原白攺糙南米七百六十石七斗二升五合

按全書內載原編白正米四百二十二石六斗二升五合每正米一石准糙平米一石八斗

共該前數

原白項下夫船耗米五十八石九斗九升八合五勺

按全書內載每正米一石加徵夫船耗米一斗三升九合六勺共該米五十八石九斗九升

八合四勺五抄包尾前數

原糙南米一萬五千四百八十四石八斗七升九合

按全書內載原編糙正米一萬二千三百九十石

三升九合六勺七抄八撮四圭一粒五黍

每石加耗米二斗五升共該米一萬五千

四百八十七石五斗四升九合五勺九抄

八撮一粒八黍七粞五糠內除置買耤田

壇基免徵米一石一斗六升二合七勺一

抄八撮九圭又義塚米一石四斗六合二

勺一抄七圭六粟二粒八黍三粞三糠五

粃又捐削米一斗一合六勺二撮二圭五

粟五粒二黍四糈八糠四粃外尚該徵米
一萬五千四百八十四石八斗七升九合
六抄六撮八粟三粒七黍九糈三糠一粃
截尾前數惟察　奏冊內連原白改糙共
列米一萬六千二百四十四石四斗八升
三合二勺計少徵米一石一斗二升八勺
零是否卽係咸豐七年豁免米石　奏冊
並未載明無從核悉闕以待考
原糙項下夫船耗米九百五十八石七斗四升一合三勺
按全書內載每正米一石加徵夫船耗米七升七
合三勺八抄共該米九百五十八石七斗

四升一合二勺七抄三圭一粟五粒九黍
九粞一糠七粃包尾前數
共南糧米一萬七千二百六十三石三斗四升三合八
勺又
正兌正米五萬五千七百九十六石四斗九升六合五勺
按　奏冊內載原編米五萬七千六石內除灰石
米一千二百五石五斗七升再除各案免
徵米三石九斗三升三合五勺外該徵米
前數惟參核全書應除免徵義塚捐削正
耗米五石六斗二升六合今因按照　奏
冊豁數核算徵解相符故從　奏冊刻數

編徵

正兌耗米二萬二千三百一十八石五斗九升八合五勺

按　奏冊內載原編米二萬二千八百二石四斗

內除灰石米四百八十二石二斗二升八

合再除各案免徵米一石五斗七升三合

五勺外該徵米前數

改兌正米三千一百一十五石六斗八升

按　奏冊內載原編米三千一百八十三石內除

灰石米六十七石三斗二升外尚應徵米

前數

改兌耗米一千二百四十六石二斗七升二合

按　奏冊內載原編米一千二百七十三石二斗
內除灰石米二十六石九斗二升八合外
尚應徵米前數

改漕正米四千五百一十二石八斗四升六合八勺
耗米一千八百五石一斗三升八合七勺
白糧正米三千七百四十六石三斗六升二合四勺
耗米一千六百八十五石八斗六升三合一勺
按改漕白糧正耗四款　奏冊開載各前數因乾
隆四十一年尚有白糧改漕之案已將原
編白糧正耗并隨徵加三舂耗一併改爲
漕糧凡係乾隆四十一年以前編纂全書

志乘所載改漕白糧各數均與現在額數

不符應以現在　奏冊載數爲準

行糧本色米一千七百一十三石

月糧本色米八百七十九石一斗八升二合四勺

經費本色米八百八十二石

共漕白改漕行月食米九萬七千七百一石四斗四

升四勺

有閏之年

原應其徵本折米一十一萬八千六十一石五斗三升一合內

除

兌改折徵灰石米一千八百一十六石七斗三合

按漕灰米石常年徵米一千七百八十一石九斗二升七合遇閏加徵米三十四石七斗七升六合共應徵米前數

行糧減存米七百五十九石五斗四升六合九勺

按行糧例不計閏數與常年相同

月糧折徵米一十九石九斗六升八合九勺

按月糧折徵米石常年徵米一十八石三斗五升七合八勺遇閏加徵米一石六斗一升一合一勺共應徵米前數

經費折徵米二百八十八石四升二合

零積餘米三十石七升三合一勺

孤貧口糧米一百四十四石

按前三欵均不計閏數與常年相同

共米三千五十八石三斗三升三合九勺均改米徵銀

外

實應徵漕南本色米一十一萬五千三石一斗九升七合一勺內

原白改糙南米七百六十石七斗二升五合

原白項下夫船耗米五十八石九斗九升八合五勺

原糙南米一萬五千四百八十四石八斗七升九合

原糙項下夫船耗米九百五十八石七斗四升一合三勺

按前四欵均不計閏數與常年相同

共南糧米一萬七千二百六十三石三斗四升三合八勺又

正兌正米五萬五千七百七十二石九斗六升五勺

按正兌正米常年徵米五萬五千七百九十六石四斗九升六合五勺遇閏續減灰石米二十三石五斗三升六合外尚應徵米前數

正兌耗米二萬二千三百九石一斗八升四合一勺

按正兌耗米常年徵米二萬二千三百一十八石五斗九升八合五勺遇閏續減灰石米九石四斗一升四合四勺外尚應徵米前數

改兌正米三千一百一十四石三斗七升六合

按改兌正米常年徵米三千一百一十五石六斗
八升遇閏續減灰石米一石三斗四合外
倘應徵米前數

改兌耗米一千二百四十五石七斗五升四勺
按改兌耗米常年徵米一千二百四十六石二斗
七升二合遇閏續減灰石米五斗二升一
合六勺外倘應徵米前數

改漕正米四千五百一十二石八斗四升六合八勺
耗米一千八百五石一斗三升八合七勺

白糧正米三千七百四十六石三斗六升二合四勺
耗米一千六百八十五石八斗六升三合一勺

行糧本色米一千七百一十三石

按前五欵均不計閏數與常年相同

月糧本色米九百五十二石三斗七升一合三勺

按月糧本色常年徵米八百七十九石一斗八升二合四勺遇閏加徵米七十三石一斗八升八合九勺共應徵米前數惟察淸賦案內閏年原徵米九百五十二石三斗九合五勺計閏年僅加徵月糧本色米七十三石一斗二升七合一勺今核　奏冊全書內如遇閏年應加徵月糧折色米一石六斗一升一合一勺本色米七十三石一斗

八升八合九勺共應加徵米七十四石八斗今從　奏冊全書列數編徵

經費本色米八百八十二石

按前款例不計閏數與常年相同

共漕白改漕行月食米九萬七千七百三十九石八斗五升三合三勺

海鹽縣

據縣冊報實該田五千三百四十八頃一十六畝八分三釐七毫五絲

按前則頃畝核與清賦冊報相符

察同治四年咨案每畝該徵米一斗七合三勺一抄二撮二圭三粟八粒七粞六糠六粃共徵米五萬六千三百一十九石二斗六升九合四勺一抄二撮四圭八粒二黍九粞四糠七粃

據縣冊報實該地七百五十九頃四十七畝四分五釐七毫五絲四忽

按前則頃畝核與清賦冊報相符

察同治四年咨案每畝該徵米一斗七合三勺一抄二撮二圭

三粟八粒七粞六糠六粃共徵米八千一

百五十石九升一合六勺四抄四撮八圭

四粟四粒九黍四粞九糠八粃

按府志與續圖經與志書相仿名曰續圖經所載願畝科則科出

應徵總數核與奏冊解額合勺相符編

纂府志以後各則均無升坍可知本應以

府志頃畝圖經科則爲準惟清賦案內據

嘉興府及海鹽縣先後具詳以該縣田地

兩項科則原有參差但康熙年間清丈之

時曾將田地匀作一則科徵於民稱便遵

行至今請將田地科則勻爲一則科徵等語由清賦局司道於同治四年間詳奉咨

明

戶部立案此次應照咨定之案將各則田列爲一則各則地列爲一則仍照府志所載各則田地頃畝並按志載各則田地其徵總數按畝算出科則作爲原徵科則以符原案惟察清賦局原詳內稱田每畝原應完米一斗七合五勺六抄一撮地每畝原應完米一斗五合八抄零勻爲一斗六合零等語此係扣除改折米石專徵本色

科則今察續圖經內載田一則共五千二百四十七頃九十三畝六分六釐四毫五絲共徵本折米五萬六千四百四十七石八斗四升五合七抄八撮二圭四粟三粞三糠八粃清出田一則共二十三畝一分七釐三毫共徵本折米二石五斗四升六合六抄六撮一圭七粟三粒三黍地一則共七百五十八頃六十五畝一分三毫六絲四忽共徵本折米八千一十石八升七合九勺九抄七撮一圭五粟三粒二黍一粞二糠清出地一則共七十九畝二分七

釐八毫九絲共徵本折米八石五斗五升
二勺七抄六撮九圭三粟二粒三黍四粞
又府志內載新升地三畝七釐五毫共徵
本折米三斗三升一合六勺四抄統計田地
五則共六千七頃六十四畝二分九釐五
毫四忽共應徵米六萬四千四百六十九
石三斗六升一合五抄八撮四圭九粟八
粒八黍八粞五糠八粃以五則共徵本折
米數按五則頃畝科算每畝該徵米前數
續圖經開載實該山一百七十五頃九十三畝二釐九毫九絲三
忽

原科米六萬六千四百六十石五斗七升三合一勺七抄七撮七圭九粟六黍九糒入糠七粃

按續圖經內列其徵米六萬[illegible]千四百六十石二斗四升一合五勺三抄九撮三粟六粒三黍四糒再按府志加新升地應徵米三斗三升一合六勺四抄兩其米六萬六千四百六十石五斗七升三合一勺七抄九撮三粟六粒三黍四糒撮圭以下核與現徵米數稍有未符今就各則其徵米石結該前數

續圖經開載實該清出蕩二十四畝八分三釐
察續圖經科則每畝原徵米五升二合八勺二抄共徵米一石
三斗一升一合五勺二抄六圭
續圖經開載實該人丁四萬九千五十口
察續圖經科則每口徵米四合九勺三抄二撮六圭五粟五粒
四黍七粞二糠二粃共徵米二百四十一
石九斗四升六合七勺五抄九圭八粒二
黍三粞四糠二粃
按該縣丁米如何派徵圖經不載惟察省志內載
丁米按田地派徵
以上田地山蕩灘浜池漊水面五則并應攤加人丁共應徵

原科米六萬六千四百六十石五斗七升三合一勺七抄七撮七圭九粟六黍九糲入糠七粃

按續圖經內列其徵米六萬六千四百六十石二斗四升一合五勺三抄九撮三粟六粒三黍四糲再按府志加新升地應徵米三斗三升一合六勺四抄兩其米六萬六千四百六十石五斗七升三合一勺七抄九撮三粟六粒三黍四糲撮圭以下核與現徵米數稍有未符今就各則其徵米石結該前數

又加乾隆四十一年奉　文白糧改漕加三春耗米一十八
石九斗八升二合七勺
按嘉興府志漕運門內額徵改漕并白糧正耗米
六千五百一十一石一斗六升一合四勺
參核現在　奏册額徵改漕并白糧正耗
米六千五百三十石一斗四升四合九勺
核該改漕春耗米一十八石九斗八升三
合五勺核計徵解數不相符若以志載原
徵白糧正耗米三千六十一石九斗二升
三合四勺與　奏册所列現徵白糧正耗
米二千九百九十八石六斗四升七合七

勺比較計乾隆四十一年改漕正耗米六十三石二斗七升五合七勺應該加三舂耗前數

兩共米六萬六千四百七十九石五斗五升五合八勺七抄七撮七圭九粟六黍九稷八糠七粃

按各則徵數係照科則核算必至糠粃而止而各款解額因各屬全書未能一律檢齊皆照奏冊編列無　奏冊者參攷全書志乘登載但　奏冊以勺爲斷不列零尾故凡照全書之有零額數亦皆包尾截尾開列以歸畫一今因解額旣不掛零故徵數抄

撮以下亦復不計註明備攷

遇閏應加徵米三十一石二斗

按府志內載如遇閏年應加徵墩夫口糧加閏米前數此係南糧項下之款並無本折之分

此外亦無應加月糧閏米

無閏之年

原應共徵本折米六萬六千四百七十九石五斗五升五合九

勺丙除

㱿改折徵灰石米一千七百三十三斗七升

按　奏冊內載原編米前數並無升谿

行糧減存米五百三十二石三斗九升三合

按　奏冊內載原編行糧本折米一千四百五石三斗九升三合並無升谿內徵本色米八百七十三石外該徵折色前數

經費折徵米二百五石八斗

按　奏冊內載原編白糧經費食本折米八百三十五石八斗並無升谿內徵本色米六百三十石外該徵折色前數

零積餘米五十石八斗七合五勺

按續圖經內載原編零積餘米五十石八斗七合五勺三抄四撮六圭四粟二粒九黍二稷七糠三粃截尾前數

孤貧口糧米四百三十二石

按續圖經內載原編米前數

共米二千二百二十八石三斗七升五勺均改米徵銀外

實應徵漕南本色米六萬四千二百五十二石一斗八升五合四勺內

原白改糙南米三百八十五石八斗七升五合

按續圖經內載原編白正米二百一十四石三斗七升五合每正米一石准糙平米一石八斗共該前數

原白項下夫船耗米二十九石九斗二升六合八勺

按續圖經內載每正米一石加徵夫船耗米一斗

三升九合六勺共該米二十九石九斗二
升六合七勺五抄包尾前數

原糙南米七千八百四石七合四勺

按續圖經內載原編糙正米六千二百四十三石
七斗二升四合五勺一抄一撮一圭三粟
八粒二黍每石加耗米二斗五升共該米
七千八百四石六斗五升五合六勺三抄
八撮九圭二粟二粒七黍五稇內 除置買
耤田壇廟基地免徵米六斗四升八合二
勺四抄五撮三圭九粟外尙該徵米七千
八百四石七合三勺九抄三撮五圭三粟

二粒七黍五粞包尾前數

原糙項下夫船耗米四百九十四石三斗七升八合一勺

按續圖經內載每正米一石加徵夫船耗米七升九合一勺八抄共該米四百九十四石三斗七升八合一勺六撮七圭九粟一粒九黍二粞二糠七粃截尾前數

墩夫口糧米四百八十九石六斗

按續圖經內載原編門軍今改墩夫口糧充餉米一百一十五石二斗又巡防庫獄瞭望海洋鐸夫今改墩夫口糧充餉米三百七十四石四斗共米前數

升科米三百八十九石四斗二升三合二勺

按續圖經內載原編康熙六年起至康熙五十七年止升科米三百八十九石九升一合五勺六抄八撮七圭二粟三粒六黍四粞參核府志　奏冊應加新升地應徵米三斗三升一合六勺四抄共應徵米三百八十九石四斗二升三合二勺八撮七圭二粟三粒六黍四粞截尾前數惟　奏冊內康熙三十二年至四十五年升科米款一條內二勺誤列三合若以三合計算總散徵解均不相符今應更正註明備攷

共南糧米九千五百九十三石二斗一升五勺又

正兌正米三萬一千七百一十四石七斗八升

按　奏冊內載原編米三萬二千四百石內應除

灰石米六百八十五石二斗二升外該徵

米前數並無升豁

正兌耗米一萬二千六百八十五石九斗一升二合

按　奏冊內載原編米一萬二千九百六十石內

應除灰石米二百七十四石八升八合外

該徵米前數並無升豁

改兌正米一千五百八十八石六斗七升

按　奏冊內載原編米一千六百二十三石內應

除灰石米三十四石三斗三升外該徵米
前數並無升豁
攺兌耗米六百三十五石四斗六升八合
按　奏冊內載原編米六百四十九石二斗內應
除灰石米一十三石七斗三升二合外該
徵米前數並無升豁
攺漕正米二千五百二十二石四斗九升八合
耗米一千八石九斗九升九合二勺
白糧正米二千六十八石三升二合九勺
耗米九百三十石六斗一升四合八勺
按攺漕白糧正耗四款　奏冊開載各前數因乾

隆四十一年尚有白糧改漕之案已將原
編白糧正耗并隨徵加三舂耗一併改爲
漕糧凡係乾隆四十一年以前編纂全書
志乘所載改漕白糧各數均與現在額數
不符應以現在奏冊載數爲準

行糧本色米八百七十三石

經費本色米六百三十石

共漕白改糧行食米五萬四千六百五十七石九斗七
升四合九勺

有閏之年

原應共徵本折米六萬六千五百一十石七斗五升五合九勺

内除

兌改折徵灰石米一千二十六石九斗九升八合

按漕灰米石常年徵米一千七百三斗七升遇閏加徵米一十九石六斗二升八合其米前數

行糧減存米五百三十二石三斗九升三合

按行糧減存米石例不計閏數與常年相同

經費折徵米二百五石八斗

零積餘米五十石八斗七合五勺

孤貧口糧米四百三十二石

按前三款均不計閏數與常年相同

共米二千二百四十七石九斗九升八合五勺均攺光

徵銀外

實應徵漕南本色米六萬四千二百六十二石七斗五升七

合四勺內

原白攺糙南米三百八十五石八斗七升五合

原白項下夫船耗米二十九石九斗二升六合八勺

原糙南米七千八百四石七合四勺

原糙項下夫船耗米四百九十四石三斗七升八合一勺

按前四款均不計閏數與常年相同

墩夫口糧米五百二十石八斗

按墩夫口糧常年徵米四百八十九石六斗遇閏

加徵米三十一石二斗其米前數

升科米三百八十九石四斗二升三合二勺

按升科米石例不計閏數與常年相同

共南糧米九千六百二十四石四斗一升五勺又

正兌正米三萬一千七百一石四斗二升四合

按正兌正米常年徵米三萬一千七百一十四石

七斗八升遇閏續減灰石米一十三石三

斗五升六合外尙應徵米前數

正兌耗米一萬二千六百八十石五斗六升九合六勺

按正兌耗米常年徵米一萬二千六百八十五石

九斗一升二合遇閏續減灰石米五石三

斗四升二合四勺外尚應徵米前數

改兌正米一千五百八十八石六合

按改兌正米常年徵米一千五百八十八石六斗

七升遇閏續減灰石米六斗六升四合外

尚應徵米前數

改兌耗米六百三十五石二斗二合四勺

按改兌耗米常年徵米六百三十五石四斗六升

八合遇閏續減灰石米二斗六升五合六

勺外尚應徵米前數

改漕正米二千五百二十二石四斗九升八合

耗米一千八石九斗九升九合二勺

白糧正米二千六十八石三升二合九勺
耗米九百三十石六斗一升四合八勺
行糧本色米八百七十三石
經費本色米六百三十石
按前六款均不計閏數與常年相同
其漕白𣅀漕行食米五萬四千六百三十八石三斗四升六合九勺

平湖縣

全書開載實該實辦田四千四百三十頃六十一畝三分二毫

按該縣各則頃畝核與淸賦冊報均屬相符

察全書科則每畝原徵米一斗四升三勺七抄三撮三圭其徵米六萬二千一百九十三石九斗七升七合六抄四撮三粟六粒六黍

全書開載實該陞景賢田一十頃七十畝五分一釐三毫

察全書科則每畝原徵米九升四合五勺三抄一撮其徵米一百一石一斗九升六合六勺六抄四撮四圭三粒

全書開載實該淸出實辦田七畝八釐八毫

察全書科則每畝原徵米一斗四升三合三勺四抄四撮一圭
共徵米一石一升六合二抄二撮九圭八
粟八黍

全書開載實該東區高阜地六百六十八頃二十八畝四分七釐
一毫九絲

察全書科則每畝原徵米七升二合二勺七抄共徵米四千八
百二十九石六斗九升三合六勺六抄四
撮二圭一粟三粒

全書開載實該西區高阜地一百五十六頃四十七畝四分三釐
一毫二絲

察全書科則每畝原徵米九升六合四勺九抄八撮共徵米一

千五百九石九斗四升五合八勺一抄三

撮九圭三粟七粒六黍

全書開載實該山蕩五十三頃四畝六分六釐四毫

察全書科則每畝原徵米二升八合九勺一抄九撮八圭共徵

米一百五十三石四斗九合八勺二抄一

撮九圭四粟七粒二黍

全書開載實該清出山蕩五十二畝六分七釐七毫

察全書科則每畝原徵米二升九合五勺三抄二撮七圭共徵

米一石五斗五升五合六勺九抄四撮三

粟七粒九黍

全書開載實該熟蕩四十二頃七十二畝三分四釐四毫

察全書科則每畝原徵米四升三合三勺八抄共徵米一百八
十五石三斗三升四合二勺八抄二撮七
圭二粟
全書開載實該新升熟蕩五畝五分一釐七毫
察全書科則每畝原徵米四升三合三勺八抄共米二斗三升
九合三勺二抄七撮四圭六粟
全書開載該徵人丁三萬八千三百一十六丁四分六釐三毫六
絲二微六塵六渺
察全書科則每口徵米一升二合三勺四撮九粟八粒九黍三
粞八糠五粃共徵米四百七十一石四斗
四升九合五勺五抄九撮一圭四粟四黍

七粞六糠七粃

按該縣人丁一則今就全書所載丁數並照全書科則合計共徵米數抄撮以下零尾數稍未符因係全書原載如此數又僅止零尾是以即照全書載數開列理合登明

按全書內載該縣丁米按田地泒徵

以上田地山蕩九則并應攤加人丁共應徵原科米六萬九千四百四十七石八斗一升七合九勺一抄六撮八圭七粟六粒五黍七粞六糠七粃

又加乾隆四十一年奉文白糧改漕項下加三舂耗米二十

一石七斗一升九合二勺五抄
按嘉興府志漕運門內額徵改漕并白糧正耗米
六千八百七十九石六斗五升五合六勺
參核現在奏冊額徵改漕并白糧耗米六
千九百石一斗五升九合八勺核該改漕
春耗米二十石五斗四合二勺惟察全書
內載應徵米前數既有全書可稽應照全
書載數編徵
兩共米六萬九千四百六十九石五斗三升七合一勺六抄
六撮八圭七粟六粒五黍七粞六糠七粃
按各則徵數係照科則核算必至糠粃而止而各

欵解額因各屬全書未能一律檢齊皆照
奏冊編列無　奏冊者參攷全書志乘
登載但　奏冊以勺爲斷不列零尾故凡
照全書之有零額數亦皆包尾載尾開列
以歸劃一今因解額既不掛零故徵數抄
撮以下亦復不計註明備攷
遇閏向無加徵米石
按該縣不徵月糧故無加徵閏米
無閏之年
原應共徵本折米六萬九千四百六十九石五斗三升七合一
勺內除

免改折徵灰石米一千四十八石四斗一升七勺

按　奏冊內載原編米一千四十八石九斗六升四合內除各案免徵銀合米五斗五升三合三勺外尚應徵米前數

行糧減存米四百六十九石五斗六升九合八勺

按　奏冊內載原編行糧本折米一千四百六十三石三斗四升四合內除各案免徵米七斗七升四合二勺外該徵米一千四百六十二石五斗六升九合八勺內徵本色米九百九十三石外該徵折色前數

經費折徵米一百六十四石二斗八升七合三勺

按　奏冊內載原編白糧經費食本折米六百六十八石二斗八升七合三勺並無升豁內徵本色米五百四石外該徵折色前數

零積餘米七十七石四斗五升六合七勺

按全書內載原編米七十七石四斗五升六合七勺四抄九撮六圭八粟七粒八黍一糆九糠八粃截尾前數

孤貧口糧米一百四十四石

按全書內載原編米前數

共米一千九百三石七斗二升四合五勺均改米徵銀外

實應徵漕南本色米六萬七千五百六十五石八斗一升二合六勺內

原白改糙南米四百三石二斗

按全書內載原編白正米二百二十四石每正米一石准糙平米一石八斗共該前數

原白項下夫船耗米三十一石二斗七升四勺

按全書內載每正米一石加徵夫船耗米一斗三升九合六勺共該前數

原糙南米八千一十七石九斗六升三合六勺

按全書內載原編正米六千四百五十一石七斗二升八合九勺三抄一圭八粟六粒五黍

每正米一石加耗米二斗五升其該米八千六十四石六斗六升一合一勺六抄二撮七圭三粟三粒一黍二糲五糠内除各案免徵米四十六石六斗九升七合五勺七抄五撮五圭一粟五粒一黍二糲四粃外該徵米八千一十七石九斗六升三合五勺八抄七撮二圭一粟八粒四糠六粃

包尾前數惟參核　奏册内列徵米八千一十八石四斗六升三合五勺八抄七撮三圭一粟八粒四糠六粃蓋因全書内康熙六年升科米石六斗誤作一斗即將短

徵升科米五斗加在南糙欵內徵收今應
分別更正
原糙項下夫船耗米五百六石七斗七升九勺
按全書內載每正米一石加徵夫船耗米七升八
合五勺八抄共該米五百六石九斗七升
六合八勺五抄九撮三圭三粟四粒五粞
五糠二粃內除各案免徵米二斗五合九
勺九撮二圭三粟八粒四黍八粞八糠外
該徵米五百六石七斗七升九勺五抄九
粟五粒五黍六粞七糠二粃截尾前數
升科米一千六百八十三石四斗三升七合七勺

按全書內載康熙六年丈量升科米一千六百八十石六斗書內六字誤作一字若以一斗計算存留米共數僅應列米一萬六百四十二石一斗零二升六合六勺三抄四撮九圭三粟二粒康熙十六年清出升科米二石五斗七升一合七勺一抄七撮一粟八粒七黍乾隆五十一年新升米二斗三升九合三勺二抄七撮四圭六粟共米一千六百八十三石四斗三升七合六勺七抄九撮四圭一粟七黍包尾前數

共南糧米一萬六百四十二石六斗四升二合六勺又

正兌正米三萬三千四百石二斗四升五合九勺

按　奏冊內載原編米三萬三千七百三十六石
內除灰石米七百一十三石四斗五升再
除各案免徵米一十八石三斗四合一勺
外該徵米前數

正兌耗米一萬三千二百一石六斗九升八合三勺

按　奏冊內載原編米一萬三千四百九十四石
四斗內除灰石米二百八十五石三斗八
升再除各案免徵米七石三斗二升一合
七勺外該徵米前數

改兌正米一千六百五十七石一斗九升

按　奏冊內載原編米一千六百九十三石內除

灰石米三十五石八斗一升外該徵米前
數並無升谿
改兌耗米六百六十二石八斗七升六合
按　奏冊內載原編米六百七十七石二斗內除
灰石米一十四石三斗二升四合外該徵
米前數並無升谿
改漕正米二千六百六十八石八斗四升一合五勺
耗米一千六十七石五斗三升六合六勺
白糧正米二千一百八十一石九斗一升八合四勺
耗米九百八十一石八斗六升三合三勺
按改漕白糧正耗四款　奏冊開載各前數因乾

隆四十一年尚有白糧改漕之案已將原
編白糧正耗并隨徵加三舂耗一併改為
漕糧凡係乾隆四十一年以前編纂全書
志乘所載改漕白糧各數均與現在額數
不符應以現在　奏冊載數為準

行糧本色米九百九十三石

經費本色米五百四石

共漕白改漕行食米五萬六千九百二十三石一斗七
升

有閏之年

原應共徵本折米六萬九千四百六十九石五斗三升七合一

勺內除

兌改折徵灰石米一千六十八石八斗八升五合七勺

按漕灰米石常年徵米一千四十八石四斗一升

七勺遇閏加徵米二十石四斗七升五合

共米前數

行糧減存米四百六十九石五斗六升九合八勺

按行糧例不計閏數與常年相同

經費折徵米一百六十四石二斗八升七合三勺

零積餘米七十七石四斗五升六合七勺

孤貧口糧米一百四十四石

按前三欵均不計閏數與常年相同

共米一千九百二十四石一斗九升九合五勺均改米

徵銀外

實應徵漕南本色米六萬七千五百四十五石三斗三升七

合六勺內

原白改糙南米四百三石二斗

原白項下夫船耗米三十一石二斗七升四勺

原糙南米八千一十七石九斗六升三合六勺

原糙項下夫船耗米五百六石七斗七升九勺

升科米一千六百八十三石四斗三升七合七勺

按前五款均不計閏數與常年相同

共南糧米一萬六百四十二石六斗四升二合六勺又

正兌正米三萬二千九百九十石三斗一升三合九勺
按正兌正米常年徵米三萬三千四石二斗四升
五合九勺遇閏續減灰石米一十三石九
斗三升二合外尙應徵米前數
正兌耗米一萬三千一百九十六石一斗二升五合五勺
按正兌耗米常年徵米一萬三千二百一石六斗
九升八合三勺遇閏續減灰石米五石五
斗七升二合八勺外尙應徵米前數
改兌正米一千六百五十六石四斗九升七合
按改兌正米常年徵米一千六百五十七石一斗
九升遇閏續減灰石米六斗九升三合外

尚應徵米前數

改兌耗米六百六十二石五斗九升八合八勺

按改兌耗米常年徵米六百六十二石八斗七升六合遇閏續減灰石米二斗七升七合二勺外尚應徵米前數

改漕正米二千六百六十八石八斗四升一合五勺

耗米一千六十七石五斗三升六合六勺

白糧正米二千一百八十一石九斗一升八合四勺

耗米九百八十一石八斗六升三合三勺

行糧本色米九百九十三石

經費本色米五百四石

按前六欵均不計閏數與常年相同

合

共漕白䘚漕行食米五萬六千九百二石六斗九升五

合

石門縣

全書開載實該田二千九百二十八頃八十七畝七分八釐九毫

按清賦案內冊報田地蕩頭畝各數核與全書所載頃畝均不符合今以全書頃畝按照全書科則科出應徵總數核與奏頒　奏冊解額合勺相符其爲前纂全書之後各則均無升坍可知自應以全書所載頃畝爲準今據該縣察復亦稱核數相符是以此次編纂減賦全案均照全書辦理以昭核實

察全書科則每畝原徵米一斗二升三合二勺八抄六撮五圭

五粟九粒三黍七糲四糠七粃共徵米三
萬六千一百三十八石四斗一升六合五
勺六抄七撮五圭八粟二粒四黍七糲七
粃

按該縣田地蕩灘人丁四則今就全書所載頃畝
丁數並照全書科則合計共徵米數零尾
數稍未符因係全書原載如此數又僅止
零尾是以即照全書載數開列理合登明

全書開載實該清出田三十一畝八分四釐四毫
察全書科則每畝原徵米一斗二升六合五勺三抄四撮九圭
七粟七黍五糲四糠二粃共徵米四石二

升九合三勺七抄九撮六圭八粒六黍九
粞六糠七粃
全書開載實該地二千七十頃八十六畝三分五釐二毫
察全書科則每畝原徵米一斗二升三合二勺一抄四撮四圭
八粟三粒四黍八粞六糠一粃其徵米二
萬五千五百一十六石三升七合八勺九
抄八撮七圭八粒九黍八粞六糠二粃
全書開載實該告墜地一十四畝六分一釐
察全書科則每畝原徵米一斗二升七合四抄其徵米一石八
斗五升六合五抄四撮四圭
全書開載實該清出地二十二畝九釐九毫七絲

察全書科則每畝原徵米一斗二升九合七勺二抄三撮一圭
九粒四黍三糠七粃共徵米二石八斗六
升六合八勺四抄一撮八圭八黍八糲八
糠九粃

全書開載實該蕩灘二十三頃三十八畝八分八釐一毫
察全書科則每畝原徵米五升三合五勺二抄六撮一圭三粟
三粒八糲一粃共徵米一百二十五石一
斗九升一合二勺五抄五撮六圭六粟四
粒五黍三糲七糠三粃

全書開載實該淸出蕩三頃五十四畝八釐
察全書科則每畝原徵米五升四合六勺四抄九圭五粟九粒

五粞二糠一粃共徵米一十九石三斗四

升七合二勺七抄七圭八粟一粒一黍六

粞七糠五粃

全書開載該徵人丁六萬六千四百四十七丁口

察全書科則每丁徵米三合七勺四抄五撮三圭九粟六粒四

黍一粞五糠八粃共徵米二百四十八石

八斗七升三勺五撮六圭三粟五粒六黍

四粞六糠

按全書內載該縣丁米按糧派徵

以上田地蕩七則并應攤加人丁共應徵原科米六萬二千

五十六石六斗一升五合五勺七抄四撮

一圭八粟二粒三黍九糆三糠三粃

又加乾隆四十一年奉文白糧改漕項下加三舂耗米一十六石七升八合六勺五抄

按嘉興府志漕運門內額徵改漕并白糧正耗米五千九百一十石九升六合一勺參核現在奏冊額徵改漕并白糧正耗米五千九百二十六石一斗七升四合七勺核該改漕舂耗米一十六石七升八合六勺惟參核全書該米前數既有全書可稽應照全書編徵

兩共米六萬二千七十二石六斗九升四合二勺二抄四撮

一圭八粟二粒三黍九糲三糠三粃
按各則徵數係照科則核算必至糠粃而止而各
款解額因各屬全書未能一律檢齊皆照
奏冊編列無　奏冊者參攷全書志乘
登載但　奏冊以勺爲斷不列零尾故凡
照全書之有零額數亦皆包尾截尾開列
以歸劃一今因解額既不掛零故徵數抄
撮以下亦復不計註明備攷
遇閏向無加徵米石
按該縣不徵月糧故無加徵閏米
無閏之年

原應共徵本折米六萬二千七十二石六斗九升四合二勺內

除

兌改折徵灰石米九百六十二石七斗九升四合

按　奏冊內載原編米前數並無升豁

行糧減存米五百九十一石六斗六升七合

按　奏冊內載原編行糧本折米一千三百四十四石六斗六升七合並無升豁內徵本色米七百五十三石外該徵折色前數

經費折徵米一百六十四石六斗四升

按　奏冊內載原編白糧經費食本折米六百六十八石六斗四升並無升豁內徵本色米

五百四石外該徵折色前數

零積餘米三十九石四斗六升四勺

按全書內載原編米三十九石四斗六升三勺四

抄一撮九圭六粟五粒七黍一粞二糠色

尾前數

孤貧口糧米九十石

按全書內載原編米前數

共米一千八百四十八石五斗六升一合四勺均攺米

徵銀外

實應徵漕南本色米六萬二百二十四石一斗三升二合八

勺內

原白改糙南米三百六十石七斗四合九勺

按全書內載原編白正米二百一石二斗五升每

正白米一石准糙平米一石八斗共該米

三百六十二石二斗五升內除荒遺米一

石五斗四升五合一勺五抄六撮二圭九

粟二粒八黍四糸九糠七粃外該徵米三

百六十石七斗四合八勺四抄三撮七圭

七粒一黍五糸三粃包尾前數

原白項下夫船耗米二十八石九升四合五勺

按全書內載每正米一石加夫船耗米一斗三升

九合六勺共米前數

原糙南米七千五百三十五石二斗九升八合一勺

垵全書內載原編糙正米六千五十四石六斗三升九合八勺六抄四撮四圭七粟六粒六黍每石加耗米二斗五升共該米七千五百六十八石二斗九升九合八勺三抄五圭九粟五粒七黍五糲內除耤田壇基免徵米七斗一升九合五勺二抄六圭二粟一粒六黍六糲九糠二粃荒逋米三十二石二斗八升二合一勺四抄二撮三圭六粟二粒二黍四糲五糠五粃外該徵米七千五百三十五石二斗九升八合一勺六

抄七撮六圭一粟一粒八黍三糒五糠三
粃截尾前數惟參核　奏冊連原白𥹸糙
共列徵米七千五百七十五石五斗九升
八合九勺零升科等米三百九十一石一
斗七合九勺零核係　奏冊內少徵南糙
多徵升科等米在正米此盈彼絀雖無出
入而南糙例應隨徵夫船耗米其升科等
米例不徵耗正米數旣參差科耗亦有未
符今仍按全書所載正米編徵再照全書
正米科耗並於此冊註明備攷

原糙項下夫船耗米四百八十六石五斗五升八勺

按全書內載每正米一石加夫船耗米八升三勺

六抄共該米四百八十六石五斗五升八

勺五抄九撮五圭九粒三黍三糲九糠八

粃截尾前數

升科米七十石七斗三合八勺

按全書內載原編告陞地米一石八斗八升三合

二勺二抄九撮又自康熙六年起至乾隆

三十六年止升科米六十八石八斗二升

五勺八抄三撮一圭六粟二粒五糲七糠

七粃共該米七十石七斗三合八勺一抄

二撮一圭六粟二粒五糲七糠七粃截尾

前數

共南糧米八千四百八十一石三斗五升二合一勺

又

正兌正米三萬三百四十四石三斗五升

按　奏冊內載原編米三萬一千石內除灰石米

六百五十五石六斗五升外該徵米前數

並無升豁

正兌耗米一萬二千一百三十七石七斗四升

按　奏冊內載原編米一萬二千四百石內除灰

石米二百六十二石二斗六升外該徵米

前數並無升豁

收兌正米一千四百八十三石九斗四升

按　奏册內載原編米一千五百一十六石內除

灰石米三十二石六升外該徵米前數並

無升錙

收兌耗米五百九十三石五斗七升六合

按　奏册內載原編米六百六石四斗內除灰石

米一十二石八斗二升四合外該徵米前

數並無升錙

收漕正米二千二百八十六石七升四合二勺

耗米九百一十四石四斗二升九合七勺

白糧正米一千八百七十九石七斗七升三合

耗米八百四十五石八斗九升七合八勺

按改漕白糧正耗四款　奏冊開載各前數因乾隆四十一年尚有白糧改漕之案已將原編白糧正耗并隨徵加三舂耗一併改爲漕糧凡係乾隆四十一年以前編纂全書志乘所載改漕白糧各數均與現在額數不符應以現在　奏冊載數爲準

行糧本色米七百五十三石

經費本色米五百四石

共漕白改漕行食米五萬一千七百四十二石七斗八升七勺

有閏之年

原應共徵本折米六萬二千七十二石六斗九升四合二勺内

除

兌改折徵灰石米九百八十一石五斗七合八勺

按漕灰米石常年徵米九百六十二石七斗九升

四合遇閏加徵米一十八石七斗一升三

合八勺共米前數

行糧減存米五百九十一石六斗六升七合

按行糧例不計閏數與常年相同

經費折徵米二百六十四石六斗四升

零積餘米三十九石四斗六升四勺

孤貧口糧米九十石

按前三款均不計閏數與常年相同

共米一千八百六十七石二斗七升五合二勺均旼米

徵銀外

實應徵漕南本色米六萬二百五石四斗一升九合內

原白旼糙南米三百六十石七斗四合九勺

原白項下夫船耗米二十八石九升四合五勺

原糙南米七千五百三十五石二斗九升八合一勺

原糙項下夫船耗米四百八十六石五斗五升八勺

升科米七十石七斗三合八勺

按前五款均不計閏數與常年相同

共南糧米八千四百八十一石三斗五升二合一勺

又

正兌正米三萬三百三十一石六斗九合

按正兌正米常年徵米三萬二百四十四石三斗五升遇閏續減灰石米一十二石七斗四升一合外尚該徵米前數

正兌耗米一萬二千一百三十二石六斗四升三合六勺

按正兌耗米常年徵米一萬二千一百三十七石七斗四升遇閏續減灰石米五石九升六合四勺外尚該徵米前數

改兌正米一千四百八十三石三斗一升四合

按攺兌正米常年徵米一千四百八十三石九斗四升遇閏續減灰石米六斗二升六合外
尚該徵米前數
攺兌耗米五百九十三石三斗二升五合六勺
按攺兌耗米常年徵米五百九十三石五斗七升六合遇閏續減灰石米二斗五升四勺外
尚該徵米前數
攺漕正米二千二百八十六石七升四合二勺
耗米九百一十四石四斗二升九合七勺
白糧正米一千八百七十九石七斗七升三合
耗米八百四十五石八斗九升七合八勺

行糧本色米七百五十三石

經費本色米五百四石

接前六款均不計閏數與常年相同

共漕白改漕行食米五萬一千七百二十四石六升六

合九勺

合

共賸田民竈竹蕩米拾萬一千七百二十四石六斗

數而六縣均不請蠲數內除平湖已

蠲賸米倉米五百四石

行減本倉米六百五十三石

桐鄉縣

全書開載實該田四千三百九頃七十八畝五分二釐四毫

按各則頃畝核與清賦册報均屬相符

察全書科則每畝原徵米一斗一合六勺三抄七撮八圭一粟九粒五黍四粞三糠一粃其徵米四萬三千八百三石七斗一升七合四勺四抄九撮二圭五粟四粒九黍八粞九糠五粃

按該縣田畝并戸口二則今就全書所載頃畝丁數並照全書科則合計其徵米數圭粟以下零尾數稍未符因係全書原載如此數又僅止零尾是以卽照全書載數開列理

合登明

全書開載實該地八百八十二頃七畝一分三釐六毫三絲二忽

察全書科則每畝原徵米一斗一合六勺三抄八撮其徵米八

千九百六十五石一斗九升六合九勺二

抄一撮二圭九粟二粒一黍六粞

全書開載實該山三頃七十九畝七分三釐

察全書科則每畝原徵米五升三合七勺二抄二撮其徵米二

十石三斗九升九合八勺五抄五撮六粟

全書開載實該蕩一十二頃一十四畝七分三釐七絲

察全書科則每畝原徵米五升四合一勺一抄五撮其徵米六

十五石七斗三升五合一勺五抄一撮八

圭三粟五黍

全書開載實該新陞蕩地一頃二十七畝五分九釐六毫

察全書科則每畝原徵米五升五合二勺四抄四撮共徵米七

石四升八合九勺一抄三撮四圭二粟四

粒

全書開載該徵戶口人丁四萬九千二百八十二丁口

察全書科則每口徵米三合五勺四抄一撮八圭五粟九黍一

粞六糠二粃共徵米一百七十四石五斗

四升九合四勺九抄六撮八圭五粟一粒

二黍五粞五粃

按全書內載該縣丁米按田地派徵

以上田地山蕩五則并應攤加八丁其應徵原科米五萬三千三十六石六斗四升七合七勺八抄七撮七圭一粟二粒九黍

又加乾隆四十一年奉文白糧改漕項下加三舂耗米一千三石五斗一升九合九勺

按嘉興府志漕運門內額徵改漕并白糧正耗米五千一百六十七石五斗九升一合一勺

參核現在奏冊額徵改漕并白糧正耗米五千一百八十一石一斗一升一合核該改漕舂耗米前數參核全書數亦相符

兩共米五萬三千五十石一斗六升七合六勺八抄七撮七

圭一粟二粒九黍

按各則徵數係照科則核算必至糠粃而止而各款解額因各屬全書未能一律檢齊皆照奏冊編列無　奏冊者參攷全書志乘登載但　奏冊以勺爲斷不列零尾故凡照全書之有零額數亦皆包尾截尾開列以歸劃一今因解額既不掛零故徵數抄撮以下亦復不計註明備攷

遇閏向無加徵米石

按該縣不徵月糧故無加徵閏米

無閏之年

原應共徵本折米五萬三千五十石一斗六升七合七勺內除
兌改折徵灰石米八百一十四石五斗九升
按奏冊內載原編米前數並無升豁
行糧減存米四百一十三石四斗六升
按奏冊內載原編行糧本折米一千一百三十六石四斗六升並無升豁內徵本色米七百二十三石外該徵折色前數
經費折徵米一百二十三石四斗八升
按奏冊內載原編白糧經費食本折米五百一石四斗八升並無升豁內徵本色米三百七十八石外該徵折色前數

零積餘米一十石八斗七升四合七勺
按全書內載原編米一十石八斗七升四合七勺
一抄三撮九粟四粒八黍一稰四糠六粃
截尾前數
孤貧口糧米九十石
按全書內載原編米前數
共米一千四百五十二石四斗四合七勺均改米徵銀
外
實應徵漕南本色米五萬一千五百九十七石七斗六升三
合內
原白改糙南米三百一十五石

按全書內載原編正白米一百七十五石每正米
一石准糙平米一石八斗共該前數
原白項下夫船耗米二十四石四斗三升
按全書內載每正米一石加夫船耗米一斗三升
九合六勺共該前數
原糙南米六千三百五十六石一斗八合
按全書內載原編糙正米五千八十五石一斗
九升三合一勺六撮五圭三粒四黍每石
加耗米二斗五升共該米六千三百五十
六石六斗一升六合三勺八抄三撮一圭
二粟九粒二黍五糲內除耤田壇基免徵

米五斗八合四勺一抄四撮二圭外該徵
米六千三百五十六石一斗七合九勺六
抄八撮九圭二粟九粒二黍五粞包尾前
數
原糙項下夫船耗米三百九十六石五斗五升一合一勺
按全書內載每正米一石加夫船耗米七升七合
九勺八抄共該米三百九十六石五斗五
升一合一勺五抄六撮四圭四粟五粒一
黍三粞五糠四粃截尾前數
升科米五百二十一石三斗五升二合九勺
按全書內載康熙六四十一等年升科等米五百

二十一石三斗五升二合九勺一撮六圭

八粟截尾前數

共南糧米七千六百一十三石四斗四升二合五

正兌正米二萬五千六百四十五石九斗

按　奏冊內載原編米二萬六千二百石內除灰

石米五百五十四石一斗外該徵米前數

並無升豁

正兌耗米一萬二百五十八石三斗六升

按　奏冊內載原編米一萬四百八十石內除灰

石米二百二十一石六斗四升外該徵米

前數並無升豁

改兌正米一千二百八十四石二斗五升
按奏冊內載原編米一千三百一十二石內除
灰石米二十七石七斗五升外該徵米前
數並無升龠

改兌耗米五百一十三石七斗
按奏冊內載原編米五百二十四石八斗內除
灰石米一十一石一斗外該徵米前數並
無升龠

改漕正米一千九百九十七石一斗九升九合三勺
耗米七百九十八石八斗七升九合七勺
白糧正米一千六百四十四石八斗四升九合七勺

耗米七百四十石一斗八升二合三勺

按改漕白糧正耗四款　奏冊開載各前數因乾隆四十一年尚有白糧改漕之案已將原編白糧正耗并隨徵加三舂耗一併改爲漕糧凡係乾隆四十一年以前編纂全書志乘所載改漕白糧各數均與現在額數不符應以現在　奏冊載數爲準

行糧本色米七百二十三石

經費本色米三百七十八石

共漕白改漕行食米四萬三千九百八十四石三斗二升一合

有閏之年

原應共徵本折米五萬三千五十石一斗六升七合七勺内除

兌改折徵灰石米八百三十石四斗六升四勺

按漕灰米石常年徵米八百一十四石五斗九升

遇閏加徵米一十五石八斗七升四勺共

米前數

行糧減存米四百一十三石四斗六升

按行糧例不計閏數與常年相同

經費折徵米一百二十三石四斗八升

零積餘米一十石八斗七升四合七勺

孤貧口糧米九十石

按前三款均不計閏數與常年相同

共米一千四百六十八石三斗七升五合一勺均改米

徵銀外

實應徵漕南本色米五萬一千五百八十一石八斗九升二

合六勺內

原白改糙南米三百一十五石

原白項下夫船耗米二十四石四斗三升

原糙南米六千三百五十六石一斗八合

原糙項下夫船耗米三百九十六石五斗五升一合一勺

升科米五百二十一石三斗五升二合九勺

按前五款均不計閏數與常年相同

共南糧米七千六百一十三石四斗四升二合又

正兌正米二萬五千六百三十五石一斗二合

按正兌正米常年徵米二萬五千六百四十五石九斗遇閏續滅灰石米一十石七斗九升八合外尙該徵米前數

正兌耗米一萬二百五十四石四升八勺

按正兌耗米常年徵米一萬二百五十八石三斗六升遇閏續滅灰石米四石三斗一升九合二勺外尙該徵米前數

改兌正米一千二百八十三石七斗一升二合

按改兌正米常年徵米一千二百八十四石二斗

五升遇閏續減灰石米五斗三升八合外
尚該徵米前數
改兌耗米五百一十三石四斗八升四合八勺
按改兌耗米常年徵米五百一十三石七斗遇閏
續減灰石米二斗一升五合二勺外尚該
徵米前數
改漕正米一千九百九十七石一斗九升九合三勺
耗米七百九十八石八斗七升九合七勺
白糧正米一千六百四十四石八斗四升九合七勺
耗米七百四十石一斗八升二合三勺
行糧本色米七百二十三石

經費本色米三百七十八石

按前六款均不計閏數與常年相同

共漕白改漕行食米四萬三千九百六十八石四斗五升六勺

浙江省減賦全案

〔第一册〕

〔清〕輿奎 等編纂

浙江文叢

浙江文化研究工程成果文庫

浙江文獻集成

浙江古籍出版社

圖書在版編目（CIP）數據

浙江省減賦全案 / （清）興奎等編纂. -- 杭州 : 浙江古籍出版社, 2024. 10. -- （浙江文叢）. -- ISBN 978-7-5540-3129-2

Ⅰ. F812. 952

中國國家版本館CIP數據核字第2024416Y02號

浙江文叢

浙江省減賦全案

（全四册）

〔清〕興　奎　等編纂

出版發行　浙江古籍出版社

（杭州市環城北路177號　郵編：310006）

網　　址　http://zjgj.zjcbcm.com

責任編輯　林若子

封面設計　吴思璐

責任校對　吴穎胤

責任印務　樓浩凱

照　　排　浙江大千時代文化傳媒有限公司

印　　刷　浙江新華數碼印務有限公司

開　　本　710 mm × 1000 mm　1/16

印　　張　95.25

字　　數　325千

版　　次　2024年10月第1版

印　　次　2024年10月第1次印刷

書　　號　ISBN 978-7-5540-3129-2

定　　價　700.00圓（精裝）

ISBN 978-7-5540-3129-2

浙江省文化研究工程指導委員會

浙江文化研究工程成果文庫總序

有人將文化比作一條來自老祖宗而又流向未來的河，這是説文化的傳統，通過縱向傳承和横向傳遞，生生不息地影響和引領着人們的生存與發展；有人説文化是人類的思想、智慧、信仰、情感和生活的載體、方式和方法，這是將文化作爲人們代代相傳的生活方式的整體。我們説，文化爲群體生活提供規範、方式與環境，文化通過傳承爲社會進步發揮基礎作用，文化會促進或制約經濟乃至整個社會的發展。文化的力量，已經深深熔鑄在民族的生命力、創造力和凝聚力之中。

在人類文化演化的進程中，各種文化都在其内部生成衆多的元素、層次與類型，由此決定了文化的多樣性與複雜性。

中國文化的博大精深，來源於其内部生成的多姿多彩；中國文化的歷久彌新，取決於其變遷過程中各種元素、層次、類型在内容和結構上通過碰撞、解構、融合而産生的革故鼎新的强大動力。

中國土地廣袤、疆域遼闊，不同區域間因自然環境、經濟環境、社會環境等諸多方面的差異，建構了不同的區域文化。區域文化如同百川歸海，共同匯聚成中國文化的大傳統，這種大傳統如同春風化雨，滲透於各種區域文化之中。在這個過程中，區域文化如同清溪山泉潺潺不息，在中國文化的共同價值取向下，以自己的獨特個性支撑着、引領着本地經濟社會的發展。

從區域文化入手，對一地文化的歷史與現狀展開全面、系統、扎實、有序的研究，一方面可以藉此梳理和弘揚當地的歷史傳統和文化資源，繁榮和豐富當代的先進文化建設活動，規劃和指導未來的文化發展藍圖，增强文化軟實力，爲全面建設小康社會、加快推進社會主義現代化提供思想保證、精神動力、智力支持和輿論力量；另一方面，這也是深入瞭解中國文化、研究中國文化、發展中國文化、創新中國文化的重要途徑之一。如今，區域文化研究日益受到各地重視，成爲我國文化研究走向深入的一個重要標誌。我們今天實施浙江文化研究工程，其目的和意義也在於此。

千百年來，浙江人民積澱和傳承了一個底蘊深厚的文化傳統。這種文化傳統的獨特性，正在於它令人驚歎的富於創造力的智慧和力量。

浙江文化中富於創造力的基因，早早地出現在其歷史的源頭。在浙江新石器時代最爲著名的跨湖橋、河姆渡、馬家浜和良渚的考古文化中，浙江先民們都以不同凡響的作爲，在中華民族的文明之源留下了創造和進步的印記。

浙江人民在與時俱進的歷史軌跡上一路走來，秉承富於創造力的文化傳統，這深深地融匯在一代代浙江人民的血液中，體現在浙江人民的行爲上，也在浙江歷史上衆多傑出人物身上得到充分展示。從大禹的因勢利導、敬業治水，到勾踐的卧薪嘗膽、勵精圖治；從錢氏的保境安民、納土歸宋，到胡則的爲官一任、造福一方；從岳飛、于謙的精忠報國、清白一生，到方孝孺、張蒼水的剛正不阿、以身殉國；從沈括的博學多識、精研深究，到竺可楨的科學救國、求是一生；無論是陳亮、葉適的經世致用，還是黄宗羲的工商皆本；無論是王充、王陽明的批判、自覺，還是龔自珍、蔡元培的開明、開放，等等，都展示了浙江深厚的文化底蕴，凝聚了浙江人民求真務實的創造精神。

代代相傳的文化創造的作爲和精神，從觀念、態度、行爲方式和價值取向上，孕育、形成和發展了淵源有自的浙江地域文化傳統和與時俱進的浙江文化精神，她滋育着浙江的生命力、催生着浙江的凝聚力、激發着浙江的創造力、培植着浙江的競争力，激勵着浙江人民永不自滿、永不停息，在各個不同的歷史時期不斷地超越自我、創業奮進。

悠久深厚、意韻豐富的浙江文化傳統，是歷史賜予我們的寶貴財富，也是我們開拓未來的豐富資源和不竭動力。黨的十六大以來推進浙江新發展的實踐，使我們越來越深刻地認識到，與國家實施改革開放大政方針相伴隨的浙江經濟社會持續快速健康發展的深層原因，就在於浙江深厚的文化底蕴和文化傳統與當今時代精神的有機結合，就在於發展先進生産力與發展先進文化的有機結合。今後一個時期浙江能否在全面建設小康社會、加快社會主義現代化建設進程中繼續走在前列，很大程度上取決於我們對文化力量的深刻認識、對發展先進文化的高度自覺和對加快建設文化大省的工作力度。我們應該看到，文化的力量最終可以轉化爲物質的力量，文化的軟實力最終可以轉化爲經濟的硬實力。文化要素是綜合競争力的核心要素，文化資源是經濟社會發展的重要資源，文化素質是領導者和勞動者的首要素質。因此，研究浙江文化的歷史與現狀，增强文化軟實力，爲浙江的現代化建設服務，是浙江人民的共同事業，也是浙江各級黨委、政府的重要使命和責任。

二〇〇五年七月召開的中共浙江省委十一届八次全會，作出《關於加快建設文化大省的決定》，提出要從增强先進文化凝聚力、解放和發展生産力、增强社會公共服務能力入手，大力實施文明素質工程、文化精品工程、文化研究工程、文化保護工程、文化産業促進工程、文化陣地工程、文化傳播工程、文化人才工程等『八項工程』，實施科教興國和人才强國戰略，加快建設教育、科技、衛生、體育等『四個强省』。作爲文化建設『八項工程』之一的文化研究工程，其任務就是系統研究浙江文化的歷史成就和當代發展，深入挖掘浙江文化底藴、研究浙江現象、總結浙江經驗、指導浙江未來的發展。

浙江文化研究工程將重點研究『今、古、人、文』四個方面，即圍繞浙江當代發展問題研究、浙江歷史文化專題研究、浙江名人研究、浙江歷史文獻整理四大板塊，開展系統研究，出版系列叢書。在研究内容上，深入挖掘浙江文化底藴，系統梳理和分析浙江歷史文化的内部結構、變化規律和地域特色，堅持和發展浙江精神；研究浙江文化與其他地域文化的異同，釐清浙江文化在中國文化中的地位和相互影響的關係；圍繞浙江生動的當代實踐，深入解讀浙江現象，總結浙江經驗，指導浙江發展。在研究力量上，通過課題組織、出版資助、重點研究基地建設、加强省内外大院名校合作、整合各地各部門力量等途徑，形成上下聯動、學界互動的整體合力。在成果運用上，注重研究成果的學術價值和應用價值，充分發揮其認識世界、傳承文明、創新理論、諮政育人、服務社會的重要作用。

我們希望通過實施浙江文化研究工程，努力用浙江歷史教育浙江人民、用浙江文化薰陶浙江人民、用浙江精神鼓舞浙江人民、用浙江經驗引領浙江人民，進一步激發浙江人民的無窮智慧和偉大創造能力，推動浙江實現又快又好發展。

今天，我們踏着來自歷史的河流，受着一方百姓的期許，理應負起使命，至誠奉獻，讓我們的文化綿延不絕，讓我們的創造生生不息。

二〇〇六年五月三十日於杭州

浙江文化研究工程成果文庫序言

易煉紅

國風浩蕩、文脈不絕，錢江潮涌、奔騰不息。浙江是中國古代文明的發祥地之一，是中國革命紅船啓航的地方。從萬年上山、五千年良渚到千年宋韻、百年紅船，歷史文化的風骨神韻、革命精神的剛健激越與現代文明的繁榮興盛，在這裏交相輝映、融爲一體，浙江成爲了揭示中華文明起源的『一把鑰匙』，展現偉大民族精神的『一方重鎮』。

習近平總書記在浙江工作期間作出『八八戰略』這一省域發展全面規劃和頂層設計，把加快建設文化大省作爲『八八戰略』的重要内容，親自推動實施文化建設『八項工程』，構築起了浙江文化建設的『四梁八柱』，推動浙江從文化大省向文化强省跨越發展，率先找到了一條放大人文優勢、推進省域現代化先行的科學路徑。習近平總書記還親自倡導設立『文化研究工程』並擔任指導委員會主任，親自定方向、出題目、提要求、作總序，彰顯了深沉的文化情懷和强烈的歷史擔當。這些年來，浙江始終牢記習近平總書記殷殷囑托，以守護『文獻大邦』、賡續文化根脈的高度自覺，持續推進浙江文化研究工程，接續描繪更加雄渾壯闊、精美絶倫的浙江文化畫卷。堅持激發精神動力，圍繞『今、古、人、文』四大板塊，系統梳理浙江歷史的傳承脈絡，挖掘浙江文化的深厚底藴，研究浙江現象、總結浙江經驗、豐富浙江精神，實施『「八八戰略』理論與實踐研究』等專題，爲浙江幹在實處、走在前列、勇立潮頭提供源源不斷的價值引導力、文化凝聚力、精神推動力。堅持打造精品力作，目前一期、二期工程已經完結，三期工程正在進行中，出版學術著作超過一千七百部，推出了『中國歷代繪畫大系』等一大批有重大影響的成果，持續擦亮陽明文化、和合文化、宋韻文化等金名片，豐富了中華文化寶庫。堅持礪煉精兵强將，鍛造了一支老中青梯次配備、傳承有序、學養深厚的哲學社會科學人才隊伍，培養了一批高水平學科帶頭人，爲擦亮新時代浙江學術品牌提供了堅實智力人才支撑。

文化是民族的靈魂，是維繫國家統一和民族團結的精神紐帶，是民族生命力、創造力和凝聚力的集中體現。在以中國式現代化全面推進强國建設、民族復興偉業的新征程上，習近平文化思想在堅持『兩個結合』中，以『體用貫通、明體達用』的鮮明特質，茹古涵今明大道、博大精深言大義、萃菁取華集大成，鮮明提出我們黨在新時代新的文化使命，推動中華文脈綿延繁盛、中華文明歷久彌新，推動全黨全國各族人民文化自信明顯增强、精神面貌更加奮發昂揚。特別是今年九月，習近平總書記親臨浙江考察，賦予我們『中國式現代化的先行者』的新定位和『奮力譜寫中國式現代化浙江新篇章』的新使命，提出『在建設中華民族現代文明上積極探索』的重要要求，進一步明確了浙江文化建設的時代方位和發展定位。

文明薪火在我們手中傳承，自信力量在我們心中升騰。縱深推進文化研究工程，持續打造一批反映時代特徵、體現浙江特色的精品佳作和扛鼎力作，是浙江學習貫徹習近平文化思想和習近平總書記考察浙江重要講話精神的題中之義，也是浙江一張藍圖繪到底、積極探索闖新路、守正創新强擔當的具體行動。我們將在加快建設高水平文化强省、奮力打造新時代文化高地中，以文化研究工程爲牽引抓手，深耕浙江文化沃土、厚植浙江創新活力，爲創造屬於我們這個時代的新文化貢獻浙江力量。要在循迹溯源中打造鑄魂工程，充分發揮習近平新時代中國特色社會主義思想重要萌發地的資源優勢，深入研究闡釋『八八戰略』的理論意義、實踐意義和時代價值，助力夯實堅定擁護『兩個確立』、堅決做到『兩個維護』的思想根基。要在賡續厚積中打造傳世工程，深入系統梳理浙江文脈的歷史淵源、發展脈絡和基本走向，扎實做好保護傳承利用工作，持續推動優秀傳統文化創造性轉化、創新性發展，讓悠久深厚的文化傳統、源頭活水暢流於當代浙江文化建設實踐。要在開放融通中打造品牌工程，進一步凝煉提升『浙學』品牌，放大杭州亞運會亞殘運會、世界互聯網大會烏鎮峰會、良渚論壇等溢出效應，以更有影響力感染力傳播力的文化標識，展示『詩畫江南、活力浙江』的獨特韻味和萬千氣象。要在引領風尚中打造育德工程，秉持浙江文化精神中蘊含的澄懷觀道、現實關切的審美情操，加快培育現代文明素養，讓陽光的、美好的、高尚的思想和行爲在浙江大地化風成俗、蔚然成風。

我們堅信，文化研究工程的縱深推進，必將更好傳承悠久深厚、意藴豐富的浙江文化傳統，進一步弘揚特色鮮明、與時俱進的浙江文化精神，不斷滋育浙江的生命力、催生浙江的凝聚力、激發浙江的創造力、培植浙江的競爭力，真正讓文化成爲中國式現代化浙江新篇章中最富魅力、最吸引人、最具辨識度的閃亮標識，在鑄就社會主義文化新輝煌中展現浙江擔當，爲建設中華民族現代文明作出浙江貢獻！

二〇二三年十二月

出版説明

同治三年（一八六四），清軍攻破天京，東南底定，歷時十四年的太平天國戰争以清廷的勝利而告終。與此同時，一場被後世史家稱爲『同治減賦運動』的錢漕改革在被戰火摧殘的江南各省次第開展。這場改革不僅是清廷戰後最重要的善後政策之一，也是明清以來最大規模的一次減賦運動，被時人標榜爲『蕩平東南第一德政』。明清兩代在江南地區實行重賦政策，包括嘉興、湖州、杭州在内的幾個重賦區自然成爲此次減賦改革的核心區。改革的核心内容，是對被視爲『天庾正供』的漕糧正額之核減。清朝額定每年運京的四百萬石漕糧中將近六成出自江、浙，『嘉湖一大縣之漕幾及他省一府，一府之漕幾及他省一省，兼之官吏玩法，額外浮徵，弊竇叢生』。

『同治減賦運動』標志着延續五百多年的『江南重賦』問題的最終緩解，是明清賦役史研究的重要話題。夏鼐、劉廣京、李文治、江太新、徐茂明等學者已經作了大量先行研究。浙江省的『減賦運動』始於同治二年（一八六三），次年於省城杭州設清賦局總司其事，『歷三年之久而後其案始定』，一切浮收，概從删除，計減米二十六萬六千七百石有奇。

楊昌濬調任浙江巡撫後，令布政使盧定勳會同督糧道如山，將相關案牘加以整理，『排比舊册，證之賦役全書，薈萃而厘剔之，其尚有未合者，上請部示，旁參郡邑志乘，以及碑版圖經，務求精確』，輯成《浙江省減賦全案》，以作爲供全省官員、糧户恪守的定章。全案凡十卷。卷一録辦理清賦職名、編纂全案職名及全案編纂凡例。卷二、卷三輯録同治二年至同治六年（一八六三—一八六七）間與浙江省減賦相關的上諭章奏文册，卷三末附同治十二年（一八七三）時任浙江巡撫楊昌濬奏減賦全案告成硃批諭旨。後數卷依次編定杭嘉湖各屬原徵細册、除減實徵細册等公牘文册。

《浙江省減賦全案》對研究晚清浙江賦役制度、錢漕制度變革等問題具有重要參考價值。這一史料對晚清浙江財政史研究的意義體現且不限于以下幾個方面。

首先，既往對江南減賦的研究，在研究區域的選取上以蘇、松爲主，在研究物件的選取上特別關注士紳在減賦過程中的作用，而同樣作爲江南漕賦重地的浙江和作爲政策制定者的政府官員的作用則被相對忽視了。全案中收録的奏章，涉及當日浙江的省、府、州縣以及清賦局各級官員，奏章後附有相應的上諭、户部咨文，能夠反映官員在浙江減賦過程中關注的重點問題。以此爲綫索，進一步配合當日官員的文集、書信等史料，能夠比較完整地還原浙江減賦政策的制定過程。在浙江漕額減額的過程中，户部、督撫、州縣官、士紳既有共同的利益，也有站在各自立場上的不同考量。如地方官員着眼于現實成本，提出減去浮收、另列專款作抵海運經費等請求，而户部則更多着眼于京城糧需、定額財政等，傾向于維繫漕額。對政策制定過程中這些面向的發掘，有助于展現制度變革背後的實踐邏輯，體現活的制度史。

其次，全案參證賦役全書、方志、碑刻等材料，整理收録了杭嘉湖三府的原徵細册、除減實徵細册，具有較高史料價值。一方面，全册收録的資料比較完整，研究者可以此爲基礎，配合官員題奏、財政説明書等資料，將其與清代前中期和清季浙江的交倉額數放在一起進行統計，從長時段内研究浙江賦役制度的變革趨勢。另一方面，細册的整理以縣爲單位，研究者可將研究的物件由省一級深入到州縣一級的漕糧徵收，有助于揭示制度運作的細節，推動制度史研究的深化。

最後，全案的價值不僅僅體現在材料本身，還應放在晚清社會變革的時代背景中進行分析。漕額的核減不僅是作爲善後政策出現的，還應該考慮其與晚清財政結構變革之間的關係。厘金、海關税等新税種，擴大了晚清政府的税源，農業税等傳統税種在整個財政增收中的重要性有所下降，這是江南重賦問題在這一時期能夠得到緩解的一個重要背景。浙江作爲較早開始徵收厘金和海關税的地區，新式税種在浙江傳統税制的變革中起到了多大的作用，尚未得到系統解答。此外，與減賦相關的另一個問題是農民的税負。既有研究認爲，若以税額占經濟體量的比重爲依據，晚清農民的税負遠遠小于同時期的英國、日本等國。但制度在實際執行過程中，往往會出現變動，全案統計的税額與農民實際承擔的數額必然會存在出入，當事人對『税負』的感受也并非僅僅通過數字便可以概括。對這些問題的回應，無疑需要在全案的基礎上，結合其他材料，進行更深入的思考。

全案此前曾被收入《國家圖書館藏清代税收税務檔案史料匯編》，爲方便研究者使用，此次據上海圖書館藏同治十二年糧儲道庫刻本單獨影印出版，增附目録，以便讀者翻檢。

目録

浙江省減賦全案 卷一

序 職名 凡例

浙江省減賦全案

板存糧儲道庫

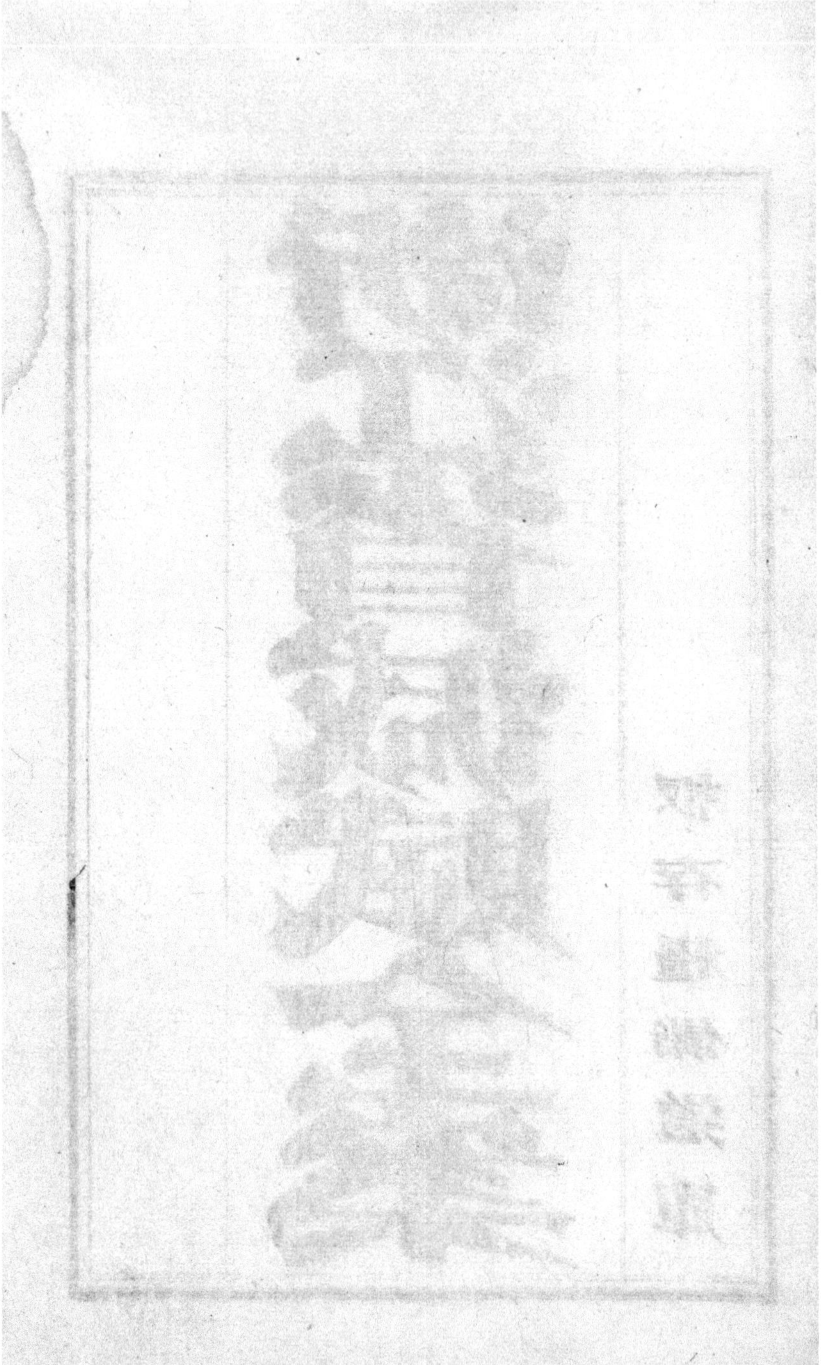

浙省減賦全案序

欽惟我

皇上御極之三年東南以次底定先是廷臣交章請

減江浙漕賦我

皇太后

皇上軫念民依立沛

恩綸下戸部及疆臣議行其時臣左宗棠方釐減浙東各屬錢糧浮

收聞

命之餘喜而不寐以謂是曠古未有之

隆施而浙西三郡之民庶幾有來蘇之日也初設清賦局於省垣令

臣總司其事值地方新復成案蕩然無存悉心討論規制麤具

臣宗棠遂移師入閩臣馬新貽來代其任條大綱區節目因時
制宜斟酌損益按照原則有重減者有輕減者有不減者總以
部議三十分之八分爲率耗則以二五爲定一切浮收概從刪
除章奏往復務歸於當歷三年之久而後其案始定於是科則
詳明奉行無敢踰越又數年乃輯成減賦全案用光
中興美政垂諸久遠臣雖不文側得弁言簡端竊維吳越之民困
敝於漕者葢自宋明時而已然矣浙西三郡視蘇松爲埒嘉湖
一大縣之漕幾及他省一府一府之漕幾及他省一省兼之官
吏玩法額外浮徵弊竇叢生民力幾何如之何其不困且敝也
幸我
朝

列聖相承惠愛黎元有加無已遇有災歉蠲緩頻仍其所以體卹於平
時者既已無微弗至又際
重熙累洽物力滋豐百姓具有天良故皆踴躍輸將莫敢或後迨
軍興以來東南民力竭矣餞漕不足繼以捐輸兵力不足激以
團練卽地方淪陷轉徙流離且爭相就義而不悔是豈有他哉
皆我
國家深仁厚澤有以維繫於人心者固也臣聞攷前明用兵之際
屢次按畝增賦增賦不給從而預徵卒至民不堪命而國亦隨
之未嘗不惜其謀之不臧我
朝自咸豐年間用兵以來前後十有餘載無絲毫加賦於民今復
出自

宸斷加惠遺黎舉數百年積重難反之弊而甦之於一旦凡此曠蕩之
皇仁有爲浙民夢想所不到者臣仰贍
盛軌實超越前代萬萬矣臣備官浙水瞬逾十年於減賦一案始
終其事而環顧此邦荒土尚多未闢閭閻元氣未能猝復夙夜
兢兢歉然於懷尤恐
朝廷良法美意或屯其膏而吾民難得之遭逢不免日久而弊生也
願與僚吏各精白乃心恪守定章勉善其後而糧戶亦宜急公
奉上毋蹈往日攬漕陋習庶幾吏治民風蒸蒸日上盡臣庶之
職以仰答
昇平者其在斯乎其在斯乎

同治十二年三月浙江巡撫兼管鹽政臣楊昌濬謹序

我
朝定制八旗歲放甲米與夫在京百職司詔糈咸仰給於東南歲漕
四百萬石而江浙居十之六故兩省之賦爲獨重焉溯自康熙
雍正年間浙省糧賦減免不一次以後每遇水旱偏災
朝廷軫恤民艱無不准予蠲緩立沛
恩膏斯民之幸際
景運而感沐
皇仁實已至優極渥然而漕額沿明季之舊尚未及議減也咸豐庚
申辛酉之交髮逆陷吳越督臣曾國藩左宗棠李鴻章分統大
軍三道並進於干戈擾攘之際首以清賦固結民心爲務而京
朝官亦有言之者遂奉

特旨允減漕之請計杭嘉湖三府其減米二十六萬六千七百石有
奇析上中下三則分爲五等因科則之重輕定量減之多寡統
計減數適合部議三十分之八又減州縣浮收錢米以鉅萬計
舉明季計租徵漕之積弊掃除其迹而更張之民困頓蘇民情
大悅乃嘆前代用兵而加賦我
朝用兵而減賦爲亘古未有之盛事也惟自核減漕額以後前後案
牘糾紛非釐訂成編末資考鏡臣定勳於辛未歲自直藩調任
浙江適減賦全書設局開辦撫臣楊昌濬檄令會督糧道臣如
山督飭局員排比舊冊證之賦役全書薈萃而釐剔之其尙有
未合者上請部示旁參郡邑志乘以及碑版圖經務求精確而
後巳凡

上諭章奏與夫杭嘉湖三府原徵及減除實徵細冊燦然備列末附
各案而以前撫臣馬新貽奏減漕南浮收一疏殿焉共爲書十
卷爰精心梭讐以付剞劂夫良法美意無數百年不變小民但
可使由之耳若利之而不庸且謂
帝力於我何有則浮嚻荒惰之心或萌生焉親民之官不知守法乘
民之儆又從而朘削之是烏足以善後是書集成流傳俾後之
吏民咸知
聖天子損上益下所以除煩苛而與民更新固度越前代萬萬而各
撫臣綢繆斟酌稱物平施其規畫之周詳縝密亦殫極爲民苦
心凡在牧令宜何如恪守廉平以養元氣爲士民者宜何如輸
將踴躍以報

國恩則是書之足資激發者良非淺也僅錢穀簿書云乎哉臣定勳

旬宣斯土例得書其緣起於簡端

同治十二年三月浙江布政使臣盧定勳謹序

臣聞三壤成賦秸總之貢儲焉九式均財平準之法立焉伊古
喆王取民定制懲鳩斂之無藝軫鴻嗸之可哀罔不蠲省徵音
宣布綸綍從未有埽積重之錮弊立振創夷霈洪厖之湛恩徧
寰休息如今日者也我
皇上踐阼伊始寰宇同春盪梟獍之妖氛殲鯨鯢於京觀六師飲至
萬姓嵩呼咸沾袵席之登益廑痌瘝之隱
詔以江浙兩省久罹鋒鏑重困閭閻宜汰科斂之繁以慰來蘇之望
時浙江巡撫臣左宗棠總持全局力杜漏巵督糧道臣楊昌濬
參酌舊章務歸核實黃籍白籍眡繁簡以頒條寬鄉陿鄉量肥
磽以定則如裘挈領若網在綱經畫積年規制大備胥豪斂手
僚屬奉公捽草杷土之甿秉耒橫經之士靡不涵濡

聖澤舞蹈
皇仁生聚何待十年樂利永詒百世豈直䘏菑行賑節
御膳於蒿宮無逸陳圖懔民依於穡事已哉臣伏念浙省之漕獨萃
三郡科則之重已積數朝宋則賈似道之官田門攤抑配元則
張士誠之稅籍箕斂暴徵脂膏括鞭朴之身囊橐飽侵漁之手
始則計畝以增額繼且加耗以権糧歷代相沿厥風未殄我
朝光啓鴻緒涵育蒸黎遇歲歉則賑貸頻加際軍興則積逋全豁
蓋自三藩龕定川楚廓淸疊屢
廟謨務紓民力用是棱威憺乎九有醴澤醳乎萬方
皇上紹
列聖之詒謀統羣生於在宥特甄廷議大渙

德音甘澍沛而偃苗興洪波蕩而顏魚樂

恩至渥也

典至曠也夫唐設留州之賦以備軍儲宋輸助役之緡以供徵調國

儆則課重兵浮則餉增當夫虜馬臨邊夷羊在牧策屯田而草

萊未墾議發粟而帑藏已虛尚於常制之外更爲權宜之計今

乃減裁舊額節嗇正供普之以曠蕩之仁新之以振興之氣卒

使休嘉默召疆宇底平元氣旋培

國儲無缺辟諸皸瘃被體頓挾純緜之溫沈錮嬰身忽奏良藥之

效仁人之利斯溥入告嘉猷

天地之德曰生悉衷

宸斷易有之損上益下民說无疆殆謂此也今者浙江減賦全案告

浙江省減賦全案　序　三

成臣以職掌糧儲躬與纂輯覩成規之大定欽

閭澤之旁流亦既歌吹休明導揚盛美矣尤願整飭吏治永禁浮徵

鈐束紳耆嚴懲包攬革秕政於既往塞蠹孔於方來俾齊民樂

効輸將寮寀各存精白庶無負

聖天子惠愛黎元之深意云爾

同治十二年三月二品頂戴前署浙江按察使督糧道臣如山

謹序

浙江減賦全案總目

辦理清賦職名

太子少保閩浙總督一等恪靖伯臣左宗棠

欽差幫辦徐宿軍務漕運總督臣吳棠

督辦軍務閩浙總督兼署浙江巡撫臣左宗棠

護理浙江巡撫浙江布政使額哲爾克克巴圖魯世襲騎都尉臣蔣益澧

兵部侍郎兼都察院右副都御史浙江巡撫臣馬新貽

浙江布政使司布政使額哲爾克克巴圖魯世襲騎都尉臣蔣益澧

署浙江布政使司布政使臣楊昌濬

代辦浙江按察使司衢州府知府臣林聰彝

浙江按察使司按察使臣楊昌濬

署兩浙江南都轉鹽運使司按察使銜杭嘉湖兵備道臣蘇式敬

兩浙江南都轉鹽運使司鹽運使臣楊昌濬

兩浙江南都轉鹽運使司鹽運使臣高卿培

署兩浙江南都轉鹽運使司候補道臣秦緗業

浙江督糧道臣楊昌濬

兼護浙江督糧道杭州府知府臣薛時雨

署浙江督糧道候補道臣王凱泰

按察使銜分巡杭嘉湖兵備道臣蘇式敬

署杭嘉湖兵備道候補道臣段光清

分巡杭嘉湖兵備道臣陳璚

提調清賦局務補用道候補知府臣戴槃

會辦清賦局務湖州府知府臣楊榮緒

會辦清賦局務候補知府臣李書棪
襄辦清賦局務補用知府候補同知臣桑樹勳
襄辦清賦局務遇缺卽補同知臣張致高
襄辦清賦局務補用同知臣余祚馨
清賦局員布政使理問臣吳保輔
清賦局員布政使經歷臣宋道熥
清賦局員署布政司照磨臣史恩緯
清賦局員杭州府經歷臣武芳山
清賦局員杭州府經歷臣王本昭
清賦局員署仁和縣典史臣王金彛
清賦局員候補未入流臣方長露

清　賦　局　書李乾

清賦局書議敘從九品楊銑

辦理清賦名府州縣銜名

杭州府知府臣薛時雨
署杭州府事試用知府臣劉汝璆
署仁和縣事試用知縣臣翁以巽
署仁和縣事正任鄞縣知縣臣姚光宇
署錢塘縣事候補同知臣秘雲書
署錢塘縣事即用知縣臣蕭書
署海甯州事候補同知直隸州臣馬修艮
署海甯州事候補直隸州臣靳芝亭
代理富陽縣事候補縣丞臣余世謙
富陽縣知縣臣蕭元楧

署餘杭縣事候補知縣臣鄒梓生
署餘杭縣事教習知縣臣程培勳
署餘杭縣事教習知縣臣錢國珍
代理臨安縣事候補知縣臣周兆蓉
臨安縣知縣臣郜愔典
署新城縣事候補知縣臣何維仁
署於潛縣事委用知縣臣梁匡國
於潛縣知縣臣凌卿雲
代理於潛縣事候補知縣臣陳盛治
署昌化縣事試用知縣臣袁績慶
嘉興府知府臣許瑶光

署嘉興縣事候補知縣臣王晉玉

嘉興縣知縣臣臧均之

署秀水縣事候補知縣臣王嘉瑞

秀水縣知縣臣翁以巽

嘉善縣知縣臣傅斯嶧

代理嘉善縣事候補知縣臣王晉玉

署海鹽縣事即用知縣臣張蕙圃

平湖縣知縣臣明德

署平湖縣事正任臨安縣知縣臣郭愔典

署石門縣事候補知縣臣楊恩澍

署桐鄉縣事候補知縣臣王聯元

桐鄉縣知縣臣富拉渾
署湖州府事候補知府臣李邦達
湖州府知府臣楊榮緒
署烏程縣事候補知縣臣金頴達
署歸安縣事候補知縣臣史致馴
署歸安縣事候補同知臣張致高
署長興縣事試用知縣臣袁惠疇
長興縣知縣臣龐立忠
署德清縣事試用知縣臣陳邦傑
代理德清縣事候補知州臣劉蘭敏
署德清縣事候補知縣臣汪榮棠

代理武康縣事候補知縣臣虞猷懋

武康縣知縣臣劉立銑

代理安吉縣事候選知縣臣陳桂亭

署安吉縣事試用知縣臣袁惠疇

編纂全案職名

總閱

兵部尚書兼都察院右都御史閩浙總督臣英桂

兼署閩浙總督鎮守福州將軍臣文煜

頭品頂戴兵部尚書兼都察院右都御史閩浙總督臣李鶴年

總督淮揚等處地方提督漕運海防軍務臣張之萬

總督淮揚等處地方提督漕運海防軍務臣蘇鳳文

兵部侍郎漕運總督臣張兆棟

署理漕運總督山東布政使司布政使臣文彬

兵部侍郎兼都察院右副都御史浙江巡撫臣楊昌濬

總纂

布政使銜署浙江布政使司按察使臣覺羅興奎

浙江布政使司布政使臣盧定勳

布政使銜浙江按察使司按察使臣覺羅興奎

署浙江按察使司候補道臣吳艾生

布政使銜浙江按察使司按察使臣蒯賀蓀

二品頂戴兩浙江南都轉鹽運使司鹽運使臣錫祉

鹽運使銜署理兩浙江南都轉鹽運使司候補道臣秦緗業

兩浙江南都轉鹽運使司鹽運使臣宗室靈杰

二品頂戴鹽運使銜浙江督糧道臣如山

署杭嘉湖兵備道候補道臣林聰彝

按察使銜分巡杭嘉湖兵備道臣何兆瀛

分纂

補用知府候補同知正任富陽縣知縣臣許嘉德

補用直隸州候補知縣臣陳世彦

校録

提舉銜試用鹽經歷臣費德昭

五品銜補用知縣試用縣丞臣江澄

承辦書吏議敘五品銜陞用知州候選知縣陳元

承辦書吏議敘六品銜候選從九品孟厚栽

承辦書吏議敘五品銜候選縣丞費懋林

承辦書吏議敘選用從九品楊銑

編纂減賦全案各府州縣銜名

三品銜陞補道杭州府知府臣陳魯

署仁和縣事正任鄞縣知縣臣姚光宇

署錢塘縣事正任黄巖縣知縣臣陳寶善

錢塘縣知縣臣李士塏

署錢塘縣事正任烏程縣知縣臣曾國霖

海甯州知州臣靳芝亭

署富陽縣事候補知縣臣楊昌珠

署富陽縣事候補知縣臣沈鍾瑞

餘杭縣知縣臣劉錫彤

代理餘杭縣事准補甯海縣知縣臣車鳴鸞

署餘杭縣事候補知縣臣劉澍
臨安縣知縣臣沈寶恒
署臨安縣事教習試用知縣臣唐煦春
新城縣知縣臣張蕙圃
於潛縣知縣臣馮德坤
升補定海廳同知昌化縣知縣臣史致馴
道銜嘉興府知府臣許瑤光
嘉興縣知縣臣臧均之
署嘉興縣事准調仁和縣知縣臣陳謨
署秀水縣事試用知縣臣丁紹德
秀水縣知縣臣黃兆槐

嘉善縣知縣臣王景彝
代理海鹽縣事候補知縣臣汪榮棠
代理海鹽縣事候補知縣臣陳文彬
署海鹽縣事試用知縣臣丁紹德
海鹽縣知縣臣沈寶恒
平湖縣知縣臣邢守道
署石門縣事分先知縣臣袁績慶
署石門縣事教習知縣臣吳鈐
石門縣知縣臣余麗元
署桐鄉縣事准補新昌縣知縣臣戴枚
桐鄉縣知縣臣華學烈

代理桐鄉縣事試用知縣臣盛宇懷
補用道署湖州府事候補知府臣宗源瀚
湖州府知府臣楊榮緒
署烏程縣事候補知縣臣趙煦
署烏程縣事候補知縣臣程國鈞
歸安縣知縣臣雷兆棠
署歸安縣事正任黃巖縣知縣臣陳寶善
長興縣知縣臣趙定邦
署德清縣事候補知縣臣華學烈
德清縣知縣臣詹儀桂
武康縣知縣臣吴恩貴

署武康縣事扳貢知縣臣范祖義
署安吉縣事儘先知縣臣金其相
安吉縣知縣臣汪榮
署安吉縣事候補知州臣劉蘭敏

浙江減賦全案

凡例

一此次編纂減賦全案所有頃畝科則米額均以賦役全書并奏

頒

奏冊爲依據其無全書之縣則以郡邑各志互相參攷雖全書

年分較遠志乘不載畸零然各書載之冊府班班可攷舍此

更無所適從其非本諸全書志乘

奏冊者概不敢濫列間須參攷碑摹圖經者亦必逐條登註以

昭信守

一各産原徵科則載在賦役全書各屬原科米數自減免白耗食

米之後數米更易尚無今昔之分今就全書志乘悉心勾稽

除烏程一縣本無全書可稽志載又無零數現照原額其徵
米數按頃畝科出應徵科則詳細登列又海鹽縣前由清賦
局詳奉咨明
戶部田地匀作一則科徵今應察照原案辦理外其餘二十
州縣凡有全書志乘可稽者均詳加確核並未增減合勺以
符舊制
一原科之外有應攤加人丁課鈔改漕舂秏及並徵買漕諸米原
科之內又有應除零積孤糧折徵灰石行月等米賦役全書
內均係籠統計算並不分則攤定向于纂造由單時分別加
除今仍察照全書辦理至何則所徵之糧抵解何款之米并
新升田地祇科南糧並不徵漕亦不加丁除折之類現以冊

檣蕩然未便率憑臆斷因思漕糧南米皆係維正之供完漕完南無所區別且此次減賦減漕而不減南今定不拘何則漕南並徵俾得一律普減以示公溥之仁

一各屬田地山蕩歷年均有升坍額數歲有增減本無一定察核江蘇全案皆按照道光十年賦役全書額數纂辦浙省賦役全書率多散闕現經悉心參攷凡奏冊內所列漕南本折米數與賦役全書相符者則編纂全書以後並無升豁可知卽以全書載數爲準其奏冊所列米數如與全書不符者必係編纂全書之後尚有升豁之案前請咨鈔部案未奉頒發應以奉頒漕欵

奏冊爲準至冊內升豁米數是田是地是山是蕩未便懸擬今
以清賦案內各屬原報頃畝與全書所載頃畝互相比校如
有增缺卽按照科則與
奏冊所載升豁之數核對如適相符合則所增缺之田地山蕩
卽是升豁之產無疑或有不符必係原報頃畝尙未準確復
按照
奏冊所列升豁米數分別科出各產頃畝飭據各屬核準分晰
更正惟所頒
奏冊除白糧食米係咸豐九年分之冊南米係咸豐七年分之
冊外其餘各冊均係咸豐六年以前凡有升豁之案現皆截
至咸豐六年爲止其六年以後升豁各案槪不列入以清界限

一清賦局察辦減漕之時城復未久冊檔蕩然前遠年全書殘佚志乘亦多未備且急於核定辦漕勢難絲絲入扣所定頭畝科則雖大致並無歧誤而畸零尚未準確曾經詳奏

奏明在案惟自免復至今歷年徵收漕南查辦升豁及災荒蠲緩各案均照清賦局原定頭畝科則之數核實辦理今既按照全書志乘核有確數應照此次定數核辦業已詳奏

奏明嗣後徵解漕南察辦蠲緩以同治十三年起運十二年分爲始即照此次編定減剩原科并派加等米數目核實察辦其十一年以前者仍照原案辦理庶免紛更惟升豁之案必須合額應俟定案之後由糧道衙門察明咸豐六年以後辦過升豁各案如果數有參差造冊詳咨更正至各屬頭畝數目今既釐定準確所有銀款亦應由藩司衙門察照此次編定頭畝數目并按全書志乘所

載銀欵科則另行核定飭屬徵解其察辦升豁鐲緩各案悉照米欵分別核辦以期銀米兩項不致歧異

一此次冊列各產頃畆現據各屬察復如就全書志乘而論數皆符合惟自大丈至今事遠年湮桑田滄海時多變遷更有地之窪者瀦水卽可成田而田之高者栽桑轉名爲地并有以田葬墳爲地掘地畜水爲塘定例雖應隨時改則而愚民無知每多照舊承糧從前冊檔俱在原可按冊徵收今則蕩然無存計維就田徵田就地徵地欲以現在查報之實存頃畆而符百數十年以前大丈之額數勢難脗合加以兵燹之後被匪掘濠築壘通河塡壩已成荒廢之産不知凡幾更有濱海臨江之海甯等州縣每多沙淤坍削築塘堆泥阡用成廢

各産此等田土原額具在惟今昔情形不同勢難按圖索驗現飭各屬趕緊勸墾一俟荒蕪全闢之後再行按則確核詳辦以清糧産

一白糧加三舂耗及南糧續定耗米均不入全書科則現已詳明通飭各屬仍照例案纂入由單隨正核實科徵以免紛更

一此次編纂減賦全案釐爲十卷首列欽奉

上諭及京外臣工章奏檄行文冊其次編列核定頃畝科則額一曰原徵細冊大致與賦役全書相埒係未減以前之數目也至所載頃畝科則并各斛額現憑何據開載與清賦原案如何不符均經逐欵登註全書志乘之後應扣升豁米數亦俱載明備攷一曰除減實徵細冊先列未減以前各則原科總

數次載每畝今應派減若干並將除減實徵原科米若干分晰開列係既減以後之定額也其應派加八丁課鈔買漕并攺漕舂耗諸米及應除南折漕折各米均照賦役全書開列各欵總數俟纂造由單時分別加除以符舊制至另案

奏請永豁海鹽縣無着學租及嘉善縣丈缺攤賠銀米并漕南減浮各案附載卷後以廣

皇仁而資考證

一額徵米欵名目雖殊大致不外漕南兩項其中如臨安等縣之買漕米石本在銀欵編徵今與行月南四等米並徵本色亦有本在米欵科徵之零積孤糧等米今已統攺銀欵徵解至如灰石一欵卽在正攺兌正耗米內扣出折徵行月經費等

米本皆米欵續改本折並徵辦法各各不同然載在賦役全書瞭如指掌均可按籍而稽今各屬每以灰石等米均已改徵銀欵似於米欵無涉貫漕米石內已改徵本色幾於銀欵無干殊不知既在米欵銀欵科則之內不能不從各本欵計算之後再將改銀者按兩帶徵改米者並徵本色況行月經費食米三欵因係有本有折又與米冊一同造報灰石一欵更在正漕米內扣出改折并有常年閏年多徵少徵之別本折殊難分計此次編纂全案均照賦役全書核實辦理應俟纂造由單時核明是年有閏無閏分別本折科徵以符定制

一零積孤糧因祭等米均無

奏冊可稽今皆按照全書載數開列無全書者卽以志乘所載

額數編徵總以徵解相符爲準

一漕南兩欵各

奏冊內所列升豁年分核有參差今悉照司案開列以歸劃一

一灰石米欵全書內統在正兌正耗米內扣出改折今遵

奏冊分別正兌改兌核扣至升豁米數有仍與正改兌正耗米

石一併核扣者亦有即在折徵銀欵內核扣升豁者全書所

載不齊今已一律統歸折徵灰石一欵扣豁以免參差

一漕南行月各解額

奏冊內以勺爲斷有包尾爲勺者有截尾開載者抄撮以下之

細數非核全書不可今因各屬全書殘闕冊列各項解額均

照

奏冊一律以勺爲斷惟徵數按則科算必至糠粃而止今解額
既遵
奏冊以勺爲斷則其徵總數亦應以勺爲止抄撮以下概不核
計以符徵解
一浙省減漕章程前經
奏定分列五等核減上則之一斗六升至一斗九升酌減十分
中之三分上則之一斗一升至一斗五升酌減十分中之二
分五釐中則之九升至一斗酌減十分中之二分中則之六
升至八升酌減十分中之一分五釐六升以下之下則統減
十分中之一分察上則之一斗六升酌減十分中之三分較
之其次之一斗五升有零僅減十分中之二分五釐相提並

論未免向隅雖升斗以上不致參差而畸零細數因之不無
軒輊案經
奏定通飭照辦官徵民納相安已久未便因畸零細數稍有參
差遽請更張是以各則減數今皆悉照原定數目開載並不
增減升合間有必須更正之處均於各則登註原委以免藉
口

一清賦局原派減米僅舉整數按等核派縣總省總均至合勺而
止今既按畝派分自應仍掛零尾既經掛零則與前定之數
難免稍有參差然皆在圭粟粒黍之間大數仍無出入且
奏冊以勺爲斷零尾本應包截於造報
奏銷亦無窒礙前係籠統計算舉其大概今則按畝細算絲絲

入扣不但原徵與除減實徵各科則針孔相符卽原徵共數亦與除減實徵各共數糠粃無誤惟嘉湖兩屬前辦永豁白耗食米之時如嘉興嘉善石門桐鄉烏程德清等縣間有科則與其徵共豁各總數畸零未能脗合者現將實徵之數細算準確核實開載其不符之米統在減數項下挹注庶將來纂造全書時不致因此周折

一清賦局原定減數係將應加應除各米分別加除之後按實徵本色漕米以整數分等核減不以原科米數計算今悉照賦役全書開載原科米數則減米自應統於原科之內照清賦局原定減米按數派減其應加人丁課鈔等米不應再減卽照原數科徵若按原科米數核計派減之米有原科數多而

減數較少者亦有原科數少而減數轉多者然將應加人丁
及應除折徵南糧等米按數加除之後核計所減分數仍屬
相符非敢別有異同總期實事求是以垂久遠
一此次編纂全案核準之後先將各冊札發各屬逐欵復核如有
舛誤准其登復現據各該州縣先後復到悉與屬案相符並
無歧異均有印文爲憑未敢率憑臆斷以誤後來

浙江省減賦全案 卷二

上諭章奏文冊

浙江減賦全案目錄

卷二

福建道監察御史丁壽昌奏請酌減江浙漕糧定額一摺并欽奉

諭旨

戶部議復光祿寺卿潘祖蔭福建道監察御史丁壽昌請減江浙漕額一摺并欽奉

上諭

翰林院侍讀沈秉成奏請分別酌減湖州府屬漕稅並將漕截銀兩隨漕另徵各摺片并欽奉

上諭

戶部議復翰院侍讀沈秉成請減湖屬漕稅並漕截銀隨漕另

徵一摺并欽奉

諭旨

淸賦局詳會議減賦大槪情形詳請具奏文

閩浙總督奏收漕積弊並減漕大槪情形籌議四条一摺并欽奉

諭旨

戶部議復閩督奏減漕大槪情形四条一摺并欽奉

諭旨

閩浙督撫會奏酌定浙漕應徵分數一摺并欽奉

上諭

浙撫咨各屬應減實徵漕糧行月米石分款額數已由局核定

飭遵並造冊送部查照文并淸冊

四品銜福建道監察御史臣丁壽昌跪

奏爲請特沛

恩綸永減蘇杭等處漕糧定額以收民心而寒賊膽恭摺仰祈

聖鑒事竊惟漕糧一項以江浙二省爲大宗而江浙之漕以蘇松常鎭太杭嘉湖七府一州爲尤重從前全漕四百餘萬石而江浙二省幾及三百萬石居天下漕糧四分之三自蘇杭淪陷漕運全停松江太倉雖經收復而彫敝之餘民窮財盡卽使蘇常杭嘉湖等府全行克復尚須招集流亡培養元氣糧賦未能足額漕運斷難如常且小民畏漕額之重未收復者觀望遷延已收復者流亡遷避使東南膏腴之地不敢歸耕

國家財賦之區久爲賊踞蘇杭一帶百萬生靈不蒙

聖朝之德澤輾轉流離良可哀憫臣愚以爲欲寒今日之賊膽必先收今日之民心欲收今日之民心必先減最重之糧額蘇杭等府所最苦者漕糧之重蘇松爲甚常鎭太杭嘉湖次之考宋初江南畝稅一斗至南宋賈似道買民田爲官田畝稅七斗而民始困元時令天下田稅無過畝三升而官田之重如故明初沒入張士誠官田按其私租籍徵之畝至八斗而民重困其初止官田賦重民田畝稅不過五升至嘉靖中創議田不分官民稅不分等則一切以三斗起徵而各州縣又以官田之多少爲稅則之輕重多者長洲畝科三斗七升少者太倉畝科二斗九升而一條編法上下忙銀耗米輕齎勒折浮收尙在其外竭一畝之入不足交一畝之租農民朝納官糧夕成餓莩至有以田地

白售與人不取價値而人畏其糧重無肯收受者積弊日甚拖欠日多官困於考成民疲於徵比有明一代君臣皆知其弊屢議裁減皆格於部議而止我

朝因其成法加以寬仁康熙年間屢次蠲免天下錢糧嗣後每逢

恩詔蠲免民欠官糧不下數百萬石遇災荒之年下

詔緩徵亦不下數十萬石雖民困稍紓而糧額未減是徒有重賦之名並無收稅之實查例載蘇松糧道所屬四府一州應徵漕白米一百二十餘萬石每石耗米三斗四斗不等浙江糧道起運杭嘉湖三府應徵漕白米六十四萬餘石每石耗米四斗及四斗五升不等計七府一州之地開方不過五百餘里而收漕白正耗米二百五十餘萬石較之江西湖南北三省漕糧正耗米九

十六萬餘石將及二倍其應徵漕截輕齎等銀尙有數十萬兩
賦重若此民何以堪所以從前未能議減者以度支浩繁江浙
完善官員俸米兵丁甲米皆仰給於南漕何敢輕言減額今則
南漕停運已將二年俸米減成甲米輪放太倉竭蹷情形不堪
設想蘇杭等郡久陷賊中小民受
國家二百餘年豢養之恩踐土食毛豈肯甘心從賊特爲凶威所
脅不能自拔來歸與其委之於賊使得暴斂横徵曷若蠲之於
民使早脫離水火誠能特沛
恩綸舉行曠典將蘇杭等處七府一州之地按照各州縣應徵漕糧
白糧舊額永減三分之一令該省督撫統兵大臣多刻謄黄徧
加曉諭宣布京外傳聞賊中臣知江浙士民必感激涕零歡欣

鼓舞已收復者亟思滅賊未收復者率衆歸誠大兵所到自有
破竹之勢東南可指麾而定計此後全漕尚有三百餘萬石可
實京倉小民既易於完納財賦自日見充盈書曰天矜於民民
之所欲天必從之論語曰百姓足君孰與不足且此項南糧全
收之時少緩徵之時多各州縣因徵收不足規避處分多報災
荒分數照例緩徵是從前未減之時實與減額無異若廣浩大
之
皇仁減最重之糧額無損於
國有益於民前朝數百年所不能減者自我
朝特減之書之史策傳之四方使億兆歸心賊人破膽上培元氣
下順輿情當今之急務無過於此者惟事關糧額應請

飭下部議施行俟部議核定再請明降
諭旨
恩出自上臣愚昧之見是否有當伏祈
皇上聖鑒謹
奏
同治二年四月二十三日具奏本日奉
旨戶部議奏欽此

戶部謹
奏爲遵
旨議奏恭摺仰祈
聖鑒事同治二年四月二十日光祿寺卿潘祖蔭奏請酌減蘇松漕
額一摺奉
旨戶部議奏欽此二十三日福建道監察御史丁壽昌奏請永減蘇
杭等處漕額一摺奉
旨戶部議奏欽此欽遵先後交出到部潘祖蔭摺內大致以江南漕
賦之重甲於天下近年漕欠極多地方官愈多虧空曩時以積
重難返憚而莫爲今則江南數郡兵燹頻經因請酌減舊賦更
定新章等語丁壽昌摺內大致以漕糧一項江浙爲大宗自蘇

杭淪陷漕運全停

國家財賦之區久爲賊據欲寒今日之賊膽必先收今日之人心欲收今日之人心必先減最重之糧額因請將蘇杭等屬七府一州按照每年應徵漕白糧舊額永減三分之一等語均係爲固民心培邦本起見臣等正在公同核議間復於五月二十四

日欽奉

上諭節據曾國藩李鴻章等奏報克復松江府及太倉州地方陳及該處百姓被賊殘虐爲數百年來所未有各廳州縣田畝拋荒著名市鎮悉成焦土雖窮鄉僻壤亦復人煙寥落連阡累陌一片荆榛居民間有孑遺顛連窮困之狀有不能殫述者覽奏情形曷勝憫惻因思蘇松太三屬地方爲東南財賦之區繁庶甲於天下而

賦額亦爲天下最重比諸他省有多至一二十倍者良由沿襲前代官田租額且自宋明兩代籍沒諸田皆據租籍收糧所致嘉靖中又令各州縣盡括境內官田民田分攤定額蘇松等屬田賦至比官田通額亦皆大有增加我朝順治年間卽經明奉

聖諭以故明讐怨地方加糧甚重我朝何可踵行飭由地方詳察具奏

嗣於雍正乾隆年間迭奉

恩旨以蘇松浮糧施恩議減將蘇州府額徵銀蠲免三十萬兩松江府十五萬兩又江蘇省糧額浮多之處加恩免徵銀二十萬兩仰見

我

祖宗軫念民艱至深且厚國家承平百餘年來海內殷富江蘇自乾隆年間辦理全漕者數十年固由民力之充亦屬民心之厚及道光

年間兩次大水以後各州縣每歲荒歉加恩蠲減遂成年例嗣是
每年徵收之數內除官墊民欠率得正額之七八成或四五六成
不等民力殆已難堪及至粵逆竄陷該省焚燒殺掠民盡倒懸幸
自上年官軍克復松江本年克復太倉現方飭令統兵大臣等進
取蘇州救吾民於水火而各地方經賊荼毒彫瘵至極若不將該
各府州屬數百年浮糧積弊仰體
列聖深仁厚澤大爲核減無論民力斷有不堪即使勉强減成輸納何
以慰如傷之隱而施浩蕩之仁且令官紳胥吏徒營中飽尤爲弊
之甚者亟宜因此時會痛加掃除所有蘇州松江太倉三府州屬
糧額著兩江總督曾國藩江蘇巡撫李鴻章督飭司道設局分別
查明各州縣情形折衷議減總期與舊額本輕毋庸議減之常州

鎮江二府通融核計著爲定額先自松太創行即以此後開徵之年爲始永遠遵行不准再有官墊民欠名目蘇州所屬俟肅清後一體辦理嗣後非大水旱成災實在荒歉者並不准揑災請緩請蠲至蘇松漕弊尤莫如大小戶等名目紳戶把持州縣浮收種種弊竇皆出其中著即永遠禁革所有一切辦理章程及應行裁革之浮收陋規包戶等積弊均著該督撫悉心妥籌詳細具奏務期上紓國用下恤民生變通盡利經久可行用副朝廷痌瘝在抱嘉惠斯民至意欽此仰見

皇上痌瘝在抱嘉惠斯民之至意臣等伏思

國家歲漕東南四百餘萬石輸之京倉以供支放統計每年放款約需三百餘萬石以全漕額數計之除年例開放外尚有盈餘

米一百餘萬石時遇水旱偏災
加恩寬免應運之正供恒難依額全完而例放之俸糈仍須照常闗
領故爲蓄積之計不得不先事圖維於量入爲出之中仍寓酌
盈劑虛之意至於各省賦額多寡不同悉皆纂入賦役全書頒
行天下垂之永久成規具在原不敢輕議更張兹據潘祖蔭丁
壽昌等奏稱前因查山東河南等有漕八省共額徵米四百五
十餘萬石而蘇杭等七府一州實應徵米二百五十餘萬石幾
及全額十分之六其間以蘇松爲最重嘉杭湖太次之常鎮又
次之非各省之田額皆狹而七府一州之田額獨寬各省之土
胍皆薄而七府一州之土胍獨厚也其源由於南宋賈似道買
民田爲官田而增其租額流及於明嘉靖中均官田民田爲一

則州縣之額各視官田之多少以爲準故不特各府之稅則不同卽各縣之賦額亦異而蘇松又以元末張士誠之竊據洪武有意讐怨之以租額爲官糧故較他府州爲尤甚也我

朝平定江南深仁厚澤淪浹民心二百年來承平相繼賦則雖重民力尙足供支乃自逆氛肆擾江蘇之蘇松常鎭太四府一州浙江之杭嘉湖三府盡遭蹂躪民不聊生現經曾國藩李鴻章左宗棠督率將士分路進兵不難尅期恢復惟東南元氣巳傷從前財賦之區至此悉行彫敝小民雖有再生之日編戶均成孑立之身是非大廣

皇仁恩施格外將旣渙之人心勢難驟集而歲漕二百餘萬亦徒成紙上空談夫事窮必變變則通通則久臣部職任度支救獘補

偏尤在內本外末大抵欲培
國本先恤民艱所謂有人此有土有土此有財有財此有用也現
在蘇松太三府州屬漕糧已奉
特恩准予量減應由兩江總督曾國藩江蘇巡撫李鴻章確查各屬
實在情形分別糧額之重輕酌量議減仍將各府州縣原定額
數及此次議減成數造具清冊專摺
奏交臣部覆核再行奏請
恩施其浙江杭嘉湖三府并請
飭下閩浙總督署浙江巡撫左宗棠通飭所屬將各該府州縣實在
應徵漕糧稅則詳細確查各按重輕分成量減統俟奏到之日
由臣部核覆辦理惟是正供定額關係歲需下恤民生仍當上

籌

國計是在該督撫中外兼權通盤核計俾立法期於久遠而制用無礙常經是爲至要所有臣等遵議緣由理合恭摺具奏伏乞

皇上聖鑒謹

奏

同治二年六月初三日奉

上諭前因潘祖蔭丁壽昌先後奏請酌減江浙等處漕額當交戶部

議奏嗣據曾國藩等奏請減蘇松太三屬漕額因特降諭旨宣示

令曾國藩李鴻章分別查明折衷議減茲據戶部奏稱江蘇之蘇

松常鎮太四府一州浙江之杭嘉湖三府盡遭蹂躪民不聊生現

在蘇松太三屬已奏特恩准予量減常鎮漕額雖較輕於蘇松等

屬而比之各省額數究形其重似應一律量加體恤其浙江杭嘉

湖三府並請飭左宗棠確查稅則重輕分成酌減惟據曾國藩等

所奏減蘇松太三屬漕額聲明與舊額本輕毋庸議減之常鎮二

府通融核計每年起運倉米壹百萬石以內蘇松太三屬實徵米

伍拾萬石按之原額止存十分之四以常鎮二府額徵米較之未

免不得其平請將蘇松太三屬漕額統按原額減去三分之一常鎮二府照原額酌減去十分之一各等語漕糧爲天庾正供京師仰食東南相沿已久必須通籌熟計中外兼權若竟將蘇松太三屬額賦驟減十分之六而他屬不得均霑於倉儲既有關繫於辦法亦欠均平著曾國藩李鴻章按照戶部酌派分數將蘇松常鎮太等屬漕糧各按上中下賦則一體分別議減以昭平允並將各該州縣等田額若干酌減若干分晰開列奏聞請旨務令下恤民生而不至上虧國用方爲妥善至浙省疊遭兵燹小民流離失所殊堪軫念自應將該省漕糧量予減免以示公溥之仁著左宗棠通飭杭嘉湖三屬將實在應徵漕糧稅則詳細確查各按重輕分成量減奏明辦理欽此

日講起居注官翰林院侍讀臣沈秉成跪

奏爲敬陳管見仰祈

聖鑒事竊臣伏讀邸抄同治二年六月初三日奉

上諭浙省疊遭兵燹小民流離失所殊堪軫念應將該省漕糧量予減免以示公溥之仁著左宗棠通飭杭嘉湖三屬將實在應徵漕糧稅則詳細確查各按重輕分成量減奏明辦理等因欽此仰見

皇太后

皇上子惠黎元有加無已之至意東南人民孰不歡欣感激惟是希世難逢之

盛典固宜一律均霑而民力尤困之偏隅尤待曲加體恤查杭嘉湖三屬漕額以湖州爲最重而湖州漕額又以烏程歸安德清爲

最重今三縣編徵銀米較同府之安吉孝豐額重三分之二較同府之長興武康額重十分之五其吉武孝半屬山鄉與程安德三縣地勢相殊自未可比擬若長興則與程安德俱鄰太湖田畝犬牙相錯高下肥瘠亦復相同其所以輕重懸殊之故起於宋賈似道而甚於前明升任光祿寺卿潘祖蔭升任御史丁壽昌請減江浙漕額摺內言之已詳臣無庸多瀆惟是小民終歲勤劬不敷輸納幸賴蠶桑之利以織助耕民力猶苦不支每歲仍多拖欠是前此雖有定額而仍未能如數實交在承平之日業已疲憊不堪況復遭此兵燹桑柘無存蠶事一時難復更屬無可補苴且湖郡被難情形實有與他處不同者方逆匪之闌入江浙也各府廳州縣相繼淪陷逆燄鴟張莫之能禦惟湖

州之民隨同紳士趙景賢登陴固守血戰三年之久陣亡殉難者至數十萬人存者僅十之二三矣蓋自逆匪倡亂以來斯民忠義之激從未有如此之堅且久而斯民蹂躪之苦亦從未有如此之慘且酷者也現在閩浙總督兼署浙江巡撫左宗棠酌減甯紹等處錢糧辦理周妥深洽輿情湖郡業經收復亦必即行妥辦惟程安德三縣尤為困苦之處或恐未即周知如與別縣一律辦理尚不足以盡抒民困臣籍隸歸安見聞較確不揣冒昧披瀝上陳仰懇

天恩俯念孑遺之民其漕額本較別縣過重可否

飭下閩浙總督浙江巡撫體察情形將烏程歸安德清三縣應徵之銀米照長興縣上則平坦田一例起科其長興武康安吉孝豐

四縣卽照江蘇漕額本輕之常鎮二府例一體量爲核減出自

格外恩施是否有當伏乞

皇太后

皇上聖鑒訓示施行謹

奏

再漕糧贈貼各省名目不同浙江名曰漕截每米一石徵漕截

銀三錢四分七厘比江蘇之每米百石徵銀五兩米五石已多

三分之二較之江西湖廣等省尤屬懸殊且浙江自乾隆四年

起將截銀併入地丁統徵正耗混一耗上加耗民力難支查漕

截銀兩乃里民贈貼運丁之欵多徵則徒飽私囊寡取亦無損

國課向由各州縣彙解糧道本與解藩庫之地丁有別浙江漕截

銀數幾三倍於江南如仍照舊徵收恐兵燹遺黎力尤未逮亦

宜推廣

皇仁量予蠲減並令將漕截一項隨漕另徵與地丁分而爲二庶免

牽混可否

飭下閩浙總督浙江巡撫詳查核辦以除積累而恤民艱謹附片陳

奏同治三年十月十七日奉

上諭沈秉成奏請分別核減湖州府屬漕稅并將漕截一項隨漕另

徵各摺片着戶部妥議具奏欽此

戶部謹

奏爲遵

旨妥議具奏事同治三年十月十七日奉

上諭沈秉成奏請分別核減浙江湖州府屬漕稅並將漕截一項隨漕另徵各摺片着戶部妥議具奏欽此欽遵抄出到部據原奏內稱杭嘉湖三府漕額以湖州爲最重而湖州漕額又以烏程歸安德清爲最重今三縣編徵銀米較同府之安吉孝豐額重三分之二較同府之長興武康額重十分之五其吉武孝半屬山鄉與程安德三縣地勢懸殊自未可比擬若長興則與程安德俱鄰太湖田畝犬牙相錯高下肥瘠亦復相同其所以輕重懸殊之故起於宋而甚於明小民在承平之日已疲敝不堪遭此

兵燹尤爲困苦請將烏程歸安德清三縣應徵銀米照長興縣
上則平坦田一律起科其長興武康安吉孝豐四縣卽照江蘇
漕額本輕之常鎮二府例一體量爲核減又片奏內稱浙江漕
截每米一石徵銀三錢四分七釐比江蘇已多三分之二較江
西湖廣等省尤屬懸殊且併入地丁統徵耗上加耗民力難支
亦宜量予蠲減並令將漕截一項隨漕另徵各等語臣等伏查
上年六月間臣部議覆潘祖蔭丁壽昌等請減漕糧摺內議令
浙江巡撫通飭所屬將各該府州縣實在應徵漕糧科則詳細
確查各按重輕分成量減俟奏到之日由臣部核覆辦理等因
又本年九月間臣部奏江浙軍務已平請籌辦新漕並遵前
旨將該二省應減漕額確查覆奏等因先後欽奉

諭旨行知各在案今該侍讀奏陳湖州府民困情形請將烏程歸安
德清三縣銀米照長興縣上則平坦田一律起科長興安吉武
康孝豐四縣照江蘇常鎮二府例量爲核減等語查浙江杭州
府額徵漕糧正耗米十三萬五千八百餘石嘉興府額徵漕白
正耗米四十二萬四千一百餘石湖州府額徵漕白正耗米三
十萬二百餘石以額徵總數計之湖州漕米之多不及嘉興惟
科則之重輕當以每畝徵收若干爲斷各府州縣地有廣狹田
有肥磽上中下賦則各不相同若不按畝而稽仍不足以昭平
允應請
旨飭下浙江巡撫查閱該侍讀所奏詳細體察情形仍按臣部前次
片奏各照舊額之重輕按畝分別議減並將各該州縣上中下

等田舊額銀米若干酌減若干迅速分晰開列奏交臣部核議
其杭嘉二府應減銀米亦即照此分別辦理務期實惠均霑毋
令畸輕畸重是爲至要又該侍讀片奏所稱酌減漕截銀兩隨
漕另徵一節查漕運全書內載漕截銀兩歸於地丁統徵分解
有照依地丁一律徵耗者乾隆七年題准令有漕各屬於隔歲
年底刊刻易知由單地丁加耗若干漕截加耗若干於單內逐
一註明該戶照單完納如有多派立即嚴參從重治罪是漕截
加耗原與地丁不相牽混如有多派例禁綦嚴且併入地丁統
徵分解亦不僅浙江一省應仍照舊辦理毋庸隨漕另徵以歸
簡易至此項漕截銀兩每米一石徵銀三錢四分七釐較之江
安糧道所屬每米百石徵銀五兩米五石蘇松糧道所屬每米

百石徵銀十兩米五石多寡實相懸殊應如何量爲核減俾有
利民生仍不致有妨漕運之處應並令浙江巡撫通盤斟酌情
形一體奏明由臣部酌核辦理勿再遲延所有臣等遵議緣由
謹繕摺覆奏伏乞
皇上聖鑒謹
奏
同治三年十二月初一日具
奏奉
旨依議欽此

浙江清賦總局爲會議減賦大概情形詳請具

奏事案奉

憲札接准

部咨同治二年六月初三日奉

上諭浙省疊遭兵燹小民流離失所殊堪軫念自應將該省漕糧量予減免以示公溥之仁着左宗棠通飭杭嘉湖三屬將實在應徵漕糧稅則詳細確查各按重輕分成量減奏明辦理等因欽此當因杭嘉湖三屬均未克復戶口流亡徵册亦俱燬失應俟地方肅清各就各縣情形分别裁減明定徵數庶實惠均霑民困稍

復仰蒙

奏明在案伏念浙西三屬本年八月甫得一律肅清各州縣被擾

甚重而杭屬之臨安新城於潛昌化湖屬之長興武康孝豐安吉均路通淼甯受害尤烈室廬盡成灰燼田地久已荒蕪招集遺民寥寥可數湖查三屬徵糧科則以嘉湖爲重杭州次之就嘉湖兩府而論又以歸安烏程嘉善嘉興秀水爲最重而平湖海鹽桐鄉石門德清次之長興武康各屬又次之杭賦輕於嘉湖然臨於昌新等縣山多田少地之所出遜於嘉湖亦遠間嘗考賦重之由蓋始於宋季賈似道之官田元代因而增之明初張士誠據姑蘇兼有嘉湖各郡明祖平張士誠遂用租籍收糧已而又括官田之糧均之民田此浙西賦額所以與蘇省相等而比各省爲獨重也

本朝定鼎以來康熙中免三分之一者一年全免者一年雍正六

年又減嘉湖二府額賦十分之一計銀八萬一千餘兩其餘或

輕折或蠲緩不一而足

厚澤深仁有加無已以故民力紓展不以賦重爲苦至乾隆嘉慶年

間家給人足辦理全漕自易爲力迨道光癸未辛卯兩次大水

以後民間元氣大傷賦重之處未能全漕起運遂至歲報災歉

蠲緩頻仍然糧戶有貴賤强弱之分仍未能普沾其益蓋一縣

之中花戶繁多災歉蠲緩悉聽經書冊報大族世家豐收者亦

能蠲緩細民小戶被歉者仍須全徵且大戶僅完繳正額小戶

更任意誅求迨至厫滿停收即須改繳折色每石加至五六千

文不等尚有不止此數者以小戶之浮收抵大戶之不足有司

之不公莫甚於此小民之怨諮莫大於此鬧漕之案疊見亦皆

由於此然推求州縣浮收之故非盡飽私橐也河運之時旂丁需索幫費年甚一年不遂其欲即挑斥米色不肯兌收咸豐初年每兌米一石除給報部漕截銀三錢四分六絲外尚須由州縣貼給費錢千文以上幫費一日不清幫船一日不開州縣恐悞運期不得不浮收以塡谿壑欠戶苦於追呼急無以應其桀者又從中持之因而小戶竄入大戶小戶日少大戶日多州縣欲顧考成勢必挪東掩西扯新蓋舊以資周轉於是州縣之墊完遂有積爲虧空者民以完漕爲苛政官以辦漕爲畏途積弊相因官民交困咸豐二年因河堤決口運道不通是年冬漕改由海運所需商船水腳每石給銀三錢六分南北用欵約銀四錢有餘統計每石需銀八錢有奇較之河運節省甚多奏准以

給幇漕截抵支不敷之項按各州縣幇費之重輕酌提解省名
曰津貼自七錢有餘至四錢不等以米計算州縣無需索之苦
而徵之於民未嘗稍減故辦漕得以裕如方今
皇太后
皇上軫念民依
殊恩特沛蘇松太三屬漕糧統按原額減去三分之一常鎮二府照
原額酌減十分之一杭嘉湖三屬亦准分成量減凡在臣民同
深欣感自當悉心參酌以期
闔澤覃敷本司道會同籌議應辦之條有四一曰減正額浙省杭嘉
湖三屬額徵漕白改漕南匠行月等米一百一十餘萬石其中
分款細數尚未查清惟徵糧之則大小不同即浮額之糧多寡

不一現奉
恩綸一體量減重在去浮額之甚以除輕重不均之弊今擬各按上中下賦則分別定數如每畝徵米一斗一升以上至一斗八九升者爲上則自六升以上至不及一斗一升者爲中則不及六升者爲下則按科則之重輕分別核減總期於額徵數目約減三分之一爲度至先後克復各州縣本年錢糧已邀蠲免其蹂躪尤甚之處明年開徵能否照減定章程全數徵收尚未可知容再核辦一曰減浮收向來收漕加耗每石自一二斗至七八斗不等各視花戸貴賤强弱以定收數之多寡今額漕既經減定則浮收之欵豈可任其因仍惟州縣辦漕有修倉搭篷紙張油燭之費有倉夫斗級漕記差役飯食之費有內河運米交兌

夫船耗米之費有交米書役守候之費大漕之縣冬季開徵須
至次年夏間始得蕆事一切費用款數零星難以枚舉要皆必
須支發且收漕交兌相隔一二月風晒駁運虧折必多不得不
取給於浮收之內若全行裁革必致辦理掣肘貽悞兌運擬每
石於正供之外酌加運費俟查明各州縣用項再行核辦俟核
定之後兌收漕米均須平斛嚮𢹂不准再有加尖名目其有畸
零小戶情願完繳折色者按照市價核收不准如從前之加價
勒折務使紳民一律均收不得再有大小戶名目一曰籌運費
浙漕海運已辦有成效刻下運河未復丁船亦已無存河運驟
難辦理來歲新漕自應仍由海運惟每石需費約銀八錢除以
向給幇丁之漕截銀三錢四分六絲抵支外約不敷銀四錢五

分零設有商船失事預籌折耗尚不在內現在正額浮收分別酌減自未便議提津貼擬請將海運經費定以八錢爲額除支漕截外不敷之數另行籌足查浙漕減定以後全熟之年正耗約以六十餘萬石爲則如銀欵不減計可餘漕截銀十萬餘兩又節省給帮本折行月經費食米以之變價約可得銀十二三萬兩又屯田租息以及節省帮弁廉俸可得銀數萬兩統計將及三十萬兩之數以抵海運經費亦不相上下所動正欵八錢按年將動用欵目據實奏結毋庸造册報銷以歸簡便總不得逾七八錢之數以示限制一曰裁陋規州縣收漕一切陋規欵目繁冗應令各州縣查明舊帳據實開摺呈送聽候分別裁減以上四条爲減漕之要務定額既減則小民踴躍輸將徵數均

平則弱戶無稍藉口另籌經費免例外之加徵嚴革陋規陝從
前之錮習嗣後非實在旱潦不得再報災歉如實在民欠不得
再報墊完當此瘡痍未復民困已深
聖主破格施仁減除漕額則於漕弊必革除殆盡庶可爲久遠經行
之計如有不肖州縣不能潔已奉公一經發覺立予嚴參治罪
以肅漕政而飭官方其應減米數須俟查明科則方能核減現
在地方甫復冊卷蕩然已於省城設立清賦總局通飭各屬勒
限趕辦其扣減款目除白糧粳糯爲
天庾正粒擬仍照額辦運應減之數統於漕糧項下註扣此外南糧
行月匠糧等米仍各歸各款按成扣減俟核定減額隨後造冊
詳請

奏咨至通省地漕銀兩及浙東各屬南米或關係餉需或抵支兵
食若一體量減深恐不敷供支擬請將正額銀米照常徵納惟
地漕南米項下亦有浮收之款應卽核實删減除甯波紹興温
州三府屬業經減定徵收已奉
奏明外其餘八府所屬現擬一律核減並查明向來開銷一切浮
費全行裁革總期上無損於
國計中不累於牧令下不病於閭閻庶可府庫充吏治清民生日
奠矣是否有當相應會議具詳仰祈
憲臺會察核具
奏並請批示祇遵除詳
某憲外爲此備由呈乞

照詳施行

同治三年十月十八日詳

漕撫憲

閩浙總督臣左宗棠跪

奏爲覆查杭嘉湖三屬徵收漕糧積獘並現籌核減大概情形恭

摺具

奏仰祈

聖鑒事竊臣欽奉同治三年六月初三日

上諭浙省疊遭兵燹小民流離失所殊堪軫念自應將該省漕糧量

予減免以示公溥之仁着左宗棠通飭杭嘉湖三屬將實在應徵

漕糧稅則詳細確查各按重輕分成量減奏明辦理欽此當因杭

嘉湖三屬均未克復戶口流亡徵冊燬失應俟地方肅清各就

各地情形分別裁減於上年十二月覆奏在案本年八月湖州

克復浙西一律肅清卽與布政使蔣益澧糧儲道楊昌濬商議

於省城設立清賦總局悉心規畫期於周妥查杭嘉湖三府漕額之重與江蘇蘇松太等蘇松太既議減三分之一則杭嘉湖亦宜仿照辦理就杭嘉湖三屬徵糧科則言之又以嘉湖爲重杭州次之就嘉湖兩府言之又以歸安烏程嘉善嘉興秀水爲最重平湖海鹽桐鄉石門德清次之長興武康各屬又次之杭屬臨安於潛昌化新城等縣山多田少較之嘉湖糧賦固輕出產亦遠遜也嘗考杭嘉湖三屬賦重之由始於宋季賈似道之官田元代因而增之明初張士誠據姑蘇兼有嘉湖諸郡明祖平張士誠遂用其租籍收糧已而又括官田之糧均之民田遂遞加增民困獨甚我

朝定鼎以來康熙中免三分之一者一年全免者一年雍正六年

又減嘉湖兩府額賦十分之一計銀八萬一千餘兩中間偶遇
水旱偏災無不隨時蠲緩
厚澤深仁有加無已故民力得以稍紓至乾隆嘉慶年間家給人足
曾歷辦全漕道光癸未辛卯以後兩次大水民間元氣大傷賦
重之處未能全漕起運遂歲報災歉蠲緩頻仍然
朝廷雖屢沛殊恩而小民未盡霑實惠蓋一縣之中花戶繁多災
歉蠲免悉聽經書冊報世家大族豐收者亦能蠲緩編氓小戶
被歉者尚或全徵且大戶僅完纖正額小戶更任意誅求遲至
厫滿停收即須改徵折色每石價至五六千文不等以小戶之
浮收抵大戶之不足官吏徵收不善小民咨怨有詞故鬧漕之
案往往因之而起然州縣浮收亦非能盡飽私橐也從前河運

之時旗丁需索幫費如咸豐初年每兌漕一石除給報部漕截
銀三錢四分六絲外尚須由州縣貼給費錢千文幫費一日不
清幫船一日不開州縣惟恐有誤運期不得不浮收以塡谿壑
而小民苦於苛斂弱者日受追呼桀者或從中持之因而竄入
大戶以致小戶日少大戶日多旗丁之索費日重州縣之虧項
日積民以完漕爲苛政官以辦漕爲畏途積弊相因官民交困
咸豐二年改行海運每石運商船水腳及南北用款統計約需
銀八錢有零曾奏准以給幫漕截抵支水腳其不敷之項按各
州縣幫費重輕酌提解省津貼自七錢至四錢不等較河運之
時已爲節省茲奉
恩旨飭議核減漕糧將舉數百年積困而紓之崇朝固三郡羣黎所

呼籲祈禱而不得者臣等躬逢
盛世若不能博訪利獘之所在而悉心參酌衷諸至當以規永久不
獨無以副
朝廷曠古未有之
隆恩亦何以慰草野久困思蘇之至意謹就現在漕務應行籌辦大
槪情形列爲四條敬爲我
皇上陳之一曰減正額浙省杭嘉湖三屬額徵漕白改漕南匠行月
等米共一百一十餘萬石徵糧之則大小不同即浮額之糧亦
多寡不一現須分别量減自應先去浮額之甚以除輕重不均
之獘擬各按上中下賦則分别定數如每畝徵米一斗一升以
上至一斗八九升者爲上則自六升以上至不及一斗一升者

爲中則不及六升者爲下則按科則之重輕分别核減總期於
額徵數目酌減三分之一庶科則定而減數因之而均也一曰
減浮收向來收漕加耗每石自一二斗至七八斗不等各視花
戶貴賤强弱以定收數多寡今額漕既經減定則浮收之欵豈
可任其因循惟州縣辦漕有修倉搭篷紙張油燭之費有倉夫
斗級漕記差役飯食之費有内河運米交兌夫船耗米之費有
交米書役守候之費一切用欵甚鉅且收漕交兌相隔一二月
風晾搬轉虧折必多不能不於正漕之外酌留運費以資津貼
應俟查明各州縣用項由外核實辦理其向來加尖加價勒折
諸弊自核定之後概行裁革紳民一律均收不得再有大戶小
戶之分庶轂祿平而公私因之而利也一曰籌運費浙省向辦

海運每石需費約銀八錢除向給幫丁漕截銀三錢四分六絲
抵支外尚不敷銀四錢五分零現正額浮收概行分別核減自
未便再由州縣議提津貼擬請將海運經費每石定以八錢爲
額除支漕截外不敷之欵另行籌足查浙漕如照統減三分之
一每年起運之米不過六十萬石上下漕截一欵不另核減計
可餘銀十餘萬兩又節省給幫本折行月經費食米變價可得
銀十二三萬兩又屯田租息及節省幫弁廉俸可得銀數萬兩
統計將及三十萬兩足抵海運經費至所動正欵八錢按年將
動用欵目據實奏結應請毋庸造冊報銷以歸簡便並不得逾
八錢之數以示限制庶浮費裁而上下因之而利也一曰裁陋
規向來州縣收漕一切陋規極爲繁雜此次核定新章應令各

州縣據實查明開摺呈送分別裁減庶弊竇清而漕政因之而
肅也嗣後非實在旱潦不得再報災歉即實在民欠亦不得再
報墊完而近數十年相沿陋習亦可除矣至應減米數須查明
科則方能核定現地方新復冊籍無存已飭各屬勒限赶造除

白糧粳糯爲
天庾正供擬仍照額辦運擬減之數應統於漕糧項下詘扣此外南
糧行月匠糧等仍各歸各款按成扣減至杭嘉湖三屬漕糧稅
則輕重不同自應查明各縣科則量減再併計總數共減若干
伏查各處被擾情形如杭屬之臨安新城於潛昌化湖屬之長
與武康孝豐安吉皆路通徽甯受害尤烈室廬盡成灰燼田地
久已荒蕪即招集遺黎亦寥寥可數從前道光年間及咸豐初

年辦理漕運每屆皆不過七八十萬石及五六十萬石不等現擬照杭嘉湖全額統減三分之一　如能辦理全漕與歷屆尚不相上下惟刻下三屬情形即照減三分之一明歲新漕亦斷難如數徵納而欲爲經久之計又不能不通計

國賦盈虛以爲定則可否仰懇

皇太后

皇上天恩俯准將杭嘉湖漕糧統減三分之一明歲新漕再酌量辦理之處出自

聖裁至海運經費每石向祇支銷漕截銀三錢四分六絲此次請以八錢作爲定額與部案不符惟查商船水腳及南北用費每石實需銀八錢其餘不敷之項皆係各縣津貼此時不將津貼一

項裁革則雖有核減之名仍未能得核減之實故不得不據實

瀝陳籲懇

聖恩准於漕截並行月屯租各項下照數動支庶漕弊可以盡革又

通省地漕銀兩及浙東各屬南米或關係餉需或抵支兵食除

正額毋庸查減其浮收之款亦應分别裁革現寗波紹興溫州

三府業已定章處州亦經減定其餘各屬應卽一律核減以昭

公溥除俟查明各州縣酌減額數另行具

奏外理合將議減杭嘉湖三屬漕糧大概情形恭摺具

奏伏乞

皇太后

皇上聖鑒訓示施行再臣於十月二十四日交卸撫篆此摺係由臣

先行定稿是以護撫臣未經列銜合併聲明謹

奏

同治三年十月二十六日在杭州省城恭摺具

奏四年二月初三日差弁賫回原摺後開

議政王軍機大臣奉

旨戶部議奏欽此

戶部謹

奏爲遵

旨議奏仰祈

聖鑒事閩浙總督左宗棠奏議減杭嘉湖三屬徵收漕糧大概情形一摺同治三年十二月初二日議政王軍機大臣奉

旨戶部議奏欽此欽遵由內閣抄出到部據原奏內稱查杭嘉湖三府屬漕額之重與江蘇蘇松太等蘇松太旣議減三分之一則杭嘉湖亦宜仿照辦理就杭嘉湖三屬徵糧科則言之又以嘉湖爲重杭州次之就嘉湖兩府言之又以歸安烏程嘉善嘉興秀水爲最重平湖海鹽桐鄉石門德清次之長興武康各屬又次之杭屬臨安於潛昌化新城等縣山多田少故較之嘉湖糧

賦固輕出產亦遠遜也從前河運之時旂丁每兌漕一石除給
報部漕截銀三錢四分六絲外尚須由州縣貼給費錢積弊相
因官民交困咸豐二年改行海運每石連商船水腳及南北用
欵統計約需銀八錢有零曾奏准以給幫漕截抵支水腳其不
敷之項按各州縣幫費重輕酌提解省津貼自七錢至四錢不
等較河運之時已爲節省茲奉
恩旨飭議核減漕糧謹就現在漕務應行籌辦大槪情形列爲四條
等語臣等伏查同治二年六月間臣部議覆潘祖蔭丁壽昌等
請減漕糧摺內議令閩浙總督署浙江巡撫左宗棠通飭所屬
將各府州縣實在應徵漕糧科則詳細確查各按重輕分成量
減又於上年十一月間議覆沈秉成奏請分别核減湖州府漕

糧摺內議以科則之重輕當以每畝徵收若干爲斷請
飭令浙江巡撫體察情形按畝議減共杭嘉三府應減銀米亦即照
此分別辦理均經奉
旨允准遵行在案茲據左宗棠奏陳浙省漕務積獘並現籌核減大
概情形臣等督飭司員悉心查核如議減正額一條據稱杭嘉
湖三屬額徵漕白改漕南匠行月等米共一百一十餘萬石擬
各按上中下賦則分別定數如每畝徵米一斗一升以上至一
斗八九升者爲上則自六升以上至不及一斗一升者爲中則
不及六升者爲下則按科則之輕重分別核減總期于額徵數
目酌減三分之一等語臣等查各省漕額以江蘇浙江爲最重
而浙省漕額又不若蘇省之多臣部前議核減蘇省漕糧請將

蘇松太三屬統按原額酌減三分之一常鎮兩屬照原額酌減十分之一統計蘇松常鎮太四府一州原額徵米一百六十六萬餘石除酌減外尚可得米一百二十餘萬石是江蘇一省統減米數係於三十分中減去八分浙省杭嘉湖三屬額徵漕白改漕正耗米九十五萬餘石通盤核計原比蘇省較少該督請將該三屬漕額統減三分之一未免過多臣等公同商酌擬請將杭嘉湖三屬漕糧仿照江蘇辦法統按原額於三十分中減去八分至白糧粳糯爲

天庾正供應如該督所奏仍照原額辦運應減之數准其統於漕糧項下註扣惟各屬賦則多寡不同應令該督撫確切查明如每畝徵米一斗一升以上至一斗八九升者爲上則自六升以上

至不及一斗一升者爲中則不及六升者爲下則各按重輕分
別多寡量爲核減總以統計杭嘉湖三屬額漕量減三十分之
八爲率仍將各該州縣上中下等田各若干畝舊額若干酌減
若干迅速分晰開列奏報至行月二糧原係隨漕徵收自應隨
漕遞減惟南匠米石額徵之數與支放之數不甚相懸並無贏
餘應毋庸議減俾資辦公又該督議籌運費一條據稱浙省向
辦海運每石需費約銀八錢除向給幫丁漕截銀三錢四分六
絲抵支外尚不敷銀四錢五分零現正額浮收概行分別核減
自未便再由州縣議提津貼擬請將海運經費每石定以八錢
爲額除支漕截外不敷之欵另行籌足查浙漕如照統減三分
之一每年起運之米不過六十萬石上下漕截一欵不另核減

計可餘銀十餘萬兩又節省給幫本折行月經費食米變價可得銀十二三萬兩又屯田租息及節省幫弁廉俸可得銀數萬兩統計將及三十餘萬兩足抵海運經費至所動正欵八錢按年將動用數目據實奏結應請毋庸造冊報銷並不得逾八錢之數以示限制等語查浙省海運向只支銷漕截銀兩其不敷之數皆由州縣酌提津貼並不動用庫欵是以准免報銷令該督以正額浮收概行核減請將津貼一項裁革自係爲釐剔漕弊起見但所需運費總宜於漕務項下寬爲籌備俾敷應用不得於漕項之外再動別項正欵至一切支銷如有應裁應減者亦宜分別裁減力求撙節不得卽以八錢作爲定額應仍令該督撫從長計議量入爲出將籌備欵項及應用數目再行據實

覆奏由戶部核定後方准照數動支倘有盈餘報部候撥准免
造冊報銷以歸簡便至該督所議減浮收裁陋規兩條據稱向
來收漕加耗每石自一二斗至七八斗不等各視花戶貴賤强
弱以定收數多寡今額漕既經減定則浮收之欵豈可任其因
循夫州縣辦漕用欵甚鉅虧折亦多不能不於正漕之外酌留
運費以資津貼應俟查明各州縣用項由外核實辦理其向來
加尖加價勒折諸弊自核定之後概行裁革紳民一律均收不
得再有大戶小戶之分又稱向來州縣收漕一切陋規極爲繁
雜此次核定新章應令各州縣據實查明開摺呈送分別裁減
各等語所奏實爲理漕要務應令該督撫督飭藩司糧道等將
浮收陋規兩項核實裁減明定章程嗣後收漕州縣如再有陽

奉陰違復蹈從前惡習卽行嚴參懲辦毋稍狥隱又原奏內稱
從前道光年間及咸豐初年辦理漕運每屆皆不過七八十萬
石及五六十萬石不等現擬照杭嘉湖全額統減三分之一如
能辦理全漕與歷屆尚不相上下惟刻下三屬情形卽照減三
分之一明歲新漕亦斷難如數徵納可否仰懇
天恩俯准將杭嘉湖漕糧統減三分之一明歲新漕再酌量辦理之
處等語查杭嘉湖三屬漕糧臣部現議仿照江蘇辦法統按原
額於三十分中酌減八分原爲經久之計通盤核算著爲定則
惟各處被兵年久民力凋殘本屆新漕仍難責以按照減定之
額如數全完應請
旨准令該督撫將本屆新漕體察情形酌量辦理嗣後非實在旱潦

不得再報災歉即實在民欠亦不得再報墊完總期有弊必除

有犯必懲庶於

國計民生兩有裨益至所稱通省地漕銀兩及浙東各屬南米或

關係餉需或抵支兵食除正額無庸查減其浮收之款亦應分

別裁草現甯波紹興溫州三府業已定章處州亦經減定其餘

各屬應即一律核減等語應如所奏辦理所有臣等遵議緣由

理合恭摺覆奏伏乞

皇上聖鑒訓示遵行謹

奏同治四年正月二十五日具

奏奉

旨依議欽此

閩浙總督臣左宗棠跪
浙江巡撫臣馬新貽
奏爲遵
旨查明杭嘉湖三府額徵漕糧酌定應減分數籲懇
天恩准予減免以紓民力恭摺會
奏仰祈
聖鑒事竊於同治二年六月初三日奉
上諭浙省迭遭兵燹小民流離失所殊堪軫念自應將該省漕糧量
予減免以示公溥之仁着左宗棠通飭杭嘉湖三屬將實在應徵
漕糧稅則詳細確查各按重輕分成量減奏明辦理欽此經臣宗

棠於克復湖州之後飭令司道設立清賦局悉心規畫妥爲籌
辦並於上年十月間將該三屬漕糧積弊及籌辦大槪情形據
實詳細具
奏奉
旨戶部議奏欽此嗣准戶部議覆請將杭嘉湖三府漕糧仿照江蘇
辦法統按原額於三十分中減去八分白糧粳糯准於漕糧項
下註扣確查賦則各按重輕量爲核減開列奏報其南匠米石
收支相埒並無贏餘毋庸議減所需運費宜於漕務項下寬爲
籌備俾敷應用不得於漕項之外再動別項正欵所有浮收陋
規兩項核實裁減明定章程嗣後收漕州縣再有陽奉陰違即
行嚴參懲辦本屆新漕體察情形酌量辦理嗣後非實在旱潦

不得再報災歉卽實在民欠亦不得再報墊完總期有弊必除
有犯必懲庶於
國計民生兩有裨益等因具奏奉
旨依議欽此欽遵行文到浙臣宗棠先已統兵入閩臣新貽接奉後
細繹部議爲
國恤民兼籌並顧而於公私用項亦均計及實係斟酌至當遵卽
督飭司道確核妥辦去後茲據總辦清賦局布政司蔣益澧護
糧道薛時雨詳稱查浙省額徵漕白改漕南匠行月等米共一
百十四萬七千三百餘石內除南匠正耗米十三萬三千八百
六十三石零白糧舂辦米一萬三千三十九石零均不議減又
白糧稉糯爲

天庾正供應照額辦運所減之數統於漕糧項下註扣外令按額徵
漕白改漕正耗行月等米一百萬四百石零照部議三十分之
八爲率核計共應減米二十六萬六千七百六十五石零恪遵
諭旨分成量減各按各州縣田地山蕩科則重輕以分多寡額重者
減數宜多以蘇其積困額輕者減數遞少以示其均平仍於上
中下三則之中再分五等如上則之一斗六升至一斗九升酌
減十分中之三分上則之一斗一升至一斗五升酌減十分中
之二分五釐中則之九升至一斗酌減十分中之二分中則之
六升至八升酌減十分中之一分五釐六升以下之下則統減
十分中之一分均按整數核減畸零細數不再瑣扣通籌合算
適符前數科則殊而輕重有別分數定而多寡同需等情造冊

詳請具

奏前來臣等伏查杭嘉湖三府屬糧額之重起於前代我

朝二百年來業已

殊恩疊沛減之又減而較之他郡糧數倚屬懸絶民以賦重爲苦官以費繁爲累在平時已有積重難返之勢當此大刼之餘戶口減少物力彫殘正窮極變通之會仰蒙

特旨飭令按則核減以昭公溥凡在臣民莫名欽感現經臣等督同司道確切核計除南匠等米外計三府原額漕白行月等米一百萬四百石零按三十分之八分共應酌減米二十六萬六千七百六十五石有奇本應遵照部議分縣造册開報奈因兵燹之後各處册籍蕩然無存現據各州縣開送項畝漕南等册皆

仿照殘佚志乘及遠年賦役全書所造雖大數不致舛錯而畸零尙難準確須俟各案查抄齊全另行核對分造細冊送部核覆定案今就各州縣開造田地山蕩頃畝額數及分別擬減米數按照府總繕具清單恭呈

御覽合無仰懇

天恩俯准如數減免以示溥仁抒數代相沿之民困實曠古未有之

鴻慈行見率土騰懽定必輸將恐後雖目前瘡痍未復尙難照減全徵而他日元氣漸充即可概行起運嗣後非實遇凶荒不准輕議蠲緩以實倉儲而重

國用至臣宗棠前議減浮收籌運費裁陋規均爲理漕要領容臣等督飭司道將兌運經費徵收章程通盤籌畫悉心核議另行

奏報總期上下交益歷久奉行以仰副
聖主惠愛黎元之至意所有查明杭嘉湖三府額徵漕糧應減米數
緣由謹會同漕運總督臣吳棠恭摺由驛具
奏伏乞
皇太后
皇上聖鑒訓示施行再此摺係臣新貽主稿合併陳明謹
奏
謹將杭嘉湖三府屬田地山蕩塘灘原額暨分則分等擬減米
數繕具府總清單恭呈
御覽
計開

杭州府屬仁錢等九州縣

額田二萬一百一十五頃三十四畝零

額地六千六百五十一頃三畝零

額山一萬二百二十六頃四十八畝零

額塘蕩一千五百八頃七十八畝零

以上共原徵米一十七萬八千一百八十九石五斗零今

擬減米二萬五千七百三十五石四斗八升八合零除減

實徵米一十五萬二千四百五十四石一升八合按則撙

算合減十分中之一分四釐四毫四絲

嘉興府屬嘉秀等七縣

額田三萬六千八百四十二頃八十四畝零

額地一萬一千五十七頃
額山一百八十頃六十畝零
額蕩灘七百七十四頃一十九畝零
以上共原徵米五十八萬七千四百七十五石一斗零今
擬減米一十四萬五千四百一十六石三斗一合除減實
徵米四十四萬二千五十八石七斗九升九合菝則擇算
合減十分中之二分四釐七毫五絲
湖州府屬程安等六縣孝豐一縣向不科米請免核減
額田二萬九千二百二十一頃三十六畝零
額地五千四百二十九頃七十一畝零
額山七千三百九十四頃七十三畝零

額蕩二千五百三十七頃一畝零

以上共原徵米三十八萬一十四石八斗零今擬減米九

萬五千六百一十三石八斗四升三合零除減實徵米二

十八萬四千四百石九斗五升七合按則搮算合減十分

中之二分五釐一毫六絲

以上杭嘉湖三屬田地山蕩塘灘共一十三萬一千九百三十

九頃一十三畝零原徵米一百一十四萬五千六百七十九

石四斗零共擬減米二十六萬六千七百六十五石六斗三

升二合零通盤搮算合減十分中之二分三釐二毫八絲計

實徵漕南等米八十七萬八千九百一十三石七斗六升八

合除南糧並白糧舂耗兩欵不計外實計原額漕白行月食

正耗米一百萬四百石五斗五升一合四勺擬減前數以符
部議三十分之八分
杭嘉湖三府屬田地山蕩塘灘科則
上則科徵一斗六升至一斗九升以上
田地共三萬五十八頃七畝零原徵米四十三萬五千七
百四十九石一斗四升零擬減米一十二萬九千一百九
十七石一斗二升四合
上則科徵一斗一升至一斗五升以上
田地共二萬二千八百三十頃七十三畝零原徵米三十
一萬六千八百五十四石二斗一升九勺零擬減米七萬
六千九百一石二斗九升

中則科徵九升至一斗以上

田地共一萬六千四百三十七頃九畝八分零原徵米一十六萬八百一十四石三斗零擬減米三萬五百九十石四斗七升八合

中則科徵六升至八升以上

田地共二萬三千一十九頃一十七畝原徵米一十七萬二千九百一十三石八斗二升三合八勺零擬減米二萬四千二百九十七石四斗八升三合

下則科徵不及一升至五升以上

田地山蕩塘灘共三萬九千五百九十四頃七畝零原徵米五萬九千三百四十七石九斗六升三合零擬減米五

千七百七十九石二斗五升七合六勺

同治四年閏五月初一日會

奏閏五月十一日內閣奉

上諭前因浙江迭遭兵燹小民流離失所諭令左宗棠將杭嘉湖三屬應徵漕糧稅則查明各按重輕分成奏請減免嗣據奏請將杭嘉湖三屬漕糧酌量核減經戶部議覆統按原額於三十分中減去八分業經降旨允准茲據左宗棠馬新貽奏稱查明杭嘉湖三屬漕糧除南糧並白糧舂耗兩欵毋庸議減外杭州府九州縣額徵米十七萬八千一百八十九石零擬減米二萬五千七百三十五石零嘉興府屬七縣額徵米五十八萬七千四百七十五石零擬減米十四萬五千四百十六石零湖州府屬除孝豐一縣向不

科米應免核減外其餘六縣額徵米三十八萬十四石零擬減米九萬五千六百十三石零統計杭嘉湖三屬共減米二十六萬六千七百六十五石零等語加恩着照所請各按科則重輕分別上中下三則一律永遠減免以紓民力自此次減免之後該督撫務當督飭各該州縣按照奏定新章核實徵收斷不准有浮收抑勒等弊至大戶包攬及一切陋規概行禁革以除積弊該督撫即刊刻謄黃徧行曉諭務使實惠及民用副朝廷軫念民艱之至意餘着照所議辦理該部知道單併發欽此

清單同日奉

旨覽欽此

謹按清賦局前辦減漕之時城復未久冊檔蕩然各屬冊報頃

畝科則與各米額雖大致不致舛錯而畸零尙難準確曾於摺
內聲明現經逐加復核所有原
奏與淸單內開列各數均有參差續經該局核明於同治四年十
一月間另造淸冊詳送復於六年六月間由海運局分別有閏
無閏開造分縣額數細冊詳奉
奏咨已蒙
大部復准更正在案理合註明

浙江巡撫部院馬　爲詳請核咨事據淸賦總局司道詳稱竊照

杭嘉湖三府屬應徵漕糧前奉

恩旨分別減免遵經將該三屬原額應徵分別上中下三則核明應

減各數造册詳送核明

奏咨在案現在開辦新漕所有各屬應減實徵漕糧行月米石分

款額數必須一律核定俾徵兌皆有準則前飭各屬趕緊核明

造報雖據陸續申送核多舛錯若俟飭換準確再行彙定勢必

躭延時日貽悮堪虞自應由局先爲核定飭遵以歸迅速而昭

核實除遵飭遵照外詳祈察核咨明

大部查照至各屬應造分則分款減定實徵每畝細數淸册現

在嚴催造送俟送齊核辦後卽行轉造另呈其同治四年開徵

冬漕各州縣除荒蕪田地外實在堪徵成熟漕白糧米若干統
俟勘報齊全覈定確數由海運局司道造報詳請奏咨合並聲
請咨明等情到本部院據此相應咨明爲此合咨
貴部請煩查核施行
計咨送册一本
同治四年十一月十四日咨
戸部

浙江清賦總局司道謹將浙江省杭嘉湖三府屬各州縣同治四年有閏漕白行月等米除減實徵額數造具清册呈送伏候

查核施行須至册者

計開

浙江省

有閏之年

額徵漕糧正兑正米五十八萬四千七百四十九石三斗五升四合五勺內減米一十七萬二千二百三十九石二斗三升四勺

應徵米四十一萬二千五百一十石

一斗二升四合一勺

耗米二十三萬三千八百九十九石七斗四升一合八勺內減米六萬八千八百九十五石六斗九升二合一勺

應徵米一十六萬五千四石四升九合七勺

改兑正米二萬九千三百五十三石二斗

耗米一萬一千七百四十一石二斗八升

改漕正米三萬六千二百九十石七斗七升

三合六勺內減米一萬一千八
百六十二石二斗六合四勺
應徵米二萬四千四百二十八石五
斗六升七合二勺
耗米一萬四千五百一十六石三斗九
合五勺內減米四千七百四十
四石八斗八升二合四勺
應徵米九千七百七十一石四斗二
升七合一勺
白糧正米二萬九千九百七十五石
耗米一萬三千四百八十八石七斗五

升

行糧本色米一萬六千三百七十七石內減

米四千八百三十三石四斗七

升二合七勺

應徵米一萬一千五百四十三石五

斗二升七合三勺

月糧本色米二萬三千五百四十三石八斗

三升四合一勺內減米四千一

百九十石一斗四升八合

應徵米一萬九千三百五十三石六

斗八升六合一勺

經費本色食米七千九百三十八石

以上共米一百萬一千八百七十三石二斗四升三合五勺內減米二十六萬六千七百六十五石六斗三升二合

應徵米七十三萬五千一百七石六斗一升一合五勺

按此冊開載原共徵米一百萬一千八百七十三石二斗四升三合五勺今將奉頒各年　奏冊參互攷訂截至咸豐六年止應加仁和縣

巳由局核定飭遵並造冊送部查照文并清冊

咸豐四年升科正兌正耗米二
石三斗五升二合四勺錢塘縣
咸豐八九年應豁月糧米二斗
七升八合昌化縣咸豐九年應
豁月糧米四十九石七斗三勺
嘉善縣少列月糧米六升一合
八勺又應除仁和縣多列月糧
米一勺外
計應編徵米一百萬一千九百二十五
石六斗三升五合九勺内減米
二十六萬六千七百六十五石

六斗三升二合
實應徵米七十三萬五千一百六十
石三合九勺核與現在編定米
數相符同治十一年纂編全案時加註備攷

杭州府
額徵漕糧正兌正米九萬七千五十七石三斗一合九勺內
減米一萬五千九百二十四石
七斗三升五合四勺
應徵米八萬一千一百三十二石五
斗六升六合五勺
耗米三萬八千八百二十二石九斗二

已由局核定飭遵並詳撫憲咨部查照文并清冊

升九勺內減米六千三百六十九石八斗九升四合一勺

應徵米三萬二千四百五十三石二升六合八勺

改兌正米四千八百九十二石一斗九升七合

耗米一千九百五十六石八斗七升八合八勺

行糧本色米三千六百六十四石內減米四百三十七石四斗九升八合八勺

應徵米三千二百二十四石五斗一
合二勺
月糧本色米一萬九千六百四十石一斗五
升九合五勺內減米三千一石
三斗五升九合七勺
應徵米一萬六千六百三十八石七
斗九升九合八勺
以上共米一十六萬五千三十三石四斗
五升八合一勺內減米二萬五
千七百三十五石四斗八升八
合

應徵米一十三萬九千二百九十七
石九斗七升一勺

嘉興府

額徵漕糧正兌正米二十八萬三千七百二十四石一斗五
升七合四勺內減米九萬三千
七百三十六石一斗五升七合
八勺
應徵米一十八萬九千九百八十七
石九斗九升九合六勺
耗米一十一萬三千四百八十九石六
斗六升二合八勺內減米三萬

七千四百九十四石四斗六升

三合二勺

應徵米七萬五千九百九十五石一

斗九升九合六勺

改兑正米一萬四千六百七十六石五斗九

升

耗米五千八百七十石六斗三升六合

改漕正米二萬二千五百六十六石一斗四

升內減米七千四百五十八石

九斗六升八合

應徵米一萬五千一百七石一斗七

升二合
耗米九千二十六石四斗五升六合內
減米二千九百八十三石五斗
八升七合
應徵米六千四十二石八斗六升九
合
白糧正米一萬八千五百八十七石四斗二
升八合四勺
耗米八千三百六十四石三斗四升三
合八勺
行糧本色米八千七石內減米二千六百四

十九石一斗八合三勺

應徵米五千三百五十七石八斗九升一合七勺

月糧本色米三千二百四十九石三斗四升九合三勺 内 減米一千九十四石一升六合七勺

應徵米二千一百五十五石三斗三升二合六勺

經費本色食米四千七百八十八石

以上共米四十九萬二千三百四十九石七斗六升二合七勺 内 減米一

已由局核定飭遵並造冊送部查照并請冊

十四萬五千四百一十六石三
斗一合
應徵米三十四萬六千九百三十三
石四斗六升一合七勺

湖州府
額徵漕糧正兌正米二十萬三千九百六十七石八斗九升
五合二勺內減米六萬二千五
百七十八石三斗三升七合二
勺
應徵米一十四萬一千三百八十九
石五斗五升八合

耗米八萬一千五百八十七石一斗五升八合一勺内減米二萬五千三十一石三斗三升四合八勺

應徵米五萬六千五百五十五石八斗二升三合二勺

改兌正米九千七百八十四石四斗一升三合

耗米三千九百一十三石七斗六升五合二勺

改漕正米一萬三千七百二十四石六斗三升三合六勺内減米四千四百

三石二斗三升八合四勺

應徵米九千三百二十一石三斗九

升五合二勺

耗米五千四百八十九石八斗五升三

合五勺內減米一千七百六十

一石二斗九升五合四勺

應徵米三千七百二十八石五斗五

升八合一勺

白糧正米一萬一千三百八十七石五斗七

升一合六勺

耗米五千一百二十四石四斗七合二

勺

行糧本色米五千七百六石内減米一千七

百四十四石八斗六升五合六

勺

應徵米三千九百六十一石一斗三

升四合四勺

月糧本色米六百五十四石三斗二升五合

三勺内減米九十四石七斗七

升一合六勺

應徵米五百五十九石五斗五升三

合七勺

經費本色食米三千一百五十石

以上共米三十四萬四千四百九十石二升二合七勺內減米九萬五千六百一十三石八斗四升三合

應徵米二十四萬八千八百七十六石一斗七升九合七勺

仁和縣

額徵漕糧正兌正米三萬一千五百八十三石五斗九升四合五勺內減米五千八百八十九石九斗八升一勺

應徵米二萬五千六百九十三石六
斗一升四合四勺
耗米一萬二千六百三十三石四斗三
升七合八勺內減米二千三百
五十五石九斗九升二合
應徵米一萬二百七十七石四斗四
升五合八勺
改兌正米一千八百七十九石五斗八升
二合
耗米七百五十一石八斗三升二合八
勺

行糧本色米八百五十八石內減米一百六十石七合二勺

應徵米六百九十七石九斗九升二合八勺

月糧本色米五千七百一十石六斗六升五合九勺內減米一千六十四石九斗七升四合一勺

應徵米四千六百四十五石六斗九升一合八勺

以上共米五萬三千四百一十七石一斗一升三合內減米九千四百七

十石九斗五升三合四勺

應徵米四萬三千九百四十六石一

斗五升九合六勺

錢塘縣

額徵漕糧正兌正米一萬三千三百七十三石九升八合五

勺內減米一千七百九十六石

二斗八升一合三勺

應徵米一萬一千五百七十六石八

斗一升七合二勺

耗米五千三百四十九石二斗三升九

合四勺內減米七百一十八石

五斗一升二合五勺

應徵米四千六百三十石七斗二升

六合九勺

旼兌正米八百九石一斗七升

耗米三百二十三石六斗六升八合

行糧本色米三百七十八石內減米五十石

七斗七升三合一勺

應徵米三百二十七石二斗二升六

合九勺

月糧本色米二千四百四十九石一升內減

米三百二十八石九斗五升二

合三勺

應徵米二千一百二十石五升七合七勺

以上共米二萬二千六百八十二石一斗八升五合九勺內減米二千八百九十四石五斗一升九合二勺

應徵米一萬九千七百八十七石六斗六升六合七勺

海甯州

額徵漕糧正兑正米三萬三千三百八十一石七斗五升八

合九勺　內減米六千五十七石
三斗八升七勺
應徵米二萬七千三百二十四石三
斗七升八合二勺
耗米一萬三千三百五十二石七斗三
合六勺　內減米二千四百二十
二石九斗五升二合三勺
應徵米一萬九百二十九石七斗五
升一合三勺
改兌正米一千八百五十二石一斗八升五
合

耗米七百四十石八斗七升四合

行糧本色米九百六十三石內減米一百七十四石七斗四升三合九勺

應徵米七百八十八石二斗五升六合一勺

月糧本色米三千二百六十四石七斗八升六合三勺內減米五百九十二石四斗二升九勺

應徵米二千六百七十二石三斗六升五合四勺

以上共米五萬三千五百五十五石三斗

七合八勺内減米九千一百四十七石四斗九升七合八勺

應徵米四萬四千三百七石八斗一升

富陽縣

額徵漕糧正兌正米三千三百二十一石一斗三升六合五勺内減米三百三十六石八斗二合一勺

應徵米二千九百八十四石三斗三升四合四勺

耗米一千三百二十八石四斗五升四

合六勺內減米一百三十四石

七斗二升八勺

應徵米一千一百九十三石七斗三

升三合八勺

改兌正米三百五十一石二斗六升

耗米一百四十石五斗四合

行糧本色米九十石內減米九石一斗二升

七合一勺

應徵米八十石八斗七升二合九勺

月糧本色米一千九百四十五石八斗九升

九合三勺內減米一百九十七

石三斗三升七合

應徵米一千七百四十八石五斗六升二合三勺

以上共米七千一百七十七石二斗五升四合四勺內減米六百七十七石九斗八升七合

應徵米六千四百九十九石二斗六升七合四勺

餘杭縣

額徵漕糧正兌正米七千八百二十六石八斗一升五合四勺內減米八百五十五石六斗

七升四合
應徵米六千九百七十一石一斗四
升一合四勺
耗米三千一百三十石七斗二升六合
二勺內減米三百四十二石二
斗六升九合六勺
應徵米二千七百八十八石四斗五
升六合六勺
行糧本色米一百九十五石內減米二十一
石三斗一升八合六勺
應徵米一百七十三石六斗八升一

合四勺

月糧本色米五百七十二石一斗八升一合四勺内減米六十二石五斗五升四合三勺

應徵米五百九石六斗二升七合一勺

以上共米一萬一千七百二十四石七斗二升三合内減米一千二百八十一石八斗一升六合五勺

應徵米一萬四百四十二石九斗六合五勺

臨安縣

額徵漕糧正兌正米三千一百二十石四斗八升九合五勺

內減米四百六十一石四斗九

升九合一勺

應徵米二千六百五十八石九斗九

升四勺

耗米一千二百四十八石一斗九升五

合八勺內減米一百八十四石

五斗九升九合六勺

應徵米一千六十三石五斗九升六

合二勺

行糧本色米七十五石內減米一十一石九
升二合
應徵米六十三石九斗八合
月糧本色米二千五百二十八石四斗五升
一合八勺內減米三百七十三
石九斗四升八勺
應徵米二千一百五十四石五斗一
升一合
以上共米六千九百七十二石一斗三升
七合一勺內減米一千三十一
石一斗三升一合五勺

應徵米五千九百四十一石五合六
勺
新城縣
額徵漕糧正兑正米一千九百七石九斗五升七合內減米
二百五十七石七斗九升四合
二勺
應徵米一千六百五卜石一斗六升
二合八勺
耗米七百六十三石一斗八升二合八
勺內減米一百三石一斗一升
七合七勺

應徵米六百六十石六升五合一勺

行糧本色米四十五石内減米六石八升二勺

應徵米三十八石九斗一升九合八勺

月糧本色米一千五百五十八石二斗二升六勺内減米二百一十石五斗三升九合四勺

應徵米一千三百四十七石六斗八升一合二勺

以上共米四千二百七十四石三斗六升

四勺丙減米五百七十七石五
斗三升一合五勺
應徵米三千六百九十六石八斗二
升八合九勺

於潛縣
額徵漕糧正兌正米一千四百八十五石八斗一升九合三
勺丙減米一百五十七石二斗
九升一合八勺
應徵米一千三百二十八石五斗二
升七合五勺
耗米五百九十四石三斗二升七合七

勺內減米六十二石九斗一升

六合七勺

應徵米五百三十一石四斗一升一

合

行糧本色米三十石內減米三石一斗七升

五合九勺

應徵米二十六石八斗二升四合一

勺

月糧本色米九百八十七石二斗五升九合

七勺內減米一百四石五斗一

升三合二勺

應徵米八百八十二石七斗四升六合五勺
以上共米三千九十七石四斗六合七勺
内減米三百二十七石八斗九升七合六勺
應徵米二千七百六十九石五斗九合一勺

昌化縣
額徵漕糧正兑正米一千五十六石六斗三升二合三勺
内減米一百一十二石三升二合一勺

應徵米九百四十四石六斗二勺
耗米四百二十二石六斗五升三合內
減米四十四石八斗一升二合
九勺
應徵米三百七十七石八斗四升一
勺
行糧本色米三十石內減米三石一斗八升
八勺
應徵米二十六石八斗一升九合二
勺
月糧本色米六百二十三石六斗八升四合

五勺内減米六十六石一斗二

升七合七勺

應徵米五百五十七石五斗五升六

合八勺

以上共米二千一百三十二石九斗六升

九合八勺内減米二百二十六

石一斗五升三合五勺

應徵米一千九百六石八斗一升六

合三勺

嘉興縣

額徵漕糧正兌正米五萬七千一百九十八石三斗六升五

合內減米一萬七千九百二石
三斗八升七勺
應徵米三萬九千三百九十九石九
斗八升四合三勺
耗米二萬二千九百一十九石三斗四
升六合內減米七千一百六十
石九斗五升二合三勺
應徵米一萬五千七百五十八石三
斗九升三合七勺
改兌正米二千九百六十四石六斗七升一
合

耗米一千一百八十五石八斗六升八合四勺
改漕正米四千六百七十石二升二合六勺
內減米一千四百五十九石一斗八合四勺
應徵米三千二百一十石九斗一升四合二勺
耗米一千八百六十八石九合內減米五百八十三石六斗四升三合三勺
應徵米一千二百八十四石三斗六

升五合七勺

白糧正米三千八百五十一石四斗六升七

合

耗米一千七百三十三石一斗六升二

勺

行糧本色米一千六百八十九石内减米五

百二十七石七斗一升三合五

勺

應徵米一千一百六十一石二斗八

升六合五勺

月糧本色米二千二百九十七石三升九合

八勺内減米七百一十七石六
斗九升三勺
應徵米一千五百七十九石三斗四
升九合五勺
經費本色食米一千八石
以上共米一十萬一千四百八十四石九
斗四升九合内減米二萬八千
三百五十一石四斗八升八合
五勺
應徵米七萬三千一百三十三石四
斗六升五勺

秀水縣

額徵漕糧正兌正米四萬九千九百九十四石三斗八升三

合內減米一萬八千六百三十

石九斗五升八勺

應徵米三萬一千三百六十三石四

斗三升二合二勺

耗米一萬九千九百九十七石七斗五

升三合二勺內減米七千四百

五十二石三斗八升三勺

應徵米一萬二千五百四十五石三

斗七升一合九勺

改兌正米二千五百八十六石一升四合
耗米一千三十四石四斗五合六勺
改漕正米三千九百八石六斗五升七合六勺內減米一千四百五十六石
六斗三合八勺
應徵米二千四百五十二石五升三合八勺
耗米一千五百六十三石四斗六升三合一勺內減米五百八十二石
六斗四升一合六勺
應徵米九百八十石八斗三升一合

五勺

白糧正米三千二百一十五石二升五合

耗米一千四百四十六石七斗六升一

合三勺

行糧本色米一千二百六十三石內減米四

百七十石六斗七升七勺

應徵米七百九十二石三斗二升九

合三勺

經費本色食米八百八十二石

以上共米八萬五千八百九十一石四斗

六升二合八勺內減米二萬八

千五百九十三石二斗四升七

合二勺

應徵米五萬七千二百九十八石二

斗一升五合六勺

嘉善縣

額徵漕糧正兌正米五萬五千七百七十二石九斗六升五

勺內

減米二萬二千三十九石

九斗三升三合九勺

應徵米三萬三千七百三十三石二

升六合六勺

耗米二萬二千三百九石一斗八升四

合一勺內減米八千八百一十五石九斗七升三合五勺

應徵米一萬三千四百九十三石二斗一升六勺

改兌正米三千一百一十四石三斗七升六合

耗米一千二百四十五石七斗五升四勺

改漕正米四千五百一十二石八斗四升六合八勺內減米一千七百八十三石三斗五升二合五勺

應徵米二千七百二十九石四斗九
升四合三勺
耗米一千八百五石一斗三升八合七
勺內減米七百一十三石三斗
四升一合
應徵米一千九十一石七斗九升七
合七勺
白糧正米三千七百四十六石三斗六升二
合四勺
耗米一千六百八十五石八斗六升三
合一勺

行糧本色米一千七百一十三石內減米六百七十六石九斗三升三勺

應徵米一千三十六石六升九合七勺

月糧本色米九百五十二石三斗九合五勺內減米三百七十六石三斗二升六合四勺

應徵米五百七十五石九斗八升三合一勺

經費本色食米八百八十二石

以上共米九萬七千七百三十九石七斗

九升一合五勺內減米三萬四
千四百五石八斗五升七合六
勺
應徵米六萬三千三百三十三石九
斗三升三合九勺
海鹽縣
額徵漕糧正兌正米三萬一千七百一石四斗二升四合內
減米七千九百一十九石六斗
一升一合九勺
應徵米二萬三千七百八十一石八
斗一升二合一勺

耗米一萬二千六百八十石五斗六升
九合六勺內減米三千一百六
十七石八斗四升四合八勺
應徵米九千五百一十二石七斗二
升四合八勺
攺兌正米一千五百八十八石六合
耗米六百三十五石二斗二合四勺
攺漕正米二千五百二十二石四斗九升八
合內減米六百三十石一斗六
升七合四勺
應徵米一千八百九十二石三斗三

升六勺

耗米一千八石九斗九升九合二勺內

減米二百五十二石六升六合

九勺

應徵米七百五十六石九斗三升二

合三勺

白糧正米二千六十八石三升二合九勺

耗米九百三十石六斗一升四合八勺

行糧本色米八百七十三石內減米二百一

十八石九升一合八勺

應徵米六百五十四石九斗八合二

勺

經費本色食米六百三十石

以上共米五萬四千六百三十八石三斗四升六合九勺內減米一萬二千一百八十七石七斗八升二合八勺

應徵米四萬二千四百五十石五斗六升四合一勺

平湖縣

額徵漕糧正兌正米三萬二千九百九十石三斗一升三合九勺內減米一萬七百一十八

石八斗四升三合五勺
應徵米二萬二千二百七十一石四
斗七升四勺
耗米一萬三千一百九十六石一斗二
升五合五勺內減米四千二百
八十七石五斗三升七合四勺
應徵米八千九百八石五斗八升八
合一勺
旼兌正米一千六百五十六石四斗九升七
合
耗米六百六十二石五斗九升八合八

勺

改漕正米二千六百六十八石八斗四升一合五勺內減米八百六十七石一斗三升一勺

應徵米一千八百一石七斗一升一合四勺

耗米一千六十七石五斗三升六合六勺內減米三百四十六石八斗五升二合

應徵米七百二十石六斗八升四合六勺

白糧正米二千一百八十一石九斗一升八
合四勺
耗米九百八十一石八斗六升三合三
勺
行糧本色米九百九十二石內減米三百二
十二石六斗三升四合四勺
應徵米六百七十石三斗六升五合
六勺
經費本色食米五百四石
以上共米五萬六千九百二石六斗九升
五合內減米一萬六千五百四

十二石九斗九升七合四勺
應徵米四萬三百五十九石六斗九
升七合六勺
石門縣
額徵漕糧正兌正米三萬三百三十一石六斗九合內減米
九千七百六十三石二斗六升
八合四勺
應徵米二萬五百六十八石三斗四
升六勺
耗米一萬二千一百三十二石六斗四
升三合六勺內減米三千九百

五石三斗七合四勺
應徵米八千二百二十七石三斗三
升六合二勺
改兌正米一千四百八十三石三斗一升四
合
耗米五百九十三石三斗二升五合六
勺
改漕正米二千二百八十六石七升四合二
勺內
減米七百三十五石八斗
五升一合四勺
應徵米一千五百五十石二斗二升

二合八勺

耗米九百一十四石四斗二升九合七勺内減米二百九十四石三斗四升五勺

應徵米六百二十石八升九合二勺

白糧正米一千八百七十九石七斗七升三合

耗米八百四十五石八斗九升七合八勺

行糧本色米七百五十三石内減米二百四十二石三斗七升八合九勺

應徵米五百一十石六斗二升一合
一勺
經費本色食米五百四石
以上共米五萬一千七百二十四石六升
六合九勺內減米一萬四千九
百四十一石一斗四升六合六
勺
應徵米三萬六千七百八十二石九
斗二升三勺
桐鄉縣
額徵漕糧正兌正米二萬五千六百三十五石一斗二合內

減米六千七百六十一石一斗六升八合六勺

應徵米一萬八千八百七十三石九斗三升三合四勺

耗米一萬二百五十四石四升八勺內

減米二千七百四石四斗六升七合五勺

應徵米七千五百四十九石五斗七升三合三勺

改兌正米一千二百八十三石七斗一升二合

耗米五百一十三石四斗八升四合八
勺
改漕正米一千九百九十七石一斗九升九
合三勺 內減米五百二十六石
七斗五升四合四勺
應徵米一千四百七十石四斗四升
四合九勺
耗米七百九十八石八斗七升九合七
勺 內減米二百一十石七斗一
合七勺
應徵米五百八十八石一斗七升八

合

白糧正米一千六百四十四石八斗四升九合七勺

耗米七百四十石一斗八升二合三勺

行糧本色米七百二十三石内減米一百九十石六斗八升八合七勺

應徵米五百三十二石三斗一升一合三勺

經費本色食米三百七十八石

以上共米四萬三千九百六十八石四斗五升六勺内減米一萬三百九

十三石七斗八升九勺
應徵米三萬三千五百七十四石六
斗六升九合七勺

安吉縣
額徵漕糧正兌正米五千四百四十九石九斗五合內減米
五百六十四石四斗四升一合
四勺
應徵米四千八百八十五石四斗六
升三合六勺
耗米二千一百七十九石九斗六升二
合內減米二百二十五石七斗

七升六合五勺

應徵米一千九百五十四石一斗八升五合五勺

旼兊正米二百八十八石六斗四升

耗米一百一十五石四斗五升六合

行糧本色米一百六十五石丙減米一十七石八升八合九勺

應徵米一百四十七石九斗一升一合一勺

月糧本色米三百六十七石六斗二升二合一勺丙減米三十八石七升四

合三勺

應徵米三百二十九石五斗四升七

合八勺

以上共米八千五百六十六石五斗八升

五合一勺丙減米八百四十五

石三斗八升一合一勺

應徵米七千七百二十一石二斗四

合

歸安縣

額徵漕糧正兌正米五萬七千二百三十三石四斗八升八

合二勺丙減米二萬五百二石

三升八勺

應徵米三萬六千七百二十一石四斗五升七合四勺

耗米二萬二千八百九十三石三斗九升五合三勺內減米八千二百石八斗一升二合三勺

應徵米一萬四千六百九十二石五斗八升三合

改兌正米三千三百石二斗九升六合

耗米一千三百二十石一斗一升八合四勺

改漕正米四千一百一十九石六斗三升六
合內減米一千四百七十五石
七斗二升五合二勺
應徵米二千六百四十三石九斗一
升八勺
耗米一千六百四十七石八斗五升四
合四勺內減米五百九十石二
斗九升一勺
應徵米一千五十七石五斗六升四
合三勺
白糧正米三千四百一十三石一斗一升二

合三勺

耗米一千五百三十五石九斗五勺

行糧本色米一千六百四十一石內減米五

百八十七石八斗三升四合七

勺

應徵米一千五十三石一斗六升五

合三勺

月糧本色米三十五石四斗三升八勺內減

米一十二石六斗九升一合九

勺

應徵米二十二石七斗三升八合九

勺

經費本色食米九百四十五石

以上共米九萬八千八十五石二斗三升

一合九勺內減米三萬一千三

百六十九石二斗八升五合

應徵米六萬六千七百一十五石八

斗四升六合九勺

烏程縣

額徵漕糧正兌正米六萬六千二百四十石一斗八升八合

內減米二萬五千四百三十四

石一斗二升

應徵米四萬八百六十石六升八合

耗米二萬六千四百九十六石七升五合二勺內減米一萬一百七十三石六斗四升八合

應徵米一萬六千三百二十二石四斗二升七合二勺

改兌正米四千一百六十二石二斗八升

耗米一千六百六十四石九斗一升二合

改漕正米四千九百五十七石一斗六升四合五勺內減米一千九百三石

三斗九升三合一勺

應徵米三千五十三石七斗七升一合四勺

耗米一千九百八十二石八斗六升五合八勺內減米七百六十一石三斗五升七合二勺

應徵米一千二百二十一石五斗八合六勺

白糧正米四千一百六十九石三斗五升九勺

耗米一千八百七十六石二斗七合九

勺

行糧本色米一千七百七十三石內減米六百八十石七斗七升五合五勺

應徵米一千九十二石二斗一升四合五勺

月糧本色米一千九石四升四合八勺內減米七石三斗一升二合六勺

應徵米一十一石七斗三升二合二勺

經費本色食米一千一百三十四石

以上共米一十一萬四千四百七十五石

八升九合一勺内減米三萬八

千九百六十石六斗六合四勺

應徵米七萬五千五百一十四石四

斗八升二合七勺

長興縣

額徵漕糧正兑正米三萬四千四百七十一石三斗八升四

合内減米五千一百五十五石

七斗七升九合一勺

應徵米二萬九千三百一十五石六

斗四合九勺

耗米一萬三千七百八十八石五斗五

升三合六勺內減米二千六十

二石三斗一升一合六勺

應徵米一萬一千七百二十六石二

斗四升二合

改漕正米一千九百六十六石七斗四升七

合四勺內減米二百九十四石

一斗六升三勺

應徵米一千六百七十二石五斗八

升七合一勺

耗米七百八十六石六斗九升九合內

減米一百一十七石六斗六升

四合二勺
應徵米六百六十九石二升四合八
勺
白糧正米一千六百五石三斗九升九合二
勺
耗米七百二十二石四斗二升九合七
勺
行糧本色米九百五十一石内減米一百四
十二石二斗三升八合二勺
應徵米八百八石七斗六升一合八
勺

月糧本色米二百七石六斗九升一合內減
米三十一石六升三合七勺
應徵米一百七十六石六斗二升七
合三勺
經費本色食米四百四十一石
以上共米五萬四千九百四十石九斗三
合九勺內減米七千八百三石
二斗一升七合一勺
應徵米四萬七千一百三十七石六
斗八升六合八勺

德清縣

額徵漕糧正兌正米三萬三千二百四十七石三斗五升七
合內減米九千八百六十九石
一斗四升四合六勺
應徵米二萬三千三百七十八石二
斗一升二合四勺
耗米一萬三千二百九十八石九斗四
升二合八勺內減米三千九百
四十七石六斗五升七合八勺
應徵米九千三百五十一石二斗八
升五合
改兌正米一千六百三石六斗六升二合

耗米六百四十一石四斗六升四合八勺

攺漕正米一千二百五十石七斗四升九合九勺內減米六百六十八石一斗一升二合五勺

應徵米一千五百八十二石六斗三升七合四勺

耗米九百石三斗內減米一百六十七石二斗四升五合

應徵米六百三十三石五升五合

白糧正米一千八百五十二石九斗一升六

合五勺

耗米八百三十三石八斗一升二合四

勺

行糧本色米九百六十六石內減米二百八

十六石七斗四升七合四勺

應徵米六百七十九石二斗五升二

合六勺

月糧本色米一十三石七斗三升一合八勺

內

減米四石七升六合二勺

應徵米九石六斗五升五合六勺

經費本色食米五百四石

以上共米五萬六千一百一十二石九斗三升七合二勺丙減米一萬五千四十二石九斗八升三合五勺

應徵米四萬一千六十九石九斗五升三合七勺

武康縣

額徵漕糧正兌正米七千三百二十五石五斗七升三合丙減米一千五十二石八斗二升一合三勺

應徵米六千二百七十二石七斗五

升一合七勺

耗米二千九百三十石二斗二升九合

二勺　内減米四百二十一石一

斗二升八合六勺

應徵米二千五百九石一斗六勺

改兌正米四百二十九石五斗三升五合

耗米一百七十一石八斗一升四合

改漕正米四百三十石三斗三升五合八勺

内減米六十一石八斗四升七

合三勺

應徵米三百六十八石四斗八升八

合五勺

耗米一百七十二石一斗三升四合三勺內減米二十四石七斗三升八合九勺

應徵米一百四十七石三斗九升五合四勺

白糧正米三百四十六石七斗九升二合七勺

耗米一百五十六石五升六合七勺

行糧本色米二百一十石內減米三十石一斗八升九勺

應徵米一百七十九石八斗一升九
合一勺
月糧本色米一十石八斗四合八勺 內減米
一石五斗五升二合九勺
應徵米九石二斗五升一合九勺
經費本色食米一百二十六石
以上共米一萬一千三百九石二斗七升
五合五勺 內減米一千五百九
十二石二斗六升九合九勺
應徵米一萬七百一十七石五合六
勺

勺
應徵米一萬七百一十七石五斗五合六
十三石四斗六升九合九勺
斗八合五勺內減米一千五百九
以上共米一萬二千三百九石一升六勺
仍貯本色倉米二百二十六石
應徵米九百二石五斗五升一合九勺
一石五斗五升一合九勺
以上應本色米一千一百八十石六斗四合八勺減米
合一勺
應徵米一百九十九石六斗一升九

浙江減賦全案卷二終

浙江省減賦全案 卷三

上諭章奏文冊

浙江減賦全案目錄

卷三

浙撫咨減漕漕截另列專欵造報作抵海運經費文

戸部咨復減漕漕截准另立專款造報作抵運費文

嘉興府詳海鹽縣田地請勻作一則科征文并清賦局批

嘉興府申送海鹽縣縣志文

清賦局札嘉興府查明海鹽縣田地有無肥瘠科則應否均勻擬議通詳文

嘉興府通詳海鹽縣田地應仍均勻科徵請立案詳咨文并撫批

清賦局詳海鹽縣田地應如府詳均勻科徵請咨戸部立案文并撫批

浙撫咨海鹽縣田地應仍均勻科徵據詳轉請立案文

浙撫奏減賦全案告成釐定畝科則由并欽奉

硃批

浙江巡撫臣馬新貽跪

奏爲查明浙省減賸漕糧徵運確數仰祈

聖鑒事竊照浙省杭嘉湖三府減賦案內聲明除南匠正耗白糧加三春辦均不議減又白糧粳糯照額辦運所減之欵統於漕糧項下註扣外計按額徵漕白改漕正耗行月等米一百萬四百石零內照部議分數覈減米二十六萬六千七百六十五石零共應存正耗等米七十三萬餘石前經

奏明在案惟浙省兵燹之後各處冊籍蕩然無存原奏內聲明僅據各州縣開送頃畝漕南等冊皆仿照殘佚志乘及遠年賦役全書所造尚難準確加以有閏無閏冊據參差以致數目未能準的是以籌抵海運經費案內米數亦多未符旋復逐加考覈

詳細勾稽釐定準確計原額應徵米一百一十四萬七千三百
餘石除南匠正耗及加三春辦兩欵不減外共應徵有閏米一
百萬一千八百七十三石二斗四升三合五勺再除奉減米二
十六萬六千七百六十五石六斗三升二合實應徵漕白正耗
行月等米七十三萬五千一百七石六斗一升一合五勺內行
月糧本色米三萬八百九十七石二斗一升三合四勺白糧項
下經費本色食米七千九百三十八石二共米三萬八千八百
三十五石二斗一升三合四勺奉准變價撥抵海運經費應扣
除覈算外共計應徵有閏漕白正耗米六十九萬六千二百七
十二石三斗九升八合一勺無閏之年除照額減定及南匠春
辦二項仍照原額不減徵收外共應徵漕白正耗米六十九萬

六千六百三十五石九斗七升八合一勺行月食三欵應徵變
價米三萬七千四石五斗九升六合一勺至浙省漕糧加閏與
無閏原屬無所多寡惟内有改折灰石正耗米石一欵應行加
閏在於漕糧正改兌正耗米内扣出以作灰石閏米是以有閏
之年灰石加增漕糧轉少又查昌化縣加閏月糧一欵係查照
咸豐十年起運九年分奏銷册案覈數轉少於無閏之年業已
咨請部示現在月糧加閏無閏米數仍照奏册覈算一俟部覆
到日再行咨明更正除將續行釐定各屬分欵準確細數造具
清册咨送戸部查照外據省局司道會詳請
奏前來臣覆覈無異謹恭摺具
奏伏乞

皇太后
皇上聖鑒飭部查照施行謹
奏
同治五年十月二十九日具
奏同治六年正月十八日差弁齎回原摺後開
軍機大臣奉
旨戶部知道欽此

浙江巡撫部院馬　爲詳請覈咨事據署糧儲道王凱泰詳稱

竊照浙省額編漕項銀米分縣各數兵燹以後上下冊案蕩然

前經咨

部檢發近年有閏無閏

奏銷各冊暨升坍各案雖奉頒到

奏冊爲額而升坍各數仍無稽考卽有閏無閏銀米欵目年分亦

屬參差不一前經逐案稽覈悉心搜求業將無閏年分原額漕

項銀米卽以奉

部檢發咸豐二年分

奏冊爲額有閏年分原額漕項銀米卽以奉

部檢發咸豐元年分

奏冊爲額惟月廪一欵係屬次年
奏銷元年冊内並未列有加閏之欵所有有閏原額月廪銀兩係
查
督漕憲檢發咸豐十年起運九年分
奏銷冊案辦理業經署道將遵辦各緣由於本年
奏銷案内分晰聲明在案第查杭州府屬之昌化縣原額月糧米
石以及金華府屬之蘭谿縣衢州府屬之龍游縣原額月折月
本銀兩有閏額數較與無閏原額轉致減少細繹其故殆由無
閏原額係照咸豐二年
奏冊爲額有閏原額係照咸豐十年
奏冊爲額其中年分相隔較遠或有陞坍奉豁致有參差今昌化

蘭谿龍游三縣額徵有閏月糧銀米應否即遵照奏發咸豐十
年
奏冊作爲定額其該三縣額徵無閏月糧銀米若即遵照奏發咸
豐二年
奏冊爲額覈與有閏年分原額較多未免兩歧應否即遵照咸豐
十年有閏原額銀米勻閏覈減作爲定額之處理合查明該三
縣有閏無閏各原額及勻減款目細數開摺詳候咨請
戶部覈示遵行等情到本部院據此相應咨請
貴部煩請查照覈覆飭遵施行
同治五年十月二十六日咨
戶部

今將昌化蘭谿龍游三縣有閏無閏原額漕項銀米數目並
擬請匀減閏月銀米各數開摺咨請
覈示
計開
昌化縣
咸豐二年無閏
原額本色月糧米六百三十二石九斗八升七合四勺
內除減漕案內減徵米六十六石一斗二升
七合七勺外
實徵無閏米五百六十六石八斗五升九合七勺
咸豐十年有閏

原額本色月糧米六百二十三石六斗八升四合五勺

內除減漕案內減徵米六十六石一斗二升七合七勺外

實徵有閏米五百五十七石五斗五升六合八勺

前件擬請有閏之年仍照咸豐十年原額徵收外如遇無閏之年請照有閏原額擬再勻減閏米四十二石八斗八升九合實徵無閏米五百一十四石六斗六升七合八勺

蘭谿縣

咸豐二年無閏

原額折色月糧銀五百六十三兩八錢七分三釐

原額本色月糧銀七十五兩四錢九釐

原額淺貢銀四百四十九兩九錢五分一釐

共無閏銀一千八十九兩二錢三分三釐

咸豐十年有閏

原額折色月糧銀五百五十二兩四釐

前件擬請有閏之年仍照咸豐十年原額徵收外

如遇無閏之年請照有閏原額擬再匀減閏

銀四十二兩四錢六分二釐實徵無閏銀五

百九兩五錢四分二釐

原額本色月糧銀七十九兩四錢五分一釐

前件擬請有閏之年仍照咸豐十年原額徵收外

如遇無閏之年請照有閏原額擬再勻減閏

銀六兩一錢一分二釐實徵無閏銀七十三

兩三錢三分九釐

原額淺貢銀四百三十七兩六錢三分六釐

前件擬請有閏之年仍照咸豐十年原額徵收外

如遇無閏之年請照有閏原額擬再勻減閏

銀三十三兩六錢六分四釐實徵無閏銀四

百三兩九錢七分二釐

共有閏銀一千六十九兩九分一釐無閏共減

閏銀八十二兩二錢三分八釐共實徵無閏

銀九百八十六兩八錢五分三釐

龍游縣

咸豐二年無閏

原額折色月糧銀三千二百五十二兩八錢九分七釐

原額淺貢銀六百六十六兩三錢五分二釐

共無閏銀三千八百五十九兩二錢四分九釐

咸豐十年有閏

原額折色月糧銀二千三百六兩四錢一分二釐

前件擬請有閏之年仍照咸豐十年原額徵收外

如遇無閏之年請照有閏原額擬再勻減閏

銀一百六十九兩七錢二分四釐實徵無閏

銀二千三十六兩六錢八分八釐

原額淺貢銀五百九十三兩九錢六分八釐

前件擬請有閏之年仍照咸豐十年原額徵收外

如遇無閏之年請照有閏原額擬再匀減閏

銀四十五兩六錢九分實徵無閏銀五百四

十八兩二錢七分八釐

共有閏銀二千八百兩三錢八分無閏共減閏

銀二百一十五兩四錢一分四釐共實徵無

閏銀二千五百八十四兩九錢六分六釐

戶部爲咨行事雲南司案呈據浙江巡撫送到咨文內稱據署糧儲道王凱泰詳稱竊照浙省額編漕額銀米分縣各數兵燹以後冊案蕩然前經咨部檢發近年有閏無閏奏銷各冊暨升坍各案雖奉頒到奏冊爲額而升坍各數仍無稽考卽有閏無閏銀米款目年分亦屬參差不一前經逐案稽核悉心搜求業將無閏年分原額漕項銀米卽以奉部檢發咸豐二年分奏冊爲額有閏年分原額漕項銀米卽以奉部檢發咸豐元年分奏冊爲額惟月廩一款係屬次年奏銷元年冊內並未列有加閏之款所有有閏原額月廩銀兩係查照督漕憲檢發咸豐十年起運九年分奏銷冊案辦理業經署道將遵辦各緣由於本年奏銷案內分晰聲明在案第查杭州府屬之昌化縣原額月糧

米石以及金華府屬之蘭谿縣衢州府屬之龍游縣原額月折
月本銀兩有閏額數較與無閏原額轉致減少細繹其故始由
無閏原額係照咸豐二年奏冊爲額有閏原額係照咸豐十年
奏冊爲額其中年分相隔過遠或有升坍奉豁致有參差今昌
化蘭谿龍游三縣額徵有閏月糧銀米應否卽遵照咸豐十年
奏冊作爲定額其該三縣額徵無閏月糧銀米若卽遵照奏發
咸豐二年奏冊爲額核與有閏年分原額較多未免兩歧應否
卽遵照咸豐十年有閏原額銀米勻閏核減作爲定額之處理
合查明該三縣有閏無閏各原額及勻減欵目細數開摺詳候
咨部核示等情相應咨請核覆等語又十二月初七日軍機處
交出浙江巡撫馬　奏查明浙省減賸漕糧徵運確數一摺同

治五年十二月初七日軍機大臣奉
旨戶部知道欽此查原奏內稱竊照浙省杭嘉湖三府減漕案內核
明除南匠正耗白糧加三舂辦均不議減又白糧粳糯照額辦
運所減之數統於漕糧項下註扣外計按額徵漕白改漕正耗
行月等米一百萬四百石零內照部議分數核減米二十六萬
六千七百六十五石零共應徵正耗等米七十三萬餘石前經
奏明在案惟浙省兵燹之後各處冊籍蕩然無存原奏內聲明
僅據各州縣開送頃畝漕南等冊皆倣照殘佚志乘及遠年賦
役全書所造尙難準確加以有閏無閏冊據參差以致數目未
能準的是以籌抵海運經費案內米數亦多未符旋復逐加考
核詳細勾稽釐定準確計原額應徵米一百一十四萬七千三

百餘石除南匠正耗及加三舂辦兩欵不減外共應徵有閏米一百萬一千八百七十三石二斗四升三合五勺再除奉減米二十六萬六千七百六十五石六斗三升二合實應徵漕白正耗行月等米七十三萬五千一百七石六斗一升一合五勺內行月糧本色米三萬八百九十七石二斗一升三合四勺白糧項下經費本色食米七千九百三十八石二共米三萬八千八百三十五石二斗一升三合四勺奉准變價撥抵海運經費應扣除核算外共計應徵有閏漕白正耗米六十九萬六千二百七十二石三斗九升八合一勺無閏之年除照額減定及南匠舂辦二項仍照原額不減徵收外共應徵漕白正耗米六十九萬六千六百三十五石九斗七升八合一勺行月食三欵應徵

變價米三萬七千四石五斗九升六合一勺至浙省漕糧加閏
與無閏原屬無所多寡惟內有改折灰石正耗米石一欵應行
加閏在於漕糧正改兌正耗米內扣出以作灰石閏米是以有
閏之年灰石加增漕糧轉少又查昌化縣加閏月糧一欵係查
照咸豐十年起運九年分奏銷冊案核數轉少於無閏之年業
已咨請部示現在月糧加閏無閏米數仍照奏冊核算一俟部
覆到日再行咨明更正除將續行釐定各屬分欵准確細數造
具清冊咨送戶部查明外據司道會詳請奏覆核無異等語本
部查浙江永減漕糧一案前據督撫等奏稱本應遵照部議分
縣造冊開報奈因兵燹之後冊籍無存畸零尚難准確須俟各
案查抄齊全另行核對分造細冊送部核覆定案等因欽奉

上諭一道業經抄錄行知在案茲據奏稱查明減剩確數並據聲稱
造具清冊咨送本部等因查各屬減剩確數細冊爲永遠徵漕
根據最關緊要現據奏稱咨部而此項清冊仍未送到應飛咨
該撫趕緊專案送部毋再稍遲至昌化蘭谿龍游三縣有閏無
閏年分原額漕項銀米各數擬請勻減一節查咸豐二年奏冊
歷年較遠或有升抈豁除未免參差又咸豐十一年奏冊尚未據
題到部未便率准援引且以有閏年分銀米之額勻減作爲無
閏年分定額亦未允愜今本部查浙省到部冊籍至咸豐九年
分止無閏之年應卽查照咸豐九年分奏冊作爲定額有閏之
年應卽查照咸豐七年分奏冊作爲定額相應抄錄該二年昌
化蘭谿龍游等三縣額徵漕項銀米各數目開單咨覆浙江巡

撫遵照本部單開該二年作爲定額毋庸輕議更張惟單開各
欵均係減漕以前數目查浙省減漕案內奏准量減三十分之
八行月二糧隨漕遞減其餘漕項銀兩均不核減今本部單開
昌化等縣漕項銀米數目除銀欵及米石折徵銀欵均無庸核
減外其向徵本色米石者卽由該撫按照各該縣應減之數作
爲定額仍將減剩各數專案報部查核可也

計開

咸豐八年起運七年分原單註明係有閏之年但核所列月糧係無閏米數

昌化縣

額徵輕齎蓆木等銀二百六兩三分

進倉腳價銀六分一釐

二共銀二百六兩九分一釐每兩徵耗八分應徵耗

羨銀一十六兩四錢八分七釐

折色行糧銀七十四兩七錢四分三釐每兩徵耗八分應徵

耗銀五兩九錢七分九釐

本色行糧米四十六石七斗八升四合九勺

減存折徵米一十六石七斗八升四合九勺每石折銀一兩

二錢該銀二十兩一錢四分二

釐每兩徵耗八分應徵耗羨銀

一兩六錢一分一釐

額徵折色月糧銀七十兩每兩徵耗八分應徵耗羨銀五兩

六錢

本色月糧米六百四十六石四斗五升四合六勺

隨漕改折灰石米一十三石四斗六升七合二勺每石折銀

一兩二錢該銀一十六兩一錢

六分一釐每兩徵耗八分應徵

耗羨銀一兩二錢九分三釐

廩工銀一百兩每兩徵耗八分應徵耗羨銀八兩

淺貢銀一十八兩二錢二分四釐每兩徵耗八分應徵耗羨

銀一兩四錢五分八釐

蘭谿縣

額徵折色月糧銀五百六十三兩八錢七分三釐內案爲勘

明等事案内於咸豐六年奉文

豁免無徵銀一十五兩四錢三
分四釐實徵正項銀五百四十
八兩四錢三分九釐每兩徵耗
四分應徵耗銀二十一兩九錢
三分八釐

本色月糧米六十二石八斗四升六勺內案爲勘明等事
案內於咸豐六年奉文豁免無
徵米一石七斗二升五合四勺
實徵米六十一石一斗一升五
合二勺每石折銀一兩二錢該
銀七十三兩三錢三分九釐每

兩徵耗四分應徵耗羨銀二兩
九錢三分三釐
淺貢銀四百四十九兩九錢五分一釐內案爲勘明等事案
內於咸豐六年奉文豁免無徵
銀一十二兩三錢一分五釐實
徵銀四百三十七兩六錢三分
六釐每兩徵耗四分應徵耗羨
銀一十七兩五錢六釐

龍游縣
額徵折色月糧銀二千二百五十二兩八錢九分七釐內案
爲勘明等事案內於咸豐七年

豁免無徵銀四十六兩四錢八分五釐應徵銀二千二百六兩四錢一分二釐每兩徵耗五分應徵耗羨銀一百一十兩三錢二分一釐

淺貢銀六百六兩三錢五分二釐內案爲勘明等事案內於咸豐七年豁免無徵銀一十二兩三錢八分四釐應徵銀五百九十三兩九錢六分八釐每兩徵耗五分應徵耗羨銀二十九兩六錢九分八釐

咸豐十年起運九年分原單註明係無閏之年但該所列月糧係有閏米數

昌化縣

額徵輕齎蓆木等銀二百六兩三分

進倉腳價銀六分一釐

二共銀二百六兩九分一釐每兩徵耗八分應徵耗羨銀一十六兩四錢八分七釐

折色行糧銀七十四兩七錢四分三釐每兩徵耗八分應徵耗羨銀五兩九錢七分九釐

本色行糧米四十六石七斗八升四合九勺

減存折徵米一十三石五斗九升九合每石折銀一兩二錢該銀一十六兩三錢一分九

釐每兩徵耗八分應徵耗銀一
兩三錢六釐
額徵折色月糧銀九十九兩四錢每兩徵耗八分應徵耗羨
銀七兩九錢五分二釐
本色月糧米六百八十七石七斗六升九合四勺內除咸
豐九年案爲勘明等事案內豁
免無徵米四十九石七斗三勺
實徵米六百三十八石六升九
合一勺
隨漕改折灰石米一十四石三斗八升四合六勺每石折
銀一兩二錢該銀一十七兩二

錢六分二釐每兩徵耗八分應
徵耗羨銀一兩三錢八分一釐
廪工銀一百兩每兩徵耗八分應徵耗羨銀八兩
淺貢銀一十八兩二錢二分四釐每兩徵耗八分應徵耗
羨銀一兩四錢五分八釐

蘭谿縣

額徵折色月糧銀五百五十二兩四釐每兩徵耗四分應徵
耗羨銀二十二兩八分
本色月糧米六十六石二斗九合一勺每石折銀一兩二
錢該銀七十九兩四錢五分一
釐每兩徵耗四分應徵耗羨銀

三兩一錢七分八釐
淺貢銀四百三十七兩六錢三分六釐每兩徵耗四分應
徵耗羨銀一十七兩五錢六釐

龍游縣
額徵折色月糧銀二千二百六兩四錢一分二釐每兩徵耗
五分應徵耗羨銀一百一十兩
三錢二分一釐
淺貢銀五百九十三兩九錢六分八釐每兩徵耗五分應
徵耗羨銀二十九兩六錢九分
八釐

同治六年二月初二日

浙江撫院准咨

浙江巡撫部院馬　爲遵飭造冊詳請覈咨事據糧儲道英樸
詳稱案於同治六年二月初二日接准
兵部火票遞到
戸部咨開浙江永減漕糧一案前據督撫等奏稱本應遵照部
議分縣造冊開報柰因兵燹之後冊籍無存奇零尚難準確須
俟各案查鈔齊全另行覈對分造細冊送部覈覆定案等因欽
奉
上諭一道業經鈔錄行知在案兹據奏稱查明減賸確數並據聲稱
造具清冊咨送本部等因查各屬減賸確數細冊爲永遠徵漕
根據最關緊要現據奏稱咨部而此項清冊仍未送到應飛咨
該撫趕緊專案送部毋再稍遲至昌化蘭谿龍游三縣有閏無

閏年分原額漕項銀米各數擬請匀減一節查咸豐二年奏册歷年較遠或有升坍豁除未免參差又咸豐十年奏册尚未據題到部未便率准援引且以有閏年分銀米之額匀減作爲無閏年分定額亦未允愜今本部查浙省到部册籍至咸豐九年分止無閏之年應卽查照咸豐九年分奏册作爲定額有閏之年應卽查照咸豐七年分奏册作爲定額相應鈔錄該二年昌化蘭谿龍游等三縣額徵漕項銀米各數目開單咨覆浙江巡撫遵照本部單開該二年作爲定額毋庸輕議更張惟單開各欵均係減漕以前數目查浙省減漕案內奏准量減三十分之八行月二糧隨漕遞減其餘漕項銀兩均不覈減今本部單開昌化等縣漕項銀米數目除銀欵及米石折徵銀欵毋庸覈減

外其向徵本色米石者卽由該撫按照各該縣應減之數作爲
定額仍將減賸各數專案報部查覈等因到院行道並奉
戶部札同前因各等因奉此遵將昌化縣原額月糧本色米石
並蘭谿龍游二縣原額漕項正耗銀兩遵奉
戶部鈔發有閏無閏原額銀米各數以奉文之日爲始札飭各
該縣應以同治六年起遵照
戶部鈔發原額作爲徵解定額外所有杭嘉湖三府屬各州縣
減定漕糧各款本色正耗米石并實徵各數現在查照部發鈔
案內開昌化縣月糧本色米石咸豐十年有閏原額項下聲請
扣除豁免數目其咸豐八年無閏原額覈係該年尚未遇豁以
致較與有閏原額轉大似應查照咸豐十年冊內扣豁之數一

律扣除則有閏之年原額方不致轉少遵經逐案悉照
戶部鈔發之數一律更正計除有閏變價米數合符原報外實
在有閏之年應徵漕白正耗米六十九萬六千二百七十二石
三斗九升八合一勺其無閏之年應扣除昌化縣原豁月糧本
色米四十九石七斗三勺外實應徵漕白正耗米六十九萬六
千五百八十六石二斗七升七合八勺理合造具各州縣有閏
無閏減定實徵各欵本色米石細數清冊詳候咨送
戶部查覈等情到本部院據此相應咨明爲此合咨
貴部請煩查照施行須至咨者
計咨送　冊二本
同治六年六月　　日咨

戸部

接查咨送清册係有閏無閏分册造送惟閏年米數細册卽

照同治四年十一月清賦案內咨部册籍造送米數悉屬相

符業已備載於前不復重列所有無閏覈正細數清册刋載

於後

二品頂戴浙江督糧道　爲咨送事今將杭嘉湖三府屬各州縣額徵無閏漕糧改漕白糧行月食等本色米石除減實徵數目理合分晰開造清冊咨送

查覈施行須至冊者

今開

浙江省

無閏之年

額徵漕糧正兑正米五十八萬四千九百九十六石七斗五升四合五勺內減米一十七萬二千二百三十九石二斗三升四勺

實徵米四十一萬二千七百五十七
石五斗二升四合一勺
耗米二十三萬三千九百九十八石七
斗一合八勺內減米六萬八千
八百九十五石六斗九升二合
一勺
實徵米一十六萬五千一百三石九
合七勺
改兌正米二萬九千三百六十五石五斗
耗米一萬一千七百四十六石二斗
改漕正米三萬六千二百九十石七斗七升

三合六勺內減米一萬一千八
百六十二石二斗六合四勺
實徵米二萬四千四百二十八石五
斗六升七合二勺
耗米一萬四千五百一十六石三斗九
合五勺內減米四千七百四十
四石八斗八升二合四勺
實徵米九千七百七十一石四斗二
升七合一勺
白糧正米二萬九千九百七十五石
耗米一萬三千四百八十八石七斗五

升

行糧本色米一萬六千三百七十七石內減

米四千八百三十三石四斗七

升二合七勺

實徵米一萬一千五百四十三石五

斗二升七合三勺

月糧本色米二萬一千七百一十三石二斗

一升六合八勺內減米四千一

百九十石一斗四升八合應徵

米一萬七千五百二十三石六

升八合八勺嗣奉

大部抄發冊開應扣昌化縣原
豁米四十九石七斗三勺
實徵米一萬七千四百七十三石三
斗六升八合五勺
經費本色食米七千九百三十八石
以上共米一百萬四百六石二斗六
合二勺內減米二十六萬六千
七百六十五石六斗三升二合
應徵米七十三萬三千六百四
十石五斗七升四合二勺嗣奉
大部鈔發冊開應扣昌化縣原

豁米四十九石七斗三勺

實徵米七十三萬三千五百九十石

八斗七升三合九勺

按此冊開載原共徵米一百萬四百六石

二斗六合二勺今將奉頒各年

奏冊參互覈訂截至咸豐六

年止應加仁和縣咸豐四年升

科正兌正耗米二石三斗五升

二合四勺又月糧米二斗七升

一合九勺

計應編徵米一百萬四百八石八斗三升

五勺內減米二十六萬六千七
百六十五石六斗三升二合
實應徵米七十三萬三千六百四十三
石一斗九升八合五勺核與現
在編定米數相符至續奉
大部鈔發册開應扣昌化縣原
豁米四十九石七斗三勺係咸
豐六年以後之豁案因現在纂
編之册升豁各案截至咸豐六
年止咸豐六年以後之豁案不
應除額尚該仍照原數科徵同治

查嘉善并昌化縣月糧遵照部復更正文并清冊
十一年纂編全案時加註備攷

杭州府

額徵漕糧正兌正米九萬七千九十八石四斗九升八合九勺內減米一萬五千九百二十四石七斗三升五合四勺

實徵米八萬一千一百七十三石七斗六升三合五勺

耗米三萬八千八百三十九石三斗九升九合七勺內減米六千三百六十九石八斗九升四合一勺

實徵米三萬二千四百六十九石五

斗五合六勺
改兌正米四千八百九十四石二斗六升
耗米一千九百五十七石七斗四合
行糧本色米二千六百六十四石內減米四
百三十九石四斗九升八合八
勺
實徵米二千二百二十四石五斗一
合二勺
月糧本色米一萬八千一百九石五斗二合
七勺內減米三千一石三斗五
升九合七勺應徵米一萬五千

一百八石一斗四升三合嗣奉

大部鈔發冊開應扣昌化縣原

諮米四十九石七斗三勺

實徵米一萬五千五十八石四斗四

升二合七勺

以上共米一十六萬三千五百六十

三石三斗六升五合三勺內減

米二萬五千七百三十五石四

斗八升八合應徵米一十三萬

七千八百二十七石八斗七升

七合三勺嗣奉

大部鈔發冊開應扣昌化縣原

豁米四十九石七斗三勺

實徵米一十三萬七千七百七十八

石一斗七升七合

嘉興府

額徵漕糧正兌正米二十八萬三千八百四十三石六斗九

升七合四勺內減米九萬三千

七百三十六石一斗五升七合

八勺

實徵米一十九萬一百七石五斗三

升九合六勺

耗米一十一萬三千五百三十七石四斗七升八合八勺內減米三萬七千四百九十四石四斗六升三合二勺

實徵米七萬六千四十三石一升五合六勺

改兌正米一萬四千六百八十二石七斗五升

耗米五千八百七十三石一斗

改漕正米二萬二千五百六十六石一斗四升內減米七千四百五十八石

九斗六升八合

實徵米一萬五千一百七石一斗七升二合

耗米九千二十六石四斗五升六合內減米二千九百八十三石五斗八升七合

實徵米六千四十二石八斗六升九合

白糧正米一萬八千五百八十七石四斗二升八合四勺

耗米八千三百六十四石三斗四升二

合八勺

行糧本色米八千七石內減米二千六百四十九石一斗八合三勺

實徵米五千三百五十七石八斗九升一合七勺

月糧本色米二千九百九十九石七斗七合六勺內減米一千九十四石一升六合七勺

實徵米一千九百五石六斗九升九勺

貢本色食米四千七百八十八石

以上共米四十九萬二千二百七十
六石一斗一合內減米一十四
萬五千四百一十六石三斗一
合
實徵米三十四萬六千八百五十九
石八斗

湖州府
額徵漕糧正兌正米二十萬四千五十四石五斗五升八合
二勺內減米六萬二千五百七
十八石三斗三升七合二勺
實徵米一十四萬一千四百七十六

石二斗二升一合

耗米八萬一千六百二十一石八斗二升三合三勺内減米二萬五千三十一石三斗三升四合八勺

實徵米五萬六千五百九十石四斗八升八合五勺

改兌正米九千七百八十八石四斗九升

耗米三千九百一十五石三斗九升六合

改漕正米一萬三千七百二十四石六斗三升三合六勺内減米四千四百

三石二斗三升八合四勺

實徵米九千三百二十一石三斗九

升五合二勺

耗米五千四百八十九石八斗五升三

合五勺內減米一千七百六十

一石二斗九升五合四勺

實徵米三千七百二十八石五斗五

升八合一勺

白糧正米一萬一千三百八十七石五斗七

升一合六勺

耗米五千一百二十四石四斗七合二

勺

行糧本色米五千七百六石內減米一千七

百四十四石八斗六升五合六

勺

實徵米三千九百六十一石一斗三

升四合四勺

月糧本色米六百四石六合五勺內減米九

十四石七斗七升一合六勺

實徵米五百九石二斗三升四合九

勺

經費本色食米三千一百五十石

以上共米三十四萬四千五百六十六石七斗三升九合九勺內減米九萬五千六百一十三石八斗四升三合

實徵米二十四萬八千九百五十二石八斗九升六合九勺

仁和縣

額徵漕糧正兌正米三萬一千五百九十六石九斗三合五勺內減米五千八百八十九石九斗八升一勺

實徵米二萬五千七百六石九斗二

升三合四勺

耗米一萬二千六百三十八石七斗六升一合四勺內減米二千三百五十五石九斗九升二合

實徵米一萬二百八十二石七斗六升九合四勺

改兌正米一千八百八十石三斗七升

耗米七百五十二石一斗四升八合

行糧本色米八百五十八石內減米一百六十石七合二勺

實徵米六百九十七石九斗九升二

合八勺
月糧本色米五千三百九石二斗六升七合
五勺內減米一千六十四石九
斗七升四合一勺
實徵米四千二百四十四石二斗九
升三合四勺
以上其米五萬三千三十五石四斗
五升四勺內減米九千四百七
十石九斗五升三合四勺
實徵米四萬三千五百六十四石四
斗九升七合

錢塘縣

額徵漕糧正兌正米一萬三千三百七十八石九斗八合五勺內減米一千七百九十六石二斗八升一合三勺

實徵米一萬一千五百八十二石六斗二升七合二勺

耗米五千三百五十一石五斗六升三合四勺內減米七百一十八石五斗一升二合五勺

實徵米四千六百三十三石五升九勺

改兑正米八百九石五斗一升

耗米三百二十三石八斗四合

行糧本色米三百七十八石内減米五十石

七斗七升三合一勺

實徵米三百二十七石二斗二升六

合九勺

月糧本色米二千一百五十八石四斗六升

七合二勺内減米三百二十八

石九斗五升三合三勺

實徵米一千八百二十九石五斗一

升四合九勺

以上共米二萬二千四百石二斗五升三合一勺内減米二千八百九十四石五斗一升九合二勺

實徵米一萬九千五百五石七斗三升三合九勺

查照并昌化縣月糧遵照部復更正之案清册

海甯州

額徵漕糧正兌正米三萬三千三百九十五石八斗九升一合九勺内減米六千五十七石三斗八升七勺

實徵米二萬七千三百三十八石五斗一升一合二勺

耗米一萬三千三百五十八石三斗五升六合八勺內減米二千四百二十二石九斗五升二合三勺

實徵米一萬九百三十五石四斗四合五勺

改兌正米一千八百五十二石九斗七升

耗米七百四十一石一斗八升八合

行糧本色米九百六十三石內減米一百七十四石七斗四升三合九勺

實徵米七百八十八石二斗五升六合一勺

月糧本色米二千七十六石二升六勺內減米五百九十二石四斗二升九勺

實徵米二千四百八十三石五斗九升九合七勺

以上共米五萬三千三百八十七石四斗二升七合三勺內減米九千二百四十七石四斗九升七合八勺

實徵米四萬四千一百三十九石九斗二升九合五勺

富陽縣

額徵漕糧正兌正米三千三百二十三石五斗六升一合五

勺內減米三百三十六石八斗

二合一勺

實徵米二千九百八十五石七斗五

升九合四勺

耗米一千三百二十九石二升四合六

勺內減米一百三十四石七斗

二升八勺

實徵米一千一百九十四石三斗三

合八勺

改兌正米三百五十一石四斗一升

耗米一百四十石五斗六升四合

行糧本色米九十石內減米九石一斗二升

七合一勺

實徵米八十石八斗七升二合九勺

月糧本色米一千七百一十三石一斗五升

二合五勺內減米一百九十七

石三斗三升七合

實徵米一千五百一十五石八斗一

升五合五勺

以上共米六千九百四十六石七斗

一升二合六勺内減米六百七
十七石九斗八升七合
實徵米六千二百六十八石七斗二
升五合六勺
餘杭縣
額徵漕糧正兌正米七千八百三十石一斗三合四勺内減
米八百五十五石六斗七升四
合
實徵米六千九百七十四石四斗二
升九合四勺
耗米三千一百三十二石四升一合四

勺內減米三百四十二石二斗
六升九合六勺
實徵米二千七百八十九石七斗七
升一合八勺
行糧本色米一百九十五石內減米二十一
石三斗一升八合六勺
實徵米一百七十三石六斗八升一
合四勺
月糧本色米四百九十六石八斗一升三合
六勺內減米六十二石五斗五
升四合三勺

實徵米四百三十四石二斗五升九合三勺

以上共米一萬一千六百五十三石九斗五升八合四勺内減米一千二百八十一石八斗一升六合五勺

實徵米一萬二百七十二石一斗四升一合九勺

臨安縣

額徵漕糧正兌正米三千一百二十一石八斗四合五勺内減米四百六十一石四斗九升

九合一勺
實徵米二千六百六十石三斗五合
四勺
耗米一千二百四十八石七斗二升一
合八勺內減米一百八十四石
五斗九升九合六勺
實徵米一千六百六十四石一斗二升二
合二勺
行糧本色米七十五石內減米一十一石九
升二合
實徵米六十三石九斗八合

月糧本色米二千三百五十一石三斗五升三合一勺內減米三百七十三石九斗四升八勺
實徵米一千九百七十七石四斗一升二合三勺
以上共米六千七百九十六石八斗七升九合四勺內減米一千三十一石一斗三升一合五勺
實徵米五千七百六十五石七斗四升七合九勺

新城縣

額徵漕糧正兌正米一千九百八石七斗六升內減米二百

五十七石七斗九升四合二勺

實徵米一千六百五十石九斗六升

五合八勺

耗米七百六十三石五斗四合內減米

一百三石一斗一升七合七勺

實徵米六百六十石三斗八升六合

三勺

行糧本色米四十五石內減米六石八升二

勺

實徵米三十八石九斗一升九合八

勺

月糧本色米一千四百五十二石五斗六升

二合八勺內減米二百一十石

五斗三升九合四勺

實徵米一千二百四十二石二升三

合四勺

以上共米四千一百六十九石八斗

二升六合八勺內減米五百七

十七石五斗三升一合五勺

實徵米三千五百九十二石二斗九

升五合三勺

於潛縣

額徵漕糧正兌正米一千四百八十六石四斗七升六合三勺內減米一百五十七石二斗九升一合八勺

實徵米一千三百二十九石一斗八升四合五勺

耗米五百九十四石五斗九升五勺內減米六十二石九斗一升六合七勺

實徵米五百三十一石六斗七升三合八勺

行糧本色米三十石内減米三石一斗七升
五合九勺
實徵米二十六石八斗二升四合一
勺
月糧本色米九百一十八石八斗七升八合
内減米一百四石五斗一升三
合二勺
實徵米八百一十四石三斗六升四
合八勺
以上共米三千二十九石九斗四升
四合八勺内減米三百二十七

石八斗九升七合六勺

實徵米二千七百二十二石四升七合二

勺

昌化縣

額徵漕糧正兌正米一千五十七石八升九合三勺內減米

一百一十二石三升二合一勺

實徵米九百四十五石五升七合二

勺

耗米四百二十二石八斗三升五合八

勺內減米四十四石八斗一升

二合九勺

實徵米三百七十八石二升二合九
勺
行糧本色米三十石內減米三石一斗八升
八勺
實徵米二十六石八斗一升九合二
勺
月糧本色米六百三十二石九斗八升七合
四勺內減米六十六石一斗二
升七合七勺應徵米五百六十
六石八斗五升九合七勺嗣奉
大部鈔發冊開應扣原辭米四

十九石七斗三勺

實徵米五百一十七石一斗五升九

合四勺

以上共米二千一百四十二石九斗

一升二合五勺內減米二百二

十六石一斗五升三合五勺應

徵米一千九百一十六石七斗

五升九合嗣奉

大部鈔發冊開應扣原諮米四

十九石七斗三勺

實徵米一千八百六十七石五升八

合七勺

嘉興縣

額徵漕糧正兑正米五萬七千三百二十二石五斗四升內

減米一萬七千九百二石三斗

八升七勺

實徵米三萬九千四百二十石一斗

五升九合三勺

耗米二萬二千九百二十九石一升六

合內減米七千一百六十石九

斗五升二合三勺

實徵米一萬五千七百六十八石六

升三合七勺

改兌正米二千九百六十五石九斗二升

耗米一千一百八十六石三斗六升八

合

改漕正米四千六百七十石二升二合六勺

內減米一千四百五十九石一

斗八合四勺

實徵米三千二百一十石九斗一升

四合二勺

耗米一千八百六十八石九合內減米

五百八十三石六斗四升三合

三勺

實徵米一千二百八十四石二斗六升五合七勺

白糧正米三千八百五十一石四斗六升七合

耗米一千七百三十三石一斗六升二勺

行糧本色米一千六百八十九石內減米五百二十七石七斗一升三合五勺

實徵米一千一百六十一石二斗八

升六合五勺

月糧本色米二千一百二十石五斗二升五

合二勺內減米七百一十七石

六斗九升三勺

實徵米一千四百二石八斗三升四

合九勺

經費本色食米一千八石

以上其米一十萬一千三百四十四

石二升八合內減米二萬八千

三百五十一石四斗八升八合

五勺

實徵米七萬二千九百九十二石五

斗三升九合五勺

秀水縣

額徵漕糧正兌正米五萬一十五石三斗八升五合內減米

一萬八千六百三十石九斗五

升八勺

實徵米三萬一千三百八十四石四

斗三升四合二勺

耗米二萬六石一斗五升四合內減米

七千四百五十二石三斗八升

三勺

實徵米一萬二千五百五十三石七斗七升三合七勺

改兌正米二千五百八十七石一斗

耗米一千三十四石八斗四升

改漕正米三千九百八石六斗五升七合六勺內減米一千四百五十六石六斗三合八勺

實徵米二千四百五十二石五升三合八勺

耗米一千五百六十三石四斗六升三合一勺內減米五百八十二石

六斗四升一合六勺
實徵米九百八十石八斗二升一合
五勺
白糧正米三千二百一十五石二升五合
耗米一千四百四十六石七斗六升一
合三勺
行糧本色米一千二百六十三石內減米四
百七十石六斗七升七勺
實徵米七百九十二石三斗二升九
合三勺
經費本色食米八百八十二石

查蕭山昌化縣月糧遵照部覆更正文升清冊 四三

以上共米八萬五千九百二十二石三斗八升六合内減米二萬八千五百九十三石二斗四升七合二勺

實徵米五萬七千三百二十九石一斗三升八合八勺

嘉善縣

額徵漕糧正兌正米五萬五千七百九十六石四斗九升六合五勺内減米二萬二千三十九石九斗三升三合九勺

實徵米三萬三千七百五十六石五

斗六升二合六勺
耗米二萬二千三百一十八石五斗九
升八合五勺內減米八千八百
一十五石九斗七升三合五勺
實徵米一萬三千五百二石六斗二
升五合
改兌正米三千一百一十五石六斗八升
耗米一千二百四十六石二斗七升二
合
改漕正米四千五百一十二石八斗四升六
合八勺內減米一千七百八十

三石三斗五升二合五勺

實徵米二千七百二十九石四斗九

升四合三勺

耗米一千八百五石一斗三升八合七

勺內減米七百一十三石三斗

四升一合

實徵米一千九十一石七斗九升七

合七勺

白糧正米三千七百四十六石三斗六升二

合四勺

耗米一千六百八十五石八斗六升三

浙撫奏浙省漕糧覆核減准部遵具摺開單咨部

以上共米九萬七千七百一石四斗

經費本色食米八百八十二石

實徵米五百二石八斗五升六合

斗二升六合四勺

四勺內減米三百七十六石三

月糧本色米八百七十九石一斗八升一合

勺

實徵米一千三十六石六升九合七

百七十六石九斗三升三勺

行糧本色米一千七百二十三石內減米六

合一勺

四升四勺內減米三萬四千四
百五石八斗五升七合六勺
實徵米六萬二千二百九十五石五
斗八升二合八勺

海鹽縣

額徵漕糧正兌正米三萬一千七百一十四石七斗八升內
減米七千九百一十九石六斗
一升一合九勺
實徵米二萬三千七百九十五石一
斗六升八合一勺
耗米一萬二千六百八十五石九斗一

升二合內減米三千一百六十
七石八斗四升四合八勺
實徵米九千五百一十八石六升七
合二勺
改兌正米一千五百八十八石六斗七升
耗米六百三十五石四斗六升八合
改漕正米二千五百二十二石四斗九升八
合內減米六百三十石一斗六
升七合四勺
實徵米一千八百九十二石三斗三
升六勺

耗米一千八石九斗九升九合二勺內
減米二百五十二石六升六合
九勺
實徵米七百五十六石九斗三升二
合三勺
白糧正米二千六十八石三升二合九勺
耗米九百三十石六斗一升四合八勺
行糧本色米八百七十三石內減米二百一
十八石九升一合八勺
實徵米六百五十四石九斗八合二
勺

經費本色食米六百三十石

以上共米五萬四千六百五十七石

九斗七升四合九勺內減米一

萬二千一百八十七石七斗八

升三合八勺

實徵米四萬二千四百七十石一斗

九升二合一勺

平湖縣

額徵漕糧正兌正米三萬三千四石二斗四升五合九勺內

減米一萬七百一十八石八斗

四升三合五勺

實徵米二萬二千二百八十五石四
斗二合四勺
耗米一萬三千二百一石六斗九升八
合三勺內減米四千二百八十
七石五斗三升七合四勺
實徵米八千九百一十四石一斗六
升九勺
改兌正米一千六百五十七石一斗九升
耗米六百六十二石八斗七升六合
改漕正米二千六百六十八石八斗四升一
合五勺內減米八百六十七石

一斗三升一勺

實徵米一千八百一石七斗一升一合四勺

耗米一千六十七石五斗三升六合六勺內減米三百四十六石八斗五升二合

實徵米七百二十石六斗八升四合六勺

浙撫咨浙省漕糧覆核準確造具有關冊籍數清冊咨部

白糧正米二千一百八十一石九斗一升八合四勺

耗米九百八十一石八斗六升三合三

勺

行糧本色米九百九十三石內減米三百二

十二石六斗三升四合四勺

實徵米六百七十石三斗六升五合

六勺

經費本色食米五百四石

以上共米五萬六千九百二十三石

一斗七升內減米一萬六千五

百四十二石九斗九升七合四

勺

實徵米四萬三百八十石一斗七升

二合六勺

石門縣

額徵漕糧正兌正米三萬三百四十四石三斗五升內減米

九千七百六十三石二斗六升

八合四勺

實徵米二萬五百八十一石八升一

合六勺

耗米一萬二千一百三十七石七斗四

升內減米三千九百五石三斗

七合四勺

實徵米八千二百三十二石四斗三

升二合六勺

改兌正米一千四百八十三石九斗四升

耗米五百九十三石五斗七升六合

改漕正米二千二百八十六石七升四合二

勺內減米七百三十五石八斗

五升一合四勺

實徵米一千五百五十石二斗二升

二合八勺

耗米九百一十四石四斗二升九合七

勺內減米二百九十四石三斗

四升五勺

實徵米六百二十石八升九合二勺

白糧正米一千八百七十九石七斗七升三

合

耗米八百四十五石八斗九升七合八

勺

行糧本色米七百五十三石內減米二百四

十二石三斗七升八合九勺

實徵米五百一十石六斗三升一合

一勺

經費本色食米五百四石

以上共米五萬一千七百四十二石

七斗八升七勺內減米一萬四千九百四十一石一斗四升六合六勺

實徵米三萬六千八百一石六斗三升四合一勺

桐鄉縣

額徵漕糧正兌正米二萬五千六百四十五石九斗內減米六千七百六十一石一斗六升八合六勺

實徵米一萬八千八百八十四石七斗三升一合四勺

耗米一萬二百五十八石二斗六升内
減米二千七百四石四斗六升
七合二勺
實徵米七千五百五十三石八斗九
升二合五勺
改兑正米一千二百八十四石二斗五升
耗米五百一十三石七斗
改漕正米一千九百九十七石一斗九升九
合三勺内減米五百二十六石
七斗五升四合四勺
實徵米一千四百七十石四斗四升

四合九勺

耗米七百九十八石八斗七升九合七勺內減米二百一十石七斗一合七勺

實徵米五百八十八石一斗七升八合

白糧正米一千六百四十四石八斗四升九合七勺

耗米七百四十石一斗八升二合三勺

行糧本色米七百二十三石內減米一百九十石六斗八升八合七勺

實徵米五百三十二石三斗一升一
合三勺
經費本色食米三百七十八石
以上其米四萬三千九百八十四石
三斗二升一合內減米一萬三
百九十三石七斗八升九勺
實徵米三萬三千五百九十石五斗
四升一勺
安吉縣
額徵漕糧正兌正米五千四百五十二石二斗內減米五百
六十四石四斗四升一合四勺

實徵米四千八百八十七石七斗五
升八合六勺
耗米二千一百八十石八斗八升內減
米二百二十五石七斗七升六
合五勺
實徵米一千九百五十五石一斗三
合五勺
改兌正米二百八十八石七斗六升
耗米一百一十五石五斗四合
行糧本色米一百六十五石內減米一十七
石八升八合九勺

實徵米一百四十七石九斗一升一
合一勺
月糧本色米三百三十九石三斗七升一合
四勺內減米三十八石七升四
合三勺
實徵米三百一石二斗九升七合一
勺
以上共米八千五百四十一石七斗
一升五合四勺內減米八百四
十五石三斗八升一合一勺
實徵米七千六百九十六石三斗三

升四合三勺

歸安縣

額徵漕糧正兌正米五萬七千二百五十七石七斗七升一

合二勺內減米二萬五百二

石三升八勺

實徵米三萬六千七百五十五石

七斗四升四勺

耗米二萬二千九百三石一斗八合

五勺內減米八千二百石八

斗一升二合三勺

實徵米一萬四千七百二石二斗

九升六合二勺

改兌正米三千三百一石六斗四升

耗米一千三百二十石六斗五升六合

改漕正米四千一百一十九石六斗三升六

合內減米一千四百七十五石

七斗二升五合二勺

實徵米二千六百四十三石九斗一

升八勺

耗米一千六百四十七石八斗五升四

合四勺內減米五百九十石二

斗九升一勺

實徵米一千五十七石五斗六升四合三勺
白糧正米三千四百一十三石一斗一升二合三勺
耗米一千五百三十五石九斗五合
行糧本色米一千六百四十一石內減米五百八十七石八斗三升四合七勺
實徵米一千五十三石一斗六升五合三勺
月糧本色米三十二石六斗九升四合九勺

丙減米一十二石六斗九升一

合九勺

實徵米二十石三合

經費本色食米九百四十五石

以上共米九萬八千一百一十八石

三斗七升三合八勺丙減米三

萬一千三百六十九石三斗八

升五合

實徵米六萬六千七百四十八石九

斗八升八合八勺

烏程縣

額徵漕糧正兌正米六萬六千二百六十八石六斗三升七合內減米二萬五千四百三十四石一斗二升

實徵米四萬八百三十四石五斗一升七合

耗米二萬六千五百七石四斗五升四合八勺內減米一萬一百七十三石六斗四升八合

實徵米一萬六千三百三十三石八斗六合八勺

改兌正米四千一百六十四石三升

耗米一千六百六十五石六斗一升二
合
收漕正米四千九百五十七石一斗六升四
合五勺內減米一千九百三十三石
三斗九升三合一勺
實徵米三千五十三石七斗七升一
合四勺
耗米一千九百八十二石八斗六升五
合八勺內減米七百六十一石
三斗五升七合二勺
實徵米一千二百二十一石五斗八

浙撫奏浙省漕糧覆核準確造具有閏無閏額數清冊咨部

合六勺

白糧正米四千一百六十九石三斗五升九

勺

耗米一千八百七十六石二斗七合九

勺

行糧本色米一千七百七十三石內減米六

百八十石七斗九升五合五勺

實徵米一千九十二石二斗二升四

合五勺

月糧本色米一十七石五斗五升八合內減

米七石三斗一升二合六勺

實徵米一十石二斗四升五合四勺

經費本色食米一千一百三十四石

以上共米一十一萬四千五百一十五石八斗八升九勺內減米三萬八千九百六十石六斗六合四勺

實徵米七萬五千五百五十五石二斗七升四合五勺

長興縣

額徵漕糧正兌正米三萬四千四百八十五石九斗內減米五千一百五十五石七斗七升

九合一勺

實徵米二萬九千三百三十石一斗二升九勺

耗米一萬三千七百九十四石三斗六升内減米二千六十二石三斗一升一合六勺

實徵米一萬一千七百三十二石四升八合四勺

改漕正米一千九百六十六石七斗四升七合四勺内減米二百九十四石一斗六升三勺

實徵米一千六百七十二石五斗八
升七合一勺
耗米七百八十六石六斗九升九合內
減米一百一十七石六斗六升
四合二勺
實徵米六百六十九石三升四合八
勺
白糧正米一千六百五石三斗九升九合二
勺
耗米七百二十二石四斗二升九合七
勺

行糧本色米九百五十一石內減米一百四十二石二斗三升八合二勺

實徵米八百八石七斗六升一合八勺

月糧本色米一百九十一石七斗三升一合一勺內減米三十一石六升三合七勺

實徵米一百六十石六斗六升七合四勺

經費本色食米四百四十一石

以上共米五萬四千九百四十五石

二斗六升六合四勺内減米七

千八百三石二斗一升七合一

勺

實徵米四萬七千一百四十二石四

升九合三勺

德清縣

額徵漕糧正兌正米三萬三千二百六十一石四斗内減米

九千八百六十九石一斗四升

四合六勺

實徵米二萬三千三百九十一石二

斗五升五合四勺

耗米一萬三千三百四石五斗六升內

減米三千九百四十七石六斗

五升七合八勺

實徵米九千三百五十六石九斗二

合二勺

改兌正米一千六百四石三斗四升

耗米六百四十一石七斗三升六合

改漕正米二千二百五十石七斗四升九合

九勺內減米六百六十八石一

斗一升二合五勺

實徵米一千五百八十一石六斗三

升七合四勺
耗米九百石三斗内減米二百六十七
石二斗四升五合
實徵米六百三十三石五升五合
白糧正米一千八百五十二石九斗一升六
合五勺
耗米八百三十三石八斗一升二合四
勺
行糧本色米九百六十六石内減米二百八
十六石七斗四升七合四勺
實徵米六百七十九石二斗五升二

合七六勺

月糧本色米一十二石六斗七升六合六勺

内減米四石七升六合二勺

實徵米八石六斗四勺

經費本色食米五百四石

以上共米五萬六千一百三十二石

四斗九升一合四勺内減米一

萬五千四十二石九斗八升三

合五勺

實徵米四萬一千八十九石五斗七

合九勺

武康縣

額徵漕糧正兌正米七千三百二十八石六斗五升內減米

一千五十二石八斗二升一合

三勺

實徵米六千二百七十五石八斗二

升八合七勺

耗米二千九百二十一石四斗六升內

減米四百二十一石一斗二升

八合六勺

實徵米二千五百一十石三斗三升

一合四勺

改兑正米四百二十九石七斗二升

耗米一百七十一石八斗八升八合

改漕正米四百三十石三斗三升五合八勺

内減米六十一石八斗四升七合三勺

實徵米三百六十八石四斗八升八合五勺

耗米一百七十二石一斗三升四合三勺内減米二十四石七斗三升八合九勺

實徵米一百四十七石三斗九升五

合四勺

白糧正米三百四十六石七斗九升二合七

勺

耗米一百五十六石五升六合七勺

行糧本色米二百一十石內減米三十石一

斗八升九勺

實徵米一百七十九石八斗一升九

合一勺

月糧本色米九石九斗七升四合五勺內減

米一石五斗五升二合九勺

實徵米八石四斗二升一合六勺

經費本色食米一百二十六石

以上共米一萬二千三百一十三石一升二合內減米一千五百九十二石二斗六升九合九勺

實徵米一萬七百二十石七斗四升二合一勺

戶部爲咨送事雲南司案呈准浙江巡撫馬　咨據糧儲道英
樸詳稱接准戶部咨開浙江永減漕粮一案等因查各屬減剩
確數細冊爲永遠徵漕根據最關緊要現據奏稱咨部而此項
清冊仍未送到應飛咨該撫赶緊專案送部毋再稍遲至昌化
蘭谿龍游三縣有閏無閏年分原額漕項銀米各數擬請匀減
一節查咸豐二年奏冊歷年較遠或有升垻豁除未免參差又
咸豐十年奏冊尚未據題到部未便率准援引且以有閏年分
銀米之額匀減作爲無閏年分定額亦未允愜今本部查浙省
到部冊籍至咸豐九年分止無閏之年應即查照咸豐九年分
奏冊作爲定額有閏之年應即查照咸豐七年分奏冊作爲定
額相應鈔錄該二年昌化蘭谿龍游等三縣額徵漕項銀米各

數目開單咨覆浙江巡撫遵照本部單開該二年作爲定額毋
庸輕議更張惟單開各欵均係減漕以前數目查浙省減漕案
內奏准量減三十分之八行月二糧隨漕遞減其餘漕項銀兩
均不核減今本部單開昌化等縣漕項銀米數目除銀款及米
石折徵銀欵均無庸核減外其向徵本色米石者卽由該撫按
照各該縣應減之數作爲定額仍將減剩各數專案報部查核
等因奉此遵將昌化縣原額月糧本色米石並蘭谿龍游二縣
原額漕項正耗銀兩遵奉戸部抄發有閏無閏原額銀米各數
以奉文之日爲始札飭各該縣應以同治六年起遵照戸部鈔
發原額作爲徵解定額外所有杭嘉湖三府屬各州縣減定漕
糧各欵本色正耗米石併實徵各數現在查照部發鈔案內開

昌化縣月糧本色米石咸豐十年有閏原額項下聲註扣除豁免數目其咸豐八年無閏原額核係該年尚未遇豁以致較與有閏原額轉大似應查照咸豐十年冊內扣豁之數一律扣除則有閏之年原額方不致轉少遵經逐案悉照戸部鈔發之數一律更正計除有閏變價米數合符原報外實在有閏之年應徵漕白正耗米六十九萬六千二百七十二石三斗九升八合一勺其無閏之年應扣除昌化縣原豁月糧本色米四十九石七斗三勺外實應徵漕白正耗米六十九萬六千五百八十六石二斗七升七合八勺理合造具各州縣有閏無閏減定實徵各款本色米石細數清冊詳候咨送戸部查核等情據此相應咨明等因前來查浙江省昌化蘭谿龍游三縣原額月糧銀米

有閏無閏年分各數擬請酌減一案前經本部以無閏之年應
即查照咸豐九年分奏冊作爲定額有閏之年應即查照咸豐
七年分奏冊作爲定額並鈔錄該二年昌化蘭谿龍游三縣額
徵漕項銀米各數開單咨覆該省遵照在案茲據該撫咨稱昌
化縣月糧本色米石咸豐十年有閏原額項下聲請扣除豁免
數目其咸豐八年無閏原額核係該年尚未遇豁以致較與有
閏年分原額轉大似應查照咸豐十年冊內扣豁之數一律扣
除則有閏之年原額不致轉少悉照戶部鈔發之數一律更正
計除有閏變價米數合符原報等語自應准其更正相應移咨
浙江巡撫遵照辦理至所稱有閏之年應徵漕白正耗米六十
九萬六千二百七十二石三斗九升八合一勺無閏之年應扣

除昌化縣原鉛月糧本色米四十九石七斗三勺實應徵漕白正耗米六十九萬六千五百八十六石二斗七升七合八勺造具各州縣有閏無閏減定實徵各欵本色米石細數清冊咨部等語查浙省減漕案內前據該督撫等奏明各按上中下科則之輕重分別核減此次冊籍係按各府縣總數造送並未分晰等則詳晰聲註未可據爲定章應仍咨該撫仍飭該糧道遵照奏案分別各州縣上中下等則原額若干議減若干實徵若干另行妥造細冊送部以備查核可也

同治六年九月二十四日

浙江撫院准咨

浙江巡撫臣[illegible]

同治八年九月二十四日

另行咨部辦理以備查核可也

分別各州縣上中下等則原額若干議減若干實徵若干

等則酌量核減其未有上中下等則者亦應參酌原額按照

之分較重賦之州縣應減至何成數均應悉心按核

等語查浙省漕糧較蘇省為重而各州縣亦有輕重上中下等則

且各屬漕糧未經定有等則全漕米數一律核減

正耗米八十九萬八千九百八十石零八升七合八勺

前據司道核議統計浙省漕米四十九萬九千五百三十石零

再前准戸部咨議覆翰林院侍講沈秉成片奏請將浙江漕截銀兩量予蠲減與地丁分而爲二庶免牽混等語經部臣議覆漕截銀兩併入地下統徵分解不僅浙江一省應仍照舊辦理毋庸隨漕另徵以歸簡易至此項漕截銀兩每米一石徵銀三錢四分七釐較之江安糧道所屬每米百石徵銀五兩米五石蘇松糧道所屬每米百石徵銀十兩米五石多寡實相懸殊應如何量爲核減俾有利民生仍不致有妨漕運之處應令浙江巡撫通盤斟酌情形一體奏明由部酌核辦理等因具奏奉

旨依議欽此臣查漕截一項原爲給幫濟運而設浙省漕截雖較重於他省然方今旣減漕額又禁浮收百姓具有天良當不致再以賦重藉口且現在海運經費旣不准動用則欵又不便再提

津貼舍此漕截銀兩幾於無欵可籌一經核減將來運費不敷
不得已而取給于州縣必致復啟浮收之漸減有定之漕截增
無名之科派百姓亦何所利之臣仰體
朝廷德意總期實惠及民不敢博減賦之美名而貽浮收之大害況
漕截既與地丁並徵愚民無知以爲杭嘉湖三府不僅減漕並
減錢糧勢必各存希冀之心紛紛陳請轉多窒礙所有浙省應
徵漕截銀兩應請照舊辦理毋庸核減臣惟有督飭司道遵照
定例令有漕州縣於隔歲年底刊刻易知由單地丁加耗若干
漕截加耗若干於單內逐一註明該花戶照單完納如有多派
立即嚴叅從重治罪以紓民力是否有當謹附片具
奏伏乞

聖鑒飭部一併核覆施行謹
奏同治四年八月初四日附片具
奏同治四年八月二十四日准
兵部火票遞回原片後開
軍機大臣奉
旨著照所請戸部知道欽此

旨依議所請戶部知道欽此

軍機大臣奉

奏硃批該部知道欽此後開

奏同治四年八月二十四日准

奏同治四年八月初四日附片具奏

奏戶部一件核議遵行謹

浙江巡撫部院馬　爲詳咨事據署糧儲道王凱泰詳稱案查
杭嘉湖三府屬應徵漕截銀兩前奉撫部院片奏內開再前准
戶部咨議覆翰林院侍講沈秉成片奏請將浙江漕截銀兩量
予酌減與地丁分而爲二庶免牽混等語經部臣議復漕截銀
兩併入地丁統徵分解不准浙江一省應仍照舊辦理毋庸隨
漕另徵以歸簡易至此項漕截銀兩每米一石徵銀三錢四分
尤著釐較之江安糧道所屬每米百石徵銀五兩米五石蘇松糧
道所屬每米百石徵銀十兩米五石多寡實相懸殊應如何量
爲核減俾有利民生仍不致有妨漕運之處應令浙江巡撫通
盤斟酌情形一體奏明由部酌核辦理等因具奏奉
旨依議欽此臣查漕截一項原爲給幇濟運而設浙省漕截雖較重

浙撫咨減漕截另刻專款造報作抵幫費總數文

於他省然方今既減漕額又禁浮收百姓具有天良當不致再以賦重藉口且現在海運經費既不准動用别款又不便再提津貼舍此漕截銀兩幾於無欵可籌一經核減將來運費不敷不得已而取給於州縣必致復啟浮收之漸減有定之漕截增無名之科派百姓亦何所利之臣仰體
朝廷德意總期實惠及民不敢博減賦之美名而貽浮收之大害況漕截既與地丁並徵愚民無知以爲杭嘉湖三府不僅減漕並減錢糧勢必各存希冀之心紛紛陳請轉多窒礙所有浙省應徵漕截銀兩應請照舊辦理毋庸核減臣惟有督飭司道遵照定例令有漕州縣於隔歲年底刊刻易知由單地丁加耗若干漕截加耗若干於單内逐一註明該花戸照單完納如有多派

立即嚴參從重治罪以紓民力是否有當謹附片具
奏伏乞
聖鑒飭部一併核復施行謹
奏等因續奉札准
兵部火票遞回原片後開
軍機大臣奉
旨着照所請戸部知道欽此等因欽遵在案伏查漕截一欵係屬地
漕統徵分解糧道衙門所徵漕截係按起運正米及二五交倉
耗米核計每石應徵銀三錢四分七釐以九八折實紋銀三錢
四分六絲批解道庫今漕額已奉
恩旨核減計該漕糧米二十六萬六千七百六十五石六斗三升二

合內除改漕正耗及給丁漕改行月等欵耗米五萬一千四百
六十六石五斗九升四合向不徵收漕截外仍應徵漕糧正兌
正米一十七萬二千二百三十九石二斗三升四勺又二五交
倉耗米四萬三千五十九石八斗七合六勺二共米二十一萬
五千二百九十九石三升八合按每石三錢四分六絲計核減
漕項下漕截銀七萬三千二百一十四兩五錢九分一釐緣正
漕既經奏減而項下應徵漕截係屬銀欵並未議減自應飭屬
趕解仍按照地漕之例專列減漕漕截一欵如遇災歉之年應
照分數分別蠲緩所有正漕項下漕截銀兩已奉
諭旨抵充海運經費其減漕項下漕截銀兩亦應專列欵目併歸海
運支銷庶符原額而濟運用相應詳請咨明

戸部查照立案並請批示以便通飭遵行實爲公便等情到本
部院據此除批如詳辦理卽由道通飭各屬一體遵辦外相應
咨明爲此合咨
貴部請煩查照立案施行
同治四年十一月初一日咨
戸部

戶部爲咨行事雲南司案呈准浙江巡撫馬咨據署糧儲道王
凱泰詳稱案查杭嘉湖三府屬應徵漕截銀兩前奉撫部院片
奏浙省應徵漕截銀兩應請照舊辦理毋庸核減奉
旨着照所請戶部知道欽此等因欽遵在案伏查漕截一欵係屬地
漕統徵分解糧道衙門所徵漕截係按起運正糧及二五交倉
耗米核計每石應徵銀三錢四分七釐以九八折實紋銀三錢
四分六絲批解道庫今漕額已奉
恩旨核減計該漕糧米二十六萬六千七百六十五石六斗三升二
合內除改漕正耗及給丁漕改行月等欵耗米五萬一千四百
六十六石五斗九升四合向不徵收漕截外仍應徵漕糧正兌
正米一十七萬二千二百三十九石二斗三升四勺叉二五交

倉耗米四萬三千五十九石八斗七合六勺二其米二十一萬五千二百九十九石三升八合按每石三錢四分六絲計核減漕項下漕截銀七萬三千二百一十四兩五錢九分一釐緣正漕既經奉減而項下應徵漕截係屬銀欵並未議減自應飭屬趕解仍按照地漕之例專列減漕一欵如遇災歉之年應照分數分別蠲緩所有正漕項下漕截銀兩已奉

諭旨抵充海運經費其減漕項下漕截銀兩亦應專列欵目併歸海運支銷庶符原額而濟運用詳請咨部查照立案等情據此相應咨明查照立案等因前來查浙江省漕糧正額已奉

恩旨核減其漕截一欵亦據浙江巡撫奏請仍照舊辦理毋庸核減

等因奉

旨允准存案今據該撫咨稱查漕額已奉

恩旨核減計核減漕糧米二十六萬六千七百六十五石六斗三升二合內除改漕正耗及給丁漕戩行月等欵耗米五萬一千四百六十六石五斗九升四合向不徵收漕截外仍應徵漕糧正耗共米二十一萬五千二百九十九石三升八合按每石三錢四分六絲計核減漕項下漕截銀七萬三千二百一十四兩五錢九分一釐正漕奉減漕截並未議減其減漕項下漕截銀兩應專列欵目併歸海運支銷咨部立案等語查此項減漕項下應徵漕截銀兩既據該撫聲請專列一欵照例徵解並將此項漕截銀兩併歸海運支銷應如所咨辦理仍咨浙江巡撫飭該糧道轉飭各屬一體遵辦於漕項奏銷冊內另立欵目分清

界限按年具題報部核辦毋任牽混可也須至咨者

同治四年十二月二十日咨五年二月二十四日

浙江撫院准咨

浙江嘉興府知府許瑤光爲據情轉詳事據署海鹽縣知縣張

蕙圃詳稱案奉

憲行欽奉

恩旨辦理減賦一案飭將田地山蕩應徵地漕銀米科則造冊送核

等因伏查臯縣被擾之後案卷蕩然多方搜求僅得遠年縣志

内載田地山蕩尚無升坍查照原編科則及應加米折等欵綜

計實在應徵銀六萬八千四百三十八兩四錢二分五釐又查

原編米科及應除改折等欵綜計實在應徵米六萬五千五百

五十五石八斗六升二合現照原編科則分别加除核明實在

應徵銀米科則分晰造冊另文呈送惟漕糧項下徵解相抵計

不符米十四石九斗五升九合飭據經書查稟係屬解數短少

究應加入何欵併解實因冊卷全無又無賦役全書無從稽考
應請詳咨飭遵另再更正復查卑邑田地科則本屬不甚懸殊
溯自康熙初年以來歴係不分田地均派徵收合之總數既不
缺課亦無溢額民間遵行已久習爲故常今若仍復舊制則地
糧稍減田糧畧多小民未悉底蘊反恐懷疑藉口且田地併科
由來已久勢難澈底追源考諸志乘體察輿情似未便輕議更
張致滋紛擾合將勻徵銀米科則另開清摺摘錄志載一併詳
請察轉並據摺開田地均徵又山蕩均徵各科則數目聲稱縣
志內載雍正年間蒙
憲行查合邑紳士公議呈覆其略曰鹽邑田地細核徵數相去
本屬有限按畝計算銀止毫釐米止勺合非他處田地高下懸

殊者比而均派徵收合之總數既不缺課亦無溢額雖與奏冊互異實與奏冊無殊民間遵行久已相安若欲仍復舊制勢必另造冊籍若欲另造冊籍勢必履畝丈勘蓋緣地之窪者潴水即可成田而田之高者栽桑亦名為地更有宅基坟墓並無田地形勢殊難澈底追源勢必爭競日衆案牘滋繁更恐假手吏胥濡滯歲月事出更張未免紛擾所以因地制宜賦額不必再更等語開摺具詳到府當經卑府查核於詳送各縣科則清冊內聲明海鹽縣此案緣由上請

憲裁在案第事關一縣成規合再專案轉詳仰祈

憲台察核示遵以便通詳立案實為公便為此備由具申伏乞

照詳施行

同治三年十二月初十日詳奉

督辦淸賦局司道批查田地山蕩編徵銀米科則輕重本屬不

同據稱田地均徵山蕩均徵各科則數目縣志内載雍正年間

蒙

憲行查合邑紳士公議呈覆其中如何開載曾否定案仰卽飛

飭該縣將所存縣志尅日備文呈送查閱以憑會核詳辦切切

此繳

同治三年十二月二十一日批

署浙江嘉興府知府許瑤光爲申送事竊奉
憲台批𢎞府詳海鹽縣田地不分科則均匀徵收一案由奉批
查田地山蕩編徵銀米科則輕重本屬不同據稱田地均徵山
蕩均徵各科則數目縣志內載雍正年間蒙憲行查合邑紳士
公議呈覆其中如何開載曾否定案仰即飛飭該縣將所存縣
志剋日備文呈送查閱以憑會核詳辦切切此繳等因奉經轉
飭遵照去後茲據海鹽縣知縣張蕙圃將縣志一本簽明申送
察轉俟核明後仍請發還等情前來理合備文轉呈仰祈
憲台察核俟核定後仍請發還轉發實爲公便爲此備由具申
伏乞照驗施行
今申送

海鹽縣志書一本

同治四年二月二十六日呈

督辦清賦總局司道

督辦清賦總局司道　札嘉興府知悉案據該府申送海鹽縣志呈請核定科則等情到局查各屬田地山蕩編徵銀米科則輕重原有不同向以田產之高下肥瘠奉部核定等差刊頒全書按則徵納本末便輕議更張兹據簽送該縣志乘以鹽邑田地均派徵收約自康熙初年清丈之後扯齊併混而民間相沿稱便難復舊制事閱咨達自應援照成案擬議通詳聽候察辦合將簽送縣志札發札到該府立即查明海鹽縣田地有無肥瘠科則應否均勻援案擬議通詳核辦事係徵糧母稍遲延切切

計發縣志一本

同治四年三月二十二日札嘉興府

浙江嘉興府知府許瑤光爲詳請立案詳咨事竊照減漕案內
奉
憲飭將田地山蕩應徵地漕銀米科則造冊送核等因據署海
鹽縣知縣張蕙圃詳稱卑縣被擾之後案卷蕩然多方搜求僅
得遠年縣志內載田地山蕩倘無升坍查照原編科則共應徵
地漕銀五萬一千八百一十四兩八錢七分三釐一加蠟茶藥
材時價銀二十兩四錢二分三釐一加匠班銀一百六十八兩
四分四釐一加零積孤貧米折銀四百三十四兩五錢二分六
釐一加漕截銀一萬三千五百兩三錢四分八釐一加灰石改
折銀一千五百三十四兩六錢三分七釐一加白糧食米改折
銀三百八兩七錢一加行糧改折銀六百五十六兩八錢七分

二釐共應加銀一萬六千六百二十三兩五錢五分二釐綜計
實在應徵銀六萬八千四百三十八兩四錢二分五釐又查原
編科則共應徵米六萬六千四百六十石五斗七升二合內奉
文應除零積孤貧米四百八十二石八斗七合灰石改折米九
百八十八石三斗八升七合白糧飯食改折米二百五石八斗
行糧改折米五百四十七石三斗九升三合共應除米二千二
百二十四石三斗八升七合歸入地丁項下折徵批解又奉文
加徵白糧加三舂耗米八百九十九石五斗九升四合南糧加
耗米四百二十石八升三合共應加米一千三百一十九石六
斗七升七合綜計實在應徵米六萬五千五百五十五石八斗
六升二合現照原編稅則分別加除核明實在應徵銀米科則

分晰造冊呈送惟漕糧項下徵解相抵計不符米十四石九斗五升九合飭據經書查覆係屬解數短少究應加入何欵併解實因冊卷無存又無賦役全書無從稽考應請詳咨
大部核示飭遵另再更正復查皁縣田地科則本屬不甚懸殊溯自康熙初年以來歷係不分田地均派徵收合之總數既不缺課亦無溢額民間遵行已久習爲故常今若仍復舊制則地糧稍減田糧畧多小民未悉底蘊反恐懷疑藉口且田地併科相沿已久勢難澈底追源考諸志乘體察輿情似未便輕議更張致滋紛擾合將均徵銀米科則另開清摺摘錄志載一併詳請察轉並據摺開田地每畝均徵銀一錢一分三釐七絲七忽米一斗六合二勺四抄九撮一圭又山每畝均徵銀一分五釐

五毫米五升一合又蕩每畝均徵銀一分四釐四毫米五升一
合各科則數目聲稱縣志內載雍正年間崇
憲行查合邑紳士公議呈復其畧曰鹽邑田地細核徵數相去
本屬有限按畝計算銀止毫釐米止勺合非他處田地高下懸
殊者比而均派徵收合之總數既不缺課亦無溢額雖與奏冊
互異實與奏冊無殊民間遵行相沿已久若欲仍復舊制勢必
另造冊結若欲另造冊結勢必履畝丈勘蓋緣地之窪者瀦水
即可成田而田之高者栽桑亦名爲地更有宅基坟墓並無田
地形勢殊難徹底追源勢必爭兢日衆案牘滋繁更恐假手吏
胥濡滯歲月事出更張未免紛擾所以因地制宜賦額不必再
更等語開摺具詳到府當經卑府　查核於詳送各縣科則淸冊

案內聲明海鹽此案緣由上請
憲裁復經專案具詳奉
憲台批飭郎將所存縣志呈送查閱核辦飭據海鹽縣簽明申
送轉呈在案茲奉
憲台札飭各屬田地山蕩科則輕重原有不同向以田地之高
下肥瘠奉
部核定等差刊頒全書按則徵納本未便輕議更張茲海鹽志
乘以田地均派徵收約自康熙初年清丈之後扯齊併混而民
間相沿稱便難復舊制事關吝達自應援照成案擬議通詳聽
候察辦合將簽送縣志札發飭府查明海鹽田地有無肥瘠科
則應否均匀援案擬議通詳核辦等因奉此卑府伏查海鹽田

地山蕩向來科則本各不同田每畝應徵銀一錢一分四釐六毫七絲二忽五微米一斗六合四勺八抄五撮四圭二粟三粒二黍七粞九糠地每畝應徵銀一錢七釐三毫五絲六忽米一斗四合五勺二抄六撮五圭四粟八粒三黍九粞山每畝應徵銀三釐七毫七絲五忽一微五塵米五升一合一勺九抄一撮九圭五粟五粒一黍二粞九粃蕩每畝應徵銀二釐二毫五絲二忽八微七塵米五升一合一勺九抄一撮九圭五粟五粒一黍二糠九粃溯自康熙初年清丈後扯齊併科田地每畝均徵銀一錢一分三釐七絲七忽米一斗六合二勺四抄九撮一圭又山每畝均徵銀一分五釐五毫米五升一合又蕩每畝均徵銀一分四釐四毫米五升一合據縣志內載均泒徵收民間相沿稱

便雍正年間曾奉行查該縣紳士公議呈復等語蓋緣地窪成
田田高爲地自來田地形勢相類者彼此並有變遷此田地素
無肥瘠之分清丈後扯齊併科之緣起也計自康熙初年距今
二百餘載相沿既久其間無一異詞者當創定勻徵時自必審
度適均且每畝銀止毫釐米止勺合本屬無甚懸殊現當百
度維新乘此清糧減賦之際在小民既已稱便
國課亦無短絀事屬因地制宜載在縣志相沿稱便似可援縣志
以爲成案所有海鹽田地均徵應請立案詳咨緣由理合專案
通詳仰祈
憲台察核轉請咨達俾將來纂造全書得昭覈實誠爲公便除
詳

督撫憲暨糧儲巡鹽憲外爲此備由具申伏乞
照詳施行
同治四年四月二十日詳奉
撫憲馬　批查海鹽田地既係勻徵則無上中下三則之分現
在辦理減漕該司局係按則分減今海鹽田地向來一斗六合
零似係該司局現在冊報一斗以上之中則如此科算其中有
無取巧將來報
部有無窒礙仰布政司會同淸賦總局核明詳辦毋延仍候
督部堂批示繳

督辦浙江清賦總局布政司蔣益澧兼護督糧道薛時雨爲奉批詳復事本年

四月二十六日奉

憲台批嘉興府詳海鹽田地請均勻徵收一案由奉

批查海鹽田地旣係均徵卽無上中下三則之分現在辦理減

漕該司局係按則分減今海鹽田地向來一斗六合零似係該

司局現在冊報一斗以上之中則如此科算其中有無取巧將

來報

部有無窒礙仰布政司會同清賦總局核明詳辦毋延仍候

督部堂批示繳等因奉此伏查海鹽縣田地科則本屬不同溯

自康熙年間清丈扯齊列爲一則民間得以稱便而國課無殊

因此相安日久惟是此案雍正年間奉

憲行查合邑雖經公議呈復以爲事在得宜究之未經立案未

入全書按畝終有參差是以前據該府縣具禀節經輾轉札飭

逐細稽攷復據詳覆以該縣田地併科相沿已久歲賦毫無缺

溢實屬因地制宜無庸再更賦額以洽輿情等情並將該縣志

乘請核到局復經細查無異自應准如所請但查各屬科則係

奉

部核定等差頒發全書按則徵納永遠遵守本未可輕議更張

今查該府所禀並海鹽縣志內載知田地按畝勻徵審度均已

適當所有米科田每畝完米一斗七合五勺六抄一撮地每畝

完米一斗五合五勺八抄零今勻爲一斗六合零其中並無取

巧卽將來亦并無窒礙奉批前因理合會議詳覆仰祈

憲臺察核俯賜將海鹽田地每畝科則示定勻徵之處轉咨

大部立案實爲公便爲此備由呈乞

照詳施行

同治四年五月二十六日詳奉

撫憲馬　批如詳候咨

部立案此繳

清賦局詳准鹽縣田地應如詳均勻科徵請咨部立案文

部咨案此繳

撫院　批　如詳飭遵

同治四年五月二十六日詳奉

照詳飭行

大部咨案前准各省咨此請由是之

責[illegible]

浙撫咨海鹽縣田地應仍均勻科徵據詳轉請立案文

浙江巡撫部院馬　爲咨明事據清賦總局司道詳稱奉撫部院批嘉興府詳海鹽田地請均勻徵收一案由奉批查海鹽田地旣係均徵卽無上中下三則之分現在辦理減漕該司局係按則分減今海鹽田地向來一斗六合零似係該司局現在冊報一斗以上之中則如此科算其中有無取巧將來報部有無窒礙仰布政司會同清賦總局核明詳辦等因奉此伏查海鹽田地科則本屬不同溯自康熙年間清丈扯齊刻爲一則民間得以稱便而國課無殊因此相安日久惟是此案雍正年間奉院行查合邑雖經公議呈覆以爲事在得宜究之未經立案未入全書按畝終有參差是以前據該府縣具稟節經轅轉札飭逐細稽攷復據詳覆以該縣田地併科相沿已久歲賦

毫無鈌溢實屬因地制宜無庸再更賦額以洽輿情等情並將
該縣志乘請核到局復經細查無異自應准如所請但查各屬
科則係奉部核定等差頒發全書按則徵納永遠遵守本未可
輕議更張今查該府所稟並海鹽縣志內載知田地按畝勻徵
審度均已適當所有米科田每畝完米一斗七合五勺六抄一
撮地每畝完米一斗五合五勺八抄零今勻爲一斗六合零其
中並無取巧卽將來亦並無窒礙奉批前因理合詳請將海鹽
田地每畝科則永定勻徵之處轉咨
戶部立案等情到本部院據此相應咨明爲此合咨
貴部請煩查照立案施行
同治四年五月二十九日咨

浙江省賦役全書　卷三　浙撫奏海鹽縣田地應仍均勻科徵據詳轉請立案文

戶部

浙江巡撫臣楊昌濬跪

奏爲浙省編纂減賦全案告成釐定頭畝科則以昭劃一恭摺具

奏仰祈

聖鑒事竊照案准部咨飭纂減賦全案刋送備核等因奏奉

諭旨依議欽此欽遵行文到浙即經飭令司道派員開辦溯查此案

前於同治二年六月間欽奉

恩旨減免漕糧當經前撫臣奏准部議酌減三十分之八督飭清賦

局司道查明浙省原額應徵漕糧米數計應減徵米二十六萬

六千七百六十五石零恪遵

諭旨分成量減開單具

奏旋奉部議復准通飭遵照嗣將各縣額徵數目分別有閏無閏

查造清册咨部復准各在案茲據藩司盧定勷糧道如山會詳

稱業將欽奉

諭旨及京外章奏文册并現在編定科則細册釐爲十卷與江蘇所纂全案大同小異惟各屬頃畝科則與各解額均載賦役全書若如蘇省本有同届編纂之書不難按照該年額數纂辦今浙省兩次遭兵全書被燬殆盡前奉戶部頒發者又多遠年舊書更有並無全書僅存殘佚志乘以爲憑藉者雖科則並無今昔之分尚可即爲依據而頃畝歲有升坍難免參差今旣刊刻成書自應釐剔準確方可登諸梨棗永爲規制當經督飭承辦委員即就全書志乘與各

奏册悉心勾稽參互考訂已將各屬頃畝米額截清年分查明升

豁額存各數并按全書志乘核定原徵科則分縣分則編纂准
確飭據各屬逐加復算僉稱額數相符業經分别未減以前旣
減以後造具分則細冊刊入全案永爲各屬徵漕張本嗣後徵
解銀米查辦蠲緩銀以同治十二年分米以同治十三年起運
十二年分爲始卽照此次編定准數核辦其十一年以前所辦
緩蠲等案仍照清賦原定數目核實辦理庶免紛更惟升豁之
案必須合額應俟定案之後由各該衙門查明辦過升豁各案
如果數有參差造冊詳咨更正至此次編定頃畝數目如就全
省志乘而論數均脗合惟自大丈至今事遠年湮桑田滄海時
多變遷加以兵燹之後被匪掘濠築壘及濱海臨江各州縣沙
淤坍削已成荒廢不能墾復各産不知凡幾恐與原額難以符

合現飭各屬赶緊勸墾一俟各產全闢再行查辦以清糧產繕

具樣本詳送核發並請具

奏前來臣復加查核所編文冊十卷尙屬明晰妥善除將樣本核

發傳匠刊刷一俟裝訂成帙分送查核外合將浙省編纂減賦

全案告成並釐定各屬貟畝科則解額請以此次編定爲准緣

由恭摺具

奏伏乞

皇上聖鑒飭部核復施行再白糧加三舂耗及南糧續定耗米均不

入全書科則是以此次冊內亦不開載其應如何隨正科徵各

有例案可稽現飭各屬仍照例案纂入由單隨正核實科徵合

併聲明謹

奏同治十二年二月初十日具

奏四月十一日奉

硃批户部議奏欽此

硃批戶部議奏欽此

於四月十六日奉

奏同治十二年二月初十日具

浙江文叢

嚴可均集

〔清〕嚴可均 著　孫寶 點校

浙江古籍出版社

圖書在版編目(CIP)數據

嚴可均集 /（清）嚴可均著；孫寶點校. —杭州：浙江古籍出版社，2013.6(2022.6 重印)
（浙江文叢）
ISBN 978-7-5540-0072-4

Ⅰ.①嚴… Ⅱ.①嚴… ②孫… Ⅲ.①古典詩歌一詩集一中國一清代②古典散文一散文集一中國一清代
Ⅳ.①I214.92

中國版本圖書館 CIP 數據核字(2013)第 139134 號

嚴可均集

[清]嚴可均 著 孫寶 點校

出版發行 浙江古籍出版社
（杭州市體育場路 347 號 郵編：310006）
網 址 https://zjgj.zjcbcm.com
責任編輯 陳小林
封面設計 劉 欣
責任校對 余 宏 潘丕秀
責任印務 樓浩凱
照 排 浙江時代出版服務有限公司
印 刷 浙江新華數碼印務有限公司
開 本 710mm×1000mm 1/16
印 張 29
字 數 297 千
版 次 2013 年 8 月第 1 版
印 次 2022 年 6 月第 2 次印刷
書 號 ISBN 978-7-5540-0072-4
定 價 150.00 圓(精裝)

ISBN 978-7-5540-0072-4
9 787554 000724

前言

一

嚴可均（一七六二—一八四三），字景文，號鐵橋，烏程人。據嚴可均著述題署及其族弟嚴章福所作《鐵橋漫稿序》，又知其初名萬里，字叔卿。嚴可均早年撰述多署以『嚴萬里』之名，如《續修四庫全書》所據清抄本《商君書新校正》五卷附考一卷題署『西吴嚴萬里叔卿校』，《續修四庫全書》所據清抄本《爾雅一切注音》十卷也題署『歸安嚴萬里鐵橋纂輯』。之所以題『西吴』、『歸安』，是因爲嚴可均曾於歸安縣庠求學，且歸安、烏程均爲湖州屬縣，統稱『西吴』，嚴可均有《城陵磯舟夜憶西吴舊侶各散天末》、《瓜州江上憶西吴諸子却寄》等詩，其中『西吴舊侣』、『西吴諸子』即指湖州諸友。另外，烏程爲嚴可均原籍，但也曾改籍宛平。嚴可均早期的某些著述就署以『宛平』，如四録堂類集本《唐石經校文》十卷本題署『宛平嚴可均纂』，四録堂類集本《説文聲類》二卷本題署『宛平嚴可均述』，民國六年（一九一七）錢恂抄本《鐵橋詩悔》也標以『宛平嚴可均撰』，等等。關於這一點，目前有兩種解釋：其一，躲避官課，北上京師，占籍宛平。清楊峴《書嚴先生逸事》説：『有知先生曩事者，爲言先生負糧課，校官責焉。

先生逃，遂入京師，籍宛平。舉於鄉，故又爲宛平人。』其二，江浙科場競争激烈，爲求早日中舉，冒籍宛平以參加順天府鄉試。〔一〕楊峴是嚴可均的同鄉晚輩，且有一定的交往，其解釋應更可靠一些。不過，嚴可均於嘉慶五年（一八〇〇）中順天府鄉試舉人，次年二月參加禮部會試不中，此後無意於科場决勝，就逐步改回原籍。《光緒烏程縣志》卷十八《嚴可均傳》載：『嚴可均，字景文，號鐵橋，宛平籍。嘉慶庚申舉人，改歸原籍。』

嚴可均出身於書香世家，其遠祖嚴震直於明洪武年間歷仕通政司參議、工部侍郎、尚書，曾治理廣西興安靈渠水患，督餉山東，頗有政聲。其祖嚴而泰爲縣庠生，著有《琴川稿》。其父嚴其焜爲鄉邦名士，著有《敬修齋詩稿》七卷、《荻塘文稿》三卷、《鸞坡先生集》三卷、《金石跋》八卷。另外，嚴可均外祖母陈氏也爲名家賢媛。陈氏祖父爲崇禎辛未進士陳燦若，歷任應天教授、國子博士、兵部主事、南職方郎中、撫州知府，曾追隨左良玉抗清。晚年歸隱，建嗇治堂。著有《韻府披寶》、《南樞奏議》、《嗇治堂集》。〔二〕嚴可均幼年時常去外祖母家，其在《陳燦若傳》中說：『幼時屢從往嗇治堂，見破書堆有《李長吉集》，是余族巔軨子手批者，乞得之。』應該說，良好的家學淵源爲嚴可均的文事著述奠定了深厚的基礎。

嚴可均生性傲岸峭拔，不肯屈己事人，這成爲其遠離科場争逐而潛心問學的主觀原因。他於嘉慶五年（一八〇〇）中順天府鄉試舉人時已三十九歲，次年會試落第也與他不肯諂事考官有關。楊峴《書嚴先生逸事》載：『（嚴可均）試禮部，主試者貴人，索得先生卷，欲魁之，以詩失諧斥。或勸先生詣謝，貴人喜且慰之曰：「君大博通，顧詩失諧何？」先生瞠目曰：「唐始以律詩取士，今所傳失諧者十九矣。」貴人失色，罷。』嚴可均爲詩鍾情於漢魏晋宋，詩體淳古有餘，律格不足，故而出現詩韻不諧的情况。不過，他不願飾以圓滑之詞爲自己藏拙，更顯出其峻嶒不羈的秉性。早在乾隆五十七年（一七九二）三十一歲時，嚴可均就在父親的幫助下删選少作，結集爲《鐵橋詩悔》，直至嘉慶八年（一八〇三）四十二歲時最終删定。他在《鐵橋詩悔自序》中説：『余少時頗學爲詩……壯乃甚悔，專力治經，而詩不復作。……既詩壇無我位置，即所以位置我者别有在耳，然而少時精力半耗於此矣。……顧後我悔者蚤悔也。』文中揭示了其由『頗學爲詩』至『專力治經，而詩不復作』的志趣丕變，若結合其因詩律不諧而落第的事實，也不難讀出其中負氣遠仕的味道。

嚴可均三十三歲之前，基本在求學縣庠、遊賞鄉邦景致與廣交鄉賢的時光中度過。像作於乾隆五十七年（一七九二）的《壬子上巳翁氏山樓寄友人》自注中所描述『去歲上巳，集同人于鷗波小閣，皆賦詩』的場景，即是集中寫照。自三十三歲開始，嚴可均至京師追隨友人姚文田，與之會商謀撰《説文》之學，開啓了他人生中遊幕治學的主題。在姚氏幕下長達十年的時光中，嚴可均除了接受姚氏所提供的治學便利外，還遍與京師各藏書家晤談切磋，大量收藏或目驗名碑古揭、善籍珍刻，這都爲其接觸最新的學術動態與開展著述創造了條件。如嚴可均在《説文訂訂序》中就説：『段君素以治《説文》有聲于時。嘉慶三年，此書流播都下，都下翕然稱之。余不觀近人書，以又愷故，亦寓目焉。』上述正説明他在京城較早地接觸了段玉裁《汲古閣説文訂》，也直接促動了其《説文訂訂》的撰寫。在京師期間，嚴可均協助姚文田撰《説文長編》，嘉慶二年（一七九七）所作《唐石經校文》、五年（一八〇〇）所作《説文訂訂》，是這一時期較重要的成果。

嘉慶六年（一八〇一）九月至七年（一八〇二）五月，嚴可均協助孫星衍校刻群書，輯佚古籍。此後，他接受時任提督廣東學政的姚文田之邀，赴粤主講香山縣豐山書院。在粤期间，除遊覽風物名勝、講學授徒外，嚴可均也注意搜羅碑揭珍函以厚積儲學。至嘉慶九年（一八〇四）夏隨姚文田返京之際，他相繼從《道藏》及唐宋類書中輯出《公孫龍子》、《尹文子》、《鬻子》、《關尹子》、《老子》、《新語》等典籍佚文，《唐石經校文》、《説文聲類》、《群書引説文類》等書也相繼在豐山書院刻板印行。

嘉慶十年（一八〇五）秋，嚴可均再次接受孫星衍之邀入平津館校書。他與洪頤煊、俞正燮、管同以及幕主孫星衍辯學問難，編纂《平津館金石萃編》、《山東鹽法志》等，個人撰述則有《説文校議》初稿。嘉慶十三年（一八〇八）朝廷開全唐文館，嚴可均因未被徵列爲館員，遂意欲以一己之力編纂唐前文集。他在《全上古三代秦漢三國六朝文總敘》中説：『廣搜三分書，與夫收藏家祕笈、金石文字，遠而九譯，旁及釋道鬼神。起上古，迄隋，鴻裁鉅製，片語單詞，罔弗綜録。省併複疊，聯類畸零，作者三千四百九十五人，分代編次爲十五集，合七百四十六卷。

肆力九年，草創粗定。又肆力十八年，拾遺補闕。抽换之，整齊之，畫一之，已于事而竣。』《全上古三代秦漢三國六朝文》耗費了他二十七年的時間，其赤誠精勤與傲然自信的學品令人贊佩。

嚴可均爲謀求《全上古三代秦漢三國六朝文》能夠刊布，提出與孫星衍共撰的建議，孫星衍、孫星衡于嘉慶二十一年（一八一六）參與進來。在纂輯過程中，嚴可均曾與俞正燮商討編纂篇目及體例問題。顧廣圻、彭兆蓀等人在孫星衍嘉慶二十三年（一八一八）正月歿後，爲其校輯遺稿中的《全上古八代文》，這説明孫星衍確實著手編纂過先唐文集。不過，就現存於上海圖書館的彭氏所輯《全上古三代文》八卷本的篇幅來看，遠不能與嚴可均之書相比。吴鼒在孫星衍死後試圖續輯《全上古八代文》，却于道光元年（一八二一）秋即辭世。道光二年（一八二二），李兆洛也打算搜集整理《八代全文》，但瞭解到嚴可均、孫星衍等人的編纂工作及前期成果之後，不由感慨：『《八代全文》某曾假一觀，成之尚非易……以非此時所急也。』（《養一齋文集》卷十八《與汪夢慈農部書》）可以説，自始至終將此項工作堅持推進的只有嚴可均一人了。〔三〕

道光二年（一八二二）九月，嚴可均謀得建德教諭一職，因病于次年四月纔赴任。晚年出仕本非所好，這大概是迫於生計而爲。在任之初，建德夏汛期間水災嚴重，嚴可均在給姚文田的信中説：『上天降災，從四月三日雨，至七月不止，我湖州竟爲江浙九災郡之最。大江灌而南，海潮溢而西，郡治以東數百里間，平地水深一二尺、三四尺不等。浩浩滔天，無注瀉處。死者已矣，生者巢居。桑無孑遺，田不下種。凶問頻仍，熏憂曷極！』由此可見其悲天憫人的情懷。在建德期間，嚴可均積極募款修建縣學學舍、文廟，清查學田，纂修《建德縣志》，但自身却陷入困厄之中。他在《答姚秋農總憲書論夏殷曆》中說：『不佞在建德，眠食如常，唯是無學租，歲得俸銀四十兩弱，不彀僦屋轎班之用。又奉新例，無束脩册費。無棧可戀，逝將餬口四方。』然而，即使在此情況下，嚴可均仍然堅持《全上古三代秦漢三國六朝文》的輯録校訂事宜，在建德期間全書已初具規模。

道光十三年（一八三三），嚴可均應浙江學政陳用光之邀，于杭州使院校點文集。在此期間，與黄式三、吴德旋、許瀚、俞正燮等人交遊論學。次年年底，他在給徐松的信中臚列了著作書目，其中就包含了《全上古三代秦漢三國六朝文》的斷代詳目，説明此書業已完竣。道光十五年（一八三五），七十四高齡的嚴可均辭病歸家，全力謄寫《全上古三代秦漢三國六朝文》的清樣。道光十八年（一八三八），在族弟嚴章福的協助下，刊布《鐵橋漫稿》十三卷。嚴可均還經常前往蘇、杭尋找故友，于書肆訪求稀籍善本，可謂樂學不疲，不知老之將至。道光二十三年（一八四三），嚴可均卒於家，享年八十二歲。

二

嚴可均一生仕途蹇頓，慘澹營生，却不以爲憾。儘管他曾在《上閩撫韓芸舫房師書》中自述：『可均破書襆被，寄迹荒江。髮白齒摇，曾無善狀。即平生撰輯積稿再等身，終歸覆瓿。』但在立德、立功、立言的『三不朽』價值觀中，他仍然傾心于後者。他在《答徐星伯同年書》中説：『可均偃蹇終身……既不能致君澤民，祇應與古爲徒。皇皇焉上觀千載，網羅放失舊聞，以羽儀經業，導揚儒風。不爾，天生我材，亦何所用？夫立德、立功難，立言亦大不易。載籍極博，千僅一存；補闕拾遺，毋俾失墜。匪異人任也，願與足下共勉之。』其中不難看出他以興復斯文爲己任的宏壯氣魄和遠大抱負。正因如此，他纔能不願接受朱世傑無償贈送重金買來的明初本《北堂書鈔》，而償以原值。又在晚年困頓之際拒絶友人庾仲卿的贈金之舉，并作《答庾仲卿書》説：『僕偃蹇終身……于天文地里、名物象數、聖賢道法、古今治亂興衰雖略究心，顧第望見樊籬，未窮奥突。學然後知不足……然頫仰平生，又私竊自幸。假令弱冠後早登巍科，入翰苑，躋卿貳，度未必有勳業照人，不過朝華暮落耳。幸長卑賤，敝衣蔬食，擁萬卷書，居八品官，著述再等身，虚名溢海内。優游太平之世七十七年，以視往古通人摯虞、劉炫餓死填溝壑者，福命過之。』可見，他非但不以沉抑下僚、仕名不伸爲恥，反而以一生能將更多的精力投入學術撰述中備感慶幸。《光緒烏程縣志》『嚴可均本傳』載其軼事説：『（嚴可均）自負學識，睥睨群流。有某進士來見，叩以《漢書》中事，未盡了了，則曰：「君僅知時文耳！吾失言矣。」顧雖玩世傲物，而遇後進好學之士，輒多方獎掖，有問必答，略無少忤，蓋嚴于嫉俗而實篤于愛才也。」從中亦可見嚴可均視科場爲俗務且不肯屈附權勢的傲岸品節。

除了不曲學媚世之外，嚴可均還推崇秉承節義、堅韌不拔的品節觀。其在《黄節婦謝氏戴氏傳》中説：「劉向作《列女傳》，史家因之，代有撰録。皆取才章名世，奇節非常，或乃薄命仳離，亂亡播越。則雖文姬重嫁，亦立佳傳，蓋列女不必皆烈女也。余以謂女子賢行，貞孝節烈，四德同科，而節爲大。未亡人性命鴻毛耳，以是藐兹孤，宜延殘喘。然而衰門難振，撫孤能成立者，百不二三。嚮使程嬰、杵臼與趙孤同斃，或趙孤先斃，後世誰復知之？幸而成立，是有福命焉。」雖然上述針對女德而言，仍然可以視作夫子自道之談。他能夠耗費二十七年從事《全上古三代秦漢三國六朝文》的整理并克告功成，即是他奉行上述信條的結果。

嚴可均著述再等身，其治學視野籠罩經、史、子、集，學術成就更遍及金石文字、音韻訓詁、校勘輯佚、方志纂輯等多個方面，其集中體現即是其《四録堂類集》七十三種，一千二百五十一卷。在其所有著述中，用力最勤，也最能代表其學術造詣的當屬《全上古三代秦漢三國六朝文》。其雖然卷帙浩繁，千頭萬緒，却建立在嚴可均對唐前别集精詳考校的基礎上。如嘉慶十三年（一八〇八）年末其相繼重編校訂《司馬長卿集》、《揚子雲集》等，嘉慶十五年（一八一〇）夏從《群書治要》、《永樂大典》、《藝文類聚》、《北堂書鈔》、《三國志》等校輯《傅子》二十三篇。

嘉慶十九年（一八一三），輯崔寔《政論》一卷、陸景《典語》一卷、崔寔《四民月令》一卷，復校孫星衍、顧廣圻等人校理的《抱朴子·内篇》，依照《説苑》體例編纂孫星衍所輯《孔子集語》初稿，并加以檢校。次年，輯録《桓子新論》三卷、《體論》一卷、《篤論》、《昌言》九篇、《典論》一卷、嵇康《聖賢高士傳贊》一卷、《蔣子萬機論》一卷、《吴興記》一卷、《南越志》二卷、《世要論》一卷、劉廙《政論》一卷、袁子《政論》、《正書》各一卷、《風土記》一卷，等等。上述不少成爲《全上古三代秦漢三國六朝文》各斷代文集的重要組成部分，也保證了其纂輯文集版本的嚴謹性與可信性。儘管清陆心源《與繆筱珊太史書》説：『嚴鐵橋僅有校釋之能，未得旁通曲證，蓋第二流也。即如所輯《全上古三代六朝文》，以《百三家集》、梅氏《文紀》爲藍本，增益無多；而以洪筠軒《經典集林》及從《群書治要》中輯出各種附益之，餘無所得。』現在學界已經推翻了這種指責，對嚴可均踵續前人、後出轉精的業績做出了恰當的評價。〔四〕

嚴可均一生纂輯群書，羽儀六經，其經學貢獻自不必多説。〔五〕這裏着重説一下他除了《全上古三代秦漢三國六朝文》之外的對文學文獻整理的貢獻。他重視碑刻文獻，善於以之與傳世文本相互勘校，在優劣辯證中爲治學者提供去取的佐證。兹以其所收嘉祐七年（一〇六二）十月蘇唐卿篆書《醉翁亭記》搨本爲例，其文云：『以歐集校之，「鬱然而深秀」，集作「蔚然」。「琅琊」，集作「琅邪」。「讓泉也」，集誤作「釀泉」。「臨乎泉上者」，集作「臨于」。「在乎山水之間」，集之「間」下有「也」字。「而寓之酒」，集作「而寓風霜」。「高潔」，集作「高潔」。「往來而不窮者」，集作「絶者互有得失」。唯以「寓」當「寓」，自屬碑誤。』《醉翁亭記》爲歐陽修世代傳誦的名篇，通過碑、集對讀，更能瞭解這一名篇在後世的傳寫變更的情況。另外，他還注重探究碑文的文學性價值及其文學史意義。其認爲立於唐代宗永泰二年（七六六）七月一日的《成德軍節度使李寶臣紀功碑》開啟了韓愈文學秦漢的先河，他説：『文體學揚、班，爲退之先聲。所稱「元年」至「九年」，皆寶臣牧恒之年，漢已前諸侯王得自稱「元年」，此其所本也。』因韓愈于大曆三年（七六八）出生，可知此碑遠在其倡導古文運動之前。嚴可均抓住此碑所呈現的不囿駢儷、遠宗班揚的文風，又以其中承襲史漢的淳古典實，論證其獨立於時代之外的價值。此論發前人所未發，值得重視。

嚴可均還注重對文學史料的甄别考辨，以解决文壇懸疑，闡發新解。如其《書左思别傳後》針對《世説新語・文學篇》劉孝標注引《左思别傳》與《晋書・左思傳》的齟齬之處立論，并極力探究其成因，最終得出『《别傳》失實，當以《晋書》爲正』的結論。《書左思别傳後》一文的貢獻在於論證了《三都賦》的寫作時間，皇甫謐、劉逵、摯虞等人有無可能爲《三都賦》作注，以及左思晚年退居鄉里專事著述的大致時間與真實原因等問題。上述問題均切中肯綮，今日已爲定讞。〔六〕

另外，其《嚴先生釣臺》一詩前有長序，廣泛徵引輿地、文史材料，詳密論證嚴光行跡及其釣臺位置，可謂文學地理學的典範之作。他的《讀五代史・南唐王李煜》一詩，可算對李煜的詩化專論，他説：『南唐天子風流骨，文章書畫足三絶。此才何不居翰林，授之萬乘乃覆轍。悲歌酣宴劇工愁，龍虎三山霸氣收。械送京師幸不死，帝曰封爾違命侯。文人薄福能敗國，高論詩書以自賊。骸骨不復還江東，嗟爾一目空重瞳。』這也可作爲李煜在清代傳播接受的材料來對待。他曾作《補白馬王彪答贈陳思王》組詩，儘管出於仿擬，且承自西晋束晳、夏侯湛、傅咸等人『補亡詩』的餘緒，却以當行本色的擬古語辭，揭示了文學史上易被忽略的曹彪《答贈曹植詩》這一事實。

三

嚴可均自三十一歲自編《鐵橋詩悔》，似有視詩歌爲『雕蟲篆刻，而壯夫不爲』的意味。事實上，他一生並未就此停止詩歌寫作。《鐵橋漫稿》前兩卷爲詩歌卷，體裁涉及樂府歌詩，五言、七言古詩，五言、七言絶句，五言、七言律詩等，足見其諳通爲詩之道。雖然嚴可均在《鐵橋詩悔自序》中自稱：『既詩壇無我位置，即所以位置我者别有在耳。』其實，他也有不屑于涉足當時詩壇的自負在。嚴可均在《楊秋室詩録敘》中批評當時的不良詩風説：『大率淺陋空疎，守兔園新册，拾宋人殘唾，以自附作者之林。仿架局以爲文，調弄「秋雨」、「秋風」、「微雲」、「澹月」、「凉露」、「晚烟」、「寒鴉」、「踈柳」數十字以爲詩。』如果每個人均可調弄熟語濫句并自稱爲『詩人』，這樣的詩壇『無我位置』也就無足可惜了。同時，上述也不難看出他對宋詩的鄙薄態度。這種態度與其宗漢輕宋的治學立場也不無關係，他曾在《書爾雅新義後》批評宋陸佃《爾雅新義》説：『率本《字説》，再加穿鑿，幻境重重，至不可思議……余謂《五行志》有詩妖，《新義》蓋經妖也。』當然，嚴可均對於程朱理學仍推崇備至，如其于道光三年（一八二三）所擬烏程縣考試卷即以『子程子曰』爲題，其所不滿當在於宋人流談無根的空疏之弊。嚴可均認爲真正的詩文應具有明天道、立性命的道學主題，他同在《楊秋室詩録敘》中説：『夫立言所以明道，道非空譚性命之謂。其謂倫常之教，古今政治得失，成敗安危之大，其精賾而散布在兵、農、禮、樂、刑、法、天文、地理、名物、象數、草木、鳥獸、蟲魚，故必讀書數萬卷，網羅散失，參考異同，以求真是。』正因爲立足治政得失、歷史興衰、周覽萬物、窮形盡相的詩教觀與再現觀，嚴可均的詩中也大量充盈著詠史、歎世與寫景詠物並行的題材。

嚴可均詩學衆家，而詩風趨近漢魏六朝。他曾作《擬古》、《擬雜體詩》等作，模仿對象涉及曹丕、陶淵明、謝靈運、謝混、顔延之、王維、李夢陽等人，甚至民國著名學者劉咸炘還認爲其《十七夜月》詩『與皇甫子循詩同』。按，明代詩人皇甫汸字子循，可見其所學之廣。他熱衷於模仿，其樂府詩明顯承自元明時代楊維楨、李東陽的詠史樂府詩的風旨，詩中不乏感時憂世、針砭竊弊之談，詩格道義化傾向突出。他在《詠五代史詩序》中就説：『昔楊廉夫、李賓之、尤展成諸先生皆有《詠史》樂府傳於世。余讀而愛之，略變其格，作《五代史詩》若干篇。自愧不文，未足抗衡前哲。然而古今興亡之故，成敗安危之大，讀史者宜深考焉。是詠也，或亦知人論世之一得歟？』《詠五代史詩·姚指揮洪》感歎：『甚哉末世少孤忠，我論蜀事悲姚洪。……高官大禄者何人，靦顔四姓事十君？』其末句所諷刺者即爲馮道，他在《長樂老馮道》詩中説：『無才無德癡老子，更歷四姓事十主。國亡城破敢不來，有率百官勸進爾。新朝大錫推戴功，汝其相予位三公。三公原爲汝輩置，只愁未識一恥字。以石易李郭易劉，從容著述百不憂。故主青衣好在不？老子見慣無淚流。』其中不難看出其褒揚忠義、貶抑奸佞的立場。不只是《詠五代史詩》如此，其《讀伍員列傳》『爲大夫君亦難矣，東門賜劍將誰尤』、《讀三國志》『一個生降嚴太守，到今説是斷頭人』、《讀史記》『漢文不是心腸薄，爲老其材却誤人』等詩無不充滿了賢良不遇、忠貞難得的感慨。

嚴可均也注重利用樂府題材表現對現實的關注與批判，其《獨漉篇》對『竊鉤者誅，竊國者侯』的法制紊亂、貪賄横行而廉吏窮厄、人情勢利化、士風鄉愿化的多方面現實提出譴責，詩末則流露出蘇世獨立的無奈與哀戚。道光八年（一八二八）五月，江南地區洪災氾濫，浙江尤爲嚴重。同年秋，又大旱，蝗蟲横行。嚴可均時在睦州，其《佛粉行》一詩説：『窟地五尺强，粲然逢白土。匊之擷之，嗟嗟苦苦。朝堀粉，餐風露。暮堀粉，宿嵒幽。木皮草根，和作乾餱。既澀我吻，又窒我喉。相看顔面，如鵠如鳩。』上述就把受災民衆飢餓難當而服食觀音土的慘狀表露無遺。

其實，對於現實的關注同樣體現在嚴可均一般的詩歌體裁中。他在《答湯雨生將軍書》中説：『今睦州大水，江船救生，從女牆頂飛空放入，直是陸沈，詎留三版哉！官舍在山麓，水不到，而偏僻無樓，多鼠竊。前任皆不居，可均令老妾挈義兒輩居之。而自僦民廛，與老僕寄居，其址亦高，前後樓下水深一二尺至五六尺不等。圖書萬卷，攀搶上樓，幸免遭厄。而城内外各街坊水深一二三丈，通郡田廬、人畜、穀麥、墳墓漂失無算。身非地方官，休戚同之，誰能遣此？爲詩有云：「地接天都非禹跡，人棲鳥穴是堯年。」又云：「試院支鐺神雀瓦，女牆拔橛義烏船。」又云：「海外有天行日月，夢中無地不蛟龍。」又云：「萬卷圖書天護惜，一身骯髒鬼癡詅。」皆道其實。』文中所提及的詩句同樣也是對災荒年景給民衆帶來的苦難的真實寫照，它們批判現實、再現苦難的視角與其樂府詩的主旨一脈相承。

嚴可均還有許多詠懷、寫景之作，清陸以湉《冷廬雜識》評價説：『詩如「虚窗三面水，老樹半邊春」、「一路聽流水，前村多落花」、「峭帆追日去，驚浪蹴山回」、「潮生滄海白，日落大江黄」，皆得唐人三昧。』應該也把握住了嚴可均此類詩歌的風神，評價尚謂平允。嚴可均曾在《周鐵瓢詩稿敘》中評價友人周農的詩歌説：『通經博學，詩似竹垞，其七言歌行沈鬱頓挫，髣髴空同。……百五十許首，皆格致清空，如斷磵流泉，疎花獨笑。』以上不難看出，嚴可均對『沈鬱頓挫』、『格致清空』等詩美風格的推崇，這大概也是他志在努力的審美方向。

嚴可均詩文集中未收録賦作，或爲其不擅長此體。不過，在《鐵橋漫稿》中收入《沈屺望傳》，嚴可均不憚辭費，將沈屺望耗時兩年所作的《西征賦》全文録入。此賦正文加上自注共一萬五千六百四十多字，嚴可均評價説：『賅洽閎深，上掙潘岳。……傳者，傳也。余文未必傳，即祖惠之賦仍未必傳，枉費紙墨耳。於虖！天之生才不易，人之憐才亦不易，自古而然，詎唯祖惠也哉？』上文道出了嚴可均憐才重文之心。沈屺望《西征賦》繼承了潘岳《西征賦》的體制，主要描述西行陝、甘、寧夏等地之景致及其相關人文歷史，幾乎字字有注。其中許多地名及行政建制有一定的歷史參考價值，只是文無特藻，注繁過辭，頗難卒讀。嚴可均有感於其『潛心理學，厭薄詞章。先時稿本棄之敝簏，與竝世名流絶不通聞問，竝世名流亦鮮或偁道之』的現實遭遇，不甘其被埋没，故而變通碑傳通例，收録此尾大不掉的巨賦入篇，一則體現出他對辭賦苞舉宇内、參羅萬象的文體觀，再則也有他與沈屺望惺惺相惜之意。嚴可均的文章大多爲序、跋、傳、銘等學術性應用文字，它們集中體現了其通經辯義、有裨世教等觀念。嚴章福評價説：『竊見今之爲詩者，刻意求新，取則于達官貴人；爲古文者，以離合變化爲能，譬如海市蜃樓，空中絢爛。伯兄詩師古，不循時好，文從數萬卷故書鉤索得來，譬如造塔先掘地，縱廣數十弓，堅築基址，積勞而收功也晚。』可以説，嚴可均可貴之處在於作詩絶不鎔經炫博，作文則不發空談，厚積薄發，各得其文體之規而當行出色。

四

嚴可均生前即自編詩文集：前述乾隆五十七年，他自編《鐵橋詩集》十四卷，其父嚴其焜爲其删存至四卷；嘉慶八年，嚴可均又將《鐵橋詩集》四卷本删爲一卷，命名爲《鐵橋詩悔》；道光十四年（一八三四），嚴可均在《答徐星伯同年書》中臚列著述目録，其中提到『《鐵橋詩稿》十四卷、《文稿》十六卷，可均譔，少作不足存。《鐵橋漫稿》八卷，可均譔。……時文不入録。已刻』，可知《鐵橋漫稿》八卷本纔符合嚴可均自選詩文集的初衷，且至少在道光十四年之前已經刊刻。道光十七年（一八三七），嚴可均族弟嚴章福在同郡同人的鼓勵下爲嚴可均重編《鐵橋漫稿》十三卷，他在序中説：『《鐵橋漫稿》十三卷，余伯兄之廢稿，諸同人所綜録者也。……所校輯譔著積七十餘種，合編爲《四録堂類集》千二百餘卷，已刊板者十種。其乾隆中舊稿有詩十四卷，文十六卷。伯兄自謂少作不足存，其嘉慶初到今詩六十餘首，文數百首，亦廢棄之，不欲問世。有張紫瀾者，江寧才士也，就新舊詩稿選存三百餘首。邑人董鑄范，深於詩者也，就張本删汰百餘首。嘉善潘篔坡又就張本選補一首，定存詩二百二十二首。其文除舊稿一十六卷外，建德諸生蒐輯散片并《金石跋》，寫存二百四十九首，未經删汰。平湖陸飲江又選存時文十三首，俱非伯兄意也。諸同人慫恿，乃合編詩文爲《鐵橋漫稿》十三卷，附《四録堂類集》之末。』由上知，嚴章福在嚴可均自編《鐵橋漫稿》八卷的基礎上，加入建德諸生編嚴可均《金石跋》四卷，陸錫智編嚴氏《時文》一卷，還補充張紫瀾、董鑄范、潘篔坡删選嚴可均棄詩若干首，綜合而成《鐵橋漫稿》十三卷。嚴可均所編《鐵橋詩悔》，亦有單本流傳至今。另蔣鴻編《湖州十家詩選》選録嚴可均詩一卷，命名爲『鐵橋詩晦』。其爲《鐵橋詩悔》的節選本，只有極少的個别字詞刊刻不同而已。

本次整理以浙江圖書館藏清道光十八年《鐵橋漫稿》四録堂刻本爲底本，以光緒十一年（一八八五）蔣鳳藻重刊《鐵橋漫稿》心矩齋校本、四川圖書館藏劉咸炘批點《鐵橋漫稿》八卷本、《湖州十家詩選》之《鐵橋詩晦》月河草堂叢書本、浙江圖書館藏錢恂民國六年（一九一七）抄本《鐵橋詩悔》、劉世珩校刊《聚學軒叢書》第三集《鐵橋金石跋》四卷本等爲參校本。對於《鐵橋詩晦》、《鐵橋詩悔》中所存《鐵橋漫稿》未收之詩，則以其相應的體裁歸入集中相應作品之後，并加以注明。另外，輔以《兩浙輶軒録》光緒十七年刊本、《清史稿·嚴可均傳》中華書局點校本、《冷廬雜識》中華書局整理本、《全上古三代六朝文敘》王毓藻光緒間刻本、《香豔叢書》人民文學出版社整理本等所收嚴可均集中個别篇目加以輔校。在此次整理過程中，遇到大量缺筆字，如『胤』、『丘』、『玄』等，均徑改歸本字；其他俗字、異體字或古今字，如『壽』（前）、『挍』（搜）等，一律改成符合現代漢語書寫的規範字。附録部分受益于陳韻珊、徐德明著《清嚴可均事蹟著述年譜》及李士彪、吴雨晴《輯佚大家——嚴可均傳》，分爲輯佚、序傳、詩評等三部分，其論著中的相關材料也儘量吸納，并加以覈校。輯佚部分以《鐵橋漫稿》、《鐵橋詩悔》、《鐵橋詩晦》中所未收之詩文類作品爲對象，如《商子》五卷序、《鬻子》二卷跋、《尹文子》二卷跋、《公孫龍子》跋、《商君書新校正序》、《説文聲類》後序、《説文聲類》序、《説文訂訂》序、嚴可均《費鈞雲坡詩鈔跋》等，至於嚴氏學術著述中的按語、旁注等則不在收録之列。

在此次整理過程中，陳兄小林代爲抄録浙江圖書館藏《鐵橋詩悔》抄本，并多次與我商議編纂體例等問題，惠我良多。其拳拳熱忱，服膺難忘。另外，内子唐睿在承擔所有家務的同時，還協助我至四川圖書館特藏部抄録并覈校劉咸炘批點《鐵橋漫稿》八卷本。我的碩士研究生樊榮、趙娟、蒲春燕、韓小婷也分擔了《鐵橋漫稿》十三卷的録文與覈對清樣的工作，在此一併表示謝意！

嚴可均爲有清學壇巨擘，通過此次整理，對其人格、學品、文風等各個方面又深化了認識。限於眼力學識，謬誤定當不少，雖然頗用心力，終恐辱没先哲。書中不當之處，敬請學界前輩、同仁批評指正！

孫寶

二〇一二年七月二十六日

凌晨一時寫畢於南充寓所

注釋

〔一〕參見曹紅軍《『嚴可均』、『嚴萬里』辨》一文的考述，《文教資料》一九九六年第八期。

〔二〕參見陳韻珊、徐德明著《清嚴可均事蹟著述年譜》，藝文印書館，一九九五年十二月，第二—三頁。

〔三〕參見程毅中《〈全上古三代秦漢三國六朝文〉的編者是誰？》（《古籍整理出版情况簡報》一九六二年六號），徐德明《〈全上古三代秦漢三國六朝文〉作者考》（《華東師範大學學報》一九九〇年第一期），杜澤遜《文獻學概要》（中華書局，二〇〇一年版，第三七一—三七五頁），李士彪、吴雨晴《輯佚大家——嚴可均傳》（浙江人民出版社，二〇〇八年十一月，第一五三—一九二頁）的相關論述。

〔四〕參見陈延嘉、王同策、左振坤《嚴可均的貢獻與我们的工作》（《長春師院學報（社會科學版）》一九九四年第三期）一文的相關論述。

〔五〕參見徐德明《嚴可均著述考》（《華東師範大學學報（哲學社會科學版）》一九九五年第五期）所列出的經學、小學著述成果。另外，李士彪、吴雨晴《輯佚大家——嚴可均傳》一書分『研治《説文》』、『考校經籍』、『金石之學』以及『學術貢獻』等若干章節對其成果進行專門論述，可參。

〔六〕參見曹道衡、沈玉成《中古文學史料叢考》卷二『《三都賦》作年』（中華書局，二〇〇三年七月，第一六六—一六八頁）一文的考訂。

目録

卷一　詩類上

卷二　詩類下

卷六　文類四

卷七　文類五

卷八　文類六

卷九　文類七　金石跋一

吴

宋

梁

後魏

北齊

北周

卷十　文類八　金石跋二

卷十一　文類九　金石跋三

唐

後唐

卷十二　文類十　金石跋四

卷十三　文類十一　時文

附録

輯佚

序傳

詩評

卷一　詩類上

獨漉篇〔一〕

獨漉獨漉，泥深陷轂。陷轂猶可，翻車汙我。春華大好，畏及早秋。相面不侯，愼莫竊鉤。廉吏苦貧，不酌貪泉。直木見伐，不顧曲全。狐貉雖温，當炎不御。蘭蕙雖馨，當門則去。白日杲杲，黄沙浩浩。晝短夜長，憂多樂少。勢利之交，隙于一言。彌天之談，戢于一棺。彎弓射虎，虎咥而怒。我命在天，匪虎之懼。小信賊信，小忠賊忠。登高四望，伊誰適從？

校勘記

〔一〕劉咸炘於此卷首批曰：『癸亥五月翻閲，選數首。』按，『癸亥』爲民國十二年（一九二三）。另按，劉咸炘於《鐵橋漫稿》卷八之卷末批曰：『壬戌四月買得，讀過。咸炘記。』可知，其於民國十一年四月購得此書。此書爲蔣鳳藻重刊《鐵橋漫稿》八卷本，今爲四川圖書館特藏。以下簡稱『劉批本』。

白頭吟

鬱鬱江邊松，哀哀雲際雁。與君期白頭，不謂中途變。〔二〕

昔者鳳與皇，鳳意或求皇。今者鳳與皇，鳳皇不成雙。〔二〕
溝水東西流，偕行各自涉。琴心亦何常，新舊不相及。〔三〕
新人媸亦妍，舊人妍亦媸。欲得新人笑，莫如舊人啼。〔四〕
過時愛情割，既望圓儀闕。暑來常棄裘，寒來亦棄葛。〔五〕
魚尾何簁簁，釣竿何珊珊。積景下西嶺，際曉復東還。〔六〕

校勘記

〔一〕蔣氏重刊心矩齋校本（以下簡稱『心矩齋校本』）同，蔣鴻《月河草堂叢書》本《鐵橋詩晦》（以下簡稱『《鐵橋詩晦》』）、民國六年錢恂抄本《鐵橋詩悔》（以下簡稱『《鐵橋詩悔》』）所録此章與前兩本同中有異，作：『青青山上松，哀哀雲中雁。與君本一心，不謂中道變。一解。』

〔二〕心矩齋校本同，《鐵橋詩晦》、《鐵橋詩悔》『昔者』作『昔如』，餘同。章末有『二解』字樣。

〔三〕心矩齋校本同，《鐵橋詩晦》、《鐵橋詩悔》所録此章與前兩本同中有異，作：『溝水東西流，褰裳各自涉。琴心亦何常，新故豈相及？』另按，此章在《鐵橋詩晦》、《鐵橋詩悔》中作『五解』，與底本、心矩齋校本列於此詩第三解不同。

〔四〕心矩齋校本同，《鐵橋詩晦》、《鐵橋詩悔》所録此章後兩句與前兩本同，所録前兩句則有異，作：『新人日以合，舊人日以離。』另按，此章在《鐵橋詩晦》、《鐵橋詩悔》中作『三解』，與底本、心矩齋校本列於此詩第四解不同。

〔五〕心矩齋校本同，《鐵橋詩晦》、《鐵橋詩悔》所録此章與之全然不同，作：『舊人笑亦婔，新人啼亦妍。一啼而一笑，在膝而在淵。』且此章在《鐵橋詩晦》、《鐵橋詩悔》中作『四解』。

〔六〕心矩齋校本同，《鐵橋詩晦》、《鐵橋詩悔》所録此章前兩句與之同，後兩句作：『紅輪下西嶺，安能復東還？』且章末有『六解』字樣。

車遥遥

荒鷄長號夜過半，童僕挑燈取臥薦。〔一〕登程廿〔二〕里星煥爛，昏騰殘夢兩目眩。馬蹏跳跋車轂戰，前行後行聲相唤，扶桑挂鏡天下旦〔三〕。車遥遥，遥遥望車塵。但見車塵起，不見車中人。

校勘記

〔一〕心矩齋校本同，《鐵橋詩悔》此句作『僕夫撾門勸蚤飯』。

〔二〕心矩齋校本同，《鐵橋詩悔》『廿』作『十』。

〔三〕『旦』字原漫漶不清，據心矩齋校本、《鐵橋詩悔》補。

箜篌引

河之水兮風揚波，公竟渡河兮奈公何？ 河水濺濺，浪大風偵。中流失船，公不復還兮，望斷河干。

君馬黃

君馬黃，臣馬紫，天生兩馬皆四蹄，那得令人不道死。僮頑弗輕棄，憐是故鄉人。衣敝弗輕棄，猶帶故鄉塵。

折楊柳歌

下馬折楊柳，上馬吹胡笳。〔一〕主將功未遂，戰士敢思家？

校勘記

〔一〕心矩齋校本同，《鐵橋詩悔》所録詩此二句爲『上馬折楊柳，下馬吹胡笳』。

三洲歌

三山斷江口，送郎淚沾衣。征帆遥不見，知度巴陵西。

企喻歌

犢子被文繡，那得不爲犧？健兒苦寒餓〔一〕，那得不爲非？

校勘記

〔一〕心矩齋校本同，《鐵橋詩悔》所録詩此句爲『壯士苦貧賤』。

西曲歌

盈盈大小姑，隔却湖口縣。生憐百里間，相望不相見。

子夜歌

儂上紅錦機，兩絲〔一〕織爲一。歡來就儂機〔二〕，有何不成匹？

歡愛白〔三〕蓮花，盪舟向前浦。剖開蓮子心，似儂心中苦。

校勘記

〔一〕心矩齋校本、《鐵橋詩悔》同，《鐵橋詩晦》『絲』作『線』。

〔二〕心矩齋校本同，《鐵橋詩晦》、《鐵橋詩悔》『機』作『嬉』。

〔三〕心矩齋校本同，《鐵橋詩晦》、《鐵橋詩悔》『白』作『紅』。

歡聞變歌

贈歡碧〔一〕玉簫，中貫兩頭空。歡心衹方寸，不肯交付〔二〕儂。

校勘記

〔一〕心矩齋校本同，《鐵橋詩悔》「碧」作「白」。

〔二〕心矩齋校本同，《鐵橋詩悔》「交付」作「持贈」。

采蓮曲

江南可采蓮，女兒白雙足。打槳石城西，齊唱采蓮曲。
采蓮復采蓮，盪舟蓮葉間。蓮葉緑如許，蓮花紅可憐。
歡采蓮幾枝，儂采蓮幾枝。歡儂各自采，唤儂欲底爲？
可憐雙鴛央，交頸戢其羽。可憐雙鴛央，雙雙奈何許？
蓮花出水立，白白復紅紅。兩般好顔色，兩心同未同？
道是兩心同，莫教顔色改。顔色有時改，與歡及時采。
采采蓮多枝，息息莖中絲。絲絲斷未斷，相連能幾時？
蓮花結蓮子，蓮子在蓮房。齊唱采蓮曲，延年壽千觴。

江南樂〔一〕

紅亭緑楊柳，遮徧龍尾灣。郎但不惜費一作「不相棄」，與儂樂千年。

校勘記

〔一〕心矩齋校本同,《鐵橋詩悔》題作『白附鳩』。

佛粉行

惡生不如美死,彊笑不如痛哭。歲比不登,遑果我腹。行就食而徂東,盡室家而度江。江東十户九户空,比年大水復蝗蟲。今年大旱千里赤,湖底鑿井井底坼。貧家鬻女富鬻宅,無糜餔爾永朝夕。躑躅荒墟,遇見老嫗。曰若咨上天,仁愛爾民,賜爾佛粉療爾飢。泥首膜拜,荷大生德。遵彼西山,披荆除棘。窟地五尺强,粲然逢白土。匊之擷之,嗟嗟苦苦。朝堀粉,餐風露。暮堀粉,宿嵒幽。木皮草根,和作乾餱。既蹘我吻,又窒我喉。相看顔面,如鵠如鳩。霜林夜半,鬼哭啾啾。居室何必高堂! 餬口何必稻粱! 願得好生人,惠我秕與穅。黄鬚縣隸攔街坐,口給米升錢卅五,遣之出彊急星火。流民同是帝堯民,去去江東非樂土。

郭公謡〔二〕

郭公來,胥吏瘠,百姓肥。吁嗟! 郭公來何遲!
郭公去,胥吏歌,百姓哭。吁嗟! 郭公去何速!

校勘記

〔一〕心矩齋校本同,《鐵橋詩悔》題作『郭公歌』。

織縑謡

南荒北孰,家家食肉。南孰北荒,家家食糠。

葵扇歌

蒲葵扇,摇摇復拂拂。到及秋風生,與爾相離别。
蒲葵扇,附熱曾無意。到及秋風生,如何便棄置?

古　諺

江湖雖大,不容鯤魚。駿馬如龍,不如安車。
知命者不富,大勇者不鬬。
善下者,人上之。善得者,鬼喪之。
我視人之明,而自視則昧。雖有離婁,不克顧其背。
多藝不死,多錢役鬼。

匹夫多藏，盜睨其旁。

鳳皇不觸網，義士不受賞。

剛易折，圓易缺。 白易汙，巧易拙。

善戰者，能乘其間也。 善治者，先防其亂也。

諛言伺其色，讒言投其隙，良言祛其惑。 善醫疏其塞，善政去其賊。

高士〔二〕不懷刺，淑女不工媚。 寶器不充肆，太平不獻瑞。

校勘記

〔一〕心矩齋校本同，《鐵橋詩晦》、《鐵橋詩悔》「高士」作「上士」。

塘上行〔一〕

蒲生寒塘上，根短葉何長。 過時而不采，盛衰祇自傷。一解。 風波起眉睫，使妾生悲歎。思君望顔色，相見亦已難。二解。 念妾平生時，豈謂有離別。 讒言使交流，水落石自出。三解。昔者鳳與皇，今者炎與涼。 昔者膠與漆，今者參與商。四解。 恩以舊歡失，寵以新愛奪。 暑來嘗棄裘，寒至亦棄葛。五解。 悲風從天來，飄搖動我衣。 歡愛倘中返，皓首以爲期。六解。

校勘記

〔一〕此詩至《古塞上曲》凡八首，《鐵橋漫稿》未收，據《鐵橋詩悔》補録。

幽州馬客吟

快馬須好鞭，强弓須勁箭。男兒志拏雲，無錢莫作健。

那呵灘

打鼓發江陵，十日下揚州。蹋蹀儂偏慣，風波不解愁。

夜黄黄

湖中雙芙蓉，一白復一紅。不妨顔色異，只願兩心同。

襄陽蹋銅鞮

朱樓夾漢水，白馬度襄陽。男兒但得意，曷用早還鄉？

李夫人歌

譙鼓沉沉銅漏澀〔二〕，蠟炬光寒錦帳黑。美人含睇隔虚無，欲前不前嬌無力。相思相見是邪非？環珮魂歸憔悴色。凄風摇幕離宫愁，少翁竦立漢皇泣。

校勘記

〔一〕『譙』原作『醮』，據意改。

結客少年場行

白馬珊瑚鞭，鏤金匕首七寶鞍。遊戲五陵下，結交群少年。當場意氣傾三輔，突兀黄金揮似土。滿斟椒柏炙大脯，主人歡劇醉歌舞。咸陽城上落月低，手擲人頭血淋漓。爲主報讎身不顧，披髪更名他鄉去。君不見，鷃子經天群雀波，魏其失位門張羅，紛紛結客奚足多！

古塞上曲

原上秋風白草連，霜雕一箭落寒煙。男兒誓取通侯印，躍馬臨洮二十年。

感　興〔一〕

秋蘭生磵曲〔二〕，浥露舒華滋。含香自珍惜，榮顇亦任時。一朝紉爲佩〔三〕，使我枝葉離。雖近君子身〔四〕，芬芳日以非。毋阿有本性〔五〕，依人非所宜。

南山有奇鳥，五采炫朝陽。上憩芳樹陰，渴飲蘭池漿。離哉蜚叢薄，羅網忽森張。卑棲寧久安，哀鳴以高翔。〔六〕

校勘記

〔一〕心矩齋校本同，《鐵橋詩悔》題作『雜興』。

〔二〕心矩齋校本同，《鐵橋詩悔》『碉曲』作『澧上』。

〔三〕『佩』，《鐵橋詩悔》作『珮』。

〔四〕『身』，《鐵橋詩悔》作『旁』。

〔五〕心矩齋校本同，《鐵橋詩悔》作『山林有野性』。

〔六〕《鐵橋詩悔》《雜興》詩題下録詩二首，第一首與《鐵橋漫稿》所收《感興》詩相同，第二首《鐵橋漫稿》未録，故補録於此。

雜　詩

富貴非吾樂，貧賤非吾憂。憂樂與俗殊，耿耿在千秋。斥鷃笑黄鵠，杳冥何所求？貪夫務苟得，志士務潛修。彼我不同道，安能相爲謀？

南鄰有貧女，粉黛夙無施。夫君隔天末，遠道胡不歸？空房顧形影，中夜獨裵回。阻飢盎無儲，禦寒桁無衣。賤妾安足悲，所悲黄口兒。辛勤事織作，聊用供餔糜。詎無吉士誘，終焉禮自持。芳蓮出池底，中心不受泥。昊天監知之，君歸亮有期。

豫章千尺木，乃在大江西。皇天雨露恩，挺此廟堂姿。雒陽要梁棟，使者尺一馳。〔一〕郡縣被中旨，搜揚敢後期？百夫擁上道，道旁咸嘆咨。詎不戀舊土，懷材難久遺。此身既許國，剪伐所未辭。根斷枝作薪一作『根朽萌櫱僅』，升沈胡不齊？〔二〕

腐儒喜談古，古事芒昧間。目遇猶難恃，豈況共和前？蚩尤相黄帝，見《管子·五行》。涿鹿啟兵端。羽淵既方命，郊配四百年。湯武同時起，中分天下難。武庚成亦賢，少康敗亦頑。人事或翻覆，予奪天無權。萬古同此天，今爾將何言〔三〕？

江浙田賦重，東南民力殫。尤重者四邑，江震與程安。野人納倉米，歸來各悲歎。終歲常勤動，合家常飢寒。如聞八省漕，輕重絶相懸。王道無黨偏，四邑民獨艱。我云否不然，昔在宋明年。有官田籍没，租額若天淵。官田籍没田，一依租額起科。每畝四五斗、七八斗，至一石以上。減之再三減，四則以相權。承流率浮濫，什一二之間。官家但什一，何異殷周前。吴江等四邑皆水田，濱太湖，稀逢旱潦。豐年收米畝三石，凶年石，中年二石。準古什一税，以一斗八升零入官。徒以承平久，百爲費漸繁。量入以爲出，上下俱安便。

黄河天上落，如龍性難馴。自從開闢來，爲害中國頻。徙之行塞外，中外長不貧。漢武時，齊人延年上書，天子壯之。今中外一家，倘由東勝泝喀喇木倫河，鑿溝吴喇忒至毛明安，出喀爾喀右部，放河東下。我于左翼前旗之東爲四五堰，不使涓滴南流，則漠南數千里漸成膏腴，中土永無河患，豈非萬年至計？而惜乎不能也。崇伯無遠略，功罪集一身。堯或誤用人，舜乃誅不仁。顧非盜息壤，神禹難爲神。鯀作隄，禹于大伾以上亦作隄。《記》云禹能修鯀之功，史遷云水載之高地，謂隄也。後世治河者，猶夏道是循。蘆灰能遏水，下哨隨河新。既免妨漕運，復不病居民。決口至明年退，灘填淤之中，常得倍利。歲糜萬億緡，隄塞陳陳因。因害以爲利，汎工問河臣。

凌苕鮮冬榮，木蕣不宿槁。嚴霜被高林，松柏獨美好。男兒可憐蟲，憂多樂事少。役役妻孥閒，營營何日了？羽人海上來，招我游蓬島。沐髮瀛海波，振衣叒木杪。回頭顧塵寰，籛鏗先我夭。夢醒嗒焉悲，有生皆腐草。卓卓桓君山，新論無仙道。

校勘記

〔一〕心矩齋校本同，《鐵橋詩悔》録此詩題爲『豫章行』，此句作『使者奉檄馳』。

〔二〕心矩齋校本同，《鐵橋詩悔》『郡縣被中旨』句後作：『伐山敢稍遲？修幹鋸解之，繁枝斧以斯。百手挽大笮，曳倒于荒蹊。率度劑兩頭，繩削由工師。豈不戀舊土？懷材難久遺。此身既許國，根則朽爲泥。枝葉充作薪，升沉良不齊。』

〔三〕心矩齋校本同，清潘衍桐《兩浙輶軒續録》（以下簡稱『《續録》本』）卷二十『嚴可均』條録此詩，此句作『尺喙將何言』。

擬　古[一]

槮差原上蒿，遠近道旁黍。人云百載前，此地徧朱户。閲古斯成今，閲今斯成古。策馬登崇岡，蒼然望平楚。寒煙鬱荒疇，墟墓紛難數。悲風野蕭條，樵牧自歌舞。盈虚隨大化，貴賤俱黄土。爲樂及芳時，過時將安補？

灼灼夫容[二]花，託生蘭澤畔。與君新結褵，錦衾光[三]爛爛。盛愛難久持，何言[四]中道變？恩重枯木春，寵移和璧賤。願得鳳皇[五]琴，彈作相思散。終日不成曲[六]，弦腸忽俱斷。陽澤潤華滋，萬象咸周徧。君意亮[七]終回，寄言加餐飯。

篋中有端綺，繡作碧梧枝。上棲雙鳳皇，翁離似欲飛。梧葉猶未[八]落，所思猶未[九]歸。含情獨脈脈，持此將詒誰？

婺婉天孫女，當機不停梭。睆睆望牽牛，七夕相經過。一别動經歲，佳期能幾何？迢迢阻銀漢，娟娟揚素波。誰言天上好，天上别離多。

遲遲白日暮，唧唧寒蛩啼。遠道多悲風，良人行不歸。空房顧形影[一〇]，膏沐爲誰施？歲華坐婉娩，含淚理征衣。金剪裁妙匹，縫以素色絲。征衣千縷絲，賤妾千里思。腰帶減疇昔[一一]，瘦損亮有差[一二]。繁杵激清響，夜久風凄其[一三]。凄其徒緬邈[一四]，歸期安可知？繫以同心結，庶近君光儀。[一五]

客從京洛至，遺我一綈袍。窮途易感恩，物輕誼則高。繁霜皓已結，朔風起蕭條。故人此嘉惠，被服遂由敖。僶勉圖〔一六〕報稱，愧乏英瓊瑶。

悠悠遠離别，戚戚念平生。與君結歡好，話此終古情。如何一相失，飄飖東西征。良時無重至，朱華不再榮。相思渺何際？相見定何歲？驚風卷浮雲，白白或照地。無以會面難，所惜芳顔逝。君亮重高義，舊人寧久棄。〔一七〕

置酒臨高臺，主客美無度。貫珠轉歌喉，舉袂連香霧。三變發悲音，滿座色相顧。欣感在須臾，百事迭成誤。諒兹七尺軀，未逾金石固。胡爲據要津？營營忽遲暮。奉觴與主人，勉旃行吾素。〔一八〕

高城湧飛閣，乃在碧雲端。流蘇垂繡帷，明瑰飾雕欄。熒熒三五女，脈脈時自憐。援琴寫幽操，千載爲一彈。中曲何掩抑，一唱復三歎。遠懷契皇古，清響回朱鸞。調高合希世，違恤知音難。輟弦自矜許，空床還獨眠。〔一九〕

上山采藜藿，下山采芍藥。采采思所歡，往路今奚若？還歸倚空幃，雙淚忽以落。願爲黄鵠飛，因風遥相記。〔二〇〕

凉飈應候至，庭柯忽秋聲。明月照虛牖，碧宇何皛皛。寒蛩凄以咽，繁露皓以零。疇昔二三子，久約要平生。如何當要路，邁邁遂相傾。越鳥東南飛，朔馬徘徊鳴。同儔而乖末，嗟哉誰諒誠。〔二一〕

驅馬出郭門，迢迢阻長川。浮雲蔽天起，不見咸陽原。回飈肅百草，墜葉下層巒。親舊半零落，所遇莽墟煙。人生即上壽，疇能逾百年？感此榮與顇，泣涕不能言。〔二二〕

迴車度秋原，杳杳北邙路。松柏何陰森，白日屯寒霧。悲風四面來，撲朔竄狐兔。到此無賢愚，一去竟長暮。徒含萬古悲，幽閟更誰愬？大化互乘除，古今迭新故。神仙不可期，道德祇餘慕。何爲事空名？不朽亮無具。酌酒擁佳人，遊戲青陽度。〔二三〕

迢迢孟冬夜，悲風嘯枯桑。客游畏歲暮，側聽更漏長。故人久隔越，千里徒相望。興文修尺素，薄言攄中藏。肝摧氣亦結，終夜不成章。貧交輕遠離，蹇遇怯還鄉。遥期植令德，良晤應靡常。〔二四〕

明明窗前月，流光入我幃。良人不在兹，誰與攬餘輝？煢煢倚孤枕，夢見忽覺非。與君各異體，焉得常相依？披衣起躑躅，泗涕沾雙扉。〔二五〕

校勘記

〔一〕劉批本於此詩題下批曰：『意太陳。』

〔二〕心矩齋校本同，《鐵橋詩悔》『夫容』作『芙蓉』。按，《鐵橋詩悔》收録《擬古》十三首，此爲其六。

〔三〕心矩齋校本同，《鐵橋詩悔》『光』作『何』。

〔四〕心矩齋校本同，《鐵橋詩悔》『何言』作『焉知』。

〔五〕心矩齋校本同，《鐵橋詩悔》『鳳皇』作『緑綺』。

〔六〕心矩齋校本同，《鐵橋詩悔》「曲」作「聲」。
〔七〕心矩齋校本同，《鐵橋詩悔》「亮」作「儻」。
〔八〕心矩齋校本同，《鐵橋詩悔》「猶未」作「一以」。
〔九〕心矩齋校本同，《鐵橋詩悔》「猶未」作「竟不」。
〔一〇〕心矩齋校本同，《鐵橋詩悔》「顧形影」作「獨歎息」。
〔一一〕心矩齋校本同，《鐵橋詩悔》「疇昔」作「往昔」。
〔一二〕心矩齋校本同，《鐵橋詩悔》「亮」作「諒」。
〔一三〕心矩齋校本同，《鐵橋詩悔》「風淒其」作「何淒淒」。
〔一四〕心矩齋校本同，《鐵橋詩悔》「淒其徒緬邈」句作「淒淒入夢想」。
〔一五〕心矩齋校本同，《鐵橋詩悔》末兩句作「願爲同心結，得近君光儀」。
〔一六〕心矩齋校本同，《鐵橋詩悔》「圖」作「思」。
〔一七〕此首爲《鐵橋詩悔》所載《擬古》十三首其一，《鐵橋漫稿》未收，故據以補録於此。
〔一八〕此首爲《鐵橋詩悔》所載《擬古》十三首其二，《鐵橋漫稿》未收，故據以補録於此。
〔一九〕此首爲《鐵橋詩悔》所載《擬古》十三首其三，《鐵橋漫稿》未收，故據以補録於此。
〔二〇〕此首爲《鐵橋詩悔》所載《擬古》十三首其四，《鐵橋漫稿》未收，故據以補録於此。
〔二一〕此首爲《鐵橋詩悔》所載《擬古》十三首其五，《鐵橋漫稿》未收，故據以補録於此。
〔二二〕此首爲《鐵橋詩悔》所載《擬古》十三首其八，《鐵橋漫稿》未收，故據以補録於此。
〔二三〕此首爲《鐵橋詩悔》所載《擬古》十三首其九，《鐵橋漫稿》未收，故據以補録於此。

〔二四〕此首爲《鐵橋詩悔》所載《擬古》十三首其十一，《鐵橋漫稿》未收，故據以補録於此。

〔二五〕此首爲《鐵橋詩悔》所載《擬古》十三首其十三，《鐵橋漫稿》未收，故據以補録於此。

擬雜體詩〔一〕

魏太子丕公讌

青天一片月，照我芙蓉池。兄弟既和愷，嘉客復鱗差。長筵倚緑波，紛葩媚瓊蕤。弦歌競雅奏，華鐙一何煇。清光滿西園，繁星落酒巵。翩翩此良會，不醉將何爲？群公惠好我，吐握安敢辭？展詩暢心意，幸甚樂昌期。

陶徵君潛田居

屏處稀塵鞅，作息儕農家。〔二〕鄰翁欣莫逆，攜手話桑麻。雞犬各自適，童穉嬉無〔三〕譁。裴回度墟曲，炊煙互交加。微雨昨夜過，豆苗亦已花。挈壺期一醉，樂事良未賒。

謝僕射混游覽

迅矣隙駟辰，達哉〔四〕樞榆諷。良時盍勝游，胡爲久倥傯？整轡越都門，薄言舍徒衆。絲柳覆幽蹊，煙蘿裊翠洞。踐巒[五]天有階，涉[六]磵花無縫。飄飖度石樓[七]，岌嶪駕虹蝀。寒香冷袷衣，清唄警塵夢。凌厲眺崇京，氣勢鬱龍鳳。曾無補袞能，恝焉臺省奉。[八]聿想山中人[九]，撫躬用自訟。

顏特進延之侍宴

燭龍曜恒極，鵬翅煽炎椒。西馭沙河隔，東觀若木遥。廣輪邈漢宇，襟帶仰熙朝。皇猷厲精治，時巡蓄軫勞。青陽麗嶠路，黄常卓江皋。望幸徧五州，懽忭齊四郊。列騎扶瑶轂[一〇]，轉[一一]軸翼龍校。天儀山祇警，神蹕水若逃。回瞻衛龍虎，藐盼流金焦。故里停璇蓋，春方沛瓊膏。荆豔歌遏雲，趙姬舞回飇。長筵寵行殿，廣座錯金貂。恩由魚水洽，道以精一超。嶽瀆效瑞應，鼎羮感和調。

謝臨川靈運游山

曰余軼塵銜，順命樂清適。遠彼樊籠期，振此青冥翮。緬幽愜舊悰，尋異理輕策。境爲動息周，形以崇深役。踐嵐升九虚，度谷下千尺。仰聆松韻繁，俛矚磵流激。白岸憩遥亭，石門坐[一二]奥宅。餘霞半入窗，積翠寒欲滴。層構出丹崖，修蘿複蘚壁。延睞憺忘餐，游精歷未識。水木媚清輝，靈藴頓翕闢。妙善諶玄蹤，冥契赴岑寂。吏隱徵在今，一往羡飛舄。

校勘記

〔一〕心矩齋校本同，《鐵橋詩悔》題作『雜體詩』。
〔二〕心矩齋校本同，《鐵橋詩悔》此二句作『荒居鮮塵鞅，日夕過田家』。
〔三〕心矩齋校本同，《鐵橋詩悔》『無』作『相』。
〔四〕心矩齋校本同，《鐵橋詩悔》『達哉』作『悲哉』。
〔五〕心矩齋校本同，《鐵橋詩悔》『巒』作『巖』。
〔六〕心矩齋校本同，《鐵橋詩悔》『涉』作『越』。
〔七〕心矩齋校本同，《鐵橋詩悔》『石樓』作『雲車』。
〔八〕心矩齋校本同，《鐵橋詩悔》此二句作『壯茲全盛形，愧焉臺省倖』。
〔九〕心矩齋校本同，《鐵橋詩悔》此句作『日暮愁佳人』。
〔一〇〕心矩齋校本同，《鐵橋詩悔》『轂』作『軫』。
〔一一〕心矩齋校本同，《鐵橋詩悔》『轉』作『鼓』。
〔一二〕心矩齋校本同，《鐵橋詩悔》『坐』作『結』。

十三夜月

匡居寡塵悰，眷茲階前月。矧當盛節臨，清輝滿庭樾。紆徐步簷楹，幽思動超忽〔一〕。人靜〔二〕蛬語繁，風細〔三〕花影活。時有玉露零，兼之纖雲沒。映池瀲若空，幾望輪猶闕。無嫌質靡盈，所貴光不竭。何因期結璘，沖虚即蟾窟。

校勘記

〔一〕心矩齋校本同，《鐵橋詩悔》作『泠然逼詩骨』。
〔二〕心矩齋校本同，《鐵橋詩悔》『人静』作『夜静』。
〔三〕心矩齋校本同，《鐵橋詩悔》『風細』作『風動』。

十四夜月

經秋戀明月，不夜先憑欄。光輝踰前夕，已見升東垣。衆星亦稍吐〔一〕，絳河揚微瀾。灝氛一以澈，懸曜誰不觀？萬象垂天衢，十九已團欒。持滿詎〔二〕恒居？若虚可久安。素娥迎佳節，環佩來〔三〕珊珊。金蔦麗瑶軫，皓彩流冰紈。仰視渺難即，含愁孰能删？淹客亦已久，續醪安得錢？無由答金素，空吟窈窕篇。

校勘記

〔一〕心矩齋校本同，《鐵橋詩悔》『稍』作『漸』。
〔二〕心矩齋校本同，《鐵橋詩悔》『詎』作『豈』。
〔三〕心矩齋校本同，《鐵橋詩悔》『佩來』作『珮何』。

十七夜月

幽棲愛良夜，薄斟趣亦佳。展席坐方除，好友心所諧。須臾月初上，清光入我懷。流輝何冉冉，忽已滿西階。衆籟各動〔一〕寂，一輪浄于揩。圓儀雖稍虧，素彩猶無涯。人生代新故，誰能長不乖？處滿易招損，過時遂積差。感此盈虚理，使我心爲摧。〔二〕

校勘記

〔一〕心矩齋校本同，《鐵橋詩悔》『動』作『自』。

〔二〕劉批本於此詩末批曰：『與皇甫子循詩同。』按，明嘉靖長洲詩人皇甫汸，字子循。

送周十一北上

戒馬顧同槽，馴魚戀故池。有生匪木石，孰無懷與思？與子久相要，徜徉震湖湄。男兒四方志，如鳥辭舊枝。藹藹軒蓋路，才捷競先時。鷄鳴子當發，淹留但今兹。子我非一身，焉得不分離？惟應分離後，莫負心相知。相知各努力，永言播令儀。

送王孝廉归浙〔一〕

晨鷄應候鳴，行子各嚴裝。子今既放黜，我亦游沅湘。〔二〕親交義在敦，何爲天一方？燕山八九月，朔風起悲凉。清笳亦斷續，萬馬鳴秋霜。奈何客游子，揮手共倉皇。征車各邁邁，邁邁遥相望。後會亮有因，願言崇令芳。

校勘記

〔一〕此詩《鐵橋詩悔》題作「李户部夢陽贈别」，爲《雜體詩》六首其六。

〔二〕《鐵橋詩悔》此二句作「我今免官去，子亦還故鄉」。

寄潘大翥〔一〕

中夜百端集，披衣步前楹。零零露華白，唧唧寒螿鳴。感此時物换，重以别緒縈。微風度虚牖，熠燿時復明。仰視天宇間，銀河東北傾。元運亦多阻，迢遥間雙星。况我素心友，焉能長合并。援琴寫幽操〔二〕，戚戚多離聲。詎〔三〕無蘭蕙花，爲君掇其英。中願渺難遂，佇立徒屏營。

校勘記

〔一〕心矩齋校本同，《鐵橋詩悔》題作「寄潘氏」。

〔二〕心矩齋校本同，《鐵橋詩悔》「寫幽操」作「不成曲」。

〔三〕心矩齋校本同，《鐵橋詩悔》「詎」作「豈」。

楊周二子墓下作寄懷王山人獻〔一〕

侵晨攜斗酒，流眺城南隅〔二〕。碧波帶長麓〔三〕，寒光清有餘。群鴉一以噪，纍纍多丘墟〔四〕。念彼地下人，生前良我徒。楊子雕龍手，周生野鶴如。飄飄兩詞客，長伴孫太初。〔五〕流行隨〔六〕大化，一去無賢愚〔七〕。寥寥四五子，後死爾與余。〔八〕感此一相酹，沈吟立斯須。

校勘記

〔一〕心矩齋校本、《續録》均同，《鐵橋詩悔》題作『流眺』。
〔二〕心矩齋校本、《續録》本均同，《鐵橋詩悔》此句作『流眺秋城隅』。
〔三〕心矩齋校本、《續録》本均同，《鐵橋詩悔》此句作『修波帶林麓』。
〔四〕心矩齋校本、《續録》本均同，《鐵橋詩悔》此句作『中有故人墟』。
〔五〕心矩齋校本、《續録》本均同，《鐵橋詩悔》無『楊子雕龍手』至『長伴孫太初』句。
〔六〕心矩齋校本、《鐵橋詩悔》均同，《續録》本『隨』作『在』。
〔七〕心矩齋校本、《續録》本均同，《鐵橋詩悔》此句作『無復賢與愚』。
〔八〕心矩齋校本、《續録》本均同，《鐵橋詩悔》無『寥寥四五子，後死爾與余』句。

早起懷費七璜

野人先鳥起，推窗星煥爛。殘月在西垣，屋影印溪面。花梢宿露滋，林隙曉霞燦。翻帙受清光，焚香弄柔翰。之子我同聲，新詩需點竄。望望南徐家，桑柘蔽遥岸。

宿萬峰齋翫月懷柴大源〔一〕

弭駕憩山閣，待月出高城。開簾延素彩，照我孤客清。遥林屯夕輝，瀲湖漾空明。迢迢銀漢瀉，耿耿玉繩横。圓儀亦稍闕，盛節方漸更。美人獨不見，沈吟空復情。

校勘記

〔一〕心矩齋校本同，《鐵橋詩悔》題作『宿萬峰齋翫月』。

贈劉舍人〔一〕

弱冠〔二〕振芳聲，志已戀丘壑。黑頭賦遂初〔三〕，即事欣所託。仲春氣微和，開軒面林薄。天表衆峰圍〔四〕，花外一泉躍。離離人影疎〔五〕，關關鳥聲樂。裴回池上亭，客來相對酌。〔六〕幽抱開古今，新詩或〔七〕間作。能〔八〕持齊物心，飛沈共灑落。

校勘記

〔一〕此詩《鐵橋詩悔》題作『王右丞維山居』，爲《雜體詩》六首其五。

〔二〕《鐵橋詩悔》『冠』作『齡』。

〔三〕《鐵橋詩悔》此句作『脱靮逐初衷』。
〔四〕《鐵橋詩悔》『圍』作『回』。
〔五〕《鐵橋詩悔》『疎』作『稀』。
〔六〕《鐵橋詩悔》此二句作『徘徊川上亭，挈壺聊自酌』。
〔七〕《鐵橋詩悔》『或』作『復』。
〔八〕《鐵橋詩悔》『能』作『但』。

答張五

遥夜忽不懌，被衣起旁皇。寒月隱庭柯，肅肅凝微霜。念我同袍者，三載游朔方。川涂修且阻，能不紆中腸。仰盼雲中路，流猋激金商。嗷嗷群飛雁，哀鳴一何長。智士觀物變，達人守故常。春華競朝秀，秋蘭待晚芳。明義亮不渝，蹉跎庸詎傷？感爾明珠贈，永言矢報章。

過金陵

峭帆下蕪湖，鍾山當我前。連岡百起伏〔一〕，奔走相後先。昔人此割據，虎踞而龍蟠。上流控荆益，負固睨中原。秦金厭不得，六代以偏安。畫疆自守易，統馭四方難〔二〕。前明雖定鼎，再世遷幽燕。王氣隨銷歇，撤局于福藩。牛首詎天闕，鳳臺莽秋煙。〔三〕時平曠一覽，迹往悲千年。惟有長干寺，塔鈴語雲端。〔四〕

校勘記

〔一〕心矩齋校本同，《鐵橋詩悔》此句作『連峰互起伏』。
〔二〕心矩齋校本同，《鐵橋詩悔》此句作『規圖進取難』。
〔三〕心矩齋校本同，《鐵橋詩悔》無『前明雖定鼎』至『鳳臺莽秋煙』句。
〔四〕心矩齋校本同，《鐵橋詩悔》末兩句作『躊躇臨戰地，黄蒿莽秋煙』。

五平五仄體題旅店壁〔一〕

秋原何蕭條，落日照馬首。黄河多悲風，摵摵斷古柳。前行將奚之？躑躅大渡口。飢鷹興人前，駭獸逸我右。遥遥望墟煙，託宿但恐後。還家猶無期，道路亦已久。中宵長悲吟，拔劒看北斗。

校勘記

〔一〕心矩齋校本同，《鐵橋詩悔》題作『五平五仄體』。

暫　歸

久客暫歸家，似枯枝作花。衣冠殊楚楚，面目帶風沙。今日卸行李，明日復天涯。病妻下機立，活火烹新茶。匆匆具酒肉，親友相經過。舉杯問存歿，近事棼如麻。坦途生荆棘，單家驟豪華。我幸長卑賤，不哭亦不歌。群狙各競芧，匽鼠亦飲河。翕翕夸呲子，好官爲錢多。人人便其私，焉能顧及他？天下常無事，有事當如何？

溪曲納涼

齋閣苦鬱蒸，晚食汗流背。揮扇出園門，消摇解我帶。遥望樹石間，蹲踞已數輩。我來共笑言，坦率胥堪愛。微風溪上生，爽然暑力退。魚行錦藻動，日落綵雲碎。煙際帆有無，野田如組繢。俛仰怡心神，冥與詩思會。

大佛寺

跨驢經段橋，沿隄轉北岸。巉巉寶粟山，山脚敞僧院。層階陟杳冥，古木蔚葱倩。兩兩披緇徒，招招凌紺殿。空色閃莊嚴，天儀煌震旦。輪回七世功，廓徹五尋面。若使涌全身，高于山有半。維時秋氣清，湖光摇白練。風柳老逾姿，衰荷香落瓣。回看彼岸遥，幻影目空眩。布地盡黄金，我心無繫戀。〔一〕

校勘記

〔一〕心矩齋校本同，《鐵橋詩悔》有同題之作，僅有數句相類似，餘皆不同。其云：『跨驢經段橋，紆回入深院。層階上杳冥，古木蔚葱蒨。老僧肅相迎，導我來佛殿。連山開莊嚴，鉅觀得未見。金身一丈六，敵不得頭面。諒非造化工，誰爲此譎變？惟時秋氣清，湖光白于練。衍洄興亦佳，合十去猶戀。窺彼色相空，仰止�宫奂。如何彼岸遥，躑躅徒三嘆。』

壑舟園

名園閲化治，逶迤東山岑。雲岫互回薄，重嵐窅深沈。稽遲獲選勝，得朋遂招尋。逕紆入花霧，馨濃結午陰。修蘿複苔砌，嘉木鳴時禽。泫泫流泉駛，淙淙戛玉音。飛樓揖縹緲，柯亭積璆琳。解衣一盤礴，流緬思何任。高文壽金石，令望揚古今。俛仰識陳迹，躊躕拂初心。感彼蒙莊語，倚柱成清吟。

登莫釐峰循西麓而下遂憩三茅僧舍

疲薾困炎夏，曠朗忽清秋。乍愉韝韝脱，遂展平生游。重嶺石齒齒，雙腋風颼颼。履躋始獲夷，積勞中稍休。蒼虯偃蘿徑，緑篠媚丹丘。境往迹轉緬，厓絶興逾遒。威遲度天半，飄忽墜嵒幽。陰林翳蘭若，微雲滃山樓。道用習静悟，勝以入險搜。已往遂吾有，未來誰能謀？悠哉達者達，喟焉浮生浮。

嚴先生釣臺

范書載嚴先生釣處有二，齊國上言有一男子披羊裘，釣澤中。齊國即臨淄，無故迹。又載耕于富春山，後人名其釣處爲嚴陵瀨，則唐以來所稱釣臺者近是也。章懷注引顧野王《輿地志》，七里瀨在東陽江，下與嚴陵瀨相接，有嚴山。桐廬縣南有嚴子陵漁釣處，今山邊有石，上平，可坐十人，臨水，名爲『嚴陵釣壇』。《文選・謝靈運七里瀨詩》注引《甘字誤州記》：『桐廬縣有七里瀨，瀨下數里，至嚴陵瀨。』按，《志》言相接，《記》言數里，知七里瀨在今全柏附近，後世稱謂改移。從烏石入隘行七十餘里，下漏江，總名七里瀧矣。建德壽昌界，《水經注》有十二瀨。入桐廬界，又十六瀨。七里瀨第一，故注云第二是嚴陵瀨。瀨帶山，山下有石室，嚴子陵所居，故山及瀨皆即人姓名之。山下有磐石，周回十數丈，交枕潭際，蓋陵所游也。如注所言，則志之釣壇是臨潭一石，可坐而釣者。江底漸高，瀨漸平，石室及磐石埋没沙土下，後世嚮慕高風，惜釣壇無故迹，遂指山半雙峰聳峙百仞者謂之釣臺，蓋又千二百年矣。釣臺東百許步爲嚴先生祠，祠東有嚴姓四家，即先生後裔守祠者也。《唐文粹》有補闕梁肅撰碑及羅隱刻石，石皆不存，范仲淹記亦非原石。然而瀨可平，祠可遷，碑可泐，釣臺因山爲體，與天地無終極矣。先生蹤跡殆無常處，世祖物色，得之臨淄。《前書》臨淄嚴安有傳，或先生亦臨淄人。范書以爲餘姚人，耕于富春，年八十終于家。云家者蓋富春，或餘姚。而尉氏縣城東二十里有嚴光墓，見《河南通志》卷四十九，詎老復特徵而道斃乎？史闕有間，恐未必然。嘉慶中，金陵掊土，得先生銅章，其文曰『莊光信印』。亡友萊陽趙曾北嵐權宜興令，購得之，寄贈余。後八年，余除建德校官，欲不就。顧念得先生名印，是有宿因，遂到官。道經瀧中，謁先生祠。登釣臺，用謝客《七里瀨詩》韻成五古一首，書之祠壁。若乃推求本事，先生就徵，會遭星變，决意歸耕。余嚮爲七絶發明之，玆不復及。

雙巒拄太虚，曠世展幽眺。江波洗俗心，山石貌孤峭。野雲相與閒，漢日常懸曜。潭清見鱗潛，谷深無虎嘯。遐哉老宗人，投札語言妙。狂奴終不臣，天子亦善誚。揮手臨高臺，長竿獨下釣。任公儻寓言，巢父堪同調。

擬李少卿録別〔一〕

殊方此嘉會，何爲遂遠離？徘徊臨往路，攬袪各嗟欷。遥望中原樹，浮雲日南垂。河梁一以決，長當生死辭。明知悲無益，淚下安能支？願爲雲中雁，從子以南飛。

寒雲混廣野，驚沙浩茫茫。愴恨同失所，中途復分張。我馬顧悲鳴，蕭條朔風凉。念當從此別，後會焉可望？稱觴爲子賀，獨留益自傷。

驚風振枯木，景曜忽西垂。臨河多暮色，况復送將歸。仰盼雙飛鳥，哀鳴互徘徊。浮雲一相失，各自南北飛。居者難爲別，行者亮可知。因時惠尺素，慰我長相思。

校勘記

〔一〕此組詩至《萬峰齋坐月》凡九題二十三首，《鐵橋漫稿》未收，據《鐵橋詩悔》補録。

詠　史

升天莫騎鳳，行地莫驂麟。自非明且哲，何由保其身。霍氏昔全盛，叱吒生風雲。生女服翬翟，生男駕朱輪。權重怨之府，威積禍之鄰。事勢一朝易，告密遂紛紛。飽帆無利涉，覆家盡要津。後車轉不戒，炙手勢絶倫。寂寞穀城下，黄石徒笑人。

補白馬王彪答贈陳思王詩

曹氏一門，各擅篇章，不獨三祖、子建也。《詩品》云：『白馬與陳思答贈，雖以莛擊鐘，亦能嫻雅。』彪詩鍾嶸猶及見之，今復逸失，故代作四章補之。

揚旍辭皇邑，肅命歸東藩。躊躇臨往路，攬轡不能前。峨峨峙雙闕，沉沉閉九關。浮言塞天聽，積誠誰爲宣？回飈轉枯藿，忽忽離本根。根枝一相失，飄飖寧久存？良當逐乖別，恩誼何由申？

始余朝京師，值子被命來。諸王亦云集，親愛此一時。如何金石壽，飄忽同飛埃。撫棺一長慟，任城安在哉？存者方剌齜，亡者已劫灰。浮雲爲我駐，餘曜亦西穨。載觀常棣篇，胡能不悲哀？

驅車駕言邁，陟彼首陽岑。寒風吹衣袂，樹木何陰森。溯昔采薇者，偕隱獲我心。奈何念同氣，讒口忽相尋。大別在晨夕，離思故難任。前行冬夏患，何能惠好音？憑軾望伊洛，橫流廣且深。黄鵠暮南翥，爲我長哀吟。觸遇傷懷抱，徘徊涕濡襟。

託生爲兄弟，垂發相依因。何言中道變，儵若參與辰。枯荆榮舊侶，離獸鳴索群。物生各戀故，况我骨肉親。昔爲連理枝，今爲秦越人。揮手即長別，奄忽隨飈塵。願王自珍愛，毋爲徒酸辛。鼎鼎百年後，良覯詎無津？

秋夜感述

朱炎忽已逝，歸鴻浩南征。棲遲易物候，悠悠哀吾生。撫劍興遥夜，碧宇何凄清。繁霜被原樹，皓月流前楹。衆菲歇餘緑，候蟲悽有聲。如何心事違，復此節序更。顧影傷疇昔，感遇悲漂萍。載詠南山什，孤懷焉能平？

令節不暫留，肅殺氣何早？念吾七尺軀，豈殊三秋草？翫芳含宋悲，束髮鬱潘抱。矧也嬰蹇違，百憂復叢繞。貧賤難久居，改轍恐違道。時命亮無常，芳顔豈自保？

蠨蛸蒙簷曲，墜葉覆幽欄。羈棲獨塊坐，偷此一室安。沈思寡歡晤，起視夜漫漫。展卷向孤燭，聊與古人言。

疇昔弱冠時，結交攬群英。慷慨發逸響，卓犖揚奇聲。修詞準屈宋，摛文律西京。顧盼各相許，意氣紛縱横。豈期入數載，零落如殘星。大程東入海，小張西去并。餘子各存没，我留獨髼鬡。文章洵時命，絀伸遂衰榮。知音邈千載，含意誰能明？興懷故所懽，悒悒傷我情。

羈愁夜逾長，奄奄一鐙緑。攝衣循東廂，寒蛩吟戚促。商風率以厲，吹我籬邊菊。顧言餐其英，采采不盈掬。延年未敢期，早歲去何速。引領望故鄉，尋思就雲谷。

置酒北堂上，誰可與言者？獨寐思故人，存者亦已寡。虚名竟何益，零落在原野。起坐向庭隅，清淚忽盈把。飢鼠過我前，索索入床下。

太行九折坂，我腸亦如之。沈憂更朝暮，回盤無已時。息機良未得，忠信復見疑。晨陟霜露冷，夕聽蟋蟀啼。悲風野蕭條，我寒猶無衣。頑陰蔽廣路，躊躕安得歸？棄置勿復道，多愁令顔衰。

度江

晨征望西興，揚鞭臨大江。洪源下天都，三折以汪洋。壯哉吴越區，於斯畫紀疆。張帆截横流，四顧浩茫茫。重陰散黿赭，九枝耀扶桑。靈胥時出没，魚龍偃回翔。咫尺隣絶地，奈何一葦航。人生涉憂患，風波誰預防。嗟我濟川志，中流徒用傷。

舟懷

遥夜不成寐，推篷觀天心。浮雲翳皓月，萬山垂秋陰。商飆動高樹，薄寒侵素襟。豈不悲摇落？飢驅能自禁。激水不擇壑，驚猿不擇林。獨立事惆悵，哀鳴無和音。明星三五夜，不能輝重幽。悲歌千萬言，不能盡離愁。辭家方逾月，千里走道周。清霜犯朱顔，重煩高堂憂。天風掃陰雲，南望登柁樓。故鄉不可見，蒼煙滿齊州。言念桑梓地，因之雙淚流。

浩浩長江流，群山盡東折。奔騰萬餘里，中原爲横截。靈氣相盪摩，城郭互明滅。風飛百川雲，潮落萬古雪。年饑市糴昂，萑蒲恣蹩躠。王道本蕩蕩，飢寒生鼠竊。重煩守牧憂，憑江起嗚咽。

路隨帆勢遥，帆隨山勢轉。山雲似客愁，鬱積不能散。茫茫身與世，結腸幾回斷。一家不自裕，又復念痌瘝。毋乃杞人憂，天心有成算。將酒進長年，我行何日返？

渡巢湖

淮西此巨浸，萬山圍空濛。落日照驚波，神飈吹孤篷。魏武昔南下，勢欲無江東。四越功不遂，紫髯真英雄。我來憑弔古，長嘯睨寒穹。呼童酌大斗，題詩擲蛟龍。

七夕

朱曜無停晷，素序忽吾臨。徘徊徒佳夕，華月當前林。泫泫珠露墜，切切候蟲吟。翹思睇雲漢，長流廣且深。歡燕阻靈駕，迢遥問芳心。相望輒經歲，胡由接徽音？須臾闢玄闕，連翩度珍禽。文螭負瑶轂，素女振華琳。銀河坐移轉，良覿在方今。中曲各持愬，瑣屑涕流襟。同裯怨宵促，判袂惜年侵。層陰生碧宇，靈彩欻以沉。顧邇頓成遐，欲置復難任。嘉期寧屢遘，元運竟何諶？感斯念遠匹，興悲詎自禁？

萬峰齋坐月

戀此一湖月，淹留興亦佳。攜來三白酒，獨醉萬峰齋。坐久更寥寂，主人多好懷。披衣起遥夜，伴我話西階。

乞巧行

華月滿空河宛轉，靈烏[一]接翅夜相見。長安女兒體態[二]柔，含情怯倚洗妝樓[三]。銀鐙熒熒照綺縠，篆香一炷望空祝。細語拈針[四]人不聞，願妾似花郎似玉[五]。貧家有女巧莫當，單衫百綴[六]無完裳。脈脈停針願乞拙，游雲蔽空靈彩没。

校勘記

〔一〕心矩齋校本同，《鐵橋詩悔》『靈烏』作『靈鳥』。

〔二〕心矩齋校本同，《鐵橋詩悔》『體態』作『腰肢』。

〔三〕心矩齋校本同，《鐵橋詩悔》此句作『含情婀娜乞巧樓』。

〔四〕心矩齋校本同，《鐵橋詩悔》『拈針』作『依稀』。

〔五〕心矩齋校本同，《鐵橋詩悔》此句作『願妾如花郎如玉』

〔六〕心矩齋校本同，《鐵橋詩悔》『百綴』作『百結』。

淵屋行

火雲纍鎚壓淵屋，泐石鎔金暑太酷，蒼龍不吟阿香伏。南村老公昨即世，俾我愁疾已滿腹。縱有美酒誰共傾？白晝閉門鼈頭縮。袒眠赤脚摇大扇，俗客不來萬事足。世情磬折貌爲恭，賤子生平懶徵逐。同門姚生差愛我，肯示肝膽吐衷曲。近亦病死荒江濱，南望南雲淚一斛。可憐出門向誰適？親故紛紛電光速。不分君等電光速，又值驕陽焦殺木。

白日行

白日升天吁可樂，黑頭歸田復不惡。勸君逢花飽看來，勸君有酒且深杯。若言造化無顛倒，盗跖壽終顔子夭。若言王道不競緑，竊鉤者誅竊國侯。今人慨慕羲農上，生值羲農亦惆悵。

紅毛刀歌送費員外錫章之秦軍

彎彎新月四尺〔一〕刀，來自西極西紅毛。紅毛鬼子大洋裏，隔却地球九萬里。鴻鈞熾炭兑爲金，百鍊歐羅巴之陰。鍊成此刀飲以血，拔刀四顧心腸熱。神物之神在殺人，以殺止殺刀甚仁。旄頭忽現欃槍埽，夜半有聲躍出鞘。屋梁燿燿金電馳，電中一條青蛇飛。飛到中原百金直，得此如〔二〕得萬人敵。使者辭朝西入秦，佩刀銜命出都門。鼓而進之賊皆敗，舉刀一揮賊皆拜。捷書飛奏天霽顔，軍中齊唱大刀鐶。

校勘記

〔一〕心矩齋校本同，《鐵橋詩晦》、《鐵橋詩悔》『四尺』作『三尺』。

〔二〕心矩齋校本同，《鐵橋詩晦》、《鐵橋詩悔》『如』作『似』。

寄李秀才理〔一〕

朦朧天際月，挂我谿邊松。舉頭東北望，不見莫釐峰。〔二〕平生四海論交道，誰能背面相傾

倒？一日相知君獨深，一日相思令人老。范蠡湖頭鷗鳥群，别來長隔半湖雲。野人臥病誰相慰？浮玉山中空憶君。[三]

校勘記

〔一〕心矩齋校本同，《鐵橋詩悔》題作『寄李理』。

〔二〕心矩齋校本同，《鐵橋詩悔》所録此詩前四句爲『彎環新月子，挂我百尺樓。美人迢遞碧雲際，愛而不見心悠悠』。

〔三〕心矩齋校本同，《鐵橋詩悔》所録此詩末四句爲『羈棲長伴鐵鐙檠，大有新詩寫不平。應念蘇公臺下客，清宵拔劍倚長庚』。

相逢行贈張孝廉士俊[一]

自我不見今八年，解后相逢張敬軒[二]。春寒野曠東山麓，獨客閒行[三]惡衣服。鬢髮蒼蒼神嶽嶽，道旁把臂語刺促。仰視高天白日速，憶昨論交在[四]林屋。萬事翻覆數更僕，南風飄忽動林皋。魚龍百變狐兔[五]驕，丈人請歌[六]靈寶謡，賤子亦解揚雄嘲。松楸[七]野徑招提院，講壇雨花花片片。此時佳客[八]紛紛來，席生置酒臨高臺。胥湖返景光照曜，但見浮雲慘澹東方來。虚無織女倚巖隈，猿啼狖[九]吟萬壑哀，山鬼窈窕頷其頦。今夕不醉各無歸，不見昔年豪健者，翁許而今安在哉！[一〇]

校勘記

〔一〕心矩齋校本同，《鐵橋詩悔》題作『相逢行贈張士俊』。
〔二〕心矩齋校本同，《鐵橋詩悔》此句作『風塵欸遘張子顔』。
〔三〕心矩齋校本同，《鐵橋詩悔》『獨客閒行』作『孝廉徒步』。
〔四〕心矩齋校本同，《鐵橋詩悔》『憶昨論交在』作『憶從識荆向』。
〔五〕心矩齋校本同，《鐵橋詩悔》『狐兔』作『笠澤』。
〔六〕心矩齋校本同，《鐵橋詩悔》『丈人請歌』作『先生且歌』。
〔七〕心矩齋校本同，《鐵橋詩悔》『揪』作『林』。
〔八〕心矩齋校本同，《鐵橋詩悔》『佳客』作『餘子』。
〔九〕心矩齋校本同，《鐵橋詩悔》『狖』作『蛇』。
〔一〇〕心矩齋校本同，《鐵橋詩悔》末兩句作『不見昔時曹劉陳孔輩七子者，冠古才名安在哉』。

無錫訪張光彝不值留題齋壁

君家太湖北，我家太湖南。數年一會面，會面旬日談。緜花深巷舊時路，聞説遠游歸期誤。今我尋君不見君，他年尋我知何處？曲阿城外拊橋闌，九龍山高霽雪寒。

古泉山館行瞿理問中溶席上作

瞿二別來十五年，楚天解后寧非天。春寒積雨羊風角，眼前突兀古泉山。貧官誰道無長物，似此豪富吁可憐。山高二寸亘四寸，當中挺特三封巒。深嵒空洞各窈曲，懸厓複道相鉤聯。濃青大緑新雨濕，疑有草木生春煙。細看面皆五銖篆，背有好郭輪無邊。非公式錢乃女錢，鑄自蕭梁天監間。倏忽陳隋唐宋元，土花繡結山一拳。轇牢不散形蜿蜒，姹女欲數數大難。棄擲吴門荒貨灘，瞿二購得真奇緣。築館收貯胥江干，繪圖索句争流傳。求郡求丞北走燕，天風吹度湘山巔。葺館仍牓曰古泉，長沙城裏東北偏。門前稀少車馬喧，蟬翼紙窗朱漆闌。繞闌百卉風珊珊，圖書萬卷碑版千。周列彝鼎中間山，承以歐羅巴紫檀。粉牆照耀星斑爛，烏几恍惚煙雲纏。館中佳客惟古懽，我亦古人堪周旋。青春白日張芳筵，面山把酒恣流連，離坐拂拭興悲歎。我散今錢聚古錢，癖與瞿二駟駏然。同時同好十餘輩，倪周孫趙劉張潘。云何沈陳業不傳，又弱一个翁宜泉。人生修短皆定數，惟有三立天無權。藏窖多金非俊物，著書滿簏是登仙。不爾鑄山何足言？南唐硯山屬米顛。錢山亦須主者賢，無錢看山且快意，且讀且耕山下田。

邯鄲行

于役太行東〔一〕，茫茫弔全趙。柳外波濤漳水聲〔二〕，雲中車馬邯鄲道。邯鄲俠客少年場，疇昔豪華不可當。鬬雞走馬香塵〔三〕下，執戟鳴珂玉殿〔四〕旁。趙王宫闕青冥裏，平原第宅連雲起。雕闌十百〔五〕倚華妝，上客三千躡珠履。鳴鐘擫瑟夜沈沈，倒海移山意氣深。一笑還酬雙白璧，片言立取萬黄金。龍蛇交戰風塵〔六〕黑，合從分符馳九國。華屋談兵虎豹韜，清霜放馬金銀磧。已聞大將叩關中，更起長城横代北。一朝事去等飛埃，富貴雄豪不再來。春風〔七〕苔繡廉頗甲，夜月樵歌主父臺。食客游魂鳥獸散，鋭卒千群鬼火戰。朽札虚稱天帝觴，耕夫屢拾長平箭。〔八〕沈吟往事總堪嗟，戰地風沙落日斜。照眉池竭臙脂水，講武壇開白骨花。花開花落漳河口，邯鄲女兒勸客酒。醉歌一曲邯鄲行，道上行人盡回首。

校勘記

〔一〕心矩齋校本同，《鐵橋詩晦》、《鐵橋詩悔》此句作『白日大行西』。

〔二〕心矩齋校本同，《鐵橋詩晦》、《鐵橋詩悔》此句作『樹裏波濤漳水流』。

〔三〕心矩齋校本同，《鐵橋詩晦》、《鐵橋詩悔》『香塵』作『紅塵』。

〔四〕心矩齋校本同，《鐵橋詩晦》、《鐵橋詩悔》『玉殿』作『金殿』。

〔五〕心矩齋校本同，《鐵橋詩晦》、《鐵橋詩悔》『十百』作『十二』。

〔六〕心矩齋校本同，《鐵橋詩晦》、《鐵橋詩悔》『風塵』作『風雲』。

〔七〕心矩齋校本同，《鐵橋詩晦》、《鐵橋詩悔》『春風』作『秋風』。

〔八〕心矩齋校本同，《鐵橋詩晦》、《鐵橋詩悔》此二句作『父老戲欷李牧祠，妖狐晝出肅侯殿』。

易水行

白衣祖道易水旁，荆卿入秦刺秦王，誰其副者秦舞陽。督亢之圖持上殿，圖窮突然匕首見，環柱逐之王負劒。曷不徑前揕其胸？迺欲生劫齊桓公，事成亦與商於同。天意欲緩秦王死，不刺秦王刺銅柱，博浪沙椎亦如此。〔一〕

校勘記

〔一〕心矩齋校本同，《鐵橋詩晦》、《鐵橋詩悔》末三句作『天意欲緩祖龍死，不刺祖龍刺銅柱，沙丘副車亦如此』。

秦鹿行

閹高指鹿秦鹿逃，關東群盜如蝟毛。泗上亭長捉生手，重瞳沐猴信越狗。敵國破滅功臣烹，西山日落雉雊鳴。酒盃不喋朱虛血，神器早爲禄産奪。雌吕老去文母來，長楊苑裏苹花開。秦鹿未馴漢鹿走，孺子拱手新莽受。

鄴都行

驅車故鄴都，坌涌車邊塵。三分草創今安在？文采風流洵可人。憶當漢末群雄起，老瞞睍鼎意未已。帳前甲仗萬貔貅，輦下詞章七才子。妄希天命周文王，三馬同槽祚不長。廢瓦僅留銅爵字，墓田誰給望陵香？夫容臺榭愁行客，遺讖當塗非宿昔。生能漢祚卅年延，死竭魏廷五世澤。史家功罪問千秋，石趙高齊事不侔。惟有祇今疑冢畔，漳河清濁向東流。

蟂磯靈澤夫人祠行

平明發幫射蛟浦，半日〔一〕潯陽江上風。蟂磯居然到我眼〔二〕，倚江片石青茸茸。明珠步障入想像〔三〕，村巫社鼓聲丁冬。靈旂恍惚宰木古，神鴉銜過山花濃。猗昔炎精遘喪亂，乃兄虎據江之東。犄角劉宗燒赤鼻，欲仗歸妹馴蛟龍。家國大事兩決裂，夷陵營火通天紅。狎子裘來蜀錦碎，非巾幗手能彌縫。夫人具挾丈夫氣，慷慨一死明其衷。江神踏浪佩環〔四〕濕，英娥窈窕心相從。淚落淒其甘露寺，魂歸悵望永安宮。白帝江聲五千里，愁雲苦霧何終窮？

校勘記

〔一〕心矩齋校本同，《鐵橋詩晦》、《鐵橋詩悔》「半日」作「一日」。
〔二〕心矩齋校本同，《鐵橋詩晦》、《鐵橋詩悔》「到我眼」作「落我手」。
〔三〕心矩齋校本、《鐵橋詩悔》同，《鐵橋詩晦》「想像」作「相像」。
〔四〕心矩齋校本、《鐵橋詩晦》同，《鐵橋詩悔》「佩環」作「珮環」。

董香光畫青弁山水障子引〔一〕

我家蒼弁下，乃在水晶宮。怪底六千餘丈青夫容〔二〕，一夜飛向邗江東。鞭石移山理有無，逼視分明〔三〕是畫圖。借問畫者誰？華亭董尚書。尚書行草能〔四〕入妙，游戲臨摹多〔五〕逼肖。即論繪事亦欲仙，畫水真水山真山。偶爾泛舟清菭間，寫出青弁高巉屼。此幅〔六〕流傳二百年，紙墨黕古精神全。挂向客舍壁，壁間空翠如欲滴。窮幽絶險處，皆我舊登歷。珠簾水邊一徑風，風裏傳來資福鐘。重山複嶺脈絡通，就中一山勢獨雄，若非碧巖定雲峰。峰腰垂瀑布，忽伏而忽見。其下百泉匯，恐是項王走馬澗。叢樹雜石各幽致〔七〕，揮灑寫意亦神似。不信四尺幅，具有千丈〔八〕勢。圖成繫以詩，自署玄宰字。紀年甲辰秋，印記太史氏。即今元氣尚淋漓，想見縱横落墨時。行子思歸歸未得，較量縮地渾無策，坐對此畫淚霑臆。畫裏還山不當真，蕭然挾爾陟風塵。故鄉好景須珍重，況是東西南北人。

校勘記

〔一〕心矩齋校本同，《鐵橋詩悔》題作『董玄宰畫青弁山水障子引』。
〔二〕心矩齋校本同，《鐵橋詩悔》『夫容』作『芙蓉』。
〔三〕心矩齋校本同，《鐵橋詩悔》『分明』作『方知』。
〔四〕心矩齋校本同，《鐵橋詩悔》『能』作『兼』。
〔五〕心矩齋校本同，《鐵橋詩悔》『多』作『能』。
〔六〕『幅』字原漫漶不清，據心矩齋校本、《鐵橋詩悔》補。
〔七〕心矩齋校本同，《鐵橋詩悔》『幽致』作『逸致』。

〔八〕心矩齋校本同,《鐵橋詩悔》「千丈」作「千里」。

讀史記伍員傳〔一〕

棠君讒死子胥亡,吹簫吴市干吴王。昭關未〔二〕索橐中載,楚國邊臣殊〔三〕憒憒。以臣讎君蘆中人,爲我覆楚者我君。楚國未覆吴國亂,專諸進刃闔閭篡。恨不生斷平王頭,王僚與爾乃何仇? 闔閭佳兵自不祥,夫差愎諫自速亡。〔四〕爲大夫君亦難矣,賜之屬鏤怒潮起。〔五〕

校勘記

〔一〕心矩齋校本同,《鐵橋詩晦》題作「讀五員列傳」,《鐵橋詩悔》題作「讀伍員列傳」。

〔二〕心矩齋校本同,《鐵橋詩晦》、《鐵橋詩悔》「未」作「不」。

〔三〕心矩齋校本同,《鐵橋詩晦》、《鐵橋詩悔》「殊」作「真」。

〔四〕心矩齋校本同,《鐵橋詩晦》、《鐵橋詩悔》無「闔閭佳兵自不祥,夫差愎諫自速亡」二句。

〔五〕心矩齋校本同,《鐵橋詩晦》、《鐵橋詩悔》末句作「東門賜劍將誰尤」。

讀五代史〔一〕

崇政使敬翔

二十餘年任軍國,惟于馬上得休息。知無不言言必從,心腹逆温作唐賊。天方厭梁子弒父，夾河敗軍血漂鹵，納繩靴中諫何補？　烏呼！　爾亦亂世之能臣，與亂同事殉以身。　李振謬爲丈夫矣，何面目入建國門！

明宗李嗣源

解鞍厲鏃渾身血，色不爲變立如鐵。天下當與若共之，總管不行梁不滅。功高無復堪容身，與賊合軍反狀聞。天子倉皇絳霄殿，假手伶官作內變。斬衰大臨易冕旒，同光舊將盡公侯。十年儉德正南面，到頭嘔得肉數片。焚香默禱聖人生，宮禁沈沈阿誰見？

郭招討崇韜

騎虎之勢不得下，憸人側目免者寡。思立大功以自安，蜀道青天上不難。劉皇后最心腸薄，閹豎視師禍乃作。鐵椎一擊鐵券收，有子五人三斷頭。當時若斥延嗣謀，橫衝詎無西顧憂？　不爾莊宗廊下死，魏王權作蜀天子。檄召諸鎮共勤王，未知當誰勝負耳？　奈何殺招討，僵魏王，中原竟付邈佶烈，全蜀又歸孟知祥。　烏呼！　山鬼夜拜寒煙戍，月黑鵑啼錦江樹。功大由來不保身，爲君更慟汾陽墓。

姚指揮洪

守土之臣死効忠[二]，我論蜀事悲姚洪。于時[三]董璋始唱亂，得其書則投厠中。閬州城即田横島，戍卒千人色枯槁。力窮城破壯士擒，辭嚴色厲天日皎。封而食之肉且盡，鼎鑊之中香縹緲。烏呼洪也指揮耳，不惜碎身報天子！[四]高官大禄者何人？靦顔四姓事十君。

三樞密劉延朗房暠韓昭胤

群陰共校潞王起，軍國大事問之鬼。鬼言竟驗事竟成，連名盡作樞密使。當日便教無石郎，若輩惑易罔不亡。奈何先事趣之叛，君臣失措徒倉皇。南山巍巍列騎走，三十萬錢竟誰有？與亂終始以自戕，太白神人尚在否？

桑樞密維翰

桑維翰，一尺面，不成進士鑄鐵硯。慨然自許宰相才，那得不教石郎篡。莫言石郎心膽寒，石郎何恃恃契丹。割十六州燕雲地，契丹册立兒皇帝，以屈爲伸經國計。孫皇帝不兒而孫，罪歸宰相復何云？白橐駝走大桑焚。祖孫操戈事敗矣，爲大臣當爲國死。死亦何顔見潞王？不死安能謝德光？與亂共事者速亡。[五]

景留守延廣

兒皇帝册下，父皇帝表上，〔六〕誰敗乃事景延廣。孫皇帝嗣告哀文，不合稱兒合稱孫。孫有横磨劒十萬，退可以守進可戰。帝羓赫斯怒，兒家有此倔强漢。烏呼！神堯起義臣突厥，有李衛公宿恥雪。惜哉延廣徒仡仡，一箭入鐵出帝出，大年莊前波聲咽。〔七〕

長樂老馮道

無才無德癡老子，易代元臣犬馬齒。〔八〕國亡城破敢不來，有率百官勸進爾。新朝大錫翊戴〔九〕功，汝其相予位三公。三公天上好顔色，惟有恥字苦難識。〔一〇〕石家易李郭易劉，長樂無極白了頭。〔一一〕編紀累朝恩遇厚，一姓興亡一杯酒。〔一二〕

吴王楊行密

盗亦有道資群策，埽除畢師鐸孫儒。皁衣蒙甲黑雲都，奄有江淮遂王吴。江淮誰説人輕弱，戰勝之氣一當百。清口既斷師古頭，淠河又奪從周魄。若使乘梁新敗時，與晋犄角共踣之。函朱三首告唐廟，桓文之業未逾斯。不成亦吐豪傑氣，退保江淮良不遲。奈何鼠鬬南鄰好，再世徒然竊大號。鑪灰畫策宋齊丘，吴地竟歸徐知誥。

蜀王王衍[一三]

方頤大口真貴相，裂土而王青天上。蜀都自昔號繁華，王復豪奢淫而蕩。是時中國正連兵，大河南北欃槍明。紛紛梁晉二百戰，更無餘力議西征。井底之蛙竊南面，無端大起宣華苑。狎客朝酣瑞獸門，美人夜舞延昌殿。朝朝夜夜綺羅叢，鳳瑟瑶笙娱廣宴。廣宴方闌翠輦斜，青城山上遍雲霞。太妃賞賚日無算，萬朵金蓮齊著花。花裏春江清似洗，戈甲旌旗百餘里。鑪煙蘭麝裊微風，畫舸龍舟耀江水。當年樂事莫與倫，誰道身爲入草人。貪狼風拔梓橦木，唐兵破竹從天落。回鶻小隊御文明，諸弟親王相向哭。可憐面縛出宫行，銜璧迎降七里亭。三辰在上知何益？孤驛秦川多死聲。豪華自古成殘夢，眼底煙花付一慟。早聽良言不至斯，到頭自悔將何用？君不見秋雨荒墳三趙村，甘州曲調最銷魂。遺民獨有王宗壽，熊耳山中酹一樽。

南唐王李煜[一四]

南唐天子風流骨，文章書畫足三絶。此才何不居翰林，授之萬乘乃覆轍。悲歌酣宴劇工愁，龍虎三山霸氣收。械送京師幸不死，帝曰封爾違命侯。文人薄福能敗國，高論詩書以自賊。骸骨不復還江東，嗟爾一目空重瞳。

魯國公孫鳳〔一五〕

竹宫夜禮賈島佛，絲繡範金事髣髴。期期艾艾拙寒暄，坐辯風生莫能屈。風皺池水亦干卿，問君小樓玉吹笙。中書對食有此輩，何異狗屎玉杯盛。悔割淮南觸敵怒，老臣奉使竟何補？蠟丸書發終無言，不負永陵一坏土。畫策宋齊丘，吴地竟歸徐知誥。

校勘記

〔一〕心矩齋校本同，《鐵橋詩晦》、《鐵橋詩悔》題作『詠五代史詩』，並有序：『享國之促，莫如五代。五十餘年間，歷八姓十四主，大率以兵力相雄長。而爲之臣者，半狙獪捷足之徒，伺間蠢動。其視君位廢置，若易隊長，了不怪焉。士君子不幸生此時，當翱翔世外，以不仕爲高。若夫謀臣悍將，戰勝攻取之略，有足觀也。昔楊廉夫、李賓之、尤展成諸先生皆有詠史樂府傳於世。余讀而愛之，略變其格，作《五代史詩》若干篇。自愧不文，未足抗衡前哲。然而古今興亡之故，成敗安危之大，讀史者宜深考焉。是詠也，或亦知人論世之一得歟？乾隆丁未夏五月，可均記。』此序底本和心矩齋校本無。

〔二〕心矩齋校本同，《鐵橋詩晦》、《鐵橋詩悔》此句作『甚哉末世少孤忠』。

〔三〕心矩齋校本同，《鐵橋詩晦》、《鐵橋詩悔》『于時』作『是時』。

〔四〕心矩齋校本同，《鐵橋詩晦》、《鐵橋詩悔》此句作『迺能一死報天子』。

〔五〕心矩齋校本同，《鐵橋詩晦》、《鐵橋詩悔》自『桑維翰』至『石郎何恃恃契丹』諸句同，餘則有異，作：

『契丹來，唐宫災。潞王灰，晋運開。堂堂一代兒皇帝，桑公不負公輔器。天荒地老石郎崩，孫皇帝立始背盟。白橐駝走大桑焚，河北不絶戰鼓聲。祖孫操戈事敗矣，我爲大臣，當爲國死。彦澤何人敢仰視？烏呼！公死未足償潞王，不死無以謝德光，與亂共事者速亡。』

〔六〕心矩齋校本同，《鐵橋詩晦》、《鐵橋詩悔》前兩句作『兒皇帝册來，父皇帝册往』。

〔七〕心矩齋校本同，《鐵橋詩晦》、《鐵橋詩悔》自『誰敗乃事景延廣』句後不同，作：『孫與祖抗理不順，横磨十萬徒倔强。倔强亦可憐，不願稱臣願稱孫。帝羓開笑口，中國有此社稷臣。烏呼！大年莊前波聲咽，一箭入鐵出帝出。石郎當日解憐才，殺爾誰召契丹來？』

〔八〕心矩齋校本同，《鐵橋詩晦》、《鐵橋詩悔》作『更歷四姓事十主』。

〔九〕心矩齋校本同，《鐵橋詩晦》、《鐵橋詩悔》『翊戴』作『推戴』。

〔一〇〕心矩齋校本同，《鐵橋詩晦》、《鐵橋詩悔》此二句作『三公原爲汝輩置，只愁未識一恥字』。

〔一一〕心矩齋校本同，《鐵橋詩晦》、《鐵橋詩悔》此二句作『以石易李郭易劉，從容著述百不憂』。

〔一二〕心矩齋校本同，《鐵橋詩晦》、《鐵橋詩悔》此二句作『故主青衣好在不，老子見慣無淚流』。

〔一三〕此爲《鐵橋詩晦》、《鐵橋詩悔》所録《詠五代史詩》七首其五，《鐵橋漫稿》未收，補録於此。

〔一四〕此爲《鐵橋詩悔》、《鐵橋詩晦》所録《詠五代史詩》七首其六，《鐵橋漫稿》未收，補録於此。

〔一五〕此爲《鐵橋詩悔》、《鐵橋詩晦》所録《詠五代史詩》七首其七，《鐵橋漫稿》未收，補録於此。另按，《鐵橋詩悔》無詩末二句『畫策宋齊丘，吴地竟歸徐知誥』。

九江道上送張生之南昌時余將東下〔一〕

同作潯陽客，三宿鄱湖口。客舍高歌一别君，天涯腸斷春楊柳。楊柳萋迷驛路遥，東西行李各蕭蕭。沽酒徑來彭澤縣，題詩記上大通橋。看君富貴終拾取，不合前行尚齟齬。季子何須負郭田，馬卿且自題橋柱。洪都使者舊交歡，揖客轅門列錦筵。幕下喧傳才子賦，都門表獻聖皇篇。愛君願君多奇遇，揮手蒼茫各征路。五老峰陰莎草腓，滕王閣上江雲暮。我欲觀潮到海門，掛帆天際入青冥。美人又隔章江月，千里相思那得聞？

校勘記

〔一〕此詩至《題古畫》凡五首，《鐵橋漫稿》未收，據《鐵橋詩悔》補録。

送王雲錦之海州

王郎與我能無愁，東將嘯傲凌滄洲。臨岐慘澹日將夕，握手縹緲之飛樓。南風飄忽捲笠澤，拔劍悲歌出金石。黄河東盡海雲飛，望斷瀛臺千仞碧。人生聚散真可憐，我亦歸耕下若田。海畔冥鴻湖墅月，相思相見定何年？

程公衙賞蘭行

吁嗟！程公一官頭班白，宦途偃蹇不得遷。握中尺管龍蛇動，此事堪慕亦堪憐。三月飄風卷笠澤，高齋白日張芳筵。衆賓合沓齊入户，撲鼻幽蘭花亂吐。翠帶紛披環珮舉，帝子盈盈隔澧浦。程公舉觴索吟詩，四座頽然我不辭。開向晚春豈遲暮？爲榮爲顇自有時。君不見小草凡花貯金屋，那得國香不空谷。舉言大澤浮雲徂，與公倒此花間壺。

白將軍白馬歌

白公白馬畫不成，一團雪花照眼明。錦韉繡鞍黄金勒，玉鞭紫韁紅絲纓。十五年前曾一見，當場騎出誰不羨？長尾窣地曳素練，霜蹄蹴蹋疾於箭。吴興城南天下無，騎將習射山之隅。霜明朱弓金僕鍏，前行導以繡蠡弧。寒雲一片向空墮，衹見白光不見馬。南山狡兔毛血灑，從者百匹材盡下。自從岐路塞荆榛，將軍氣盡越江濱。此馬躑躅向風塵，賣與尋常行路人。途窮返遭鞭策亟，鬃毛脱落無顔色。故主恩深酬不得，伏櫪悲鳴豈終極？嗚呼！世情翻覆難臆測，伏櫪悲鳴豈終極？

題古畫

雲舟道人得古畫，什襲而藏不張掛。千搜萬索始許觀，展開白日陰風寒。如絹非絹纁黑色，從五六寸衡徑尺。中間無樹亦無石，但畫七八九十人。鬼亦非鬼人非人，筋骨呈露皮不存。一人绌體如犬蹲，兩人舁一櫝，櫝間如積千年塵。一人負髑髏，累十餘具貫以綸。三人切切如耳語，一人睆而瞋，一人側足立，一人微欠伸。畫家遊戲資一噱，唐代以前之奇格。惜哉箇中意，難使解人索。是時三山秋陰森，黑雲解駁日西沉，魚龍出没江中心。坐覺畫裏蠕蠕動，復聞壁間嘻嘻吟，乃知藝事通鬼神。道人勿以千金市，恐出僧繇吴道子。

卷二　詩類下

對　酒

對酒歌太平，燕市一迂生。閉户窮經術，與人不世情。有聲蜚輦轂，無刺謁公卿。落落千秋志，悠悠古道行。

送張二之西寧〔一〕

聞道西寧〔二〕路，遥遥天盡頭。祁連横塞外〔三〕，湟浩夾城流〔四〕。憐爾長貧〔五〕者，依人作遠游。得歸早自計，莫遺倚門憂。

校勘記

〔一〕《鐵橋詩悔》題作『送友人之甘州』。

〔二〕《鐵橋詩悔》『西寧』作『河西』。

〔三〕《鐵橋詩悔》此句作『黄雲滿塞外』。

〔四〕《鐵橋詩悔》此句作『黑水抱城流』。

〔五〕《鐵橋詩悔》『長貧』作『悠悠』。

送蔣立綱之耒陽〔一〕

聚首不知樂，臨岐每愴神〔二〕。遲回吴苑夕〔三〕，寂莫洞庭春。遠道〔四〕三千里，相思十二辰。汨羅江上過，爲我〔五〕弔靈均。

校勘記

〔一〕心矩齋校本同，《鐵橋詩悔》題作『送蔣振常之楚中』。
〔二〕心矩齋校本同，《鐵橋詩悔》『每愴神』作『傷我神』。
〔三〕心矩齋校本同，《鐵橋詩悔》此句作『一帆掛天際』。
〔四〕心矩齋校本同，《鐵橋詩悔》『遠道』作『往路』。
〔五〕心矩齋校本同，《鐵橋詩悔》『爲我』作『煩爾』。

送沈五之河西〔一〕

憐君久都下，薄宦赴凉州。〔二〕邊月臨關冷〔三〕，河源入塞流。客囊孤劍在，鄉夢萬山秋。稍騁驊騮足，歸來放釣舟。〔四〕

校勘記

〔一〕心矩齋校本同，《鐵橋詩晦》、《鐵橋詩悔》題作『送沈生之河西』。

〔二〕心矩齋校本同，《鐵橋詩晦》、《鐵橋詩悔》此二句作『憐君四方志，走馬向蘭州』。

〔三〕心矩齋校本同，《鐵橋詩晦》、《鐵橋詩悔》『冷』字作『迴』。

〔四〕心矩齋校本同，《鐵橋詩晦》、《鐵橋詩悔》末二句作『莫是歸期遠，倚門有白頭』。

蔡氏山齋寄懷徐五〔一〕

自泛鴟夷宅，山齋日夕過。新詩留粉壁，舊夢隔煙蘿。大澤浪無際，一春陰太多。離心逐歸雁，直北渡漳河。

校勘記

〔一〕心矩齋校本同，《鐵橋詩悔》題作『蔡氏山齋寄遠』。

由天津將之德州葉侍御紹棜招集巡漕寓館有詩送行口占留别〔一〕

積葉滿庭院，津門秋已深。故人憐小别，把酒一長吟〔二〕。古意足同調，高雲流素襟。〔三〕登車復〔四〕回首，天末孰知音？

未必儒冠誤，誰教汗漫游。〔五〕天空一雁下，風急九河流。岐路斷鄉信，暮煙縈客愁。前行安所託？敝刺怯輕投。

校勘記

〔一〕心矩齋校本同，《續録》本題作『自天津之德州巡漕使者葉琴柯以詩贈行作此寄答』。

〔二〕心矩齋校本同，《續録》本此句作『爲我發清吟』。

〔三〕心矩齋校本同，《續録》本此二句作『古意結真契，疏砧催客心』。

〔四〕心矩齋校本同，《續録》本『復』作『更』。

〔五〕心矩齋校本同，《續録》本此二句作『已被儒冠誤，重教汗漫遊』。

挂　席

挂席三山外，遥空水氣寒。魚龍時隱躍，風日絢波瀾。〔一〕問我將何往？毛公舊石壇。便從餐火棗，遂此煉金丹。

校勘記

〔一〕心矩齋校本同，《鐵橋詩悔》前四句作『挂席凌朝景，茫茫水國寒。魚龍太狡獪，風色助波瀾』。

湖　上

茫茫震湖水，隱隱包山岑。天末孤舟客，中流鼓枻吟。積雲吴苑夕，寒日大荒陰。不見龍威丈〔一〕，煙波空我心。

校勘記

〔一〕心矩齋校本同，《鐵橋詩悔》『丈』作『叟』。

由消夏灣渡湖之東山訪程師洛司李〔一〕

積水與天合，飛帆插翅輕〔二〕。茭風〔三〕摩劒槊，山霧惑〔四〕陰晴。善病愁成陣，開顔酒作兵。伊人〔五〕渺何處？極浦市橋〔六〕横。

校勘記

〔一〕《鐵橋詩悔》題作『舟經震澤』。
〔二〕《鐵橋詩悔》此句作『高帆插羽輕』。
〔三〕《鐵橋詩悔》『茭風』作『荻聲』。
〔四〕《鐵橋詩悔》『霧惑』作『色亂』。
〔五〕《鐵橋詩悔》『伊人』作『故鄉』。
〔六〕《鐵橋詩悔》『市橋』作『柳煙』。

楓涇舟夜

小小楓涇市，遥遥賣酒家。卸帆潮正落，對岸月初斜。[一]柝急無全夢，鐙昏[二]有落花。因悲耆舊少，重憶邵平瓜。[三]謝金圃侍郎病故。

校勘記

〔一〕心矩齋校本同，《鐵橋詩悔》前四句作『艓子輕于葉，停留興不賒。潮痕千鷺跡，月色萬人家』。

〔二〕心矩齋校本同，《鐵橋詩悔》『鐙昏』作『鐙殘』。

〔三〕心矩齋校本同，《鐵橋詩悔》末二句作『故交良已矣，零落邵平瓜』。

峴山值雨

清晨登峴首，片雨過城隅。忽訝半山樹，回看漸欲無。解衣尋逸老，把酒與樵蘇。等是漂摇[一]者，相逢亦[二]我徒。

校勘記

〔一〕《鐵橋詩悔》『漂摇』作『飄摇』。

〔二〕《鐵橋詩悔》『亦』作『便』。

雪中楊三鳳苞潘大翥費七璜范四音枉顧〔一〕

索處苦岑寂，好懷誰向開？滿天風雪裏，忽地〔二〕故人來。鴟首乍煨熟，茅柴新發醅。無嫌蓬屋冷，不醉莫教回。

校勘記

〔一〕心矩齋校本同，《鐵橋詩悔》題作『雪中楊范二子至』。

〔二〕心矩齋校本同，《鐵橋詩悔》『地』作『喜』。

過祁村王氏宅

故人具斗酒，遲我過山家。一路聽流水，前村多落花。爨煙穿樹直，蘚壁絡藤斜。便合酩酊醉，無須〔一〕感物華。

校勘記

〔一〕心矩齋校本同，《鐵橋詩悔》『無須』作『無爲』。

湖　望

荒亭一以望，無際浪花平。高鳥没何處，遠帆似不行。秋聲在落葉，天意作新晴。坐愛垂綸者，投閒空復情。〔一〕

校勘記

〔一〕心矩齋校本同，《鐵橋詩悔》末二句作『不見垂綸叟，茫茫空復情』。

尋上方寺

偶逢樵客語，引我入山深。一杖拄寒翠，遥聞疎磬音。路隨秋瀑轉，鳥立〔一〕石幢吟。坐識西來意，閒雲不繫心。

校勘記

〔一〕心矩齋校本同，《鐵橋詩晦》、《鐵橋詩悔》『立』作『下』。

過雨花禪院

近寺諸峰合，紆途〔一〕衆木深。樵聲落天半，流水轉花陰。簾外一雙鶴，牀頭七尺琴。無因遂棲託，孤負白雲心。

校勘記

〔一〕心矩齋校本同，《鐵橋詩悔》「紆途」作「迂途」。

佛　峪

曲折蛇盤谷，行行花徑通。回廊轉天半，清磬出雲中。壁有隋朝字，人兼晋客風。朗吟飛瀑下，宛在水晶宫。

早春同朱二張大集劉氏園亭時余將北行

客子病初起，韶華粤嶠新。虚窻三面水，老樹半邊春。鳥語滑清耳，梅開香襲人。我行君且未，斟酒莫辭頻。

舟行連江

轉帆清遠峽，洭水路迢迢。岸虎餓窺客，林鵩啼徹宵。荒陬三户賦，負藥八排猺。寂寂楚南地，詩魂未可招。

含洭七百里，處處雜夷歌。近浦村煙少，深山瘴霧多。江源來故楚，天遠入諸羅。在昔平南越，誰祠路伏波？漢武平南越，以路博德爲伏波將軍，下湟水。即洭水，今連州江也。土人以馬伏波當之，非。

舟行贛江半月度彭蠡望見匡廬作〔一〕

湫湫湖漢水〔二〕，我行多滯霪。忽見廬山面，遐〔三〕思洞壑深。斷虹收宿雨，飛瀑界秋林。擊節〔四〕自高詠，匡君知此心。

校勘記

〔一〕心矩齋校本同，《續録》本題作『行贛江半月乃度彭蠡望見廬山有作』。

〔二〕心矩齋校本同，《續録》本此句作『迢迢河漢水』。

〔三〕心矩齋校本同，《續録》本『遐』作『悠』。

〔四〕心矩齋校本同，《續録》本『節』作『檝』。

由大姑塘泝潯陽江〔一〕

水鳥高低舞，汀花遠近開。峭帆追日去，驚浪蹴山回。楚客天休〔二〕問，江東書未裁。殷勤惟五老，相對我銜杯。〔三〕

校勘記

〔一〕心矩齋校本同，《鐵橋詩悔》題作『潯陽舟望』。

〔二〕心矩齋校本同，《鐵橋詩悔》『休』作『難』。

〔三〕心矩齋校本同，《鐵橋詩悔》末二句作『殷勤憐五老，與我對銜杯』。

城陵磯舟夜憶西吴舊侶各散天末〔一〕

江合暝煙流，山空猿夜愁。天風吹〔二〕客夢，飛度白蘋洲。零落諸兄弟，飢驅各遠游〔三〕。故園多好景，孤負菊花秋。〔四〕

校勘記

〔一〕心矩齋校本同，《鐵橋詩悔》題作『宿潯陽江憶西吴諸子各散天末』。

〔二〕心矩齋校本同，《鐵橋詩悔》『吹』作『飄』。

〔三〕心矩齋校本同，《鐵橋詩悔》此句作『搏沙散不收』。

〔四〕心矩齋校本同，《鐵橋詩悔》末二句作『故鄉多好景，各負菊花秋』。

嚴先生釣臺

兩漢一高士，千秋幾釣竿。誰言天子貴，祇作故人看。裘敝是初服，臺高非舊壇。碑文梁肅在，久泐孰重刊？鈞壇及梁肅撰碑，詳前五古《釣臺詩》序中。

舟行浙江

揚舲下羅刹，擊節一悲歌。吴越臨江斷，乾坤入海多。林爲夸父杖，天厭魯陽戈。剩有傷心史，茫茫付大波。

澤國

澤國三州戍，高樓萬里情。雲霄開霽色，風葉戰秋聲。節候殊舒慘，天心在化成。何因小蟲豸，競作不平鳴。

伍子胥廟〔一〕

伍相千年廟，猶〔二〕令過客傷。潮生〔三〕滄海白，日落大江黄。覆楚嗟何甚，强吴不救亡。靈旂歸縹緲，愁對越山蒼。

校勘記

〔一〕心矩齋校本同，《鐵橋詩晦》題作「伍公祠」。

〔二〕心矩齋校本同，《鐵橋詩晦》『猶』作『偏』。

〔三〕心矩齋校本同，《鐵橋詩晦》『生』作『回』。

淮陰侯釣臺

市中出胯下，事項亦逋臣。英雄昔未遇，不異尋常人。奮跡風雲會，成功葅醢身。何如淮水上，老作釣游民。

朱四和松圖卷子

老松蔽雲壑，松下横鳴琴。之子孰同調，古人知此心。風徐候雁落，天闊暮江深。掩卷一回顧，猶聞空外音。

湯雨生參軍畫孟襄陽騎驢像爲史錫琳題

雨生吾舊雨，詩思澹而沈。畫亦及高格，超然物外尋。鹿門小大隱，驢背短長吟。欲竟重來者，開元直到今。

月夜送曹季子之山陰〔一〕

見説山陰路，蒼茫古帝丘。送君探禹穴，剩我看吴鉤。月色竟天净，江聲入海流。掛帆飛鳥外，蘆荻滿汀洲。

校勘記

〔一〕此詩至《過湖山風月橋有懷周子北上》凡十首，《鐵橋漫稿》未收，據《鐵橋詩悔》補録。

上方寺

四山覺無路，忽有一橋通。苔没前朝碣，松鳴太古風。老僧掃落葉，幽鳥啄香蒴。倚閣聽寒澗，翛然萬慮空。

林屋洞

地肺能潛達，禹書閟石函。一從洩靈寶，千載隔仙凡。絶路春多淖，琳宫草不芟。坐吟舊題句，定有鬼神劖。余於癸卯入林屋洞，有七言長句題壁。越二年重遊，而墨痕尚濕。

寒　皋

不知誰係戀，數里步寒皋。物物原無著，悠悠信所遭。歸雲横樹斷，遠水隔船高。忽有關情處，行吟楚客騷。

臨平謁申包胥祠〔一〕

絶粒臣心苦，論交古道存。秦庭一慟哭，楚國再乾坤。天狀朝昏變，江流日夜奔。何人工負國，青史莫重論。

校勘記

〔一〕《鐵橋詩晦》『祠』作『詞』，誤。

早發上海縣

作客如飛鳥，生涯任轉蓬。江豘簸浪白，海日射城紅。水國經年慣，詩人自古窮。扁舟誰是伴，看取寶刀雄。

宿無錫城下

昨折望亭柳，經過滸墅關。孤舟今夜月，獨對九龍山。宿雁有時叫，野雲相與閑。不知天畔路，能到幾時還？

江　行

日出雲霞麗，扁舟江上行。山形欹岸陡，天勢接潮平。望古心猶壯，多愁病欲生。飛沉難逆料，不用遍題名。

夜登采石磯作

洞庭葉微脱，江南凄已秋。青天一片月，獨倚謫仙樓。每以觀陳跡，因之悲昔游。難將數行淚，寄向浙西流。

過湖山風月橋有懷周子北上

兩岸山如鬬，飛梁架薜蘿。此間好風月，容我卸帆過。水落魚龍静，天寒雁鶩多。遥憐獻賦者，曾否渡滹沱？

題費侍御孝昌村舍〔一〕

遠山卅里抱孤村，御史幽棲地望尊。白帢微風時鼓楫，黄花細雨漫開樽。文章到老恒秋氣，江海投閒亦聖恩。好謝故年車馬客，門前近已長苔痕。

校勘記

〔一〕心矩齋校本同，《鐵橋詩晦》、《鐵橋詩悔》題作『贈費侍御孝昌』。

壬子上巳翁氏山樓寄友人〔一〕

緑陰依約半遮樓，樓外平山鏡裏浮〔二〕。茅屋幾家連野戍，桃花三月湧春流。人間動業餘詩草，吾黨乾坤有釣舟。悵觸故年修褉事，鷗波不見〔三〕小封侯。去歲上巳，集同人于鷗波小閣，皆賦詩，雪篷擅場。雪篷者，楊鳳擊自號也。入夏即抱病不起，余爲作《哀鳳操》。其序曰：《哀鳳操》，爲友人楊鳳擊作也。鳳擊才而夭，嚴子哀之，援琴而歌曰：鳳之飛兮，翽其儀兮。番然上擊〔四〕，憯不知所歸兮。窅窅冥冥，曷之棲兮，已矣而不可追兮！

校勘記

〔一〕心矩齋校本同，《鐵橋詩悔》題作『壬子上巳翁氏山樓寄同社諸子』。

〔二〕心矩齋校本同，《鐵橋詩悔》此句作『徙倚湖山動遠愁』。

〔三〕心矩齋校本同，《鐵橋詩悔》『鷗波不見』作『雨窗含淚』。

〔四〕心矩齋校本同，《鐵橋詩悔》注文無『才而夭』至『番然上擊』凡二十四字。

憶金陵舊游有懷張光彝錫山却寄

六朝城闕鎖寒煙，仙客良游憶往年。曉日紅亭京口樹，秋風黄葉秣陵船。舊京士女空相識，驛路雲山祇自憐。問訊洮湖張仲子，别來幾醉九龍泉？

大梁餞夕

梁孝臺邊落葉繁，汴州城上朔風翻。相看楚客兼齊客，此别南轅或〔一〕北轅。天象七星懸斗柄，河流一帶束中原。誰堪搦管飛觴後，滿路哀鴻又斷猿。〔二〕

校勘記

〔一〕心矩齋校本同，《鐵橋詩晦》、《鐵橋詩悔》『或』作『更』。

〔二〕心矩齋校本同，《鐵橋詩晦》、《鐵橋詩悔》末二句作『誰堪去住都摇落，冷月清宵聽斷猿』。

都門病夜〔一〕

孤鐙黯黯柝聲頻，板榻奄奄〔二〕卧病身。夢入鄭隍無覆鹿，貧來滄海有枯鱗。青袍〔三〕十九年中淚，白髪三千里外親。縱使蹇人天可上，難將禄養乞鴻鈞。〔四〕

校勘記

〔一〕心矩齋校本同，《續録》本題作『庚申夏夕卧病有作』。

〔二〕心矩齋校本同，《續録》本『奄奄』作『支離』。

〔三〕心矩齋校本同,《續録》本『青袍』作『青衫』。

〔四〕心矩齋校本同,《續録》本末二句作『去住兩難都負負,莫將造命問洪鈞』。

豐山書院題壁

飛蓬蹤跡語優亞,歲歲年年客是家。但覺海天元曠蕩,不知人世有摣拏。一潭清水美于酒,滿院碧苔籠似紗。欲買老奴髯蛣蝠,伴余燒燭誦南華。

余于壬戌歲度嶺有羅浮之約以兵事不果游星紀再周閲黄才伯山志有感而作〔一〕

鐵橋未登鐵橋峰〔二〕,鐵橋何爲來粤東? 仙人雲端笑拍手,我輩地上可憐蟲。萬里崎嶇涉瘴癘,一編豁達開心胸。會須傳語大蝴蝶〔三〕,明月揚帆度石龍。『明月』,見《左傳》。游羅浮者皆取道博羅,而土人言石龍鎮有小河,可逕達山麓。〔四〕

校勘記

〔一〕心矩齋校本同,《續録》本題作『余于壬戌踰嶺有羅浮之約既而以兵事不果游今閲山志神思飛越作七律一章索同志者和之』。

〔二〕心矩齋校本同,《續録》本於此句後有注:『羅浮有鐵橋峰。』

〔三〕心矩齋校本同，《續録》本『蝴蝶』作『胡蜨』。

〔四〕心矩齋校本同，《續録》本詩末注文作：「『明月』，見《左氏傳》。遊羅浮者皆取道博羅縣，而《山志》以爲石龍鎮有小河，可逕達山麓。」

入都

碣石宫邊舊伯牙，重來遺韻滿天涯。一鞭走馬蘆溝月，百囀流鶯上苑花。前度交游紛聚散，新聲絲管入雲霞。自應拂拭風塵色，先訪城東賣酒家。

出都

黄金突兀小游仙，無數瑶華彈若煙。夢醒方知仍我在，貧來轉畏受人憐。月圓月闕同爲夜，雲散雲屯不礙天。萬卷圖書一茅屋，莫將鐘鼎换林泉。

到家

水村一望午煙平，桑柘陰中布穀鳴。曳杖遥知慈父健，下機亦感病妻情。手栽花藥荒如許，塵積圖書蠹未生。鷄犬繞籬遮出路，從今莫放主人行。

至竟

黑貂素布同輕煙，鐘鼎山林各性存。顔歜不前焉可侮，淮南到死自言尊。小魚亦有江湖樂，大樹能遮雨露恩。至竟浮雲成底事，九天詄蕩又開門。

秋懷八首九日通州同繼觀察作

城樓一望海雲開，水落山高雁叫哀。萬户寒砧催客去，滿天風葉寫秋來。鄉關迢遞雙魚隔，薄暮登臨我馬隤。徒有黄花向人笑，年時異地且深杯。

先皇授受禮成歲，賤子初過碣石宫。以扇奉人齊道士，若金在礪晋司空。龍媒伏櫪三秋後，脈望游仙萬卷中。同輩飛騰各年少，别來多半亦成翁。

前年于役盧龍塞，重八驅車夜有霜。孤竹城邊沙浩浩，密雲山外月蒼蒼。黄圖竝海今畿輔，白骨開花古戰場。見説清時無斥堠，不消將帥問馮唐。

五羊城郭舊由敖，萬里天南見二毛。劉龑小朝雙闕在，趙佗大長一臺高。炎洲草木皆殊狀，漲海烽煙太繹騷。賴得故人同著述，感恩不是爲綈袍。

年來王粲尚依劉，主客平津氣味投。小吏東南飛孔雀，美人西北有高樓。河聲夜撼還家夢，岱色秋懸獨客愁。今日燕陲凝望眼，蒼煙九點隱齊州。

本朝轉餉重河臣，河性如龍不易馴。到處謝王徒有廟，豈應賈讓竟無人？厝薪故故難温席，納粟源源未療貧。聞道三江賢大府，每談時務淚沾巾。

羽書飛積漕船窗，萬手鳴金拔橛樁。後隊坐銜銀鑿落，前行時緩碧油幢。風摇病柳將隤岸，淮挾强河漸入江。供賦三吴民力絀，諸君何策裕南邦？

清苕東下白蘋洲，十七年前舊釣游。坡老愛山臺未圮，憒王走馬澗空流。喘牛自戀吴天月，仙吏還同潞水舟。一樣重陽好風景，滿灘紅蓼灼人愁。

過九江方太守體招集庾樓是夜彗星見

庾公樓子湧高城，城上張筵列炬明。未必客星干氣象，漫勞太守有逢迎。如屏廬阜尊前色，九派溢江檻外聲。聞盡蟲沙成底事，莫教官職誤虚名。

衛尊師山房小集

仙家池館菊花杯，方外清齋味在回。衡岳三峰當檻出，湘江九曲繞城來。思鄉信少賓鴻便，疥壁詩多倚馬才。汗漫相逢樂相樂，天南山水畫屏開。

睦州大水湯游擊詒汾馳書存問爲詩寄答

敢言建德非吾土，無那千峰寄一身。薄宦豈堪多病後，省災重荷尺書頻。將軍禮數寬依舊，菩薩輪回劫簇新。賴得二三賢大府，此間實有再生人。

西　湖〔一〕

勝賞西湖迹未湮，詩人從古得天憐。逋仙亭外梅千樹，坡老堤邊酒一船。白鷺于飛秋在水，青山欲雨草如煙。可堪舊日勾〔二〕留地，寥落騷壇七百年。

校勘記

〔一〕心矩齋校本同，《鐵橋詩晦》、《鐵橋詩悔》此詩爲《西泠懷古》六首其四。

〔二〕心矩齋校本同，《鐵橋詩晦》『勾』作『句』。

越　中〔一〕

擢戟歸來霸氣收，一編越紐問滄洲。徒嘗石室三年膽，豈〔二〕與梧宮別樣秋。傾國〔三〕尚憐西子面，游仙不返大夫舟〔四〕。采蓮采葛都消歇，天半稽山青未休。

校勘記

〔一〕心矩齋校本同，《鐵橋詩晦》、《鐵橋詩悔》此詩爲《西泠懷古》六首其二。

〔二〕心矩齋校本同，《鐵橋詩晦》、《鐵橋詩悔》『豈』作『不』。

〔三〕心矩齋校本同，《鐵橋詩晦》、《鐵橋詩悔》『傾國』作『湖色』。

〔四〕心矩齋校本同，《鐵橋詩晦》、《鐵橋詩悔》此句作『江聲欲愬伍員愁』。

文信國廟〔一〕

正氣歌成龍馭遥，聖宫祔廟〔二〕草蕭蕭。臨江鼓角徒〔三〕悲壯，航海旌旂竟寂寥。縞素纍臣柴市血，冬青義士富春潮。吾宗亦抱厓山恨，張陸忠魂小大招。〔四〕余先人諱羽，以節度判官同陸秀夫赴海死。

校勘記

〔一〕心矩齋校本同，《鐵橋詩晦》、《鐵橋詩悔》題作『文信國祠』。

〔二〕心矩齋校本同，《鐵橋詩晦》、《鐵橋詩悔》『聖宫祔廟』作『荒城遺廟』。

〔三〕心矩齋校本同，《鐵橋詩晦》、《鐵橋詩悔》『徒』作『仍』。

〔四〕心矩齋校本同，《鐵橋詩晦》、《鐵橋詩悔》末二句作『啼鵑不管行人淚，偏向枝頭挾雨驕』。

岳忠武王墓〔一〕

西泠橋畔岳墳在，颯颯南枝大樹寒。二聖還朝何地置？用秦檜語。如王不殺議和難。龍庭痛飲終無日，驢背灰心復挂冠。〔二〕從此稱臣增歲幣〔三〕，汴京歌舞滿臨安。

冤獄曾聞壞曲端，班師詔又出臨安。兩宫玉輦還何日，一部金陀淚豈乾？南渡衣冠塵劫後，西泠風雨墓門寒。竭來下馬悲秋色，果是英雄報國難。〔四〕

校勘記

〔一〕心矩齋校本同，《鐵橋詩晦》、《鐵橋詩悔》此詩爲《西泠懷古》六首其五。

〔二〕心矩齋校本同，《鐵橋詩晦》、《鐵橋詩悔》前六句作『聖湖秋雨漾微瀾，忠武荒墳大樹寒。帝若還朝翻手易，公如不殺議和難。龍庭有恨誰酣飲，驢背何心復掛冠』。

〔三〕心矩齋校本同，《鐵橋詩晦》、《鐵橋詩悔》此句作『桃柳年年枯更發』。

〔四〕《鐵橋詩悔》、《鐵橋詩晦》此詩亦題『岳忠武王墓』，《鐵橋漫稿》未收，據以補録。

于忠肅廟〔一〕

于公遺廟敞朱扉，下馬焚香淚欲揮。四壁雲雷金簡在，萬年宗社翠華歸。飴甥卜貳紆籌策，寇準臨邊有是非。悵望鷺鷥冰上走，西陵松柏冷〔二〕斜暉。

校勘記

〔一〕心矩齋校本同，《鐵橋詩晦》、《鐵橋詩悔》此詩爲《西泠懷古》六首其六。

〔二〕心矩齋校本同，《鐵橋詩晦》、《鐵橋詩悔》「泠」作「滿」。

劉小夢憶書圖册

君家疎雨吾好友，積書之癖與吾同。別來江子亭邊樹，終古山陽笛裏風。人有微名都折福，世間豪舉總成空。衹今說著眠琴館，卅六年前一夢中。

越王廟〔一〕

越絶滄桑霸氣收，獨留祠廟閟清秋。山中采葛心原苦，江上飛鳶淚更流。一體君臣能協力，廿年薪膽遂包羞。如何擢戟歸來後，渺渺湖煙有泛舟。

校勘記

〔一〕此詩至《西泠懷古》凡六題七首，《鐵橋漫稿》未收，據《鐵橋詩悔》補録。

萍　蹤

萍蹤長與碧波浮，又向新陽送晚秋。客久漸成詩集大，才疏懶逐貴人游。百年芳樹逢花落，九月清江帶葉流。此後茫茫孰同調，祇應西北有高樓。

飄　蓬

飄蓬書劍又何求，鎮日浮沈似海鷗。夢裏忽逢閒世界，貧來大有酒交游。緑楊水閣魚兒閘，紅杏春風燕子樓。落魄詞場仍故我，舊盟虛復憶瀛洲。余曾擬《東門行》，有云：『瀛洲仙子謂，與我有舊盟。』

金陵懷古

破碎山河計苟完，支離江表措身難。桃花淚點春無力，燕子聲多夢欲闌。北府諸軍齊脱胄，南朝半壁不偏安。祇應一帶秦淮水，留作滄桑逸史看。

游韶光庵遂登北高峰絶頂

竹裏聽泉石凳危，半空有僕健龍隨。芒鞵躡蘚天將近，絶壁題詩調不卑。花柳聖湖孤艇出，雲霞日觀萬旒垂。平生本作飛騰想，每到憑高又自悲。

西泠懷古〔一〕

錢塘形勝千年在，獨客清秋倚劍看。山舞鳳凰朝日觀，江回羅刹抱臨安。一隅地擅吴跟美，窮髮天浮閩海寬。極目蒼茫徧陳迹，西風蕭瑟罷憑欄。

大官山外海茫茫，傳是錢家舊築塘。鐵券開基唐尚父，錦衣納款宋降王。功高牛斗歌三節，世亂英雄據一方。下馬獨尋表忠觀，殘碑冷落倚頹陽。

校勘記

〔一〕此二詩依次爲《鐵橋詩晦》、《鐵橋詩悔》所收《西泠懷古》六首其一、其三。

訪潘大不值

野水臥平橋，清景滌塵慮。門鎖一園春，幽人渺何處？

望亭送别 一作《將進酒》。

將進望亭酒，爲君起舞頻。莫辭今日醉，明日異鄉人。

金　灣

落帆金灣口，遥遥問釣叟。爾知湖上村，誰家有美酒？

沙河夜發

午夜征車發，沙河月似銀。故鄉千里外，定有未眠人。

柬　友

置酒薛家園，天晴花亂吐。安知明日花，不有今宵雨。

毛公鴟

澗曲泉逾響，雲低路欲迷。毛公飛去後，留得棗花谿。

虎山橋

三十年前我，虎山橋補梅。梅開三十度，人換白頭來。

王明妃

多少漢宫女，明妃豔到今。臨行賜顔色，也是受恩深。
天子言無戲，畫師筆亦神。紅顔能報國，萬里去和親。

顧影自矜惜，長行出漢宫。一坏青冢草，千載獨春風。

魏武帝

隻手埽群雄，卅年延漢祚。如何罪揜功，老被伏完誤。

題　畫〔一〕

遠鐘千澗月，殘葉一林風。枯石歊寒渌，陶然坐老翁。

校勘記

〔一〕此詩至《反昭君怨》凡三首，《鐵橋漫稿》未收，據《鐵橋詩悔》補録。

善卷寺

幽鳥鑒清泉，寒林隱蘭若。一二龐眉僧，前山行采藥。

反昭君怨

顧影自矜許，焉能賂畫師？漢宫不承寵，去作大閼氏。

落拓

落拓京華百結裘，破書中與古人游。看君忙殺千秋外，幸不車前擁八騶。

鬻宅

小時貧鬻東村宅，轉徙西村又范村。苦憶先人勤手植，百盆花卉一無存。

小時貧鬻東村宅，五十年來六徙家。我却在家仍似客，暫歸三宿即天涯。

擬涼州詞〔一〕

莽莽平沙見戍樓，大旗風卷塞雲愁〔二〕。玉關頭白還何日，羡殺〔三〕黄河入漢流。

校勘記

〔一〕心矩齋校本同，《鐵橋詩晦》、《鐵橋詩悔》題作「古涼州詞」。

〔二〕心矩齋校本同，《鐵橋詩晦》、《鐵橋詩悔》「塞雲」作「寒雲」。

〔三〕心矩齋校本同，《鐵橋詩晦》、《鐵橋詩悔》「羡殺」作「不及」。

擬征婦怨

中庭漏盡夜淒清，簾卷秋河漢月明。卜得郎歸收涕淚，合黎山外又移營。

擬西宮怨

繡簾斜壓倚新妝，翠輦遥飛滿路香。想得御筵花似錦，西風吹不向昭陽。李昌陽云：言昭陽但有春風，無秋風也，寫怨字深婉。

擬長信秋詞〔一〕

賦成紈扇〔二〕淚闌干，簾卷空階露欲漙。非是君王恩澤少，西宮月色不勝寒。

校勘記

〔一〕心矩齋校本同，《鐵橋詩晦》、《鐵橋詩悔》題作『長信秋詞』。

〔二〕心矩齋校本同，《鐵橋詩晦》、《鐵橋詩悔》『紈扇』作『團扇』。

擬長門怨送友人譴戍

憶昔承恩雨露新，幾回回首可憐春。愁心寄與長門月，照取官家輦路塵。

送蕭子愚

翦燭高樓意萬重，天涯何處復〔一〕相逢。平明便折金閶柳，愁殺寒山寺裏鐘。

校勘記

〔一〕心矩齋校本同，《鐵橋詩晦》、《鐵橋詩悔》『復』作『更』。

送元敬

薄寒江閣對清虚，愛爾征途畫不如。十幅布帆輕似鳥，臥看山色過桐廬。

震湖新亭子送别

金風淅歷到疎櫺，客散湖亭酒半醒。君去石城對秋色，三山猶似六朝青。

寄柴源

經年爲客越江波，把酒西風聽雁過。今日旗亭寥落盡，不知誰解唱黄河。

寄張光彝

憶昨山橋花氣薰，摻衣同灑淚紛紛。相思又隔章江月，愁聽疎鐘扣〔一〕白雲。

校勘記

〔一〕心矩齋校本同，《鐵橋詩晦》、《鐵橋詩悔》『扣』作『和』。

寄星嶠

蜀道青天萬里行，棧花峽草聽猿聲。〔一〕鄉心寄與峨眉雪，應作春流過石城。李昌陽云：勸之歸也，措詞深婉。

校勘記

〔一〕心矩齋校本同，《鐵橋詩晦》、《鐵橋詩悔》此二句作『一去天涯歲序更，冷煙斜月聽猿聲』。

瓜步江邊憶西吴諸子却寄〔一〕

板橋揮手柳初含，一路開帆破蔚藍。今夜柁樓聞玉笛，斷腸春雨夢江南。

校勘記

〔一〕心矩齋校本同，《鐵橋詩晦》、《鐵橋詩悔》題作『瓜州江上憶西吴諸子却寄』。

寄范玉濤珏〔一〕

渺渺平川青一痕，故家能有幾家存？ 如聞范叔清貧甚，冷月梅花獨閉門。玉濤詩有『冷月梅花』之句。

校勘記

〔一〕心矩齋校本同，《鐵橋詩晦》、《鐵橋詩悔》題作『檢行篋得范玉濤見寄詩』。

舟泊楊村寄懷韓芸舫房師東甌

曾經九蹋通州月，今日重來花滿天。 却憶單車梅雨後，刀魚風味又三年。

江樓贈琵琶女

荻花哀雁滿江頭，商女琵琶翡翠樓。 今夕座中齊撥觸，秋風吹落小伊州。

贈楚瞻上人[一]

上人學佛居高座，摧破禪和障百重。除是談詩無別好[二]，看雲盡日倚孤松。

校勘記

〔一〕心矩齋校本同，《鐵橋詩晦》、《鐵橋詩悔》題作『楚上人』。

〔二〕心矩齋校本同，《鐵橋詩晦》、《鐵橋詩悔》前三句爲『竹溪溪水聲淙淙，竹溪古寺雲半封。老僧飽飯無餘事』。

鶯湖雜詩

烏榜搖煙下荻塘，荻花蕭瑟水風涼。生憐鹿野聯吟者，寂莫人間王載揚。

平波彌望澹容與，柳岸人家竝水居。正是江鄉風味好，竹絲籃子賣銀魚。

溪南一徑黃花雨，醉裏吟香興不孤。買得橛頭船似葉，載將秋色過鶯湖。

新月高高玉笛哀，畫眉橋外雁飛回。行人今夜腸堪斷，況聽吳孃水調來。

甲乙叢書定不磨，布衣名姓滿江河。而今欲弔天隨子，放鴨灘頭紅葉多。

泊青浦訪陳大樽故宅不得〔一〕

孤城兩面〔二〕水花渾，大雅斯文百一存。滿路斜陽春草〔三〕外，不知何處弔黄門。

校勘記

〔一〕心矩齋校本同，《鐵橋詩晦》、《鐵橋詩悔》題作『泊青浦訪大樽故宅不得』。

〔二〕心矩齋校本同，《鐵橋詩晦》、《鐵橋詩悔》『兩面』作『面面』。

〔三〕心矩齋校本同，《鐵橋詩晦》、《鐵橋詩悔》『斜陽春草』作『夕陽秋草』。

簰洲

扁舟盡日對清虚，行過簰洲畫不如。江水西流月東出，照人殘夢落嘉魚。

巴陵絶句

楚山鬱鬱樹蒼蒼，磯轉城陵見岳陽。北折江流吞漢沔，南飛帆影極瀟湘。

夾岸微風拂榜過，洞庭寒色夜生波。美人遥在湘雲外，欲贈芙蓉奈晚何？

平明拔橛湖壖子，瞬息船行杳靄間。四萬頃波青一抹，回看帆脚曳君山。

青　谿〔一〕

桃葉飄零玉樹〔二〕凋，滄桑半壁話漁樵。多情最是青谿柳，摇曳風枝送六朝。〔三〕

校勘記

〔一〕心矩齋校本同，《鐵橋詩晦》、《鐵橋詩悔》題作『金陵』。
〔二〕心矩齋校本同，《鐵橋詩晦》、《鐵橋詩悔》『玉樹』作『瓊樹』。
〔三〕心矩齋校本同，《鐵橋詩晦》、《鐵橋詩悔》末二句作『多情獨有秦淮水，嗚咽千般送六朝』。

金陵雜詩

一笑秦金厭不成，幾多興廢攬吾情。〔一〕黄塵皂莢須臾事，連臂仍聞唱石城。
石城寥寂冶城顯，徒有朝天宫殿高。誰使金川門再啟，鼓樓大道滿黄蒿。
雞鳴十廟茶棚裏，到眼臺城灌莽深。四百年前觴詠地，穹堂何處是葵心？先司空賜第在崇禮街，有建文元年葵心堂分韻詩册。
半載荒荒醉夢還，長生苑鹿出人間。桃花畫扇琵琶引，也是江南庾子山。〔二〕
廿年愁緒幾曾銷，衰草離亭况寂寥。拾取南疆舊金粉，寒橋一帶水蕭蕭。〔三〕

嫋嫋垂楊拂畫樓，輕帆摇曳渚煙秋。别來消瘦君知未，半是秦淮半莫愁。〔四〕

一片蒼凉畫裏詩，西風祖道放杯遲。可堪嗚咽秦淮水，愬盡興亡又别離。〔五〕

舞榭歌臺樂未終，玉完羅綺不禁風。南朝一部傷心史，半在三山落照中。〔六〕

校勘記

〔一〕心矩齋校本同，《鐵橋詩晦》、《鐵橋詩悔》亦收録《金陵雜詩》六首，此詩爲其四。此二句作『無限江雲無限情，江流終古咽秋聲』。

〔二〕心矩齋校本同，《鐵橋詩晦》、《鐵橋詩悔》此詩爲《金陵雜詩》六首其六，作『半壁滄桑醉夢還，六朝錦繡在人間。桃花小扇琵琶引，曾是江南庾子山』。

〔三〕《鐵橋詩晦》、《鐵橋詩悔》此詩爲《金陵雜詩》六首其一，《鐵橋漫稿》未收，據以補録。

〔四〕《鐵橋詩晦》、《鐵橋詩悔》此詩爲《金陵雜詩》六首其二，《鐵橋漫稿》未收，據以補録。

〔五〕《鐵橋詩晦》、《鐵橋詩悔》此詩爲《金陵雜詩》六首其三，《鐵橋漫稿》未收，據以補録。

〔六〕《鐵橋詩晦》、《鐵橋詩悔》所詩爲《金陵雜詩》六首其五，《鐵橋漫稿》未收，據以補録。

釣　臺

天子牀中天象成，羊裘脱却又歸耕。客星不是蜚熊兆，渭水桐江一樣清。張紫瀾云：此題絶唱。先生就徵，會遭星變，决意歸耕。前人都作兀奡語，非事實也。客星有五見，皆不祥，况犯帝座？觀《開元占經》、《乾象通鑑》自明。

蕙茝嫌疑矍鑠翁，舊恩難恃或凶終。釣徒無改狂奴態，高出雲臺第一功。

晦迹羊裘大澤濱，高臺百尺獨垂綸。赤符應讖尋常事，便欲徵車臣故人。〔一〕

校勘記

〔一〕《鐵橋詩悔》此詩題爲『釣臺』，《鐵橋詩晦》作『釣臺』，誤。此詩《鐵橋漫稿》未收，據《鐵橋詩悔》、《鐵橋詩晦》補録。

讀史記

不是夷門顧問頻，邯鄲已入虎狼秦。囊中脱穎成何事，莫漫〔一〕輕他十九人。

鞭石蓬萊萬騎還，祖龍暴氣盡驪山。扶蘇爲帝蒙恬將，未必諸侯便入關。〔二〕

赤手能將草昧開，故鄉歌舞共登臺。重瞳竟踐分羹約，誰向新豐擁篲〔三〕來？

釣徒亦復奮功名，博得他年走狗烹。兩度漢皇馳入壁，漫言韓信最知兵。〔四〕

籌國何須痛哭陳，賦成鵩鳥竟亡身。漢文不是恩偏〔五〕薄，爲老其材却誤人。

鮑魚分臭載轀輬，瓦解秦關百二强。賴得瓊田仙藥少，免教銜璧出咸陽。〔六〕

奇計如何供取容，女朝希旨六王封。不因收得桑榆效，羞死人間有赤松。〔七〕

校勘記

〔一〕心矩齋校本同，《鐵橋詩晦》、《鐵橋詩悔》收録《讀史記》七首，此詩爲其一。《鐵橋詩悔》『漫』作『更』。

〔二〕心矩齋校本同，《鐵橋詩晦》、《鐵橋詩悔》此詩爲《讀史記》七首其三。

〔三〕心矩齋校本同，《鐵橋詩晦》、《鐵橋詩悔》『擁篲』作『擁彗』，且此詩爲《讀史記》七首其五。

〔四〕心矩齋校本同，《鐵橋詩晦》、《鐵橋詩悔》此詩爲《讀史記》七首其四。

〔五〕心矩齋校本同，《鐵橋詩晦》、《鐵橋詩悔》『恩偏』作『心腸』，且此詩爲《讀史記》七首其七。

〔六〕心矩齋校本同，《鐵橋詩晦》、《鐵橋詩悔》此詩爲《讀史記》七首其二。

〔七〕心矩齋校本同，《鐵橋詩晦》、《鐵橋詩悔》此詩爲《讀史記》七首其六。

讀漢書

四海窮兵耄及之，輪臺下詔悔何遲。無端又發長生願，斷送驕兒到望思。

百戰生降涕泗横，河梁萬古擅詩名。若非班馬成良史，五尺羞稱李少卿。

讀三國志

三分有二漢將軍，老去依然服事殷。莫怪封王加九錫，奸雄無事不周文。周文受錫命，專征伐，以虞芮質成之年稱王。

蛟龍要戲蜀江春，白水涪關血洗塵。一個生降嚴太守，到今説是斷頭人。

徐昭法山水册題詞

風雨高歌有鬼神，自將翰墨寫天真。支硎亦是桃源洞，不許尚書一問津。昭法名枋，吴縣人。崇禎壬午舉人，隱靈巖山。湯荆峴尚書撫吴，屏騶從訪之，避不見。

伍君璽像册

從俗從宜荷國恩，春風古道口碑存。放他仕女知多少，安穩肩輿過白門。江寧舊有轎税，女子道經城門，每爲搜税者所苦。聖祖南巡，納君璽言，除轎税。

董若雨漏霜苕帚遺像是吕海山所畫

風景河山劫後灰，小庵豐草破書堆。祇應净埽興亡恨，安穩蒲團入定來。若雨名説，後爲僧，名南潛，有《豐草庵詩集》。

湘江歸櫂圖卷爲石舟題

吴天渺渺楚天長，杜宇聲聲叫夕陽。湘水入江江入海，教君争得不思鄉？

隋　堤〔一〕

鑿破長淮合汴流，錦帆從此下揚州。如今休唱隋堤曲，風起楊花無那愁。

校勘記

〔一〕此詩至《書莊瑞紅題壁詩後》凡十二題十七首，《鐵橋漫稿》未收，據《鐵橋詩悔》補録。

江　上

萬點青山酒一尊，美人遲我緑楊村。西風昨夜天邊起，逐盡江濤出海門。

懷蔣立綱楚中

別館開樽琥珀光，前荆回首又茫茫。大江不鎖懷人夢，一夜春風到漢陽。

吕　城

一片孤帆兩岸風，金牛回望有無中。此行刮目知誰在，獨向殘陽弔阿蒙。

寄程載賡

十載他鄉抱一經，故人書劄慰飄零。料應前度金閶柳，到及君歸眼更青。

泊安慶

皖口雲濤接石頭，吴天盡處晚停舟。盛唐山上一杯酒，江草江花無限愁。

送周生之大梁

千山紅葉萬山雲，揮手江樓客路分。落日中原秋色滿，不知誰是信陵君。

宿月湖

古岸蕭蕭紅蓼多，月湖寒水夜逾波。美人宛在汀煙外，欲贈芙蓉奈晚何？

憶白下舊遊

曾登幕府脱征驂，半醉分題白玉龕。一自酒人零落後，愁心明月大江南。

懷蔣立綱

蕭蕭紅葉板橋霜，秋雁遥應過漢陽。一望月波千萬頃，思君不見斷人腸。

和楊鳳苞西湖秋柳詞

昔曾經處緑毵毵，纔入秋來百不堪。似許風流摇落盡，空留明月印三潭。
冶遊無復大堤春，幾樹蕭疏映水濱。莫向金沙灘小住，六橋煙雨最愁人。
重湖彌望渺寒波，回首春光勝幾何？今夜鎖瀾橋畔月，斷腸更聽竹枝歌。
雨怨風凄萬萬條，者番何處不魂銷。分明一卷知秋賦，又綰離心過段橋。
依舊疏枝帶露零，小開啼眼向津亭。西風解識離人苦，斂取煙梢一半青。

書莊瑞紅題壁詩後

真成薄命久尋思，王龍標句。又爲同音聽少時。偏是美人怨遲暮，一般風調我家詩。
久薄琴心倩鳳求，背人時復揲方州。多情只許章江月，静夜窗前照寫愁。

補遺

雜詩

翩何大隄女，熒熒鬱華姿。十二嫺鍼黹，十三妙歌辭。明妝理絲竹，觀者咸歎咨。十五奉君子，白首將同歸。如何妾薄命，入門與願違。夫人不逮下，君子亦寵移。小心伺巾櫛，顰笑生嫌疑。常恐嚴霜降，蒲柳不自支。寄言生女者，但嫁田舍兒。

卷三　文類一

荀子當從祀議

孔子之道在六經，自七十子後，紹明聖學、振揚儒風者，無逾孟子、荀子。而孟子配食于孔子廟堂，荀子有《性惡》一篇，爲宋儒所訽病，前明黜其從祀，此非萬世之公議也。

臣謹按，漢儒劉向爲《孫卿書録》，屢數諸子，云皆不循孔氏之術，唯孟軻、孫卿爲能尊仲尼。又云孟子、孫卿、董先生皆小五伯，以爲仲尼之門，五尺童子皆羞稱五伯。如人君能用孫卿，庶幾於王。孫卿之書，其陳王道甚易行。又按，先臣謝墉爲《荀子序》云：荀子生孟子之後，最爲戰國老師。太史公作傳，論次諸子，獨以孟子、荀卿相提竝論，蓋自周末歷秦漢以來，孟、荀竝稱久矣。《小戴》所傳《三年問》，全出《禮論篇》；《樂記》、《鄉飲酒義》所引，俱出《樂論篇》；《聘義》『子貢問貴玉賤珉』，亦與《德行篇》大同。《大戴》所傳《禮三本篇》，亦出《禮論篇》；《勸學篇》即荀子首篇，而以《宥坐篇》末『見大水』一則附之；《哀公問五義》出《哀公篇》之首。則知荀子所著，載在二戴《記》者尚多，而本書或反缺佚。

愚竊嘗讀其全書，而知荀子之學之醇正，文之博達，自四子而下，洵足冠冕群儒，非一切名、法諸家所可同類共觀也。觀於《議〔一〕兵篇》對李斯之問，其言仁義，與孔孟同符。而責李斯以不探其本而索其末，切中暴秦之弊。乃蘇氏譏之，以爲其父殺人，其子必且行劫，然則陳相之從許行，亦陳良之咎歟？此所謂欲加之罪也。荀子在戰國時，不爲游説之習，鄙蘇、張之縱横，故《國策》僅載諫春申事，大旨勸其擇賢而立長，若早見及於李園棘門之禍，而爲厲人憐王之詞，則先幾之哲，固異於朱英策士之所爲。故不見用於春申而以蘭陵令終，則其人品之高，豈在孟子下？顧以嫉濁世之政而有《性惡》一篇，且詰孟子性善之説而反之，於是宋儒乃交口攻之矣。

嘗即言性者論之，孟子言性善，蓋勉人以爲善而爲此言。荀子言性惡，蓋嫉人之爲惡而爲此言。要之，繩以孔子相近之説，則皆爲偏至之論。謂性惡則無上智也，謂性善則無下愚也。韓子亦疑於其義，而爲三品之説。上品、下品蓋即不移之旨，而中品則視習爲轉移，固勝於二子之言性者矣。然孟子偏於善，則據其上游；荀子偏於惡，則趨乎下風。由憤時疾俗之過甚，不覺其言之也偏。然尚論古人，當以孔子爲權衡。過與不及，師、商均不失爲大賢也。

又按，先臣錢大昕爲《荀子跋》云，自仲尼既殁，儒家以孟、荀爲最醇。太史公敘列諸子，獨以孟、荀標目。韓退之於荀氏雖有『大醇小疵』之譏，然其云吐辭爲經，優入聖域，則與孟氏竝稱，無異詞也。宋儒所訾議者，唯《性惡》一篇。愚謂孟言性善，欲人之盡性而樂於善；荀言性惡，欲人之化性而勉於善。立言雖殊，其教人以善則一也。宋儒言性雖主孟氏，然必分義理與氣質而二之，則已兼取孟、荀二義。至其教人以變化氣質爲先，實暗用荀子化性之説。然則荀子書，詎可以『小疵』訾之哉？古書『僞』與『爲』通，荀子所云『人之性惡，其善者僞也』。此『僞』字即『作爲』之『爲』，非『詐僞』之『僞』。故又申其義云：『不可學、不可事而在人者，謂之性；可學而能、可事而成之在人者，謂之僞。』《堯典》『平秩南訛』，《史記》作『南爲』，《漢書·王莽傳》作『南僞』，此『僞』即『爲』之證也。臣竊惟劉向漢世通人，謝墉、錢大昕乾嘉間善讀書者，其敘録與跋足祛宋儒積疑，荀子自是孟子後第一人。

又按，荀子非但傳《禮》、傳《樂》也，又傳《詩》、傳《春秋》。中公受《詩》于浮丘伯，浮丘伯，荀子弟子，見劉向《孫卿書録》，亦見《漢書·楚元王傳》。中公傳是《魯詩》，荀子所傳也。《韓詩外傳》引《荀子》以説《詩》者四十餘事，是韓嬰亦荀子私淑弟子也。子夏五傳至荀子，荀子傳大毛公，見陸德明《經典敘録》，是《毛詩》亦荀子所傳也。《荀子·大略篇》言《春秋》『賢穆公』，『善胥命』，是爲《公羊春秋》之學。瑕丘江公受《穀梁春秋》及《詩》于中公，是《穀梁春秋》荀子所傳也。左丘明作傳以授曾申，曾申五傳至荀子，荀子傳張蒼，張蒼傳賈誼，是《左氏春秋》荀子所傳也。劉向《孫卿書録》稱孫卿善爲《詩》、《禮》、《易》、《春秋》，今觀《非相》、《大略》二篇，是善爲《易》。古籍闕亡，其受授不得盡知也。孔子之道在六經，自《尚書》外，皆由荀子得傳。

臣學淺位卑，不合上議，敬具草，置之篋中，謂荀子當從祀，實萬世之公議也。謹議。

校勘記

〔一〕『議』，原作『義』，今改。

甲癸議[一]

唐逸小説有烏傷疑案，吏不能決，希有老人爲《甲癸議》曰：

甲在外二十八年，擁高貲歸，而其妻先死。其子乙年二十六，既舉秀才，儀表出群。丙與乙素有隙，丁睨甲貲，黨丙而擠乙。偁乙姦生子，甲恥之，逐乙，而事聞令長。令長以律無文，不能決，上之大吏。大吏入奏，下百官博議。

戊議曰：『甲在外二十八年而歸，而其子乙年二十六，殆非甲種。謂之姦生子，不誣也。宜投諸荒外，以維風教。』

己議曰：『投諸荒外，荒外詎無父之國哉？宜加賜惡姓，不與良民伍。』

庚議曰：『乙無罪，罪在母。母先死而乙以姦生聞，何以爲人爲？宜陰令自裁，從母地下。』

辛議曰：『律設大法，禮順人情。情硋則法窮，泥禮之禮不情，骩法之法破律，是謂亂政。宜寢其事，勿決。』

壬議曰：『乙事未發斯已，發而寢其事勿決，安用吏爲？吏決事以律，律無文則比律；律無可比，則參稽經史諸子，所謂儒術飾吏治也。古有無父而生者，華胥履大迹生包羲，見《帝王世紀》；姜原履帝武生稷，簡狄吞乙卵生契，見《詩》。『命星貫昴，脩紀夢接生禹』，見《孝經鉤命決》；禹母吞珠孕禹，見《蜀王本紀》，亦見《尚書帝命驗》；而《遁甲開山圖》則云吞月精珠，即月精。緊古神聖，類皆靈奇忽荒。故《史記·三代世表》引《詩》傳契、后稷皆無父而生，《詩·生民》正義引《韓詩》説聖人皆無父，感天而生。等而下之，田氏夢太白臨己而生東方朔，見《洞冥記》；苟氏夢感蛟龍而生苻堅，見車頻《秦書》。《列子》言思士不妻而感，思女不夫而孕。天下之大，何所不有？丙、丁鄉愚，少見多怪，宜返坐。』

癸議曰：『戊、己、庚失入，辛故出，皆濫坐乙以姦生，所議非也。乙凡民，傳紀非常，擬不以倫，難可懸之令。甲、壬議，亦非也。竊謂乙事尋常耳，可片言昭雪。人妊十月、九月而生者，常也。妊七月而生、生而壽考者，世間多有。俗説妊八月而生難育，蓋不確。闞澤在母胞八月，叱聲震外，見《會稽先賢傳》。其不及七月者，黄牛羌種孕六月生，見《魏略》；其逾十月者，苟氏孕十二月生苻堅；呼延氏十三月生劉淵，張夫人十五月生劉聰，見《晋書·載記》；慶都孕十四月生堯，見《帝王世紀》；鉤弋夫人懷昭帝十四月乃生，見《漢書》；附寶孕二十五月生黄帝，見《搜神記》，《論衡》或作二十月；陽翟有婦人妊身三十月乃生子，見《嵩高山記》；太康温磐母懷身三年然後生，見《異苑》；長人國妊六年乃生，生而白首，見《外國圖》；大人國其民孕三十六年而生，見《括地圖》；老子託于李母胞中七十二年，見《瀨鄉記》；老子母懷之七十歲乃生，生而白首，見《神仙傳》。載籍極博，妊逾十月者，悉數難終。甲在外二十八年而歸，而乙年二十六，蓋在妊二年，無足爲異。宜片言昭雪，丙、丁宜不論。』

大吏曰：『癸議以謂妊二年，允哉！』據以覆奏。于是，甲、乙復爲父子如常。〔二〕

校勘記

〔一〕此文亦見載于清陸以湉《冷廬雜識》卷八『甲癸議』條（中華書局一九九七年十二月版）、《香豔叢書》第九集（人民文學出版社一九九二年一月版）。《冷廬雜識》本有序曰：『嚴爲建德教諭時，義烏有高才生某，爲忌者所誣，見棄于其父。事聞之官，大吏欲爲超度，萬難措辭。嚴聞之，乃爲《甲癸議》一篇，致其房師閩撫韓芸舫克均，督部見之，大稱賞，據其説入爰書，事賴以解。其辭備載稿中，大略謂』云云。《香豔叢書》本序曰：『鐵橋學博，才高學富，睥睨群流。嘗搜輯唐以前文爲《全上古三代秦漢三國六朝文》七百四十六卷，手自繕寫，歷二十七年而後成。以無資未得付梓。著有《鐵橋漫稿》十三卷。鐵橋爲建德教諭時，義烏有高才生某，爲忌者所誣，見棄於其父。事聞之官，大吏欲爲超度，萬難措辭。嚴聞之，乃爲《甲癸議》一篇，致其房師閩撫韓芸舫克均，督部見之，大稱賞，據其説入爰書，事賴以解，其辭備載稿中。』另按，《鐵橋漫稿》卷三有《上閩撫韓芸舫房師書》，已詳言《甲癸議》之因由。

〔二〕心矩齋校本同，《冷廬雜識》本於文末曰：『按《元史·黄溍傳》云：「母童氏，夢大星墜於懷乃有妊，歷二十四月始生溍。」此尤近而可徵者。』《香艷叢書》本沿用此案語。

社　議

睦州治建德，宋初社、稷二壇在城西南二里，今所稱南壇者也，後移于城西北一里。前明遷城，合社、稷爲一壇，亦在城西北，今所稱西壇者也。嘉慶廿五年始望祀于元壇廟，其年大旱，道光三年大水。六年始望祀于雙峰書院，八年大水，已而大旱，歲比不登。

有華顛二老，抗言于蓺圃主人曰：『祀典莫大于社稷。《禮》云國主社，示本也。今之郡縣，當古之侯國。《禮》云：諸侯爲百姓立社曰國社，諸侯自爲立社曰侯社。又云：喪國之社屋之，不受天陽也。亳社北牖，使陰明也。竊見建德祀社稷，不于壇而于屋，神所弗歆。水旱頻仍，餓殍載路，職此之由。主人備員兹土，曾不讜言于守令，毋乃葸與？』主人逡巡而謝曰：『若吾子之言，敢忘大惠？不佞閑曹也，安能與參末議？南壇久廢，且隔一江。值大風盛漲，不便往來。西壇舊有齋宿所，歲久傾圮，承祀官或遇雨霑衣失儀，故就近望祀于城内廟院。《禮》云禮從宜，謂權宜也。吾子據屋社之文，太不擇言，何以爲守令地？他日政和年豐，將百廢具舉。今兹未能，不佞安能建議？』

二老曰：『主人，禮官也。坐視非禮而結舌不言，是謂曠官。《詩》云：「不素餐兮。」蒙竊滋焉。』主人跼蹐不應，久而曰：『吁！談何容易！舊壇廢矣，擇地而新之。城内乎？城外乎？方位規制宜準禮文，力不能營齋房，將依傍廟院，擇地尤難。歲比不登，鳩工飭材，需費不貲。輕發者後必悔，且問吾子：章程若何？姑言其略。』二老曰：『《五經通義》云，質家左社稷，文家右社稷。質家夏殷，文家周也。《周官·小宗伯》：建國之神位，右社稷，匠人營國，左祖右社。云右者，在經涂之右。古侯國邑或城，或不城，不必論城内外。漢制與周小異，《郊祀志》云：莽奏兆后土畤于長安城之未地。蔡邕《獨斷》云：社稷二神功同，故同堂別壇，俱在未位。未爲南方偏右，後世遵之，或合爲一壇，亦無害義。《周書》云：其壝南赤土。《續漢·禮儀志》云：方壇，無屋，有牆門而已。《逸書》云：南社惟梓。天子社廣五丈，諸侯半之。云半者，壇方二丈五尺。周以漢之八寸爲尺，漢以今步弓之八寸爲尺，二丈五尺得今步弓一丈六尺。《禮》云：社主用石。《孝經緯》云：主狀正方，穿中央，達四方。天子長尺二寸，諸侯長一尺。蓋説宗廟主也。社主將毋同，主植土中而出土者尺。凡諸節目，具有明文。《太公金匱》祝社云：歲告以水旱，與其風雨澤流悉行，除民所苦。《白虎通》云：求福報功，得陰陽和氣，主人聞其故而覩其事矣。建德南廢壇，未位也，今難修復。略準方位，假齋房，謂可就火德廟南，或賓賢書院南，或建昌廟東，擇地畝許，如禮爲壇，需費數十金，可以竣事。』

主人曰：『唯唯。』遂往見縣令，而建議如二老言。縣令曰：『唯唯。』復往見郡太守，建議如初。太守曰：『唯唯。』議卒寢不行。

代法孝直與諸葛孔明書

前將軍羽攻曹仁、于禁於樊，會漢水汎溢，禽于禁，遂進圍樊，此天倖也。聞徐晃救至矣，曹公雖軍還洛陽，必且自將南征，非前將軍敵也。主公今還成都，去荆州遼遠，前將軍軍無後繼，攻樊未必克。吳人且乘其虚，敗亡無日矣。尊兄應期贊世，配業光國，算無遺策，知無不言。宜啟主公亟率大衆趍漢中，出秦川，以牽制曹公。分遣張飛、趙雲各率萬人，一趨上庸，爲樊聲援；一順流出峽，下公安，以固江陵。則前將軍可進可退。正，羈旅臣也。主公嘗言，孤有孔明，猶魚之有水，得君逾于正。言若不入，則正繼之。博者出孤注得梟，敗不復振，奈何以前將軍爲孤注？

答陳抱之書

去年四月辱賜書，附《金石圖》四袠、古印章印本一紙，屬爲考跋。不佞適有金陵之行，久未報命，幸知己者之恕之罪也。不佞學殖荒蕪，曩年所見史傳，不能記憶百一。承問古印章十餘顆，不能盡對。其僅可考者，一曰劉宣，見《後漢書·卓茂傳》襲封安衆侯，又見《晋書·劉元海載記》武帝時右部都尉，又見《唐書·孝友傳》河間人，又見《宋史·忠義傳》秦鳳路兵馬都監，又見《元史》一百八十六至元時御史中丞。今此印篆刻勁整，當屬後漢也。一曰李誼，見

《唐書·韓王元嘉傳》元嘉五子：訓、誼、諶、譔、訥。又見《碧落碑》，又舒王李誼初名謨，見《德宗、順宗諸子傳》。一曰趙[illegible]，不能識，疑欲，又疑伊，《明史》有趙伊，見《劉世揚傳》。其餘莫可考。老友楊秋室博通十倍于不佞，倘能徧考，幸教之，以廣見聞。

寄高郵夏味堂書

可均頓首澹人先生足下：

曠代通人近在數百里，未聆麈教，實恨緣慳。頃訪老友沈凫邨于朝天宫，獲觀大著，竭兩日之力流覽一終。探學海之尾閭，傾蓺林之瑰寶。游精振古，大慰平生。蓋自《爾雅》、《方言》、《廣雅》、《小爾雅》而外，凡經史諸子、字書故訓之言，皆理而董之。擇其尤雅者爲《拾雅》，次爲《拾廣》，又次爲《拾遺》。摭羅眩備，别白謹嚴。洵小學之淵海，不朽之偉觀也。或言芸臺督部既爲《經籍纂詁》，足下據其成業，踵事者易爲功，此大不然。《纂詁》藉手衆力，建草創之勳。大著卓爾體裁，兼述作之美。兩書相輔而行，闕一不可。

聞大著箋注垂成，願先覩爲快。昔劉子駿與子雲書，從取《方言》，願頗與其最目，得使入籙。不佞藏書未富，顧大著先能插架，足以自豪。當用片言爲校讎之助，如自敘『嘉慶乙卯』，當作『己卯』。卷一之一葉『底，至也』，『底』當作『底』。『底』音致，至也。『底』無至義。四葉『𡟇，憂也』，當移入《釋訓篇》。《文選·洞簫賦》注引《倉頡篇》『𡟇，憂貌』，云貌，例附疊字類後。六葉「謟，佞也」，「謟」當作「諂」。二十葉「西至汃國」，本《説文》，即《爾雅》「西至於邠國」之異文。敘言古體字不複出，此自亂其例。卷二之十二葉「懿懿，香也」，《楚詞》「離世芳懿懿而終敗兮」注「懿懿，芳貌」，不作「香」。「芳」亦訓「香」。敘言詞取舊注，不敢刪易，亦自亂其例。卷三之二十九葉「傳，訓詁也」，「傳」當作「傳」，本《公羊傳・定元年》注。略舉數事，唯大雅裁之。可均頓首。

與姚秋農侍郎書　癸未水災

七月十四日，可均頓首問秋農大人閣下無恙：

自己卯冬江陰一別，倏忽四年。馳溯之忱，與時俱積。伏惟閣下禔躬元吉，箸作日新，恩眷逾隆，身名普泰。艸茅舊雨，與有光榮。可均別後，屏跡荒邨。去年九月，選授嚴州建德縣教諭，臥病支離，至今年四月到任。上天降災，從四月三日雨，至七月不止，我湖州竟爲江浙九災郡之最。大江灌而南，海潮溢而西，郡治以東數百里間，平地水深一二尺、三四尺不等。浩浩滔天，無注瀉處。死者已矣，生者巢居。桑無孑遺，田不下種。凶問頻仍，熏憂曷極！可均隻身任所，擁書萬卷，獨坐窮山，謂送老矣。人苦老不死，而日聞故鄉之枕甃于洪濤駭浪之中，此心亦何以自處也！書不盡言，不知所云。可均頓首。

答姚秋農總憲書論夏殷曆　丙戌

二月十七日，可均頓首答問秋農大人閣下無恙：

去夏張竹坪觀察南來，惠寄手書，具見閣下位業日崇，益抱己溺己飢之至意，兼賜《邃雅堂學古録》。其《易學討原》二十年前曾見之，至《春秋經傳閏朔表》據《左傳·僖五年》、《昭二十年》兩日南至爲本，中間補置一閏，前後推算二百五十五年閏朔，無杜氏《長曆》遷就之失。可均曩在金陵曾校刊程公悦《春秋分記》，以眥匱輟工。其曆志用僧一行《大衍曆》，逐年布算二十四節氣，明白精當，殊勝《長曆》。大箸復駕而上之，以三正異建而同原，先造顓頊曆術爲古曆定準。通人鉅製，可懸國門，不佞非貢諛也。

古者推日蝕法疎于今人，閣下以今人而造古曆，宜全推經傳三十六日蝕入蝕限、不入蝕限，則閏朔更無差失。復有奉商者，《史記年表》起共和，而夏殷周初爲疑年。今可略考者，《左氏·宣三年傳》：『桀有昏德，鼎遷于商，載祀六百。商紂暴虐，鼎遷于周。』左氏去商未遠，而舉成數，或當不誤。《漢·律曆志》：夏四百三十二歲，殷六百二十九歲。《史記·殷本紀》集解引譙周曰殷六百餘年，皆與《左傳》相等。而大箸《夏殷曆章蔀合表》據《竹書紀年》爲本，參考《史記》，頗增減之，斷定夏四百三十年，殷五百八年，竊所未安。《紀年》爲後人删改，非汲冢之舊。《晉書·束晳傳》引夏年多殷，今本乃殷年多夏，云夏用歲四百七十一年，殷用歲四百九十六年。《夏本紀》集解、《殷本紀》集解引與今本同，是裴駰所據已非束皙所見之本。至《真誥》十五引啟三十九年，今本啟十六年，夏年似曾減短。《殷本紀》正義引自盤庚徙殷至紂之滅七百七十三年，今本無此，又恐殷年太多。要而言之，《紀年》難信，夏年難定，殷年略見《左傳》，不容違異。大箸夏殷曆祇宜總揭大綱，不宜畫方布格，斷定夏殷某某帝王之即位在某蔀、某章、某年。而大箸乃斷定武王即天子位歲在乙亥，上推湯元年在丁未，禹元年在丁酉。禹無論已，殷于《左傳》短百許年，縱使丁未果確，安知非百二十年前之丁未？加百二十年于五百八年，僅短《漢志》一年，與《左傳》尚無違異。然且牽一髮而全身皆動，蔀、章、年皆遷改，又難加殷某某王年數以實之，而況丁未僅凭算法推得，非經傳古說，并非《竹書》。無徵不信，即閣下亦未必自信。

《左傳》云：見可而進，知難而退。孔子云：吾猶及史之闕文。冒陳愚管，知所樂從。倘撤去此卷，酌存精要，則《春秋經傳閏朔表》與《顓頊曆術》兩相比附，聖經月日，瞭如指掌，豈不快哉！其當刊改者，卷五上『杜氏作《長曆》』，自謂用《乾象》竝古今十曆』。按，『乾象』當爲『乾度』。咸寧中，李修、夏顯造《乾度曆》，見杜氏《長曆》。夏顯亦作卜顯，見《晋・律曆志》。《乾象曆》乃漢延熹中劉洪造，見《續漢志》注補引袁山松書，孫吴用之，在《長曆》所用古今十曆中。其餘誤字俟覆勘。

不佞在建德，眠食如常，唯是無學租，歲得俸銀四十兩弱，不彀僦屋轎班之用。又奉新例，無束脩册費。無棧可戀，逝將餬口四方。今乘嚴府學新選拔吴汝霖字沛三入都之便，寓書答候。吴寒士能畫松，一技之長，或堪謀食。倘蒙接見，則不佞近狀彼略知之。可均頓首。

六月十四日，可均頓首：

答湯雨生將軍書　戊子睦州水災

三月杪承惠書，名流翰藻，灑脱非常，令閲者自嫌形穢。可均抱幽憂之疾，牋答稽遲，頃遇水災，復承存問，且感且謝。史稱大水灌城不浸者三版，蓋沿用晋陽事。今睦州大水，江船救生，從女牆頂飛空放入，直是陸沈，詎留三版哉！官舍在山麓，水不到，而偏僻無樓，多鼠竊。前任皆不居，可均令老妾挈義兒輩居之。而自僦民廛，與老僕寄居，其址亦高，前後樓下水深一二尺至五六尺不等。圖書萬卷，攀搶上樓，幸免遭厄。而城内外各街坊水深一二三丈，通郡田廬、人畜、穀麥、墳墓漂失無算。身非地方官，休戚同之，誰能遣此？爲詩有云：『地接天都非禹跡，人棲鳥穴是堯年。』又云：『試院支鐺神雀瓦，女牆拔橛義烏船。』又云：『海外有天行日月，夢中無地不蛟龍。』又云：『萬卷圖書天護惜，一身骯髒鬼癡詅。』皆道其實。今誦手書于枕上，爲詩報謝云：『敢言建德非吾土，無那千峰寄一身。薄宦豈堪多病後，省災重荷尺書頻。將軍禮數寬依舊，菩薩輪回劫簇新。賴得二三賢大府，此間實有再生人。』勞者歌其事，亦以告哀。氣塞調卑，不足當大雅一哂。附上楹榜，輯《淮南子》、《漢書》，聊爲贈處之言。暑氣恢台，幸善珍攝。可均頓首。

上閩撫韓芸舫房師書

十二月五日，嚴可均頓首撫部老夫子大人閣下：

可均久離函丈，廿餘年來，僅金陵及七里瀧片時親炙。依戀之忱，常縈寤寐。恭惟老夫子福躬康健，勳德昭章，恩眷逾隆，身名俱泰。門牆附録，與有寵光。可均破書襆被，寄迹荒江，髮白齒摇，曾無善狀。即平生撰輯積稿再等身，終歸覆瓿。辜負師恩，慚惶無地。

十一月卅日，有委員以義烏疑案解送督部者，道出嚴州。言此案嚮因縣府及省垣大吏知此子無罪，欲爲超度，萬難措詞，致成欽案。且言此子今悲憤病狂，將溘死道路。可均竊思雍正元年定例，考貢有判一條，至乾隆十四年裁去，則逢案擬斷，舊時功令，肄業及之，不必以出位謀政爲嫌。今此義烏事，古來罕有，措詞實難，不揣固陋，改判語體裁，仿魏時《四孤論》，假甲乙爲姓名，兼仿《晋書》、《宋書》、《通典》所載博議，爲《甲癸議》一篇。言雜而厖，而歸縮于妊二年。不審有當與否，伏求誨正。可否轉呈督部觀之，以資一哂？可均頓首。

上提學陳碩士同年書

六月十日，嚴可均頓首碩士大人執事：

建德災荒之後，繼以疫癘，幸執事按臨，吉星照燿，時疾漸稀。加以場規嚴肅，積弊不行。實荷帡幪，無事爲福。復分清俸，助寫書筆札之貲，却之不恭，謝難言罄。陳石堂先生，宋末醇儒，而集罕傳。執事竟訪得其遺書廿二卷，有心哉！《勉學詩》即從《遺書》録出乎？抑集外詩乎？講學家爲詩都沿擊壤派，而石堂不然，彌復可愛。本注『漢高不帝』，疑衍『不』字；『武帝樓船將軍』，疑脱『遺』字，衍『武帝』字。

彭文勤、姚姬傳兩先生數十年前曾親色笑，乾嘉間老輩竟成古人。承示《方輿紀要》摘鈔及《惜抱軒書録》，皆曩年所未覩者。前有俞理初正燮、李申耆兆洛敘文。理初、申耆與可均舊好，申耆好學深思，不亞張皋聞。理初于書無所不覽，嘗在孫淵翁德州司漕署爲《古天文説》廿卷，文勤《新五代史補注》亦理初草創。

可均稍有撰述，除已梓、借梓外，尚數十種。積稿等身，又半皆從蒐羅殘賸得來。就中有《上古三代秦漢三國六朝全文》七百卌六卷，三千四百九十五家，凡百四册。非有大力者，斷難付梓。來日苦短，亟宜謝病去官。就省垣寫手衆多處繕録清本，明知覆瓿，姑聽後人。

可均與古爲徒，不干涉公事。而縣學文廟將傾，分難謝責。三四月間，既購買磚石大小木材十之七八，奈興工需費不貲，倘肯札致劉太守酌題縣學事，則一言重于九鼎矣。如不輕發札，請即以可均稟帖封寄劉太守觀之，亦盡在不言中耳。敢布腹心，唯執事裁之。可均頓首。

答徐星伯同年書

星伯足下：

一别廿三年，天涯地角，何日忘諸？癸酉得塞外惠書，具知西疆陟歷。丁丑入都，奉書求年伯轉寄，後知賜環。丁亥，平叔制軍閲兵到睦，詢知近況，兼知曾到江南。去冬及今夏，屢見俞理初、許印林。今冬十月朔，見提學史君，竝詢知近況。十一月八日，學轅巡捕吴君發到惠書，情深語至，我兩人文字之交、憂患之交，洵非泛泛同年比也。可均偃蹇終身，足下亦一蹶未振，同病相憐，既不能致君澤民，祇應與古爲徒。皇皇焉上觀千載，網羅放失舊聞，以羽儀經業，導揚儒風。不爾，天生我材，亦何所用？夫立德、立功難，立言亦大不易。載籍極博，千僅一存；補闕拾遺，毋俾失墜。匪異人任也，願與足下共勉之。

嘉慶中，足下在全唐文館，從《永樂大典》寫出《宋會要》，此天壤間絶無僅有者。及今閑暇，依《玉海》所載《宋會要》體例，理而董之，存宋四百年典章，肆力朞年，㸔可竣事。而來書言苦無助我爲力者，助得附名，非有議敘；廢時懸望，難必其人。異日或蒙恩大用，無暇及此矣。時哉不可失！盍早圖之？至來書言邇日見《梁永陽王前墓誌》、高麗隋碑、薛河東所書《信行禪師碑》，聞所未聞，安得手録其文以補鄙著《金石三録》及《全梁》、《全隋文》哉？然而關係無多，虚想亦快，不如《宋會要》之尤要也。

可均四十餘年來所譔輯再等身，大率皆千數百年前之古人之心血寄存者。蒐拾叢殘，而聯比之，整齊之，爲《四録堂類集》千二百餘卷。除已刻、借刻外，欲繕寫清本，留覆醬瓿。而去日苦多，來日苦少，言之索索氣盡。二十年前校輯經佚注、佚子書等數十種，就中鄭注《孝經》最完善。曾敘其源委，今夏將刻板，復爲後敘。欲削繁就簡而未能，足見心力已衰，語許印林云：『老矣！後此兩年，太歲在申，月建在辰，其大限乎？』術家之説或驗，或不驗，印林以語足下，乃云限在明年，殆非也。十一月望，可均爲繕寫清本地，引疾去官。明年幸或惠書，尚當再三往復，以博軒渠。承索鄙著書目，附呈如左。可均頓首。時甲午歲臘月八日也。

《京氏易》八卷　王保訓輯、可均校補。《敘録》、《傳述》、《論證》三篇列于卷首，《易章句》一、《易傳》二、《易占上》三、《易占下》四、《易妖占》《易飛候》五、《别對災異》《易説五星占》《風角要占》六、《外傳》七、《災異後序》《易集林》《易逆刺律術》八，《叢書》本三卷，見存不録。

《韓詩》二十一卷　可均輯。附《魯詩》、《齊詩》、《漢人詩説》。

《儀禮古今文異同説》一卷　可均譔。

《三禮圖》三卷　孫星衍與可均同輯。

《謚法》三卷　孫星衍與可均同輯。

鄭氏注《孝經》一卷　可均輯，已刻。

郭璞《爾雅圖贊》一卷　可均輯〔一〕。

《爾雅一切注音》十卷　可均輯。
《唐石經校文》十卷　可均譔，已刻。
《説文長編》七十卷　可均譔。凡四十七册，亦名《類考》。《天文算術類》二卷、《地里類》六卷、《艸木鳥獸蟲魚類》十卷、《聲類》二卷、《説文引群書類》六卷、《群書引説文類》二十九卷、《鐘鼎古籀文秦篆類》十五卷。
《説文聲類》二卷　可均譔。即《長編》第四種。已刻。
《説文翼》十五卷　可均譔。即《長編》第七種。
《説文校議》三十卷　可均譔。先是，爲《説文長編》以譔疏義，草創未半，孫氏星衍勸先作提綱，遂爲《校議》三十篇，半年而竣。姚氏文田之説亦在其中，而《疏義》至今未成。已刻。
《段氏説文訂訂》一卷　可均譔。
《毛氏四書改錯改》四卷　可均譔。已上經類，十五種一百八十卷。
嵇康《聖賢高士傳》一卷　可均輯[二]。
周處《風土記》一卷　可均輯。
郭璞《山海經圖贊》二卷　可均校輯[三]。
沈充《吴興山墟名》一卷　可均輯。
山謙之《吴興記》一卷　可均輯。

沈懷遠《南越志》二卷　可均輯。

范成大《桂海虞衡志佚文》一卷　可均輯。已上史類，七種九卷。

《孔子集語》十七卷　孫星衍與可均同譔。已刻入《平津館叢書》。

《王孫子》一卷　可均輯[四]。

陸賈《新語》二卷　可均輯。

桓譚《新論》三卷　可均輯[五]。

魏文帝《典論》一卷　可均輯[六]。

杜恕《體論》一卷、《篤論》一卷　可均輯[七]。

陸景《典語》一卷　可均輯[八]。

袁準《正論》一卷、《正書》一卷　可均輯[九]。

《鬻子》一卷　可均輯。

鍾會等注《老子》一卷　可均輯。

《老子唐本考異》一卷　可均譔。據易州碑本、傅奕古本、明皇注本與釋文互校。

《抱朴子内篇校勘記》一卷　繼昌與可均同譔，已刻。

《抱朴子内篇佚文》一卷　繼昌與可均同輯，已刻。

《苻子》一卷　可均輯[一〇]。

《蘇子》一卷　可均輯〔一一〕。
《商子》五卷　可均校。
《慎子》一卷　可均校，已刻。
《申子》一卷　可均輯〔一二〕。
崔寔《正論》二卷　可均輯〔一三〕。
桓範《世要論》一卷　可均輯〔一四〕。
劉廙《政論》一卷　可均校〔一五〕。
《闕子》一卷　可均輯〔一六〕。
仲長統《昌言》二卷　可均輯〔一七〕。
蔣濟《萬機論》一卷　可均輯〔一八〕。
《傅子》四卷　可均輯〔一九〕。
《抱朴子外篇校勘記》一卷　繼昌與可均同譔，已刻。
《抱朴子外篇佚文》一卷　繼昌與可均同輯，已刻。
《馬總意林校勘記》一卷　可均譔。
明初寫本《北堂書鈔》五十五卷　可均校卷一至卷二十六，又校卷百三十二至卷百六十。已刻〔二〇〕。

《初學記》三十卷　可均據宋刻本校[二一]。

《惠松崖筆記》三卷、《九曜齋筆記》三卷　可均校[二二]。

崔寔《四民月令》一卷　可均輯[二三]。

《黄帝占》三卷　可均輯。

歐陽棐《集古録目》十卷　可均輯。

《古今錢圖》三十卷　可均譔。

《錢龍手鑑》二卷　可均譔。

《訪碑續録》一卷　可均譔。

《平津館金石萃編》二十四卷、《續編》四卷、《再續》二卷、《三續》一卷　可均譔。『三續』皆新收拓本，未編定。

《鐵橋金石跋》四卷　可均譔。已上子類，四十一種二百三十一卷。已刻。

《全上古三代秦漢三國六朝文》七百四十六卷　可均輯。凡一百四册。《全上古三代文》十六卷、《全秦文》一卷、《全漢文》六十三卷、《全後漢文》一百六卷、《全三國文》七十五卷、《全晋文》一百六十七卷、《全宋文》六十四卷、《全齊文》二十六卷、《全梁文》七十四卷、《全陳文》十八卷、《全後魏文》六十卷、《全北齊文》十卷、《全後周文》二十四卷、《全隋文》三十六卷、《先唐文》一卷、《韻編全文姓氏》五卷[二四]。

《司馬長卿集》二卷　可均校編[二五]。

《揚子雲集》四卷　可均校編〔二六〕。

《蔡中郎集》十四卷、録一卷　可均校編〔二七〕。

《陳思王集》十卷　可均校編〔二八〕。

《海珊外集》八卷　可均編。

《鸞坡先生集》三卷　可均恭校。

《孫淵如外集》五卷　可均編。

《鐵橋詩稿》十四卷、《文稿》十六卷　可均譔。少作不足存。

《鐵橋漫稿》八卷　可均譔。已上集類，十種八百三十一卷，時文不入録。已刻。

右《四録堂類集》總目，七十三種千二百五十一卷。

校勘記

〔一〕劉批本於此後曰：『在《全晋文》中。』

〔二〕劉批本於此後曰：『庾氏刻。』

〔三〕劉批本於此後曰：『在《全晋文》中。』

〔四〕劉批本於此後原批曰：『在《全三代文》中。』又用筆抹去。

〔五〕劉批本於此後曰：『在《全漢文》中。』

〔六〕劉批本於此後曰：『在《全三國文》中。』

〔七〕劉批本於此後曰：『同。』

〔八〕劉批本於此後曰：『在《全三國文》中。』

〔九〕劉批本於此後曰：『在《全晉文》中。』

〔一〇〕劉批本於此後曰：『在《全晉文》中。』

〔一一〕劉批本於此後曰：『同上。』

〔一二〕劉批本於此後曰：『在《全三代文》中。』

〔一三〕劉批本於此後曰：『在《全漢文》中。』

〔一四〕劉批本於此後曰：『在《全三國文》中。』

〔一五〕劉批本於此後曰：『同。』

〔一六〕劉批本於此後原批曰：『在《全三代文》中。』又用筆抹去。

〔一七〕劉批本於此後曰：『在《全漢文》中。』

〔一八〕劉批本於此後曰：『在《全三國文》中。』

〔一九〕劉批本於此後曰：『在《全晉文》中。』

〔二〇〕劉批本於此後曰：『南海孔氏已全刻。』

〔二一〕劉批本於此後曰：『在陸氏《群書校補》中。』

〔二二〕劉批本於此後曰：『已刻。』

〔二三〕劉批本於此後曰：『庚氏刻。』

〔二四〕劉批本於此後曰：『已刻。』

〔二五〕劉批本於此後曰：『在《全漢文》中。』
〔二六〕劉批本於此後曰：『同。』
〔二七〕劉批本於此後曰：『同。』
〔二八〕劉批本於此後曰：『在《全三國文》中。』

答庾仲卿書

可均頓首答問仲卿無恙：

辱賜書，將之以金幣，惠滋多也。可以取，可以無取，取傷廉，仲卿曾不爲僕地邪？謹辭謝。書中過相推許，且惜僕偃蹇終身，竊所未安。僕于天文地里、名物象數、聖賢道法、古今治亂興衰雖略究心，顧第望見樊籬，未窮奥突。學然後知不足，而盛承獎借，祇益慙惶。然瞯仰平生，又私竊自幸。假令弱冠後早登巍科，入翰苑，躋卿貳，度未必有勳業照人，不過朝華暮落耳。幸長卑賤，敝衣蔬食，擁萬卷書，居八品官，著述再等身，虚名溢海内。優游太平之世七十七年，以視往古通人摯虞、劉炫餓死填溝壑者，福命過之。因思董仲舒、司馬遷有《士不遇賦》，未免褊心。僕誠不遇，差堪自慰，且告慰仲卿也。

承示《芸窗日札》一編，通貫群經，折衷雅訓，匪由穿鑿得來，甚善。至疑問若干條，僕未能具對，略獻其愚。《繫辭下》『微顯闡幽，開而』，即『開天』也。『而』，古『天』字。《雜卦》『謙輕而豫怠也』，虞翻作『怡也』，偏旁移動而義異，原非兩字。秦之罘刻石『怠』、『旗』、『疑』、

『尤』、『治』、『嚣』協韻。《祭統》『悝拜稽首曰：對揚以辟之，勤大命』，『曰』者，『敢』之誤，『以』者，『目』之誤，『目』者，『乃』之誤，以《尚書》及《鐘鼎詞例》校之，當是『悝拜稽首，敢對揚乃辟之勤大命』。『孟母仉姓』，『仉』者，『爪』之誤，『爪』從反爪，讀若掌。『軍營文案有卡子』，『卡』者，『丯』之誤，『害』從『丯』聲，丯子，謂要害處設駐防。瞽說可能有當？唯大雅裁之。可均頓首。

卷四　文類二

對丁氏問

丁氏問曰：萬季野，通人也，著述甚多。鄞人得寫本遺書，有《群書疑辨》十二卷。余借觀之，開卷爲《易説》，云：『《易》以道陰陽，此莊周之言，儒者所不道也。』溶有惑焉。

對曰：《群書疑辨》，鄞人續編耳，《易説》非季野作也。季野《讀禮通考》有徐刻本，《五禮通考》有秦刻本〔二〕，《明史稿》有王刻本，《歷代史表廟制考》、《昆侖河源考》、《儒林宗派》入《四庫書》，别有《聲韻源流考》、《石鼓文考》、《紀元會考》、《宋季忠義録》、《南宋六陵遺事》、《庚申君遺事》及文集，未見專行本。不知何人掇拾爲《群書疑辨》，以《易説》冠於卷端，經義乖違，與季野文不類。按，乾坤，《易》之門户，而《彖》、《象》、《文言》以陰陽爲説，《泰》、《否》亦言陰陽，《繫詞》言陰陽者八九見。《説卦》觀變於陰陽而立卦，立天之道曰陰與陽。分陰分陽，豈莊周之言乎？　而云《易》非道陰陽之書，倍孔子矣。《杜解春秋傳後序》稱汲冢古書有《周易》上、下篇，别有《陰陽説》而無《彖》、《象》、《文言》、《繫詞》，是十翼未行之時，周人説

《易》亦主陰陽。自漢至唐，孟、焦、京、馬、鄭、荀、虞、蜀才、干寶、李鼎祚之徒皆從十翼，以陰陽爲説。我信孔子，信季野，知《易説》非季野作也。

又問曰：《毛詩》有大序、小序，范書《衛宏傳》：『宏從謝曼卿受學，因作《毛詩序》，善得風雅之旨，于今傳於世。』是《毛詩序》衛宏作也。而《詩・芣苢》，《釋文》引有衛氏傳，豈傳即序乎？抑作序復作傳乎？

對曰：以范書與《釋文》合訂之，蓋《毛詩序》即在衛氏傳中。衛氏傳，梁《七録》、《隋志》及《釋文敘録》無之，『芣苢』一條殆從他書采獲。范在劉宋時猶及見衛氏傳與其敘，故云『善得風雅之旨，于今傳於世』也。然而宏作《毛詩序》，别爲之序耳，非即大序、小序，猶之孟喜《序卦》、朱新仲引一行《易纂》、孟喜《敘卦》云『陰陽養萬物，必訟而成之。君臣養萬民，亦訟而成之』。鄭氏《序易》見《世説・文學篇》注。非即十翼之《序卦》，馬融《書》序見《書・泰誓》正義。非即百篇序也。劉宋後，衛氏傳亡，而序亦亡。説《詩》者誤會范意，始指大序、小序爲衛宏作，必非其實然。且《毛詩》本無序，其釋篇名者皆故訓傳之，各篇發端語、鄭箋六亡詩稱毛義不稱毛序，是其明證。後人見《易》有《序卦》，《尚書》、《逸周書》有《書序》，《周禮》有《序官》，因指故訓傳之釋篇名者謂之序，復因《論語》有『商也可與言《詩》』，託子夏以取重。尋又分爲大序、小序，尋又廢序言《詩》，尋又彙大序、小序爲一篇，繫《三百篇》後。衆説紛緭，人私己是，實則《毛詩》僅有故訓傳，無序。衛宏嘗作序，范稱善得風雅之旨者，隻字無存，亦可惜也。

又問曰：范書《儒林傳序》：『光武立十四博士，《詩》齊、魯、韓、毛。』是東漢初《毛詩》得立。而《儒林傳》卷下云未得立，何也？

對曰：序衍『毛』字。十四者，《易》四、《書》三、《詩》三、《春秋》二、《禮》二，徐防傳注引《漢官儀》，十四博士，《詩》但有申公、轅固、韓嬰，可互證也。《毛詩》終兩漢未得立，唯《釋文敘録》有『平帝世《毛詩》始立』一語。按《王莽傳》，莽爲宰衡，益博士員，經各五人，徵通《毛詩》者詣公車，蓋《釋文》所據也。《平帝紀》僅稱校學置經師一人，序庠置孝經師一人。《藝文志》云《毛詩》未得立。

又問曰：上壽百歲，中壽八十，下壽六十，傳記言彭祖八百歲，信乎？

對曰：此道家寓言也。《淮南子・説林訓》『莫壽於殤子而彭祖爲夭矣』，高誘注：一説彭祖蓋黄帝時學仙者。葛洪《神仙傳》：彭祖諱鏗，帝顓頊之玄孫。至殷末年已七百六十七歲而不衰老，遂往流沙之西，非壽終也。按，此皆荒誕，聖經無神仙之説。《論語》『竊比於我老彭』，包咸注：『老彭，殷賢大夫。』《釋文》引鄭注『老，老聃。彭，彭祖』，皇侃疏：『老彭，彭祖也。年八百歲，故曰老彭也。老彭亦有德無位。』皇習見神仙家言，故以八百歲釋『老』，非經意也。《鄭語》：『史伯曰：祝融後人姓大彭、豕韋，爲商伯。彭姓彭祖、豕韋、諸稽，商滅之。』韋昭解『大彭』：『陸終第三子曰籛，爲彭姓，封於大彭，謂之彭祖。』又解『彭祖』：『大彭也。』《史記・楚世家》『陸終生子六，一曰昆吾，三曰彭祖』，《集解》引虞翻曰：『名翦，爲彭姓，封於大彭，謂之彭祖。』《索隱》引《世本》：『三曰籛鏗，是爲彭祖。』《周書·嘗麥解》『皇天哀禹，賜以彭壽，思正夏略』，《竹書紀年》『帝啟十五年，武觀以西河叛，彭伯壽帥師征西河』。合而斷之，知彭祖國名，即大彭，夏商爲方伯，古五霸之一。唐虞封國，傳數十世，八百歲而滅于商，此其實事也。彭祖八百歲，猶言夏四百歲、商六百歲、周八百歲也。《論語》之老彭，未知何人。即如鄭說，或是彭祖國之支族人仕商，因以國名名之。方士惑人，乃謂彭祖以房中術壽八百歲，此荒誕之尤者也。

又問曰：《後漢·文苑傳》『劉珍撰《釋名》三十篇』，今所見《釋名》八卷二十八篇，題漢北海劉熙成國撰。舊本或題徵士，或題安南太守，隋、唐《志》但題劉熙撰，不書官位。請問劉熙何許人？其書即劉珍撰乎？抑各自一書乎？

對曰：劉珍書，隋、唐《志》不載，蓋久亡，或珍創始而熙踵成之，不可考也。《世說·言語篇》注引伏滔論青楚人物，稱劉成國爲青士有才德者。北海屬青州部，則今本云北海、云成國是也。其云徵士不可考，其云安南太守者，《隋志》『《大戴禮》』：梁有《謚法》三卷，後漢安南太守劉熙撰。則舊本有據，然不確。唐調露元年，始改交州總管府爲安南都護府，前此交趾無安南之稱，近人或云當作南安。按，南安本漢天水，東漢改爲漢陽。《續漢·郡國志》『漢陽郡』注補引《秦州記》：中平二年分置南安郡，魏爲廣魏，晋爲略陽。其地屬凉州部，而劉熙久居交州，陳壽載有三條：《蜀志·許慈傳》『師事劉熙，建安中自交州入蜀』；《吴志·程秉傳》

『避亂交州，與劉熙考論大義，遂博通五經』；《薛綜傳》『少避地交州，從劉熙學』。計熙在交州值獻帝初年，或者靈帝末嘗爲南安太守，後改官交州，先士燮爲太守，去官寓居，皆不可考。而其曾官太守，則《隋志》可據也。《後漢・光武十五王傳》别有劉熙，建安十一年嗣琅邪王。姓名偶同，與撰《釋名》者無涉。後數十年，又有劉熙。《魏志・劉馥傳》馥孫熙，嘉平六年嗣建成鄉侯，尤與《釋名》無涉。

校勘記

〔一〕劉批本於此欄天頭批曰：『二《通考》恐非萬草。』

對孫氏問

孫氏問曰：『曏者余讀《説文》，知許氏所引《周禮》謂周時典禮，非謂《周官》。吾子堅執不從，何也？』

對曰：『君讀《説文》，僅據開卷四條以概全書耳。「祏」篆下，《周禮》有「郊宗石室」，「禘」篆下，《周禮》曰「五歲一禘」，「祫」篆下，《周禮》曰「三歲一祫」，皆《禮緯》文；「周」字校者妄加。「禡」篆下，《周禮》曰「禡於所征之地」，《王制》文。許氏時，《王制》别行，然亦禮類。劉向《别録》，《王制》屬制度。《説文》例稱「禮」，「周」字亦校者妄加。此四條無足據也。從對曰：『《敘篇》「籀」字羡文，《漢・藝文志》言「能諷書九千字」，《封氏聞見記》、《五經文字》，即《史籀》大篆九千字。吾子堅執不從，何也？』

孫氏曰：『請問《敘篇》「尉律：學僮十七以上，始試諷籀書九千字」，是《説文》九千三百五十三字，何也？』

對曰：『「苄」篆下「鉶毛牛藿、羊苄、豕薇」，乃《儀禮・公食大夫》記也。宋本及《韻會》「七麌」作《禮記》，足以明之。』

孫氏曰：『《説文》引《周禮》，既聞命矣。《敘篇》稱《儀禮》爲《禮記》，何以明之？』

對曰：『「禬」篆下「《周禮》曰禬之祝號」至「彝」篆下，《周禮》「六尊」引天、地、春、夏、秋五官及《考工記》，凡八十九條，皆稱《周禮》，何得云非謂《周官》乎？其「堋」篆下，《周官》謂之「窆」，獨爲變例。「旊」篆下，「周家摶埴之工也」，尤爲變例。其引《周禮》而轉寫脱「周」字者，「璋」篆下，《禮》「六幣：圭以馬，璋以皮」，其引《周禮》而轉寫誤作《禮記》者，「醢」篆下，《禮記》有醢醢；其引《禮》而轉寫誤爲《周禮》者，「秅」篆下，《周禮》曰「四秉曰筥，四百秉爲一秅」；其引《周書》而轉寫誤爲《周禮》者，「戣」篆下，《周禮》「侍臣執戣，立于東垂」；其非《周禮》而轉寫誤爲《周禮》者，「鮔」篆下，「周洛謂之鮔」作「《周禮》謂之鮔」。此七條，又在八十九條之外。《説文》大例稱《周官》爲《周禮》，其引《儀禮》、《禮記》、《禮緯》，則單謂之《禮》。《敘篇》又稱《儀禮》爲《禮記》，以《儀禮》篇末往往有記也。不佞治《説文》，亦可謂盡心耳矣。君據信篇首妄改之四條，以末殺五百四十部，堅執者誰乎？』

字》敘同，竝無「籀」字。「諷書」，蓋諷尉律等書也。書非一種，九千字蓋複字太半，古者字少，假借用之，不勝用也。漢閭里書師合《倉頡》、《爰歷》、《博學》三篇，斷六十字爲一章，凡五十五章，并爲《倉頡篇》，其書李斯、趙高、胡毋敬三人作書師，未辨劃一，故多複字。并複字計之，凡三千三百字。其文字多取史籀，而篆體用秦篆。《漢·藝文志》言之明白，史籀繁重，秦篆簡易，其體異，其實同。史籀正字疑盡在《倉頡》一篇中，《漢志》言《急就篇》、《元尚篇》皆《倉頡》中正字。《元尚》久亡，今所見《急就》三十二章，章六十三字，凡二千十六字，《玉海》多末二章，亦僅二千一百四十二字。鄕使《籀書》有九千字，《倉頡》即無增加，不應短減。史游著書，豈其删棄篆籀九分之七，撮取其二，以成《急就》？必不然矣。非特此也，《漢志》言：「元始中，徵天下通小學者以百數，各令記字於庭中。揚雄取其有用者，以作《訓纂篇》，順續《倉頡》，又易《倉頡》中重複之字，凡八十九章。臣復順續揚雄作十三章，凡一百二章，無複字，六藝群書略備矣。」按，順續《倉頡》、續揚雄，知《訓纂》、《在昔》、《太甲》亦皆斷六十字爲章，八十九章爲五千三百四十字，一百二章爲六千一百二十字。如果《籀書》有九千字，子雲、孟堅胡不就《史籀》十五篇悉正其讀，以順續《倉頡》乎？縱使古字難識，又轉寫滋訛，亦不過什一，奈何廢三四千字乎？即曰建武時亡六篇，孟堅僅見九篇，當西漢末全籀尚存，胡能爲子雲解乎？實則《倉頡》除複字爲《急就》，所漏落者無多，即《急就》知《倉頡》，即《倉頡》知《籀書》。《籀書》必無九千字，《敘篇》「諷籀書」，當從《漢志》删「籀」字無疑。』

孫氏艴然曰：『余固知吾子之堅執也。』明日，又問曰：『倉頡造字，先有文而後有字。象形、指事爲文，會意、諧聲爲字，轉注、假借，文、字兼之。諧聲即象聲，亦曰形聲，居《説文》十之七八。有形兼事又兼聲，有省聲、轉聲。社從土聲、杏從可省聲之屬，皆轉聲也。吾子爲《説文校議》三千四百四十條，又爲《説文聲類》一書，引證最備，而獨于文字區別、聲轉多方無所發明，何也？』

對曰：『不然。依類象形，謂之文。形聲相益，謂之字。文者，象物之本字者，孳乳而生，故惟象形爲文。其指事、會意、諧聲、轉注、假借，皆字也。指事，上下是也〔一〕，上從一、丶其上，下從一、丶其下。從一爲據形，丶其上下爲相益。其字也，而屬之文，顯與《説文》背違。凡字必兩合或三合而成，即君所謂文、字兼也。指事、會意、諧聲皆然，而專屬之轉注、假借，亦與《説文》背違。社祭土，小徐從土聲，即君所謂形兼事又兼聲也。舉世讀社近土，惟毘陵人讀若柴，上聲。君爲鄉音所誤耳，不必轉也。杏從可省聲，可非聲，轉亦不近。亡友張皋聞疑從向省聲，「可」即「向」之爤文。不佞答張云：「六書大例，省不省止是一字。吾子武進人，《説文》進從藺省聲，汗簡有「迺」，或當有不省之迺，許氏不謾言也。杏從向省，得之矣。或當有不省之杏，惜未見之。」鄙著《聲類》上篇《歌類第四》云「可，疑是向之爤文」，仍張説也。君好古而不治古音，無以知之。至于《校議》專正大徐之誤，象形、指事不誤，何俟發明？』

孫氏艴然曰：『余固知吾子之堅執也。』有問，復問曰：『鄭君注《禮》云「聲相近」，又云

「聲之轉」。相近有畛限，轉則方音改變，即如吾子姓嚴，陝甘人呼嚴爲陽，有何畛限？而疑杏從可省之轉聲，此疑非所疑也。』

對曰：『不佞亦不敢謂可之轉聲必不近杏，惟嫌孤出。至嚴、陽爲轉聲，則明證多矣。《說文》彭從彡聲，諏，俗作謥，蓋取忘聲。香從黍，從甘，《六書故》引徐鍇云「甘非聲」，知小徐原本香從甘聲，皆可比類。其呼嚴爲陽者，《詩·殷武》「監嚴」「濫遑」韻，《楚詞·天問》「亡嚴」「饗長」韻。漢避孝明諱，而莊改爲嚴，是皆明證。君未治古音，不能知也。』

孫氏默然久之，語余曰：『吾子言然。余昔以社從土爲轉聲，及《說文》九千三百五十三字即《史籀》大篆九千字，此說不確。近爲仿宋本《說文》序，仍用此說，散布四方，無從追改。凡脫稿徑付梓者，後必悔之，願與吾子交相警也。』

校勘記

〔一〕劉批本於此欄天頭批曰：『此說未穩。』

對陳氏沈氏問

陳氏問曰：『《考工記》「畫繢之事，後素功」，何謂也？』

對曰：『即《論語》逸詩「素以爲絢」，孔子所謂「繪事後素」者也。鄭注：「繪畫，文也。凡畫繢先布衆色，然後以素分其間以成文。喻美女雖有倩盼美質，亦須以禮成之也。』陳氏未達，又問曰：『若然，《集注》云何？』對曰：『《集注》利禄所需，夫何間然？如其説，當引《禮器》「白受采」。』

有沈氏者聞所問對，求得何晏《集解》讀之而喜，又讀《考工記》而疑也。問曰：『鄭注《考工記》「素，白采也。後布之，爲其易漬汙也。不言繡，繡以絲也。鄭司農説以《論語》曰繢事後素」，敢問鄭于《論語》外特先補一義，何也？』對曰：『《論語》注「凡畫繪先布衆色，後以素分其間以成文」，是孔子意也。《考工記》「赤與白謂之章，白與黑謂之黼」，白即素，則其間不待分而成文矣。兩采竝布，何以後素？「爲其易漬汙」，是鄭下己意，亦即孔子意也。《記》注與《論語》注互相發明，義更周密。』

又問曰：『畫繢之工，但掌畫繢耳，鄭何必云「不言繡，繡以絲也」？』對曰：『鄭因上文有「五采備謂之繡」，特消釋之。』

對王氏問

王氏問曰：『雅雨堂刊《尚書大傳》，其序稱得之吴中藏書家。盧抱經以爲出於掇拾，信乎？』對曰：『惠松崖輯録也。其底本尚在吴中。』又問曰：『《論語》子引《詩》以美子路云：「何用不臧。」又云：「是道也，何足以臧？」前後牴牾，何也？』對曰：『俗説自牴牾耳。「是道也」承上兩節，「何足以臧」承「終身誦之」，子意謂是也。道固如是也，而以爲足，何足乎？蓋美子路，復勉以進境也。』

又問曰：『《論語》「伯夷、叔齊不念舊惡，怨是用希」，近説「人亦不甚怨之」。皇侃《義疏》：己不怨録之，己即夷、齊，怨屬己，不屬人。殊勝近説。君據「求仁得仁又何怨」，謂怨之希、不希定屬夷、齊，則更勝皇侃矣。前聞大教，治經當就本經字義，先爲釋例，敢問此條可爲《論語》「怨」字例乎？』余不置可否。頃之，對曰：『可也。起例從衆，不從寡。《論語》「怨」字始見者，「放於利而行多怨」。孔安國注：「取怨之道也。」蓋謂取人怨，實則多怨當屬己。取怨，亦得屬己。放於利而行，所欲不遂，必怨天尤人矣，徒自苦耳。誰實使然？自取之也。是多怨、取怨皆屬己也。末篇「勞而不怨，擇可勞而勞之，又誰怨」，據上下文「不費」、「不貪」、「不驕」、「不猛」屬己，知「不怨」亦屬己。子張問從政，爲家臣耳，從事焉耳。于兵刑錢穀擇其能任勞者而任勞焉，自無竭蹶矣。誰彊己以所未能，何怨之有？《北山》之詩，勞而怨者也，勞而得養，父母不怨也。皇侃《義疏》：「使民勞苦而民無怨。」講師相承至今，謂勞而不怨者。勞民而民不怨。若然，「事父母幾諫」，「勞而不怨」，《孟子》「父母惡之，勞而不怨」，可得云勞父母而父母不怨乎？必不達矣。就中「在邦無怨，在家無怨」，「不使大臣怨乎不以」，以己視邦家大臣，謂之人；邦家大臣自謂，則己也。是怨無怨，屬邦家大臣之己也。此外「匿怨」、「怨乎」、「又何怨」、「克伐怨欲」、「無怨言」、「貧而無怨」、「以德報怨」、「以直報怨」、「不怨天」、

「可以怨」，諸「怨」字皆屬己，不屬人。起例可也，設有未安，亦得兩從，不堅執也。吾子譔《論語後案》，尚未告成〔一〕，盍據我言而推廣之？就《論語》字義，仁、義、禮、智、信、忠、孝、道、德，人品名字，褒貶書法，典禮治亂，物類雜字，以及方言語助詞之屬，臚列條件，別類分門。先爲《釋例》，得古人所未得必多矣。』王氏曰：『善哉！請言其略。』對曰：『人品，如聖賢、善人、君子、小人之類；書法，如「富於周公」；雜字夥百，「怨」其一也；方言語助詞，如「也」、「已」、「何有」、「斯可矣」、「乎」、「哉」之類。』

又問曰：『宋均，《范書》有傳，君輯《全後漢文》作「宗均」，何也？』對曰：『本傳寫刻誤。《南蠻傳》作「宗均」，《靈帝紀》「建寧四年，太常宗俱爲司空」，《黨錮傳序》「汝南太守宗資」注引謝承書「宗資祖父均自有傳」，《黨錮傳》有宗慈。《元和姓纂》稱《周官》宗伯之後，以官爲氏。臚列宗均及均族曾孫俱、均玄孫慈。又豆盧詵譔《宗義仲碑》，作「晋伯宗之後，以王父字爲氏。義仲遠祖均，東漢爲九江太守」。宗伯、伯宗互異，其爲宗氏則同。别有宋均注緯，校范書者誤據之改「宗」爲「宋」。實則宗均在東漢初，宋均魏博士，相距二百年。』

校勘記

〔一〕劉批本於此欄天頭批曰：『《後案》乃黄氏撰，非王氏。題「王」字，疑誤。』按，《論語後案》爲清學者黄式三所著。

伏生大傳服章考

《虞書》『五服五章』，伏生《大傳》言之甚詳，所謂今文説也。伏生，故秦博士，親見焚書以前四代典章，語有依據，是以漢儒承用三百餘年，罔或違異。前漢孝武時，孔安國爲古文説，即《史記》及《説文》所據用者也。古文終兩漢世不立學官。自晋到今，學者習聞鄭氏『虞十二章』之説，而《大傳》竟奪矣。余淺學，誠不敢違鄭。竊意伏生亦漢學正宗也，故爲《大傳服章考》。漢末鄭氏定『日月』至『黼黻』爲虞十二章，晋司馬彪作《續漢·輿服志》據用之，相沿至今。乾隆中，嘉定王氏作《尚書後案》，始詆《大傳》六謬。

《大傳》云：天子衣服，其文華蟲、作繪、宗彝、璪火、山龍，諸侯作繪、宗彝、璪火、山龍，子男宗彝、璪火、山龍，大夫璪火、山龍，士山龍。山龍，青也；華蟲，黄也；作繪，黑也；宗彝，白也；璪火，赤也。天子服五，諸侯服四，次國服三，大夫服二，士服一。鄭氏説士不在五服之列，云此十二章爲五服，天子備有焉。公自山龍而下，侯伯自華蟲而下，子男自宗彝而下，卿大夫自藻火而下。如《大傳》説，則山龍自天子達乎士，而華蟲唯天子服之，實事求是，具有明徵。《大戴禮·五帝德》『帝嚳、帝堯黄黼黻』，衣黄即華蟲，是華蟲惟天子服之也。其諸古制，書闕有間，不能不以周制逆推。《周禮》『節服氏衮冕六人』，衮即山龍。節服氏下士而服山龍，是山龍自天子達乎士也。云『山龍，青』者，東方春位，木行，木色青。青龍，東宫宿，故繡龍章以青，凡五色配合皆然也。下黄、黑、白、赤，不悉云。此于五服爲周之玄冕，《周禮·司服》「王祭群小祀則玄冕」，即《大傳》之士山龍一章，而天子亦服之也。五服皆至于黼黻，《大傳》粉米、黼黻不入章數，故云一章。鄭注《司服》「玄冕」云：「玄者，衣無文裳，刺黻而已。」與《大傳》義異。

祭有大小，故服有等差。而天子至士位五等，即以是爲差。士位卑而與祭，必服衮。《禮器》「士玄衣纁裳」，玄衣蒙上，「以文爲貴」，亦蒙上龍衮，謂玄衮也。《詩·采菽》、《韓奕》有「玄衮」。云「華蟲，黄」者，《爾雅·釋言》「華，皇也」，《釋鳥》「皇，黄鳥」。皇、黄聲近義近，《王制》「有虞氏皇而祭」是也。此于五服爲周之衮冕，王「享先王則衮冕，享先公、饗射則鷩冕」。衮謂山龍，鷩謂華蟲，華蟲繡爲鷩雉。《爾雅·釋鳥》「鷩雉」郭注「背毛黄」，即《大傳》之「天子服華蟲、作繪、宗彝、璪火、山龍」五章也。云「作繪，黑」者，《説文》「黵，沃黑色」「嬒，女黑色」，繪從會，得有黑義。據璪火繡爲火，知作繪繡爲水。《考工記》「畫繢之事，水以龍」，水色黑也，此于五服爲周之玄端。端讀如字，鄭破讀爲冕，則與《周禮·司服》之「玄冕」相混。《論語》「端章甫」鄭注不破讀。《玉藻》「天子玄端而朝日聽朔，諸侯玄端以祭」，即《大傳》之「諸侯服作繪、宗彝、璪火、山龍」四章，而天子亦服之也。《大傳》五章皆繡，故作繪入章數。《史記·夏本紀》約經文云「作文繡服色」，《説文》引《書》「山龍、華蟲、作繪」云：「會，五采繡也。」是古文亦皆繡，但不爲黑耳。鄭以作繪與絺繡對言，不入章數。云「凡畫者爲繪刺」者，爲繡衣用繪，裳用繡，與今文、古文竝異。其先注《周禮·司服》，以絺繡之絺當希冕，而衣亦繡。注《儀禮·覲禮》云「孤絺」，而絺入五服，則注《禮》、注《書》，其説屢異。云『宗彝，白』者，宗，尊也。《周禮·司尊》彝有虎彝。白虎，西宫宿，以繡宗彝以白，此于五服爲周之毳冕。王祀四望山川，則毳冕，即《大傳》之『子男服宗彝、璪火、山龍』三章，而天子亦服之也。《説文·内部》引歐陽喬説：『离，猛獸。』李善注《西都賦》引歐陽尚書説：『螭，猛獸。螭，俗离字，离亦虎類。』《大傳》，歐陽譔定也。歐陽喬，《釋文敘録》作『高』。云『璪火，赤』者，謂繡爲火而色赤。璪與繅同，《儀禮·聘禮》、《覲禮》今文繅爲璪。《周禮·典瑞》『繅藉五采、三采、二采』鄭注：『三采，朱、白、蒼；二采，朱、緑。』是赤在其中。此于五服爲周之希冕，王祭社稷、五祀則希冕。即《大傳》之『大夫服璪火、山龍』二章，而天子亦服之也。《左氏·桓二年傳》『火龍黼黻』，即希冕服也。謂璪火、山龍以至黼黻，《大傳》次第與《左傳》合，而粉米、黼黻不入章數，故云二章。《説文》引《書》『璪火、粉米』云：『玉飾如水藻之文，藻色青，非火行。』《禮記·玉藻》《釋文》『本又作璪』，鄭注『雜采曰藻』，亦不取古文水藻之説。《大傳》五章不及日月星辰者三，辰爲旗章，非衣章。假使旗章即衣章，則赤當繡朱鳥，黑當繡玄武，與左青龍、右白虎相配，而《大傳》不然者，《考工記》『火以圜』，圜非朱鳥，是旗章非即衣章，知古而然也。況經文但云五章，詎得溢于五章之數？故古文説、馬融説、鄭説，皆不如《大傳》之與經文合也。《史記·夏本紀》約經文云『日月星辰作文繡服色』，疑兼衣與旗言之。《論衡·語增篇》云：『服五采，畫日月星辰。』《量知篇》云：『繡之未刺，恒絲庸帛，加五采之巧，施針縷之飾。文章炫燿，黼黻華蟲，山龍日月。』亦疑兼衣與旗言之。晚出孔傳，非但兼衣與旗，又兼宗彝祭器。《書正義》謂馬融不見孔傳，其注亦以爲然，是馬融説與古文説又異也。鄭氏以三辰爲舜時衣章，雖屬意定，亦有所本。《御覽》七十六引《春秋合誠圖》云：『大帝冠五彩，衣青衣黑，下裳抱日月，日在上，月在下。黃色正方居日間，名曰五光。』是日月爲衣章，秦漢以前已有此說。然溢于五章之數，與經文未合。又不及粉米者，《論語》『繪事後素』鄭注：『凡畫繪，先布衆色，然後以素分其間，以成其文。』是即粉米之謂也。後世此制不行，唯神廟壕像者先畫山龍爲衮，而後以粉鉤勒之，此誠不可以證經，然亦沿古制也。五色以粉米成其文，而無專繡粉米之服，故粉米不入章數，偏求古說〔一〕，唯《孝經·釋文》及《北堂書鈔》一百二十八『法服類』引鄭注有『服粉米』一語，蓋言士服粉米也。實則士服玄衣，即玄衮。衮之山龍必粉米，非專繡粉米也。專繡粉米，則爲近今之紗蟒，俗謂之空金蟒，唐宋間尚無此服。又不及黼黻者，五服皆至于黼黻，而無專繡黼黻之服，故黼黻不入章數。經典專言黼黻者，《禮器》『諸侯黼、大夫黻』，《大戴禮·五帝德》『黄帝黼黻衣』，蓋言諸侯自作繪至于黼，大夫自璪火至于黻，黄帝亦猶是也。

大凡漢學各有根源，非猶後世說經憑虚穿鑿，况伏生最爲老師，語皆典要，自孝文時說《書》者奉爲鼻祖。至漢末而鄭氏別定服章，不過于《大傳》外更廣一義耳。今若拘墟鄭說，而追議《大傳》短長，必非鄭意。鄭以《大傳》四十一篇詮次爲八十三篇，謹爲之注，復爲之敘。其尊奉伏生，視《詩》之毛公，有過之無不及。余故爲《大傳服章考》，謂伏生漢學正宗，亦鄭意也。

校勘記

〔一〕『偏』原作『偏』，今改。

孝經鄭注考

南齊陸澄疑《孝經》非鄭注，《與王儉書》云：『觀其用詞，不與注書相類，玄自序亦無《孝經》。』嚴可均曰：陸澄善讀書者，語非無因，然猶未考鄭所注書。其時有先後，執後定之説以校初定之説，其疑爲不相類，宜也。

陸疑爲不相類者，非謂朝聘、巡狩、郊祀、明堂、喪服并非五刑也。何以知之？宋齊注本五刑未必如《釋文》所據本之凌亂，即未必不相類也。不相類者，蓋法服耳。法服何以不相類？鄭先事第五元，又事張恭祖，又事馬融，從質諸疑義。蓋法服用馬融説，兼下己意也。知者今之孔傳所言五服五章，實即馬融《書》注。《正義》謂馬融不見孔傳，其注亦以爲然，足以明之。馬融兼衣與旗爲四章，加祭器而五章。三辰在旗，亦在衣，宗彝在祭器，不在衣，故數三辰，不數宗彝。馬融又逆數黼黻、粉米、藻火，大夫不得服黼黻，士不得服粉米。今考《孝經注》天子、諸侯服，用馬融説，不數宗彝，亦用馬融説。大夫、士服，鄭意以馬融説未安，故順經爲次。鄭意又以天子至士服皆至于黼黻，今注黼黻上有闕文。此用馬融説，兼下己意也。注《孝經》在先，是初定之説，異日注《禮》、注《書》，是後定之説。陸澄執後定之説以校初定之説，其疑爲不相類，宜也。

竊見鄭學積漸而成，由淺而漸深，由疏而漸密，注三禮成而學乃大成。三禮唯《禮記》至賾，故鄭注《禮記》用力尤勤。參互推求，以定畫一，小有不類，便出之爲虞夏，爲夏殷，爲魯，爲晉。霸制與周制區分爲五，故無不類。然而初定之説猶横積於胸中，改之不盡也。即如《禮器》『有放而文』，『有放而不致』，汎言耳，于虞制何涉？縱欲以服章，況譬在周言周可矣。而注云『謂若天子之服，服日月以至黼黻』，『諸侯自山龍以下』，此即初定之説，《孝經注》所謂『百王同之不改易』者也。其餘逐漸更移，如注《王制》云：『虞夏之制，天子服有日月星辰。』『虞』謂《虞書》，『夏』者文便，故注下文『有虞氏皇而祭』，云有虞氏十二章、周九章，夏殷未聞。又注《郊特牲》『王被衮以象天』云：『謂有日月星辰之章，此魯禮也。』衮用天，玄即是象，天不必日月星辰，魯未王，不必如《公羊》『黜周王魯』，鄭云然者，欲自實其三辰在衣之説，又避周制郊天大裘而冕也。鄭以意彌縫其間，大概如斯。復因《明堂位》有殷火、周龍章，《周禮·司常》有『日月爲常』，《左氏·桓二年傳》有『火龍黼黻』，故注《周禮·司服》云：『此古天子冕服十二章，王者相變，至周而以日月星辰畫於旌旗，而冕服九章，登龍於山，登火於宗彝。』説逾撳密。故注《儀禮·覲禮》云：天子有降龍，有升龍。又云：『上公衮無升龍，侯伯鷩，子男毳，孤絺，卿大夫玄。』於是乎侯伯不服龍衮，士不厠五服之班矣。復因《周禮·節服氏》『衮冕六人』爲士服龍衮顯證，故特以『從王服』一語消釋之。尋檢禮文，稀少觸礙，異日遂以之注《虞書》云：『此十二章爲五服，天子備有焉。公自山龍而下，侯伯自華蟲而下，子、男自宗彝而下，卿大夫自藻火而下。』王肅作《聖證論》以難之，而鄭學之徒堅持不絀，皆後定之説也。嚮使注

《孝經》在注《禮》、注《書》後，必不仍用初定之説。何者？孔子爲曾子語孝道，舜大孝，武王、周公亦達孝，在周言周，當服周之法服，不必服舜之法服。而注《孝經》不然者，彼時去事馬融未久，故承用其説，兼下己意也。然而鄭不追改，何也？鄭注《禮》，以意彌縫其間，而歆然者亦復不少。即如《節服氏》衮冕爲從王服，何以侯、伯、子、男、大夫不得從王服？何以士從王服不得厠五服之班？欲消釋之，仍難消釋。若斯之類，内不自安，故《孝經注》雖不類，義得兩通，不復追改。學然後知不足，後説未必皆是，前説未必皆非。鄭意如此，固非陸澄之所能考也。

陸澄又謂玄自序亦無《孝經》。嚴可均曰：《孝經》爲鄭注，不必問自序有無也。自序全篇亡《孝經》，《正義》引其略云：遭黨錮之事逃難，至黨錮事解，注《古文尚書》、《毛詩》、《論語》。爲袁譚所逼，來至元城，乃注《周易》。據知注《易》在臨卒之年。自序注《易》，時作稍牽。晚年所注《書》、《詩》、《論語》，前乎此者，概不登載，未可據爲《孝經》非鄭注之證也。《唐會要》七十七、《文苑英華》七百六十六載鄭自序，『逃難』下有『注《禮》』二字，無『至』字，餘與《正義》引同。余考鄭氏著書三十餘年，論天文、七政，注《乾象曆》、《緯候》，蓋最先，何以知之？鄭初事第五元，通《三統曆》、《九章算術》。又《戒子益恩書》言游學時覩祕書緯術之奥，故知最先。《孝經》逃難時注，以黨事逮捕故逃難，《孝經序》言『僕避難南城山，棲遲巖石之下而注《孝經》』是也。樂史以黄巾寇青部當之，非。尋聞禁錮之令，歸而杜門注《禮·檀弓》，《正義》引

《鄭志·答張逸問禮注》曰《書説》。《書説》,何書也?答曰:《尚書緯》也。當爲注時,在文綱中,嫌引祕書,故諸所牽圖緯皆謂之説,是注《禮》在禁錮時也。其《魯禮禘祫義》、《三禮目録》、注《尚書大傳》、《答臨碩周禮難駁五經異義》,皆注《禮》時作。注《春秋左氏傳》未成,亦在禁錮時,知者本傳列《箴膏肓》、《發墨守》、《起癈疾》,在黨禁解之前。《六蓺論》亦禁錮時作,知者論《孝經》云『玄又爲之注』,論《春秋》亦云『玄又爲之注』。而《春秋》注卒未成,故《公羊序》、《疏》以爲鄭君先作《六蓺論》訖,然後注《書》也。若然,自序無者甚多,豈得《易》、《書》、《詩》、《禮》、《論語》外,皆疑依託?余故曰:《孝經》爲鄭注,不必問自序有無也。

太初元年甲寅丙子説

甲子紀年,馬班互異,《史記·曆書》今上詔曰:『其更以七年爲太初元年,年名焉逢攝提格,月名畢聚,日得甲子,夜半朔旦冬至。』此以太初元年爲甲寅也。《漢書·律曆志》元封七年議造漢曆,直『以前曆上元泰初四千六百一十七歲至於元封七年,復得閼逢攝提格之歲。中冬十一月甲子朔旦冬至,日月在建星,太歲在子』,已得上元本星度。《志》又言太初元年歲在困頓。此以太初元年爲丙子也。曆法以冬至起算,故爲甲寅,爲丙子;以立春言,則甲寅即乙卯,丙子即丁丑,計甲寅、丙子差二十二年。注釋家莫能通其説,唐一行《大衍曆議》引《洪範傳》曰:『「曆記起於顓頊上元太始閼蒙攝提格之歲,畢陬之月,朔日己巳立春,七曜俱在營室五度。」秦《顓頊曆》元起乙卯，漢《太初曆》元起丁丑，推而上之，皆不值甲寅，猶以日月五緯復得上元本星度，故命曰閼蒙攝提格之歲，而實非甲寅。』余以爲一行蓋未曉太初術者。孝武詔即難推算，甲寅不容有誤，以語姚氏文田。姚氏主一行説，以爲從丙子上推二百四十三章，四千六百一十七歲，得上元本星度。以甲寅起元，非以甲寅爲太初元年年名。

余謂不然，十九年爲一章，章不無盈餘，積二百四十三章而章差，未可以推太初術也。孝武於甲寅年下詔稱年名焉逢攝提格，何得云非年名？當太初造曆時，鄧平、落下閎等亦精推算，何至非甲寅而稱甲寅？況《曆書》有褚少孫《曆術甲子篇》，起太初元年甲寅，迄孝成建始四年己巳，凡七十六年。彼在建始時稱建始，年名不容有誤，猶今嘉慶四年，歲在己未，無端而改稱丁酉，豈不失心病狂哉！司馬貞《索隱》言此甲寅之年，而《漢志》以爲其年在丙子，當是班固用《三統》，與《太初曆》不同，故與太史公説有異。小司馬雖未曉太初術，其言不誤。蓋《太初》自爲甲寅，《三統》自爲丙子，《漢志》依《三統》追改甲寅爲丙子，而不明言追改，猶《史》《漢》追改太初已前建亥之春正月爲冬十月，不明言追改也。按太初元年起冬十月，迄十二月，凡十五月，《史》《漢》無其事以實之，亦不明言。然而甲寅與丙子得成兩是，余未能遽通其説。蓄疑旬日，葉氏紹本從姑蘇入都，語余曰：『錢氏大昕嘗推得之，古者以太陰紀年，《淮南子》太歲常在太陰後二次。』余始恍然，知甲寅、丙子之異而同也。太陰從寅起，太歲從子起，左行於地；歲星從丑起，右行於天。太陰在寅，則太歲在子，歲星在丑。太陰在卯，則太歲在丑，歲星在子。太陰在辰，則太歲在寅，歲星在亥。

其餘如法推算，乃作《太陰太歲表》，考古者可一覽而明：

寅	攝提格	太陰起一年	太歲三年	歲星十二年
卯	單閼	太陰二年	太歲四年	歲星十一年
辰	執徐	太陰三年	太歲五年	歲星十年
巳	大荒落	太陰四年	太歲六年	歲星九年
午	敦牂	太陰五年	太歲七年	歲星八年
未	協洽	太陰六年	太歲八年	歲星七年
申	涒灘	太陰七年	太歲九年	歲星六年
酉	作噩	太陰八年	太歲十年	歲星五年
戌	閹茂	太陰九年	太歲十一年	歲星四年
亥	大淵獻	太陰十年	太歲十二年	歲星三年
子	困頓	太陰十一年	太歲起一年	歲星二年
丑	赤奮若	太陰十二年	太歲二年	歲星起一年

右表如法推算，得甲寅、丙子之異，而同千八百餘年始發此覆，惜一行等不得聞之錢氏之説。曰太陰，即歲陰，古人用以紀歲，與歲星相應之太歲迥乎有别。鄭氏謂歲星右行於天，太歲左行於地，十二歲而小周，謂如歲星在丑，則太歲在子，在子則太歲在丑，在亥則太歲在寅，在戌則太歲在卯，推之十二辰皆然也。而《天官書》以攝提格歲，歲陰左行在寅，歲星右轉居丑。夫歲星居丑，太歲必在子矣。而稱攝提格，豈非以歲陰紀年之證乎？《漢志》載太初改元詔云『復得閼逢攝提格之歲』，又云『太歲在子』，則當時實以太陰紀年，而又别有太歲也。然自太初以後以太陰紀年者，僅見於《天官書》及《甲子篇》，而劉歆三統術亦無推太陰術，即翼奉封事亦似以太陰當太歲，相承已久，然不可謂古無分别也。《淮南》紀歲星出月在《漢書》前

兩月，是《淮南》亦以太陰紀歲，與《史記》同。太陰在寅，則太歲在子，歲星舍斗牽牛，與《史記》似異而實非異也。若知歲陰、太歲之有辨，則相説以解矣。

余因錢氏説復得數證。《離騷》攝提值楚何王何年，難可推算。《吕氏春秋·序意篇》『維秦八年，歲在涒灘』，涒灘，申也。《吕不韋傳》『秦王年少』云云，乃使其客人人著所聞，然後云『始皇帝益壯』，然後云『七年』、『九年』，知不韋著書在始皇初即位時，『八』蓋『丣』之誤。始皇四年，歲在戊午。太陰在申，則太歲在午。此一證也。《服鳥賦》『單閼之歲』，單閼，卯也。《賈誼傳》『文帝初立，召以爲博士』，又云『以誼爲長沙王太傅』，又云『誼爲長沙傅三年，有服飛入誼舍』。按，誼以孝文二年適長沙，居三年爲孝文四年，歲在乙丑。太陰在卯，則太歲在丑。此又一證也。按，《異姓諸侯王表》『孝文二年，長沙靖王産嗣』，誼適長沙，當在是年。李善注《服鳥賦》曰：『文帝之世王長沙者，惟吴芮之子孫耳。史不載其謚號，難得而詳。』李蓋未檢史表也。《黄帝占》，六國時依託，而有太陰乘寅、乘卯、乘辰等占，而又别有《太歲占》，説在《開元占經》一百十一。知黄帝調曆本以太陰紀年。此亦一證也。夫太陰、太歲皆與歲星相應，有名無形，非可目驗。可目驗者，歲星亦無甲寅、丙子之題勒款識，任曆算家之稱謂焉耳。是故以太陰紀年爲甲寅，以太歲紀年爲丙子，丙子以冬至起算，丁丑以立春起算。曆本同條共貫，自從翼奉以太陰當太歲，劉歆因之廢太陰，而甲寅遂爲丙子，復不以冬至起算。以立春起算，而丙子遂爲丁丑。以迄于今，沿用丁丑，亦頗簡捷。嚮使《三統》明著沿革之由，則甲寅、丙子之異而同，人人共喻矣。所以不明著者，歆阿莽意也。莽移漢祚于寡婦孤兒手，事多闇昧，曆用《三統》，仍假太初爲名十餘年。漢兵誅莽又六十三年，是爲元和二年，始改用《四分》。前此皆用《太初》，實皆《三統》。孟堅撰《志》，以《三統》當《太初》，于是東漢議曆者承用班説，皆言漢初承秦曆，用《顓頊》，元用乙卯。孝武始改正朔，曆用《太初》，元用丁丑。晉司馬彪《續漢志》亦言太初元年始用《三統曆》，與一行所言秦《顓頊曆》元起乙卯、漢《太初曆》元起丁丑推而上之皆不值甲寅者，如出一口。大率移後蒙前，顯與孝武詔、《甲子篇》違背，而太陰竟長夜矣。余故通其説，俾後之讀《史》《漢》者知甲寅、乙卯、丙子、丁丑之異而同焉。

姚氏難曰：『如吾子説，從甲寅上推下推，仍不值甲寅。』對曰：『《續漢志注補》引《樂叶圖徵》，以四千五百六十爲紀，甲寅窮。宋均注：「紀即元也。四千五百六十爲甲寅之終。」又引《韓子》：四千五百六十歲爲一元，元中有戹，故聖人有九歲之畜以備之。四分元法，亦四千五百六十。《太初》將毋同，同則上推下推皆值甲寅。《三統》經歲四千五百六十、災歲五十七，加災歲於經歲外，以四千六百一十七歲爲一元。于是上推下推，皆不值甲寅。孟堅不曉曆算，徑以《三統》追改《太初》，故有「前曆上元、太初四千六百一十七歲」之語。後人誤據《漢志》，從丙子如數推之，遂不值甲寅。實則太初元法，未必如孟堅所云也。』于是姚氏語塞，無以復難也。案，《史記·天官書》云：攝提格歲，歲陰左行在寅，歲星右轉居丑；單閼歲，歲陰在卯，星居子；執徐歲，歲陰在辰，星居亥；太荒駱歲，歲陰在巳，星居戌；敦牂歲，歲陰在午，星居酉；叶洽歲，歲陰在未，星居申；涒灘歲，歲陰在申，星居未；作鄂歲，歲陰在酉，星居午；閹茂歲，歲陰在戌，星居巳；大淵獻歲，歲陰在亥，星居辰；困敦歲，歲陰在子，星居卯；赤奮若歲，歲陰在丑，星居寅。全謝山《經史問答》卷五引『敦牂歲，歲陰在午，星居酉』而釋之曰：『歲陰者，太歲也。』語甚誤。倘釋翼奉以後之太陰，則可耳。又案，《史記・貨殖》、《白圭傳》有太陰在卯至午、至酉、至子等占，《正義》曰『太陰歲後二辰爲太陰』，『後』當爲『前』，轉寫誤也。

卷五　文類三

京氏易敘

《京氏易》八卷，無錫王氏保訓輯本也。《漢魏叢書》有《京氏易傳》三卷，王氏於三卷外采録遺文，得四萬許言。尋以病卒於都下，其同年友嚴可均理而董之。正其訛，補其闕，仍分八卷繕寫，而爲之敘曰：

《易》以道陰陽，有陰陽即有五行，孟喜受《易》家陰陽，立十二月辟卦。其説本於氣，以準天時，明人事，授之焦贛；焦贛又得隱士之説五行消復，授之京房；京房兼而用之，長於災變。布六十四卦於一歲中，卦直六日七分，迭更用事，以風雨寒温爲候，各有占驗，獨成一家。孝元立博士，迄東漢末，費直行而京氏衰。晋代猶有傳習者，至《隋志》亡《段嘉》十二篇，《唐志》又亡《災異》六十六篇之四十三篇。歷宋入明，而《漢志》之八十九篇僅存三卷，蓋京氏學久廢絶矣。此由士夫隨俗，好言禎祥，諱言災變，占候非利禄所需，故古書日亡。即存，亦置不省覽，積漸使然也。然而《洪範》演五行，《周官》設眂祲、馮相、保章，《左氏》載魯梓慎、鄭裨竈、晋卜偃、宋子韋之言機祥禍福，著乎天而應乎人，人主因之恐懼脩省。占候廢則天變不足畏，人言不足懼矣。

《易》道至大，無所不該。王弼以道家言解《易》，楊簡以佛家言解《易》，尚得名家，況京氏爲漢《易》之宗，聽其廢絶，不可惜哉？ 今輯《易傳》、《易占》、《飛候》、《五星》、《風角》等篇，雖京氏占候不盡此，亦大端具矣。其世應、飛伏、建積、互游魂、歸魂之説，晁説之能言之。據《叢書》本三卷，亦略可尋求。至六日七分之法，見《漢書》本傳。孟康注僧一行《大衍曆議》，則雖謂《京氏易》亡而不亡可也，然余又爲之深惜者。許叔重稱《易》孟氏爲古文，京氏將毋同。按，《漢志》：《易》經十二篇，施、孟、梁丘三家。不言京者，京承孟，小異大同，故舉孟可包京也。下文著録《孟氏京房》十一篇，《災異孟氏京房》六十六篇，《京氏段嘉》十二篇。不先言孟氏説若干篇者，漢時孟氏《易》説無專行本，僅《京氏易》中有之，故劉向以爲焦延壽得隱士之説，託之孟氏也。其語未確，然非無因。至梁、陳而《孟喜章句》、《京房章句》各著于録，不知何時何人從《京氏易》中取出分編之，蓋在魏晋之後矣。《京氏章句》十卷、録一卷《釋文》引梁《七録》，或作十二卷《釋文》，或作十卷隋、唐《志》，亡于唐末。假令遺文散見尚多，異義、異字亦古文矣。今輯章句僅寥寥五十五事，曾不如《占候》之大端具也。余至也晚，所爲望古而悵然者也。

嘉慶十二年秋九月，嚴可均敘于歷下寓齋。

孝經鄭氏注敘

漢儒有功聖經，莫如鄭氏。鄭氏《詩箋》、《三禮注》今在學官，而《易》、《書》、《論語》注亡。近人輯本殘闕不全，獨《孝經注》亡而復存，可與《詩》《禮》比竝，謹述其原委而爲之敘曰：

《孝經》鄭氏注始見晋《中經簿》。江左中興，《孝經》、《論語》共立鄭氏博士一人。齊、梁代鄭氏注與古文孔安國傳竝立，而孔傳本亡于梁亂。陳及周、齊唯立鄭氏，隋王劭訪得孔傳本，劉炫爲作述義，復與鄭竝立。儒者皆云炫自作之，非孔舊本。後百卅年，唐明皇爲御注，而鄭氏注與孔傳本漸微。宋、元、明不著録。乾隆中，歙鮑氏廷博始得日本國所刊孔傳本于海舶，編入《知不足齋叢書》。嘉慶初，我鄉鄭氏復于海舶得日本所刊魏徵《群書治要》。其中有《孝經》十七章，則鄭氏注也。兼得彼國所刊鄭氏注專行本，與《治要》同。《治要》于經注有删節，又無《喪親章》，非全本。余觀陸德明《經典釋文》，《孝經》用鄭氏注本。明皇御注亦用鄭氏注甚多，元行沖等《正義》逐條舉出，云此依鄭注。又偏觀孔穎達《詩、禮記正義》、賈公彦《儀禮、周禮疏》、失名《公羊疏》、裴駰《史記集解》、劉昭《續漢志注補》、沈約《宋書》、蕭子顯《齊書》、劉肅《大唐新語》、王溥《唐會要》、甄鸞《五經算術》、虞世南原本《北堂書鈔》、李善《文選注》、徐堅《初學記》、釋慧苑《華嚴音義》、《白孔六帖》、李昉《太平御覽》、樂史《太平寰宇記》、王應麟《玉海》都引《孝經》鄭氏注，彙而録之，以補《治要》之闕。注明出處，以備覆查。考覈異同，酌加按語，不敢臆定，尚闕數十百字，無從據補。蓋至是而《孝經》鄭氏注亡而復存，九百年來，晦極終顯，非劉炫古文所可同日而道矣。宜登之祕府，頒學官，刊行以傳百世。

或問曰：『陸澄《與王儉書》云：《孝經》題爲鄭玄注，觀其用詞，不與注書相類。玄自序所注衆書，亦無《孝經》。陸德明《經典序録》亦云：檢《孝經》注，與注五經不同。如二陸説，注或可疑？』答曰：『不然。鄭氏著書百餘萬言，非旦夕可就，先後不類，非所致疑。即如五經注，亦或不類。《坊記正義》引《鄭志・答炅模》云[一]：爲《記注》時，就盧君，先師亦然。後乃得《毛公傳》記古書義，又且然。《記注》已行，不復改之。《禮器正義》亦引《鄭志》云：後得《毛詩傳》，故與記不同。若然，詞不相類，《詩》、《禮》亦有之，何止《孝經》？至謂自序所注衆書無《孝經》，尤爲偏。據劉炫《述義》引鄭《六藝論》云：孔子以六藝題目不同，指意殊別，恐道離散，後世莫知根源，故作《孝經》以總會之。宋均《孝經緯》注引鄭《六藝論》敘《孝經》云：玄又爲之注。此二事竝見《孝經正義》，明是自序遺漏。鄭氏又別爲《孝經序》，《禮記・緇衣正義》、《大唐新語》、《太平寰宇記》、《玉海》各引一事，余既采列本經注篇端，兹故不載。就余所聞，《鄭志》及謝承、薛瑩、司馬彪、袁崧等書載鄭氏所注無《孝經》，范書有《孝經》無《周禮》，皆是遺漏。《正義》云晉《中經簿》稱《鄭氏解》，《經典序録》云《中經簿》無，則所據本異也。』

或又問曰：『近人疑《孝經》鄭小同注，何據乎？』答曰：『此説始于《太平寰宇記》，謂今《孝經序》蓋康成徹孫所作。蓋者疑詞，徹孫必誤。近刻改爲胤孫，近似矣。小同，漢魏間通人，注本幸存，亦宜寶貴，然而舊無此説。《經典序録》云：世所行鄭注，相承以爲鄭玄。引晉穆帝《集講孝經》云：以鄭玄爲主。陸澄所見宋、齊本，題鄭玄注；《舊唐志》、《新唐志》稱鄭玄注，未有題鄭小同者也。

嘉慶乙亥歲夏六月既望，烏程嚴可均謹敘。

校勘記

〔一〕此處嚴氏謂『《坊記正義》引』云云，實出自孔穎達《毛詩正義·白華》。孔氏所引，『君』下有『耳』字，『記古書，義又且然』作『既古書，義又當然』。

爾雅圖贊敘

郭璞《爾雅注》五卷、《音》二卷、《圖》十卷、《圖贊》二卷，今本注三卷。又有宋板圖六卷，不著名氏，疑即郭璞譔。而《音》見《經典釋文》略備，或引作《音義》，止是一書，惟《圖贊》久亡。余蕭客《古經解鉤沈》、邵晉涵《爾雅正義》僅徵數事，張溥《百三家集》蒐獲稍多，與《山海經圖贊》雜厠，絶不區分。今從《蓺文類聚》、《初學記》、《御覽》抄出四十八首，皆注明出處。依《爾雅》正文，先後編次之。凡《釋器》四首、《釋天》二首、《釋地》四首、《釋山》一首、《釋水》一首、《釋草》八首、《釋木》四首、《釋蟲》六首、《釋魚》五首、《釋鳥》三首、《釋獸》八首、《釋畜》二首，定著一卷。郭璞博洽工文，覃精術數，以不附王敦謀逆，殺身成仁。其爲《贊》也，窮物之形，盡物之性，羽儀經業，粹然儒者之言。原本雖亡，搜羅殘剩，十得二三，績學之徒，當有取焉。

嘉慶丙子歲秋八月，嚴可均謹敘。

唐石經校文敘

余年十六始治經[一]，得明國子監及毛氏汲古閣注疏本，三家村中沾沾自喜。逮弱冠後與通人游，獲見宋板十行等本，始知今本不足多。[二]既又思[三]若漢，若魏，若唐，若孟蜀，若宋嘉祐、紹興各立石經，今僅嘉祐四石、紹興八十七石，皆殘本，而唐大和石壁二百廿[四]八石巍然獨存，此天地間經本之最完最舊者。志欲通校一再過，購得裝册本，有補字可疑，屢校屢輟業。乾隆乙卯春入都，往來諸藏書家，所見益廣。其明年，嘉慶改元，知葉編修紹楏得舊搨本散片。又明年二月，假搨葉所，取今本與石經對校。凡八閲月，十二經與《五經文字》、《九經字樣》校皆再過，乃益審知今本遜宋板本，宋板本遜石經，而石經又非善之善者，人爲之，亦時爲之也。[五]

夫唐代四部之富莫如開元，經學之盛莫如貞觀。假使石經立于貞觀或開元，有陸德明、孔穎達、顔師古及元行沖之徒據晉、宋古本刊正積非，歸于至當，必視大和有加矣。然欲方駕熹平，亦斷斷不能。後更禄山之亂，兩都覆没，舊籍散亡，文宗搜訪遺書，稀少古本。鄭覃、唐玄度即篤于經學，下陸、孔一等，所據不過隋、唐行本，非能軼晉宋而返之古。[六]劉昫言石經立後數十年，名儒以爲蕪累，皆不窺之。唐末無名儒，皆窺、皆不窺等閒耳，而石經不滿人意，亦因此可知。余故謂非善之善者，人爲之，亦時爲之也。然而後唐雕板，實依石經句度鈔寫，歷宋、元、明轉刻轉誤，而石經幸存，以之復古則不足，以正今誤則有餘，世間無古本，石經即古本矣。奈何八百餘年來，學士大夫誤信史臣有蕪累之譏，棄置之，尠或過問者。〔七〕間有一二好古之士，亦與冢碣寺碑同類而竝道之。康熙初，顧氏炎武始略校焉。觀其所作《九經誤字》、《金石文字記》，刺取寥寥，是非寡當，又誤據〔八〕王堯惠之補字以誣石經。顧氏善讀書者，猶尚如此〔九〕，況其他乎！夫〔一〇〕石經者，古本之終，今本之祖。治經不及見古本而并荒石經，匪直荒之，又交口誣之，詎經之幸乎〔一一〕？余校石經，欲爲今本正其誤，爲鄭覃、唐玄度釋其非〔一二〕，爲顧氏等祛其惑。凡石經之與今本互異者、磨改者、旁增者，録出三千二百廿六條，理而董之。據《注疏》、《釋文》，旁稽史傳及漢唐人所徵引者爲之左證，而石臺《孝經》附其後焉。分爲十卷，題曰《唐石經校文》，刻板嶺南。〔一三〕後乎余而治經者，當有取乎此。

癸亥歲冬十月，嚴可均敘。本書有敘一篇，是嘉慶丁巳九月所作。詞不達意，故改作之，而本書先刻成，不復抽換。

校勘記

〔一〕心矩齋校本同，嚴可均《唐石經校文》十卷本《敘例》（《續修四庫全書》第一八四册據《四録堂類集》本影印，以下簡稱『校文本』）作『余弱冠治經』。《清史稿·嚴可均傳》載此序，此句與校文本同。

〔二〕心矩齋校本同，校文本自『得明國子監』至『始知今本不足多』句，簡作『稍見宋槧本』。《清史稿・嚴可均傳》與校文本同。

〔三〕心矩齋校本同，校文本、《清史稿・嚴可均傳》『思』作『念』。

〔四〕心矩齋校本、校文本均同，《清史稿・嚴可均傳》『廿』作『二十』。

〔五〕心矩齋校本同，《清史稿・嚴可均傳》無自『志欲通校』至『亦時爲之也』諸句。校文本簡作『丁巳二月朔，取摹本讀之。凡八閱月，十二經及《五經文字》、《九經字樣》讀皆竟。即不無蕪累，至其佳處，實賢於宋槧本多矣』。

〔六〕心矩齋校本同，校文本自『夫唐代四部之富莫如開元』至『非能軼晋宋而返之古』諸句，簡作『夫唐代四部之富，埒於梁、隋，而鄭覃、唐玄度輩皆通儒，頗見古本』。《清史稿・嚴可均傳》與校文本同。

〔七〕心矩齋校本同，校文本自『劉昫言石經立後數十年』至『尠或過問者』諸句，簡作『夫茍能栞正積非，歸於真是，即方駕熹平不難，而僅止於是。今也古本皆亡，欲復舊觀，已難爲力，可慨也！然而後唐彫版，實依石經句度鈔寫，歷宋、元、明轉刻轉誤，而石本幸存，縱不足與復古，以匡今繆有餘也。獨怪數百年來，學士大夫鮮或過問者』。《清史稿・嚴可均傳》與校文本同。

〔八〕心矩齋校本同，校文本、《清史稿・嚴可均傳》『據』作『信』。

〔一〇〕心矩齋校本同，校文本、《清史稿・嚴可均傳》『夫』作『烏乎』。

〔九〕心矩齋校本同，校文本、《清史稿・嚴可均傳》『顧氏善讀書者猶尚如此』句，簡作『顧氏且然』。

〔一一〕心矩齋校本同，校文本、《清史稿・嚴可均傳》『詎經之幸乎』作『豈經之幸哉』。

〔一二〕心矩齋校本同，校文本、《清史稿・嚴可均傳》作『余不自揆，欲爲今版本正其誤，爲唐石經釋其非』。

〔一三〕心矩齋校本同，校文本自『凡石經之與今本互異者』至『刻板嶺南』句，簡作『隨讀隨校，凡石經之磨改者、旁增者與今本互異者皆録出，輒據《注疏》、《釋文》，旁稽史傳及漢唐人所徵引者爲之佐證，而石臺《孝經》附其後焉。書成，都計三千二百廿六科，繕寫十卷，題曰「唐石經校文」』。《清史稿·嚴可均傳》與校文本同，而無『書成』之後諸句。

説文翼敘

上古結繩而治，後世聖人易之以書契，而文字興焉。繇倉頡、史皇、沮誦以迄夏殷，文字殊體，莫可殫究。《周官·保氏》『教國子以六書』，懿、厲以降，政衰教廢。宣王太史籀乃作《大篆》十五篇，是爲籀文。因以前此者爲古文，古、籀竝行數百年。至春秋之季，文字大斁，故孔子曰：『必也正名。名不正，則言不順』，『事不成』，『禮樂不興』，『刑罰不中』，『民無所錯手足』。無如列國各阻風教，言語異音，偏旁俗作，積習因仍，人私己是，雖欲正名，奚其正？及秦并天下，李斯乃奏同之。使下杜人程邈作小篆，罷其不與秦文合者，然乃隸書踵行，人趍省便。漢革秦命，變用艸書。隸似篆，去其繁重，如秦權、秦斤、秦量是。漢器銘之似篆非篆者，皆隸也。東京中葉後，始有禮首微尾之體，而隸又變。艸似篆亦似隸，體勢迅疾，不求工整，如古器銘之聯緜糾結者是。《説文》『漢興有艸書』，即《蓺文志》蕭何艸律是也。其實先秦有此體，漢初行用，始定名爲艸書耳。艸書者，稿書也。阮録有《乙亥鼎》，其文即薛帖之《晋姜鼎》，是古籀有艸書之證。東京章艸則艸隸也，張芝等乃變而又變者。隸、艸皆出于古籀，後乃譌以傳譌，迷失本根，求能明《倉頡》讀者僅矣。通人揚雄采爰禮等説，順續《倉頡》作《訓纂篇》八十九章，班固復順續《訓纂》作十三章，凡百二章六千一百廿字，群書正字尚未備也。汝南許君乃集衆家大成，博問通人，作《説文解字》十四篇五百卌部九千三百五十三文。綱羅故籍，窮究萬原，淘汰衺詞，折衷古訓。其先秦以來疑文惑體稍乖六書之誼者，皆覈實之，改定之，芟除之，甄豐等體不復采擇。倉史再生，日月長燿，孔子未竟之志，至此苗髮無餘憾，洵文字之宗，聖之亞者也。後此若吕忱《字林》、楊承慶《字統》、顧野王《玉篇》凡十餘家，皆席許君成業，蒐討坿益，亦足資考鏡，而其學不逻棼其流而眛其原，徒煩亂耳。有唐而下，略闚《説文》僅一李善。其李陽冰、顔傳經、唐玄度、徐鉉、徐鍇、張有、戴侗、李文仲等，非武斷即固陋，尠能跻許君樊衛者。國朝崇尚經術，鴻儒碩彦，先後挺生，家譚漢學，户蓄許書，晦冥千年，霩然昭朗。然求其淹貫故訓，僅或一二人。餘皆沾灃轇固，狃於成説，未能觀其會通。雖各有所得，難可謂之通才也。

夫《説文》者，經典之總龜也。孔子寫六經，河間得先秦古書，皆古文。經師不盡識，故屬讀不同，誤釋亦不少。諸儒漸次是正，其緒論具見于《説文》，而非觀其會通不得也，何者？《説文》皆本字，經典多假借，且以隸寫古籀，而古籀相沿，又多疑文惑體，軼出《説文》外十常二三。淺儒眛于形聲，未極古籀之變，滛守本字，失其假借，以此治經，扞格牴牾，在所不免。然此軼出《説文》外十常二三者，以形聲求之，《説文》無不有，非遺漏也。即所假借，亦不離本字遠也。唯不知形聲，故不知假借也。夫六書，象形、指事、會意、轉注，厥誼明了。形聲者，據形爲誼，依聲爲讀，左形右聲，右形左聲，上形下聲，下形上聲，隨勢迻易，正反向背，唯變所適。或聲兼誼，或但取其聲，或省或不省，或取同類爲形，或取聲近爲聲，往往一字而十數異體。《説文》僅收其一，一可包十數也。假借者，或取形近，或取聲近，或取偏旁半字，望文改讀，聲隨誼轉。《説文》列字十數，十數可貫于一也。故會而通之，然後能治經，然後能極古籀之變，而見《説文》之所擇者精、所賅者廣也。然而古籀廢絶二千年，于兹又孰從而極其變也？《説文》所載重文，後人或有增加，真僞參半。郭忠恕《汗簡》六篇所輯，皆漢魏六朝唐人手筆，點畫失真，詮釋寡當；夏竦《四聲韻》尤爲謬。于二書中求所爲商、周遺迹，未有也，有亦未審信也。

《説文》言郡國亦往往於山川得鼎彝，其銘即前代之古文，皆自相似，知許君記字，參稽金刻爲多。自宋以來，三代法物日出而不窮，其文字矞皇淳茂，倜傀離奇，《説文》不盡有，以形聲求之，都可識也。古時字少，以假借通之，不勝用也。今人泉、刀、布、幣、鐘、鼎、盤、匜、戈、戟等銘，皆手搨本，有不足，則取諸《考古圖》、《博古圖》、《嘯堂集古録》、薛氏《鐘鼎款識法帖》、阮氏《積古齋編録》及《壇山石鼓》等石刻，而以秦篆終焉。不收漢篆，唯魏三體石經之古文或原出竹簡，亦坿采入。輒依《説文》部居，始一終亥。以類相從，有條不紊。援據出處，信而有徵。湝説其文，詳解其字。抉素幽眇，剖析疑似。函蓋萬有，闓豁衆蔽。語許君所未盡語，通經典所不易通。庶幾羽翼《説文》，俾後之君子知形聲、假借之方焉。自春退冬，而稾初竟。罣漏失誤，儻所難辤。許君可作，將許我乎？

説文翼後敘

此十四篇五百卌部，千五百六十九文，重二千一百六十一解説，凡五萬二百八十九字。其匯輯者，皆金石文。尚稽殷周，下逮嬴秦。古、大、小篆，錯落具陳。形經聲緯，類聚群分。貫穿異互，聯屬棼緼。通以假借，數物一名。變化出入，察覈討論。疑以傳疑，信以傳信。神而明之，存乎其人。于時大清，行乾體坤。聖聖繼述，久道化成。風教覃被，文質份份。學集外内，言歸雅馴。

粵在嘉慶，單閼之年，斗建于丑，朔日戊辰。繄余小子，系出熊芈。赫赫王孫，因謚爲氏。彭祖春秋，植之執禮。不朽有三，世學罔替。竊印《説文》，經之統會。纘衍遐規，冥契鴻誼。收集古籀，甄綜次第。分别偏旁，解散具體。疏濬重源，榮翼許氏。識周心小，醇不掩疵。後有作者，余則嚆矢〔一〕。

校勘記

〔一〕「嚆」，原作「蒿」，據意改。

山海經圖贊敘

郭璞《山海經圖贊》二卷，隋、唐、宋《志》竝同。《玉海》引《中興書目》云：《山海經》十八卷，郭璞傳凡二十三篇，每篇有贊。今世所見惟《道藏》本卷一至卷十三有贊，與經文次第不盡合。其卷十四《大荒經》以下贊亡，摭羅殘剩，僅得《北堂書鈔》之《東海外·大壑贊》，《初學記》、《御覽》之《僬僥竫人贊》，《蓺文類聚》之《弱水》、《炎火山》、《若木》、《都廣之野》、《封豕贊》，七首而已。餘當有八九十首，莫可考見。其見存者，亦疑非原本，何以言之？《御覽》引《鬼草贊》當在《中山經》，《藏》本無。《藏》本《中山經》有《太室山》、《騰蛇》二贊，武進王小仲謂是《爾雅贊》錯入，覆審良然。又郭注中有銘，多與《藏》本贊同。蓋銘即贊，而《藏》本《東山經·蜚贊》與注中銘及《廣韻》『八未』所引之贊絶異。又《中山經·跂踵贊》與注中銘亦絶異，明是《道藏》所收本曾經改補。晉張駿亦有《圖贊》，見《御覽》九百三十九，或《藏》本雜以張贊，實未可知。

今輯群書所引，除《太室山》、《騰蛇》二贊移入《爾雅》外，得六十七首。益以《藏》本，共得二百六十六首。凡《南山經》二十四首、《西山經》五十三首、《北山經》三十首、《東山經》十八首、《中山經》四十九首、《海外南經》十六首、《海外西經》十六首、《海外北經》十五首、《海外東經》八首、《海内南經》六首、《海内西經》十一首、《海内北經》九首、《海内東經》四首、《大荒東經》二首、《大荒西經》二首、《大荒北經》一首、《海内經》二首，仍依史志分爲二卷。就中尚多舛誤，無從考定也。

嘉慶丙子歲秋八月，嚴可均謹敘。

風土記敘

《隋志》：『《風土記》三卷，晋平西將軍周處撰。』舊、新《唐志》作十卷，以史能之《咸淳毗陵志》考之，知石晋後有續補本，或《舊志》誤據而《新志》沿之，故卷數增多耳。處，字子隱，義興陽羡人，元康七年征齊萬年戰没，謚曰孝。著《默語》三十篇及《風土記》，并撰集《吴書》，見《晋書》本傳。今《默語》、《吴書》隻字不傳，而《風土記》引見各書者尚多。余采得二百三十餘事，省并複重，定著一卷。其正文協韻如古賦，而故實皆載于注，注即子隱自撰，徵用者多取注而略正文，故今所輯注居十之九。

或議其書以震澤作靁澤，爲舜漁處，以上虞有歷山，爲舜耕處，未免失實。余謂方志與史同科，疑以傳疑，信以傳信，博徵舊説，足廣異聞。其言陽羡本名荆溪者，《漢書·功臣侯表》『高帝十二年十月，以荆令尹靈常封陽羡侯』，『荆』即荆溪，蓋秦縣，可補《地理志》所未備。其言武進爲陽羡之邑者，武進，晋太康初置縣，吴時但有毗陵、曲阿二縣也。《宋書·州郡志》『義興郡』：惠帝永興元年，分吴興之陽羡、丹陽之永世立。子隱死後八年改元永興，則子隱吴興陽羨人，而本傳作『義興陽羨人』者，以後蒙前也。《晋·地理志》無陽羨縣，亦無義興郡，殊屬脱漏。其書撰于吴時，故稱大吴，或名孫權，徵用者變其詞也。惜其久亡，所得見者僅十之二三。然而亭邑、古跡、山水、節候、風俗、舟車、器服、物産、果實、草木、鳥獸、蟲魚，品類略備，原次無可考，即以此區分，取便檢閲。别有《冀州風土記》、《湖南風土記》等書，易與相混。故徵用者多標周處名以别之。亦有不標名者，審按故實，果本書所宜有，即不必致疑，當疑者附録卷末。其《咸淳毗陵志》所載，可據用者十四事，又七事爲續補本，亦附録卷末。子隱斬蛟射虎，卒以身殉國，烈士遠節，踔越古今。寓齋有石本畫像，忠勇之氣，凜凜如生。余輯此本，凡四易稿。古地説自《山海經》、《水經》外，此爲最舊，《三輔黄圖》、《華陽國志》竝出其後。

嘉慶乙亥歲立冬日，烏程嚴可均謹敘。

吴興山墟名敘

《吴興山墟名》，晋車騎將軍沈充撰。隋、唐《志》不著録，卷數莫考。《御覽》所載《吴興記》引有一事，《寰宇記》所載有二十五事，皆作『沈充之』，或作『沈玄之』，蓋誤。《樂府》有《前溪歌》，充所作也。充，字士居，武康人，《晋書》附《王敦傳》。充子勁，字世堅，在《忠義傳》。其書北宋未必有傳本，蓋從地里書抄得之。吴興舊志，莫舊于此。

嘉慶乙亥歲秋八月，烏程嚴可均謹敘。

吴興記敘

余家吴興垂六百年。其宋景德間，左文質《吴興統記》十卷，嘉泰間談鑰《吴興志》二十卷，皆不傳。僅傳明知府勞鉞所修本，而板已毁。康熙間鄭元慶《湖録》蒐羅頗廣，知府胡、李《新志》采用僅十之二三。其元慶底稿，郡人分藏，久將湮滅。余既輯晋沈充《吴興山墟名》，復見《隋志》有山謙之《吴興記》三卷，舊、新《唐志》不著録，因偏檢各書，寫出六十餘事，省并複重，得四十四事，定著一卷。山謙之，《宋書》無傳。《禮志三》：『太祖詔學士山謙之草《封禪儀》。』《隋志》『别集類』：『梁有宋棘陽令山謙之集十二卷。』亡官閥，可考僅此。孫皓寶鼎元年，分吴、丹陽二郡，置吴興郡。歷晋、宋、齊、梁皆領十縣，故謙之記兼十縣事。《宋書·州郡志》：吴興領縣烏程、東遷、武康、長城、原鄉、故鄣、安吉、餘杭、臨安、於潛。今編輯依其次第。異日倘重刻勞《志》并刻《湖録》，宜以《山墟名》、《吴興記》列于卷首。至所載餘杭、臨安、於潛三縣事，其地雖割入杭州，當仍古書面目，勿輕删棄。

嘉慶乙亥歲秋九月，烏程嚴可均謹敘。

南越志敘

《隋志》『雜史類』：《南越記》八卷，沈氏撰。舊、新《唐志》『地里類』：《南越志》五卷，沈懷遠撰。《崇文總目》、《直齋書録解題》皆七卷，後此不著録。各書徵引稱《南越志》，亦或稱《南越記》、《南越書》，則《隋志》之『記』即『志』，『沈氏』即『懷遠』。然何以入『雜史類』，所未詳也。懷遠，吴興武康人。《宋書·沈懷文傳》：『弟懷遠坐納王鸚鵡爲妾，世祖徙之廣州。前廢帝世流徙者竝聽歸本，官至武康令，撰《南越志》及《懷文文集》，傳于世。』按，《懷文文集》，《隋志》十二卷，梁有十六卷，《唐志》十三卷。懷遠亦有集，《隋志》梁有十九卷。今《南越志》及兩集皆不傳。

各書引《志》尚多，章孝廉宗源嘗從《水經注》等書寫出二百許事。余爲覆檢遺漏，又從《齊民要術》等書寫出數十事。省并複重，得百五十八事，定著二卷。以懷遠宋人，即依《宋書·州郡志》次第編録。《宋書》據《太康志》，王隱、何、徐《志》及《永初郡國志》，以作《州郡志》。今此郡縣名復多《宋志》所遺漏，則參考各史及樂史《寰宇記》爲次第，諸引草木、鳥獸、蟲魚有不著郡縣名者，分類别繫于後。吴興史學傳于今世者，沈約《宋書》、姚思廉《梁書》、《陳書》。而沈充《山墟名》及懷遠此《志》在沈約前，爲地學者裂錦碎璧，足供考證之資。則余所編輯，固非徒爲吴興文獻計也。别有鄧德明《南越記》、五代人續《南越志》附載于後，免與懷遠《志》混。

嘉慶乙亥歲秋九月，烏程嚴可均謹敘。

孫氏孔子集語敘

《孔子集語》者，陽湖孫觀察星衍字伯淵所撰也。孔子修百王之道以詔來者，六經而外，傳記百家所載微言大義，足以羽儀經業、導揚儒風者，往往而有。其纂輯成書者，梁武帝《孔子正言》二十卷、王勃《次論語》十卷，皆不存。見存楊簡《先聖大訓》十卷、薛據《孔子集語》二卷、潘士達《論語外篇》二十卷，而薛書最顯，不免罣漏。近人曹廷棟《孔子逸語》十卷，援稽失實，不足論。

嘉慶辛未歲，觀察引疾歸田。惜儒書之闕失，乃博蒐群籍，綜覈異同，增多薛書六七倍，而仍名之爲《孔子集語》者，識所緣起也。其纂輯大例：《易十翼》、《禮小戴記》、《春秋左氏傳》、《孝經》、《論語》、《孟子》，舉世誦習，不載；《家語》、《孔叢子》，有成書專行，不載；《史記·孔子世家》、《弟子傳》，易檢，亦不載。其餘群經傳注、祕緯、諸史、諸子以及唐宋人類書，鉅篇隻句畢登，無所去取，皆明言出處、篇卷。或疑文脱句，酌加按語。或一事而彼此互見，且五六見，得失短長，可互證得之。

逾年初稿成，又二年，屬其友人烏程嚴可均略仿《説苑》體裁理而董之。覆檢群書，是正譌字，更移次第，增益闕遺，爲十四篇：《勸學》第一，《孝本》第二，《五性》第三，《六藝》第四，《主德》第五，《臣術》第六，《交道》第七，《論人》第八，《論政》第九，《博物》第十，《事譜》第十一，

《雜事》第十二，《遺讖》第十三，《寓言》第十四。篇各爲卷，《六蓺》、《事譜》、《寓言》卷大，分爲上下，凡十七篇，爲十七卷。《勸學》等篇與正經相表裏，《遺讖》不醇，《寓言》蓋依託。乃彫版於金陵，公諸後世，而嚴可均爲之敘。

王孫子敘

《漢志》『儒家』：《王孫子》一篇，一曰《巧心》。《隋志》一卷，《意林》亦一卷，僅有目録。而所載《王孫子》，文爛脱校。《意林》者乃割《莊子・雜篇》以充之，實非《王孫子》也。《唐志》不著録。今從《北堂書鈔》等書采出二十四事，省并複重，僅得五事。爰是先秦古書，繕寫而爲之敘曰：

王孫，姓也，不知其名，『巧心』亦未詳。繹其言，蓋七十子之後言治道者。《漢志》儒五十三家，今略存十家。而子思、曾子、公孫尼子、魯仲連子、賈山五家尚未全亡。《王孫子》得見者，僅三百九十九字耳，然而君人者可懸諸座隅。夫爲國而不受諫，不節財而暴民，如國何？

嘉慶乙亥歲夏六月，烏程嚴可均謹敘。

鬻子敘

《漢志》『道家』：《鬻子》二十二篇，名熊，爲周師，自文王已下問焉，周封爲楚祖。又『小説家』:《鬻子説》十九篇,後世所加。《隋志》『道家』《鬻子》一卷,《舊唐志》改入『小説家』。案,隋、唐人所見皆道家殘本,其『小説家』本梁時已佚失。〔一〕劉昫移道家本當之,非也。《新唐志》仍歸『道家』,今世流傳僅唐永徽中華州鄭縣尉逢行珪注本,凡十四篇,爲一卷,《道藏》作二卷。在顛字號,注甚疏蔓。又分篇瑣碎,所題甲乙,故作傎倒羼亂,以瞀惑後人。宋又有陸佃校本,分行珪十四篇爲十五篇,瑣碎尤甚。〔二〕又棼其次第,不足存。案,《群書治要》所載起迄如行珪,而第二篇至第十三篇聯爲一篇,則行珪十四篇僅當三篇。《意林》稱今一卷六篇,末後所載多出『昔文王見鬻子』一條,則行珪十四篇未足六篇。〔三〕行珪姓名不他見,其人爲唐人與否,其本爲唐本與否,未敢知之。

鬻子年九十見文王,而其書有成王問及康叔封衛事,蓋《鬻子》非鬻熊一人之語。案《史記·楚世家》曰:『鬻熊子事文王,早卒。其子曰熊麗,熊麗生熊狂,熊狂生熊繹,熊繹當周成王之時。舉文、武勤勞之後嗣而封熊繹於楚蠻,熊繹與魯公伯禽、衛康叔子牟、晉侯燮、齊太公子呂伋仍俱事成王。』又曰『熊通怒曰:「吾先鬻熊,文王之師也,早終。成王舉我先公,乃以子男田令居楚」』云。『早卒』、『早終』者,謂鬻熊未及受封而卒而終,非不壽之謂也。蓋文王師爲鬻熊,成王問爲熊繹,中間隔熊麗、熊狂兩世。《鬻子》非專記鬻熊之語,故其書于文王、周公、康叔皆曰『昔者』。『昔者』,後乎鬻子言之也。古書不必手著,《鬻子》蓋康王、昭王後周史臣所録,或鬻子子孫記述先世嘉言爲楚國之令典〔四〕,即《史記·序傳》所謂『重黎業之,吴回接之，殷之季世，鬻熊牒之，周用熊繹，熊渠是續』者也。昭十二年《左傳》楚靈王曰：『昔我先王熊繹跋陟山林，以事天子。』是楚之始封爲熊繹，非鬻熊，與《楚世家》正同。劉向博極群書，《周本紀集解》引《別録》乃言『鬻子名熊，封于楚』，與《左傳》、《史記》違異，不若《漢志》『周封爲楚祖』之無語病也。

諸子以《鬻子》爲最早，神農、黄帝、大禹、伊尹等書疑皆依託，今亦不傳。傳者《本草》有後世地名，《六韜》言騎戰，皆不在《鬻子》前，劉勰曰：『鬻熊知道，而文王咨謀。諸子肇始，莫先於斯。』誠哉是言！惜世無善本，乃蒐輯群書，重加編録，增益闕遺，改正譌誤，定著一卷。先采《列子》，次采《賈誼書》，後載今本，補以唐、宋人類書。其行珪注及篇題，任其別行，所不取焉。

嘉慶乙亥歲秋八月，烏程嚴可均謹敘。

校勘記

〔一〕劉批本於此葉天頭批曰：『《提要》即論今書是「說家」。』

〔二〕劉批本於此葉天頭批曰：『《書録解題》稱倒亂者，乃指逢本，非陸本也。誤讀《通考》。』按，《直齋書録解題》卷九『《鬻子注》一卷』條下說：『唐鄭縣尉逢行珪撰。止十四篇，蓋中間以二章合而爲一，故視陸本（按，即陸佃校本）又少一篇。此書甲乙篇次皆不可曉，二本前後亦不同。』劉氏所說當本此。

〔三〕劉批本於此葉天頭批曰：『此說未確。』

〔四〕劉批本於此葉天頭批曰：『如此説，則非子矣。』

慎子敘

《漢志》『法家』：《慎子》四十二篇，名到，先申、韓，申、韓稱之。《隋志》、舊新《唐志》皆十卷，滕輔注。《崇文總目》三十七篇，《書録解題》稱麻沙刻本纔五篇，余所見明刻本亦皆五篇。今從《群書治要》寫出七篇，有注，即滕輔注，其多出之篇曰《知忠》，曰《君臣》。其《威德篇》又多出二百五十三字，雖亦節本，視陳振孫所見本爲勝。因刺取各書引見之文校補譌脱，其遺文短段不能成篇者凡四十四事，附于後。

滕輔，東漢人，《藝文類聚》六十有漢滕輔《祭牙文》，亦作『滕撫』，又作『騰撫』。《後漢書》：滕撫，字叔輔，有傳。《元和姓纂》：騰本滕氏，因避難改爲騰氏。後漢相騰撫。蓋滕、騰一姓，輔、撫一聲，故二文隨作矣。東晋亦有滕輔，《隋志》梁有晋太學博士滕輔集五卷、録一卷，亡。舊、新《唐志》皆五卷，《慎子注》爲漢爲晋，未敢定之。

嘉慶乙亥歲秋七月，烏程嚴可均謹敘。

申子敘

《淮南・要略》云：『申子者，韓昭釐之佐。韓，晋别國也，地墽民險，而介於大國之間。晋國之故禮未滅，韓國之新法重出，先君之令未收，後君之令又下，新故相反，前後相繆，百官背亂，不知所用，故刑名之書生焉。』《泰族訓》云：『今商鞅之《開塞》，申子之《三符》，韓非之《孤憤》。』注：『申不害治韓，有三符驗之術也。』案，《三符》當是《申子》篇名。不害，京人，相韓昭侯。終其身，諸侯不敢侵韓。《史記正義》引阮孝緒《七録》云三卷，《隋志》不著録，舊新《唐志》、《意林》皆三卷，宋不著録。明陳第《世善堂書目》有三卷，今復不著録。余從《群書治要》寫出一篇，刺取各書引見之文，依《意林》次第之。其篇名可考者，曰《君臣》、曰《大體》及《三符》也。餘三篇不知也。

嘉慶乙亥歲秋七月，烏程嚴可均謹敘。

鄧析子敘

《漢志》『名家』：《鄧析》二篇，鄭人，與子産竝時。《隋志》、舊新《唐志》皆一卷，《意林》一卷二篇，《崇文總目》言劉歆校爲二篇，今本二篇即歆所分，而前有劉向奏偁除複重爲一篇者，蓋歆書冠以向奏，唐本相承如此也。或言此奏當爲歆作，知不然者，《意林》及楊倞注《荀子》皆云向，不云歆也。先秦古書佚失者多，《鄧析》幸而廑存，即言不盡醇，要各有所見，自成一家。左氏好惡合于聖人，而于鄧析比之静女彤管、召伯甘棠，或非過譽。流傳久遠，轉寫多訛，因據各書引見，改補五十餘事，疑者闕之。舊三十二章，今合并爲三十一章，節次或不相屬，而詞指完具。各書徵用尠出此外，唯《御覽》八十《苻子》引《鄧析》言曰：『古詩云：「堯舜至聖，身如脯腊。桀紂無道，肌膚二尺。」』今本無之，當是佚脱。或如《吕氏春秋》、《淮南》所載，元不在二篇中，亦未可知也。

嘉慶乙亥歲秋七月，烏程嚴可均謹敘。

闕子敘

《漢志》『縱横家』：《闕子》一篇。《隋志》注：梁有《補闕子》十卷，元帝撰，亡。《金樓子·著書篇》：《補闕子》一帙十卷，金樓爲序，付鮑泉東里撰。舊、新《唐志》著于録，今散見于各書者凡十九事，省併複重，僅得五事。諸引皆稱《闕子》，不稱《補闕子》。劉逵注《吴都賦》、酈元注《水經·睢水》竝采用之，當是先秦古書，非梁補也。

嘉慶乙亥歲夏六月，嚴可均謹敘。

黄帝占敘

《黄帝占》世無傳本，《開元占經》徵引甚多。余始寫出，以《乾象通鑑》校補，疑者闕之，凡二萬□千□百□十□[二]字，分爲三卷，而爲之敘録曰：

古者以太陰紀年，至王莽用《三統曆》，始以太歲紀年。余嚮爲《太初元年甲寅丙子説》，既考之詳矣。此書占八穀，有太陰乘寅、乘卯、乘辰等占，而又別有太歲，多非後世語。其占少微有『聞如孔子，巧如魯般』二語，知譔書人在孔子後，蓋六國時依託也。近代無私習天文之禁，推步精于古人，而占候之術，古人亦或驗或不驗，今不甚信行，故古書多不傳，傳亦置不省覽。按，《周禮》保章氏，『掌天星，以志日月星辰之變動，以十有二歲之相觀天下之妖祥，以五雲之物辨吉凶、水旱、降豐荒之祲象』。則三代有此守官，禨祥禍福著乎天而應乎人，王者以之恐懼脩省，不可廢也。《漢志》有《黄帝雜子氣》三十三篇，隋、唐《志》有《黄帝五星占》一卷。如謂此書即一卷本，則卷太大，疑隋、唐時有別本合《雜子氣》彙録之者。今故不題《五星占》，依《占經》題《黄帝占》焉。

道光庚寅歲六月朔，烏程嚴可均謹敘。

《黄帝占》卷上

日　月　五星總　歲星　營惑　填星　太白

《黄帝占》卷中

辰星　二十八宿　衆星

《黄帝占》卷下

流星　客星　妖星　風　雨　虹　霧　濛　八穀　飛鳥

校勘記

〔一〕缺文之處底本原爲墨丁，心矩齋校本同。

新語敘

《史記》本傳：『陸賈者，楚人也。時時前説稱《詩》、《書》，高帝曰：「試爲我著秦所以失天下，吾所以得之者。」迺粗述存亡之徵，凡著十二篇。每奏一篇，高帝未嘗不稱善，左右呼萬歲，號其書曰《新語》。』《漢書》本傳同，《藝文志》作二十三篇，疑兼他所論譔計之。《史記正義》引梁《七録》：『《新語》二卷，陸賈撰。』《隋志》、舊新《唐志》同，《崇文總目》、《郡齋讀書志》、《直齋書録解題》皆不著録。王伯厚《漢藝文志考證》云：今存《道基》、《術事》、《輔政》、《無爲》、《資質》、《至德》、《懷慮》七篇。蓋宋時此書佚而復出，出亦不全。至明弘治間，莆陽李廷梧字仲陽得十二篇足本，刻版于桐鄉縣治。後此有姜思復本，胡維新本，《子彙》本，程榮、何鏜《叢書》本，皆祖李廷梧。

或疑明本十二篇反多于王伯厚所見，恐是後人因不全之本補綴五篇，以合本傳篇數，今知不然者。《群書治要》載有八篇，其《辨惑》、《本行》、《明誡》、《思務》四篇皆非王伯厚所見，而與明本相同。《文選・張載雜詩》注引『建大功於天下者，必垂名於萬世也』，《古詩・行行重行行》注引『邪臣之蔽賢，猶浮雲之鄣日月』，今在《辨惑》篇；王粲《從軍詩》注引『聖人承天威，承天功，與之争功，豈不難哉』，今在《本行篇》；《意林》所載『衆口毁譽，浮石沈木，群邪相抑，以直爲曲』，今在《辨惑篇》；『玉斗酌酒，金椀刻鏤。所以夸小人，非厚己也』，今在《本行篇》。足知多出五篇是隋唐原本。至《論衡·本性篇》引陸賈曰：『天地生人也，以禮義之性。人能察己所以受命則順，順謂之道。』今十二篇無此文。《論衡》但云陸賈，不云《新語》，或當在《漢志》之二十三篇中。又《穀梁傳》孝武始立學，非陸賈所預見。今此《道基篇》引《穀梁傳》曰『仁者以治親，義者以利尊』，乃是《穀梁》舊傳，故今傳無此文。因知瑕丘江公所受于魯申公者，其本復經改造，非穀梁赤之舊也。

漢代子書，《新語》最純最早，貴仁義，賤刑威，述《詩》、《書》、《春秋》、《論語》，紹孟、荀而開賈、董，卓然儒者之言，史遷目爲辨士，未足以盡之。〔一〕其詞皆協韻，流傳久遠，轉寫多訛。今據明各本，以《群書治要》之八篇及《文選注》、《意林》等書改正删補，疑者闕之。間有管見一二，輒附案語，不敢臆定。後之覽者，或有取乎此。

嘉慶乙亥歲夏六月，烏程嚴可均謹敘。

校勘記

〔一〕劉批本於此葉天頭批曰：『史遷亡至行。』

桓子新論敘

《隋志》『儒家』：《桓子新論》十七卷，後漢六安丞桓譚譔。舊、新《唐志》同本傳。譚，字君山，沛國相人，成帝時爲郎，哀、平間位不過郎。莽時爲掌樂大夫，更始召拜太中大夫。世祖即位徵待詔，極言讖之非經。出爲六安郡丞，道病卒。譚著書言當世行事，號曰《新論》，世祖善焉。《琴道》一篇未成，肅宗使班固續成之。

章懷注言：『《新論》一曰《本造》、二《王霸》、三《求輔》、四《言體》、五《見徵》、六《譴非》、七《啟寤》、八《祛蔽》、九《正經》、十《識通》、十一《離事》、十二《道賦》、十三《辨惑》、十四《述策》、十五《閔友》、十六《琴道》。《本造》、《閔友》、《琴道》各一篇，餘竝有上、下。』注又引《東觀記》『光武讀之，敕言卷大，令皆别爲上、下，凡二十九篇。《琴道》未畢，但有發首一章』。案，二十九篇而十七卷者，上、下篇仍合卷，疑復有録一卷，故十七卷。其書亡于唐末，故宋時不著録。《全謝山外集》卷四十稱：『常熟錢尚書謂《新論》在明季尚有完書。』恐非其實。今從《群書治要》得十五事，審是《求輔》、《言體》、《見徵》、《譴非》四篇。從《意林》得三十六事，審是《王霸》、《求輔》、《言體》、《見徵》、《譴非》、《啟寤》、《祛蔽》、《正經》、《識通》、《離事》、《道賦》、《辨惑》、《琴道》十三篇。又從各書得三百許事。合并複重，聯系斷散，爲百六十六事。依《治要》、《意林》次第，理而董之，諸引僅《琴道》有篇名，餘則望文歸類，取便檢尋。其

篇名黑質白文以別之，定十六篇，爲三卷。〔一〕

君山博學多通，同時劉子駿《七略》徵引其《琴道篇》，揚子雲難窮，立毁所作《蓋天圖》。其後班孟堅《漢書》據用甚多，王仲任《論衡·超奇》、《佚文》、《定賢》、《案書》、《對作》篇皆極推崇。至謂子長、子雲論説之徒，君山爲甲。則其書漢時早有定論，惜久佚失，所得見者僅此。然其尊王賤霸，非圖讖，無仙道。綜覈古今，偭偝失得，以及儀象、典章、人文、樂律，精華略具，則雖謂此書未嘗佚失也可。

嘉慶乙亥夏六月，烏程嚴可均謹第録。

校勘記

〔一〕劉批本於此葉天頭批曰：『恐不合。』

崔氏政論敘

《隋志》『法家』：《正論》五卷，漢大尚書崔實撰。《舊唐志》《政論》五卷，《意林》亦五卷，《新唐志》作六卷。各書引見，或作《政論》，或作《正論》，又作《本論》，止是一書。

實，字子真，一名台，字元始，涿郡安平人。高祖篆，祖駰，父瑗，范史皆有傳。實好典籍，桓帝初爲郎，後拜議郎，與邊韶、延篤等著作東觀，出爲五原太守。徵拜議郎，復與諸儒博士雜定五經，拜遼東太守。母卒，歸葬。服竟，召拜尚書。以世方阻亂，稱疾不視事，免歸，建寧中卒。實明於政體，吏才有餘，論當世便事數十條，指切時要，言辨而确。范史論曰：『實之《政論》，言當世理亂，雖鼂錯之徒，不能過也。』其書成于守遼東後，故有『僕前爲五原大守，及今遼東耕犂』等語。本傳繫于桓帝初除爲郎時，蓋就始創稿言之。

其本北宋時已佚失，故《崇文總目》不著録，《郡齋讀書志》、《直齋書録解題》亦無之。《通志略》載有六卷，虚列書名，不足據。余從《群書治要》寫出七篇，《本傳》及《通典》各寫出一篇，凡九篇。略依《意林》次第之，剌取各書引見，校補譌脱，定著二卷，其遺文墜句不能成篇者附于末。《治要》專取精實，其腴語美詞芟除凈盡，然于當時積敝亦臚列無遺，治亂興亡，古今一軌。《本傳》引仲長統曰：『凡爲人主，宜寫一通，置之坐側。』誠哉是言也！

嘉慶乙亥歲秋九月，烏程嚴可均謹敘。

崔氏四民月令敘

《隋志》『農家』：《四人月令》一卷，後漢大尚書崔實撰。《舊唐志》同。《新唐志》作『崔湜』，誤。宋不著録。近人任兆麟、王謨皆有輯本，編次不倫，且多罣漏。王本又誤以《齊人月令》謂即《四民月令》，而所采《齊民要術》有今本所無者六事。其文不類，未知何據。余既輯崔實《政論》二卷，因兼及此書。蒐録遺佚得二百許事，省并複重，逐月分章爲十二章，定著一卷。有注，疑即崔實撰，徵用者都以注爲正文，今加注字間隔之，而王本所采《齊民要術》六事附後，俟考。又《齊人月令》一卷，唐孫思邈撰，《宋志》在『時令類』。本今亡，竝附于後，免與崔實書混。

夫農爲邦本，食爲民天，《洪範》『八政』一曰『食』。孔子論政，先『足食』。自古及今，未有不知稼穡之囏難而能有國有家者也。惜古書流傳日少，《漢志》農九家，見于《隋志》者僅氾勝之一家，見于《新唐志》者僅尹都尉、氾勝之二家，而多出《漢志》《范子計然》一家。至宋時著録，乃起《齊民要術》。前此數家，絕無傳本，顧乃增收晚出空疏不適用之書，濫及茶、蟹、花、石不急之務，殊非農家本意。同硯生洪頤喧始輯《范子計然》一卷、《氾勝之書》二卷，及余所輯此書，雖皆殘缺，然而網羅散失舊聞，竊有力焉。數十年後，未知能廣爲傳布否也。

嘉慶乙亥歲秋九月，烏程嚴可均謹敘。

昌言敘

《隋志》『雜家』：仲長子《昌言》十二卷、録一卷，漢尚書郎仲長統撰。《舊唐志》作十卷，《新唐志》移入『儒家』，亦十卷。《崇文總目》稱今所存十五篇，分爲二卷，餘皆亡。《郡齋讀書志》、《直齋書録解題》不著録。明陳第《世善堂書目》有二卷，疑即十五篇本。今所見刻本僅明胡維新《兩京遺編》，有《理亂》、《損益》、《法誡》三篇。歸有光《諸子彙函》有《理亂》、《損益》二篇，皆出本傳，無所增多。余從《群書治要》寫出九篇，益以本傳三篇，以《意林》次第之，刺取各書引見，補正脱譌，定著二卷。其遺文墜句于原次無考，依各書先後附于末。本傳：『統，字公理，山陽高平人。著論三十四篇，十餘萬言。』今此收輯纔萬餘言，亡者蓋十八九。而《治要》所載，又頗删節，斷續佤離，殆所不免。然其闓陳善道，指抲時敝，剴切之忱，踔厲震盪之氣，有不容摩滅者。繆熙伯方之董、賈、劉、揚，非過譽也。神僊家言，儒者所弗道，而《昌言》有其一篇，故是雜家。《續漢·祭祀志下》注補有《答鄧義社主難》一篇，劉昭不云《昌言》，亦附于末。

嘉慶乙亥歲秋九月，烏程嚴可均謹敘。

卷六　文類四

典論敘

《隋志》『儒家』：《典論》五卷，魏文帝撰。舊、新《唐志》同。本紀：『帝好文學，以著述爲務，所勒成垂百篇。』五卷未必有百篇，疑兼文集所論説計之。明帝時刊石，詳《搜神記》。又《齊王芳紀》注『臣松之昔從征，西至洛陽，見《典論》石在太學者尚存』，《御覽》五百八十九引戴延之《西征記》『《典論》六碑，今四存二敗』，《隋志》『小學類』有《一字石經典論》一卷。唐時石本亡，至宋而寫本亦亡，世所習見，僅本紀注之帝《自敘》及《文選》之《論文》而已。亡友瀋陽孫馮翼字鳳卿，嘗有輯本，罣漏甚多。又如采《北堂書鈔》十五之『洽和萬國』，以《典略》爲《典論》，若斯之類，概宜覈正。今蒐輯群書，寫出數十百事，合併複重，補改闕誤，定著一卷。其次第依《意林》，而遺文散句無所繫屬者列于後，繕寫而爲之敘録曰：

帝席父成業，十三讓而受禪曰：『舜禹之事，吾知之矣。』于是晉、宋、齊、梁、陳、北齊、周、隋、唐、宋一千年中易代革命，莫不踵舜禹故事，繇帝之作俑也。〔一〕顧其爲人智而能愚，勇而能怯，仁以接物，恕以及下，《自敘》允爲定評。其《姦讒》、《内誡》、《酒誨》、《終制》，及辨神仙黄白之惑，足爲有國有家者炯戒。宋人曰：『仁者，心之德，愛之理。』《典論》曰：『在親曰孝，施物曰仁。仁者，有事之實名，非無事之虚稱。』儒家之異乎道學家以此。聖人復起，必不以人廢言。

嘉慶乙亥歲秋九月，烏程嚴可均謹敘。

校勘記

〔一〕劉批本於此葉天頭批曰：『受欺矣。』

蔣子萬機論敘

《隋志》『雜家』：蔣子《萬機論》八卷，蔣濟撰。《舊唐志》同。《新唐志》作十卷。《直齋書録解題》作二卷，稱《館閣書目》十卷五十五篇，今惟十五篇，恐非完書也。至明而二卷本亦亡。焦竑《國史經籍志》以八卷入『儒家』，以二卷入『雜家』。虚列書名，又誤分爲兩種，不足信。今從《群書治要》寫出三篇，益以各書所徵引，定著一卷。濟，字子通，楚國平阿人。正始中爲太尉，《魏志》有傳。

嘉慶乙亥秋九月。

劉氏政論敘

《隋志》『法家』：梁有《政論》五卷，魏侍中劉廙撰，亡。舊、新《唐志》著于録，至宋復亡。廙，字恭嗣，南陽安衆人。《魏志》有傳，稱廙著書數十篇，及與丁儀共論刑禮，皆傳于世。今世所見，僅《群書治要》載有八篇，題爲《劉廙别傳》，而目録作《政論》。據裴松之所引《别傳》，似與《政論》各爲一書，則目録作《政論》者是也。各書都未徵引，《治要》有此，彌復可貴，因録出以廣其傳。

嘉慶乙亥秋九月。

桓氏世要論敘

《隋志》『法家』：《世要論》十二卷，魏大司農桓範撰。梁有二十卷，亡。《新唐志》與《隋》同，《舊唐志》作《代要論》十卷。各書徵引，或稱《政要論》，或稱《桓範新書》，或稱《桓範世論》，或稱《桓公世論》，或稱《桓子》，或稱《魏桓範》，或稱《桓範論》，或稱《桓範要集》。互證之，止是一書。宋時不著録，《群書治要》載有《政要論》十四篇。據各書徵引，補改闕誤，凡十六篇，定著一卷，而遺文散段附于後。範，字士則，《魏志》附《曹爽傳》。一作字元則，以不附司馬氏夷三族。被收時，自稱義士，其後王淩、毌丘儉、諸葛誕相繼死難，而魏祚移矣。《魏略》

言範以此書示蔣濟，濟不肯視。文人相輕，自古而然。距今千六百年佚書復出，與濟之《萬機論》比竝，有過之無不及。

嘉慶乙亥歲秋九月，烏程嚴可均謹敘。

杜氏體論敘

《隋志》『儒家』：杜氏《體論》四卷，魏幽州刺史杜恕撰。舊、新《唐志》同。恕，字務伯，杜征南之父也。仕至御史中丞，出刺幽州，以斬鮮卑小子一人爲程喜所劾，免爲庶人，徙章武。阮武謂恕曰：『今向閑暇，可潛思成一家言。』遂著《體論》八篇，又著《興性論》一篇。嘉平四年卒于戍所。詳見《魏志·杜畿附傳》。八篇者，一曰《君》、二《臣》、三《言》、四《行》、五《政》、六《法》、七《聽察》、八《用兵》，而以《自敘》終焉。四卷者，卷蓋二篇。其書宋不著録。《群書治要》載有六千餘言，其餘散見本傳及《意林》、《六帖》、《御覽》等書。所論皆剴切通明，能持大體，粹然儒者之言。今寫出校定，爲上下二卷。恕又有《篤論》四卷，各自爲書。《興性論》不傳。

嘉慶乙亥歲秋九月，烏程嚴可均謹敘。

杜氏篤論敘

《隋志》『雜家』注：梁有《篤論》四卷，杜恕撰，亡。舊、新《唐志》著于録，至宋復亡。《魏志·杜畿附傳》稱恕所著有《體論》，無《篤論》。據《意林》及《御覽》證知裴松之所引《杜氏新書》即《篤論》也。其書前數卷爲論駁雜説，故爲雜家；後述敘家世歷官，引及《魏書》，并引王隱《晉書》，知是東晉後編定。初謂之《新書》，後乃定名謂之《篤論》。故梁《七録》、《唐志》有《篤論》，無《新書》。《意林》引『陛下謂今世無良才，朝廷乏賢佐』一段，證知本傳三疏皆當在《篤論》中。余既校定《體論》，因并録出《篤論》，依《意林》次第，定著一卷。其論駁雜説廑得五條，奏議甚美，惜明帝不能盡用之。

嘉慶乙亥歲秋九月，烏程嚴可均謹敘。

典語敘

《隋志》『儒家』注：《典語》十卷，《典語別》二卷，竝吴中夏督陸景撰，亡。《舊唐志》有《典語》，無《典語別》，《新唐志》作《典訓》，皆十卷。《吴志》：陸抗子五，晏、景、玄、機、雲。景，字士仁，澡身好學，著書數十篇。王濬東下，景及兄晏俱遇害。其書宋不著録。三年前有孫觀察星衍之族子枉的者，言紹興人王理堂游幕山左，攜有宋寫殘本二卷。其言信否，無以知之。今僅從《群書治要》寫出七段，益以各書所載，定著一卷。倘王理堂果得殘本，他日與余書合訂之，以廣其傳，豈非美事？古書佚而復出，如《大唐郊祀録》之類十餘種，非卅年前人所得見，而余尤希冀者。閻百詩校《困學紀聞》，引傅山子云：『謝承《後漢書》，永樂中有刻本傳。』不謾言也。楊用修、王元美集屢引《修文殿御覽》，錢受之《書目》亦載之，邢佺山語余云：『漢中府張姓有藏本。』邢不謾言也。附紀于此，以告同志。

嘉慶乙亥歲秋九月，烏程嚴可均謹敘。

傅子敘

《隋志》『雜家』：《傅子》百二十卷，晉司隸校尉傅玄撰。舊、新《唐志》同。《晉書》本傳：玄，字休奕，北地泥陽人。少時避難于河内，專心誦學，後雖顯貴，而著述不廢。撰論經國九流及三史故事，評斷得失，各爲區別，名爲《傅子》。爲内、外、中篇，凡有《四部》、《六録》，合百四十首數十萬言，并文集百餘卷，行于世。宋初文集亡，而《傅子》尚有殘本。《崇文總目》五卷二十三篇，陳詩庭言今本十二篇，後不著録。乾隆中始從《永樂大典》寫出二十三篇，俱有篇名，并無篇名者六條及《文選注》、《御覽》、《諸子瓊林》三十六條合爲一卷，即今世所行聚珍本也。

嘉慶庚午歲，余從《群書治要》校補《大典》本二千五百許字，益以《藝文類聚》之《釋法》、

《北堂書鈔》之《大本》，得二十八篇。又從《三國志》裴松之注寫出六千餘字，廣爲二卷。至乙亥歲，余校《意林》，以各書互證，知《意林》甚羼越。凡所載《傅子》，皆楊泉《物理論》也；〔一〕所載徐幹《中論》，僅前二條又半條是《中論》，其第三條之下半條及第四條乃《傅子》也；所載《物理論》，僅前四條是《物理論》，其第五條至第九十七條皆《傅子》也，其第九十八條至末乃《中論》也。余既作《意林考正》一卷，手寫數過，頗得《傅子》端緒。遂徧蒐各書所引見，得數百條，依《意林》九十五事次第，類附而排比之，爲《補遺》二卷，與前所定二卷合爲四卷。繕寫插架，與聚珍本相輔而行。

或問：『《補遺》與前二卷小有重複，竊恐未安。』曰：『《補遺》就《意林》欲見《傅子》原次耳，合而編之，請俟來哲。』又問：『《傅子》爲内、外、中篇，有《四部》、《六録》，云何區别？』曰：『内篇，撰論經國九流；外篇，三史故事，評斷得失；中篇，《魏書》底本。而以自敘傳終焉。《四部》、《六録》莫考，《崇文總目》作四篇，無録，蓋誤。』

丙子歲正月三日，烏程嚴可均謹敘。

校勘記

〔一〕劉批本於此葉天頭批曰：『張刻已校移。』

袁子正論正書敘

《隋志》『儒家』：袁子《正論》十九卷，袁準撰。梁又有袁子《正書》二十五卷，袁準撰，亡。《舊唐志》『儒家』：《政論》二十卷、《正書》二十五卷，袁準撰。《新唐志》作《正論》，作袁準，卷數與舊同。各書或稱袁淮，或稱袁准，或稱袁準，蓋隸俗變準爲准，因譌爲淮，止是一人，《正論》、《政論》亦止一書。

準，字孝尼，漢司徒滂孫，郎中令渙第四子。渙卒于建安中，《魏志·渙傳》注引《袁氏世紀》，有準自序。蓋仕魏不甚顯，其《正論》乃魏時所作。《齊王芳紀》青龍七年注引習鑿齒《漢晉春秋》，有『袁淮言于曹爽』云云，蓋不黨司馬懿者。晉受禪，拜給事中，見《袁渙傳》注引，荀綽《兖州記》亦引，見《北堂書鈔》五十八、《藝文類聚》四十八、《初學記》十二、《御覽》二百二十一。《晉書》附《袁瓌傳》，瓌生在準後，瓌子喬，喬子山松，名甚顯著，故準附瓌傳。唐初人似未知袁淮即袁準，故《群書治要》載《正書》題名曰袁淮，而《晉書》于準所著但言注《喪服經》，不言《正論》、《正書》，蓋分袁準、袁淮爲二人也。《喪服經注》，《隋志》作《喪服經傳》。《舊唐志》作《喪服紀》，《新唐志》作《儀禮注》，皆一卷。今但《通典》九十引《喪服傳》一事，梁、唐有集二卷，今但《書鈔》一百四十二引『招公子』三事，《藝文類聚》八十五、八十七引『觀殊俗』二事，二十一引《才性論》一首，餘皆亡。其自序所稱『論治世之務』，即《正書》也；所稱

『論五經滯義，聖人之微言』，即《正論》也。

今輯各書所引《正論》三十三事，省併複重，得二十六事。《群書治要》載《正書》十七篇，皆有篇名。各書引《正書》無篇名者三十事，省併複重，得二十事。又但引《袁子》審是《正書》文者，省併複重，得五事，依隋、唐《志》，先《正論》，次《正書》，各編爲一卷，備『子類』、『儒家』二種。準所著有《易、詩、周官傳》，見自序，隻字不傳。

嘉慶乙亥歲冬十月既望，嚴可均謹敘。

代繼蓮龕爲抱朴子敘

《隋志》『道家』：《抱朴子·内篇》二十一卷、《音》一卷。『雜家』：《抱朴子·外篇》三十卷，梁有五十一卷。

《舊唐志》：《内篇》二十卷、《外篇》五十卷。

《新唐志》：《内篇》十卷、外篇二十卷。

《意林》：《内篇》二十卷、《外篇》二十卷。

《崇文總目》：《内篇》二十卷、《外篇》二十卷。

《郡齋讀書志》：《内篇》二十卷、《外篇》十卷。

《直齋書録解題》：《内篇》二十卷，無《外篇》。引《館閣書目》，有《外篇》五十卷。

《天一閣書目》：《内篇》二十卷、《外篇》五十卷。刊本。

《世善堂書目》：《内篇》二十卷、《外篇》十卷。

今世見存《抱朴子》，以《道藏》本爲差善，起『疲』字號六，訖『志』字號七。《内篇》十四册，凡二十篇，爲二十卷。《外篇》十九册，凡五十二篇，爲五十卷。徧問收藏家，都無宋刊本。孫觀察星衍收得舊人校本，係照天一閣所藏刊本，用硃筆塗改者，驗與《道藏》本大同。

嘉慶十七年，余以江安轉漕駐江寧，顧秀才廣圻與孫觀察適校定《内篇》，而方督部維甸以丁憂旋里，復校再過。余爲之付梓，而《外篇》未曾校也。明年，余擢陝西按察使。又四年，余以雲南布政使調任江寧。公餘之暇，復取是書讀之。《内篇》神仙家言，應驗與否，所未敢知。《外篇》駁難通釋，稽古正今，于持身接物之宜，言富而理濟，又頗通達治體，爲政者當置座右。刻《内篇》而不刻《外篇》，猶登山者未陟其巔也。乃以九月二十七日始，據盧舜治本，以《道藏》本及照校天一閣藏本、顧秀才所藏舊寫本，并《意林》、《群書治要》，手自改正，删補千餘字。又據《北堂書鈔》補足《酒誡篇》三十四字。浹旬[illegible]畢，發工寫樣。越翌日，自嫌校此殊草草也，更取《外篇》并往年所刻之《内篇》重校之。廣搜群書所引見，考覈異同，擇其精善，別爲《校勘記》一卷。凡《内篇》二百二十五條，《外篇》三十一條，尚多不可通者，闕疑未敢臆定。

是書久殘缺，以《隋志》視梁《七録》，則《外篇》少二十一卷；以《新唐志》視《隋志》，則《内篇》少十一卷，《外篇》少十卷；以《郡齋讀書志》視《新唐志》，則《外篇》復少十卷。今本僅《内篇》之十五六，《外篇》之十三四耳。《晋書》本傳載洪自敘，大凡内、外一百一十六篇，今本内、外七十二篇，往往有短篇，僅二三百字，或百數十字，亦篇各爲卷。又于洪自敘删去『内、外一百一十六篇』之語，以泯其迹。蓋由官爲購募一卷一二縑，遂虚張卷第，以取賞耳。即以《外篇》驗之《意林》，從《刺驕》以後、《重言》以前連引三十二事，今本皆無，則視馬總所據，明少一二十篇，無論梁、隋本矣。古書亡者極多，《抱朴》僅存而殘缺如此，甚可惋惜。乃刺取群書引見而今本所無者，省并複重，得百四十五條，爲《内篇佚文》、《外篇佚文》各一卷，略存隋、唐本梗概焉。《道藏》『臨』字號有《抱外子養生論》一篇，前半即《地真篇》也，後半與《極言篇》相輔。『似』字號有《稚川真人校證術》一卷，是後人所演。『斯』字號有《抱朴子神仙金汋經》三卷，其中、下二卷即《金丹篇》也。往年刻《内篇》未曾取校。『松』字號有《大丹問答》一篇，原注云：『石壁古文。』未審信否。又有《金木萬靈論》一篇，乃删改《金丹篇》爲之，不足據。『守』字號有《抱朴子别旨》一篇，言導引行氣，與《釋滯篇》相輔。今除《校證術》、《金木萬靈論》外，皆附刻于後。惜方督部先二年去世，不及見是書之全刻也。

嘉慶丁丑歲十一月三日。

代繼蓮龕敘抱朴子校勘記

曩余刻《抱朴子·内篇》，是孫觀察星衍、方督部維甸校定，實則顧秀才廣圻之力居多。其考覈精詳，援稽賅洽，所不待言。數年之間，諸君子衆散存殁，風景略殊。今當續刻《外篇》，無從借力。不得已，手握丹鉛，凡十日校畢，便發工寫刻。既又念所據僅《道藏》等四本，所引證僅《意林》及《群書治要》所載之五篇，而于他書未及徧檢，心闕然也。因復取《外篇》并曩所刻《内篇》統校之，以《道藏》本及藏本、官本《意林》、舊寫本《北堂書鈔》、衆本《蓺文类聚》、宋本《初學記》、明本《白孔六帖》、衆本《太平御覽》兼史傳志注、《文選注》、《事類賦注》所引見者，檢出比竝。凡下《内篇》四百許籤，下《外篇》數十籤。而《内篇》久已梓行，《外篇》亦既寫樣，未易更動，乃擇其尤要者爲《校勘記》一卷，附刻于後。計是役也，檢書二千許卷，逐條審正，至再至三，不二十日而事竣，非故速也。自念身任旬宣，非可在破書堆中曠日持久作不急之務者。既從事焉，宜甚勤，勤故速成，而罣漏或不能無，尚望海内同志指余所未逮也。

嘉慶丁丑歲十月二十六日。

代繼蓮龕敘抱朴子佚文

余手校《抱朴子》，因繙檢群書所引見，往往有今本所無者。隨見隨録，省并複重，得百四十五事。輒依本書大例，以其言神仙黄白事者爲《内篇佚文》，其餘駁難通釋爲《外篇佚文》，各一卷。

苻子敘

道家祖黄老，蓋三皇之道也〔一〕，變而爲列禦寇、莊周。則楊朱之爲我也，又變而房中術、而金丹、而符籙、而齋醮，每降逾下。于是秦漢已來，未有著書象《鬻子》、《管子》、《老子》、《文子》者。〔二〕其象《列子》、《莊子》，僅有苻朗。苻朗者，秦苻堅之從兄子也。隋、唐《志》：《苻子》三十卷，宋不著録。《路史》徵引皆取諸類書，非有舊本流傳。余從類書寫出八十一事，省并複重，得五十事，定著一卷。就中有云『至人之道也如鏡，有明有照，有引有致』，又云『爲道者日損而月章，爲名者日章而月損』，又云『木生蝎，蝎盛而木枯；石生金，金曜而石流』。三復其言，具有名理。本傳稱老莊之流，非過許也。

嘉慶丁丑歲秋九月九日，嚴可均謹敘。

校勘記

〔一〕劉批本於此葉天頭批曰：『不盡然。』

〔二〕劉批本於此葉天頭批曰：『亦不正。』

蘇子敘

《隋志》『道家』：梁有《蘇子》七卷，晋北中郎參軍蘇彦撰，亡。舊、新《唐志》著于録，至宋復亡。群書徵引十餘條，繹其詞，譽商、韓而詆孟子，未免踳駁，然亦各言其志也。《漢志》『從横家』別有《蘇子》三十一篇，蘇秦撰。王伯厚謂即《鬼谷子》，未審信否。近有爲《鬼谷子篇目考》者，據《御覽》等書所引《蘇子》三條，謂其文與《鬼谷子》不類，蓋不知道家之『蘇子』乃蘇彦，非蘇秦也。

嘉慶丁丑歲冬十月，嚴可均敘。

馬總意林闕目敘

唐馬總因梁庾仲容《子鈔》作《意林》，其列名及戴叔倫序稱：總，字元會。《唐書》本傳作『會元』，誤也。總歷任方鎮，終户部尚書，贈右僕射，見本傳。成書時官大理評事，見戴序。陳振孫以爲總後仕至大理評事，誤也。戴序作于貞元二年，云裁成三軸。明年，柳伯存序云六卷，又云『其本且曰：編録所取，先務于經濟，次存作者之意』。蓋初稿甚略，旋增廣之。《唐志》作一卷，『一』蓋『六』之誤。宋時著録作三卷，其初稿本乎？抑合并之乎？今世流傳以《道藏》五卷本爲稍舊，惜殘闕不完。以目録校之，卷二《莊子》後有《鶡冠子》、《王孫子》，今本《鶡冠子》全闕。而所載《王孫子》皆《莊子·雜篇》也。卷三《説苑》後有《新序》，今本《新序》全闕。卷五次序與目録傎到不符，又《中論》、《傅子》、《物理論》三家文皆羼越，以《物理論》爲《傅子》，以《傅子》爲《中論》，以《傅子》、《中論》爲《物理論》，有數十條皆錯者，有半句在此、半句在彼者。蓋由所據本破爛零落，隨手黏聯，匀分五卷，實則原書六卷，今本不足四卷也。以高似孫《子略》校之，王逸《正部》後當有《牟子》一家，末卷當有蔣濟《萬機論》，至《筆墨法》三十七家，今僅存原書十分之六耳。總所見諸子，亡者太半，斷圭殘璧，足供考訂之資。因據家本《莊子》、《中論》及各書所引《物理論》、《傅子》，移歸原所，并補目録之闕，别爲一卷，附《道藏》本後。其餘譌脱尚多，讀者自能互證得之。

嘉慶乙亥歲季冬月，烏程嚴可均。

《意林》闕目

卷之二

《鶡冠子》三卷　在《莊子》後，有録無書。[一]

《王孫子》一卷　在《鶡冠子》後，有録無書。其所載皆《莊子·雜篇》，非《王孫子》也。

卷之三

《新序》三十卷　在《説苑》後，有録無書。[二]

卷之四

《牟子》一卷　牟融。録闕，書闕。高似孫《子略》有之，在王逸《正部》十卷後。

卷之五

《傅子》一百二十卷　《唐子》十卷

《秦子》二卷　《梅子》一卷

《物理論》十六卷　《太玄經》十四卷

《化清經》十卷　《鄒子》一卷

《成敗志》三卷　《古今通論》三卷

《中論》六卷

已上十一家，有録有書，而書與録次第顛倒不符。《中論》、《物理論》、《傅子》三家互相羼越，今皆校正，别爲一卷，附《道藏》本後。

卷之六

蔣濟《萬機論》八卷　譙周《法訓》八卷

譙周《五教志》五卷　顧譚《新語》二卷　按，《隋志》十二卷，舊、新《唐志》五卷，此當有誤。

鍾會《芻蕘論》五卷　陸景《典語》十卷

張儼《默記》三卷　裴玄《新言》五卷　袁準《正書》二十五卷

袁準《正論》二十卷　《蘇子》八卷　蘇彦

桓範《世要論》十卷　《陸子》十卷　陸雲

夏侯湛《新論》十卷　張顯《析言》十卷

虞喜《志林》二十四卷　《顧子》十卷　顧夷

《諸葛子》一卷　諸葛恪。按，《隋志》五卷。

陳子《要言》十四卷　《苻子》十一卷　苻朗

《神農本草經》六卷　吴普《本草經》六卷

《相牛經》一卷　《相馬經》二卷

《相鶴經》一卷　《周髀》三卷

《司馬兵法》三卷　《孫子兵法》三卷

《黄石公記》三卷　上、下、中略　《氾勝之書》二卷

《夢書》十五卷　《貝書》十卷

《淮南萬畢術》一卷　《九章算術》三卷

張華《博物志》十卷　戴凱之《竹譜》一卷

《筆墨法》

已上三十七家，高似孫《子略》有之，在《中論》六卷後。按，庾仲容《子鈔》一百十七家，其本非高似孫所得見[三]，蓋尚見《意林》完書耳。《子略》一百九家，知《意林》亦然。今從《子略》于卷四補《牟子》一家，于卷六補三十七家，而《意林》目録始全。

校勘記

〔一〕劉批本於此葉天頭批曰：『二家佚文在《説郛》中，張刻已附繫，嚴未見。』

〔二〕劉批本於此葉天頭批曰：『張刻有。』

〔三〕劉批本於此葉天頭批曰：『六卷佚文單刻本，嚴未見。』

歐陽棐集古録目敘

《集古録目》十卷，歐陽棐譔。棐，字叔弼，永叔第三子，官至太常少卿、直龍圖閣。其書成于熙寧二年，時爲禮部郎官也。棐自敘言著爲一十卷，附于跋尾之後。陳振孫《書録解題》作二十卷，孫謙益、丁朝佐等重編《集古録敘》，亦言今《録目》自爲一書，乃二十卷。又《後敘》言《集古跋》既刻成，方得公子叔弼《目録》二十卷，則南宋本似經分析改編，且甚難得。及元譔《宋·藝文志》與明代藏書家皆不著于録，惟錢曾《讀書敏求記》有三卷本，實即永叔跋尾，非棐書，蓋五百年來絶無傳本矣。

余從洪适《隸釋》及王象之《輿地碑目》、陳思《寶刻叢編》等書所載棐書録出一編，去其重複，得跋六百六首。就中永叔未跋者三百六十四首，永叔有跋而此缺者百二十九首。永叔自言有《集古録》一千卷，今輯棐書，并取永叔之有跋者附爲缺目，總得七百三十六首。雖非完書，視陳振孫所見本僅三百五十餘跋者，數且倍之。棐書原次不盡可考，今依時代爲先後，取便檢閱，仍分十卷，亦不失舊觀焉。

嘉慶庚午歲正月十二日，烏程嚴可均敘。

洗桐樓集古印章敘

《周官·保氏》教國子以六書，至秦有八體，五曰摹印。莽定六書，五曰繆篆。繆篆即摹印，文趍省便。於六書之道，變而不失其正。桂未谷氏嘗輯漢晋印章，益以諸家舊譜，韻編其文，爲《繆篆》五卷。有功小學，非徒資鐫工仿傚也。

余好收漢章，隨聚隨散。而孫伯淵氏得百餘紐，阮芸臺氏得二百餘紐，葉東卿氏得七八百紐，歙汪氏、吴橋某氏各得二千餘紐。余與東卿約，欲匯諸家所藏爲《印集》一書，因循未卒業。今倪小迂昆弟同有斯好，以所得秦漢六朝印爲《洗桐樓集古印章》一卷，就中申徒嘉、劉向、趙憙、王羊、甘卓、陶潛等顯名正史。『申徒』即『申屠』，同聲隨作。『王羊』即『王祥』，古通。又有銀印文曰『繮恃信鉩』，『鉩』即『壐』字，從金尔聲。壐，有土者之印也。古者諸侯亦用壐，不獨天子，《左傳》『壐書追而與之』是也。『繮恃』未詳。金陵故都會，名印日出不窮，小迂昆季篤好且有力，異日蒐羅浸廣，余之《印集》將因藉焉。小迂尤多藏三代鼎彝，其最者有古兵器，即《周書》『冕執瞿』之瞿，余既書諸《顧命》後矣。殷周遺器，皆關經學。秦漢六朝印章，小學、史學也，俗人視爲骨董，噫！

全上古三代秦漢三國六朝文總敘

嘉慶十三年開全唐文館，不才越在草茅，無能爲役，慨然曰：『唐之文盛矣哉！唐已前要當有總集，斯事體大，是不才之責也〔一〕。』其秋始草創之。廣搜三分書，與夫收藏家祕笈、金石文字，遠而九譯，旁及釋道鬼神。起上古，迄隋，鴻裁鉅製，片語單詞〔二〕，罔弗綜録。省併複疊，聯類畸零，作者三千四百九十五人〔三〕，分代編次爲十五集，合七百四十六卷。肆力九年，草創粗定。又肆力十八年，拾遺補闕。抽换之，整齊之，畫一之，已于事而竣。掔五䆅之亡散〔四〕，揚萬古之天聲，唐已前文咸萃于此，可繕寫。

烏程嚴可均。

總目

《全上古三代文》十六卷　二册，二百五人。〔五〕

《全秦文》一卷　一册，十六人。

《全漢文》六十三卷　十册，三百三十四人。

《全後漢文》一百六卷　十二册，四百七十人。

《全三國文》七十五卷　十二册，二百九十四人。

《全晉文》一百六十七卷　二十四册，八百三十人。

《全宋文》六十四卷　八册，二百七十八人。

《全齊文》二十六卷　四册，一百三十一人。

《全梁文》七十四卷　十二册，二百四人。

《全陳文》十八卷　二册，六十三人。

《全後魏文》六十卷　八册，三百二人。

《全北齊文》十卷　一册，八十六人。〔六〕

《全後周文》二十四卷　二册，六十人。〔七〕

《全隋文》三十六卷　四册，一百六十八人。

《先唐文》一卷　一册，五十四人。

《韻編全文姓氏》五卷　一册。〔八〕

總例

一、是編從群書纂録，字體正俗，略依本書。凡廟諱、御名，謹遵《四庫書聚珍本》定例，敬闕末筆。

一、是編創始于嘉慶十三年，時初開全唐文館，館臣以唐碑或有王侍郎昶《金石萃編》所未載者，屬爲廣輯。既録本呈館，遂并録唐已前文。逾七八年〔九〕，積稿等身者再。省并複重，得厚寸許者〔一〇〕百餘册。一手校讎，不假衆力，無因襲，無重出。各篇之末，注明[一一]見某書某卷。或再見、數十見，亦皆[一二]注明，以待覆檢。

一、是編大例遵《全唐文》。《全唐文》不載詩，以有《全唐詩》。而唐已前詩有馮惟訥《古詩紀》，罣漏無多，故是編亦不載詩。然如班固《兩都賦》末有《明堂》、《辟雍》等五詩，理無割棄，不能不破例。

一、分代編次，曰上古三代、曰秦、曰漢、曰後漢、曰三國、曰晉、曰宋、曰齊、曰梁、曰陳、曰後魏、曰北齊、曰後周[一三]、曰隋。每代姓名次第，曰帝、曰后、曰宗室諸王、曰國初群雄、曰諸臣、曰宦官、曰列女、曰闕名、曰外國、曰釋氏、曰僊道、曰鬼神。

一、開創之君，如魏武造魏，長沙桓王造吴，晉宣、文、景[一四]造晉，齊神武造齊，周文造周，依各史列當代諸帝之首。其諸臣以始仕之年分別先後，而子、弟、孫、曾聯屬其下。其仕前代又仕後代者，歸後代，如漢臣臣魏列魏初，魏臣臣晉列晉初。其累仕數代者歸最後之代，如陽休之、崔猷、袁聿修累仕後魏、北齊、周、隋，王元規、江總累仕梁、陳、隋，列隋初。其前代遺老卒于後代者歸前代，如譙玄列漢末，陶潛列晉末。其後代佐命功臣卒于前代者，以卒年爲斷，歸前代，如荀彧列漢末，劉穆之列晉末，而關壯繆、周瑜、魯肅等亦從此例。史家限斷無定，今皆畫一。[一五]

一、唐已前舊集見存今世者，僅阮籍、嵇康、陸雲、陶潛、鮑照、江淹六家。《蔡邕集》，宋時得殘本，重加編次；《謝脁集》，宋時尚存，僅刻其詩，不刻其文。[一六]見行董仲舒、司馬相如、東方朔、揚雄、孔融、曹植、劉楨、王粲、陳琳、阮瑀、徐幹、潘岳、陸機、支遁、謝靈運、顔延之、謝惠連、梁武帝、簡文帝、元帝、蕭統、沈約、任昉、陶弘景、何遜、徐陵、庾信等〔一七〕集二十七家，皆近代〔一八〕輯本，罣漏羼越，絶無罕見之篇。今此纂録，得三千四百九十五家〔一九〕，家一二篇至十餘卷不等。其文分類編次，曰賦、曰騒、曰制、曰誥、曰詔、曰勅、曰璽書、曰下書、曰賜書、曰册、曰策命、曰策問、曰令、曰教、曰誓、曰盟文、曰對策、曰對詔、曰章、曰表、曰封事、曰疏、曰上書、曰上言、曰奏、曰議、曰駁、曰檄、曰移、曰符、曰牒、曰判、曰啟、曰牋、曰奏記、曰書、曰答、曰對問、曰設論、曰論、曰難、曰釋難、曰考、曰辨、曰説、曰七、曰記、曰序、曰頌、曰贊、曰連珠、曰箴、曰銘、曰誡、曰傳、曰敘傳、曰别傳、曰誄、曰哀册、曰哀辭、曰墓誌銘、曰碑、曰靈表、曰行狀、曰弔文、曰祭文、曰祝文、曰題後以及雜著之文、曰約、曰券、曰莂。〔二〇〕其僭逆如王莽、桓玄等，則先表疏，後詔令，變例以别之。

一、是編于四部爲總集，亦爲别集，與經、史、子三部必分界限，然界限有定而無定。詔、令、書、檄、天文、地里〔二一〕、五行、食貨、刑法之文出于《書》，騷賦韻語出于《詩》，禮議出于《禮》，紀、傳出于《春秋》。百家九流，皆六經餘潤。故四部别派而同源，故《文選》爲總集，而收《尚書序》、《毛詩序》、《春秋左氏傳序》、《史論》、《史述贊》、《典論·論文》，《文苑英華》、《唐文粹》亦如此。是經、史、子三部闌入集部，在所不嫌。《全唐文》不載晋、梁、陳、北齊、周、隋史論贊，又不載《帝範》、《元子》、《仲蒙》、《續孟》、《素履》、《兼明》、《化書》等子書，以諸史、子見存，今遵其例而推廣之，以定界限。凡經傳不録，録經傳中所載之誓、告〔二二〕、箴、銘等文。録佚經，而佚《詩》屬詩，不録。石鼓亦屬詩，不録。録金石刻辭，而《岣嶁碑》字難識，不録。《史記》、《兩漢》、《三國》、《宋》、《齊》、《後魏》及《漢紀》、《後漢紀》、《華陽國志》之論贊全本見存，不録。録其總序及撰進表。録佚史之論贊、評述〔二三〕，而佚史之紀傳不録。方志不録。子書見存者不録，録佚子書及佚文。〔二四〕

一、文有煩簡、完闕、雅俗，或寫刻承訛，或唐宋已前依託，畢登無所去取。

一、詔、令、書、疏、奏、議、碑、版等文，皆按年月日爲先後。年月未詳，列于各類之末。屈騷見存，不録，録宋玉、賈誼等〔二五〕之擬騷。又面勅、面對未登簡牘者不録。然史家語例，頗未畫一，如《魏志》張既、王基千里陳事不云書啟，《漢書》莽詔半作『莽曰』，《史記》文、景、武詔作『上曰』。若此之類，皆入録。

一、詔、令、書、檄有可考具草人者，編入譔人集中。〔二七〕

賦、頌、箴、銘等文〔二六〕，依唐人類書分門爲先後。

一、詔、令、表、疏、奏、議等題目，皆望文追題〔二八〕，或舊有題，便〔二九〕仍其舊。至《文苑英華》等題或繁冗〔三〇〕，偶亦删改。

一、唐已前舊集體例不與今同，如揚雄上書諫勿許單于朝，《御覽》八百十一引《雄集》曰『單于上書願朝，哀帝以問公卿。公卿以虛費府帑，可且勿許。單于使辭去，未發，雄上書諫』云云，所以識其緣起也。末又引《雄集》曰『書奏天子，召還匈奴使者[三一]，復報單于書而許之。賜雄黄金十斤』，所以竟其事也。諸引舊集，此類甚多，今皆[三二]纂録。

一、宋、齊、梁、陳、隋文多完篇，後漢[三三]、三國、晋文散見群書者，各自删節。往往有文同此篇，從數處采獲，合而訂之，得成完篇，亦有終不成完篇者。[三四]張溥《百三家集》所載魏晋諸賦亦如此，而《賦彙》遂[三五]據爲定本。今遵此例，刺取引見之文以補闕校訛，至乃義不貫通[三六]，則爲散條，附當篇之末，一語兩語亦無棄遺。[三七]

一、是編三千四百餘家，皆爲之小傳，里系察舉，遷除封拜，贈謚著述，略具始末。或其人不見于史傳，則參考群書，略著爵里。如又不得，則云爵里未詳，或併不知當何帝之時，則列每代之末。至胡安道等，不得朝代，但知在唐已前耳。昔河間獻王得古文先秦舊書，先秦猶言秦，『先』謂未焚書之前。今仿先秦之目[三八]，别爲《先唐文》一卷，列全書之末。

校勘記

〔一〕心矩齋校本無『之』字。

〔二〕心矩齋校本同，《全上古三代六朝文》王毓藻光緒刻本（以下簡稱『王刻本』）『詞』作『辭』。

〔三〕心矩齋校本同，王刻本『三千四百九十五人』作『三千四百九十七人』。
〔四〕心矩齋校本同，王刻本『亡散』作『散亡』。
〔五〕心矩齋校本同，王刻本『二百五人』作『二百六人』，且無册數。以下均無册數，不贅出校。
〔六〕心矩齋校本同，王刻本『八十六人』作『八十四人』。
〔七〕心矩齋校本同，王刻本『六十人』作『六十一人』。
〔八〕心矩齋校本同，王刻本於此後作『原缺』。
〔九〕心矩齋校本同，王刻本『逾七八年』作『肆力七八年』。
〔一〇〕心矩齋校本同，王刻本『寸許者』作『一寸者』。
〔一一〕心矩齋校本同，王刻本『注明』前有一『皆』字。
〔一二〕心矩齋校本同，王刻本改『皆』爲『備細』。
〔一三〕心矩齋校本同，王刻本『後周』作『周』。
〔一四〕心矩齋校本同，王刻本『文景』作『景文』。
〔一五〕自『其後代佐命功臣卒于前代者』至『今皆畫一』句，心矩齋校本同。王刻本句序及措辭有所不同，作『舊史無定例，或兩載，今宜畫一。其後代佐命卒于前代者歸前代，如周瑜、荀彧、魯肅、關羽、吕蒙列漢末，劉穆之列晋末，皆以卒年爲斷』。
〔一六〕『《謝脁集》宋時尚存，僅刻其詩，不刻其文』句，心矩齋校本同。王刻本無此句，而作『余無存者』。
〔一七〕心矩齋校本同，王刻本無『等』。
〔一八〕心矩齋校本同，王刻本『近代』作『明人』。

〔一九〕心矩齋校本同，王刻本『三千四百九十五家』作『三千六百二十五家』。

〔二〇〕自『曰論、曰難』至『曰券、曰笧』句，心矩齋校本同。王刻本則略有差異，作：『曰設、曰難、曰釋難、曰辨、曰考、曰七、曰記、曰序、曰頌、曰贊、曰連珠、曰箴、曰銘、曰誡、曰傳、曰敘傳、曰别傳、曰約、曰券、曰誄、曰哀册、曰哀辭、曰墓誌銘、曰碑、曰靈表、曰行狀、曰弔文、曰祭文、曰祝文、曰後題、曰雜著』。

〔二一〕心矩齋校本同，王刻本『地里』作『地理』。

〔二二〕心矩齋校本同，王刻本『告』作『誥』。

〔二三〕『録其總序及撰進表，録佚史之論贊、評述』句，心矩齋校本同，王刻本作『録史序、史評，録佚史之論贊』。

〔二四〕『録佚子書及佚文』句，心矩齋校本同，王刻本作『録佚文及佚子書』。

〔二五〕心矩齋校本同，王刻本『等』作『以下』。

〔二六〕心矩齋校本同，王刻本無『等文』二字。

〔二七〕心矩齋校本同，王刻本此句『可考』後有『某人』二字，『編入』作『歸入』。

〔二八〕『皆望文追題』句，心矩齋校本同，王刻本作『半皆因文追題』。

〔二九〕心矩齋校本同，王刻本『便』作『即』。

〔三〇〕『至《文苑英華》等題或繁冗』句，心矩齋校本同，王刻本作『至《文苑英華》題或未安』。

〔三一〕『書奏天子，召還匈奴使者』句，心矩齋校本同，王刻本無『書奏』二字，斷句作『天子召還匈奴使者』。

〔三二〕心矩齋校本同，王刻本『皆』作『并』。

〔三三〕心矩齋校本同，王刻本『後漢』作『東漢』。

〔三四〕『得成完篇，亦有終不成完篇者』，心矩齋校本同，王刻本『得』作『可』，無『亦有終不成完篇者』句。

〔三五〕心矩齋校本同，王刻本『遂』作『即』。

〔三六〕『今遵此例，刺取引見之文以補闕校訛，至乃義不貫通』句，心矩齋校本同，王刻本作『謹遵此例，刺取引見之文以校訛補闕。至乃碎錦殘圭，義不連貫』。

〔三七〕『一語、兩語，亦無棄遺』句，心矩齋校本同，王刻本作『片言單辭，未敢遺棄』。

〔三八〕自『至胡安道等』至『今仿先秦之目』諸句，心矩齋校本同，王刻本作『至胡安道二十許人，引見並不知朝代，但知爲唐以前耳』。

司馬長卿集敘

《司馬長卿集》，《隋志》、《唐志》皆二卷。〔一〕今世所見有明汪士賢、吕兆禧二本，蓋從《史記》、《漢書》、《文選》、《古文苑》新輯者。又有張溥本，增多《答盛擥問》、《報卓文君書》，餘同汪、吕。按，《長卿集》魏晉時早有散亡，隋、唐之二卷當是六朝重輯，其多出於今本者僅僅耳，何以明之？《漢志》：《長卿賦》二十九篇。今存《子虚》、《上林》、《哀秦二世》、《大人》、《長門》、《美人》六賦。徧索群書，惟得《魏都賦》張載注引《梨賦》一句。《北堂書鈔》引《魚葅賦》有題無文，餘二十一賦莫考。其諸體軼篇遺句絕無引見者，足證隋、唐本非魏晉以前舊集。如謂不然，二十九賦加雜文并《遺平陵侯書》、《與五公子相難》、《草木書》，不當四、五卷乎？今彙聚群書所載，重加編次，仍爲二卷。《凡將篇》專行，久亡，僅存五事，亦附集末。校讎牞定，而爲之敘録曰：

《三百篇》後，屈原爲詞賦之宗，宋玉亞之。長卿之與宋玉，在伯仲之間。揚子雲云：『如孔氏之門用賦也，相如入室。』此爲定論。集雖殘剩，二千年内邈焉寡儔。然而長卿不徒以詞賦見，後世鮮有知之者。《蜀志》秦宓與王商書云：『蜀本無學士，文翁遣相如東受七經，還教吏民，於是蜀學比於齊、魯。故《地里志》曰：「文翁倡其教，相如爲之師。」漢家得士，盛於其世。』如宓此言，蜀地經師，長卿爲鼻祖，而《史》、《漢》敘儒林授受，不一及之，以詞賦揜其名耳。古之振奇人，文章必從經出，故援《蜀志》以發其端。

嘉慶戊辰歲除夕前三日，嚴可均謹敘。

校勘記

〔一〕劉咸炘於此欄天頭批曰：『彼時無集名，當稱《司馬長卿賦》。』

重編揚子雲集敘

《揚子雲集》〔一〕，《隋志》、《唐志》皆五卷，亡于唐末。宋譚愈輯得四十餘篇，爲三卷，或作五卷，余未見之。明萬曆中，鄭璞補輯爲六卷，即四庫所收也。余又重編爲四卷，凡六十一篇，卷視隋唐差少，篇視鄭璞增多。拾遺訂誤，皆注明出處，以便覆查，疑者闕之。《漢志》著録賦十二篇，今得《蜀都》、《甘泉》、《河東》、《羽獵》、《長楊》、《覈靈》、《太玄》、《逐貧》、《酒》、《反騷》十篇。其《廣騷》、《畔牢愁》僅見篇名，似即《反騷》之子目。據許氏《説文》引《解嘲》『響若氏隤』，謂之『賦』，則視《漢志》亡其一篇。《後漢·胡廣傳》稱『《十二州箴》、《二十五官箴》，其九篇亡闕』。今除《初學記》之《潤州箴》、《御覽》之《河南尹箴》誤入不録外，得整篇二十八，如《後漢》原數。又五篇有闕文，四篇亡，知所謂亡闕者，有亡有闕，非九篇俱亡之謂。《蜀都賦》爲集中鉅製，校讎再四，從順良難。《連珠》及《琴清英》皆不全，《覈靈賦》、《與桓譚書》、《爲益州刺史作節度》，章段畸零，犆存崖略，將欲復隋唐本之舊，斷斷不能。視鄭璞本，則後來者居上矣。繕寫而爲之敘録曰：

自古言儒術者，曰孟、荀，曰荀、揚，而桓譚、陸績推揚爲聖人，未免過當，要是荀子後第一人。宋儒以《劇秦美新》爲詬病，大書『莽大夫』。《春秋》責備賢者，於世教有功，固非鮮淺。然而革除之際，實難言之。漢承秦，賈生《過秦》，千古名論。新承漢，子雲不劇漢而劇秦，有微詞焉，亦非苟作。後儒學問文章曾不及子雲千一，其於仕莽，悲其遇焉可也。

嘉慶戊辰歲除夕前一日，嚴可均謹敘。

校勘記

〔一〕劉咸炘於此欄天頭批曰：『彼時無集名，《七略》系箴、賦各爲書，宜仍分題。』

重編蔡中郎集敘

漢魏六朝文集傳于今世者，多近代新輯。其舊本僅嵇康、阮籍、陸雲、陶潛、鮑照、江淹六家，《蔡邕集》則舊本殘闕，北宋增補，前明又屢增補者也。按，《隋志》十二卷，梁有二十卷、録一卷，舊新《唐志》、《通志略》二十卷，《崇文總目》五卷，《書録解題》、《通考》、《宋志》十卷，《郡齋讀書志》亦十卷，云九十篇，已上本皆不存。天聖中歐静序本十卷，六十四篇。其中有王肅《宗廟頌》、魏武帝《祠橋太尉文》、失名《劉鎮南碑》，皆誤入。明初小板九行本十卷、外傳一卷，及錫山活字本、蘭雪堂活字别本，即歐静本也。删《宗廟頌》、《祠橋太尉文》，增補六篇，凡六十九篇。俞汝成增補《獨斷》，復據《藝文類聚》、《初學記》增補爲九十二篇。其中有班固《東巡頌》、傅毅《琴賦》皆誤入，汪士賢删《獨斷》，餘同俞本。張溥復删補爲百二十四篇。搜羅尚未賅備，又失落《楊賜第一碑》，而《劉鎮南碑》各本皆未删。按，《後漢》本傳所著詩、賦、碑、誄、銘、讚、連珠、箴、弔、論、議、《獨斷》、《勸學》、《釋誨》、《敘樂》、《大訓》疑作《女訓》、《篆勢》、祝文、章、表、書、記凡百四篇，是晋宋古本《獨斷》在集中，《隋志》無《獨斷》入集，故不載。《續漢・禮儀志上》注有《車駕上原陵記》，《隸釋》有《陳球碑》、《劉寬後碑》，皆鉅篇。《北堂書鈔》、《文選》注、《御覽》徵引短篇章段，爲張溥所罣漏者甚多。

今統鈔六朝、唐、宋各書所載，以校勘明刻本，正其譌誤，補其闕遺，得百四十六篇。重加編次爲十四卷、録一卷，卷數少于梁、唐，篇數溢于本傳。皆注明出處，以便覆覈。其注稱本集者，明初小板本也，本集有而各書未引見者二十五篇，或當是舊本，其中或雜以他人之文，既無顯據，宜仍其舊。張溥本有《琴贊》，俟考出處。《説郛》載《月令問答》、《明堂月令》、《月令篇名》，皆《月令章句》之文，其書久亡，明刻本入集，今亦附集末。東漢學問文章，首推班、張、崔、蔡，實則蔡在崔上。蔡之《月令章句》，《靈紀》、《十意》、四十二列傳不存，集雖存而殘闕不全，收聚散亡，尚見古本崖略。蔡文不盡此，而盡於此。

道光庚寅歲六月十日，嚴可均謹第録。

周鐵瓢詩稿敘

嘉慶癸酉歲初夏，凌樸齋員外同年邀游何山南麓之雲巢，至則周山人在焉。明日同謁孫太初墓，小集歸雲庵。後六年，余復謁太初墓，而山人先四年死，葬庵之南偏。葬後二年，余友楊秋室死，葬庵之東偏，皆距太初墓數百步。秋室名鳳苞，交余四十年。通經博學，詩似竹垞，其七言歌行沈鬱頓挫，髣髴空同。而山人亦能詩，于是太初爲不孤矣。山人名農，藏鐵瓢二，人稱周鐵瓢，死時以其一殉葬，一歸其友王二樵。二樵名獻，吴興之藏古磚最富者也，亦能詩。

謀刻山人稿，屬余審定。余讀之再過，用丹筆圈出百五十許首，皆格致清空，如斷磵流泉，疎花獨笑。其尤朴老者，五言如《落葉》云：『野徑無人跡，長天一雁鳴。』《紅橋夜泛》云：『天下三分月，揚州第幾橋？』七言如《訓於松坪》云：『游絲忽墮壞闌曲，柳絮亂堆枯硯池。』絶句如《得老母書》云：『書中屬付無他語，兒早歸來勝得官。』《看牡丹》云：『闌干閑煞無人倚，誰肯來看未放時。』後世有目者，當知之矣。

己卯夏六月，嚴可均敘於驥林里之僦廬。

楊秋室詩録敘

嘉慶廿四年，烏程嚴可均録其亡友楊傅九之遺詩，而敘之曰：

吴興之作者衆矣。沈休文《宋書》、姚思廉《陳書》，十七史中有其二焉。由唐而宋而元，則徐元固《初學記》、孟東野、沈下賢、釋皎然、牟巘、趙子昂詩文全集具存。而沈作喆《寓簡》、葉少藴《嵒下放言》、胡元任《漁隱叢話》，亦略資考證。明則朱文寧《史概》、董遐周《廣博物志》、鄭侯升詩集，其尤也。國初已來，爲經史諸子之學者數十家，詩文千餘家，而胡朏明《禹貢錐指》、鄭芷畦《行水金鑑》、沈東甫《新舊唐書合鈔》及徐方虎、沈操堂、我家石樵、海珊等詩集爲最著。要而言之，足爲休文繼起者，曾不數數見。大率淺陋空踈，守兔園新册，拾宋人殘唾，以自附作者之林。仿架局以爲文，調弄『秋雨』、『秋風』、『微雲』、『澹月』、『凉露』、『晚烟』、

『寒鴉』、『疎柳』數十字以爲詩。于是乎家家有集，人人著書。書易成而必不傳，而亦往往幸而傳。就中有人焉，沈酣四部，罄畢生精力而書未必成，成又未必傳，然而不佞之意在此不在彼。

夫立言所以明道，道非空譚性命之謂。其謂倫常之教，古今政治得失、成敗安危之大，其精賾而散布在兵農、禮樂、刑法、天文、地理、名物、象數、草木、鳥獸、蟲魚，〔一〕故必讀書數萬卷，網羅散失，參考異同，以求真是。然尚猶得一二而遺十百，業逾進，心逾虛，自愧無當于古之作者也。甚矣，學問之道，難言之也。

不佞有志而未逮，三四十年矣。足跡半天下，同時樸學之士識面多矣。其同鄉同志者，丁小雅爲《大戴禮》之學，姚秋農爲《説文》之學，施非熊爲《金史》之學，楊傅九爲《明史》之學。〔二〕四子者，于學無所不窺，而各有專業，用力久且勤，而小雅、傅九書未成先死，爲可惜也。小雅有子，能讀父書。傅九無子，死後書散亡，尤可惜也。

傅九之高弟子陳抱之收拾遺稿，僅得詩百數十首，屬爲審定。夫傅九之可傳者，不必詩。詩稿舊有千二百餘首，而僅得此，又可惜也。傅九之詩，初斆義山，後服膺竹垞，晚年略仿樊榭，大較多隸事，尚詞華，其光黝然，未絢朝采。獨七言歌行沈雄激盪，大放厥詞。如《范忠宣公祠》、《貫休羅漢》、《梁將軍畫蘭》諸作，實兼空同、竹垞之長，即詩而傅九亦可傳矣，不佞爲傅九惜而又爲之慰也。迺釐正譌字，芟十三首，增八十首，定五言古詩五十五首、七言古詩三十二首、五言律詩三十二首、長律三首、七言律詩五首、五言絶句三首、七言絶句百七首，凡二百三十七首。分爲三卷，題曰《秋室詩録》，付抱之寫刻焉。〔三〕傳九名鳳苞，秋室其自號也，歸安廪生。居烏程之南潯，許周爲作小傳。

校勘記

〔一〕劉咸炘於此欄天頭批曰：『漢學家常談。』

〔二〕心矩齋校本於此後有小注：『戴望敬案：小雅先生著有《大戴禮記繹》，非熊先生著有《金史詳校》，傳先生著有《南畺佚史跋》十二篇。』

〔三〕心矩齋校本於此後有小注：『戴望按：向見周禮翁先生處所編《秋室先生集》凡二十卷，蓋其手定本也。』

卷七　文類五

陳燦若傳

陳肇英，字燦若，初名煐，烏程之舊館人。父棨，字敬心，有隱德。燦若弱冠爲歸安學生，萬曆戊午舉人，崇禎辛未進士。除應天教授，遷國子博士，歷兵部主事、南職方郎中。出知撫州府，搏擊豪强，無所避。擢按察使僉事，備兵九江。當左帥失機，游兵莫制，燦若申嚴禁令，無敢譁于境上者。流賊内偪，明社將墟，泫然曰：『事竟至此！』乃自號止宜。甲申正月，乞終養歸。未幾國變，而左帥移駐九江矣。江右祀名宦。著有《韻府披寶》、《南樞奏議》、《嗇治堂集》，俱未鏤版，今亡。

嚴可均曰：余家距舊館五里，公之孫女，余外王母也。幼時屢從往嗇治堂，見破書堆有《李長吉集》，是余族巔軨子手批者，乞得之。後卅年，子姓播遷零落，而第宅屬他人矣。君子之澤，五世而斬，爲之太息。

嚴廣輿傳

嚴御風，字廣輿，號泠然，初名有容，歸安人。祖軒，貢生，延慶衛教授。父自省，萬曆壬午舉人，中書舍人。廣輿博涉群書，通達時務。崇禎初，舉賢良，除溧陽丞，以卓異第一遷池州判。歷福州同知，汀州、漳州知府，所至百廢具舉。擢按察使僉事，備兵江右。丁憂歸。鼎革後，徵不出。順治六年卒，年六十五。廣輿世居雙林，雙林之嚴與石冢同源。石冢，我鳳林分派也。廣輿，明季循吏，其舉主即石冢琢如副使。琢如與廣輿故兄弟行，内舉不避親，亦猶行古之道焉。琢如子三求稱廣輿古文雄高自恣，今隻字不傳。

亡兄馥臺得摺扇面，有《東塔寺》、《朱買臣墓詩》二首，末題『萬曆癸卯，嚴有容』，蓋弱冠時作。其詩曰：『翁子二千載，長眠秀水隈。鴛央新故侶，騏驥短長才。寺偪碑仍窄，墳傾土大培。紛紛游冶女，爭上漢臣臺。』又云：『嚴助同佳傳，緇流守冢人。猶憐禾地草，曾帶會稽春。石冷行吟夢，花殷去婦塵。自從成雁塔，不復臥騏驎。』詩有風致，可入《湖州詩録》再續，故附記于此。

朱致一傳

朱用純，字致一，號柏廬，崑山人，居通闤橋東。父集璜，字以發，崇禎貢生。鼎革時，助王佐才守城。城潰，投東禪寺後河死，乾隆丙申入忠義祠。用純性端方，不苟言笑。崇禎末，蘇州府學生，痛父死國難，隱居教授以養母，弟子著録者數百人。康熙己未舉詞科，不就。賦《朱布衣詩》以見志，卒年七十二，私謚孝定。著有《困衡録》，萬七千言。儒家者流，異乎道學家語録。其最傳者《治家格言》，江淮以南皆縣之壁，稱《朱子家訓》，蓋尊之若考亭焉。

全紹衣傳

全祖望，字紹衣，號謝山，小字阿補，鄞人。年十四，補諸生，始謁學宫。至名宦鄉賢祠，見謝太僕三賓、張提督杰木主，曰：『此反覆賣主賊。』捶之不碎，投頖池。雍正七年，充選貢入都。上書禮部侍郎方苞論《喪禮或問》，侍郎異之，由是聲稱藉甚。十年，舉進士不第。工部侍郎李紱見其行卷，曰：『深寧、東發後一人也。』十二年，詔開鴻博大科，膺薦者二百餘人集都下，祖望譽最高。徐相國屢招致之，不往，遂深嫉之。乾隆元年，成進士，改庶吉士。十月，大科朝試，相國以祖望故，特奏凡經保薦而已成進士入詞林者，不必再與鴻博之試。祖望負氣爲《五六天地之中合賦》，擬進卷二首，抉《漢志》、《唐志》之微，出與試諸人右，當事者益嫉之。明年，散館列下等外補。祖望性伉直，不能容物。先嘗患齒痛，妻張因事相規，笑曰：『此雌黄人物之報也。』卒不改，至於放黜。既南歸，丁外内艱。服除，不復謁選。

性好聚書，弱冠時登范氏天一閣、謝氏天賜閣、陳氏雲在樓，遇希有之本，輒借鈔。入都，鈔書不輟。坐是困乏，以行篋書二萬卷質於黄監倉，然猶就《永樂大典》取所欲見而不可得者。鈔書不輟。家分例爲五，一經、二史、三志乘、四氏族、五文集，簽鈔之。及放歸，重登天一閣，借鈔不輟。家益貧，饔飧或不給，冬衣袷衣，唯韓江馬氏稍賙濟之。主講蕺山書院，不數月，與紹守不協，固辭歸。後主講端溪書院，年餘以病歸。乾隆二十年卒，年五十一。子昭德，年十三，先五月卒。議立後而本支無其人，乃立疏族孫孫桐爲孫。盡鬻所藏書萬餘卷於盧姓，得白金二百，爲喪葬費。孫桐纔七歲，後亦不達。

祖望經學、史學、詩文，雅擅衆長，生平服膺黄宗羲。宗羲著述甚多，其最傳者《南雷文定》，于殘明碧血刻意表章。祖望踵南雷之後，亦刻意表章，詳盡而核實，可當續史。其七校《水經注》，半在趙一清本中。《困學紀聞三箋》，嘉慶初屠繼序得本，梓于廣，再梓于浙。學政阮芸臺得《經史問答》，史夢蛟得手定本《鮚埼亭集》，竝梓于浙。外集、詩集，亦漸次梓行。

余觀古今宿學有文章者，未必本經術；通經術者，未必具史裁。服、鄭之與遷、固，各自溝澮，步趨其一，足千古矣。祖望殆兼之，致難得也。當事者不善護持，至使終身放廢。人既阨之，天亦阨之。然而不朽著述，久必發揚，仕不公卿，何關輕重？自祖望歿後，至今五十餘年，其遺書出而盛行，知不知皆奉爲浙學之冠。故爲之傳，俟史臣之述文苑者采焉。

沈屺望傳

沈祖惠，字屺望，號虹舟，烏程之馬要人，明工部侍郎節甫來孫。父在莪，贅吴江平望李氏。祖惠生浹月而母李卒，育于外王父母，仍爲外氏贅壻。外氏無嗣，因冒李姓。年十九爲嘉興縣學生，尋食餼。雍正己酉拔貢，乾隆壬申春領解第一，其秋會試第二。歸班，改復沈姓，除江西高安縣知縣，充己卯同考官。卒年六十八。祖惠殫精帖括，弱冠有聲，屢困場屋。年卅四游陝甘學政幕中，始鋭意詞章，爲《西征賦》，兩年乃成。其序曰：

函夏都會十有七，而秦地半天下。漢唐建鼎全盛，文學充於有位。誇宅京之藻麗，競人神之瓌富。揚光飛文，鏗鏘百代矣。折以夏周，文字至簡要，而雍州所轄，山則西傾、朱圉、鳥鼠、太華、終南、惇物、三危、合黎、熊耳、岷、嶓、岍、岐、荆，而鎮吴嶽；水則漆、沮、灃、汭、涇、渭、河、洛、江、漢、黑、弱，而澤藪弦蒲。所謂包地絡陰陽，挈神州綱領，宜其被六合，成帝畿。天下有變，長驅荆豫。天下無事，鞭策戎羌。秦并六國，制東面之權也。周逐玁狁，漢擊匈奴，隋唐致呼韓、突厥，後病吐蕃、回紇，憂在三邊也。以余所見，詎待天山瀚海？即階文、臨鞏、榆關之間，雜虜出入，好人而怒獸，蜂屯蟻聚，至不可爬梳。則欲毛舉大概，以揚搉漢京，鋪陳邊塞，情繁理富，靡所置喙。

僕東鄙人也，所見不過婁淞苕霅，煙蓑雨笠，時相往還。嘗一驅馳涿鹿，仰睇神京。

歸裝敦迫，金臺燕市之旁謌詠僅矣。頃隨使節，周歷全秦。時交河王侍郎蘭生師督學雍凉，邀助閱卷。兩年以來，東盡商洛，南達漢中，北抵上郡，西薄燉煌。縱横萬有餘里，所至得考其圖籍、山經、地志、神書、怪牒。起邃皇幽昧，逮歷代將相、侯王、人物，網羅印證，頗廣見聞。顧鋪敘則事涉於鈔胥，剖析亦技窮於隸首。惟是東西郡邑交會之往來，跋山踰河、鞍馬行理之委頓，與所歷邊方險塞碁置星羅、蠻女羌童形詭音別，及夫艸木萎落、風雲變態，春秋兩易，牽於情思實多。昔張、左十年作賦，屏人事而廑得之，故遜覽眩聞，洪纖畢舉。僕才謝雕蟲，構思促急。略仿潘岳《西征》，竊傚詩人誌行役之義。非所親覿，不以摭羅。其陳蹟鬱湮，而滄桑寥霩，感今古之茫茫，爲臨風而凭弔也。

其辭曰：

粤維癸丑孟春，正月初吉。營室纏辰，太簇中律。土脈始和，寒風餘栗。乍椒槃以頌花，促斑衣之離膝。師命有程，浩焉西征。將翦井鬼之分野，控雍梁以帶縈。起東海而略虞淵，薄蜀庸而窮朔漠。暘昧幽明，所歷孔博。際聖清之一統，横宇宙以覽廓。

丹陽水會，句曲行彭。橋聯姊妹，城枕鳳皇。環鍾山之矗矗，開白門之堂堂。尋莫愁之冶麗，入建康以高驤。明祖作都，樹國再世，乃輟而弗康。然猶肅留守者三百禩，薦孝陵者十五王。與燕都而對峙，拱宇内之金湯。凌中流兮發櫂，汎大江兮揚舲。雲日沃盥，天水空青。參差山郭，隱約津亭。迺隮危城，登峭閣，登江浦城樓。銀濤指鐵甕以瀉奔，采石望江陵而岞崿。艫鷁齊飛，檣烏遠掠。竦㷭轡，馳短轅。言邁東葛，過東葛城。凌厲中原。漸莽蒼而異色，澹蕭颯之墟邨。輕陰犍犢，落日鷄豚，則有豐山清媚，滁水潺湲。夕陽好鳥兮賓客闌，小閣幽梅兮風流暎。醉翁亭有老梅，相傳爲歐陽文忠手植。猛將鈐甲於東門，守祧具禮於天慶。天慶觀，宋藏藝祖衣冠。清流嶄巖，首扼雄關。關踞山頂，三面壁削，宋祖破李景兵於關下。一夫當險，萬夫莫扳。緬殿前之點檢，此咤喈而拔山。繁纓藻飾，袍袖朱殷。渡珠龍橋，攀磨盤山。層岡疊嶂，劖削巉屼。已跨鳳而路闢，尚環滁以勢攢。相先民於殷夏，赫高皇之龍翔。朱旗起淮右，群雄殄八方。致治齊乎唐宋，發迹竝乎高光。何燕王之靖難，志剥喪乎元良。彼末葉之黨錮，職詒謀之不臧。南都淫樂，終始興亡。積皇覺之古寺，追豐沛於疇曩。明祖受命，以皇覺寺爲龍興寺。

淮水湯湯，隰原膴膴。憑軾西蒙蒙城縣，結絅城父。義門集，春秋時楚太子建所居。桐亳交衢，吴楚錯語。弭鹿邑縣，入中州。黄輿豁其廖霩，八極回乎寸眸。自陳至許，四望坦平，道多列樹。太皞始居此地，閼父封於有周。秣馬乎魏都，税駕乎許濠。武安雄烈，義動奸操。古橋逶迤，遺像飄蕭。絢藻廡壁，飛舞旌旄。許州八里橋有關壯繆廟，甚焕麗。歷新鄭，觀郟鄏。遠帶嵩邙，近回瀍穀。跨伊洛以迎暘，前澗洧而宅卜。既溥既長，連蜷結束。無平不頗，突兀軒矗。宜陽以西無坦道。川原阸於虢郇，繚戾通乎韓趙。絶岸嶔崎而剥缺，隆山敦窣而緜杳。析城太行，縈青未了。朝發軔於永寧縣，夕余駕乎澠池縣。偉英藺之進缶，不東瑟之偏嗤。頸血欲灑，白刃靡辭。威夷峻阪，峥嶸古馗。輦轂緜接，人馬饑疲。磁鍾地名即次，曲殽是轃。近高天以穴處，升屋翼而鉏芸。如螽辥其羽，似蟻藩其軍。磁鍾窑房最著，每依高陵爲之，街衢巷陌皆具，種作牧放，往來如蟻。循曲阿以鬱磐，紛轇轕其偪窄。衰軫壘經而授戈，傕汜鏖兵而流赤。陟陝郛陝州，當塞阸。周召所分，東西是劃。指懷義地名之荒屯，慨曲沃之兆逆。禍衍椒聊，君如碁奕。知天道之好還，開三晋以分磔。靈寶縣之墟，桃林之驛。國繫亡虞，城顔通號。二字刻城門。貪賂而賣厥鄰，不臘而虢已迫。姬欲昌乎武胙，疆大啟以戎索。閿鄉縣重險，函谷阻深。天路壁削，地道晝陰。封一丸之泥，斷六國之襟。踦𨇤低仰以赴軌，巃嵸岸峉以噤音。倦迫路之長驅，終白日以無見。元鼎故關，弘農古縣。漢元鼎三年，徙函谷關於新安，以故關爲弘農縣。戾園則湖地廛存，今閿鄉。鱣堂則高陵已變。楊震書堂，有遺址。俄焉粉堞聳霄，戍樓迎睍，潼關城堞皆依萬仞之山。峰偃蹇以支樘，濤喧豗其奔箭。在深峽中，萬峰屹蔽，早聞河聲如吼。霅然中斷，乾旋坤轉。壯百二之宏圖，闢潼關之四扇。其關也，建瓶韓魏，括囊齊魯，扶舉兩戒，鎖鑰三輔。十二連城，禁溝門户。守潼關者，禁溝最爲要地，古設十二連城於禁溝之西，由南郊以抵山麓，每三里一城，聯絡呼應，疾若風雨。自哥舒慟哭，組練生虜。羽騎填塹，横尸膏土。黄巢襲以偏師，闖逆登於再鼓。俱從禁坑陷關。失險由然，明鑒具古。載遵廣路，始蹈秦郊。荂實枎疏，艸木漸苞。沃野千里，都會四交。

爾其華陰紛翠，鉅嶽舒蓮。抗仙掌以高擢，東峰下仙掌形，自縣望之，五指分明。眇玉女之孤騫。東峰左襟下爲玉女峰。削成四面，直上五千。其帝少暤，其祀金天。伊姚柴望，億祀禋虔。增飾崇麗，流蘇華旃。青龍蚴蟉，舞鳳嫙娟。纚屬輦道，宛委楯軒。斧扆設，虡業縣。鯨鐘鼉鼓，軯訇殷闐。穹碑漢代，虯樹周年。西嶽廟在華山右，壯麗如岱廟。北宋時有漢碑三，其延熹八年碑，前明尚存，今僅見舊拓本。若六朝以來石刻，不計其數。有古樹，撫之有古香，俗稱青牛老樹，方志云老子出關時手植。雨師警蹕，風伯施鞭。揚蜺旌而曳雲旗，駕玉虯而驂紫軿。殿壁畫嶽神出游，鳳輦法駕，羽蓋霓旌之屬。飽瘵興於終古，悼山河之幾遷。疇瓜剖而豆裂，疇虎趠而豕傎。當鎬池驗山鬼之璧，正蓬萊斷徐市之船。傷夫貴賤一丘，賢愚同敝。神醫之幽冢長昏，清河之英風久逝。華陀、王猛二墓俱在華陰。古廟紀公，紀信。忠高裂眦。爽長樂之酬勛，無帶礪以錫誓。若夫臟謝瓊鋪，籬荒草薙。挹白雲之霪霸，面翠岑而起第。柳子鎮西，爲郭汾陽故第。蘭錡鑾儀，笙歌女侍。當垣井之摧積，尚池塘之精麗。繾綣汾陽，流連百世。彼樊重與王根，誰顧瞻而雪涕？更有希夷橋畔，先生墜驢處。子美谿西。杜謫華州司功，題爲《小曲江》者。斜陽芳樹，春風馬蹏。亭堠修敕，金碧招提。距華而南，遵渭之涘。灃涇來同，漆沮爰止。眇覯天吴，噓縮八水。

爾其麥隴鋪菜，東皋雊雉。鄭白二渠交流，山川遹美。望雨決春渠，成雲破臘梠。淵華玉澈，揚沸靈湫。温泉，在驪山下，屬臨潼，旁有華清宮遺址。排霜吐旭，去毒吞肮。浴之療百疾。樂動朝元之閣，遺址在驪山頂。花明羯鼓之樓。荆原貨幣，荆原，即三原。因縣似荆山，故名。流泉積丘。邃簷清宇，豐貂煖裘。亦西都之近縣，分五陵之貴游。弔喪國之遺社，觀九原於咸陽。咸陽郊外，皆漢唐諸陵。苔纏碧獸，風慘白楊。盜珠襦及玉匣，任樵蘇與牧羊。悲侯王而將相，竟螻蟻之同藏。青燐衰草，深春野棠。撫松楸之豐蔚，獨蒼姬世德之緜長。文、武、成、康諸陵在郊西。經降王之軹道，心懷古以恍惚。秦兵銷以六王，楚火緜以三月。未冷焚書之坑，已災阿房之闕。繡嶺明珠，芳塵亦歇。

爾其驪山左峙，終南右開。山亘千里。道新平縣，逢馬嵬驛。當夫霓裳舞散，鼙鼓聲催。延秋夜出，親犯塵灰。奮六軍之咆勃，追傾城以自裁。含白傅之長恨，竭西崑之豔才。若乃孟堅良史，伏波宏傑。雄盲腐而自豪，聽笳鼓以中熱。墟墓過而哀生，素心仰而神結。班固墓在武功縣西三十里，馬援墓在扶風縣西十里。覽彼朝陽，高岡岐野。岐山縣西十里，有鳳鳴岡。瞻太白以入雲，在郿縣。覯遺亭於作者。鳳翔府城東北，有東坡喜雨亭。涕泗拾遺，流離戎馬。戀行在以褱回，竚園陵之埽灑。邈然開元，誰歟傾廈？騷屑北征，憂傷變雅。憑威鳳兮荒臺，城外有鳳女臺遺址。問槖泉兮故瓦。兆後嗣之坑儒，殉三良於地下。弔遺墓而果然，淚潸潸其盈把。穆公墓、三良冢，在今試院旁。遡奉天今乾州於建中唐德宗年號，危鑾輿之逼寇。奸隸孽臣，亂本誰究？雖奮太尉之忠，已辱天王之狩。不籲衆以矢言，知國是之益謬。古翰坊，陸宣公草詔所。梁山州城西北五里磅礴，勢薄蒼穹。建石城以文錦，豔離宮於祖龍。始皇建織錦城其上。飛閣神行，莫我能蹤。望見李斯車騎，即此。爾其金皀女主，銀鴈唐宗。乾陵在焉。述聖德之照燿，上有述聖碑，武后御製。象紫極之巍崇。不朱脣而日角，革大命而熾豐。

爾迺自栒栩今同官縣以斜分，徑彭衙今白水縣以遠胯。穿茅葩則噎噎其陰，造幽險則濛濛欲雨。崇岡巀嵲，翠壁環彎。劒厓人絶，急磵流潺。聽哭泉嶺名，下有泉。而盩夫垂涕，上金鎖關名，四面奇巖插天，中通一線，稀少人跡。而壯士摧顔。躡跡半天而目眩，思鄉一夜而頭頒。橋山大觀，中都城外二里，黄帝橋陵在焉。精靈會聚。繼皇之三，首帝之五。惟子姓之繩繩，歷姚姒子姬，更姓改物而同祖。劚嶰竹以龢聲，擒蚩尤而膏斧。衣裳既垂，陰陽攸序。攀龍馭於鼎湖，陵極高，有碑刻，黄帝葬衣冠處。希閬風於漢武。陵前爲漢武帝仙臺。桂館飛廉，金莖玄圃。攢立叢駢，合抱千樹。芝房螽菌揚其梢，玉膏流根成其琥。享殿前柏可數十抱，前朝枝忽生蓮，其痕猶在。半死半生，熊僵兕怒。

若夫絶壑深以走霆，纖徑起而逞詭。心戒別營，目禁旁矢。各魚貫而牽衽，聊銜足以安趾。倏輕身而突過，暫寬心以發喜。時轟轟兮地之底，又班班兮雲之際。突觸石以輪摧，如涉川而尾曳。由中部達洛川，路尤幽險。亦復奔濤界漲，暴水膩湖。浮川靡楫，佩腰奚瓠。鳩淵客以濡首，舁方几而成桴。馳波跳沫，亂點輕皀。時鄜河暴漲，舁人以桌僅得渡。摩圭山，眺上郡今延安府，裒包山右而爲鄰，中隔黄流以相聞。去聲。延安距晉省，僅隔大河。則有屍毘之巖在府城外，清涼之岡。洞天福地，露井銀牀。窮諸天之殊相，各尊嚴而寶裝。屍毘巖洞中，鑿石佛不計其數。竦朱峰以冠日，颯巖突以迎霜。極修路之眄睞，紛懷古而慨慷。自從五季淩遲，餘氛未盪。經蓺皇之埽除，終武功之不暢。吳越來同，燕雲淪喪。契丹策馬南馳，西夏拔營東向。金繒竭於賂夷，財賦縻於括餉。烏延兵氣，林巒瀰漲。徒勞韓范於戎行，久辱大臣於虎韔。感《東山》與《采薇》，賦相思亭名而惻愴。司馬光感征戍之苦，題詩於亭。復有九龍韓母，載育蘄王。韓世忠故里，在綏州城外，其母墓在九龍山。戲槊年少，臥虎簷廊。世忠微時，嘗戲槊二郎山。又嘗倦臥簷下，成黑虎，其夫人梁氏知是祥徵，乃許嫁焉。冠中興之名將，終西湖以放浪。當秦吳之異域，悲故國之滄桑。世忠謝兵柄，自號清涼居士。清涼，延安山名，蓋傷故鄉之淪於異域也。

若夫扶蘇大冢，蒙恬古塋。竝在綏德州城。亘白虹之隱見，吐忠孝之光精。二冢對峙，時起白虹。圁水之湍沙飄忽，即無定河。雕陰漢縣名，在雕山之陰，六國時爲魏西河地。之戍馬嘶鳴。城東四十里，古屯戍處。照天邊寒月之骨，動山東思婦之情。過豺狼之故穴，由綏而北，即米脂縣。痛勝國之虺虵。銀川驛奮臂，赤縣弛維。如朽索之馭馬，竟分崩而爽師。李自成一馬夫，因裁驛站，饑荒無所得食，遂以亡明。因憶明祖垂訓，自今驛卒必以糧富丁多者充之，有司務加存恤。蓋有以知亂本矣。履榆塞，跨雄陲。控弦鐵騎，積粟精粢。成化九年，都御史余子俊相度形勢，東至清水紫城，西至寧夏花馬池，築邊墻二千里，增置營堡，創榆林衛，移綏德重兵鎮於此，自是綏乃安枕。闖逆之亂，闔城殉節。本朝休養生息，榆鎮復雄，近已改府。輦賮輸貨，充肆溢逵。昔有名臣，是度是咨。畫沙聚米，式固藩籬。則有太虛閣外，在府城中街。凱鼓樓頭。在城北門，迥臨大漠，明武宗西巡登此樓。沙因驚而自響，塞不風而已秋。望邊堠之隱隱，橫地脈之悠悠。原夫河流灝瀚，滌蕩戎華。徑橫城而出塞，絶大漠以入葭。錯落郡縣，控制犬牙。河自西而東，由寧夏橫城折而北爲出套；北折而東，復折而南，由黃浦川入葭州界爲入套。紆回二千餘里，環抱河南之地，謂之河套。漢朔方郡縣，繡錯其中。自昔策衛套中，直跨河朔。東勝有城，受降是築。登陴一望，平沙極目。我失險而撤藩，彼渡河而南牧。鏡得失之所由，攬前事如發覆。明初即唐東受降城故地，營東勝，跨河北以衛套中。我登城一望，則平沙莽莽，無林阻。百十里而遥，匹馬、一人不能隱。彼輒望城引去，遠居漠北，河限之而套爲内地。彼候河冰，乃乘間入犯。我防秋冬，而春夏得力田套中，修城守。雖遼東、宣大、寧夏、甘肅、莊浪頻茹其毒，而延慶無患。迨東勝不守，外險既失，彼始渡河無所忌。而鎮兵駐綏德，往來策應，苦不及，故余子俊創榆林衛。然東勝終不復，法久後翫，邊墻積薄，而乩加斯蘭、火篩等寇固原，剽宣大。楊一清總制三邊，始復申搜套、復東勝議。與曾銑議，俱梗不行。返陂陀之鄙畤，遵巖谷之圻堮。廢剎荒殘，貞觀黝堊。虯髯動户牖，毛髮森褱鄂。柏林山下，太宗曾次兵焉。寺壁猶繪有畫像。

若其澗流淺滴，石被寒葩。日月會於龍猇，役車息其勞譁。野户除山以發燒，村農落架以斷瓜。祀舉迎貓，節近於貉。洵慶壤早寒，而民俗可樂。慶陽僻處萬山中，不窋之所竄也。尋古部今長武之隘巷，陟豳國今邠州之巘巒。冰梨冬孰，萎葉霜丹。飛帛灑雪，細眼流涓。推皇過之徑度，極瑣細以疏觀。煙霄拱極，昭陵九嵏。山名，在醴泉縣北五十里。跍酋雅跽而交趾，龍媒刻琢以方瞳。陵上刻番酋形，琢六駿像，以旌武功。凌煙佐命，兆域陪從。功臣密戚，各賜塋地陪葬。闞五雲於松柏，想文皇之劍弓。京兆今西安府指車，青門長安東門整轡。金墉顯敞，重關閟邃。列隧分衢，循方按位。諠譁則哤聒宇宙，蹶塵則埃壒天地。故帝京絢駱篇，西都美班思。凝碧太液，昆明曲江。建章清籞，神明璧璫。鐫鉅麗於金石，綴簾幙以琳琅。他如杜韋之曲，鄭韓之莊，譬百丈之喬木，表千年之故邦。況復由來天府，自古帝闉。銅駝金狄，氣象鬱蒼。壯柱下之遺文，觀石刻於歷代。俗稱碑洞。上掩峋嶁，旁羅騶岱。共梯險而縋深，乃森列乎璧水雝宮之内。明皇御注《孝經》、文宗太和石經及《五經文字》、《九經字樣》，與秦繹山刻石等，俱在碑洞。其諸寶刻煸璘，貞珉瓌麗。營迦寺以凋殘，天聖詔營浮圖，姜遵毁漢唐碑，堅好者以充甎甓。縣尉不可，乃止。修灞橋而捆載。時韓鎮督工急，民磨碑石以應之。詎游藝之精英，來造物之妬害。玉漿仙井，悟真曲巖，栖以玄都之神，餐以青精之屑。輞峪環流，雙厓嶫嶭。藍田縣南八里，有輞峪河。乍掩映以虛無，錯天光之明滅。豁然開朗，芳草紛纈。三里區初入甚險，過此別開林壑。雞犬蕃滋，桑麻修絜。漁樵耕牧，生理饒溢。何曆日以知年，驗榮枯之更迭。其中良田果園，男女衣裳，往來種作，不異外人。但洞門深邃，邈與世絶。所謂輞川也。飛雲山鹿苑寺，右丞故廬。欹湖孟城之勝，木蘭文杏之株。虵蟠鬥栱，艸没荒除。忽猿啼而虎嘯，亦眇眇其愁余。

若夫人上七盤，坡名，上此則入萬峰中，爲藍山。馬疲百曲。放眼秦川，塵界自踞。潰渭注豐，不盈一掬。翔陽逸駭於其阿，積皚紛凝於其麓。搏壁立之翠屏，湧濃蛾以黛緑。珠瀑冰凉，琮琤絲竹。藍橋在藍山下神境，雲英嫁時。倚瓊崖以微睇，託碧波以通辭。則有洞留丹竈，碧天洞，韓湘修真處，其深五六十里。草長雲芝。膏分玄液，葉挺華滋。靈谿一濯，疏瀹心脾。發鸞鵠之清歊，陋塵寰之喧卑。秦嶺層顛，昌黎廟阼。自牧護鎮而上爲嶺絶頂，昌黎廟在焉。虎狼接跡，有碑刻《示姪孫湘詩》，蓋貶潮陽時經此。階鬥麏鼯，庭羅狐兔。木魅山鬼，昏見晨赴。候風雨以嘯嘷，亂雲山之韶濩。

爾其蕭蕭寒木，下葉空枝。落落長松，干霄蔽嶺。潛虯咽聲，幽巖豁境。隼起猿啼，風日清警。悄空谷以無人，列茅簷之獨冷。朱實垂垂，因凋辭梗。果核富餱糧，霜柿繁紅杏。大商原一路，山深林密，果核不論錢。燕碥燕子碥壁聳，麻磵澗名潭深。近商州城十里，山形石色奇絶，漢初四皓隱處。拔地厓巘，入天蔚藍。則有當年綺皓，不屑華簪，恥漢之罵，避秦之䖸。入龍樓而婉娩，終鴻翼之高參。餐紫芝兮髓緑，落松子於手談。王越有《四皓圍棋歌》。

爾其金鳳山丹流丹水，龍峰龍山娥壁峰。穴藏三品之金，商州産金及砞砂。宋熙寧中，以所産微薄，詔罷貢金。甙飛五色之翟。緑熊玄豹，焚林乃逸。考兹土茫茫，緜邃皇古。歷倉頡蟲書，陽虛山石刻二十八字，相傳爲倉頡書。高辛玄鳦。契所封也。巖關通赤帝之軍，東即武關。六百墮嬴秦之術。即商於地。分界江河，長流不竭。秦嶺西水入河，東水入江。熊耳北水入河，南水入江。青池山南水入江，東水入河。東溪太白之居，南塘處士之室。許渾、温庭筠各有詩。靡不結猿鹿爲群，錮煙霞成疾。迺有熊耳山縮尖，鷄冠山戢翎。簣嶢二關凝素，商洛滅陘。時商山道中大雪。踐層冰於滑石，振短策而竛竮。吟肩聳矚，奇賞通靈。似群仙之驂鶴，張玉笏於天庭。瘦馬長嘶，藍關尚擁。百折嶺名蟠坳，亂石坡名臃腫。攀危磴與飛梁，縋懸厓而身攫。極夫彤雲殺氣，積日不開。銀花亂撒，玉屑霏來。我馬瘏而警策，我僕痡以詆唉。紅衫青笠，木末山隈。

爾其藪澤清華，淥波澹遠。阜葭菼與川禽，獻鼉鼊及鰷鰋。實惟上林，漢家故苑。在渭南城外。當夫離宮别館，羅乎丹淵。翠葉紫莖，揚乎碧巘。拖橈旜，飛玉幰。格貔貅，控大宛。闟脰絶臆，投刃觸圈。發豝殪兕，利獸蹶踠。受禽較獲，樂以忘返。吞雲夢不蔕芥，頫孟諸若蜓蝘。至於香山詩叟，衹賸殘碑。渭城東十里，白樂天故宅。樗里秦墳，尤傷荒劫。樗里疾墓，在上林苑。盱平疇之廣衍，屈少華山之岌嶪。惟周室之咸林，母弟封而開業。今華州，爲古鄭。爰有行宫即今試館，陰陽所洽。迹戒崇侈，制從卑狹。我皇祖西幸乎華封，實作師而韎韐。則有集賢相里裴晋公第，鄭縣古亭。見杜詩，今杜基是。仙娥駕降，郭子儀未遇時，道逢織女下降。王子丹成。王聖遇仙於符禺之山，及抵家，已數世。今太仙廟是。纖鱗持於龍户，長安有豢龍户，懿皇朝龍池中走失兩條，於東都魏王池中覓得，取歸。道經華州，刺史李訥以爲妄，驗之，則二小瓶貯二小魚。其人鑿穴尺許，注水穴中，取魚投入。尾觸穴，四隅隨陷，水亦暴漲，穴闊數尺，亟收之。紺塔瘞其鳳腥。在鳳居山。開元中，鳳逐二龍至此，龍化清泉二道，鳳憤而死。僧以石函其骨，瘞之山巔，壘石爲塔以覆之。晋將斬蛟於赤水，赤水上源有周某故居，土人相傳謂義興周處嘗斬蛟於此，其水遂赤。秦官豐祀於殽阬。殽阬君，即王翦之神，華人祀之。莊留王宿，州東北二十里，有王宿莊，相傳太子宜臼廢，奔宿於此。城告武平。鄭西武平城，武王以告太平者。

爾乃渡渭濱洛，斥鹵揚沙。即沙苑。水流沃以漬壤，草含涷而豐芽。種繁汗血，地稱渥洼。王有虎臣，攻駒簡花。分馳角北，顧影驕誇。權奇緑縹，則天閑駃騠；連錢夾鏡，則邊鄙騊駼。硍磂聳突，塠阜谽谺。嘆乘黄之一去，空犇逸夫麋麚。土峽磊崎，長城廢址。自洛水抵同州，見長城故址，戰國時魏所築以禦秦者。距虎穴而我虞，喪七百其焉恃？所喪之築，始於趙之陰山、燕之襄平、魏之濱洛，而秦獨蒙惡聲。若夫臨晋今朝邑晨渡，罌缶夜錞。自夏陽至關平，曠百里。大河易渡，漢祖往來關中，經此。七國謀反，亦從此入。又即韓信虜魏豹處。周文造舟而自洽今郃陽，武皇東狩以横汾。由夏陽芝川而渡。長春柳暗，宇文護築，隋文置殿以瞰河、華、洛、渭。白樓句芬。令狐楚有《白樓賦》，元稹詩『煙入白樓沙苑暮』。石室鍾西河之澤，郃陽飛浮山有子夏三石室，今入於河。龍門雄司馬之文。維昔二儀蹂厝，元炁昆侖。山河磔裂，簸盪未安。帝乃命巨靈持鼇之極，執絃之端。蹠掌屭贔，天地以官。猶復沈淤壅閼，未批導夫髀髖。鯀九載而弗績，禹隨山以鑿刊。遂乃轟雷飛霹，屑雨奔湍。直下九幽破，激空貝闕寒。龍門山屬韓城，大禹所鑿，斧迹猶存。河流自山直下千仞，濺沫如雨，濤聲若雷，地皆震撼。積冰夜合而平陡，春雷微動以波瀾。禹門、冰橋每歲大雪時合，驚蟄始開。

爾乃尋漢南之樂國，出古道之陳倉今寶鷄。五原五丈原隊仗，磻谿玉璜。石鼓岐陽之狩，鳴雞霸氣之張。益門鎮名，自此始入棧。天險，離雍割梁。棧雲紛白練，雞岫澁羊腸。横當隴漢，旁距氐羌。陰陰濕霧，冥冥紫梯。象虹霓之回帶，鳴春江之流澌。經九折以蹤滅，繞千峰而意迷。中原盡邸閣，一線通蜀圻。經清風關、長橋、草凉驛，隨峰旋轉，徑若螺紋。架木填土，車馬行空。竟日至邸閣，峰益陡，爲秦蜀咽喉。鳳嶺臨鳳縣城岹嶢，稠嶶結構。徑駛騃兮無鉤援，絶磴路兮如縣溜。雷車雲隱，馬寸人豆。過廢丘，發南星。俱棧中驛。翠蹊深窈，碧磵清泠。籦籠篠簜，布濩娉婷。柴關嶺名直上，猛石蹲踞。水隔深林而怒號，徑穿怪木以危度。騰清猿於遠梢，嚬子規而迷處。雨趨留壩，以留侯得名。濤急烏欄。江名，在棧閣下。虎頭嶕豎，怪石臨江，狀似虎頭，故俗名虎頭關。爪鐵牙銅。臨崖飲磵，人出没乎其中。馬鞌崴㟴，馬鞍山，棧中最險之路，突高突下如馬鞍者二十四，俱臨萬仞之谿。纖路龍鍾。若鼓若鼎，非羆非熊。大鵬天半兮垂翅翼，桂江春水兮露鰅鱅。佝僂佗傺，倔彊碚礨。挹驚瀑，披翠茸。縋幽壑，摩高穹。磵石銜齧而險怪，如鼓之大小錯列而聲磬。伊昔漢王南下，淮陰北馳，寒谿夜漲，相國輕追。幸樊橋之未立，蓋炎劉其已危。武關五十里，至馬道馹。其河發西山峽中，東流合褒水，古名寒谿。昔韓信亡漢至此，水漲，不得渡，故蕭何追及之。後樊噲於此建橋，亦名樊河。碥號閻王，今改名觀音。勢威掣電。揚巨斧以層層，削高峰於面面。鬱開闢之骯髒，蹴龍象以搏戰。劈石湫開，燃犀靈見。大筆蟠蛟螭，神功經鍛鍊。玆險懸其猶然，疊嶂矧其未鏟。碥極奇險，壁立萬仞，湫臨千丈，幾無著足。賈中丞煅石闢路，崖刻宋荔裳《棧道平歌》，而經之猶覺魂悸。鷄關磍磜，鳥道巃嵸。七盤山，即蜀道之登天者，絶頂爲鷄頭關。聳冠礙日，張翮排風。吁嚱蜀道，芒昧蠶叢。捫參井以脅息，闖閶闔而蹦踵。絶頂開豁，褒斜遂窮。積日聾瞶，始覩太空。褒斜道至此，凡六日。

爾其周原衍沃，禾黍油芃。引鄖襄之大艑，跨秦蜀之岵巃。當夫秦鹿共逐，楚猴最雄。都彭城以分裂，王諸將如沙蟲。隆準見偪，燒棧莫通。奮三秦之一戰，即殽函而是宮。踰古褒褒城縣，入南鄭縣。士馬精嫺，財力雄盛。赤符故亘，久不一姓。想鴻門之舞劍，危刀俎之待命。雖鬱鬱其居此，正養鋭以蓄勁。磊落王氣，蒼茫將壇。淮陰所登壇，在今副將署。蹲獅猊於魏闕，漢宮大石獅在西門。同鐵馬而不汗平聲。

爾乃芳郊繡錯，漢水波瀰。雕搴始卸，畫槳徐飛。自漢中至興安，循江東下。正惠風而春禊，近上巳以澄暉。煌煌扈扈，紅燃碧漪。黼頸綺翼，汀洲振衣。結佩思要乎游女，凌波微步乎宓妃。躡蹀容與，焉知是非？若夫亂石江心，餖飣錯置。過隘驚灘，穿峽成字。洋縣南二十里，入江峽。平流則澹霌溶滴，當疊則瀨湃突奰。俄頃静觀，風波頓異。環珠入險，渭門是次。峽下黄金，奔瀧愕眙。環珠廟至渭門三四十里，爲黄金峽，萬嶂插霄，船從半天而下。

委鯨浪以簸揚，騎仄壁以牽縋。倏焉飛索中摧，輕篙遠刺。齊鉤弩以發機，眇浮波而騰駟。

爾其長林挂壁以拂舟，怪樹橫江而接翠。彌夏晱與冬蒨，富名材而如積。取麋鹿而何嫌，浮芻蕘以不忌。遠壁青深，近峰紫至。欹艫側楫，不帆而駛。自漢抵興安江，行千二百里，凡六日。順流下數十灘。興安之州，舊穴城狐。明末遭寇害甚酷。殺戮盡鷄狗，餘生半嬰孤。休養百載，元氣始蘇。臨楚天之雄秀，州界連鄖縣。下漢川之舳艫。刀劍佩於牛犢，兵弩雜於畚鉏。軍民錯列，以靖萑蒲。引襄樊之利，則黄白通於夏口；販川蜀之粟，則粳稻溢於東吴。蔽江流以鵜鶘，森軍容於火荼。興安武備甚肅。川觀既鋪，邑趣在陸。沿漢江以上下，徑岡巒之重複。時則細草成茵，青藤結屋。舒葉解苞，含英飛馥。羅生陵阜，不辨何族。峭深林，緜邃谷。聳萬緑以參雲，露天光之蹝踻。右壁左江，出其腰腹。經馬嶺之高塘，劈長空以橫幅。馬嶺塘，在山半腰，極高險，界屬石泉。乍弦直以伶仃，竟紆徐而往復。孤根走瓊崖，千章翳綺旭。悉索山城，茅檐五六。可耕將百畝，引泉蓺半菽。游鯤鰤於寸波，亦涵淹而卵育。石泉城，不滿數十户，在萬山中得田方廣數百畝，餘皆頑石，不可耕也。其山泉紆道經流，僅資灌溉。則有奇巖超越，望極天霁。關曰饒風，嶺摩絶頂。關在萬山之頂，宋吴玠守此，有帥府遺址。想黄柑之遺敵，同攝飲以暇整。仰攻俛礮，六移晷景。吴玠拒金事。南指滇黔之道，北瞻子午之頸。七日長安，厥路猶迥。其口則仙楹天造，雲氣金銀；其中則危索通崖，風雷窈冥。恐山靈之我訶，聊目送而心騁。子午谷口有峰，陡出如盤，猿猱莫上。頂有八仙廟，若憑虛構造者，遠望基址，土石可辨。其簷楹墻壁，異草纏結，四時黯發，仰觀若錦，亦神境也。若夫晨敷夕秀，吐葩含房。薜荔蕙若，薇蕪蓀萇，靈藥盧跗所料，異草神農是嘗。遥村罨藹，路入金洋即洋縣。雨肥翠麥，蛙閣方塘。祈蠶則嬖娑壋，洋俗，春游壋壩，取石之穿者，以絲項之，則宜蠶。占穀則量測沙倉。石泉縣，臨江有石窟，其沙深淺主洋縣秋收之上下，名洋縣倉。猶有望雲待月，霜筠露香。亭開菡萏，谷滿篔簹。容刺史之搗灑，妙玉局之琳琅。蘇軾有《洋州三十詠》。我瞻城固縣，踧踧周行。饒富甲漢南之郡，豪侈駐游客之繮。渡黑龍江而黄沙驛，經孤雲山與雨角山。女郎山木，風颯颯以展旗；寧羌有張魯城、女郎祠，相傳爲其女。丙穴嘉魚，沫喁喁而受稍。寧羌州大丙山之腰有二洞，離地二丈，左出黄魚，右出黑魚。四時以分、至爲出没，洞口設罾罟，入中者取之。洞下鑿長渠，躍入者捕之。奕奕定軍山，其道有倬。山在沔縣東關外，武侯墓在焉。離墓二里，爲祠堂。檜柏祠堂，雨風樌槬。石琴絃指，元音古邈。彈《梁甫》之吟，鐫章武之朔。琴堂藏石琴，上刻『章武元年』。崒嵂佳城，豐碑古柱。鬱鬱冬青，哀哀杜宇。嘔血而事猶辛，籌筆而豪欲腐。英雄灑淚於山隅，遺民私祭於沔滸。沔人遇寒食，群拜埽武侯墓道。八陣雄奇，神明擁扈。水急壯波濤，月黑聞軍鼓。陣圖在山下，每陰雨則聞擊鼓聲。峽出金牛，山聯嶓冢。漢水所出。洞峪嵓崖以巇巇，瀑泉歕薄而瀵涌。攀崖涉深，蹟險齊總。横豁馬刱而石高，逢迎壘隸而雲滃。闢路無先，自我鑿空。上聲。自入略陽界，石路險惡，行百二十里入城。嶺介僰道與嶍峨，江走嘉陵而巴蜀。略陽城西，關截江而渡，江源近出百里内，下通巴峽，爲嘉陵江。牽修纜以蝡蜒，逆奔流以淫鬻。天迴雲昏，征畲戒夙。陰翳豁開，林巒净浴。長條蓊鬱於孤峰，豐梢幽藹於磵隩。列嶂眉齊，危碥竦獨。繚水郭與山家，各鉤連以蠶簇。照燿華爛，呈幽發伏。白馬之關，陰平之道。階州路，即古陰平，鄧艾由此入蜀。鐔河冥漲，鐔家河在關山嶺下。狂瀾欲倒。登韋壩以高睨，上五郎坪名而幽討。石壁欹以飲河，峽角騰而刺昊。夤緣眇路以熹微，起伏秋豪而旋繞。危輿髮繫，犇蹏石擣。凌太石山，瞰犀牛江。縣車束馬，窮險覰幽。前趾受以後頂，目力周於四游。連山破碎，纂組雲浮。斷厓杵臼，曲徑鉤軥。山精颯沓，銛利戈矛。距冰壑以弱棧，界危道以勁流。坂坻錯繆，谿谷紛糾。變化寒暑，乖隔華酉。原夫兹邦用武，舊餘戰血。典午則鄧艾師潛，鄧，鄧橋。艾同子忠入蜀時所建。建炎則吴璘力竭。米倉山，吴璘屯糧處。故壘猶存。壘殘荒草之煙，橋載古車之轍。其貢花木，文山所産。厥産紫泥。出紫泥山，漢封璽書用之。散關霄躋，在階城東二百里。秦稱四塞，此居一。玉壘雲齊。在文縣，入蜀要路。

爾其羌髳殊種，息喙亂穴。海圖拆波濤，舊繡移曲折。山外爲狗，西番時入城，買雜色故衣，裂而被體，以爲華飾。文身被髮以自鉗，鑿齒雕題而相悦。僻野階文，山乘槱榻。秦鞏南界，乃安我輻。由鞏之西和入秦川界，始出險。汧渭來，巖岫縮，則有祁山遺堵，山前原隰開廣，爲武侯屯兵處。街亭敗鏃。故壘滅景於驕陽，武侯軍壘，每六月六日四面無影。悲風銜恨於馬課。鹽官鎮名涌井，天産是煎。鎮最饒溢，有鹽井，方廣丈許，居人煮此爲業。沾溉六縣，一井爲六縣分轄。衣食百廛。彼孳貨其有幾，已煙雲之相連。天水故郡今秦州，嬴氏開先。嚚述據以騰躍，苻姚尋以戈鋋。爾其鐵堂古峽，姜維所居。雲下良田。隴西有耕天村，其田曰雲下田。雷峰酒孰，雷牛，成紀人，煉丹雷王山，至今有古槐精，出類酒。松花果鮮。棃品最佳者。玉鐘匪琢，玉鐘峽有石韞玉成鐘形，玉已竊去，鐘形猶嵌於峽。寶佛何玄。禮縣柏林寺有癩僧，攜黑犬來赴齋，衆僧惡之。一日僧犬俱死，用火化之，湧玉佛一尊。當夫開兩大，肇三綱。龍圖授義，綵石煉皇。伏羲卦臺在城外，女媧氏生於成紀。苞符早洩於成紀，乃光被乎虞唐。地臨下辨，烽接邊牆。馬思戰鬥，士盡慨慷。猿臂將軍，鬱青霞之意氣；李廣墓在城外山上，墓旁有祠，頗能禍福其土。蛾眉少婦，晦高臺之流黃。晋竇滔里在城内。

若乃指隴山兮大小坂，望吴嶽兮十七峰。即隴山也。川落魚龍而動彩，川出小隴山，有五色魚。月經晦朔以恒融。隴關時有月，光輝無缺，雖晦朔亦然。蘱行人以魂動，聽流水之聲淙。載脂爾轄，言瞻我旟。山寒麥短，微風扇虛。伏羌縣洵美，其樂只且。圃草繁乎林藪，穀土滿於新畬。凭高頫瞰，負郭對閭。何室家維億，應牧人多魚。若夫蔡琰無家，舊廬宛在。在伏羌西。入胡既穹帳衾寒，歸漢亦烏雲鬌改。傷青冢之長霾，此九死其猶未悔。窮岷嶓於上邽，墊江在洮州衛南境，出西傾山，過階入文，至漢中會嘉陵。岷江，出岷州岷峨山，過階入文，至四川昭化會嘉陵。二源皆犖屬，嶓冢在秦州，所出水爲西漢。至禮名長道，至成名鐔家河，至階名犀牛江，入漢中、略陽，合嘉陵。嘉陵江源出漢中鳳縣大散關，自兩當而徽縣而略陽，合西漢水，又匯墊江，入岷江，爲四瀆第一。親朱圉山之華蓋洞名。丹青赭堊，燦若編貝。目清渭之始流，甫濫觴而未汰。渭經朱圉之麓，其流甚細。

爾其接汧隴，界岷洮。雪山壓頂，江源洩尻。印《水經》與《括地》，細繭絲而牛毛。鞏爲江、漢、漳、渭之經始。牢落首陽之峻，首陽山，在渭源縣東。渭有三源，合流至縣南，入隴西，經伏羌，抵秦州。歷邽山之陰，至社樹坪。出石門，經鳳翔、寶雞，中間會納衆流，東西千九百里，乃會灃、涇，過漆、沮以入河。岧嶤鳥鼠之高。山有鳥名鵌，有鼠名鼵。二物共穴，鳥在外，鼠在内。各自生育，不相侵害，故名鳥鼠同穴。乃有崆峒山弭節，西傾山入望。熙河則王韶發難，枹罕今河州則充國屯糧。翁仲巨人所彈壓，始皇以守臨洮。暴秦蒙氏所披猖也。秦築長城，起自臨洮。地通佛藏，俗事胡僧。三觀九寺，充奉祇林。洮中佛寺甚多，俱喇嘛僧住持。髫兒戲馬，番女剪燈。接霜垣之舊署，多勝國之越吟。試館爲明察院署，題詠甚多。亦復拊髀壯猛，戛響哀沈。嘖絶塞干戈之氣，寫孤臣危苦之心。嶽麓山清峙，超然書院名，椒山先生貶狄道時講學處。崚嶒會遠勢於眼底，試朱闌之一凭。忠愍敢諫，鄒張代興。椒山祠以鄒應龍、張萬紀、王竑、段堅配，爲『洮陽四先生』。同龍場之遠竄，高門風於李膺。

爾其惡藏堡名，與番爲界。西窮，洮流北抱。日白沙黄，天荒地老。甘雨流根，萬物回槁。摩雲嶺鬱葱，風土光藻。屹矣皋蘭山，富雄京鎬。山環拱州城，延袤二十餘里，其下可耕可守，遂成蘭州巨鎮。昔嫖姚之破虜，此喋血而霑草。霍去病鏖戰匈奴於山下。遂乃梯航直接，幽荒迅埽。來渠搜之織皮，賤淮徐之纖縞。刀布質劑，通泉溢竇。崇墉濬洫，襟帶山河。城西門臨大河。潁洞霆鬥，自天洩波。河下東北達寧夏，其上溯昆侖，探星宿，不知幾千里。元世祖遣都實窮之，云源在土番朵甘思西鄙。泉百餘泓，或潦水沮洳散涣，方可七八十里。泥溺不勝人跡，近觀弗克履。高山下視，燦若日星，以故名火燉腦兒。譯言星宿海也。學士潘昂霄爲之記。浮梁架以跌宕，繩索紛其錯摩。州城外以巨艦數十，聯布水面爲橋，河流浩瀚，隨波動摇。臥成蝃蝀，銜若黿鼉。洪湯數里，安流澹沱。星槎容與，扣舷朗歌。覩周垣之鱗次，闕紫漠以窈窕。披豁沓而北迤，車隱隱其塞杪。逾河即接長城，至沙井堡，更出長城外二十里。沙山連而骨白，羌笛哀以天窅。見黄河之散漫，傷獨立而魂悄。沙井之墟雲漠漠，火燄之山日杲杲。山緜亘數百里，四望焦枯，不生艸木。生意無權輿，百卉就誅薨。俄焉焦土盡，銀流傾。園餘嘉蔭，野富秫秔。近紅城堡三四里，接莊浪河尾，銀濤滚滚，種植蕃滋。引清湍而蓋瓦，激水磑以飛泓。臨渠結屋，中置水磨，隨波激轉。萬物所悦，庶草滋榮。則有番氂童牯，高駝象蹲。平番産橐駝、氂牛。牛愛凍，番人牧放雪山中。睒目尪頸，怒肉突筋。詭狀蹣跚以蹩躠，豐毛綷縩以繽紛。王會以至，百獸逸奔。宵貌笪笞以如意，雪厓馴畜以爲豚。番男、婦俱不衣褌韈，指撝牧放，厥狀睢盱。

爾其鬻花茁兮秋雲高，菜陌黄兮盛夏末。七月初菜花始放，霜又旋至。惟玄冥以司命，疑夏官之常缺。馬牙山霰零，烏梢嶺風刮。羲馭無温，窮陰似鎩。踰古浪縣，入武威縣。渾邪右地，居延北扉。涼州本匈奴渾邪王右地，漢元狩中，霍去病、公孫敖過居延澤，擊敗之，降其衆。天梯山前列，沙河後隨。黯河梁之蘇李，蘇武牧羝處在鎮番。摻執手以淚揮。原夫瓜州裔土，允姓淪湮。燉煌，古瓜州。《春秋傳》允姓之姦，居於瓜州。周衰淪陷，漢武始闢。緊大荒之攸奠，仍疆錯之維畇。故夫三危即敘，流沙入臣。戎兵弗詰，犬羊肆狺。一自犂庭埽穴，疆廓威申。五郡天末，金城、武威、張掖、酒泉、燉煌，爲河西五郡。胡鹵清塵。雖輪臺之詒悔，亦萬世而一辰。

爾其連山對出，華譯分畛。混沙礫以蹖駁，給牛種以遥畚。嵒嵃蹴蹋，轇轕嶙峋。亂水潋汩而尋壑，平沙蕩潏而爲津。自武威以西，田土、沙磧相間，落落古木，散布遥天。又山泉横溢，平地成津。隔塞垣以横脊，列胡騎之雲屯。與蒙古爲限者，祇一垣。牛羊穹帳，一一望見。陰風怒呴，遥山晝氛。恣凭眺乎五涼，接流軫於鸞鳥。今永昌縣。涂容九軌，門建高旐。則有邊草茫茫，墟煙絶少。長天仰以不舒，明月縣而空皎。悲一將之成功，經原野之幾飽。永泉堡至峽口，平原廣野，爲明張勇及其部將王進寶平定諸羌處。駭地輪之激轉，睇陰峰之虧蔽。怪石齶斷，牢關險隘。峽口山勢忽束，仄僅容軌，乃甘肅通衢之最險者。塞堞窮而無所置，壯厥趾於山之陡。過峽始寬，隳地乃走。塞垣緜接，其直如弦，至此陡上高山，數里始復平地。目大道以如弦，落删丹今山丹於馬首。黑河涌前，在甘州城西，千山積雪消融，諸流交灌。弱水經右。即山丹河，有碑刻『大禹導弱水處』。

爾其祁連壁絶，天山鬱嶤。三伏之炎蒸不到，太古之封雪未消。祁連山在肅州南，緜亘千里，漫山皆白。斯則張掖之爲郡也，今爲縣。月氏故國，元魏分徼。入燕支山之翠黛，色如煙脂。貢于闐之玉瑶。國接葱嶺。烏孫旁竄，陽關過土番界，在都鄉河之西。遠招。伊曲流聲於樂府，伊吾，今哈密。花門通回紇射月於秋飆。朱柰夏實，冰瓜野饒。哈密地出美瓜，其大者如斛，小者名回回甜瓜。酒泉燕樂，肅州，故酒泉郡也，泉在城東，極亭沼之勝。鹽池煎熬在鎮夷。蓯蓉茂葉，枸杞豐坳。珊瑚瑪瑙，安榴蒲萄。玉門生入之客，玉門關，在肅州西九百餘里。燉煌今瓜沙遠戍之鑣。莫不望牙旗而神戰，臨瀚海以魂銷。肅土維磽，山泉灌漑。築壩引流，民用得食。赤斤罕東，界連萬國。赤斤，蒙古衛，嘉峪關西二百餘里。罕東左衛，即沙州哈密衛，又在罕東左衛之西。凡西域諸夷入貢者，皆取道哈密。哈密實控制西域，樊衛肅州。他如罕東衛、曲先衛、安定衛、阿端衛，并西番十二族附近西寧衛，歲納茶馬若干匹，皆番夷之内屬者。雜種蔓生，不可殫劾。關隘固孤紅，山名，在肅州北，群番必聚之處。烽堠傳察黑。墩名，亦番族。

爾乃辟合黎之聳翠，合黎山在甘州城西。駕仙隄山丹勝地之彩衢。嵈嶱窔窊，取徑特迂。隸河西而南列，入湟中以境殊。自莊浪岐而南三百餘里，入西寧府，古曰湟中。深崖大塹，窅寥闃閴。尺天寸地，鼇疆析圖。凉、湟二郡，南北相對，而千山隔絶，中雜番夷，聲息不通。厥土赤埴，川澤孔訏。由萬山入百三十里，至大通河。遂通古鄯，後魏爲鄯州。至於樂都。今碾伯縣。凌連雲之巉石，俛駭峽之驚渦。府東三十里爲小峽口，下流西寧河，驚濤拍厓。龍支湟地要害，兩壁嵯峨。漢緣隈以置道，唐設閣以横戈。今廢。怪崑屹距，人立誰何？叱飆驅颶，曰風之婆。小石峽半山有風婆崑，每大風，禱之則息。遂乃抵西平即西寧之鉅麗，凭龍居寨名之詰屈。懸介中華，三邊腥羯。神爵困弊夫先零，趙充國屯田以困之。永嘉淪陷於秃髮。秃髮烏孤。伺間不常，蹈瑕以發。海寇番狪，蠢居碁列。

爾其覆袁山峇峇，隋煬執醜虜之不庭；征吐谷渾時所經。積石山峩峩，唐將觀河源之所出。李靖、侯君集師出鄯州，行空虚之地三千里，過星宿，觀河源焉。紅崖在府城東八十里。翕艴以巇嶕，青海海方九百餘里，一名卑禾，在府西南五百里。渟泓而蕩瀲。日月出没乎昆侖，湟水邈水朝宗於河伯。東南巉嵯，西北湖淒。自河以西，東南轉高，西北轉下。按流峙於方位，與扶輿而反易。固絶徼之俶詭，嗟難得而縷繲。若其三駕莊浪，北荒遠步。由平番出塞，走東北。凍鼓殘旂，真宰乖割，雲山錯迕。惟毳帳之馬牛，無羈靮而來去。寸蔬半菽，近縣徵調。其米菽皆致自百里外。夜參半以斗横，馬悲鳴而達空營屯戍。塞外無居民，墩堡中戍卒數人耳。曙。觸霜晨之慘裂，仰松山之蘢葱。徂徠分秀，挺特隆冬。一洗不毛之恥，獨奮後凋之容。塞外山皆不毛，惟松山翠色連天，松外亦無雜木。迺有豺狼驚竄，狐鼠縱横。土藏淡味，日射霜晶。三眼井一帶，水同鹽汁，而得之甚難，三日程始至長流水。圉無芻而揹秣，隸乏水以空冰。凝同，謂水箭蓋。漲天黄雪，沙之別名。驀地滄溟。過沙山，紫沙似海。飄風疾至，迎沙蹙紋。忽黄流之滚滚，破幽荒之沌渾。下沙坡，黄河環繞入中衛境。遂乃網魴鯉，飛鵁鶄，理篙楫，浮蔆蘅。河決塞垣而東注，人歸紫漠以煙暝。覩中華之氣色，若蓄眼而未曾。入中衛閭門，頓覺水木清華。彼夫河之爲瀆也，害鍾豫徐，利溥寧夏府。千渠所興，百穀用播。自唐漢以規營，代經綸而貼妥。迨荒治於我朝，暘農功而極夥。舉插則銀漲齊來，決口則洪波夜墮。旱澇匪天，蓄縮自我。寧夏郡引河爲利，《史記·河渠書》已言之。由中衛抵府四百餘里，諸流交匯，其最大者，爲唐來、漢延、大清、惠農等渠。每四月開水澆灌，自下而上，官爲封禁。故夫川禽薦鱠鯊，水蟲滋蛤蠃。游鯈戲泳於菰蒲，土澤揚華於蔬蓏。既佃且漁，充而頤朵。浮金波之彩橋，泛澄江之畫舸。水殿罘罳，華楹青瑣。唐、漢兩渠，始自元董文用、郭守敬架橋構宇，遂成奇觀。今大清、惠農二渠，尤極壯麗。綠楊紅柏，經秋阿娜。綺塍繡陌，刻鏤逾麗於江南；珠履彯纓，衣冠欲步乎江左。寧夏有『塞北江南』之名，明徙齊、晉、燕、趙、周、楚之民以實之，而吴、越居多，故文物彬彬盛矣。豔豐鎬與鄠杜，曾何足以侈哆。地鹻土斥，實産名鹽。紅柳池烏白池，厥號微纖。因風而割，有日以炎。非煮海而井出，故味佳而值廉。府南踰河爲鹽、靈二州，其池不一，而烏白池最著。又有花馬、紅柳、鍋底三池。州城南北三十里各有池，其産不多。在三山兒者，曰大鹽池。在故鹽城西北者，曰小鹽池。大抵不勞人力，因風自生，殆天産以資我邊需者。屏賀蘭山在府城西北六十里。之險削，擁朔方之翠嵐。寧夏，古朔方地。思昔曩霄拒命，英物超凡。改文於漢，易民而黔。敢死百萬，袛革觸銛。元昊小字曩霄，李繼遷之裔。世據朔方，以宋寶元元年稱皇帝。其奉表於宋，有曰：『制小番之文字，改大漢之衣冠。』同屈孑之武烈，赫連勃勃字屈孑，以晉義熙十四年僭號于朔方，死謚武烈皇帝。作西宿之白魋。祚十二而始普，已炎宋之將熸。慨夫明葉之中衰也，邊事孔棘，虜塵易揚。冰堅而陸，河泮以航。套中甌脱，臥榻棄旁。嘉靖間，北虜據河套，每鼓流浮河西渡。冬寒冰合，坦若通衢，莫之能遏。降虜無自而食力，坐甲始困於裹糧。兵增費益，調遣頻繁。遂乃蹂躪朝那今平凉，緜延慶環慶陽府環縣。設險而與共，明者以爲患。

爾其投石越距，良家技擊。旌旗掩日，天子上單于之臺；漢武至朔方，臨北河，勒兵十八萬，遣使告單于。成旅提戈，少帝受齋宮之册。肅宗即位靈武，即今靈州。彼雪恥於百王，允神武而無敵。太宗絶婚薛延陀，既而其衆俱請降置吏。上大喜，納之。爲詩曰：『雪恥酬百王，降凶報千古。』勒石於靈州。所以家善穿楊，人思决拾。厲霜剸以斬堅，聽豐原以鳴鏑。跨青驄，騎黄褶，積甲蔽青銅峽之隈，張幟奪蠡山之色。山之蒼翠如染。材官致朱輪，劍客夸白晳。猛士傳觀以六鈞，漁陽受辱於巾幗。則有蘆花卷白，霜鴈驚翰。濱渠口之總匯，遇大波之漩濆。萬馬齊下，銜波不喧。似神龍之繞塞，揚尾頫而屈蟠。截流而亂，休樹解鞍。自渠口渡河而南，河流甚廣，而無濤瀾洶涌之象。其下流，即入套處也。接烏氏之故墟，按義渠之舊壤。自有娍爲昆夷，臣任好而來享。秦昭拓肆其北封，遂邊胡而毦昉。河南爲古義渠、烏戎。秦穆霸時，涇上烏氏皆朝秦，即此。昭王滅之而匈奴興。知先王之馭戎，不究武而用攘。逐太原今原鎮固是而城方，洵籌邊之最上。蕭關北郡，塞界漢疆。白登進衂，安定今爲縣退完。警朔飆之玁獵，薄虜馬之嘽嘽。跳踉鮮卑，蹂躪吐番。塵沙晝掩，烽燧夜燔。息百年之征戰，仍生齒之凋殘。始皇盡河，立河南郡爲塞。漢高白登被圍，與匈奴和，乃徙塞安定，而平凉遂邊匈奴右方。孝武築朔方，始繕蒙恬故跡，然歷代陷復不常。套内數百里間，荒凉同於塞外。創固原州之雄鎮，峻城隍而言言。數紛綸於塊壤，照曩古以若炬。密侵阮以徂共，秦臨湫而詛楚。涇州，商周阮共之地。靈臺，古密國。秦圖楚，爲文詛楚，投朝那湫。過安西之行都，元所置王府。見開城今爲堡之巨礎。空同山問道之宫，在平凉府西二十餘里，山上有宫殿。王母山留觴之渚。即儀山也。山下有大池，即《穆天子傳》之瑶池，亦作淫池。淫，大也。望華尖山其有亭，其下爲華亭縣。盼都盧山而延佇。金佛峽回峰，彈筝峽拂雨。爲川二十而有贏，厥泉數百而可舉。會笄頭山之始波，待屬汭於神禹。金佛、彈筝二峽在瓦亭山東二十里，其水皆入涇。涇水出平凉府城西南七十里笄頭山下，有百泉流爲涇。汭水出華亭縣城東三里，有二源：北源出小隴山馬峽，南源出隴山仙姑峪。東繞涇州，過回山，屬於涇。浩蕩共王之娱游，浸潤西凉之畚插。搏鬐難渠，涇陽渠利最廣，涇州則距源未遠，而介高山，淺狹湍迅。烝徒堪楫。高山山名，爲涇、汭分水之原。覯其發源，豪彘見《山海經》。紀於荒牒。

爾其割安國、耀武之鎮，後唐以二鎮爲平凉縣。騰臨涇、行渭之嚚。漢爲臨涇，唐爲行渭。可藍山小隴山，左絡右包。引邠岐之繡野，即芮鞫之神皋。於鎬京爲賓服，距東洛則荒要。覽犬戎之故版，即今平凉西山後諸縣也。王居鎬京，在千五百里内，故穆王以賓享責之。歎姬室之腥臊。去陰密文王所伐。其伊邇，何我陵之不勞。慨涇原之空署，遠鄭滑而仰漕。唐置涇原節度使，原州已陷，給以鄭滑之賦。蓋兵馬芻牧之繁會，兼雍涼朔并之蕭騷。山高地冷，霜嚴雪儵。在其板屋，同我土窯窑同。羊麥經寒而平補，烏頭不熱於府焦。總兩載之行役，遍秦疆之遰迢。考自車鄰駟驖，厥風騰趠。勢招八州，雄吞邊徼。其民忠信而質實，其俗强武而桀驁。善導則起化鼓鐘，猛驅則同仇慰勞。耕牧致富彊，山林供聚嘯。獷野偪居，攘竊劫剽。間廣谷與大川，更土風之殊調。御輪或雜乎凶裝，秦俗嫁娶往來，白衣冠者甚衆。剺面自同乎夷獠。近邊諸郡，從幼自剺其面。三花、五花，以相誇耀。非栖非弭，載呶載笑。竝探甕以取酤，各截筒而爲釂。燕會則以糟麴團入甕，用湯水漬之。其近滓者爲酒，各將竹筒吸以取飲，以次而徧。嬉竹馬於高簷，混鷄犬以競叫。土房、板房不一，男婦鷄犬通行其上。臨風月之佳辰，轉悲思而痛悼。邊郡凡天中及中秋諸佳節，則望遠悲慟，當起自征戍之家，後遂相沿爲俗耳。因山別燠寒，視水爲肥磽。食懼鮮薧，戒先貪冒。外徼疆事之驛騷，内折姦民之横暴。聖朝安以兼攘，富而後教。陸海溢花馬之鹽，屯田廢丹水之漕。商州丹水，宋以通漕。奚止都都相屬，邑邑相眺？國藉十世之基，家承百年之造。農服乎田疇，士弁乎序校。袍澤堅小戎之心，閭閻諷天子之詔。走萬里不持糧，翦不軌無遺噍。懷乳有哇哇之童，扶杖集番番之髦。簞瓢橐負，則商旅讓於涂；乘堅驅良，則男女避其導。言傳號渙，所至捷風雷；色授意喻，三軍咸舞蹈。兼之天心申其景命，五穀豐於雨暘。窮陰沍寒，雪蛆冰井之結凝，扇之以和氣，天山之雪生蛆，太乙有冰井。童山涸澤，乾溝火谷之焦灼，流之以醴漿。及夫喬嶽拱礪，河宗瀉潢。百靈攸奠，罔不降穰。有感必應，厥類維彰。神人既以和，民物既以昌。聖心猶復，保之若赤，視以如傷。帑金充溢，蠲爾輸將。何生弗遂，奚利不汪？實灌注乎里閈，寧勞頓夫斧斨。是時策妄尚未用命，大軍供億，發帑金億計，未嘗纖豪累民。

若臣者，寓目於玄灞素滻之境，馳驟於炎風朔雪之鄉。聽奇鐘之雄雌，肅州城西北隅救生寺有鐘樓，傳此鐘乃沙州所鑄。有雌有雄，肅州爲雌，沙州沙壅者爲雄。野外軍戍，常聞此鐘。上半月有聲，去沙州。下半月有聲，來肅州。掠神鳥之鸘鷞。觀雲海之疊絮，太白分天嶺觀雲海處，宇宙茫然，雲同疊絮。測葱嶺之混茫。出入戎落，轉側冉駹。親見夫拱手者闓八荒而無閡，饜德者涕橫流而滿眶。已縱游三五之至治，非徒牽思古之回腸。敢笙簧乎六籍，盜先民之秕糠。長侍坐於君子，願雅化之宣颺。

賦既脱稿，并自注合一萬五千六百四十許字。賅洽閎深，上擠潘岳。交河王侍郎蘭生曰：『千餘年來鉅製也。』祖惠意猶欿然，再三更正，不輕示人。

其詩亦各體穩稱，五律尤高渾峭拔，逼真唐音。年四十一而倦游，以帖括授徒鄉里。潛心理學，厭薄詞章。先時稿本棄之敝簏，與竝世名流絶不通聞問，竝世名流亦鮮或偁道之。或曰：意有所懲，深自韜晦也。登第後，爲《四書講義》。自負理學正宗，復不爲時論所重。以故，祖惠畢生無詞章名，亦無理學名。及卒，平望賈人子有獲其賦草者，先君子借觀而善之，鈔存一卷。其高弟子王元文蒐輯遺詩，獲《三秦游草》四卷、《洞庭游草》一卷、《拾存草》一卷、《經進草》一卷，謀付梓，不果。越六十餘年，落破書灘。余獲之，合編爲《虹舟集》九卷。世間無第二本，終亦必亡。欲付梓，非力所及。姑舍詩爲之立傳，而載其賦。傳者，傳也。余文未必傳，即祖惠之賦仍未必傳，枉費紙墨耳。於虖！天之生才不易，人之憐才亦不易，自古而然，詎唯祖惠也哉？

臧和貴別傳

臧和貴，名禮堂，以字行，江南武進人。高祖琳治經，精兩漢學，即世所稱玉林先生者也。父繼宏，有隱德。和貴爲人肫摯，不苟言笑。事親孝，臨財廉，非其義，一介不取。居父喪，三日不食，三年不入内，笑不見齒。母病，割股肉瘳之。兄庸博學有聲，師事盧學士文弨。學士稱庸校書天下第一，和貴師事庸。庸之楚，和貴師事錢宫詹大昕。業益進，所與游皆東南知名士。時段大令玉裁、丁廣文杰、孫觀察星衍皆宿學，負重望，不輕許可，顧交口善和貴。名亞庸，謂之『二臧』云。阮撫部元爲《經籍纂詁》，聘庸總校，和貴與焉。後撫部校勘《十三經》，再延和貴，以母老辭。逾年，邢大令澍復以校經聘。留三月，遇疾歸。疾且革，語季弟屺曰：『奈母何？』遂死。時嘉慶乙丑歲也。年三十，無子。庸在京師聞而哭之哀，私謚之曰『孝節先生』。

和貴善著書，慕古孝子、孝女、孝婦事，作《孝傳》百三十卷。又纂《尚書集解案》六卷、《三禮注校字》六卷、《春秋注疏校正》六卷、《補嚴氏蔚左傳賈服注》三卷、《説文解字經考》十三卷、《南宋石經考》二卷、《增訂孫氏星衍倉頡篇》三卷、《重編説文繫傳》十五卷、《通俗文》一卷，輯《臧榮緒晋書》二卷、《鄭氏義門傳志》二卷、《先考遺事》一卷、《拜經堂書目》四卷、《愛日居筆記》六卷。

嚴可均曰：以和貴之孝行卓卓矣，而未永其年，惜哉！然著述等身，聲施藝苑，亦吾黨之榮也。彼殁世而名不稱者，可勝嘅哉！

後漢秦嘉妻徐淑傳

孫淵翁爲《續古文苑》，有《寡婦淑誓書》一首。不得時代，列入晋文。余考寡婦淑者，秦嘉妻徐淑也。嘉字士會，後漢桓帝時人，官黄門郎。《續苑》既刊行，不煩改正，故作《秦嘉妻傳》。其文字多拾成言，可補范書《列女傳》之闕。

隴西秦嘉妻者，同郡徐氏女也，名淑。有才章，適嘉。嘉仕郡，淑居下縣。有疾，嘉舉上計掾，將行，以車迎淑爲别。而與淑書曰：『不能養志，當給郡使。隨俗順時，僶俛當去。知所苦，故爾未有瘳損。想念悒悒，勞心無已。當涉遠路，趨走風塵。非志所慕，慘慘少樂。又計往還將彌時節，念發同怨，意有遲遲。欲暫相見，有所屬託。今遣車往，想必自力。』淑答書曰：『知屈珪璋，應奉藏使。策名王府，觀國之光。雖失高素皓然之業，亦是仲尼執鞭之操也。自初承問，心願東還。迫疾，惟宜抱歎而已。日月已盡，行有伴例。想嚴莊已辦，發邁在近。誰謂宋遠？企予望之。室邇人遐，我勞如何？深谷逶迤，而君是涉。高山巖巖，而君是越。斯亦難矣！長路悠悠，而君是踐。冰霜慘烈，而君是履。身非形影，何得動而輒俱？體非比目，何得同而不離？於是詠萱草之喻，以消兩家之思。割今者之恨，以待將來之歡。今適樂土，優游京邑。觀王都之壯麗，察天下之珍妙。得無目玩意移，往而不能出邪？』

嘉重報淑書曰：『車還空反，甚失所望。兼敘遠別恨恨之情，顧有悵然。間得此鏡，既明且好。形觀文彩，世所希有，意甚愛之，故以相與。』以上嘉與淑書、淑答嘉書、嘉重報淑書，竝見《藝文類聚》三十二，以下據群書引見，彙録之。并致龍虎組緹履一緉、寶釵一雙，價值千金。好香四種，各一斤。素琴一張，常所自彈也。明鏡可以鑒形，寶釵可以耀首，好香可以去穢，麝香可以辟惡氣，素琴可以娱耳。《藝文類聚》三十二、《北堂書鈔》一百三十六引兩條，《御覽》六百九十七、七百十七、七百十八，又九百八十一引兩條。淑又報嘉書曰：『既惠音令，兼賜諸物。厚顧殷勤，出於非望。鏡有文彩之麗，釵有殊異之觀。芳香既珍，素琴益好。《文選·嵇康贈秀才入軍詩》注作『又好』。惠異物於鄙陋，割所珍以相賜。非豐恩之厚，孰肯若斯？覽鏡執釵，情想髣髴。操琴詠詩，思心成結。敕以芳香馥身，喻以明鏡鑒形。此言過矣，未獲我心也。昔詩人有飛蓬之感，班婕好有誰榮之歎。《藝文類聚》三十二。今君征未旋，鏡將何施？明鏡鑒形，當待君至。《御覽》七百十七。

未奉光儀，則寶釵不列也。未侍幃帳，則芳香不發也。《藝文類聚》三十二，《御覽》七百十八、九百八十一。今奉越布手巾二枚，細布韈一量，嚴器中物幾具。旄牛尾拂一枚，可以拂塵垢。金錯盌一枚，可以盛書水。琉璃盌一枚，可以服藥酒。』《藝文類聚》七十三，《北堂書鈔》一百三十六，《御覽》六百九十七、七百三、七百十六、七百十七、七百六十。嘉遂行入洛，尋除黄門郎。居數年，病卒于津鄉亭。

初，淑生一女，無子。及嘉奉使，淑乞子而養之，尋守寡。時猶豐少，兄弟將嫁之，誓而不許。爲書與兄弟曰：『蓋聞君子導人以德，矯俗以禮。是以列士有不移之志，貞女無迴二之行。淑雖婦人，竊慕殺身成義，死而後已。夙遘禍罰，喪其所天。男弱未冠，女幼未笄。是以僶俛求生，將欲長育二子。上承祖宗之嗣，下繼祖禰之禮。然後覲于黄泉，永無慙色。仁兄德弟，既不能厲高節於弱志，發明明於闇昧。許我他人，逼我干上。乃命官人，訟之簡書。夫智者不可惡以事，仁者不可脅以死。晏嬰不以白刃臨頸，改正直之詞。梁寡不以毀形之痛，忘執節之義。高山景行，豈不思齊？計兄弟不能匡我以道，博我以文，雖曰既學，吾謂之未也。』《御覽》四百四十一引杜預《女記》。淑竟毁形不嫁，哀慟傷生。劉知幾《史通》。亡後，子還所生。朝廷通儒移其鄉邑，録淑所養子還繼秦氏之祀。《通典》六十九：晉咸和五年，散騎侍郎賀僑妻于氏上表。可均按，于氏表云『還繼秦氏之祀』，下云『異姓尚不爲嫌』，是淑所養子異姓子也。淑所著詩文有集一卷。《隋志》：梁有婦人，後漢黄門郎秦嘉妻徐淑集一卷，亡。《唐志》不著録。嘉，字士會，見《北堂書鈔》原本一百三十六『組履』注。

黄節婦謝氏戴氏傳

建德黄勝友與余善，于其病篤也，遺命其猶子鶴詩及子鶴秀曰：『我母戴、我祖母謝，皆守節撫孤。今我諸黄群從不墜家聲，兩孺人力也。校官嚴君能古文，宜請爲家傳，以附邑乘。』越歲，二子以事狀來謁，不敢以不文辭。

節婦謝，建德之南鄉人，歸同里黄君延，生子禹錫。而君延歿，謝年十九。節婦戴，山陰縣之安邑人，歸禹錫爲繼室，生子金友、羲友、勝友。而禹錫歿，戴年二十九。當謝之初寡也，上奉寡姑，下撫孤兒，家亦貧，不保旦夕。其鄰王文昌者，君延友也。初，文昌妻與謝同時娠，指腹約婚。及禹錫生三歲，文昌女亦三歲，而謝寡。文昌抱其女付謝，爲謝摒當外事。謝勤苦，善持家，漸小康。寡姑歿，居喪如禮。禹錫長，合婚如禮。生孫在中，年二十一，與其母王相繼歿。謝爲之續娶，即節婦戴也。戴之歸禹錫也，謝年六十四。喪孫，憂不祀。戴聯舉三男，門庭喜慶，而禹錫病不起。戴寡居勤苦，善持家，似其姑。事姑能先意承志，催耕課讀，益大其家。謝年八十三而卒，戴年七十六而卒。三男皆成立，有聲鄉校。嘉慶十八年，校官錢秉鈞以兩節婦事申請題旌，奉旨建坊。今其後裔無白丁，恂恂孝友。而王文昌子姓與黄媾好歷數世，百餘年如舊焉。

嚴可均曰：劉向作《列女傳》，史家因之，代有撰録。皆取才章名世，奇節非常，或乃薄命仳離，亂亡播越。則雖文姬重嫁，亦立佳傳，蓋列女不必皆烈女也。余以謂女子賢行，貞孝節烈，四德同科，而節爲大。未亡人性命鴻毛耳，以是藐兹孤，宜延殘喘。然而衰門難振，撫孤能成立者，百不二三。嚮使程嬰、杵臼與趙孤同斃，或趙孤先斃，後世誰復知之？幸而成立，是有福命焉。於虖，難矣！節婦謝、節婦戴，苦行相繼七十年，其後浸昌，亦其福命有以回天也。彼無孤可撫，撫孤不成立者，可勝既哉！

重建湖州永福寺碑

永福寺，在湖州城青銅門外之西偏，舊名永欣寺。宋大觀中，樂安薛嗣昌爲《鐵門限跋尾》云：『智永禪師寫真草《千文》，江南諸寺各施一本。住吴興永欣寺，求書者如市。所居户限用鐵葉裹之，人謂之「鐵門限」。』據此，則永欣寺隋以前創建，至宋未改名。其以『欣』爲『福』，不知始何時。明季以來，爲比丘尼所居。破瓦積垣，香火歇絶。乾隆五十三年，邑子潘加慶等迎浮屠智行住持數載，重建大殿，壞佛像。發願恢閎，中涂圓寂。其徒鎮興能闡三寶，締萬緣，遂建大悲閣、地藏殿及禪堂。方丈外爲山門，左右爲樓房。南爲萬骨塔院，北爲凉亭，東爲迎禧橋，經營者廿餘載，次第落成。寺舊多文石，邑子陳豐爲召巧工，重加黏疊，嵌空玲瓏。種柏蒔花，可游觀憩坐。今鎮興年將老矣，而其徒皆守清規，傳戒律，蔚然爲叢林焉。

余因思湖郡名僧智永後，首數皎然。居城南之妙喜寺，刺史顔魯公于此修《韻海鏡源》三百六十卷，其書不傳，而皎然詩集具存。然問所謂妙喜寺者，但見荒烟蔓草焉耳。而永福寺去智永一千餘年，焕焉復新。規模閎敞，視妙喜不侔矣。微智行與鎮興繼世功行，詎能及此？彼法有人，宜乎興且盛也！夫興廢若循環，盛衰相倚伏，新新不已，存乎其人。願其徒終勉之，益擴而大之也。

金培英表墓銘

嘉慶癸亥歲，余主講廣東香山縣書院，而金君以廣西臨桂縣知縣調任香山。明年夏，余入都。又十二年，拜君墓。君第四子德恩，故余在廣東時學徒也，泫然請曰：『我師知我父稔，乞爲墓表。』不敢以不文辭。

君名毓奇，字培英，號問梃，又號問庭，江蘇上元人。祖維柱，國子監生。父又聲，貢生。君年十八爲縣學生，旋食餼。乾隆己酉歲拔貢，廷試第一，以知縣試用，分發廣西。到省七日，權知河池州，所屬南丹土州多積案，君一日決獄，三十老吏驚爲神。又權宜山、平南等縣，又權陸川縣，兼知鬱林州。丁母憂，奔喪過長沙，值苗民亂，大將軍福公康安留佐軍務。服闋，權湖南清泉縣。苗平，保舉直隸州知州，格于部議，仍還廣西，權興安縣，修築埤河閘門。又權知賓州，題補臨桂縣知縣。縣民廖祖恩叔毆其父幾斃，祖恩救之，誤傷叔。前知縣擬以大辟，君引救父情切例，得從輕。百總曾勝邦外委王錫，從軍湖北，病亟告歸。鎮將欲治以逃兵律，君雪其冤，得免。尋調知廣東香山縣，縣瀕海，巨盜充斥。君募壯丁，增巡船，偵其巢穴，多所捕獲。楊朦九者，盜魁也，生擒之，及其黨百餘人。百總羅明亮素通盜，白大吏誅之，縣境獲安。會廣西武緣案重平反，承審者按察使及君等五人皆譴戍伊犂。伊犂將軍，今大學士松公筠，夙知君能。奏辦塔爾巴哈台漢文事件，又以塔台倉廒未修，奏請監之。戍滿，釋還籍，而松公遷督江南，請掌書記。尋移督兩廣，君偕行。逾嶺不三月，病卒。時嘉慶辛未歲六月十九日也，春秋六十有一。明年，歸葬江寧太平門外祖塋之東偏。娶王氏，續娶蔣氏、吴氏。子五：德忻，廣東新會縣丞；德桂、德森、德恩，縣學生；德寧，尚幼。孫六：之豫、之泰、之升、之晋、之恒、之履。

君面紫黑，體肥，善爲駢儷文，書法在顔、趙間。薄以自奉，厚以及物，視從子如己子。宗族、親戚、交游待以舉火者甚多。居恒無厲色，無惰容。嘗誡其子德忻曰：『居一日官，盡一日心。勿以官卑而弛其心，勿以盡心而矜其功。』於虖！君之居官，可知矣。

銘曰：

君才之豐，何遇之窮？咍名萬里，而綰綬半通。或其食報也，于其子孫，不于其躬。

卷八　文類六

書尚書顧命後

嘉慶戊寅，金陵倪秀才灝字小迂，得古兵器，似戈而重大倍之。無胡，有穿孔，上下通，所以入柄。穿外有文曰，轉面曰，皆象形目字。小迂問此兵器何名，余不能對。沉思之，曉然悟曰：兩目合文爲䀠，此《顧命》下篇所云『一人冕執瞿』者也，『瞿』即『䀠』之假借。《正義》引鄭注云『蓋今三鋒矛』，蓋者，疑詞，非由目驗。瞿，戈屬，非矛屬。戈，平頭戟也。戟，有枝兵也。瞿，平頭而孔，《傳》以爲戟屬，亦非也。

書公羊疏後

《公羊疏》，無譔人名。《崇文總目》或云徐彦，《郡齋讀書志》引李獻民説同，不知何據。即徐彦，亦不知何代人。東晉有徐彦，與徐衆同時，見《通典》九十五。又九十九有武昌太守徐彦《與征西桓温牋》，而疏中引及劉宋庾蔚之，則非東晉人。今世皆云唐徐彦，尤無所據，蓋涉徐彦伯而訛耳。疏先設問答，與蔡邕《月令章句》相似，唐疏無此體例。所引書百三十許種，最晚者郭璞、庾蔚之，餘皆先秦漢魏。開卷疏『司空掾』云：『若今三府掾是也。』齊、梁、陳、隋、唐無此官制，惟北齊有之，則此疏北齊人譔也。《隋志》有失名疏十二卷，唐不著録。北宋復出，以卷太大，分爲三十卷，又分爲二十八卷，即今本也。

書爾雅新義後

《爾雅新義》二十卷，宋陸佃農師譔。農師有《陶山集》詩文及格。《鶡冠子注》亦簡貴，唯引《字解》『二而小者示也』可嗤。《埤雅》駁雜，尚堪節取。獨《爾雅新義》率本《字説》，再加穿鑿，幻境重重，至不可思議。陳振孫詆爲翫物喪志。余謂《五行志》有詩妖，《新義》蓋經妖也。其書《玉海》引《中興書目》，元修《宋·藝文志》，明焦竑、葉盛皆著録，後乃若存若亡。乾隆五十年，吾鄉丁小山得影宋本於京師。是時四庫館告竣，不復收録，然亦不當收録。孫詒穀攜歸武林，落吴山書肆。嘉慶十三年，陸香圃刻板于蕭山，至道光九年以印本見詒。摇筆書後，香圃見之，將怒我矣。

書史記伯夷列傳後

許由事見《莊子·讓王篇》，史遷以夷、齊讓國，故追述之。而《虞夏書》無文，在疑信間。迂齋説申、吕、齊、許皆四岳，後堯讓許由，即其一也，『汝能庸命』，是讓許由之實。其説甚精，可補今文、古文家所未及。《采薇歌》，怨歌也。而孔子云：『求仁得仁，又何怨？』又云：『不念舊惡，怨是用希。』『求仁得仁』者，史遷以爲各從其志是也。『希』之言少，每念及此，不無餘怨，怨亦幾希。孔子推見至隱，爲此微言。近釋乃云：『人亦不甚怨之。』人孰怨夷、齊哉？

書史記仲尼弟子列傳後

孔子弟子七十七人，冉氏居其五。冉耕，字伯牛。冉雍，字仲弓，《家語》以仲弓爲伯牛之宗族。史遷爲《弟子傳》，于父子宗族不著明。如曾蔵不云曾參父，其例也。按，《論衡·自紀篇》：『鯀惡禹聖，叟頑舜神。伯牛寢疾，仲弓潔全。顏路庸固，回傑超倫。』如仲任説，則伯牛、仲弓父子也。《論衡》非短書，鄉未舉出。

書漢書律曆志後

孟堅因父業爲《漢書》，而八《表》及《天文志》未就。孝和詔其女弟班昭踵成之，見《列女傳·孝順》。時馬續又續修，見袁宏《紀》。經數賢撰定，遂爲史學之宗。其十《志》，自《天文》外，皆孟堅作也。《地理》精晐，振古罕儔，《禮樂》、《刑法》亞焉。《五行》用劉向《洪範傳》，《藝文》用劉歆《七略》，而《食貨》、《郊祀》、《溝洫》順續《史記》。《史記·律書》即兵書，兼及於曆，故次之以《曆書》。孟堅爲《律曆志》，舍兵而專言鐘律，猶之可也，專用劉歆之《三統曆譜》以當《太初》，殆非實録。

漢興，承秦建亥，用秦《顓頊曆》百有二年。孝武改朔建寅，鄧平、司馬遷、唐都、落下閎等造《太初曆》，煌煌鉅典，順孔聖承天之文，爲萬世則，而行僅百餘年。莽移漢祚，改用《三統》，十許年而莽誅。史法于秦《顓頊》故術，略宜編次，至鄧平術，臚列周詳，末及《三統》，庶爲信史。而孟堅末殺《顓頊術》，并末殺鄧平術，專取《三統》以充篇。是直莽曆志，豈漢曆志哉？然且删節孝武改元詔，追改太初歲名與元法，復不明著沿革之由，以疑誤後世。致令通人如蔡邕，亦言《太初》元用丁丑；司馬彪爲《續漢志》，亦言太初元年始用《三統曆》。移後蒙前，而《史記·曆書·曆術甲子篇》，到今嘉慶四年而長夜始旦也。此烏得不追咎孟堅哉？

夫孟堅良史，才至矣盡矣，蔑以加矣。而《曆志》殆非實録，所宜愛而知其惡也。若夫古以太陰紀年，莽用《三統》始以太歲紀年，余既爲《太初元年甲寅丙子説》，詳哉乎其言之矣，兹不復贅。

書廖刻華陽國志後

前明張佳胤等刻《華陽國志》，皆十卷。余所見僅季滄葦照寫宋李埅本，多出第十之上、中兩卷，本今歸孫淵如。嘉慶甲戌歲，廖都轉刻之于金陵，字畫精好，宛然宋雕。其上卷《蜀郡士女讚》第一後闕《巴郡士女讚》第二，凡五十四人，尚非完書。其北宋吕大防本，未得見之，闕否不可知。《北堂書鈔》原本卷百三十九《車·總載篇》引常璩《志》云：『郝伯都，閬中人，爲郡史。太守每見之垂泣，伯都請白其故。太守曰：「亡男爲人所殺，汝身似之，故悲感。」伯都問其讎所在，太守曰：「臺閣不可得也。」伯都乃交游，與甘春卿爲友。共伺讎，殺之於車府而亡命。春卿爲吏所得，伯都乃還首。二人争死，會赦得免。』按，此即五十四人之一。《士女》目録有『烈士郝伯都，閬中人也』九字，以爲後漢人。

嚴可均書于治城山館。

書左思别傳後

《世説·文學篇》注載《左思别傳》曰：『思，字太沖，齊國臨淄人。父雍，起於筆札，多所掌練，爲殿中侍御史。思蚤喪母，雍憐之，不甚教其書學。及長，博覽名文，遍閲百家。司空張華辟爲祭酒，賈謐舉爲秘書郎。謐誅，歸鄉里，專思著述。齊王冏請爲記室參軍，不起，時爲《三都賦》未成也。後數年，疾終。其《三都賦》改定，至終乃上。初作《蜀都賦》云：「金馬電發於高岡，碧雞振羽而云披。鬼彈飛丸以礌礉，火井騰光以赫曦。」今无「鬼彈」，故其賦往往不同。思爲人，无吏幹而有文才，又頗以椒房自矜，齊人不重也。思造張載問岷蜀事，交接亦疎。皇甫謐，西州高士；摯仲治，宿儒知名，非思倫匹。劉淵林、衛伯輿竝蚤終，皆不爲思賦序注也。凡諸注解，皆思自爲，欲重其文，故假時人名姓也。』

可均按，《别傳》失實，當以《晉書》爲正。思先造《齊都賦》成，復欲賦《三都》。泰始八年，妹芳爲修儀，因移家京師，求爲秘書郎。歷咸寧至太康初，《三都賦》成，《晉書》所謂『構思十年』者也。皇甫謐卒于太康三年而爲賦敘，是賦成必在三年已前。其後三十餘年，屢經删改，至死乃已。張載于太康三年始爲著作佐郎，思訪岷蜀事，遂删『鬼彈飛丸』之語，可因《别傳》推得之，然必在賦成後也。張華仕魏入晉，至惠帝元康六年拜司空，思爲司空祭酒，容或有之。然宜云『遷』、云『除』，何以云『辟』？賈謐本姓韓，太康三年爲賈充世孫，至惠帝時用事。思先爲秘書郎久矣，何以云『舉且不應，十七、八年未調』？蓋先嘗去官，亦可因《别傳》推得之。餘則《别傳》殊失實。永康元年，賈謐誅，思蓋坐謐黨，復去官。至太安、永興間，張方亂京師，舉家適冀州，數歲以疾終。思實避亂客死，而云『謐誅，歸鄉里』，非也。皇甫謐高名，得其敘，聲價十倍。摯虞師事皇甫，與思同在賈謐二十四友中，何得非思倫匹？劉逵，元康中尚書郎，累遷至侍中。衛權，衛貴妃兄子，元康初尚書郎。兩人即蚤終，何不可爲思賦敘注？况劉、衛後進，名出皇甫下遠甚，何必假其名姓？今皇甫敘、劉注《蜀》、《吴》與張載注《魏都》，俱在《文選》。劉敘、衛敘在《晉書》，都非苟作。《魏志·衛臻傳》注云：『權作思賦敘及注，敘粗有文詞，至於爲注，了無所發明，直爲塵穢紙墨，不合傳寫。』如裴此説，權貴游好名，敘不嫌空疎，躓於爲注。使思自爲，何至『塵穢紙墨』？《别傳》道聽塗説，無足爲憑。《晉書》彙十八家舊書，兼取小説，獨棄思《别傳》不采，斯史識也。

書宋本後周書後

右《周書》，蓋宋監本，大板厚紙，有漫漶損缺處，非余所愛重者。偶檢《賀蘭詳傳》，其篇末多出今本六十餘字，《杜杲傳》『遷温州』下缺八字，今本僅『刺史賜』三字。『史賜』中間蓋有加衍，以難臆補，輒擠接之。全部余未通檢，僅檢兩傳而勝處已如此。書貴宋元本者，非但古色古香，閲之爽心豁目也。即使爛壞不全，魯魚彌望，亦仍有絶佳處，略讀始能知之。

道光戊子歲秋八月，嚴可均書于武林僦屋。

書管子後

《七略》，《管子》在『法家』，引見《史記·管晏傳》正義。隋、唐《志》已下，著録皆同，惟《漢志》在『道家』。余觀《内業篇》，蓋《參同契》所自出，實是道家。餘篇則儒家、陰陽家、法家、名家、農家、兵家，無所不賅。今若改入雜家，尚爲允當。不然，寧從《漢志》。其書八十六篇，至梁、隋時，亡《謀失》、《正言》、《封禪》、《言昭》、《修身》、《問霸》、《牧民解》、《問乘馬》、《輕重丙》、《輕重庚》十篇。宋時又亡《王言篇》。《文選·陸機猛虎行》注引江邃《文釋》云：『《管子》曰：「夫士懷耿介之心，不蔭惡木之枝。惡木尚能恥之，況與惡人同處？」』是江邃在劉宋時尚見亡篇，今不但無完書，并無舊刻。聞收藏家有宋蔡潛道殘本，未得見之。更可惜者，明刻《道藏》原出宋藏，往往有與道家無涉而收入《道藏》，因之得存舊本，《管子》可入道家，《道藏》失收，遂無藏本。前人於《漢志》豈未寓目者，何乃漏落？至近人編書目者，謂此書多言管子後事，蓋後人附益者多，余不謂然。先秦諸子，皆門弟子或賓客或子孫撰定，不必手著。〔一〕

嘉慶辛酉歲季冬之月，嚴可均書于烏程之驥林僦廬。

校勘記

〔一〕劉咸炘於此葉抬頭批曰：『指《提要》。』

書説苑後

《漢志》：《説苑》二十篇。《隋志》、《新唐志》皆二十卷。《舊唐志》作三十卷，誤。《崇文總目》五卷，《宋志》已來皆二十卷。盧抱經《群書拾補》所載宋本有劉向敘一首，余得元本、楚藩本、程榮本、何良俊本無之。向敘言凡二十篇，七百八十四章。今本《君道》三十八章、《臣術》二十二章、《建本》二十七章、《立節》二十一章、《貴德》二十八章、《復恩》二十四章、《政理》四十一章、《尊賢》三十四章、《正諫》二十五章、《敬慎》三十章、《善説》二十四章、《奉使》十九章、《權謀》四十四章、《至公》二十一章、《指武》二十五章、《叢談》七十二章、《雜言》五十二章、《辨物》三十一章、《修文》三十八章、《反質》二十三章，凡六百三十九章。《群書拾補》有佚文二十四事，當是二十四章，都計六百六十三章。視向敘少一百二十一章，非完書也。向所類事，與《左傳》及諸子間或時代牴牾，或一事而兩説、三説兼存，《韓非子》亦如此。良由所見異詞、所聞異詞、所傳聞異詞，不必同李斯之法，别黑白而定一尊。淺學之徒少所見，多所怪，謂某事與某書違異，某人與某人不相值。生二千載後，而欲畫一二千載以前之人之事，甚非多聞闕疑之意。善讀書者，豈宜然乎？此本楊澄校刻。楊澄，明季人，而有方孝孺、王世貞印記。書賈作僞，宜刓棄之。

道光戊子歲秋九月，嚴可均書于富春之雙桂坊館舍。

書劉子後

《劉子》五十五篇，北齊劉晝撰。余嚮得程榮、孫鑛等本，聞有宋巾箱本，未之見也。今得此于吴山書肆，是明初崇德書院所刊。行墨疎古，閲之豁目爽心，可稱善本。前有序，簡而覈，惜不題名。《劉子》言治國、修身之道，有大醇，無小疵。晁公武乃云『詞頗俗薄』，毋乃輕詆？近人編書目者，又云《九流》一篇，全襲《隋書·經籍志》之文。《隋書》非僻書，盍覆檢之，豈其然乎？〔一〕

道光戊子歲八月朔，嚴可均書于錢塘寓館。

校勘記

〔一〕劉咸炘於此葉抬頭批曰：『指《提要》。』

書陳禹謨刻本北堂書鈔後

世咸謂明中葉後刻書無善本，是固然矣。然未有肆行竄亂，若陳刻《書鈔》之甚者也。《書鈔》北宋時得本已難，明代偶存胥鈔本，訛謬脱落，篇尠完章，章尠完句。然而甚誤之中，往往有絶佳處。所鈔之書皆三代、漢魏迄于宋齊，其最晚者，沈約《宋書》、蕭方等《三十國春秋》、崔鴻《十六國春秋》、魏收《後魏書》。其詩、賦、頌，則顔、謝、鮑爲最晚，陳、隋隻字不鈔。鈔者，今世亡其本，十蓋八九。其存者，亦流俗寫變，殘闕誤僞，不爲典要。故刻《書鈔》可略校，不能統校。陳乃何人？臆改之，臆删之，以他書易之，甚且以貞觀後事及五代十國之書補之。是惑易之疾，亟當沐以蘭湯者也。又有甚不可解者：卷百三十九《車・總載類》，原本二百四十條，陳僅用十七條；卷百五十八《穴類》，原本二百三十條，陳僅用四十二條；卷百六十《石類》，原本百二十九條，陳僅用三十三條。竊疑陳所據原本，視余所據原本闕訛尤甚。不然，陳雖失心病狂，當不至此。今陳刻亦漸稀罕，收藏家率購以多金，備『四大類書』之數。余嘗任校刊之役，未獲竣工。恐原本終將斷種，可惜也。陳，名禹謨，字錫玄，號抱中，常熟人。

嘉慶乙亥歲冬十月，嚴可均書于冶城山館。

書北堂書鈔原本後

右《北堂書鈔》一百六十卷，明初寫本，未經陳禹謨改竄。道光五年三月，錢唐朱竹庵世杰以重價購得之。至九年七月三日，竹庵以余嘗留意于此書也者，遺書估持贈。余與竹庵非素交，不可徒受也，償以原值。類書大種，自《修文殿御覽》新佚後，以《書鈔》爲最古，其得本最難。王伯厚云：『二館舊闕《書鈔》，惟趙安仁家有本。真宗命内侍取之，手詔褒美。』是北宋已極罕覯。明中葉時，常熟陳莊靖瓚得胥鈔本，其裔禹謨改補梓行。明人習氣，好作聰明，變亂舊章，是謂刻書而書亡。康熙中，錢遵王得本有跋，謂繕寫精妙，見《讀書敏求記》。朱錫鬯得《大唐類要》有跋，見《曝書亭集》。季滄葦得《古唐類範》，見延令《書目》。嘉慶初，《古唐類範》爲吴縣黄蕘圃所得，散片兩包，未曾裝册。余屢借觀，卷首有季振宜印，首尾有秀水朱氏潛采堂印，每卷『古唐類範』四字俱挖補。蓋『類範』即『類要』，『類要』即『書鈔』。書估作僞，實是《書鈔》原本也。今蕘圃藏書半歸汪厚齋，汪即益美布商，《類範》歸汪與否，余未知之。陽湖孫淵如得《書鈔》，卷首有『雲章閣』及『紉佩齋』收藏印，不知何許人也。淵如作跋尾，別紙夾置卷首。其書中用丹筆改字者，王石華也。卷首用墨筆録錫鬯《類要》跋者，亦石華也。書中校語用墨筆者，余與洪筠軒也。

己巳春，吴山尊去官南下，見是書，求得副本。余時寓淵如所，倩二十人竭二十日力，照寫付之。聊且竣事，錯誤增多。道光乙酉春，常熟張月霄得本甲、乙至壬、癸十鉅册，余未見之。錢唐汪小米得本，余亦未見。今余得竹庵藏本，其卷七有丹筆，采余校語一條。余校語在淵如藏本，竹庵何因得見？淵如棄世，金陵祠屋藏書聞頗散失，蓋其本展轉入錢唐矣。欲訪竹庵問之，然亦何必問之。淵如嘗語余云：『物聚必散，得古書畫，不過加收藏名印耳！』此達觀之言也。統計千年來，《書鈔》在若存若亡之際。就余聞見，江浙間實有五本：蕘圃一、淵如一、月霄一、小米一、余一。後之有心人據余言而蒐訪之，不至斷種。

《書鈔》譔于隋時，故《隋志》已著録，作一百七十四卷。《唐志》作一百七十三卷，晁公武《讀書志》同。《中興書目》及《宋志》竝一百六十卷，與今本同，蓋殘闕矣。今本起《帝王部·帝王總載類》，迄《地部·石類》，凡十九部八百五十二類。而公武云『八十部八百一類』，又云『家本百二十卷』，牴牾如此。因知宋世絶無善本，故未能刻板。以至前明，偶存寫本，删割羼越，脱譌傎倒，篇尠完章，章尠完句。世間難校之書，此爲第一。嘉慶中，淵如約王伯申略校，伯申約錢既勤同校，僅二十許葉而輟業。胡硯農助刻貲二百金，云將續寄四百金。淵如屬余校刻。余竭八九月之力，校刻卷百三十二起，至卷百六十止。硯農刻貲，杳不續寄，余遂輟業。是時漢魏晋佚書輯本及章鳳枝佚書輯本彙聚淵如所者，不下七八百種，假余兩年之力，庶可蕆事。而限于齎斧，未獲竣功。今余老且病，諸輯本皆不在手，難復爲力。雖得竹庵藏本，徒庋高閣，飽蠹魚耳。沈思往事，爲之太息。

鐵橋散人嚴可均書于武林之廣潤寺，時得此本之三日也。

此本目録前有宋湘、芷灣名號兩印，卷百六十尾有宋湘印。芷灣，嘉應州人。嘉慶己未進士，卒官郡守。癸亥春，與余遇于廣州，不知何處何時得此本。而復失之，展轉至常熟，落書估顧榮昌手，而售于竹庵以歸于余。二三十年間，三易主矣。余書屢聚屢散，每册鈐余名印，後之視余，猶余之視芷灣也。可均又書。

是年九月，余在睦州。有武林書估以《書鈔》新寫本來求售者。閲之，字畫端正，誤處皆空白，是慣家鈔本也。其卷七亦采余校語，益知淵如藏本必在錢唐。因問云：『此新寫本出誰家也？』書估答甚支梧。越五年，余復寓廣潤寺，書估始吐其實，淵如藏本早爲何夢華元錫得來。夢華棄世，其子貧困，去冬以售于秀水令陳振之。振之，閩人，罷官，本今入閩。其新寫本亦夢華家鈔也，先售去。道光十四年六月九日，可均又書。

書汪小米所藏北堂書鈔原本後

余聞小米得原本《書鈔》八九年矣。今夏六月十三日，始索觀之。紙潔字工，有朱竹垞印，蓋曝書亭藏本，後爲錢遵王所得者也。《讀書敏求記》云：『聞嘉禾收藏家有原書，蒐訪十餘年而始得。繕寫精妙，繙閲之，心目朗然。』所謂『嘉禾收藏家』者，即曝書亭也。江浙有《書鈔》原本五，余見其四。繕寫精妙，獨此本耳，故知即遵王所得也。《曝書亭集》有《大唐類要跋》，其本收藏未久，落書賈手。改爲《古唐類範》，售于季滄葦。嘉慶初，黄蕘圃得之。余屢借觀，每卷『古唐類範』四字俱挖補，因疑先爲『大唐類要』亦是挖補。其本胥鈔，不及此精善。

道光甲午歲季夏，可均。

書初學記校宋本後

《新唐志》：《初學記》三十卷。張説類集要事以教諸王，徐堅、韋述、余欽、施敬本、張烜、李鋭、孫季良等分撰。今世行本，僅明安國民泰所校刊者爲稍舊。安國得宋板大字本，多闕葉，倩館客郭禾采他書補足。而通部亦改竄删補，非宋舊也。其陳大科、徐守銘等本皆祖安國，復加改竄，别有古香齋巾箱本，未知所祖。乾隆末，有書賈以黑口小字本求售者，蓋元板也。嫌稍漫漶，索値過多，還之。既而悔之，不能復得。嘉慶初，王蘭泉少寇得宋板大字本。丙寅春，孫淵翁借得之以示余。余案頭有徐本，取與對勘。開卷見劉序『刑名度數』，宋本『刑』作『形』，形名猶言名物，改便失之。因竭四十日力，得互異字累萬，用丹筆悉注于徐本之旁；宋有而徐無者，注于上方；宋無而徐有者，𠃋乚之。卷十七，宋闕第二十葉，驗行數、字數，知安國所據本不闕。卷二十五、二十六、二十八、二十九、三十凡二十二葉，宋與徐絶異，皆安國所據本之闕葉而郭禾補足者也。不能對勘，别寫之，夾置之各卷中。〔二〕審知此書，自唐開元而北宋，展轉胥鈔，到紹興四年始鐫板，勝處固多，誤亦無算。然往往即誤處可得勝處，故宋本可寶也。且安國前乎余三百餘年，僅見殘本，余得見完本，尤快事也。淵翁勸余審定，乃取校本常置案頭，漸加決擇，十得二三。至乙亥夏始以净徐本録取其長，仍其疑似，若譌謬灼然者，置不復載。宋本之善，不盡此而盡於此。

嘉慶二十年七月五日，嚴可均書於冶城山館。

校勘記

〔一〕劉咸炘於此葉抬頭批曰：『鐵橋所校，全載陸氏《群書校補》中。』

書明刻本太平御覽後

《御覽》一千卷，今世通行僅明黄正色刊本，脱誤顛倒，據用甚難，明活字本亦如此。余偶至丁秋水京寓，語次以所引《御覽》數十事商定誤字，慨然歎曰：『吴門朱丈文游藏宋刻本三百六十六卷，久欲就校，蹉跎到今，遠隔三千里，此未了事也。』同寓有張上舍者，張天如先生曾孫也，語余曰：『先高祖有宋刻本《御覽》千卷，先曾祖分授二女作嫁裝，各得五百卷。今但聞陸顧吾可以就校，顧吾即先祖姑之孫。』余狂喜，請問顧吾里居。上舍手書片紙云：『顧吾者，陸時化字潤之號聽松之子，住太倉州西門内大橋東石皮衖口路北。』余聞所未聞，歸寓而書之《御覽》後。

時嘉慶己未歲十月二日也。

書經典集林後

《經典集林》三十二卷，臨海洪頤煊校輯。末卷爲總目，云『臨海記』，史志俱不著録，未詳撰人名氏。余按《北堂書鈔》一百五十八引孫詵《臨海記》，《南史・丘巨源傳》：孫詵，字休群，太原中都人。別有沈瑩《臨海水土物志》，見隋、唐《志》、《史通》，非即此。又總目《白澤圖》引《抱朴子・内篇・登涉》，余按《吴志》諸葛恪云此事在《白澤圖》，出《抱朴子》前。聞此書既刻板〔一〕于廣州，未及寄語也。頤煊號筠軒，浙士之善讀書者。

校勘記

〔一〕心矩齋校本『板』作『版』。

書顔魯公文集後

《顔魯公集》原本四種，各十卷，久佚。《館閣書目》云：『嘉祐中，宋敏求輯其刻本于金石者爲十五卷。』劉原父序云：『吴興沈侯輯爲十五卷。』東嘉守留元剛序云：『原父所序，即敏求輯其刻于金石者。』如留此説，宋、沈止是一本。然留刻本僅十二卷，缺三卷，無《和政公主碑》

至《顔夫人碑》十首，而有補遺及年譜、行狀，則又宋、沈所無者。此北宋兩本之不同也。舊皆以詩居首，至南宋復有東嘉守某兼據宋、沈本、留本改編重刻，先奏議，次表，次碑銘，次書序與記之類，以詩終焉，補遺散入各類，卷仍十五。而年譜、碑狀、列傳附於後，此南宋本又與北宋不同也。後皆不傳。

明嘉靖中錫山安國民泰得舊寫本刻之，萬曆中顔胤祚又以家藏舊寫本刻之，其後顔崇榘復據安國本重刻之，其源皆出於留本。無《和政公主》等十碑，而展十二卷爲十五卷，以奏議居首，以詩終。蓋就南宋本改編，而書帖居末，又與南宋不同。《永樂大典》所載蓋宋、沈，或南宋本也。諸缺碑在焉，既編入《全唐文》，又《四庫書簡明目録》云：『據石刻增《尉遲迥等八碑，據《説部》增《和政公主》等三碑。』諸文余未鈔得，而碑石之見存者，余收精搨本最備，又從唐人説部鈔出《奏停千秋節》、《韋涉謚忠孝駁議》等篇，異日重編，庶更完善。魯公節義如日星河嶽，爲唐代第一流，所不待言，言文集之源委異同焉。

道光八年中秋後一日，得顔胤祚本於吴山寓賞樓，摇筆書後。

書兮中鐘後

右兮中鐘，嘉慶乙亥歲江寧城外新出土。售之銅作坊，秤之重五十六斤八兩，斤直銀一錢六分。先搥落鐘，縣重四斤，鎔得銅二斤八兩，將短其直。勃谿聲徹鄰右，余友倪秀才灝聞之，亟滿其直，得之。後三日，余走訪倪，索觀之。手搨其銘，凡二十七字。其十八字在鉦間，九字在欒右，文曰：『兮中乍大林龤，其用追孝于皇考己白。用侃喜前文人，子孫永寶用亯。』其篆體是春秋前物。『兮中』即『義仲』，『己白』即『紀伯』。春秋有紀伯季，則此鐘紀國所鑄。傳記無紀義仲。余所見兮中簋文曰：『兮中乍寶毁，其萬年孫孫永寶用』。即其人也。

先是，京師有虢叔大林龢鐘，索直過多，積年無售主。後歸阮雲臺撫部，而陳受笙孝廉亦得虢叔鐘于秦中，後歸伊墨卿太守。又吴山尊學士亦得虢叔鐘，後歸孫淵如大參。三鐘銘皆八十七字，唯伊太守所藏形制略小，字畫亦略細。今此兮中鐘，輕重大小與伊太守所藏相等。孫大參據虢叔三鐘皆作『大林龢鐘』，因釋此銘『龤』字爲『和鐘』二字合文，余不謂然。鐘從童聲，童從辛，重省聲，重從壬東聲，今此龤字偏旁上從䇂，即『辛』字。下從重，不省。《説文》：『童，籀文作𥫔。』或即此也。籀文從廿，與此皿相當。中間千形，乃壬木二字之上體，與『和』無涉。余又見宗周鐘文曰：『乍宗周寶鐘。』直從東聲，古籀偏旁，唯變所適。讀《説文》而會通之，可識六書之義矣。質之孫大參，以余言爲然，遂書之於銘文後。

乙亥九月十八日。

書秦泰山刻石殘碑後

秦泰山刻石，前明廛存廿九字，在玉女池旁。弘治中，按察使僉事灤河許莊移置池上公所。雍、乾間，公所傾圮，石亡。嘉慶廿一年，泰安縣知縣蔣因培字伯生，濬池得殘石二枚。凡十字，嵌之石壁，與唐《紀太山銘》附近，且築亭於旁。搨二紙寄余，視舊搨少十九字，至寶失而復得，快甚。先八年，余在江寧得家侍讀長明字道甫所藏舊搨，裝爲一軸，懸之寓舍，署曰『斯翁墨寶齋』。今又得殘石本，爲浮一大白。舊説皆云：『萬曆中，從玉女池移置碧霞元君廟。乾隆五年廟災，石燬於火。』若然，池去廟遠，不應殘石出池中，舊説非其實也。世間秦篆，若繹山、會稽，皆展轉臨摹，唯琅邪臺及此十字爲真蹟。伯生之功，爲何如邪？

是年秋七月十日，書於孫氏之治城山館。

書伍詒堂所藏西嶽華山廟碑後

漢《西嶽華山廟碑》，前明嘉、隆間石毁，所傳舊搨本最顯者有三。其一，長垣王文蓀本，後歸宋漫堂撫部，又歸陳伯恭宗丞，今歸成邸。其二，鄞縣豐道生本，後歸天一閣范氏，今歸錢竹汀宫詹，又歸阮雲臺撫部。已上二本，余皆有跋尾，編入《鐵橋金石跋》中。其三，趙子崡所見東肇商本，後歸華陰王無異，今歸朱竹君學士。其本余未見之，聞涷搨有墨暈。就三本中，長垣本最先搨，最瘦，無泐缺。而鄞縣本稍肥，前六七行泐缺百餘字。爰是整紙未經割裱，額左右唐宋人題名全備。余在撫部京寓借觀此二本，坐卧相對，皆七八日，各雙鉤一再過。其模糊泐缺處，余皆能記憶之。其重摹者，有姜任修本、巴慰祖本、曲阜孔氏本、大興翁氏本、琉璃廠本、阮撫部本、孫大參本，余皆收得之。當前明嘉、隆前，碑石倘存，安知舊搨無數十百本？今流傳日少，而其沈埋故紙堆中者往往有之，特難得耳。而收藏家堅執成見，必謂舊搨僅存三本，是不許嘉、隆以前搨第四本也，余未敢傅和也。

去冬，余在姑蘇曾見靈按察藏本，云得于秦中。墨色稍淡，其糢糊泐缺處如輕雲籠月，神骨具存，斷屬舊搨本。今江寧友人伍詒堂又得馬氏玲瓏山館本于揚州，較鄞縣本所缺百餘字，此皆不缺，惟裱工庸下，割紙挺刷。視長垣本稍肥，而紙墨極舊，其糢糊泐缺處，亦如輕雲籠月，神骨具存，斷屬舊拓本。惜失去『仲宗之世』云云一葉，及『遂荒華陽』云云一葉，共九十六字。又唐宋人題名，盡皆割棄。爲非全璧，要無害乎其爲至寶也。又原碑隱隱有棋局界畫，重摹本皆無，而此本有之，亦舊搨之徵。

嘉慶甲戌冬，借詒堂本審觀。乙亥冬又借觀，搖筆書後。

書王尚書殿試卷後

餘姚王海日尚書華，新建伯守仁之父也。成化辛丑對策第一，其卷貯内閣大庫。明鼎革後，散落人間。展轉歸陳侍軒，近歸陸香圃。香圃索爲題識，因得敬讀再三。所言政治之名實體用，漢、唐、宋之得失，瞭如指掌。知新建學問事功，其來有自。尚書事蹟，《明史》在《新建傳》。卷式視今策，廣一寸弱，高一寸强，通卷字數多今策三之一，得宋策之半弱。每行卅字，其提行高寫，頂格者行卅二字，脱落字得添注。『祖宗』高二格，『我朝』之『我』，『大有爲之君』之『大』、『大對』之『大』俱高一格。前明功令難爲典要，亦足備掌故。

于時道光九年，龍集己丑六月朔，後學嚴可均敬書。

書葛香士林屋藏書圖後

葛香士居林屋之山，鑿壁爲架，以藏古書。我鄉張氏鑑爲作圖，且爲文以記之。余未識香士面，而神交有年，張氏則余舊交也。林屋有靈寶石函，神禹所發，故其民風往往能聚書。前明如葛氏一龍、蔡氏羽，其尤著也，顧其書目不傳。香士爲葛氏一龍族孫，能承先志，益張大之，可謂賢矣。既編有書目，余未之見。見其圖，爲神往者久之。

余稍有譔述，而家貧不能多聚書，顧自周、秦、漢以逮北宋，苟爲譔述之所必需，亦略皆有之。南宋已下寥寥焉，非不欲也，力不足也。四十年來，南遊嶺海，北出塞垣，遇希有之本，必倩精寫。或肯售，即典衣不吝。今插架僅二萬許卷，不全不備。以檢近代諸家書目，如世善堂、天一閣、萬卷樓、世學樓、傳是樓、曝書亭，及同時同好，如魯孔氏、閩張氏、漢陽葉氏、陽湖孫氏、績溪方氏，以至石刻之本、異國之本、道釋之藏，彼有而余無者多矣，彼無而余有者亦不少也。然彼所有皆余曾略觀者也，惟陽曲傅氏言謝承《後漢書》，永樂中有刻本，見《困學紀聞》閻氏注。邢氏澍爲余言，漢中張姓有《修文殿御覽》。傅氏、邢氏非謾言者，余將老矣，不無想望。黄氏丕烈聚書多宋本，余與久交，不敢效之。書非骨董，未得宋本，得校宋本，足供余之譔述，可耳。乾隆中，舊版書易購，余隨得隨散，存者僅千餘卷。嘉慶中，士大夫漸次進呈，皇上不峻拒。僅數年，海内翕然視舊版書爲奇貨。余寒士也，詎有餘力居此奇貨哉？

顧嘗持論，幸生右文之世，道一風同之會。挾數囊金購書蘇、杭市，不半年可致累萬卷。此有力者常事，亦何足以自豪？當視《四庫》所未著録，阮氏所未續進，幸而得之，廣爲流布，區區此願，霈然大公耳。今檢架上，得天聖間李季所編《乾象通鑒》百卷等大小八種，皆寫本，世上絶無僅有者。香士好事，倘亦得古書與余所藏有錙兩相稱者，請走使來告，互相借鈔，則藝林勝事也。不然，家有敝帚，享之千金，將恐龍威笑人。〔一〕

校勘記

〔一〕劉咸炘於此卷卷末批曰：『壬戌四月買得讀過，咸炘記。』另有『鑒泉過目』、『雙流劉咸炘鑒泉藏書印』等篆體印章鈐於卷末。按，『壬戌』爲民國十一年（一九二二）。

卷九　文類七　金石跋一

三代

孔子觀延陵君之子葬題字

王象之《輿地碑目》載：吴季子墓銘，一在鎮江府，一在江陰軍，一在合州巴川縣，一在昌州北山。今巴蜀二碑佚失，僅見丹徒、江陰二碑及丹陽驛前重摹碑，三文大同。碑下方各有題字，惟江陰碑之朱彦記所辨季子墓在申港，即申浦，又辨潤之延陵非古之延陵，爲最確。《越絶書》『由毗陵上湖中』，『湖中冢者，季子冢也』。《史記·吴世家》集解引《皇覽》：『延陵季子冢在毗陵暨陽鄉，至今吏民皆祀事。』《路史·國名紀》：古延陵在今常之晋陵，故漢毗陵。《地志》『會稽毗陵，季札居』，《公羊》云札退居延陵終身，蓋因封此；今江陰夫容湖西馬鞍山，札所耕處，有札墓；今墓〔一〕在縣北七十里申浦之西，江陰西三十五里。合此數説，足證朱彦所考是也。

歐陽、董、趙疑此篆非孔子書，然皆以字之小大〔二〕及孔子未至吴紛紛致辯，而於流傳源委未能考究。且碑之『[illegible]』、『[illegible]』二篆尚皆誤識，而遽[三]定爲好事者僞爲，豈非惑易？實則唐內府所藏，必有真跡殘字，故殷仲容得以摹傳，故宋得以摹入《淳化官帖》及《絳帖》。帖本作『[illegible]』。除『有吳君子之』五篆外，皆與碑異，字數、次第亦異。王澍《法帖考正》讀『[illegible]』爲『博邑』，與諸家釋又異。今據王讀，因悟此篆必孔子書，而與季子墓實不相涉。季子聘上國，喪子於嬴博之間，見《檀弓》。此蓋孔子觀葬時題字。歲久，剥蝕越次，摹傳者稍以意改，後復放爲大字，刻于延陵廟，故碑本、帖本違異如此。碑之『[illegible]』篆是『君』非『季』，『吾子行』已釋，正碑末『[illegible]』篆必非『墓』字。友人畢孝廉以田謂『[illegible]』從古文[illegible]從茻，當是『葬』字。讀此，當以『於虖』句、『有吳延陵君』句、『子之葬』句，與《檀弓》觀葬事正合，而千古疑團頓釋矣。

《水經注》：『奉高縣北有吳季札子墓，在汶水南曲中。《從征記》曰：「嬴縣西六十里，有季札兒冢。冢圓，其高可隱也。前有石銘一所，漢末奉高令所立，無所述敘，標誌而已。自昔恒斸民户灑埽之，今不能。」』然碑石糜碎，靡有遺矣，惟故趺存焉。』按，嬴博在今萊蕪縣境，縣西北三十里有季札子墓。若摹取十字篆，樹碑墓道，纔爲覈實。聖文僅存，縮之更小，放之更大，皆真蹟也，且可證經，爲識字助。官是土者，倘有意乎？

校勘記

〔一〕『墓』原作『基』，據《路史》改。

〔二〕劉世珩校刊《聚學軒叢書》第三集《鐵橋金石跋》（以下簡稱『《聚學軒叢書》本』）『小大』作『大小』。

〔三〕《聚學軒叢書》本『遽』作『據』。

石鼓文

右石鼓文，今在國學櫺星門内，左右各五。元潘迪撰音訓，刻碑立於右旁，備見存三百八十六字。余于嘉慶乙丑秋，親至鼓所，手自氈椎，得三百十六字。以天一閣所藏北宋拓本校之，僅存十之七而已。古文、籀文見於鐘鼎彝器者甚多，石鼓殊不類，謂是周成王、宣王時物，未敢傅和。金馬定國以西魏大統十一年十月西狩岐陽，斷此鼓爲宇文周物。按，第九鼓有『日隹丙申』句，以《魏史》推之，十月得有丙申。以《南、北史》推之，十月不得有丙申。《續漢・郡國志》注：『陳倉有石鼓山，或即以石鼓得名。』則宇文之説，亦難盡信。昌黎詩云：『公從何處得紙本，毫髮盡備無差訛。』又云：『年深豈免有缺畫。』知唐搨有半蝕字，無全闕字，而宋釋諸家皆不滿五百字，又多傅會之失。至楊慎僞造全文，尤無足辯。『丙申』下一字，舊釋爲『旭』，余與孫淵如觀察識是『昍』，即『昫』字，非『旭』字。又『避』即『吾』字，『遨』即『御』字，『騣』亦『御』字，『鰯』即『鮞』字，『鰟』即『鮊』字，『旛』即『㰝』字，『𢍰』即『胥』字，『竦』即《儀禮》『湇』

字，竝舊釋所未備。

秦

泰山石刻

秦泰山石刻，舊在玉女池上西公所後。明弘治中，僉事欒河許莊移之西公所壁間。雍、乾間，公所傾圮，石亡。此明搨舊本，家侍讀長明字道甫所藏。嘉慶十三年，孫淵如觀察得之於金陵。其明年，歸余插架。

泰山秦篆譜

《泰山秦篆小字譜》，凡三刻于石。《金石録》云：『汶陽劉跂斯立親至泰山絶頂，見碑四面有字，乃摹其文刻石，自爲後序。』此初刻也。潘駙馬取入《絳州帖》，行列、段數、周匡剥泐，悉仍跂舊。惟跂于缺字七十六，以《史記》足之，注其下，并自爲後序，帖皆删去。此再刻也。元申屠駉《會稽刻石跋》云：『至元間，行臺侍御史李處巽獲劉跂所摹本，刊於建業郡庠。』明楊東里《續集》亦云：『應天府學有此譜刻石，余得之張士謙。』此三刻也。跂原石久佚，所見惟《絳州帖》而已。都元敬所收劉譜，蓋即至元刻本。應天府學爲今江寧縣學，其石未必遽毁，俟更訪得之。跋作《趙氏金石録序》云：『余登泰山，覩秦相斯所刻。退而按史遷所記，大凡百四十有六字，而差失者九字。以此積之，諸書浩博，其失胡可勝言？』則此譜爲功于史不小，況可考證六書，豈得任其湮没？跋，汶陽人。《寶刻叢編》作『河澗』，楊東里乃云河間人。

會稽刻石

秦會稽刻石，六朝、唐人皆見之。歐、趙不著于録，蓋宋時石佚也。元申屠子迪以家藏舊本重刻于紹興學宫，審觀字畫，似經臨寫。遇損缺漫漶〔一〕處，皆以意補，故首尾完美如此。自唐末以來，號爲能篆者如王文秉、郭忠恕、夢英等，皆祖陽冰，惟徐鉉及元之劉惟一能師秦篆。是刻雄健不及繹山，而整飭過之，或即惟一等所臨寫。

《史記正義》云：『此二頌三句爲韻，其碑見在會稽山上，其文及書皆李斯。其字四寸，畫如小指，圓鐫。今文字整頓，是小篆字。』而是刻字徑漢尺三寸，畫僅一分。『顯陳舊章』，《正義》作『彰』，云碑文作『畫璋』也。『率衆自强』，《史記》作『自彊』〔二〕，《正義》云碑文作『率衆邦强』。『畫璋』或然，『邦』字可疑。『内飾詐謀』，《史記索隱》云：『刻石文作「謀詐」。』小司馬但據王劭所引張徽録，非親見石本者。又《史記》『二世元年，南至會稽，而盡刻始皇所立刻石。石旁著大臣從者名』云云，似頌詞。後當有『皇帝曰』，『金石刻』已下七十九字與泰山、琅邪〔三〕、之罘、繹山同。而此數事，是刻敢與違異，足明申屠家實藏舊本，非依《史記》僞造。申屠跋謂石刻與《史記》不同者四事，而『平壹宇内』，《史記》作『平一』；『窺軺天下』作『親巡』，『黔首齊莊』作『齋莊』，『本原事速』作『事迹』，『初平灋式』作『法式』，『率衆自强』作『自彊』，『被澤無彊』作『無疆』，『黔首脩絜』作『脩潔』，『光陲休銘』作『光垂』。諸凡小異，未害大同，故未悉舉。《金薤琳琅》謂『殺之無罪』，石刻作『無辜』，又謂史云『有子不嫁，和安敦誠』，今驗搨本，作『無皋』，驗《史記》，作『而嫁』，作『敦勉』。都氏僅舉三事，皆不符，所未解也。是刻爲明人磨去，改刻他碑。知府李曉園以搨本再刊於原石，而割棄申屠舊跋，易以己跋。又有翁覃溪等題名。墨本廣傳，宛然元刻云。

校勘記

〔一〕《聚學軒叢書》本『漫滮』作『漫患』。

〔二〕《聚學軒叢書》本『自彊』作『自疆』。

〔三〕《聚學軒叢書》本『琅邪』作『琅琊』。

漢

戚伯著碑

『大歲丁亥』，《隸釋》考是建武三年，或章和元年。

右漢《戚伯著碑》，蓋宋搨本。嘉慶丙寅歲，孫觀察星衍之仲弟星衡得之于京師，有孫退谷印記，即朱竹垞、葉九來所爲作跋者也。九來言其額『周』字上有『本』字，今此額但存『之碑』二字，蓋重褾時，或因破碎，割去額首『本周末嗣戚氏襲以興勃海君玄孫伯著』十六字，并朱、葉二跋皆棄之，殊可惜。此碑《集古録》、《集古録目》、《金石録》、《天下碑録》、《隸釋》、《隸續》、《字原》皆列其目。《隸釋》載有全文，與此本對校，頗多互異。碑云『而爲姓焉』，《釋》作『性焉』；『調奮近土』，《釋》作『沛土』；『考卜罔營』，《釋》作『叔卜』；『[illegible]略胥通即《七略》』，《釋》作『才略』；『宗緒』上『泯』字，《釋》作『隕』；『伊惟』，《釋》作『伯著』，顯屬洪氏之誤。又『功』乃『功』字，『捐爾』即『捐璽』，『而乎』即『天乎』。洪氏亦未及言，足見真蹟爲可貴。碑石久佚，今世收藏家無著于録者，恐海内未必有第二本。因盡日之力，手自雙鉤，以待好古者重刻，以廣其傳。

嵩山少室東闕江孟等題名 無年月。

此無缺字，精搨本也。紓姓不他見，或與舒同。

西嶽華山廟碑 延熹八年四月。

右《華山廟碑》。石已毁，此明搨本，舊爲鄞縣豐氏萬卷樓所藏。雍正末，歸全謝山。謝山有跋載《鮚埼〔一〕亭集》，後歸范氏天一閣。乾隆末，歸錢竹汀。嘉慶十三年，歸阮伯元撫部。

越三年，余在撫部寓所，坐卧相對者七日，雙鈎一幅而歸。此本單紙，整幅未經割褾，凡泐缺百餘字。碑首有李衛公等題名，爲長垣、華陰兩本所無，洵海内墨寶也。

校勘記

〔一〕底本誤作『蹄』，徑改。

又

此宋搨本，明季爲長垣王文蓀鵬沖所藏。文蓀與王覺斯爲親家，册後有覺斯跋。康熙卅八年，歸商邱宋漫堂。漫堂及邵子湘有詩，朱竹垞有跋。乾隆末，歸陳伯恭學士。嘉慶二年，歸成邸。碑文完善，其偏旁損缺僅十許字，惟額左右之李衛公等題名失搨。余既從阮伯元撫部借得四明天一閣整本，手自雙鈎訖。整本缺字百餘，乃借出成邸此本，鈎補缺字。合而觀之，整本洗碑晚搨，鋒鋩畢露，而字畫稍肥。此本較瘦勁，竹垞以爲驚心動魄，故自不誣。因復全鈎一本，而額首缺題名，亦以整本鈎補，附諸册末。雍正間，如皋姜任脩曾以此本重刻于石，而鈎手庸惡，牛鬼蛇神，不復成字。緣此本乃凍墨所搨，要審視墨暈，并與整本對看，始能措手也。顧南原曾鈎此本，與翁覃谿閣學鈎本皆無鋒鋩，與真跡不合。朱竹君學士得華陰王無異本，余未見之。聞亦缺百餘字，不及此本完善。

淳于長夏承碑 建寧三年六月。

右《夏承碑》。宋元祐中，洺州治河出土，即今廣平府也。歲久碑仆，明成化己亥，知府秦民悦建愛古軒覆之。碑之下截凡百一十字，年久蘚蝕，經後人摹刻，見民悦《廣平志》。嘉靖癸卯，築城，爲工匠所毀。越二年乙巳，知府唐曜重刻于漳川書院。碑舊十四行，行廿〔一〕七字，重刻改爲十三行，行卅〔二〕字。筆法全失，并字畫之譌者卅有七。至以『勤約』作『勤紹』，尤譌之甚者。豐道生萬卷樓有宋搨本，後歸全謝山，又歸楊景西，又歸陸謹庭。闕『化行』以下卅字。何屺瞻得宋搨本，亦多闕字。唯王虚舟臨摹胡玉笥之雙鉤本頗完善，惜未得見之。又《天一閣碑目》有此碑，亦未得見。近翁覃谿有重摹本，云出無錫華氏真賞齋所藏。又程瑶田有重摹本，云得周櫟園所藏。余以二本與嘉靖碑互校，則程本稍佳。嘉靖碑雖有譌字，仍在翁本之上。因合三本裝之，歸于插架。碑舊有穿有篆，額云『漢北海淳于長夏君碑』三行黑字。諸舊本未搨得，故翁、程所摹皆無額也。

校勘記

〔一〕《聚學軒叢書》本『廿』作『二十』。

〔二〕《聚學軒叢書》本『卅』作『三十』。後二『卅』同。

成陽靈臺碑 建寧五年五月。

右《成陽靈臺碑》。黄小松司馬雙鉤本。校《隸釋》，多出『不稹哀平刑兹詠奏未』九字。『莫不被德』『被』字微泐，翁覃谿閣學據是碑『德被』、『廣被』皆書爲『彼』，審此字形，恐是『枹』字。若然，『枹』借爲『飽』，其説較長，惜未獲原本覆審之。

元儒先生婁壽碑 熹平三年正月。

右漢《元儒先生婁壽碑》。舊在湖北光化縣，石已佚。余在都門，有碑賈以宋搨求售，索直過高，不能得。乃雙鉤一本，歸諸插架。長洲蔣氏、無錫華氏所藏皆有闕文，此獨完美，惟失篆額耳。天一閣有此碑，惜未得見。漢陽葉東卿得一完本，亦云宋搨。余反覆審觀，未能定之。

嵩山堂谿典請雨銘 熹平四年。

銘後不知缺幾行，前無缺，審觀五官行前寸許即弓邊，外皆㸚紋。翁氏圖此于首行，前虚一行，云已前未知缺幾行，非也。文云『大君爲郡主簿，作闕銘文』，又云『殁而不朽，實有立言』，則《開母闕銘》乃堂谿協所作。主簿即書佐，而彼闕署名，未但有『佐左福』，無『堂谿協』。越五十三年，協子典來請雨，刻此敘以表揚之。然《先賢行狀〔二〕》猶云『典，字季度』，混合父子爲一人，而後之考據家問以《開闕銘》誰所作，亦絶無知之者，則表微亦未易言矣。

校勘記

〔一〕《聚學軒叢書》本「行狀」作「行將」，誤。

費鳳別碑 無年月。按前碑在熹平六年九月。

費氏三碑，舊在吾郡墨妙亭，石皆亡失。此蓋宋搨本，紙色微損。以《隸釋》讀之，第十二行「越寇」下「没」字，第十五行行首「視」字，不可識。「勛」字口内有泐紋，《集古録目》、《隸釋》以爲「勛」，《金石録》以爲「勛」，又以爲「勛」。審觀，實是「勛」字。第十八行「黄鳥」上「思」字誤衍，《隸釋》以爲六字句，恐非。都南濠嘗得是碑，并得前碑，今不知所歸。此本未經割褾，當雙鉤重刻于石。然多漫漶處，非精于隸法者，不能鉤出也。

白石神君碑 光和六年。

右《白石神君碑》，有碑額，有碑陰，搨工往往遺之。碑陰有主簿十六人，祭酒一人，都督一人。祭酒即鄉有秩，都督即督郵、督曹。其正書題名殆燕元璽間刻，有么姓六人，爲希姓，「竫」字即「竫」之俗。

圉令趙君碑 初平元年十二月。

右《圉令碑》。在南陽，石已佚。所見舊搨本有四：錢竹汀、張芑堂各藏有整紙本，馬半槎後人、彭尺木各藏有翦褾本。張本、馬本竝歸黄小松，彭本紙墨尤精。然以《隸釋》校之，『積芬芳長』四字全泐，蓋皆元明搨本也。新釋出者，『穆其其蓋戊』五字爲《隸釋》所無。翁覃谿言此碑『清』下從『丹』，『疾』旁省『二』。今驗『清』，仍從『月』，『疾』旁之『二』筆蹤微露，翁氏殆未審觀耳。

仙人唐公房碑 無年月。

右《唐公房碑》，有碑額，有碑陰，有穿。碑陰一列在穿下一寸，以正面穿處度之，似碑陰元十七行，《隸釋》所載僅十五行，疑右邊二行舊泐，或元無字，皆未可定。碑陰額暈三重，内有隸書四行。翁氏僅舉『山』字、『公房』字，其右上露一『國』字頗明白，翁氏未言也。

酸棗令劉熊碑 無年月。

右《酸棗令劉熊碑》，石已佚。《隸釋》載有全文六百七十字，就中缺四十三字。余在京師獲見舊墨本，僅存二百十七字。蓋宋[一]已後所搨者。因竟日之力雙鉤一本，歸諸插架。碑云

『忠貞翊效』，《隸釋》缺『翊』字；『循東里之惠』，《隸釋》缺『里』字。碑石或經洗剔，故能多出。碑云『貧者不獨』，下缺。《隸釋》作『貧者缺順四時』，轉寫之誤，當據拓本正之。《水經注》作《劉孟陽碑》，《隸釋》『字孟』下缺一字，即『陽』字也。聞巴俊堂有雙鉤本，凡二百十八字，疑即據此鉤出。其多出一字，未知是何字也。《天一閣碑目》有此，他日當往訪之。

校勘記

〔一〕《聚學軒叢書》本『宋』作『字』，於義不通。

自然碑　無年月。

右漢殘碑，六十九字。有『自然之性』云云，因謂之『自然碑』，其石未知存佚。黄小松司馬曾得搨本，見于《寰宇訪碑録》，其本今未審所在。嘉慶庚午夏四月，余至京師，見葉東卿案頭有舊本，亟偕歸雙鉤之。

吴

九真太守谷朗碑 鳳皇元年四月。

右《谷朗碑》。歐、趙及王象之《輿地碑目》、《天一閣碑目》、九來、覃溪、竹汀〔一〕諸家，皆著于録。隸法不惡，刻手極拙，『賜』字作『賜』，從『昜』，漢碑所未見。

校勘記

〔一〕《聚學軒叢書》本『竹汀』作『竹江』，誤。

急就篇 無年月。葉石林以爲吴皇象書。

右《急就篇》。明正統間，吉水楊政以宋葉石林刻本重刻于華亭。凡缺六百卅〔二〕四字，存一千四百字。與紹聖三年帖本對勘，字數點畫悉同，行十一字亦同。後有石林跋，謂相傳爲皇象書，而未敢定，或言索靖書。

按，《石林集》謂：『索靖章草《急就篇》一千四百五十字。』此少五十字，固非靖書也。王伯厚注第七章云：『碑本無此章。』此與紹聖帖本亦無，明即皇象本。然第二章『榮惠常』之

『榮』注云：『碑本作「栄」。』此在缺字中，又與厚齋所見不同。章草久爲絶學，故諸家所釋互異。此本每行有石林釋文，亦不皆確。第六章『康輔福』，釋『康』爲『原』；『虞苟偃』，釋『苟』爲『尊』。第十一章『譯㯶贊拜』，釋『㯶』爲『潒』；『稟食縣官』，釋『稟』爲『廪』。第十四章『沐浴揃搣寡合同』，『揃搣』見《説文》，釋『搣』爲『搣』〔二〕。第十八章『壂堂』，釋『壂』爲『殿』。第十九章『欜櫼』，釋『欜』爲『榱』。第廿〔三〕八章『誠竈情得』，釋『誠竈』爲『辤窮』。皆爲顔師古所誤。第十二章『筭籌』，第廿二章『痹疰』，草書『畀』作『米』，第十六章『鼻』字可證，『疰』與『痕』同，而釋『筭籌』爲『英籌』，釋『痹疰』爲『痍疢』。第十八章『厇縛棠』，釋『縛』爲『縛』；『猗黑倉』，『猗』見《説文》，釋『猗』爲『猶』。第廿二章『癡聾忘』，釋『忘』爲『惡』。第廿三章『弓竈』，釋『竈』爲『窟』；『土人』乃『土衣』之爛文，即『瓜』，釋『瓜』爲『人』。第廿六章『歸誠』言旁微損，釋『誠』爲『城』。皆石林自失，師古不受過也。草書轉摹，亦或微誤。第十五章『筑鈞』，師古作『筑箏』，『鈞』非『箏』字，『鉗』不協韻。第廿二章『狂失忘』，師古作『失響』。石林皆不釋，甚是。第十四章『揃搣』字作『[illegible]』，第廿三章『梀元華』字作『[illegible]』，亦無區別。草書『車』作『平』，亦或作『[illegible]』。第十三章『槧櫝』字作『[illegible]』，似『梨』字。第廿八章『斬伐』字作『[illegible]』，不可識。第廿九章『輒覺』字作『[illegible]』，似『緅』字。此類若非錯釋，必恐碑本摹譌。楊政刻此，又得任勉之所摹宋仲温寫本，以補此缺六百十九字，并仲温別書二幅，坿刻于後。而第一章、第二章缺十五字，失補。楊跋又言缺三百餘字，以六爲三，其鹵莽如此。

校勘記

〔一〕《聚學軒叢書》本『卅』作『三十』。

〔二〕《聚學軒叢書》本『摵』爲墨丁。

〔三〕《聚學軒叢書》本『廿』作『二十』。下文八處同。

宋

寧州刺史爨龍顔碑　太明二年九月。

右《爨府君碑》。太明二年立，在雲南陸凉州。以僻遠，故少搨本。碑言：『爨姓出于斑，漢末菜邑〔一〕于爨，因氏族焉。』《續漢志》無爨地，斑氏出樓煩，爨氏自言祝融眇胤，其分派未審信否。《廣韻》『爨，又姓』引『《華陽國志》「昌寧大姓，有爨習」，《蜀志》「建寧大姓」，《蜀録》有交州刺史爨深』。按，晋有爨琛，興古郡人。永嘉中，與姚岳同破李雄兵，仕爲本郡太守。或『深』即『琛』，爨龍顔即其族裔矣。是後爨氏，據有滇南幾二百年。《南齊志》：『寧州諸爨氏强族，恃遠擅命。』《隋書·梁睿傳》云：『梁南寧州刺史徐文盛被湘東徵赴荆州，土民爨瓚遂竊據一方，後分爲東、西二爨。』《唐·南蠻傳》：『兩爨蠻，自曲州、靖州西南，昆州曲軛、晋寧、喻獻、安寧距龍和城，通謂之「西爨白蠻」；自彌鹿、井麻二川，南至步頭，通謂之「東爨烏蠻」。自云本安邑人，七世祖晋南寧太守。中國亂，遂王蠻中。梁元帝時，爨瓚據地，延袤二千餘里。既死，子震、翫分統其衆。隋史萬歲擊之，至西洱河、滇池而還。太宗遣將擊西爨，開青蛉、弄棟爲縣。開元中，南寧州都督爨歸王襲殺東爨首領蓋聘。俄而爨崇道殺歸王，崇道俄亦被殺，諸爨稍離弱。南詔閤羅鳳立，以兵脅西爨，徙户二十餘萬於永昌城。後烏蠻種復振，徙居西爨故地。』貞元中，異牟尋復定西爨故地。』爨氏始末如此。

唐末已來，史傳蠻酋無爨姓，蓋皆改姓。然滇海東南地至今稱爲東、西二爨，此可補姓氏書所未備也。昆明縣東十五里，有隨西爨王墓。墓有碑，唐成都閭丘均撰，洛陽賈餘絢書，見《一統志》。各家未入録，故附記于此。閭丘均，《舊書》附《陳子昂傳》，即撰聖曆元年《王仁求碑》者也。

校勘記

〔一〕《聚學軒叢書》本『菜邑』作『采邑』。

梁

安成康王蕭秀碑 年月泐。

右《蕭秀碑》。有額、有陰，其碑文全泐。余但獲一額，隸書五行，行三字，云『梁故散騎常侍司空安成康王之碑』。據嚴子進《江寧金石記》所見，甘家巷有二碑，屹立田中。其一全泐，一額云：『梁贈侍中司空安成王之碑』，其文有『孝綽』數字可辨，則余所獲乃全泐之碑之額，非即孝綽所撰碑之額也。《南史·梁宗室傳》：安成康王秀卒，游王門者，東海王僧孺、吴郡陸倕、彭城劉孝綽、河東裴子野各製其文，咸稱實録。遂録，四碑竝建。此額即王、陸、裴之一。王氏《萃編》采《復齋碑録》及《南史》語，綴于蕭憺碑後，誤。

後魏

贈營州刺史高貞碑 正光四年六月。

右《高貞碑》。金石家未著于録。孫伯淵觀察始得之衛河第三屯，迻樹德州學宫。《魏書》無高貞名，《通典》八十二：『延昌三年七月，司徒平原郡公高肇兄子、太子洗馬貞卒。』今

《魏書·禮志四》『貞卒』二字作『員外亡』三字，傳寫之誤也。碑云：『祖左光禄大夫、渤海敬公式，誕文昭皇太后，是爲世宗武皇帝之外祖。』按，《魏書·外戚傳》，高肇父颺，颺女是爲文昭皇后，生世宗。景明初，贈左光禄大夫，賜爵渤海公，謚曰敬，則貞祖即颺也。碑又云：『考正始中，贈安東將軍都督、青州刺史，謚曰莊侯。琨爲高肇長兄，偃爲次兄，故字仲游。偃，即安東將軍青州刺史莊公，即文昭皇太后之第二兄也。』按，傳有琨弟偃，字仲游，太和十年卒。《通典》所云高肇兄，而貞即偃子也。碑又云：『君姊有神表淑問，拜爲皇后。』按，《皇后傳》『宣武皇后高氏，文昭皇后弟偃之女也』，亦見《偃傳》。碑言：『貞以四月廿〔一〕六日卒。』而《禮志》及《通典》作七月，亦傳寫之誤。

碑文完善，僅餘十五字，就中『載卡』之『卡』、『同殞』之『殞』，同輩未識。余謂『載卡』，即《小雅》『載弄』。魏孝文《弔比干墓碑》『執垂益而談卡兮』，與此碑同。《玉篇》『哢』作『咔』，偏旁從此。魏劉洛真《造象記》『少者益竿』。《論語·八佾篇》，《釋文》又作『竿』，彼偏旁『卡』、『卞』皆『卡』之省也。『殞』與『頍』同，借爲『規』，俗『規』從『矢』。碑末銘詞『載飛載矯』，字作『殨』，可互證。北齊《天柱山銘》『禮儀以成𩒴矩』，偏旁小異，即『規矩』也。德州新出土有高氏三碑，此其一。《高植墓志》爲田氏所藏，植即貞之從父昆弟，惠政有聲，見于史。《高湛墓志》爲封氏所藏，湛不見于史。

校勘記

〔一〕《聚學軒叢書》本『廿』作『二十』。

北齊

崔頠墓志銘 天保四年二月。

右《崔頠墓銘》，益都新出土。損左下角，缺五字，又缺兩半字。文云：『尚書僕射貞烈公之孫，涇州使君第二子。』按，《魏・崔亮傳》：『遷尚書右僕射，轉尚書僕射加散騎常侍，正光二年卒，謚曰貞烈。』亮三子，次士和，拜冠軍將軍、中散大夫、西道行臺元脩義左丞，行涇州事，則頠祖即亮，父即士和也。文云：『年廿〔一〕六，武定六年卒。』計頠之生在正光四年，亮先二年卒，士和奉使，爲莫折念生所害在正光五年。頠以孤子早世，宦未達，故史無其名。然片石如新，譔書精麗，名門遺迹，故自不凡。而余最先覩，有餘快也。

校勘記

〔一〕《聚學軒叢書》本『廿』作『二十』。

銅雀臺石傘門銘　天保八年。

文云：『大齊天保八年、九年，造銅雀臺石傘之門，百代之後見此銘音，當復知之。』『九年』非『九月』之誤。北齊《文宣紀》九年八月云：『先是，發丁匠三十餘萬，營三臺於鄴下。至是三臺成，改銅雀曰金鳳。』則此臺以兩年訖功，故云『八年、九年』也。

方道顯造釋迦象記　皇建元年十月。

右碑在范縣義城寺，各家未著録。寺相近有左伯桃墓。嘉慶庚午夏，縣令唐晟因訪墓，得碑。凡題名七列，其第四列有『馬神龝』字，從『飛』，爲僅見。第五列有『才令馬』，爲希姓。

陽阿故縣村造像記　河清二年五月。

右碑在山西鳳臺，故漢陽阿縣也。『邉』與『遍』同，又作『邉』，或作『邉』，皆北朝俗字。或釋爲『邊』，非。

石佛寺佛經碑　河清三年七月。

右碑在鉅野。其正面佛經，不知何時所刻。據碑側四行有『再立』、『重立』諸題名，蓋碑傾復樹之也。按，魏高宗以興光二年六月改元太安，此刻在三月已稱太安，豈史誤邪？《山左金石志》據下截有『大齊河清』字，編入北齊，姑從之。河清三年，歲在甲申，則『申』上缺者是『甲』字。

朱曇思等一百人造象記 河清四年三月。

右碑在山東博興，桂未谷權校官至此，搜得于野寺中。後寺僧棄爲堦砌。嘉慶丁卯，縣令移置學宮。其字多別體，『苦海』作『吉海』，『斜屆』作『斜[illegible]』，『四翥』作『四翥』，『瞻』作『[illegible]』，『𡚱爤』作『谿爤』，『爵璃往昔』作『爵璃住昔』，皆他碑所罕見。『[illegible]』即『屆』，今作『插』，『谿』即『妙』，與『𡚱』同，今作『嫈』。錢同人跋此，謂『塵』作『[illegible]』，『容』作『谿』，非也。

武成胡后造觀音石象記 武平二年十一月。

《北齊・胡后傳》：『自武成崩後，數出詣佛寺，與沙門曇獻通。置百僧於殿内，託以聽講。』武平二年，曇獻尚未伏法，或此象即獻等所造。

伏波將軍石永興等造象記 武平二年十一〔二〕月。

此記『鎮遠』作『瑱遠』，『陝州』作『閃州』，皆假借其別體字。『波』作『彼』，『居』作『[illegible]』，

『錢』作『錢』，『董』作『堇』，『縣』作『叡』，亦罕見。

校勘記

〔一〕《聚學軒叢書》本『十一』作『十二』。

北周

少保豆盧恩碑 天和元年。

右《豆盧恩碑》，隸書，舊在咸陽洪瀆原，乾隆辛丑後爲俗吏所毁。予屢見舊搨，皆經割裝，以斷紋計之，每行五十一字，前半十行完善，十一行以後有殘缺，十四行至末漫滅，僅存『文州楊陳』以下八十許字，零落不可屬讀。其完句則『八法斯掌，九賦是均』二語耳。通計前後，可識者六百四十六字。首行云：『朝鮮微子之封。』『微』當爲『箕』，碑刻自誤。撰文者庾信，《藝文類聚》五十引多删節，《文苑英華》九百二十五有全文，前明編《庾信集》亦有之，皆與碑搨本不同。碑有木本，凡一千二百五十字，中多妄改，王家瑞據之載入《金石遺文》。如『猛虎震地，七歲不驚。羝羊觸藩，九齡能對』，碑搨本明白。王依木本改作『覲于秦兵，尚稱童子。對于楚戰，猶在青矜』，《文苑英華》亦如此，蓋校者爲王家瑞所誤也。碑搨本『文州楊陳』下有『□者，氏夷酋長□□邊□〔一〕革大會』云云二十餘字，『保定』上有『也』字，《文苑英華》『楊陳』下、『保定』上僅有『鑾仍平瀘水以』六字，不但與碑搨本異，并與王家瑞異。然則明刻《文苑英華》亦經臆删臆改也。豆盧恩，《北史》附《豆盧寧傳》，云弟永恩，不載其名。碑云：『君諱恩，字永恩。』可補史闕。

校勘記

〔一〕此句四字原缺，爲墨丁。

嚴迴達造象記 天和五年十月。

文云『于時歲羇提格』，即『攝』字。《爾雅》：『太歲在寅曰攝提格。』天和五年，乃庚寅也。

隋

千佛山吴□〔一〕造像記 開皇十年十二月。

按，是年庚戌而云『癸丑』，則十三年也，必誤或漏刻三字。

校勘記

〔一〕此字原作墨丁。

張洪亮等造象記 開皇十五年四月。

右《張洪亮等造象記》，在益都縣廣福寺。《山左金石志》言：『造象祈福兼及州縣令長，惟有此刻，亦可見古風之淳。』余按，《東魏王雙虎造象》云『上爲皇帝陛下、州郡令長』，此亦云『州縣令長』，蓋造象之常語。末〔一〕有『營邪子』，爲希姓，《廣韻》引《風俗通》云：『周成王卿士營伯之後，漢有京兆尹營郃。』

校勘記

〔一〕原作『未』，文意不通，《聚學軒叢書》本作『末』，據改。

卷十　文類八　金石跋二

唐

顧升妻莊寧書心經 顯慶二年八月。

莊寧書《心經》，字徑三分，閨秀楷法，姸麗如此。一面刻顧升撰書《瘞琴銘》，楷法亦相類。

書興寺塔銘 顯慶四年四月八日。

右塔銘，在桂林府南門外萬壽寺。金石家未著録。寺隋建，舊名永寧。據銘，唐名善興，可補方志之闕。

薛國公阿史那忠碑 上元二年十月十五日。

右《阿史那忠碑》，在昭陵北西峪村。文多漫漶，首尾標題、年月二行全泐，惟敘銘卅〔二〕一行，行八十二字，通計二千三百一字，可辨識者一千八百五十四字。《雍州金石記》及《醴泉縣志》以爲存七百餘字，《潛研堂跋尾》以爲僅存二百餘字。王氏《金石萃編》載有全文，亦僅一千三百字。諸家皆未嘗審觀也。

校勘記

〔一〕《聚學軒叢書》本『卅』作『三十』。

寧義寺經藏碑　垂拱三年。

碑在壽光縣寧義寺，任知古撰，姪男思解書。高祖第十七子舒王元名，此碑作『无名』，疑史誤。任知古結銜『掌太后御集』，碑『集』字尚露大半，朱朗齋以爲『書』字，殆未審觀也。

木澗魏夫人祠碑　垂拱四年正月。

碑陰下截有『大唐四年』云云四十字，或即垂拱四年所題。又有宋元題名六段。《訪碑録》别有八分書隋碑，未獲見之。

右虞候副率乙速孤神慶碑　載初元年二月。

右《乙速孤神慶碑》，在醴泉縣叱干村。與其子行儼皆不在昭陵陪葬之列。碑四十四行，行八十字，通計三千二百七十三字。近年斷泐，右方下角約少二百字，存者亦漸模糊，故王氏《金石萃編》所録至缺誤六百五十字。此舊搨本，首尾完好，所不辨者僅卅〔一〕餘字。撰者苗神客，滄州東光人，《舊書》附《元萬頃傳》。碑末題：『歲次庚寅二月戊申朔。』上泐年號，王氏以《通鑑目録》推之，謂是載初二年。其實載初無二年，武后改永昌元年十一月爲載初元年正月，十二月爲臘月，來歲正月爲一月。至九月改元天授。是碑所泐年號，乃大周載初元年也。

校勘記

〔一〕《聚學軒叢書》本『卅』作『三十』。

中興聖教序 神龍三年五月。

右碑中宗御製，唐奉一隸書，神龍三年五月立在長清縣四禪寺。碑末附中宗答義凈墨勅，碑側載義凈《上武后符命事》。石已泐缺。寺内别有楷書碑，嘉靖四十三年重立，無碑側，多誤字脱字。然原碑泐缺，尚賴明碑以補之。趙德甫引《御史臺記》：『唐奉一，齊州人，善書翰。』余檢《御史臺精舍碑陰》有『楊奉一』，豈即其人歟？

龍興觀道德經 景龍二年正月。

右《道德經碑》，在易州，景龍二年正月立。前代金石家未著于録，歐、趙所收皆明皇御注。惟易州八面石柱爲蘇靈芝書之御注本，刻於開元廿〔二〕六年，而景龍舊碑同在易州。世人貴耳賤目，無過問者。蓋《道德經》自御注後頒列學宫，久相傳習，故余所見《道藏》七十餘本略同。雖以河上、王弼二家校者，亦頗改就御注。而傅奕古本字句較繁，亦難盡從。則世間真舊本必以景龍碑爲最，其異同數百事，文誼簡古，遠勝今本者甚多。今合蘇靈芝書御注本及河上、王弼與《釋文》所載，參互校勘，條舉得失，足證此刻之善。

《老子道經》一卷御注、河上作『《老子道經》卷上』，王弼作『上篇』。

无名各本作『無』，下皆放此。天地始御注與此同，河上、王弼作『天地之始』，下句亦有『之』字。常无欲觀其妙御注與此同，河上此句上有『故』字，『觀』上河上、王弼有『以』字，下句亦然。衆妙之門句下空一字，所以分章。御注不空，河上於『道可道』前題『體道第一』，王弼題『一章』，此無標目，下皆放此。相形王弼作『相較』，見《釋文》。成功不居御注、王弼作『功成不居』，河上作『功成而弗居』。不上賢各本『上』作『尚』。使心不亂王弼『使』下有『民』字。聖人治各本句上有『是以』二字，王弼『人』下有『之』字。常使民御注作『使人』。使知者各本『使』下有『夫』字。不敢爲各本句下有『爲無爲』三字，王弼有『也爲無爲』四字。久不盈各本作『或不』。深乎御注作『淵似』，河上作『淵乎似』，王弼作『淵兮似』。萬物宗河上、王弼『物』下有『之』字。湛常存河上作『湛兮似若存』，王弼作『湛兮似或存』。誰子河上、王弼作『誰之子』。芏猶別體字。橐籥御注作『橐籥』，河上、王弼句末有『乎』字。不屈王弼、顧歡作『不掘』。俞出各本作『愈出』。玄牝門，天地根河上、王弼『門』上有『之』字，『天地』上有『是謂』字。長久者河上、王弼『長』下有『且』字。故能長久王氏《萃編》引邢州本與此同，易州石柱及河上、王弼作『長生』，非也。以其无私《釋文》引河上與此同，御注、王弼『以』字上有『非』字，王弼句末有『邪』字。又不河上、王弼作『而不』。善人各本作『善仁』，古字通。政善河上作『正善』。不若其以各本作『不如其已』，古字通。而銳王弼作『而棁』。長保邢州本作『長寶』。而驕御注作『而憍』。功成名遂身退王弼作『功遂身退』，傅奕作『成名功遂身退』，邢州本作『名成功遂身退』。能无離傅奕及近刻王弼句末有『乎』字，下五句皆然。愛人各本作『愛民』。能无爲王弼作『無知』。能爲雌河上作『無雌』。能无知王弼作『無爲』。有之以爲利各本句上有『故』字。何謂寵辱？辱爲下王弼、傅奕作『何謂寵辱若驚？寵爲下』。有大患各本句末有『者』字。爲我有身，及我无身兩『我』字，各本作『吾』。故貴身於天下御注作『故貴以身爲天下』，與王弼同。河上作『故貴以身爲天下者』。若可託天下御注、王弼作『若可寄天下』，河上作『則可寄於天下』，《永樂大典》作『則可以寄天下』。若可寄天下河上作『乃可以託於天下』，王弼作『若可託天下』，《大典》作『乃可以託天下』。繩繩《大典》作『繩繩兮』。以語今之有各本作『以御』。以知古始御注、王弼作『能知』。是謂道已御注、河上作『道紀審觀』。王弼注當亦是『已』字。豫若冬涉川河上『豫』作『與兮』，王弼作『豫焉』。猶河上、王弼作『猶兮』。

儼若客河上、王弼「儼下」有「兮其」二字。涣若冰將釋河上、王弼作「涣兮若冰之將釋」，下三句皆有「兮」字。混若濁，曠若谷御注作「曠若谷，渾若濁」，河上作「曠兮其若谷，渾兮其若濁」，王弼與河上同，「渾」字作「混」。安以動之御注作「安以久」，河上、王弼作「孰能安以久」，《大典》作「孰能安以」，無「久」字。能弊復成御注作「故能弊不新成」，河上作「故能蔽不新成」，《大典》作「故能敝不新成」。按弼注「蔽，覆蓋也」，當與河上同。吾以觀其復王弼無「其」字。各歸其根河上、王弼「各」下有「復」字。忘作凶各本作「妄作凶」，河上或作「荽」，誤也。容能公御注、河上、王弼「能」作「乃」，下四句皆然。公能王，王能天邢州本作「公能生，生能天」。其次親之豫之御注、河上作「親之譽之」，王弼作「親而譽之」。其次畏之侮之河上「畏之」下有「其次」字。信不足河上、王弼「足下」有「焉」字。有不信王弼「信」下有「焉」字。由其貴言御注「由」作「猶」，河上作「猶兮」，王弼作「悠兮」。成功各本作「功成」。有人義各本作「仁義」。智惠出王弼作「智慧」，或作「慧智」，非。孝慈《大典》作「孝子」。絶民各本作「絶仁」。相去何若王弼或作「若何」，非。忙其未央御注作「荒其」，河上、王弼「荒」下有「兮」字，句末有「哉」字。若享太窂窂，別體字，御注作「如享」，《釋文》作「若亨」，引河上作「饗」。若春登臺御注、王弼作「如春登臺」，河上作「如登春臺」。我魄未兆御注作「我獨怕其未兆」，河上作「我獨怕兮其未兆」，《釋文》作「廓」，引河上作「泊」，傅奕作「我獨魄兮其未兆」，《大典》作「我泊兮其未兆」，王氏引邢州本與此同。若嬰兒未孩各本作「如嬰兒之未孩」。乘乘無所歸河上「乘乘」下有「兮若」二字，王弼作「儽儽兮若無所歸」。我獨河上「我」上有「而」字。之心河上、王弼「心」下有「也哉」字。純純河上、王弼作「沌沌兮」，《釋文》「沌」本又作「忳」。我獨若昏王弼作「我獨昏昏』。淡若海御注作『忽若晦』，河上作『忽兮若海』，王弼作『澹兮其若海』，《大典》作『漂乎』，一本作『忽兮』。漂无所止御注作『寂兮似無所止』，河上作『漂兮若無止』，《釋文》引河上作『淵兮』，王弼作『飂兮若無止』，梁簡文、傅奕作『飄兮』。有已各本作『有以』。我獨頑河上、王弼『我』上有『而』字。而貴食母御注作『而貴求食於母』。是從《大典》作『之從』。忽怳中有象，怳忽中有物顧歡與此同，御注作『忽兮怳，其中有象；怳兮忽，其中有物。』河上作『忽兮怳兮，其中有像；怳兮忽兮，其中有物』。本或二句互倒，王弼與河上同，『忽』作『惚』。窈冥中有精顧歡與此同，御注作『窈兮冥，其中有精』。河上、王弼作『窈兮冥兮，其中有精』。之然御注、今河上作『之然哉』。王弼作『之狀哉』，《釋文》、河上一本直云『吾何狀也』。枉則正傅奕與此同，諸本作『則直』。弊則新《釋文》作『蔽』，傅奕、今王弼作『敝』。多則或各本作『惑』。莫能與之争河上無『能』字。豈虚語各本作『豈虚語哉』。故成全各本作『誠全』，無『故』字。飄風王弼句上有『故』字。孰爲此天地河上、王弼『此』字下有『者』字。上不能久各本作『尚不』。於人各本句末有『乎』字。故從事而道者，道德之。同於德者，德德之。同於失者，道失之。信不足，有不信。古『得』、『德』字通，『德之』即『得之』也。河上作『故從事於道者，道者同於道，德者同於德，失者同於失。同於道者，道亦樂得之。同於德者，德亦樂得之。同於失者，失亦樂得之』，御注、王弼無三『樂』字，餘與河上同。河上、王弼作『信不足焉，有不信焉』。企者不久御注、河上作『跂者不立』，王弼作『企者不立』。夰者各本作『跨者』。按，當是『夸』字。自見不明河上、王弼『自見』下有『者』字，下四句皆然。其在道王弼作『其在道也』，御注、河上作『其於道也』。物或有惡之各本無『有』字。故有道不處御注、王弼『道』下有『者』字，河上亦有『者』字，句末有『也』字。寂漠王弼作『宋寞』，河上、今王弼作『寂兮寥兮』，鍾會作『飈』。獨立不改御注、河上『立』下有『而』字。周行不殆各本『行』下有『而』字。吾强爲之名各本無『吾』字。遠曰返河上、王弼作『反』。道大各本『道』上有『故』字。王大各本『王』下有『亦』字。而王處一河上、王弼作『而王居其一焉』。是以君子河上、王弼作『是以聖人』。燕處王弼、傅奕作『宴處』。如何各本作『奈何』。以身各本『以』上有『而』字。輕則失臣王弼作『失本』，《大典》作『失根』。轍迹河上作『徹迹』，王弼作『徹跡』，梁簡文云『應車邊。今作彳邊者，古字少也』。瑕謫御注、河上作『瑕讁』，王弼作『瑕謫』。善計王弼作『善數』。籌策御注作『籌算』。不可開各本『不』上有『而』字，下句亦然。而无棄人各本『而』作『故』，下句亦然。善人御注、《大典》作『故善人』，河上作『故善人者』。不善人河上『人』下有『者』字。雖知河上、王弼作『雖智』。此謂各本作『是謂』。爲天下蹊各本作『谿』，《釋文》『谿』或作『溪』。常得不忒各本作『常德』。常得乃足各本作『常德』。於朴御注作『撲』，王弼作『樸』，下句亦然。朴散各本『散』下有『則』字。聖人用爲官長各本『用』下有『之則』字。是以大制无割各本作『故大制不割』。神器《大典》『器』下有『也』字。不可爲各本『爲』下有『也』字。夫物各本作『故物』。或噓王弼作『或歔』，御注、河上作『或呴』。或贏各本作『或羸』。或接或隳御注、河上『接』作『載』，王弼、梁簡文作『挫』。以道作各本作『以道佐』。荆棘生各本『生』下有『焉』字，此句下各本有『大軍之後，必有凶年』八字，蓋注語羼入正文，此本無。王氏引邢州本亦無。故善者果而已河上、王弼無『故』字，《大典》亦無『故』字，『而已』下有『矣』字，今王弼『者』作『有』。不以取强各本『不』下有『敢』字。果而勿驕，果而勿矜，果而勿伐御注『驕』作『憍』，各本『果而勿驕』句在

『果而勿伐』下。果而不得以是各本『以』作『已』，無『是』字。謂之非道，非道早已御注、河上、王弼作『是謂不道，不道早已』，傅奕、王氏引邢州本皆作『非道』。夫佳兵者河上無『者』字。不祥之器《大典》無『之器』二字。故有道不處各本道下有『者』字，《大典》『處』下有『也』字。恬惔御注作『恬淡』，河上作『恬恢』，一作『恬然』，王弼作『恬澹』。故不美若美之御注、河上、王弼作『勝而不美而美之者』，《大典》無『而』字。是樂煞人各本作『殺人』，《大典》『人』下有『也』字。不可得意於天下御注作『得志』，河上、王弼作『則不可以得於志天下矣』，《大典》無『則』字。故吉事尚左各本無『故』字。居左御注、《大典》作『處左下居右』，亦作『處右』。煞人衆多河上、王弼作『殺人之衆』，此句上御注、河上有『言以喪禮處之』六字，蓋注語羼入正文，此與《大典》皆無。悲哀王弼作『哀悲』。哀禮各本作『喪禮』。朴雖小御注作『撲』，王弼作『樸』。天下不敢臣王弼作『天下莫能臣也』。王侯若能守御注、河上、王弼作『侯王』，梁武與此同。河上、王弼『守』下有『之』字。人莫之令河上作『民莫』。天將知止御注、王弼作『夫亦將知止』，河上作『天亦將知之』。知止不殆御注作『知止所以不殆』，河上作『知之所以不殆』，王弼作『知止可以不殆』。譬道在天下河上、王弼『道』下有『之』字。與江海御注、河上作『之與江海』，王弼作『之於江海』。强行有志各本『行』下有『者』字。道氾御注作『道汎』，河上作『道氾兮』。以生河上作『而生』。成功各本作『功成』。不名有傅奕、《大典》作『而不居』。愛養王弼作『衣養』，《大典》作『衣被』。不爲主各本『不』上有『而』字，下句亦然。可名於大河上作『爲大』，《大典》作『於大矣，又有是以聖人能成其大也』。是以聖人，終不爲大河上句末有『也』字，王弼作『以其終不自爲大』，《大典》作『以其不自大』。平太御注、《大典》作『平泰』。道出言御注、河上、王弼作『道之出口』，傅奕作『道之出言，下視聽用』三句，各本皆有『之』字。淡无味各本『淡』下有『乎其』二字。用不可既御注、河上作『用之不可既』，王弼作『用之不足既』。翕之河上作『噏之』，王弼作『僞之』，簡文作『歙』，又作『結』。必故各本作『必固』，下三句皆然。柔勝剛，弱勝强《大典》與此同，御注、河上、王弼作『柔弱勝剛强』，傅奕作『柔之勝剛，弱之勝强』。國有各本作『國之』。可示各本作『可以示』。能守王弼『守』下或有『之』字。之朴御注、王弼作『之樸』。亦將不欲王弼作『夫亦將無欲』。

《老子德經》御注、河上作『《老子德經》卷下』，王弼作『《老子德經》下篇』。

忠信之薄御注作『之簿』，下『不處其薄』亦然。處其厚，不處其薄，居其實，不居其華河上作『處其厚，不居其薄，處其實，不居其華』，王弼亦然。万物各本作『萬物』。天下正御注、王弼作『下貞』。其致之句下或有『一也』二字。高以下爲基御注脱『爲』字，河上『高』下有『必』字。不轂御注、王弼作『不穀』，河上云『不轂，喻不能如車轂爲衆轂所湊』。卌二章『不轂』亦然。非各本作『非乎』。數車無車御注、王弼作『數輿無輿』，蘇靈芝書上『輿』作『與』，誤也。落落王弼作『珞珞』。天下万物河上、王弼作『萬物』，御注作『之物』。勤而行之御注無『之』字，傅奕作『而勤行之』。故建言有之御注無『故』字。夷道若類御注、王弼作『若纇』。善貸且善各本作『且成』。不轂御注、王弼作『不穀』。或益之而損御注無『或』字。我亦教之御注作『亦我義教之』。無有入於無間御注、河上、王弼無『於』字，傅奕、《淮南子》作『出於無有，入於無間』。是以知無爲有益御注作『是以知無爲之有益益』，河上、王弼有『之』字，不重『益』字。是故甚愛河上無『是故』。故知足各本無『故』字。以爲天下正各本無『以』字。罪莫大於可欲王弼無此句。常足御注、王弼作「常足矣」。其知弥近各本作「彌少」。又損之河上、王弼無「之」字。無不爲各本「無」上有「而」字。得善信者各本作「德善」，下句亦然。御注脱「信」字。怵怵御注作「惵惵」，河上作「惔惔」，王弼作「歙歙」，簡文云，河上作「怵」，高翿作「喋喋」。動之死地十有三王弼、高翿「地」下有「亦」字。措其爪御注、河上、王弼作「措」，《釋文》作「錯」。是以万物御注作「是以聖人」。夫莫之命御注、傅奕作「之爵」。成之孰之王弼作「亭之毒之」。又知其子河上作「復知」，王弼、高翿作「以知」。是謂習常御注、高翿作「襲常」。而人好徑御注、高翿作「民其好徑」，河上、王弼作「而民」。服文綵御注、高翿作「彩」。厭飲食御注作「猒」，高翿作「肙」。是謂盗夸，非道也哉王弼「盗夸」下復有「盗夸」二字，《釋文》引河上本同。子孫祭祀不輟王弼「子孫」下有「以」字，《韓非子》有「以其世世」四字。脩之身河上、王弼「脩之」下有「於」字，下「脩之家」、「脩之鄉」亦然。御注、高翿五句皆無「於」字。其德有餘衆本作「乃餘」，御注作「其德能有餘」，《韓非子》與此同。脩之於國《韓非子》作「於邦」，與豐叶韻，今沿漢避諱改也。天下之然河上作「之然哉」，王弼作「然哉」，無「之」字。毒虫不螫御注、河上、高翿作「毒蟲不螫」，王弼作「蜂蠆虺蛇不螫」。按，「虫」、「虺」兩通，作「蟲」者誤。而峻作王弼作「而全作」，《釋文》引河上作「峻」，本一作「朘」。精之至河上、王弼「至」下有「也」字，下句亦然。號而不嗄高翿「而」下有「嗌」字。知常曰明河上作「日明」，下二句亦然。謂之不道御注、高翿作「是謂不道」。解其忿河上作「紛」，王弼作「分」。不可得而疎河上「不」上有「亦」字，下二句皆然。亦不可得而賤諸本無「亦」字，河上有。以正御注作「以政」。以奇御注誤作「以其」。知其然河上、王弼、高翿「然」下有「哉」字。而人彌貧，人多利器各本「人」作「民」。法物滋彰御注、王弼、高翿作『法令』，河上云『法物，好物也』。人自化各本『人』作『而民』，下三句亦然。我無事，人自富御注此句在『我好静』之上。其人醇醇各本作『其民』，御注、王弼、高翿作『淳淳』。禍福之所倚，福禍之所伏御注作『禍兮福所倚，福兮禍所伏』，河上、王弼有兩『兮』字，無兩『之』字。其無正御注作『正邪』。政復爲奇各本作『正復』。人之迷御注、河上、高翿作『民之』。廉而不害御注作『不穢』，王弼作『不劌』。不曜御注作『耀』，王弼作『燿』。則無不剋御注、王弼作『不克』，下句亦然。固蔕御注作『故蔕』，王弼作『固柢』。不傷人御注作『傷民』，下二句亦然。交歸各本作『交歸焉』。天下之牝御注作『之交』，高翿作『之交牝』。牡常以静勝牝各本作『牝常以静勝牡』。則取大國御注作『則聚』。故或下以取，或下如取御注下句作『或下而聚』，河上、王弼、高翿作『而取』。此兩者河上、王弼『此』作『夫』，高翿無『此』字。不善人之所不保各本作『所保』。不日求以得河上、王弼『求』字在『以』字下，高翿『日』作『曰』。有罪以勉諸本作『以免邪』，高翿作『不免邪』。啚難於易，爲大於細各本『於』下皆有『其』字。故欲無難王弼作『無難矣』。其脆易破河上作『其膬』，王弼作『易泮』。是以聖人無爲河上無『是以』。復衆人御注作『衆民』。非以明人各本作『明民』。以其多智各本作『智多』。以智治國御注、王弼、高翿作『故以』。亦揩式河上作『楷』，王弼作『稽』，下句亦然。深遠與物反各本作『深矣遠矣，與物反矣』。百谷王各本『王』下有『者』字。以其善下之河上無『其』字。是以聖人欲上人王弼『無聖人』，河上、王弼作『上民』。必以言下之御注作『以其言』。我大王弼作『我道大』。不肖各本『不上』有『似』字，下『故不肖』亦然。其細御注、王弼作『其細也夫』，高翿作『其紗也夫』，河上『其細』句絶，以『夫』字屬下句。持而寶之御注作『保而持之』，高翿同。河上、王弼作『持而保之』。夫慈故能勇河上、王弼無『夫』字。今捨慈且勇御注、高翿『捨』下有『其』字，下二句亦然。且先御注誤作『先且』。古之善爲士者各本無『古之』。不爭河上、王弼作『不與』。善用仁者爲下各本『仁』作『人』，御注、王弼作『爲之下』。是以用人之力各本作『是謂』。行无行各本『无』作『無』，下皆倣此。仍无敵王弼作『扔』。則哀者勝各本作『哀者勝矣』，無『則』字。知我者希，則我者貴御注脱『我者希則』四字，而注中有之。是以聖人不病御注作『夫唯病，是以不病，聖人不病』，河上、王弼、高翿『夫唯病』下復有『病』字。大威至御注、王弼、高翿句上有『則』字，河上無『則』字，末有『矣』字。无狹王弼作『無狎』。知此兩者河上、王弼無『知』字。孰知其故此句下各本有『是以聖人猶難之』。不召而自來，□然而善謀『來』下一字未刻，御注、王弼、高翿作『繟』，《釋文》引梁王尚、鍾會、孫登、張嗣作『繟坦』二字，引河上作『墠』。疎而不漏各本作『不失』。民不畏死高翿『民』下有『情』字。若使常畏死御注、高翿『使』下有『人』字，河上、王弼有『民』字。煞之各本作『殺之』，下倣此。代大匠斲御注無『大』字。夫代大匠斲御注無『夫』字。其手御注、王弼作『其手矣』，河上作『其手者矣』。民之飢御注作『人之』。上有爲河上、王弼、高翿作『上之有爲』。生生之厚各本作『求生』。人生之衆本作『人之生也』，高翿作『民之生也』。其死各本作『其死也』。生之御注作『生也』，衆本作『之生也』。其死各本作『其死也』。木强則共王弼、傅奕作『則兵』。故堅强處下各本作『强大處下』，無『故』字。張弓御注、河上作『張弓乎』，王弼作『張弓與』。不足者與之王弼作『補之』。而補不足御注無『而』字。人道各本作『人之道』。損不足各本『足』下有『以』字。孰能有餘以奉天下御注『以』字在『能』字下。其唯有道者各本無『其』字。爲而不恃御注無『而』字。功成不處河上、王弼『成』下有『而』字。斯不見賢各本作『其不欲見賢』，高翿句末有『邪』字。天下柔弱莫過於水王弼作『天下莫柔弱於水』。而攻堅强莫能之先御注、王弼『强』下有『者』字，『先』作『勝』，河上亦有『者』字，作『莫之能勝』，高翿作『莫之能爽』。故弱勝强，柔勝剛御注、高翿作『故柔勝剛，弱勝强』，河上、王弼無『故』字，作『弱之勝强，柔之勝剛』。莫能知各本『能』作『不』。故聖人云御注作『是以聖人言』，王弼作『是以聖人云』。受國不祥河上、高翿『國』下有『之』字。不責於人御注作『而不責於民』，河上、王弼有『而』字。故有德河上、王弼無『故』字。小國寡人各本作『寡民』。什伯之器河上『伯』下有『人』字。使人重死河上、王弼作『使民』。鷄狗之聲御注、高翿作『鷄犬之音』，王弼作『鷄犬之聲』。既以爲人己愈有御注作『與人』。

已上三百卌九事，皆景龍本異文。是時，御注未出，所行皆六朝舊本，故文句簡古，卓然可據如斯。間亦有承習舊訛，或寫刻時錯脱不可爲訓者，是在善讀者之擇善而從也。

校勘記

〔一〕《聚學軒叢書》本『廿』作『二十』。

平昌寺造像記 景雲二年二月廿〔一〕四日。

此記『大唐』上、下皆空一字，『二月景子朔廿四日己亥』，『二』、『子』、『己』三字皆泐。

《舊唐書・睿宗紀》是年正月丁未朔，《蕭思亮墓誌》是年二月景子朔，則此爲二月無疑。『歲次辛亥』，《蕭思亮墓誌》作『丁亥』，彼誤也。

校勘記

〔一〕《聚學軒叢書》本『廿』作『二十』。下同。

贈邛州刺史狄知愻碑 年月泐，當在睿宗時。

右《狄知愻碑》，泐缺弱半。中有『載初元年』字，是梁公母太谷郡夫人合葬之年，非立碑之年。《舊書・梁公傳》，中宗返正，追贈司空，睿宗追封梁國公。《碑》云『贈司空、梁國文惠公』云云，又云『有孝孫鴻臚□〔二〕卿光嗣』云云，則此碑梁公卒後，其子光嗣於睿宗時追立。《金石録》列于載初元年正月，非也。《碑》云『曾〔三〕祖叔湛』，《新書・宰相世系表》脱『叔』字；《碑》云『贈邛州刺史』，《表》作『越州刺史』；《碑》云『鴻臚卿光嗣』，《表》作『户部郎中』，皆《表》誤。《碑》云『孔□門人』，即《表》『狄黑』。《碑》云『山爲巨儒』，即《表》『漢博士山』。

校勘記

〔一〕原缺，爲墨丁。後文同。

〔二〕《聚學軒叢書》本「曾」作「贈」。

巂州都督姚懿碑 開元三年十月十二日。

嘉靖刻本。《舊書·姚崇傳》云「父善意」，與《碑》及《世系表》同。本或作「善懿」，誤。

贈歙州刺史葉慧明碑 開元五年七月七日。

徐嶠之，即浩之父。

碑連額高建初尺九尺四寸，廣三尺七寸，廿〔一〕行，行五十字。首行標題下有撰書人名，泐缺。《集古録目》、《輿地碑目》、《寶刻類編》謂「李邕撰，韓擇木書」，當是也。《金石録》又謂「韓擇木撰并書」。據《碑》云：「驟請闕廷，苐如江介。遠訪才子，枉逮鄙夫。」李邕，廣陵江都人，故云「江介」。韓擇木，昌黎人，烏得云爾？趙氏誤也。《世系表》：李邕祖元哲，由江夏徙廣陵。而邕撰書諸碑皆云江夏，舉郡望也。《舊書》本傳：開元三年，中書姚崇嫉邕，左遷括州司馬。此碑及《有道先生葉國重碑》，蓋即左遷後所撰。法善，括州括蒼人。括蒼，今處州松陽等縣。慧明爲法善父，國重爲法善祖。《寶刻叢編》及《類編》載：「二碑皆在處州。」蓋立于墓所。《國重碑》俗呼《追魂碑》，《金石録》謂「《國重碑》在開封府」，不確。屠隆《考盤餘事》及《山東通志》謂在金鄉縣。《寶刻類編》謂「《追魂碑》，紹興十四年大雷辟其石」，則原碑宜多毁缺，而今所見搨本一字不損，是金鄉或有重刻本。然問之官是土者，皆言未見。《寰宇訪碑録》謂『《追魂碑》重刻，仍在松陽』，疑得其實。《金石文字記》又謂『《慧明碑》在金鄉』，蓋誤憶屠隆語，而以此當『追魂』也。《山左金石志》亦言在金鄉，則有沿寧人之誤。此碑隸法，與《告華岳文》同而筆力稍弱，蓋韓少時書。審觀，是原刻。計括蒼至金鄉相距三千里，又隔數大山，萬難轉徙，則寧人語必涉《追魂碑》而誤。今所見拓本不少，原石未必遽[二]毁。按王象之言，『此碑在麗水縣北一百二十里，沖貞觀中』。以今縣推之，則當在縉雲縣西北、宣平縣東南，將屬處州守令訪之。

校勘記

〔一〕《聚學軒叢書》本『廿』作『二十』。

〔二〕『遽』，原作『據』，據《聚學軒叢書》本改。

萊州刺史唐貞休德政碑 年月泐。錢竹汀考爲開元十年七月。

是碑撰書人姓名及年月皆泐，中有云『久之下制曰：洛陽縣令唐貞休』，因知府君名貞休，而舊、新《書》皆無傳，僅見于《宰相世系表》。錢少詹疑即《金石録》之《于府君碑》，『于』字爲『唐』之誤，未審信否。碑下截漫滅，以銘詞計之，當是每行五十二字，凡廿[一]七行。《山左金石志》作廿八行，蓋并末『無』字之一行計之也。

校勘記

〔一〕《聚學軒叢書》本『廿』作『二十』。下同。

右武衛將軍乙速孤行儼碑 開元十三年二月十六日。

右《乙速孤行儼碑》，在醴泉縣叱干村。凡卅〔一〕一行，行六十七字，通計一千九百卅字。所不辨者僅廿〔二〕三字，在昭陵諸碑中特爲完善。王氏《金石萃編》漏數『徐元禮鐫』一行，因云『卅行』。所録全文，缺誤不下二百廿字，蓋未嘗審觀也。《碑》云：『維景龍二年，歲次景申，二月辛卯朔十六日景午。』據《岱嶽觀鴛鴦碑》，是年歲在戊申，二月甲子朔，足證此碑之誤。碑末題『開元十三年二月景辰朔』，考十二年閏十二月丙辰朔，再承大月，故二月仍爲丙辰朔。《通鑒目録》以爲當承小月，因改二月爲乙卯朔。前朝曆法，何勞追改？温公未免多事。碑有『溱州扶驩縣』，當考。

校勘記

〔一〕《聚學軒叢書》本『卅』作『三十』。後同。

〔二〕《聚學軒叢書》本『廿』作『二十』。後同。

䢿谷寺建塔記 開元十四年十月一日。

右相州門徒一百人等《䢿谷寺東建塔記》，前半泐缺。銘『嗣正法之晶』脱『晶』字，補刻于次行之首。『各潤根莖』，『莖』字誤作『莁』。『静虩吞聲』，倒一『虎』，蓋與『虩』同意。《李勣碑》『虩嘯龍騰』，《五經文字·虍部》：虩，二虍，從貝。俗以二虍顛倒，與《説文》、《字林》不同。』《廣韻·銑部》云：『倒一虎者，非。』

雲門山功德銘 開元十九年十月十五日。

是刻多泐缺，審觀可識者，視《山左金石志》尚多五六十字。文爲益都令唐道周撰。稱六代祖輪、從祖季卿，皆官青州。又稱『貞休□□是邦，纂□〔一〕丕烈』，今萊州府治有開元十年《萊州刺史唐貞休德政碑》，當即其人也。『丑朔』上缺三字，據十五日辛卯，知必丁丑朔矣。是年無閏月，據《净土寺經幢》『是年十一月景午朔』，知丁丑朔必是十月矣。

校勘記

〔一〕三字原缺，爲墨丁。

齊州神寶寺碑　開元廿〔一〕四年十月。

右《神寶寺碑》，首行泐缺。《訪碑録》以爲李寰撰，審觀乃『字寰篹兼書』，實非『李』字，其姓名不可考矣。《山左金石志》載此全文，頗多缺誤。余以精搨本對校，多識八十餘字。碑爲傖父所撰，無關考證。唯此寺元魏时舊額曰『静然』，足爲方志之助。

校勘記

〔一〕《聚學軒叢書》本『廿』作『二十』。

莒國公唐儉碑　開元廿〔一〕九年。

右《唐儉碑》，在昭陵東南，文多漫漶。凡卌〔二〕行，行八十五字，通計三千九字，可辨識者二千九十二字。《金石圖》以爲卅〔三〕九行，《醴泉縣舊志》以爲存字千一百，《雍州金石志》以爲僅存四百字，王氏《金石萃編》以爲全文三千三百字，存者一千二百餘字，諸家皆未嘗審觀也。碑云：『從孫瑾對□〔四〕嘉命，辶述徽音。』是撰文者唐瑾。《宰相世系表》，瑾爲儉弟敏之孫，諸家未經舉出。碑云：『徽男尚識，尚豫章公主。』本傳及《世系表》作『善識』，《公主傳》作『義識』，趙德甫所見《公主傳》作『茂識』。儉，字茂約，其子未必名茂識。唯『尚』、『善』、『義』

三字互異，未審孰是。

校勘記

〔一〕《聚學軒叢書》本『廿』作『二十』。
〔二〕《聚學軒叢書》本『卌』作『四十』。
〔三〕《聚學軒叢書》本『卅』作『三十』。
〔四〕此字原缺，爲墨丁。

賢令山摩崖二種 無年月，當在開元中。

陽山縣北二里，賢令山讀書臺前有摩崖『千巖表』三大字，正書，不署名，相傳爲韓文公書。嘉慶壬戌，余至粤東，求得搨本。其明年，陽山令又搨寄草書『鳶飛魚躍』四字一横，末題『退之』二字，云新搜得之，翁氏《粤東金石略》所未載也。草法古勁飛動，實爲神品。但昌黎生平自稱『愈』，不稱『退之』。《唐詩統籤》、《唐詩快》有開元中道士司馬退之詩一首，中有云『羅浮奔走外，日月無短明』，乃嶺南詩也。此二刻當即其人所書。海陽近刻有《白鸚武賦》，亦出一手。今人但知『退之』爲韓文公，不知有此道士矣。

白鷴武賦　無年月。

右《白鷴武賦》，雍正八年摩刻，賦見《王右丞集》，《唐文粹》亦載之，頗互異。行草生勁，開黄魯直一派。末題『退之』二字，當亦司馬退之所書。

靈都觀張尊師碑　天寶二年六月三日。

碑云：『曾祖儼，周襄國紫州刺史。』《唐志》：洺州，武德元年于臨洺縣置紫州，四年罷。據碑，則周已有紫州，屬襄國。諸史皆不言，殊缺略也。今永年縣西有臨洺關，即廢縣州所治。西有紫山，蓋紫州命名以此。

靈都觀劉尊師碑　天寶十一載二月廿〔一〕八日。

碑甚模胡，前半尤甚。首行『齊物劉尊師碑銘』等字，隱隱可識。據碑末有隸書題名『撿校覆鐫字姪劉玄覺』，則尊師姓劉無疑。《中州金石記》題爲『《某尊師碑》，天寶十載二月立』。《寰宇訪碑録》緣之，别載『天寶十一載二月，王屋山《劉尊師碑》，齊莊文翟□〔二〕行書』，一碑兩收，誤也。碑云：『有弟道士曰齊莊，鴒原永懷，式昭至德。』是齊莊實立此碑，而撰文者縣主簿，非即齊莊。且碑是十一載，非十載。碑第六行『又問』二字未成句，似有脱。

校勘記

〔一〕《聚學軒叢書》本『廿』作『二十』。

〔二〕此字原缺，爲墨丁。

夫子廟堂記 天寶十一載四月廿〔一〕二日。

《夫子廟堂記》，魯公初書于天寶時，大曆中又刊于湖州。今華州王氏藏有殘石七十一字，其前二行魯公及徐季海列銜與《多寶塔碑》同，乃天寶時書也。近山西新獲顔碑，行列字次與華州殘石悉合，蓋即從彼本翻刻者。末行年、月、日亦與《多寶塔碑》同，惟『廿二日戊戌』作『廿二日丙戌』爲異，蓋翻刻者疑乙丑朔，則廿二日非戊戌，故妄改，不知《多寶塔碑》之『乙丑』乃魯公誤筆。《通鑒目録》是月丁丑朔且廿二日戊戌，則丁丑朔無疑。是年二月己酉朔，見《劉尊師碑》；有閏三月，見《永泰寺碑》，是四月丁丑朔也。然魯公一日未必連書二碑，想是華州本末行久泐，翻刻者簒取《多寶塔》之月日補之，遂臆改『戊戌』爲『丙戌』。『戌』字又非魯公體，淺人涉手輒謬如此。然賴有此翻刻，得見華州碑款式，且悟《唐文萃》所載别是一碑，與魯公兩次所書皆無涉也。

校勘記

〔一〕《聚學軒叢書》本『廿』作『二十』。下同。

雲門山投龍璧詩 天寶十一載十一月。

《投龍璧詩》『載辜月』上缺六字，《全唐詩》作『有唐天寶玄默歲』，蓋『默歲』本是『黓載』二字。《爾雅》『歲在壬曰玄黓』，十一月爲『辜』，天寶元年爲壬午，十一載爲壬辰。八載，群臣上尊號爲『開元天寶聖文神武應道皇帝』，序中已有此語，則是十一載十一月也。序云：『余是年病月戾止。』《爾雅》三月爲『病』，則居貞三月到官，十一月投禮也。《全唐詩》『寎月』作『病目』。

雲門山造象八種 起天寶十一載十二月，迄十二載十一月廿〔一〕七日。

右《雲門山造象》，題字有『依六』、『依智』，顯是希姓。又有『姓千秋』、『姓哥悟』，《廣韻》『姓，又姓』引《漢書·貨殖傳》『臨菑姓偉，貲五千萬』。

校勘記

〔一〕《聚學軒叢書》本『廿』作『二十』。

柘城縣令李仲華德政頌 天寶十三載五月十八日。

右《李仲華德政頌》，魏崇仁行書，《寶刻類編》及黃玉圃《中州金石考》有其目。文云『員外丞鉅鹿魏崇仁，故太師鄭公之曾孫也』，檢《魏徵、魏謩傳》、《宰相世系表》、《魏謩先廟碑》竝無其名。傳言徵四子，叔瑜，豫州刺史，善草隸，以筆意傳其子華及甥薛稷。今是碑行草偉麗可喜，崇仁于華爲子姓，蓋家學淵源也。《世系表》：華子瞻，駕部郎中。崇仁與華當同一格，表殊漏略。文云『今太守越國李公』，蓋即許遠[一]所代其任者，史亦無名。其叙李仲華先世皆無考，而稱曾祖爲『太翁』，則可補入《通俗編》也。

校勘記

[一]《聚學軒叢書》本『許遠』作『許還』。

怡亭銘 永泰元年五月十一日。

《怡亭銘》在武昌縣北觀音巖，面臨大江。夏秋水漲，則銘浸水中，拓本頗難得。此册漢陽葉東卿所贈，稍嫌墨暈，然亦近搨之佳者。裴虯，代宗時道州刺史。《集古録》謂唐史不見其事，武虚谷引《舊書·代宗紀》一條。余按，《舊書·張建封傳》『大曆初，道州刺史裴虯薦建封于觀察使韋之晋』，則虚谷未及引也。銘文『余逃世』之上是『願』字，《湖北通志》釋作『顧』，孫淵如觀察亦謂當作『顧』。予得此本，足定其誤。

陽華巖銘 永泰二年五月十一日。

瞿令問篆迹謬惡，以『慭』爲『尤』，以『漿』爲『逸』，大錯。歐公援及顔子，儗不以倫，則宋人習氣也。

成德軍節度使李寶臣紀功碑 永泰二年七月一日。

右《李寶臣紀功碑》，在正定故察院署中。有篆額，失搨。碑文廿〔一〕九行，行五十五字，通計一千三百九十八字。王氏《金石萃編》誤云『廿五行』，所録全文，缺誤至三百餘字。余據衆搨本，并何夢華所抄舊搨本覆校之，碑石剥泐處尚皆可讀，所不辨者僅五十餘字而已。文體學揚、班，爲退之先聲。所稱『元年』至『九年』，皆寶臣牧恒之年，漢已前諸侯王得自稱『元年』，此其所本也。

校勘記

〔一〕《聚學軒叢書》本『廿』作『二十』。下同。

浯溪銘 無年月。

《浯溪銘》，黄山谷以爲季康篆，潘稼堂以爲瞿令問篆。山谷去唐近，當有所據。旁有釋文殘石，不知何人所刻。『淵回』作『淵洄』，『潺〻』作『潺五』，『多石』作『雙石』，『隔溪』作『夾溪』，顯與篆刻不合。《阮亭集》載此銘，亦多謬誤。蓋篆學久廢，雖以此銘之易識，猶皆劌目𣗥口也。

錢唐縣丞殷履直夫人顏氏碑 無年月。

右《殷君夫人碑》，四面周刻，泐缺甚多。碑額横題『唐錢唐丞殷君夫人顏君之碑』，篆書。今前面六字漸不可辨。夫人爲昭甫之女元孫，惟貞之女兄。元孫六子，惟貞八子。魯公行七，故《家廟碑》自稱第七子。合元孫子爲次，故此碑及《干禄字書》稱弟十三姪男，《祭姪文》稱第十三叔也。《家廟碑》載元孫子僅五，惟貞子僅七。疑皆殤其一，故不列名。碑額稱『顏君』，序中亦屢稱『君』，蓋『君』亦女之尊稱，可廣《金石例》。

碑云『黄門侍郎』，即北齊黄門侍郎待詔之推。云『崇賢』，即弘文崇賢學士勤禮，竹汀《跋尾》作『集賢學士』，誤也。云『妹宜芳令裴安期』，云『君有三子，幼曰晉州長史成己』。《新書·殷踐猷傳》：『族子成己，晉州長史。初，母顏叔父吏部郎中敬仲爲酷吏所陷，率二妹割耳訴冤，敬仲得減死。及成己生，而左耳缺。』其二妹者，一爲『宜芳令裴安期妻』，一泐缺莫辨。尚有伯姊，爲御史大夫張知泰妻，見《家廟碑》。則昭甫有四女，殷君夫人居其次。武虚谷跋作『昭甫府君季女』，誤也。云『太夫人殷氏』，即昭甫妻，魯公祖母也。《家廟碑》後額『高祖妣殷夫人』，即思魯妻。而魯公母亦殷氏，見本傳及文集《殷踐猷墓碣銘》。是殷與顏世爲婚姻，故殷君夫人六女次適顏昭粹，次適魯公之伯兄闕疑。而碑又云『及女娉真卿』，則魯公亦殷君夫人之壻也。

碑無建立年月。《魯公年譜》『大曆七年九月，除湖州刺史』，《舊書》『十二年四月，召于湖州』，而《宋璟碑》書于七年九月廿〔一〕五日，稱行撫州刺史，蓋除書尚未到十一月。《元結碑》稱行湖州刺史，九年正月《干禄字書》、十二年五月《李含光碑》皆稱行湖州刺史。此碑系銜正同，而《元結碑》同在河南，即附其後，庶爲得之。

校勘記

〔一〕《聚學軒叢書》本『廿』作『二十』。

趙州刺史何公德政碑　大曆九年七月廿〔二〕七日。

右《何公德政碑》，齊論撰并行書。諸家未著于録。文云『恒之伯受鉞統牧』，即成德軍節度李寶臣也。時六州官屬，寶臣自置，而何公由大鴻臚爲趙尹，蓋鴻臚是兼銜，未必由京職謫放。碑無何公名字，亦不見于史。有碑陰，失搨。

校勘記

〔一〕《聚學軒叢書》本「廿」作「二十」。

妬神頌 大曆十一年五月十六日。

《元和郡縣志》：「妬女泉傍有祠，土人祀之。婦人袨服靚粧，必興雨雹。故老傳此泉中有神，似鼇，晝伏夜游。」據碑，則神即介之推妹也。葉九來言武后幸此，懼，欲別開道避。《一統志》亦云然。考舊、新《書》，乃高宗事。

大岯山銘 建中元年四月廿〔一〕六日。

洪經論，《舊書》有傳，又見《田悅、朱泚傳》。既昧時機，又受僞命，其人不足齒，此銘蓋符罷魏兵之前所刻。《中州金石記》謂「凸」即「𠫓」字，甚確。「凹凸」本作「窈突」。《莊子》「坳堂」，即「窈」之變。《一切經音義》作「窅窔」，「窔」即「突」之誤。「突」、「𠫓」同聲，「𠫓」、「㐬」同字。故《易》「突如」，京、鄭作「㐬如」。

校勘記

〔一〕《聚學軒叢書》本「廿」作「二十」。

重修東陵聖母宫碑 貞元九年五月。宋元祐三年重刻。

是刻俗稱《聖母帖》。余讀其文，知是《重修東陵聖母宫碑》，前爲序，後爲銘。其碑久毁，宋時得殘搨本，摘其完字重勒横石，取便臨倣，俗因謂之帖也。

東陵在海陵，今江都縣東，《關中金石記》以《禹貢》『東陵』當之，恐非。《續漢・郡國志》：『廣陵有東陵亭。』劉昭引《博物記》曰：『女子杜姜，左道通神。縣以爲妖，閉獄桎梏，卒變形莫知所極。以狀上聞，因以其處爲廟祠，號曰「東陵聖母」。』《一統志》『古東陵亭，在江都縣東』引舊志所載《寰宇記》云：『張綱溝，在廣慶縣東三十里。綱於東陵村東開溝引水，蓋即故亭之地。』《寰宇記》又云：『東陵聖母廟，在江都縣南三十里。』『南』字蓋『東』之誤，或縣南亦有廟矣。葛洪《神仙傳》：『東陵聖母，廣陵海陵人也。適杜氏，師劉綱學道，能易形變化，隱見無方。杜不信道，常怒之。聖母理疾救人，或有所詣，杜恚之愈甚。訟之官，云聖母姦妖，不理家務。官收聖母，付獄。頃之，已從獄窗中飛去。衆望見之，轉高入雲中，留所著履一雙在窗下。於是遠近立廟祠之，民所奉事，禱之立效。常有一青鳥在祭所，人有失物者，乞問所在，青鳥即飛集盜物人之上。路不拾遺，歲月稍久，亦不復爾。至今海陵縣中，不得爲姦盜之事。大者即風波没溺，虎狼殺之，小者即復病也。』碑敘聖母事，皆取之傳。海陵，今泰州也，其西鄙改屬廣陵縣。宋熙寧五年，省廣陵縣入江都。其地當有大阜，故云東陵。

據碑後大和四年裴休等題名曰『同登』，則祠不在平地，今遺址不可見矣。碑云『從叔父淮南節度觀察使、禮部尚書』，考是年淮南節度爲杜佑，則撰此碑文者，杜佑從子也。《舊書·杜佑傳》：貞元三年，徵爲尚書左丞，又出爲陝州觀察使，遷檢校禮部尚書、揚州大都督府長史，充淮南節度使。十三年以淮南兼徐泗節度使，十九年入朝，同平章事。《舊書·德宗紀》：貞元六年七月，淮南節度使竇覦卒。今本作竇覬，誤。是佑之充淮南節度，當在六年七月之後。聖母宮即修于兩三年中，故九年五月立碑也。碑云『監軍使太原郭公』，則宦官也，其名莫考。《關中金石記》謂文稱『皇從叔父淮南節度觀察使、禮部尚書、太原郡公』，合兩人爲一，又添『皇』字，删『監軍使』，以『郭』爲『郡』，蓋草書難識，故屬讀違異如此。碑後半多闕文，銘詞僅存十字。其裴休等題名，舊當在碑側或碑陰，宋時得殘搨本有此，故附刻于末。《金石録補》謂觀此帖者署名，恐誤。裴休等乃謁廟觀碑，故云『同登』也。

王仲堪墓誌 貞元十三年四月六日。

右《王仲堪墓誌》，乾隆己酉歲於京師廣渠門内安慶義塋出土。同年徐翰林松購藏于家，搨數本贈予。仲堪，大曆七年進士，充幽州節度使參謀，拜監察御史，舊、新《書》無其名。按，是時幽州節度乃劉濟也，舊、新紀傳但言同中書門下平章事，不言封王，而碑云『相國彭城王』，可補史闕。碑云：『十二年冬十一月，公奉使於蒲。』按，《舊·德宗紀》：貞元十二年四月，以通王諶爲河東節度，以河東行軍司馬李悦爲觀察。蓋劉濟以新易蒲帥，遣使通好，但是時劉濟無逆節，與河東亦無宿怨，何至害及聘使？而碑云：『春二月旋車自蒲，三日暴殂於傳舍。』恐暴殂只是暴病，或者河中人陰遣客邀殺之，未可知也。

卷十一　文類九　金石跋三

唐

施昭墓誌　元和四年十二月。

右誌，嘉慶四年新出土，金石家未著録。石左上角刻字二行，云『嘉慶四年得此，涇川趙杞』。

佛本行集經碑　元和十四年四月八日。

碑額題『幽州盧龍兩節度使劉相公』者，劉總也。總弑父兄，晚年父兄爲祟，乃削髪爲僧。其刻《本行集經》當有數十石，今但存卷卅〔一〕一之一，石已斷爲三。

校勘記

〔一〕《聚學軒叢書》本『卅』作『三十』。

盟吐蕃題柱文[一]無年月，當在長慶二年。

右喇薩石柱，長慶二年就盟吐蕃所立。中刻誓文六行，行八十四字，行書，兩旁刻諸臣署名及蕃臣署名。蕃字横讀，不可識。此搨但有誓文，無蕃、漢諸臣署名，非全本也。

《舊書・吐蕃傳》：長慶元年九月，吐蕃遣使請盟，乃命大理卿兼御史大夫劉元鼎充西蕃盟會使，以兵部郎中兼御史中丞劉師老爲副，尚舍奉御兼監察御史李武、京兆府奉先縣丞兼監察御史李公度爲判官。十月十日，與吐蕃使盟，宰臣及右僕射、六曹尚書、中執法、太常、司農卿、京兆尹、金吾大將軍皆預焉。其詞曰『維唐承天』云云，『越歲在癸丑冬十月癸酉，文武孝德皇帝詔丞相臣植、臣播、臣元穎等，與大將和蕃使禮部尚書論訥羅等，會盟于京師，壇于城之西郊，坎于壇北』云云。大蕃贊普及宰相鉢闡布、尚綺心兒等，先寄盟文要節，云：『蕃、漢二邦，各守見管本界，彼此不得征[二]，不得討，不得相爲寇讎，不得侵謀境土。若有所疑，或要捉生問事，便給衣糧放還。』今竝依從，竝無添改。預盟之官十七人，皆列名焉。其劉元鼎等與論訥羅同赴吐蕃本國就盟，仍勑元鼎到彼，令宰相已下各於盟文後自書名。二年二月，遣使來請定界。六月，劉元鼎自吐蕃使迴，奏云：『去四月二十四日到吐蕃牙帳，以五月六日會盟訖。』

今此喇薩石柱在吐蕃界，當是二年五月六日盟後所立。其文即舊傳所載要節而演暢其詞，惟定界係是年添入，餘實無添改。其興實將軍谷、綏戎栅、清水縣等地名，不見于舊、新

《志》。其諸臣姓名，《新書》較詳，《吐蕃傳》：元年遣使者尚騎力陀思來朝，且乞盟詔，許之。崔植、杜元穎、王播、輔政，大理卿劉元鼎爲盟會使，右師郎中劉師老副之，詔宰相與尚書右僕射韓皋、御史中丞牛僧儒、吏部尚書李絳、兵部尚書蕭俛、户部尚書楊於陵、禮部尚書韋綬、太常卿趙宗儒、司農卿裴武、京兆尹柳公綽、右金吾將軍郭鏦及吐蕃使者論訥羅盟京師西郊。贊普以盟言約二國無相寇讎，有禽生問事，給服糧歸之。詔可。大臣預盟者，悉載名於策。明年，請定疆候元鼎與論訥羅就盟其國，勑虜大臣亦列名于策。傳内所載劉元鼎、劉師老及宰相崔植已下僅十五人，而《舊傳》言十七人，殆判官李武、李公度亦當列名。然二年五月已前，崔植罷知政事，王播出爲淮南節度，韓皋、李絳、蕭俛、柳公綽皆有遷升，則杜後系銜又當與《新傳》不同，俟更求全搨本校之。

『喇薩』即『拉撒』，在打箭爐西北三千四百八十里，爲藏衛首地。達賴喇嘛居此，有大廟，謂之『大召』，土人共傳唐文成公主所建。近人《西藏記》云：『「大召」名曰「老木郎」，坐東向西，樓高四層，上有金殿五，中殿左廊有唐公主暨吐蕃贊普像。大殿内有明萬曆間太監楊英所立碑〔三〕，門外有《唐蕃和盟碑》，高約一丈五尺，寬約四尺，厚約二尺，兩旁刊有大臣、太宰、尚書等字跡竝牛僧儒姓名，糢〔四〕糊不能悉讀。碑旁有唐植古柳二株，老榦盤屈，若龍虯然。』據此，則喇薩乃唐時吐蕃故都，《舊唐書》：劉元鼎自吐蕃使迴，奏云『去四月二十四日到吐蕃牙帳，以五月六日會盟訖』，即其地也。《西藏記》載此碑無缺字，而不載諸臣姓名，今以搨本校之，其泐缺處以臆補者四十字，其碑字可識而顯與違戾者一百卌〔五〕五字。庸妄人涉筆，動輒作僞如此。然其言碑石形製，或不誣也。

校勘記

〔一〕『蕃』，原作『番』，據正文改。
〔二〕『征』，原作『徑』，據《舊唐書》改。
〔三〕《聚學軒叢書》本『碑』作『傳』。
〔四〕《聚學軒叢書》本『糢』作『模』。
〔五〕《聚學軒叢書》本『卅』作『三十』。

中書令張九齡碑 長慶三年九月十二日。宋天聖八年重刻。

是碑原石久佚。今曲江祠新出土者，宋天聖八年，韶州判官林某重書。其碑前第一行『徐浩撰』下删去『并書』二字，與《金石録》、《墨池編》、《寶刻叢編》、《類編》所載不同。碑云『公一名博物』，亦見《舊書》本傳。趙德甫但據《新傳》，故言史不載也。碑云『張守珪斬屈突干』，《舊·守珪傳》作『屈剌與可突干』，《新傳》同，則爲二人，疑碑誤。其敘張守珪請誅安禄山事，與《舊傳》同，《新傳》改爲九齡署其狀，歐跋亦但據《新傳》也。碑云『謚曰文獻』，《新傳》同，《舊傳》作『文憲』，轉寫誤。碑云『仲弟九皋，宋、襄、廣三州刺史』，《舊傳》作『唐、徐、宋、襄、廣五州刺史』。以《九皋碑》考之，則史得其實。碑後載『曾姪孫可復』，《金石録》作『曾孫敦慶』。《宰相世系表》：九齡曾孫敦慶，袁州司倉參軍，元孫景新、景重；九皋曾孫可復，潮陽主簿。蓋此碑重書時，有删改矣。

余以嘉慶壬戌過韶州，獲見曲江畫像。其絹如麻，相傳是吴道子筆。并搨得此碑，以《曲江集》附録及《韶州志》、《粤東金石略》所載校之，知諸家皆多脱誤。韶州尚有《張九皋碑》、《余靖碑》，惜未搨得。

鄭弘禮妻李氏夫人墓誌 開成四年四月十日。

是刻諸家未著録。其撰、書出傖父手，中有云『河陽太平鄉臨泉村及西沼村、濟源縣清廉鄉官橋村』，足爲方志之助。

天寧寺陁羅尼經幢 會昌三年十月九日。

吾郡天寧寺，經幢十四，可搨者十一。此幢會昌三年僧令洪書，其題年月之前復刻差小字二行，云：『會昌三年十月九日樹，至會昌五年六月十七日准勑廢，至大中元年十一月廿〔二〕八日重建』，有湖州刺史、彭陽縣開國男令狐綯等署名。

按《舊書》：武宗會昌五年正月，道士趙懷真、鄧元起、劉玄靖排毁釋氏，而坼寺之請行焉。

四月，勅祠部撿括天下寺及僧尼人數。七月，勅併省天下佛寺。中書又奏天下廢寺銅像、鐘磬委鹽鐵使鑄錢，其鐵像委本州鑄爲農器。八月，制天下所坼寺四千六百餘所，還俗僧尼二十六萬五百人，坼招提、蘭若四萬餘所。此幢樹未二年，即准勅廢，以此也。六年三月，宣宗即位。五月，誅道士劉玄靖等十二人。大中元年閏三月，勅所廢寺宇有宿舊名僧復能修創，一任住持，所司不得禁止。此幢於元年十一月重建，以此也。蓋仆而復立，未嘗重刻。

竹垞跋謂建于是年十一月，語未分明。《舊書·令狐綯傳》：會昌五年，出爲湖州刺史。大中二年，召拜考功郎中。三年，拜中書舍人，襲封彭陽男，食邑三百户。《新傳》襲彭陽男亦在進中書舍人後，而《舊書·宣紀》『元年六月，以中散大夫、前湖州刺史、彭陽縣開國男食邑三百户令狐綯行尚書考功郎中、知制誥』，與傳不符。據此幢系銜，則襲封食邑爲刺湖所隨帶，紀文不誤。然何以召于六月而十一月尚未離任？則傳以爲召于二年，恐是也。《舊書·令狐楚傳》：大和九年十月，進封彭陽郡開國公。《新傳》亦作郡公，而綯襲封縣男，及爲右僕射，始封凉國公。咸通末，進封趙公。蓋唐制，承襲多降階矣。

校勘記

〔一〕《聚學軒叢書》本『廿』作『二十』。

天寧寺七種呪幢 大中二年八月廿[一]一日。

此幢楷法偉麗，較會昌三年幢尤勝，洵吾郡至寶也。蘇特，即代令狐綯任者，不見于史。

校勘記

〔一〕《聚學軒叢書》本『廿』作『二十』。

贈工部尚書張仁憲碑 《寶刻類編[二]》云大中二年。

右《張仁憲碑》，不知何年中斷。石工鑿弃齾缺，改短重樹，因每行少十餘字。仁憲以孫仲武貴，贈工部尚書。仲武本名絳，會昌三年賜名。《舊書·宣紀》稱仲武撿挍司徒平章事，碑亦言同中書門下平章事。而《宰相表》及《世系表》無其名，蓋使相不書。然李懷光、李克用等皆書，不知何例也。碑敘仲武破迴鶻七千，張威加北狄，較《舊書》本傳稍略。仲武，父光朝，弟仲至，子直方，《舊傳》皆與碑合。碑立于大中二年，其明年五月，仲武卒，子直方襲位。十一月，直方奔赴闕，軍中推周綝爲留後，然則此碑稍遲即不克立矣。人子孰不欲表揚其祖父？而往往有志未遂，固有幸有不幸哉。碑前題『李儉撰，蔡陵書并篆額』，《寶刻類編》有李儉所書三碑，在綿州，恐别是一人。蔡陵無考，其隷法絶似蔡有隣，篆亦可觀。又《舊傳》云：仲武少業

《左氏春秋》，兼曉儒書。而碑言推象象以究天文，則仲武又嘗學《易》，可補傳所未備。

校勘記

〔一〕『編』，原作『篇』，誤，今改正。

劉鏞書陀羅尼經幢　咸通四年八月廿〔一〕一日。

幢後署名有漳州刺史崔衮，《新書·宰相世系表·清河小房》：著子四，次衮。或即其人。

校勘記

〔一〕《聚學軒叢書》本『廿』作『二十』。

李遇書陀羅尼呪并大悲呪幢　咸通六年八月十五日。

幢六面周刻。前十九行，標題云：『佛頂尊勝陀羅尼。』以小字單行注其下，云：『上都大興善寺三藏沙門大廣智不空奉詔譯。』後廿〔一〕四行，標題云：『觀自在菩薩廣大圓滿無礙大悲心陀羅尼。』其次行大字題云：『大興善寺三藏沙門大廣智不空奉詔譯。』末五行題『施主曹彦詞於龍興寺』云云，并年月書鎸人名。按，上都即唐京城。《地理志》：天寶元年曰西京，至德三載曰中京，上元二年復曰西京，肅宗元年曰上都。不空，西域人。有建中二年嚴郢撰、徐浩書碑，所譯《經呪碑》未及言。唐刻《陁羅尼幢》皆佛陁波利所譯，而不空譯者，僅見此幢。其譯《大悲呪》，亦僅見此幢。佛家持呪，猶道家數息，借此静心調氣，非以求福。而《大悲呪》，今世士大夫半能背誦，然見此幢者百不一人。余所收唐石刻，此幢外，尚有吾郡天寧寺之大中二年幢與咸寧縣卧龍寺之咸通十二年碑及牛頭寺之乾符六年碑。其《大悲呪》惟天寧幢、卧龍碑爲伽梵達摩譯，與今《釋藏》所載同，餘皆絶異。今録不空譯本，而以三碑注其下云：

曩謨囉怛曩怛囉夜野牛頭同。天寧、卧龍作『南無喝囉怛那哆囉夜邪』。娜莫阿哩也牛頭作『曩莫阿哩也』，天寧、卧龍作『南無阿唎邪』。嚩路枳帝濕嚩囉野牛頭同，天寧、卧龍作『婆盧羯帝爍鉢囉邪』。冒地薩怛嚩野牛頭同，天寧、卧龍作『苦提薩哆婆邪』。摩賀薩怛嚩野牛頭同，天寧、卧龍作『摩訶薩哆婆邪』。摩賀迦嚕抳迦野牛頭同，天寧、卧龍作『摩訶迦盧尼迦邪』。怛你也他牛頭、天寧、卧龍皆無此句。唵牛頭、天寧、卧龍同。薩嚩婆曳牛頭作『薩囉嚩婆曳』，天寧、卧龍作『薩皤囉罰曳』。數左怛囉拏囉野怛寫牛頭作『數怛囉拏迦囉野怛薩也銘』，天寧、卧龍作『數怛那怛寫』。娜麽塞訖哩怛嚩伊羚阿哩也牛頭作『曩莫娑訖哩怛嚩伊羚阿哩也』，天寧、卧龍作『南無悉吉利埵伊蒙阿唎邪』。嚩路枳帝濕嚩囉怛嚩須攞謇妵牛頭作『嚩路枳帝濕嚩囉怛嚩巔攞建妵』，天寧、卧龍作『婆盧吉帝室佛囉楞馱婆』。曩麽吃哩娜演摩嚩嘌遭以灑弭牛頭作『曩摩紇哩娜野麽嚩嘌哆曳瑟也弭』，天寧、卧龍作『南無那囉謹墀醯利摩訶皤哆沙咩』。薩嚩囉他娑馱喃秫畦牛頭作『薩囉嚩囉他娑馱喃秫婆吽』，天寧、卧龍作『薩婆阿他豆輸朋』。阿薺閻牛頭作『阿吢琰』，天寧、卧龍作『阿逝孕』。薩嚩麽哆喃婆嚩沫囉誐牛頭作『薩囉嚩步哆喃婆嚩麽嘌誐」，天寧、臥龍作『薩婆薩哆鄔摩婆薩哆鄔摩婆伽』。摩戍馱劒牛頭作『尾戍達劒』，天寧、臥龍作『摩罰特豆』。怛你也他牛頭同，天寧、臥龍作『怛姪他』。唵牛頭、天寧、臥龍同。阿路計阿路迦麽底牛頭同，『麽』作『摩』，天寧、臥龍作『阿婆盧醯』。路賽底牛頭作『路迦底』，天寧、臥龍作『盧迦帝』。訖蘭帝牛頭作『羯蘭帝』，天寧、臥龍作『迦盧帝』。係係賀唎牛頭作『醯醯賀唎』，天寧、臥龍作『夷醯利』。摩賀冒地薩怛嚩牛頭同，天寧、臥龍作『摩訶菩提薩埵』。薩婆薩婆麽囉麽囉牛頭作『薩麽囉』，天寧、臥龍與幢同，『麽』作『摩』。麽麽吃哩娜演牛頭作『紇哩鄔野』，天寧、臥龍作『摩醯摩醯利馱孕』。矩嚕矩嚕羯羚牛頭作『俱嚕俱嚕羯囉麽娑達野娑達野』，天寧、臥龍作『俱盧俱盧羯懞』。度嚕度嚕尾演底牛頭作『度嚕度嚕尾演帝』，天寧、臥龍作『度盧度盧罰闍邪帝』。摩賀尾演底牛頭作『摩賀尾演帝』，天寧、臥龍作『摩訶罰闍耶帝』。馱囉馱囉娜賀唛捺囉牛頭作『馱囉馱囉達㗚印捺哩』，天寧、臥龍作『陀囉陀囉地利尼』。濕嚩囉牛頭同，天寧、臥龍作『室佛囉邪』。左攞左攞牛頭同，天寧、臥龍作『遮囉遮囉』。尾麽攞麽攞牛頭作『尾麽攞阿麽攞』，天寧、臥龍作『摩摩罰摩囉』。没嘌帝牛頭作『母嘌帝』，天寧、臥龍作『穆帝麗』。曀呬曳呬牛頭作『伊醯曳呬』，天寧、臥龍作『伊醯伊醯』。室那室那牛頭作『路計濕嚩』，天寧、臥龍與此幢同。阿囉鈫轢囉舍唎牛頭作『囉囉誐尾灑尾曩捨野』，天寧、臥龍作『阿囉參佛囉舍利』。轢灑轢釤牛頭作『你味灑尾灑尾曩捨野』，天寧、臥龍作『罰沙罰參』。轢囉舍邪牛頭作『慕賀左囉尾灑尾曩捨野』，天寧、臥龍作『佛囉舍耶』。護嚕護嚕麽攞牛頭作『虎嚕虎嚕麽攞』，天寧、臥龍作『呼盧呼盧摩囉』。護嚕賀𡁼牛頭作『虎嚕賀㗚』，天寧、臥龍作『呼盧呼盧醯利』。薩囉薩囉牛頭作『鉢娜麽曩婆娑囉娑囉』，天寧、臥龍作『娑囉娑囉』。悉哩悉哩牛頭同，天寧、臥龍作『悉利悉利』。素嚕素嚕牛頭作『嗉嚕嗉嚕』，天寧、臥龍作『蘇盧蘇盧』。没地也牛頭作『没地野』，天寧、臥龍作『菩提夜』。没地也牛頭作『没地野』，天寧、臥龍作『菩提夜』。冒馱野牛頭同，天寧、臥龍作『菩馱夜』。冒馱野牛頭同，天寧、臥龍作『菩馱夜』。弭帝唎夜牛頭作『弭怛哩野』，天寧、臥龍作『彌帝利夜』。你攞謇姹牛頭作『額攞建姹』，天寧、臥龍作『那囉謹墀』。娜哩捨娜牛頭作『迦摩寫娜哩舍喃』，天寧、臥龍作『地利瑟尼那』。播野麽諾牛頭作『鉢囉賀攞娜野摩諾』，天寧、臥龍作『波夜摩那』。娑嚩賀牛頭同，天寧、臥龍作『娑婆訶』。悉馱野牛頭同，天寧、臥龍作『悉陀夜』。娑嚩賀牛頭同，天寧、臥龍『娑婆訶』。摩賀悉馱野牛頭同，天寧、臥龍作『摩訶悉陀夜』。娑嚩賀牛頭同，天寧、臥龍作『娑婆訶』。悉馱庾儗濕嚩囉野牛頭作『悉馱喻藝濕嚩囉野』，天寧、臥龍作『悉陀喻藝室皤囉邪』。娑嚩賀牛頭同，天寧、臥龍作『娑婆訶』。你攞謇姹野牛頭作『顫攞建姹野』，天寧、臥龍作『那囉謹墀』。娑嚩賀牛頭同，天寧、臥龍作『娑婆訶』。嚩囉賀私孕賀穆佉野牛頭作『嚩囉賀母佉僧賀母佉野』，天寧、臥龍作『悉囉僧阿穆佉邪』。娑嚩賀牛頭同，天寧、臥龍作『娑婆訶』。嚩囉鉢娜麽賀娑哆野牛頭作『鉢娜麽賀娑哆野』，天寧、臥龍作『娑婆摩訶阿悉陀夜』。娑嚩賀牛頭同，天寧、臥龍作『娑婆訶』。作羯囉悉馱野牛頭作『左羯囉欲馱野』，天寧、臥龍作『者吉囉阿悉陀夜』。娑嚩賀牛頭同，天寧、臥龍作『娑婆訶』。播麽賀娑跢野牛頭作『商佉舍嚩娜甯冒達曩野』，天寧、臥龍作『波陁摩羯悉哆夜』。娑嚩賀牛頭同，天寧、臥龍作『娑婆訶』。你攞謇姹嚩賀誐囉野牛頭作『摩賀攞俱吒馱囉野』，天寧、臥龍作『那囉謹墀皤伽囉邪』。娑嚩賀牛頭同，天寧、臥龍作『娑婆訶』。麽婆唎餉羯囉野牛頭作『嚩麽薩建馱你舍悉體哆訖哩瑟拏唫曩野』，天寧、臥龍作『摩娑利勝羯囉夜』。娑嚩賀牛頭同，天寧、臥龍作『娑婆訶』，牛頭此下有『嚩也伽囉左囉麽鞞，嚩薩曩野娑嚩賀』，凡二句十五字。曩謨囉怛曩怛囉夜野牛頭同，天寧、臥龍作『南無喝囉怛郸哆囉夜邪』。娜莫阿哩也牛頭作『曩莫阿哩也』，天寧、臥龍作『南無阿唎耶』。嚩路枳帝牛頭同，天寧、臥龍作『婆盧吉帝』。濕嚩囉野牛頭同，天寧、臥龍作『爍皤囉耶』。娑嚩賀牛頭同，天寧、臥龍作『娑婆訶』。此下今梵本有『唵，悉殿都，漫哆囉，跋陁邪，娑婆訶』，凡五句十三字，唐碑皆無。或云永樂間僞增也。

按，五藏地亘萬里，方言不同，繙譯又有二合、三合、四〔二〕合之異，故諸刻參差如此，然對音仍近也。

校勘記

〔一〕《聚學軒叢書》本『廿』作『二十』。

〔二〕《聚學軒叢書》本『四』字後缺一字，爲墨丁。

王仲建墓誌 咸通六年十月廿〔一〕二日。

右《王仲建墓誌》，乾隆間出于孟縣西河潭。文云：『王之命氏始乎太子晉，晉生龜，襲封于太原。』按，《宰相世系表》言太子晉廢爲庶人，其子宗敬爲司徒。又言太原王氏出自離。次子威，漢揚州刺史。九世孫霸，字儒仲，居太原晉陽。計自太子晉至霸廿世，當後漢初始居太原，未嘗受封。此碑所言，恐非實事。又貞元十七年，追樹晉司空王卓碑，言周平王孫赤奔晉，自赤至龜八代，代牧并州，與此碑及《宰相表》亦異。

校勘記

〔一〕《聚學軒叢書》本『廿』作『二十』。下同。

徐州功曹參軍劉仕俌墓誌 咸通八年正月廿〔一〕五日。

《唐書·百官志》無登事郎，尚食局亦無御食使，據此碑張〔二〕象系銜，則志文闕略也。

校勘記

〔一〕《聚學軒叢書》本『廿』作『二十』。

〔二〕此處原漫漶不清，《聚學軒叢書》本作『張』，據補。

孝子張常洧旌表碑 《寶刻叢編》云咸通十三年。

《寶刻叢編》、《張孝子旌表碑》再見：一爲貞元五年，一爲咸通十三年。今僅存片石，其側有『咸通』十字，蓋後碑也。然觀碑字較小，而末行『吕倕』題名及碑側『咸通時』題名字較大，似官是土者陸續加刻，則此即貞元碑，亦未可知。

劉幼昇等造陁羅尼經幢　乾符二年十月十五日。

右幢字畫精整，經後有『乾德三年』小字一行，蓋此幢仆而重立也。云『庚辰朔』，則丙申爲十七日，而云二十五日，必有一誤。

趙琮墓誌　丙申年七月三日。

碑云『丙申年七月三日』，無年號，疑是後唐清泰三年。是時石敬瑭反，至十一月，即晋天福元年也。據碑云『府君遇軍情變亂』，亦是五代之證。《山左金石志》及《訪碑録》列于乾符三年，今姑從之。

成君信墓誌　乾符五年十一月廿〔一〕九日。

右碑益都新出土。兄弟字作『苐』，獨見于此。

校勘記

〔一〕《聚學軒叢書》本『廿』作『二十』。

僧省傳書陁羅尼經幢 景福二年八月八日。

右幢署名有『録事史矯宣』，又有『卑洪』，皆希姓。《廣韻》『矯，又姓』引《左傳》晋大夫矯父。『卑，亦姓』引蔡邕《胡太傅碑》有太傅掾鴈門卑整。

陁羅尼經幢 無年月。

右《佛頂尊勝陁羅尼經》，日照三藏譯。正書，字徑寸六分，後附四呪。其石四層，合文無年月書人名。楷法酷類《玄祕塔》，疑此亦柳公權書。在泰安縣冥福寺。寺有五幢，此幢最高大，其三幢皆五代所刻，一幢殘缺，臥于殿東北小圃中，余所親見。

造像九種 無年月。

右造像題字三紙，共九種，當是唐刻。中有『懷州河内縣』字，蓋即揭之河内者。武德二年，始置懷州，知非六朝刻也。其書『像主』作『丗主』，『丗』讀若『莽』，與『像』聲近，故得借用。

後唐

振武節度使李存進碑 同光二年十一月。

右《李存進碑》，在太原縣鄭村，僅露碑頂，曹秋嶽發之，樹大道上。《新史》載存進事甚略，以碑文與《舊史》本傳及《莊紀》校之，《舊史》父佺，世吏單于府，而碑載曾祖巖、祖某、皇考佺爲府寮，皆兼大銜，蓋唐末官屬都假階也。《舊史》有子四人，而碑載有子七人，爲小異。其叙存進戰功及死事，《舊史》視碑較詳，而年月官階亦無違異。葉九來僅見《新史》，又未合《莊紀》考之，因多異同，錢竹汀亦坐此病。《舊史》存進初仕嵐州刺史湯群爲部校，獻祖誅群，乃事武皇。碑但言初事獻祖，不及湯群，體例宜然。《新史》言太祖攻破朔州得之，頗失實。又碑言享年六十八，《舊史》作『六十六』，轉寫誤也。

太湖投龍銀簡文 寶正三年三月，即後唐天成三年。

右《投龍銀簡》，崇禎季年簡村民得之太湖中。長八寸有奇，廣六之，周圍蟠龍，中刻『吴越寶正三年告文』，即後唐天成三年也。簡重廿兩，有沈姓者倍銀易之，不得，乃搨存數本。後民之子貧，銷簡爲錠。翁海村從沈分得一搨本，此即翁所贈也。文云：『年七十七歲，二月十六日生。』則武肅生於大中六年壬申歲癸卯月癸丑日，足補兩世家及錢氏舊譜所未備。又聞乾隆中，太湖漁人網得玉簡一枚，亦吳越物。舊藏林屋民家，今未審所在。

龍潭寺經幢二種 應順元年正月。又一種，元年閏正月。

右兩幢：一爲濟源人浩從直建，一爲浩從直邑衆十一人共建。《元和姓纂》：郜氏因避難，改爲浩氏。《廣韻》『浩，姓』引漢青州刺史浩賞。今爲希姓。從直昆弟，皆仕後唐。其祖克用犯武皇諱，直書不避。

後晉

忠湛大師碑 天福五年七月十八日。

右碑高麗太祖王建撰，崔光胤集唐太宗行書。金石家未著録。余得之吳學士鼒，學士得之高麗使臣。碑斷失中截，又缺末行，僅存一千一百卌〔一〕七字。碑言：『忠湛以咸通十年八月一日生，龍紀元年受具戒於武州靈神寺。□□五年七月坐□〔二〕，俗年七十有二。』『五年』上缺者，乃『天福』字。是年爲庚子，即王建之天授廿〔三〕三年。鄭麟趾《高麗史》：是年秋七月，王師忠湛死，如〔四〕塔于原州靈鳳山興法寺，新〔五〕製碑文是也。原州屬揚廣道，後屬忠清道，本高句麗平原郡。武州即昌平縣，屬全羅道，本百濟屈支縣。

校勘記

〔一〕《聚學軒叢書》本『卅』作『三十』。
〔二〕三字原均缺，爲墨丁。
〔三〕《聚學軒叢書》本『廿』作『二十』。
〔四〕『如』，《高麗史》作『樹』。
〔五〕『新』，《高麗史》作『親』。

陳渥書呪幢　天福六年七月。

此幢前十四行刻《威神呪》，非即《尊勝陁羅尼經呪》也。幢内亦無書人名氏，《山左金石志》及《訪碑録》皆題爲『陳渥書《陁羅尼經幢》』，恐非。

吴越文穆王錢元瓘碑　天福八年四月廿〔二〕日。

碑在杭州正陽門外十里玉皇山下。有篆額，有穿，碑文行書。字徑寸二分，首行標題字徑二寸。漢《宛令碑》標題大于碑文數倍，此殆倣其式。碑除首行標題泐缺不計外，共三千六百五十五字，可識者二千一百七十餘字。錢氏舊譜載有全文，脱譌甚多，而石本泐處尚賴譜以補之。碑與舊、新《史》互校，亦多異同。碑云『王即武肅之第七子』，《舊史》作『第五子』。碑云『諱元瓘，字文寶』，《新史》作『字明寶』。碑云『癸巳歲，命將作監李鍇爲起復使』，《舊史》作『李鏻』。碑云『張文寶、張絢爲守中書令使』，《舊史》作『授兼尚書令』，皆當以碑爲正。碑云『王娶扶風馬氏，故雄武軍節度同平章事綽之女』，《新史》繆將有馬綽，不言故節度同平章事。碑云『破處郡妖狂』，舊、新《史》此事失載，皆漏略也。

校勘記

〔一〕《聚學軒叢書》本『廿』作『二十』。

後　周

朗空大師塔碑 顯德元年七月。

右碑并陰，金石家未著録。吴學士鼐得之高麗使臣。碑撰于梁貞明末，刻于周顯德元年，碑陰則刻石時所記也。兩《唐書·新羅傳》皆訖會昌，鄭麟趾《高麗史》所載新羅事，從貞明末至後唐清泰二年略可尋究，前此闕焉。《舊五代史·明紀》：長興三年四月，新羅王金溥遣使貢方物。《新史》增多一事。《莊紀》：同光元年十一月，新羅國王金朴英遣使者來。《高麗史》作『昇英』，蓋姓朴，名昇英，《新史》誤加金字。又《新史·四夷附録》長興三年，誤作四年。又言自晋已後不知晋時已無新羅國矣。其會昌至貞明末八十年間，新羅世次僅見此碑，可補史傳之闕。碑陰有元聖王，當在會昌間爲朴氏代金之始，數傳至大順、景福間，新羅政衰，群賊競起。真聖王六年，甄萱叛據南州，稱後百濟。弓裔據高句麗之地，都鐵圓國，號泰封，見《高麗史》。即碑所云『時當尼運，世屬此蒙。災星長照於三韓，毒霧常鋪於四郡』也。碑陰及《高麗史》有憲康王，當在乾寧、光化間。天祐三年，孝恭王立，貞明元年，神德王立，皆見碑文，碑又稱神德爲聖考大王。貞明四年，景明王昇英立，碑謂之今上。是年，王建逐弓裔而據其地，建元天授。碑陰云『唐新羅國景明王之天祐年中』，則以後唐同光前皆稱天祐也。同光二年九月，昇英薨，弟魏膺立。天成二年，甄萱入都城，索王，令自盡，立金溥爲王。金溥者，景明王之表弟，憲康王之外孫，是金又代朴。清泰二年六月，甄萱子神劍作亂，萱奔投王建。十月，金溥納土于王建。十二月，除新羅爲慶州。事詳《高麗史》，即碑陰所云『後高麗國凡平四郡，鼎正三韓』也。『金溥』，《高麗史》作『金傅』，未審孰是。碑撰後久乃上石，因有脱誤。海東古刻，向來僅見《平百濟碑》。此與《忠湛碑〔一〕》，余最先著録，且可補史，何快如之。

校勘記

〔一〕《聚學軒叢書》本無『碑』字。

卷十二　文類十　金石跋四

宋

濟州廳壁記　建隆四年八月一日。

右碑《山左金石志》及《訪碑録》皆云已佚。余屢見新搨本，則碑尚在鉅野，未嘗佚也。碑陰刻《蓮華漏記》，圖式具備，與余所見廣州雙門邸之南漢銅漏形製不同。今鐘表盛行，而刻漏希少，此碑足爲考古之助。阮氏得明搨本，其碑陰缺廿許字，新搨却完善，可喜。

開福寺佛塔鐵柱文　淳化元年。

右《鐵柱發願文》并《陁羅尼真言》，進士董護書。淳化元年，鐫在長沙北門外鐵佛寺門東佛塔中。寺舊名開福，其塔以鐵柱爲心，柱高五六丈，圍二尺許。其字皆陰文，徑寸餘。凡十四段，段五六行不等。鐫手甚精，鐵不生繡。嘉慶壬申歲二月，余親至塔中觀之，天晚不及手搨。同鄉沈三隨父宦楚，藏有舊搨本，出以贈余。余收輯金石多矣，鐫鐵工緻，必此爲最。

重修北嶽安天王廟碑　淳化二年八月九日。

碑立于淳化二年八月。先是，契丹入寇，詣北嶽廟卜之，不吉，遂縱火焚廟。至是，節度都部署張訓始修葺之。《宋史·太宗紀》：端拱元年九月，以侍衛馬軍都指揮使李繼隆爲定州都部署。閲三年，而是碑立，則張訓即代其任者，史不見其人。

説性亭銘　淳化二年十月廿〔二〕日。

右碑淳化二年立，申革撰并篆書，在陽穀，諸家未入録。嘉慶丙寅，縣令臺士佳始搜得之。碑題『盧縣説性亭銘』。考盧縣，本漢舊縣，《前志》屬太山郡，《續志》屬濟北國，宋、隋《志》屬濟北郡，《唐志》、《元和郡縣志》、《太平寰宇記》屬鄆州東平郡，而《宋志》無此縣。徧稽史乘，不知何年併省。疑在真宗朝，以河患徙州縣時也。《水經注·河水》『又東北徑碻磝城』，《元和郡縣志》『濟州，理碻磝城州』，即盧縣。《寰宇記》『碻磝津，在縣北一里』，又言盧城在長清縣南五十里。其時長清尚未徙刺榆，碑得于陽穀縣東北四十里，正廢治也。蓋陽穀、長清與舊東阿分有其地。《一統志》、《通志》以盧縣專屬長清，當據碑正之。申革爲盧縣令，方志失載，亦當據碑補之。碑篆學李少温，得其神似。惟『西逼深泉』，《説文》無『逼』字，書家固不拘也。

校勘記

〔一〕《聚學軒叢書》本『廿』作『二十』。

説文偏旁字原并自序及郭忠恕答書 咸平二年十二月。

右夢英書《説文》部首五百四十字，用李陽冰刊定本，與今所行徐鉉本不同。陽冰本失傳，群書引見纔數十百條，賴夢英此碑，尚得見其厓略。

『血』下少『丶』部，『子』下多『孑』部。細思無『丶』，則『主』、『否』二篆何所從？蓋陽冰歸入『二』部或『丨』部耳。『丄』從『一』、『丨』，而偏旁『丄』作『二』，是『丶』可『丨』可『一』。徐本『丶』承『血』，『皿』中之『一』即『丶』，則陽冰少『丶』部，未可厚非。其部次互異，如『食』、『會』、『倉』、『亼』，徐作『食』、『亼』、『會』、『倉』；如『㡀』、『巿』、『帛』、『白』，徐作『市』、『帛』、『白』、『㡀』、『㡀』；如『北』、『北』，徐作『北』、『北』；如『重』、『裘』、『老』、『毛』、『毳』、『尸』、『尺』、『尾』、『臥』、『身』、『㐆』、『衣』、『履』，徐作『重』、『臥』、『身』、『㐆』、『衣』、『裘』、『老』、『毛』、『毳』、『尸』、『尺』、『尾』、『履』；如『勹』、『茍』、『包』，徐作『勹』、『包』、『茍』。平心而論，實可兩通。即如《繫傳·部敘》，亦與鉉異。鉉卷首新目又與第十五篇原目異，安知陽冰非仍許君之舊乎？

其篆體互異，如『豐』作『豐』，從『𠕁』，在豆上，《九經字樣》引《説文》如此。『𠘧』作『𠘧』，

『□』作『□』，『巳』作『□』，《繫傳》引陽冰本如此。至畢氏《關中金石記》所譏『□』、『□』、『□』、『□』、『□』等字，用筆小變，實皆六書之正。至謂『□』作『苟』，驗碑本『□』從『□』，不從『艸』，夢英恐不受誣。畢氏又詆『犛』音陌包反，謂誤以『犛』爲『氂』字。按宋版徐本及毛刻初印，『犛』，莫交切，『氂』，里之切，『陌包』即『莫交』，是夢英與徐本同。畢氏又詆『甾』音方九反，謂誤以『由』爲『缶』字。按，《繫傳》引陽冰言，《説文》無『由』字，『缶』即『由』字，而陽冰篆碑偏旁『由』、『缶』、『由』爲一字。夢英《千文碑》『宙』亦作『宙』，是『方九』之音爲墨守陽冰之過。若畢氏所未舉者，『□』爲『背吕』而釋爲『乖』，『□』亦『自』字而音蒲革，實皆差謬。夢英自負小學而未深造，然不可謂非好古者。且係陽冰本，亦僅見也。

汾陰配饗銘　大中祥符四年二月。

碑凡五石，字徑三寸，真宗御製、御書。《宋史》本紀，祥符四年二月辛酉祀后土地祇，壬戌作《汾陰配饗銘》，即此碑也。楷法端凝，宋代無出其右。《書史會要》稱真宗善書，得晋人風度。觀此碑及《龍門銘》，良然。

泰寧宫牒　大中祥符四年三月。

右牒元人摹刻。其碑右方刻『金正隆四年，喬逢辰記』，左方刻『至正十三年，王璞記』，而牒在上方。《宋史·真宗紀》：『祥符四年二月辛酉，祀后土地祇。是夜幸開元寺，作大寧宮。』辛酉，二月十六日也。碑作三月，蓋命下逾月而牒始發。

玄聖文宣王贊竝加號詔 大中祥符五年十一月。

碑在西安府學，以《宋史》校之，詳略互見。碑云：『給近便五户，以奉塋域。』史作『十户』。碑云：『詔吏部尚書張齊賢等，次日以太牢致祭。』史但作『遣官祭以太牢』。石刻之有裨史學如此。

虎丘山題名三種 起天聖元年二月，止八年八月。

右題名三種，在虎丘劍池北。凡張希顏已下十八人，莫考者過半。范成大《吴郡志》：『慶曆間，有尚書考功郎中邵餙爲吴郡守。』又云：『章岷，字伯鎮，嘗爲平江軍推官，有文聲。』范文正公有《和章從事鬭茶歌》及《同登承天寺竹閣詩》，是刻有『推官章岷』。『知長州縣事邵餙』，則邵由縣令爲郡守也。其『判官王質』、『知吴縣事馮九成』，范氏失載，可補方志之闕。

涇州回山王母宫頌 天聖二年三月十五日。

右碑在涇陽縣王母祠，上官佖篆書，泐缺卅九字。祠中别有咸平元年夢英行書碑，其文全同，可以校補。『回山』，《漢書・武紀》『元封四年，通回中道』，疑即其地。碑撰于開寶元年，至此閱五十七年，重書者再，蓋陶穀此文爲名流愛重如此。篆法安稳，遠出郭忠恕、夢英之上，惟書『喿』、『譟』爲『噪』，『韶』爲『詔』，『穳』爲『頳』，『棖』爲『帳』，『遙』爲『遥』，『昆侖』爲『崑崙』，皆軼出《説文》外，書家固所不拘。碑末題『荔非總刊』，《廣韻》『羌複姓有荔非氏』，今罕見此姓矣。碑陰上官佖題記外，有宋人題名十種，金、明人題名各一種，『栁泉砦主傅信』，『栁』即『柳』字。《宋・地理志》：柳泉領朵耳城一砦，屬原州。其『戊辰三月，王説』等題名，蓋元祐三年也。『庚寅六月，任獻民』題名，蓋大觀四年也。

浯溪王仁壽題名　皇祐三年十一月。

右題名借『銍』爲『日』借，『晍』爲『壽』，皆取聲近。

左山寶乘塔碑　至和二年十一月廿〔二〕一日。

右碑錢明逸撰。明逸，吴越王鏐五世孫，《宋史》附《惟演傳》。碑首行題『曹州左山興化禪院重修寶乘塔碑銘』，左山命名，未知始何時。《曹州志》：興化禪院，在州南五十里左山上。《一統志》：在菏澤縣南五十里。又言左山在曹縣西北五十里，引《舊志》『即附丘之别阜，與曹州及定陶接界，相傳左丘明父葬此』。又言墓前有祠，宋盛琳撰碑，今祠與碑皆失。錢達道《登左山記》引邑乘『春秋左太史瘞骨此山。左山者，因左太史而名』，則又與《統志》異。按，左山南即舊州治。《元和志》：州理中城，蓋古之陶丘也，一名左城。《寰宇記》：左城，亦名之曰葬城，蓋恭王之陵寢。是左山即陶丘，其墓乃定陶恭王，非左丘明父。《禹貢》『導沇水，東出于陶丘北』，或因陶丘在沇水左，故稱左山也，然未敢定。碑云『諭守臣資政殿學士任中師』，中師，曹州人，《宋史》與其兄中正皆有傳。中正嘗通判濮州，濮，曹鄰也。中師亦上書言『臣老矣，家本曹人，願得守曹』，遂以知曹州。蓋自漢至宋得爲本州守牧，近始回避。方志名宦，但載任中正，而中師失載。碑末署名有推官辛叔清等七人，竝失載。又錢明逸知曹州，而方志作知濟陰縣。微石刻，何由正其譌漏哉？

校勘記

〔一〕《聚學軒叢書》本『廿』作『二十』。

三教碑 嘉祐五年四月一日。

右碑在鄒縣西南五十里，地名石里。其廟有《隋開皇六年石裹村造橋碑》，則村甚古矣。所刻爲《大悲經呪》，而題『三教』。又書『庚』作『庚』、『寅』作『寅』，鄙謬可哂。惟稱安平鄉石裹村，修方志者當有取焉。

二體石經周易尚書殘碑 嘉祐六年。

嘉祐二體石經，今但存《易》、《書》各一石。嘉慶七年，又得《禮記》一石，皆在開封府學。畢秋帆撫豫時，僅得陳留《周禮》。訪問府學石經，學官言修學時用作瓴甋。然近年屢見《易》、《書》拓本，則碑實未毁。至黄玉圃所見《易》碑，多出升、困、井、革、鼎五卦，《書》碑多出《康王之誥》、《酒誥》殘字，今不得復見矣。

考嘉祐刻石，當有《易》、《書》、《詩》、《周禮》、《禮記》、《春秋》、《孝經》、《論語》。周密《癸辛雜識》謂『汴學九經石版，堆積如山』，則多出一經。《中興館閣書目》：石經七十五卷，有《易》、《書》、《詩》、《禮記》、《春秋》，無《周禮》、《孝經》、《論語》。《玉海》云：『至和元年八月十六日己酉，命皇姪右屯衛大將軍克繼書國子監石經以上，所寫石經《論語》，求書石國子監。帝欲旌勸宗室，特從其請。二年九月十五日，功畢上之，賜銀幣。』又云：『仁宗命國子監取《易》、《詩》、《書》、《周禮》、《禮記》、《春秋》、《孝經》爲篆、隸二體，刻石兩楹。至和二年三月五日，判國子監王洙言：「國子監刊立石經，至今一十五年，止《孝經》刊畢。《尚書》、《論語》見書鐫未就，乞促近限畢工，餘經權罷。」從之。嘉祐三年五月十五日，王洙薦大理丞楊南仲石經有勞，賜出身。六年二月一日乙卯朔，國子監言草澤章友直篆石經畢，詔補試將作監主簿。友直不願仕，賜以銀絹。五月，以同篆石經殿中丞張次立與堂除。』是篆者爲楊南仲、章友直、張次立三人。凡七經加《論語》，尚未滿九經之數，周密所言殆非實。

據今所存，《易》一石起《涣卦》『王居无咎正位也』，迄《繫詞》『言行君子之』；《書》一石起《牧誓》『弃厥遺王父母弟不迪』，迄《金縢序》。二石竝兩面刻字，面各六横，《易》每横卅四行，《書》卅三行。黄玉圃言六排，各卅六行，不確。《金縢序》在末横之末行，其《康王之誥》、《酒誥》殘字，舊當别有一石。玉圃言《書》僅一碑，亦不確。篆法視《周禮》碑遠遜。《繫詞》『俯以察於地理』，古有『頫』、『俛』，無『俯』。《牧誓》『弗迓克奔』，『迓』爲十九文，古借『御』、『訝』爲之。

二體石經周禮殘碑 嘉祐六年。

二體石經《周禮》，今但存一石，在陳留縣學。其碑兩面刻字，面各六横，不相聯毌。畢氏《中州金石記》謂有數石，蓋爲割表本所惑也。與今本對校，亦少異文。《司几筵》『設莞筵紛純』，唐石經作『莞席』。按，上言五席之名物，故此言莞席、繅席、次席、席蒲筵、熊席，下復言『加莞席紛純』，明此非『筵』字。《通典》卷七十四、《初學記》卷廿五皆引作『莞席』，今此及各板本與《序官》疏及此疏皆作『莞筵』，蓋沿北宋人誤改也。

篆法甚茂密，視《易》、《書》、《禮記》遠勝。其書『侯禳』作『穰』，假借可通。惟『祧』、『藏』二字軼出《説文》外，又省『韶』爲『詔』，省『敍』爲『叙』，易『趕』爲『蹕』，亦形聲比附，不乖六書之正。古者偏旁音言隨作，『詔』即『韶』之省，故《禮器》『詔侑武方』注：『詔侑，或爲韶囿。』《曶鼎》、秦刻石、《倉頡篇》竝有『詔』字，『大喪存尊彝，大旅亦如之』，此二句，黄玉圃謂石經在『凡酒修酌』下，今本在『左右玉几』下。余徧檢今本，皆與石經同，無在『左右玉几』下者，未知玉圃何所見也。

二體石經禮記殘碑　嘉祐六年。

二體石經《禮記》，僅存一石，舊在開封府巢門内觀音堂中。嘉慶七年，張二橋、孫仲琁偶至此廟，見康熙間所刻《重修觀音堂記》。碑側甚厚，疑是古碑改刻。試探其背，果有字。審視，乃嘉祐石經，遂告馬撫部。迻之府學文廟，與《易》、《書》二碑竝樹焉。惜一面已磨去，但存一面。凡六横，爲《檀弓》上篇，文剥泐過半。篆法視《周禮》碑稍遜，與今本對校，亦無異。惟『於』字皆作『烏』，『其』字皆作『箕』，《説文》只是一字，經典相承，無此本也。

醉翁亭記　嘉祐七年十月。

右碑，蘇唐卿篆書。以歐集校之，『鬱然而深秀』，集作『蔚然』。『琅琊』，集作『琅邪』。『讓泉也』，集誤作『釀泉』。『臨乎泉上者』，集作『臨于』。『在乎山水之間』，集之『間』下有『也』字。『而寓之酒』，集作『而寓風霜』。『高潔』，集作『高潔』。『往來而不窮者』，集作『絶者互有得失』。唯以『寓』當『寓』，自屬碑誤。蘇唐卿篆法頗學陽冰，而未通六書之恉，『滁』、『琊』、『峰』、『潺』、『瀉』、『僧』、『潔』七字軼出《説文》外，『洌』字《詩》疏引《説文》有之，『泉』、『故』、『繇』、『搆』、『誼』、『預』、『谿』、『遊』，皆偏旁寫誤。

先秦古器記 嘉祐八年六月十九日。

右《先秦古器記》，劉敞撰碑。凡四横，每横高尺七寸八分，廣三尺四寸。石今斷失下截，僅存二横有半，爲器八，爲銘五。據記文稱『器十有一物』，則失五銘也。其存銘五，《鐘鼎款識法帖》皆摹録，而其釋文多誤。如『鄦』即『鄦』字，而釋爲『郱』，『毁』即『毁』字，借爲『簋』，而釋爲『敦』，『百』即『首』字，而釋爲『冏』，『凡』即『凡』字，而釋爲『周』，諸誤不可勝指。自隸書行而古文廢，千餘年來，長夜將旦，乃新定釋文，以示後之治古文奇字者。

重刻瓦城王朱軫廟碑 熙寧四年十一月十二日。

碑在昌邑縣西北卅里瓦城邨古廟中。以碑有『滅黿』之語，故方志誤稱『孫子廟』。元于欽《齊乘》：昌邑縣西北海濱訾城，俗呼爲瓦城，半爲水漸。城南有孫武廟。《一統志》云：内有古槐，甚奇。廟祀孫臏。又謂臏食邑都昌。是舊爲孫武廟，後又祀孫臏，則沿譌已久。考昌邑即漢都昌。《漢初功臣侯表》：高帝六年，封朱軫爲都昌侯。孫大參星衍據『朱軫以隊帥，先降翟王，虜章邯侯』，與碑所云『大漢興龍元祀，及平暴秦川』等語合，證此爲朱軫廟，確不可易。余驗碑文，似元是六朝、唐碑，熙寧間重刻，復加改補，故多脱誤不可通。然賴此碑尚存，而千年遺廟始能考出，亦快事也。

賜廣濟寺僧文海紫衣牒 熙寧八年閏四月。

右碑，《關中金石記》所未載。文海亦非名僧，牒後署名『右諫議大夫參知政事吕』，即吕惠卿也，『禮部侍郎參知政事王』，即王韶也，『吏部侍郎平章事韓』，即韓絳也，『吏部尚書平章事王』，即王安石也。以《宰輔年表》及紀傳校之，年月皆合，則《宋史》精密，當在《新唐》、《新五代》之上。竹垞等輕詆之，殆非定評。碑上方刻『元豐二年賜元慧照大師勅』，多闕文。

伏犧廟三門記 熙寧十年三月廿〔一〕五日。

右碑在魚臺縣東北七十里梟山南伏羲廟。廟後即伏羲陵，其東爲畫卦臺。山亘魚臺、鄒縣界，即《魯頌》梟、繹二山之一。孫伯淵大參謂『梟』『伏』聲之轉，疑『梟山』本以伏羲陵得名，或有然也。碑引《圖經》云：單州魚臺縣之東北七十里，曰新興村。其間有伏犧皇帝之陵，陵上有廟，古老謂曰：『廟舍之東有畫卦之山，南有古銘城，北有群仙洞，中有九龍潭。其古木勝概，依稀存焉。』所稱《圖經》，當本隋、唐舊志。而皇甫謐乃云：『伏羲葬南郡，或曰冢在山陽高平之西也。』《通考》又載政和三年，享太昊于陳州。於是伏羲有三陵。雖古帝神靈無乎不在，然《左氏傳》『任、宿、須句、顓臾，風姓，實司太皞之祀』，則陵當在鄒、魯間。碑云：『既歷漢唐之久，下逮國家之盛。一祖四宗，嘗遣使致祠焉。』是熙寧前祀陵不在陳州，後有議禮者，此碑即是憑據，關係非淺。而《山左金石志》、《寰宇訪碑録》皆遺此碑，何也？

校勘記

〔一〕《聚學軒叢書》本『廿』作『二十』。

左山興化禪院高永亨等題名 元祐元年三月十三日。

右刻題『元祐丙寅上巳後二日』，蓋元年三月十三日也。左山亘菏〔一〕澤、曹縣界，興化禪院爲菏澤地，其寺尚有至和二年《寶乘塔碑》。

校勘記

〔一〕『菏』，原誤作『荷』，徑改。下同。

顔文忠公新廟記 元祐七年四月廿七日。

右碑在費縣東北五十里朱滿村魯公廟中，即碑所言諸滿村也。碑陰爲米黻書。魯公《仙蹟記》搨本極多，而正面秦觀書置不搨，至阮撫部始入録。據浯溪小摩崖云：『惜秦少游已下世，不得此妙墨劖之崖石。』則淮海書法久爲山谷心折，而弇州跋彼言『少游當亦善書』，是元美等未見此碑也。碑陰云：『元祐三年，余游吴興。適覿郡人新公之廟，因得謁拜公像。公之大節，紀載甚多，而論次于林公之文爲備。至仙真事，吾又以刻于碑陰。』是《仙蹟記》在湖州林某撰碑之陰。今湖州碑已佚，而費縣有之，殆後人摹刻矣。

重書李白半月臺詩　紹聖二年正月十八日。

碑在單縣，各家未入録。以《太白集》校之，同。

濟州重修玉皇廟像記　紹聖三年正月。

右碑《山左金石志》未入録，《訪碑録》列于紹聖元年。按碑云『紹聖元祀』，又云『迄次年』，又云『於明年春正月甲辰日』，蓋三年正月十三日也。碑書『䢖』、『宂』二字難識。孫大參言『宂』即『穴』字，借爲『冬』。有篆額，未搨。

重立天寶井銘記　紹聖四年二月一日。

右《古井銘》，各家未入録。嘉慶戊辰九月，孫大參星衍見之費縣聽治之儀門外，搨得見詒。石方尺餘，一面刻字，額有『古井記』三篆字。額下右方爲『天寶九載趙光乘銘』，左方爲『紹聖四年逢完記』。據逢完言，唐賢趙公之銘，土昧已久，今洗而扶之，是銘爲唐刻。然何以銘居額下之右，預虚其左爲記地，疑此銘紹聖重刻，否即額篆爲補題矣。銘云：『土缶舊得，石幹今修。』《國語》：『季桓子穿井得土缶，其中有羊，以問仲尼。』銘即指此。《太平寰宇記》：季桓子井，深八十八尺，在曲阜縣東法集寺。引《史記》『季桓子穿井，得土缶』。《一統志》：在曲阜縣東北三里，周公廟北。皆不言在費縣。惟《山東通志》：『古鄪城内有季桓子井，相傳桓子穿井得羵羊，即此。』則與銘合。銘據天寶已前圖經，當可據信。《寰宇記》：故費縣在縣西北二十里，古費伯國也。後爲季氏邑。蓋井在故費城，不知何時此銘乃在今縣治。片石易于轉徙，未足怪矣。

刻高適琴臺詩 崇寧二年四月一日。

右刻《山左金石志》未入録。以《高達夫集》校之，『適過宓子賤琴臺』，《集》作『適登』，無『宓』字；『賦詩三章』，《集》作『三首』；『能嗣宓子之政』，《集》作『子賤再造』；『琴堂』，《集》作『琴臺』；『美邑宰』，《集》作『多邑宰』；『千祀稱其才』，《集》作『千載空有頌』；『聲來』，《集》作『唯有』；『自言邑中理』，《集》作『自誇』；『我今還復爾』，《集》作『今我』。當以石刻爲正。詩後刻宋正功跋，引《唐新書》『達夫，滄州渤海人』，與今本同。『每一篇成，好事者竟傳布』，今本作『每一篇已，好事者輒傳布』。『竟』與『競』通，校者不得其解，改爲『輒』字耳。滄州，本渤海郡，而渤海縣屬棣州，《舊書》『高適，渤海蓨人』，而蓨縣屬德州。二書《地理志》各與本傳不合，與《元和志》亦不合，當有改屬沿革，志家疎漏，難復考稽。宋疋功爲單州郡守，方志失載，可據石刻補之。

濟州學記 崇寧四年三月十五日。

右碑在鉅野，即宋濟州治。《宋朝事實》：蔡京乞隨所在諸宮[一]置學，添教授，立法教養。故崇寧、大觀間學碑甚多。陸藻此文，氣息醇厚，似曾南豐書者。蔡絛即京次子，筆法麗逸，頗似徽宗。

校勘記

〔一〕『宮』，原作『官』，據武英殿聚珍本《宋朝事實》改。

賜辟廱詔并後序 大觀元年二月。

右碑在鉅野，大觀元年二月立。額題『皇帝賜辟廱詔』六字，二行，字徑六寸餘。碑上截刻『崇寧三年十一月十四月，廢科舉，以復里選』，詔書下截刻『四年，薛昂後序』。陵縣學亦有是碑，高廣字式全同。惟下截末無大觀年月及趙霄等四人署名，别有葛長卿、牛公達、賀宗賢、孫延太、耿著五人署名爲異爾。時軍州蓋皆摹刻，今但見此二碑矣。《山左金石志》無鉅野碑，而有陵縣碑，跋云：『《宋史·徽紀》：崇寧三年十一月甲戌，幸太學，遂幸辟廱。無賜詔明文，得此可補其闕。』又云：『詔内「建置校學」應是「學校」之誤，「播告之條」，「條」誤作「修」。』余謂『校學』字未誤，『修』字亦未誤。甲戌爲十一月朔，詔下于十四日丁亥，鉅野别有陸藻撰《濟州學碑》所載甚詳，與此碑詔末十一月十四日正合。《宋史·選舉志》：徽宗設辟廱於國郊，然州郡猶以科舉取士，不專學校。崇寧三年，遂詔天下取之，悉由學校升貢。其州郡發解及試禮部竝罷。則紀與志詳略互見，爲史家恒例，非紀有闕也。

曾公讀書巖楊書思題名 政和二年九月。

右刻在臨桂冷水巖，以曾布嘗修治，故後人呼爲曾公巖。楊書思，淮海人，雉山、疊綵山皆有題名，而未見于史。

北海相孔融祠堂記 政和四年三月十五日。

碑在濰縣署後孔北海祠。所稱『今太守韓公、通判慕容公』，《府志》謂即韓浩、慕容若禔是也。《宋史·忠義傳》：韓浩，丞相琦孫，以奉直大夫守濰州。建炎二年，金人攻城，浩率衆死守，城陷，力戰死。據碑，政和四年，浩爲濰州太守。下距建炎二年凡十五年，久而不遷，卒乃殉國。魏公有賢後矣。碑額失搨。

論古堂記 政和四年四月十五日。

碑在濰縣治東。《齊乘》：《論古堂碑》與《祠堂碑》、《金人修城記》三碑竝立于城上，州署扁曰『靖恭』，亦有《政和石記》存焉。于欽所見四碑，今失其二。此碑稱『繪像卅人』。庯譚，見《後漢・歐陽歙傳》，即《前書》膠東庯生。郎宗，見《郎顗傳》，即顗父。鄭康成、甄宇自有傳。徐房，見《逢萌傳》。淳于恭自有傳。禽慶，見《鮑宣傳》。牟融、周澤公、沙穆、逢萌、郎顗、滕撫自有傳。孫嵩，見《趙岐傳》。皆漢人。徐幹，見《王粲傳》。王脩自有傳。王儀，見其子王裒《傳》。邴原、管寧自有傳。是儀，《吴書》有傳。皆三國人。王裒、劉敏元，《晋書》有傳。王昕，《北齊書》有傳。《南史・王裕之傳》亦有王昕，于碑無施。杜松贇，隋人，見《北史・堯君素傳》。高構，《隋書》、《北史》皆有傳。吕元簡，見《舊唐書・梁文貞傳》，《新唐書》作『光簡』，自有傳。張允濟，舊、新《唐書》皆有傳。韓熙載，《宋史・南唐世家》有附傳。唯逢紛、王誾二人似未見于史，當考。

新修南池二亭記 政和四年七月七日。

右碑在吉州，諸家未入録。撰書者楚人江褰，不見于史。碑前似少揚一二行，繹其文義，蓋慈州守張撝新修南池二亭，而住持智公匄褰文以記之也。碑末有『吉鄉縣令楊夫』等十二人署名。《唐志》：慈州，治吉昌。《寰宇記》：後唐避國諱，改吉鄉。《宋志》：熙寧五年，廢州，以吉鄉隸隰州，即縣治置吉鄉軍。元祐元年，復吉鄉軍爲慈州，領縣一。吉鄉，元省縣入州。碑云『權發遣軍州』，即慈州，今吉州治所也。江褰篆體，雜用《碧落》等碑，覆審多誤，然不可謂非好古者。

華嶽廟杜開題名 宣和六年。

杜開爲杜純子，見元祐三年題名。杜純，《宋史》有傳。純弟紘，悉以奉錢給寡嫂，推其子恩官其子若孫一人，宦京師。是刻云『赴華倅』，或即其事也。

潘浹題名 建炎元年六月。

是年五月朔，高宗即位于應天府。潘浹謁祠，在六月三日。是時，河北關陝地，尚皆宋有。至十二月廿五日，金人陷華州。明日，破潼關，而嶽祠入金矣。繼此題名者，有金左□〔二〕遠、田曦二石，未見搨本。

校勘記

〔一〕此字原缺，爲墨丁。

鍾離松等題名 紹興廿〔一〕三年四月廿五日。

右題名篆書。鍾離松、陶定仲，皆不見于史。仁宗朝有鍾離瑾，廬州合肥人，官龍圖閣待制〔二〕，權知開封府，松豈其族裔邪？

校勘記

〔一〕《聚學軒叢書》本「廿」作「二十」。

〔二〕「待」，原作「侍」，誤，今改。

黄裳繪進嘉邸帝王紹運等圖 淳祐七年十一月。

右《帝王紹運圖》、《天文圖》、《地理圖》。淳祐七年刻，竝在蘇州府學，俗稱「天地人三圖」。據《地理圖》末王致遠跋，知淳祐刻石原有四圖，不知佚失者何圖也。《宋史》本傳：黄裳，隆慶府普城人。乾道五年進士，光宗登極，遷嘉王府翊善，作八圖以獻，曰《太極》、曰《三才本性》、曰《皇帝王伯學術》、曰《九流學術》、曰《天文》、曰《地理》、曰《帝王紹運》，以《百官》終焉，各述大旨陳之。初，裳製渾天儀、輿地圖，侑以詩章，欲王觀象，則知進學如天運之不息，披圖則思祖宗境土半陷於異域而未歸。是此圖之進，在光宗初年，下距淳祐七年凡五十七八年，其時寧宗未立，理宗未生。今此《紹運圖》已稱理宗爲今上皇帝，當由致遠刻石，復加增補，非黄裳原本矣。摹繪微誤，《地理》略于西南，時滇中未入版圖也。

太白脱韡圖山谷反棹圖 寶祐四年。

右《脱韡》、《反棹》二圖并贊，在安徽當塗。據《返櫂圖》後有至元戊寅牟應復跋，云于今八十三年，則刻石當在寶祐四年。《訪碑録》列于五年，非也。牟子才，井研人，遷居吴興，《宋史》本傳不載。《返棹圖》惟稱『子才在太平建李白祠，自爲記』云云，又寫力士脱韡之狀，爲之贊而刻諸石。今《祠記碑》佚，而《圖贊》多出一碑，則史文有詳略也。子才之子巘有《陵陽集》廿四卷，今僅見寫本。孫應龍，《元史》有傳，與歸安尹應復爲昆弟行。《明史·忠義傳》有『牟魯，烏程人』，是牟氏爲吾鄉舊家。然余與同縣居而親故中無牟氏，未識今尚有後人否也。

西　夏

皆慶寺感通塔碑　天祐民安五年正月。

右碑在凉州大雲寺，西夏崇宗天祐民安五年立，撰人名泐缺，張政思書并篆額。金石家未著録，劉孝廉師陸始訪得之。碑兩面刻字，正面西夏國書不可識，以碑陰之正書互較，而行字微有參差，亦難照釋。女直、蒙古、番部、回部文，皆從左而右，西夏文獨從右而左。碑陰云『先后之朝』，又云『二聖臨御』。按，崇宗爲惠宗長子，惠宗七歲即位，梁太后攝政，是『先后』也。崇宗三歲即位，母后梁氏臨朝。天祐民安五年，當宋紹聖元年，崇宗才十二歲，母后尚未歸政，是『二聖』也。先后時，西羌寇凉，《宋史・西夏傳》略而不書。

金

永慶寺鐵鐘款識　貞元二年四月廿〔二〕九日。

右鐘，金貞元二年四月鑄。連鈕高丈餘，圍二丈餘，在德州永慶寺。寺有景泰七年重建《永慶禪寺碑銘》，禮部尚書張惠撰。文云：『永慶寺，舊在衛河之西，元季鞠于兵燹。古峰禪師既獲署任，或謂城内州治後有地若干畝，足以相當。古峰是之，作意興復。』余親至碑下，節録如此。州人吴楚椿《桑梓圖考》作永樂十年，誤。碑不言州治後地是何廢址，據鐘文，知爲金時延壽三門院，可補方志之缺。鐘在大悲閣東平地，景泰建寺，或因重不可迻，故未起鐘樓，土人乃言此鐘因大水從他縣浮來。吴楚椿又引鐘文云『唐貞元元年建』，因傅會永慶、慈氏二寺爲王武俊造。鐘文顯有大金國字，且多女直姓，而指爲唐，豈非瞽説？

鐘文『景州將陵縣』，考金之將陵，即今德州。舊德州治安德，即今陵縣。《唐志》、《太平寰宇記》將陵屬德州，《宋志》屬景州，《金志》景州將陵置河倉，有永濟渠、鉤盤河。按，永濟渠，隋所作，即古清河。元明以來曰御河，沿河置屯衛，故又曰衛河。以通漕運，亦曰運河。金之河倉，即今北倉，金鉤盤河經今德平縣南，一經西北，蓋將陵舊界贏東北矣。乃將陵治所，隋、唐、宋初又與今異。《寰宇記》將陵縣鬲津枯河在縣北二十里，王莽枯河在縣東十里，漳河水西去縣二十五里，永濟渠在縣西十里。是將陵舊治，在今州治東十里。今州治，本長河廢縣。《舊唐志》：隋于舊廣川東八十里置長河縣，爲水壞。唐元和四年，移就白橋，于永濟河西岸置縣，東去故城十三里。十年，又移置于河東岸小胡城。即今州治也。《舊五代志》：德州，晋天福五年移就長河縣，爲治所。《一統志》：五代周時，省長河爲鎮，入將陵。《宋志》：將陵縣，景祐元年移于長河鎮，金因之。元爲陵州治，屬河間路。明洪武初，復爲縣，屬濟南府。永樂七年，改德州爲陵縣，以故陵城爲德州。則今州治即小胡城。從唐元和十年以來，皆在永濟河東岸。近修《德州志》，爲吴楚椿等所惑，乃不復覈實，何也？《山左金石志》節録鐘文，多誤。

校勘記

〔一〕《聚學軒叢書》本「廿」作「二十」。

重立泰寧宫碑　正隆四年十月。元至正十三年重刻。

右碑在渭南南門外土地廟。其上方刻「祥符四年」，牒左方刻「至正十三年記」，而此記刻於右方。據至正記云：「古《泰寧宫碑記》，歷金、宋逮今，苔侵蘚翳，文爲之晦。矧高二尺有咫，厚九分之一，易爲湮毁，欲琢琬琰丈許，以刻舊文，可乎？」則宋、金二碑，舊各爲小石，至正間乃彙刻之。内隱隱有文云「渭南令李君」，《金石録》有《聖曆元年渭南令李君清德頌》，此蓋磨去唐碑而重刻者。

德淵刻唐明皇御製老子讚并書唵字讚　正大元年七月。

右《老子像讚》、梵文《唵字讚》，竝稱唐明皇製，在河南登封。余所見咸寧縣卧龍寺有熙寧十年石刻，《唵字贊》僅有首尾四句，題爲「太宗皇帝贊」，蓋宋太宗也。此多中二聯，以爲唐玄宗贊，金去熙寧未遠，或各有所承。『虵形』，彼作『虵行』；『應難識』，作『無人識』；『碧眼』，作『穿耳』，似熙寧本爲短。

卷十三　文類十一　時文

子曰大哉堯之爲君也至民無能名焉 嘉慶庚申順天鄉試硃卷

大聖則天，大于無名也，蓋君一天也。天大，則天者亦大，民無能名天，而能名堯乎？子言之『一人首出，爲天下君』，君之言尊也，群也，民之源也。尚稽邃古，降逮爰兹，君天下者，罔弗閎上儀，播顯號，聲施到今，彼曷嘗渺乎小哉？然皆不能不讓其大于天。君哉！君哉！其帝堯乎！前帝而君者皇，後帝而君者王。諦而帝，煌而皇，往而王，世運有升降，亦奚容遽軒輊其間？顧《尚書》獨載堯已來，而余所聞《五帝德》及《帝繫姓》，又荒略不雅馴。則論爲君者，舍堯，將誰與歸？大哉堯也！其爲君也，俊德克明。立君之隆，遂建君之極也。帝德廣運，一世之君，實萬世之君也。大哉堯也！一天而已矣。

今夫域中之大者四，而莫大于天。據遠視之，蒼蒼然孰窮其際？孰御其虛？唯天爲大，亶其然乎？以余觀載籍極博，封太山、禪梁父者七十有二家，彼寧非德意滂流，休徵協應？然欲與蒼蒼者度長絜短，或未易同日語。而唯堯之爲君也，天大，堯亦大。天未越乎堯之大，堯能則乎天之大。巍巍乎。陰陽代嬗者，天也。羲和分命者，堯也。運斗樞而旋九野者，天也。允恭讓而被四表者，堯也。天行七曜以垂象，堯齊七政以授時。天以涬洞儆堯心，堯以俾乂景天運。故夫天者，顯也，坦也，顛也，至高無上也。堯者，高也，翊善傳聖也。在夏史臣作《唐典》，首偁『粵若稽古』。説《書》者，謂稽古爲同天。其同之也，其則之也。大哉堯也！一天而已矣。

而余因思帝者勃興，膺圖承運，其徽望永譽，於赫懿茂，發乎輿情，播諸謡俗，所謂實至者名歸，大都然也。况堯之爲君，身甘藜藿，手奠龍蛇。壽逾百年，精降十瑞。度必塗歌巷舞，敷張盛美，潤色龐鴻，庶稍疇君德萬一爾。然而名可名，非常名。堯亦天也，堯可名，天可名乎？民戴天，未嘗以名予天，非不欲也，無能也，故天大也。民戴堯，未嘗以名奉堯，非不爲也，無能也，故堯大也。蕩蕩乎游康衢者，共安不識，不如歌《擊壤》者，終忘帝力，何有登熙皞之世，泯媚兹之情？俗返顓蒙，治邁隆古。大哉堯也！一天而已矣。

夫巍巍者大而高，蕩蕩者大而遠。爲君如堯，余雖極爲形容，亦安能罄其大之量哉！

何以報德

使德而有他報也，雖以之報怨，可矣。甚矣，德之不可不報也，由或人之説，誠善處怨矣！其於德也，將謂之何？夫子詰之曰：夫人不能與世瀹忘，而至以報復相尋。與其過薄也，毋寧過厚哉？然而君子不爲者，謂其所薄者厚，則其所厚者薄，故甚無取乎過高之行也。非然，以德報怨，子之意良厚，我又何說之辭？况夫今之世急私鬭，逞睚眦，怨毒之於人甚矣。而忽矯之曰：『匪怨也，永以爲德也。』烏虖！安得此長者之言哉？然我謂從子之道，必將使子之身居造怨之府，爲衆怨所歸。視舉世茫茫，絶無好行其德者，然後可不爾，恐萬難爲德我者地也。且夫戴高履厚，天地德我；長育顧復，父母德我；政簡民安，君相德我；講道輔仁，師友德我。人生世上，安往而非受德之處哉？言德亦不必若此，即如緩急，人所時有也。仳離黃鳥，每懷一飯之恩；祓濯清流，竟遂千秋之業。其爲德也多矣，敢不圖報而從子之道？情有所鬭而無以相稱，義有難安而莫可自伸。縱極其知遇之感，而公論猶未恕也。謂此殷殷者，實子平時酬怨之方，今奈何樹德而反招怨也？夫在報德者，原未嘗有求諒於人之意。求諒於人，我則沽名，非真感激矣。然何敢恃我之不求諒而齊庇我於虐我也？而舍是又别無他報也。則此情終闕然也，亦竭其心力以將而索報或未厭也。謂是區區者，特子向者償怨之道，今奈何食德而反斂怨也？夫在施德者，亦豈堪有責報於我之時？責報於我，彼亦市恩，殊無局量矣。然何敢幸彼之不責報，而委嘉貺於草茅也？而所報實無以復加也，則此義大不行也。嗟乎！一息尚存，猶是受恩之日；畢生莫補，忍爲薄行之人。徒以用情之過當，反致負義之實多。豈子處此，尚有什伯於報怨者爲德我者地乎？何道之從，願聞其略。不然，愼勿爲過高之行也。

子程子曰　道光癸未，烏程擬縣考卷。

宋儒釋《大學》篇名，述師言以明有徵焉。蓋朱學出于程，尊之曰『子程子』，以其爲本師也，故釋《大學》篇名而述伊川之言也。朱子若謂：

漢儒小戴删《大戴禮記》存四十五篇，馬融益《王制》等四篇爲四十九篇，鄭氏從馬，而《中庸》第三十一、《大學》第四十二，余取此二篇，各使專行。先《大學》，後《中庸》，入四子書。今作《大學章句》，宜先釋篇名，不敢稍持己見也。

昔者子程子嘗言之矣，程有廣平、安定二望，本出顓頊、重黎之後。周宣王時程伯休父入爲大司馬，封于程，後遂爲氏。逮我大宋，而程爲河南甲族矣。天佑道學，大啟洛宗。篤生名儒，曰明道先生，曰伊川先生，其學出濂溪周子，海内所謂大程夫子、二程夫子者也。夫子猶先生，謂父兄也，亦省其詞曰子。子者，男子之美稱，故門弟子謂其師爲子，孔子、孟子其例也。余稍有譔述，于當代儒宗，如康節邵氏，横渠張氏，藍田、東萊吕氏，建安胡氏，凡所徵引聞，亦子之。况兩程子，夙心嚮往，欽其道德，奉其言論文章以爲標準，而奚敢偏主焉？惟是《大學》篇題欲求明道緒論，卒未可得。我師乎！我師乎！微伊川，其誰與歸？且夫師之授其弟，弟之受于師，大節在三，私恩莫二。稱謂之間，有加無已，自昔然也。公羊氏爲《春秋傳》，于莊三十年引『子司馬子』，定元年引『子沈子』，説者謂加子于某子上者，明其爲本師，即百家異學，無足比數。而列禦寇、墨翟弟子稱其師『子列子』、『子墨子』，載籍極博，更僕難終。周末迄今，語有原本，竊沿此例，崇奉先師，稱『子程子』，不嫌詞費。又安得據孔孟之不稱『子孔子』、『子孟子』而議余之過當歟？

今者子程子往矣，格言至論，昭如日星。顧于《大學》，未有專書，僅考訂所及，一則曰爾爾，再則曰爾爾，而余必鄭重而援據之者，誠以《禮》之有《大學》也。《別録》屬通論，而鄭氏爲目録，曾釋其大題。至于今，陳陳相因，竟長夜矣。子程子浄埽群言，漢人非也，唐人非也，而數言扼要，弁于四書，力矯注疏之敝。古之説《大學》也，盧、王異鄭義，至魏徵爲《類禮》，又易其部居。此無他，人人厭故，由來漸矣。子程子獨抒心得，不雷同也，不勦説也，而數行文字，比之《十翼》，可當《序卦》之辭。敬述其語于《大學》篇首，別譔《小學外篇》亦載其語，而稍有異同，後人互校而得之，可矣。

道光三年春，烏程令程君縣試，以『《學》、《庸》子程子曰』發題，童生大譁，乃易題。余以爲程君發題太新，童生亦太梗。今因作此二篇，一徵實，一課虛，都非苟作。惟『漢人非也』等語，未免唐突宋儒，然宋儒有知，亦當轉怒爲笑也。鐵橋自記。

子程子曰　道光癸未，烏程擬縣考卷。

宋儒作《中庸章句》，述師言以發端焉。蓋作章句，宜先釋篇名。子程子于《中庸》大指得之深矣，故述其言以發端也。朱子若曰：

子思在宋作《中庸》。烏虖！作《中庸》者，其有憂患乎！其書在《子思子》二十三篇中，唐末《子思子》亡，而《中庸》一篇因《小戴禮記》得存。

余少讀鄭氏注久，乃知其于子思之指未盡得也。作章句以奪之，取出專行，與《大學》、《論》、《孟》合爲四子書。此非余之私説也，蓋嘗奉教於子程子矣。程以邑爲氏，文王宅程，故《周書》有《程寤》。《程寤》之篇俄空焉。烏虖！文王既歿，文不在兹。遥遥二千年，而文、武、周公、孔、孟之道統不絶如綫。至程門崛起，蔚爲道學之宗，亦足見斯文未喪，而淵源有自也。夫孔子集群聖大成，子思得聖人具體，此祖孫相及者也。明道、伊川兩程子直接孔孟，此兄弟二難者也。以余不敏，願附聖人門牆。而降生也晚，嗟何及矣。猶幸百餘年來，天開道運，光啟洛宗，輩出名儒，齊鑣聖域，但得欽其道範，守其緒論，以爲依歸于兩程子，曷敢有擇焉？然余也瓣香所屬，實在伊川，則援公羊氏所稱『子司馬子』、『子沈子』之例，而尊奉之曰『子程子』。

《大學》既有然矣，《中庸》何獨不然？蓋自兩漢已來，爲經學者大率因習故常，人云亦云，不能斟酌以歸于至當。其最下者，依回反覆，設爲可左可右、可前可後之辭，漫衍而不軌于正，非徒惑世，亦且禍經。子程子問道濂溪，其遠源直追乎洙泗，而辭嚴義正，奉兹無過不及之權衡，以壹群生之耳目。聖人復起，不易斯言也。而魏晉之後能治經者，或皆空虚要眇，我張我說，不能綜覈以持其至平。其尤變者，卓佹恢皇，肆爲亦詖、亦淫、亦邪、亦遁之辨，出奇以求勝于人，害氣流行，實經之蠹。子程子埽除僞學，于新義略取乎荆公，而詞約義該，擇其平易近人之道路，以樹百世之範圍。子思有知，許爲定論已。是以前代禮家專釋《中庸》者，《漢志》有無名氏說，《隋志》有戴仲若傳、梁武帝《講疏》及《私記制旨義》，今皆不傳，蓋無足傳。惟我大宋明道有解，而余未之見，見存者司馬君實等十餘種，作者林立，皆足名其家。子程子獨無專書，僅《語録》所載十許語爾。而余作章句揭冠篇首者，豈阿所好哉？爲子思往矣，能發明子思之言者，子程子也。後之學者，宜皆深味其言也。

《中庸》即《子思子》二十三篇之一。《史記·平津侯傳》：『天下之通道五，所以行之者三。』《索隱》云『此語出《子思子》』，足以明之。《孔叢子·居衛篇》作《中庸》四十九篇，語不可據。因《中庸》入《禮記》四十九篇中，相涉而誤耳。『不偏之謂中』二語出王荆公《新義》，見楊時《中庸解》。明道有解一卷，見《文獻通考》，而朱子未之見，據朱子爲《石墪集解序》知之。鐵橋自記。

天命之謂性率性之謂道修道之謂教 嘉慶庚申，順天鄉試硃卷。

奉天以爲性，道教之原，所以紹明聖學也。蓋不知天，則性不明。不知性，則道不尊。不知道，則教不一。子思作《中庸》，因首揭之曰：『自仲尼殁而微言絶，七十子往而大義乖。』師異説，人異論，百家殊方，乘間竊發，莫不著書立教，以惑世而誣民。彼亦何嘗不言道哉？道其所道焉耳。彼亦何嘗不言性哉，性其所性焉耳。嗟乎！盍亦求其端於天乎？天者，群物之祖也，混然一氣而已。有陰而後有陽，有陰陽而後有五行，有陰陽五行而後有萬物。物有無知覺者，有有知覺者，得其秀而最靈者，人也，所謂受天之中以生也。

天令之謂命，命者，天之令也。人受命於天，固超然異於群生。天地之性，人爲貴。人之性，即天之性。明乎天之性，則知氣質亦性，不足以盡性。天隱然有以命之，亦顯然有以命之。性有善無惡，言性惡者非也，言性善惡混者非也，言性有三品者非也。

天命之謂性，而有異性乎？知性可以知道矣。人自形生神發以後，率其性之仁，則有父子慈孝之道；率其性之義，則有君臣令恭之道；率其性之禮與智，則有接物處事、辭讓是非之道。貞一不二者天道，性具之矣。因物付物者人道，性統之矣。聖賢此性，庸愚亦此性，即衺慝亦此性，有率有不率耳。不然，不知性，焉知道？或以道爲有物混成，先天地生矣。或以道爲可遇不可求，虚以待之，毋爲之先矣。或且以道爲窈冥昏默，可知而不可言矣，亦未知率性之謂道耳。

且夫道由於性，性本於天，則人人皆道中人矣，尚何待於教？然而人有相近之性，又有相遠之習。有生之初，不能無氣稟厚薄之異。有生之後，不能無知誘物化之移。道本大同，而人有過不及之失。繼天立極之聖，人率其性之自然以契合乎天，而章明其道。于是有萬古不易之教，則因以修之；有隨時變易之教，則損益以修之。聖人而在上，則修其禮、樂、刑、政以爲教；聖人而在下，則修其《詩》、《書》、《易象》以爲教。一切富彊功利之説、刑名法術之家，私智穿鑿，殘刻堅鷙，紛紜襍出，不可窮詰者，皆絶其道，勿使爲學術禍。修道之謂教，不斷斷然乎？知天則性明，知性則道尊，知道則教一。聖學如是，今而後庶幾無誤於所謂哉！

故君子語大至莫能破焉

載與破，兩窮于能。道之費而隱，益見矣。蓋必有大于大者而載之，必有小于小者而破之，而天下莫有也，故莫能也。道之費而隱，乃至此乎！意謂夫物有對待之形，而大小見焉。大小者因形而名易，其對待之形，即易其大小之名。故有形之大小，非其至也，不可以語道。道既易知、易能，而又聖人、天地不能盡，此其故何也？即大小見之矣。

大小未易語也，益思君子矣。君子之道，語大，必無更大焉者，故大也，如有更大于大，是大又將周于大之外也，載也。語小，必無更小焉者，故小也，如有更小于小，是小復得陷于小之内也，破也。且夫天下之物，以虛包實，則載焉。以至虛者包虛，又載焉。舟承重而水承舟，包之以量，非徒力克舉也。道之大，則無虛非實，故極天下之至虛，無以越乎道之大之量而欲包之，必且漫而莫能容天下之物，以精抵粗，則破焉。以至精者抵精，又破焉。水勝土而金勝木，抵其疎理，非徒性相制也。道之小，則無粗非精，故極天下之至精。無以决乎道之小之理而欲抵之，必且扞而莫能入。故凡有外者皆可載，泰山之大，地載之，以有外也，而道無外。道之外即道。大之外仍大。既莫能出乎其外，益載焉，益大也。有内者皆可破，芥子之小，鍼破之，以有内也，而道無内。道之内亦道，小之内尤小。既莫能入乎其内，轉破焉，轉小也。

大無始處，亦無止處。故惟道之大，或能自載其大，而難概之天下。小有定體，而無定體，故雖道之小，亦莫能自破其小，而況求之天下，而如其能載，則非大也，而小矣。可小之大，非君子之語大。能破，則非小也，而大矣。可大之小，豈君子之語小哉？

孟子見梁惠王

追記大賢之游梁，將以明七篇之宗旨也。蓋孟子之見諸侯，未必自梁惠王始。弟子欲明宗旨，故追記之爲全書發端焉。昔孟子，願學孔子者也。聖門敘孔子微言以爲《論語》，而篇首曰學，將以垂教也。孟門萬章之徒敘《孟子》書，以象《論語》，而篇首曰『孟子見梁惠王』，將以救時也。孔、孟之書，二而一者也。何言之？孔子歷聘而欲行王道于魯，孟子周游而欲行王道于梁，魯用孔子，梁用孟子，而皆可以王，其道同也。道之行不行，關乎運會。不行而著書以垂教，豈初意哉？我蓋深觀戰國之大勢，而知孟子之欲用梁，其救時之心與孔子同，而尤彶彶也。何言之？春秋之患在楚，而戰國之患在秦，楚勢將代周而卒不能者，晋力足當楚而吴又乘其後也。楚衰而晋分，晋分而秦彊，不盡吞山東不止。秦吞山東，將盡壞井田，廢封建，堯舜再生，不能修復，此古今運會之大變遷也。孟子久憂之，計山東之國六，韓最近秦，最弱，不足以難秦。足以難秦者，莫如梁。秦下兵攻韓，而梁爲之援。攻楚、趙、燕、齊，而梁與韓持其後。梁居天下之中，地方千里，力農教戰，帝王之業可旦暮俟也，以故爲救時計。擇地而游梁，出身而往見，見則梁可王，而秦不帝，豈猶夫從人、横人、兵家、農家之游説已哉？

記者大書特書曰『孟子見梁惠王』，子者，男子之美稱，加孟以別孔子。惠王者，魏罃。魏罃未王，薨，謚惠侯。襄王元年，會諸侯于徐州，相王而追尊爲惠王。《孟子》書成于齊湣王之末，亦沿之稱惠王也。『見惠王』者，召而見之也。孔子應佛肸之召，將使三晋不分，因遂東周之志。孟子應惠王之召，欲令六國不滅，重興湯武之功。其道同，故其事同，而其救時之心，則視孔子尤汲汲也。奈何惠王不用，襄王亦不用。先嘗游齊宣王，不用。至去梁，再游齊湣王，仍不用。數十年間，孟子老矣，運會將大變遷，聖賢莫可如何，退而與萬章之徒著書垂教，而追記游梁事以託始，見孟子貴仁義、賤功利，所以明七篇之宗旨也。

大舜有大焉至樂取於人以爲善　嘉慶庚申，順天鄉試硃卷。

善量以同人爲大，虞帝弗可及已。蓋善與人同者，以其能從人以取之，則其量爲獨大耳。其惟大舜有是乎？意謂盈天地之間，皆善也。己得之與人得之，有以異乎？己未得之，而人已得之，有以異乎？然己未得之，而人已得之，未能從之，又未能取之，將無以異乎？如己未得之，而人已得之，既能從之，又能取之，將有以異乎？是之謂同，是之謂大。子路喜聞過，禹拜善言，大矣乎？猶未也。非謂聞過之喜之未大也，其謂過爲賢者之偶，告亦有過之偶，推其喜之之心，固未嘗謂其偶也。常告之，亦常喜之，第未必人之常以善來也，即此喜之之心尚待推也，故猶未大也。亦非謂善言之拜之未大也，其謂言不必盡善，善言不必盡聞，極其拜之之心，亦未嘗不求其盡也。盡聞之，亦盡拜之，第未必人之盡以善來也，即此拜之之心尚未極也，故猶未大也。其惟大舜乎？則有大焉者乎？舜何大，則以舜之善與人同也。

夫善，誠非己之所獨有也。東海、西海有聖人焉，其善同也。南海、北海有聖人焉，其善同也。言善固不必若此，有大善焉可同也，有小善焉，亦可同也，有一善焉可同也，有萬善焉，亦可同也。合天下之善以爲善，合千古之善以爲善。同之云者，與人同在善之中，即與善同在人之中，人與善爲一，亦善與人爲一。乃以己往而從之，不啻有所舍者。見人不見己，亦見善不見人。舍於己，所以從於人。從於人，所以取於人。以之爲善，不亦樂乎？如是爲善，不與人同乎？如是善與人同，不其大乎？

且夫有善於此，人取之則善己。屬之人，己從而取之，則人之善又屬之己。非屬之己也，則亦非屬之人也，與人同也。人與己同善，固非人所得私。己與人同善，亦非己所得私。大矣哉！善之量有如是，舜之量有如是也。且夫有善於此，取於己，善之量本自無窮；取於人，善之量更自無窮。己不見其缺也，人不見其盈也。與人同也，善亦或在己。當其未也，則舍之，人亦或未善。當其善也，則從之。大矣哉！取之善，莫可限。舜之善，亦莫可限也。大哉舜乎！泰山不讓土壤，故能成其高。河海不擇細流，故能成其深。聖人不遺人善，故能成其大。亶其然乎？

當在宋也子將有遠行

欲明受餽之是，而追憶在宋之時焉。蓋孟子不常在宋，即在宋，而將有遠行，亦已事耳，乃欲明受餽之是，不禁追憶之也。曰：

以予之卒老於行也，山東諸國半皆有車轍馬跡焉。故去齊已後，曾一至宋。顧予留宋，亦無幾時耳。今子乃疑受金事，令予一回溯之。覺靡定之行蹤，猶歷歷在目前也。夫予也，鄒魯間布衣耳。自問學稍成就，宜大行於世。而去齊已後，環顧諸侯王，鮮可與語者。惟宋王偃，假仁義，招賢下士，嘗禮致予，予就見之，是以有在宋之事也。當是時，宋地雖小，截長續短，方五六百里。戰車數千乘，馬數千匹，帶甲數萬，粟支數年，亦山東之良國也。誠使宋王發憤行王政，天下事大可爲，即予亦願久留焉。維持而左右之，庶幾哉一姓再興，詎徒屑屑焉出其金玉錦繡，取卿相之尊哉？夫何圖王不成，迺求速霸？兵革日尋，三方搆怨，予遂爲行計，而未遽行也。是時，宋之臣，若戴盈之、不勝、薛居州等，皆份份一時選，議行什一，去關市之征，出入王所，蓋忠納善，予故稍觀望。而滕世子之楚，往反皆道宋，再顧予。予爲道性善，稱堯舜，淹留者又踰時。迺王大不悛於志，奮其武力，蹂躪滕、薛，東敗齊，取五城，南敗楚，取地三百里，西敗魏軍。齊、楚、魏惡其彊也，謂之桀宋。烏虖！天之棄商久矣，王未足用爲善，弗可留也已。予行計益決，而是時齊相田文去位就國，輕財好士，士多歸之，予亦心動。顧念妻子在鄒，老母葬於魯，思欲東歸，與嶧山故老斗酒話舊。道出魯，躬奠墓下。然後馬首南瞻，應孟嘗聘。計此行也，發軔商亳，迤東而北、而南、而東，紆途數百里，亦良遠矣。遂見宋王，託故謝去。束裝秣馬，刻日將行。宋王祖帳東門外，曰：『先生竟棄寡人，繼此願得見也。不腆兼金七十鎰，爲先生贐。』予再拜受之，登車，遂行。此在宋已事也。而子以受餽爲疑，何爲者邪？

據《孟子》本文『齊楚惡而伐之』，知孟子在宋時，正與齊楚搆兵。又據本文『去齊後至宋、至薛』，知遠行乃是至薛。舊薛久亡，靖郭君田嬰封于薛，其子田文嗣封，知是時薛公乃孟嘗君也。以《史記·六國表》、列傳，按年推之，自明下文戒心，蓋爲食客所不容，亦可意會知之。鐵橋自記。

有爲神農之言者許行

書異端於大賢策滕之後，紀異也。蓋孟子時去神農遠矣，而尚有神農之言者許行爲之言耳。紀之曰有，有者，不宜有者也。昔滕世子見，而孟子言必稱堯舜。及問爲國，又以夏后殷周對。蓋戰國時，能言唐虞三代之言者，獨孟子也，不意有欲駕而上之若許行者。許行，農家者流也。農家者，蓋出於農稷之官。稷始畎田，故嘗有言：『子能以室爲突乎？子能藏其惡而揖之以陰乎？』爲任地之説者，每誦法此言，使許行亦爾，即孟子好辨，必不闢之。然而世俗之人多貴遠而賤近，故農家者必託之於神農，而後入説也。

夫三皇皆神聖，而獨神神農者何？邃古生民，食鳥獸之肉，毒傷而難給。神農氏興，迺播穀淇山之陽。因天之時，分地之利，制耒耜，教民農作，此神農之所爲神也。顧其功德，被於無窮。而立言不少概見，即重卦六十四，八而八之，亦絶無論説。蓋其時書契未興，倉頡、史皇、沮誦降生也晚，故神農之言曾不獲紀載以傳諸後世，大可惜也。然我觀百家傳記，所稱神農之言又往往有之。《本草》之經，太一小子、妸荷甘、弇堈弔之問答，靈奇荒忽，疑有疑無。即《三墳》之書，左史、倚相能讀之，亦文不雅馴，而農家者又爲《神農》二十篇。其他諸子襍説，援據神農之言，復不可殫述。如云：『丈夫丁壯不耕，天下有受其飢者；婦人當年不織，天下有受其寒者。』又云：『一穀不登，減一穀，穀之法什倍；二穀不登，減二穀，穀之法再什倍。夷疏滿之，無食者予之陳，無種者貸之新。』又云：『春夏之所生，不傷不害。』又云：『聽之不聞其聲，視之不見其形。充滿天地，苞裹六極。』又云：『有石城十仞，湯池百步，帶甲百萬，而無粟，弗能守也。』夫鯀始作城，而神農何言石城？我見書傳多矣，其傅會不可信，大較如斯。而初不解其所從來，今迺得之：蓋神農無此言，有爲之言者也。

夫神農何時人，而今迺欲爲之言，多見其惑也。且夫以書爲御者，不盡馬之情；以古制今者，不達事之變。方神農時，無上下之儀，無朝覲、聘享、城郭、宫室、宗廟、衣服之制，故得躬勤畎畝，號稱農皇。迄於今，不知又幾千萬年矣。嚮使神農尚在，必不復言神農之言，而言孟子之言，而言唐虞三代之言。如其不然，即其人不神，其言可廢。而奈何許行者，睥睨五帝，俛視三王，游精泰始之初，高語鴻濛之治，而遂欲假神農之農，以神其説，是何厚誣我神農也！甚矣，人之好怪也！神農雖神，亦人類耳。顧世傳其形體，語至不經。而魯人有尸佼者，亦著書二十篇，以謂神農夫負婦戴，以治天下。又以謂神農竝耕而王，所以勸耕也。蓋惑於許行者，不獨一陳相。賴孟子闢之，神農之言不行，而唐虞三代之言復行於天下。

景春曰公孫衍

道光癸未，烏程擬縣考卷。

時人盛稱約長，纔舉其一而厭聞矣。蓋《孟子》書中若景春、宋牼，皆從横家也。然景春啟口輒及公孫衍，豈宋牼比哉？戰國時，公孫鞅入秦，因景監以進。景監者，寵臣也。我孟子七篇不言公孫鞅事，蓋置之不齒，不意有每下益況若景春者。景春之與景監，其爲别族與否，所不必知。我聞景爲楚公族，若景風、景差，其章章者。先是，鄭有景差爲相，其惠政與公孫僑同。而齊亦有景氏，孟子弔東郭，宿於景丑氏是也。景春，不知何許人。聽其言，可知其人。公孫丑言管、晏，孟子以齊人斥之。管、晏且然，況景春者？其言糞土也，我安用知其何許人哉？今使景春而齊景丑族也，不過言公孫竈、公孫明、公孫捷耳。景春而楚景風、景差後也，不過言公孫朝、公孫寧耳。景春而鄭景差後也，不過言公孫閼、公孫申、公孫輒、公孫舍之、公孫蠆、公孫夏、公孫黑、公孫黑肱、公孫揮、公孫段、公孫楚耳。景春而秦景監族也，不過言公孫枝耳。然而景春亦未必能言，且不屑言。故我謂若景春者，固不必知其何許人也。

彼所津津焉豔稱而樂道之者，徒溷我孟子，掩耳而不欲聞者也。何則？景春爲從横之術者也。且非從人也，而横人也。而果于横人中先絀一指，而震驚焉，而張皇焉，曰公孫衍。夫三晋多權變之士，最顯名者蘇秦。而景春不曰蘇秦，曰公孫衍，則何故也？蘇秦相六國，爲從長者十五年。公孫衍首敗從約，而蘇秦蒙惡聲終其身，故有公孫衍，遂無蘇秦也。

公孫衍者，魏人，先仕魏，後相秦。世稱其魏官曰犀首。其先本秦王之孫，故曰公孫也。顧我觀百家傳紀，往往言黄帝姓公孫，子孫因而氏焉。彼景春者，胡不上溯軒轅之公孫，鋪張土德勃興，六相翊運，將高出公孫衍萬萬矣。即不然，與公孫衍同氏有趙人公孫龍者，辨堅白異同，爲名家者流。又不然，與公孫衍同名，有燕人騶衍者，談天迂大，爲陰陽家者流。二子立言，即無當大經大法，要亦駭俗聳聽，而景春皆不取，取公孫衍，則胡不并取雞鳴狗盗之公孫弘哉！夫公孫衍乘蘇秦之敝，佩五國相印，其傾危與張儀同。彼舌尚在，皆妾婦而丈夫也。而景春見不及此，我固知宋牼所羞與伍者也。

沈旵邨云，《説苑・政理》有『景差相鄭』一章，與《孟子》所載子産乘輿濟人事同。前路用之，恰綰兩頭。中幅補墊蘇秦，至當不易。其餘語語徵實，仍語語凌空。煙雲舒卷，非有非無，極時文之能事。

食牛以要秦穆公 嘉慶丙辰，順天考卷。

述霸佐之要，君雖失身而弗惜焉。夫曰食牛失身，甚矣。而以之要秦，視割烹之説，不逾下哉。章述或人之言，以謂豪傑處世，殆未可以常轍拘也。自從負鼎興王，而辱身賤行之中，有功名捷徑焉。後伊尹千餘年而見之百里奚，奚之以五羊皮自鬻也，蓋身在養牲家，而心在秦穆公也。勝國逋臣，交疎援絶，夐求無夢，作合良難，奚與穆公毋乃風馬牛不相及也。臣擇君，君未擇臣，可奈何？乃奚則曰：『有要之術，在夫士能稍自振拔。』梯榮有路，何處不勉焉？以奚之材游諸侯，何國不容？而顧乃詭遇以希時，絀身以苟合哉？烏虖！牛衣之泣，壯夫不爲。扣角而歌，大臣在側。奚於此，究且奈何？乃奚則曰：『爾牛來思，曷云食之？』此要之術也。夫豢人牧豎，賤且勞焉，奚也老成練達，自視不凡，詎其呼我爲牛？應之爲牛者，惟是古今來非常之士。能養其精於憂患，始見奇才。不忍其辱於須臾，殆無奇遇。奚蓋俛仰身世，而於屈伸之道、興廢之幾籌之熟也。

當是時，齊霸既衰，晋多内亂，山東諸國非我君也。秦雖僻處西陲，而穆公闊達沈毅，有高世主之風。王氣在西北，元臣佐命，舍我其誰？於是爲賈人，載鹽將車之秦。秦穆公觀鹽，見奚牛肥，曰：『任重道遠以險，而牛何以肥也？』對曰：『臣飲食以時，使之不以暴，有險先後之朝覲、宗遇、會同於王。諸侯相見，亦如之。瑑圭以覜聘，璧羨以起度，穀圭以和難，琬圭以結好，此其大略也。圭鋭首而璧圜肉好，圭重於璧，故言圭而璧統焉。半圭曰璋，以朝后，以聘君夫人，邸而射者祀山川，造贈賓客，赤者禮南方，牙者起軍旅治兵守，皆不用於朝聘。其體半於圭，故其列降於圭。然國家寶瑞，言圭必及璋，蓋其貴從同。而圭璋之所以貴者，爾亦知之乎？大凡聘問修好，將之以皮幣，必以圭璋先之，而他物不得先，蓋所以重王命、尊分瑞。所謂圭璋特、琥璜爵，禮有以少爲貴也，命曰特達。特之言獨也，達之言通也，獨而專成，通而遠行。圭璋之貴，貴以此爾。乃其所由特達者，又非徒重王命、尊分瑞已也。德也，德者得也，足乎己、無待於外之謂德。當夫玉生於山，太璞獨完，韞石而含輝，其蓄夫德也久矣。瑶者，德之華，璪者，德之秩，瑛者，德之光。遠而望之，奂若也。近而視之，瑟若也。一則理勝，一則孚勝，皆言德也。况吾所稱温潤而澤，以至精神見於山川，罔非玉之德。然則特達之珍，非玉不充其選，斷斷乎以其德也。君子之所以貴玉爾，可以知之矣。

丁緗士云：後幅詮『德』字，用《逸論語》孔子語，蓋《齊論・問玉篇》也，作者冥搜乃爾。

附録

輯佚

費鈞雲坡詩鈔跋

雲坡先生長余一歲，弱冠時與余爲詩友。後以貧且困于小試而遠遊，自豫至晋，屢蒙藩司書，補太谷縣主簿。年逾知命，拂衣歸田。今七十八歲矣。余勸其手定全集梓行以自壽，敦促再三，僅抄録示古今體詩爲百卅二首。删汰過嚴，然亦得失寸心知。就余平議，雲坡詩才不甚大，而品甚高，于唐近韋左司，于明近高蘇門。澹而彌旨，和而不流，得性情之正。集外詩尚多，既皆割棄，窺一斑而知全豹。鄭刻《湖州詩續録》有六首，其《嚴子陵》一首小異，當以本集爲長。

道光戊戌歲八月五日，同硯弟鐵橋可均跋。

見費鈞《雲坡詩鈔》，清抄本，浙江大學圖書館藏

説文訂訂序

《汲古閣説文訂》一卷，金壇段君若膺纂。其助之者，吾友又愷袁氏也。段君素以治《説文》有聲于時。嘉慶三年，此書流播都下，都下翕然稱之。余不觀近人書，以又愷故，亦寓目焉。四年春，余道經姑蘇，又愷謂余曰：『《説文訂》近頗改正數事。』出新印本詒余。今年冬，余覆閲一過。如『淮南宋蔡舞嗙喻』，舊印脱『南』字；『《廣韻・五支》作夊也毛』，舊印『夊』誤『久』；『或訏于宋大廟』，舊印『于』誤『干』。大徐舊印大誤，本諸小失，皆改正。余既愛又愷之勤且慎，能助段君，能令天下之治《説文》者獲此一編，似獲數宋本也，又服段君之援稽當而決擇明也。尚有與鄙見未合者，下六十二簽，倩友人匯録一卷，題云『説文訂訂』。以寄又愷，且就正段君。

庚申孟冬，宛平嚴可均。

據《續修四庫全書》影印海寧許氏古均閣藏《説文訂訂》

説文聲類序

古無韻學，《易》、《詩》、《騷》、賦，鏗鎗諧適，節奏天成。不限韻，無非韻也。典午播遷而音變，至陸法言作《切韻》而聲尤變。後乃奉爲科律，罔有違言。而三代古音，十僅一二存矣。

吴氏棫、鄭氏庠、陳氏第、顧氏炎武、江氏永、段氏玉裁、孔氏廣森，先後挺生，古音漸顯。論其所轃，大率後來者居上。然尚猶不備，且非定論也。可均以爲漢儒去古未遠，而《説文》幸存。《説文》諧聲才六之一，實逾太半。竊據其成業，撰《説文聲類》二篇。以聲爲經，以形爲緯，爲檢字者之不易，輒借《廣韻》二百六部建立標題，分爲十六類，合爲八類，又大合爲四類。衆類聯比，各循其次。上下關通，陰陽混一。順逆互轉，首尾循環。其合也，一統無外；其分也，豪釐有辨。同類相授，各有建首；母子相生，别爲紐子。又生子系綴母後，廣其變通之路，審厥出入之由。夫而後群經有韻之文皆可讀，古人假借之法無不包矣。

嘉慶壬戌季夏十日，書於連州楞伽峽舟中。

據《續修四庫全書》影印《四録堂類集》本

説文聲類後序

武進張惠言先余治古音，嘉慶辛酉，余將撰《説文聲類》，與議通轉之例曰：『媪從𥁕聲，讀若奥。奥，從𢍏聲，𥁕在真類，𢍏在元類，媪、奥在幽類而得聲，何也？』張氏曰：『其從七之轉乎？』余曰：『然。』及秋，余有浙西之役，舟車旅館中始創稿。其明年，南踰嶺而稿再易焉。余又思鄭君注《禮》曰：『聲相近故也。』又曰：『聲之轉也。』相近則有界限，轉則無界限，而謂必從某類轉，與某類通，或未盡然。且漢儒論音，無所謂通，何似但言轉不言通之尤當也？則删改爲三易稿本。未繕寫而張氏卒于京師，余既痛失此良友，又以張氏勤學好著書，未竟其業。而余書通轉之例，實由張氏發之，存余書所以存張氏也，遂雕版行之。其三易稿本嗣出，亦並行也。

壬戌秋九月，可均書。

據《續修四庫全書》影印《四録堂類集》本

商君書新校正序

《商君書》二十九篇，今二十六篇，又亡其二，實二十四篇。舊刻多舛誤，不可讀。余參稽衆本，又旁搜群籍，勘正其紕繆，而疑其不可考者，然後焉馬魯魚十去三四，乃繕寫一編，歸諸插架。序之曰：

太史公爲《鞅傳》，載鞅始見孝公，語未合，鞅曰：『吾説公以帝道，其志不開悟。又説以王道，而未入。』似鞅亦明于帝王之道，不得已而重自貶損，出於任法之説者。及觀所爲《商君書》，而知鞅實帝王之罪人，吾不知其始見而再不用者作何等語也。

夫天之生民，一治一亂。治之極則生亂，亂之極則思治。帝王者，所以撥亂世反之治，豈別有迂闊久遠、不近情之道哉？亦惟是救民于水火，與天下更始而已。是故輕刑罰，薄税斂，使四民各安其業。於是爲之興禮樂，崇《詩》、《書》，涵育于善化。修其孝弟誠信，養其貞廉，相與宅乎仁而由乎義。蓋拯其所苦，予其所樂，而人心歸之，天命歸之。堯舜之揖讓，湯武之征誅，其事不同，其道一也。由是者治，反是者亂，故曰：『學帝不成者王，學王不成者霸，學霸不成者亡。』蓋以力服人，力竭而變生。以德服人，德成而化盛。帝王之道，順人之性，而相與安之，故能享國久長而天下食其福也。

今鞅之書曰：『王者刑九賞一。』又曰：『六蝨者，禮樂、《詩》《書》、修善、孝悌、誠信、貞廉、仁義、非兵、羞戰。國有十二者，必貧至削。』嗚呼！是直與帝王之道爲寇讎而已矣。彼不計勢之必窮，而狃于説之易售。其處心積慮，偏怙其法之必行，束縛之，馳驟之，招之以告訐，羅之以連坐，壹之以農戰，以坐收其富强之實，而顧元氣盡削，胥秦人已化爲虎狼，而孝公不悟也。數傳至始皇，益不悟也。席其成業，遂能鞭撻九有，横噬六合。於是山東戍卒揭竿一呼，而秦瓦解矣。向使鞅能堅持其帝王之道，將不見用，用而其效或不如任法之速，而秦久安長治矣。然而鞅安知所謂帝王之道也？僞也。彼不過假迂遠悠謬之説，姑嘗試之。而因以申其任法之説，而詎知亡其身以亡人國乎？夫帝王之道，無近功，亦無流弊，故君子斷不捨此而取彼也。

或曰：『審若是，宜扼絶其説，而顧校正之，可乎？』曰：『是書自《漢書》以來，著録久矣，但使後之君若臣讀是書者，談虎色變，而鞅之毒輸于秦而功及於後世爲不少矣。夫荀卿明王道，一傳至李斯而焚書坑儒。商鞅語帝王，再不用於孝公而滅法亂紀。則夫士之抗言高論，或不幸而見于世。吾焉保其末路之不至斯極也，又誰得盡廢其書哉？』

乾隆五十八年歲在癸丑仲冬月吉書。

據《續修四庫全書》影印嚴鐵橋先生訂正繕寫本

公孫龍子跋

右《公孫龍子》三卷，凡六篇，從《道藏》『顛』字三號録出，《漢·藝文志》十四篇，《隋志》、《群書治要》、《意林》皆無此書。《唐志》三卷，又一卷陳嗣古注，又一卷賈大隱注。今此本陳注邪？賈注邪？不可考。《簡明目録》則云：宋謝希深注。當有所據。龍爲堅白之辯，頗惑當時之聽。故《孟子》書中亦有『白雪』、『白玉』、『白馬』、『白人』等説。陳振孫以爲淺陋迂僻，未免過詆。世所通行有前明綿眇閣本、《十二子》本、《諸子彙函》本，唯《道藏》爲差善。

嘉慶壬戌歲十月，烏程嚴可均跋。

見《嚴鐵橋鈔子書六種》，蔣祖詒密韻樓本

尹文子二卷跋

《尹文子》二卷，從《道藏》『顛』字四號録出，《漢志》一篇，《隋志》及《意林》二卷，《唐志》一卷，《意林》以爲劉歆注而不載注文。《群書治要》載篇名，曰《大道》、《聖人》。今本題《大道上》、《大道下》，非隋、唐之舊，而《漢志》一篇元無篇名，蓋仲長氏所題也。《意林》『雉兔在野』下有『兩智不能相使』二段，《治要》『承之於言行之先』下有『世俗之人』一段，『臣下之所宜懼』下有『田子曰』二段，《意林》『禄薄者，不可與經亂。質輕者，不可與人難』下有『尹文子見宣王』一段，《道藏》本皆佚脱，因據二書原次補入。尚多缺誤，然視今世通行緜眇閣本、《十二子》本、《子彙》本，固遠勝之。

嘉慶壬子歲十月，烏程嚴可均跋。

見《嚴鐵橋鈔子書六種》，蔣祖詒密韻樓本

鬻子二卷跋

《尹文子》二卷，從《道藏》『顛』字一號録出。《漢・藝文志》廿二篇，隋、唐《志》一卷，《意林目録》一卷六篇。今此篇卷由後人强復分析，以《群書治要》、《文選注》、《意林》等書校對，無甚異同。《文選・宣德皇后》注引：『武王率兵車以伐紂，紂虎旅百萬，陣于商郊。起自黄鳥，至自赤斧，三軍之士，靡不失色。武王乃命太公把白旄以麾之，紂軍反走。』今本無之，則視唐本又多殘闕矣。

嘉慶壬戌歲十月，烏程嚴可均跋。

見《嚴鐵橋鈔子書六種》，蔣祖詒密韻樓本

商子五卷序

《商子》五卷，孫鳳卿所刊，其據校者程榮本、鄭審本、吴勉學本、朱蔚然本、施氏《先秦諸子》本凡五家，各取其長。余復據元板本、明范欽本、葉林宗從秦四麟所藏舊刻勘正本，及魏徵《群書治要》、馬總《意林》等書，重加校定。補得《立法》一篇，又增删改正五百餘字。

嘉慶十六年重五日後，嚴可均記。

據上海圖書館藏嚴可均鈔校問經堂本《商子》

序傳

鐵橋詩悔自序

余少時頗學爲詩，而天分未優，人工復闕，徒欲追踵漢魏晋唐，實則去前明人尚遠也。壯乃甚悔，專力治經，而詩不復作。此似軍政，見可而進，知難而退。既詩壇無我位置，即所以位置我者别有在耳，然而少時精力半耗於此矣。乾隆壬子，余年卅一，自編爲《鐵橋詩集》十四卷，家大人爲删存四卷。今復自删存一卷，割棄已多，踳駁如故。題曰『詩悔』，願後我悔者蚤悔也。

以身，是以肥也。』穆公知其君子也，令有司具沐浴，爲衣冠，與坐。奚曰：『臣詎但食牛哉？異日牧萬民，亦當如是。』公曰：『願聞其説。』對曰：『君不棄臣之愚，臣請以涇渭爲阿池，以殽陵爲闌櫪。或寢訛於晉、鄭，荷蓑笠於西戎，不數年而山東諸國其牛後矣。』穆公大悦，曰：『天賜良牧，社稷之福也。』公孫支取鴈以賀，明日乃致上卿位以讓奚而處其下，奚遂執秦國之政。烏虖！食牛下役也，秦大國也，穆公令主也。遇合之途，不窮不熟，風雲之會，益出益奇。覘王氣於牛口之前，創霸圖於犬夷之地。百里奚出處即不軌於正誼，要以功成名立，皆由於此。飯牛之事，又曷可少哉？

楊遜修云，事具《説苑·臣術篇》。處處從食牛起步，以清題界，是爲節制之師。

圭璋特達德也 嘉慶庚申，順天鄉試進呈卷。

玉爲特達之珍，昭其德也。蓋惟德可以特達，而圭璋如是，則玉之德也。君子貴玉，貴其德耳。意謂凡珍奇之物，不有先容，皆不能徑遂而用之爲。夫徑遂而用者，必其殊絶於珍奇之物，而非尋常之翫好所得與其選也。而吾得由仁知以至天地，爲爾言玉之德。聞之唐虞五瑞，夏后元圭。古者玉爲重寶，故堯將薦舜，贈以昭華之玉也。逮吾周，設官分玉府、典瑞諸職，詳其制度，蓋莫重於圭璋焉。圭之類八，大圭，王所晋也。鎮圭，王所執也，繅藉五采、五就以朝日。公執桓圭，侯執信圭，伯執躬圭，繅皆三采、三就。子執穀璧，男執蒲璧，繅皆二采、再就以嘉慶癸亥，可均記。

據浙江圖書館藏錢恂鈔本

鐵橋漫稿嚴章福序

右《鐵橋漫稿》十三卷，余伯兄之廢稿，諸同人所綜録者也。伯兄名可均，字景文，號鐵橋，姓嚴氏，烏程人，初名萬里，爲歸安學生。乾隆末遊學京師，以宛平籍應嘉慶庚申順天鄉試，舉進士不第，改還本籍。道光壬午，除嚴州建德縣教諭，乙未引疾歸，今七十七歲矣。生平無他嗜好，飲食寢寐在破書堆中，將六十載。所校輯譔著積七十餘種，合編爲《四録堂類集》千二百餘卷，已刊板者十種。其乾隆中舊稿有詩十四卷，文十六卷。

伯兄自謂少作不足存，其嘉慶初到今詩六十餘首，文數百首，亦廢棄之，不欲問世。有張紫瀾者，江寧才士也，就新舊詩稿選存三百餘首。邑人董鑄范，深於詩者也，就張本删汰百餘首。嘉善潘篔坡又就張本選補一首，定存詩二百二十二首。其文除舊稿一十六卷外，建德諸生蒐輯散片并《金石跋》，寫存二百四十九首，未經删汰。平湖陸飲江又選存時文十三首。俱非伯兄意也。諸同人慫恿，乃合編詩文爲《鐵橋漫稿》十三卷，附《四録堂類集》之末，刊板家塾，余與校字之役。

竊見今之爲詩者，刻意求新，取則于達官貴人；爲古文者，以離合變化爲能，譬如海市蜃樓，空中絢爛。伯兄詩師古，不循時好，文從數萬卷故書鉤索得來，譬如造塔先掘地，縱廣數十弓，堅築基址，積勞而收功也晚。尚應删汰，請俟通人。

戊戌秋九月，族弟章福謹敘録。

據四録堂刻本

陸錫智編選嚴可均時文一卷序

詩文集爲别集，舉業之文爲時文。近代通例，别集不收時文。而《四庫書》有元王克耘《書義矜式》，北宋劉左史安節〔一〕集有《經義》十七首，明劉誠意集有《春秋義》一册，足見時文亦文之一體，不必岐而二之。鐵橋未嘗以時文名，而時文不可少鐵橋。故選存一卷，傳諸後世。

道光己丑歲三月，平湖陸錫智。

附見四録堂刻本《鐵橋漫稿》卷十三

校勘記

〔一〕『劉左史安節集』原作『劉左司安禮集』，誤。《四庫提要》『劉左史集，劉安節撰』，據改。

劉咸炘批鐵橋漫稿序

同治《湖州府志·藝文略》，《鐵橋漫稿》十三卷，弟章福序略：伯兄所校輯撰著積七十餘種，合編爲《四録堂類集》千二百餘卷，已刊板者十種。其乾隆中舊稿有詩十四卷，文十六卷。伯兄自論少作不足存，其嘉慶初到今詩六十餘首，文數百首，亦廢棄之，不欲問世。有張紫瀾者，就新、舊詩稿選存三百餘首。邑人董鑄范就張本删汰百餘首，嘉善潘箕坡又就張本選補一首，定存詩二百二十二首。其文除舊稿一十六卷外，建德諸生蒐輯散片并《金石跋》，寫存二百四十九首，未經删汰。平湖陸飲江又選存時文十三首，俱非伯兄意也。諸同人慫恿，乃合編詩文爲《鐵橋漫稿》十三卷。

據四川圖書館藏劉咸炘批本

嚴可均傳

嚴可均，字景文，烏程人。嘉慶五年舉人，官建德縣教諭，引疾歸。可均博聞强識，精考據之學，與姚文田同治《説文》，爲《説文長編》，亦謂之《類考》。有天文、算術、地理類，草木、鳥獸、蟲魚類，聲類，《説文》引群書、群書引《説文》類，積四十五册。又輯鐘鼎搨本爲《説文翼》十五篇，將校定《説文》，撰爲疏義。孫星衍促其成，乃撮舉大略，就毛氏汲古閣初印本别爲《校議》三十篇，專正徐鉉之失。

又與丁溶同治唐石經，著《校文》十卷，自序云：『余弱冠治經，稍見宋槧本。既又念若漢，若魏，若唐，若孟蜀，若宋嘉祐、紹興各立石經，今僅嘉祐四石、紹興八十七石皆殘本，而唐大和石壁二百二十八石巋然獨存，此天地間經本之最完最舊者也。夫唐代四部之富，埒於梁、隋，而鄭覃、唐玄度輩皆通儒，頗見古本。苟能琹正積非，歸於真是，即方駕《熹平》不難，而僅止於是。今也古本皆亡，欲復舊觀，已難爲力，可慨也！然而後唐彫版，實依石經句度鈔寫，歷宋、元、明轉刻轉誤，而石本幸存，縱不足與復古，以匡今繆有餘也。獨怪數百年來，學士大夫鮮或過問者，間有一二好古之士，亦與塚碣、寺碑同類而並道之。康熙初，顧炎武始略校焉，觀其所作《九經誤字》、《金石文字記》，刺取寥寥，是非寡當，又誤信王堯惠之補字，以誣石經。顧氏且然，況其他乎？烏乎！石經者，古本之終，今本之祖。治經不及見古本，而並荒石經，匪直荒之，又交口誣之，豈經之幸哉？余不自揆，欲爲今版本正其誤，爲唐石經釋其非，爲顧氏等祛其惑。隨讀隨校，凡石經之磨改者、旁增者與今本互異者皆録出，輒據《注疏》、《釋文》，旁稽史傳及漢、唐人所徵引者，爲之佐證，而《石臺孝經》附其後焉。」

嘉慶十三年，詔開全唐文館，可均以越在草茅，無能爲役，慨然曰：「唐之文，盛矣哉！唐以前要當有總集。斯事體大，是余之責也。」乃輯《上古三代秦漢三國六朝文》，使與《全唐文》相接，多至三千餘家。人各繫以小傳，足以考證史文，皆從蒐羅殘賸得之。覆檢群書，一字一句，稍有異同，無不校訂。一手寫定，不假衆力。唐以前文咸萃於此焉。又校輯諸經逸注及佚子書等數十種，合經、史、子、集爲《四録堂類集》千二百餘卷。

見《清史稿·儒林傳二》

嚴可均，字景文，號鐵橋，烏程人。嘉慶庚申舉人，官建德教諭。著《鐵橋漫稿》。《縣志》：可均博聞强識，精考據之學。歷受歸安姚文田、陽湖孫星衍校書之聘，著書等身。有《説文校議》、《唐石經校文》等書。嚴章福序略：『伯兄詩不徇時好，文從數萬卷故書中鉤索得來。』

《緝雅堂詩話》：鐵橋嚴氏所輯《上古三代秦漢三國六朝全文》至三千餘家，往年曾覩目録，近廣州書局刻本將成，真文囿之巨觀也。其《唐石經校文》、《鐵橋漫稿》已經他家先後重刻。《吴興山墟名》，近人有補輯本，當稍詳也。

許溎祥曰：『鐵橋先生治《説文》，海内景仰，箸作等身。有《四録堂類集》七十二種，工秦篆，補完瑯琊臺石刻、泰山石刻，藝林寶貴。先府君與締交，商榷汶長之學，多所就正。嘗以《説文校議》、《説文訂訂》、《舊説文録》、《説文類考》等稿本見贈。咸豐間寇至，府君流離轉徙，猶攜之出。至今尚存其《訂訂》一種，已栞入《許學叢刻》。』

清潘衍桐《兩浙輶軒續録》卷二十『嚴可均』條

嚴可均，字景文，號鐵橋，宛平籍。嘉慶庚申舉人，改歸原籍。博聞强識，精考據之學。弱冠即出遊，足跡徧天下，歷受歸安姚文田、陽湖孫星衍校書之聘。

道光二年任建德教諭，義烏有高才生某，爲忌者所誣，見棄于其父。事聞之官，大吏欲解之而難於措辭。可均撰《甲癸議》一篇，上之大吏，大略謂：『甲在外廿八年，擁高貲歸，而妻先死，其子乙年廿六，既舉秀才。丙與乙素有隙，丁睨甲貲，黨丙而擠乙，稱乙奸生子，甲恥之，逐乙。乃歷引前代孕數年始産者不一其人，以乙爲在妊二年無足異，宜與昭雪。』大吏善之，據以定讞。甲乙復爲父子如初。

在任數年，大修學宫，并葺嚴子陵祠堂。引疾歸，著述不輟，藏書至二萬卷。早年著《唐石經校文》、《説文聲類》，又與姚文田共撰《説文校議》，並刊本行世。又校輯諸經逸注及佚子書數十種，四十年中撰輯等身者再。合經史子集爲《四録堂類集》千二百餘卷。最後輯《全上古三代秦漢三國六朝文》，使與《全唐文》相接，多至三千餘家。人各繫以小傳，足以考證史文。皆從蒐羅殘賸得之，覆檢群書，一字一句，稍有異同，無不校訂。一手寫定，不假衆力，其精力絶人如此。自負學識，睥睨群流。有某進士來見，叩以《漢書》中事，未盡了了，則曰：『君僅知時文耳！吾失言矣。』顧雖玩世傲物，而遇後進好學之士，輒多方奬掖，有問必答，略無少忤，蓋嚴于嫉俗而實篤于愛才也。

遺書未刊者，身後多散佚。從弟章福號秋樵，廩生，爲可均編校詩文，名《鐵橋漫稿》。精小學，著《説文校議議》。

光緒《烏程縣志》卷十八

嚴可均，字景文，號鐵橋，烏程人。嘉慶五年舉人，精於考據之學。弱冠即出遊，足跡半天下。南至嶺海，北至塞垣，歷受同邑姚文田、陽湖孫星衍校書之聘。道光二年，赴建德教諭任，迨歸老而著書不輟。早年著《唐石經校文》、《説文校議》，刻以行世。又校輯經佚注、佚子書等數十種，就中《孝經鄭注》最完善。四十餘年來所撰輯等身者再，合經史子集爲《四録堂類集》千二百餘卷。最後輯《上古秦漢三國六朝文》，多至三千餘家。皆從蒐羅殘賸得來，一手校讎，不假衆力，購藏書至二萬卷。嘗謂宋板書不能得，得校宋本以供撰述足矣。遺書未刻者多，詩文集曰《鐵橋漫稿》，從弟章福編輯。

同治《湖州府志》卷七十六《人物傳》

先生諱可均，姓嚴氏，烏程人。於學無不通，尤邃於許氏書，鄉之人識與不識者，皆敬服甚。峴獲見先生時已七十餘矣，白鬚朱履，莊然儒者。一日過書肆，有少年驟詢先生誰也，先生熟視久，指架上書某册曰：『將來！』少年以進，則《説文聲類》，先生所著也。曰：『是即余矣！』少年駭走。

峴從長興臧眉卿先生游，歸舟泊城外十許里之八字橋。鄰舟有命酒酌者，視之，先生也。詰峴何自，以實對。詑曰：『是村夫子，堪若師乎？』他日，峴叩臧先生：『嚴某何如人？』曰：『粗能諷《三字經》。』《三字經》者，學童初入塾試諷者也。

有知先生曩事者，爲言先生負糧課，校官責焉。先生逃，遂入京師，籍宛平。舉於鄉，故又爲宛平人。明年試禮部，主試者貴人，索得先生卷，欲魁之，以詩失諧斥。或勸先生詣謝，貴人喜且慰之曰：『君大博通，顧詩失諧何？』先生瞠目曰：『唐始以律詩取士，今所傳失諧者十九矣。』貴人失色，罷。

有一子，初墮地，先生自卜六齡當孤，命曰『六孤』。六孤者博，先生卒，圖書金石率償博進，亂後不知所終。

清楊峴《遲鴻軒集・文棄》卷二《書嚴先生逸事》

鐵橋鋭意搜尋古人逸書，心力之精，殆無倫比，不特紀文達諸公所不及，即同時如孫伯淵、章逢之、洪筠軒亦俱遜之。其識别真僞，校勘微芒，足與顧澗薲相匹，而較顧爲大。

清李慈銘《越縵堂讀書記》

四十年中所撰輯等身者再，統經史子集爲《四録堂類稿》千二百餘卷。最後復輯《全上古三代秦漢三國六朝文》七百四十六卷，使與《全唐文》相接，多至三千餘家，皆一己寫定，不假衆手。清代著述之富，蓋無有過之者。惟卷帙既繁，多不能自刊，往往贈人刊刻，即署他人之名。署本名以刊者，《全古文》外，僅《説文聲類》二卷、《説文訂訂》一卷、《唐石經校文》十卷、《金石題跋》四卷、《漫稿》八卷而已。

先是，爲《説文長編》，以撰疏義未成。《聲類》即《長編》第四種，《翼》即《長編》第七種。孫星衍勸先作提綱，遂爲《校議》。半年而竣，合姚文田説共三十卷。《長編》稿藏遵義鄭氏，亦未梓行。并其他餘稿聞藏南潯劉氏，咸、同間燬於火，良足惜也。

支偉成《清代樸學大師列傳·小學家列傳》

詩　評

鐵橋詩得唐人三昧〔一〕

烏程嚴鐵橋學博可均，才高學富，睥睨群流。某進士來見，叩以《漢書》事，未盡了了，則曰：『君僅知時文耳！　吾失言矣。』其玩世傲物類如此。嘗搜輯唐以前文，爲《全上古三代秦漢三國六朝文》七百四十六卷，手自繕寫，歷二十七年而後成，以無資，未得付梓。著有《鐵橋漫稿》十三卷，詩如『虚窗三面水，老樹半邊春』、『一路聽流水，前村多落花』、『峭帆追日去，驚浪蹴山回』、『潮生滄海白，日落大江黄』，皆得唐人三昧。

清陸以湉《冷廬雜識》卷八『甲癸議』條

校勘記

〔一〕標題爲整理者擬。